国家哲学社会科学成果文库

NATIONAL ACHIEVEMENTS LIBRARY
OF PHILOSOPHY AND SOCIAL SCIENCES

中国古代文才思想论

赵树功　著

人民出版社

作者简介

赵树功　1968年生，河北黄骅市人。2000年就读于河北大学人文学院，获文学博士学位；2008年至2011年间于浙江大学人文学院从事博士后研究。曾供职于《河北日报》社，从事文学作品、文艺评论版编辑工作十余年。现为宁波大学人文与传媒学院教授、中国语言文学一级学科负责人。主要从事中国古代文学、古代文学理论批评及文艺美学的教学研究。出版专著《中国尺牍文学史》（河北人民出版社1999年版）、《闲意悠长：中国文人闲情审美观念演生史稿》（河北人民出版社2005年版）、《论寄》（合作，人民文学出版社2006年版）《气与中国文学理论体系构建》（人民出版社2012年版）《古代文学习用批评范式研究》（中国社会科学出版社2014年版）、《浙东文学理论史要》浙江大学出版社2015年版）等。主编有《不能没有诗人的声音》《文学概论》。系浙江省"151"人才工程第一层次培养人员，中国作家协会会员。

《国家哲学社会科学成果文库》
出版说明

为充分发挥哲学社会科学研究优秀成果和优秀人才的示范带动作用，促进我国哲学社会科学繁荣发展，全国哲学社会科学规划领导小组决定自 2010 年始，设立《国家哲学社会科学成果文库》，每年评审一次。入选成果经过了同行专家严格评审，代表当前相关领域学术研究的前沿水平，体现我国哲学社会科学界的学术创造力，按照"统一标识、统一封面、统一版式、统一标准"的总体要求组织出版。

全国哲学社会科学规划办公室
2011 年 3 月

序 一

才是中国古代文艺理论批评的重要范畴，它关乎审美主体的根本素养、规限着文人后天人功努力的效果。才进入文艺理论批评之后，构建了一个以才为核心的范畴体系，并以这个范畴体系为基础，搭建了文艺主体素养论的核心框架，形成一个关涉完整、对立统一的文才思想体系。但学术界对这个文才思想体系以及主体素养框架的关注明显不足。

因此，回归古代文艺批评的历史，勾勒出才的关系拓展体系与主流理论观照下的文才思想系统，是一个有着深远理论意义和巨大开发空间的课题。当然，才与性、情、气、学等等的缠夹，天人之间融会一体的情貌，又决定了这一研究的难度。

本书贯彻了考释结合、史论结合的基本研究策略，作者以多年积累的经史子集丰富资料为依托，在旁征博引之余讲求文献的"有效"，论述畅达而不觉滞塞，逻辑严密且清晰。就篇体结构而言，全书内外两条研究路径并行：

其一，外在显性的路径：从有关文才的认知立场、文艺才性基础上的文学素养构成、文才活力的葆有策略入手，展示中国古代文才思想的基本态势。

其二，内在隐性的路径：文才思想的论述，实则包容着对以才为核心所形成的主要理论范畴之内涵的辨析及其理论意义的展开。因此内在路径的推衍，又是以才为核心主体素养体系理论的潜在建构。

庞大而琐屑的文献由此纳入秩序，体现了作者的学术驾控能力与方法论自觉。

本书最为亮眼之处便是其学术创新。

从研究思路而言，全书高屋建瓴，置古代文学理论批评研究于民族精神、文化思想的观照之下，既拓展了古代文学的研究思路，又总揽全局，升华了研究的层次，学术视野开阔且凝聚。

从资料运用而言，既多一手原始文献的梳理，又有如李杜优劣、异梦、神助现象等熟见事典的新意解读，多能透过一般文化及批评表象，超越一般就事论事的讨论，厘析出本质。

从学术内容与观点而言，著作对古代文才思想的对立统一格局的判断与概括，对才与情、才与性、才与气、才与学、才与法、才与识、才与体、才与调、才与器、才与思、才与命等逻辑关系的辨析，对三才内蕴以及三才与才作为文艺素养核心范畴关系的绀绎，对才从哲学人伦识鉴范畴到文艺范畴转型历程的复原等等，多为学界尚未涉及或尚未系统探讨的创新性研究。作为全书的核心思想，本书首次鲜明提出了文才为"虚灵的心智结构系统与人事的统一"这一命题，对才的本末体用体系给予了清晰梳理，对解读古代文艺理论批评有关主体素养的论述有着普遍的理论支撑价值。

其他众多论述皆立足于学术史的本然深入探究，廓清了不少以往研究中的主观臆测以及似是而非。如以往一些学者立足儒家——尤其孟子才性论提出先秦是以性说才的时代。作者通过对儒家经典之外众多文献的广泛梳理，指出以"能"以"力"论才实则在先秦已经十分流行。

如才法关系之中，受到现代文学建构历程中对晚明性灵派异乎寻常的推崇，一般文艺批评对申才破法的才子纵恣不仅鲜有微词，而且往往以这种当代意识衡量古代文人文艺思想的进步与落后。作者经过研究与思考发现，古代文人虽然于文才讴歌有加，但却罕见公然的破法之论，倒是对敛才入法表现了很高的也是较为一致的期许。

又如从《文心雕龙·体性》、《文心雕龙·才略》便已经认真研讨了主体才华与创作风体的关系，由此形成了历史上众多类似性情文章统一、才性作品统一或者文如其人的直接论述。事实上，尽管主体性情才气与文体之间具有一定的对应性，但这种对应是有主体条件限定的，只有具备才调者方可实现创作的才性与体调统一。作者沿着这一思理深究，从而揭示了"文才—才调—体格"审美统一的规律。

从 2008 年开始，作者围绕古代文才的研究持续了 8 个年头，及至终稿交付出版，起初数十万字的研究内容几乎已经全无踪迹。从积学至研术，从学术而明道，8 年之间，通过如此"养气"、"炼才"与"敛才"，可以清晰感受到树功进步的扎实步履，以及以学明道的良苦用心。就本书而言，中国古代文才思想中洋溢着激情澎湃的主体自尊与审美皈依，体现了深刻的现实关怀、人格关怀、道德关怀与博大的天人思维。对这种思想的研究，不仅可以矫正部分关于传统文艺、传统文化的认知偏见，也给当代文学艺术、当代文化建设提供了镜鉴。所谓以学明道，这当是其中之一吧。

詹福瑞

2016 年 3 月 3 日于北京

序　二

　　中国人常说"一代有一代之学术"，所谓"一代"的含义是什么，比较含混。有以社会制度为主要标准划分的"一代"，如"君权专制时代"，那就是约两千年；也有按王朝划分的"一代"，如"唐代"、"宋代"；还有按君主在位时间划分的"一代"，如"建安时代"、"元祐一代"等。社会上还通行按父子相承的时间，以三十年为一代。因此，所谓"一代"实际上有大、小之别。如果古人讲的"一代"多指一个朝代，那么，由于近代以来社会变迁以加速度推进，现在人们讲的"一代"就多是指小的"一代"。而在社会变迁最为急遽的时期，其实不要等到几十年，只要过一二十年，学术风尚就会发生明显变化，甚至发生逆转。

　　改革开放几十年来，我们就经历了这样一个过程。上个世纪七八十年代，国门重新打开，人们如饥似渴地引进西方思想学术，几乎到了唯洋是从的地步。从九十年代开始，由于国力增强，民族自信心回升，加上其他一些原因，人们开始对这种学风进行反思，进而对近代以来特别是新文化运动之后的学术史进行清理，对生搬硬套西方学术模式和话语以裁剪重组中国历史文化现象的做法产生怀疑。各个学术领域都提出了回到中国本土资源、建立中国文化自身话语系统的口号。这可以说是近二十多年来中国思想学术的主流，至少是主流之一。在中国古代文学理论研究界，这种呼声尤为强烈。虽然近代以来西方先进的思想文化给中国思想文化带来了革命性的变革这一历史事实无论如何也不能否定，虽然现在强调中国文化的主体性也绝不应该回到封闭自足、"自以为天下之美毕在于己"的路子上去，但从总体上看，这种反思和转向是有其合理性的。一个社会的学术和思想文化就是在这样走"之"字路（当然不能总是做折返跑或转圈，更不能走回头路）的过程中逐步前进的。

在上述学术风尚的影响下，近年来中国古代文学理论和古典美学研究界的学者，多致力于以西方学术思想为参照，拂拭蒙积在中国古代思想学术之上的尘埃，力图重现其本来面目，揭示其内在理路。有的聚焦于一些重要理论范畴的阐释，有的侧重于梳理其演进脉络，推出了一批高质量的论著。中国古代文学理论和古典美学，犹如一位被历史的雾霭笼罩的美女，其窈窕身姿和曼妙神情正日渐清晰。或者说因为我们又一次转变了观察的心境、眼光和角度，我们又看到了她新的面相和气质。而赵树功教授的这本《中国古代文才思想论》，就是沿着这种学术研究路数最新创获的一个具有标志性的成果。

说到中国古代文学理论和古典美学具有民族传统特色的理论范畴，我们耳熟能详的是"比兴"、"情景"、"意境"、"韵味"、"格调"等等。这些范畴当然很重要。但中国古代文学理论和古典美学确实博大精深，值得关注和考察的范畴还有很多。而且我们过去之所以一直比较重视上述这些比较纯粹的文学、美学概念，实际上还是我们按照西方注重分类的学术理念来衡量中国古代思想学术的结果。其实中国古代文学理论和古典美学以至整个思想学术的一个重要特点，就是把人的生活以至人和整个宇宙看成一个整体，总是从它们之间的相互联系和整体性来思考问题。比如中国古代文人始终将文与道联系在一起。一个文人没有"文"，自然算不上是一个文人；但如果不求"道"，则也算不上是一个合格的文人。因此孔子所说的"朝闻道，夕死可矣"，就成为中国古代仁人志士的人生信仰；宋代刘挚所说的"一号为文人，无足观矣"，也成为中国古代士大夫的共识。很少有士大夫把文学事业当成自己唯一的人生目标。他们都追求"为天地立心，为生民立命"。他们即使探讨文学问题，也往往是把文学纳入天地、社会、人生、心灵的大系统中来观察和思考，并力求将之贯通的。他们所追求的，不限于纯美，而往往是大美、深美。因此中国古代文学理论家和美学家，即使研究的是文学和美学问题，往往也并不仅仅关注文学和美学；有时探讨的主要不是文学和美学问题，但也与文学和美学问题有关。按照中国古代文学理论和古典美学的这一特点，我们研究中国古代文学理论和古典美学，就不能只关注那些按照西方注重分类的学术理念来看属于比较纯粹的文学、美学范畴的概念，而且还要关注那些探讨天道、政道、人道的概念范畴，如"阴阳"、"和谐"、"性理"、"气"、"才"等等。这些概念同样重要，甚至可能更为重要。如果我们忽视了这些概念，我们构建的中国古代文学理论和美学体系就是残缺不全的。而且，正因为古人是将天道、政道、人道、文道等贯通起来进行思考的，所以我们在探讨古人的这些文学理论和美学概念时，也就必须打通考察，而不能只截取其中属于比较纯粹的文学和美学理论的环节进行分析，那样就会不得要领。

让我感到极为钦佩的是，赵树功教授的这本《中国古代文才思想论》，就正是这样做的。该书从"才"这个概念的本源开始说起，探讨了"才"与天道、天赋人性的关系，考察了它从本体论、人性论的概念转化为文学和美学理论概念的机理和过程。然后集中分析了"才"的内涵与外延，辨析了"才"与"德"、"学"、"识"、"情"、"气"的关系。接着进入文学创作环节，考察了"才"在具体创作过程中的动力机制、运行机制以及与"法"、"调"等的互动机制。最后，再延伸至具体文学创作环节之外的文学活动过程以至文人的整个生命过程，探讨了古人关于"才"与"命、""运"等的错综交织关系的思考。全书结构夭矫如龙，血脉贯通，淋漓酣畅，对"才"这一中国古代文学理论和古典美学的重要概念进行了系统考察和深度阐释。我相信，本书是按照中国古代文学理论和古典美学自身的特点探讨中国古代文学理论和古典美学内涵的一次成功尝试，不仅提出了一系列富有新意的理论观点，而且在研究思路和研究范式上也具有创新意义。

我与赵树功教授相识多年，深感他是一位质性纯粹的学者。身处东南繁华之地，他对物质利益和名誉地位都看得很淡，也不因为长年累月埋首群籍而有枯燥苦闷之叹。每次相逢，都见他面如渥丹，神情俱旺，洋溢着浓浓的书卷气和蓬勃朝气。近些年来，他已相继出版了《论寄》（与詹福瑞先生合作）、《气与中国文学理论体系构建》、《古代文学习用批评范式研究》等多部有影响的著作。这本《中国古代文才思想论》更入选了《国家哲学社会科学成果文库》，表明他的研究成果得到学界的高度认可，标志着他的学术研究达到了一个新的高度。作为朋友，我为之感到无比欣喜。承树功兄雅意，命我为此书作序，学殖荒疏且于此领域为外行如我，岂堪其任。唯却之不恭，故略书数语，聊表庆贺之意云尔。

廖可斌

2016 年 3 月 1 日于燕园

目　　录

序　编

第一编　普遍语境下的文才认知立场：尊奉与约束统一

第二编　主体素养系统建构对文才的要求：天人统一

第三编　文才活力的葆有策略：
发抒与涵养统一

余编　文人才士对现实际遇的感慨：天人多违

CONTENTS

Preamble

Part I   The Cognitive Standpoint of Literary Talents in General Context: the Unification of Worships and Constraints

Part II   Requirements of Literary Subjects' Quality System Construction for Literary Talent: Unification of Heaven and Man

Part Ⅲ   Strategies for Maintaining the Literary Talent Energy: the Unification of Expression and Conservation

Complementary Part　Lament of Writers to the Real Situation: Violations between Heaven and Man

序　编

无论在历史还是现实语境中，才都是一个人人耳熟能详的范畴。作为一种主体素养的称量或描述尺度，才可以说适用于所有领域。从基本意义的治生谋业而言，五行八作、三教九流，无一不依靠才；从古代先哲作为人生最高理想的立德、立功、立言而论，这"三立"也必须以才为其根基。在中国文化的价值衍生系统中，才如此地位的确立与"三才"论密切相关，正如廖燕所说："立德如天，立功如地，立言如人。天地不言，而默付其权于人，则立德立功，皆可以人尽之，故曰才。"①天覆之，地载之；天生之，地成之。人道源自天地之道，且唯有人参之而成三才，人参识天道地道，如受其权，从而兼有天地人道所赋予之能，如此而立德、立功、立言，这就是才。

后世一般意义下对才之价值的认知由此往往归结于有为有用——当然，所谓的"用"在早期生产能力低下时期是以实务为主的，随后陶冶、美化之意也融入其中。所以刘熙载关于才的定义就是："有益生人之用，方可为才"。他认为，才的性质有别，其用也便不同：

有"气质之才"，强调先天的超拔，如智识力量心思之过人者，其用侧重于经世济世以及文艺杂技；

有"德性之才"，指向道德人格的不凡，如诚者之明、仁者之勇等，其用侧重于教化型世。

气质之才发散，德性之才内敛，前者见乎实务，后者显于虚名。这种划分并不严密，也欠准确，实则是对儒家"达则兼善天下，穷则独善其身"思想的继承，但它关注到了内养、自修亦为才这样一个事实。②

从美学维度观照，作为一个因为过于熟稔而被文艺理论界视为默证的范畴，才在古代诗学领域受到高度重视，无论作家评量、作品考察还是文艺主体素养理论体系的建构，才都是绝对的核心。作为近现代学术经典话题的中国文学自觉问题，就其本质而言，不是艺术作品本身审美化的问题，也不是文体区分问题，而是作者对文艺创作创化源泉的发现、认知问题。其关键在于从东汉中后期开始，文人们逐步形成了以下共识：源自主体禀赋的才是文学创作的根本依托，"创造"——这种在古人看来只有圣人方可胜任的千秋

① 廖燕：《才子说》，《二十七松堂文集》卷11，屠友祥校注，上海远东出版社1999年版，第281页。

② 刘熙载：《持志塾言》卷下，《刘熙载文集》，薛正兴点校，江苏古籍出版社2000年版，第31页。

大业，文人们同样可以通过驰骋才华——或曰纵其性灵完成。而至为关键的是：创造所需才华的源泉就在于自身。由此而言，才作为文艺美学范畴的成熟，便意味着文学自觉核心标准的现身，也就自然标志着文学自觉时代的来临。

才作为文艺审美范畴确立之后，以才为核心组构起了一个庞大的概念范畴系统，这个系统又承载了中国古典文艺美学有关主体素养理论的基本体系。这一点已经引起学界的重视，如汪涌豪先生分析与才相关范畴的涵括，以为其研究可以由此措手："既讨论才与气、性、情的关系以究其本；才与学、识、胆、力的关系以明其义，又讨论才的巧迟拙速以广其旨，然后是才之所养与收敛以彰其用。最后是才与体式的关系以切其实。"① 如此纲举目张，即能见主体理论思想之大义。

不过古代文艺美学有关才以及与其相近的性、禀气等范畴的文献极为丰富，其基本思想虽然近似，但具体言说之中又多一家之言；古代文艺理论的感性形态与主体进入式特征决定了论家往往言其一点不及其余；其立论目的不一——或药世范俗，或矫枉纠偏，或标杆立帜——又往往导致思想观点的矛盾。这就提醒我们：从美学意义讨论主体之才，需要把握其在古代哲学与美学理论中呈现的两个共性也是根本性的特征：

其一，才是性与性能的综合，性源乎自身，性能的开发涵养则需要人事参与，此为才的天人统一性。性为天分，但具天分仅仅是前提，性发挥而出方可成为能力，因此后天人事不可或缺。学以养才，法以成才，识以引才，气以动才，德以助才：人事的努力通过对天赋的补济实现天赋的释放，并以此见人事之功。

其二，作为本书研讨的核心——文学艺术之才（简称文才）而言，它不是心智功用的单一对应或固定形态，它是虚灵的心智结构，体现为严密的系统性特征。后天人事涵育激活的就是这个心智结构系统，其中有性分所偏、情怀所宜、气质所尚、心思所兴等等；而后天人事又必须接受这种虚灵心智结构系统的引领与约束。

回到文才思想的沿革历史考察，文才在其成熟过程中，分别被纳入天人合一、中庸之道这两个重要的中华民族传统思想系统，由此形成了我国文才理论

---

① 汪涌豪：《才：中国古代文学理论中的主体论范畴》，《河南师范大学学报》2010 年第 4 期。

在不背离"能在天资"基础上的协和两端、并蓄天人形态:

从文才的审美态度而言,尊奉与警惕共在;从文才的本体形态而言:天赋与人力融结;从文才活力的葆有策略而言,极才与敛才统一。

第 一 章

才从哲学、人伦识鉴范畴向文艺范畴的转型

作为中国古代哲学的基本概念范畴，才很早就存在于主体禀赋、能力的描述说明语境里。而其从哲学、人伦识鉴进入文艺领域并确立起审美批评——尤其主体素养论核心范畴的地位，"才"与"文"建立起直接的关联，其哲学依托在于传统的三才理论。

就审美理论批评内部的发展建构而言，以才论文滥觞于两汉之交，东汉之后渐成规模。王充《论衡》则以大量篇幅论述才与文辞文士的关系，不仅体现了汉代有关才与文关系理论的最高成就，也形成了才文关系理论的基本体系。

就外部动力而言，汉魏之际曹操的唯才是举和与之同时兴起的才性之辨，也将才推向了文化思潮的中心。

在经历了东汉王充禀气论的洗礼之后，人从传统三才论中的假天而尊逐步实现了自证其尊。其中人道参乎天地之道、"人才"灵能的思想与才的审美批评实践、理论建构的成果以及才性之辨引发的影响在魏晋之际交融整合，才的文艺范畴转型由此完成，古代文才思想也就此逐步展开，并在《文心雕龙》中得到系统而全面的阐发。

从中国古代审美发展的趋势而言，春秋至两汉重视艺术功能，魏晋以后则进入了一个艺术全面观照又格外重视审美规律探索的时代。这种深化，很显然与才从哲学、人伦识鉴范畴向文艺理论范畴转型的时间吻合。才的这种转型，因此可以视为文艺审美疆域拓展或审美重心偏移的根本动因。

才作为文艺审美范畴在魏晋六朝的定型，催生了文学自觉，造就了文学"程才效伎"的个性化追求局面，形成了一批重要的理论批评范畴，这些范畴围绕审美主体素养展开，并逐步形成了以才为核心的审美主体素养理论体系。

第一节　先秦才义辨识

先秦之际，才这一范畴的诸般内涵都已基本成熟并得到较为广泛的运用。从文献的分布而言，无论《尚书》、《诗经》、《左传》、《国语》，还是《孟子》、《荀子》、《庄子》、《韩非子》都有以才论人的资料，尤其春秋战国时代的《左传》、《国语》以及诸子著述，其出现的频率相当密集，体现了古人对才认知的高度自觉。其时才在诸般语境中呈现为以下三个内涵指向：初始、质性、能力。初始为本义，质性与能力为引申。才之质性即才性，才之能力即才能。三者之中，又以能力——智慧、力量为先秦之际才义的核心，虽言才之性质也多是人性论中附带出来，并非如一些学者所说：先秦之际是以性说才的时代。

一

才，篆字作"才"，从文字训诂考察，其原始意义衍生于草木的存在状态。对这个字的训释大约有两个代表说法：

其一，代表草木生长的初始状态。许慎《说文解字》释云："才，草木之初也。从'丨'上贯'一'，将生枝叶也；'一'，地也。"才字既象形也会意，篆字两横一竖，是植物生长刚出地面的形态。南唐徐锴《说文系传》沿依此说，并将所会之意更具体描述为："上'一'，初生歧枝；下'一'，地也。"段玉裁亦赞成许慎的释义，《说文解字注》云："引申为凡始之称。释诂曰：初哉始也。"不过对字型的训解与徐锴略异。他认为："'一'谓上画也，将生枝叶谓下画。才有茎出地而枝叶未出，故曰将。"继而列举了"才"、"屮"、"之"、"出"四字，依托许慎的解释，对比各自篆字之所象称："凡草木之字'才'（才）者，初生而枝叶未见也；'屮'（屮）者，生而有茎有枝也；'之'（之）者，枝茎益大也；'出'（出）者，益兹上进也。

此四字之先后次第。"① 对比的目的，意在强调"才"与草木生长之间的内在联系及其"初始"意蕴之所在。

其二，代表树木伐倒之后所呈现的本然质地。唐代李阳冰先有此说，宋末戴侗《六书故》引其言曰："在地为木，伐倒为才，象其支根斩伐之余。凡木阴阳、刚柔、长短、大小、曲直，其才不同而各有所宜谓之才，其不中用者谓之不才。引之则凡人、物之才质皆谓之才。"戴侗也主这一意见，故云："才，鉏哉切。季曰斩木支根，取其才以为用也。"② 李阳冰等的释义是对象形"才"字的另一种解读，尤其侧重于"木"、"才"二字之间的形似辨析：生者为木，伐倒之后，斩除大木之旁枝根系则为才，斩伐之后最终显示树木主干的本然质地性质，质地性质不同其用度也便相异，但凡能堪其用者皆可为才。如此既论性质，又兼用度。元代周伯琦编《六书正讹》延续此说："才，木质也。在地为木，既伐为才，象其枝根斩伐之余，从木省，别作材，非。"他认为"才"就是"木"的省笔，不应该将与树木物料相关者别作"材"字③。

有关"才"第二个意义的训释已经接近"材"之本义，许慎释"材"为"木梃"，徐锴《说文系传》云："木之劲直堪入用者，故曰入山抡可为材者。人之有材义出于此。"④ 所谓"梃"，段玉裁释云："一枚也，材谓可用也。《论语》：'无所取材。'郑曰：'言无所取桴材也。'《货殖传》曰：'山居千章之材。'服虔云：'章，方也。'孟康云：'言任方章者千枚。'按：汉人曰章，唐人曰橦，音钟。材方三尺五寸为一橦。材'引申之义'凡可用之具皆曰材。"可见"材"就是有规模、有体态的木料，不为废物，可资乎用。

以上对才字象形会意理解的不同，出现在不同的时代。许慎之说最早，应该能够代表东汉之前关于才之本义的基本理解。本初所有蕴育着未来，所以段玉裁《说文解字注》引申其意为："草木之初而枝叶毕寓焉，生人之初

---

① 段玉裁：《说文解字注》，上海古籍出版社 1988 年版，第 272 页。
② 戴侗：《六书故》卷 21，党怀兴、刘斌点校，中华书局 2012 年版，第 472 页。
③ 参阅《康熙字典》卯集中引，成都古籍出版社 1980 年版，第 4 页。
④ 徐锴：《说文系传》卷 6、卷 11，影印《文渊阁四库全书》，台北商务印书馆 1986 年版，第 223 册，第 529 页。

而万善毕具焉，故人之能曰才，言人之所蕴也。"细致分析，这个阐释体现出才的以下内涵：源自本初而定者为质地、为性质；涵摄未来发展趋势者为潜力、性能。一言其性，一言其能。才性与才能因此延伸而出。

另一方面，通过篆字喻示形态的比较，才、材既然皆关乎木，材的篆字"杸"所指涉的，显然是才（"才"）经过"屮"、"之"、"出"的历程而最终所成就者。材最终可资乎用的引申义与才蕴蓄未来发展趋势的意义应该很早就实现了融合，材之可用从言物而渐及于人，并共同熔铸为才有所能的内涵。李阳冰、戴侗等人对才的理解，应该说属于后世才之内涵成熟之后学者们对这个概念的重新阐释，但最终仍然落实于才之本初质地及因其可用而彰显的能力之上。

就才、材而言，后世在具体应用中也略有分工，如朱熹曾言"才犹材质"，二者区别不大，不过也提醒："才字是就理义上说，材字是就用上说。孟子上说'人见其濯濯也，则以为未尝有材'，是用木旁材字，便是指适用底说；'非天之降才尔殊'，便是就理义上说。"① "才"在较早的时候多用于抽象的本体言说，"材"则兼其作用而言。不仅如此，在论及物料、物用之际，一般更倾向于用"材"字。

尽管如此，二者音既相同，义又有着很大的关联，尤其"才"之能义逐步与"材"适于用这一意义融合，所以段玉裁云："凡才、材、财、裁、纔字以同音通用。"后世"才"、"材"文献之中交互使用的现象非常普遍。

以训诂研究为基础，进而我们来考察才这一概念在先秦文献中的具体应用。我们以基本的时序，通过对《尚书》、《诗经》、《国语》、《左传》、《墨子》、《老子》、《论语》、《孟子》、《庄子》、《荀子》、《韩非子》等主要典籍的检索，可以得出这样的结论：先秦关于才这一概念的运用，基本体现了以上文字训诂所呈示的两个内涵：能力智慧、质地性质。就其运用的广泛程度而言，才有所能而呈现为才力、才智更是其主流。②

---

① 黎靖德：《朱子语类》卷59，王星贤点校，中华书局1994年版，第1383页。

② 以上文献，《尚书》从记载的内容看最为古老，但今古文经的论争使其难睹真面，本书参照傅斯年《性命古训辨证》，依据考据成果，主要取其中《大诰》、《康诰》、《酒诰》、《召诰》、《多士》、《无逸》、《君奭》、《多方》、《立政》、《顾命》等较为可靠的篇章为考察对象，部分依据孙星衍《尚书今古文注疏》的考证。

现存较早的《尚书》、《周易》、《诗经》等典籍，其中涉及才者即侧重于才能才力。如《尚书·金縢》云："予仁若考，能多材多艺，能事鬼神。乃元孙不若旦多材多艺，不能事鬼神。"孔颖达直疏"材艺"为"材力"、"技艺"①。《尚书》其他篇章涉及才的不多，言人之能多以"贤"代之。另外言"材"者只有两处，先是《尚书》有专门的"梓材"篇，孔安国传："告康叔以为政之道，亦如梓人治材。"又《顾命》篇有"伯相命士须材"之说，孔安国传："召公命士致林木，须待以供丧用。"以上两个"材"皆指材木物料。②

《周易》的经文中没有关于才的资料，涉及较多的是《易传》，为战国时期的思想，后有专论。《诗经》之中有关才的文献只有一条，即《鲁颂·駉马》："思马斯才。"毛传："才，多材也。"③ 而此"多材"正对应着"佽佽有力"，故而才即才力。后世朱熹《诗经集传》即直接释才为才力。

春秋争霸，战国逐鹿，战乱频仍之世，皆有尚智尚力的倾向，因此春秋战国典籍不仅言才者剧增，且除了《孟子》、《荀子》之外，其他著述更以论能力、器用、智慧为主。

其一，史传类。首先看《国语》：

或言能力。《鲁语》："沃土之民不材，逸也。"韦昭注："不材，器能少也。"如此"材"自然是"器能"之意。其他诸如《周语》："今虽朝也不才，有分族于周。"《晋语》："今我不才，而得勤与从"、"晋公子贤明，其左右皆卿才"、"献能而进贤，择才而荐之"。《楚语》："臣不才，无能益矣焉"、"虽楚有材，不能用也"。《齐语》："优笑在前，贤材在后"、"夫管子天下之才也"。都是以能论才。

或言器用。能力的延伸即成器用。《周语》："让，文之材也。"韦昭注："材，用也。"谦让是文的外在运用。《晋语》："其禀而不材，是谷不成也。"韦昭注："不材，不可用也。不成，谓秕也。"有其才能即可成其用，

---

① 孔颖达等：《尚书正义》，中华书局 1980 年缩印阮元校刻《十三经注疏》本，第 196 页。案：《尚书·金縢》篇也有争论，但本篇今、古文皆录，《史记·鲁周公世家》亦载其文。据孙星衍考证，本文自"秋大熟"以下为窜入之文，而"多材多艺"之说在"秋大熟"之前。参阅《尚书今古文注疏》卷 13，中华书局 1986 年版。

② 孔颖达等：《尚书正义》，《十三经注疏》，第 208、238 页。

③ 孔颖达等：《毛诗正义》，《十三经注疏》，第 609 页。

无其才无其能则不可成用。①

再看《左传》，其有关才的运用，意旨同样集中于能力、器用。具体而言，或举才能智、用而誉之：

卷十："庆父材。"

卷十五："以盾为才，固请于公。"

卷二十四："狄有五罪，隽才虽多，何补焉？""夫恃才与众，亡之道也。"

卷三十五："弥与纥，吾皆爱之，欲择才焉而立之。""何长之有，唯其才也。"

卷五十八："小人虑材而言，量力而共者也。"

卷六十："疾与亡君，皆君之子也，召之而择材焉，可也。"

或以"不才"自谦无所才能、智用：

卷二十一："妾不才，幸而有子。"

卷二十六："臣不才，不胜其任。""臣实不才，又谁敢怨？"

卷三十："无忌不才，让其可乎？"

卷三十二："札虽不才，愿附于子臧。"

卷四十："武不才，任君之大事。""敢谢不才，遂仕之。""小人实不才。"

卷四十三："侨不才，不能及子孙。"

或才与不才相对而言，以是否具有才能、智用为甄选或评价的标准：

卷十九上："此子也才，吾受子之赐；不才，吾唯子之怨。"

卷二十："昔高阳氏有才子八人。""高辛氏有才子八人。""昔帝鸿氏有不才子。"

卷四十二："子产曰：印也若才，君将任之；不才，将朝夕从女。"

综上所述，《左传》有关才的用法也集中于"才"与"不才"的基本评判，而且较之《国语》更为繁密，凸显了春秋时期尚贤尚用、重视才能的思想。另外，《左传》卷十六云："公欲杀之而爱其材。"杜预注："才，

---

① 徐元诰：《国语集解》，王树民、沈长云点校，中华书局 2002 年版，第 194、68、264、356、452、483、489、218、217、89、402 页。

力。"本条注释提醒我们：在农业文明时代，才能之能中，孔武有力占有很大比重。①

其二，诸子之儒家类。先看《论语》，其中孔子及其弟子言论涉及才者，基本指向才能、才力、才智。

《泰伯》："子曰：如有周公之才之美，使骄且吝，其余不足观也。"刘开认为，这个才就是《尚书》周公自言"多才多艺"之才，有人以为道德，不准确。又云："孔子曰：才难，不其然乎？唐虞之际，于斯为盛，有妇人焉，九人而已。"孔安国传："言尧舜交会之间，比于此周，周最盛，多贤才，然尚有一妇人，其余九人而已。人才难得，岂不然乎？"无论"多才多艺"还是"贤才"，虽涉乎德行，但着眼点仍在于所能。

《子罕》引颜渊论孔子："仰之弥高，钻之弥坚，瞻之在前，忽焉在后。夫子循循然善诱人，博我以文，约我以礼，欲罢不能。既竭吾才，如有所立卓尔。虽欲从之，末由也已。"皇侃义疏引孙绰云："才力已竭，犹不能已。"释才为才力。

《先进》："颜渊死，颜路请子之车以为之椁。子曰：才不才，亦各言其子也。鲤也死，有棺而无椁。吾不徒行以为之椁，以吾从大夫之后。"才谓颜渊，不才谓孔子儿子孔鲤，以能而分别。

《子路》仲弓问政，子曰："先有司，赦小过，举贤才。"朱熹注："贤，有德者；才，有能者。"以能释才，而以贤释德为后起之意。

《公冶长》引孔子曰："由也好勇过我，无所取材。"郑玄曰："子路信夫子欲行，故言好勇过我也。无所取材者，言无所取桴材也。"孔子自道欲"乘桴浮于海"，子路欲从，故有此言。不可取以为桴，并非道其无用，乃言其性情不合此用，是以才为用。②

《孟子》言才时与性相涉，后文有专论。此外亦多言才能，《梁惠王下》："王曰：吾何以识其不才而舍之？"汉代赵岐注："王言我当何以先知其不才而舍之不用也。"才正与用对应，显示其能。《离娄下》："孟子曰：

---

① 孔颖达等：《春秋左传正义》，《十三经注疏》，第 1784、1817、1887、1977、2166、2178、1868、1900、1938、1956、2012、2016、2044、1845、1861、1862、2030、1824 页。

② 程树德：《论语集释》，程俊英、蒋见元点校，中华书局 1999 年版，第 536、558、596、753、883、300 页。

中也养不中，才也养不才。故人乐有贤父兄也。如中也弃不中，才也弃不才，则贤不肖之相去，其间不能以寸。"《尽心上》言君子三乐，其一即"得天下英才而教育之"。以上皆系从有为堪用而言才。①

再看《荀子》。《儒效》："知而好问，然后能才。"唐代杨倞注："其智虑不及常，好问然后能有才艺。"本条注释以"智虑不及常"解"好问"者之"知"并不准确，但才的意思仍然指向艺能。

《王制》："五疾，上收而养之，材而事之。"杨倞注："五疾，瘖、聋、跛躃、断者、侏儒，各当其材使之，谓若矇瞽修声、聋聩司火之属。"即各尽其能之所长。

其他诸如《儒效》曰"势在人上则王公之材"、《正论》曰"不材不中"、《宥坐》曰"遇不遇者时也，贤不肖者材也"等，皆是围绕抡选而言，意在选贤任能。另外《荀子》之中还有几个此前少见的关于才的用法，如《王制》"才行反时者死无赦"之"才行"，"谨募选阅材伎之士"之"材伎"。杨倞注云："材伎，武艺过人者，犹汉之材官也。""才行"是指见乎行事之能，与"材伎"并无大的区别。②

其三，诸子其他诸家。如墨家类。《墨子》言才，也以才力才能为主，如《亲士》："良马难乘，然可以任重致远；良才难令，然可以致君见尊。"《鲁问》："譬有人于此，其子强梁不材，故其父笞之。"《备水》："选材士有力者三十人共船。"《墨子》格外强调了才与智的关系，《经上》云："知，材也。"毕沅注："言材知。"《经说上》更具体解释："知，材；知也者，所以知也，而必知，若明。"③从主要描述技艺力量，到关注智慧，是有关才的认知深化。

如道家类。《老子》由于提倡绝圣弃智，因此五千言中无"才"的运用。《庄子》多用寓言，以物喻人，言其成材与否、有用与否，如不材之木、异材、美材之类。《山木》篇中之木以不材得终天年，农家之雁以不材

---

① 焦循：《孟子正义》，沈文倬校点，中华书局1987年版，第143、551、905页。

② 《荀子》，杨倞注，耿芸标校，上海古籍出版社1996年版，第70、72、56、178、302、72、76页。按：本书于"其智虑不及常，好问然后能有才艺"一句断为："其智虑不及，常好问然后能有才艺"，似为不妥。

③ 《墨子》，毕沅校注，吴旭民标点，上海古籍出版社1995年版，第7、195、223、140、145页。

丧生，则引来庄子"周将处夫材与不材之间"的解嘲。另外《庄子》中也有一些此前少见的用法，如《外物》"后世轻才讽说之徒皆惊而相告"之"轻才"，《盗跖》中"今先生世之才士也"、"此圣人才士之行而天下之愿也"之"才士"，同样是就能为而言。①

又如法家类。至韩非生活的时代，已入战国晚期，故而《韩非子》从能力维度对于才的运用更加广泛成熟，如《八奸》所谓"明主之为官职爵禄也，所以进贤材，劝有功也"之"贤材"、《八说》有"交争逆令"之"刚材"等等。不仅如此，韩非子言才，已经关注到其与文辞美丽的关系，如《存韩》有云："臣视非之言，文其淫说，靡辩才甚。"这个才便表现为文辞淫靡的擅场，并具有使秦王"淫非之辩而听其盗心"的感染力。另外，韩非对于才的本体特征探讨也更加深入，如依照能力高下，判定出人才本身的差异性特征，《难势》云："夫有云雾之势而能乘游之者，龙蛇之材美之也……夫有盛云浓雾之势而不能乘游者，蟆蚁之材薄也。"才美与才薄彼此悬殊。如各有所能各尽其能之说，《扬权》云："夫物者有所宜，材者有所施，各处其宜。……矜而好能，下之所欺；辨惠好生，下因其材。"又如才的运使局限，才必有术以辅之，有势以助之，方可成就其能，《奸劫弑臣》云："人主无法术以御其臣，虽长年而美材，大臣犹将得势。"《功名》云："夫有材而无势，虽贤不能制不肖。故立尺材于高山之上，则临千仞之溪，材非长也，位高也。"② 以上韩非关于才的高下、所能、局限的论述，建立在经验论的基础之上，并未如孟子纳入才性关系的辩难，而是既围绕才能展开，又回归于才能的施展策略。

综上所述，先秦才这一概念在运用中涉及最为突出的是由初始方将引申出的能力内涵，而且其时运用往往指向经济、政治能力及军事、治生技艺，并已经成为人才铨选的核心尺度。

二

能力之外，才的质地性质这一内涵在先秦文献中也得到一定的关注，但

---

① 郭庆藩：《庄子集释》，王孝鱼校点，中华书局 1961 年版，第 668、925、991、993 页。

② 王先慎：《韩非子集解》，钟哲点校，中华书局 1998 年版，第 57、423、17、389、44、106 页。

其关注的程度远不及能力一维，且以儒家为主，只是由于后世儒家思想的独尊地位，一些局于权利话语的研究便得出了先秦时代以性论才的结论，实则是一种误解。从训诂而言，才的初始方将之意便涵摄着才与本初质地、性质的内在关联，这是古代才、性通言的原因。

所谓才的质地性质，兼容着阴阳、高下、刚柔、清浊、善恶等维度，才与性质之间本来应是一种一多全面对应关系。由于儒家的人性思想论析将才、性分别纳入，讲求成才尽性，于是一般理解中所谓才的质地性质便往往局限为了善恶，这是儒家宣教造成的偏颇。

需要说明的是，先秦才之质地性质内涵的关注略不同于才能内涵的直接描述，它被道家纳入了道德论的系统、被儒家纳入了人性论，有关才的性质、质地内涵的认识是在对道德本质、人性及其境界的探讨中流露出来的。概而言之，其言说维度有二：

其一，从人伦识鉴、道德境界论中显现。春秋文献中，已经有了从质地言才的先例。如《国语·齐语》："令夫工，群萃而州处，审其四时，辨其功苦，权节其用，论比协材，旦暮从事，施于四方。"韦昭注云："论，择也；比，比其善恶也；协，和也，和其刚柔也。"① 即从善恶、刚柔论群工之才的质地、性质。战国之际，《庄子·德充符》提出一个著名的"才全"说：

今哀骀它未言而信，无功而亲，使人授己国，唯恐其不受也，是必才全而德不形者也。哀公问："何谓才全？"仲尼曰："死生存亡、穷达贫富、贤与不肖毁誉、饥渴寒暑，是事之变、命之行也；日夜相代乎前，而知不能规乎其始者也。故不足以滑和，不可入于灵府。使之和豫，通而不失于兑，使日夜无郤而与物为春，是接而生时于心者也。是之谓才全。"

本篇命名为《德充符》，郭象释云："德充于内，应物于外，外内玄合，信若符命而遗其形骸也。"其充德于内的过程便是主体自然质性修为陶冶的过

---

① 徐元诰：《国语集解》，第220页。

程，这个过程以养生为前提，其前一篇即为《养生主》，它包括性、情、志、气质等方方面面的磨砺，能尽臻乎诸如死生、穷达、贫富、毁誉以及四时变易皆不足以滑和的道德境界者，便可成就其才的整全粹美。此论与《寓言》篇"夫受才乎大本，复灵以生"相近，郭象注曰："若役其才知而不复其本灵，则生亡矣。"此处以才出乎本然，故而存本然质地性质，坚守这种本色，而非孜孜以求索，则可以抵制是非、好恶、利义的扰攘，实现生命的祥和。这种受乎"大本"的"才"与"才全"之"才"一致，有相当成分集中于本色自然之美上，即郭象所云："故才全者，随所遇而任之。"人有遇与不遇，凡遇视为不能不遇，凡不遇视为不能遇，一切付之自当，安排任化，则为德充之士，则为其才全备。①

以上关于"才"的理解，从"德充于内"而言体现了以下含义：才是个体的自然，经过修养陶冶，荡涤俗垢，抵达德的充实之际，即是这种本然的复归之时。本然即为质地、性质。

其二，从孟子人性论中显现。《孟子·告子上》论性善与不善曰：

> 公都子曰："告子曰性无善无不善也。或曰性可以为善，可以为不善，是故文、武兴则民好善，幽、厉兴则民好暴。或曰有性善有性不善，是故以尧为君而有象，以瞽瞍为父而有舜，以纣为兄之子且以为君而有微子启、王子比干。今曰性善，然则彼皆非与？"孟子曰："乃若其情，则可以为善矣，乃所谓善也。若夫为不善，非才之罪也。"

公都子转述诸种关于性的观点：或谓不分善恶，或谓有善恶且可以化移，或谓有善恶而不可移易。孟子认为：才就是材质，包容了才的质地与所能，性乃是人的普遍本性，材质是性于个体的体现，因此才和性本质上应当相合。进而分析，人皆具有仁义之端，这是性的部分，是属于善的。但性体现于个体、显示为才则未必人人可以尽善，这是个体的特殊性；不过"为不善非才之罪也"，乃是"不能尽其才者也"。不能尽其才，实际上就是说个体之才的涵养程度没有完全达到性的要求，而达到这种要求，才与性能实现吻

---

① 　郭庆藩：《庄子集释》，第212、187、953、213、214页。

合，善的本质就能发扬于每个主体。从人的普遍本性而言，才既是性在个体的落实又与性的完美状态存在距离；从个人的具体性而言，才就是性落实于个体因而与他人可以区分的性质、质地。

孟子等论性而引出才，在才性相合的解释中，既将才的质地性质这一内涵具化，同时也强化了才本然而具、性中所有的特征。正如龚鹏程先生论及先秦儒家才性思想时所言：

> 这个性，基本上是指"生之谓性"，也就是"不可学，不可事，而在人者"。从禀生、生之自然这一面来说，性是天生之质，故许多典籍及其笺注者都以"材质"来形容"性"。……《易·象传上》疏："性者，天生之质，若刚柔迟速之别"，《文言》疏："性者，天生之质，正而不邪"，《礼记·中庸》注："性者，生之质"，《庄子·庚桑楚》："性者，生之质也。"……平常我们形容一个人的天生才分，会说该人资质如何、才质如何，出典便在上述这类文献中。①

材质、资质如何即为其性如何。又称之为"天性"，《荀子·正论》曾言"天性"。又云"天资"，如《史记·商君列传》便以商君为"天资刻薄人"。论性而从生之所以然、资之所以然入手，与才初始方将的本义一致，天命、天赋的特性由此深深揳入才的肌理。

正因为如此，古代文献之中便往往直接以才、性、资、质互释。《荀子·礼论》："性者，本始材朴也。"性是本始阶段材的朴素面目，"材朴"是指"未经人力修为之能力"②，明确以材解性。《荀子·性恶》言"今人之性，生而离其朴，离其资，必失而丧之"，杨倞注云："朴，质也。资，材也。言人若生而任其性，则离其质朴而偷薄，离其资材而愚恶，其失丧必也。"此为以资释才。荀子又云："用此观之，然则人之性恶明矣。所谓性善者，不离其朴而美之，不离其资而利之也。"杨倞注云："不离质朴资材，自得美利，不假饰而善，此则为天性。"这里又以资、材与天性互释。继而

---

① 龚鹏程：《中国文学批评术语丛刊：才》，台湾学生书局 2006 年版，第 57 页。
② 徐复观：《中国人性论史》（先秦编），上海三联书店 2001 年版，第 202 页。

以"才性"联属统称,《荀子·修身》云:"彼人之才性之相县也,岂若跛鳖之与六骥足哉?"《荣辱》云:"材性知能,君子小人一也。"又曰:"知虑材性,固有以贤人矣。"又曰:"譬之越人安越,楚人安楚,君子安雅,是非知能,材性然也。"以"才性"为一体,意在表达二者内蕴的统一。①

结合以上说明,所谓才,本意是一个时间概念,由于它代表着初始、方将,蕴含了未来的走向,所以其中也便有了"能"的意蕴;而阴阳、刚柔、长短、大小、曲直、清浊所彰显的则是才的质地。质地性质与所能之间是相合的、一体的,体性、质地决定主体各有所宜的能力与用度。这种关于才之内涵的基本定位,在战国时代已经全面成熟。

如果说才有所能、才有其质地性质等内涵首先确立了一种能力优长与主体现实作为之间的对应关系,那么才的天赋性特征得到进一步认定、才进入美学领域并与文建立联系的关键,则在于三才论的产生。

第二节　三才论:才作为主体核心素养的
确立依据与才文关系的奠基

才谓初始方将、才具所能与才备质性三个内涵的成熟是战国后期三才论诞生的基础。而才之所以成为主体核心的素养,之所以从美学意义上与文艺建立起直接的关联,首先要追溯于三才理论。具体而言:人才衍自天地之才,是其如此尊贵并成为主体核心素养的根据;三才为宇宙的基始,三才生化、三才成象或曰三才皆文的思想是才实现美学升华并与文学艺术建立起根本关联的哲学依托。刘勰《文心雕龙·原道》将三才论纳入文学发生论,以三才皆文敷衍才文关系,并以天地之心、五行之秀论人才,以"实禀性灵"论人才之所以能够创造,是对三才与文学审美关系的系统论定与总结。

一

三才论对于主体素养核心地位的支撑、其与文之间的逻辑关系,就内化于三才的本义及其特征之中。

---

① 《荀子》,第249、13、27、28页。

才之内涵的成熟与才的广泛运用，酝酿了三才论产生的基本氛围。而《老子》所谓"道大，天大，地大，人大，域中有四大，而人居其一"以及"人法地、地法天，天法道，道法自然"的思想，已经编织出了天地人的关系图式。及乎《孟子·公孙丑下》则提出了天时地利人和的思想，可见其时"天地人"作为一种文化模式已经植根于先民的思维。才与数字并用源自《左传》襄公二十七年的"五材"说："天生五材，民并用之。"杜预注："金木水火土也。"① 以五行为五材。而在中国文化之中，"三"是一个充满神性的基元性数字，《老子》即有"三生万物"之论，其他诸如时有三候、位有三等、人有三老，三才之论正是以上因素综合积淀的产物。

明确而系统的"三才"论出自《易传》。《易传》大致出现在战国晚期，其中关于"三才"有两则重要资料，《说卦》：

> 是以立天之道，曰阴与阳；立地之道，曰柔与刚；立人之道，曰仁与义。兼三才而两之，故易六画而成卦。

《系辞下》：

> 易之为书，广大悉备，有天道焉，有人道焉，有地道焉。兼三才而两之，故六。六者非它也，三才之道也。②

可见"三才"是用来描述《易》经体象及其包蕴之道的，即卦爻符号的构成以及其所蕴含的阴阳变异法则。之所以用"三才"概论《易》，古今学者从以下五个方面给予了说明：

从《易》经全书而言，乾尽天道，坤尽地道，其余尽人道；

从卦体所呈示的理象而言，一卦之中皆备天地人之象，即初、二象地，三、四象人，五、上象天；

从卦爻象而言，卦具天地而爻具人位；

---

① 孔颖达等：《春秋左传正义》卷38，《十三经注疏》，第1997页。
② 李道平：《周易集解纂疏》，潘雨廷点校，中华书局1994年版，第691、675页。

从"爻之动"而言，六爻具备天地人；

从筮法而言，《系辞上》曰："大衍之数五十，其用四十有九。分而为二以象两，挂一以象三。"象两即象天地；挂一，从分为二部分的一部分蓍草中抽取一根放到另一处，成为第三部分。象三，即为取象三才。①

也就是说，"《易传》以卦爻符号的独特结构形式为基础，将这一法则演绎为三才统一的宇宙图式，同时又借助于这一符号系统，彰显出生生不息的宇宙本质"。②

以上从《易传》的三才之论至古今学者有关三才总括《易》道的论述，看起来清清楚楚，实则有两个关键问题并没有解决：首先，或曰天道地道人道，或曰天地人，三才到底指向什么？今人阐释三才多依宋人《三字经》所谓"三才者，天地人"为准，这种理解到底准确与否？其次，有如此多的理由以三才论《易》，那么为什么论《易》者要将天地人或天道地道人道命名为三才？

事实上，理解上的分歧大致是从唐代出现的。唐代之前，对三才的注解不多，西汉纬书《周易乾凿度》卷上假托孔子之言说："易有六位，三才，天地人道之分际也。三才之道，天地人也。"③ 虽然仍有些含糊其词，但相关判断之中皆未离开"道"字。东汉郑玄云："三才，天地人之道。"④ 其注《乾卦》又云："二于三才为地道"、"三于三才为人道"、"五于三才为天道"⑤。同样皆是从天地人之道论三才。东汉虞翻表达了同样的思想："……三才，谓天地人道也。"⑥

唐代开始渐有异说。章怀太子李贤等注班固《典引》"三才昭登之绩"："三才，天地人也。"注《张衡列传赞》"三才理通"："三才，天地人。"⑦ 又如六臣良注班固《典引》、六臣向注王简栖《头陀寺碑文》，皆以三才为天地人；六臣翰注陆机《吊魏武帝文》则云："三才，天地人事也。"六臣

---

① 任俊华、李朝辉：《儒家天人合一三才论的自然整体观》，《理论月刊》2006 年第 5 期。

② 杨庆中：《论〈易传〉中的道》，《中国哲学史》2005 年第 4 期。

③ 佚名：《周易乾凿度》卷上，影印《文渊阁四库全书》第 53 册，第 870 页。

④ 贾公彦：《仪礼注疏》，《十三经注疏》，第 946 页。

⑤ 李道平：《周易集解纂疏》，第 29、30、33 页。

⑥ 李道平：《周易集解纂疏》，第 634 页。

⑦ 《后汉书》卷 40、卷 59，中华书局 1965 年版，第 5 册，第 1381 页；第 7 册，第 1941 页。

翰注任昉《王文宪集序》又称："三才，天地人道也。"①

宋代以三才为天地人的解释更为普及，《三字经》之外，邢昺疏《孝经》亦曰："天地谓之二仪，兼人谓之三才。"② 其他诸多理学大家于此也多相同。不仅如此，有学者还明确表示，其所论之天地人并非哲学意义的范畴——作为哲学范畴的天地人有时可以作为天道地道人道的代称——而就是物理物质意义的天地人，如程伊川云："三才以物言，三极以位言"；平庵项氏称："言其道之至谓之三极，言其质之定谓之三才。"③ 如此而论，则三才更与天地人之道难以相接。

如何理解以上的不同？要回答这个问题，需要从《易传》"三才"论的成因说起。

如前所述，"三才"是《易传》为阐释《易》经卦爻符号所蕴含的变化规则而引入的指谓，这个范畴在此前的文献中从未明确出现。而《易传》之所以概括出"三才"这样一个名词，在前面所论历史文化的积累之外，与《易传》概括《易》经一卦之义的"彖"释为"材"又有着直接而密切的关系，这一点历史上罕有学者道及。

《系辞下》云："是故易者象也，象也者，像也。彖者，材也。爻也者，效天下之动者也。"《易》经有本初八卦，八卦各自有其基本取象，八卦相重，则六十四卦成而又可生象，此为"八卦成列，象在其中"。而八卦相重又生"爻"，此为"因而重之，爻在其中"。不重为六画，不足以表变化，故而初始八卦之画不称为爻，只有相重方可演示天下易动，所以爻就是"效天下之动者"。以上所论爻效法天下之动，同样是从取象而言的，是对每一画不同取象的分别描述。诸爻联系到一起，原始要终，成就的则是完整的卦象与卦义，此为"刚柔相推，变在其中"。而断定一卦要义、阐释变化之道的文辞便被《易传》称为"彖"。

"彖"字由"彑（篆字作彑）"与"豕"组合而成。《说文》释"彑"："豕之头，象其锐而上见也。"释"彖"："豕走也。"许慎并未涉及《易传》，于此可见《易传》的"彖"当是取"豕"之情态征貌以为象征，至

---

① 萧统：《文选》，六臣注，杭州：浙江古籍出版社 1999 年版，第 901、1068、1101、856 页。

② 邢昺：《孝经注疏》卷 3，《十三经注疏》，第 2549 页。

③ 余琰：《周易集说》卷 28、卷 35 引，影印《文渊阁四库全书》第 21 册，第 276、342 页。

于所取之处很难断定，或为法象其头部尤其法象其口硕大，口张而全体毕见且具有覆盖性，古人以"断"释彖者于此或有参悟，但不敢以为定论。① 断辞这一基本意旨之外，从"彖"之所指而言，战国、东汉、曹魏、两晋等早期学者分别给予了如下解释：

战国之际，《易传·系辞下》首先拈出"彖"字："是故，易者，象也。象也者，像也。彖者，材也。"

汉末三国虞翻云："彖说三才，则三分天象，以为三才，谓天地人道也。"②

曹魏王弼注《履卦》"彖"云："凡彖者，言乎一卦之所以为主也。"③

晋代韩康伯注"彖者，材也"："材，才德也。彖，言成卦之材，以统卦义也。"④

综上所论，关于"彖"的理解实则包含了两个层面：

其一，作为《易》经阐释的"彖"的解释边界。彖辞解读的范围包含了一卦之德，一卦之义，一卦之名，被称为彖辞，其释语为彖传，彖辞又曰卦辞。"象"作为十翼之一也论全卦之象，也含卦义，此为大象，与彖相比，大象简约而彖详明。⑤

其二，"彖"之所以可假借为一卦意义总体阐释的内在依据。彖即为"材"，韩康伯释材为"才德"，材、才相通，才、德二者皆指禀受所得，又包孕了其性之所能，类似后世所谓资材、材质，是对卦的组成部分而言的。所以韩康伯称"彖"为"言成卦之材"，即统言卦的构成之材，如此方可综论其大义。

三才之说，便衍自"彖言成卦之材"这个结论。《系辞下》从易而彖而象这一逻辑顺序归结出如下文字："是故，易者，象也。象也者，像也。彖者，材也。"意思是说：易经以象演示变化，彖辞则意在概括象中之所蕴蓄的大义，因此彖就是对卦象的辨析与总结。而卦有两象，系八卦相重

---

① 孔颖达等疏《乾卦》："褚氏庄氏并云，彖，断也，断定一卦之义，所以名为彖也。"《周易正义》卷1，第14页。按：段玉裁即云："古人用彖字必系假借，而今失其说。"《说文解字注》，第456页。

② 李道平：《周易集解纂疏》，第634页。

③ 孔颖达等：《周易注疏》卷2，《十三经注疏》，第27页。

④ 孔颖达等：《周易注疏》卷8，《十三经注疏》，第87页。

⑤ 孔颖达等：《周易正义》卷1《乾卦》，《十三经注疏》，第14页。

而成，八卦一卦一象，重而为二象。先天八卦（乾、坤、震、巽、坎、离、艮、兑）本来只有三画，为其固然之体；重为二象后具有六画，《系辞》称之为"兼三才而两之"，系先天三画"当然而必然之用"①。如此而言，《易传》显然是以先天八卦的三画与三才对应。所以说："三画之卦，象三才；六画之卦，则两其三才也。方其三画而未重也，下一画为地，中一画为人，上一画为天。"② 因此三才之才，从本源而言，正是指构成八卦的材质，因有三画，故名曰三才；因为三画分别取象乎天地人，所以从卦体而言，三才不妨表述为天地人。这一点汉魏之际虞翻已经有过论述，他在阐释《系辞上》"圣人有以见天下之赜，而拟诸其形容，象其物宜，是故谓之象"时说："象谓三才，八卦在天也。伏羲重为六画也。"其意是说，就卦体而言："日月在天，成八卦象"，即八卦全取乎天象，成卦之后"谓天三爻"，即八卦因乎天象而成后，三画被称为先天三爻，也有称为先天三画者，但皆为后人命名。三爻即为三种材质，而其取象也同样称为"三才"。③

王夫之说得更为清晰："材者体质之谓，效天下之动，则其用也。有此体乃有此用，用者用其体……而爻亦本乎象所固有之材。材者，画象之材也。"④ 显然三才之才指向构成卦体、效法天地变化的材质。一画一才，三画三才；重卦之后，两画一才，六画三才。以上三才、三材意义相同。

如果从占筮之法而论，如上所引大衍之数五十，其用四十九，取蓍草二组，从其中一组又取其一而单独成组，如此成三，以此象征天地变化，则从象为材的意义考量，材之本义即指向构成卦体的蓍草。

就具体运用而言，八卦重为六画，演出六十四卦——这才是象的阐释对象，诸卦虽然皆具两个三才，但实则只是三才一阴一阳的两种形态，即易学界所谓"三才两之，莫不有乾坤之道"。依照唐前即形成的共识，其中上二

---

① 王夫之：《周易内传》卷6，岳麓书社2011年版，第573页。

② 俞琰：《周易集说》卷36，影印《文渊阁四库全书》第21册，第352页。

③ 参阅李道平《周易集解纂疏》卷8，第567页。按：《易传》言"爻"之意在于变动，只有重卦方能体现爻的变动。王夫之曾云："重者，一爻立而又重一爻也。故此于八卦言象，于重卦言爻。"《周易内传》卷6，第574页。

④ 王夫之：《周易内传》卷6，第587页。

爻为天道之阴阳，下二爻为地道之柔刚，中二爻为人道之仁义。① 八卦相重方始生爻，所以《系辞下》有"爻也者，效天下之动者"的定义，虞翻释云："谓两三才为六画，则发挥刚柔而生爻也。"意思是说：先天八卦只是天象基本的概括，只有相重而为六画，爻方诞生，六画成而天下变化规律尽在其中。于是三才之才在作为先天八卦的材质、取象乎天地人的基础上，于六十四卦之中又侧重于表彰这些材质通过耦合彰显的灵能，因此指向了天道地道人道，所以虞翻直接说："象说三才，则三分天象，以为三才，谓天地人道也。"三才皆本乎天象，所以说"三分天象"，各自蕴含了运动规律，总体又演绎着生化法则，故此三才即成天地人之道。唐人崔觐则更为明确地阐述了重卦与三才的关系："重卦六爻，亦兼天地人道。两爻为一才，六爻为三才，则是'兼三才而两之，故六'。"② 宋人亦论曰："道非两不立，偏于一非道也。是故立天之道则曰阴与阳，立地之道则曰柔与刚，立人之道则曰仁与义。其间皆著一'与'字，盖天地人之道各两，而其所谓两者，要皆相与为用，盖不可举一而废一也。"③ 在重为六画的六十四卦之中，三才的组合意在发挥变化之道，因此其指向就是包蕴了对立统一的天道地道人道。

综上所论，象指向卦体之材及其意义的综合，而材即材质，早先当指蓍草。从卦爻取象对象而言三才即为天地人④；从爻变化铸就之象所彰显的德义而言，三才各成其能，由此见乎天道地道人道，于是三才在象征意义上论又指向天道地道人道。⑤ 严格讲来，以三才论天地人与以三才论天道地道人

---

① 参阅李道平《周易集解纂疏》卷 1，第 30 页。其中有"郑注孔疏引先儒云"，所云者即为此论。按：本书标点于此有误，"郑注"后点冒号，造成孔颖达之疏产生于郑玄之前的假象。

② 李道平：《周易集解纂疏》卷 9，第 634、675 页。

③ 俞琰：《周易集说》卷 36，影印《文渊阁四库全书》第 21 册，第 352 页。

④ 李道平疏"象者，材也"之"材"："材当读为才，即三才也。"《周易集解纂疏》，第 634 页。

⑤ 以天道地道人道指向三才与"三才之道"应该有着一定差异。"三才之道"是就三才关系，或者天道地道人道关系而言的，并非属于天道、地道、人道的另一种表达方式。"三才之道"是说天地道人道之间既有区分又有联系：分言天之阴阳、地之刚柔、人之仁义即是讲其不同；"一阴一阳之谓道"又是其普遍性。而这一切都最终体现于八卦三画相重所形成的六画之"六"中，所以《系辞下》云："易之为书，广大悉备，有天道焉，有人道焉，有地道焉。兼三才而两之，故六。六者非它也，三才之道也。"参阅杨树达《周易古义》（与《老子古义》合刊），上海古籍出版社 2006 年版（与《老子古义》合刊），第 114 页；张岱年《中国古代哲学概念范畴要论》，《张岱年全集》第四册，河北人民出版社 1996 年版，第 478 页。

道并没有矛盾，它体现了卦体变化与才之意蕴展开的双重推进：对卦体而言，从先天八卦至相重为卦，于此卦体材质上推敲即为《系辞上》所谓"形而下者谓之器"；而从言其材质至兼论其灵能，于此象外义理总括即为《系辞上》所谓"形而上者谓之道"。二者融会一体，所以形成了三才之论指向的差异。由于后世论卦体变化与论卦理内蕴逐步不似先哲区分详明，故而时有混淆，造成三才所指本义的模糊。①

另外，"天地人"——尤其"天人"在中国古代思想中不仅仅作为自然之"象"存在，诸多语境下早已上升为哲学范畴，如老子地法天之天、董仲舒所论"王道之纲可求于天"的天人感应之"天人"皆是如此。又如唐代王通《中说》论"三才之蕴"："夫天者，统元气焉，非止荡荡苍苍之谓也；地者，统元形者焉，非止山川丘陵之谓也；人者，统元识焉，非止圆首方足之谓也。"② 其中的天地人，便已经包纳了天道地道人道。因此后世论三才，虽言天地人，但其正确理解者往往视之为哲学范畴，内蕴指向天道地道人道。如此概念的衍变，也造成了三才本质理解的含糊。

二

三才渊源成因以及意蕴的疏通，已经使三才之才的意旨洞明。这个从汉人开始就视为常识而罕见疏释的概念，其本质就是才性之才，如上节所论，其核心内涵之一即为材质、质性，《系辞》释象为材便含有此意。惠栋曾明确论及："孟子论性而及才，才者天之所降，故曰降才，即《说卦》之三才也。"③ 才为质性之引申，这一点更是三才之才的本义。三才之才的另一个重要意蕴便是灵能。这当然不只是后世研究得出的结论，仔细考究会发现，《易传》之中对此已有阐发。

其一，论三才之道往往言其灵能。《系辞上》云："乾知大始，坤作成

---

① 中国古代哲学概念范畴虽有笼统性，但将清脉络则同样显示出其应有的细密。如晋成公绥《天地赋序》论天地："天地至神，难以一言定称。故体而言之则曰两仪，假而言之则曰乾坤，气而言之则曰阴阳，性而言之则曰刚柔，色而言之则曰玄黄，名而言之则曰天地。"其本质皆为天地，只是后人不察，运使逐步随意，故而形成了意义的含糊。

② 张沛：《中说校注》，中华书局 2013 年版，第 243 页。

③ 惠栋：《周易述》卷 21，《清人注疏十三经》一，中华书局 1998 年缩印《四部备要》本，第 164 页。

物，乾以易知，坤以简能。易则易知，简则易从。易知则有亲，易从则有功。"意思是说：乾为"大明"，阳生息则能明照万物；坤主涵蓄，以阴阳相合而成物，故曰"简能"——由乾至坤，阳有施则阴有成，自然简易，却见其所能。韩康伯注云："天地之道，不为而善始，不劳而善成，故曰易简。"① 其中融入了道家无为的因素，无为而有为，既简易而成能。以上虽然只论乾坤，实则兼人，因为人在乾坤之间，所谓天覆地载、天生地养，一如古人论天人之道而时有不及地道者，原因在于其时存在天地本一、地为天涵的观念，言天道即兼地道。《系辞上》所概括的，是言天地昌大光明、貌似简易无为，而其才却有成物之"能"，天地如此之能即为三才之能。

至《系辞下》，《易传》作者又对三才灵能的思想做出了更为细致的补充。其中云："是故变化云为，吉事有祥。象事知器，占事知来。天地设位，圣人成能；人谋鬼谋，百姓与能。八卦以象告，爻象以情言，刚柔杂居而吉凶可见矣。"这里虽涉及天地却又不言其能，三才之中仅称圣人之能，何以如此呢？宋代张载道其因由："天能为性，人谋为能，大人尽性，不以天能为能，而以人谋为能。"宋代郭雍则释云："天地设位于上下而已，不能自成其能也。唯圣人成其能以备三才之道，此所以参天地而赞化育也。"② 二人的阐释互相补充：天地化育，不是能所可言说者；天地不以能显者正是其神道所在，这种大能相对于人事而言不自现身，而是天工人代，由圣人成就其神其道，并以圣人之能的形式展示，如此就是圣人可"备三才之道"。人才假圣人参赞天地，三才以此成能。

郭雍在"乾以易知，坤以简能"、"圣人成能"，天地人已经括举于内的基础上论"泰卦"："泰之道甚大，有三才成能之事，故象言财成辅相"③。明确概括出了"三才成能"。

其二，论三才往往论其能够变化生化或为变化生化核心的支撑。这两个意义均源自三才为"三极之道"这一命题。《系辞上》云："圣人设卦观象，系辞焉而明吉凶，刚柔相推而生变化。是故吉凶者，失得之象也；悔吝者，忧虞之象也；变化者，进退之象也；刚柔者，昼夜之象也。六爻之动，三极

---

① 孔颖达等：《周易正义》卷7，《十三经注疏》，第76页。
② 纳兰性德：《合订删补大易集义粹言》卷78，影印《文渊阁四库全书》第46册，第672页。
③ 纳兰性德：《合订删补大易集义粹言》卷15，影印《文渊阁四库全书》第45册，第301页。

之道也。"郑玄、陆绩、韩康伯等早期注家及后世学者皆标"三极"即为"三才"。但在三极之"极"的内涵理解上略有区分。历代大致分为两个观点：

观点一，也是主流思想，以"极"为三才变化生化的极致。陆绩云："此三才极至之道也"① 韩康伯云："三极，三材也，兼三材之道，故能见吉凶成变化也。"孔颖达疏："六爻递相推动而生变化，是天地人三才至极之道，以其事兼三才，故能见吉凶而成变化也。"② 又如朱熹论："三极，天地人之至理，三才各一太极也。"③ 皆以"极"为极致变化，所以三才之才显然被赋予了具备变化生化且可抵达其极致的内涵。

观点二，是清代学者后起的推断，以极为"中"。李道平认为陆绩等以极为极致的说法不合经义。他认为："盖极者，中也。《说文》：'极，栋也。'《逸雅》：'栋，中也。居屋之中也。'故《洪范》：'建用皇极。'《周礼》：'设官分职，以为民极。'郑氏皆训'极'为'中'也。"④ 惠栋云："极，中也，三极谓天地人之中也。"⑤ 张惠言亦有此论："极，中也，三极，三才也。三才六爻，非中则动。"⑥ 郑玄虽曾以"中"注"极"，涉及"皇极"等"极"，并未单独疏释"三极"之"极"，但清代学者承其思想以"中"释"极"已然成为风气，于此言之凿凿。如果说"中"之意尚难准确把握的话，李道平援引《说文》以"极"为"栋"则其意较为鲜明："栋"即房屋大厦之中设于中间的大梁，既起着核心的支撑之用，又具有辅助聚合众檩的功能。以三极之极为"中"，便蕴含了才为诸变诸能根本依托的意义。

以上诸说虽然理解不尽统一，但于三才性能的归纳并不相悖：二者只是对其性能所抵达的同一境界表达有别而已，实则极致之道在儒家思想系统中也便是中和之道。所谓三才有此性能，其根本即在于天地人之"才"具有如此性能。

---

① 李道平：《周易集解纂疏》，第 549 页。
② 孔颖达等：《周易正义》，《十三经注疏》，第 77 页。
③ 朱熹：《周易本义》卷 7，影印《文渊阁四库全书》第 12 册，第 681 页。
④ 李道平：《周易集解纂疏》，第 549 页。
⑤ 惠栋：《周易述》卷 21，《清人注疏十三经》一，第 163 页。
⑥ 张惠言：《周易虞氏义》，刘大钧校点，北京大学出版社 2012 年版，第 137 页。

其三，论三才而落实于天道地道人道，其中同样蕴含了"能"的意义。前文已经明辨，从卦理而论，三才是天道地道人道的总合，这就意味着立天之道的阴阳变化、立地之道的刚柔变化、立人之道的仁义变化，是以道为本的运动，也是其才其能的表现。道通过才落实，才也就成为道的现身。因此三才之才的核心特征便是天道地道人道因其矛盾、对立双方的运动成就的变化生化之能。

道与才的这种本然关联早为古代学者论及。从泛言道义来看，王充《论衡·程材》云："五经以道为务，事不如道。道行事立，无道不成。"道行事立，即以明道合道则才成其能。又如宗炳《画山水序》论艺："山水质有而趣灵。"所谓"趣灵"就是山水具有与主体情感相对应的生活灵动的内涵。这些虚灵的内涵，从本质上讲是玄学作为本源意义的"无"通过物色之"有"的体现，又被称之为"道"，所以宗炳又说"山水以形媚道"。无与道是人不可见的，因此只有通过主体与客体的融合才能展示，这就是神、趣、灵、味。能够体味感触于此，并通过画笔将其呈乎有形，便是窥见了道的天机，而窥测天机的手段恰恰是画家的艺术天才。从对《易传》本文道之内涵的诠释而言，唐代崔觐论《系辞上》"形而上者谓之道，形而下者谓之器"，于道之本旨发挥尤为精妙：

> 凡天地万物，皆有形质。就形质之中，有体有用。体者，即形质也。用者，即形质上之妙用也。言有妙理之用，以扶其体，则是道也。其体比用，若器之于物。则是体为形之下，谓之为器也。假令天地圆盖方轸，为体为器，以万物资始资生，为用为道。动物以形躯为体为器，以灵识为用为道。植物以枝干为器为体，以生性为道为用。①

崔觐将对道本义的阐释纳入了道器、体用关系之中，如此比量，则"动物以形躯为体为器，以灵识为用为道"。作为万类灵长的人，其道即其具备灵识，依据其灵识而能成用所体现的正是其性灵之才。宋人胡邦衡论《礼

---

① 李道平：《周易集解纂疏》，第611页。

记·月令》"毋变天之道，毋绝地之理，毋乱人之纪"云："天道，若上司天日月星辰之类；地理，土地所宜之类；人纪，布农事之类。"① 所论天道地理人纪，正是就各行其所宜以见其文其成而言，有文有成自见其才。

由此可见，即使单就《易传》本文考察，其所论三才之才即为才性才能之才，为诸般生化变化的根本支撑与依托。经学史上疏解《易》经的著述汗牛充栋，但直接阐释"三才"之才为何意者却寥寥无几。当然，爬梳历代文献，但凡涉及这个问题的研究，基本以前面我们对《易传》三才之才内涵的论定为归依。由于历代涉及这一问题的文献非常有限，一并著录简论如下：

明代高攀龙释《系辞上》"兼三才而两之"一节："才，犹才能；三极不同，其才同也，故曰三才之道。"② 所谓"才同"不是说天地人之才能可以等量，而是说天地人具备才这种性质相同。

明末清初王夫之释同节文字云："才者，固有之良能，天地以成化，人以顺众理而应万事者也。阴阳，天之才；柔刚，地之才；仁义，人之才。"③ 天之能阴阳、地之能柔刚、人之能仁义，便是天地人能行其道，备其道又能行其道便是天地人之才。

明末清初刁包疏解同节文字说：

> 合阴阳而乃成天道，合仁义而乃成人道，合刚柔而乃成地道也。《说文》："一手持二秉"为"兼"。才者能也。天能覆，地能载，人能参天地，故曰才。

刁包从"兼三才而两之"之"兼"（篆字作"兼"）入手，通过一手持二禾的"多能"训解，于天覆、地载、人参天地之功推出了才义为"能"的结论。④ 随后陈孟雷吸纳了这一观点。⑤

---

① 朱彬：《礼记训纂》卷6，饶钦农点校，中华书局1996年版，第225页。
② 高攀龙：《周易易简说》卷3，影印《文渊阁四库全书》第34册，第164页。
③ 王夫之：《周易内传》卷6，第611页。
④ 刁包：《易酌》卷11，影印《文渊阁四库全书》第39册，第563页。
⑤ 陈孟雷：《周易浅述》卷7，影印《文渊阁四库全书》第43册。

据此我们可以得出结论：三才之才并不虚玄，它就是才性、才能之才。其中三才之"才"于卦体取象而言多论其材质，而于卦爻演变以及彖象德义而言则更多地指向才之灵能这一内涵。就三才之中的人才而言，一如刘勰所言："惟人参之，性灵所钟，是谓三才"，又如元代李治所云："才也者，犹之三才之才，盖人所以与天地并也。"① 具有性灵才华是人之所以可与天地相并的根本条件。正因为如此，才由此被纳入了主体的核心素养。

三

先秦《易传》创生三才这个概念范畴之际，与其同时被推广的还包括"三才之道"，二者所蕴含的丰富文化理论资源，涵融着我们民族宇宙人生认知的逻辑秩序甚至信仰。

依托对三才之才的理解，关于"三才"这个历代注家同样略而不言范畴意蕴的认知也同样逐步明朗。刁包云：

> 天地人以其质言之曰三才，以其理言之曰三极。浑言之三才统体一太极也，分言之三才各具一太极也。其理随六爻变化，盖极至而蔑以加也。

由质而言，乃言卦体材质，是初始方将之所备者；从其理而言，三极则言其生化之能，此能是始即含之，终则显之。三才浑言之为一太极，即言三才之意：既包其始，又含其化，尽入一阴一阳变化之道，故而浑然一体；分言之三才各一太极，是说天道地道人道的独到性。② 二十世纪现代学者马一浮对三才理蕴的解释与刁包之论有一定的相似：

> 《易》言三才，又言三极。才者，物之初生也。极者，物之终际

---

① 李治：《敬斋古今黈》卷10，刘德权点校，中华书局1995年版，第133页。

② 分言各为一太极，意味着三才是可分而言之的，即名之为天才、地才、人才。但三才论述的具体语境中，三者如此的命名言说较为罕见，清代胡煦《周易函书别集》卷5释"元亨利贞"："既已说出君子，却又标出乾字，所以明天人之合，谓此正天德天才天工天用之妙也。"清代黄宗炎《周易象辞》卷2释"坤"："含章，地之才。"以上涉及"天才"、"地才"。

也。是谓原始反终，故知死生之说。又极，言其体之寂；才，言其用之神。三才之道，总为太极。故《洪范》曰："会其有极，归其有极也。"①

"会其有极，归其有极"出自《尚书·洪范》，明代学者魏校《皇极讲义》释云："会其有极者，收摄天下之人于极也。归其有极者，尽纳天下之人于极也。至是则天下之人皆在道理中矣。"② 意为三才之道备则成万物之数，万物皆出乎此、归乎此，如同古代元气论之万物本自元气又归于元气。

总括以上诸解：三才包纳天地人之道，总为极至，是为太极，因而三才、三极也就是包罗万象，包纳万有：既有其体，亦有其用；既有其始，亦有其终；既含其本然，亦含其未然之必然与所能之可能。因而三才之才在一定程度上既具有发端源头之意，又具有神明变化之用，于是三才也就是源头——因其有能可生化而形成的包纳万有之源头。

三才基始，意味着三才如母体胎息般可以生化，三才成象、三才皆文便是这种生化的表现。

其一，三才生化。三才生化是才有其能的必然，也是《易》的核心意旨之一，前文论述三极之道，其所谓三才极致之道，便是生化变易之道，《易传》对此有着明确的论析。《易传》认为，《易》经的核心内容在于阐释道，而其给道下的定义即为"一阴一阳之谓道"，其本质就是变化。故而韩康伯释称："道者何？无之称也。无不通也，无不由也，况之曰道。寂然无体，不可为象，必有之用极，而无之功显，故至乎'神无方而易无体'而道可见矣。故穷变以尽神，因神以明道。阴阳虽殊，无一以待之。在阴为无阴，阴以之生；在阳为无阳，阳以之成。故曰'一阴一阳'也。"此谓一阴一阳相并而生，消息之间虽不显赫却仍然彼此在场，二者矛盾缠结运动中成就乎"体"，有体而卦象成，这就是变化。其中"阳称变，阴称化"，阴阳之道备自然"三极各正"，物得其全，性得其宜。③ 如此即可如《系辞上》

---

① 马一浮：《复性书院讲录》卷3，《中国现代学术经典·马一浮卷》，河北教育出版社1996年版，第214页。

② 魏校：《庄渠遗书》卷2，影印《文渊阁四库全书》第1267册，第698页。

③ 李道平：《周易集解纂疏》卷8，第558页。

所云："在天成象，在地成形，变化见矣。"

一阴一阳之道又表述为"生生之谓易，成象之谓乾，爻法之谓坤"，荀爽言"生生之谓易"："阴阳相易，转相生也。"即阴极生阳、阳极生阴的一消一息，转易相生。李鼎祚释"成象之谓乾"则直引老子之论申发："道生一，一生二，二生三。三才既备，以成乾象也。"又言"爻法之谓坤"："爻谓效也，效乾三天之法，而两地成坤之卦象也。"① 意思是说：八卦起初因道而生，先确立者为取象乎天所得的乾卦三画，喻示三才之象。地则效法乎天，故而成就坤卦三画。天地乾坤，凡变化皆因其相交而得，故而有了"兼三才而两之"的六爻，八卦乃至六十四卦由此确立，以上言乾坤兼三才而论，皆以"生生"为其能。

《易传》于以上思想反复开示，且时时引人事以佐证。《系辞上》云："刚柔相摩，八卦相荡，鼓之以雷霆，润之以风雨，日月运行，一寒一暑。乾道成男，坤道成女。乾知大始，坤化成物。"其中八卦相摩，即重卦之理，是就"兼三才而两之"说的，意在言变言化，是为天道；男女相索而得，为父母之义，此为人道。无论天道抑或人道，皆以生化为其本："乾禀元气"，所以万物资始；"坤任育体"，故而万物资生。② 《系辞下》又将其表述为如下经典的论述："天地烟煴，万物化醇，男女构精，万物化生。"天道地道人道统摄其中，皆归乎"化""生"为能。人道所呈示者就是天地所示范者，三才皆然。

当然，此处的生化之"生"的意蕴应该仔细领会，正如王夫之论"两仪生四象"之"生"所云："生者，非所生者为子，生之者为父之谓。使然，则有太极无两仪，有两仪无四象，有四象无八卦之日矣。生者，于上发生也，如人面生耳、目、口、鼻，自然赅具，分而言之，谓之生耳。"③ 涵味其意，"生"是源自本然之才的发生，所发生者未必定型，但却是自然而然又合于必然者。

其二，三才成象、三才成文。凡三才生化，则必成象，此即《系辞上》所谓"圣人有以见天下之赜而拟诸其形容，象其物宜，是故谓之象"。虞翻

---

① 李道平：《周易集解纂疏》卷8，第561页。
② 参阅李道平《周易集解纂疏》卷5，第544页义疏及所引《九家易》与荀爽注。
③ 王夫之：《周易稗疏》卷3，第789页。

注云："象谓三才"，即诸象皆与三才对应，所以不仅八卦成象，李道平进一步指出"六十四卦皆谓之象"，此象"仍是三才之象"①，故有"元气氤氲，三才成象"之论②。而成象者必成其错杂交糅，三才皆文这个命题由此确立。

就具体卦象而言，郑玄注《易·乾卦》："二于三才为地道，地上即田，故称田也。九二利见九五之大人。""三于三才为人道，有乾德而在人道，君子之象。""五于三才为天道，天者清明无形而龙在焉，飞之象也。"③ 其中言三才之地道有田，田交错而成文；言三才之人道有乾德，此德彰显为君子文质彬彬之象，亦是人文化成之美；言三才之天道见飞龙在天，已经于清明无形之中见腾飞之象，是为天文之美：一卦之中见天地人之文之美。《易》经诸卦取象天文、地文、人文，而《易传》于"天文"、"地文"、"人文"也直言以标其宗尚。如《易·贲》彖曰："贲，亨，柔来而文刚，故亨。分，刚上而文柔，故小利有攸往。刚柔交错，天文也。文明以止，人文也。观乎天文以察时变，观乎人文以化成天下。"天文变化可以预示时变，依托天文遵循人文则可以化成天下，这里便是对天文、人文的直接推扬。郑玄注"贲卦"："贲，文饰也。离为日，天文也。艮为石，地文也。天文在下，地文在上，天地二文相饰成贲者也。"④ 天地本有文，彼此相交，是为文之极致。他如《易传·说卦》"立天之道，曰阴与阳；立地之道，曰柔与刚；立人之道，曰仁与义，兼三才而两之"，《系辞下》即演之曰："六者非它也，三材之道也，道有变动故曰爻，爻有等故曰物，物相杂故曰文。"将天道地道人道对立统一的二端明确纳入了相交为文的认定。又如刁包论称：

　　阴阳、刚柔、仁义，皆曰"与"，言其交相为用也。不相为用便不成三才，必兼而两之，故卦自三画倍而为六画，立天立地立人之道也。分阴分阳以位言：凡卦二四上为阴位，初三五为阳位，自下至上，阴阳

---

① 李道平：《周易集解纂疏》，第 567 页。
② 李鼎祚：《周易集解序》，李道平《周易集解纂疏》卷首附。
③ 王应麟：《郑氏周易注》卷上，钟谦钧辑《古经解汇函》第 1 册，广陵书社 2012 年版，第 11 页。
④ 王应麟：《郑氏周易注》卷上，钟谦钧辑《古经解汇函》第 1 册，第 18 页。

各半，故曰分。迭用刚柔以爻言，九阳位，刚居之柔亦居之；六阴位，柔居之刚亦居之，或柔或刚，更相为用，故曰迭。分者为经，迭者为纬，经纬错综而文章灿然焉。①

其间明言三才之二极的相交不仅成文，而且备三才之道则分迭经纬，可极文章之变。三才既以成文为美，又以成文为本色。

综上所述：三才生化决定了三才成象或三才皆文。三才成象成文的思想最终成为才进入审美领域、成为美学范畴的重要依托。或者说，以先秦才这一概念的广泛应用为基础，沿着"三才"生化、三才成象或三才皆文的理路演进，才与文必然走上交汇之路，三才论是才文关系获得强化的不可或缺的一环。

四

三才论是才文关系的奠基，是才作为主体素养在人文一维获得绝对核心地位的哲学支撑，也是创造力量的源泉所在。因此历代文艺理论，于创作源头的论述，动辄便追溯到这个根本所在：由其言说的方式观照，但凡追溯至天或天道，追溯至天地或天地之道，追溯至天地人或天地人之道者皆为创作向三才的归结——前文已经说过，古代理念之中，天对地以及人有着绝对的涵覆；而论文所言之道的本质即是三才之道。就美学意义而言，将创作的根本归结于三才，便是接续才与文、才与主体素养之间本然而具的生命潜流，在文艺由此获得传统文化价值系统的合法性认定之余，使主体获得天地不竭的活力接济，领知生命力鼓舞运动的势能。这种意识在先秦文艺研讨中已经与三才论几乎同步出现，两汉之后渐成洋洋大观。我们可分举数条资料以为佐证：

先看《吕氏春秋·大乐》论乐："音乐之所由来者远矣，生于度量，本于太一。太一出两仪，两仪出阴阳。阴阳变化，一上一下，合而成章。混混沌沌，离则复合，合则复离，是谓天常。天地车轮，终则复始，极则复反，莫不咸当。日月星辰，或疾或徐，日月不同，以尽其行。四时代兴，或暑或

---

① 刁包：《易酌》卷13，影印《文渊阁四库全书》第39册，第570页。

寒，或短或长，或柔或刚。万物所出，造于太一，化于阴阳。"① 音乐的源头为太一，亦即原始太极之道。太极生两仪阴阳，人道由之，音乐所遵循者正是本自三才的阴阳变化、刚柔抑扬之道。

东汉王充《论衡》分别以天文、地理、人之文德论著述辞赋当文，同样是以三才作为文的根源："天有日月星辰谓之文，地有山川陵谷谓之理。地理上向，天文下向，天地合气而万物生焉。天地，夫妇也。"②《书解篇》云："夫人有文，质乃成。……非唯于人，物亦咸然。龙麟有文，于蛇为神；凤羽五色，于鸟为君；虎猛，毛蚡蜦；龟知，背负文。四者体不质，于物为圣贤。且夫山无林，则为土山；地无毛，则为泻土；人无文，则为仆（当作朴）人。土山无麋鹿，泻土无五谷，人无文德，不为圣贤。上天多文而后土多理，二气协和，圣贤禀受，法象本类，故多文彩。"③ 天文而地理，天地合气则万物成文，人文正在其中。

又如南朝梁萧纲《昭明太子集序》云：

> 窃以文之为义，大哉远矣。故孔称性道，尧曰钦明……故易曰"观乎天文，以察时变；观乎人文，以化成天下"。是以含精吐景，六卫九光之度；方珠喻龙，南枢北陵之采。此之谓天文。文籍生，书契作，咏歌起，赋颂兴，成孝敬于人伦，移风俗于王政，道绵乎八极，理浃乎九垓。赞动神明，雍熙钟石。此之谓人文。若夫体天经而总文纬，揭日月而谐律吕者，其在兹乎？④

萧纲论文，倚天文人文为文艺之本，同样是溯源头于三才。而所谓"性道"之论也是如此。《论语·公冶长》云："夫子之文章可得而闻也，夫子之言性与天道，不可得而闻也。"萧纲对本节文字的理解是：孔子虽不言性道，但其文章却接续性道。《中庸》对性道的关系有着鲜明的阐释："天命之谓性，率性之谓道。"性本于天赋，循性即为循自然之道（或曰天道）。如此

---

① 许维遹：《吕氏春秋集释》，中华书局 2009 年版，第 108 页。
② 马总：《意林》卷 3 引《论衡》佚文，黄晖《论衡校释》，中华书局 1990 年版，第 1211 页。
③ 黄晖：《论衡校释》，第 1149—1150 页。
④ 萧统：《梁昭明太子文集》卷首，四部丛刊初编本。

而言，论文而及"孔称性道"就是说文关乎天道，关乎三才。

至《文心雕龙·原道》问世，刘勰由道及三才，由三才而文，由人文而言文，依次敷衍，第一次从美学理论上将三才源头的意义系统纳入了文艺发生的阐释。而其建构三才与文关系的依据就是潜在于哲学思想系统之中的三才生化、三才皆文：

> 文之为德也大矣，与天地并生者何哉？夫玄黄色杂，方圆体分，日月叠璧，以垂丽天之象；山川焕绮，以铺理地之形：此盖道之文也。仰观吐曜，俯察含章，高卑定位，故两仪既生矣。惟人参之，性灵所钟，是谓三才；为五行之秀，实天地之心。心生而言立，言立而文明，自然之道也。傍及万品，动植皆文：龙凤以藻绘呈瑞，虎豹以炳蔚凝姿；云霞雕色，有逾画工之妙；草木贲华，无待锦匠之奇：夫岂外饰，盖自然耳。至于林籁结响，调如竽瑟；泉石激韵，和若球锽；故形立则章成矣，声发则文生矣。夫以无识之物，郁然有彩；有心之器，其无文欤！人文之元，肇自太极，幽赞神明，易象惟先。庖牺画其始，仲尼翼其终。而乾坤两位，独制文言。言之文也，天地之心哉！①

《易传·说卦》早就说过："立天之道，曰阴与阳；立地之道，曰柔与刚；立人之道，曰仁与义：兼三才而两之，故易六画而成卦。"天道之阴阳相交为文、地道之刚柔相交为文、人道之仁义相交为文的思想，将三才各自成文径视为"道"，这不是一般意义的三才成文，而是将道、三才、文纳入了一个因果相关的系统。王充的相关思想对此又有了进一步的阐释，尤其三才之文与文章关系理论的清晰化对刘勰有着更为直接的影响。刘勰本文就是对以上因果系统理论的明确继承与升华：

天有才则天有文，是为日月星辰；地有才则地有文，是为山川物色；物有动植，呈为声貌，皆有其文；人列于三才，其言立文明更是自然之道，此即三才生化、三才皆文。

---

① 范文澜：《文心雕龙注》，人民文学出版社 1998 年版，第 2 页。

讴歌人才人文，天地之间"惟人参之，性灵所钟，是谓三才"，人道参法天地之道，人成为钟粹性灵者①。此处刘勰言性灵便是称赞人之才能，其于三才中意义极为重要："为五行之秀，实天地之心"，既傲然特出，又灵能秀澈，天地因其出现而富有了活力。

正因为人才灵能秀澈，所以可以自成其文，"文"因此就成为人才的本然征象，而立言之文，自然是灵秀之才的创生。

刘勰以"原道"标目，论道文关系，最终归结于三才与文的关系，何以理解呢？三才乃是天道、地道、人道的总合，因此"道即三才之道"②。于是道文关系自然就是三才之道与文的关系，才与文美学意义的关合由此成为其题中应有之义。

当然，《文心雕龙·原道》篇只是三才思想影响的直接体现之一，是三才与文本然关系的美学结晶。六朝以后，文人们论及文艺发生与文之贵重，同样要推溯到三才之论，这并不排除《文心雕龙》的影响，但若究其根本，依然要归结于三才思想的巨大影响。就其尊尚的形式而言，同样延续了六朝之前的经典路径：

或直接以三才敷衍文之当尊。如唐人顾况论文："且夫日月丽于天，草木丽于地，风雅亦丽于人。是故不可废，废文则废天，莫可法也；废天则废地，莫可理也；废地则废人，莫可象也。郁郁乎文哉，法天理地象人者也。"③ 文法天地人之道，乃三才自然，不可忽略。

或论文而上溯于道。如宋代赵湘云："灵乎物者文也，固乎文者本也，本在道而通乎神明，随发以变，万物之情尽矣。"为了说明文本在道，作者不仅列举道可通神明，而且随之推衍至天地："日月星辰之于天，百谷草木之于地，参然纷然，司蠢植性，变以示来，罔有遁者。"④ 日月星辰以天为本，百谷草木以地为本，此为得天道地道，人文自然也应当以道为本。道即三才之道，本道自是循乎三才至理。

---

① 吴林伯《文心雕龙义疏》云："才亦曰性，故称资禀之灵慧曰性灵"，以性灵为才是古人通识。武汉大学出版社2002年版，第14页。

② 黄宗炎：《周易象辞》卷19，影印《文渊阁四库全书》第40册，第653页。

③ 顾况：《文论》，《华阳集》卷下，影印《文渊阁四库全书》第1072册，第544页。

④ 赵湘：《本文》，《南阳集》卷4，影印《文渊阁四库全书》第1086册，第335页。

以上路径，印证了古人如下的论断，"一言才，而天地人在其中矣。"① 就是说，但凡论才，则其源头即在于三才，五行八作如此，诗文辞赋同样如此。创作是一个"尽人性尽物性"的过程，参知天地人的性质、变化，此即是才，其才具备，则文尽在其中。由此而言，论文而及三才乃是中国美学的核心命题。②

当代学者中周汝昌先生极其敏锐地意识到了三才与文的关系，曾以"三才主义"明其价值，且繁复陈说人之所以独有配天地而三之的资格，全在他生来具有性灵。周汝昌说："尝读六朝唐初人文辞，见篇无巨细，其开端必从太极之判、两仪之分、阴阳之理、五行之变……说起。……篇篇累累赘赘，绕大弯子从头说，洵腐儒之套头也。盖因浅薄，绝未悟彼世之重三才，实中华文化之命脉，故不敢忽略之也。"③ 凡论文必从三才说起，正是以三才为文之源头的一种文化信仰，是才与文建立关联的依托，所以我们说，三才论完成了"才"的美学加冕。

第三节　禀气论：从三才之中人假天尊到
主体自证其尊的转关

先秦《易传》三才生化、三才成文从本体的美学追求上接通了才文关系，但回到美学发展的历程考察，三才之中以天为尊的思想在为文才出自天赋故而尊贵观念的诞生奠定基础的同时，又因天人尊卑话语系统弥漫造成了人才主体地位的遮蔽。

因此，三才之中人才摆脱天的统摄，将文的创造从讴歌天地的馈赠转化

---

① 荻岸散人编次《平山冷燕》，小说中山显仁因冷绛雪自称"才女"，便以"何以谓之才"发难，绛雪论道："盖闻天地人谓之三才，故一言才，而天地人在其中矣。以天而论，风云雪月，发亘古之光华。以地而论，草木山川，结千秋之秀润。此固阴阳二气之良能，而昭著其才于乾坤者也。……且就人才言之，圣人有圣人之才，天子有天子之才，贤人有贤人之才……"北京师范大学出版社1993年版，第76页。

② 近人唐文治论文："《易传》称天地人为三才：天之才，雨露涵濡，雷霆精锐；地之才，山川焕绮，五谷繁殖；人之才，含五行之秀，经纬万端。故惟能尽人性、尽物性，而其学无不通者乃谓之才。"参阅唐文治《国文大义》上卷，王水照辑《历代文话》，复旦大学出版社2008年版，第8200页。

③ 周汝昌：《中国文化思想：三才主义》，《当代学者自选集·周汝昌卷》，安徽教育出版社1999年版，第615页。

为激扬禀赋的灵能,这是才文关系建构历程中的重要转关,这个转关的关键是禀气说的诞生。王充的禀气说是对三才论中人出于天、以天为尊以及西汉天人感应思想的反拨,它是突破天的统摄、实现人才地位隆升的关键。人才的独立审美价值正是在这样的超越中实现的。

一

首先,先秦三才论中,以天或天道为尊,人的光环是天的辐射。《易》经诸卦本是圣人"参天两地而倚数"以成,"参天"就是分天象为三才,而《系辞上》云:"天尊地卑,乾坤定矣。卑高以陈,贵贱位矣。"如此各定其分以后,"是故刚柔相摩,八卦相荡,鼓之以雷霆,润之以风雨。日月运行,一寒一暑。乾道成男,坤道成女。"乾坤刚柔之交,一如曾子所云"吐气者施而含气者化",即阳施而阴化,万物资之以始,万类资之以生,三才因之而成。而三才成就的源头因此在于乾,此为"乾知大始,坤作成物",其中的"始",《九家易》即释为"乾禀元气"①。《易传》其他语境言三才,皆以天或天道为首。《说卦》进一步将这种思想形象化:"乾为天为圜为君为父。"其意是说:乾之于八卦,天之于三才,君之于臣,父之于子,皆通此一道。②

秦汉之际,人的独立地位渐被重视,《孝经·圣治》即有"子曰天地之性人为贵"之说,依照宋代邢昺的义疏:"天地之性人为贵,性,生也,言天地之所生。"此"性"即释为饮食男女之"性",天地交合生化万物,人在其中最尊贵。而此贵是唐玄宗所谓"贵其异于万物也"③,不是与天地的比量,依然强调了其源自天地的本质。所以《礼记·中庸》才称"天命之谓性",其意也是就"人所禀赋乃受之于天"而言④。天人关系在西汉系统的继承者是董仲舒,他以天为"万物之祖",万物非天不生;"人生于天而取化于天"、"人资诸天"。《春秋繁露》由此提出了著名的"人副天数"

① 李道平:《周易集解纂疏》,第 544、545 页。
② 参阅俞琰《周易集说》卷 38。
③ 邢昺:《孝经注疏》,《十三经注疏》,第 2553 页。
④ 傅斯年:《性命古训辨正》,《中国现代学术经典·傅斯年卷》,河北教育出版社 1996 年版,第 152 页。

说：人之形体、血气、德行、好恶、喜怒等等，皆与天相符，因此"求天数之微莫若人"。但董仲舒思想核心关注的是天人之间的感应关系及感应渠道，尤其通过这种设计，意在强化作为绝对权威的天对人的辖制。因此《人副天数》中云："天德施，地德化，人德义。天气上，地气下，人气在其间。春生夏长，百物以兴；秋杀冬收，百物以藏。故莫精于气，莫富于地，莫神于天。天地之精所以生物者，莫贵于人。"至此人似乎巍然而屹立，但此前给予的前提与随后强调人之所以贵的理由却是："人受命乎天也。"① 天地之性以生物，万物之中莫贵于人，与《孝经》所论归乎一个理路。三才之中，由天至人，人的地位是天给定的，人才因天而得自然属于假天而尊。

又如西汉《礼记·礼运》总结先秦典籍而概论三才云："故人者，其天地之德，阴阳之交，鬼神之会，五行之秀气也。"又云："故人者，天地之心也，五行之端也，食味，别声，被色而生者也。"其中视人为天地之心、五行之秀，貌似倍加推崇，但三才从天到人的尊卑顺序与衍生次序，使得人获得的是孔颖达所疏解的如下身份："天以覆为德，地以载为德，人感覆载而生，是天地之德也。"虽然收获了从未有过的礼赞，但其值得推崇者是天地阴阳（以形言为天地，以气言为阴阳）、鬼神（鬼谓形骸，神谓精灵）交会的收获。即使声称人为天地之心，孔颖达亦提醒，其意在于表达："天地，高远在上，临下四方，人居其中，动静应天地。天地有人，如人腹内有心，动静应人也。"② 最终依然回归于天人感应，是天为了更好地传达自我意志始有了对人如此的安排与设定。因天而得、应天而动、人假天威，又恰恰因不自有而不可改易其天地人的尊卑顺序。后世描述人才之超卓往往标以"天才"，正是不忘本源又假天而尊的具体表现。

其次，三才之中，可以参乎天地之人并非泛言，从《易传》开始便着重指向圣人。《系辞上》屡屡宣扬圣人之功："备物致用，立成器以为天下利，莫大乎圣人"；"天生神物，圣人则之"；"天垂象，见吉凶，圣人象之"；"河出图，洛出书，圣人则之"。《系辞下》亦曰"天地设位，圣人成

---

① 苏舆：《春秋繁露义证》，钟哲点校，中华书局 1992 年版，第 354 页。
② 孔颖达等：《礼记正义》，《十三经注疏》，第 1423、1424 页。

能"。因此圣人可以仰观天文，俯察地理，作易成卦，参赞天地。

两汉之后圣人又衍至王者，这种思想在"王"字的训诂中可以得到确切的认识。西汉之际，董仲舒《春秋繁露·王道通三》即有论云："古之造文者三画而连其中谓之王。三画者，天地人也，而连其中者，通其道也。取天地与人之中以为贯而参通之，非王者孰能当是？"东汉许慎《说文》从字源会意阐释王字，也采纳了董仲舒的学说。① 如此一来，便只有圣王可以参天法地了。

出于传统思想积淀或者官样文章通套的需要，这种思想后世同样得到延续，即使在人道人才地位得到普遍提升之后，也依然时时为文人道及。如应场《文质论》即云"圣人合德天地，禀气淳灵"②；何承天《达性论》一方面声言"天地非人不灵"，同时也首先强调"两仪既位，帝王参之，宇中莫尊焉"③。至宋人解"天地设位，圣人成能"则更进一步："唯人气最清，可以辅相裁成。天地设位，圣人成能，直行乎天地之中，所以为三才。"④ 先称人气最清，继而则以圣人成其能而参乎天地，遍行教化，成就三才，圣人最终成为人的代表。事实上，《易传》强调圣人可以参赞天地，并没有明显的证据表明其以"圣人"取代了"三才"之中的"人"之地位。六朝文人虽沿袭其相关思想，也没有直接得出天地设位、圣人成能而为三才的结论，可见在这个问题上，宋代部分理学家的圣人帝王崇拜思想反而造成了其人道思想的倒退。

这种思想的转折是东汉之际王充禀气论的诞生。

汉代气论思想包容丰富，董仲舒天人哲学之中同样以气论为其依托。而主体之气的具体讨论则是其时气论哲学的一个重要易动，主要体现在两个方面：从人伦识鉴需要出发，考察个体之气的特征；从哲学层面探究元气与个体之气的关系。研究视点的变化代表了两汉对于气论思想认识的发展，也可以说，西汉个体之气的考察，是东汉禀气思想成熟的前提。

---

① 惠栋：《周易述》卷21，《清人注十三经》一，第164页。

② 欧阳询：《艺文类聚》卷22，汪绍楹校点，上海古籍出版社1999年版，第411页。

③ 严可均：《全宋文》卷24，见《全上古三代秦汉三国六朝文》，中华书局1958年影印清光绪刻本，第2568页。

④ 程颢、程颐：《二程集》卷2下，王孝鱼校点，中华书局1981年版，第54页。

第一阶段，从人伦识鉴需要出发，考察个体之气的特征及现实应用。早在先秦之际，传统中医理论便在望、闻、问、切的诊疗方法之中运用了气色观察手段，从病人外在形态、精神面貌或气候确定其内在病症。《荀子·劝学》之中"不观气色而言谓之瞽"的说法就是本自医家之言。汉代出现的《大戴礼记·文王官人》是以气品人的代表，罗庸将其视为"中国最古之才性论"。其最为重要的思想便是强调了才性论与气论在人才品鉴之中的源流相关性：

> 王曰：太师，慎维深思，内观民务，察度情伪，变官民能，历其才艺，女维敬哉！汝何慎乎非伦，伦有七属，属有九用，用有六微：一曰观诚，二曰考志，三曰视中，四曰观色，五曰观隐，六曰揆德。

此处提出了选定官吏的主要方法，是要令其担当一定的责任以考核其才艺，观其显在以昭其隐微，具体的手段就是：观诚、考志、视中、观色、观隐、揆德。通过这些手段，考察官吏士人的才性特征，以确定是否可以委以重任，或者委以何种职位。罗庸认为，这种考核方式的核心就是"观人气性以定官职"①，将才性问题与主体之气关联起来。其中除了第一条"观诚"讲究通过实际的行事考核之外，其他对内心的考察基本上是通过察言观色之中把握气来实现的。如第二条"考志"便分析了通过言谈感受考核对象不同的气质，有"其气宽以柔"者、有"临人以色高人以气者"，有"临慑以威而气不卑"者，有"鄙心而假气者"。又如第三条"视中"：

> 诚在其中，此见于外，以其见，占其隐；以其细，占其大；以其声，处其气。初气主物，物生有声，声有刚有柔，有浊有清，有好有恶，咸发于声也。心气华诞者，其声流散；心气顺信者，其声顺节；心气鄙戾者，其声斯丑；心气宽柔者，其声温好。信气中易，义气时舒，智气简备，勇气壮直。听其声，处其气；考其所为，观其所由，察其所安。以其前，占其后；以其见，占其隐；以其小，占其大：此之谓视

① 闻一多、罗庸：《笳吹弦诵传薪录》，郑临川记录，上海古籍出版社2002年版，第204、205页。

中也。

"考志"占人面色神气，"视中"则考其声气，"观色"则察人喜怒欲惧忧五性之气，所依赖者同样是"五气诚于中，发形于外，民情不隐也"。[①]

以气把握个体气质、情性的独到之处，很显然已经将才性论、以气论人融为一体。如此细微全面的总结，实则昭示了主体气论思想在西汉所达到的理论深度。

第二阶段，禀气论的出现。西汉于主体之气的相关论述是王充禀气论诞生的基础，王充将这个问题从孤立的人才品识手段上升为哲学追问，并在天人感应哲学已经提供了固定答案之后，依然将主体之气的源流问题纳入自己理论考察的范围。《论衡》以"禀气"论述主体才性的获得，从侧重论天之给定，到侧重讲主体对元气的禀受，主体及人才的地位由此开始发生微妙变化。冯友兰曾云：

> 论一事物之全体时，必论及其所依照于理及其所依据于气者。一事物之成，必有所得于天（冯友兰此处的"天"是其自言的"万有之总名，兼本然与自然"——作者）。其所依照于理及其所依据于气者，皆其所得于天者。道家名此曰德，德者得也。言其所得于天也。自天之观点看，此"得"谓之赋，赋者赋予。自事物之观点看，此"得"谓之禀，禀者禀受。[②]

"天赋"与"禀气"的细微不同在于：讲天则神秘而君临，论气则将生命主体的依托归结于可以认知、可以言说的范围；讲天赋天是主导，论禀气禀受则更大程度上瞩目于主体的自性。董仲舒视为"类"的"人"由此具化为生命主体，此前天人之间那种赋受关系被改写，主体才、性从强调由天而得，转而宣扬其禀受于气，是自然自有自得。《论衡·物势篇》以为："儒者论曰：'天地故生人'，此妄言也。夫天地合气，人偶自生也，犹夫妇合

---

① 王聘珍：《大戴礼记解诂》，中华书局 1983 年版，第 187—192 页。
② 冯友兰：《新理学》，《中国现代学术经典·冯友兰卷》，河北教育出版社 1996 年版，第 86 页。

气，子则自生也。夫妇合气，非当时欲得生子，情欲动而合，合而生子矣。且夫妇不故生子，以知天地不故生人也。……因气而生，种类相产。"自西汉儒生们就认为，人是天地有意创生的。王充驳斥称：人之初生无非是夫妇合气而降，天既无意生人，自然无意统辖世人。此即《命义篇》所谓"人禀气而生，含气而长"。王充强调人出生与男女合气的关系，不是普及常识，而是意在淡化学界对天的仰视。具体而言，王充的禀气论对主体之气的论述主要包括以下观点：

禀气有强弱。《气寿篇》："强寿弱夭，谓禀气渥薄也。"又云："强弱夭寿，以百为数，不至百者，气自不足也。"又云："人之禀气，或充实而坚强，或虚劣而软弱。充实坚强，其年寿；虚劣软弱，失弃其身。"个体禀受的气有强有弱，于是直接影响到主体的寿数；寿因气定，所以叫作"气寿"。

禀气强弱又称厚薄。所谓厚薄，就是《气寿篇》所说的"禀气渥薄"，《率性篇》也云："禀气有厚泊（即'薄'），故性有善恶也。"根据人所禀受之气量厚薄来区分高下优劣。厚薄也即多少，《气寿篇》云："禀寿夭之命，以气多少为主性也。"《无形篇》云："人禀元气于天，各受寿夭之命，以立长短之形。"所禀元气有多少，决定了主体之形之寿，且见人善恶优劣。优劣又谓之贤愚，所以《率性篇》云："人之善恶，共一元气，气有少多，故性有贤愚。"

禀气不仅影响人的形体年寿，而且影响人的"命"，故而《初禀篇》中王充反复提醒"命谓初所禀得而生"，"人生受性，则受命矣。性命俱禀，同时并得"。在王者生禀天命这一点上，王充与董仲舒观点一致，有阿谀皇权的嫌疑，因此是其禀气论强调主体差异理论中的异调。但王充不同于董仲舒的是，他将这种性中之命又通过禀气多少强弱等给予了较为圆融的说明：人生遭际，穷达难测，似乎命中注定，如此则依然是天赋之论。为了避免误会，王充不仅反复申说禀气多少强弱的不同，而且《幸偶篇》在主体禀受元气的强弱多少问题上还有一个说明："非天禀施有左右也，人物受性有厚薄也。"面对俱禀元气，或独为人，或为禽兽；或贵或贱，或贫或富的现象，《超奇篇》也明确表示，"天禀元气，人受元精，岂为古今者差杀哉？"人是元气所化，这一点古今一致，不是元气在赋予人的时候故有偏颇，而是人"受性有厚薄"——存在着限量。具体说，从元气到个体，通过气的禀受建立了关系，但是，气的禀受有清有浊，这一则是元气之中本就包含清浊，二则是个体在禀受元气之际的客观条件限定，因此所形成的便必然是具有不同体气的个体。《论衡·自纪篇》中，王充以自己家族人物前后禀气的差异又作了说明："祖浊裔清，不榜奇人……扬家不通，卓有子云；桓氏稽可，遹出君山。更禀于元，故能著文。"王充的意思是说，自己的祖上不显赫，也没有文才，不似扬家有扬雄、桓家有桓谭。但是，作为王家的子孙却可以"更禀于元"——重新禀受元气，因而他便同样富有文才。

总结王充的相关论述，其主体气论思想大体可表述如下：元气之天与不同个体的人之间是统一的，元气化生万物而万物又皆可归依于元气；个体禀受于元气之天但又具有体气的差异，体气的差异源自不同个体所禀受的气的清浊以及量的差异，《无形篇》称之为"气性不均，则于体不同"[1]，如同葛洪所云："清浊参差，所禀有主，朗昧不同科，强弱各殊气"[2]。

有学者认为，王充所论的禀气，人一出生即已经禀得，它源自父母结合受胎之时所禀之气，所以《命义篇》说："凡人受命，在父母施气之时，已得吉凶。"[3] 但尽以此论，则难以理解王充《自纪》所云"非天禀施有左右，人物受性有厚薄"、"天禀元气，人受元精"等论中的"天"。事实上，王充一方面的确视主体之气首先源自父母之气，但同时又没有蔑弃自然之间高悬于天的元气，这才是最终的本源。不过王充不同于董仲舒的是，在他看来，元气对所有人都平等，不同主体禀气的厚薄、强弱差异是自然的、自得的，故而其得其失、其成其毁、其优其劣皆不必欢天喜地或者怨天尤人。

禀气论彰显了人的主体性。禀气定性，性中见才，三才之中的人才至此被人间化。人间化虽然将人才从天恩施的光环中疏离，但又因其以主体的身份屹立于三才之中而使人才的地位从此实现了巨大而切实的提升。

二

汉魏之后，三才之中人道人才的彰显从此分别呈现为以下三条路径：

---

① 黄晖：《论衡校释》，第 144、48、28、80、29、59、81、125、40、615、1207、65 页。
② 杨明照：《抱朴子外篇校笺》下册，中华书局 1991 年版，第 109 页。
③ 参阅复旦大学哲学系编《中国哲学史》，上海古籍出版社 2006 年版，第 218 页。

其一，沿袭自西汉就出现的旧论：人为天地所生，但却是天地所生之中最为尊贵者。较王充略晚出的文字学大家许慎即仍秉持此论，《说文解字》释"人"，继承了《孝经》等说："人，天地之性最贵者也。"其贵源自"天地之性"，即天地的相合。

其二，即王充的创见，将此前的天赋论归结为禀气说。王充否定了天地生人之论，《量知篇》则将天人关系表述为"人含天地之性，最为贵者"①，此前所谓"人，天地之性"（即天地相合而生）在此被置换为"人含天地之性"，既非天地所生，又备天地之性，俨然有了分庭抗礼的意味。与其大致同时的班固于《汉书·刑法志》论称："夫人宵天地之貌，怀五常之性，聪明精粹。"② 称肖天地而不言生乎天地，曹魏孟康注文则进一步发挥："宵，化也。言禀天地气化而生也。"③ 人对天的依循仿效一变而为人禀元气而生之论。

其三，在以上思想的基础上，宣扬人之灵秀。《汉书·刑法志》已经有人为"有生之最灵者"的论断，且道其聪明灵秀的表现："爪牙不足以供嗜欲，趋走不足以避利害，无毛羽以御寒暑，必将役物以为养，任智而不恃力，此其所以为贵也。"④ 人之为人，其爪牙趋走等性皆不如牲畜禽鸟，但却独独能够称尊于万物之间，根本就在于其灵识智能，也就是才华。三国之际曹魏王肃阐释《礼记·礼运》中人为"天地之心"，同样不再从天人感应立论，而是另有新解："人于天地之间，如五脏之有心矣。人乃生之最灵，其心，五脏之最圣者也。"⑤ 人为天地之心，此心并非出于感知天地需要的附丽，而是独标其为五脏之最圣者，其间洋溢着与天地同体而独为其心的自信与骄傲。人之禀灵，由此开始得到表彰。人之禀灵，即为人才之灵秀。

以上路径之中，禀气说与人之性灵的宣扬融为一体，为标榜天赋、天资、自然、天然、元气、禀赋提供了三才论"去神性"之后人间化的理论支撑，由此形成文艺美学历史上两个重要转型：

————————

① 黄晖：《论衡校释》，第551页。
② 《汉书》卷23，中华书局1962年版，第4册，第1079页。
③ 《汉书》卷23，第4册，第1080页。
④ 《汉书》卷23，第4册，第1079页。
⑤ 孔颖达等：《礼记正义》，《十三经注疏》，第1424页。

从文人地位文章地位而言，具备文才的文人逐步摆脱西汉之际类似东方朔、枚皋等人近乎倡优的局面，文章辞赋创作在曹丕笔下被赋予了经国之大业、不朽之盛事的桂冠。如果说汉代《诗大序》关于诗可以成教化、厚人伦、移风易俗的学说尚属于直接的功利主义诉求，非是文才表彰，那么曹丕论文学可以不假良史之辞、不托飞驰之势流传后世，显然已经有了对文人文才及其创造的热情讴歌。

从文学作为创造性事业的核心依托资源而言，昔日追溯创造于天地神秘力量的认知被超越，主体禀赋之中的独有才性成为文艺审美核心关注的对象。

魏晋之后，超越于天之依附的人才人道得到普遍的重视。陶渊明《神释》诗有"人为三才中，岂不以我故"的句子，意思是说：人能够卓立于三才，正是由于其备乎心神，心神即性灵。又如，同是"三才一体"的论述，董仲舒云："天生之，地养之，人成之。天生之以孝悌，地养之以衣食，人成之以礼乐。三者相为手足，合以成体，不可一无也。"① 天地人之间不是对象化的存在，而是彼此涵摄。② 虽然较之皇天独尊已有不同，但比较刘宋何承天所论则依然瞠乎其后："人非天地不生，天地非人不灵。三才同体，相须而成者也。"③ 何承天不仅没有沿着天尊地卑的逻辑演绎，也没有以天地人一体而消融人才的独立性，而是将其视为了天地显其灵能的前提。

不仅如此，从《易传》就确认的圣王以参天地的思想也随着主体之才独立价值的体认而发生了转变。首先是两汉之交，扬雄《法言·君子》就开始将能够参通三才之道的主体从董仲舒所言的"王"延伸至"儒"，他说："通天地人曰儒，通天地而不通人为伎。"④ 圣人帝王崇尚已经有了松动。而《文心雕龙·原道》直接以"惟人参之，性灵所钟，是谓三才"立论，其中的"人"不再是圣人，而是能够妙笔生花的文人。沈约论文则更是推出了明显与圣王对立的"民"："民禀天地之灵，含五常之德，刚柔迭

---

① 苏舆：《春秋繁露义证》，第 168 页。
② 夏静：《文气话语形态研究》，商务印书馆 2014 年版，第 354 页。
③ 何承天：《达性论》，严可均《全上古三代秦汉三国六朝文》，第 2568 页。
④ 汪荣宝：《法言义疏》，陈仲夫点校，中华书局 1987 年版，第 514 页。

用，喜愠分情。夫志动于中则歌咏外发。"禀气怀灵参法天地之道者不是圣王，而是"民"，是他所赞誉的"辞人才子"①。

以上思想的转移，皆以《论衡》禀气论为基础。当代学术界对此评价极高，如："就整个认识的进程来看，可以毫不夸大地说，没有以王充为代表的天人关系认识上的伟大进展，没有他对亘古以来特别是两汉中天人感应迷信思想的清扫，一种崭新的基本彻底清除了神秘色彩的审美创作上的天人、心物关系将难以建成，不仅曹魏之时文学创作欣赏中的文以气为主和作家作品的才性之论无法出现，两晋六朝许多重要的审美创作认识亦不可能产生。"②又如："王充关于宇宙间一切皆含气而生，人与万物所禀之气不同故而有异的思想，以及人所禀元气的精粗厚薄与性质不同，决定着不同的人气质品性的差异的思想，对中国美学史上曹丕的文气论、后代的作家作品风格论产生了巨大的影响。"③

三才之才具其性能，三才生化，夯实了才具有创造力的内在基础；三才成文成象，贯通了才文基本的津梁；汉魏文人以王充禀气说为出发点，论诗赋文章创作的丰富美丽，将其源泉普遍追溯至人才本身而非假天地鬼神而尊，个体才性之美、人才灵能的礼赞遍及整个汉魏之后的文坛：才作为主体核心素养的地位由此确立，才与文美学意义的本体关联至此也建构完成。而在以上美学思想的成熟中，三才论是其逻辑元点。刘勰的《文心雕龙·原道》是这种思想的美学总结或理论追认。

第四节　两汉以才论文的滥觞

先秦三才思想奠定了才文关系，形成中国古代文才思想发展过程中内在的前趋式引领与动力。而在具体的审美实践中，以才论文的展开是与禀气论对三才之中人才地位的提升大致同步的。

如前所述，才早在先秦已经有了较为普遍的应用，但并没有直接以才论

---

① 沈约：《谢灵运传论》，《宋书》卷67，中华书局1974年版，第6册，第1778页，下同。案：单篇文献，后文再出者皆不另注。

② 于民：《气化谐和》，东北师范大学出版社1990年版，第213页。

③ 蒲震元：《中国艺术艺境论》，北京大学出版社1995年版，第107页。

文的先例。明确的以才论文滥觞于两汉之际，其间大致体现为以下演进历程：

才范畴关注程度的提升：从人物品目实践到才的理论梳理。才在现实语境中关注程度的提升与两汉察举制度的普及与完善密切相关；王充《论衡》是这种人才品目实践以及诸多现实热点问题的理论呼应。

才范畴运使范围的开拓：从综论经籍著述到分疏才文关系。关注度的提升转化为话语传播的内动力，从人物品评延伸，两汉之交，以才综论经籍著述逐步发端。在此基础上，《论衡》完成了才与文人、才与两汉除诗歌之外主要文体关系的理论概括，以才论文至此已经有了基本架构。

才文关系审美认知层次的深化。这种深化主要体现在两个方面：诗人之能的论定与以才论文对文学核心文体诗歌的覆盖；骚人之品及其与文学转型关系的论定。班固对"登高能赋"则"材智深美"的解读，对屈原辞赋较之《诗经》自然发抒、温柔敦厚所呈现的"露才"情态的把握，对"露才"这种创作形态作为"贤人失志之赋"兴起后整个文学创作大势及核心面貌的理论阐发，完成了才对文人素养、两汉主要文体（包括诗歌在内）的创作以及文学史演革论述的全覆盖，标志着以才论文开始走向成熟。

一

才范畴关注程度的提升：从人物品目实践到才的理论梳理。综合前论，就文字训诂考察，才的原始意义为初始，其他意蕴皆由此衍生。先秦各种文献言才体现了以下两个内涵：能力偏长，材质或性质。才能、才性不能离析，古人但言才之所能，都兼容着其性之所宜。

西汉之际，才范畴的运用更加广泛而深入，这与其时人才选拔的察举制度密切相关。先秦吏制虽然也有荐举，但成其制度者仍以世卿世禄以及军功为主。而汉代察举以选贤与能为目的，其举荐的核心尺度便是才、德，如荐举科目中的贤良方正、孝廉、贤良文学等皆为才德兼备；而明经、秀材异等、明法、明术以及勇武知兵等专论才干。才这一标准由此获得发展的契机，在人物品目中被广为运用。就其内涵所及而言，才有所能的意义成为关注的核心。其时论才能呈现为以下形式：

或论才多与能对举。如《淮南鸿烈·兵略训》："必择其人，技能其才，使官胜其任，人能其事。"《修务训》："君子有能，精摇摩监，砥砺其才，自试神明。"① 《春秋繁露·十指》："论贤才之义，别所长之能，则百官序矣。""义"即"贤才各有所宜"②。《盐铁论》中有"若伊尹周召三公之才"的话，这个"才"同样是指"和阴阳、调四时、安众庶、育群生"，使百姓辑睦、四夷顺德的经世济世之能。③ 或直言才能。《史记·淮南衡山列传》："骑上下山若蜚，材干绝人"、"被以为材能如此"。"大将军材能不特章邯、杨熊也。"又云："王奇孝材能，乃佩之王印。"《佞幸列传》："此两人非有材能，徒以婉佞贵幸。"又云："卫青、霍去病亦以外戚贵幸，然颇用材能自进。"④ 才能之外，作为才具体表现形式的才气、才智、才力等术语西汉之际也皆已经出现。

才能论定之余，其时又致力于主体之才名色、品级上的区划。如由名色而言，有美才，《淮南鸿烈·诠言训》："仁智勇力，人之美才也。"⑤ 达才，《史记·田敬仲完世家》："非通人达才孰能注意焉。"奇才，《史记·商君列传》："公孙鞅，年虽少，有奇才。"⑥ 由品级而言才分大小，如《春秋繁露·爵国》："大材者执大官位，小材者受小官位。"⑦ 或云修短，《淮南鸿烈·主术训》："才有所修短也，是故有大略者不可责以捷巧，有小智者不可任以大功。"或云高下，《淮南鸿烈·修务训》分列"圣人之才"、"中人之才"、"一卒之才"。高下又称为隆厚与薄劣，其中大才高才隆厚之才就是过人之才，《淮南鸿烈·泰族训》："智伯有五过人之材。"高诱注曰："智伯美髯长大一材也，射御足力二材也，材艺毕给三材也，攻文辩慧四材也，强毅果敢五材也。"⑧ 与过人之才对应，才不丰者或者自谦则往往称为"不才"。

才能名色、品级的鉴识，最终又多归结于人才抢选，此系古人所谓人有

---

① 刘文典：《淮南鸿烈集解》，冯逸、乔华点校，中华书局1989年版，第497、647页。
② 苏舆：《春秋繁露义证》，第146页。
③ 王利器：《盐铁论校注》卷5，中华书局1992年版，第256页。
④ 《史记》卷118、卷125，中华书局1959年版，第10册，第3089、3090、3096、3191、3196页。
⑤ 刘文典：《淮南鸿烈集解》，第474页。
⑥ 《史记》卷46、卷68，第6册，第1903页；第7册，第2227页。
⑦ 苏舆：《春秋繁露义证》，第237页。
⑧ 刘文典：《淮南鸿烈集解》，第292、698页。

材能则僚有级别之意。

东汉前期，察举制度进一步完善，而其时名教的提倡则又促使察举的才德标尺出现了一定程度的倾向性。名教重视名分、定立名目、显为名节，将虚化的道德具体化、规范化。汤用彤先生曾论东汉名教的本质：

> 夫圣王体天设位，序列官司，各有攸宜，谓之名分。人材禀体不同，所能亦异，则有名目。以名目之所宜，应名分（名位）之所需，合则名正，失则名乖。傅玄曰：位之不建，名理废也。此谓名分失序也。刘邵曰：夫名非实，用之不效。此谓名目滥杂也。圣人设官分职，位人以材，则能运用名教。袁宏著《后汉纪》叙名教之本，其言有曰：至治贵万物得所而不失其情。圣人故作为名教以平章天下，盖适性任官，治道之本。

汤用彤将名教本旨与人才选拔的背景联系起来考察，认为名教的重要内容之一就是位育，序列官司为名分，人各以其所宜（名目）而应名分之需，各得其位，各施其能，这是至治之本。而这个位育过程必须遵守的原则是"万物得所而不失其情"。所谓不失其情，就是"适性"，是"分别才性而详其所宜"，循其性之所宜方可尽其才之所能。① 钱穆也曾发挥此旨：

> 在东汉时，社会极重名教，当时选举孝廉，孝廉固是一种德行，但亦成了一种名色。当时人注重道德，教人定要作成这样名色的人，教人应立身于此名色上而再不动摇，如此则成为名节了。惟如此推演，德行转成从外面讲，人之道德，受德目之规定，从性讲成了行。②

内在的德性通过外在的才行来讲，促成了整个社会对性与德的认识不从修养论而从外在行为、形态论的转型。如秀才（东汉改为茂材）一科，自西汉元帝时期就立质朴、敦厚、逊让、有行等为甄选条件，皆以道德为准的，东

---

① 汤用彤：《读〈人物志〉》，《汤用彤全集》第四卷，河北人民出版社 2000 年版，第 4 页。
② 钱穆：《略述刘劭〈人物志〉》，《人物志》附录，长春出版社 2001 年版。

汉基本延续（其中"有行"改为"节俭"），被称为"光禄四行"。而且茂材与孝廉并列，同为岁举科目，仅东汉章帝元年岁举就多达百数，如此大规模的选拔，其条件在东汉之际已经有了微妙的转变："西汉时贤良与茂材的察举相类，以名为重。东汉则偏于选士，以一般士人中的特异者为对象，名实稍有异趣。"① 察举的才德标尺中，才由此凸显出来。

才在先秦各领域的运用，两汉人伦识鉴、人才甄选实践的积累与推动，为才的理论化提升做好了铺垫。东汉中前期，王充的《论衡》以集大成的姿态完成了对此前才论的全面理论总结。《论衡》诸篇多涉及才的评判，所论述的对象既兼文士儒生，又多臣辅郡将。这种总结，实则就是两汉人伦识鉴现实需要的理论回应。

王充才论所涵盖的内容很广，主旨集中于人才优劣、才的涵育、才之所能以及人才成就所需主客条件的论析等。这些论述分散于全书不同章节，但又围绕以上问题形成了自己有关才的初步理论系统，尤其关于以才为核心的主体素养系统，王充已经有了较为全面的建构。他将主体之才纳入他改造了的天人关系，在论定才的禀赋性的同时，又以天人相合为其根本追求，这种论述准确把握了才的根本所在。

有关才禀赋性的论述，主要体现于《论衡》的"禀气"学说，前一节已经详论，诸如《本性篇》云："人性有善有恶，犹人才有高有下也，高不可下，下不可高。谓性无善恶，是谓人才无高下也。"王充坚持性有善恶，最终必然推演出才有高下，也就是说，禀气论实则就是才性论。才既然出自禀气，也便具有了禀赋性，正如《累害篇》所谓"人才高下，不能均同"。如此主体之所负荷必然要受到才本然的力量限度支配，后天人工的努力不能改变其担负的局限性，这就是"才力"的宿命。

才虽具禀赋性，又必因乎人力的付出而见能，后天之学因此弥足珍贵。这种思想在《论衡》篇章的安排中有着鲜明的体现，如《程材篇》通篇较量儒生与文吏才能优劣，其后即专列《量知篇》、《谢短篇》、《效力篇》，三者皆论后天磨砺学习问题。《量知篇》开篇即云：《程材篇》论材能行操，未言学知之奇，因而特设本篇。其中云：

---

① 裴士京等：《略论两汉察举制度与人才选拔》，《安徽大学学报》2002 年第 5 期。

　　　　夫儒生之所以过文吏者，学问日多，简练其性，雕琢其材也。故夫
　　学者所以反情治性，尽材成德也。

现实之中儒生的成就往往超越文吏，原因何在呢？王充以此为出发点，将有
关才的论述引向了深入：天赋之才必须依靠后天的人力陶冶锻炼始能发挥其
本然潜能，这就是"简练其性，雕琢其材"。如此缮修其才性，则可以实现
"反情治性"、"尽材成德"。

　　然而即使儒生好学，仍有所短。《谢短篇》云："夫儒生之业，五经
也……究备于五经，可也；五经之后，秦汉之事，（无）不能知者，短也。"
这属于知古不知今。既谙学知重要，学知之中的病弊短绌自然在矫正之列，
《谢短篇》故此继《量知篇》推出，二者之意皆在强调学知，只不过着眼点
不同：《量知篇》从正面申说，《谢短篇》从病处警示。既明学知之要，又
谙谢短之途，如此才学融会，必然呈示力量锋芒，《效力篇》因此随乎
其后。

　　才有其能、学致其力仅仅是欲有所成的先决条件，但才的施展又受到诸
多外部因素的限定，《论衡》不仅关注到了这种现象，而且有着同样深入的
论述。《命禄篇》云："命贫以力勤致富，富至而死；命贱以才能取贵，贵
至而免。才、力而致富贵，命禄不能奉持，犹器之盈量，手之持重也。"此
处以富贵利禄为例，以为所得之显微在于才能、努力；但能否得到以及能否
保有则与命数有关，由此王充引申出的是困扰中国文人数千年的才命论。①

　　人伦识鉴在实践语境中强化了才，《论衡》的梳理总结又加速了其成为
理论的步伐，并与现实之中主体的才华修为形成互动。西汉至东汉中期，才
的现实关注程度明显提升。

　　二

　　才范畴运使范围的开拓：从综论经籍著述到分疏才文关系。就才与文的
关系论述而言，西汉言才涉及经籍著述的文献甚为罕见。随着才的现实关注
程度日益提升，西汉末期以及两汉交替之际，才在经籍著述领域的运用方始

────────────

①　以上引文分见黄晖《论衡校释》，第142、11、546、555、25页。

逐步实现了开拓。较具代表性者如：

言小学著述。刘歆《与扬雄书从取〈方言〉》："属闻子云，独采先代绝言，异国殊语，以为十五卷。其所解略多矣，而不知其目。非子云澹雅之才，沉郁之思，不能经年锐积，以成此书。"① 才所指向者为扬雄精思沉郁而能成就《方言》，其"所解略多"，是就源自其才的创见而言的。

言子部论著。桓谭《新论》："扬子云大才而不晓音。""扬子云才智开通，能入圣道，卓绝于众，汉兴以来，未有此人也。"又云："才通著书以百数，惟太史公广大，其余皆丛残小说，不能比之子云所造《法言》、《太玄经》也。"② 论"才通著书"首推司马迁，以其能著《史记》数十万言；扬雄之才堪与其比肩，因其创构了《法言》、《太玄经》。

言史部著述。桓谭之论已经以著书首推司马迁，班彪也论其"善述序事理，辩而不华，质而不野，文质相称，盖良史之才也"③。同样指向其才能著《史记》。

以上小学、子部、史部著述皆论笔才。扬雄又曾论口才，《法言·渊骞篇》："或曰仪秦其才矣乎？迹不蹈矣。曰：昔在任人，帝曰难之。亦才矣。才乎才，非吾徒之才也。"仪秦之才，非元凯之才，故此司马光释为"口才君子所不贵"④。苏秦张仪的言辞，润饰藻绘，耸人视听，这也属于才，但不是士人推崇的经济之才。虽然以口才不值矜夸，但扬雄此论实则涵摄了才与言辞的关系。

以上诸人，基本生活在西汉末期、新莽时期以及东汉初年。相关论述体现了以下两个意旨：首先，两汉相交之际，学术界虽然认识到才与子史著述的关系，但在宽泛的对应言说中，仍然没有涉及才与当时主要文体创作的关系；其次，从扬雄以口才言辞非吾徒之才、辞赋雕虫小技壮夫不为等论断衡量，其时一些文人承续了西汉枚皋所谓为赋乃俳、见视如倡的价值评量，存在着重视经济之才、藐视文才的思想倾向。

这种综论子史著述与藐视文才的现象至《论衡》开始出现重要转折。

---

① 严可均：《全汉文》卷40，见《全上古三代秦汉三国六朝文》，第349页。

② 严可均：《全后汉文》卷15，见《全上古三代秦汉三国六朝文》，第549、551页。

③ 《后汉书》卷70《班彪列传》引，第5册，第1325页。

④ 汪荣宝：《法言义疏》，第448页。

《论衡》有关才的理论研究并未局限于普泛的哲学探讨，而是在此基础上，继承此前文士以才综论子史著述的传统，开拓性地将才集中纳入了广义的文论，且形成了才与文之间多维的分疏，与两汉文艺的发展形成直接的呼应。具体表现为：

其一，以才论"文章之士"的素养、以才确定文士的品级。《书解篇》命名陆贾、司马迁、刘向、扬雄等文人"文章之徒"，称"其材能若奇，其称不由人"。意思是说：这些文人有如此奇异的才能，其声名不需要别人称道便自然远扬。

进而王充分文士为五等，其所重者必备乎才。《论衡》于其《超奇篇》、《程材篇》、《谢短篇》、《效力篇》、《别通篇》、《佚文篇》、《定贤篇》、《书解篇》等篇章中不厌其烦地品定人物优劣高下。他将现实中人物分为五等：俗人（文吏被包含其中）、儒生（又称世儒）、通人、文人（又称文儒）、鸿儒。

俗人，是指没有知识的下等人，也包括粗知一二的俗吏与文吏。文吏就是文史法律之吏，《量知篇》认为这些人"无经艺之本，有笔墨之末，大道未足而小技过多"。而所谓的"笔墨"不是文辞创造，而是程式之辞。

儒生，能说经而不事博览，《谢短篇》认为其"所知不过守信经文，滑习章句，解剥互错，分明乖异"。因为知古不知今，被称为"陆沉"或"盲瞽"。

通人，《超奇篇》云："通书千篇以上，万卷以下，弘畅雅闲，审定文读，而以教授为人师者。"但此类人物虽然见多识广，却不能论说，不达事务。

文人与鸿儒，《书解篇》将文人（又称文儒）与当时的儒生世儒对比："世儒当时虽尊，不遭文儒之书，其迹不传……汉世文章之徒，陆贾、司马迁、扬子云，其材能若奇，其称不由人。"不仅称文儒有"材能"，而且其笔墨可决定儒生的传世与否。《超奇篇》认为文人与鸿儒的共同点是可以撰著文章："杼其义旨，损益其文句，而以上书奏记，或兴论立说，结连篇章者，文人鸿儒也。"但二者仍有区别："采掇传书以上书奏记者为文人，能精思著文连结篇章者为鸿儒。"文人长于上书奏记，鸿儒则可以著述以传不朽。

这五等人比量的结果是："儒生过俗人，通人胜儒生，文人逾通人，鸿儒超文人。"其中最受推崇的是鸿儒，他称鸿儒系"繁文之人"、"人之杰也"，为"超而又超"者，"奇而又奇"者，《超奇篇》实则就是鸿儒的赞歌。而鸿儒之所以获得如此殊荣，关键在其能够"兴论立说"、"精思著文"、"连结篇章"，能够创造。但凡合于造论著说的文人鸿儒，王充皆将其纳入《超奇篇》，且皆以"才"称之：

> 阳成子长作《乐经》，扬子云作《太玄经》，造于助（眇）思，极睿冥之深，非庶几之才，不能成也。孔子作《春秋》，二子作两经，所谓卓尔蹈孔子之迹，鸿茂参贰圣之才者也。
> 自君山以来，皆为鸿眇之才，故有嘉令之文。
> 连结篇章，必大才智，鸿懿之俊也。

而文人鸿儒与其他儒生、俗人、通人等对比之所以"皆有品差"，也正是因为"奇而又奇，才相超乘"。文士之间的差异，最终被落实到了著述的才赋高下。

其二，文有五类，其所尊者必本于才。《佚文篇》云：

> 文人宜遵五经六艺为文，诸子传书为文，造论著说为文，上书奏记为文，文德之操为文。立五文在世，皆当贤也；造论著说之文，尤宜劳焉。何则？发胸中之思，论世俗之事，非徒讽古经、续故文也。论发胸臆，文成手中，非说经艺之人所能为也。

五文之中，独尊"造论著说之文"，称其为"文人之休，国之符也"，原因在于其"发胸中之思"，是自我的创造，而非经典的因袭。对创造的推崇，来源于王充对才具有各自独到面目特征的认识。汉代是一个继承传统、标榜述而不作的时代，但《论衡·对作篇》却认为："言苟有益，虽作何害？"《超奇篇》也说：文由胸中而出，心以文为表，"入山见木，长短无所不知；入野见草，大小无所不识。然而不能伐木以作室屋，采草以和方药，此知草木所不能用也。夫通人览见广博，不能掇以论说，此为匮生书主人，孔子所谓诵诗三百，授之以政不达者也，与彼草木不能伐采一实也。孔子得史记以作《春秋》，及其立义创意，褒贬赏诛，不复因史记者，眇思自出于胸中也。凡贵通者，贵其能用之也。"读书有得、经验有识、思维有悟，凡此皆当融会以为我有，否则便如同遍采草木却无以合成方药一样。而要做到创意，王充认为必须处理好"笔"和"心"的关系："笔能著文，则心能谋论。"他反复强调"文由胸中而出"，意在倡导作由其心，有脚书橱与"鹦鹉能言"之类因成于人者皆当排摈。而要完成这种创作，"非俶傥之才不能任也"。

不难看出，以上之论虽然于才多有表彰，但王充推许的重点或者说其情有独钟者依然在于直接可以经世济世的著书立说。不同以往的是，他所言之才既包括"心能谋论"，同时也兼容着"笔能著文"，兼容着能够运调材料的识力笔力。才与文的关系认知由此已经达到了一个新的高度。

其三，文体有多端，其创构必由乎才。以上是就广义之文而论，如果结合两汉具体的创作实践，则其时文坛涉及的文体，王充多数都有了涉及，且论其创构最终都归结于才：

如赋、颂。赋颂为汉代典型文体，赋的本质为颂，二者有时混言，如《广成颂》即为赋体，其用在于润色鸿业，《论衡》之中有专门的《须颂篇》。单独的赋颂也多次涉及，《谴告篇》云："孝武皇帝好仙，司马长卿献《大人赋》；孝成皇帝好广宫室，扬子云上《甘泉颂》。"《定贤篇》云："以敏于赋颂，为弘丽之文为贤乎？则夫司马长卿、扬子云是也。文丽而务巨，言眇而趋深。然而不能处定是非，辨然否之实，虽文如锦绣，深入河汉，民不觉知是非之分，无益于弥为崇实之化。"王充于赋颂有褒有贬，褒其文丽，抑其用微，这是他的一贯立场。而文丽的依托就是才，《佚文篇》云：

> 易曰：圣人之情见于辞。文辞美恶，足以观才。永平中，神雀群集，孝明诏上《（神）爵颂》。百官颂上，文皆比瓦石，唯班固、贾逵、傅毅、杨终、侯讽五颂金玉，孝明览焉。夫以百官之众，郎吏非一，唯五人文善，非奇而何？孝武善《子虚》之赋，征司马长卿；孝成玩弄众书之多，善扬子云。

前有"文辞美恶，足以观才"，继举赋颂之士，说明王充意识中赋颂之美最终决定于才。另外，其时以"辞赋"为泛称，兼容着骚体，所以《案书篇》有"赋象屈原贾生"之论，故此文丽需才这个结论是面向辞赋所有之体的。

如对策、章奏、记。《佚文篇》云：

> 孝武之时，召百官对策，董仲舒策文最善。王莽时，使郎吏上奏，刘子骏章尤美。美善不空，才高智深之验也。

评章奏对策之美，落实于才高智深。《效力篇》赞誉谷子云、唐子高："章奏百上，笔有余力，极言不讳，文不折乏，非夫才智之人不能为也。"《案书篇》则赋、颂、记、奏一体表彰："善才有浅深，无有古今；文有伪真，无有故新。广陵陈子迴、颜方，今尚书郎班固、兰台令杨终、傅毅之徒，虽无篇章，赋颂记奏，文辞斐炳，赋象屈原、贾生，奏象唐林、谷永，并比以观好，其美一也。""赋颂"与"记奏"并论，其美皆本乎善才。

如箴、铭、小说。《案书篇》在列举当时文士邹伯奇、袁太伯、周长生等人的《玄思》、《易章句》、《洞历》等学术著作之外，还称誉了吴君高的杂史小说《越纽录》以及袁文术的箴铭，称诸文士为"能知之囊橐，文雅之英雄"。并由此得出结论："才有高下，言有是非，不论善恶而徒贵古，是谓古人贤今人也。"言外之意，能为箴、铭、小说诸体者，必属高才。

综上所论：尽管王充以才论文依然杂糅经史子集，有着明显的过渡性特征和功利诉求，但《论衡》论文而先及人才，被视为文学批评中作家论的滥觞；其他以才的优劣定文人优劣、以才作为文章诸体创作的根本素养，则是后世文学主体素养论中才为核心思想最早的审美理论表达。

需要注意的是，《论衡》的相关论述，往往由对时人思想观点的驳难入手，论题多为时代热点，其概念、语码亦为其时流行。因此书中密集以才为说、以才论文论人，不仅仅是他个人的理论态度，也一定程度上代表了当时文化界总体的理论认同。如《书解篇》引作为其批判对象的时人之论：

> 或曰：著作者，思虑闲也，未必材知出异人也。居不幽，思不至，使著作之人总众事之凡，典国境之职，汲汲忙忙，或暇著作？试使庸人

积闲暇之思，亦能成篇八十数。文王日昃不暇食，周公一沐三握发，何暇优游为丽美之文于笔札？孔子作《春秋》，不用于周也；司马长卿不预公卿之事，故能作《子虚》之赋；扬子云存中郎之官，故能成《太玄》经、就《法言》。使孔子得王，《春秋》不作；长卿、子云为相，赋、《玄》不籍。

虽然时人之论否认著文都需要才智异等，但却同样是文辞赋颂与才之关系引申出的话题，可见这个问题在当时的受关注程度。《自纪篇》道时人批判《论衡》浅易，而以"深覆典雅，指意难睹"的赋颂为楷模，称赞如此的创作方显示"鸿材"。此论虽然与王充相左，但也同样是时人以才论赋颂的显证。①

由此看来，王充才文关系的论述，是东汉中前期文坛相关潮流的缩影，标志着两汉以才论文已经确立了基本的架构。

三

诗人之能的论定与以才论文对文学核心文体诗歌的覆盖。随着以才论文架构的日渐清晰，东汉中期班固明确以才对诗人之能的论定，则标志着以才论文实现了对文学核心文体——诗歌的覆盖。

班固的学术思想一定程度上受到了王充的影响。王充师事班固的父亲班彪，一般文献以为其长于班固5岁。《后汉书》卷四十上《班固传》注引谢承书："固年十三，王充见之，拊其背，谓彪曰：此儿必记汉事。"本条资料有人质疑其真实性，但陆侃如等已经辨析详明。② 王充与班固十分熟识，这从《论衡》在《别通篇》、《宣汉篇》、《须颂篇》、《佚文篇》、《案书篇》、《超奇篇》反复表彰班固的赋颂才华就可以证明。《论衡》没有涉及《汉书》，只是于《超奇篇》提到班彪续太史公书百篇以上，继而赞许"子男孟坚为尚书郎，文比叔皮（班彪），非徒王百里也"。班固于史书起初已经有所撰述，但因私自修史而入狱。永平九年（公元66年）为尚书郎之后

----

① 以上引文分见黄晖《论衡校释》，第1151、552、577、555、606、1151、607、609、608、609、610、867、868、1184、606、867、641、1117、863、582、1174、1173、1152、1196页。

② 陆侃如：《中古文学系年》，人民文学出版社1985年版，第67页。

才奉命撰史，建初七年（公元 82 年）始上全书，中间历时二十余年。如此熟谙关注班固的创作与经历、如此不遗余力地表彰班固的文章及其文才，在那种地理隔绝、资讯蔽塞的时代，如果没有密切的联系与交谊是不易做到的。

又据考证，《论衡·讲瑞篇》早在永平初年（公元 59 年前后）已经草成，全书定于建初之年，永元元年（公元 89 年）仍在续其《讲瑞篇》，可见王充、班固各自修书的过程虽有重叠，但王充属笔且有成篇要较班固修史早 7 年左右。《论衡》创作前后虽然历时近 30 年，但草创之际各为单篇，先成就者应有传播，这从《自纪篇》叙述时人道其《论衡》浅易、繁复等病弊可悟其端倪。撰《自纪》者其动笔一般当在全书完成之际，书始杀青而舆论批评已经丛集，可见以上早有传播的推测并非臆断。①

以王充、班固如此渊源，则王充有关文才的思想影响到班固是有一定依据的。班固对于才文关系较此前更为深刻的论述首先表现为：其以"材质深美"论"升高能赋"，完成了才与言辞敷布能力、才与诗歌关系进一步的美学认定。

在以才论定诗人之能的思想出现之前，西汉司马相如有一个著名的"赋心"论：

> 合綦组以成文，列锦绣而为质，一经一纬，一宫一商，此赋之迹也。赋家之心，苞括宇宙，总览人物。斯乃得之于内，不可得而传。②

刘熙载结合赋的本义，将这个"赋心"阐释为禀赋才能。他说："铺，有所铺，有能铺。司马相如答盛览问赋书有赋迹赋心之说。迹，其所；心，其能也。心迹本非截然为二。""迹"就是铺陈的对象；"心"则是能铺陈的本领与情怀。又云："《楚辞》'涉江'、'哀郢'，'江'、'郢'，迹也；

---

① 参阅《后汉书》卷 70 上《班彪传》附《班固传》；黄晖《论衡校释》附编二《王充年谱》，第 1217—1236 页等。

② 刘歆：《西京杂记》卷 2，王根林校点，上海古籍出版社 2012 年版，第 19 页。按：周勋初先生有《司马相如赋论质疑》一文，以为《西京杂记》系葛洪编撰，其中文学思想是魏晋玄学的产物，故而质疑司马相如此论的真实性。参阅《文史哲》1990 年第 5 期。《西京杂记》的编者不论，史上以司马相如此论为后人杜撰者却罕有其人。

'涉'、'哀'，心也。推诸题之但有迹者亦见心，但言心者亦具迹也。"① 意思是说，迹为意象，心表示文学意象所蕴含的作者情性，心、迹二者必须统一。作者言心则心所流连的意象浮现，言迹则其所寄托的情思油然而感人，这种契合是审美与表现能力的综合，其本然就是文才。可以说，司马相如的"赋心"论开启了从审美维度探索文才内涵、作用的序幕。它是汉代辞赋创作实践繁荣所引发的创作源泉研思的必然收获。不过由于当时缺乏对文才全面的理论梳理，因此只能以"赋心"命名。

随后王充等虽然也论及了作为主体素养的才所具有的禀赋性特质、创造潜能，虽然泛言了赋颂章奏箴铭等文体与才的关系，但所论既属于简约的以才标尚品目，且于两汉文学诸体之中唯独缺失了其核心文体——诗歌。从《论衡》全书现存篇目统计，全书计 16 篇有"诗曰"或"诗云"字样，皆为《诗经》征引；另有多次涉及"诗"、"诗人"、"诗书"、"诵诗"、"诗颂"等，也皆指《诗经》。只有《订鬼篇》云"故童谣诗歌为妖言"、"诗妖童谣"，系言民间之诗，但又是作为批判对象，并未言之以才。如上节所论，联系《超奇篇》格外要求制作当如"陆贾消吕氏之谋，与《新语》同一意；桓君山易晁错之策，与《新论》共一思"，而非"徒用其才力，游文于牒牍"，则王充所推崇的著述文章之能以经世致用为指归，诗歌被排斥当与这种功利主义思想有关。因而王充虽然深化了对文的认识，但其理论中附丽着较浓的反艺术思维。

而班固对此实现了超越，这从其对古代"九能"的论断中可以确认。《诗·鄘风·定之方中》毛传郑玄注云："建国必卜之，故建邦能命龟，田能施命，作器能铭，使能造命，升高能赋，师旅能誓，山川能说，丧纪能诔，祭祀能语，君子能此九者，可谓有德音，可以为大夫。"本则材料记载的是先秦官吏选择标准，以实际应世能力为主，又具体化为方方面面的本领，称为"九能"。孔颖达疏云：

> 建邦能命龟，证建国必卜之。
> 田能施命者，谓于田猎而能施教命以设誓。若士师职云三日禁用诸

---

① 刘熙载：《艺概》卷3，《刘熙载文集》，第128页。

田役，注云：禁，则军礼曰无于车、无自后射其类也；大司马职云斩牲以左右徇陈、曰不用命者斩之是也。田所以习战，故施命以戒众也。

作器能铭者，谓既作器，能为其铭。若栗氏为量其铭曰"时文思索，允臻其极，嘉量既成，以观四国，永启厥后，兹器维则"是也。《大戴礼》说武王盘盂几杖皆有铭，此其存者也。铭者名也，所以因其器名而书以为戒也。

使能造命者，谓随前事应机造其辞命以对。若屈完之对齐侯，国佐之对晋师。君无常辞也。

升高能赋者，谓升高有所见，能为诗赋其形状，铺陈其事势也。

师旅能誓者，谓将帅能誓戒之，若铁之战赵鞅誓军之类。

山川能说者，谓行过山川，能说其形势而陈述其状其形势也。或云述者，述其古事。

丧纪能诔者，谓于丧纪之事，能累列其行为文辞以作谥，若子囊之诔楚恭之类。故曾子问注云：诔，累也。累列生时行迹以作谥是也。

祭祀能语者，谓于祭祀能祝告鬼神而为言语，若荀偃祷河、蒯聩祷祖之类是也。①

以上九能，最终都归结为一种言辞能力，因此刘师培称"九能均不外乎作文"，并认为："此乃后世文章之祖也。建邦能命龟，所以作卜筮之爻辞也；田能施命，所以为国家作命令也；若夫作器能铭，为后世铭词之祖。使能造命，为后世军檄之祖。山川能说，为后世地志图说之祖。丧纪能诔，祭祀能语，为后世哀诔祭文之祖。毛公说此，必周秦前古说。"② 由此可见，"九能"说已经在周秦之际与语言表达文辞言说建立了内在关系。九能本初是作为官吏抡选标准提出的，这便是文才包纳言辞敷布能力的雏形，同时提醒我们：超越了功利化与功用化的文才，实则正是从功利性、功用性的政治才能讲求中发展出来的。

---

① 孔颖达等：《毛诗正义》卷3，《十三经注疏》，第316页。

② 刘师培：《论文杂记》，陈引驰编《刘师培中古文学论集》，中国社会科学出版社1997年版，第246页。按：以上文字为郑玄注文，刘师培以为"毛公说此"尚无显证，但以此为周秦前古说的推断并非妄测。

　　班固在"九能"关乎言辞的基础上，不仅专门对其中的"登高能赋"做出了重点论述，而且经过经典重诂，确立了才与诗歌创作的关系。

　　他在《汉书·艺文志·诗赋略论》中论称："登高能赋，可以为大夫……古者诸侯卿大夫交接邻国，以微言相感，当揖让之时，必称诗以谕其志，盖以别贤不肖而观盛衰焉。故孔子曰：不学诗，无以言也。"① 按照孔颖达等的疏证，"升高"（又作登高）侧重于考核体察物情形势的能力，它并非后世一般意义的登临，更多的是指坛堂之上的活动。坛堂早期是祭祀天地、观测天象以及权力所在的地方，高高在上，所以章炳麟说："登高孰谓？谓坛堂之上，揖让之时。"其时显示能力的方法之一就是"赋"，赋者孰谓？"谓微言相感，歌诗必类"。就是说，登高而"赋"本意就是赋诗，班固名曰"称诗"。

　　那么"赋诗"又是一项什么活动呢？春秋之时，它一般指向"不歌而诵"，即诵《诗经》成句，诵诗者陈其文，与铺张之义相同，故曰"赋"。但赋诗还包括自我即时的创作。《左传》隐公元年郑庄公掘地与母相见，庄公入而赋："大隧之中，其乐也融融。"其母出而赋："大隧之外，其乐也洩洩。"又如僖公五年晋襄公使士蒍筑蒲与屈，襄公责备于他，退而"赋诗"云："狐裘蒙茸，一国三公，吾谁适从？"以上诸作，《文心雕龙·诠赋》即概之曰："至如郑庄之赋'大隧'，士蒍之赋'狐裘'，结言短韵，词自己作。"《韩诗外传》载孔子游景山云："君子登高必赋。"并有诸赋之文，章炳麟发现子路等各为谐语，其句读参差不齐，乃是自作。② 可见早期赋诗已经有了创作的苗头。孔颖达将升高能赋便直接释为"升高有所见，能为诗赋其形状，铺陈其事势也"③，其中之"为"实则就是创作。而以上郑玄注文所论及的"升高而赋"，其本义正如熊十力所论：

　　　　赋之早期形态，如此铺叙物态，其思想基础即在"博文"——以感官体验"文"——天地物我之运动。古人以登高能赋见人之才，乍

---

① 《汉书》卷30，第6册，第1756页，下同。
② 章炳麟：《国故论衡》、《六诗说》，刘梦溪主编《中国现代学术经典·章太炎卷》，河北教育出版社1996年版，第82、177页。
③ 孔颖达等：《毛诗正义》卷3，《十三经注疏》，第316页。

思不解，细考究，一艺事所以有此效用，但其学于文之过程，即识物明理之过程。早期人类，对自然之陌生感极强，能识之，体察之，感觉之，进而能讲明其理数者，自是超凡之人。①

这一学说即从明物识物进而达物的角度辨析才与升高能赋的关系。而班固《汉书·艺文志·诗赋略论》正是从这个意义上对"升高能赋"之"能"给予了如下定位：

> 言感物造耑，材知深美，可与图事，故可以为列大夫也。

颜师古注云："耑，古端字也。因物动志，则造辞义之端绪。材，才也。知，智也。图，谋也。感于物，而能造端绪，出言成章，则其材智不浅陋，可与之谋事矣。"这个解释包含着对赋诗现象的一个重要认定：无论是诵《诗经》还是自作诗，"赋"都是感于物而能迅速发端起兴进而表现于言辞的能力，能赋就是"材知深美"，即承认其具有禀赋中不一般的感兴与表达能力。在以上论析之后，班固将视野投射于诗歌创作："自孝武立乐府而采歌谣，于是有代赵之讴，秦楚之风，皆感于哀乐，缘事而发，亦可以观风俗知厚薄云。"前言材智深美需备"感物造端"之能，随论《汉书》中著录之诗歌其价值便在于"感于哀乐缘事而发"，前后映照，"感于哀乐"与"感物造耑"相同，皆是论才能。文才具有"善感"特性，自王充已经揭示，《论衡·书解篇》称司马相如与扬雄："俱感，故才并；才同，故业均。"②意思是说：二人皆有感物造端的敏锐性情，因而才能相近，才能相近故有文学事业上的成就相当；其另外一层含义是：无才则不能很敏锐地感思兴发，感思兴发不至则无所成就。班固在"九能"与文相关论的基础上，又将王充这一发现演入诗人主体素养的论述，深刻揭示了运用诗歌、创作诗歌与才的内在关联。

六朝后期，文人们论及"登高能赋，可以为大夫"，在肯定其"善观民

---

① 熊十力：《答张季同》，转引自《张岱年学述》，浙江人民出版社1999年版，第24—25页。
② 黄晖：《论衡校释》，第1154页。

风，则与图王政……斯乃当世才焉"的治能考校之外，又同时指出："至如敦厚之词，足以吟咏情性，身之文也；贞固之节，可以宣被股肱，邦之光也。"① 就是说：即使单独考究吟咏性情之能，具备登高能赋之才者也同样是国家的祥瑞。

清代诗人梁佩兰也注意到了班固这则注疏的价值，而且也从"登高能赋"与"材知深美"之间的关系入手作出了阐释。他说："古天子甚重夫诗：凡郊祀、朝会、宴飨、聘问必歌焉，而又以其声合之于乐。故其时学士大夫率登高能赋，号称'多材'。"② 登高能赋诗就是多才。

刘熙载则给予了更为明确的美学阐释："或问左思《三都赋序》以'升高能赋'为'颂其所见'，所见或不足赋，奈何？曰：严沧浪谓诗有别才别趣，余亦谓赋有别眼。别眼之所见，顾可量耶？"③ 将升高能赋的才识最终具化于别才别趣别眼，是对"升高能赋"则"材质深美"之深美"材质"的进一步美学升华。

四

骚人之品的测度及其与文学转型关系的论定。班固继承并发展王充的思想，对于才文关系较此前更为深刻的另一论述是对骚人之品——屈原"露才扬己"情性的揭示。此说开启论争，进而实现了才这一标尺与作品、文人素养关系的全面建构，并确认了屈原之后中国文学"程才效伎"的基本形态。才与文学的理论关系在东汉文学批评实践中得到进一步升华，其中有关屈原"露才扬己"的论争是一个不容忽视的里程碑。

两汉文人对屈原情有独钟，司马迁、贾谊、扬雄等皆有相关文字。或伤其志而垂泪，或悲其文而流涕，其中虽然不乏同病相怜的凭吊，但更多的是对屈原作品与人格的景仰。

王充表现了对屈原前所未有的关注。《论衡》反复提及屈原，在承继前人盛赞其不同流合污的道德以外，又聚焦于其命其冤。当然，这种归结并非

① 刘师知：《侍中沈府君集序》，《艺文类聚》卷55，第998页。
② 梁佩兰：《大樗堂初集序》，《六莹堂集》佚文，吕永光校点，中山大学出版社1992年版，第407页。
③ 刘熙载：《艺概》卷3，《刘熙载文集》，第136页。

只是引据典事以论命为吉凶之主，诵读《变动篇》邹衍屈原的对比："一邹衍之口，安能降霜？邹衍之状，孰与屈原？见拘之冤，孰与沉江？《离骚》、《楚辞》凄怆，孰与一叹！"言辞间无限的愤懑喷薄而出。而德、命之外，王充又格外关注屈原之才，才德、才命论于此已成规模。《效力篇》云："吴不能用子胥，楚不能用屈原，二子力重，两主不能举也。举物不胜，委地而去，可也；时或恚怒，斧斫破败，此则子胥、屈原所取害也。"其所言者，便是才大难为用之意。《累害篇》在为屈原发出不平之鸣的同时，矛头直指群小嫉贤妒才："屈平洁白，邑犬群吠，吠所怪也；非俊疑杰，固庸能也。伟士坐以俊杰之才，招致群吠之声。"[①] 不仅如此，王充还不止一次着力表彰屈原的文才：《超奇篇》道唐勒、宋玉虽亦楚之文人，然而竹帛不纪，其缘由恰是"屈原在其上也"。如此区分对待，正如"会稽文才"并非只有周长生，但却择定此人揄扬论列，只是由于"长生尤愈出也"。屈原等文才卓著，"言之卓殊、文之美丽"，故而当与周长生等一样特意表彰。《案书篇》以班固、傅毅等人文辞斐炳"赋象屈原贾生"为例，论"善才有浅深，无有古今"，故而能够"并以观好，其美一也"。如此盛赞，其缘由便是这些当代文人之赋追随于富有"善才"的屈原。

及乎班固论屈原，没有从外部过多探究其悲剧的缘由，而是将视角转移到了屈原自身的审查。其《离骚序》称：

> 今若屈原，露才扬己，竞乎危国群小之间，以离谗贼。

屈原"露才扬己"论由此拈出。有学者认为，"露才扬己"之"才"是指经世济世之才，屈原欲有所为忧国忧民而显他人不肖，所以被称为"露才扬己"。这种认识发端于扬雄，其《反离骚》所谓"知众嫭之嫉妒兮，何必扬累之蛾眉"便有此意[②]。不过扬雄是感慨惋惜屈原的不幸，班固则意在人、文品目。

从语境考察，"露才扬己"与"竞乎危国群小"相对应，其中有显示自

---

① 黄晖：《论衡校释》，第 657、585、13 页。
② 刘熙载：《艺概》卷 3，《刘熙载文集》，第 122—123 页。

己经济之能的意味。但屈原这种经济才能的自负又通过《离骚》对君王的讽谏等形式体现出来，他以辞赋来宣泄自己的忧虑，影射群小的卑微，其间包容着文艺之才。

东汉后期的王逸对班固的批评直接提出了质疑，其《楚辞章句叙》云："屈原之词，优游婉顺，宁以其君不智之故，欲提携其耳乎？而论者以为露才扬己，怨刺其上，强非其人，迨失厥中矣。"事实上，在班固与王逸的意识里，无论是否赞成屈原"露才扬己"之论，无论才的运使形态如何与骚人的品性相关，这个"才"都已经被视为骚人的核心依托。班固《离骚序》云：

> 然其文弘博丽雅，为辞赋宗，后世莫不斟酌其英华，则象其从容。自宋玉、唐勒、景差之徒，汉兴，枚乘、司马相如、刘向、扬雄，骋极文辞，好而悲之，自谓不能及也。虽非明智之器，可谓妙才者也。

王逸《楚辞章句叙》云：

> 夫《离骚》之文，依托五经以立义焉。"帝高阳之苗裔"，则"厥初生民，时惟姜嫄"也。"纫秋兰以为佩"，则"将翱将翔，佩玉琼琚"也。"夕揽洲之宿莽"，则《易》"潜龙勿用"也。"驷玉虬而乘鹥"，则"时乘六龙以御天"也。"就重华而陈词"，则《尚书》咎陶之谟谟也。"登昆仑而涉流沙"，则《禹贡》之敷土也。故智弥盛者其言博，才益多者其识远。屈原之词，诚博远矣。①

班固言"妙才"，王逸论"才识"。后世《文心雕龙·辨骚》也颂赞《离骚》，以为"楚人之多才"，并引班固之论，称"（屈原）为辞赋之宗，虽非明哲，可谓妙才"。

王充以才概言文士，开后世作家论的先河；班固等则结合细致的文本鉴

---

① 王逸：《楚辞章句》（与《诗集传》合刊），夏祖尧标点，岳麓书社 1994 年版，卷 3，第 48 页；卷 1，第 46 页。

察，以才较量文人品级，已经属于成熟的作家研讨，而王逸则进一步以才为观照，深入至文本的肌理。至此，才不仅实现了对两汉主要文体的论列，也实现了对文体、作家、作品论列的全覆盖。

对屈原"露才扬己"的论断虽然有着不同意见，但"露才"却是屈原辞赋创作的重要倾向。班固不仅在《离骚》之论中有"露才"的概括，其《汉书·艺文志·诗赋略论》将屈原作品又纳入"贤人失志之赋"，正因为"屈原离谗忧国"，所以才"作赋以风"。虽然承认屈原之作"有恻隐古诗之义"，但形式上已经属于忧畏、恻隐之情发见于外的发愤之作。刘熙载称屈子之赋"旁通"，"《离骚》东一句西一句，天上一句地下一句，极开合抑扬之变"，发愤以及"旁通"与"开合抑扬"正是就其辞赋的驰骋而言，刘熙载便将这种创作情态直接名之为"才颖渐露"①。

值得特别关注的是，屈原这种"露才"的创作特征是在与《诗经》温柔敦厚美学风貌比较中获得的。而且屈原这种创作不是自生自灭的文坛插曲，而是中国文学转型的重要分界，所以班固云："春秋之后，周道寝坏。聘问歌咏，不行于列国，学诗之士，逸在布衣，而贤人失志之赋作矣。"也就是说，自从屈原之后，中国文学创作的美学风貌开始与《诗经》的提倡出现了距离，而这个转型的关节点，是与古代经学之中"诗亡说"前后相接的。《孟子·离娄下》言"王者之迹熄而诗亡，诗亡然后春秋作"，学术界一般将诗亡之由归结于采诗制度废弛、诗歌讽谏功能荡弃，如此孔子作《春秋》寓其褒贬，以史继承诗的功用，这是近切的影响。更为深远的影响是，战国后期咏诗赋诗语境严重弱化，不仅诗和性情寓讽谏的本质功用瓦解，而且赋诗见志等外在形式上的用途都难以为继，于是"贤人失志之赋作矣"——"露才"的创作、发愤遣情的创作从此发皇光大，这是在史学继承诗的功用以外，文学对自我空间的拓展。关于"露才"风气兴起的文学史意义，叶适结合"诗亡说"与个人文才在创作中有意崭露的关系给予了深刻论述。其《黄文叔诗说序》云：

　　自文字以来，诗最先立教，而文、武、周公用之尤详。以其治考

---

① 刘熙载：《艺概》卷3，《刘熙载文集》，第122—123页。

之，人和之感，至于与天地同德者，盖已教之诗，性情益明，而既明之性，诗歌不异故也。及教衰性蔽，而雅颂已先息，又甚则风谣亦尽矣。虽其遗余犹仿佛未泯，而霸强迭胜，旧国守文，仅或求之人之材品高下与其识虑所至，时或验之。然性情愈昏惑，而各意为之说，形似摘裂，以从所近。则诗乌得复兴，而宜其遂亡也哉！①

意思是说：在早先文人们的理想期许里，性与情有一个统一的状态，适应于伦理社会构建，并成为验证这种构建是否和谐的尺度。诗治人性情，可以达到神人以和，从性情贯彻于政治则天下安定，这就是诗教。后世人性为各种欲望遮蔽，诗难见性情，见了性情其真伪又无从判定，于是论诗不再言性情而是论材品高下。这是一个关乎中国文学理论与实践的重要转型，因为这个转型，传统意义的性与情统一且关系政教的诗日渐式微。叶适在对此深表惋惜的同时，敏锐地发现了"诗亡"前后创作主体审美志趣之所在的易动：此前关注诗的效用，此后致力于自我才气的挥洒。在《跋刘克逊诗》中，叶适表达了同样的思想："自有生人，而能言之类，诗其首矣。古今之体不同，其诗一也。孔子诲人，诗无庸自作，必取中于古，畏其志之流，不矩于教也。后人诗必自作，作必奇妙殊众，使忧其材之鄙，不矩于教也。"② 所谓"使忧其材之鄙"，是说既然不以教化为旨归，则诗必自作，作必追求奇妙而与众不同，唯恐他人讥笑自己才华鄙陋。以古诗为一标准，古诗亡而骋才者兴。以《离骚》为代表的"露才扬己"的创作，由此成为文学演革的必然趋势。

　　两汉文人们所唏嘘的屈原悲剧及创作，至班固"露才"之论兴而完成了其美学史观照：一个令人悲惋的烈士从此获得文学史的定位；一场令人心碎的抗争从此升华为发愤而作的文学精神；一种个人的创作情态从此定型为"程才效伎"的文学史建构范式。其间最核心的关键词便是才。班固将这种文学演革纳入理论反思，以"露才"批评屈原创作的同时，洞察到了屈原辞赋的"文心"及其文学史意义，从理论上进一步深化了才与文学关系的

---

① 叶适：《叶适集》卷 12，刘公纯、王孝鱼、李哲夫点校，中华书局 1961 年版，第 216 页。
② 叶适：《叶适集》卷 29，第 613 页。

认知。

关于"露才扬己"是否能够代表屈原的人格形象，在上个世纪早期曾经引发过论争，有学者认为，班固的评价是对传统观念中屈原伟大形象的歪曲。闻一多则认为恰如其分，在一篇讨论文章中他这样分析：

> 我也不十分同意……只称许一个"天质忠良"、"心地纯正"和"忠款与热情"的屈原。这样也许都是实情，但我觉得屈原最突出的品质，毋宁是孤高与激烈。这是从《卜居》、《渔父》的作者到西汉人对屈原的认识。到东汉，班固的批评还是"露才扬己"、"怨怼沉江"和什么"不合经义"，这里语气虽有些不满，认识依然是正确的。大概从王逸替他和儒家的经术拉拢，这才有了一个纯粹的忠君爱国的屈原。再经过宋人的吹嘘，到了今天，居然成了牢不可破的观念。
>
> 可是这中间，我记得，至少还有两个人了解屈原，一个是那教人"痛饮酒，熟读《离骚》，便可成名士"的王孝伯，一个是在《通鉴》里连屈原的名字都不屑一提的司马光。前者一个同情的名士，后者一个敌意的腐儒，都不失为屈原的知己。一个孤高激烈的奴隶，决不是一个好的奴隶，所以名士爱他，腐儒恨他。[①]

西汉人眼里，屈原就是那个世人皆醉我独醒且高歌纵情的名士，这种特性与他的辞赋表里如一；东汉之际，班固正是根据这种理解，结合其骚赋的特征，将其定位为"露才扬己"，并因此成为六朝名士的榜样。可见班固以"才"及"露才"论屈原的创作与形象，不仅接近历史原貌，而且有着重要的理论贡献。

综上所述，东汉之际，王充、班固、王逸等以才论定了诗人之能、骚人之品，论定了诗、赋、颂、赞、箴、铭等两汉核心文体创作与才的基本关系，并以高度的理论自觉能力，观照到了屈骚创作中才的运使形态与中国文学内在转型以及随后文学历程深刻的内部关联。以上意义的揭示，标志着以才论文从此走向成熟。

---

① 闻一多：《屈原问题——敬质孙次舟先生》，《名家说古诗》，天津教育出版社 2007 年版，第 13 页。

第五节　汉魏才性之辨对才的强化及才作为文艺范畴定型的意义

从先秦到两汉，人伦识鉴对才的广泛关注、儒家从性、命、才、德等入手探讨的才性理论促成了才义辨析的完善；而两汉尤其东汉之际以才论文序幕的拉开，则显示了理论界对才的内涵外延以及功用认知的逐步成熟。

汉魏之际，王充禀气说引发了普遍共鸣，刘邵《人物志》继承前人成果，将才性、气性与个体的关系系统化、理论化，顺应了当时个性解放的思潮。与此同时，以气论人向以气论文深化，其时间与以才论人向以才论文深化前后相接，标志着才性论与禀气论在魏晋之际实现了高度的融合。作为哲学领域的理论主潮，玄学以及其"才性之辨"的命题在唯才是举的语境下蔚然兴起，使得才这一范畴以及重视才能的思想获得了前所未有的普及契机。

经过先秦两汉以及汉魏之际的演进，魏晋时期，以才论文出现了前所未有的高潮，才由此实现了全面的文艺美学范畴转型。这一转型的出现不仅造就了文学"程才效伎"的个性化追求局面，更主要的贡献在于它催生了文学自觉。

一

汉魏之际，才性之辨所以风行一时，其根本原因之一就是东汉名教的讲求引发了汉魏才性话题的升温。

如前所论，因为名教盛行以及人才品目的需要，从西汉开始，理论界对才性问题就保持了较高的热情，《论衡》的许多篇章以及所探讨的问题，实则就是对现实人才察举过程中出现问题的回应，其中不乏才性话题。钱穆就明确将三国之际"才性问题成为大家爱讨论的问题"与"东汉时社会极重名教"联系起来。而曹操"唯才是举"旗帜的高扬，撼动了所谓儒家道德主义的根本，尤其名教之中名节的地位，这成为才性之辨在新的历史条件下大规模展开的契机。

在东汉末年军阀混战的格局下，按照当时世家大族标准衡量显得出身卑贱的曹操，出于政治平治、军事斗争的需要，在中国历史上首次提出了"唯才是举"的理念，并第一次发布了对才无所顾忌颂扬的求贤三令。如建安十五年（公元 210 年）令云："若必廉士而后可用，则齐桓其何以霸世？今天下得无有披褐怀玉，而钓于渭滨者乎？又得无盗嫂受金，而未遇无知者乎？二三子其佐我明扬仄陋，唯才是举，吾得而用之。"才德之间不是一般的向才倾斜，而是基本抛弃了道德底线。

与此同时，曹魏的幕僚、身为建安七子之一的徐幹也著《中论》，其中《智行》篇专门论述才德："或问曰：士或明哲穷理，或志行纯笃，二者不可兼，圣人将何取？对曰：其明哲乎？夫明哲之为用也，乃能殷民阜利，使万物无不尽其极者也。圣人之可及，非徒空行也，智也。"最终的结论是："是故圣人贵才智之特能立功立事，益于世矣。"①　明哲为才，纯笃为德，作者同样明确表彰世用之才，对空泛的道德则未作褒扬。

在东汉名教思想盛行的大背景下，曹操这种人才思想无疑要承担诸多舆论的非议，甚至需要面对直接的政治抵触。因为名教重视名分、定立名目、显为名节，曹操却破除规范名节，自然就成了"名教罪人"。陈寅恪先生分析这种现象认为，东汉士大夫多出身世家大族，秉承儒家修身齐家治国之道，由内而外，故而讲究本末兼备，体用必合，所以主张才归之于性，行求之于德。"孟德三令，大旨以为有德者未必有才，有才者或负不仁不孝贪诈之污名，则是明白宣示士大夫自来所遵守之金科玉律，已完全破产也。"②此论虽然忽略了东汉豪族显贵们吹嘘名教往往言不顾行的实际，但却道出了政治势力对抗造成政治纲领相左的事实，这种思想对立促使才性问题益发成为焦点。当然，这仅是从政治演革的大趋势做的分析，具体的理论则与曹魏重视形名之学相关，先秦名理学说假法家思想而行，使这种政治提出的问题得以有了哲学上的提升，并随后化入玄学体系，得到全面细致的理论总结，且在清谈中被广泛传播，其代表形态就是才性四本论。形名之学重视实体与概念关系的辨析，因而在玄辨的同时引发了重视实功的思潮，才性之辨以及其具体形态才性四本论中，由此影射了现实政治策略的不同抉择。概而言

---

① 孙启治：《中论解诂》，中华书局 2014 年版，第 144、151 页。

② 陈寅恪：《书〈世说新语〉文学类钟会撰四本论始毕条后》，《金明馆丛稿初编》，三联书店 2001 年版，第 51 页。

之，才性之辨对才这一范畴的影响体现在以下两个方面：

其一，从一般意义的才性辨析考量，无论主张如何，才之所能皆成为论者关注的主要对象。汉魏才性之辨实际上是先秦哲学才性话题的复活，但理论研讨的目的并不相同。其意蕴我们可以通过刘劭《人物志》和袁准的《才性论》一窥端倪。《人物志·九征》认为："盖人之本，出乎情性。……凡有血气者，莫不含元一以为质，禀阴阳以立性。"其大意为：性出于元一之气，气又因分阴阳而见性之不同。性在古代不是一个笼统的概念，它被具体设定于阴阳五行之中，人"体五行而著形"——人包容金木水火土五种要素构成自我的形体，即"其在体也，木骨，金筋，火气，土肌，水血"。但构成性的这五类要素各自并不平衡，而是"各有所济"——即从量上讲各有所余或不足，如刘昞注云："五性不同，各有所禀，禀性多者则偏性生也。"① 于是偏于木者弘毅，偏于火者文理，偏于土者贞固，偏于金者勇敢，偏于水者通微。五行之体为性，其对应的弘毅、文理、贞固、勇敢、通微等刘劭称之为"五常"，五常在具体行事之中的显现就是才。

因为《人物志》的核心在于人才遴选，所以刘邵在演述性与才的关系之后，继之而论"体别"——个体气质与其所宜，"流业"——事业造就职业所成对不同之才的要求，"材理"——个体之才于道理、情理、事理、义理的偏宜，继而又论"材能"："人材不同，能各有异"，"能出于材，材不同量，材能既殊，任政亦异"。如此一个著述架构，其归结点都在才之所成就、之所能为。

当时姚信《士纬新书》（已佚，《意林》残存）中论孔融也兼性与能："孔文举金性太多，木性不足，背阴向阳，雄俷孤立。"② 金多木少为个体之性，雄俷孤立为才之表现。袁准对才与性的理解也具有一定的代表性，其《才性论》云：

> 凡万物生于天地之间，有美有恶。物何故美？清气之所生也；物何故恶？浊气之所施也……曲直者木之性也，曲者中钩，直者中绳……轮

---

① 刘邵：《人物志》，梁满仓译注，中华书局2014年版，第13—18页。
② 王天海、王韧：《意林校释》卷4，中华书局2014年版，第441页。

榦之材也。贤不肖者人之性也，贤者为师，不肖者为资，师资之材也。然则性言其质，才名其明用也。①

寻味其意，性出元气，故为禀赋；才则为性表于外并发挥作用者，所以说"性言其质，才言其用"，二者是体和用的关系。这种解释，表面上和孟子为代表的儒家对才性的理解并没有什么不同，但通过这种解释所要彰显的对象变了。从汉末民间的月旦评，到比较规范的九品中正制度，从实践探索到《人物志》、《士纬新书》等理论总结，主旨都不在于通过对士人行为才能的评议确定其道德水准，而在于通过音声、面目、声誉、言谈等所体现的性之所属，来确定其才之所宜。因而才性之辨虽然存在着所谓"四本"的差异，但其关注士人才之所能是一致的。

其二，从"才性四本"论考量，才性离、异之论的核心便是张扬才之所能；而才性合、同者在强调道德规范的同时，也并没有忽略才之所能。

"才性四本"论保留下的有关材料很少，一般研究都以《世说新语·文学》中"钟会撰《四本论》始毕"一条为依据，刘孝标注云："《魏志》曰：会论才性同异，传于世。四本者言才性同，才性异，才性合，才性离也。尚书傅嘏论同，中书令李丰论异，侍郎钟会论合，屯骑校尉王广论离。"②陈寅恪先生《书〈世说新语〉文学类钟会撰四本论始毕条后》结合曹操的求贤三令以及随后曹氏与司马氏集团的斗争，认为此才为治国用兵之术，此性为儒家的仁孝道德，这当然是才性这一哲学范畴在特定时代所赋予的内涵。但才之所指，则依然是与道德性命对应的主体之能，诸家皆未小觑。下面我们以"四本"论常见的几条资料分析其各自关于才能的态度。

才性合、同论。刘劭作人才考课之法，事下三府。主张才性同的傅嘏论难称：

> 夫建官均职，清理民物，所以立本也；循名考实，纠励成规，所以治末也。本纲末举而造制未呈，国略不崇而考课是先，惧不足以料贤愚

---

① 袁准：《才性论》，《艺文类聚》卷21，第386页。
② 徐震堮：《世说新语校笺》，中华书局1999年版，第106页。

之分，精幽明之理也。昔先王之择才，必本行于州间，讲道于庠序，行具而谓之贤，道修则谓之能。乡老献贤能于王，王拜受之，举其贤者，出使长之，科其能者，入使治之，此先王收才之义也。方今九州之民，爰及京城，未有六乡之举，其选才之职，专任吏部。案品状则实才未必当，任薄伐则德行未为叙，如此则殿最之课，未尽人才。述综王度，敷赞国式，体深义广，难得而详也。①

刘邵的思想前面已经有简单说明，其《人物志》中鲜明体现了重视才能之意。傅嘏则从两个方面诘难：

首先，"昔先王择才，必本行于州间，讲道于庠序，行具而谓之贤，道修则谓之能。"才能必须与道德品行一体无二方为贤能。

其次，依照刘邵的考课方法，职权集中于吏部，不能全面了解所选者的实际才能和道德情操，所以此法"未尽人才"。

以上之论虽然强调道德对才能的规约，但依然在道德以外拈出"实才"之意，以"尽人才"为指归。是为虽论才性同却并未忽略才之所能的意义，且论德是为了更有效地发挥才能，而非道德至上。

又如卢毓，史载其与李丰才性异之说有别，显然也是才性合同论的支持者，《三国志·魏书》言其"于人及选举，先举性行而后言才"。黄门李丰曾经质疑此道，卢毓答道："才所以为善也，故大才成大善，小才成小善。今称之有才而不能为善，是才不中器也。"书称"丰等服其言"②。分析卢毓所云，正是宣传才性抑或才德不当分离，才之所能便是善之所呈，才之所在，即为德之所形，是孟子才性思想的直接继承。尽管卢毓重在表达道德不可撼动的地位，但依然以为行善则必有待于才能，才能大小决定了善行的鸿杀。是亦为论才性合同而未忽略才之所能的意义。

才性合、同论者并不回避才有其能的话题，并以才能为成善就德的条件；才性离、异论的始作俑者当推倡导"唯才是举"的曹操，于此可以推想其继承者对才之所能应当有着更为热切的颂扬。依照陈寅恪的研究，"才

---

① 《三国志·魏书》卷21，第3册，第623页。
② 《三国志·魏书》卷22，第3册，第652页。

性四本"论中，实际上隐然有着政治势力的分野：其中离异派的主要代表李丰、王广等属于曹魏集团，而合同派的主要代表傅嘏、钟会则跻身司马氏集团。前者是汉末新兴势力，急于破除既有的利益分配图景，后者则承续了汉代的豪门大族余脉，着力坚守旧有的秩序，或者说以旧有秩序的坚守维护旧有的势力。因此主张才性离、异者对可以撼动旧轨的才能便有着非同寻常的关切，虽然李丰的才性异、王广的才性离学说已经不传，但透过其相同阵营者诸如曹操、徐幹等人的相关思想，也能见其余绪。又可通过汉魏之际集才性理论大成的刘邵的相关思想窥其端倪。

刘邵先后任职于曹魏四世当政之际，就前面所论傅嘏对他考课人才方法的诘难而言，他的思想与傅嘏才性同的思想应当不尽相同。考察《人物志》所论，刘邵是不否认道德的，尽管其全书篇目中没有为道德性命立目。但值得玩味的是：

首先，刘邵所论德与非德是以才之多寡衡量的。《九征》云：

> 三度不同，其德异称。故偏至之材，以材自名；兼材之人，以德为目；兼德之人，更为美号。是故：兼德而至，谓之中庸；中庸也者，圣人之目也。具体而微，谓之德行；德行也者，大雅之称也。一至，谓之偏材；偏材，小雅之质也。

人才在此被分为两类：偏至之才与兼才。偏至之才只长于一种本领，见乎一种能力，名之为"才"；兼才则具备两种以上的能力，故而名之为"德"；兼德者则更为兼能的极境。才德在此一体，不是才能被纳入道德规范，而是才能本就是德的根基。即使才德共同提倡，也认识到二者的基本区分，但《人物志·八观》同时又表达了以下观点："夫仁者德之基也，义者德之节也，礼者德之文也，信者德之固也，智者德之帅也。夫智出于明，明之于人，犹昼之待白日，夜之待烛火；其明益盛者，所见及远，及远之明难。"其中"智者德之帅"，就是刘昞所注"非智不成德"之意。

其次，刘邵对德的强调是因人而异的。他以圣人方具备才德合一的至高境界。所谓"兼德而至，谓之中庸"是说：兼才者既然为德，则兼德者便包纳了兼才的多能，同时还要远远高出兼才的限度；能达到这种境界者就可进入自由运使才、自由把控才而游刃有余的"中庸"境界，这种境界就是一种德行。但《体别》又云："夫中庸之德，其质无名。故咸而不碱，淡而不醉，质而不缦，文而不缋；能威能怀，能辨能讷；变化无方，以达为节。"就是说，中庸并非人人可以实现，必须禀受五行之气均衡而优良者方可，所以是圣人的境界。将德才兼备的极境留给了圣人，画外音就是一般人可以不受这个标尺的严格规限。所以《人物志》便有了偏至之才可以德才殊用的思想倾向。《流别》之中共计列出清节家、法家、术家、国体、器能、臧否、伎俩、智意、文章、儒学、口辨、雄杰十二家。相比于圣人的兼德，以上皆属偏才，或品质高妙、容止可法，或具立法使人从之之能、宜于治难之能、权奇之能等等。刘邵认为：凡此八业，"虽波流分别，皆为经事之材也"。也就是说，即使如此一偏之能，但同样经济事业，皆为人才。有鉴于以上思想，所以有学者认为刘邵的才性观是二元标准的，圣人德才兼备，偏才德才殊用。① 事实上，刘邵才性论中如此以才论德，更多体现的是对才能的崇尚。

还有一点，随着玄学的发展，其主要的讨论对象逐步定型为《老》、《庄》、《易》三玄，后来又纳入了佛学思想，其思辨的方式是纯粹的哲学辨析与逻辑推演，其向往的境界是要妙深幽，所以能彻、能通、能洞览无间烛照纤微成为广大文士推崇的本领。而这一切不是性与德可以承担的，它需要与道德规条不同的禀赋性素养。广大文士玄学秉承道家"自然"学说，师法自然，崇尚自然而然，由此对"自"之所有、自之所就形成观照的热情，所谓"自因"、"自成"便从"道法自然"之中会通。于是能彻、能通、能洞览无间烛照纤微的素养便从"自性"之中获得升华，实体成为自身的原因。因而，玄学的自身特征又从内部成为重才尚才的动力。

才性之辨强化了才的影响，加速了无论作为概念范畴还是作为观念的才的普及，才由此成为魏晋时期出现频率极高的语码，并被推举到前所未有的程度。才在魏晋之际能够迅速、全面、系统地融入审美批评，与这种现实话语强势的"权利扩张"不无关系。

---

① 阎世平、董虹凌：《刘邵的才德观研究》，《广东社会科学》2001 年第 2 期。

二

禀气说与才性辨析思潮的相继兴起，促使才性之中的所能、本然与元气赋予之中的独有等意义汉魏之际皆统一于才的内涵之中，并被广泛纳入到了诗文批评，指向文人先天之能、独到优长、本然质性。

本来，两汉相交之际，纬书流行，其中不乏论及文艺者，但在天人感应哲学的笼罩下，三才之中人才基本被架空。如《诗纬含神雾》云："诗者，天地之心，君德之祖，百福之宗，万物之户也。"《春秋纬说题辞》云："诗者，天地之精，星辰之度，人心之操也。"① 诗是超越了创作主体直接与天地星辰对话的，这并不是说诗具有了本体上的这种地位，而是在神学思想弥漫下被赋予了如此的神圣。诗夺目的光泽源自天的垂顾。天人尊卑话语系统的弥漫造成了三才论中人才的"失语"。而汉魏之后论文艺创作则往往绕开天地鬼神，直接追溯到创作主体的禀赋，并热情颂扬这种个体禀受所具有的神异、灵能：

王充《论衡·自纪篇》道：其书成就而不类前贤，即有人批评："谓之饰文偶辞，或径或迂，或屈或舒。谓之论道，实事委琐，文给甘酸。谐于经不验，集于古不合，稽之子长不当，内之子云不入。文不与前相似，安得名佳好、称工巧？"立古以为标的，极尽讥讽。王充回答："饰貌以强类者失形，调辞以务似者失情。百夫之子，不同父母；殊类而生，不必相似。各以所禀，自为佳好。"② 个体所禀即为禀气，包纳着其独有的才能性情，文章佳好，不以合乎古人为标准，而在于是否出自其本然所禀。"殊类而生，不必相似，各以所禀，自为佳好"可以视为人才——尤其文才从三才论对天的仰视之中卓然自立的宣言。随后汉魏之际以才或禀气禀性论文的频率明显高于东汉。诸如以才而论：

曹丕《又与吴质书》："德琏常斐然有述作之意，其才学足以著书。"

吴质《答魏太子笺》："伏惟所天，优游典籍之场，休息篇章之囿。发言抗论，穷理尽微；摛藻下笔，鸾隆之文奋矣。虽年齐萧王，才实百之。"

---

① 张少康、卢永璘：《先秦两汉文论选》，人民文学出版社 1999 年版，第 478、483 页。
② 黄晖：《论衡校释》，第 1201 页。

曹植《与杨德祖书》："昔丁敬礼尝作小文，使仆润饰之。仆自以才不能过若人，辞不为也。""刘季绪才不逮于作者，而好诋诃文章。"

陈琳《答东阿王笺》："君侯体高世之才，秉青萍干将之器，拂钟无声，应机立断。此乃天然异禀，非钻仰者所庶几也。音义既远，清辞妙句，焱绝焕炳。譬犹飞兔流星，超山越海，龙骥所不敢追，况于驽马，可得齐足？"

卞兰《赞述太子赋并上赋表》："伏惟太子，研精典籍，留思篇章，览照幽微，才不世出。禀聪睿之绝性，体明达之殊风。慈孝发于自然，仁恕洽于无外。"又道："其所以包罗殊类，鉴观成败，德生于性，明出自然。"

不仅以才论文的频率增加，而且以才论文所指对象多集中于诗文词赋的创作，不再类似王充于著述、诗赋杂糅之中论才。

又如以禀气禀性而论。杨修的《答临淄侯笺》对此有着更为全面而经典的发挥：

> 损辱嘉命，蔚矣其文，诵读反复，虽讽雅颂，不复过此。若仲宣之擅汉表，陈氏之跨冀域，徐刘之显青豫，应生之发魏国，斯皆然矣。至于修者，听采风声，仰德不暇，自周章于省览，何遑高视哉？

> 伏惟君侯，少长贵盛，体发、旦之资，有圣善之教。远近观者，徒谓能宣昭懿德，光赞大业而已；不复谓能兼览传记，留思文章。今乃舍王超陈，度越数子矣。观者骇视而拭目，听者倾首而竦耳。非夫体通性达，受之自然，其孰能至于此乎？又尝亲见执事，握牍持笔，有所造作，若成诵在心，借书于手，曾不斯须，少留思虑。仲尼日月，无得逾焉；修之仰望，殆如此矣。①

其中的"体发旦之资"、"体通性达"、"受之自然"等皆就曹植禀气而言，且这种禀气高超的结论是在与自己以及诸文士的对比之中得出的，因此所描绘的是人之质性的差异，是自然自得者。关于杨修以上文字，张国星先生《魏晋六朝文学的才学观》一文阐发幽微，剖析了其以禀才为文学根本、以自然所禀才智创作的作品具有独立审美价值的重要理论贡献。文章分析道：

---

① 严可均：《全上古三代秦汉三国六朝文》，第 1089、1221、1140、968、1222、757 页。

他（杨修）认为，曹植获得"含王超陈"、独映一时的艺术成就的原因，在于他敏捷的文思和富于独创性的语言构造上，而这些也与古代的圣者贤人一样，完全取决于他"体通性达，受之自然"的非凡天赋，以及"兼览传记，留思文集"的丰富学识。①

在杨修看来，才属于审美创作核心依赖要素，是审美创作之中的决定性要素，所谓"决定性"包括真正优秀文人身份的认证、作品的优劣成败等。杨修以文学为自然资禀的产物，以这种资禀为主体素养所创作的作品并非如扬雄所说属于"壮夫不为"者，而是具有与立德立功并列的独立价值。

杨修之外，汉魏之际将禀气禀性思想引入审美理论成就更为显著的是曹丕。他在不同语境下都表现了对禀气说的服膺，即使是论菊花也由此申发。《九日与钟繇书》称："至于芳菊，纷然独尊，非夫含乾坤之纯和，体芬芳之淑气，孰能如此？"其建立在禀气说基础上的以气论文思想由此确立，《典论·论文》云：

> 文以气为主，气之清浊有体，不可力强而致。譬诸音乐，曲度虽均，节奏同检，至于引气不齐，巧拙有素，虽在父兄，不能以移子弟。②

又论孔融"体气高妙"，论徐幹"时有齐气"，论刘桢有"逸气"。曹丕所论之气包容了生理气质、潜能与地理文化环境长期浸淫给主体留下的与他人可以区分的特征。曹丕之外，刘桢论孔融云："孔氏卓卓，信含异气，笔墨之性，殆不可胜。"（《文心雕龙·风骨》引）同样是以气论文，同样是指向气性材质。可见汉魏之际以禀气论文已然成为风尚，在其时已经成为基本共识。

一个"气"字，既指向主体气质，又兼容其才能，因此所谓"文以气为主"的"气"就是"作者的气质和才性"③。是对才之本义或者传统"才

---

① 张国星：《魏晋六朝文学的才学观》，《河北大学学报》1984 年第 4 期。
② 严可均：《全三国文》卷 8，见《全上古三代秦汉三国六朝文》，第 1097 页。
③ 敏泽：《中国文学批评史》上，人民文学出版社 1981 年版，第 154 页。

性"概念基本内涵的概括。这种禀气、才性内涵在审美创作理论运用中体现的一致性，正是其时以才论文与以禀气论文实现融合的理论基础。可以说，文气论作为最早成型的文学天赋论，既承续了古代才性思想的流脉，同时又在魏晋之际成为天才论以及以才气论文的基础。①

值得注意的是，其时审美理论不仅于三才之论中推扬人才人道，而且《典论·论文》又于人才人道之中再赞文章文才之尊："古之作者，寄身于翰墨，见意于篇籍，不假良史之辞，不托飞驰之势，而声名自传于后。"文之优劣、声名久暂，不论其尊卑而断之以文才。而卞兰《赞述太子赋并上赋表》对其《典论》等作的推诩揄扬，又恰可为其佐证。卞兰论本书："逸句烂然，沉思泉涌，华藻云浮，听之忘味，奉读无倦"。由此得出结论："正使圣人复存，犹称善不暇，所不能闲也。"而如此激赏并非因曹丕太子地位"至尊至贵，能令人畏"，使其身不由己被迫地违心阿谀，在他看来，能令人畏者"不能令人誉"。其关键最终归结到"才不世出"之上。尽管本文极尽吹嘘奉承之能事，即使曹丕也不得不说言过其实，但其赞誉的言说形式却是极富时代新意的，那就是：文章的嘉名令誉不假势位而凭乎文才。

综上所述，魏晋之际，才性之辨加速了才这一概念范畴在现实舆论与价值评估中的推广，禀气说强化了其禀赋性特征的理论确认，二者在交互影响之中逐步实现合流，其标志便是嵇康《明胆论》。嵇康在此前以才性、禀气论人的基础上再作升华，开始融会禀气与才性之说，其论称：

　　夫元气陶铄，众生禀焉，赋受有多少，故才性有昏明。唯至人特钟纯美，兼周外内，无不毕备。降此以往，盖阙如也。或明于见物，或勇于决断。人情贪廉，各有所止。譬诸草木，区以别矣。兼之者博于物，偏受者守其分。故吾谓明胆异气，不能相生。明以见物，胆以决断。专明无胆，则虽见不断；专胆无明，违理失机。②

其中的"明"、"胆"皆属于禀才蕴含，出自气之所禀，各有其分，人有其

---

① 袁济喜：《论中国古代文论中的天赋论》，《宝鸡文理学院学报》2002 年第 4 期。
② 戴明扬：《嵇康集校注》，中华书局 2015 年版，第 391 页。

别，难以相生。由此带来了或能见物、或能决断的差异，是为才性。所谓见物或者决断，便是才的施为，非为性之所行。嵇康此处虽然讲"才性有昏明"，但"才性"不作析分，只是"内外殊用，彼我异名"。人之所为，本乎其性，见乎气质性情，所呈现于外者即才，与居守于内的性呼应。从禀气至性再至才能之所偏，都被嵇康纳入一个因果系统。本文虽系清谈话题，却成为审美意义文才获得独立价值里程碑式的明确宣言。

魏晋之后，才这一范畴在各领域广泛渗透，以《世说新语》为例，不仅其目录如"言语"、"政事"、"文学"、"识鉴"、"赏誉"、"品藻"等都是因才而设，"捷悟"、"夙惠"、"术解"等表达了对颖悟智慧的推崇，而且后世与才相连的批评语汇，在此书及刘孝标注文之中也基本完备。又有学者专门考察沈约《宋书》词语，发现除才能、才意、才力、才气、才行、才艺等沿用于上古汉语，其余诸如才地、才具、才学、才思、才智、才名、才略、才藻、才用、才干、才辞、才志、才义、才章、才望、才命、才概等皆为魏晋以后新出现的词汇。另有相当一批偏正式词语，诸如雄才、绝才、贤才、常才、通才、高才、凡才、下才、短才、髦才、精才、奇才、异才、清才等也多兴起于中古时期。①

不仅如此，文才从魏晋开始获得了单独的表彰。《世说新语·政事》注引王隐《晋书》称嵇绍"雅有文才"。《文学》注引《左思别传》："思为人无吏干，而有文才。"《文学》注引《袁氏家传》言袁乔："乔有文才。"《品藻》注引《续晋阳秋》言孙绰："虽有文才，而诞纵多秽行。"《言语》注引《妇人集》："谢夫人名道蕴，有文才，所著诗赋诔颂传于世。"② 其他史志、文章之中涉及者诸如：纵横有才辨、才词辩富、才学足以著书、年齐萧王才实百之、才不能过若人、才不逮于作者、才艺兼该、文才富艳、高世之才、才不世出、患于不才、陆才如海潘才如江、才如白地明光锦等皆是表彰文才。及《文心雕龙》出现，在其严密的理论系统之中专列《才略》，所谓《时序》总论其世，《才略》各论其人，知人论世，孟子这一《诗经》品鉴思想在此被落实为审美批评框架，其中知人的根本就在于明其才气

---

① 参阅宋闻兵《宋书词语研究》，中华书局 2009 年版，第 123 页。
② 徐震堮：《世说新语校笺》，第 94、135、150、193、72 页。

大略。

而在历史上专门用来表示文学艺术才能卓越不凡的"才子"之目,也兴起在这个时期。与此呼应的是,中国文学史关于文才的著名典故,又以魏晋六朝之际最为繁密,诸如"此愈我疾"、"八斗才"、"倚马奇才"、"文不加点"、"洛阳纸贵"、"玄圃积玉"、"自出机杼"、"焚弃笔砚"、"金银管"、"藏拙"、"韩山一片石"、"千字成文"等。张岱《夜航船》"著作"类共收关于文学的事典46条,时间跨战国至明代。其中直接出自魏晋六朝且与文才相关的有以上12条。此外"四本论"条言魏晋玄学,"宫体轻丽"、"誃痴符"、"三都赋序"3条虽然由唐、明文人引发,但本事却都源自魏晋六朝之际。如此综论,则涉及魏晋六朝文人之才者达16条。这种数据当然不能说明魏晋六朝文人的才华高于历代,但其如此的繁密恰恰说明文才刚刚纳入审美视野的时代,文人们是如何以惊艳的目光打量着它的神奇创思!

至此,"才"在传统的才性思想裹挟以及普泛化的现实应用之中已经破围而出,并全面完成了从哲学与人伦识鉴范畴向文艺审美范畴的转型。

三

才进入审美批评最为深远的影响就是开启了文学自觉的序幕,并与文气说整合为文学本体观照的尺度与确立文学自觉的标准。

中国文学的自觉问题,是学术界关注的重要问题,也是争论的一个焦点。这个话题最早由日本学者铃木虎雄1920年在《魏晋南北朝时代的文学论》一文中提出,并将自觉的时间确立在魏晋时期。后来鲁迅在《魏晋风度及文章与药及酒之关系》的演讲中沿用此说,并由此传播开来,成为学术界普遍认可的一个观点。此外还有汉代文学自觉说,张少康、詹福瑞、龚克昌等先生都主此说。另外,赵敏俐先生则认为,魏晋文学自觉的说法本身就存在问题。如此一来,问题便有些纠缠不清了。事实上,文学自觉这个命题是成立的,一如一个孩童,从孕育到降生到长成,虽然中间经历了从无形到稚弱再到眉清目朗体大身长的变化,但他都以"自己"这个生命姿态出现,并且有着自己的"自觉"——即对自己角色的理解,对自己与他人之差别的认识。文学便是这样一个"生命体"。如果仔细分析以上观点的相关论证,会发现魏晋说与汉代说各自言之成理,原因何在呢?问题出在自觉认定的标准上。也就是说，各自言之成理的观点实际上是各自以自我的自觉标准为自觉的依据，恰恰忽视了这样一点：是否有一种符合中国文学民族特性、符合文学发展语境的客观标准。而这种标准的确立，就是文学自觉问题的逻辑起点。寻到了自觉的标准，自觉的时间问题便迎刃而解了。

　　这个相对客观的标准学术界也曾深入进行过探讨。诸如魏晋自觉说提出了以下尺度：文学从广义的学术中分化出来，成为一个单独的门类；对文学体裁以及各种体裁的体制风格特点有比较明确的认识；对文学审美有了自觉的追求；个体意识确立；对艺术美的追求代替功利主义等。但赵敏俐先生通过例证认为：这几条标准实际上在汉代甚至《诗经》中就已经出现，由此看来汉代文学自觉说也同样可以利用这几条标准了。[①] 如果再深入阐释的话，我们还可以找寻到更多的对以上标准质疑的理由：

　　《诗经》的感性化写作本身就不同于其他经书的经验书写，因而它本就不是学术的范围，这样，"文学从广义的学术中分化出来"一说放到魏晋可，放到《诗经》时代也无不可。

　　体裁以及各种体裁风格体式的限定，多出现于古代现实礼仪人生规范，是实用的产物，起初恰恰不是为了文学创作，这样，以"对文学体裁以及各种体裁的体制风格特点有比较明确的认识"来确定文学自觉，就明显有些不妥了。

　　文人们的创作，从自为阶段开始，于自然感发、基本修饰、有意识装点等等，往往存在惯性、传统以及思潮舆论的推动，创作之中对一种公认的美的体式的认同往往有模拟、仿效的冲动，中古阶段便有着大量的此类创作，文学思潮之中也不乏对体物、切物的认同与论述，但这一切未必是明确了文学为何物以后的意识与行为。因此，创作之中的审美追求便成为一种笼统而难以确定的标准，"对文学审美有了自觉的追求"有时恰恰是一种机械的传承，难以说明行为是否自觉。

　　功利主义是就创作的目的而言的，往往与作品的运用与影响相关，不能代表创作本身是否自觉，艺术美的东西尽可以拿来实现功利主义目的，因此"以对艺术美的追求代替功利主义"为标准衡量自觉问题也靠不住。

---

　　① 　参阅赵敏俐《魏晋文学自觉的反思》，《中国社会科学》2005 年第 2 期。

最后，任何文字的表达，都难免沾染个体意识；即使《诗大序》发乎情止乎礼义的所谓公共情感、集体声音，仍然是以"发乎情"为主，而以止乎礼义为限制而已。不然我们无法解释《诗经》中劳者歌其事、饥者歌其食的现象。如此看来，以"个体意识确立为依据论证魏晋时期为文学自觉"也难以令人信服。

另外，有不少学者以陆机《文赋》中的"缘情绮靡"为文学自觉的标准："缘情"与"绮靡"在《文心雕龙》中被概括为《情采》篇中的"情"与"采"，一主作品的内容，一主作品的形制。放弃陆机这个概括仅仅是对诗而言不论，其他很多非艺术的事业也凭依情感：《史记》就是司马迁发愤之所为作，顾炎武孜孜于汉学，动力正在于恢复旧国保留文化一脉的赤诚；而宗教教义的阐释，涵融着深刻的情感的反思，而这一切都不是文学。

这些标准既然难以确立，更客观的标准又是什么呢？要解决这个问题，首先要确立解决这个问题的切入点。要寻找这个切入点，就要认清古代文论的言说特点。比如王通《中说·天地》篇有以下一段对话：

> 李伯药见子而论诗，子不答。伯药退谓薛收曰："吾上陈应、刘，下述沈、谢，分四声八病，刚柔清浊，各有端序。音若埙篪，而夫子不我应，其未达欤？"薛收曰："吾尝闻夫子之论诗矣，上明三纲，下达五常，于是征存亡，辨得失；故小人歌之以贡其俗，君子赋之以见其志，圣人采之以观其变。今子营营驰骋乎末流，是夫子之所痛也，不答则有由矣。"①

这段对话反映的是古人论诗重点关注的两个方面：李伯药说的是作者的创作，纯由艺术着眼；薛收论的却是文用，是效果。古代的诗论，从汉代开始就呈现出了这种不论整体，道其一端的特点。学者们往往将"诗"或"文"是一体而关数端——作者、读者、作品、自然、社会以及艺术手段、现实效用——的事实放在一边，大凡论诗文，多就其中一端、两端发言。比如《诗大序》中的"成孝敬，厚人伦"等虽然包含主体道德的规约，但必须回

---

① 张沛：《中说校注》卷2，第43页。

归作品与读者的关系方可体现，属于文学效用，是当时诗教的范围。又如传统的"诗言志"，乃就诗的本体而言，起初是由作者与作品的关系着眼。上面一段文字，李伯药所问侧重于作品及其声韵技巧，属于创作论；而薛收所答虽然关乎作者心术，但主要还是就诗教而言，即从作品与读者的关系言诗。明了古代文学批评的这种特性，可以更清晰客观地衡量不同时代的文学观。比如汉代，常有这个时代文学思想保守的说法，依据就是《诗大序》的诗教观以及发情止礼思想的提出。但这是从作品与读者关系的角度理解所得出的结论；而由作者、作品之间的关系入手看，大序的主张恰恰是诗言志，是发乎情，主张情动于衷而形于言，尽管有止乎礼的限定，这仅仅是对表达情感的形式、程度作了限定，对诗本体上的动力源泉并不构成威胁。正因为如此，汉乐府才有缘事而发情感充沛的特征，毫无中庸之态；东汉文人诗，尤其古诗十九首之类，更是直抒胸臆，无所隐晦。明白了这些道理，则要确切全面地理解某一时代文人对文学的态度就必须注意整合其对作者、作品、读者、社会影响或者其间关系的态度，不然就很容易片面。最重要的是，它提醒我们，所谓的"文学自觉"实际上是一个笼统的提法，准确的表述应当包含以下内涵：作者的自觉，文体的自觉，作者创作行为的自觉，读者与作品关系的自觉。

　　纳入到这个内涵来研究，文学自觉就不再是个所谓文学一朝惊醒的问题，而是一项系统的逐步实现的工程。比如就其中作品与读者关系而言，在汉代甚至孔子时代就已经被关注；就文体的自觉而言，在刘向整理皇家藏书的分类之中也已经显出端倪。这几项细分的子目，和文学自觉问题的"距离"并不相等，我们应当寻找与文学本体关系最密切者来探讨文学自觉的核心标准，而其中最为密切的只有作者与作品。文学因人而造、因人而在，并因人的赏鉴而得到价值的延续与证明，人之不存，何以文为？因此，考察文学自觉问题，表面上是一个拟人的说法，学理上也能论证出其成立，但当我们具体研究其自觉的标志时，却不能就文本而论自觉，如果这样的话，一首《诗经》中的作品，先民以为历史，后人道是民歌：一个今人仅对作品而确立的标准，解决不了古今人在其身份认定上的差异。

　　因此，必须要把创作主体纳入，从源头上解决自觉问题。所谓文学自觉，其根本不是文学作品本身的自觉，而是创作主体文学创作行为的自觉。而文学创作行为实质上是由一个综合的过程构成的，它含有以下内容：创作主体素养；作品的创作——依托素养对情、理、意、兴的固态化，以及技巧的展开。从这两个方面考察，作为素养之一的学识、作为情兴固态化所需的技巧等都是可以模拟借鉴的，不具备独特性与创造力，以此为核心依托，则人人皆可、人人划一，这不可能是文学的自觉，而是文学独到面目的自蔽。如此看来，主体素养中的独有者、不可模拟而得者方是决定创作的核心资源。只有考察主体创作所依赖的核心资源到底是什么，考察理论界对这种资源的认定，才能最终确认文学自觉的标准。这种资源：

第一，不被文书文献等规范化书写所提倡，而文人以奇思异想为追求的创作都与这种资源关系密切；

第二，这种资源，在文学自觉之前不成熟的理论界没有得到重视与审美理论认证；

第三，这种资源确认身份后，并不会消失，而是将成为此后审美创作必须依赖的共同资源，成为创作者的身份验证标准；

第四，这种资源的认定权利不应该是今人，而是当时的文人自省与文学理论批评界的共识。

而从我们历代文学理论批评所体现出的民族特色来看，中国古代文艺美学的基本特征是关注审美主体，赵宪章先生曾就此论述道：

> 学界曾试图用形神论、风骨论、意境论、文气论、意象论、构思论、风格论、创造论八个范畴概括中国古代文艺美学的民族特色的基本内容。无论这种概括是否全面，但是，有一点是显而易见的：这几个方面无不是环绕审美主体、以审美主体为轴心的艺术思考。形神论主要研究作家怎样对事物的形貌和意蕴进行真实的再现；风骨论主要研究文艺作品怎样既有充沛的、感人的思想内容又有精纯要约的言辞及其二者的关系；意境论主要研究文艺作品怎样通过形象的情景交融的描写把读者引向一个想象的艺术境界；文气论主要研究创作主体的气质、个性与艺术表现之间的关系；意象论主要研究客观事物在作家头脑中的主要映

象，即创作主体的"意中之象"问题；构思论主要研究艺术思维的基本特点和基本规律……所有这些都是环绕审美主体（创作主体和接受主体）而设定的论题，与西方文艺美学中"艺术与生活"、"内容与形式"、"题材与主题"、"情节与结构"、"形象与典型"等环绕审美客体设置的论题形成鲜明的对照。

按照这样的特点衡量，言志缘情、风神气韵等皆与主体相通；即使兴观群怨、明道载道等等也是针对艺术创作提出的主体性要求和主体性规范——"作为认识对象的审美客体（艺术），已被认识主体（理论批评家）所同化而纳入其固有的图式（即主体的价值要求）之中了。"① 从这个意义上讲，讨论文学自觉的标准问题与审美主体建立关系正是我们民族文学理论的精神所在。于是，所谓的文学自觉问题，归结到最后，就是一个审美创作主体与作品之间如何建立关系的问题。

综合前面诸节的论述，我们最终能够确立：这个创作的根本素养与资源就是才，而且是与其他才华迥异的文才。而文学理论批评界发现才与文学之间的这种关系并大力弘扬的时间，便可以视为文学自觉的时间。才隶属于创作主体，反映于作品，因此文学的自觉最终就是创作主体的自觉，而不存在文本的自觉。以文本考察文学自觉，视文学自觉的本意为"主体审美化创作的自觉"，不仅有虽论及审美主体却容易脱离审美主体的危险，而且会造成"文学作品"与"有文学性的作品"之间的难以离析，有甚者文史哲的区分都会重新陷入尴尬。

在汉魏时期，文士们已经清醒认识到：文学创作依赖的核心资源是才，文艺批评考量的根本所在离不开才，文人之间较技文场以文争胜所凭依的也是才——其中兼容着气质与才能。② 才由此成为文学自觉的标志。才在以上诸领域得以确立核心地位的汉魏时期也因此成为文学自觉的时期。才作为文学自觉的标志确立之后，天才、才能以及创造等概念与文学的关系也由此明朗化，而传统的中国诗学开山纲领"诗言志"后来也被文人们做出了如下

---

① 赵宪章：《美学精论》第 7 卷前言，中国青年出版社 2000 年版。
② 詹福瑞先生有《从哲学之气到文气》一文，从文气说的出现论文学自觉，与才性有着密切的关联。《东方丛刊》1994 年第 2 辑。

改造："诗者，志之所之，在心为志，发言为诗，材品殊赋，景物殊遭，亦各言其志也矣。"① 针对艺术提出的主体性要求和主体性规范，充实进主体才赋，由才与境的遭遇而论言志，才作为文学创作根本素养的意蕴得到比较圆满的表达。

当然，文学创作在强化天才的同时，逐步走上了精英化道路。

---

① 李维桢：《汗漫游序》，《大泌山房集》卷23，《四库全书存目丛书》，齐鲁书社1997年版，第151册，第7页。

第 二 章

文才的美学定位

才的本义为初始，源自本初确定者为主体的质地、性质，这种本然的质性是才最为基元性的意蕴，具有禀赋性，依照古代哲学的解读即为才出于天赋；绳以近世科学的阐释则为才关乎气血基因。

但是，才不是一种可以直观定型、独立于主体感知能力之外的存在，它以主体禀赋的有机融结为基础，是主体完整心智结构系统及其良性运动状态的呈现，其运动涵摄着天赋与人事，因此才具有天人统一的特性。

作为自然禀赋，文艺之才（简称文才）彰显为文艺创作潜质。但文才并没有超越于一般才所具有的心智结构系统之外，只是这个结构系统中突出且具有决定作用的因素与常人相比有着容量或浓度的巨大差异，这些因素形成了对主体预设的指向性，左右了主体性能对文艺的偏宜。那么在文才依托的心智结构系统之中，其别有的优长主要表现在哪里呢？关键在于作为心智结构系统核心要素的性情以及由此决定的性能潜质与他人大异其趣。文才由此获得了如下的美学定位：

就性或才性而言，"诗有别才"，文才的本体性质由此获得了美学确认。

就性情才情而言，敏锐而多感，多情复深情，是文才所要求的人格体征。

就性能才能而言，文才有着独到性能，那就是通过才思可以实现创化。

其中性能才能关乎性情才情，二者形成性情才情所偏与性能才能所宜的基本对应。

情怀幽微与神思飞扬成就了文才的虚灵面目，使得文才所依托的心智结构系统别具一格，文才由此也便归结为虚灵心智结构系统与后天人事的统一，即古人所谓"学以引其端，性以成其灵"。本书所探讨的文才思想，就是依循着虚灵心智结构系统的组构、后天人事的形态以及彼此关系的认知展开。

第一节　才：心智结构系统与学力的统一

作为主体禀赋的描述性范畴，才不是一种单独确立、个体运转并发生作用的官能或机能，而是对人性诸般的包纳性存在，它以主体禀赋的有机融结为基础，是主体完整心智结构系统及其良性运动状态的呈现。这里所谓的"心智结构系统"的核心便是才性（或曰性）赋有的本然情态与其对应的诸般可能，具体呈示为由其决定的"性情气质"与"性能潜质"。这一结论是依据才与其相关丛生范畴性、情、气、能等的内在逻辑关联确认的。

综合古代哲学、文字学的论释，才、性本初一体，它源自禀赋，不可变异，统称之为"才性"。才性与情、气、能之间表现为体用一体：才性各有其偏，发见于主体的性情、气质，又称才情、才气；才性通过才情才气向外发抒显现为作用，此即性中之能，又称为性能或才能，主体性能才能以其负荷的力量各自区分。性情气质以及本源于性情气质的性能潜质因此成为心智结构系统的主体。

具备良好的心智结构系统仅仅是性可以转化为能的物质基础，只有这种心智结构系统与后天人力或学力实现融合，潜质潜能方可转化为实际才能。纳入美学研究的才，正是这种天人统一的产物。

　　一

结合古典哲学对人的认知，无论性、情还是才，"千头万绪，皆是从心上来"①。也就是说，它们都是"心"的功能体现，只是展开的维度不同，其间有着层次的细微区分②，属于主体心智系统内的涵盖。其中性是这个系

---

① 黎靖德：《朱子语类》卷 5，第 97 页。
② 徐复观：《中国人性论史》（先秦篇），第 152 页。

统中被视为根本并较早纳入研究的范畴，这从早期"生"与"性"的通用可窥见端倪，《荀子·正名》云："生之所以然者谓之性。"性为天赋，所以又言"天性"或"性命"，《易传·象传上》即有"各正性命"之说；《中庸》第一句就是"天命之谓性"，郑玄注云："天命，谓天所命生人者也，是谓性命。木神则仁，金神则义，火神则礼，水神则信，土神则知。《孝经说》曰：'性者，生之质；命，人所禀受度也。'"① 综合其意就是：性为生命本然的质地，出于天命，即是自然所赋予。性与命内涵一致，但言说路径有别，如冯友兰所云："从万物有所得于自然这方面说，从它们所得的那一点说，它们的所得就叫'性'。……就自然付与这方面说，它付与的那一点就叫'命'，命是命令的意思。'命'和'性'就是一回事。"② 性与命一体，故称为"性命"。

而才、性早期内涵的一致性、运用的交融性则揭示了性为才的根基、二者密不可分这一重要命题，"才性"范畴由此得以确立，它是主体得以自立、自为的根本，是主体心智系统的奠基。以上思想从传统人性论中得到集中体现，战国时期，无论儒道，皆从性中论才。

如道家主张"自然"、"无为"，提倡"无为而自化"。这个过程是"绝圣弃智"、"擢乱六律"、"焚符破玺"的，是"大智若愚"、"大辨若讷"、"大巧若拙"的，遵乎主体之性，摈其违性的趋求，便可以进入自由境界。冯友兰认为这就是在以性言才，因此他将以上道家学说概括为："道家重视人的才，以为只要人在某方面有才，即可以不必学，而自然在某方面有所成就。不学而自能，即所谓无为。"③ 这里道家所论之才就是指拒绝后天人力矫正（但未必谢绝顺势的辅助），从而得以保持的主体禀性的本然，无为而为，因此即表现为自然体性、禀性的释放与高扬。

先秦才性论的主体仍属儒家。自孟子究论人性，才与性的关系被明确揭示，所谓才的质地性质等多维性的内蕴受到道德论挤压，开始逐步围绕善恶思想展开。不过儒家传统才性思想在先秦并非仅仅体现为辨析才、性关系，而是在对人性、人格、天命等命题的探讨中也不同程度地透露出其才、性一

---

① 孔颖达等：《礼记正义》，《十三经注疏》，第 1625 页。
② 冯友兰：《中国哲学史新编》，人民出版社 1998 年版，第 123 页。
③ 冯友兰：《新世训》，《中国现代学术经典·冯友兰卷》，第 403 页。

体的思想。

　　其一，论定性本然而具的特征，与才初始所备的意义吻合。《孟子·告子上》引告子之言说："生之谓性。"凡是生下来就具备的性质与能动性就是性，接近后人所谓的本能。孟子随后辩难："'生之谓性也，犹白之谓白与?'曰:'然。''白羽之白也，犹白云之白，白雪之白，犹白玉之白与?'曰:'然。''然则犬之性犹牛之性，牛之性犹人之性与?'"孟子通过人与动物的区分，从恻隐之心、羞恶之心、辞让之心、是非之心讨论人性之所在:人有四端，修之养之可及仁义礼智四德;不是生来就备此四德，而是生来就有此四端——四种苗头或者基础。如此辨析，孟子并非否定人性是本然的，有其共通性，而是将其更具体更客观更准确化了。《孟子·尽心下》又云:

　　　　口之于味也，目之于色也，耳之于声也，鼻之于臭也，四肢之于安佚也，性也。有命焉，君子不谓性也。仁之于父子也，义之于君臣也，礼之于宾主也，智之于贤者也，圣人之于天道也，命也。有性焉，君子不谓命也。①

耳、目、口、鼻、四肢之思安佚不喜劳苦是人的本性;但遭际不同，能得此乐需要命禄，所以君子尽管知道其为性之欲也要安之由命，防止过分贪图性欲而苟求。仁、义、礼、智之行，必须获得一定的身份才能践行，如同不入仕则无以完君臣之义一样;因而四者也需要机缘，也有命数的成分。但四者本身又源自人性四端，所以孟子认为即使无其名分命数也不能自暴自弃。在性、欲及性、命的区分中，孟子尽管强调了不能随性而为，但如此耳提面命恰恰揭示了性的本然而具特征。

　　荀子以为人有"性"、"伪"，性是自然所赋，即万物本体初生始发就包容的素朴而未经人工染饰的特性，所以他说:"性(生)之和所生，精合感应，不事而自然谓之性"，男女媾精诞育的生命体所携带的未经外在世界感染者即为性。归结性的本质，他得出了与孟子性善论截然相反的结论:"人之性恶，其善者伪也"。"性"与"伪"由此形成必然对立:"性者，本始

————————

①　焦循:《孟子正义》，第738、990页。

材朴也；伪者，文理隆盛也。无性则伪之无所加；无伪则性不能自美。"
"伪"就是对本然之性的装点文饰。孟子、荀子有关"性"的理解由此出现
了微妙的区分：孟子所谓性，仅指人之所以为人的特殊可能倾向；荀子所谓
性，则指生而完具的行为，不论其与禽兽相异与否，只是不包含可能倾
向。① 不过这并没有改变"性"本自然的特征，所以冯友兰论其"性"、
"伪"区划的本质即为天人相别：

> 荀况关于性恶的学说，从表面上看也是一种抽象的人性论。但是他
> 的主要意思是说，道德不是属于天，而是属于人。道德不是自然界所本
> 有的东西，而是社会的产物。他说："凡性者，天就也，不可学，不可
> 事。礼义者，圣人之所生也，人之所学而能，所事而成者也。不可学、
> 不可事而在人者谓之性；可学而能、可事而成之在人者，谓之伪；是
> 性、伪之分也。"（《性恶》）这段话明确地说明，荀况所谓"性、伪
> 之分"，也就是"天人之分"。"伪"的意思就是人为。荀况所说的
> "伪"是跟自然相对立的，不是跟真实相对立的。②

尽管对人性本质善恶的理解与孟子有别，但荀子以本然之"性"为天赋，
这一点又是与孟子一致的。

以上论述对"性"作为主体禀赋特征的定位，实则就是对"性"的内
涵与才"本初、始然"内涵重合性的认定。"生"、"性"相通，"性"又体
现"生"（生命主体）的本质，就如同"才"、"材"相通，"材"的质地性
质所指也同样体现"才"的本然。才、性内蕴因此缠结于一体。

其二，才、性意蕴统一的直接论定：尽才成性。在孔子的教学理念、人
才辨析标准中早已经体现了才性相合的思想。刘劭称孔子无所用于世，"序
门人以为四科，泛论众材以辨三等"③。"序门人以为四科"即立德行、政
事、言辞、文学四科以育人；"泛论众材以辨三等"出自《论语·季氏》：
"生而知之者上也，学而知之者次也，困而学之又其次也，困而不学民斯为

---

① 参阅张岱年《中国哲学大纲》第二编第一章，《张岱年全集》第二卷，第 211—220 页。
② 冯友兰：《中国哲学史新编》，第 729 页。
③ 刘劭：《人物志自序》，《人物志》卷首，第 6 页。

下矣。"孔子分四科辨三等，实则是为了依据性分所长与优劣所显施以教化，从本然之性分最终归结于所能之优劣。宋代程颐将孔子这一教育理念又进行了总结："子游能养而或失于敬，子夏能直义而或少温润之色，各因其材之高下与其所失而告之，故不同也"①。这就是著名的"因材施教"，才能高下依托着性之所宜，体现的正是孔子才性统一的认识。

而孟子尽才成性的思想更为显著地体现了才性的统一。《孟子·告子上》论性善与不善云："乃若其情则可以为善矣，乃所谓善也。若夫为不善，非才之罪也。"又论恻隐、羞恶、恭敬、是非四端"求则得之，舍则失之，或相倍蓰，而无算者，不能尽其才也"，其间都涉及了尽才为尽性的前提条件问题。汉人赵岐阐释说，仁义礼智四者皆关乎命禄，遭遇乃得践行，不遇者难以兑现，但此论天命，尚未言人事，那些"所以恶乃至是者"不是天命其如此，乃是"不能自尽其才性也"。一般而言，"才性有之，故可用也"是前提，但这不意味着放弃主观能动性，因此凡行事"归之命禄，任天而已，不复治性"者在他看来皆非"君子之道"。真正的君子尊重天命之性，但同时"修仁行义，修礼学知"，尽乎人才，也能成我之性。另如《告子上》云："富岁，子弟多赖；凶岁，子弟多暴。非天之降才尔殊也，其所以陷溺其心者然也。"又云："见其禽兽也而以为未尝有才焉者，是岂人之情也哉！"赵注云："非天降下才性与之异也。"又云："见恶人禽兽之行以为未尝存善本性，此非人之情也。"② 孟子体察到了人性的复杂，以为性可为善者未必即为其善，必须尽才方可成性，将才视为实现性的手段，皆是才、性统一之意。而赵岐以"才性"释"才"、以"性"释"才"，也印证了两汉之际于才、性统一思想的继承。

孟子之外，荀子亦有同论。《荀子·君道》分人才为三种：

> 材人：愿悫拘录，计数纤啬而无敢遗丧，是官人使吏之材也；修饬端正，尊法敬分而无倾侧之心，守职循业，不敢损益，可传世也而不可使侵夺，是士大夫官师之材也；知隆礼义之为尊君也，知好士之为美名

① 朱熹《论语集注》卷1"为政"注引，《四书五经》，北京古籍出版社1995年版，第44页。
② 孙奭：《孟子正义》，《十三经注疏》，第2749、2751页。

也，知爱民之为安国也，知有常法之为一俗也，知尚贤使能之为长功也，知务本禁末之为多材也，知无与下争小利之为便于事也，知明制度权物称用之为不泥也，是卿相辅佐之材也。

这节文字是人伦识鉴的具体操作，其中"愿悫拘录"、"修饬端正"等为性分德性之善；"计数纤啬"、"守职循业"、"隆礼义"、"好士"、"尚贤使能"、"务本禁末"等等是为才之所能，二者相合则可确定相称的官职。同样是以性之所有、能之所得论其用之所宜，为才性相合之论。《不苟》论诚为化物之本："操之则得之，舍之则失之，操而得之则轻，轻则独行，独行而不舍则济矣。济而材尽，长迁而不反其初，则化矣。"杨倞注云："既济则材性自尽，长迁不反其初，谓中道不废也。"《荣辱》云："材悫者常安利，荡悍者常危害。"杨倞注："材悫，谓材性愿悫也。"其中论"材"杨倞兼"性"以释，并直接引入"材性"范畴以解"材"义，同样阐发了荀子才、性统一的思想。[①]

后世学者在有关儒家才性内涵的理解上基本一致。如戴震云："据其为人物之本始而言谓之性，据其体质而言谓之才。由成性各殊，故才质亦殊。才质者，性之所呈也；舍才质安睹所谓性哉？"归性、才关系于体、用，也强调了其才性的一体以及才对性的显扬功能，所以又说："别而言之，曰命曰性曰才，合而言之，是谓天性。"[②] 当然，这种认识之中还包含如下思想：性虽由才见，但才未必尽能赋显其性，《孟子·尽心上》所谓"形色，天性也，惟圣人然后可以践形"便是这个意思。困扰中国士人数千年的"尽才"问题即由此衍生。

儒家才性之论中，才、性是显乎同一意义的不同层次，其中才又是性得以成就完善的手段，以尽才之所能成就本性，实则就是才之质地的自我呈现与自我成全。才有其质地或材质、且源自于性之所有的才性统一内涵由此得

---

① 《荀子》，第120、26页。

② 为了说明才对性的成象外显特征，戴震又云："其禀受之全，则性也；其体质之全，则才也。禀受之全，无可据以为言，如桃杏之性，全于核中之白，形色臭味，无一弗具，而无可见。及萌芽甲坼，根干枝叶，桃与杏各殊；由是为华为实，形色臭味无不区以别者，虽性则然，皆据才见之耳。成是性，斯为是才。"参阅《孟子字义疏证》卷下，何文光整理，中华书局1961年版，第39页。

以强化。鉴于以上所论，所以冯友兰总结说："才是天生底，所以亦可谓之为性。人之兴趣之所在，即其才之所在，亦即普通所谓'性之所近'。"① 即是从才性一体着眼。

　　二

　　才性是主体心智系统的根本，属于最为本体的内质，它不仅通过向外发散实现心智系统的运转，也通过这种发散进一步凝定心智系统的内涵，而且不同主体的才性呈露各有其偏，并体现为主体各自不同的性情气质，这就是才情、才气。

　　古代哲学理论中，不仅才本自性，情与性也密切相关。先看孟子的有关论述。傅斯年认为："孟子之所谓才（例如'非才之罪也'之才字），与所谓情（例如'乃若其情则可以为善矣'之情字），皆性之别称也。当时生、性二词未全然分立，孟子偶用比性（生）字更具体之各词以喻其说，故或曰才，或曰情，其实皆性（生）之一而之（当为二——著者）称也。"② 才、情、性皆为一物，分而言之，是因为"才"与"情"较"性"更为具体、更为清晰，可以指实。也就是说，在孟子的思想中，有着才情统一的基本认知。

　　上一节已经提到荀子的才性相合之论，与此同时，他又提出了一个"天情"概念："天职既立，天功既成，形具而神生，好、恶、喜、怒、哀、乐藏焉，夫是之谓天情。"又云："闇其天君，乱其天官，弃其天养，逆其天政，背其天情，以丧天功，夫是之谓大凶。"杨倞注"天情"："言人之身亦天职天功所成立也。形，谓百骸九窍；神，谓精魂；天情，所受于天之情也。"③ 所谓天情，就是阴阳变化引发的本有之性的不同外显。荀子的"天情"在《礼记·礼运》中即表述为"人情"："何为人情？喜怒哀惧爱恶欲，七者弗学而能。"④ 所谓"弗学而能"，即从性中具有而言，只是从性的

---

　　① 冯友兰：《新世训》，《中国现代学术经典·冯友兰卷》，第404页。
　　② 傅斯年：《性命古训辩证》，《中国现代学术经典·傅斯年卷》，河北教育出版社1996年版，第169页。
　　③ 《荀子》，第170页。
　　④ 朱彬：《礼记训纂》卷9，第345页。

隐在至情的显扬中间要有一个触发的机缘与媒介，所以《礼记·乐记》论情欲之所生："人生而静，天之性也；感于物而动，性之欲也。"其中"性之欲"者即为情，它与性相为表里。性、情不仅统一，而且性对性运动（即情）的基本指向有着本然的规定性，因此，情作为主体之性的稳定呈现形态便称为"性情"或"情性"，又称之为"才情"。

才、情统一，自然不可拆分。才情统一的根本在于性（才性）、情的不可拆分，董仲舒从阴阳哲学较早明确阐明了其间道理："天地之所生，谓之性情。性情相与为一瞑，情亦性也。……身之有性情也，若天之有阴阳也。言人之质而无其情，犹言天之阳而无其阴也。"① 其中的"瞑"意为有目疾者，所谓"性情相与为一瞑"，即性情皆有待于觉醒、教化然后可以豁然开朗。从阴阳论性情（即才情），以阳为性，以阴为情，二者自然同体。随后两汉经学家敷衍这一思想，更是直接得出了"性者阳之施，情者阴之化"、"人禀阴阳气而生，故内怀五性六情"的结论②。也就是说：既然人禀阴阳而生，阴阳团结烟煴，性情因此便成为禀赋之中浑然一体的内容。这种性情缠结的理解是深刻的，只是两汉儒学家为了强化天人架构下的教化体统，以性附会仁、义、礼、智、信，造成与情所统属的喜、怒、哀、乐、爱、恶之间的对立或者剥离，从而模糊了其本然的魂魄不离、精神无二的关系。相比之下，宋代儒学大师的论述则直探本真。有人问情与才的区别，朱熹回答："情只是（性）所发之路陌，才是会恁地去做底。"又进一步分析：

> 性者心之理，情者心之动，才便是那情之会恁地者。情与才绝相
> 近，但情是遇物而发，路陌曲折恁地去底，才是那会如此底。③

才、情皆从心上来，皆出乎性，只是指谓各有其维。情涵态势，而才则可以将这种态势呈露显象，呈露的过程必须依循并包融着情态。朱熹所言的"才"具有宋儒论才的通病，即戴侗所说的分割性、能，以智术技能为才，但即使如此，依然没有背离才情统一这一本然。

---

① 苏舆：《春秋繁露义证》，第298页。
② 陈立：《白虎通疏证》卷8，吴则虞点校，中华书局1994年版，第381—390页。
③ 黎靖德：《朱子语类》卷5，第97页。

　　从才性呈现其情而言的"才情"侧重于"本"的源泉性，从才能、性情统一融会而言的"才情"侧重于"末"的申发展示，二者在具体语境中所指虽略有不同，但代表了才情的不同面相，二者融合恰是才情的整体。

　　综上所论：哲学意义的"才情"并非"才与情"，而是才性的呈现，经常被称为"性情""情性"，或简称为"情"。性或才性与情或才情之间的这种同源、统一关系，皆以体用形态呈现，即明人钱一本所谓"人无有不才，才无有不善。以体谓之才性，以用谓之才情"①。但言体用，自然属于理一分殊，正如杨慎所论："万沤起而复破，水之性未尝忘也；万灯明而复灭，火之性未尝亡也。沤、灯，情也；水、火，性也。情与性，魄与魂也。"② 水性可对万沤，火性可对万灯，因此性或才性与情或才情之间的本质与现象必然纳入一多对应。

　　"才情"在哲学上的意义，又与"才气"相近，才气是主体才性的外显形式，也可以说是主体禀气的外显形式。这在孟子有关才性关系的辨析之中已经有了基本表达："孟子所谓性、所谓才，皆言乎气禀而已矣。"③ 至王充则对禀气与才性的关系做出了直接论述。《论衡·率性篇》所谓"禀气有厚薄，故性有善恶"、"人之善恶，共一元气，气有多少，故性有贤愚"，也即是禀气厚薄多少决定了其性的贤愚，如同"五谷皆为用，实不异而效殊"④。性皆出自禀气而互相区分，就如同五谷皆为果实，但成型之后彼此却有着滋味效用的差异。这种关联在《无形篇》中则明确概括为"用气为性"，可以说，王充的"禀气"本质上与"性"没有差别。这种归结于性的"禀气"是个体性的，所以《论衡·本性篇》云："实者，人性有善有恶，犹人才有高有下也。高不可下，下不可高。谓性无善恶，是谓人才无高下也。""善恶"不仅仅是道德尺度，而且在此更是价值评量尺度，所以"善恶"即为"贤愚"。王充以禀气为依据，坚持性有善恶，最终必然推演出才有高下，这种源自禀气的高下之才，融会着彼此性分的贤愚，这就是后人所谓"才

----

　　① 黄宗羲：《明儒学案》卷59引，沈善洪主编《黄宗羲全集》第八册，浙江古籍出版社2005年版，第806页。

　　② 杨慎：《丹铅续录》卷3，影印《文渊阁四库全书》第855册，第158页。

　　③ 戴震：《孟子字义疏证》卷下，第39页。

　　④ 黄晖：《论衡校释》，第80、81页。

气"的本义。诸如曹丕《典论·论文》论述"气之清浊有体，不可力强而至"、"虽在父兄，不能以移子弟"，其所指向的实则就是主体的"才气"①。它不是从神秘的天道承受，也未必皆秉承于父祖②，是元气于主体直接而独到的赋予，所以李白《赠宣城宇文太守兼呈崔侍御》云："白若白鹭鲜，清如清唳蝉。受气有本性，不为外物迁。""受气"与"本性"一体，成就的即是自我的才气。

宋代理学鉴于儒家言说的普遍之性与个体禀气存在着差异，他们便以孟子性与才存在距离的认识为依据，将才与性进一步划分出层级，以性接天，而将才与气直接关联。程伯子云："性出于天，才出于气。气清则才清，气浊则才浊。"这个气就是禀受于元气的主体"气质之性"，但言气质之性，则主体才性即在其中。朱熹以为："孟子未尝说气质之性，程子论性，所以有功于名教者，以其发明气质之性也。"这个"气质之性"朱熹又干脆称之为"气禀"，他举程明道"论性不论气，不备；论气不论性，不明"云："且如只说个仁义礼智是性，世间却有生出来便无状底是如何？只是气禀如此。"性是共性的，而"气质之性"则是个体化个性化的。"气质之性"、禀气，才，在"才出于气"这一论断下统一。所以傅斯年云："程朱之将气禀自性中分出，或名曰'气质之性'，或竟名之曰'才'。"③ 冯友兰建构新理学也接受了程朱这一思想，故云："一某事物有某种气禀，有某种气质之性，即能发生某种功用；此功用程朱名之曰才。"④ 既然才出自禀气，才之所以存在着善与不善，原因又必然在于气有偏正。才与气的这种关系定位，即是哲学意义的"才气"本义，就此而言，"才气"范畴与禀气、气质、才情或性情自然存在着难易离析的关联。

明末有学者不从禀气立论，而是敷衍朱熹的性与才情之论（见上引），将气也纳入其中：本是"一性"，推本而言皆归依于"天命"，"推广言之曰气、情、才"，彼此没有根本的不同："由性之流露而言谓之情，由性之运

---

① 敏泽：《中国文学理论批评史》，第154页。

② 扬雄《法言·重黎》云："或问甘罗之悟，吕不韦、张辟疆之觉，平、勃皆以十二龄茂良乎？""曰：才也，茂良不必父祖。"晋李轨、唐柳宗元等注曰："天才自然发其神心，无假祖父。"

③ 傅斯年：《性命古训辩证》，《中国现代学术经典·傅斯年卷》，第169页。

④ 冯友兰：《新理学》，《中国现代学术经典：冯友兰卷》，第88页。按：王充禀气与才性关系王运熙、杨明先生《中国文学批评通史魏晋南北朝卷》也有简述。上海古籍出版社1996年版，第26页。

用而言谓之才，由性之充周而言谓之气。"① 情是心动、属性欲，才则是心动与性欲如何呈现与表达，气是性作为个体性生命存在的依赖。这种同源基础上的一体三维，事实上是说：性的运用必然循依性之所流露并凭借性之所充周，即才不可能脱离情、气而独自发挥作用，因此"才情"、"才气"在后世不仅各自以一个完型范畴的形式存在，而且"才情"、"才气"之间也具有意蕴的统一性。作为心智结构系统的核心，性情才情其间必然融会着气禀或才气。

　　作为主体性、个体性的身份表征，才情性情或才气禀气等各有其偏。关于这个特性，两汉之际已经有了关注。《礼记·礼运》即云："以天地为本，故物可举也……月以为量，故功有艺也。"关于"功有艺也"之"艺"，后世学者解读不一，陆师农、王引之等总括前人诸说，以"艺"为"极"，即为法则。然而早在东汉之际郑玄就曾明释："艺，犹才也。十二月各有分，犹人之才各有所长也。"对于郑玄来说，释"艺"为"才"并非个案，其注《礼运》"礼必本于天，动而之地，列而之事，变而从时，协于分艺"一节曰："协，合也。言礼合于月之分，犹人之才也。"不仅以"才"释"艺"，而且所言之才皆强调其如十二月份的变化，各有其物候，皆有其偏宜。唐代孔颖达疏解《礼记》采纳了郑玄的解释，其《正义》言"月以为量，故功有艺也"："圣人随人才而教，则人竭其才之所长而为功，故云功有艺也。"②落脚点正在才情才气各有其偏。

　　王充以禀气多少论性之贤愚，其结论便是禀气不同的个体各有其偏。《论衡·书解》亦云："人有所优，固有所劣；人有所工，固有所拙。"优劣工拙同样是就性情偏宜与否而言的。仲长统《昌言》将这个道理进一步分说："人之性，有山峙渊渟者，患在不通；严刚贬绝者，患在伤士；广大阔荡着，患在无检；和顺恭慎者，患在少断；端悫清洁者，患在拘狭；辩通有辞者，患在多言；安舒沉重者，患在后时；好古守经者，患在不变。"③不同的才情才气不仅各有偏长，而且与其对应则必有偏短，这便是优劣工拙，二者统一于一体。

---

①　黄宗羲：《陈乾初先生墓志铭》引陈乾初语，沈善洪主编《黄宗羲全集》第十册，第364页。
②　朱彬：《礼记训纂》卷9，第349、352页。
③　仲长统：《昌言》，王天海等《意林校释》卷5引，第499页。

至刘劭《人物志》，则对这个问题做出了多方探讨，且建立起一个"性情"与五行对应的理论体系。《九征》篇以性情为人物之本，而性情的承载者则是骨、筋、气、肌、血与木、金、火、土、水五行的统一。五行在传统哲学中就是五行之气，而"五物之实，各有所济"，即刘昞注文所云："各有所禀，禀性多者则偏性生也。"于是也便出现了以下情性的不同偏向："骨植而柔者谓之弘毅，弘毅也者，仁之质也。气清而朗者谓之文理，文理也者，礼之本也。体端而实者谓之贞固，贞固也者，信之基也。筋劲而精者谓之勇敢，勇敢也者，义之决也。色平而畅者谓之通微，通微也者，智之原也。"五行之气各有所禀，主体于仁义礼智信五性便各有所优。[①]

至明代儒学家甄别与才性相关的范畴，在以才性、才情表为体用之外，又称"其偏亦谓之才质、才气、才智、才技、才调"[②]，才气被鲜明纳入了才有其偏的行列，不过这个具有其偏的才气依然属于才情的具象。

以上自汉魏就逐步成熟的才性有其偏宜的思想，直接催生了两晋人伦识鉴领域才无或弃、文士性情面目各有其美的观念。

其一，就人伦识鉴而言"才无或弃"。葛洪《抱朴子外篇·博喻》从人才效用最大化的角度论述，得出了"用得其长，则才无或弃；偏诘其短，则触物无可"的结论。将人才置于最合乎其才性的适宜位置，是人尽其才之道；不从其所偏长入手，揪住偏短挑剔，自然会"触物无可"。于是便有了如下规省：

> 故轻罗雾縠，冶服之丽也，而不可以御流镝；沈闾、巨阙，断斩之良也，而不可以挑脚刺。
>
> 虎豹不能搏噬于波涛之中，螣蛇不能登凌于不雾之日。挚雉兔则鸾凤不及鹰鹞，引耕犁则龙麟不逮双峙。故武夫勇士，无用乎晏如之世；硕生逸才，不贵乎力竞之运。

葛洪认为，"偏才不足以经周用"，但凡偏才不可能适于所有的事务，因此

---

① 刘邵：《人物志》，梁满仓译注，第18页。

② 黄宗羲：《明儒学案》卷59引钱一本论，沈善洪主编《黄宗羲全集》第八册，第806页。

相比于全知全能的愿景而言它当然不是什么值得炫耀的资本。但偏才并非弃才或无用之才，用人之道的关键在于因其偏长而用其偏长，明其偏短而避其偏短。① 这就是"虽非周才，偏亮可贵"②。

其二，就士人性情面目而言"各有其美"。魏晋时代标榜名士风流，而所谓风流不外乎主体性情与志趣的彰显，是具有主体身份验证意味的深情、玄悟与艺术人生演绎。《世说新语》可谓集其大成，如《品藻》论人物：

> 支道林问孙兴公："君何如许掾？"孙曰："高情远致，弟子早已服膺；一吟一咏，许将北面。"
> 桓玄问刘太常曰："我何如谢太傅？"刘答曰："公高，太傅深。"又曰："何如贤舅子敬？"答曰："楂梨桔柚，各有其美。"③

才虽各有所偏，却未可轻论高低优劣，而是"各有其美"。明乎此理，便没有必要凫项鹤颈，相为企羡；恰能够尺短寸长，尽我之性。

他如刘昼《刘子》之《适才》篇、《文武》篇、《均任》篇，承当时人伦识鉴论人才，都涉及了性情气禀各有其偏的特性。既然凡物不两大、造化无兼美，所谓通才大德之类往往只是停留在世人相互扬诩的错觉之中，尽其偏适亦可有为由此自然成为必然选择。而偏宜的才情气禀与有所为之间便形成直接的因果，因才情气禀，自然可以见乎才能性能。

三

才性具有性情气禀的偏宜，因此具有了对主体未来发展趋势的引领、支持或者预设功用。《说文》以草木将发释才已有其意，《说文解字注》云："草木之初而枝叶毕寓焉，生人之初而万善毕具焉，故人之能曰才，言人之所蕴也。"由于才代表着初始、方将，蕴含了未来的走向，和主体未来的造就关系密切，所以才的意蕴之中也便有了"能"的含义，当然这仅仅是一种潜能。朱熹所言"情只是（性）所发之路陌，才是会恁地去做底"，正是

---

① 杨明照：《抱朴子外篇校笺》下册，第306、308页。
② 《晋书》卷47顾荣论傅长虞语，第5册，第1330页。
③ 徐震堮：《世说新语校笺》，第290、299页。

因情性而言才能，也可以说才能孕育于情性之中。① 这就是才的性、能统一性。

就心智结构系统而言，以上结论实则是说：性情气禀（即才情、才气）决定着主体的潜在优长，在后天人力的支持下这种优长可以转化为独到之能，系统的"能动"、"能为"则标志着心智结构系统的良性运转。所谓"性情气禀决定着主体潜在优长"包括三个内涵：

其一，源乎才性的主体性情气禀决定了主体的"性分"，即"才分"。才分是从才的范围、程度限定而言的，侧重强调其关涉所及与容量大小的不同。才分的理论关注可以追溯到春秋时期，其时孔子分人为三等：生而知之、学而知之、困而学之，所依托的便是主体禀赋。《孟子·尽心上》直接名之为"分"："君子所谓性，虽大行不加焉，虽穷居不损焉，分定故也。"两汉出于人伦识鉴的需要，与此相关的论述渐渐增多。或由修短言才分，如《淮南子·修务训》云："人性各有修短……此自然者，不可损益。"② 或由品级定才分，如董仲舒承孔子思想，以为性有三品：圣人之性、中民之性、斗筲之性；班固《汉书·古今人物表》列九等之序以别人才，荀悦《申鉴》于三品之中又各自分出上中下，直至曹魏九品论人法式等等皆是。修短或者品级就是大小高下，《论衡·案书》论称"才有高下"、"才有浅深"；《本性篇》亦云"人性有善有恶，犹人才有高有下也"。

六朝之际，才分论已经进入文艺批评。范晔曾自言"所禀之分犹当未尽"③，他所谓"禀分"，即指其于著述、诗歌创作上的擅长。《文心雕龙·附会》屡屡言才分，《神思》云"人之禀才，迟速异分"，"才分不同，思绪各异"；《养气》云"适分于胸臆"；《夸饰》云"器分"。宋代无名氏《释常谈》引谢灵运之言："天下才有一石，曹子建独占八斗，我得一斗，天下共分一斗。"将才分之中的高下、长短又以量化的形式给予了形象概括。

其二，源乎才性的主体性情气禀决定了主体的"性能"，即才能。"才

---

① 徐复观论孟子人性论称："从心向上推一步即是性；从心向下落一步即是情；情中涵有向外实现的冲动、能力，即是才。"显然是对朱子相关思想的敷衍。参阅《中国人性论史》（先秦篇），第152页。

② 刘文典：《淮南鸿烈集解》，第638页。

③ 范晔：《狱中与诸甥侄书》，《宋书》卷69，第6册，第1830页。

能"概念自东汉已经有了明确的运用,王充《论衡》多言才有其能,《书解》云:"盖人材有能。"《程材》云:"论善谋材,施用累能"、"深嫉才能之儒"、"材能之士,随世驱驰"。刘邵《人物志》则专设"材能"一篇讨论才之所能与才之所宜:

> 人材各有所宜,非独大小之谓也。夫人材不同,能各有异。有自任之能,有立法使人从之之能,有消息辨护之能,有德教师人之能,有行事使人谴让之能,有司察纠摘之能,有权奇之能,有威猛之能。夫能出于材,材不同量;材能既殊,任政亦异。

明示"能出于材,材不同量"。才能不同,能够从事的政事从类型到大小也便有了差异,虽然备列"偏才",但因其各有所能仍可谓之"一味之美"。①

出于量化感知的需要,性能才能往往被具化为力,是为"能力",本源于"才力"。"才力"是才所能承担分量的描述性范畴,它是农业文明社会或者冷兵器时代所推崇的力度力量美向文艺审美浸透的产物。言能而与力相关,从早期"能"的本义之中已经透露出端倪。许慎《说文解字》释"能":"熊属,足似鹿。""能兽坚中,故称贤能,而强壮称能杰也。"综合言之:"能"为一种类似熊的野兽,身体坚硬而强壮,所以人们以"贤能"、"能杰"称之。而"贤"之本义《说文解字》也解作"多才也",所以贤能即为才能,才能本为多具才力的能兽,所以其本义之中,便包含了对坚硬、强壮等力量之美的称扬。如此而言,才力即为才能的延伸之意,也是具有禀赋性的。

"才力"较早见于《灵枢经·禁服》,其中已有"士之才力,或有厚薄,智虑褊浅,不能博大深奥"的文字②。西汉《新语·资质》云:"德美非不相绝也,才力非不相悬也。"③东汉之际才力已经成为人伦识鉴的重要尺度,

---

① 刘邵:《人物志》,第89页。
② 佚名:《黄帝内经·灵枢经》卷8,姚春鹏译注,中华书局2010年版,第1209页。
③ 王利器:《新语校注》,中华书局1986年版,第102页。

《潜夫论》即有"才力盖众"之说①，王充对才力已经有了较系统的论述，相关思想集中体现在《论衡·效力篇》。本篇一开始王充自明作意："《程才》、《量知》之篇，徒言知学，未言才力也。"王充论士人优劣，核心考之以才能，标尺则落实于才力，他对比文吏、儒生、文儒优劣，即以才力大小为验证：

从一般意义的负重而言，文吏是现实事务之中的小吏，多经于事务而寡于学问，以理事为力，所以有"文吏不通一经一文，不调师一言"的论断，属于缺少文化的"劳力者"。儒生"博达疏通"、佐治化民，其力等同于壮夫之扛鼎揭旗，故而儒生可谓"力多者"。但儒生具有如下之蔽：

> 不能览古今，守信师法，虽辞说多，终不为博。殷、周以前，颇载六经，儒生所不能说也。秦、汉之事，儒生不见，力劣不能览也。周监二代，汉监周、秦，周、秦以来，儒生不知，汉欲观览，儒生无力。

就是说，儒生虽然皓首穷经，却不能究察经书之外的历史，因此其虽然较文吏多力却依然多有其力不从心之处，尤其表现于沉湎经籍而疏离于现实。文儒则不然。孔子曾言，"行有余力，则以学文"，文儒既通经籍，又超越经籍之外而博观纵览；既能著述，又能"笔有余力，极言不讳，文不折乏"，在现实需要的前提下致力于礼义文章的文儒因此必然有力，所以说"文儒才能千万人矣"。以上三者优劣的区分，最终归结点便是才力的悬殊。王充又进一步论述：

> 世称力者，常褒乌获，然则董仲舒、扬子云，文之乌获也。秦武王与孟说举鼎不任，绝脉而死。少文之人与董仲舒等涌胸中之思，必将不任，有绝脉之变。王莽之时，省五经章句，皆为二十万，博士弟子郭路夜定旧说，死于烛下，精思不任，绝脉气灭也。颜氏之子，已曾驰过孔子于途矣，劣倦罢极，发白齿落。夫以庶几之材，犹有仆顿之祸，孔子力优，颜渊不任也。才力不相如，则其知思（惠）不相及也。勉自什

---

① 汪继培：《潜夫论笺》，彭铎校正，中华书局1985年版，第396页。

伯，鬲中呕血，失魂狂乱，遂至气绝。书五行之牍，书十奏之记，其才
劣者，笔墨之力尤难，况乃连句结章，篇至十百哉！力独多矣！

才力的悬殊，归根结底在于各自之才分的不齐："江河之水，驰涌滑漏，席
地长远，无枯竭之流，本源盛矣。知江河之流远，地中之源盛，不知万牒之
人胸中之才茂，迷惑者也。"才力出自才性，如同江河有其源泉。①

其三，值得注意的是，中国古代有关性能或才能的论述不是孤立的，而
是皆以性情气禀为基础，体现了才作为主体素养于才有其性情、才有其性能
两方面内涵的综合。较早论者如张衡云："人各有能，因艺受任。鸟师别
名，四叔三正。官无二业，事不并济。昼长则宵短，日南则景北。天且不堪
兼，况以人该之？"②"人各有能"决定了"因艺受任"的基本原则，而各
有其能的局限则源自人不堪兼备的自然法则与独到性情。南朝梁际庾元威论
书，直接摆明二者关联："夫才能则关性分。"③ 宋代理学兴起，对性理的执
着形成了对于才理解的狭隘，宋末戴侗结合训诂作出了如下反思：

> 人受天地之中以生其才，皆可以为尧舜，故孟子曰："非天之降才
> 尔殊也，若夫为不善，非才之罪也，或相倍蓰而无算者，不能尽其才者
> 也。"此以天之降才论者也。然就其禀赋之差殊而言之，则其降才亦有
> 知愚贤不肖之不同焉。就其学问之所成者而品别之，则其才又有差等
> 焉。故孔子谓"才难"，而有"才"、"不才"之言；孟子亦有"英才"
> 之称。后世之论浸差，直以知术技能勇力为才，温公有才德之分，程子
> 有才与性异之说，皆失之矣。④

戴侗这个阐释体现了以下观点：其一，天之降才并不划一，而是有着智与
愚、贤与不肖的差异，这就是"性分"，兼容着才量与气禀性情。其二，如
此禀性经过后天学问之功的磨砺淬炼，方可有所成就，这就是性能才能，但

---

① 黄晖：《论衡集释》，第 579—583 页。
② 张衡：《应闲》，《后汉书》卷 59，第 7 册，第 1903 页。
③ 王伯敏、任道斌、胡小伟主编：《书学集成》（汉—宋），河北美术出版社 2002 年版，第 81 页。
④ 戴侗：《六书故》卷 21，第 473 页。

性能才能的造诣又必然受到禀性的制约。最终的结论便是才能性能与性情禀性的密不可分。宋代司马光等辨析才德，以才为能，以德论性；二程以性出于天、才出于气，存在才性相异的嫌疑①。如此理解的话，才便成为智术、技能、勇力的代名词，忽略了才能本乎禀性、源自性情的基本常识。戴侗的质疑正是对脱离材质体性而仅仅以能力论才现象的矫正。

明清学人对这种含义做出了进一步的阐释。金圣叹《水浒传序一》称："才之为言材也，凌云蔽日之姿，其初本于破荄分荚，于破荄分荚之时，具有凌云蔽日之势；于凌云蔽日之时，不出破荄分荚之势，此所谓材之说也。"② 才就如同一株树苗，日后成就参天之势的时候，这种结果已经蕴含在树苗的枝丫根系之中，先天已经具备了这种生命潜质，它有着突破当下态势的力量。如此论才，既有性质，又兼能力。戴震疏解《孟子》之中的"才"义："才者，人与百物各如其性以为形质，而知能遂区以别焉。"③ 同样是先言性质，继论能力。在以上思想的基础上，当代学者得出了如下结论：

> 依据我国古代近代大学者在文字训诂学上的公认意见，才的造字取象是"草木之初"。草木的"初"，还未长成全形，但它蕴涵着全部的生机——生命之力，它会从那一初级形态逐步发展成长为枝柯扶疏、花叶茂美的滋荣旺盛的境界。因之，才所表所含的意义是生的能力、质性、品貌、风采。……才的涵量，包含着性能与表现，蕴涵与施展，灵智与风貌。④

兼性情本然与其所具有的发展势能、潜能而论，这是性能才能的根本特征。古人论琴道，以为初下指一声不合，即终身无复合之理，合与不合皆关乎"天性"，没有此性情则必无此才能，其间没有转圜的余地。

---

① 二程有关才性的论述前面已经涉及，二人以"气质之性"论才，并非隔离才性的关联，戴侗这里断其为才与性异之论，应是理解有误。
② 朱一玄、刘毓忱：《水浒传资料汇编》，南开大学出版社 2002 年版，第 210 页。
③ 戴震：《孟子字义疏证》卷下，第 39 页。
④ 周汝昌：《中国文化思想：三才主义》，《当代学者自选集·周汝昌卷》，第 607 页。

四

才、性本为一体，才性有其性情、气质，性情、气质因其各有所偏而蕴含不同性能，主体的心智结构系统由此圆满自足。但是，如此心智结构系统所具有的性能严格讲来仅仅是一种潜能，中国古代先哲对于才的认知有着深沉宏大的天人观念，即作为心智结构系统的机能，必经过后天人力的锻炼、涵蓄，方可实现潜能向现实才能的转化。禀赋提供的只是一个物质基础，其能否激活、能否机轴灵动不绝如缕则需要后天人力的持续投入。因此，才就是心智结构系统与人事的统一，其中的人事，在古代哲学中经常被纳入"学"的考察范围。

才这种天人统一性或者才学统一的理论发端同样要回到儒家的人性论。早期儒家的性善性恶之论，从对人性本质的定性而言一直被视为两个尖锐的对立思想观点，而从主体完善的手段来看，二者又不约而同地聚焦于后天人事。

孟子的思想可以概括为"复性"。作为性善论的代表，他在排除了人之不善非是才的罪过之后指出：尽才则可以为善。这就是尽才成性，尽才的过程便是学而习之、克己复礼、见贤思齐、三思而行等致力于学的过程，尽才力学是主体完性成性的唯一通道，最终的境界就在自身，成性完性的过程便是自性的自我释放与成全。

荀子的思想可以概括为"缮性"。作为性恶论的代表，他以为人性之中附着了原始的诸般欲望冲动，类似"原罪"，并非清澄无瑕，于是人便不得不通过"伪"——文饰、文化来实现自我的去魅，尽才力学由此同样成为抵达性"伪"的唯一通道，最终的境界超越了自身，性成其"伪"的过程在此也就是自性的弥补与完善。当然，荀子的"缮性"之道并不仅仅局限于对"类"所具有的共同偏失的修缮，还进一步延伸至人际比较中，鉴于彼此才性缺陷、才力不振采取的自我补救。《荀子》设"劝学"一篇，提倡"锲而不舍"，其中所谓的"积土成山，风雨兴焉；积水成渊，蛟龙生焉"，就是期待"真积力久则入"的积学之效。且《荀子·正名》专门拈出"大共名"指代万事万物，这个"大共名"正是劝学所要察究的对象。由此而言，荀子论学，在以学补天然、后天济先天的用意之外，还有着保持才的活力的祈向。

综上可见，学是德性完足、修美的唯一手段。性对学有着本质的需要，性只有完足、修美始可成其性能，才的天人统一性由此奠基。这种统一性可以从以下两个维度理解：

其一，人事人力之学是激活心智结构系统，促使其从性情成长为性能的根本要素。相对于主体才性而言，回复或者修养到才性最完美的阶段，精神完足，道义之气充盈，也便是可以光华外发、性见其能之时，孟子尽才成性之所欲成者正是这样一种才性。又如《荀子·修身》云："彼人之才性之相县也，岂若跛鳖之与六骥足哉？……然而跛鳖致之，六骥不致，是无它故焉，或为之，或不为之尔。"才性相差悬殊往往不是成败的关键，最终的结果决定于主体是否有足够的人力投入以唤醒本然的才性，使之转化为应有的才能。《荀子·儒效》则更为明确而坚定地提出："知而好学然后能才。"[1]也就是说，在才性各有定分的前提下，人力是使这种定分得以焕发得以圆足的手段，是才之为才的关键。

董仲舒《春秋繁露·实性》则提出了一个"性禾善米"的学说，以禾、麻、茧、璞等比性，以米、布、丝、玉比善，性即才性，善为性能。进而论述性与性能的区别与关联：

> 善如米，性如禾。禾虽出米，而禾未可谓米也。性虽出善，而性未可谓善也。米与善，人之继天而成于外也，非在天所为之内也。天所为，有所至而止。止之内谓之天，止之外谓之王教。王教在性外，而性不得不遂。故曰：性有善质，而未能为善也；岂敢美辞，其实然也。天之所为，止于茧麻与禾，以麻为布，以茧为丝，以米为饭，以性为善，此皆圣人所继天而进也，非情性质朴之能至也。故不可谓性。[2]

---

[1]　《荀子·儒效》云："志不免于曲私而冀人之以己为公也，行不免于污漫而冀人之以己为修也，其愚陋沟瞀而冀人之以己为知也，是众人也。志忍私然后能公，行忍情然后能修，知而好问然后能才，公修而才，可谓小儒矣。"杨倞注"知而好问然后能才"："其智虑不及常，好问，然后能有才艺。"荀子这个论断本是针对"其愚陋沟瞀而冀人之以己为知"者而发，作为矫此病弊的自省，应该指向既备才智又能好学者，如此方有启发、劝勉之效。如果是才智无多故而学，与愚陋者相去不远，虽学也难以服人。所以王先谦称："知而好问，不自以为知也。杨注非。"虽属意于好学之德，却印证了荀子以才智之性与学问统一的基本认知。参阅王先谦《荀子集解》，沈啸寰、王星贤点校，中华书局1988年版，第145页。

[2]　苏舆：《春秋繁露义证》，第311页。

这段文字的主要思想是："善"作为性能是先天之性和后天修为共同作用的结果，就如同禾苗必须经过阳光粪溉呵护才能生成稻谷。先天之性涉及人身之内在，至于人身的外在，即所谓"王教"等"人之继天"之功皆不可或缺。先天给出的仅仅是前提性因素，最终的成就必须依靠后天的主观努力。①

主体之才的这种天人统一性是主体性情性分向性能发展的内在需求，否则它就只能停留在潜质的层面。

汉魏六朝文人对此有着更为翔实充分的阐释。王充《论衡·命禄》篇以命论才性，提出了"虽有厚命，犹不自信，故必求之"的命题："虽云有命，当须索之。"与此相反，"如信命不求，谓当自至，可不假而自得，不作而自成，不行而自至"，则只能自欺欺人。尽后天人力是得天赋所命的前提，有求而不得者，但不求而自得之者从来没有。为明此论，《论衡·量知》篇将才必待学的道理广设譬喻：

或喻为璞石待雕琢："骨曰切，象曰瑳，玉曰琢，石曰磨，切磋琢磨，乃成宝器。人之学问，知能成就，犹骨象玉石，切瑳琢磨也。"璞石切瑳琢磨之后始成珍璧。

或喻为粟待舂扬蒸煮："谷之始熟曰粟。舂之于臼，簸其秕糠；蒸之于甑，爨之以火。成熟为饭，乃甘可食。可食而食之，味生肌腴成也。粟未为米，米未成饭，气腥未熟，食之伤人。夫人之不学，犹谷未成粟，米未为饭也。知心乱少，犹食腥谷，气伤人也。学士简练于学，成熟于师，身之有益，犹谷成饭，食之生肌腴也。"粟得舂扬蒸煮始能有益于生。

或喻为矿石待熔炼："铜锡未采，在众石之间，工师凿掘，炉橐铸铄，乃成器。未更炉橐，名曰积石，积石与彼路畔之瓦、山间之砾一实也。故夫谷未舂蒸曰粟，铜未铸铄曰积石。"矿石熔炼始可铸就宝器。

以上粗苴之物，皆含有足可宝贵的性质，然而必待雕琢刻削，乃成为器用。"人含天地之性，最为贵者"，必得更为勤勉精细的雕琢刻削或熔炼，始能显其性能功用。② 葛洪也通过譬喻申发这一思想，并将其进一步提升为

---

① 复旦大学哲学系：《中国古代哲学史》，第176页。
② 黄晖：《论衡校释》，第26、550、551页。

"质虽在我，而成之由彼"的论断：

> 虽云色白，匪染弗丽；虽云味甘，匪和弗美。故瑶华不琢，则耀夜之景不发；丹青不治，则纯钩之劲不就。火则不钻不生，不扇不炽；水则不决不流，不积不深。故质虽在我，而成之由彼也。①

其中的"染"、"和"、"琢"、"治"、"钻"、"扇"、"决"、"积"皆属于人力施为，由此方可成就布帛由"白"而"丽"、佳肴由"甘"而"美"、琼瑶夜放光明、积水深幽难测等境界。而这种境界则是依托天人的合一方能实现的。

及乎南朝刘昼，则又反面立论，他通过"茧之不缲，则素丝蠹于筐笼"、"海蚌未剖，则明珠不显"、"昆竹未断，则凤音不彰"等比喻，同样揭示了"人之不学，则才智腐于心胸"、"情性未炼，则神明不发"的道理。② 论述也从一般的泛言人性砥砺，直接落实于才智、神明的激发。

其二，不懈的人事人力之学是主体保持心智结构系统活力从而得以尽才的根本保障。无论孟子的"复性"论还是荀子的"缮性"论，都包含着以上意蕴。孟子将人事的不懈即名之曰"尽才"；荀子论真积力久而入，其核心便在于自我才力的深层开掘。《论衡·量知》直接继承孟子学说："故夫学者所以反情治性，尽材成德也。"③ "尽才"尽管属于"成德"的路径，但同样属于力学的效用。葛洪则更为具体地称之为"启导聪明"："夫学者所以清澄性理，簸扬埃秽，雕锻矿璞，奢炼屯钝，启导聪明。"④ "启"为启发，才性郁于血气之中，启之则发扬于外；"导"为引领，才性含蓄本然的势能，不引领则无所措置。刘昼继续以比喻论述人力人事的意义所在："譬诸金木，金性苞水，水性藏火，故炼金则水出，钻木而火生。"本质材朴，必经后天人工，其蕴藏的势能始得启导尽出，这一切并非是属于学力的产物，乃是通过学力释放出的主体本然蕴含的潜力，所以刘昼说，"人能务

---

① 杨明照：《抱朴子外篇校笺》上册，第114页。
② 傅亚庶：《刘子校释》，中华书局1998年版，第36页。
③ 黄晖：《论衡校释》，第546页。
④ 杨明照：《抱朴子外篇校笺》上册，第111页。

学，钻炼其性，则才惠发矣。"① 这个过程宋人又称之为"以务学而开其性"②。

无论"质虽在我，而成之由彼"的谆谆告诫，还是以学尽才、启导聪明抑或以学开性的种种论断，其根本皆归于才的天人统一特性。历代关于"小时了了，大未必佳"现象的反思也警示后人：学而不倦是才之所以为才的根本所在。王安石的《伤仲永》可为其典型："仲永之通悟，受之天也。其受之天也，贤于材人远矣。卒之为众人，则其受于人者不至也。"③ 受之于天的才性必待受之于人的学习辅助，否则才性只为才性，永远不可能转化为才能，间或有所呈露，终难大放光芒。许学夷则从力学则可以尽才的成功范例劝世，有人请教："才力本于天赋，可强致乎？"他给予了肯定回答。随之阐释："譬之筋力一也，市井逐末之人，负担不逾区釜，而田野之夫，负担则一石也。盖由童而习之，强致然耳。使田野之子而从市井之人，终身岂能负一石哉？"④ 作者对"才力本于天赋"是认同的，但又称此"才力"可以"强致"，看似自相矛盾，其实不然。作者这里说的是"强致"，不是"强变"，许学夷并不认为人工努力能够改变才力的天赋，但却认为通过人工努力可以实现本然才力的尽量释放，如同负重，人与人之间虽然有着本然的差异，但经过长期磨炼的人往往能够发挥自我更多的潜能。有鉴于此，明代钱一本曾规诫学者：

> 一粒谷种，人人所有，不能凝聚到发育地位，终是死粒。人无有不才，才无有不善，但尽其才，始能见得本体。不可以石火电光，便作家当也。⑤

"不可以石火电光便作家当"，意在警醒世人不可徒恃瞬时聪明而不尽人事。

① 傅亚庶：《刘子校释》，第 36 页。
② 韩拙：《山水纯全集》，王伯敏、任道斌主编《画学集成》（六朝—元），河北美术出版社 2002 年版，第 618 页。
③ 王安石：《伤仲永》，《临川先生文集》卷 71，四部丛刊初编本。
④ 许学夷：《诗源辨体》卷 17，杜维沫校点，人民文学出版社 1987 年版，第 178 页。
⑤ 黄宗羲：《明儒学案》卷 59，沈善洪主编《黄宗羲全集》第八册，第 799 页。

本是论才，最终又回到学而不倦之上。从某种意义上说，正是因为学投入的力度、形态决定着心智结构系统的内驱力，因而在一般言说中，学也便经常成为才的指涉范围。

第二节　文才本体性质的美学确认：诗有别才

以才批评文学自魏晋开始已经相当普遍。但是，才毕竟是一个从人伦识鉴与哲学演化过来的范畴，它具有对文学、经济、学术等广泛的指涉性。凡是不同领域表达人物卓越，都将其纳入才的评判范围。尽管魏晋之际诸如文才、史才、吏才、辨才之类的表述已经出现，但这仅属于人以群分的基本术业剖判，作为文艺审美范畴的文才在如此笼统的运用中很难体现出其独到的特性。文才性质认知的这种笼统性在文学自觉初期尚属于美学观照的局限，而至齐梁阶段，如此模糊认知的延续则开始影响到文学创作，其时"文章殆同书钞"的现象便是不明文才性质与要求的必然产物。

文才本体性质的确认由此纳入了古代文艺理论探寻，严羽的"诗有别才"论正是这一重大文艺论题的呼应。所谓"别才"，就是独到的、与其他才能相区分的别有之才。

"诗有别才"的确认是以玄学为重要契机的。魏晋玄学开拓出了深远、幽微的审美空间，由此形成文艺审美的转型与对传统文学书写的挑战，促使文艺理论进入了较此前更为成熟的本体探析阶段，文才性质确认便是其内容之一。而这种确认的历程，则主要是通过对以学为诗现象的反思完成的。南朝刘宋及齐梁以学为诗现象的反思与文笔之辨具有一定的因果，文笔之辨在致力于文体区分之际，与文笔创作所对应的主体才赋素养也由此成为理论关注对象；宋代以学为诗现象影响巨大而深远，对这种创作弊端的理论反思与宋代诗学聚焦文人独到才赋性质的潮流融合，由此催生了严羽的"诗有别才"理论。

一

玄外审美、文笔之辨与文才别有性质的初步认知。玄学对魏晋六朝审美思想的影响沿依了以下基本路径：寄身事外—纵情物外—赏心文外。既有审美空间的拓展，也有审美认知的逐步深化。超世情怀之事外、山水弥结之物外的现实沉淀，逐步凝定为一种艺术审美境界，这就是赏心"文外"。

起初，文学创作之中这种超逸凡常之外者被称为"出"①。"出"即出乎其类、不落俗套之意。范晔则直接命之为"事外远致"，其《狱中与诸甥侄书》自道："吾思乃无定方，特能济难适轻重，所禀之分，犹当未尽，但多公家之言，少于事外远致，以此为恨。"范晔是在讨论写作才华之际说这番话的，虽然遗憾自己才分偏长于应用文体，但依然表达了对"事外远致"的倾心。《颜氏家训·文章》中则直接提出了"文外"：

> 王籍《入若耶溪》诗云："蝉噪林愈静，鸟鸣山更幽。"江南以为文外断绝，物无异议。简文吟咏，不能忘之；孝元讽味，以为不可复得，至《怀旧志》载于籍传。②

所谓"文外断绝"是一个极评：文外的意境本属于无远弗届，但此处以"断绝"言之，意思是说其所造就已经无以复加。刘勰亦论文外，《文心雕龙·神思》有"思表纤旨，文外曲致"之说。其时钟嵘《诗品》、谢赫《画品》、王僧虔《笔意赞》、庾肩吾《书品》分别提出了"滋味"、"气韵"、"神采"等审美范畴，与"言外"、"文外"等论实现了相融。③

至此，玄学指引之下产生的"远""外"审美已经抵达一个相当的高度，这种审美思想的成熟促使以上所言的事外、尘外、文外等等意境书写成为文学主流。而相对于一般意义的"言志"与"缘事而发"，这种玄外审美是"岂容易可谈"的去大众化精英书写，与其相副的主体独到素养也自然成为理论关注的重点。"别才"思想便发端于这种崭新审美境界塑造引发的主体素养自觉。这种自觉，首先集中呈示于文笔之辨。

文笔之辨不只是一般意义的体裁区分与破体与否的讨论，从体裁区分、体裁个体性特征的总结延伸到体类规律、美学特征深究，其中蕴含着文人们

①　陆云《与平原书》云："《祠堂颂》已得省，兄文不复稍论，常佳。然了不见出语，意谓非兄文之休者。"《陆士龙集》卷8，四部备要本。

②　王利器：《颜氏家训集解》卷4，中华书局1993年版，第295页。

③　蒲震元：《中国艺术意境论》，第116页。

所从事的不同写作到底是不是文学创作这一根本问题。尽管刘宋文帝时期已经完成了儒学、玄学、文学、史学四馆的分列，但其中"文学"是文笔综论，且其时如此科目区分所着眼的只是学习者的术业专工问题，尚未鲜明认识到不同科目之才的不易通约性，因此出现了随后文学创作中两种根本性的混淆。

其一，以学术之才为文才。这种混淆形之于创作便是以学为诗，在南朝刘宋之际已经开始蔓延。它首先表现为属辞比事，正如钟嵘《诗品序》所云："颜延、谢庄，尤为繁密，于时化之。故大明（宋武帝年号）、泰始（宋明帝年号）中，文章殆同书钞。"齐梁之际此风变本加厉，所谓"辞不贵奇，竞须新事"、"句无虚语，语无虚字，拘挛补衲，蠹文已甚"已经"寖以成俗"①。风气所至，又形成以经学言说体式为追求的审美偏执，如萧纲《与湘东王书》所条列：

> 比见京师文体，儒钝殊常，竞学浮疏，争为阐缓。玄冬修夜，思所不得：既殊比兴，正背风、骚。若夫六典三礼，所施则有地；吉凶嘉宾，用之则有所。未闻吟咏情性，反拟《内则》之篇；操笔写志，更摹《酒诰》之作；迟迟春日，翻学《归藏》；湛湛江水，遂同《大传》。②

本文开篇自道"性既好文，时复短咏"，可见所论为诗歌创作。写志咏情动辄模拟《尚书》、《周易》及其传释，词既质木又倾心义理，所以后人称之为"引经据典，坐而论道"式的创作③。这种以学术所尚为文学之美的创作引发了萧纲如下的质疑：

> 吾既拙于为文，不敢轻有掎摭。但以当世之作，历方古之才人，远则扬、马、曹、王，近则潘、陆、颜、谢，而观其遣辞用心，了不相似。若以今文为是，则古文为非；若昔贤可称，则今体宜弃。

---

① 周振甫：《诗品译注》，中华书局 1998 年版，第 24 页。
② 《梁书》卷 49《庾肩吾传》，中华书局 1973 年版，第 3 册，第 691 页，下同。
③ 曹旭等：《宫体诗与萧纲的文学放荡论》，《上海师范大学学报》2010 年第 4 期。

文学经典成于历代才人，但皆与今日之体了不相似。谁是谁非呢？作者在此否定这种非文学性创作的态度是鲜明而坚决的，其古今对比并非体格风调差异的比量，而是以经典范式为准的完成了是非裁断——学问柴积不等于诗，学术之才不是文学创作的根本素养依托，它与文才性质相异。

其二，以史才为文才。其时京师尚有人效法裴子野之文，萧纲认为："裴氏乃是良史之才，了无篇什之美。"其才偏宜于史著而不优于诗歌，所以"师裴则蔑绝其所长，惟得其所短"。而其时趋奉之徒"入鲍忘臭"，竞相效尤，其目的只在于"惧两庑之不传"。史著为立言之壮举，较诗歌为世所重，容易传世，因此文人们以为诗文创作学习裴子野可以获得文辞传世的法门，于是也便有了这种南辕北辙的师法。以史才为文才，其于创作的主要影响便是凿实拘谨，斫削灵性。

如此混淆，长此以往，将使两汉魏晋以来文学自觉的成果付诸东流。而造成如此病弊的根本，正是钟嵘所断言的："词既失高，则宜加事义，虽谢天才，且表学问！"① 以事典学问文饰文辞的拙劣，在明眼人看来其根源正在于作者缺乏或蔑弃文学创作所需要的别有天才，而于当局者来说，则本乎其不明文与文才的性质，以为备学问便可"包打天下"。文与文才本体性质的确认由此成为文学理论建设的当务之急，文笔之辨正是在这样的背景下出现的，其主要思想见于萧绎《金楼子·立言》。该文之中，萧绎将文士划分为四类："儒者"、"文者"、"学者"、"笔者"。

四者之中，"儒者"即为专门的经学之士。"学者"多为"博穷子史"之士，其病较多，一则"但能识其事，不能通其理"、"迟于通变，质于心用"；一则"不便属辞，守其章句"：概而言之，即不长于机变与文辞。②

对"笔者"的划定，萧绎采取了一个非常明晰的策略：首先道破笔者的短绌，"不便为诗"；再言笔者之优长，"善为章奏"。如此笔者的范围便一目了然，主要侧重于章奏表启等实用文体的写作。在古人心目中，"笔者"、"文者"之所擅长，一属实文，一属虚文；在今人意识里，一属事务

---

① 周振甫：《诗品译注》，第24页。
② 许逸民：《金楼子校笺》，中华书局2011年版，第966页。

应用之体，一属艺术创造之体。如此一来，萧绎所论儒者、文者、学者、笔者，其与文相关者主要便是文者与笔者，文与笔的辨析也就是如此提炼而出的。这种区分继承了王充《论衡》对经生、文士、通人、鸿儒的区划，但较之更深入一步。

文、笔创作都需要才华。就笔而言，东汉之际王充已经反复申明，如《论衡·效力篇》："出文多者才智茂……谷子云、唐子高章奏百上，笔有余力，极言不讳，文不折乏，非夫才智之人不能为也。"《佚文篇》亦云："孝武之时，召百官对策，董仲舒策文最善。王莽时，使郎吏上奏，刘子骏章尤美。美善不空，才高知深之验也。"[①] 无论章奏、对策，其量大、力沉、言美，皆赖乎才华。就文而言，《颜氏家训·文章》云："学问有利钝，文章有巧拙。钝学累功，不妨精熟；拙文研思，终归蚩鄙。但成学士，自足为人；必乏天才，勿强操笔。"[②] 此处的断语是针对江南所谓"詅痴符"不论才情妄作诗赋而言的，因此"文章"指向与"学问"相别的诗赋，而论诗赋则不可没有"天才"。《文心雕龙》旧分上下二篇，上篇以文体论为主，自道"论文叙笔"；下篇侧重于创作论，而创作优劣的判定依托首举"才略"，故云"褒贬于《才略》"[③]。也就是说，无论文笔，皆以具备才华为其写作的根基。

但是，文、笔不同，其作为文体的美学特征便有着根本的差异，于是各自所依托的才华便不可能统一。如此，文者、笔者的区分可以视为这种文、笔美学特征独立所提出的要求，也是文体特质识别在主体素养区分与身份辨析之中的直接映射。

以章表奏启等实用文体为主的笔，其特征集中体现于："笔退则非谓成篇，进则不云取义，神其巧惠，笔端而已。"

以辞赋创作为主的文，其美学特征为："吟咏风谣，流连哀思。"具体言之："至如文者，惟须绮縠纷披，宫徵靡曼，唇吻遒（适）会，情灵摇荡。"[④]

文以情动人，讲究声情并茂，文辞优美，音韵谐和圆润；笔本质上是现

---

① 黄晖：《论衡校释》，第582、863页。
② 王利器：《颜氏家训集解》卷4，第254页。
③ 范文澜：《文心雕龙注》，第727页。
④ 许逸民：《金楼子校笺》，第974页。

实事务之中信息、思想传递的媒介，既非有意涵蓄微言大义，也非为了成就刻意的篇章，只是取其实用，能明事理，具体写作之际于笔端偶尔运其巧惠，文辞之上略见文采，但不以此为目的。

文、笔既然有着如此的内蕴差异，则文者、笔者的区划自然不仅仅指向彼此擅长的文体，主体各自不同才华的要求同样包容在彼此的确认之中。这种理解在六朝末期与唐代相关理论辨析中已经形成了理论共识。且看以下事例：

《南史·任昉传》称："（昉）既以文才见知，时人云'任笔沈诗'，昉闻甚以为病。晚节转好著诗，欲以倾沈（约），用事过多，属辞不得流便。自尔都下士子慕之，转为穿凿，于是有'才尽'之谈矣。"其时任昉、沈约齐名，"任笔沈诗"是说沈约有"文"，为诗坛泰斗；而任昉博学，才长乎"笔"，舆论也不以其诗为能事。但任昉为此抱恨，至晚年则刻意著诗，欲与沈约一较高下，结果恰恰是事典堆垛，难得流转。而当时都下文士于此妄加追摹，任昉于是"转为穿凿"——更加矻矻尽以人力为之，"才尽"的讥讽由此而生[1]。自觉鸿才滔滔者却被判以"才尽"，其本义并非讽其无才，而是叹其缺乏文学创造的别有之才。

到了唐代，文笔之辨析具化为诗歌、文章之异的研讨，柳宗元即称："作于圣故曰经，述于才故曰文。文有二道：辞令褒贬本乎著述者也，导扬讽喻本乎比兴者也。著述者流，盖出于《书》之谟训，《易》之象系，《春秋》之笔削……比兴者流，盖出于虞夏之咏歌，殷周之风雅。""著述"与"比兴"就是后世的文章与诗歌，二者体裁特征不同：文章要"高壮广厚、词正而理备"，诗歌需"丽则清越，言畅意美"；效用也不同：文章的写作意在"藏于简策"以垂教化世，诗歌的完成则宜"流于谣诵"。诗歌与文章虽然并"述于才"，但很显然，"兹二者，考其旨意，乖离不合"。柳宗元于此感同身受，所以他表示，"厥有能而专美，命之曰艺成"，即具备专美之才能则成就一体，此已可谓之"艺成"；至于何以文士之中"恒偏胜独得，而罕有兼者"，其原因正在文人们的赋才相异。[2]

于是，从文笔之辨至诗文之辨，在界定了文的美学内涵之余，文学创

---

① 《南史》卷59，中华书局1975年版，第5册，第1455页。

② 柳宗元：《杨评事文集后序》，《柳河东集》卷21，上海古籍出版社2008年版，第371页。

作——尤其诗歌创作所依赖的别有才华已经引发了较为普遍的理论关注。

二

宋代诗学对文人才赋别有特性的聚焦与以学为诗的反思高潮。如果说文笔之辨、诗笔之辨虽然关涉主体才华的别有特性，却仍以文体区划为载体、为重点的话，那么宋代诗学则从一正一反两个维度，完成了文才别有性质与文学主体素养美学关系的理论建构——也就是说，从宋代开始，文才这种别有的性质更为直接、更为鲜明地被用来验证文人或作家的主体禀赋。所谓一正一反，"正"是指宋代文人继承文笔之辨余脉形成的对文人才赋别有性质的聚焦，"反"则指宋代影响巨大的以学为诗潮流。前者多为理论探究，循依文才本体性质甄别的历程；后者影响创作实践而渐成流弊，并引发了齐梁之后第二次针对以学为诗的反思高潮。

先从"正"这一维度说起。才这一范畴在魏晋的成熟与传统的才性理论、东汉《论衡》对主体禀气的推扬息息相关。魏晋玄学兴起，玄学所宗尚的性情"超逸"与才性论、禀气论所秉持的主体"差异"观实现了统一，个性化审美成为时代风尚，并向精神文化领域的纵深传布。文笔之辨等理论思潮促成了这种个性化审美趋势与文才独到性质探究的深度融合，"别有"从此既与文艺才华本质相接，又渐成为新的文艺尺度。

六朝绘画理论首先形成了"别体"之论。南齐谢赫《画品》评蘧道愍等："别体之妙，亦为入神。"陈代姚最《续画品》评谢赫："点刷研精，意在切似。目想毫发，皆无遗失。丽服靓妆，随时变改，直眉曲鬓，与世事新。别体细微，多自赫始。"[①] 文学理论中随之也出现了"别体"说，《文心雕龙·议对》云："对策者，应诏而陈政也；射策者，探事而献说也。言中理准，譬射侯中的，二名虽殊，即议对之别体也。"这种"别体"评断继承了文笔之辨等侧重于体制体裁的传统，指向文艺创作在旧体式基础上的新创，这一点参照《南史·刘孝绰传》称其"自以书似父，乃变为别体"的说法便可明了[②]。因此"别"意之中，已经具有了独到、不一般的意思。

① 王伯敏等：《画学集成》（六朝—元），第21、29页。
② 《南史》卷39，第4册，第1010页。

　　至唐代"别裁"说出现，已经开始侧重于主体的性情、才能。杜甫《戏为六绝句》自道"别裁伪体亲风雅"，钱谦益笺注："别者，区别之谓；裁者，裁而去之也。果能别裁伪体，则近于风雅矣！"① 刘知几《史通·书志序》也有"班马著史，别裁书志"之说，吕思勉《史通评》云："论书志之体裁，何者当芟除，何者当增作。"② 但区别甄选以定取舍是有一定自我标准的，尤其会体现出个性化的审美趣味，也就是说，要行"别裁"之事，必当为"具眼"之人。因此所谓"别裁"实则就是对独到才悟识力之"别"的表彰。

　　另外，唐代文人对"别"高看一眼，又与禅宗的兴起相关。《五灯会元》载释迦牟尼之语："吾有正法眼藏，涅槃妙心，实相无相，微妙法门，不立文字，教外别传，付嘱摩诃迦叶。"③ 其后禅宗以此为援据，宣称不以言教立宗，教外别传，不立文字而直指心印。由于主张对佛的会悟不从经书研读苦修获得，因此在提倡顿悟之际，所谓的缘分、根器便成为禅学中人格外讲究的素养，"别"字也由此被赋予了更为神秘非凡的意蕴，并随着禅宗的普及进入了文艺批评。

　　延及北宋，诗论之中已经明确出现了文人禀赋"别有炉鞴"的说法。《风月堂诗话》就记载了下面的对话。先是有客人评苏轼："世间故实小说，有可以入诗者，有不可以入诗者，唯东坡全不拣择，入手便用，如街谈巷说鄙俚之言，一经坡手，似神仙点瓦砾为黄金，自有妙处。"参寥回答：

　　　　老坡牙颊间别有一副炉鞴，他人岂可学耶？

　　何谓"别有炉鞴"？晁以道论云："指呼市人如使儿，东坡最得此三昧。其和人诗，用韵妥帖圆成，无一字不平稳。盖天才能驱驾，如孙吴用兵，虽市井乌合，亦皆为我臂指，左右前却，在我顾盼间，莫不听顺也。"④ 可见

　　① 钱谦益：《钱注杜诗》，上海古籍出版社 1958 年版，第 407 页。
　　② 刘知几：《史通》卷 3，刘占召集评引，中国编译出版社 2010 年版，第 73 页。
　　③ 普济：《五灯会元》卷 1，苏渊雷校点，中华书局 1984 年版，第 10 页。
　　④ 朱弁：《风月堂诗话》，影印《文渊阁四库全书》第 1479 册，第 21、22 页。

其意就是说苏轼之才非同一般，所以晁以道视这种故实小说入手成金的别有之能为"天才能驱驾"。其时黄庭坚则留下了如下矜许："天下清景，初不择贤愚而与之遇，然吾特疑端为我辈设。"① 只有诗人方能以此须臾之物，镌成不朽文字，黄庭坚的论断是对文人"别有炉鞴"的具体阐释，也由此成为文人具有独到禀赋的宣言。

在主体之才"别有炉鞴"论外，宋代的文体辨析较六朝隋唐更为热烈，其创新之处在于李清照《词论》所提出的"词别是一家"之论。这个论断不仅将传统的文笔之辨、诗文之辨纳入到"别"的价值考量之中，而且开始关注到诗、词对文才各自不同的要求。

在此基础上，南宋文人对诗文气骨可否学而得以及文士独特性情的探讨，进一步充实了文学主体才赋别有性这一理论的内涵。

诗文气骨是否可以因学而得？南宋文人给出了否定答案。王柏认为："万事无不由学而至，惟诗未必尽由于学。其工可学也，其气骨实关于人品。"又举例云："夫平淡闲雅者，岂学之所能至哉？惟无欲者能之。"② 气骨实为才性的体现，当然也包纳一定的后天修养，但非由学而得。高似孙也有类似观点，他以《离骚》为例说："《离骚》不可学，可学者章句也；不可学者志也。楚山川奇，草木奇，原更奇。原人高志远，文又高，一发乎词，与诗三百五文同志同。后之人沿规袭武，摹效制作，言卑气嫚，志郁弗舒，无复古人万一。"③ 志不可学，而志正是支撑主体的气骨，虽具有后天的修为，必须依附于个体才性。由此看来，所谓作品不可学，从根本上说不仅指向作者各自才禀的不可复制，而且同时说明这种关乎气骨、志趣的不可复制性就是文才的独到所在。楼昉便在《过庭录·文字》一节吸纳友人意见，从文人的情性志趣独到性入手，提出了"刻薄人善作文"的观点，发人所未发：

予少时每持非圣贤之书不敢观之说，他书未挂眼。有一朋友谓某曰："天下惟一种刻薄人，善作文字。"后因阅《战国策》、《韩非子》、

---

① 惠洪：《冷斋夜话》，影印《文渊阁四库全书》第863册，第251页。
② 王柏：《汪功父知非稿》，《鲁斋王文宪公文集》卷9，续金华丛书本。
③ 高似孙：《骚略》，四明丛书本。

《吕氏春秋》，方悟此法。盖模写物态，考核事情，几于文致傅会操切者之所为，非精密者不能到，使和缓长厚多可为之，则平凡矣。若刻薄之事自可不为，刻薄之念自不可作。①

刻薄与其中的和缓长厚相对，本是道德修养的品目。运用于文章创作，和缓长厚者当指随意而不琢刻、平和而缺乏激情者，此类人作文自然容易"平凡"。而"刻薄"的内涵侧重在模写物态的"模"与"考核事情"的"考核"上：模求其真与精密，考核求其切而无缺憾，对自己不满足，对外物穷搜力取。此外，刻薄又指具有一定自主性、不为平易经典所束缚的胆识，也指敏锐易感的禀赋，只有这类人才可以多感多思，进而写物态、核事情。以上易感、敏锐、善模写等素养，实则就是文才别有的特性。如此而言，"天下惟一种刻薄人善作文字"就是说：只有具别有文才者方善于创造。而吴泳则将这种异乎寻常之才名之曰"凤根"："学诗者须是有凤根，有记魄，有吟骨，有远心，然后陶咏讽诵，即声成文，脱然颖异于众。咸无焉，则虽穷日诵五千卷，援笔书数百言，殆如跛羊上山，盲龟入谷，终不能望其至也。"②"凤根"并不抽象，它是与"有记魄"、"有吟骨"、"有远心"融为一体的独到心智系统。

再看"反"这一维度。宋代诗学的发展是多格局的，在部分文人致力于文人主体才赋别有性质的观照之余，诗坛则很早就兴起了声势浩大的重学尚学风潮，以学为诗成为其显著特征。

可以说，整个宋代诗坛论学重学之声贯彻始终。如苏轼言诗反复强调读书治学，《送任伋通判杭州兼寄其兄孜》："别来十年学不厌，读书万卷诗愈美。"《送安惇秀才失解西归》："旧书不厌百回读，熟读深思子自知。"黄庭坚《跋东坡乐府》论苏轼《卜算子》词："语意高妙，似非吃烟火食人语。非胸中有万卷书，笔下无一点尘俗气，孰能至此？"③在很多宋代文人看来，读书不仅是创作的活源，更是诗歌品位的凭依，所以当有人贬抑诗歌为"小技"的时候，陆游反诘称："诗者果可谓之小技乎？学不通天人，行不

---

① 王水照：《历代文话》，第 456 页。
② 吴泳：《东皋唱和集序》，《鹤林集》卷 36，影印《文渊阁四库全书》1176 册，第 354 页。
③ 黄庭坚：《豫章黄先生文集》卷 26，四部丛刊初编本。

能无愧于俯仰，果可以言诗乎？"① 儒家诗学中所谓"言志"、"有关系"、"成教化厚人伦"等可壮诗歌声色的砝码，在此被置换为诗关乎"学通天人"。

如果说"欲下笔，当从读书始"② 的论断尚属于涵养之论，那么积习之下渐成偏颇，如吕本中"诗词高深要从学问中来"③ 的命题便已走向机械的因果逻辑。及其极端，费衮甚至提出了诗当以学为中心为根本的谬论，其《梁溪漫志》专有"作诗当以学"一条：

> 作诗当以学，不当以才。诗非文比，若不曾学，则终不近诗。古人或以文名一世而诗不工者，皆以才为诗故也。退之一出"余事作诗人"之语，后人至谓其诗为"押韵之文"；后山谓曾子固不能诗、秦少游诗如词者，亦皆以其才为之也。故虽有华言巧语，要非本色。大凡作诗以才而不以学者，正如扬雄求合六经，费尽工夫，造尽言语，毕竟不似。④

理论的崇学在助推创作实践的同时也固化了审美视野，宋人论诗动辄即标用书用事的规模技巧为三尺神鉴。如黄庭坚《答洪驹父书》论杜甫："自作语最难，老杜作诗，退之作文，无一字无来处。盖后人读书少，故谓韩杜自作语耳。"从此之后，无一字无来历，无一事无出处，便成为中国诗歌的一个新尺度。⑤ 如魏了翁论王安石："公博极群书，盖自经子百史以及于《凡将》、《急就》之文，旁行敷落之教，稗官虞初之说，莫不牢笼搜揽，消释贯融。故其为文，使人习其读而不知其所由来，殆诗家所谓秘密藏者。"⑥ 又如宋人评苏轼：

> 东坡先生之英才绝识，卓冠一世。平生斟酌经传，贯穿子史，下至

① 陆游：《答陆伯政上舍书》，《渭南文集》卷13，《陆放翁全集》上，中国书店1986年据世界书局1936年版影印，第74页。
② 葛立方：《韵语阳秋》卷1，何文焕辑《历代诗话》，中华书局1983年版，第487页。
③ 吕本中：《童蒙诗训》，郭绍虞辑《宋诗话辑佚》，中华书局1980年版，第595页。
④ 费衮：《梁溪漫志》卷7，影印《文渊阁四库全书》第864册，第738页。
⑤ 清代钱大昕申发文艺素养中的才学识之说，其释"学"即曰："含经咀史，无一字无来历，诗之学也。"参阅王葆心《古文辞通义》卷3，王水照辑《历代文话》，第7165页。
⑥ 魏了翁：《临川诗注序》，《鹤山集》卷51，影印《文渊阁四库全书》第1172册，第582页。

小说杂记，佛经道书，古诗方言，莫不毕究。故虽天地之造化，古今之兴替，风俗之消长，与夫山川草木禽兽鳞介昆虫之属，亦皆洞其机而贯其妙，积而为胸中之文，不啻如长江大河，汪洋闳肆，变化万状。则凡波澜于一吟一咏之间者，讵可以一二人之学而窥其涯涘哉！①

其所强调的核心，即在苏轼博极群书而泛用众典。

在重学理论的指引下，古人所讥讽的"书钞"或"獭祭鱼"现象重现宋代文坛。类似黄庭坚在宋代就有了"专求古人未使之事，又一二奇字，缀茸而成诗"的批评②。他所倡导的"无一字无来处"随后作为一个时代集体的发声，形成了文化导向，其践行严厉者甚至将事典、出处等融合于诗歌具体的体制，要求做到"经对经，史对史，释氏事对释氏事，道家事对道家事"③，如此机械，已经与明清八股的长对无别。诗与诗人由此面临着同样的身份危机。

反思由此出现："近代诸公乃作奇特解会，遂以文字为诗，以才学（按：偏义词，侧重言学）为诗，以议论为诗。"《沧浪诗话》可谓一语中的。诗不当如此的反思与此前文人本当如此的认知在宋末实现了整合，正反两个维度殊途同归，镕铸为文人才赋独到而别有的理论升华，"诗有别才"论由此诞生。

三

严羽《沧浪诗话·诗辨》云：

> 诗有别材，非关书也；诗有别趣，非关理也。然非多读书多穷理则不能极其至，所谓不涉理路不落言筌者上也。④

---

① 王十朋：《东坡诗集注序》，《东坡诗集注》卷首，影印《文渊阁四库全书》第1109册。按：本书并本序据四库馆臣考证，当为宋人伪托。

② 魏泰：《临汉隐居诗话》，何文焕辑《历代诗话》，第327页。

③ 曾季貍：《艇斋诗话》，丁福保辑《历代诗话续编》，中华书局1983年版，第310页。

④ 郭绍虞：《沧浪诗话校释》，人民文学出版社1961年版，第26页。按：古代"材""才"相通，本书引文之外统写作"才"。参阅郭绍虞《试测〈沧浪诗话〉的本来面貌》，见《照隅室古典文学论集》下编，上海古籍出版社1983年版。

关于严羽这一论断，批判者或云弃书卷教人，瞽说以欺天下；赞赏者或云别才别趣正谓诗乃性情所寄而与博通坟典无关。如此才学对立论诗皆违背了严羽本意，所以敏泽认为："（严羽）是从诗歌和文艺有着不同于书理的特点说的，认为诗和一般的书理不同，需要另有一副才调，即艺术感受、认识、表现世界的能力。"虽然严羽对才——尤其文才作了这样的界定，但具体的论述中则是兼才与学而言，并无偏失。①

论诗歌不赖腹笥而能，其本意在于纠宋人以学为诗的弊病；提倡"妙悟"，又对以议论为诗进行阻击。学问之才、议论之才皆非诗才，发于此道的诗也与诗的本色大相径庭；只有类似"盛唐诸人，惟在兴趣，羚羊挂角，无迹可求，故其妙处，透彻玲珑，不可凑泊，如空中之音，相中之色，水中之月，镜中之象，言有尽而意无穷"的创作方是真正的诗，这样的才华才是文学创造之才。"诗有别才"，就是作诗需要创作者具有与从事其他行业不同且与程式化、经验性书写大异其趣的别样才华。文学之才的独到性、别有性至此完成了美学的确认。

严羽此论引发了后人尤其是清代文人热烈的讨论，而清代理论批评界对严羽"诗有别材，非关书也"的论断从引用到阐释出现了集体误读。如前所述，《沧浪诗话》中的"诗有别材，非关书也；诗有别趣，非关理也"，明代之前《沧浪诗话》以及宋代《诗人玉屑》、《对床夜语》所引者基本都是"诗有别材，非关书也"。明代诗学著述在征引这段文字时开始有所变化，但出入不大，如朱权《西江诗法》、黄溥《诗学权舆》、徐师曾《文体明辨序说》没有背离原文。邵经邦《艺苑玄机》、宋懋澄《叙秋朗诗》则引作"诗有别才，非关学也。"②

但到了清代，学者们征引此语则普遍易"书"为"学"，"才书"关系由此被置换为"才学"关系。关于清代学者这种普遍的误读，钱锺书先生《谈艺录》列举了孙豹人《溉堂后集》卷五《赠张山来》、郑方

---

① 敏泽：《中国文学理论批评史》，第600页。按：有学者认为"诗有别材"侧重于探讨诗歌表现题材的独特性，但不是主流观点，也多有值得商榷之处。参阅成复旺、蔡钟翔、黄保真《中国文学理论史》（三），北京出版社1987年版，第482页。

② 邵经邦《艺苑玄机》云："诗之才。'诗有别才，非关学也。'其然乎？古者妇人女子莫不能诗，盖由学也，孰谓《关雎》、《葛覃》而非圣人之徒欤？今人敝于举业，惟知孜孜汲汲从事章句、训诂间，无怪乎以风云月露之才目之也。"前引为学，后论也是学。

坤《蕉尾诗集》载其兄之序、吴骞《拜经楼诗集》载钱竹汀序①。郭绍虞先生在《沧浪诗话校释》一书中还列举了众多例证：黄道周《书双荷庵诗后》、沈德潜《说诗晬语》、张鉴《宝纶堂诗钞序》等。以上多为对严羽之论的批评，即使是为严羽辩护，依然延续了"非关学也"之讹。如崔旭《念堂诗话》卷一："朱竹垞诗：'诗篇虽小技，其源本经史。必也万卷储，始足供驱使。别材非关学，严叟不晓事。'按《沧浪诗话》'诗有别才，非关学也。然非多读书多穷理不能极其至'。竹垞但摘上二语讥之，徒欲自畅其说，则厚诬古人矣。"② 直至近代，这种误引依然常见，如李审言诗中也有"心折长芦吾已久，别才非学最难凭"之句③。所以郭绍虞先生说："别材别趣之说，最为后人争论之点。其实沧浪只谓'诗有别材，非关书也'，自后人易"书"为"学"，异议遂多。"④

文学创作从本体来看是一种不同于其他学术研究的活动，它对禀赋之中的别才有着根本的依赖，而与创作之中炫耀多少典籍无关，从这一点看"诗有别材非关书也"并没有什么不妥。但易"书"为"学"，则诗成为无学亦可为者，不仅违背了文人心目中创作是一种高雅活动的定位，而且由于学所关涉范围的广泛性，尤其其中所包含的社会实践反省、历史反思认知以及在实践与读书基础上所形成的识见，属于诗文创作不可缺少的要素，因而"非关学"便很容易引发质疑。清代学者普遍长于朴学，严谨细密，但恰恰在对"非关书"的接受与理解上出现误读，且少见版本考索，在质疑其学术品质之余，我们更多地应该考虑到：这种误读与重学的时代思潮有着深刻的关系。

以上所论"独有"或者"别有"，属于文学创作的素养概言。事实上，几乎每一文体都面临着更为具体的"别才"讲求。以词而言，从宋代开始，李清照就注意到它和诗文的差异，称为"词别是一家"，自然

---

① 钱锺书：《谈艺录》，中华书局1984年版，第536页。
② 郭绍虞：《沧浪诗话校释》，第33—35页。
③ 陈衍：《石遗室诗话》卷17，张寅彭主编《民国诗话丛编》一，上海书店出版社2002年版，第247页。
④ 郭绍虞：《沧浪诗话校释》，第33—35页。

需要独到的才调。此论清人多有发扬，毛际可云："……词，非天赋以别才，虽读万卷书总无当于作者。"① 这就是典型的"词有别才"之论。毛驰黄推誉杨用修词：沐兰浴芳，吐云含雪，所谓"词有别肠"②。他如"骚情赋骨"、"词有别裁"之类，皆是就词所备之别才而言。

曲也是如此。从文体的差异而论："夫文各有体，曲虽小技，亦复有曲之体，若典汇四六，原自各成一家，何必活剥生吞，强施之于曲乎?"③ 文各有体，欲演曲中三昧，就应该求诸各自与此对应的才致，这是一种心苗里透出的聪颖，李渔将其命名为"填词种子"，并称："填词种子，要在性中带来，性中无此，做杀不佳。"李渔极为推崇这种素养，以之为"夙根"，以之为"天授"，以之为"夙慧"。无此本领，即使描龙绣凤也是"半路出家"，不能"成佛作祖"④。因此，曲非易事，制曲"固若有别材也"⑤。

即使同是诗才，也因为体式众多，古、今，绝、律，以及五言、七言的差异，其对文才也有着彼此不同的要求。以绝句为例，明代谢肇淛就认为"绝句虽短，又是一种学问"，以杜甫考察："子美才非不广，力非不裕，而往往为绝句所窘，反不如一二青衣名伎之作。"因此绝句被文人称为"鼠穴之斗"。有鉴于此，他得出结论："严仪卿谓诗有别才别趣，吾谓绝句于诗诸体中又有别才别趣耳。"⑥

题材的擅场也体现了这种特征。郭麐论香奁体诗："香奁一体，余少时酷好之。年长才粗，未能细意熨帖，辄借忏除绮语之言以自护其短。近工为此体者，惟吴江朱荔生文琥。盖鸣笔贵柔，言情贵曲，选字贵丽，绘景贵

---

① 毛际可：《今词初集跋》，顾贞观等《今词初集》附，《续修四库全书》第1729册，第548页。

② 王士禛、邹祗谟：《倚声初集》卷1《闲中好》评语引，《续修四库全书》第1729册，第212页。

③ 黄周星：《制曲枝语》，《中国古典戏曲论著集成》第七册，中国戏曲研究院编，中国戏剧出版社1959年版，第120页。

④ 李渔：《闲情偶寄》，《中国古典戏曲论著集成》第七册，第25页。

⑤ 刘熙载：《艺概》，《刘熙载文集》，第151页。按：这是刘熙载有感于北曲名家白朴、马致远、关汉卿所制之曲"圆溜潇洒，缠绵蕴藉"，而他人难以企及所得出的结论。

⑥ 谢肇淛：《小草斋诗话》卷1内编，吴文治主编《明诗话全编》，江苏古籍出版社1997年版，第6672页。

活。于诗中亦自有别才也。"① 诗中之别才呈现于题材，可见别才内涵的丰富。②

从综合诸学、包容经济政治论才到文才从中离析，从才成为文艺理论范畴到文学创作需要"别才"："文才"通过"别才"论不仅在理论上获得了与泛化之才不同的独到身份，而且通过与具体文体的对接，又实现了"文才"的理论深化。③

"别才"作为文学主体核心的素养标志，其美学确认历程实际上就是文学主体的深度自觉历程。而主体素养论别才，又直接影响到艺境的论定，历代文人多以"别"概括别才所能创生的境界，别开天地、别具一格、别出机杼、别有风致、别是一体、别开生面、声外别传、独具别裁等等，皆体现

---

① 郭麐：《灵芬馆诗话》卷2，张寅彭选辑《清诗话三编》，吴忱、杨焄点校，上海古籍出版社2014年版，第3290页。

② 冯友兰则通过先天与后天的对比，非常通俗地说明了文艺之才的独到性别有性："与才相对的是学。一个人无论在哪一方面底成就，都靠才与学两方面，才是天授；学是人力。比如一个能吃酒底人，能多吃而不醉。其所以能如此者，一方面是因为他的生理方面有一种特殊的情形，又一方面是因为他常常吃酒，在生理方面，养成一种习惯。前者是他的才，是天授；后者是他的学，是人力。一个在某方面没有才底人，压根不能在某方面有所成就；无论如何用力学，总是徒劳无功。反之，在某方面有才底人，则'一出生便不同'。他虽亦须加上学力，方能有所成就，但他于学时，是'一点即破'。他虽亦用力，但此用力对于他是有兴趣底。此用力对于他不是一种苦事，而是一种乐事。例如学作诗，旧说：'酒有别肠'；'诗有别才'。此即是说，吃酒作诗，都靠天生底才，不是仅靠学底。我们看见有些人压根不能作诗。他可以写出许多五个字或七个字底句子，平仄韵脚都不错，他可以学新诗人写出许多短行，但这些句子或短行，可以一点诗味都没有。这些人即是没有诗才底人，他无论怎样学诗，我们可以武断地说，他是一定不能成功底。另外有些人，初学作诗，写出底句子，平仄韵脚都不合，而却诗味盎然。这些人是有诗人才底人，他有希望可以成为诗人。"参阅冯友兰《新世训》，《中国现代学术经典·冯友兰卷》，第402页。

③ 在文才别有且独到的思想上，东西方有着体察深切的共鸣。如法国布瓦洛创作于1674年的《诗的艺术》开篇就提出了文才的与众不同性："精诗艺谈何容易！一个鲁莽的作者休想登峰造极：如果他感觉不到吟咏的神秘异秉，如果星宿不使他生下来就是诗人，则他永远锢闭在他那褊小的才具里，飞鹚既不听呼吁，天马也不听指挥。因此你呀，纵然你激于冒进的热情，向往着文艺生涯，要走这艰难途径，还是不要自苦吧。强学诗终会失败，莫认为你爱吟咏就认为你有天才，也该怕学诗不成，到头落得空欢喜，你应该久久衡量你的才华和实力。大自然钟灵毓秀，盛产着卓越诗人，它会把各样才华分配给每人一份：这一个能用诗句描绘着爱火情丝，那一个磨炼箴铭含着诙谐的芒刺；马来伯歌咏英雄，能铺陈丰功伟绩；拉干能歌咏翡丽、牧羊人、山林、原野。但往往一个诗人由于自矜和自命，错认了自家才调，失掉了自知之明。"其中倡导异秉天赋，非此不足以为诗人。可贵的是，作者提到的这种异秉又关系到文人对诸体的擅长与否，如有偏于抒情，有长于诙谐，还有的则善于铺陈叙述——这种论述与我国古典文艺理论中才之禀赋性、别有性接近。参阅〔法〕布瓦洛《诗的艺术》，任典译，伍蠡甫、胡经之主编《西方文艺理论名著选编》上卷，北京大学出版社1985年版，第177页。

了"不贵同而贵别"的审美追求。是对主体素养言"别"与艺术境界求
"别"的兼容。

文才被视为别才，其别有之处表现在哪里呢？文才的别有，并非指文人
作家心智结构系统的组织异乎寻常，而是系统之中性情、性能的潜质具有独
到的偏长。

第三节　文才的独到性情：归依于
敏感的多情与深情

所谓文才的独到性情就是才情，它具化于创作主体的人格特质。古代哲
学中，情有别于性，邻于阴气，这在汉代阴阳哲学盛行时代就已有论述，如
董仲舒《春秋繁露·深察名号》云："身之有性情也，若天之有阴阳也。"
许慎《说文》释"情"为"人之阴气有欲者"；《白虎通德论·情性篇》亦
云"情者阴之化也"①。其他诸如古文《钩命决》、《论衡·本性篇》等皆有
类似言论。情既如此定性，"才情"自然也由此毗邻于阴气，多以阴柔现
身。当然，阴柔并非就是软弱乏力，它仅仅是气质的一种，是气的阴阳融合
形态中偏乎阴的一方，是气的外显形态的差异，一如卷与舒之间的不同。同
时，才情临于阴柔之意中，还包含不似亢阳一般直接、坚硬且朴拙，而是委
曲迂回易感，也就是敏感。

临近于阴的才情当然超越不了兴观群怨等哀乐之情，而作为文人心智结
构系统的重要体征，文人的才情或者说文人的性情有着与大众不同的三个
特征：

就其阴柔质性的普遍形态而言，它呈现为"多情"；

就其阴柔质性的具体审美层次而言，它沉吟流连、搅动人心，更是一种
"深情"；

就其阴柔质性的凝结点而言，才情多显乎"绮情"。

文艺才情如此的性质特征，不仅以情怀的独到与不同流俗标定了文人
的才性卓越，也意味如此深情郁怀正是文才得以畅发的根本条件，古人名

---

① 详细参阅傅斯年《性命古训辨正》，《中国现代学术经典·傅斯年卷》，第155页。

之为"才情绮合",又称为"情深才完"。如此才情是文人心智结构系统的根本。

一

作为文艺创作的原动力,作为才的具体呈现与主体的核心性情,建立于阴柔哲学定位的"才情"有着与众不同的三个特征。

(一)就其阴柔质性的普遍形态而言,它呈现为"多情"。文人才子多情,核心体现在善感之上,所谓善感就是文人所特有的兴会无端的情怀。善感是中国文人贯穿整个审美历史所倾情展示的人格样态,从《楚辞·招魂》所谓"湛湛江水兮上有枫,目极千里兮伤春心"的因物感而生之伤,至刘桢《赠徐幹诗》"乖人易感恸,涕下与衿连"蕴含的感的主观色彩发现——即文人身份、心境、遭际不同,对物色时令的感受也不尽相同;从陆机《悲哉行》"目感随气草,耳悲咏时禽"的耳目所通则感随物变,到《赴洛道中作》"悲情融物感,沉思郁缠绵"的郁陶扭结,无不通过感慨、感动、感喟、感悟、感知、感兴、感想释放着本然的生命活力与艺术想象。

这种独到情怀从陆机《文赋》便纳入了理论认知:"遵四时以叹逝,瞻万物而思纷;悲落叶于劲秋,喜柔条于芳春;心懔懔以怀霜,志眇眇而临云。"《文心雕龙·物色》又以其诗化的语言将才士与四时之间的交感摹绘得淋漓尽致:

> 春秋代序,阴阳惨舒,物色之动,心亦摇焉。盖阳气萌而玄驹步,阴律凝而丹鸟羞,微虫犹或入感,四时之动物深矣。若夫珪璋挺其惠心,英华秀其清气,物色相召,人谁获安?是以献岁发春,悦豫之情畅;滔滔孟夏,郁陶之心凝;天高气清,阴沉之志远;霰雪无垠,矜肃之虑深。岁有其物,物有其容;情以物迁,辞以情发。一叶且或迎意,虫声有足引心。况清风与明月同夜,白日与春林共朝哉![①]

---

① 范文澜:《文心雕龙注》,第693页。

刘勰对感的摹写，既关注到了四时不同所引发的主体心灵差异，也强调了敏感文人于物色观照之际因审美对象不同而存在的程度区分。而在关注到情以物迁的同时又提醒我们：一叶迎意、虫声引心，如此心灵又是何等的幽微缠绵？

在自然的兴感之外，文人们于现实社会与人生同样敏感。从《诗经》的饥者歌其食、劳者歌其事，至汉乐府的缘事而发，中国文学在兴观群怨的书写之中，体现了文人才士思深虑远、勇于担当的现实情怀。这在钟嵘《诗品序》中已经有了较早的概括：

> 嘉会寄诗以亲，离群托诗以怨。至于楚臣去境，汉妾辞宫，或骨横朔野，或魂逐飞蓬；或负戈外戍，杀气雄边；塞客衣单，孀闺泪尽。或士有解佩出朝，一去忘返；女有扬娥入宠，再盼倾国：凡斯种种，感荡心灵。①

对自然、现实敏锐的体察，是进入文学创作的首务，所以《文心雕龙·物色》进而写道："是以诗人感物，联类不穷，流连万象之际，沉吟视听之区。写气图貌，既随物以宛转；属采附声，亦与心而徘徊。"主体在外感之下，没有止息于基本的感动，而是将自我的情怀弥漫在物我交融的空间，形成的恰是"流连万象"的情态，视野"既随物以宛转"，物色"亦与心而徘徊"，物我一体、心与物游的审美专注由此形成。文学创作尤其诗歌创作所言的意象或者兴象也只有此时方可创生，多情而善感，其于艺术的意义恰恰在此。

古人经常以见花落泪、见月伤心等比示文人才子，多有轻蔑讥笑之意。事实上，薄情寡义之人，自然于历史的兴亡、迁变，于自然的盛衰、兴替，于人事的聚散、去来了不挂怀，多情之人方有对生息与共者的同情以及民胞物与的胸怀。古代文学之中，类似叹逝、怀旧、送别、伤春、悲秋等等题材，时时刻刻、点点滴滴，都在演绎着才子文人的多情。不多情，无以言文人才情。故此明末清初文人钱澄之概括诗人与学人所依恃才华的不同云："有诗人之才，气韵是也；有学人之才，淹雅是也。"② 气韵本是深情独著的

---

① 陈延杰：《诗品注》，人民文学出版社1961年版，第3页。
② 刘声木：《苌楚斋随笔》卷十引，中华书局1998年版，第220页。

蕴藉，并非依靠后天人力可得的淹雅所能替代，它表现于诗歌之中，更需要浸润于诗人的人格。

（二）就其阴柔质性的具体情感层次而言，文人的才情往往体现为那种因兴而起、沉吟流连、搅动人心"深情"。《世说新语·言语》篇有这样两个故事："卫洗马初欲渡江，形神惨悴，语左右曰：见此茫茫不觉百端交集。苟未免有情，亦复谁能遣此。"又云："桓公北征，径金城，见前为琅邪时种柳，皆已十围。慨然曰：木犹如此，人何以堪。"冯友兰在论及魏晋文人风流时即引这两则故事分析，并得出了如下结论："真正风流的人有深情。"① 这种超逸又温柔细腻、体察深切体贴入微的情怀就是文人才情所体现的深情。这种个体情怀经过魏晋玄学的浸润，绽放于审美领域。《世说新语·任诞》云："桓子野每闻清歌，辄唤'奈何'。谢公闻之，曰：'子野可谓一往有深情。'"谢庄有"隔千里兮共明月"的名句，颜延之对孝武帝称"庄始知'隔千里兮共明月'"，以物理的呆板解诗，格格不入；谢庄对明月的兴会，恰是诗人才情敏锐幽微之所在，所以葛常之云："是庄才情到处，延之未能晓也。"② 情如不深，如何超越自我观人观物？文人才情当富深情的思想即由此确立，正如李流芳对沈雨若诗歌的评论：

> 夫诗人之情，忧喜悲乐，无异于俗，而去俗甚远，何也？俗人之于情，固未有能及之者也。雨若居然羸形，兼有傲骨，孤怀独往，耿耿向人，常若不尽，吾知雨若之于情深矣。③

诗人的性情与俗人性情同而不同。同者皆为七情六欲，难以超脱其外；不同者诗人的性情缠缠绵绵，常若不尽。历史上文艺中人动辄被视为"痴"，诸如顾恺之痴绝、米芾石痴、欧阳修自道"人生自是有情痴，此恨不关风与月"等等。以痴论文人情性，就是论其感物应世，往往沉迷于情到深处，

---

① 冯友兰：《论风流》，《三松堂学术文集》，北京大学出版社 1984 年版。
② 阮阅：《诗话总龟》后集卷 3 引，周本淳校点，人民文学出版社 1987 年版，第 15 页。按：以颜延之才情当然不至于如此拘泥，这种解读应该有文人戏谑或者相妒的成分。
③ 李流芳：《沈雨若诗草序》，阿英编《晚明小品二十家》，河北人民出版社 1989 年版，第 491 页。

因此张潮便有了"情必近于痴而始真，才必兼乎趣而始化"的妙论①。丁绍仪论词也有深情之说：

> 世人动以词为小道，且以情语艳语为深戒，甚或以须有关系之论，概及于词。抑知夫子删诗，以"二南"冠首，岂无意哉？正惟家庭之内，情意真挚，充类至尽，而后国治天下平。况《离骚》之芳草、美人，即《国风》之卷耳、淑女，古人每借闺襜以寓讽刺。词之旨趣，实本风骚，情苟不深，语必不艳，惜后人不能解不知学耳。②

词必情深才有艳语，才有寄托。诗词异体，但文理相通，所以亦有深情之论。近情而多情、多情复深情，恰为文人的必备品格，从心智结构系统考量就是一种洞察烛照沟通物我的禀赋。深情之"深"可从四方面理解。

其一，深情就是"不易穷尽"。就其生发而言，如春草因春风而生生不息，此所谓因兴而起，触物而长。清初林云铭分析《箫峰堂集》作品嘉美且动人的原因称：

> 以其平生胸中眼中，别具一副大地世间，触处皆真，触处皆幻，在作者横说竖说，亦不自知其何起何落。譬之大块中，高者为山，下者为谷，此外无一物也。忽而平原绿满，忽而远岫云归，忽而花笑鸟啼，忽而风行木落，为幻为真，其无尽灭，不可思议之处，谁与辨此？读者若仅作文字观，则又规乎丘里之见矣。③

真幻在心中的变化，假万象以倾吐，其中显然蕴蓄着作者情怀的感思寄托。所谓"别具一副大地世间"，是就其胸中汹涌无限情意又能化实为虚、寄情成象而言的，情怀无尽而难灭，则文字便同样变幻无穷。

就其蕴藉而言，如海涵地负，不可穷竭。如杜甫"夜阑更秉烛，相对

---

① 张潮：《幽梦影》，许福明校注，黄山书社1991年版，第33页。按：陆云龙评涨潮此语："真情种，真才子，能为此言。""情必近于痴而始真"便被视为"真情种"的彻悟，自然是文人深情的呈现。

② 丁绍仪：《听秋声馆词话》卷9，唐圭璋编《词话丛编》，中华书局1986年版，第2688页。

③ 林云铭：《箫峰堂集序》，《挹奎楼选稿》卷4，《四库全书存目丛书》第230册，第62页。

如梦寐”及“喜心翻倒极，呜咽泪沾巾”等句，虽然仅仅是简单的情态摄取，诗外却韵味无穷。而诗歌如此的韵味不仅仅依靠文辞技巧，更重要的源泉在于作者性情的本然，人具如此“深情”，文成如此“不尽”。

其二，深情虽然也因外物外事激发，但往往其所瞻瞩能够超乎一己功利之外。冯友兰论晋人风流认为：“因其亦有玄心，能够超越自我，所以他虽有情而无我。所以其情都是对宇宙人生的情感，不是为他自己叹老嗟卑。桓温说‘木犹如此，人何以堪’，他是说‘人何以堪’，不是说‘我何以堪’……桓温、卫玠是说他们自己对于宇宙人生的情感。”[1] 文人才情，自然与其生命体验相关，有共同体的通感与类的共鸣，但这种感动往往具有超越自我的终极意义感喟，这就是一种情怀的深度。

其三，深情则情怀兴感往往不由径路、不同寻常。如钱谦益云：

> 古之为诗者必有独至之性，旁出之情，偏诣之学，轮囷逼塞，偃蹇排奡，人不能解而己不自喻者，然后其人始能为诗，而为之必工。是故软美圆熟，周详谨愿，荣华富厚，世俗之所叹美也，而诗人以为笑；凌厉荒忽，傲僻清狂，悲忧穷蹇，世俗之所鄙姍也，而诗人以为美。是人之所趋，诗人之所畏；人之所憎，诗人之所爱。人誉而诗人以为忧，人怒而诗人以为喜。[2]

钱谦益于此得出的是“诗穷而后工”的结论。其中有关诗人性情独诣、旁逸侧出而不由常径的论述，虽然略有矫饰，但的确抓住了文人主体性情的灵魂。所谓人之所厌诗人独喜独爱独美，并非是指诗人天性命贱，嗜此穷酸；而是说，诗人的创作往往喜欢以这些内容为主，原因实则在于这些遭际能够郁结情怀，使之缠绵悱恻，幽深徘徊。人所厌者诗人却时时流连耽溺其中，吟哦、怅惘，兴怀俯仰，于此可见文人性情的深沉。

其四，深情还包含一种执着孤独的人格情态。其中有理想与现实反差之中对理想的瞩望，有当下与历史在流逝中难以自拔的记忆定格，有动荡

---

① 冯友兰：《论风流》。
② 钱谦益：《冯定远诗序》，《冯氏小集》卷首，《四库全书存目丛书》第216册，第498页。

变幻之中对心灵境界的坚守，也有无可奈何之际在信念天空中的流连。总之，这种执着时时呈现为与现实的格格不入。况周颐《蕙风词话》曾自言："三十年前，以此法为日课，养成不入时之性情。""此法"是指词话中所说的学词路径，每日沉溺。又自言："吾性情为词所陶冶，与无情世事，日背道而驰。其弊也，不能谐俗，与物忤。自知受病之源，不能改也。"① 所谓不能谐俗，并不一定意味着保守，而是指与现实之中的无情世事不能协调。文学是深情易感的，词尤其如此，文学中营造的是超越现实的艺术境界、理想境界，与多情文人易动易感、需要格外护持的纤微性灵正相贴合。多情文人置身其中，沉浸于儿女情长、风和日丽、春暖花开的有情有义世界，不自觉就形成了对无情无义或者充满利害纠葛现实的拒斥，并由此获得在艺术之中独来独往的逍遥与解脱。诗人、词人的陶然与孤独，融合在了一起，"情到深处人孤独"的意义也只有在如此的情境中方可体味真切。②

（三）就其阴柔质性的凝结点而言，富有才情的文人往往偏嗜"绮情"或者必然要经过沉迷"绮情"的阶段。由于才情阴柔质性的影响，在后世文学批评之中，才情所具有的深情之旨被凝聚或者放大，并逐步超越才情的本然意蕴，进而形成"绮情"的审美认同。这一点属于才情范畴运用过程中的自我明晰化定位，以此可避免其与才气等范畴内涵重合带来的运使混乱。

其一，就风体而言，富有"才情"的创作往往表现出与婉约摇曳风体一定程度的对应。这一点可以从古人所认定的与"才情"相对应的范畴特

---

① 况周颐：《蕙风词话》卷1，唐圭璋编《词话丛编》，第4410页。

② 西方美学中，法国狄德罗曾经关注过天才的这种多情与执着："天才人物心灵更为浩瀚，对万物的存在深有感受，对自然界的一切兴致勃勃，他接受的每一个概念，必然唤起情感；一切使他激动，一切存于其身。""事物本身使心灵感动，而事后的回忆使心灵更为感动；但在天才人物身上，想象力走得更远：他回忆概念时，情感之强烈甚于当初接受概念的时候，因为有成千上万的概念和这些概念连在一起，更易于产生情感。"（参阅狄德罗《天才》，《狄德罗美学论文选》，张冠尧、桂裕芳等译，人民文学出版社1984年版，第506页。）英国学者华兹华斯也曾描述诗人的多情与敏锐："诗人是以一个人的身份向人们讲话。他是一个人，比一般人具有更敏锐的感受性，具有更多的热忱和温情……他还有一种气质，比别人更容易被不在眼前的事物所感动，仿佛这些事物都在他的面前似的；他有一种能力，能从自己心中唤起热情。"华兹华斯格外提到，诗人之所以如此，原因之一是"他的心灵的构造"。参阅华兹华斯《抒情歌谣集一八〇〇年版序言》，伍蠡甫、胡经之主编《西方文艺理论名著选编》中，第48页。

征中理会。如胡应麟论初唐四杰为"才情富而气格卑"①，王世贞论高启"虽格调小降，其才情足以掩带一代"②。明代中期，由于盛唐独尊成就了对其体格声调的追摹，所谓气格、格调都与盛唐诗歌的壮丽风发密切相关。才情既然与此对应，因此其审美维度便约定为婉约柔曼，倾向于情韵而非气势的塑造。

其二，就文体而言，以"才情"论文学自宋代以后多侧重于词曲以及才子佳人小说。而言词曲论其才情则集中于对丰富情感与细微精神的把握，其体貌则以绮丽香艳为主。黄庭坚论词云："此物须兼缘情绮靡体物浏亮乃能感动人耳。"③ 合缘情与体物并论。李清照之所以成为宋词之中的奇女子，关键在其虽六斛明珠无以易之的"才一斛，愁千斛"④，即其善言愁绪的"才情"殊人。宋代《中兴词话》论辛弃疾"宝钗分，桃叶渡"一词，以为"风流妩媚，富于才情"⑤。这首词写离别后的女性春思，通过"应把花卜归期，才簪又重数"的细节，通过"是他春带愁来，春归何处？却不解带将愁去"的喃喃细语，状写出了一个痴情温婉女性的神态，细腻传神，其盼望聚首的焦灼与无可排遣的哀怨，写得令人心醉。所谓"风流妩媚，富于才情"，核心指向作者情怀勘测之入微。魏禧曾自道何以不曾染指于词：

> 唯诗余则视夫人之才与情。才与情弗善者，虽学之而不工。……予于诗文诸体，每学为之。独生平未尝作诗余，非志不欲，才俭而不能豪，情朴而不能艳。世之为豪者，多生撰桀劣，不称其体；而艳者往往杂出于吴歈曲调，吾不能工，所以不作。⑥

① 胡应麟：《与顾叔时论宋元二代诗十六通》其五，《少室山房集》卷118，影印《文渊阁四库全书》第1290册，第866页。

② 王世贞：《答穆考功》，《弇州四部稿续稿》卷207，影印《文渊阁四库全书》第1284册，第913页。

③ 黄庭坚：《与郭英发帖三》，《山谷集》别集卷15，影印《文渊阁四库全书》第1113册，第696页。

④ 卓人月、徐士俊：《古今词统》卷12眉批，《续修四库全书》第1729册，第67页。

⑤ 魏庆之：《诗人玉屑》卷21，王仲闻点校，中华书局2007年版，第690页。

⑥ 魏禧：《漱芳词序》，《魏叔子文集》外篇卷9，胡守仁、姚品文、王能宪校点，中华书局2003年版，第462页。

词所承担的内容以绮丽香艳、幽微婉约的个人体验为主。魏禧自道才情不善，实则是指自己此类性情的欠缺。

"才情"关涉者自然不止两性之情，父母游子、劳人思妇、孝子贤臣、友于朋侪不一而足。但在古代词曲之中，却充斥着儿女绮艳之情，深情款至，揣摩入微。何以理解呢？正如谢章铤所云："五伦非情不亲，情之用大矣。世徒以儿女之私当之，误矣。然君父之前，语有体裁，观情者要必自儿女之私始。"① 凡人之情，以男女之情、儿女之情、夫妻之情最为婉切深挚，于是为中国诗歌所垂青，凡有所讽谏，每每假此情以道之，《离骚》已经远开其端。清代词人将其提炼为词有寄托，于是月露风云、红粉蛾眉诸般情款，更是堂而皇之地有了光大的依托。

另一个屡屡被纳入"才情"论研讨的文体是小说，清初才子佳人作品是其主流。此类作品努力将主人公塑造成有才有情的角色，"才情"成为小说人物价值判定的核心尺度，也成为小说自身追求的人生境界。如天花藏主人《飞花咏小传序》云：

> 原夫春之为春，气虽和淑，必至花香柳媚而始见其为春之艳。秋之为秋，气虽鲜新，亦必至月白天青而后知其为秋之清。故蛾眉皓齿，莫非美人也。虽未尝不怡耳悦目，亦必至才高白雪，情重阳春，而后飞声闺阁，颂美香奁，倾慕遍天下也。虽然才高情重固难，而颂美飞声，亦正不易。设幽兰秘之空谷，良璧蕴之深山，谁则知之？此桃源又赖渔父之引，而渔父之引，又赖沿溪之流水桃花也。……金不炼，不知其坚；檀不焚，不知其香；才子佳人，不经一番磨折，何以知其才之愈出愈奇，而情之至死不变耶。故花不飞，安能有飞花之咏？不能有前题之《飞花咏》，又安能有后之和《飞花咏》耶？不有前后之题和《飞花咏》，又安能有相见联咏之《飞花咏》耶？惟有此前后联吟之《飞花咏》，而后才慕色如胶，色眷才似漆，虽至百折千磨，而其才更胜，其情转深，方成《飞花咏》之千秋佳话也。②

① 谢章铤：《赌棋山庄词话》卷2，唐圭璋辑《词话丛编》，第3335页。
② 丁锡根：《中国历代小说序跋集》，人民文学出版社1996年版，第1248页。

以有才有情者方为真正的佳人；真正的佳人在磨难之中备显出才情。而才子佳人之间的恋慕，在表面的才色倾慕之中，包含的正是才与情的吸引与融合。由此成就的故事便是一个才盛情深的千秋佳话。拼饮潜夫《春柳莺序》也将才色吸引纳入"才情"框架："使天下之人，知男女相访，不因淫行，实有一段不可移之情。情生于色，色因其才，才色兼之，人不世出。所以男慕女色，非才不韵；女慕男才，非色不名。"只有才情兼至的才色慕恋"方称佳话"①。这样的佳话不仅仅是创作者的情感归宿或寄托问题，更主要的是："世不患无倾城倾国，而患无有才有情，惟深于情，故奇于遇。"② 只有才情深挚者，才会有起伏跌宕、感人肺腑的遇合故事，这一层也可视为艺术对缺陷世界的弥补。

值得注意的是：才情向绮情靠拢是后世才情意蕴扩容之后形成的审美风尚，并非其基本义旨。但富于才情者往往爱念绮情，或是必然经历如此的阶段，却是不争气的事实。

二

才情的本义是才显乎情，体现于主体的性情、气质与情怀。从文艺审美而言，这种一体性的关系就是"才情绮合"。但是，个体才性未必时时保障其彰显乎外者皆为本能本量，这又关系到际遇、兴会等等外在因素，因此古代文艺批评之中也不乏才、情分言各论长短的事例，如苏轼词有气势而少缠绵，才大而情略疏；柳永、周邦彦缠绵而乏气势，情长而才微短，这已是词坛共识。但凡才情不得绮合，则文词必成其病，于是建立在才情绮合基础之上的"情深才完"便成为普遍的提倡，也就是说，主体情怀愈真挚浓郁，主体文才的发挥便愈畅达曲尽。相关思想于《文心雕龙·神思》之中已见端倪：

　　夫神思方运，万途竞萌，规矩虚位，刻镂无形。登山则情满于山，观海则意溢于海，我才之多少，将与风云而并驱矣。③

① 丁锡根：《中国历代小说序跋集》，第 1268 页。
② 烟水散人：《合浦珠自序》，丁锡根辑《中国历代小说序跋集》，第 1270 页。
③ 范文澜：《文心雕龙注》，第 493 页。

虽然刘勰这里摹绘的是创作之前的兴会，并与实际创作之际"半始心折"的状态形成对比，但仍然是对艺术创作情态的逼真刻画，尤其激情充盈之际才思交会的概括，颇得文家三昧。这种因情怀激荡促使本然才华洋溢的现象唐人称之为"才钟于情"，独孤及《唐故左补阙安定皇甫公集序》论诗，先道其有赖于天资："其诗大略以古之比兴就今之声律，涵泳风骚，宪章颜、谢。至若丽曲感动，逸思奔发，则天机独得，非师资所奖。"又由才之发挥归结："每舞雩咏归，或金谷文会，曲水修禊，南浦怆别，新意秀句，辄加于常时一等。"作者将这种特定情境下的兴会淋漓、才思横溢现象归之为"才钟于情"①。

明代文人名之为"才触情自生"。谭元春自道其诗学追求："法不前定，以笔所至为法；趣不强括，以诣所安为趣；词不准古，以情所迫为词；才不由天，以念所冥为才。"②"念所冥"为神思所至；"才不由天，以念所冥为才"则为情动之下，神思所至神情关合之处，任由其才驰骛；而非不顾及情思质地，一任其才放肆。这个论述体现的才情关系便是情义至则才至。《汪子戊己诗序》中谭元春对这个思想有更明晰化的表达：

> 诗随人皆现，才触情自生。……夫作诗者一情独往，万象俱开，口忽然吟，手忽然书。即手口原听我胸中之所流，手口不能测；即胸中原听我手口之所止，胸中不可强。而因以候于造化之毫厘，而或相遇于风水之来去，诗安往哉？③

文才因情感而激发，情又为文才提供资源，文才由此具有了一种自我生发的机制。而文才的运使最终要"听我胸中之所流"，情至则文才现身；至于所谓"胸中原听我手口之所止，胸中不可强"，则是强调此情书写又受到才思的自然引导与限制。

至清代，张际亮则将才、情之间这种关系概括为"情深者才完"：

---

① 董诰等编：《全唐文》卷388，上海古籍出版社1990年版，第1744页。

② 谭元春：《诗归序》，钟惺、谭元春选评《诗归》卷首，张国光、张业茂、曾大兴点校，湖北人民出版社1985年版。

③ 谭元春：《谭元春集》卷22，陈杏珍标校，上海古籍出版社1998年版，第622页。

> 凡为诗，须知道神骨、才情、气韵。……无才则情滞，无情则才浮……曰雄才，其情深，则才始完也。①

无真才，于主体素养而言则神思凝滞不活，溺于俗常功利得失，不可能将感兴转化为刻骨铭心的幽情微绪，并使之得以传递。无深情的激发，则主体才思轻浮而不凝重，于作品便浮华矫饰而不周密。所以才有"其情深，则才始完"的说法，所谓"完"就是指在与情完全融结基础上的完全发挥。

"情深才完"还体现为如下一种价值取向：文学创作必先有真情然后方谈得上才华的施展。凡是论文首论情者，多是由此立论。《文心雕龙·情采》云：

> 夫铅黛所以饰容，而盼倩生于淑姿；文采所以饰言，而辩丽本于情性。故情者文之经，辞者理之纬，经正而后纬成，理定而后辞畅，此立文之本源也。昔诗人什篇，为情而造文；辞人赋颂，为文而造情。何以明其然？盖风雅之兴，志思蓄愤，而吟咏情性，以讽其上，此为情而造文也。诸子之徒，心非郁陶，苟驰夸饰，鬻声钓世，此为文而造情也。故为情者要约而写真，为文者淫丽而烦滥。而后之作者，采滥忽真，远弃风雅，近师辞赋，故体情之制日疏，逐文之篇愈盛。故有志深轩冕而泛咏皋壤，心缠机务而虚述人外。真宰弗存，翩其反矣。②

文章以"述志为本"，真情真意是首先要表彰的，因此刘勰称"言与志反，文岂足征"：所有诗文的文采，必有待于情性才有价值，此所谓"文采所以饰言，而辩丽本于情性"。"为情而造文"由此成为中国文学千载不易的准则；而"为文造情"则由于采滥忽真，成为历代警惕的弊症。

真情之论，后人称之为文学创作的"铁门槛"，即使"设情"之作，即以预想的情景情事创作，其孕育、寄托、依循者也必源自深刻的人道同情。刘勰的伟论，引发了整个文学史的共鸣，明代文人论称：

---

① 张际亮：《答姚石甫明府书》，《思伯子堂诗文集》文集卷3，王飚校点，上海古籍出版社2007年版，第1338页。

② 范文澜：《文心雕龙注》，第538页。

夫诗道最为情韵，情之所至，乃能日新而不可穷。然惟绝有情人，为于音影之外，别具英变，以转未坠之线。故情不能至，诗亦不至焉。[①]

首先必须情至，随后方始有"别具英变"之才的爆发。"才情"之论，既明定了文才的性质，又标示了文的规范。

第四节　文才的独到性能：归依于
创造的灵思与妙笔

才是主体心智结构系统与后天人力的统一，主体的性情才情经过后天人力的陶冶，便转化为可以服务现实的性能才能。作为众才之一的文才当然不可能背离这一本质性规定，于是，文人独到的心智结构系统之中，多情又复深情的主体气质与其所决定的性能潜质经过人力的融合便锻造出文才独到的性能。当然，这里的人力包容广泛，有典籍的沉浸，法度的熟谙，世事的洞明，情怀的濡染，思维的历练，以及人与自然的交融、对话等等。

文才的独到性能属于文艺的别才，它不同于士农工商五行八作，有着与实务事功毫不相能的悬空蹈虚特征，这种特征具体落实于才思。

才思又称之为神思，即是才现身于思，是文才生文思，也是天落实于人，将无形之灵机、禀赋外显为思致思路，将潜在的素养转化为创造力。就文学创作而言，凡才之所能，不经过文思的酝酿转化，则无以成就创作。我们今天从各种文学批评文献中所解读到的文才与具体创作关系的论述——创作之前的沉吟、联想及意象熔铸、篇章布置，创作之中文辞组构、情意铺陈、意境创造等等，基本上是就才思而言的。也可以说，文学创作的质料，诸如文藻、声韵、意象、事典、情志等等的落实与展开都要经过才思。所以《文心雕龙·神思》视"神思"的培养为艺文大法，将"积学以储备宝，酌理以富才"至"研阅以穷照，驯致以绎辞"，再到"使玄解之宰，寻声律而定墨；独照之匠，窥意象而运斤"的过程视为"驭文之首术，谋篇之大

---

① 朱之臣：《寒河诗序》，《谭元春集》附录，第 942 页。

端"。

概而言之，作为文才性能直接落实的才思包纳着灵思与妙笔，即艺术想象与艺术表现。清人陈祚明曾云："夫才者，能也，其心敏，其笔快，能道人不易道之情，状人不易状之景。……是之谓才。得之于天，不可强也。"① 其中"心敏"、"笔快"即是灵心、妙笔，两者就美学性质而言又皆可归结于创造。

一

文才有着其独到的才能，古人也称之为"文人能事"，刘大櫆云："作文本以明义理、适世用。而明义理、适世用，必有待于文人之能事，朱子谓'无子厚笔力发不出'。"② 由于世间诸般流业皆有其擅长，为了便于区分，桐城派传人方东树以此为基础又提出了"别有能事"说，且反复强调：

> 朱子论孟子说义理，精细明白，活泼泼地；荀子说了许多，令人对之如吃糙米饭；又论作文不可如秃笔写字，全无锋刃可观。愚谓作诗文虽有本领，而如吃糙米饭、如秃笔写字皆无取。昔人议《圣教序》为板俗，今如某公之文，某公之诗，便是如此。虽亦有本领，不得古人行文之妙，则皆无当于作者。故本领固最要，而文法高妙，别有能事。
>
> 叔夜《赠二郭诗》，陈义甚高，然文平事繁，以诗论之，无可取则。以比刘太尉《赠卢谌》，居然有灵蠢之殊。吾尝论古人雅言，入今人则皆为陈言，如叔夜此诗是已。阮公诸篇全是此旨，而笔势飞动，文法高妙，胜叔夜远矣。故知诗文别有能事在，不关义理也。③

义理、本领（侧重指学力——作者）、法度之外又须别有能事，指向的恰是文艺独有的"别才"。

文艺的别才能事于创作之中具显于才思。才思一般包括审美联想、构思

---

①　陈祚明：《采菽堂古诗选》，李金松点校，中华书局 2008 年版，第 154 页。

②　刘大櫆：《论文偶记》（与《春觉斋论文》等合刊），舒芜校点，人民文学出版社 1959 年版，第4 页。

③　方东树：《昭昧詹言》卷 1，汪绍楹校点，人民文学出版社 1961 年版，第 24、39 页。

裁布。

其一，审美联想是才思最为根基性的能力。[1] 它以感思细腻、兴会无端为表现形态，是古代审美理论及具体批评关注最为集中的话题之一，以陆机《文赋》首开其端，从文艺美学范畴命之为"耽思"、"心游"：

> 其始也，皆收视反听，耽思傍讯。精骛八极，心游万仞。其致也，情瞳昽而弥鲜，物昭晰而互进。倾群言之沥液，漱六艺之芳润。浮天渊以安流，濯下泉而潜浸。于是沉辞怫悦，若游鱼衔钩而出重渊之深；浮藻联翩，若翰鸟缨缴而坠曾云之峻。收百世之阙文，采千载之遗韵。谢朝华于已披，启夕秀于未振。观古今于须臾，抚四海于一瞬。[2]

无远弗界、无微不入的是联想，但只有围绕一个中心凝聚而不至于放散不收的联想才是审美联想。陆机描绘的正是审美联想，其中渐出重渊、降落层云的意象，便是其"情瞳昽而弥鲜，物昭晰而互进"的明确注脚。《文心雕龙·神思》继承了《文赋》的"耽思"、"心游"之论，同样从无远弗界、无幽不至两个维度描述联想："古人云：形在江海之上，心存魏阙之下，神思之谓也。文之思也，其神远矣。故寂然凝虑，思接千载；悄焉动容，视通万里。吟咏之间，吐纳珠玉之声；眉睫之前，卷舒风云之色。其思理之致乎？"不仅如此，刘勰还将"耽思"、"心游"进一步表述为"神与物游"，将联想依附于"物"，如此思理有了方向，"神与物游"由此成为审美联想的准确概括。

陆机与刘勰所描述的耽思傍讯、精骛八极是进入创作之前自由奔放、无所羁累的神思游走、浮想联翩，也是文艺创作之中自由舒畅的一种心理享受。其所抵达的广度、深度因人之文才兴会以及阅历而异，由此辐射于作品构架系统，决定了随后创作的品位，这是审美创作过程中才思起初的现身。

---

[1]　朱光潜将与艺术创造相关的联想表述为"想象"，并分为"再现的想象"与"创造的想象"，认为前者为记忆之中复演旧的经验，后者则可以无中生有，所谓创造是依赖后者的。参阅《文艺心理学》第十三章《艺术的创造：想象与灵感》，《朱光潜全集》第1卷，安徽教育出版社1987年版，第386页。按：事实上，创造的想象不可能脱离再现的想象而单独存在，二者必然融为一体。但文人性能之中，的确会于"创造的想象"体现出格外的优长。

[2]　萧统：《文选》卷17，李善注，上海古籍出版社1994年版，第763页。

审美联想的目的在于文思从淆乱混杂、林林总总思绪的绾结中成功突围，从而形成主要意旨与情理。这种文思联想，其间融会了自宋代美学即流行的"妙悟"，并以最终的心领神会为取向。①

就创作规律而言，人人当其兴会初发之际都有这种激扬的心态，关键在于这种心态能否得到坚持与发扬。有相当多的文人往往心存芥蒂，不是上有权威，就是古有明训，框架体制在前，胆气不足以自我振作，于是这种源自生命本真的歌舞无形中受到压抑。因此贺贻孙主张学者当师法袁宏道："宁不为汉魏晋唐，宁为七才子之徒？摈斥叫骂而必不肯一语一字蹈袭古人。"如此奋发的目的，正在于防止"掩其性灵，缚其才思，窘其兴趣"②。

其二，构思裁布是创作之中才思的核心本领。就创作而言，构思裁布就是能够明定文思运行的法度。才为裁度，于创作而言落实为一种甄选、敷衍、结构谋篇的整体把控规范，它应当是有板有眼胸有成竹的，而不能枝附叶粘、生搬硬套。才思无论如何阐释，其于具体创作最终所落实的皆可归于法度。《文心雕龙·神思》中"神思方运，万途竞萌，规矩虚位，刻镂无形"所讲的就是才思在结构布置之中的情态，"规矩虚位，刻镂无形"孕育于联想，落实于构思。明代文人则明确以"裁"释"才"。谭浚《言文》卷上云：

> 述其道者由乎学，著其文者由乎才。学者博也，博于闻见而述之也。才者裁也，裁其合宜而著之也。③

其时李日华也有类似论述。明末清初，廖燕从广泛之才的特点入手提出："才者，裁也，以其能裁成万物而铺天地之所不及也。"④ 金圣叹则将这种裁布为才的论述直接纳入小说批评，在论述《水浒传》的艺术创作中他详细阐释了这个思想：

---

① 蒋寅先生总结袁枚性灵诗学思想云："所谓天分，所谓诗才，归根到底就是一种悟性，近似于严羽的'妙悟'，而更具有自足性。"这是对袁枚天分思想的总结，但"自足性"的确能够代表文才的一种特征。参阅《袁枚性灵诗学的解构倾向》，《文学评论》2013年第2期。

② 贺贻孙：《示儿二》，《水田居文集》卷5，《续修四库全书》第208册，第171页。

③ 王水照辑：《历代文话》，第2349页。

④ 廖燕：《才子说》，《二十七松堂文集》卷11，第281页。

　　才之为言裁也，有全锦在手，无全锦在目；无全锦在目，有全衣在心；见其领知其袖，见其襟知其祓也。夫领则非袖，而襟则非祓，然左右相就，前后相合，离然各异，而宛然共成者，此所谓裁之说也。

这里所论裁布，就是所谓的"气化"与"赋形"的"一块生成"，笔下有法而丝毫不乱。这种能力是才思的极高体现形态，它不同于一般意义的率意而为，因此金圣叹又分析了今人古人才思运使的不同：

　　今天下之人，徒知有才者始能构思，而不知古人用才乃绕乎构思以后；徒知有才者始能立局，而不知古人用才绕乎立局以后；徒知有才者始能琢句，而不知古人用才乃绕乎琢句以后；徒知有才者始能安字，而不知古人用才乃绕乎安字以后：此苟且与慎重之辨也。言有才始能构思立局琢句而安字者，此其人，外未尝矜式于珠玉，内未尝经营于惨淡，隤然放笔，自以为是，而不知彼之所为才，实非古人之所为才，正是无法于手而又无耻于心之事也。言其才绕乎构思以前，构思以后，乃至绕乎布局琢句安字以前以后者，此其人，笔有左右，墨有正反，用左笔不安换右笔，用右笔不安换左笔，用正墨不现换反墨，用反墨不现换正墨。心之所至，手亦至焉，心之所不至，手亦至焉；心之所不至，手亦不至焉。心之所至手亦至焉者，文章之圣境也；心之所不至手亦至焉者，文章之神境也；心之所不至手亦不至焉者，文章之化境也。夫文章至于心手皆不至，则是其纸上无字无句无局无思者也，而独能令千万世下人之读吾文者，其心头眼底，乃窅窅有思，乃摇摇有局，乃铿铿有句，而烨烨有字，则是其提笔临纸之时，才以绕其前，才以绕其后，而非徒然卒然之事也。故依世人之所谓才，则是文成于易者才子也；依古人之谓才，则必文成于难者才子也。依文成于易之说，则是迅速挥扫，神奇扬扬者才子也；依文成于难之说，则必心绝气尽，面犹死人者才子也。……若夫施耐庵之书，而亦必至于心尽气绝，面犹死人，而后其才前后缭绕，始得成书。夫而后知古人作书，真非苟且也者！①

————————

① 金圣叹：《水浒传序一》，朱一玄、刘毓忱编《水浒传资料汇编》，第210页。

今人用才运思，只是发挥了才之诸般灵动特质中的纵恣与率意兴发。但金圣叹认为，这种意气扬扬的创作，才华涂饰于外在的立局、琢句、安字，却缺乏从字到句、从句到局、从局到通篇的内在谋划，其成就的是僵化体式而不是有机体式，是形式而不是"有意味的形式"。金圣叹发其病症，核心落实于表面有法而实则"无法于手"，而其根由则在于作者表面循才气而动事实上并没有实现尽才尽思以成圆满裁布。

古人则恰恰相反，他们从一般的构思、立局、琢句、安字入手，又一气熔铸，超越于这些形迹之上；不浮嚣、不炫耀，慎重凝神，深思熟虑；才不轻纵，情不轻肆，因而字、句、局一体浑然，实现"左右相就，前后相合，离然各异，而宛然共成"的境，如此气完法密，方可谓之尽其才思。当然，这个过程实则是极为艰苦的艺术劳动，面如死灰是其写照，并非人们渲染的才子风流，一挥而就。①

二

妙笔就是将灵思才思转化为文辞的艺术表现能力。这种表现能力贯彻于创作的全部过程，显现于作品的整体系统。可以说，但凡一部作品审美品质确立所需要者，皆与妙笔相关。概而言之包括：

其一，妙笔首先体现为文藻之能。汉魏时期，文才落实于创作，其所涉及的范围集中于诗文体貌之美，这其间主要的关注对象就是文华辞藻与声韵的孳乳、运使，因此"才藻"便成为当时的流行语汇。《世说新语》之中多有才藻的描述，只不过玄言清谈所论的才藻侧重于词理兼得，与以文华论才藻相为补充。随后的文学批评也一直视文藻、声韵等文学显性形态的营构为文才最重要的表现之一。陆机《文赋》云："辞程才以效伎，意司契而为匠。"才的技能之一便是通过文思涵泳，确立词藻；这个过程依托的就是由思立意，进而发布运使的命令。《文心雕龙·体性》"辞理

---

① 作为文才最重要的特征，古今中外对审美联想审美想象的认知非常一致，法国十八世纪著名学者狄德罗曾在《百科全书》专门撰写了"天才"词条，词条开宗明义："广博的才智，丰富的想象力，活跃的心灵，这就是天才。"狄德罗将想象力视为天才心灵的主要表现形式，甚至视为人之品位的标志，因此他又说："想象，这是一种素质，没有它，人既不能成为诗人，也不能成为哲学家、有思想的人、有理性的生物，甚至不能算是一个人。"参阅狄德罗《天才》，《狄德罗美学论文选》，第 506 页；彭立勋、邱紫华、吴予敏著《西方美学史》第二卷，中国社会科学出版社 2005 年版，第 564 页。

庸隽，莫能翻其才"也是同义。这句话的表面之意是：文辞所呈现的思理有庸俊高下之别，根本在于其才；更显豁的本义在于：才思有异则文思相别，直接影响到文辞庸俊。南朝佛家论唱导，兼列声、辩、才、博四事为美，且言"非才则言无可采"，才于此专指文辞，故称"绮制雕华，文藻横逸，才之为用也"①。

文辞不仅包括藻绘，也兼容其声韵，所以《文心雕龙·章句》云："若魏武论赋，嫌于积韵而善于资代；陆云亦称，四言转句以四句为佳。观彼制韵，志同枚贾，然两韵辄易，则声韵微躁；百句不迁，则唇舌告劳。妙才激扬，虽触思利贞；何若折之中和，庶保无咎。"具"妙才"者其文思游行无所不利，于声韵布置处处得宜。又如王思任《王实甫西厢序》论声、辞之美：

> 诗三百而蔽之以思，何也？思起于心，而心不能出，夫其有所愤悱焉，有所感叹焉，有所呻吟焉，而各随其思之到欠以为声之工拙，故曰思则得之。《国风》精于思者也，忽一语焉，创之曰窈窕。窈何解也？窕何解也？闻之乎？见之乎？抑有所本乎？嗣后屈原得之曰要眇，宋玉得之曰嫣然，武帝得之曰遗世，太史公得之曰放诞，渊明得之曰闲情，太白得之曰掷心卖眼，少陵得之曰意远态浓，而思路如岷觞渐滥矣。②

才思可以将心中之事未发之志与所感所触结合，通过文辞、音声表现出来。如同《国风》经过精思而得"窈窕"以状淑女之美，声既婉妙，意亦如画，可谓声情并茂，它无本无源，思之而得即影响深远，开拓出无数的艳情之境。后世写美人，屈原言要眇、宋玉言嫣然等等，皆为其才思的创构。

文辞表达是才思最终的落实形态，最早受到关注是情理之中的。后世文才之所能的关注范围得到全面拓展，但凡体制缔构、形神意韵、理气格调、

①　慧皎：《唱导论》，《高僧传》卷13，汤用彤校点，《汤用彤全集》第六册，河北人民出版社2000年版，第412页。
②　王思任：《三先生合评西厢记序》蔡毅编《中国古典戏曲序跋汇编》，齐鲁书社1989年版，第653页。

运事造境、情识体法、胆力思志等等的展开表现，笔之所之，皆传才之所能，但以文藻见才能仍是最为普遍的衡文法则，如明代李梦阳仍然说："宛亮者调，沉着雄丽清竣闲雅者才之类，而发于辞。"① 这种根深蒂固的思想传承，其对文才所能的理解虽然有欠圆满，但却说明文藻在显示文才上是最为引人注目的。历代论及何谓才子，亦将文辞能够"妙极形容"视为核心标准②。

其二，妙笔又呈示为形象表现之能。才之所能的直接诉求便是"达"，所谓"达"本源于孔子"辞达而已矣"的论断，包含两个层次：由物至心的通会能力，此为达物；由心至文的转移能力，此为达言。王嗣奭说："一见而了了于目，一入目而了了于心，一会心而了了于笔，在诗谓之真诗，在文谓之真文。此之谓达，此之谓才。"③ 文才所能的妙笔，更多依赖的达言方式为形象表现，而形象表现就古代文学体式而言，又以意象摄取为主。

《文心雕龙·神思》已经明确指出"思理为妙，神与物游"，以"神与物游"概括神思，既将神思起初缠绵于物象、最终要落实于意象的特征揭示，同时又提醒我们：才思在创作中落实于文思，其核心任务之一就是神与物的融结，即意象建构。黄侃曾论其本义：

> 此言内心与外境相接也。内心与外境，非能一往相符会，当其窒塞，则耳目之近，神有不周；及其怡怿，则八极之外，理无不浃。然则以心求境，境足以役心；取境赴心，心难于照境。必令心境相得，见相交融，斯则成连所以移情，庖丁所以满志也。④

心与物各不悬隔忤逆，相接交融，这是一种审美状态。但对审美主体而言，其所获得却不止这种怡怿的心理，还包括审美意象的完成。而刘勰在"神与物游"之前还加了一句话："故思理为妙。"意思是说：能够达到神与物

---

① 李梦阳：《驳何氏论文书》，《空同集》卷52，影印《文渊阁四库全书》第1262册，第565页。
② 宋代王稚钦有答友人一段文字："绮席屡改，伎俩杂陈。丝肉竞奏，宫徵暗和。羲和既逝，兰膏嗣辉。逸兴狎惊，干霄薄云。礼度废弛，遗履缨绝。"王世贞对这段文字的评价是："妙极形容，可谓才子。"参阅王世贞《艺苑卮言》卷7，丁福保辑《历代诗话续编》，第1056页。
③ 王嗣奭：《管天笔记外编》卷下，四明丛书本。
④ 黄侃：《文心雕龙札记》，上海古籍出版社2000年版，第93页。

游，便是文思神理最妙的境界。《神思》赞语又云："神用象通，情变所孕。"其中"神用象通"同样表达了神思凭借意象融合能够实现其畅达，换句话说：意象鲜明之际，就是作者文思畅行之时。

"神用象通"的理念在具体创作中表现为一种敏锐的情感兴发与意象寄托。以杜甫为例，宋代文人早就发现了他对明月的钟情：

> 月轮当空，天下之所共视，故谢庄有"隔千里兮共明月"之句，盖言人虽异处，而月则同瞻也。老杜当兵戈骚屑之际，与其妻各居一方，自人情观之，岂能免闺门之念？而他诗未尝一及之。至于明月之夕，则遐想长思，屡形诗什。《月夜诗》云："今夜鄜州月，闺中只独看。"继之曰："香雾云鬟湿，清辉玉臂寒。"《一百五日夜对月》云："无家对寒食，有泪如金波。"继之曰："仳离放红蕊，想象颦青蛾。"《江月诗》云："江月光于水，高楼思杀人。"继之曰："谁家挑锦字，烛灭翠眉颦。"其数致意于闺门如此，其亦谢庄之意乎？①

对月兴会，情思缠绵于此，意象融结，文思也便顺发于此。后世研讨诗技，往往围绕情、理、景的关系展开，而其关键则在于才思如何创生意象。如毛先舒云："诗之为物，名理而已。顾理弗可以显为辞，而藉情与景透迤迁延出之，故指微而音永，俾之遐思，不可直导。"理不外显，借情景出之的方法不同，毛先舒概括为二：

一则为常法："大略以思为主，以才辅之，才与思交纬而情是焉生。又割情之十七流连景物，夫景物胜则没情，情胜则没理。斯谈文之常家也。"

一则为妙法："古人云：文章得其微，物象由我裁。文与物忘，何物非情；情通正反，何情非理。夫天下之理，亦冥于天下耳。凡思之所得而有无者举皆假寓，而况口耳之所遇，墨翰之所操作者邪？"②

常法首言才思，才思交纬则情生，是讲一种以心合境的创作，因才思所运使而生情，即有为文造情的嫌疑。当此之际，再以情之类型附会景物，塑

---

① 葛立方：《韵语阳秋》卷 10，何文焕辑《历代诗话》，第 563 页。
② 毛先舒：《青桂堂新咏引》，《潠书》卷 1，《四库全书存目丛书》第 210 册，第 630 页。

造意象。这种状态虽然存在情景的隔膜，但才思所为也不得不落实于意象。

所谓妙夫文者之法，便是神与物游的状态，当此之际，以情怀所得、心思凝注者寄托，同样是寓心于意象，此为"神用象通"。

二者境界虽然有别，但才思指向意象创造是一致的。《贞一斋诗说》论何谓"才子"："所谓才子者，必胸中牢笼万象，笔下熔铸百家。"① 牢笼万象当然有包罗万象之意，关系到主体的胸襟怀抱，但作为艺术修为，它更指向那种纳万象于牢笼的浓缩、锻造之能，一如论笔下百家是"熔铸"而非饾饤。这种由繁入简的才能就是物象融会为意象的思力，是才子之所以称之为才子的标准之一。

其三，妙笔表现为笔致纵横无碍。清代舒梦兰曾有一个论断："才非他，一枝笔耳。"什么是一枝笔呢？他在论述了音声节拍所呈之艺术价值不亚于文字意义之后，又以杜甫为例："用经如杜公《出塞》'马鸣风萧萧'，如一'风'字倒炼之便写出绝寒边声，真乃妙笔。诗忌用经语，忌陈实也；能化陈为新，翻空数典，亦正何害？才非他，一枝笔耳。"② 所谓"才非他，一枝笔"，如此看来就是指用笔行笔的自由不羁，推陈出新，翻空出奇；能吁之使生，呵之使活，具有一种勾魂摄魄、起死回生的能力；最终可落实于才锋锐利，所向披靡，这是妙笔的最高境界。其包蕴广泛，凡能得创作神韵者皆入其中，而在以上所论文辞、意象的自由运用之外，还主要表现为学问的融化与运使。这是一个建立在类似蜜蜂采花成蜜工夫之上的要求，《王直方诗话》论王维诗歌吸取前人诗句："旧以王维有诗名，而好取人章句，如'行到水穷处，坐看云起时'，乃《英华集》诗也。'漠漠水田飞白鹭，阴阴夏木啭黄鹂'，乃李嘉祐诗也。余以为有摩诘之才则可；不然，是剽窃之雄耳。"③ 同是袭用，才思雄富者却因为处置点化得体而成就新意，甚至流传千古。这种才思对学的运掉自如主要体现于：

或体法活脱。李调元云："论诗拘于首联、颔联、腹联、尾联，直是本领不济，所谓跳不出古人圈套。"但如太白起句"犬吠水声中，桃花带雨浓"，又如"五月天山雪，无花只有寒"，开篇便随手拈来，如奇峰峭壁，

---

① 李重华：《贞一斋诗说》，丁福保辑《清诗话》，上海古籍出版社 1963 年版，第 937 页。

② 王葆心：《古文辞通义》卷 15 引，王水照辑《历代文话》第八册，第 7851 页。

③ 王直方：《王直方诗话》，郭绍虞《宋诗话辑佚》卷上，第 76 页。

插地倚天，李调元赞许为"才人固无所不可"，"太白仙才，岂拾人牙
慧者？"①

或既兼众长又有独至。《诗筏》论李杜诗歌云：

> 少陵诗中如"白摧朽骨龙虎死"等语，似李长吉；又"叶里松子
> 僧前落"、"天清木叶闻"等语，似摩诘；"水流心不竞，云在意俱迟"
> 等语，似常建；"灯影照无寐，心清闻妙香"等语，似王昌龄。其余似
> 诸家处，尚不可尽指，而终不能指其某篇某句似太白。太白诗中如
> 《凤凰台》作似崔颢；《赠裴十四》作似长吉；《送郗昂谪巴中》诸作
> 似高、岑；《送张舍人之江东》诸作似浩然；"城中有古树，日夕连秋
> 声"等语似摩诘。其他似诸家处，尚不能尽指，而终不能指其某篇某
> 句似少陵。②

总结以上现象，作者得出的结论是："盖其相似者，才有所兼能；其不相
似者，巧有所独至耳。"有大力气可兼人之所能，备独诣处而人不能兼其
所能。有此文才，始有其文思能追踪他人而又有其难为人同的不可复
制性。

或点铁成金。王思任评《世说新语》云："说中本一俗语，经之即文；
本一浅语，经之即蓄；本一嫩语，经之即辣。盖其牙室利灵，笔颠老秀，得
晋人之意于言前，而因得晋人之言于舌外。此小史中之徐夫人也。"对于这
种化俗为雅、化浅为蓄、化嫩为辣的本领，时人评云："才是冶铸手。"③ 所
指正是才思的炉锤之功。又如李贺《昌谷北园新笋四首》之二云："斫取青
光写楚辞，腻香春粉黑离离。无情有恨何人见，露压烟啼千万枝。"随后陆
龟蒙有《白莲诗》亦云："素葩多蒙别艳欺，此花端合在瑶池。无情有恨何
人见？月晓风清欲堕时。"二诗对比，一写笋一咏花，历代各有抑扬。杨用

① 李调元：《雨村诗话》卷下，郭绍虞辑《清诗话续编》，富寿荪校点，上海古籍出版社 1983 年
版，第 1526 页。
② 贺贻孙：《诗筏》，郭绍虞辑《清诗话续编》，第 143 页。
③ 王思任：《世说新语序》，陆云龙辑《翠娱阁评皇明小品十六家》，蒋金德点校，浙江古籍出版
社 1996 年版，第 654 页。

修对比二作认为："'汗青'写'楚辞'既是奇事，'腻香春粉'形容竹尤妙。结句以情恨咏竹，似是不类，然观孟郊诗'竹婵娟，笼晓烟'，竹可言'婵娟'，情恨亦可言矣。然终不若咏白莲之妙。"尽管如此，由于李贺诗在前，故而有人指责陆龟蒙蹈袭，杨用修矫之称："李长吉在前，陆鲁望诗句非相蹈袭，盖着题不得避耳。胜棋所用，败棋之着也；良庖所宰，俗庖之刀也。而工拙则相远矣。"① 不可拟古并非意味着放弃对前人的学习，关键在于能否不为前人笼罩，有才思者当能化腐朽为神奇。

当然，作为才思性能落实的妙笔不仅仅体现于文辞、意象以及学的运掉等诸般表现手段的谙熟上，所有这些艺术表现，最终还必须通过具体创作的审美效果获得验证。这些效果可以说同样包罗广泛，依据各自体裁、题材以及不同的审美要求又有着各自不同的验证标准，诸如摹景入微②，含而不露③，见乎润泽④，见乎警策⑤，等等，但凡审美境界、审美风格的创生，也同样有赖于妙笔。

三

就才思的内涵而言，或为审美的预想，或为审美的回忆，或为审美预想与回忆的交融。它忽然自有，倏然突发，具有对时空的囊括性与对相关信息的重组特性。经过妙笔的艺术转化，灵思成象赋形，这个从无到有、从愿景到践行、从模糊到清晰、从无端到有序、从单一到丰富的实现过程，体现的就是文才的创造性，可以说，创造是文艺才能的灵魂。这种文才性能的认识

①　贺裳：《载酒园诗话》卷1，郭绍虞辑《清诗话续编》，第260页。

②　江淹《萧太尉扬州牧表》云："景能验才，无假外镜；撰己练志，久测内涯。"见《全梁文》卷37，《全上古三代秦汉三国六朝文》，第3163页。

③　东坡论陶渊明诗云："渊明诗初看若散漫，熟读有奇趣。如曰'日暮巾柴车，路暗光已夕。归人望烟火，稚子候檐隙。'又曰：'蔼蔼远人村，依依墟里烟。犬吠深巷中，鸡鸣桑树巅。'才高意远，造语精到如此。"时人又举唐人名句："一千里色中秋月，十万军声半夜潮"，"蝴蝶梦中家万里，子规枝上月三更"，以为"皆寒乞相"，原因在于初看秀整，而熟视无神气——"以字露故也"。以描写透露为劣，陶渊明才高所以刻画微露。参阅《王直方诗话》，郭绍虞辑《宋诗话辑佚》卷上，第103页。

④　钱振鍠《谪星说诗》卷一论唐宋分界："他人分界唐宋以大小者，非也。我则谓唐润而宋枯。夫润与枯之分乃才不才之界也。"张寅彭辑《民国诗话丛编》二，第603页。

⑤　邹祗谟评董元恺词："警语甚见轶才，故不以铺写为贵。"参阅邹祗谟等辑《倚声初集》卷20，《续修四库全书》第1729册。

明确，根源于从三才成文论就确立的才与文之间的体用关系，一如宋濂所云："才，体也；文，其用也。天下万物，有体斯有用也。若稽厥初，玄化流形，品物昭著，或洪或纤，或崇或卑，莫不因才之所受而自文焉，非可勉强而致也。"① 有形的创作源于无形的文才，百变不离其宗。

其一，创造首先是指不与人同的变化，核心体现于作品风体。文学为日新之业，刘勰讲"通变"，萧纲论"若无新变不能代雄"，但新变表现为何、所恃为何，六朝之际所论不多。至皮日休则对才之能"变"给予了明确的论述。其《松陵集序》首先确定诗歌与才的关系："诗有六义，其一曰比。比者，定物之情状也，则必谓之才。才之备者，于圣为六艺，在贤为声诗。"随后论称：

> 夫才之备者，犹天地之气乎？气者，止乎一也，分而为四时。其为春，则煦枯发栖，如育如护，百物融洽，酣人肌骨。其为夏，则赫曦朝开，天地如窑，草焦木渴，若燎毛发。其为秋，则凉飔高瞥，若露天骨，景爽夕清，神不蔽形。其为冬，则霜阵一栖，万物皆瘁，云沮日惨，若惮天责。夫如是，岂拘于一哉？亦变之而已。
>
> 人之有才者，不变则已，苟变之，岂异于是乎？故才之用也，广之为沧溟，细之为沟窦；高之为山岳，碎之为瓦砾；美之为西子，恶之为敦洽；壮之为武贲，弱之为处女；大则八荒之外不可穷，小则一毫之末不可见。苟其才如是，复能善用之，则庖丁之牛、扁之轮、郢之斤不足谓其神解也。②

本文所论可以引发变化的才，其本质就是针对创作才思而言。备其文才富其才思者，于不同体式、法度、题材能够自由运用，于时空往还可以游刃伸缩，如同气的舒卷变化。其所结撰的意象、确立的格局、蕴蓄的意义、寄托的情志、塑造的境界由此因文而异，变化无方又灵动鲜活。当然，这种比附性的说明中，不乏对才之所能的夸大其词。

---

① 宋濂：《灵隐大师复公文集叙》，《宋文宪公全集》卷7，四部备要本。
② 计有功：《唐诗纪事》卷64引，上海古籍出版社2008年版，第964页。

随后立足主体文才言变化即成为文艺通识。如叶燮即云："夫于人之所不能知，而惟我有才能知之；于人之所不能言，而惟我有才能言之……以是措而为文辞，而至理存焉，万事准焉，神情托焉，是之谓有才。"① 备文才者不仅能知而且能言，不仅能言而且所言者情理兼妙，有着属于自我独到的神情面目。陈祚明论文才，即专标"异乎人者"为根本，其《采菽堂古诗选》凡例论称：

> 夫吾与人共言之，人不能言吾所言，则才异量也。悲欢得失，感时命物，合离慕怨之遇，将谁无之？山川、时序、鸟兽、草木之变态，将谁不睹之？而人善言乎哉？人善言，则无为贵能言者矣。吾与人共言之，而吾能言人所不能言。夫同于人者贵乎？异乎人者贵乎？子建之《感遇》，嗣宗之《咏怀》，元亮之《述志》，康乐之游山，子山之伤乱，至矣！亚于十九首、汉人乐府者也。他家篇章，时一诣之，见异者褒焉，轶群者赏焉。才难，不其然乎！②

察之愈深、见之愈微、思之愈妙、感之愈真，能言人之所不能言、状人之所不易状，凡论文才，即以其能够"异乎人"的变化为贵。

而于创造所言的变化，核心体现于作品的别出心裁。明代文人邵经邦将严羽"诗有别才"直接置换为"诗有别思，非关理也"③，"别才"因此被其视为文思异人。谢榛也认为，所谓为诗之天机，"全在想头别"。何谓"想头别"呢？赵士喆进一步阐释云：

> 以人所习用之机锋，题中必有之故实，我决不用，如画家之别设一色，歌者之别换一腔，便足以易人观听。盖欲求其别而后有想，必极其想而后得别，作此想时，已落禅家二义，且能必其不坠于旁门乎？我所谓"别"者不然，其学别，其识别，其人别，则想不期别而自别。求之古人其陶元亮乎？求之唐人其李太白、杜子美、元次山、陈正字乎？

---

① 叶燮：《原诗》，霍松林点校，人民文学出版社 1998 年版，第 26 页。
② 陈祚明：《采菽堂古诗选》，第 6 页。
③ 邵经邦：《艺苑玄机》，吴文治主编《明诗话全编》，第 2943 页。

王右丞人未能别而学力厚，张曲江、韦苏州未能别而人品高，故其诗各
有别想。若孟浩然、刘眘虚刻意求别，而近于薄；李长吉、卢玉川极力
骛别而沦于怪。近日钟、谭，亦称别调，轻俊之士，靡然从之，岑寂之
途，渐成熟径。所谓别者，乃庸之薮耳。诗之高者，不止想别，其神其
骨，无所不别，此岂有法而可传哉？①

　　赵士喆所论之"别"，不是文思发动之后觉得未能与人相异而刻意求别；也
不是创作之初就抱定与众不同的念头，从而哗众取宠。它源自创作主体才学
识的本色与积累，所秉承所造就者本然就与其他人不同，所以不求别而自
别。有此才思，则"别有一种俊爽机颖"的想头，较于众人虽然"同耳目"
却"异心灵"，于是"随其口所出，手所挥，莫不洒洒然而成趣"②。陈继儒
论董其昌诗文也称："他人皆五金八石，而公之手别具一刀圭；他人皆八阵
六花，而公之笔别带一匕首。"这种"别具"的"刀圭"与"别带"的
"匕首"，其功力就表现在："凡诗文家客气、市气、纵横气、草野气、锦衣
玉食气，皆锄治抖擞，不令微细流注于胸次而发现于毫端。"③ 其他诸如别
有会心、别有化裁等皆是此意。

　　文才如此方可言文学开拓，因此有"大抵能变一代之体者，必擅一代
之才"的说法④。后世学者总结文才特征，其中之一就是"变化本乎性
灵"⑤。

　　其二，创造指向无中生有的生化，核心体现于创作是指从灵思至灵笔进
而作品成型这一由虚至实的过程。唐代张怀瓘《评书药石论》研究书法理
论，其中恰有一段文字以文学创作为例比附书法之道：

　　　　假如欲学文章，必先览经籍子史。其上才者，深酌古人之意，不拾

---

　　① 赵士喆：《石室谈诗》卷上，吴文治主编《明诗话全编》，第 10556 页。按：本文原书标点有欠
妥之处，已经订正。
　　② 袁中道：《刘玄度集句诗序》，《珂雪斋集》卷 10，钱伯城点校，上海古籍出版社 1989 年版，第
456 页。
　　③ 陈继儒：《容台集叙》，董其昌《容台集》附，邵海清点校，西泠印社 2012 年版，第 725 页。
　　④ 臧懋循：《冒伯麟诗引》，《负苞堂文选》卷 3，《续修四库全书》第 1361 册，第 88 页。
　　⑤ 吴曾祺：《涵芬楼文谈》，王水照辑《历代文话》，第 6581 页。

其言，故陆士衡云"或袭故而弥新"，美其语新而意古。其中才者，采连文两字，配言以成章，将为故实，有所典据。其下才者，模拓旧文，回头易尾，或有相呈新制，见模拓之文，为之愧赧。其无才而少学者，但写之而已。书道亦然。①

有才且为上才者，虽学习古人，但不录古人言语，心裁独出；中才者时有灵机，但依附典籍，动见援引；无才者只有"写之而已"。"写之"即为模仿，是与"作之"对应的，古人观念里，作者为圣。才与作的关系，就是才思与创造的关系。

由于"诗言志"传统的根深蒂固，中国古代从王充就提出了虚实之论，随后戏剧小说等以幻代虚，虚实论又演化为真幻之争，其间为文造情等被悬为例禁，虚构也因此受到相当的牵连。这种文德坚守一方面成全了修辞立诚的艺术伦理，另一方面也对文学本然的创造尤其叙事文学的发展形成阻滞并引发了后人的反思。因此当有人强调非亲历此境则不能摹绘其情时，宋元学者皆提出了异议。陈后山《书旧词后》记载：

> 晁无咎云："眉山公之词盖不更此而境也。"余谓不然，宋玉初不识巫山神女而能赋之，岂待更而境也？②

依照钱锺书先生的解释，其中的"更"为"更事"之"更"，谓经验；"境"为"意境"之"境"，谓写境、造境。晁无咎以为苏轼一些词作未曾经验而虚描，意有贬抑，陈后山回答：宋玉写梦中的巫山神女何曾经验？元代李治《敬斋古今黈》则记载了一段更为精彩的论辩：

> 予寓赵，在摄府事李君坐。坐客谈诗，或曰："必经此境，则始能道此语。"余曰："不然。此自其中下者言之。彼其能者则异于是。不一举武，六合之外，无不至到；不一揆眼，秋毫之末，无不照了：是以

① 陈思：《书苑菁华》卷12，影印《文渊阁四库全书》第814册，第120页。
② 陈师道：《后山集》卷17，影印《文渊阁四库全书》第1114册，第678页。

谓之才。才也者,犹之三才之才,盖人所以与天地并也。使必经此境,能道此语,则其为才也狭矣。子美咏马,则云'所向无空阔,真堪托死生',子美未必曾跨此马也;长吉状李凭箜篌,则云'女娲炼石补天处,石破天惊逗秋雨',长吉岂果亲造其处乎?惟其不经此境,能道此语,故子美所以为子美,长吉所以为长吉。①

钱锺书先生于此论非常赞赏:"李氏考据家解作此言,庶几不致借知人论世之名,为吠声吠影之举矣。"②又引王国维《红楼梦评论》以证:"如谓书中种种境界、种种人物,非局中人不能道,则是《水浒》之作者必为大盗,《三国演义》之作者必为兵家。"按着这一逻辑引申,是否《水浒》因描绘了潘金莲等则作者必为淫妇呢?由此归结:"三家之旨,非谓凡'境'胥不必'更'、'经',只谓赏析者亦须稍留地步与'才'若想象力耳。"③因此,无论是要创生新境界还是开辟新法式,只要是别开天地的追求,必须凭依其才思的飞扬:

以王实甫《西厢记》为例,其产生之前戏曲界的局面是:儿女之情的题材已经泛滥,非沿袭可呕即戾幻不情,如何才能翻新呢?这就需要作者的"极思"。于是一个迥异寻常的故事出现了:思起于佛殿,终于草桥;既至草桥,又得已不已。如此将绮情置于凄冷之佛境、将闹热止于草桥一梦的创作,来源就是作者的才思,实为"绝处逢生,无中生有"④。

施耐庵《水浒传》亦然。金圣叹第十一回总评:"夫人胸中,有非常之才者,必有非常之笔;有非常之笔者,必有非常之力。夫非非常之才,无以构其思也;非非常之笔,无以摛其才也。"⑤非常之才激射于非常之思、落实于非常之笔的过程就是获得"非常"审美的创造过程。

文才性能,以达为根基,以创造为归依。而其中作为审美期许标志的"创造"就是古人视为圣人之功的"作","作家"这一命名的定型,其关

---

① 李治:《敬斋古今黈》卷10,第133页。
② 钱锺书:《谈艺录》,第47页。
③ 钱锺书:《管锥编》,中华书局1979年版,第1391页。
④ 王思任:《三先生合评西厢记序》,蔡毅编《中国古典戏曲序跋汇编》,第653页。
⑤ 朱一玄、刘毓忱:《水浒传资料汇编》,第239页。

键就在于文人对其"作"的矜许：

> 作字者，非才不可；若无才，就只是书写，不能唤为"作家"。我国文艺批评中，常用一个语句，评论某人"不愧作者"、某一作品"洵为合作"、称赞某人为"大作手"。这些"作"，都指它的创造性。而这些创造性的本源力量，则生于天生之才华、才气、才调、性灵、天骨。①

从才子到作家，既包容了文学创作的本源力量，也涵盖了创作主体的根本素养，两个称谓之中，都有着很高的价值评量以及对才之虚灵多能的仰望。

当然，创造在任何领域历来都不是一件易事。就文学的创造而言，事实上每每面临着如何从传统中突围的困境，谈迁曾为明末清初文坛造像："古人善压，今人善跂。""跂"本意为虫子爬行，此处含有委曲求全、不敢伸张之意，这个造像形象地描画出了其时一些文人蜷伏于古人膝下仰其鼻息的可怜相。但备英风壮志、具雄胆神识兼具文才者恰恰不甘于屈就，所以他发出了"不与物共贵"的狂言："为其压而跂之，不如腐七尺于蝼蚁。蝼蚁穴人胸腹，并神魂而噬之。文人神魂，非浓非淡，非正非奇之内。为文而不以神魂供人，则虫蠹之啮草也。"② 如此"不与物共贵"，不可避免要先从破除传统的封堵开局，因而创新与破缚也便永远纠缠于一体，文才的创造也便与其他才能的创造一样，具有一定的利病一体特征。

第五节　文才的虚灵性

文才的美学内涵集中于敏锐幽微的人格性情、灵思妙笔的独到性能，如此才情与才能的统一是诗有别才的别才根本之所在。它依托于心智结构系统，

---

① 龚鹏程：《中国文学批评术语丛刊：才》，第45页。
② 谈迁：《石天堂稿序》，《谈迁诗文集》卷2，罗仲辉校点，辽宁教育出版社1998年版，第133页。

又必须经过后天学力的浸淫培育和陶冶，文才同样是天人合一的统一体。

建立在独到心智结构系统之上，具有独到性情与性能的文才，就其性质与作用而言，具有一定的虚灵性。文才的虚灵性是其审美升华过程中逐步熔铸而成的美学特质：三才论推其灵、禀气说扬其虚，魏晋玄学则成为灵、虚融会的重要契机。

从"三才"思想而言，三才与元气相关，元气为混融之"一"气，"一故神"，所谓"神"便体现于"自无而有，故显为物；自有而无，故隐而为变"的有无相生。① 三才关乎天道、地道、人道的运动，其本质就是才成其能的表现，才的灵能在此获得神圣的"授权"。

至王充禀气说诞生，主体才性从泛化的天赋论被具化为元气禀受说，才性的源头被定性为虚无却又充盈的元气。"虚"不是"灵"的对立呈现，而是灵之所以为灵的源泉。

及于魏晋玄学兴起，虚、灵的美学精神成为玄学本然的讲求，三才论灵、禀气言虚的理论也由此获得了实现交融的契机，才的虚灵内蕴由此完成了建构。具体到文才，在历代诸般论述与描绘中，其核心审美体征便是"虚灵"。

灵就是灵机灵动。唐代裴敬赞誉李白："夫天付上才，必同灵气。"② 意思是说，具备天赋之大才，则必备混涵汪肆而奇变不穷的灵气。此气为元气所赋，所以和元气具有同样的斡旋孕育以及化育功能。但凡言"灵"，所论者必然动感十足而不呆板拘滞，所以戴表元提出了"材，动物也"的命题。他所谓的"动物"是指诗人之才见于创作的营度、悬想、讽咏、锻炼等方方面面③。汤显祖同样拈出了"灵心"与"飞动"论才，并阐释其中关系："天下文章所以有生气者，全在奇士。士奇则心灵，心灵则能飞动。"灵心即才，才至于飞动，则上天入地来去古今，无所不如其意。④ 陆云龙则直接得出了"灵活即才"的结论。⑤ 后世又名之为"性灵"、"情灵"，而"性

① 参阅张载《横渠易说》之《系辞上》及《说卦》，《张载集》，章锡琛点校，中华书局1978年版。
② 裴敬：《翰林学士李公墓碑》，《李太白全集》卷31附录，王琦注，中华书局1977年版，第1470页。
③ 戴表元：《吴僧崇古师诗序》，《剡源集》卷9，丛书集成初编本。
④ 汤显祖：《序丘毛伯稿》，《汤显祖诗文集》卷32，徐朔方笺校，上海古籍出版社1982年版，第1080页。
⑤ 黄汝亨：《歆庵集序》评语，陆云龙辑《翠娱阁评皇明小品十六家》，第412页。

灵，即性分"①、"性灵关天分"② 早已成为文坛共识。

灵者必待于虚，这是道家哲学以及玄学的根本要义，所谓悬览、心斋、虚静、坐忘、物化等等皆直接对应着机趣与生意。明代文人黄汝亨论文之际如此歌颂"虚"："今夫虚空之中忽然而有天地，天地中有四海五岳，海岳中有丘陵原隰沟浍川渎以及于一微一尘一沤一沫。自沤沫微尘浸索而至天地，不可以数计形模也，而总为虚空之所苞举，则是虚空者之为物，孰与妙合偶对哉？"居功至伟的"虚"与什么能够对应呢？作者继而论称："惟人之灵通神明，类万物而函虚蹠实，参两天地而称三才。"③ 虚能够苞纳吞吐，而人之灵能则可以与之接通，进而将其落实于人生社会及文艺，这是其参法天地位列三才的根据，故此赞人才为"灵通"，"灵通"者，因通乎神明之虚而得灵，此即"惟寂故灵"④。虚与灵之间因果相系，二者不可分析。有鉴于此，古人即将虚灵的涵养视为文才激活的手段："夫人具天地之心，虚而已。虚跃而为灵，灵通而为道，道演而为经，经散而为文，而诗赋传记序述之篇溢矣。故文者道之器，而虚灵者才之籥也。"所谓"虚灵者才之籥"，其"籥"有二意：或为鼓火器上的导管，或通"钥匙"之"钥"。无论哪一种解释，都是指虚灵为开启封闭之才、鼓动沉睡之才的源泉动力，凭借如此"性地灵"进而"可以熔万有而无，可以提万无而有"⑤。

文才如此性质的虚灵依托于其具体的表现机制，这个表现机制便是其体用的一多对应特征。如果视富有文才的主体为一株大树的话，树上单独一枝一叶一花一果皆非文才本身的全部，但却尽属于文才的呈示与自显。

才的体用形态以性与性能的对应为基础，在孟子有关才、性关系的认知中已经有所体现，至汉魏之际已经有了较为深入的理论总结。其时作为玄学清谈重要话题的"才性之辨"继承先秦两汉有关才性的相关思想，结合两

---

①　陈仅：《竹林答问》，郭绍虞辑《清诗话续编》，第 2222 页。

②　况周颐：《蕙风词话》（与《人间词话》合刊）卷 1，王幼安校订，人民文学出版社 1998 年版，第 8 页。

③　黄汝亨：《鸿苞集序》，《寓林集》卷 2，《续修四库全书》第 1368 册，第 631 页。

④　陆云龙等：《歇庵集序》评语，陆云龙辑《翠娱阁评皇明小品十六家》，第 412 页。

⑤　黄汝亨：《歇庵集序》，《寓林集》卷 3，《续修四库全书》第 1368 册，第 647 页。

汉人伦识鉴才德标尺以及时代对才能的呼唤，将现实的关注提升为哲学话语，从而使得能、学、德等先秦两汉皆曾围绕才展开的概念获得集中体现。如三国曹魏阮武云：

> 相观才性可以由公道而持之不厉，器能可以处大官而求之不顺，才学可以述古今而志之不一，此所谓有其才而无其用。[①]

这是一则谈论才性思想很少为人关注的资料，其核心便是讨论才之效用的呈现：或见乎才性，可以公道衡量，是尽才成性，尽才见德——这个才性之性在此倾向于德；或见乎器能，可处以官职磨砺，是言其裁布经济之能；或见乎才学，通过记述古今典籍而成之。以上所论者皆为由才敷衍而出的不同之用，是才分别显乎性德、器能、学力的一体而多用的形态概括。如果主体行乎公道之志不严肃、为官遇事难以平治顺达、记述古今情事左支右绌，则这就属于有其才而无用，这样的人，其才于性德、器能或学力上有其偏短。

这种体用形态从哲学向美学深化，于是情、学、力、气、调、藻等概念也依附于才而敷衍为文艺范畴，才的这种美学本源意义由此呈现。就文才而言：其在无与有之间是无，在本与末之间是本，在体与用之间是体，故此才可以无中生有、乘一总万、溯本达末、明体成用。其体用之间所呈现的是月映万川、理一分疏的一多对应景象。对于审美创造而言，文才的赋形现身无处不在，凡如敏锐的情感兴发、丰富的艺术想象、一气生化的裁布构思、运掉自如的文笔表现等等，以上能力，主体备其一或者兼备皆被称为富有文才，也就是说，依照普遍的理解，文才之幻化诸用皆可谓之为文才。所以陆云龙说："以材字作主，性情、境地、眼界皆材也。"[②] 张南山论黄仲则诗云：

> 古今诗人有为大造清淑灵秀之气所钟而不可学而至者，其天才乎？飘飘乎其思也，浩乎其气也，落落乎其襟期也。不必求而自奇，

---

①　《三国志·魏书》卷16，第2册，第507页。
②　陆云龙等：《冯咸甫诗草序》评语，《翠娱阁评选皇明小品十六家》，第61页。

故非牛鬼蛇神之奇；未尝立异而自异，故非佶屈聱牙之异。众人共有之意入之此手而独超，众人同有之情出之此笔而独隽。亦用书卷，而不欲炫博贪多如贾人之陈货物；亦学古人，而不欲句模字拟如婴儿之学语言。时而金钟大镛，时而哀丝豪竹，时而龙吟，时而雁唳猿啼。有味外之味，故咀之而不厌也；有音外之音，故聆之而愈长也。境之穷类寒蝉，而羽毛不失为饥凤；身之弱同瘦竹，而骨干不异夫乔松。如芳兰独秀于湘水之上，如飞仙独立于阆风之巅。夫是之谓天才，夫是之谓仙才。①

其言天才现身，见于襟期怀抱，见于思路趣味，见于学问机变，见于兼备众体又精神独具，其所论者正是由文才的不同作用形式表彰文才。

　　而在清代《尔庵诗话》之中，则有着关于文才体用关系十分完备的理论总结。徐增首先明确："诗本乎才。"以才为主体素养之本，为逻辑起点。随后又称："而尤贵乎全才。""全才"又被称为"才全"：才全者能总一切法，能运千钧笔。在他看来，"才全"就是指"才有情、有气、有思、有调、有力、有略、有量、有律、有致、有格"——这实则就是从批评领域常言的才情、才气、才思、才调、才力、才略、才量、才律、才致、才格中做出的抽象。而以此为"才全"，恰恰意味着以下两个重要思想：其一，就文才而言，只有情、气、思、调、力、略、量、律、致、格等齐备方可焕发文才最大的效力，文人才分有异，其于以上诸端并非皆能完备，因此以"才全"为瞩望；其二，文才与情、气、思、调、力、略、量、律、致、格之间是一体化的体用关系，徐增对此有具体的诠释：

　　"情者，才之酝酿，中有所属。"情，是使才酝酿勃发的源头，隐蔽于内心。

　　"气者，才之发越，外不能遏。"气，才发散而出的过程便是挟气而行，气是才由内向外显形的动力，这个"气"裹挟了主体的气质与生命气势。

　　"思者，才之路径，入于缥缈。"思，才向外显形中所依循的路径、表

────────────────

① 邱炜萲：《五百石洞天挥麈》卷5，《续修四库全书》第1708册，第148页。

现出的轨迹，可以及乎缥缈幽微之处。

"调者，才之鼓吹，出以悠扬。"调，才显于外的风采，能见自我性质。徐增这里侧重于声调而论，有其偏颇。

"力者，才之充拓，莫能摇撼。"力，保障才得以稳定完美发挥的支撑。

"略者，才之机权，运用由己。"略，能驾驭才、调控才的主体机变。

"量者，才之容蓄，泻而不穷。"量，才所具有的限量，追求其发泄不尽，量有大小。

"律者，才之约束，守而不肆。"律，约束才之放肆的律条，来自于人力。

"致者，才之韵度，久而愈新。"致，倾向于才所呈现出的个性化的稳定审美特性，经久方成，历久弥新。

"格者，才之老成，骤而难至。"格，才在创作实践中逐步形成的运使趋向。①

以上十端，皆围绕才展开，本源于才（"律"除外），以才的不同运动形式、力量、节奏，形成文才不同的用度形态。十者备其一或多则皆谓之具有文才，但需十者皆备方为"才全"，能入才全者自然属于天才大才。

文才这种体用逻辑直接渗透到与才相关词语的组织形态以及意义建构，诸如"才学"之类的联合式构词，其意义表示一种泛指又包含着具体所指的"才能"，"才"字之外的另一个语素的意义可视为这个双音词的核心义素，但这个义素的成就又掌控在"才"手中。②由此推衍，可以说，与才相关的诸多文学理论范畴，其在"才"之外的组合对象，往往就是才的现身之所在：以上所论情、气、思、调、力、略、量、律、致、格十端之外，又如才体乃言才现身于体，才识乃言才现身于识，才华乃言才现身于风华，才悟乃言才现身于赏悟，才兴乃言才现身于兴会，才藻乃言才现身于辞藻，才器乃言才现身于器量器用等等。文才正是通过如此广泛的浸润，全面呈现了

---

① 徐增：《尔庵诗话》，丁福保辑《清诗话》，第 427 页。

② 构词之论参阅宋闻兵《宋书词语研究》，第 124 页。按：作者据此指出，《汉语大词典》将"才学"解释为"才能与学问"不确。所论极是。

其虚灵特性。

正因为以上情、气、学等皆为才的现身所在，所以泛化的审美批评中也经常有人以才情、才气、才学等为文才的异称，甚至以情、识、学等为文才的现象也经常出现，这种泛论文才的现象便是于文才体用不甚区分的直接体现。[①] 至此，我们可以对"文才"做一个最终全面的概括：

文才基于潜在的心智结构系统，可以说关乎个体的基因血气。它提供了主体在具体流业尤其文学创作领域造诣、成就的可能与趋势，并通过后天人力的蓄养陶冶将潜在禀赋性气质、情性转化为才能，其转化实现的过程是因体达用、以用见体的。就是说，先天气禀与后天人力磨砺，二者包纳的形态、所能及成就，皆可成为文才自证的形式。如先天气禀一维：文才显示于性情，此情敏锐深厚；又如后天人事一维：文才显示于学，表现于博学而掉弄自如；文才显示于法，表现于法明而不滞；文才显示于识，表现于识精而不入理障等等。由于不同主体的文才有着各自突出的显示维度，创作主体的天人之分也由此产生，如从禀赋自然显示胜者，文才多呈示于气、情、神思、灵悟等，因此李白便被视为天才的代表；如以后天学力、人工陶冶胜者，文才多见于法度、学识以及锤炼苦吟之工、事典操控之巧，于是杜甫便被视为天人之"人"的代表。

以对文才如此的认知为基础，我们可以把有关文才的范畴大致划分为三个类型：

其一是体性描述范畴，即才与其组合对象有着一体性的因果关系。如才华、才力、才致、才具等，华、力、致、具是由才之本然生成的，它们从外在体貌光华、从外在力量、从本然的价值等显示本体之才的个性特点与程度。华、力、致、具既是才的描述词汇，也是才显像的形式，又是才的一个称量尺度。其中才华、才力、才致等较易理解，才具相对晦涩。"才具"源自佛学"性具"范畴的影响，其中"性"指人的真实本性，"具"指向

---

① 宋代就出现了如下辨析："才有二：有才学之才，有才能之才。才能之才，根著于内者也；才学之才，粉饰于外者也。"这显然是将由体论才与由用论才分而言之了。参阅林子长笺解，魏天应编选《诸先辈论行文法》，王水照辑《历代文话》，第 1095 页。汪涌豪先生《才：中国古代文学理论中的主体论范畴》一文认为："才有狭义、广义之分，前者属'不可力强而致'的天资，在很多人眼里，'逸才'就几乎是文学天才的代名词；后者囊括作者应具备的一切条件，包括情、学、识、力等等。由此构成主体能力结构的基本构架。"

"具有"、"具足"①。而"具"的本义原是"貝"的省文，因而"具有"便又暗含了宝贵之意，《说文》释"具"即为"共（即供）置"②。"具"的这种价值指向因此与"才"形成了描述性的关系。

其二是体性规约性范畴，即才与其组合范畴首先具有体用因果，再者才的组合对象于才的性能所在有着规限指向作用。如才学、才识、才情、才调等，其中学、识、情、调等是才假此而现身的附丽对象，是才能分疏的不同形式体现，因此其含义分别是才见于学、才见于识、才见于情、才见于调。另一方面，学、识、情、调的造诣，又制约着才的浑洒。

其三是并列组合范畴，如才德、才命、才律等。这一类型范畴既体现了才对其他要素的需求，也体现了其他要素对主体才能施展的限定。

以上范畴以文才为核心而得以建构，兼具先天后天、个体性情、主体雅俗与社会规范，兼具内质与外显形态，贯穿于中国文学主体理论的各个环节。其相关范畴产生的意义也集中于完善、保障文才价值的发挥，而在对文才这种主体素养如何完善、如何保障、如何表现的观照过程中，则形成了一个综合的文才思想体系，并体现出鲜明的中国特色。

最后需要说明的是：作为研究对象，"文才"包括两个含义：其一，它指向主体具有适应审美创造需要的独到才性，是"文艺才性"的简称；其二，它指经过后天人事培育所形成的所有能够体现这种"文艺才性"的能力。古代相关文献在具体语境中各有侧重，但二者的本质浑融，不可区分。尽管"文才"的命名自魏晋已经出现，但古代文艺批评对其表达保持了相当的丰富性，诸如天赋、禀赋、才、性、才性、天资、气、才气、元气、禀气、分、性分、才分、器分以及性灵、性情等等，皆曾在特定语境中与文才名异实同，而直接以"文才"二字谈艺论文者其实并不常见。本文研讨文艺创作，所论之才自然属于文才范围，具体论述之中尊重古代表达习惯，不再刻意标示区分。

---

① 参阅方立天《中国佛教哲学要义》，中国人民大学出版社 2002 年版，第 278 页。
② 段玉裁：《说文解字注》，第 104 页。

第一编

普遍语境下的文才认知立场：
尊奉与约束统一

汉魏之后，随着一个才性觉醒、标榜神鉴时代的到来，文才受到空前的关注。文坛不仅艺文品目、世俗推誉动辄言才，而且优劣辨析也以抑扬乎才略为标准。从三才之才推衍至以立言为使命的文才，无形中既使"文才"光大了门庭，又提升了身价："兼天地人三者而称之谓才。若然，则当此称者，岂易有其人哉！"① 才与天赋、天命相关，有着赋受于"天"（自然）的"血统"，立言者代天立言，即可当于以立言实现立德立功，如此文人便可以与天地并立而无所愧赧。天道为尊，本源于天道而成就"三立"境界的文才自然可尊，才情崇尚与才子崇尚便是这种尊奉的具体呈现。

但是，文才尚发露、易飘扬，才高而不沿于往辙在形成创造力量的同时，其个性化激情又时时酝酿着越轨冲动，由此形成文才的破缚性。文才的破缚性既包括对积弊和壁垒的破除，也包含了对传统的挑战。这些挑战当然有新生力量浩浩而行的大势驱使，但也不乏后学对传统缺乏必要了解敬畏而滋生的放肆狂妄。这一切使得文人们兴会空前、神厉九霄之际的荡越饱受非议。于是文才作为个体性能量千姿百态的呈现与讲求规整的社会之间每每形成矛盾。就文艺本位而言，由于传统文艺思想中文艺与道德规范在意识形态领域有着共同的责任约定，因此文才在中国古代审美历史中既是高扬的对象，也是被警惕、被规范、被反思的对象。就其规范而言，规范的力量源自社会伦常道德；就其反思而言，反思的自觉本于文艺审美规律的自我省察。

---

① 廖燕：《才子说》，《二十七松堂文集》卷11，第281页。

第 一 章

文才尊奉：可变者人 不能者天

文才之所以受到尊奉，核心在于其禀赋性特征，古人言之为本源自"天"、成于"天性"、显乎"天道"，故曰"天赋"，又曰"天事"，以区别于侧重于后天努力的"人事"或"人力"。当然，这个"天"不同于西方文化中纳入神学谱系巅峰的神祇，它是自然的具象。天人之间，古人对后天努力多有褒扬，甚至有"人定胜天"等豪论，但敏锐的学者们早就体察到：文才本于天道，如果缺乏必要的心智基础，学而无益，法亦无成。

汉魏人性自觉直接体现于才性思想的升温，三才论中人道假天道而尊逐步为人道自证其尊所超越，而人之所以为人，人道之所以别乎物类之道，皆在人之有情。真正的文人才子，多情而深情，敏锐而易感。文艺审美所论文人的才情绮合不是就凡俗皆备七情六欲而言，乃是指优秀文人的文才内蕴之中必然包融着多情深情这一迥然超俗的本性，并由此成为人性之美的结晶与升华，才情因此成为才的审美之维。人道参乎天地之道，并为三才，人道可尊，故此作为人道本然性质结晶与升华的才情可尊，而这正是文才尊奉的一个具象。

从才性理论的本质来看，"才情"是体用组合范畴，才为其体，情为其用，二者统一。文人情怀虽然受到自然、人生与社会的诸般影响，但皆属于主体自性的外感，并未改变情本乎才性、其性质浓度等等依托于才性本然的规约。因此天道之尊是从文才的本源而言的，人道之尊则就文才的表现运用而论。本源可尊，表现可尊；体可尊，用亦可尊。

本自天道人道的文才尊奉、才情尊奉观念对文人及其创作有着升华其价值的意义：就文人身价而言，若论天事人事各有其偏者的优劣，天事颖异、才情富丽者往往会获得更多的青睐，才子崇尚由此形成；具体到文体而言，能以才论者即可获得文体地位的提升，清代文人以"才子书"命名小说等创作便是这种意识的践行。

文才尊奉还直接体现于历代文人对文才及其创造往往有着灵异演绎，他们将文才虚灵之"灵"具象化、神异化，形成了中国文学史上诸多关于文才的奇闻与传说。此类神异传说或直接命曰神助，或曰神遇、或曰神梦、或曰神授。其内容或与具体创作相关，此为兴会与才思关系的影射①；或与洗心革面重禀才性相涉，这便是文才尊奉的灵异言说形态。

第一节　天道之尊：文才"天赋"

先秦两汉才性思想的论述已经明确了才与性、才与元气的禀受关系。三才论与文、才关系的建构历程则更为形象且直观地申明了以下思想：王充禀气论诞生之前，《易传》以为人道参乎天地之道形成三才，其中天道统乎地道与人道，是三才的根本，人之性灵所钟正是源自天道赋予；王充禀气论诞生之后，人道假天道而尊的局面逐步为人禀于元气的思想超越，人之性灵所钟在《文心雕龙·原道》中不再是天的恩赐，而是人道可以屹立于三才的前提条件。前者是人道假天而尊，后者是人道与天同尊，无论哪一种局面，人的性灵获得都与"天"相关，只不过后者作为自然而言的"天"，其早期神秘神异的色彩已经弱化。如此尊贵的"血统"，决定了文才于审美创作素养中的根本性地位，刘勰概之曰"才为盟主"。古代文艺理论批评多通过对文才天赋性的渲染，强化文才之于文学艺术创作的决定性影响，并假此表达文才尊奉甚至崇拜的思想。具体的强化路径有二：才为性中具备，如由天而得；才为自然之具，人力不能更定。具有天才的文人以及凭依天才进行的创作由此都能获得非凡的价值，文才被文人的自诩与世俗艳羡营造出绚丽夺目

---

① "神助"与兴会才思关系的论述在第三编《由才至思：文才的发抒路径》一章中展开，本章暂不涉及。

的光环。

一

文才与创作主体的生命情态相融，本源自主体的天性，因此相对于主体的审美素养而言地位非凡，被视为创作依赖的根本资源。

这种以文才为创作根本资源的思想早在汉代就有了萌芽。司马相如论赋，创言"赋心"范畴，以为锦绣铺排、宫商谐和之境常人间或也能达到，但决定赋作灵魂、气魄、品位的"赋心"却并非人人皆有，所以自命为"得之于内，不可得而传"。盛览正是有鉴于此，自知短绌，故而"终身不复敢言作赋之心矣"①。这里"得之于内，不可得而传"的"赋心"，与《庄子·天道》所谓的"臣不能喻之子，臣之子亦不能受之于臣"之论异曲同工，有着内在的继承性。汉魏之际曹丕《典论·论文》言"文以气为主"，而禀气清浊有体，不可强求，不可移易，这种特性与司马相如"赋心"不可得而传承的内涵别无二致。

无论"心"还是"气"，都对文艺创作有着决定作用。二者立言的本旨都指向一种潜在的灵智根苗，这种灵智根苗有着本于天性不同乎人又难以力取的特征。

及至西晋，陆机《文赋》在宣扬"程材效伎"的同时，又以比喻的形式对文才与创作的关系作出了描述："彼琼敷与玉藻，若中原之有菽。同橐籥之罔穷，与天地乎并育。虽纷蔼于此世，嗟不盈于予掬。患挈瓶之屡空，病昌言之难属。故踸踔于短垣，放庸音以足曲。"② 文中关涉到两个主要的思想观点：首先，"琼敷"、"玉藻"是自我天赋才华的比喻，它与大地田野中的菽苗野草一样，具有自然性质，非外力可以幸得。再者，陆机明确道出了文才与创作之间的根本关联：其所慨叹的"不盈于予掬"、"挈瓶之屡空"的才华，直接导致的后果就是"昌言之难属"，言外之意就是：佳思如流要依仗那"同橐籥之罔穷，与天地乎并育"的文才。

由此可见，魏晋之际，文才作为文学根本性要素的思想已经成熟。随着

---

① 刘歆等：《西京杂记》卷2，第19页。
② 张少康：《文赋集释》，人民文学出版社2002年版，第223页。

魏晋六朝崇拜天才、标榜神鉴时代的到来，文才这种根本性地位获得了普遍的关注。具体而言：

其一，文才为根本，文人优劣的论定依据是文才的大小。钟嵘论潘岳、陆机云：

> （潘岳）其源出于仲宣。翰林叹其"翩翩然如翔禽之有羽毛，衣服之有绡縠，犹浅于陆机。"谢混云："潘诗烂若舒锦，无处不佳；陆文如披沙简金，往往见宝。"嵘谓益寿轻华，故以潘为胜；翰林笃论，故叹陆为深。余尝言"陆才如海，潘才如江"。①

世俗推誉、优劣辨析以文才的分量为尺度，此为褒贬于才略。谢混以为潘优于陆，李充、钟嵘则恰恰相反，而立论的依据便是：陆才如海，潘才如江。虽皆有滔滔之势，但百川朝宗，江河入海，答案即在其中。

其二，文才为根本，"才尽"则绝无美句。才是否能尽？这个命题后面章节有论，此处姑且不作深究。在附会旧论，假定才可以尽的前提下，我们重点来关注古人通过"才尽"传说所要传达的美学思想。六朝之际较为后人熟知的"才尽"事典有三个，皆从不同侧面揭示了文才的可尊。

先是鲍照。《宋书·鲍照传》载："上好为文章，自谓物莫能及。照悟其旨，为文多鄙言累句，当时咸谓照'才尽'，实不然也。"② 这种"才尽"不是客观写照，而是文士一种韬晦之策。为什么要韬晦？根源在于文才大小可定文士优劣，过彰我才则会使得君上相形见绌。

其次任昉。《南史·任昉传》称当时文坛有"任笔沈诗"的品目，任昉一直以为心病："晚节转好著诗，欲以倾沈，用事过多，属辞不得流便。自尔都下士子慕之，转为穿凿，于是有'才尽'之谈矣。"③ 任昉博学，擅长文章，诗歌非其能事。但出于意气角逐，他弃其所长而一意作诗，力图与沈约一较高下，终因用事过多，后为钟嵘所讥讽。此处的"才尽"，恰恰说明了作诗不以诗歌必需的才情为依托，即使学富也不足以补济其文才的限量。

---

① 陈延杰：《诗品注》，第 26 页。
② 《宋书》卷 51，第 5 册，第 1477 页。
③ 《南史》卷 59，第 5 册，第 1451 页。

再者便是"江郎才尽"。这个中国文学史上有关文才的著名典故最早见于《诗品》，《南史·江淹传》叙述得更为详细（第四节有详论，这里从简），其核心内容便是：所谓"才尽"的基本征兆便是创作从此再无美句，文才与创作之间的因果通过如此的反证得到进一步强化。

其三，文才为根本，必乏天才，勿强操笔。如果说"才尽"论是对曾经富有文才或者所能有偏者的关注，那么"必乏天才，勿强操笔"则是对本自毫无文才却附庸风雅者下的针砭。六朝之际将此类人物概之曰"詅痴符"，《颜氏家训·文章》篇云：

> 学问有利钝，文章有巧拙。钝学累功，不妨精熟；拙文研思，终归蚩鄙。但成学士，自足为人；必乏天才，勿强操笔。吾见世人，至无才思，自谓清华，流布丑拙，亦已众矣，江南号为"詅痴符"。近在并州有一士族，好为可笑诗赋，诮击邢、魏诸公，众共嘲弄，虚相赞说，便击牛酾酒招延声誉。其妻，明鉴妇人也，泣而谏之。此人叹曰："才华不为妻子所容，何况行路。"[1]

学问有道，能够沿依其径路孜孜不倦，虽未必期于大成，却能够臻于精熟。但文艺创作则不然，如果本身无其才调，虽研思终身也只能归乎"蚩鄙"。"必乏天才，勿强操笔"是善意的规劝，更是对文才的仰视。以上传说集中出现在一个讴歌文才独到之美的时代，隐喻了这样的理论意义：天才有无决定着文人身份的确认及其创作的价值与水准。

至《文心雕龙》，此前有关文才的认知得到系统的理论升华，刘勰文才思想的核心就是文学创作天才决定论——"才为盟主"。这一思想在书中以不同的表达被反复宣示：

《征圣》赞云："妙极生知，睿哲惟宰。"圣人体察事物奥妙，产生通达智慧，以为作文的主宰。这里所讲的"生知"，就是指禀赋之才。

《辨骚》赞云："不有屈原，岂见《离骚》？惊才风逸，壮志烟高。山川无极，情理实劳。金相玉式，艳溢锱毫。"吴林伯义疏云：

---

[1] 王利器：《颜氏家训集解》卷4，第254页。

　　诚然，屈原创造《离骚》是有条件的，他有惊人的才力，像风飘似地奔驰；又有改良楚国腐朽政事的壮志，如云烟般的崇高。加上他流放沅、湘之间，曾利用楚国无穷无尽的山水陶冶自己的情理，真是煞费辛劳。……而惊才的"才"，当是"天资"，是创作高下的决定因素，所以列入屈原创造《离骚》条件的首位；诗主言志，所以其次讲到"壮志"。①

　　《明诗》云："若夫四言正体，则雅润为本；五言流调，则清丽居宗。华实异用，惟才所安。"吴林伯义疏云：

　　　　才，一曰天资，先天禀赋；安，定也。……彦和从其天才决定论出发，以为作者虽有才学……而"能在天资"，故本篇论风格之决定因素，则独指其首要之"才"。②

　　《神思》实则也是论才，只不过具体为了才思。就创作而言，其具体涉及范围包括创作之前的文思酝酿与创作之中的文辞表现。前者包纳着想象，后者联系着用笔。因此，无论浮想联翩、曲写毫芥以达惟妙惟肖，还是骈偶藻绘辞趣翩翩，抑或体式新变逐时而化，都是文才作用的体现。

　　《才略》赞云："才难然乎？性各异禀。一朝综文，千载凝锦。"从孔子"才难"的感叹中又申言才各具分量及其与文的关系。《时序》也云："至孝武不嗣，安恭已矣。其文史则有袁、殷之曹，孙、干之辈。虽才或浅深，珪璋足用。"珪璋为美玉，比喻文才之美，同样是由才言文。而《事类》对文才又得出了如下经典结论：

　　　　夫姜桂同地，辛在本性；文章由学，能在天资。才自内发，学以外成。有饱学而才馁，有才富而学贫。学贫者迍邅于事义，才馁者劬劳于

---

① 　吴林伯：《文心雕龙义疏》，第75页。
② 　吴林伯：《文心雕龙义疏》，第92页。

辞情：此内外之殊分也。是以属意立文，心与笔谋，才为盟主，学为辅佐，主佐合德，文采必霸。[①]

后世文艺理论言"学"，往往被视为天人关系之中人事的代表，而天与人这种关系在审美理论中的定位便是"才为盟主"。文才"盟主"地位的确立，更鲜明地昭示了文才作为文学主体核心素养身份的不可动摇性。

二

魏晋六朝之后，虽然文艺理论关于文才的研讨逐步拓展到主体素养天人体系的纵深，但这种文才为文学创作根本之所在的文才尊奉思想并未改变，其尊奉的核心集中在天赋天授之"天"上。

（一）文才所必需的心智性情及其性能优长为性中具备，如得自天，他人不能效法，后天难以变化，所以不能不尊。这种尊奉具体表现为以下三种形式：

其一，审美批评之中，诞生了关于文才诸多的美称，这些美称又分别与儒家道家具有终极意义的范畴贯通，与道家成仙得道或相术关于富贵神异的相关范畴贯通，与佛学之中表达性识绝诣的范畴贯通。

首先，将文才直接与儒家道家具有终极意义的"天"、"神"等范畴贯通。六朝姚最论湘东王："天挺命世，幼禀生知，学穷性表，心师造化，非复景行所能希涉。"[②] 其中"天挺"、"命世"、"生知"等古人以之赞誉圣人的语汇皆成为文才的形容。众多称谓中，后世最为流行的便是"天才"：早在西晋时期，陆云《与平原书》即以"天才中亦少"论崔君苗。《颜氏家训·文章》有"必乏天才，勿强操笔"，《诗品序》中钟嵘也明确以"天才"论"文才"，他讥讽堆垛卷轴者的创作为"虽谢天才，且表学问"。他如萧统《答晋安王书》云："汝本有天才，加以爱好，无忘所能。"[③] 萧绎《金楼子·立言》云："至于谢玄晖，始见贫小，然而天才命世，过足以补

---

① 范文澜：《文心雕龙注》，第702、675、615页。
② 姚最：《续画品》，王伯敏等编《画学集成》（六朝—元），第28页。
③ 严可均：《全上古三代秦汉三国六朝文》，第3064页。

尤。"①"天才"之论的意义指向有二：一则表达文才的非凡，一则追溯文才的根源。

魏晋六朝之后，历代文艺品评论文才多于此敷衍：或曰"自恃生知，不由师授"②；或曰"古来万事贵天生"（李白《草书歌行》）；或曰"天付上才，必同灵气"③；或曰"天机独得，有非师资所奖"④；或曰"犹夫孤桐朗玉，自有天律，能事具者，其名必高"⑤；或曰"天与其性，发言自高"⑥，其核心皆在于一个"天"字。另有文人标之曰"神"，湛若水论严嵩诗文：

> 知天之所以为天，文王之所以为文，则知钤山之文所以为文矣。或曰：请闻其所以。曰：神而已矣。夫神者道之妙也，文之本也。子不闻钤山之降神乎？吾于留都已形于歌咏矣。介翁生而神气以灵，疏朗开豁，童言宿生之事，矢口成章之能，英机万变之妙，辛甘调剂之宜，履历于艰难，允媚于天子。良工心苦，人莫与知。然则非公之神之精之为之乎？曰：请问根本之说。曰：子谓参天之木，果假外而为之者哉？所由本根也。得天之气，受地之质，气质合一，生生不测，莫知其然之谓神。故能由根而干而枝而叶而华实以参天。夫华实也者，文之类也；根本也者，所以为华实之神之类也。知木之所以为华实，则知钤山之文所以为文矣。⑦

言辞中虽不乏诡谀，但没有悖离古人心目中的天才之道，湛若水此处只是将禀赋天赋之能又作了渲染。此神不假外力，得天之气、受地之质，天地之合就是阴阳的氤氲，属于自然自有。神在此不是神秘，乃是天赋神通。神通的

---

① 许逸民：《金楼子校笺》，第 966 页。
② 释彦悰：《后画录》评田僧亮，王伯敏等编《画学集成》（六朝—元），第 51 页。
③ 裴敬：《翰林学士李公墓碑》。
④ 独孤及：《唐故左补阙安定皇甫公集序》。
⑤ 刘禹锡：《唐故尚书主客员外郎卢公集纪》，瞿蜕园《刘梦得集笺证》卷 19，上海古籍出版社 1989 年版，第 505 页。
⑥ 皎然：《诗式》，何文焕辑《历代诗话》，第 29 页。
⑦ 湛若水《钤山堂集序》，《钤山堂集》卷首，《四库全书存目丛书》第 56 册，第 1 页。

本义就是通乎神，其审美意蕴则指向主体禀赋的灵能超凡。

其次，将文才与道家成仙得道、相术关乎富贵神异的范畴贯通。

或曰"仙骨"。杜甫《送孔巢父》云："自是君身有仙骨，世人哪得知其故？"王思任云："学道之人，参云宿水，苦行万千，求师化度，何益于事？有一寸仙骨，易得处耳。诗之有胎也，犹仙之有骨也。"①

或曰"孔窍"。王思任评倪鸿宝："其人甚平，其思甚怪，吾每度其肠，必有九嶷转回，三峡倒流之景。度其肺肝，如五岳真形，紫莲花盖。仰度其容纳傅度之官，必另开一蕊宫林屋，笙箫飘渺。而度其心肾之交，则火藻焰天，玄池浴日，不敢迫视者也。"由此得出结论："其孔窍自别。"②

或曰"日角月表"。《西厢记》"借厢"一节，作者在莺莺出场前，偏使红娘先上场，金圣叹评曰：

> 昔有二人于玄元皇帝殿中，赌画东西两壁。相戒互不许窃窥。至几日，各画最前幡幢毕，则易而一视之。又至几日，又画中间旄钺毕，又易而一视之。又至几日，又画近身缨笏毕，又易而一视之。又至几日，又画陪辇诸天毕，又易而共视。西人忽向东壁哑然一笑，东人殊不计也。殆明，并画天尊已毕，又易而共视。而后，西人始投笔大哭，拜不敢起。盖东壁所画最前人物，便作西壁中间人物。中间人物，却作近身人物。近身人物，竟作陪辇人物。西人计之，彼今不得不将天尊人物作陪辇人物矣，以后又将何等人物作天尊人物耶？谓其必至技穷，故不觉失笑。却不谓东人胸中，乃别自有其日角月表，龙章凤姿，超于尘埃之外，煌煌然一天尊。于是，自后至前一路人物，尽高一层。今被作《西厢记》人，偷得此法，亦将他人欲写双文之笔，先写却阿红，后来双文自不愁不出异样笔墨，别成妙丽。呜呼，此真非伧父所得梦见之事也。③

---

① 王思任《箬园近草序》，陆云龙辑《翠娱阁评选皇明小品十六家》，蒋金德点校，浙江古籍出版社1996年版，第667页。

② 王思任：《倪鸿宝制艺序》，《谑庵文饭小品》卷5，《续修四库全书》，上海古籍出版社2001年版，第1368册，第232页。

③ 夏樗：《品书四绝》，湖北辞书出版社1995年版，第31页。

备此"日角月表，龙章凤姿"，方出此异样笔墨，"别"成妙丽。"日角月表"就是古代相书所论的"日角月角"，其有"龙章凤姿"则表示骨相奇绝，不同俗常。

再次，将文才与佛学之中表示性识绝诣的范畴贯通。宋代之后，有关文才性质的认识之中开始沾染佛家因素，并出现了众多与中国哲学表达迥异的比附，其共同特点是：相关范畴皆围绕生命体的性质或构成展开，其间多搋入了佛家因果承传的内在逻辑。

或曰"宿根"。宋代吴泳早就将这个禅学术语纳入了文才说明："学诗者须是有夙根"。①

或曰"圣胎"。冯梦桢云："文须有圣胎始得。"张大复的理解是："有圣胎者，不从门入者也。"②

或曰"异眼别肠"。王思任评其友冲口疾书、滔滔霍霍，而这种超人的赅博、丽隽以及游戏感慨中所寓托之孤上与谲奇，正源自其"禀才自异，灵洞其胸"的"异眼别肠"。③

或曰"胎性"。钱谦益《题遵王秋怀诗》云：

> 有客渡江来，嗤点诸名士诗，谓将《文选》、唐诗烂熟背诵，持攫搜略，遇题补衲，不问神理云何，警策云何，盖末流学问之误如此！予谓此非学问之误，乃胎性使然也。仙家言胎性舍于营卫之中，五脏之内，虽获良针，故难愈也。今诗人胎性凡浊，熏于荣卫五脏，虽有《文选》、唐诗以为针药，适足长其焰烟，助其繁漫耳。学问何过之有？④

或曰"诗种"、"佛性"。如方南堂云：

> 未有熟读唐人诗数千百首而不能吟诗者，未有不读唐人诗数千百首

①　吴泳：《东皋唱和集序》，《鹤林集》卷 36，影印《文渊阁四库全书》1176 册，第 354 页。

②　张大复：《顾仲从近义序》，《梅花草堂集》卷 2，《续修四库全书》第 1380 册，第 321 页。

③　王思任：《雪香庵诗集序》，《翠娱阁评选皇明小品十六家》，第 657 页。

④　钱谦益：《牧斋有学集》卷 47，钱仲联标校，上海古籍出版社 1996 年版，第 1552 页。

而能吟诗者。读之既久，章法、句法、用意、用笔、音韵、神致，脱口便是，是谓大药。药之不效，是无诗种，无诗种者不必学诗。药之必效，是谓佛性，凡有觉者皆具佛性，具佛性者即可学诗。①

《榕阴谈屑》也有近似说法："诗才自天分中带来，有是种方有是树。张亨甫尝戏其友云：'君等譬学佛，半路修行，吾乃自幼出家。'噫！亨甫可谓有是种成是树矣。"② 所谓"自幼出家"又往往表述为具有"夙业"。

这种天赋神通，就是文人的"别才"③。综合儒家、道家、佛家以及相家共同的美誉加诸文才，文才是以当尊。

其二，经典文艺理论重释之际，将天赋天授的文才思想移植其中。如谢赫《古画品录》有六法之论：一曰气韵生动，二曰骨法用笔，三曰应物象形，四曰随类赋彩，五曰经营位置，六曰传模移写。作为一个艺术创生的系统程序，谢赫只是宣称六法难以兼该，并无六法品级差异的意思，而宋代郭若虚却做出了如下的阐释："六法精论，万古不移。然而骨法用笔以下五者可学，如其气韵，必在生知。固不可以巧密得，复不可以岁月到。默契神会，不知然而然也。"又云："凡画必周气韵，方号世珍。不尔，虽竭巧思，止同众工之事，虽曰画而非画。故杨氏不能授其师，轮扁不能传其子，系乎得自天机，出于灵府也。"朱良志先生认为："心源"、"天机"就是人的根性、人心灵深层的智慧，如果要将这本然的知性或者智慧引发出来则需要悟，不然这种生知的智慧便隐而不露。进而又云："对根性的觉悟，不能靠机巧，不能靠知识的推证，也不是凭借时间的积累，像众工那样。它是一种灵魂的悟得，是对自我内在觉性的毫无滞碍的引发。"④ 由此而言，郭若虚如此阐释体现出的这种对天机、天赋的推崇，已经阻绝了天机匮乏者人工努

---

① 方世举：《方南堂先生辍锻录》，郭绍虞辑《清诗话续编》，第 1937 页。

② 陈衍：《石遗室诗话》引，张寅彭主编《民国诗话丛编》一，第 210 页。

③ 张大复《城南唱和诗序》云："严沧浪论诗，谓有别才别趣，非关学与理，夫岂不然？乃不知所以别者何也。曰：天也。故尝谓诗之得想，譬如画家用墨。墨何当于山水竹石，而山水竹石之韵咸取给焉，故有泼墨淋漓，一点以漆，而气韵生动，称天下之至奇者，其天胜也。张僧繇画壁仓皇入寺，长廊横幅，一往而尽，此岂有异术哉？性至多偏，自得而无闷，则至矣。"参阅《梅花草堂集》卷 1，《续修四库全书》第 1380 册，第 292 页。

④ 朱良志：《大音希声》，百花洲文艺出版社 2009 年版，第 54 页。

力的所有余地。

又如明代文人判定严羽"诗有别材,非关书也;诗有别趣,非关理也"之"才"、"趣"的性质,即一语断定:"先生之才之趣,大抵出于天成。"①

以上演绎时得经典理蕴,并非皆是经典阐释之中的移花接木。不过文人们假经典立论的目的却不仅仅是为了考核古人的旨趣,而是挟古自重,意在推扬自己文才尊奉的立场。

其三,文才既然有天赋性这非同寻常的来路,便同时具备了各自可以傲视群伦的独有"去处",天赋此性情则成就此性能。如蒋芝论秦观善词:

> 文词至宋,斯盛极矣。……而秦之赋才特长于词,故谓其以词为诗。盖秦之于词,犹骚之屈,诗之杜,千载绝唱也。东坡尝题其《踏莎行》云:"万人何赎?"山谷则曰:"少游醉卧古藤下,谁与愁眉唱一杯?"荆国则称其清新婉丽,鲍谢似之。后山乃谓尽之词手,惟有秦少游、黄山谷。

秦观文才的"去处"——擅长于词;其词的造诣——达到了令王安石、苏轼、黄庭坚等大家钦仰的水准。何以如此呢? 作者概称:"秦之赋才,特长于词……殆天赋也欤?"② 如唐志契论吴道子善画:

> 昔陈姚最《画品》谓:立万象于胸中,传千祀于毫翰。夫毫翰固在胸中出也,若使氓氓然依样葫芦,那得名流海内? 大抵聪明近庄重便不佻,聪明近磊落便不俗,聪明近空旷便不拘,聪明近秀媚便不粗。盖言天资与画近,自然嗜好亦与画近。古人云:笔力奋疾,境与性会。言天资也。《贞观公私画史》评吴道玄为:天付劲豪,幼抱神奥,后有作者,皆莫过之。岂非天性耶?

① 赵士英:《贞翁净稿序》,周伦《贞翁净稿》卷首,《四库全书存目丛书》第51册,第506页。
② 蒋芝:《诗余图谱序》,张綖、谢天瑞《诗余图谱》卷首,《续修四库全书》第1735册,第471页。

吴道玄艺术之才的去处是：擅长绘画；其画的造诣是：后有作者，皆莫过之。何以如此呢？作者同样感慨："岂非天性耶？"① 也是从文才的性能论其天赋性情之所在。

以上诸论，皆表达了文才"天机云锦自在我"的禀赋性：文才属于"我"有，一如越女论剑："妾非受于人也，而忽自有之。"袁枚陈其所以："夫自有之者，非人与之，天与之也"②。文才这种天赋特性，明清文人还分别以不同的比喻做了形象说明：

或以土地与庄稼、肌体与神色为喻："夫物生也有自，成也有托。是故瘠土无丰苗，弱质无正色。"③

或以王谢子弟的风度为喻："昔人云：王谢子弟纵复不端正者，爽爽皆有一种风气，此岂尽关门阀哉！盖亦天资秀迈，各有自致之具，而父兄之福足以承之。"清贵的门第、沿袭的威望、父兄的开拓等等当然是成就这些士人风度气质的条件，但仅此还远远不够。这些王谢名士，"即使麈尾不挥，紫囊不毁，其英绝抗往之意，居然兰森而玉苗"，这种"天资秀迈"的、各自生性而备的"自致之具"才是根本。④

或比喻为"造化为胎"：

> 造物之产灵芝，与生人中之异才等。草木之有根者，人人得而植之，芝则无根之物，其生也，莫知其然而然，犹凤凰之无卵可哺，麒麟之无胎可娠，盖以天地未卵而造化为胎者也。……异才之生也亦然。

偶然因素的辅助以及自我勤苦的努力或许有之，且可能也具有一定的效果，但无法改变"才则特然而生，一无所假"的特性。⑤

袁枚则以诗一样的语言礼赞："鸟啼花落，皆与神通。人不能悟，付之飘风。唯我诗人，众妙扶智。"⑥ 此论同于黄庭坚、陈师道万物必得才士方

---

① 唐志契：《绘事微言》，王伯敏等编《画学集成》（明—清），第262页。

② 袁枚：《赵云松瓯北集序》，《袁枚全集》第二册，江苏古籍出版社1993年版，第488页。

③ 陆深：《竹亭诗序》，《陆文裕公行远集》卷3，《四库全书存目丛书》第59册，第209页。

④ 龚鼎孳：《杨䎖怀文稿序》，《定山堂古文小品》卷上，《续修四库全书》第1403册，第314页。

⑤ 李渔：《吴念庵采芝像赞》，《李渔全集》第一册，浙江古籍出版社1992年版，第109页。

⑥ 袁枚：《续诗品》，刘衍文、刘永翔合注，上海书店出版社1993年版，第160页。

能发其幽奇的论断。

（二）文才独有的心智性情及其性能优长属于自然之具，人力不能更定。所谓"自然"之具，在强调天性所有的同时，也在强调人力于其本然无能为力，天的不可动摇就是通过人力的无可奈何体现出来的。这种人力的无奈表现在两个维度：天所设定者人力不可更改；人力可为，但可为的范围程度最终依然决定于天的设定。

维度一，天所设定者人力不可更改。这主要体现于文才各有其限量或曰偏长，无论如何励精为学都不可能改变这种本量或存量。西晋之际，葛洪已经非常清晰地阐发过这个道理。他自道早岁喜作诗赋杂文，并自觉可以流行于当代；至弱冠详览，却觉得多不称意。他反思这种态度的变化原因，特别指出"直所览差广，而觉妍媸之别"，至于"天才未必为增也"[①]：历之以岁时，增之以学力，经验见识得以扩展，因而可以辨析妍媸，但这并不意味着其天才可以更定。后人言及审美创作的人事一维，往往集中于学习，学非无益，但却于天赋分量偏长无助。如宋人杨亿自言："予亦励精为学，抗心希古，期漱先民之芳润，思窥作者之壶奥。而志力浅局，襟灵底滞，大惧夫绝膑于龙文之鼎，伤吻于蚁封之埒，非不勉也，恐致败焉。亦由凫鹤之质自然，胡能损益？姜桂之性素定，岂可变迁？"[②] 杨亿之论并非皆出于自谦，其中更多的是对才性限定下所谓苦学的警醒与自觉。由此而言，积以时日与文才本然便呈现为如下关系："诗者是人性灵浮动英妙之物。禀上根者恣取无禁，滞凡思者一字不能。初非缘境为生息，逐年以滋长也。"[③] 人力之积、时日之累皆与其质性无关。[④] 其他诸如李维桢"才者，天授，非人力也"[⑤]、戴名世"夫文章之事，固天之所以与我者，非可以人力与也"[⑥] 等论，皆是

---

① 葛洪：《抱朴子外篇自叙》，杨明照《抱朴子外篇校笺》下册，第695页。

② 杨亿：《武夷新集序》，祝尚书编《宋集序跋汇编》，中华书局2010年版，第75页。

③ 李日华：《题项金吾竹君诗草》，《恬致堂集》中，赵杏根整理，上海古籍出版社2012年版，第726页。

④ 冯友兰《新原人·才命》论称："才是天授，天授底才须人力以发展完成之。就此方面说，才靠力以完成，但人的力只能发展完成人的才，而不能增益人的才。就此方面说，力为才所限制。"其所言"力"承续了《列子·力命》之"力"，是人力人工之意。所论符合才的天赋性实际。参阅《中国现代学术经典·冯友兰卷》，第639页。

⑤ 李维桢：《王奉常集序》，《大泌山房集》卷11，《四库全书存目丛书》第150册，第529页。

⑥ 戴名世：《初集原序》，《戴名世集》卷3，王树民编校，中华书局1986年版，第59页。

围绕这一思想展开。其中所谓"非人力"的内涵包括：非是假借，非是人功，也非是传承。就具体的审美创作而言，这种人力的无奈有着以下具体的表现：

其一，决定文人品位的根本在于天赋，非得于学习师法。比如李白，其长歌如《蜀道难》之瑰奇，《将进酒》之豪壮，《问月》之慷慨，《襄阳歌》之流动，当时名家无与颉颃。究其底里："其才实出天赋，非学而能。"① 长歌之外，其绝句亦"气概挥斥，回飚掣电，且令人飘渺天际"，归其缘由，"此殆天授，非人力也"②。

钱谦益认为，诗歌创作之中诸如"金锵石戛，纷采繁会"、"清英峭特，霞飞飚举，秀出于笔墨之外"的不俗境界，皆"非可以学而能勉而中"，它源自主体的禀赋："迦陵、频迦之鸟，当其在鷇，其声已逾众鸟。狮子儿方踯地，野干（疑误）闻其吼，匿影窜去。此非有体气焉主之而若是乎？"③

袁枚广譬博喻，将这个道理申说得十分精细："其人之天有诗，脱口能吟；其人之天无诗，虽吟而不如其无吟。同一石，独取泗滨之磬；同一铜，独取商山之钟：无他，其物之天殊也。舜之庭，独皋陶赓歌；孔之门，独子夏、子贡可与言诗：无他，其人之天殊也。"至于"人之先天无诗，而人之后天有诗，于是以门户判诗，以书籍炫诗，以叠韵、次韵、险韵敷衍其诗"者，所行非诗道，因而"诗道日亡"！"诗不成于人而成于其人之天"，先天有诗的诗人其品自高，先天无诗而后天有诗者，多出于所谓临摹习练照猫画虎，只能纳入附庸风雅之列，无所谓品。④

其二，主体各自的创作风体受限于文才，不因模拟效法而改变其本色。这个结论是文学出于天赋别才的题中应有之义。古人曾言诗歌"虽小道亦有不可强而能者"，如果创作不从文才着眼，其拟古法古习古之学再深厚也无关于诗的根本，因为其背离了与本然文才相统一的创作风体：

---

① 陈沂：《拘虚谈诗》，吴文治主编《明诗话全编》，第 1945 页。

② 《李太白全集》卷 34 引丁龙友《李诗纬》，王琦注，第 1551 页。

③ 钱谦益：《钱宝汾诗序》，《牧斋杂著》，钱仲联标校，上海古籍出版社 2007 年版，第 430 页。

④ 袁枚：《何南园诗序》，《袁枚全集》第二册，第 494 页。

> 古今之人，才智不甚辽绝，殚精竭神，终其身而为之，而格以代降，体缘才限。流英硕彦，逞其雄心于此道，浅者欲其深，深者欲其畅，塞者欲其疏，疏者欲其实，弱者欲其劲，劲者欲其和，俗者欲其秀，秀者欲其沉，狭者欲其博，博者欲其洁，以并驾前人，夸美后世，其心盖人人有之。而赋材既定，骨骼已成，即终身力争而卒莫能改其本色、越其故步。①

才性是既定的，所以叫"赋材"——在中国古代，这个词起初并无夸诩高人一等的含义，只是表明各自所有、本然如此，彼此之间各不相同。"体缘才限"，就是体因才成，背弃自我文才本然而致力于其他格调的模拟，最终也难以"改其本色、越其故步"。

其三，主体长于何种体裁也由禀赋决定，非文人们可以随意选择。这一思想在"别才"论中也已经申明。又比如刘大櫆曾反复申述以上观点，其论文章之能，首先确立天赋的地位："文章者，人之精气所融结，而以能见称，天实为之。"随后则云：

> 人之生，同类而殊能，盖天使之。然尧、舜、禹、汤使为君，伊尹、周公使为相，孔、孟使为师，孙膑、吴起使为将，聂政、荆轲使为侠；老聃、庄周使为激诡，商鞅、李斯使为变乱，曹操、孙权使为奸雄，徐稺、管宁使为隐退；乌获使其力，孟贲使其勇，庆忌使其捷，师旷使其聪，离娄使其明，班输使其巧；养由基使射，卢、扁使医，伯牙使琴，秋使弈，宜僚使丸，钟、王使书，僧繇、道子使画：彼其能之，必有以使之也。

以上艺能皆出于各自禀赋："天使之能则能，天不使之能，穷其人终身之力犹不能也。"② 有鉴于此，刘大櫆以诗为例向文人们发出了如下警示："为其事而好，好之而久，未有不能工者。其好之久而不工，则其所得于天者薄

---

① 屠隆：《范太仆集序》，《白榆集》卷2，《续修四库全书》第1359册，第559页。
② 刘大櫆：《潘在涧时文序》，《刘大櫆集》卷3，吴孟复标点，上海古籍出版社1990年版，第102页。

也。天之所与，而人自弃之，举世多有；天之所不与，而人自取之，未之前闻。"① 人力的限度尽在其中。

维度二，人力可为，但可为的范围、程度最终依然决定于天的设定。这主要表现为：

其一，对文艺创作的主体素养涵育而言，所谓人力问题、学习问题是必富文才这个前提之下讨论的内容，也可以说，必备文才方可言学习。《文心雕龙·情采》早就说过："铅黛所以饰容，而盼倩生于淑姿；文采所以饰言，而辩丽本于情性。"文饰当然有益于诗文，但必须建立在具备如此"情性"的基础之上，情性就是才性；就如同化妆可以美化面容，但只有具备美妙的姿容，才能通过化妆显示出真正的风韵。这正如奇才猛将与兵书韬略的关系：

> 能诗犹能兵也。天下一切之事，可以人力致之，至于用兵，必其天之所自有，可学而不可学。诗之为道亦然。有诗之天，而人继焉，卓然为一家之言；有诗之天，而人或继焉或否焉，则诗纯杂相半；无诗之天强以人力求之，极其学问才气，有韵之文而已，于诗之妙无当也。且夫奇才猛将提挈三军之众，出入两阵之间，攻瑕蹈隙，疾若风雨，机动而心应，莫能言其故。儒者诵孙吴韬略之说，真若可信；临阵颠倒，眩惑无所措其头足，何则？苟其天之所有，出于心而合于古；苟非天之所有，孙吴韬略之精，无从而袭之也。夫诗亦若是而已矣。②

学问法度皆为文学不可或缺的素养，但主体如果不具备文才，则再充盈的学问再谙熟的法度也难以融入创作者的心智，路径有误而妄施鞭策，其结果可想而知。

其二，文才本量决定着人功所能达到的程度。从人与天的关系考量：所能者人，不能者天——人力所至自然可以有所成就，但成就的程度规模又为才所限定。才弱者学力补助也薄弱，譬如登山，有人攀跻峻绝，奋不

---

① 刘大櫆：《罗西园诗序》，《刘大櫆集》卷2，第72页。
② 施补华：《俞俞斋诗集序》，《泽雅堂文集》卷3，《续修四库全书》第1560册，第312页。

顾身，却始终与巅峰咫尺无缘，原因只有一个：自身的局限。关于文才本量决定着人功所能实现程度规模这个话题，我们可以举杜甫为例以为佐证。由于历代文人对杜甫的评价并不相同，尤其置于李杜优劣的话题之中更是众说纷纭，我们专门选取了正反两则资料，其于杜甫的评价不同，但归结点却一致：

或谓杜不如李，才不能及则学力所成亦见其勉强。此论出自明人，相关思想通过李杜等人的比较引申而出：

> 大抵人生覆载中，气禀才华，以为之主，而学问涵养，以为之辅，以取其蕴藉温润，资深逢源，然后无往而不得。观于司马迁、李白，天才迥出，又得于肆意历览，以发其蹈厉奋扬之气。至于扬雄、杜甫诸人，刻意深造，所以致其精微纯粹如不得已。具（误为其）诸天资，近道不能，学以充之；学虽黾勉，而天分或不能及，皆所谓"小乘而未能底于大成也"。①

有灵根者不学仅仅是一时的迷途，但无此根者必将终身无路以入。李白天才，肆力于学则有助于其奋发之气；杜甫天分微不能及，因而其黾勉学力于作品中尽管也创造出精微纯粹的风姿，却同样时时见出"如不得已"的人力痕迹。大家之间的较量，就如同高手过招，虽然技皆入神，但才具略弱者往往不免于某些细节之处露出破绽。

或谓李杜无可优劣，才高则学力补益备见雄厚。自唐代开始，就有人以"集大成"论述杜甫生平所能："微之谓其薄风雅，该沈宋，夺苏李，吞曹刘，掩颜谢，综徐庾，足见其牢笼万有。秦少游并谓其不集众家之长亦不能如此。"如此评价杜甫，"则似少陵专以学力集诸家之大成"。至明代李崆峒诸人，遂得出如下结论："李太白全乎天才，杜子美全乎学力。"但在清代诗人赵翼看来，视"集大成"为因学而至纯属"耳食之论"，他认为："其思力沉厚，他人不过说到七八分者，少陵必说到十分，甚至有十二三分者。其笔力之豪劲，又足以副其才思之所至，故深人无浅语。"杜甫"语不惊人

---

① 邵经邦：《林白石先生文集序》，吴文治主编《明诗话全编》，第2956页。

死不休"的惊人之笔以及其"集大成"的力量本就源自其才思，有此才思故而即有其思力（即人力）的博摄兼综，所以说：

> 思力所到，即其才分所到，有不如是则不快者，此非性灵中本有是分际而尽其量乎？出于性灵所固有，而谓其全以学力胜乎？[①]

思力表面看来本乎积学，实则难以超越才的辖制。杜甫的造就并非仅仅是人力付出的回报，其人力之所以能够取得如此造诣，恰是"出乎性灵所固有"，也就是说，有如此之才，方始有如此之学的如此功效。

以上两个例证，于杜甫品目截然相反，但最终都归结于才决定人力程度及规模。就文学创作而言，人力自然可以见乎精进，有天分者，非学力断不能成家。但很多学者只看到这一层，也只做到这一层，在其沾沾自喜之际却忽略了学力限于其才的前提，这才有了清人李重华"特患天分已先限之，即此事终悬隔耳"的感慨[②]。

三

归结到艺术审美价值的比量，即使作者皆备文才，但具体创作之中天事、人事的侧重不同，其审美价值也因此判然。就基本的审美规则而言：成于天赋而不显人力的作品具有异乎寻常的魅力，具有不可模仿复制的品质。

历代文学优劣的批评，其中一项重要内容就是剖析创作的天人之异。这种以天人判定诗文品位的思想肇发于唐代，刘禹锡云：

> 五行秀气，得之若多者为俊人；其色激沛于颜间，其声发而为文章。天之所与，有物来相。彼由学而致者，如工人染夏，以视羽畎，有生死之殊矣。[③]

其中以"五行秀气"、"天之所与"表示文才，因文才而得者与由学而致者

---

① 赵翼：《瓯北诗话》卷2，霍松林等校点，人民文学出版社1998年版，第16页。
② 李重华：《贞一斋诗话》，丁福宝辑《清诗话》，第932页。
③ 刘禹锡：《唐故衡州刺史吕君集纪》，瞿蜕园《刘梦得集笺证》卷19，第508页。

有生死之殊。后世附和此论者众多，刘将孙《须溪先生集序》云：

> 盖尝窃观于古今斯文之作，惟得于天者不可及。得于天者，不娇历而高，不浚凿而深，不斫削而奇，不锻炼而精。若人之所为，高者虚，深者芜，奇者怪，精者苦。三千年间，惟韩、欧、苏独行而无并。两汉以来，六朝南北，盛唐名家，岂不称雄一时？而竟莫之传者，天分浅而人力胜也。①

天才虽不排斥人力，但唯有得于天者方能不可企及。因为相比于随笔涂抹的率意、求之不得的苦吟，真正成于天才者命题属意如有神助，能够实现才华禀赋的自我成全。又如宋代谢尧仁泛论历代文人优劣：

> 文章有以天才胜，有以人力胜，出于人者可勉也，出于天者不可强也。今观贾谊、司马迁、李太白、韩文公、苏东坡，此数人皆以天才胜，如神龙之夭矫，天马之奔轶……若乃柳子厚专下刻深工夫，黄山谷、陈后山专寓深远趣味。以至唐末诸诗人，雕肝琢肺，求工于一言一字间，在于人力固可以无恨，而概之前数公纵横驰骋之才则又有间矣。

最终得出结论："人可勉也，天不可强也。"② 意思是说：人力而胜的作品可以黾勉以求，庶几得其仿佛，但天才胜者则难以师法效仿。

以上皆为文家诗家总言，就具体名篇而论，诸如曹丕《燕歌行》"倾情、倾度、倾色、倾声，古今无两"，如此绝诣境界，究其缘由，为其"殆天授，非人力"③。柳宗元《江雪》被赞为"信有格也哉！殆天所赋，不可及也"④。而唐人绝句中的"人面桃花相映红"、"清江一曲柳千条"、"画松一似真松树"等三首，纯出乎才趣，如同天造地设，着不得气力学问，所

---

① 刘将孙：《养吾斋集》卷 11，影印《文渊阁四库全书》1199 册，第 99 页。
② 谢尧仁：《张于湖先生集序》，《于湖居士文集》卷首，四部丛刊初编本。
③ 王夫之：《古诗评选》卷 1，岳麓书社 2011 年版，第 504 页。
④ 洪刍：《洪驹父诗话》，郭绍虞《宋诗话辑佚》卷下，第 425 页。

以被后世文人奉为唐人独步。如此境界又称为"不从人间来"。方苞遴选古文，于司马相如的作品搁置未选，自道原因说："盖相如天骨超俊，不从人间来，恐学者无从窥寻而妄摹其字句，则徒敝精神于蹇浅耳。"① 天所成者，人不可学。有此天巧能事，诗文创作才成为一桩令人难以度思的乐事，也成为一桩令人歆羡的雅事。清代文人邓绎认为，古人所谓"诗尽人间兴"、"诗犹有神助"之类的自诩，并不是一味的"兴到之语"，而是"意识与才气俱赴"之际的夫子自道！②

具体到历史上优劣批评的几个著名公案，诸如李杜优劣、苏黄优劣、临川吴江优劣等，其最终的判定依据基本上皆归结于彼此创作的天人之分。以李杜优劣为例，历代文人不约而同地指向李白诗歌的不可模拟性：

胡应麟："李杜二家，其才本无优劣，但工部体裁明密，有法可寻；青莲兴会标举，非学可至。"③

王百穀："李诗仙，杜诗圣；圣可学，仙不可学矣。"④

清代阙名《静居绪言》："诵供奉诗，如合大部乐，无论滞懑幽鄙之怀，为之冲旷；如焚百和香，无论邪僻秽败之气为之消歇。随举一韵一篇，势如转丸，灭绝斧痕凿痕。"随后的结论是："至其电之而为天笑，波之而为海立，岂凡才可拟，尘步可跂哉！"⑤

梁章钜论李白：

> 李诗不可不读，而不可遽学。有人问太白诗于李文贞公，公曰："他天才妙，一般用事用字，都飘飘在云霄之上。此人学不得，无其才断不能到。"窃谓太白之神采，必有迥异乎常人者，司马子微一见，即谓其有仙风道骨，可与神游八极之表；贺知章一见，即呼为谪仙人；甚至唐玄宗一见，即若自失其万乘之尊者。其人如此，其诗可知，故断非学力所能到。⑥

① 方苞：《古文约选序例（代）》，《方望溪全集》集外文卷4，中国书店1991年版，第304页。
② 邓绎：《藻川堂谈艺》，王水照辑《历代文话》，第6138页。
③ 胡应麟：《诗薮》外编卷4，上海古籍出版社1979年版，第190页。
④ 潘德舆：《养一斋李杜诗话》卷1引，郭绍虞辑《清诗话续编》，第2169页。
⑤ 郭绍虞：《清诗话续编》，第1638页。
⑥ 梁章钜：《退庵随笔》，郭绍虞辑《清诗话续编》，第1974页。

李白的不可学由此形成了后人的高山仰止。求诸文学实践，只有明代高启学习李白差强人意，其余以李白为师法者寥寥，"太白天才，不易学，而且学之不善，易流于'狂狙熟滥，放失规矩'。"[1] 历代在学习李白问题上所达成的共识，以及杜甫在历代的流行，是对"人可近而天难及"的生动说明。这种论述表面看来没有轩轾，但天人的分野之中实则寓有身价的比量。

临川吴江优劣也是如此。明代吴江派、临川派的才律之争虽然后来出现了调和之论，但当时的调和有一个理论倾向，即普遍对文才表达了远过于律法的推扬。王骥德云："词隐之持法也，可学可知也；临川之修辞也，不可勉而能也。大匠能与人规矩，不能使人巧也。其所能者人也，所不能者天也。"又云：

> 天之生一曲才，与生一曲喉，一也。天苟不赋，即毕世拈弄，终日咿呀，拙者仍拙，求一语之似，不可几而及也。然曲喉易得而曲才不易得，则德成而上与艺成而下之殊科也。[2]

其文显然是说，沈璟之律可学而能，但汤之情辞却只有凭借天赋，将"曲才"与"曲喉"纳入"德成"与"艺成"的比对评量，其高下已昭然其间。孟称舜认为沈璟专尚谐律，汤义仍专尚丽辞，二者俱为偏见；但两相对比："工辞者，不失才人之胜，而专尚谐律者，则与伶人教师登场演唱者何异？"[3] 吕天成《曲品》以"绝代奇才"、"天资不凡"推扬汤显祖，而以"匠石"、"庖丁"比附沈璟，一天一人，一可及一不可及，二人皆延续了王骥德的思想，明确表达了对天才创造这种不可学而能性质的歆仰。

综上所论，文学不废人功，而天资寒蹇或仅有人功却不能抵达极境：从才学关系而言，尽管文学是以学济才与以才运学的统一，文学不可无学，但文学的根本又实不在于学；从才法关系论，文学尽管是敛才入法与申才抑法的协调，但诗成于法其妙又不在于法。文学主体素养体系中，才为盟主，这是漫长审美历史中艺术实践与批评实践的共同结论。

---

① 刘麟生：《中国诗词概论》，《中国文学七论》，广西师范大学出版社 2007 年版，第 288 页。
② 王骥德：《曲律》卷 39，《中国古典戏曲论著集成》第四册，第 166、178 页。
③ 孟称舜：《古今名剧合选自序》，蔡毅编《中国古典戏曲序跋汇编》，第 445 页。

天的皈依与美的瞩望融合，文才尊奉的思想由此确立。[①]

第二节　人道之尊：才情——才的审美之维

作为文艺审美范畴的"情"发端于早期的"诗言志"理论，全面成熟于魏晋六朝时期。魏晋文人具有深情，其时玄学风行，名教与自然的论争、圣人有情无情的辨析，裹挟着汉魏人性的自觉潮流，使得文人性情在当时获得很大的解放，理论关注程度大幅度提高。这与才从哲学人伦识鉴范畴向文艺审美范畴的转型完成几乎同步。情关系着文学的发生动力，才则决定着情的发抒表现，从此才与情在审美理论中以一种密不可分的姿态出现，《文心雕龙·情采》篇便是二者关系最早的理论总结，也是"才情论"基本成熟的标志。

正如《序编》所论，哲学意义的"才情"不是"才"与"情"的机械叠加，它是一个体用范畴，表示主体才性在其性情中的呈现。相比之下，后世文艺理论所谓"才情论"的内涵则要宽泛得多。它或指向作者的素养，或指向作品的质地，有时也指向创作的动力。虽然万变不离其宗，相关言说

---

① 中国古代这种文才出于主体禀赋的思想与西方的"天才"论不尽相同。古希腊时期的天才被看作神灵附体，视为纯粹的天赋，它与灵感往往一起现身。至十九世纪，德意志哲学家谢林以"绝对者"、"理念"等置换了"神"这一概念，天才便成为栖息在人身上的神性的存在，艺术创作则是绝对者的流溢。康德在"天才"之外格外关注到了才能之"才"，并将二者做了区分（在英语中，天才接近"Genius"，而才或者才能接近"Talent"），但他认为才能是天才的素养之一，尤其强调了才能由于源自天才因而也是天赋的。于是才能也有了神授的意蕴。而尼采将天才视为情欲的支撑与宣扬："艺术家倘要有所作为，都一定禀性强健，精力过剩，像野兽一样充满情欲。"尼采这种从生理学上对天才的阐释，当然也可以说是从禀赋论文才，但其禀赋的内涵最终被集约到了官能力量的发泄冲动。因此有学者概括西方天才思想为两个时期，早期的古典哲学主张天才的神秘性，强调其来源为神灵的凭附；后期——主要是现代哲学则往往将天才归结为无意识领域。因此以上天才论或者才能论与中国文才论的主体性是有一定区别的。但吻合之处也很多。狄德罗《关于天才》的谈话录中虽然格外强调了天才特殊、神秘，但同时认为它可以部分视为"是头脑和脏腑的某种构造，内分泌的某种结构"——视天才为一种生理的构造，虽然不能确指，却回归了才之禀赋的人间性。叔本华强调才具有强烈的主体精神对应："那些被称作天才的人……他们中的每个人都各自具有鲜明的品格特征和心灵特征……正是上述缘故，才使阿里奥斯多的笑谈是如此的正确并著名：自然在一位天才身上盖上印戳之后，就把模子捣毁了。"才有着不可复制性。以上之论与我国论才兼容禀赋之气质与其所能所宜实则异曲同工。以上参阅李鹏程、王柯平、周国平《西方美学史》第三卷，中国社会科学出版社2008年版，第155、109页；王峰《现代美学视野中的天才与趣味》，《文艺理论研究》2003年第2期；〔德〕叔本华《论天才》，《叔本华论说文集》，范进等译，商务印书馆1999年版，第407页。

皆仍以才情本于才性、融乎性情禀气为基础，但自显的形态明显丰富，概而言之，包含以下四个面相：直接以"才情"范畴论文、以才论文、以情论文、同时以才和情从各自侧重的维度论文。

从文艺才情的多情、深情二端考察，这个范畴属于天道的自足范畴，具有禀赋性特征——并非人人都具有如此敏锐丰富又可随时因兴激发的情怀。它是维持文人的身份、维持文艺创作独到审美素养的核心范畴。如果说论才学、才识、才气同样可以适用于学术研究、事务综理，兼容非艺术性写作，那么只有才情的提倡，超越了纯理性的实用意义诉求，归依于美的显扬、创造。才情又是人道的自证范畴，人道之所以区分于物类之道，其根本在于人之有情。从魏晋文人的"钟情"到龚自珍的"尊情"①，中国文人对情一直维持着一往而深的情态，"有情世界"——这是人道得以维系的根本所在。才情并非出离于人性的普遍，恰恰是人性最为集约的承载，富有才情的文人既是人性之美的认知者、体察者、描述者与颂扬普及者，又是人道的伦常温煦与多彩的见证者、润色者、创造者与引领者。既本于天道，又代言人道，既源于常情又高于常情，才情因此成为才的审美之维。才情尊奉由此而来，这种尊奉，可以视为文艺审美向人性的礼敬。

一

才情论是以传统的性情论为基础发展起来的，《序编》中我们已经对此作出了论述。这种性、情关系的认知在汉代已经基本普及，赵岐注《孟子·告子上》即称："性与情相为表里，性善胜情，情则从之。"这和《孝经》"此哀戚之情，情从性也"的论述有着一致性②。古代哲学在性、情这种源流关系认知基础上，形成了以下两个思想：情出于性，性情不违；性感而生情，情违乎性。从外感论情与以性论情因此呈现出一定程度的龃龉。

以性言情是正统儒家审美理论的基石，并经常以"性情"的表述形式出现，意在提示性对情的约束，《诗大序》中"吟咏性情以风其上"的情便历来被普遍解读为得性之中和而性情一体。北齐刘昼则明确论述过二者的抵

---

①　龚自珍《长短言自序》："情之为物也，亦尝有意乎锄之矣；锄之不能，而反宥之；宥之不已，而反尊之。"

②　孙奭：《孟子注疏》卷11，《十三经注疏》，第2749页。

牾："人之禀气，必有性情。性之所感者，情也；情之所安者，欲也。情出于性而情违性，欲由于情而欲害情。"① 没有否认性作为情的本源，但"感"却成为情生之后背离于性的诱因。

进入文艺领域的情兼容着从性言情与由感论情，在不同政治立场、美学思想引领下每每各有分野，又时时见其权宜变通，但作为魏晋以后审美批评关注的主流范畴，其核心意蕴仍然集中于和才气禀气相关的个性化情怀感思。情的内涵极为丰富，不止从睹物兴情、情以物迁论其发生，也未必如古人常言所谓七情六欲那么明晰，但凡心志被具体化、个体化、主体化者皆是情的内容，表现为繁多而细微幽渺的文人独特生命感受。

情与文艺关系的核心在于：情是文艺创作的原动力。《尚书·尧典》中的"诗言志"被视为情感与文艺关系最初的论述，朱自清称之为中国诗学的开山纲领。又如汉代《礼记·学记》云："诗言其志也，歌咏其声也，舞动其容也，三者本于心然后乐器从之。是故情深而文明，气盛而化神，和顺积中而英华发外。"这其中的"文"是就礼仪文化而言的，并非指向文学，刘敞则直接将其解读为文艺创作写情的关系依据："惟深故能通天下之志，以极万物之理，则文有不明乎？""文有所不明，由其情之蹇浅也。"②。情的真伪深浅在此已经成为文章的关键。

在"情深文明"说之外，汉代有关情与诗歌关系更为直接的论述出自《诗大序》："情动于中而形于言，言之不足故嗟叹之，嗟叹之不足故永歌之，永歌之不足，不知手之舞之足之蹈之也。"又曰："发乎情止乎礼义。"从情到言，是诗歌的必然理路。此论是"诗言志"思想的展开，形成了中国文学初始阶段较为系统的创作发生理论。及《文赋》"诗缘情而绮靡"之论出，强调诗歌的"缘情"特征——诗歌无情作为动因，虽绮靡而非诗。标志着文学理论从创作发生论已经深入至文学体性特征的定位。

才、情之间的附会融通以其在哲学上的体用关联为基础，这种特征从哲学深化于美学，并以才、情之间彼此相须的形式赋显。如班固"感物造耑"则"材智深美"的论述已开其端倪，情的激发与条理直接关系到才能确认。

---

① 傅亚庶：《刘子校释》，第 10 页。
② 刘敞：《公是先生集序》，《彭城集》卷 34，影印《文渊阁四库全书》第 1096 册，第 332 页。

　　两晋之际，才、情的内在联系日益为理论界洞察，才情概念于人伦识鉴领域的运用也日趋广泛。如《世说新语·政事》注引《续晋阳秋》："（何充）思韵淹通，有文义……才情。"《赏誉》："人问刘尹：'玄度定称所闻不？'刘曰：'才情过于所闻。'"又如《赏誉》林公论孙绰、许询："二贤故自有才情。"《文学》注引《续晋阳秋》："凿齿……才情秀逸。"① 以上指向又多与主体的文艺才情相关。

　　如此一来，论文兼言才、情渐成常态。《文赋》就先统言"体有万殊，物无一量，纷纭挥霍，形难为状，辞程才以效伎，意司契而为匠"；随后论述诸体，于诗即言"诗缘情而绮靡"。这个诗歌体性的定位，李泽厚、刘纲纪经过分析认为可以扩大到艺术类的所有创作：

　　　　"缘情"与"绮靡"构成陆机所说的两个不可分离的特性，实际上也是一切称得上是文学艺术的作品所必须具备的两个基本特征。尽管就文体而言，具体的要求对不同的文体可以有所不同。从《文赋》中可以清楚看出，陆机在论述各种文体的写作须注意的共同问题时，他所强调的也正是"缘情"与"绮靡"这样两个基本的方面，即一个属于"情"（它和陆机所说的"意"不能分离，是构成"意"的最根本的东西）的方面，一个属于文辞的美的方面……此外，陆机对诗之外的其他文体的特征的评论，分析起来也不外"情"与文辞的美两个方面的结合。②

陆机所论"绮靡"即为文辞之美，就是"辞程才以效伎"。而兼备情辞的要求不仅针对诗歌，还指向众多其他的艺术审美性创作，因此可以说"诗缘情而绮靡"就是才情论的滥觞。

　　随之"才情"逐步纳入文艺范畴，并广泛运用于文艺批评。《世说新语·文学》："裴郎作《语林》始出，大为远近所传。时流年少，无不传写，各写一通。载王东亭《经王公酒垆下赋》，甚有才情。"《赏誉》："许掾尝诣简文，

---

　　① 徐震堮：《世说新语校笺》，第 100、259、264、141 页。
　　② 李泽厚、刘纲纪：《中国美学史魏晋南北朝编》，安徽文艺出版社 1999 年版，第 261 页。

尔夜风恬月朗，乃共作曲室中语。襟情之咏，偏是许之所长，辞寄清婉，有逾平日。简文……曰："玄度才情，故未易多有许。"注引《续晋阳秋》又有补充说明："简文皇帝、刘真长说其情旨及襟怀之咏，每造膝赏对，夜以将日。"此处的襟怀之咏等，应该包括清谈，也有诗歌的吟咏。所言才情，就是兴寄俯仰的情怀、吟咏情怀的能力以及所体现的主体风度气质。

从美学观照而言，不仅才、情彼此的美学意义得到普遍关注，而且才与情之间的关系认知也有了深化。《世说新语·文学》云：

> 孙子荆除妇服，作诗以示王武子。王曰："未知文生于情，情生于文？览之凄然，增伉俪之重。"

其中"文生于情，情生于文"或作"文于情生，情于文生。"所谓"文生于情"即为情动于中而形于言，形于言的过程即为才藻敷布的过程；"情生于文"，本意是讲作品包纳众情，且传写真切，能诱发读者深情。因此以上所论已经隐约表达了才、情之间的内在关联。①

以"诗缘情而绮靡"的论述为滥觞，以"才情"范畴在人伦识鉴、文艺批评之中的广泛运用为基础，以"文生于情，情生于文"的辨析为开拓，才情论逐步走向成熟，而其成熟的标志便是《文心雕龙·情采》篇的出现。

《文心雕龙》以情为文源，《知音》云："夫缀文者情动而辞发，观文者披文以入情。"《体性》云："情动而言形，理发而文见。"以情论文不仅贯穿于刘勰的整个理论系统，而且刘勰论情，往往兼才而言。

首先，"情采"之"采"就是魏晋六朝文学批评普遍关心的"才藻"，各因其才而成就。汉魏时期论文才，其所属意的范围集中在诗文体貌之美，如曹植《王仲宣诔》中的"发言可咏"、"文若春华"，《前录序》中的"故君子之作也，俨乎若高山，勃乎若浮云，质素也如秋蓬，摛藻也如春葩"；殷褒《荐朱俭表》中的"飞辞抗论"、"络绎奇逸"。又如吴质《答魏太子笺》云："伏惟所天，优游典籍之场，休息篇章之囿，发言抗论，穷理尽

---

① 　徐震堮：《世说新语校笺》，第145、268、138页。

微；摛藻下笔，鸾隆之文奋矣。虽年齐萧王，才实百之。"①《三国志·魏书·文帝纪评》云："文帝天资文藻，下笔成章，博闻强识，才艺兼该。"皆以文华形貌为主要关注对象，其中文藻为其核心，因此"才藻"便成为当时的流行语汇。诸如《魏书·阮籍传》言阮籍："才藻艳逸而倜傥放荡。"②《世说新语·文学》注引《续晋阳秋》言许询："询有才藻，善属文。"言殷仲文："雅有才藻，著文数十篇。"③ 许询的才藻，是指他祖尚郭璞又加以三世之辞形成的玄言诗，其"一时文宗"的地位即假此确立。至于阮籍的才藻，刘师培认为就是指其诗文创作的语言：

> 《魏志》以"才藻艳逸"评籍，最为知言。籍为元瑜之子，瑜之所作，如《为曹公作书与孙权》诸篇，均尚才藻，多优渥之言，此即籍文所自出也。

当然，阮籍这种"才藻"与徒事藻采尚自不同。《文心雕龙·体性》言阮籍"响逸而调远"，刘师培认为："彦和以'响逸调远'评籍文，与《魏志》'才藻艳逸'说合；盖阮文之丽，丽而清者也。"④ 此说抓住了魏晋才藻审美的要害：主丽而清，与繁缛秾丽不尽相同。这种审美风尚与玄言清谈推崇才藻不无关系，如《世说新语·文学》云："因论《庄子·逍遥游》，支作数千言，才藻新奇，花烂映发。"又云："王长史宿构精理，并撰其才藻，往与支语，不大当对。王叙致作数百语，自谓是名理奇藻。"又云支道林、谢安等共集清谈："支道林先通，作七百许语，叙致精丽，才藻奇拔。"⑤ 这些"才藻"皆是对清谈所作的评论，因此可以理解为有玄理且能耸动视听的妙语，这种言辞审美在清谈繁荣的时代自然会影响到诗文风尚。

即使不以才藻直接论文，其时论才也往往指向文藻。陆机《文赋》论

---

① 严可均：《全三国文》卷 16、卷 19、卷 43、卷 31，见《全上古三代秦汉三国六朝文》，第 1143、1154、1298、1221 页。

② 《三国志》卷 2，第 1 册，第 89 页；卷 21，第 3 册，第 604 页。

③ 徐震堮：《世说新语校笺》，第 143、148 页。

④ 刘师培：《中国中古文学史讲义》，陈引驰编校《刘师培中古文学论集》，第 37 页。

⑤ 徐震堮：《世说新语校笺》，第 121、124、130 页。

"程才以效伎"，其所划定的才的驰骋范围便是"辞"。慧皎《唱导论》云："夫唱导所贵，其事有四：谓声、辩、才、博。"这个"才"专指宣道之际的"绮制雕华，文藻横逸"。《文心雕龙·明诗》论建安诗人所谓"慷慨以任气，磊落以使才"，而才之所使，便体现于"造怀指事，不求纤密之巧；驱词逐貌，惟取昭晰之能"。《体性》之中"辞理庸隽，莫能翻其才"与《事类》所谓"才馁者劬劳于辞情"意旨相同。可见才与"辞理"、"辞情"在当时有着普遍的对应。当然，所谓文藻不仅是文辞意旨与雅俗、文质，还部分包容着音声清浊。

以上论述说明，魏晋六朝之际文学言才，其核心指向便是文学作品的藻采、声韵等形式美的创造，因而论文人创作的藻采，即指文才所塑造的形貌，又兼容着如此美质的塑造能力。《文心雕龙·情采》之"采"实则就是这个含义，刘勰称"圣贤书辞，总称文章，非采而何"？称文则自然尚采。又曰："虎豹无文，则鞟同犬羊；犀兕有皮，而色资丹漆，质待文也。"质实不可无文，万物如此，文章亦然："若乃综述性灵，敷写器象，镂心鸟迹之中，织辞渔网之上，其为彪炳，缛采名矣。"就是说：文人提炼抒发情怀、铺叙器物形貌、组织文辞于纸札、表达心迹于文字篇章，其光明映照，便获得文的美号。以上论及的文藻辞采，于作品为审美体貌，于作者则源于各自的文才。因此，刘勰论辞藻文采不可缺，即是对文才的表彰。

但在此之外，刘勰又专门指出："水性虚而沦漪结，木体实而华萼振，文附质也"，必须先有其实际、其情事、其情实、其情感，方可言文采藻饰。所以创作首先要处理好采饰与情性之间的关系："夫铅黛所以饰容，而盼倩生于淑姿；文采所以饰颜，而辩丽本于情性。故情者文之经，辞者理之妙；经正而后纬成，理定而后情畅，此立文之本源也。"要获得装饰美化的最佳效果，必须先有其姿容；欲为文藻丽密，必须以情的真诚深厚为根柢。就如布帛纺织，先备其经然后方可经纬相成。反复的譬喻，本义即在于提醒作者：情为质地。文采藻饰既然为文才之所能，那么采与情之间的关系，实则蕴含着才情关系。

《文心雕龙·物色》篇也由情采立论："春秋代序，阴阳惨舒；物色之动，心亦摇焉。"物色相招对主体亦有要求，入兴入感而能情动者，必然是

"珪璋挺其惠心，英华秀其清气"者。"珪璋"为美玉，古人以"珪璋之资"比附人的天资才性优越。而"诗人感物"为情，"联类不穷"为才；"随物以宛转"为情，"写气图貌"、"属采附声"、"与心而徘徊"则为才。物色的论述兼备情采，才、情寓乎其中。

《文心雕龙》言情之处很多，如《物色》："辞以情发"；《知音》："夫缀文者，情动而辞发"；《体性》："夫情动而言形，理发而文见，盖沿隐以至显，因内而符外者也。"但作为中国文学理论重要的奠基人，刘勰对以往的情论有很大的深化，其显著标志在于论文言情往往要及乎文才，以上《体性》言"情动而言形"之后，继之则论道："然才有庸俊，气有刚柔，学有浅深，习有雅郑，并情性所铄，陶染所凝。"情虽然提供了外显的势能，但才气学习的庸俊刚柔及浅深雅郑，又对情的书写有着决定作用。其中，学习为后天，可以调整；才得自先天禀赋，不是工夫可及。尤其值得关注的是：刘勰所论情、采或才、情，并非分列的两项素质，而是彼此蝉联牵系，统一于一体，即就此情论此才，就此才论此情，始终深附于"才情"畴才性、性情体用一体的基本特征。

刘勰不仅仅论及才情的不可离析，更涉及情文不可偏失，既含情怀敏悟，又兼传写刻画，所论全面而深刻，所以我们说《文心雕龙·情采》的出现，标志着才情理论的成熟。随之钟嵘《诗品》论谢灵运"兴多才高"①、徐陵《玉台新咏序》在赞许宫中美人"其佳丽也如彼"的同时特地标举"其才情也如此"，则既指美人之风雅，又指作品之艳冶，更是明确以才情论文了。

---

① 钟嵘《诗品》论谢灵运："其源出于陈思，杂有景阳之体，故尚巧似而逸荡过之，颇以繁芜为累。嵘谓若人兴多才高，寓目辄书，内无乏思，外无遗物，其繁富，宜哉。然名章迥句，处处间起，丽典新声，络绎奔会。"以上文字依据通行的陈延杰注本（依照明钞本校）。曹旭《诗品集注》依据《御览》、《竹庄》本将"兴多才高"校改为"学多才博"；且疑"兴"为"学"之繁体字坏去下部造成，又引《宋书·谢灵运传》"少好学，博览群书，文章之美，江左莫逮"相证，因此断定《萃编》本作"若人兴多才高而学博"为误。（参阅曹旭《诗品集注》，上海古籍出版社1994年版，第160页）按：此处的异文，核心集中在是"兴多才高"还是"学多才博"上。笔者认为，这个语境之下，以"兴多才高"更贴切。文中与这句话相接的是"寓目辄书，内无乏思，外无遗物"，皆就物我关系而言，是与谢灵运纵情山水对应的，寓目之物与动心之思交会而成者当是兴，因此以"兴多才高"为优。许文雨依据明钞本整理而成的《钟嵘诗品讲疏》作"兴多才高"，文渊阁四库全书本作"兴多才高博"。兴者情也，钟嵘以才兴论诗，因此也是兼才、情论文的代表。

事实上，后世才情论基本延续了六朝所确立的基本格局，尤其情采论更是成为才情关注极为普泛的形态。如明代屠本畯曾集纂诗歌佳什，标名即为《情采编》，其自序云：

> 夫诗者宣郁之音，持性情之本，其道必情采兼备，然后性灵可表。若情而不采，终非鼓物之宏词；采而不情，是岂由衷之隽永？……诗本心声，宜镂志于雅韵；诗惟物采，务绘情于锦心。则知声是情条，采惟声貌。在昔风人之什，春容大篇，寂寥短语，莫不缘藉才情，凭凌气骨，而发为日新之业者以此。①

诗必兼情采，情者心声雅韵，才者物采锦心，凡为诗则"莫不缘藉才情凭凌气骨"，情采与才情因此统一。标名"陈性学所养甫"的《情采编序》也附和这个结论："方其灵根未启，浑然中涵者性也而已。感触时神思默运，万途竞萌，命之曰情，而性实统其关键。吟咏间吐纳珠玉，舒卷风云，命之曰采，而情以运其枢机。根性达情，其情不窕。"以上是作者"情采非二之者，辟之文质然"论断的铺展：文质并非简单并列，而是"文质相须"，情采亦然，所以创作之际先有感触，继有吟咏，既见神思默运之情思酝酿，又呈风云舒卷的行文裁布，此为"根性达情"、"缘情著采"，即情采的相合与相须。缘情则神思不滞，因此"缘情"一论之中实则既含创作动力、创作内容，也兼举文饰悬构的才能。与此相反，"王充挥藻而殚思，扬雄辍翰而惊梦，含于采也，此岂叔世人心，既雕既琢之后乃尔"。王充、扬雄的创作属于苦吟，既雕既琢，务求于藻采，由于缺乏情的鼓动以及情动之下才思的飞扬，故而成为刻意雕琢的反面代表。综其所论，情采即是才情。

而汤显祖在《次答邓远游渼兼怀李本宁观察六十韵》中，将"情无泛源，藻有余绪"的审美"归于才情"，不仅承续了六朝情采的理论，而且通过对"情"泛溢性的规限，对"藻"书写效果的引申，又实现了才情论的

---

① 屠本畯：《情采编序》，《情采编》卷首，《四库全书存目丛书》第347册，第525页。

深化。①

文艺理论范畴的"才情"有着独到的内涵，有学者将其理解为抒情的才能或者诗人运用一定的文学技巧表现思想情感的能力，这与对文才性能的理解没有区别。有学者从才与情的两方面关涉论才情："才指超乎一般的想象力、广博的文化修养和突出的文学创作能力；情则指丰富而纯厚的情感世界和不拘程式、不受束缚的性格风采。合而释之，即独特的个性化思想光辉、情感境界和艺术创造的能力。"② 才与情在此被视为了两种不同的能力。也有学者通过对王夫之"内极才情外周物理"的分析，注意到了才情的整体性：

> 伟大诗人之才，可谓妙手、巧心、手腕、神笔、大手笔、化工之笔和追光蹑影之笔等；伟大诗人之情，可谓襟宇、怀抱、灵心、巧心、文情和文心等。"才情"，用最简洁的话说，即灵心巧手、文心笔妙。内极才情是诗人灵心巧手的充分展现，是即物达情、文心独运的艺术表现力或创造力的高超发挥。③

"才情"兼容感发与表现，贯彻于创作的始终——以即物达情始，以文心独运终，不仅内心生活、情感充沛，而且可以达之于文藻运思。相比之下，这个解释更贴近才情的面目，但仍有忽略之处。事实上，"才情"是从禀赋的意义上通过"情"的形态来表现"才"的，这是才情的根本特征。也就是说，以上诸解更为本质的疏忽在于，他们并未认识到才与情之间的体用性质，从而视才与情为主体两种不同的素养或禀赋。"才情"作为才现身于情的范畴，本义在于凸显主体情性的独到、敏锐，以及主体表现其多情深情的妙笔灵心。

二

从本质而言，才情是主体才性于其性情的映射。具体到文人才情则集中

---

① 储著炎：《汤显祖才情说的理论内涵及其思想渊源》，《淮北师范大学学报》2012年第4期。

② 李昌集：《中国古代曲学史》，华东师范大学出版社2007年版，第519页。

③ 崔海峰：《王夫之诗学中的"内极才情，外周物理"论》，《社会科学辑刊》2005年第4期。

体现于多情、深情的敏感（见《序编》所论），因而才情论中兼容着主体性情。以此为基础，古代文艺理论中的"才情论"实则包括显在或潜在的四个面相，分论如下。

（一）以"才情"范畴直接论文。唐宋之际，儒家的正统思想具有较强的统摄性，文以明道、文以载道的理论占有一定的市场，因此直接标榜才情、倡导自我性情以及主体性的批评受到一定抑制。明代中后期文学经历了启蒙思潮的洗礼，当乎国运由盛而衰的关节，体制把控力降低，个性升扬与破除束缚成为重要的潮流，文学重情由此成为时代的强音，中国文学论"才情"也达到一个高潮。先是"才情"思想广泛普及，被视为创作的根本与品位的依恃。如汤显祖："大制五种，缓急浓淡，大合家门。至于才情，烂漫陆离，叹时道古，可兴可悲。"① 袁宏道："极他日才情之所合，嘉州长江可渐至也。"② 王穉登："李才情俊，杜才情郁。"③ 王骥德："谓临川南曲，绝无才情。夫临川所诎者法耳，若才情，正是其胜场，此言非公论。"④ 沈宠绥："昭代填词者，无虑数十百家，矜格律则推雄词隐，擅才情则推临川。"⑤ 吕天成："倘能守词隐先生之矩矱，而运以清远道人之才情，岂非合之双美者乎？"⑥ 陈子龙："惟宜盛其才情，不必废此简格。"⑦ 文坛总体推扬之外，个体以才情论文同样繁密。以王世贞为例：

尺牍《张幼于》："足下诗故饶才情，轻俊流易。"尺牍《穆考功》："高季迪格调小降，其才情足以掩带一代。"⑧ 评严羽诗歌"全乏才情"，评岑参"才甚丽而情不足"⑨。又其《曲藻》多论才情，如言元代曲家"咸富

---

① 汤显祖：《答凌初成》，《汤显祖诗文集》卷47，第1344页。

② 袁宏道：《郝公琰诗序》，《袁中郎全集文钞》，中国图书馆出版部1935年版，第13页。

③ 《李太白全集》卷13附录王穉登《李翰林分体全集序》，第1515页。

④ 王骥德：《曲律》，《中国古典戏曲论著集成》第四集，第170页。

⑤ 沈宠绥：《弦索辨讹序》，《中国古典戏曲论著集成》第五集，第19页。

⑥ 吕天成：《曲品》，吴书荫校注，中华书局2006年版，第37页。

⑦ 陈子龙：《李舒章仿佛楼诗稿序》，《安雅堂稿》卷3，孙启治校点，辽宁教育出版社2003年版，第34页。

⑧ 王世贞：《弇州四部稿》卷128，影印《文渊阁四库全书》第1281册，第146页；《弇州四部稿续稿》卷207，影印《文渊阁四库全书》第1284册，第913页。

⑨ 王世贞：《艺苑卮言》卷4，《历代诗话续编》，第1007页。

有才情，兼喜声律，遂擅一代之长"；周宪王杂剧："虽才情未至，而音调颇谐。"①

又如汤显祖，创构《牡丹亭》，宣扬生可以死、死可以生的一往深情，与冯梦龙等为情著史、以情立教形成呼应，因此其才情之论也极为突出。大致指向有二：或论主体素养。他平生心仪六朝文学，自道"才情偏爱六朝诗"，故而品目六朝诗人即宣称"吾怜小谢最才情"。如言虞长孺："妙于才情，万卷目数行下。"评梅禹金："才情好似分流水。"或论作品造诣。评友人郑豹先《旗亭记》："其词南北交参，才情并越。"《答凌初成》评其创作："乃辱足下流赏，重以大制五种，缓急浓淡，大合家门。至于才情，烂漫陆离，叹时道古，可笑可悲，定时名手。"论友人创作："良书美韵，沨沨其来。情无泛源，藻有余绪。至于商发流品，归于才情，雅为要论。"②

以上才情普遍的提倡与个体集中的宣扬，贯通了主体素养、灵能与作品境界。

（二）言才而兼情。由于才性与性情之间的体用关系，古代审美批评言才往往兼容着性情。如王鸣盛评论赵翼的诗歌创作云：

> 诗之道大矣，非才与境相遭则无以发之。耘菘之才俊而雄，明秀而沉厚，所得于天者高，又佐以学问，故言之短长与声之高下皆宜：略言之不见其促，繁言之不见其碎，浅言之不见其轻浮，深言之不见其郁闷。当其得意，如关河放溜，瞬息无声；又如太阿出匣，寒铓百道。兹非其才为之与？而不知其妙绪独抽，排粗入细，正多腻旨妍思溢乎文句之外，而未尝徒以驰骋为能事也。且耘菘之境则又异甚：夫在廊庙台阁则有应奉经进颂祷密勿之诗，在军旅封圻则有赠酬告谕纪述扬厉之诗，在山林田野则有言情咏物闲适光景之诗。兹数境者，人鲜克兼之，若耘菘则兼之矣。承恩优渥，驭历中外，出处两得。有境以助其才，有才以写其境，而耘菘之诗出焉，能不为近时一大宗哉？

---

① 王世贞《曲藻》，《中国古典戏曲论著集成》第四集，第 25 页。
② 储著炎：《汤显祖才情说的理论内涵及其思想渊源》，《淮北师范大学学报》2012 年第 4 期。

才与境相遭而有诗，境包括自然与社会环境、人生际遇。文中论赵翼之境指向其在廊庙、在军旅、在山林的不同出处。主体与如此之境相遇，或春风得意，或倜傥风流，或悠然自得，皆有其不同的情怀、不同的创作。但人人皆有境遇的变幻，能够因境得宜、无往不适者却罕得其人，王鸣盛就自道赵翼所历之境"皆吾境"，而赵之自得与王之自道"老病局缩"又自有别；至于能够将这种境遇转化为"若挟我之尻轮神马而翱翔乎万里之外"、令人鄙吝顿消的诗作，更非人人皆能。境遇百变而诗随境发，文才博者其兴必高。因此，赞誉赵翼之才，实则兼有对其多情多思、多兴多赏的惊叹。①

（三）以情论文。情与文关系的确立远比"才情"范畴的出现要久远。《尚书·尧典》"诗言志"、《诗大序》"发乎情，止乎礼义"之论为其奠基，随后古代文艺论情，皆由此衍生而来，诸如："诗者根情"、诗者"吟咏性情"、"诗无不本于性情"、"情生诗歌"、"情者文之机"、"诗者情之发于声音"诸论；另有诗本性情、文为情之华或"性情，诗之体"等不同说法，但其内涵没有差异。情相对于创作而言是本、是根、是源头。②

古代文艺理论中，由于审美追求的差异，作为文艺构成要素的理、法、学、识与声、辞、意、理等等皆曾获得不同程度的强调。但是，情作为创作发生根本源泉的地位是从未动摇的，其他要素或可有所出入，唯独情不可缺。

以情论文在情或性情、情性、性灵范畴的直接应用之外，还包括以与情内涵相近或密切相关的范畴研讨文艺：

或言志。《尚书·尧典》"诗言志"之后，《诗大序》云："诗者，志之所之也；在心为志，发言为诗。"孔颖达释"志"："蕴藏在心谓之为志"、"包管万虑，其名曰心；感物而动，乃呼为志。"③ 志是人心为外物所感之后的反应，因此情、志一体在古代生命认知理论中是一个共识，汤显祖就直接以情释志："志也者，情也。……万物之情，各有其志。"④ 鉴于情与志这种

①　王鸣盛：《瓯北集序》，《瓯北集》卷首，《续修四库全书》第 1446 册，第 339 页。
②　以上文字参阅白居易《与元九书》、叶梦得《玉涧杂书》、严羽《沧浪诗话·诗辨》、汤显祖《耳伯麻姑游诗序》、袁宏道《叙小修诗》、袁中道《阮集之诗序》、傅山《文训》、钱谦益《陆敕先诗稿序》、乔亿《剑溪说诗》卷下等相关论述。
③　孔颖达等：《毛诗正义》卷 1，《十三经注疏》，第 270 页。
④　汤显祖：《董解元西厢题辞》，《汤显祖诗文集》卷 50，第 1502 页。

关系，美学批评中很早便出现了"情志"论。

又或为感。感是情直接的动力，本义就是血气运动。感作为一种生命现象，从《周易》就有了很全面的总结。《周易》的整体义理结构实则就是因感应而建构：古人分《周易》为上经与下经，上经开篇是乾坤二卦，下经则始于咸卦。乾坤为阴阳而异类相感，咸卦依彖辞的解释即为："咸，感也，柔上而刚下，二气感应以相与。"孔颖达称："咸道之广，大则包天地，小则该万物。感物而动谓之情也。天地万物，皆以气类共相感应，故观其所感，而天地万物之情可见矣。"① 阴阳交感与情因此也是一体的。

文艺因"感"而生。如音生于感，《吕氏春秋·音初》云："凡音者，产乎人心者也。感于心则荡乎音，音成于外而化乎内。"② 《礼记·乐记》云："凡音之起，由人心生也。人心之动，物使之然也。感于物而动，故形于声。""人生而静，天之性也；感于物而动，性之欲也。"③ 至《诗大序》总结这种因物而感的物我关系，形成了中国诗歌理论最根基性的规律总结："情动于中而形于言"。钟嵘《诗品序》对此的解读为："气之动物，物之感人，故摇荡性情，形诸歌咏。"将情动于中的原因直接归结于物之感人。

或曰兴。《文心雕龙·物色》中就有"情往似赠，兴来如答"之论，情兴并言，表达共同的作为生命振作的原始力量。李善注《宋书·谢灵运传论》"兴会标举"之"兴会"为"情兴所会"④；贾岛《二南密旨》则云："兴者，情也，谓外感于物，内动于情，情不可遏，故曰兴。"⑤ 直接以情、兴互训。

或曰气。情无论如何表达，它与气的一体化关系是不可变易的，许慎《说文》即以"人之阴气有欲者"释情。殷璠《河岳英灵集序》云："夫文有神来气来情来。"神、气、情一体，神为气之精，情为气之动，因此由神至情是气的一个由幽约至显豁的过程。当然，纳入审美情怀讨论的气是具有方向感和一定生命活力及生发势能的，所以茅元仪云："夫文生乎情也，情

---

① 孔颖达等：《周易正义》卷4，《十三经注疏》，第46页。
② 许维遹：《吕氏春秋集释》，第143页。
③ 朱彬：《礼记训纂》卷19，第559、564页。
④ 《文选》卷50，李善注，第2219页。
⑤ 贾岛：《二南密旨》，陈应行《吟窗杂录》卷3，王秀梅整理，中华书局1997年版，第174页。

之所钟，无弗行也，无弗激也，而乘乎气。气其丽情而生者乎？"[1] 气与情相附丽，难分难解。

从文艺审美维度再进一步讨论，体现审美境界的几个重要范畴无一不与情相关：

趣与情相关，是为情趣。《文心雕龙·章句》云："是以搜句忌于颠倒，裁章贵于顺序，斯固情趣之指归，文笔之同致也。"趣的意旨有二：其一为"反常合道"[2]，即出乎寻常之外又在情理之中，是情的表现形式。情与趣的差异或在于主体感受的深浅："深情浅趣，深则情，浅则趣矣。"[3] 这个浅不是艺术质量的价值品位评判，而是类似清溪见底一类的明秀之美。其二在于生活的动感。谢章铤云：

> 词宜雅矣，而尤贵得趣。雅而不趣，是古乐府。趣而不雅，是南北曲。李唐、五代多雅趣并擅之作。雅如美人之貌，趣是美人之态。有貌无态，如皋不笑，终觉寡情；有态无貌，东施效颦，亦将却步。[4]

有雅而无趣，就如同美人面目姣好却僵硬矜持，此为"寡情"，无趣者即寡情。

韵与情相关，是为情韵。情韵首发于艺术品目，谢赫《古画品录》言戴逵："情韵连绵，风趣巧拔。"[5]《文心雕龙·铨赋》已开始将其纳入文论："彦伯梗概，情韵不匮，亦魏晋之赋首也。"情韵就是性情洋溢于外所彰显的韵度，它是从创作者独有的性情焕发而出的，融会有个体活泼的生命活力，不是凭学问技巧可以获得的。如果没有性情的支撑，即令作品花枝招展，也只能惊人观听，却难以动人情怀。所以情韵一体，"情即所谓余音也"[6]，二者有着本然的相通性。

---

[1] 茅元仪：《虞伯醇近草序》，《石民四十集》卷19，《续修四库全书》第1386册，第243页。

[2] 苏轼评诗云："以弃常为宗，反常合道为趣。"见阮阅《诗话总龟》前集卷50引，第492页。

[3] 陆时雍：《诗镜总论》，丁福保辑《历代诗话续编》，第1418页。

[4] 谢章铤：《赌棋山庄词话》卷11，唐圭璋辑《词话丛编》，第3461页。

[5] 谢赫：《古画品录》，王伯敏等编《画学集成》（六朝——元），第20页。

[6] 钱维乔：《答简斋太史》，《袁枚全集》第六册，第366页。

情趣、情韵既是作品的审美标尺，同时也是创作主体的素养要求。这些范畴的出现，不仅深化了美学之情的内涵，同时也保障了文艺的优雅与灵动。从情以及这些由情敷衍而出的虚灵性审美范畴论文，多倾心于真情、深情的呼唤，立足于创作的发生动力与文机涵养，意在激发才情的本能，力求本然才情效益的最大化，正如张际亮所云："其情深，则才始完也"①。因此以情及其相关范畴论文的本质就是才情论，论文言情者往往兼容着对才的默认，是"才情"范畴才现身于情的简化言说形式。又如茅元仪如下之论：

> 汉之格四而五也，非创也，情至而格生焉。犹有先民之遗风乎？魏之自夫汉也，犹风雅之祖赓歌也，情不渝焉。六季其靡乎？然而巧者犹情之支也，情不衷而何保于格？……夫絜情以求格，可以为难矣。降格以求情，吾则不知也。夫情至而格不能一黍间也。格生于情，灼然也；诗之病也，而非一途也，亦灼然也。矫今而复过之，可乎哉？故曰：格之卑也，情之不及也。君子恶夫不及情者以此。②

格调之论，文称衍生于盛唐，实则自六朝《诗品》追溯源流已肇其端。茅元仪以为盛唐诗歌或雕或俚，已经开辟了两个不同的诗歌发展方向，随后宋元明三代各有追随；明人之中，公安派之俚，七子以及随后云间诗人之雕，也概莫能外。而真正的格不是从前人那里继承来的，情至则格生。茅元仪之意在于：文学要创新，必须发真情。而从真情至自我体调，从自我的寄托到其廉顽立懦效果的诞生，又皆依靠着文才的卓越。

（四）以"才"、"情"同时从各有侧重的维度论文。古代审美批评中时有将"才情"范畴分解，而以才、情同时论文又各有侧重的论述形制，这种形制实则依然属于性与情内在体用逻辑的具体展开：主体才性可以直接影响到情怀的生息浓淡，天赋深厚者，就性情而言，其唤醒心灵、激发情怀的禀赋往往异乎常人；就性能而言，其对情思的描摹必然深厚感人。这就是才盛情深。

---

① 张际亮：《答姚石甫明府书》，《思伯子堂诗文集》文集卷3，第1338页。
② 茅元仪：《敷公诗序》，《石民四十集》卷15，《续修四库全书》第1386册，第208页。

这种论述模式起初是通过"文、情"关系体现的，《世说新语·文学》王武子论孙子荆悼妇诗"未知文生于情，情生于文，览之凄然，增伉俪之重"即其发端之论，"文"的成就包纳了成文才能，因此"情生于文"之论中已经表达了才之于情的效用。后世文人论述才情关系，不乏以文情关系相代者，这种关系的核心意旨就是才盛情深，正如屠隆所云："丰神之增减，大都视其材矣。材多则情赡而思溢，光景无尽；材少则境迫而气窘，精芒易穷。"① 诗歌以"高华秀朗"为极致，文才不同其成就者各有出入：才多则主体神思洋溢，作品情感表现也便丰厚富赡；才少则无论人、文，左支右绌，神气易尽。

钟惺、谭元春通过评点卓文君《白头吟》附和此论。钟惺云："文君此时为此语，若其初奔，止爱相如之才，非必以其为一心人也。然有才人亦自有情。"谭元春则认为："有此妙口妙笔，真长卿快偶也。不奔何待？"又云："有一种极难为长卿语，长卿不得不止。文君之奔与妒，生于才耳。"② 奔、妒皆为情，两情之浓烈，熔铸为《白头吟》这一传世佳作，深情、丽文皆生于才，所以叫做"有才人亦自有情"。又如丁澎评《摄闲词》云：

> 慎庵词如芙蓉出水，秀色天然，晓黛横秋，苍翠欲滴。时而慷慨悲歌，穿云裂石；时而柔情纷绮，触絮粘香。偶携一册于西湖夜月，倚声而歌，不觉驱温、韦于腕内，掉周、柳于毫端。文人之情生于才，有如是乎？③

其中所论作者文才创生情意盎然的作品，能够引发读者"情生于文"的同情，作者将其归结于"文人之情生于才"。这个结论是心意餍足的读者对作者的盛赞：不仅主体能够先自感，并且具备自感而后感人的灵能。这种思想又被表述为"惟能文者善言情"，天下"钟情特甚，仓促邂逅，念切好逑，矢生死而不移，历患难而不变"者在在皆是，却往往尘埋无闻，究其原因：

① 屠隆：《冯咸甫诗草序》，《白榆集》文集卷1，《续修四库全书》第1359册，第547页。
② 钟惺、谭元春：《诗归》卷3，张国光等点校，湖北人民出版社1985年版，第60页。
③ 聂先、曾王孙：《百名家词钞》，《续修四库全书》第1721册，第652页。

一为"彼实不知个中意味",虽经动人心魄的情爱缠绵,却当局者迷,缺乏自感的性情;一为"不能笔之记之",鲁莽莸裂,文才匮乏,即使笔之录之,也不具备"传诸后世"的才思笔力。自感为情,感人需才,二者一体始可有为。① 袁枚延续此义,明确提出了"才盛情深"的命题:"才者情之发,才盛则情深;风者韵之传,风高则韵远。"② 意思是说:才是情获得抒发与表现的依赖,才的大小与作者情意感发的浓淡以及作品之中所演绎之情的深浅密切相关,就如同风(相当于主体的气骨)是作品之韵传播塑造的力量,所以风高而韵能悠远。类似的论述还有:"情生于才,才大则情挚"、"无才则无情"③,以及"长以才者必有情"④,所论同样兼主体情怀感激与作品情境塑造。

以上有关才情之间这种生息关系的论述,在认定文艺主体素养之余,兼容着主体本然所生发的情意、情景、情境等皆可因才获得鲜活表现的意蕴,也就是涵蓄了性情、性能的不同指向。就这种情怀及其具体表现而言,在自感然后感人的"真诚"之外,还包括合乎现实情感逻辑的"设情"。剩斋氏论《英云梦传》云:"何物才人,笔端吐舌,使当日一种情痴,三生佳偶,离而合,合而离,怪怪奇奇,生生死死,活现纸上。即艰难百出,事变千端,而情坚意笃,终始一辙。其中之曲折变幻,直如行山阴道上,千岩竞秀,万壑争流,几令人应接不暇。"因而向作者发问:"当时果有是人乎?抑子之匠心独出乎?"作者应道:

> 唯唯,否否!当时未必果有是人,亦未必竟无是人。子弟观所没(当为设——作者注)之境,所传之事,可使人移情悦目否?为有为无,不任观者之自会?此不过客窗寄兴(误为典——作者注),漫为叙次,以传诸好事者之口,他非所计也。

① 剩斋氏:《英云梦弁言》,《中国历代小说序跋集》,第 1318 页。
② 袁枚:《李红亭诗序》,《袁枚全集》第二册《小仓山房外集》,第 22 页。
③ 何炳麟:《红楼梦论赞跋》,郭绍虞主编《中国历代文论选》三,上海古籍出版社 2001 年版,第 150 页。
④ 笤溪生:《闺秀诗话》,民国 22 年上海新民书局排印本。

能文者善言情，正是有才者善言情。小说中的故事、情节、人物以及相应的情感也许是杜撰的，但作者却可能恰有此幽微细致的情感体验；即使没有这种体验，也具有对这种情感推衍、预设与体察的能力。正因为如此，剩斋氏闻作者的回答而称善，且云能如此"则是集之成，不属子虚乌有与海市蜃楼等耳"。[①]

综上所论，以才、情同时从各自侧重的维度论文，兼具性情与性能，实则是才情统一、才情相称的反复宣示，是妙笔与深情融合的艺术境界表达，可以视为才情论追求的最终价值所在。如果要追溯这种才情统一、才情相称作为最终艺术审美价值确立的依据，则依然要归结于"才情"范畴。才与性情体用一体的本然特征。杨维桢《沈生乐府序》曾论才情的相称：

> 张右史尝评贺方回乐府，谓其肆口而成，不待思虑雕琢。又推其极至，华如游金、张之堂，冶如揽嫱、施之祛；幽洁如屈、宋，悲壮如苏、李。具是四工，夫岂可以肆口而成哉！盖肆口而成者，情也；具四工者，才也。情至而此，贺才子妙绝一世；而文章巨公不能擅其场者，情之不至也。

以情为源头、动力、内容，以"情至"为兴会发端；而才则表示可以具备所列举的华、冶、幽洁、悲壮四体之工的能力，二者相称，方为才子的身份，方可成就"妙绝一世"的辞章。但才出自禀赋，其能自有局限；情同样与禀赋相关。不过主体才性决定的是其情的感发敏迟与发抒规律或模态。至于情充满人间烟火气的泛溢与强烈发抒冲动，则有着古今不易的共性，这与才能的稳定性相比，可谓相去甚远。因此，才、情二者关系处理不当则容易产生偏颇，他举例称："自疏斋、酸斋以后，小山局于方，黑刘纵于圆。局于方，拘才之过也；纵于圆，恣情之过也：二者俱失之。"所以杨维桢主张披帙可"见其情"，而情又要"成于才"，此为发于情而成于才。这样既关顾到了情的发抒性，也维系了才的独到性；才有局限则扩其造诣，以使拘者得通；情易放肆，故需陶其性情以自搏节。乐府由此成为才与情相称前提

---

① 剩斋氏：《英云梦弁言》，丁锡根编《中国历代小说序跋集》，第1318页。

下融合调剂的产物。① 袁中道也曾论称："夫名士者，固皆有过人之才，能以文章不朽者也。然使其骨不劲而趣不深，则虽才不足取。"② 赵南星也称："诗非徒才也，必与情兼妙而后能之。才与情合而成趣。成趣之谓能言，谐趣之谓知言。"③ 其意也在于才情的称和。至于清代张际亮所言"无才则情滞，无情则才浮"④，才情相称之意表达得更为斩截。这种才情兼备相称思想的反复申张并非文人的自饰与倨傲，而是文艺审美的本然高度。

三

才是性之偏宜，对应着千差万别的性能潜力，或伎术，或艺植，或贸易，或记诵，或音乐，或医学，或理治，不一而足。但只有主体的心智结构系统呈现出深情感发、厚意察识的潜质，即其才情出类拔萃者方可进入文学艺术殿堂。因此，才情是才的审美之维。

关于这个论断，我们可以从古代文学理论批评关于主体素养、创作境界与审美要素的相关论述以及诗人与学者的身份论争中得到答案。

（一）从古代文学理论批评关于主体素养的论述看，才情是诸般素养之中不可或缺者。总结历代关于文士素养的论述，先秦两汉多论德性学习，魏晋六朝则兼包了才、情、学、德。以《文心雕龙》为例，既言"才为盟主"，又称"情者文之经"，视情为"立文之本源"，又以"为情造文"劝人，且专立"情采"一篇研讨才情。可见才情在当时已经成为文艺美学重要的关注对象。

六朝以后主体素养的理论建构当以唐代的"才学识"论为代表，此即刘知几的"三长"说，由于意在论史，所以影响理性判断的"情怀流连"便被排斥在外。"三长"论至宋代进入文学批评，明清文人又融会禅学心学思想将胆、力纳入，由此形成了一个贯穿文学史历程、以"才学识"论为基础而逐步丰富完善的主体素养论体系。而与其相关的典型论述之中，皆包

---

① 杨维桢：《东维子文集》卷11，四部丛刊初编本。

② 袁中道：《南北游诗序》，《珂雪斋集》卷10，钱伯城点校，上海古籍出版社1989年版，第457页。

③ 赵南星：《苏杏石先生诗集序》，吴文治主编《明诗话全编》，第5424页。

④ 张际亮：《答姚石甫明府书》，《思伯子堂诗文集》文集卷3，第1338页。

蕴着对主体才情的要求。

其一，先看宋代相关的论述。宋代以才学识论文已经十分普遍，撷其较为人知者如下。

苏轼云："秦少游、张文潜，才识学问，为当世第一，无能优劣二人者。"①

黄裳云："《言意》之为书，识性为之根蒂，才性为之文饰，记性为之证据。合是三性而本于心，禀其可否，著为群言，犹之读书万卷，历历可引其文义，胸间洞然，曾无一点实乎其中。"②

卫宗武云："学以本之，识以充之，才以融之。"③

苏轼意在品目秦观、张耒，首先才学识三者兼言并论。但随之分言："少游下笔精悍，心所默识而口不能传者，能以笔传之；然而气韵雄拔、疏通秀朗，推文潜。"秦观以笔相传的"心所默识"，包纳着思之所至与性之所感，不外乎情志。张耒作品的"气韵雄拔、疏通秀朗"同样是其性情的映像。才学识外，情不可废。

黄裳之论出自他为《言意文集》所作序言，其中识性、才性、记性就是禅学话头下的才学识。在论述三性之前，黄裳专门列出如下前提："道本于心，以性为体，以情为用。"即文以明道，而道并不玄虚，就存在于主体本心；心同样不幽昧，它以才性、识性、记性为体，以情感情思为用。三性既然与情思为体用关系，二者自然属于一体而不可析分。

卫宗武是在审视自己《秋声集》的时候得出以上结论的，他直接沿用刘知几成说论诗，但在拈出才学识之先他也先标"心"的作用："秀而为士，縤方寸精微发为辞，演为章，又所以题拂乎天地，人之文者也。"文必以"方寸精微"为源泉，就是讲以心为逻辑原点。这个理路同乎苏轼的笔传心识之论，与黄裳"合是三性而本于心，禀其可否，著为群言"的思想也两相吻合。心在早期属于心智系统的概括范畴，心之官则思，思含情思、意思，二者又融为神思。可见作者言才学识而论心，同样未离开情意二字。

---

① 苏轼：《书付过》，孔凡礼《苏轼文集苏轼佚文汇编》卷5，中华书局1986年版，第2562页。

② 黄裳：《言意文集序》，《演山集》卷19，影印《文渊阁四库全书》第1120册，第142页。

③ 卫宗武：《秋声集自序》，《秋声集》卷首，影印《文渊阁四库全书》第1187册，第629页。

在才学识不可离"心"之论以外，宋末方回则于明确宣称"作诗不具此三长可乎"之后，从才与禀气的关系立论，专门提醒："才根于气。"这并非方回的理论发现，而是他对传统才性理论中性情本乎才性思想的有意复述，在文学主体素养论中接通才与性情这种本然的关联，可谓意味深长：作为文学主体的根本素养，才情有着其不可摇撼的根基与地位。①

其二，再看明代相关的论述。明代中后期对于三长论出现了一次呼应高潮，且在继承基础上又多有开拓，才学识之外逐步增加了情、韵、趣、胆、力等素养。但无论如何表达，才情于其中皆不可或缺，且总体呈现出逐步清晰、明朗的理论认定情势。

首先是明言才情为主体素养之本。"明言"之意就是说，在文学主体素养的论述中直接推扬才情的地位作用。如袁中道论袁中郎文有"五别"：

> 上下千古，不作逐块观场之见，脱肤见骨，遗迹得神，此其识别也；天生妙姿，不镂而工，不饰而文，如天孙织锦，园客抽丝，此其才别也；上至经史百家，入眼注心，无不冥会，旁及玉简金牒（本作叠，疑误），皆采其菁华，任意驱使，此其学别也；随其意之所欲言，以求自适，而毁誉是非，一切不问，怒鬼嗔人，开天辟地，此其胆别也；远性逸情，潇潇洒洒，别有一种异致，若山光水色，可见不可即，此其趣别也。②

识、才、学、胆、趣五宗素养不同于他人，此为才子之雄。五者没有明显的轩轾。其中的"趣"便被表述为"远性逸情"，情趣一体，言趣即是言情。而其论楚人敢为天下先的因由："夫楚人者，才情未必胜于吴越，而胆胜之。"③ 论李贽"才与趣不及子瞻而识力胆力不啻过之"④，则皆属于才情的直接颂扬。

情趣之趣以外，顾起元则以"迈往之材，绝尘之识与拔俗之韵三者相

① 方回：《杨初庵诗卷序》，《桐江集》卷1，《续修四库全书》第1322册，第367页。
② 袁中道：《吏部验封司郎中中郎先生行状》，《珂雪斋集》卷18，第755页。
③ 袁中道：《花雪赋引》，《珂雪斋集》卷10，第459页。
④ 袁中道：《龙湖遗墨小序》，《珂雪斋集》卷10，第474页。

御而行"为诗文日新富有的主体源泉①，论韵即为言情。

其次是隐言才情为主体素养之本。由于情为文学发生之源是一个美学的根基性原理，早已进入理论默证范围，如非特别的强调则文艺理论往往不必从头说起，于是这种隐言才情为主体素养之本的形式成为理论言说的常态。如明代文人受佛禅影响，其论审美主体素养较此前增加了"胆、力"，凡于才学识之外侧重于胆力之论者，表面来看似乎多不涉及情。比如黄汝亨的"才学识力"论：

> 秦汉以来作者，惟韩、欧学本经术，追踪迁、向。柳有沉力，王有偏识，曾有质朴而才不逮。独苏子瞻之才贯串驰骤而又得之禅悟，颓然天放，白香山次之。后世学无本原，相师小慧，于韩、欧亡当，则动称苏、白以文其陋，苏、白天为徒，又焉可刻画求之也！②

江盈科的"才识胆"论：

> 要之有中郎之胆，有中郎之识，又有中郎之才，而后能为此超世绝尘之文。不然，傍他人门户，捡其唾余，拟古愈肖，去古愈远。③

钟惺的"才胆识力"论：

> 其识力卓而突，能超世；其才力大而沉鸷，能维世；其胆力坚忍而神，能持世；其骨力重而不软媚，能振世。④

三种素养之论中基本包纳三长，增加了"胆、力"，表面看来皆与情无关，实则不然。

---

① 顾起元：《寓林集序》，黄汝亨《寓林集》卷首，《续修四库全书》第 1368 册，第 574 页。

② 黄汝亨：《快雪堂集序》，《寓林集》卷 3，《续修四库全书》第 1368 册，第 648 页。

③ 江盈科：《解脱集二序》，《江盈科集》，黄仁生辑，岳麓书社 1997 年版，第 405 页。

④ 钟惺：《先师雷何思太史集序》，《翠娱阁评选钟伯敬先生合集》卷 1，《续修四库全书》第 1371 册，第 292 页。

　　黄汝亨于韩愈、欧阳修、柳宗元、王安石、曾巩等皆有微词，因为其造诣或偏于学、或偏于识、或偏于力，苏轼兼备才学识力故而能为千古仰止。在作者看来，后学之中冯开之具备才学识力，因而其作品便有了"宛然苏白风流"的审美特征。这种特征，于其小传小记尺牍等"任笔所及有致有裁"、于其五言近体"得趣山水琴樽间触物赋咏"、于其日记之文则"随事漫识取适临时"，其中致、趣与适等皆为情之所在。

　　江盈科在本节文字论"胆、识、才"之前特地表彰袁中郎尺牍种种入妙："盖其情真而境实，揭肺肝示人，人之见之，无不感动"，"总之自真情实境流出"，与嵇康、李陵之作"异世同符"。

　　钟惺论文艺素养已经明确标以"才、胆、识、力"，开叶燮论诗理脉。而此四者建功的前提则在于，四者必是"全出于志气之中而散处于笔墨之间者"，这种"志气"显然就是其所谓"自然之性一往奔诣"的情志。

　　可见，以上诸论中情虽隐蔽，却同样在场，作为主体素养，才情不仅不可缺，而且不可分离。在此之外，从另一方面理解，"胆力"之"力"实则也离不开情的把控。如谭元春论袁中郎："其议不待人发，而其才不难自变，其识已看定天下所必趋之壑，而其力已暗割从来所自快之情。"此处所谓"暗割从来所自快之情"的"力"，虽然有才学识的支撑，实则仍然与情相关："古今真文人，何处不自信，亦何尝不自悔。当众波同泄、万家一习之时，而我独有所见，虽雄裁辨口摇之，不能夺其所信，至于众为我转，我更觉进。举世方竞写喧传，而真文人灵机自检，已遁之悔中矣。"① 其间之"悔"是裹挟在识见之中的情怀，是深情力识，真积力到，有其涌动则主体始能调动才力，换一副笔墨发我性灵，而非成就性灵空架、入万口一词之中。明人言力虽有传统文论概念的承续，但更多地依然吸纳了禅学的思想，禅学论忍力、言愿力，其中都有大情怀的彻悟与持守。

　　以上明代文人所论，依据其出现频率可以初步确定：情、识、才、胆四者为当时文学批评大致共同关注的对象，尤其情、才、识三者几乎言必及

---

① 谭元春：《袁中郎先生续集序》，《谭元春集》卷22，第599页。

之，只是对情的说明或表于韵、趣，或多为隐性的兼涉。出于文学实践引领、现实理论思潮矫正的需要，这种理论共识在晚明已经开始被一些文人更为鲜明地揭示。如钟惺在论述胡彭举创作之际即宣称："夫世不难创此体，而难于彭举之才之情之识之诣。无彭举之才情识诣，百七章中，必不能无断缺补凑，虽创胡取焉？"[①] 其中的"诣"就是造诣，指向"周览冥搜"，指向其诗中"有三百篇、有汉郊祀乐府、有韦曹诸家"的博采。如此看来，"才情识诣"就是"才学识情"。

及乎明末清初，以上文艺主体素养论述的纷呈已经孕育出清晰的理论总结。吴伟业云："诗之为道，不徒以其才也，有性情焉，有学识焉。其浅深正变之故，不于斯三者考之，不足以言诗之大也。"[②] "才学识情"在中国文学理论批评史中由此获得了明确的揭示。

其三，正是在这样的学术潮流与批评语境下，清初叶燮推出了影响深远的"才胆识力"主体素养理论体系，而这个体系的根基依然是才情。《原诗·内篇》开篇即作出了概括：

> 大凡人无才，则心思不出；无胆，则笔墨畏缩；无识，则不能取舍；无力，则不能自成一家。

继而又论："曰理、曰事、曰情，此三言者足以穷万有之变态。凡形形色色，音声状貌，举不能越乎此。"主体素养为才胆识力，外在世界为理事情，诗文即在才胆识力与理事情的互动之中产生。

叶燮的"才胆识力"论也是在"才学识"论基础上拓展而成的。他所增加的力实质上就是才力、学力、识力的综合，其所谓力之中包括了学，因此叶燮没有再单独论学。为了说明这个内在素养体系，作者随之引进了一个"诗基"说。《原诗·内篇》在回答"诗可学而能乎"这个问题时说：学而能者尽管存在，却未必是"工而可传者"，"诗之工而可传"的奥秘不在于学而能。通过学诗而实现工诗是行不通的，那么如何可以工

① 钟惺：《韵诗序》，《翠娱阁评选钟伯敬先生合集》卷2，《续修四库全书》第1371页，第307页。

② 吴伟业：《龚芝麓诗序》，《吴梅村全集》卷28，上海古籍出版社1990年版，第664页。

而且传呢？他说："我谓作诗者，亦必先有诗之基焉。诗之基，其人之胸襟是也。有胸襟，然后能载其性情、智慧、聪明、才辨以出，随遇发生，随生即盛。"① 这个胸襟近似于人的胸怀襟魄，胸襟具体所包括的"性情、智慧、聪明、才辨"叶燮又称之为"性情、才调、胸襟、见解"，居乎其首者即为性情。于是其"才胆识力"之论，同样是主体性情涵盖下的"才胆识力"。

以上主体素养的论述，皆以不同的形式表明了如下立场：无论才、学、识、胆、力，只有纳入到主体性情的统摄之中方能实现其审美意义与价值的"解码"。而在以上以才、学、识、胆、力综言主体素养的研究基础上，明清之际，以多情、钟情确认文人性质已经形成美学共识：

> 文生于情，非情人不能为文人。②
> 非文人不能多情，非才子不能善怨。③
> 学士大夫，情与文之所钟。④
> 工诗者多不能忘情之人也。⑤
> 苟无锐敏之知识与深邃之感情者，不足与于文学之事。⑥

就这些不乏才技、性能的文人才子论情，所言者自然是才情。

（二）从古代文学理论有关创作圆成境界与审美要素的论述来看，才情不可或缺。作为一个审美过程，文学创作实则就是才情所寄的过程，正如明际皇甫汸所云："诗不贵于占缀绮靡而贵于兴寄才情"，且以"兴寄深而才情赡"为追求⑦，以才情融美、神情合至为创作的最高境界，如此的创作才

---

① 叶燮：《原诗》，第16、17、23页。

② 李渔：《评鉴传奇二种·秦楼月》，《李渔全集》第18卷，浙江古籍出版社1992年版，第103页。

③ 顾贞观：《饮水词序》，《饮水词笺校》附，赵秀亭等笺校，中华书局2005年版。

④ 龚自珍：《乙丙之际塾议第二十五》，《龚定庵全集类编》卷6，夏田蓝编，中华书局1991年据世界书局1937年版影印本，第122页。

⑤ 陈衍：《石遗室诗话》卷3，张寅彭主编《民国诗话丛编》一，第51页。

⑥ 王国维：《文学小言》，周锡山编《王国维文学美学论著集》，北岳文艺出版社1987年版，第25页。

⑦ 张时彻：《芝园定集》附录评语，《四库全书存目丛书》第81册，第722页。

具有传世的资质。但人文体，无体不然。①

其一，这种不可或缺表现为具体创作之际必才情并至而文境始成。张耒论贺铸的词作有两个重要特征，首先是情至："文章之于人，有满心而发，肆口而成，不待思虑而工，不待雕琢而丽者，皆天理之自然而情性之道也。"刘邦、项羽皆为雄暴虓武之雄，"至其过故乡而感慨，别美人而涕泣，情发于言，流为歌（一作泽）词，含思凄婉，闻者动心焉"，更何况贺铸本自儿女情长呢？其次是粉泽："若其粉泽之工，则其才之所至，亦不自知也。"满心而发属于情动于中，粉泽工丽则是才之所至。贺铸之词，之所以"其盛丽如游金张之堂而妖冶如揽嫱、施之袪，幽洁如屈、宋，悲壮如苏、李"，成其家数境界的根本在于才情并至。②

其二，才情融合是创作能鼓动生气的必由之路。宋人田锡云：

> 禀于天而工拙者，性也；感于物而驰骛者，情也。……若使挥毫之际，属思之时，以情合于性，以性合于道，如天地生于道也，万物生于天地也，随其运用而得性，任其方圆而寓理，亦犹微风动水，了无定文，太虚浮云，莫有常态。则文章之有声气也，不亦宜哉！③

文中"禀于天"的"性"指向的是性能才能。挥毫之际，情思与自我才能禀性的相合便是才情融合。由于禀性本于自然之道，本乎元气，以禀性陶冶为津梁，便可以接通情思、性能与自然之道，从而实现一气涵融的原动力归依，如此则主体生机发动而不滞息，其创作即如气化赋形，随物而变，因地制宜，作品之中自然会鼓荡起饱满的生气。

其三，才情相称是维持作品真善美的保障，也是艺术创新的原动力。皎然《诗式》提出"诗有四不"：气高而不怒，力劲而不露，情多而不暗，才

---

① 作为小道的传奇，向来无人纂入其集，但王士禄编辑《燃脂集》却将徐渭《四声猿》、汤显祖《临川四梦》附于集后，自道其缘由："此亦才情所寄，曷可没也？"参阅《燃脂集例》，《四库全书存目丛书》第 420 册，第 729 页。

② 张耒：《贺方回乐府序》，《张耒集》卷 48，李逸安、孙通海、傅信点校，中华书局 1990 年版，第 755 页。

③ 田锡：《贻宋小著书》，《咸平集》卷 2，影印《文渊阁四库全书》第 1085 册，第 382 页。

赡而不疏。虽由反面立论，却依然是以才、情、气、力的协调发挥为创作的要义。古人于不纵才、不滥情，能尽才而去伪情虚情矫情论述繁多，其念念不忘于此的缘由，正在于才情的品位，决定着艺术的品质，关乎真、善、美。陶望龄提出，文学创作的过程不外乎"叩虚给饶抒至迁纪至易"，其中虚为才，饶为学，至迁为情，至变为事："夫文有常新之用，有必弊之术，接而不胜迁者情也，多而不胜易者事也，虚而不胜出者才也，饶而不胜取者学也，叩虚给饶以抒至迁纪至易，故一日之间而供吾文者新新而不可胜用，夫安得而穷之?"① 变是本质，拘守徒见其寡陋。相对而言，情事变迁，才不胜出，学不胜取。以才情为源头，以事体为对象，以学为辅助，自我生化，创生新变，恰是文学所谓"创作"的根本。情事与学最终必依赖于才而得以显现，才情处于如此审美逻辑，必须融合而不可缺。

综上而言，历代关于文学创作之论林林总总，其间关涉到一系列审美要素，但究其根本，正在于才情两端：

> 世所谈诗，详哉其言之矣，然总之则才情两端。凡曰体格曰采色曰声律曰事类，皆才所经纬也。曰思致曰比兴曰风调曰神理，皆情所缘饰也。才所经纬，酝酿于情；情所缘饰，荐藉于才。总文精虑，妙在心悟，斯悬解之真机，密附之要诠也。②

才情之间相依相融：才笔描述的正是情所酝酿而出者，情流连徘徊者又依靠才思的表现。情足于己，才周于物，才能实现心中之诗向有声之诗的物化，这就是才情兼备而神明不测。③

（三）从诗人与学者身份的认知来看，彼此的差异正在于才情。刘知几的三长论是古代文史素养论的重要成果，但由于产生在史学背景之下，其才学识主要经理的对象与文才素养要求不尽相同，尤其在才的普泛性日益被文

---

① 陶望龄：《徐文长三集序》，《歇庵集》卷4，《续修四库全书》第1365册，第239页。

② 孙应鳌《西玄集序》，黄宗羲编《明文海》卷238，影印《文渊阁四库全书》第1455册，第636页。

③ 钱锺书也曾论云："性情可以为诗，而非诗也。诗者，艺也。艺有规则禁忌，故曰'持'也。'持其情志'，可以为诗；而未必成诗也。艺之成败，系乎才也。"参阅《谈艺录》，第39页。

才荣耀掩蔽的语境之下，文人与学者从各自身份出发，对才学识各自承担的任务、三者能否兼备于一体等问题在理解上产生了很大分歧。

由于历代文才的尊奉与风光，清代学者普遍将才学识之"才"视为文藻之才、创构之才，并自负地以为才学识可以兼备一体，虽然其所能偏于学术，但他们往往毫不怀疑自己同样富于文才。至于所为不丰，合理的解释是：那只是他们牛刀小试。姚鼐将三者具化为义理、考据、文章，其中文章为长于诗文、义理为长于著述、考据为长于小学。面对所谓三者难以兼容的质疑，他认为是"不善用之则或至于相害"，非是三者不能统一：

> 今夫博学强识，而善言德行者，固文之贵也；寡闻而浅识者，固文之陋也。然而世有言义理之过者，其辞芜杂俚近如语录而不文；为考证之过者，至繁碎缴绕，而语不可了当。以为文之至美，而反以为病者，何哉？其故由于自喜之太过，而智昧于所当择也。

不是义理、考据碍乎文才发挥，乃是这两类学者自喜太过，以至于蒙蔽了智慧。尽管姚鼐最后不能不承认："夫天之生才，虽美不能无偏，故以能兼长者为贵，而兼之中又有害焉。岂非能尽其天之所与之量，而不以才自蔽者之难得与？"但他依然坚定地以为："义理也，考证也，文章也，是三者，苟善用之，则皆足以相济"。[1]

翁方纲与姚鼐如出一辙："有义理之学，有考据之学，有词章之学，三者不可强而兼也，况举文乎？然果以其人之真气贯彻而出之，则三者一原耳。"[2] 于兼能兼善游移狐疑，但又认为可以一气贯之。

这些学者从义理、考据、辞章的分辨入手，以为才学识可以为学者所兼备，学者不仅可以博贯古今、辨考幽微、通义达理，而且可以兼长以文才为资本的文学。但身为性灵派著名诗人的袁枚却从细微的创作体验出发，对文学创作与考据之学做出了如下区分："著作之文形而上，考据之学形而下。各有资性，两者断不能兼。"[3] 如此严苛甚至不无偏见的论断宣示的就是如

---

① 姚鼐：《述庵文钞序》，《惜抱轩全集》文集卷4，中国书店1991年版，第46页。
② 翁方纲：《吴怀舟诗文序》，《复初斋文集》卷4，《续修四库全书》第1455册，第378页。
③ 袁枚：《随园随笔序》，《袁枚全集》第二册，第497页。

下这样一个道理：学者与文人、学术与文学凭依的才赋不同，虽然历史上的确有少数硕才鸿儒著作等身、诗篇惊人，但其二者相较，往往只有其被视为立家根本的术业专工者方可真正传世。至于诸多其他诗人、学者的所谓相兼只是谀辞套语而已。

学问与文学或者学者与诗人之所以不能相兼（此论乃意指才性，非论术业），其根本原因在于二者所依赖的才性有着本质的差异。正如袁枚所论："文章家如飞兔流星，超山超海。试问：以某驿几程，某理几马，其能知之乎？盖不如是则滞矣。"文章家之能在灵思浮动，不为拘泥。"考据家如缝人量布，经纪算账，分毫尺寸，丝毫必争。不如是则漏矣。"① 考据家本领在扎扎实实，一丝不苟。二者性质不同，虚实悬隔。所以说："艺之精者不两能：郑、马无文章，崔、蔡无经解，似亦非天所能强。"② 袁枚没有泛然地否定诗人、学人在文学与学问一般性介入之际可以相兼的事实，他所关注或者强调的"不两能"是针对"艺之精者"这个境界而言的。

于是针对惠栋称他诗文中阐释《诗经》多不由训诂而只关注哀乐之情的批评，袁枚便有了足够的反击理由："夫人各有能不能，而性亦有近有不近。孔子不强颜、闵以文学，而足下乃强仆以说经！"③ 既然学者如此强人所难，诗人也便即以其人之道还治其人之身，袁枚于是将矛头指向考据家之不能文。他指出，文章本乎六经，文人、学人原是一家。从范晔开始，史书将二者分属于文苑与儒林，其中有其不得已之处，这个不得已就是文人不喜说经、学人不长文采的现实。随后袁枚论道：

六经……实以文传。《易》称修辞，《诗》称词辑，《论语》称为命至于讨论、修饰而犹未已，是岂圣人之溺于词章哉？盖以为无形者道也，形于言谓之文。既已谓之文矣，必使天下人矜尚悦怿，而道始大明。若言之不工，使人听而思卧，则文不足以明道，而适足以蔽道。故文人而不说经可也，说经而不能为文不可也。④

① 袁枚：《牍外余言》卷1，《袁枚全集》第五册，第23页。
② 袁枚：《虞东先生文集序》，《袁枚全集》第二册，第184页。
③ 袁枚：《答惠定宇书》，《袁枚全集》第二册，第305页。
④ 袁枚：《虞东先生文集序》，同前。

文人不说经可以原谅，学者说经不能文则不原谅；随后又慨叹人不可两能，其意显然是说：文人不说经是嗜好有无问题，而学者不能文则要归乎才能谫陋。此论不免刻薄，其于学者有所不恕。在批评《道古堂集》之际，他又详细指摘了杭世骏墓志一类文章的失体："集中梁少师、齐侍郎两墓志，此是何等题目，乃铺叙一鹿肉、一苹果，如市贾列单，令人齿冷！岂不知君恩所系，有赐必书；然果属卑官寒士，则尚方之一缕一蹄，自当详载；而三品以上大臣，则宜取其大者远者而书之，琐碎事端，概从删节。"这本是文章一定的体制，其表现也需有熔裁之能。但恰恰这一点，很多的考据家都难以做到："近日考据家为古文，往往不晓此义，十人九病，董浦、谢山，皆所不免。"①

文人、学者身份的辨析问题由此转移为二者价值的比量："形而上者谓之道，形而下者谓之器。古文道也，考据器也，器易而道难。"又曰："作者之谓圣，述者之谓明。古文作也，考据述也，述易而作难。"② 一道一器、一作一述，他将学者与文人的价值差异与等级鲜明化了。尽管袁枚对学者不能文的批判有个人意气以及文人的自居，尽管这种一述一作的评判也有不切之处，但恰恰是这种不客气、不宽厚的辩难中，文人、学者或者诗人与考据家才性上各有所资，其于二者在"艺之精者"这一高标丈量之下不可兼能的认知反而更加清晰。而横亘于学者面前难以逾越的这个高标便是才情。

在以上论辩的过程中，一些学者凭借其精微的识力逐步走向清醒。如章学诚针对学者们自诩才学识的兼能提出了如下质疑，《文史通义·说林》称：

> 人之有能有不能者，无论凡庶圣贤，有所不免者也。以其所能而易其不能，则所求者，可以无弗得也。主义理者拙于辞章，能文辞者疏于征实，三者交讥而未有已也。义理存乎识，辞章存乎才，征实存乎学，刘子玄所以有三长难兼之论也。③

① 袁枚：《答姚小坡尚书》，《袁枚全集》第五册《小仓山房尺牍》，第75页。
② 袁枚：《覆家实堂》，《袁枚全集》第五册《小仓山房尺牍》，第66页
③ 叶瑛：《文史通义校注》，中华书局1994年版，第351页。

《答沈枫墀论学》又作辨析：

> 由风尚之所成言之，则曰考订、词章、义理；由吾人之所具言之，则才、学、识也；由童蒙之初启言之，则记性、作性、悟性也。考订主于学，词章主于才，义理主于识，人当自辨其所长矣。记性积而成学，作性扩而成才，悟性达而为识，虽童蒙可与入德，又知斯道之不远人矣。①

以上所论皆为成人之道，将才学识分别纳入性分所长加以区分，提醒文人们择其所宜，言外之意便是：学术之才与词章之才有着才性本质的差异，二者难以兼能。这种认识正是学者源自当时学术、文学边界被一些学者混淆后的自省。

而钱大昕鉴于才学识这一源自史学的美学尺度存在一定的缺陷，且给诗人与学者的自我定位带来诸多困惑，为了平息彼此坚持己见带来的偏颇，他融合三长之论，专门提出了"四长"标准：

> 昔人言史有三长，愚谓诗亦有四长，曰才曰学曰识曰情。放笔千言，挥洒自如，诗之才也。含经咀史，无一字无来历，诗之学也；转益多师，涤淫哇而远鄙俗，诗之识也；境往神留，语近意深，诗之情也。

这个标准在传统的"才学识"说上增加了"情"。以才、情、学、识论主体素养是明人的贡献，但钱大昕在学者、文人纷纭其说的时代翻唱"老调"，却起到了廓清迷雾的作用。他释情为"境往神留，语近意深"："境往神留"指向作者的审美感知纤微、深入、持久，且能领会其要，代表了一种独到性情；"语近意深"指向能创作出难以穷尽的意味，代表了达情的能力。在钱大昕这篇文章里，才情为一组，学识为一组，无学识则创作近于俗俚而不雅："方其人心有感，天籁自鸣，虽村谣里谚，非无一篇一句之可传，而不

---

① 郭绍虞：《中国历代文论选》三，第507页。按：以上所论才、学、识之"识"，是对才性长于理悟辨析者的概称，与后文"才识"论中可在学习、实践中增益的"识"或"见识"不尽相同。

登大雅之堂者，无学识以济之也。"无才情，则味同嚼蜡："亦有胸罗万卷，采色富赡，而外强中干，读未终篇索然意尽者，无情以宰之也。"学识与才情相较，他又得出了以下结论："有才而无情，不可谓之真才；有才情而无学识，不可谓之大才。尚稽千古，兼斯四者，代难其人。"①含味其意，有才情无学识，虽然未必定成大才，起码具备成为文学之士的潜质；但有才而无情，则其所具备的才就不是真正的文学之才，所以叫做"非真才"。钱大昕的"四长"说是对一般文人、学者身份辨析的超越，严格讲来，二者的区分不在其身份，而在于彼此是否具备才情。

综上所论，就文学主体素养而言必兼备才情，就文学创作的圆成之境与构成要素而言必绮合才情，就文学之士与学者的身份区划标尺而言必定位于才情，就文学创作体调的形成与创新而言依赖于才情，才情因此就是才的审美之维。

没有才情的浇灌，创作便充斥着依附与模拟，作品也就尽是纸染的花朵，五彩斑斓却没有生机。中国当代文学中的公式化、概念化、政治化、功利化等创作潮流，追溯其根源，就在于没有真正理解文学对才情的尊奉。②

---

①　钱大昕：《春星草堂诗集序》，《潜研堂文集》卷26，《续修四库全书》第1438册，第683页。

②　当代作家丛维熙有一篇《才情论》，该文以一个作家的切身体验，将从事艺术创作的文人主体素养首先归结到了"才情"，并从两个方面论述了"才情"的特征，其一是先天性。文章指出："我读黑格尔论美学的哲文之中，曾经有过这样一句醒目之提示：要认识你自己。笔者理解黑氏之意，在于使自己认识自己的先天禀赋。将此延伸到文学创作中来，就是主体对主体的自我拷问：我具备不具备从事作家这一行当的天赋。如同一个音盲，他再喜欢音乐，只能成为追星族中的一员，而不能成为被追星族到处追逐的歌星；色盲患者对绘画志趣再浓，只能成为美术品评者，而不能成为大画家一样。一个患有感情凹陷的文学爱好者，可能一生只能向往文学，而不能成为一个真正的作家。才情天线上的正负两极，诱导着人的自然归属，规范着人的社会行为趋向。这往往不是后天经人为努力，而刻意匡正的东西。由于中国历史的畸形发展，曾使一些人误入文学界河；但随着历史的自我矫正，作家这个职业称谓，对这些作家来说已经名存实亡。其实，这些作家行文都十分认真，然而'有志者事竟成'之古训，事实证明对文学并非格言。作家主体具有之才情如果是个蓄水深谷，天上任何一滴雨水，都能成为他笔下的波涛；如果作家主体是块倾斜的石板，即使是大雨滂沱而落，他无能将之积存并生发成为滔滔江河，而受自身才情的制约。因而，作家主体精神特征就是才与情的合二为一。"其二是真正的文人必备敏感凹陷多情品格。丛维熙说："文学是才情的血肉产儿，理性在其怀胎分娩过程之中，只是滋补婴儿的营养剂和婴儿落生时助生的羊水。婴儿之所以怀胎母体子宫，还是由于男欢女爱的阴阳媾和之故。一部作品的诞生过程，也是感情燃烧的产儿——无论是出于爱，或是出于憎，还是出于憎中有爱，爱中有憎。"参阅丛维熙《才情论——作家主体特征探源之一》，《海燕》1994年第1期。

第三节　才子崇尚：才与情合　斯之谓文人

文才尊奉的另一个体现是才子崇尚。文才的源头在于天道自然的赋予，天道于人道的发扬在于性情的偏长，三才并尊，如此则承载天人之道、赋显虚灵而深情多识的优秀文士自然可尊，才子崇尚因此成为文才尊奉的题中之义。

一

"才子"之称出自《左传·文公十八年》，其中有"昔高阳氏有才子八人……高辛氏有才子八人"等说法，这个"才子"是针对"昔帝鸿有不才子"而言的。这里所谓"才子"之才落实于"齐、圣、广、渊、明、允、笃、诚"，依照孔颖达的疏解，其中"齐、圣、广、允、笃、诚"并为道德修养，而"渊、明"之意则为："渊者，深也，知能周备，思虑深远也。明者，达也，晓解事务，照见幽微也。"显然是以此二者代指经济之才。可见先秦论才子，兼才德并论，是古人才德一体观念的体现，因此孔颖达称此八项："此并序八人，总言其德。"①

汉魏之交，陈琳、王粲、孔融等被曹丕名为"七子"，后人即称之为"建安七才子"，廖燕以为"七子"确立之后，"才子"品目遍乎天下。② 其时的"七子"已经以文才为其重要考量标准了，但兼容着学术以及其他造诣，并未以之为文学优异者的专有。陆机《文赋》之中尚称从事文学创作的文人为"才士"，可见"才子"之称本初才德兼重，且尤重经济之能，文艺之士似乎不易问津。直到西晋潘岳《西征赋》中以"洛阳才子"称赞贾谊，以才子赞誉文人方始流为风气。

才子在魏晋六朝之际已经被视为人间祥瑞。如任昉的母亲便自称"梦有五色采旗盖四角悬铃，自天而坠"，其中一铃落入怀中，因而有孕。占卜者一见即称："必生才子。"任昉降生后聪敏神悟，"四岁诵诗数十篇，八岁

---

① 杨伯峻：《春秋左传注》，中华书局1990年第二版，第636页。
② 廖燕：《才子说》，《二十七松堂文集》卷11，第281页。

属文，自制《月仪》，辞义甚美。"十二岁被其具有知人之量的从叔任昚命曰"吾家千里驹"。而当时名士褚彦回则对任昉的父亲慨言："闻卿有令子，相为喜之。所谓百不为多，一不为少。"① 百不为多正是赞其罕见，一不为少则意为以一可以当万千，其激赏之情溢于言表。

六朝之际，文献中言及才子往往于前面加上"词人（辞人）"二字，称之为"词人（辞人）才子"。如萧统《文选序》即云"词人才子，则名溢于缥囊"；王僧孺《太常敬子任府君传》："辞人才子，辩圃学林，莫不含毫咀思，争高竞敏。"沈约《宋书·谢灵运传论》："自汉至魏四百余年，辞人才子，文体三变。""辞人"在两汉是一个与"诗人"对应的名号，所谓诗人之赋丽以则、辞人之赋丽以淫等论断皆由这种对应甚至对立引发。"诗人"遵循《诗经》传统，风雅比兴，主文而谲谏；"辞人"则承续屈原楚辞风调，曾被批判为炫才耀己、繁缛而靡丽。这种二者并言的称谓传达了一个明确的信息，那就是这里所言的才子是指延续了屈原骚赋精神、以文藻才情见长的文学之士。

后世才子名号大行于天下。如芮挺章《国秀集序》引时人之论："风雅之后，数千载间，诗人才子，礼乐大坏。"殷璠《河岳英灵集》评祖咏："咏诗剪断省静，用思尤苦，气虽不高，调颇凌俗。至如'雾日园林好，清明烟火新'，亦可称为才子也。"韦庄《又玄集序》："总其记得者，才子一百五十人；诵得者，名诗三百首。"② 唐代另有"大历十才子"，元稹诗歌为穆宗嫔御传诵而号"元才子"③。明代的闽中十子、前后七子、末五子等等，皆是指的才子。其他文学声誉上的标榜，诸如唐初有四杰，明初高启、杨基、张羽、徐贲等四人也被称之为四杰，而徐泰就指出："四杰叙称，以其才乎？"④

六朝隋唐之际，有关才子的传说往往与帝王相关，其间帝王携其无上权威发出的钦仰品鉴，就如同对才子尊贵而隆重的加冕，才子在民间荣光地位的获得、世俗审美中才子风流的演绎，皆与这种权力介入不无关系。具体事例如：

---

① 《南史》卷59，第5册，第1452页。
② 傅璇琮：《唐人选唐诗新编》，陕西人民教育出版社1996年版，第217、197、579页。
③ 计有功：《唐诗纪事》卷37，第564页。
④ 徐泰：《诗谈》，吴文治主编《明诗话全编》，第1390页。

萧子显《自序》："天监十六年，始预九日朝宴。稠人广坐，独受旨云：今云物甚美，卿得不斐然赋诗？诗既成，又降帝旨曰：可谓才子。"①

《南史·到彦之传》载："（到荩）早聪慧，位尚书殿中郎，当从武帝幸京口，登北顾楼赋诗。荩受诏便就，上以示溉曰：'荩定是才子，翻恐卿从来文章假手于荩。'"②

《梁书·到洽传》载："天监初，沼、溉俱蒙擢用，洽尤见知赏，从弟沆亦相与齐名。高祖问待诏丘迟曰：'到洽何如沆、溉？'迟对曰：'正清过于沆，文章不减溉；加以清言，殆将难及。'即召为太子舍人。御华光殿，诏洽及沆、萧琛、任昉侍宴，赋二十韵诗，以洽辞为工，赐绢二十四。高祖谓昉曰：'诸到可谓才子。'"③

南朝帝王论才子，皆以创作敏速、体物工致为标尺。孟棨《本事诗》中则记载了一个有关唐玄宗品诗的著名故事：

> 天宝末，玄宗尝乘月登勤政楼，命梨园弟子歌数阕。有唱李峤诗者云："富贵荣华能几时？山川满目泪沾衣。不见只今汾水上，惟有年年秋雁飞。"时上春秋已高，问是谁诗，或对曰李峤，因凄然泣下，不终曲而起，曰："李峤真才子也。"又明年，幸蜀，登白卫岭，览眺久之，又歌是词，复言"李峤真才子"，不胜感叹。④

此处的才子之称，已经不是一般意义的敏速与工切，而是就诗作具有对欣赏者情感的穿透力而言的。

虽然后世才子称谓泛滥，如同老师、先生等等，少见其诚，只宜表敬，但真正的"才子"的确有着令人敬畏的门槛，或者说，真正"才子"应该具备以下条件：

其一，才子意味着文才卓异，只有大才方为真才子。以《诗品》为例，钟嵘虽然将收入《诗品》的诗人概以"才子"相称，《诗品序》中明确表

---

① 《梁书》卷35《萧子显传》，第2册，第512页。
② 《南史》卷25，第3册，第680页
③ 《梁书》卷27，第2册，第404页。
④ 孟棨：《本事诗》，丁福保辑《历代诗话续编》，第11页。

示："凡百二十人，预此宗流者，便称才子。"但上中下三品论诗人，上品中品不惜笔墨，动辄以才相称，如陆机"才高词赡"，谢灵运"兴多才高"，鲍照"才秀人微"，颜延之"经纶文雅之才"，郭璞"用隽上之才，变创其体"。至于下品诗人，仅仅在下品开端称班固"孟坚才流，而老于掌故"——其中含有对开拓者尊崇的意味，随后的下品诗人罕见以才评论。分析钟嵘于下品诗人的评语，在是否用"才"品目与如何用"才"品目上体现为以下倾向：

后人大称其才者，由于被列入下品，所以钟嵘绝不以才许之。如魏武帝，后人视为幽燕老将气韵沉雄，建安诸子未有其匹，但《诗品》仅称"曹公古直，甚有悲凉之句"。

文坛虽未盛赞，然而也论为有才的文人，由于列入下品，钟嵘也未以才许之。如殷仲文，《世说新语·文学》注引《续晋阳秋》称："仲文有才藻。"但钟嵘只说："晋宋之际，殆无诗乎？义熙中，以谢益寿、殷仲文为华绮之冠，殷不竞矣。"又《世说新语·言语》称："毛伯成既负才气。"而钟嵘则云："伯成文不全佳，亦多惆怅。"再如列入下品的张载、傅玄、夏侯湛、缪袭、王济、鲍令晖、张融、卞彬等，《晋书》称张载"有才气"；《文心雕龙》称"孟阳、景阳，才绮而相埒"；《魏志》称缪袭"有才学"；《晋诸公赞》称王济"有隽才"；《小名录》称鲍令晖"有才思"；《南史》称张融"博涉有文才"；《南史》称卞彬"险拔有才"[1]。但由于被列入了下品，钟嵘对其中任何一位也没有赞之以才。

偶然言才，恰是因为所论诗人乏才而发的感慨。如论何长瑜、羊曜璠："才难，信矣！以康乐与羊、何若此，而二人文辞，殆不足奇。"

或偶然言才，又是称所论者的文学创作与其本有之才不相称。如范晔："蔚宗诗，乃不称其才，亦鲜举矣。"

或言才，又达不到情才和谐。如慧休："慧休淫靡，情过其才。"这里不是表彰慧休之才，乃是道其淫靡之因由。

或偶然言才，乃是引文，不是钟嵘对诗人的评论，且是自谦之词。如鲍令晖："照尝答孝武云：臣妹才自亚于左芬，臣才不及冲尔。"

---

[1] 以上参阅陈延杰《诗品注》。

或偶然言才，但此才指向文章之才，与《诗品》所论五言之作又不合。如王融、刘绘："元长、士章并有盛才，词美英净。至于五言之作，几乎尺有所短。"

另有一条论诗人涉及文才，但恰恰都有衍文，如苏宝生、凌修之等："人非文才是，愈甚可嘉焉。"曹旭《诗品集注》校改为"人非文是，愈有可嘉焉。"并称："原文因有衍字、误字，故历来断句，意终未惬。"①

进入下品的诗人，不仅用才称誉的频率明显降低，而且即使偶然论其才，也多道其才与其他创作要素难以达到和谐，或具有明显的偏失，才在此成为一种不可轻易假借于人的名器。虽然钟嵘称入《诗品》者皆为才子，但上中下品文人在以才批评上如此的悬殊，恰恰说明钟嵘以入选者皆为"才子"只是一种世俗中的客套，只有才情卓著的大才方可当得起他心目中才子的美号。

金圣叹评点《水浒传》每每以"才子"为品目，他对才子的理解与钟嵘一脉相承。如第二十六回《偷骨殖何九送丧　供人头武二设祭》回评云：

> 呜呼！耐庵之才，其又岂可以斗石计之乎哉！前书写鲁达，已极丈夫之致矣；不意其又写出林冲，又极丈夫之致也。写鲁达又写林冲，斯已大奇矣；不意其又写出杨志，又极丈夫之致也。是三丈夫也者，各自有其胸襟，各自有其心地，各自有其形状，各自有其装束，譬诸阎、吴二子，斗画殿壁，星官水府，万神咸在，慈即真慈，怒即真怒，丽即真丽，丑即真丑。技至此，技已止；观至此，观已止。然而二子之胸中，固各别藏分外之绝笔，又有所谓云质龙章，日姿月彩，杳非世工心之所构，目之所遇，手之所抡，笔之所触也者。今耐庵《水浒》，正犹是矣。写鲁、林、杨三丈夫以来，技至此，技已止；观至此，观已止。乃忽然磬控，忽然纵送，便又腾笔涌墨，凭空撰出武都头一个人来。我得而读其文，想见其为人。其胸襟则又非如鲁、如林、如杨者之胸襟也，其心事则又非如鲁、如林、如杨者之心事也，其形状结束则又非如鲁、如林、如杨者之形状与如鲁、如林、如杨者之结束也。我既得以想见其

---

① 曹旭：《诗品集注》，上海古籍出版社 1994 年版，第 413 页。

人，因更回读其文，为之徐读之，疾读之，翱翔读之，歇续读之，为楚声读之，为豺声读之。呜呼！是其一篇一节一句一字，实杳非儒生心之所构，目之所遇，手之所抢，笔之所触矣。是真所谓云质龙章，日姿月彩，分外之绝笔矣。如是而尚欲量才子之才为斗为石，呜呼，多见其为不知量者也！

又如第十一回文评："文笔神变非常，真正才子也。"第三十二回回评："写朱雷两人各有心事，各有做法，又各不相照，各要热瞒，句句都带跳脱之势，与放走晁天王时，正是一样奇笔，又却是两样奇笔，才子之才，吾无以限之也。"第四十回文评："真正大喜，未有不哭者，俗子安得知之，才子则知之耳。"① 皆从非同小可、不同寻常之能论才子的眼界、心识与笔力。而非只言片语、斗筲之器便可妄加才子嘉号。

其二，才子意味着必须具备"才与情合"的禀赋并可纵极其才情。将文学的根本素养最终归结于才情，不仅可以完善文人身份的验证，同时也高揭起了一个"难度前提"，成为才子崇尚的重要依据。魏学洢云：

> 运用之妙，存乎一心，盖才情之杰出也。才与情一乎？曰：是不同。能抚弄柔翰者尽才也，妙极哀乐之致者几人哉？古人中唯有三闾大夫与司马子长情最深，读其文如刺船蓬莱，海水洞涌，山林杳冥，悄然将移我情，盖皆得情之哀者也。诗三百篇，其可歌可舞可悲可涕者，情不啻千变，而苟非有慧心，焉曲尽之？安用不情之藻绘乎？故曰：情生文，文生情，才与情合，斯之谓文人。②

作者将文人分为两类：一类属于能抚弄柔翰却只具备藻绘之功者，这类人的创作难以妙极哀乐，或许包含部分兴会不至的原因，但其根本在于，只解文藻涂饰的写作可以凭借后天人力模拟习得，他们未必具备真正的文才；另一类属于深情慧心的融合者，这才是真正的文人才子，也即是作者所概括的：

---

① 金圣叹评：《水浒传》，北京燕山出版社 1995 年版，第 282、133、235、433 页。

② 魏学洢：《春夜与仲弟论文数条》，《茅庵集》卷 6，影印《文渊阁四库全书》第 1297 册，第 588 页。

"才与情合，斯之谓文人。"

从文学所以为"创作"甚至"创造"的动因而言："人之材如其面，而情如其言。诗也者，附材与情而有者也，欲不新与异得耶？"所以才情合则必有诗，"无诗焉，是无才与情也。"①

从人生与世界的美化而言："情之一字，所以维持世界，才之一字，所以粉饰乾坤。"因此"情与才缺一不可"。②

只有兼备才情才可以成为真正的文人，始能称为才子，所以毛先舒论才子的内涵就是四个字："有情有才"。③

当然，所谓才情相合、才情绮合的要求并非仅仅停留在素养层面，在古代文艺审美的历史上，对于才子而言，能够尽我之才，写我之情、因我情动而运我之才，从而实现才情的尽情宣泄、酣畅抒发更是必不可少。

是真才子必然极其才情。明代陈仁锡力持此论："尝怪抡文者曰：才情不可极。夫才情不极，皆赝才也，偏才也。要之才情者，武侯云吾心如秤，不能为人轻重是已。"山岳不同，其文理特征各自不同，而各自以其不同矗立于众岳之中；文人才情亦然，不极才情，则自我面目不出，故为赝才。④

能极其才情者方为大家数。王夫之曾论"大家"、"小家"的区分：

> 艺苑品题有"大家"之目，自论诗者推崇李杜始。李杜允此令名者，抑良有故。齐梁以来，自命为作者，皆有蹊径，有阶级。意不逮气，气不充体，于事理情志全无干涉，依样相仿，就中而组织之。如廛居栉比，三间五架，门庑厨厕，仅取容身，茅茨金碧，华俭小异而大体实同，拙匠婆人仿造，即不相远：此谓小家。李杜则内极才情，外周物理，言必有意，意必由衷。或雕或率，或丽或清，或放或敛，兼该驰骋，唯意所适，而神气随御以行，如未央、建章，千门万户，玲珑轩豁，无所窒碍：此谓大家。⑤

---

① 陶望龄：《马曹稿序》，《歇庵集》卷3，《续修四库全书》第1365册，第238页。

② 张潮《幽梦影》并附释中洲评语，第74页。

③ 毛先舒：《诗辨坻》卷1，郭绍虞辑《清诗话续编》，第10页。

④ 陈仁锡：《康弱孟草序》，《陈太史无梦园初集》马集三，《续修四库全书》第1382册，第531页。

⑤ 王夫之：《夕堂永日绪论外编》，王水照辑《历代文话》，第3265页。

有蹊径，有阶级，意不逮气，气不充体，皆就其模拟依循而发，才为前人所抑；加之于事理、情志全无干涉，所以又不见自我真性情：才既不能极，情又不真挚，所以仅成小家。而内极自我才情、周纳万物并得其神理者则神气情意充盈，生命力焕发，因此能够成就大家。

不仅仅心怀锦绣，还需要下笔惊人、倾若悬河。具有优秀作品的文人皆可谓之才子，但传统世俗审美则将才子定格或聚焦于澜翻不尽、才气淋漓者。

二

在本然的品质珍贵之外，才子崇尚还通过其具体的影响力表现出来。

其一，欲提升某一类文人的身价，根本的手段就是以才品目之，或径直命之曰才子。元代为人贱视的曲子相公们自道"书会才人"，其用心便在于此。又如欲显小说家、戏曲家的不同凡响，其推销策略别无二致：

> 知古人之作书以才，则知诸家皆鼓舞其菁华，览者急须搴裳去之，而不得捃拾齿牙以为谈言之微中也。……夫古人之才也者，世不相延，人不相及。庄周有庄周之才，屈平有屈平之才，马迁有马迁之才，杜甫有杜甫之才，降而至于施耐庵有施耐庵之才，董解元有董解元之才。①

但凡创作皆本乎才。施耐庵、董解元因为才具优异，并为才子，故而其揖让于古今名流之间毫不逊色，甚至能够与庄子、屈原、司马迁、杜甫这些震烁古今的大文豪相提并论。

天花藏主人欲彰才子佳人作品创作者的不凡，其手段也未离此道。其《平山冷燕序》云：

> 天赋人以性，虽贤愚不一，而忠孝节义莫不皆备，独才情则有得有不得焉。故一品一行，随人可立；而绣虎雕龙，千秋无几。试凭吊之：不骄不吝，梦想所难者，尚已。降而建安八斗，便矫一时，天宝百篇，遂空四海。鹦鹉贾杀身之祸，黄鹤高槌碎之名。晋代一辞，大苏两赋，

---

① 金圣叹：《水浒传序一》，朱一玄、刘毓忱编《水浒传资料汇编》，第209页。

类而推之，指而屈之，虽文彩间生，风流不绝，然求其如布帛菽粟之满天下，则何有焉？①

"绣虎雕龙"是才子的美号，可以列名其中者诸如祢衡、曹植、陶渊明、李白、苏轼等已是屈指可数，更何况其创作还要才情绮合，其"千秋无几"的慨叹中因此沉淀了无限的傲睨与矜夸。

在中国文化的价值评估系统里，但凡与"天"相关者皆具有超凡的地位，由此成就了文才这种不可移易、难以苟得甚至历世难逢、可遇不可求的稀缺性。加以历代帝王尚文者颇多，其于才子的揄扬对大众价值评判有着巨大影响，富有才华的文人由此成为历代舆论称说与大众景仰的对象。正因为如此，"才子"这个称谓成为文人梦寐以求的桂冠。

其二，欲提升某一文体的身价，也是将其与才子建立关联。在传统审美尺度中，但凡能够说明一种文体的创作本源于才，与才子相关，就可以获得非同一般的价值升华。

小说戏剧与诗文词赋相比，长期为正统的文学观念所贱视。明代中后期，尤其明末清初一班性灵思想浓厚的文人开始为小说正名，其采取的主要手段便是从称谓与理论上将小说戏剧与才建立关系。他们以才论小说戏剧的创作，以才子论小说戏剧的作者，以"才子书"命名那些通俗小说及剧作。这种理论关系的建构，是对创作主体品质提出的更高要求，能担此任者必是才子。关于这一点，当代学者有很全面的梳理与论述：

> 通俗文学批评中的"才子书"概念，始于金圣叹的明确提出，金圣叹将通俗小说、戏文与传统文学并列，推《离骚》、《庄子》、《史记》、《杜诗》、《水浒传》、《西厢记》为"六才子书"，并首先倾尽心力将《水浒传》和《西厢记》作为第五、第六才子书加以评点。在他的倡率和影响下，一些较为优秀的通俗文学作品开始受到文人群体的注意和重视，被反复批阅、评点，叹赏为才子之书，故清初李渔说："能于浅处见才，方是文章高手。施耐庵之《水浒》、王实甫之《西厢》，

---

① 丁锡根：《中国历代小说序跋集》，第 1244 页。

世人尽作戏文、小说看，金圣叹特标其名曰'五才子书'、'六才子书'者，其意何居？盖愤天下之小视其道，不知为古今来绝大文章，故作此等惊人语以标其目。"通俗文学中的才子书经过评点者的甄别、推荐、润色、点评，风行一时，颇能达到"一经才子品评，其描写愈工，其声价愈重，其流传愈广，其陷溺愈深"的效果。……清初通俗小说评点为表现才学而呈现出文学理论化的倾向，对小说作者和小说读者则也以"才子"相期许。因此，在评点者眼中，才子书概念是一个立体复合的构成：不仅要求作者是才子，所谓"圣叹真解爱才，耐庵堪当知己矣"；评点者也要是才子，"圣叹通彻三教书，无所用心，至托小说以见其意，句评节评，多聪明解事语，总评全序，多妙悟见道语；又是词章惯家，故出语沁人心脾。此才何可多得，古之贺季真、林和靖、徐文长、邝谌若一流人物也"；还寄希望读其书者也应是才子，如《第五才子书法》中的"旧时《水浒传》，贩夫皂隶都看；此本虽不曾增减一字，却是与小人没分之书，必要有锦心绣肠者，方解说道好"、《西厢记》读法的"盖致望读之者之比为才子也"。只有这样，评点中的才子思想才是完整的。

文章随后列举了"才子书"的概念加诸通俗文学之后以才子书自抬身价的跟风之作：

《金云翘》第一回回前引子："有根有枝，有花有叶，时时艳，时时逸，时时芳，时时香，虽露亦藏，虽藏亦露，而用笔深浅，谁能窥见？其惟予酣饮痛读，敢不拈花一笑，称之曰才子之书？"

菂溪浮云客子《琵琶记序》："见其淋淋漓漓，为天下劝义，伤悲之思，可以作孝；慷慨之志，并可作忠。于是惶然动容，跃然称快曰：斯诚才子之书也已！"

康熙间醉耕堂刻毛评本《三国演义》之《读三国志法》："吾谓才子书之目，宜以《三国演义》为第一。"两衡堂刊本《笠翁评阅绘像三国志第一才子书》李渔自序："复忆曩昔圣叹拟欲评定史迁《史记》为第一才子书，既而不果。余兹阅评是传之文，华而不凿，直而不俚，溢而不匮，章而不繁，诚哉第一才子书也。"

其他沿袭才子书以高自标置的是"才子佳人"小说，如天花藏主人创作或批评的作品《玉娇梨》、《平山冷燕》按主人公人数分别称之为"三才子书"和"四才子书"，后被书贾合并出版，名曰《天花藏七才子书》。《好逑传》早期以"第二才子书"流传，《白圭志》、《花笺记》又被称为"第八才子书"等等。①

以上已成潮流的以"才子书"名作品、以"才"论作品、以"才子"赞作者的现象，所依据的理论就是才为禀赋、授之于天，稀缺又可创化，因而凡物论才则贵。通俗小说因为才子以才创作、以才赏评，因此也便实现了这种文体价值的重新定位。

不仅如此，一些才子书的内容在敷衍才子佳人故事的同时，还编织出一个有才有色有情、如诗如画如梦的文人理想世界，在才子与理想兑现之间形成了一种令人向往的因果叙事。以天花藏主人的创作为例：

> 《人间乐》中的才子许绣虎这样描写理想中的佳人："必待才貌兼全能与小侄之才旗鼓相当，你吟我咏，才是小侄的佳偶。"《平山冷燕》中的才子平如衡也说："小弟不能忘情绛雪者，才与美兼耳。"才与色是不可分割的。但在才色之间，作者更看重才。佳人绛雪的择偶标准是："只要他有才学，与孩儿或诗或文对做，若做得过我，我便嫁他；假若做不过孩儿，便是举人、进士、国戚、皇帝，却也休想。"才子平如衡的阐述更为透辟，他说："不知千古之美，又千古之才美也。女子眉目秀媚，固云美矣。若无才情发其精神，便不过是花耳、柳耳、莺耳、燕耳、珠耳、玉耳，纵为人宠爱，不过一时，至于花谢、柳枯、莺衰、燕老、珠黄、玉碎，当斯时也，则其美安在哉？必也美而又有文人之才，则虽犹花柳，而花则名花，柳则异柳。而眉目顾盼之间，别有一种幽情思致，默默动人，虽至莺燕过时、珠玉毁败，而诗书之气、风雅之姿，固自在也。"作者借平如衡之口提出了建立在"千古之才美"基础上的"才情观念"，把它看作美貌的灵魂、色相的凭托，指出它比纯粹色相红颜更具有永恒的魅力。天花藏主人特别强调才的重要性，把

---

① 向芃：《才子书与才情论》，《明清小说研究》2008 年第 2 期。

"才情"作为才子佳人身上必备的素质和爱情婚姻的出发点，然而，这个"才情"还必须落实到实际的爱情过程中，化为"一段脉脉相关之情"，苏友白说："有才无色，算不得佳人；有色无才，算不得佳人。即有才有色，而与我苏友白无一段脉脉相关之情，亦算不得我苏友白的佳人。"（《玉娇梨》）许绣虎说："若以天下之大何患无才美之妇，然不有一番脉脉相关弄情言外者，终非佳偶。"（《人间乐》）这种以"才美"、貌美为基础，又有"一段脉脉相关之情"的"才情"理想，就成为天花藏主人才子佳人的新的爱情婚姻标准。①

明清才子们自娱自乐式的理想设定中，沉淀了难以量数的怀才不遇、无可奈何、冷眼白眼，与柳永"才子词人，自是白衣卿相"的自诩延续了一脉愤激和无聊。但是，小说的世俗普及出乎意料之外，而其大范围传播促成了文学与社会的互动，才子佳人的绮艳之梦、才貌双全珠联璧合的人间佳偶之梦等等，由此进入现实大众的人生期待。而期待者慰情聊胜于无的冥想憧憬，又无不建立在对文才的敬仰以及对才子身份热切的渴望之上。

由此，才子在中国文化之中形成了较为统一的造像：琴棋书画无所不通，诗文辞赋样样在行，才气横溢下笔千言，才情绮丽多愁善感。天分之外，还有一桩博通古今学富五车。当然，古代语境当中，才子还包含青春年少、风流潇洒之意，如吴乔即称："所谓才子者，须是王子安弱冠之年，学问文章如江如海，乃可称之。"② 才既如此，貌亦出众，情亦缠绵，才貌双全、才情富艳由此成为才子的理想写照。

第四节　神授论：文才尊奉的灵异演绎

六朝至唐宋之际，出现了大量与才相关的传说，其本质皆为神助，也皆可理解为建立在神异径路上的天人授受。这类记载或者传说不少研究者只作

---

① 马晓光：《天花藏主人的"才情婚姻观"及其文化特征》，《中国人民大学学报》1998 年第 2 期。

② 吴乔：《围炉诗话》卷 6，郭绍虞辑《清诗话续编》，第 666 页。

为文学逸闻看待，但其密集地出现在同一个历史阶段，实则有着重要的理论史意义和美学启示，它用非理论的神秘化手段，传递出了这个时代对文才的关注、推崇：文学艺术，有才则有为，无才则无所建树。

（一）神异传说的形态。六朝隋唐的神异传说基本上以神梦为其载体，是文士自异其迹的核心包装手段，刘勰《文心雕龙·序志》即有"予生七龄，乃梦彩云若锦，则攀而采之"的记载。涉及艺能者如《霓裳羽衣曲》的传说，这个传说有多种版本，《异人录》、《逸史》、《鹿革事类》三种皆言与唐明皇有关。以《逸史》为例：

> 罗公远中秋侍明皇宫中玩月，以拄杖向空中掷之，化为银桥。与帝升桥，寒气侵人，遂至月宫。女仙数百，素练霓衣，舞于广庭。上问曲名，曰霓裳羽衣。上记其音，归作《霓裳羽衣曲》。①

此为"此曲只应天上有，人间哪得几回闻"的演绎，曲之美绝、润色者之才异，二者合而为一。且曲从天上来与成之于异才也是一体二象，从另一个角度印证了艺术之能得之于天的内涵。

《朝野佥载》也记载唐人王沂生不解弦管，一夜醒来，索琵琶弦之竟然尽成诸曲，听者流涕。其妹苦学却是总不能成。曲中有《迎君乐》、《思归乐》等妙制，据传为广陵倡崔氏女梦其亡姨所授。胡震亨认为，此类梦中得悟实则"亦如琵琶梦授故事"，其本质无非"借托之以神其艺"②。问题是这种自神其技的手段，一方面通过梦这种非常规的形式表达，一方面又声言他人欲学竟然不能，其本意实则不乏这样的暗示：此中有着非他人所具、非学所能的本然虚灵。

艺能之外，大量的异梦则指向诗文著述。典型者有梦鸟与梦笔。

或为梦鸟。《西京杂记》记载扬雄逸闻："雄著《太玄经》，梦吐凤凰，集'玄'之上，顷而灭。"③ 这个异梦与著述相关，从此"吐凤才"便成为赞誉文人才华的事典。另一个异鸟之梦的传说出现在晋代，《晋书·文苑

传》称罗含："少有志尚。尝昼卧，梦一鸟文彩异常，飞入口中，因惊起说之。朱氏曰：'鸟有文彩，汝后必有文章。'"[1] 二梦所涉及的凤与鸟，在毛羽斑斓、文采异常上一致，而梦鸟之人也由此文采卓著。

或为梦笔。文人以笔为施展才华的资本，笔也是文士自占身份的道具，因而有关的传说本来就多。如《说郛》卷三十一有孙绰为著作郎时暗中见其笔端吐光若火的记载，这个轶闻出于阙名《采兰杂志》，不见于正史，《佩文韵府》卷二十二"吐光"类引之，标注为出于元人《瑯嬛记》，当为宋元文人杜撰。李日华《六研斋三笔》也引用了这个传说，并记"杜少陵作诗句，精绝者其子宗武每觉纸上作金字"，他认为"此皆文章精气所结也"[2]。从笔异到文章的神异，这恰是笔吐光焰、笔吐光华的寓意所在。

梦笔的传说也首见于魏晋之际，屡见于中古著述，且都与文宗巨匠相关：

王珣。《晋书·王珣传》云："珣梦人以大笔如椽与之，既觉，语人曰：'此当有大手笔事。'俄而帝崩，哀册谥议皆珣所草。"[3] 所要撰著的文章与梦中所获如椽大笔的暗示相关，表面上属于没有验证的耸动视听，但如此的暗示恰恰说明事非易为，常人难当，将重任由梦中赋予才子，正是"天赋"这个词的具象。

江淹。《南史·江淹传》江郎才尽传说中有郭璞索五色笔，江淹还笔之后诗歌绝无佳句的记载（详见下文）。王珣梦人授笔，江淹则梦人索笔，一授一索，一兴一衰，此笔皆关乎创作。

纪少瑜。《历代吟谱》记载："梁纪少瑜尝梦陆倕以一束青镂管笔授之云：我此指可用，卿自择其善者。文词因此遒进。"[4]

李峤。《唐诗纪事》记载："（李峤）儿时，梦人遗双笔，自是有文词。十五通五经，二十擢进士第。"自此文册大号令多出其手。[5]

还有一个著名的梦笔生花传说则发生在李白身上。《开元天宝遗事》

---

① 《晋书》卷92，中华书局1974年版，第8册，第2403页。
② 李日华：《六研斋三笔》卷1，影印《文渊阁四库全书》第867册，第662页。
③ 《晋书》卷65，第6册，第1756页。
④ 陈应行：《吟窗杂录》卷49，第1031页。
⑤ 计有功：《唐诗纪事》卷10，第145页。

载："李太白少时，梦所用之笔头上生花。后天才赡逸，名闻天下。"又称："李白有天才俊逸之誉，每与人谈论，皆成句读，如春葩丽藻，粲于齿牙之下。时人号曰李白粲花之论。"①

以上传说，三个表达梦中得笔而文才超卓，一个表达梦中失笔从此文才失落，一个表达梦中笔能生花。其用意是一致的，梦中之"笔"作为一种神秘能量的载体，与文学创作密不可分。到了明代，才子解缙也假此道自誉："予未能言时，颇知人教指。梦五色笔，笔有花如菡萏者，当五六岁来，遂盛有作。"② 这实则是李白"梦笔生花"的敷衍。

梦笔，梦鸟之外，神梦之中往往含有直接的神灵赋予等内容。神赋神授是远古时期天人传说甚至神话影响的产物。早先所谓的神授往往表现为神对凡俗之人的馈赠，所赠之物以神异的宝物、技法、道术为主。有关文学的神授传说往往与神梦相融，基本表现为一种才能的忽然而至。较早与神授相关的故事同样出现在魏晋六朝之际，《高僧传》记载曹植深爱声律，并因佛家梵呗而制声，吐纳抑扬，人以为得之神授。概而言之，神授之途大致有三：

其一为受赠异物。神梦论中王珣梦人授如椽巨笔、江淹曾得彩笔彩锦皆是此类。其他诸如韩愈有梦得丹篆的传说："愈少时，梦人与丹篆一卷，强吞之，旁有一人，拊掌而笑。觉后胸中如物咽（当作噎——作者注），自是文章日丽。后见孟郊，乃梦中旁笑者。"③ 曾以编选《才调集》名于后世的唐末韦縠也有类似传说，《十国春秋·后蜀列传》言其"少有文藻，梦中得软罗纚巾，由是才思益进"④。清人尤琛据称曾获神赠紫丝囊，《随园诗话》记载其过野庙，见紫姑甚美，随即题壁云："藐姑仙子落烟沙，冰作阑干玉作车。若畏深夜风露冷，槿篱茅舍是郎家。"深夜，紫姑即叩门拜访，且持一物相赠云："此名紫丝囊，吾朝玉帝时，织女所赐。佩之，能助人文思。"

---

① 王仁裕：《开元天宝遗事》，曾贻芬点校，中华书局 2006 年版，第 38、55 页。按：宋《绀珠集》卷 1 引此条作"自是才思赡逸"。

② 都穆：《南濠诗话》，丁福保辑《历代诗话续编》，第 1354 页。

③ 张岱：《夜航船》卷 8，冉云飞校点，四川文艺出版社 1996 年版，第 204 页。按：本传说早见于传柳宗元《龙城录》。

④ 吴任臣：《十国春秋》，徐敏霞、周莹点校，中华书局 1983 年版，第 811 页。

尤琛佩戴丝囊，随即"登科出宰"①。

其二为受赠洗礼后的心胸肠胃。《新五代史·王仁裕传》言其少时曾梦人剖其肠胃，并以西江水洗涤，蓦然回首，发现江中沙石皆为篆籀之文，从此文思大进。清人师范自道其有类似之境，梦中有人持刀启胸提心，三洗而去，"自是心境豁然，日有进机"，所以他自称"予之得以承先启后，弗坠家声，皆由神佑"②。神授者所授不是一般的法物，而是一副睿智心灵：剖肠涤胃，以水冲洗，就如同使人改头换面、脱胎换骨，重新禀受了上天的赋予。

其三为神灵附体。宋代《百斛明珠》记有一则精神附体的传说："徐州通判李绚有子七岁，不善诗，忽咏《落花诗》云：'流水难穷目，斜阳易断肠。谁同研光帽，一曲舞山香。'父惊问之，若有物凭者，自云是谢中舍。问研光帽事，云：西王母宴群仙，有舞者戴研光帽，帽上簪花，舞山香，曲未终，花皆落。"③ 所谓"有物凭者"，就是神灵附体，不过这个神灵是指古代著名的诗人，而非怪异之物；而诗人附体，则将其本然的才气实现了转移，使得所依附对象瞬间如醍醐灌顶，获得了超越本然的能力，这实则也是神授。

无论神梦还是神授，都是对超越凡常能力的描述，因此本质上都属于神助说的范围。

（二）神异传说的美学阐释。以上两种现象都属于文才的传奇，也是才在中国文化中备受推崇的一种象征性表达。从神助传说自述者的自诩、传播演绎者的歆美中，我们可以体味到其中寄托的历代文人对异乎寻常禀赋的期待。而这些传说，实则正是在以形象的手段诠释文学创作所依赖的"天授"之"天"、"神授"之"神"的本质特征：它们是自然赋予人的、充满虚灵性能动性又无可复制不可更定的才。神异传说本身，正是这种文才的感性认定形式。

我们不妨对神梦、神授现象再做一个考察。此前学者对这类文学逸闻的态度大致表现为破除对神助的迷信，将通过神助获得文思的美学现象理论化

---

① 袁枚：《随园诗话》卷2，《袁枚全集》第三册，第60页。
② 师范：《荫椿书屋诗话》，张国庆辑《云南古代诗文论著辑要》，中华书局2001年版，第4页。
③ 阮阅：《诗话总龟》前集卷2，周本淳校点，人民文学出版社1998年版，第24页。

为精诚所积而致功。

褚人获《坚瓠余集》提到著名的"胡钉铰"传说，以为其忽然能吟，"此无他，精诚所积而致"。徐芳《万历中徽州进士谋换心记》记述了明代一名进士换心的传说，作者以为，这种所谓换心的奇闻怪事，其实质就是："为精诚所积，人穷而神应之"；进士后来之奇颖，乃是进士之奇愚逼迫而出，正应验了俗语所说的"德慧存乎疢疾"。王葆心又将其分为两类："其梦吐与有所出者，多在作文苦思之时，英华外发之候也；其梦吞与授与者，多在劬志究学之时，菁英内敛之应也。"综而论之，二者皆是"功候所积，一旦豁然寤寐"。并以此为理由，批评"归诸神授天与，侈为祥瑞"之人为浅者无知。①

无论是褚人获、徐芳的"精诚所积"，还是王葆心的功候所积，其本质都是古代美学思想中的"养气"论。这种阐释有合理成分，尤其符合具体创作之中文思酣畅情态从天而降的前因后果。但以上阐释忽略一个根本性的问题：这些传说讲述的不是一部作品创作之际兴会的忽去忽来与即时才思的开通窒塞，而是反复宣扬灵启之余，主体天赋之才的有无，且是文才现身之后从此归于常态，传说的主题便落实在这种天赋稳态性的发现与颂扬上。如果将这些传说统归于精诚所至、积思而得，其间还明显包含一个这样的逻辑：涵养生气与秀句佳篇之间存在着因果关系，就讨论所涉及的范围而言，这种因果关系又似乎染上了必然化的色彩。于是，关于神助传说更为重要的一个美学内涵便被如此的解读遮蔽了，这就是产生于文才崇尚时代密集的神梦神授传说，其本义在于对以下两个核心观点的宣示：

其一，文才具有禀赋性，如得自天。传说之中一些文人起初的疏落并非无才的证据，而是其人力未极精熟，文才尚未得以全面激发。但是，必有此才方可言人力。

其二，文学必有待于才子，这些传说便是二者美学关系的喻示。

如果说以上神助的事例基本属于著名文人的锦上添花，神助无非表现于启示其尽情释放才华的话，那么有关"胡钉铰"的传说则更为鲜明地说明：但言神助，其必见才。这个故事较早出自《云溪友议》，《绀珠集》传录其

---

① 王葆心：《古文辞通义》卷17、卷4，王水照辑《历代文话》，第7920、7180页。

事云：

> 郑圃有列子墓庙，里中有胡钉铰者，每诣庙祭祷求聪慧。一夕，梦人剖其腹，纳一卷书。既觉，遂有诗思。①

《云溪友议》描写了胡钉铰得书以后的表现："睡觉，而吟咏之句皆绮美之词，所得不由于师友也。"②胡钉铰传说还有另一个版本，《南部新书》云：

> 胡生者，失其名，以钉铰为业。居雪溪而近白蘋洲，去厥居十余步有古坟，胡生若每茶饮必莫酹之。尝梦一人谓之曰："吾姓柳，平生善为诗而嗜茗，及死，葬室乃子今居之侧。常衔子之惠，无以为报，欲教子为诗。"胡生辞以不能，柳强之曰："但率子言之，当有致矣。"既寤，试构思，果有冥助者，厥后遂工焉。③

记载虽有差异，但却有着以下共性：其中的主角胡钉铰，起先于诗文一派懵懂；有异人通过梦的形式给予神秘的启示；启示的方式或者改头换面洗心革面、或者传授诗法、或者赠以神物；受教者此后灵机发动。其中所谓的诗法实际上是心法："但率子言之"，当是教其冲口信手，由其才性而为。关于胡钉铰受教以后灵机发动，从此遂有诗思被并归之于所谓"冥助"，无非是其表面虽愚实备灵心妙才，且得蓄积磨炼豁然开朗的形象表达。《类说》中强调了"所得不由于师友"这一点；清代施愚山在传述这个传说时也重复了这一论断："所得不由于师友也。"④神助与积学在古人那里被视为对立范畴，所谓"不由于师友"，不是否定诗人的学习，而是说这种灵心启悟实则源于其自然天赋，并非经乎师友的必然产物。由此而言，胡钉铰所谓

---

① 朱胜非：《绀珠集》卷4，影印《文渊阁四库全书》第872册，第341页。
② 范摅：《云溪友议》卷下，影印《文渊阁四库全书》第1035册，第604页。
③ 钱易：《南部新书》卷9，影印《文渊阁四库全书》第1036册，第245页。
④ 施愚山：《蠖斋诗话》卷上，《施愚山集》第四册，何庆善、杨应芹点校，黄山书社1993年版，第18页。

神助，实则是指其禀赋的文才因为一种机缘而得以发动；或者说，这种文才的有无、多寡、隐显于文学关系重大，因而备此文才者便无不嗜其毛羽珍其宿蓄，神之异之正是其不可习而得不可传而获不可人人皆有特性的体现。

又如陶宗仪《辍耕录》中的一个故事，更形象地说明了这种异梦所承载的美学意蕴：

> 松江卫山斋有材誉。时庸医儿孙华孙颇知嗜学，山斋因奖予之，使得侪于士类。山斋既死，华孙忽谓人曰："尝梦天使持黄封小合授吾，曰'上帝有敕，以卫山斋声价畀汝'。吾受命谢恩而寐。"华孙才思极迟，凡作一诗，必数十日乃就，则曰："吾登溷偶得一联。"或又曰："枕上得此。"故人戏赠以诗，有"浪得诗名索价高"及"山斋声价黄封合"之句。①

卫山斋的"材誉"与孙华孙的"才思极迟"形成鲜明对比，而华孙偶然一梦以及所谓"天使封小合授吾"和"上帝有敕，以卫山斋声价畀汝"，正是希望改变自己才思禀赋之心态的反映。这种改变文才现状的期待可以视为诸多文人在面对禀赋性文才无可奈何之际的一种共同呼唤。

无论神梦或者神授，所有神助传说仅仅是一个借以表达非常规、非常在又难以求证事物的幌子，神助论的宣扬者假此实则有着共同的祈向——一种优异禀赋之才的从天而降，或为此而自诩，或为此而祈祷；另一方面，其所印证的恰是决定文学创作的文才具有这种由天而得似有神异灵能的禀赋性。

在此基础上，我们可以重新审视"江郎才尽"这个著名典故，它是神梦、神授传说的一个集合样本。典故最早见于《诗品》，其中云："于时谢朓未遒，江淹才尽。"《南史·江淹传》所叙更为详细：

> 淹少以文章显，晚节才思微退。云为宣城太守时罢归，始泊禅灵寺，夜梦一人自称张景阳，谓曰："前以一匹锦相寄，今可见还。"淹

---

① 陶宗仪：《南村辍耕录》卷23，李梦生校点，上海古籍出版社2012年版，第253页。

探怀中得数尺与之。此人大恚曰："那得割截都尽。"顾见丘迟，谓曰："余此数尺，既无所用，以遗君。"自尔淹文章踬矣。又尝宿于冶亭，梦一丈夫自称郭璞，谓淹曰："吾有笔在卿处多年，可以见还。"淹乃探怀中得五色笔一以授之。尔后为诗绝无美句。时人谓之才尽。①

围绕江淹才尽的传说，历代引发了江淹之才是否尽，人之才是否能尽，是什么因素影响妨碍了才的尽数发挥，维持才情活力的途径是什么等诸多话题。如果说历代关于这个问题的讨论有一些拘泥于江郎才尽这一传说具体的因由，更多的是就事论事，那么站到这个传说更高的视点反思，则能发现其美学史意义：类似的传说之所以恰恰在文学重才的魏晋六朝之际开始产生，它隐含了文学创作关乎才、决定于才、才乃天赋不可勉强等对文才的崇拜思潮。这种崇拜一则是对才的态度，一则是对文才的深化认知。

在以上神助传说之外，隋唐之际还有攘夺他人秀句佳篇甚至不惜土囊杀生的传说，它与神助等传说同时集中出现在一个历史阶段，同样是在用一种残忍而无理性的手段，传递出这个时代对文才的关注、推崇，传递出文才本自天赋难可复制的思想。尤其秀句攘夺现象，历代不是考辨其真伪以为个中人辩护，就是抨击当事者之无耻，但没有注意到这种现象集中出现背后的意旨。因与神助传说意义近似，所以稍带论之。

诗文著述之类的攘夺窃取，是魏晋之际开始出现的。秀句攘窃传说出现之前，《世说新语》中就有郭象盗窃向秀《庄子注》的传言。钟嵘《诗品》也有释宝月窃取东阳柴廓所造《行路难》的记载。隋唐之际最著名的攘窃秀句传说发生在隋炀帝与宋之问身上。《隋唐嘉话》载：

> 隋炀帝为《燕歌行》，群臣皆以为莫及，王胄独不下帝，因此被害。帝诵其句云："'庭草无人随意绿'，能复道耶？"

唐《纪闻》载：

---

① 《南史》卷59，第5册，第1451页。

隋炀帝作诗有押"泥"字者，群臣皆以为难和。薛道衡后至诗成，有"空梁落燕泥"之句。帝恶其出己上，因事诛之。临刑问："复能道得'空梁落燕泥'否？"①

对于这个传说，历代多有考证，结论都认为子虚乌有。另一个为宋之问杀刘希夷，《唐语林》载：

刘希夷诗曰："年年岁岁花相似，岁岁年年人不同。"其舅即宋之问也，苦爱此两句，知其未示人，恳乞此两句，许而不与。之问怒，以土囊压杀之。刘禹锡曰："宋生不得死，天报之矣。"②

宋人魏泰、明代王世贞都曾力辨此事污蔑前贤。清代叶矫然《龙性堂诗话续集》在引录了王世贞为宋之问正名的文字之后作了以下辨析：

元美此辨引据甚确。第此二事，总见佳句不易得，如性癖耽佳、不死不休之意，不必认真可耳。周元亮云："近人读诗文，痛痒了无觉，求其能以土囊压杀人者，正不易得。"有激乎其言之也！③

以上论析为我们重新审视这种为窃佳句不惜夺命传说背后的意义提供了崭新视角：

第一，秀句攘窃现象与神助说、才尽说几乎在同一个时代滋生，它通过佳篇秀句展示了文学之才的创造性与灵异性；又通过攘窃甚至强夺说明文学之才具有禀赋之中的独到性与不可复制性。

第二，所谓"佳句不易得"，一方面是说佳句关乎人工的努力，当孜孜以求之；一方面又提醒诗人：仅仅通过人工的雕琢未必就能获得神思。不惜以夺人性命窃取佳句名篇这个事实本身，恰恰是对这样一个事实的认定：阅读者从内心自愧不如，而所不如者具体所指是秀句本身，是作品本身，进一

---

① 吴曾：《能改斋漫录》卷4引，影印《文渊阁四库全书》第850册，第558页。
② 周勋初：《唐语林校证》卷5，中华书局1987年版，第448页。
③ 叶矫然：《龙性堂诗话续集》，郭绍虞辑《清诗话续编》，第1022页。

步追问则是支撑如此佳篇秀句诞生的背后禀赋——文才，作者独到的才具与独到的启示形成了如此的艺术结晶。对嫉妒者而言，是文才在某一方面的缺失或者兴会的不及才造成如此作品难以模仿、不可超越。

攘夺秀句等传说，由此看来便成为对文才肯定与崇尚的极端形式；也可以视为文才独到性禀赋性、不可再生之宿命特征的极端认定手段。

第 二 章

才德关系建构：文才的规讽

　　历史上一度出现的天赋、天授、天才崇拜，才子文人传奇以及才子佳人的绮丽逸闻，汇聚成文才尊奉的习尚。这种尊奉与文才本身所具有的破缚性融会，便形成一些文人荡检逾闲、逸规破矩的主体面目。

　　文才的破缚性源于才自内而外的发露特性。古人言才动曰"才华"，就在于视才如花，其生命力源自根系，但所成就者必然绽放而出，所以有文人声称："夫天予以才，犹卉木有花萼，禽鸟有文采，珠玉有光辉，夫安得遏之使不露耶？"[1] 后世一些文人便以"才高故不沿于往辙"为借口[2]，恃才纵恣、申才抑法、炫才蔑礼之风时有表见，形成一种具有破坏力的势能，不仅对文艺法度准绳，即使对现实社会相关的矩矱规限同样形成挑战。所以刘熙载概言："尚才气者，非大胜则大败。"[3]

　　道德对文才的约束由此应运而生。传统的文艺理论思想与社会道德规范在意识形态领域有着共同的责任约定，因此文才在中国古代既是高扬的对象，也是被警惕、被规范、被约束的对象——从审美创作而言要敛之入法式、契合于体式；从社会伦理来说则要约之以性情、止之以礼义。

　　就才德之间的理论关系而言，由于中国传统社会的宗法伦理特征，道德

---

　　① 王柏心：《蒋节母冰清集遗稿序》，贾文昭编《中国近代文论类编》，黄山书社 1991 年版，第 668 页。

　　② 龚士稹：《定山堂诗集跋》，《定山堂诗集》卷尾附，《续修四库全书》第 1403 册，第 258 页。

　　③ 刘熙载：《艺概》，王水照辑《历代文话》，第 5573 页。

指引因此成为审美领域才德关系建构的基石：德为本，才为末；凡为文人，当先器识而后文艺。当然，才德之间主次本末的位置并不代表才可以缺失，德才兼备才是主体修养的最高境界，才德相称是艺术审美的极致。所以有"莫贵于德，莫急于才"的说法①。

　　需要说明的是，才德关系体系涉及男女性别差异问题。传统中国有"女子无才便是德"的旧论，与其对应则有"男子有才便是德"及"男子有德便是才"两种观念。在对女性的评价中，才德对立的意识较强，尽管也有为女子才德兼秀而讴歌者，但与男子出以才、居以德皆为社会接纳的现实相比，"女子无才便是德"的理念曾经影响深远；而如叶绍袁那样敢于提出"丈夫有三不朽：立德、立功、立言；而妇人亦有三不朽：德也，才与色也"者则寥寥无几②。

第一节　才德关系在文艺理论批评中的确立

　　"德"本义即为"得"③。作为一个概念，"德"的广泛流布得益于道家的"道德"学说。老子的五千真言被称为《道德经》，书中老子也屡屡称德，诸如"上德不德，是以有德；下德不失德，是以无德。"④ 道家所言之"德"是"道"落实于具体对象所呈露的特征，因此可以理解为"道"更切实的表达。从共同指向人所得于天的本然材质这一点而言，⑤ 才与德本义一致，所以韩康伯训释"材"字即云："材，才德也。"⑥ 既然皆为天之所

---

　　① 杨士奇等：《历代名臣奏议》卷198，影印《文渊阁四库全书》第438册，第640页。语出元世祖时赵天麟上策："选用之法，莫贵于行，莫急于才。才德兼全者大丈夫也，德胜才者君子也，才胜德者豪英也，有德无才者淳士也，有才无德者小人也，才德兼无者愚人也。"

　　② 叶绍袁：《午梦堂全集序》，《午梦堂全集》卷首，上海贝叶山房1936年版。

　　③ "德就是得"的结论，系学者们通过对卜辞中"德"字的考释得出的，意见较为统一。可参阅杨荣国《中国古代思想史》，中国人民解放军战士出版社翻印，1954年版，第9页。

　　④ 朱谦之：《老子校释》，中华书局1984年版，第150页。

　　⑤ 冯友兰《新理学》论"德"："论一事物之全体时，必论及其所依照于理及其所依据于气者。一事物之成，必有所得于天。其所依照于理及其所依据于气者，皆其所得于天者。道家名此曰德。德者得也，言其所得于天也。自天之观点看，此得谓之赋，赋者赋予；自事物之观点看，此得谓之禀，禀者禀受。合而言之，谓之禀赋。一事物之禀赋，即从形上及形下方面，看一事物之所得于天者。"参阅《中国现代学术经典·冯友兰卷》，第86页。

　　⑥ 《周易》卷8《系辞下》，韩康伯注，《十三经注疏》，第87页。

赋，因此才德相关的思想便由此中埋下了种子。

经过不断的伦理化发展，德的内容从天之所就的品质逐步演化为对后天修养有着主要依赖的人伦道德。《诗经》论德，已经是天、人兼备了。如《诗经·大明》："维此文王，小心翼翼，昭事上帝。聿怀多福，厥德不回，以受方国。"郑玄笺云："小心翼翼，恭慎貌；昭，明；聿，述；怀，思也。方国，四方来附者。"① 敬事上帝，四方怀思而来附。能谨慎、能不违，是自我的克制修养，出自后天。但本诗前有"大任有身，生此文王"，叙述文王并非天降神祇，而是本自父母，继而始言文王之德，二者之间的关系是："此言文王之有德，亦由父母也。"也就是说，如此美德是其性情禀赋的本然。这一时期，才、性、德、命等概念融会于传统才性思想之中，内涵有着一定的重叠性。

至春秋之际，孔子论德基本上已属于后天修养的范围了。《左传》襄公二十四年叔孙豹论"三不朽"："太上有立德，其次有立功，其次有立言，虽久不废，此之谓不朽。"孔颖达正义云："太上、其次，以人之才知浅深为上、次也。太上谓人之最上者，上圣之人也；其次，次圣者，谓大贤之人也；其次又次大贤者也。立德谓创制垂法，博施济众，圣德立于上代，惠泽被于无穷，故服以伏羲神农，杜以黄帝尧舜，当之言如此之类，乃是立德也。"② 详味其义，立德实为才的建树，此德并不是空泛的说教与持守，而是见乎创制垂法、博施济众，是以其固有之才修为运施所能抵达的极致。

如孔子所撰《周易·文言》有"进德修业"之说，德之能进，自然是个变量。又如《论语·述而》："德之不修，学之不讲，闻义不能徙，不善不能改，是吾忧也。"专从向善、好义、改过等角度论德，明示其皆可着以人工培育。他如《论语·述而》之"志于道，据于德，依于仁，游于艺"，德、仁、艺是志于道的基础或者依托，表现为现实的落实与行为步骤，即可以尽其人力之处，如此方能使得理想之志不堕于玄想。

从孔子至孟子，成书于其间的郭店楚墓竹简也表现了与孔子近似的关注：从论天命天性到论性的维持——道德教化。其时才性思想已经昭示了明

① 孔颖达等：《毛诗正义》卷16，《十三经注疏》，第507页。
② 孔颖达等：《春秋左传正义》卷35，《十三经注疏》，第1979页。

显的人间道德转型，如其中既有"性自命出"的论断，也有"圣人之性与中人之性，其生而非有节于天也，则犹是也"、"四海之内，其性一也，其用心各异，教使之然也"的说明：人性相同，各自用心却相异，于是教化应运而生。这种人性的维系之道，具有世俗社会的诉求，也融合于世俗的手段，这就是道德陶冶培育。①

至如《孟子·公孙丑上》自道"我知言，我善养吾浩然之气"，先论何谓浩然之气："其为气也，至大至刚，以直养而无害，则塞于天地之间。其为气也，配义与道，无是，馁也。"又论何谓"知言"："诐辞知其所蔽，淫辞知其所陷，邪辞知其所离，遁辞知其所穷。生于其心，害于其政，发于其政，害于其事。圣人复起，必从吾言矣。"这段文字从文辞论辩引申而出，论浩然之气意在正心而为，循序而得，不揠苗助长，则自我之义可孕育而成；论知言意在能准确体察论辩对手言辞中的"蔽"、"陷"、"离"、"穷"，从而在辩论之中占得先机。如此看来，孟子论知言、养气，实则是在讲道德、人格修养可以实现主体睟面盎背彰显其才的效果。其所言的义与气，皆与道德相关，且可以通过修为提升。

而人伦识鉴意义的才德关系，始构于儒家的才性理论。儒家以性的善恶等诠释才的质地，这个善恶当然包括优劣、精粗的等级区划，但实际语境之中则更多地指向善良、恶俗等道德评价，将普泛的哲学研讨节缩于人伦教化，于理论而言当然是对才之内涵的断章取义。沿着这种路径延伸，到了汉代，才性论已经基本具化为了才德论。《淮南鸿烈·主术训》云："凡人之性，莫贵于仁，莫急于智。仁以为质，智以行之。"智指向才，仁则言性，性显然已经被道德化，本出才性的智、仁，在此便是才德。② 王充《论衡·命禄篇》也称："是故才高行厚，未必保其必富贵；智寡德薄，未可信其必贫贱。或时才高行厚，命恶，废而不进；智寡德薄，命善，兴而超逾。故夫临事智慧，操行清浊，性与才也。"③ 文中的才与行、智与德、才与性意义一致，起初属于性范围讨论的厚薄、清浊等内容，在此也被同时纳入了德的框架。因此我们说，才性论已经被部分儒者演绎为了才德论。

---

① 李零：《郭店楚简校读记》，中国人民大学出版社 2007 年版，第 136 页。
② 刘文典：《淮南鸿烈集解》卷 9，第 315 页。
③ 黄晖：《论衡校释》，第 20 页。

综上所论，先秦道德意识进入儒家思想系统之后，便实现了人伦化、社会化的转型，并逐步成为政治规范、社会秩序的灵魂与主体内容。德之内蕴如此的演革，使得普泛意义的才德范畴在确立之初便显示了一定的矛盾性。美学意义才德关系是人伦识鉴范畴才德观照的推衍。其建构经历了以下历程：先秦儒家才性思想、文德关系论是其基础；两汉人伦识鉴标榜才德使之普泛化为现实关注的核心话语；两汉魏晋文人以人伦识鉴的才德尺度为依托对屈原等杰出文人的评判，则意味着美学意义的才德关系论基本成型。

（一）先秦儒家才性思想、文德关系论是审美意义才德关系论建构的基础。大致体现为如下两端：

其一，儒家以人格修养、道德培育为首务，早期才性辨析即以尽才成性、完善德行为目的。以孔孟思想为例：

《论语·泰伯》："子曰：如有周公之才之美，使骄且吝，其余不足观也已。"这句话针对有才无德者而发，所以张南轩认为："此言才美之不足恃，当以德为贵也。"

《论语·宪问》："子曰：骥不称其力，称其德也。"朱子云："骥，善马之名；德，谓调良也。"驾驭如意本为才，于此名为德，因其中有顺从之意。尹氏即称："骥虽有力，其称在德；人有才而无德，则亦奚足尚哉？"

《孟子·尽心下》："盆成括仕于齐，孟子曰：'死矣盆成括。'盆成括见杀，门人问曰：'夫子何以知其将见杀？'曰：'其为人也小有才，未闻君子之大道也。则足以杀其躯而已矣。'"真德秀按："此才与有才而骄吝之才同，若所谓'天降之才'与'不善非才之罪也'。不能尽其才则指其根性。"[①] 孟子详辨才性，以为凡为不善者非才之罪，皆由未尽其才。以善恶论性，已经将其归乎德行，不能尽才即不能成德。所谓"根性"，也追溯到了德上。故而《礼记·乐记》有"德者，性之端"的说法。

以上所引皆属于孔子、孟子重德的言论，其显著特征之一就是以德释才，以性释才。尽管于才、德、性的内涵分析烦琐，也时有淆乱不清之处，但很显然，在儒家眼中，才能与德性之间存在着重要的关系。这种关系在其可融于一体的基本情态之外，大致又可以体现为如下内外的因果：德性的内

---

① 参阅真德秀《西山读书记》卷16，影印《文渊阁四库全书》第705册，第496—507页。

在修养陶冶及人格进益境界，对才能的施展空间影响甚巨；儒家格物致知正心诚意修身的要求与齐家治国平天下的理想相辅相成。因此在涉及才德关系之际以德为先，是儒家固有的坚守。

其二，文德关系之中同样以德为先——当然，这个"文"不仅仅指文章，更多包含着人格的文饰，才德论因此在一定程度上与文质论合流。在中华文化之中，文本乎天道地道人道，为三才所成，因此先秦典籍论"文"已极成系统，而言文之际往往系之以德。回到儒家的论述考量：

《论语·雍也》："子曰：君子博学于文，约之以礼，亦可以弗畔矣夫。"学文要置于礼义的统摄之下。

《论语·述而》："子曰：志于道，据于德，依于仁，游于艺。"游于艺的前提之一是据于德。

《论语·宪问》；"有德者，必有言；有言者，不必有德。"德与言的关系中，德具有绝对的价值与能力的赋予权威。

《论语·学而》："子曰：弟子入则孝，出则悌，泛爱众而亲仁。行有余力，则以学文。"先修德行，有余力方可学文。

文德关系以德为重的观念，在当时还以文质关系的形式呈现。质是衍自内心、发于德性的，文辞文采仪式只是装点，因此以质为根本而不弃文饰，也便成为儒家维系德之主导地位的一个重要形式：

《论语·八佾》："绘事后素。"文质并需而以质为先。

《论语·雍也》："质胜文则野，文胜质则史。文质彬彬，然后君子。"扬雄《法言·寡见》曾敷衍此意："或曰：良玉不雕，美言不文，何谓也？曰：玉不雕，玙璠不作器；言不文，典谟不作经。"《法言·吾子》又云："或问：君子尚辞乎？曰：君子事之为尚，事胜辞则伉，辞胜事则赋，事辞相称则经。足言足容，德之藻也。"① 文、事与藻、辞等为质、文的敷衍，本末不可倒置。

在文质这个维度上，《老子》更加倾向于质，故有"信言不美，美言不信"之说。法家的韩非子也反对文饰，《韩非子·解老》曾说："夫恃貌而论情者，其情恶也；须饰而论质者，其质衰也。何以论之？和氏之璧不饰以五

---

① 汪荣宝：《法言义疏》，第60页。

彩，隋侯之珠不饰以银黄，其质至美，物不足以饰之。夫物之待饰而后行者，其质不美也。"① 可见先秦两汉之前对"质"有着普遍的审美认同。此外，从道德相关品质入手对文德关系的讨论，较多集中于对诚的重视，"修辞立其诚"是早期确立的重要文德标尺。而无论儒道，其对德、质有着共同的尊崇。

（二）两汉之际，人伦识鉴标榜才德，促使其普泛化为现实关注的核心话语。两汉人才选拔实行察举制度，察举以"选贤与能"为目的，其举荐的核心尺度便是才德，虽然各有侧重，但重要的人才多强调其才德兼备，如荐举科目中的贤良方正、贤良文学等皆是如此。汉代皇帝于举贤良的诏书之中往往罗列具体条件，诸如明古今王事、文学士、可亲民、茂材异等、淳良有行、能指皇帝过失、明政术、达古今等等，其中或贤能、或操行，即才德兼举。在这种背景下，无论"汉之得人于兹为盛"的颂扬，还是"举秀才，不知书，举孝廉，父别举"的讽刺，都自然而然地将才德话题推到了舆论的前沿。"丈量公卿，品题人物"的名士清议之风由此兴起，而清议的标尺，仍然离不开才德。②

以上品鉴标准可以从《礼记》的相关论述中得到支持。《礼记》虽然被称为衍自《周礼》，但其内容除了部分可能源自史记文献之外，还糅杂着汉代文人政治理想建构的精英设计，因此其中作为经国平治图景的表述较多，可以视为汉代儒家思想的代表著作。先看《礼记·王制》，其论司徒，在节民性、兴民德、养耆老、恤孤独之余，将"上贤以崇德，简不肖以绌恶"视为其重要职守，而职守之中已经鲜明体现了人才举荐的才德要求。就整个选士命官的操作流程而言，总体要经过选士、俊士、造士、进士四个阶段，以上所有阶段，所秉持的考定标准是一致的，皆为郑玄注称的"有德行道艺"。能进入进士范围，已经属于从学校之中选拔而出的优异之士，但在列名司马之后，还有一个更为严格的遴选程序："司马辩论官材，论进士之贤者，以告于王，而定其论。"即要经过辨析论议以品题，随之给定职位验证才能。在此基础上，"论定然后官之，任官然后爵之，位定然后禄之"，至此方可授予官职，享受爵位俸禄。

---

① 王先慎：《韩非子集解》，第133页。

② 参阅裘士京等《略论两汉察举制度与人才选拔》，《安徽大学学报》2002年第5期。

以上官人选士的标准，从乡大夫起初的考定便确立了才德兼备的高标，随后流程之中以"秀者"、"贤者"为对象的选拔皆贯彻了这一要求。而最终的命官阶段则更加重点考察其能之所长、性之所宜，最终以确定其才之所堪。似此才德兼论的思想在《礼记》中全面获得贯彻，《月令》还有"命大尉赞桀俊，遂贤良，举长大"之说，孔颖达集郑玄、高诱之说释称："贤良，谓有德行；桀俊，谓多材艺。"《礼运》又云："大道之行也，天下为公，选贤与能，讲信修睦。"将选拔贤能与大道之行纳入一定的逻辑系统。①

这种人才识察尺度的并举，至东汉中期即被明确宣扬为"才性"并重。王充《论衡·命禄》云："临事智愚，操行清浊，才与性也"，临事指才，故有智愚；操行为性，亦即德性，故显清浊。及东汉后期又被从道艺维度强化。"道艺"论发端于庄子哲学，其所谓道为自然之道，艺则与技能技术等大致相当。庄子理论中的道艺关系侧重于宣示自然规律对现实主体能动性发挥的深层影响，有着道、艺统一的特征。② 但是，庄子道艺思想之中的道与儒家强调的道不尽相同，儒家言道以人伦世界合乎自然的规则法度为主，所重在德。因此东汉后期学者们的道艺之论，应该是从道家撷取了逻辑框架，却填装了儒家的现实内容。先是郑玄注《礼记》称选士标准为"有德行道艺者"，道艺与"德行"对应，皆分表道德与行实之能。随之徐幹《中论》专列"艺纪"一节，从德、艺两端分别论述。所谓德艺之论即为才德之论，徐幹文中明确表示："美育群材，其犹人之于艺乎？"艺即属于才的范围。③当然，无论才德论再演为才性论还是被纳入道艺论，其兼宗并备的思想主旨是一致的。人伦识鉴、人才举荐对才德的现实关注，成为才德论进入核心话语系统的重要契机。

（三）汉魏文人以人伦识鉴的才德尺度为依托对屈原等杰出文人的评判，意味着美学意义的才德关系论基本成型。

如果说以上所论儒家文质关系、两汉才德才性辨析多集中于社会伦理思想阐发与人物品鉴的话，那么这个话语体系在东汉关于屈原是否"露才扬己"的论争中开始孕育新的动向：其时诸多文人对屈原的人格及其创作分

---

① 朱彬：《礼记训纂》卷5，第193—196页；卷6，第242页；卷9，第331页。

② 参阅成复旺《自然生命与文艺之道——对中国古代文论中道艺论的考察》，《求索》2003年第1期。

③ 孙启治：《中论解诂》，第115页。

别发表意见，无论赞成与否，露才之言才，扬己之言德，二者置于一体研究，昭示着文艺美学中的才德关系论已经具备雏形。

刘邦建国，以楚地发家，统一后又以楚音为宫中之乐，使得楚辞广受关注。两汉时期，除了刘向点校《离骚》分为十六卷之外，诸如《离骚》经传、章句就出现了不下四种，著名文人刘安、班固、贾逵、王逸等皆参与其中。在这样的文化潮流下，屈原的形象及创作也成为当时文坛热议的焦点。

其一是歌颂者，是为主流，以汉武帝、刘安、司马迁、汉宣帝、扬雄、王充、王逸为代表，所颂者兼人格与辞赋成就。

首先汉武帝喜爱《离骚》，曾命刘安为传注，刘安"朝闻命而夕献"，一时传为美谈，所以《文心雕龙·辨骚》云"昔汉武爱骚而淮南作传"。刘安《离骚序》云："国风好色而不淫，小雅怨悱而不乱，若离骚者可谓兼之矣。蝉蜕浊秽之中，浮游尘埃之外，皭然泥而不滓，推此志，虽与日月争光可也。"① 司马迁亦敷衍此说："其文约，其辞微，其志洁，其行廉，其称文小而其指极大，举类迩而见义远。其志洁，故其称物芳。其行廉，故死而不容。"② 刘安、司马迁皆兼人与文而论，侧重于文的贡献。扬雄也延续了一样的评赞路数，《法言·吾子》记载有人请教"屈原智乎"，他回答："如玉如莹，爰变丹青。如其智，如其智！"③《文心雕龙·辨骚》还有扬雄讽味《离骚》，赏其"体同诗雅"的文字，可见其本义正是盛赞屈原性情品质高洁、文辞幻化多姿。

王充对屈原的关注可以说在诸人之上，却一直为学术界忽略。《累害篇》以"屈平洁白，邑犬群吠"赞其美德。④《超奇篇》、《案书篇》又以"善才"誉其文思。较为全面地从才德两面颂扬了屈原。⑤

王逸可谓屈原研究的集大成者，他不仅纂集楚辞，定其源流，并对屈原的人格、文学创作成就及影响给予了全面评断。《离骚章句序》云："且人臣之义，以忠正为高，以伏节为贤。故有危言以存国，杀身以成仁。……今

① 王逸：《楚辞章句》（与《诗集传》合刊），第48页。
② 司马迁：《史记》卷84《屈原贾生列传》，第8册，第2482页。
③ 汪荣宝：《法言义疏》，第57页。按：本节文字理解有异，参阅注疏。
④ 黄晖：《论衡校释》，第13页。
⑤ 王充有关屈原的具体论述参阅本书《序编》第一章第二节"两汉以才论文的滥觞"。

若屈原，膺忠贞之质，体清洁之性，直若砥矢，言若丹青，进不隐其谋，退不顾其命。"王逸此论显然脱胎于扬雄，在表彰屈原道德情操与人格魅力的同时又称：屈原之词，"优游婉顺，宁以其君不智之故，欲提携其耳乎！"《离骚》之文也是依经立义："'帝高阳之苗裔'，则'厥初生民，时惟姜嫄'也；'纫秋兰以为佩'，则'将翱将翔，佩玉琼琚'也；'夕揽洲之宿莽'，则《易》'潜龙勿用'也；'驷玉虬而乘鹥'，则'时乘六龙以御天'也……名儒博达之士著造辞赋，莫不拟则其仪表，祖式其模范，取其要妙，窃其华藻，所谓金相玉质，百世无匹，名垂罔极，永不刊灭者矣。"① 德性之外，又极赞了其艺术成就。

《文心雕龙·辨骚》又提及汉宣帝"叹以为皆合经术"，连同刘安、扬雄、王逸之论，这就是刘勰所说的"四家举以方经"。既然已置于可与经书媲美的地位，自是景仰之极。

其二是批判者，以班固为代表。其序《离骚》云：

> 今若屈原，露才扬己，竞乎危国群小之间，以离谗贼。然责数怀王，怨恶椒兰，愁神苦思，强非其人，忿怼不容，沉江而死，亦贬絜狂狷景行之士。多称昆仑、冥婚、宓妃虚无之语，皆非法度之政，经义所载。谓之兼诗风雅而与日月争光，过矣！

班固同样兼论才德。首先贬抑屈原之德，言其"露才扬己"而未行温柔敦厚，故而招是惹非，自取其辱；其次贬抑屈原创作，言其背离经义法度，过肆驰骋。然而论屈原"露才扬己"则在不满之中显然又不得不认可屈原之才的非凡，故又有"然其文弘博丽雅，为辞赋宗"、"虽非明智之器，可谓妙才"之论。②

王逸对班固的贬抑不以为然，在为屈原的艺术成就辩护之余，他又驳斥班固对屈原德行的指点：是亏其高明而损其清洁者也。"以班固为歪曲情理，混淆是非，并赞美屈原"此诚绝世之行、俊彦之英也"。③

① 王逸：《楚辞章句》（与《诗集传》合刊），第47页。
② 班固：《序离骚》，《楚辞章句》（与《诗集传》合刊）附，第48页。
③ 王逸：《楚辞章句》（与《诗集传》合刊），第47页。

　　以上有关屈原的才德论议有一个隐在的变化过程，即从西汉之际才德综论，至汉魏之际在不废德性之论的基础上，于文才表现出了更为浓厚的兴趣。扬雄已经有了屈原、司马相如优劣之论："或问屈原、相如之赋孰愈。曰：原也过以浮，如也过以虚。过浮者蹈云天，过虚者华无根。然原上援稽古，下引鸟兽，其著意，子云、长卿亮不可及。"① 以上优劣论的核心在于文才较量，其结果是二人虽于浮、虚各有其弊，但屈原辞赋古诗之流的特征更为显著，寄托比兴，为长卿等不及。曹丕继承了扬雄的基本判断，在回答同一问题时认为："优游按衍，屈原之尚也；浮沉漂淫，穷侈极妙，相如之长也。然原据托譬喻，其意周旋，绰有余度矣。长卿、子云，意未能及也。"② 屈原之才谅非司马相如、扬雄可以比肩。东汉始末阶段的两个著名文人对同一问题的回答如此一致，标志着文坛对屈原才华的普遍敬仰。而对屈原辞赋比兴譬喻不约而同地表示重视，并专门指出其讽谏寄托非如长卿等"浮沉漂淫，穷侈极妙"，其间实际上寄寓着对屈原指摘君王之过、余心所善九死不悔之人格的钦慕。因此，在优劣的评断之中，文才虽为主角，但道德依然在场。

　　这一组有关屈原的讨论，在中国文学理论批评史上有着极为重要的意义，审美系统的才德论由此得以确立。就这场论争而言，不管如何判定屈原的德行，论争双方都从艺术价值上高度认可了屈原的文才。一个文人，在具有文才的前提下，道德品行对其创作旨趣、对其后世声名会产生决定性作用，是这场论争彰显出的一个重要结论。而这一论争也是两汉文学才德关系认知的一个缩影，虽然有观点的交锋，但尚不是对重德大潮流的挑战，只是对德之确认标准出现了异同。

第二节　才的高张与德从性情风标
到节义尺度的转化

　　两汉并非一般学术研究所谓的重德抑才，但汉末三国的割据混乱的确使得东汉以来重德的主流话语系统失去了支撑，曹操唯才是举的政策

---

① 扬雄：《法言》佚文，《文选》卷50《宋书·谢灵运传论》李善注引，第2218页。
② 曹丕：《典论·论文》佚文，《北堂书钞》卷100，孔广陶三十三万卷堂刊本。

便在如此语境下转化为才、德之间的交锋。玄学兴起，士人阶层在才性"四本论"的探讨中分别面对不同的势力集团选边站队，略带游戏色彩的文字较量里实则蕴蓄了对道德、才能关系处理的不同理解。不过，才性自觉作为时代精神，其中的确激荡着豪杰、名士任才的快意与对世俗之德的轻蔑。

但如此的才德对立并非常态，也颇为惊世骇俗，称之为昙花一现也不为过，才德之间既定的平衡不仅没有被打破，而且才德关系问题迅速升温，德的统辖及影响因此获得进一步扩散与深化，其重要表现便是人物清议、政治铨选以及名教思想延续之中的才德关系辨析在魏晋之际内化于文艺批评。其中值得注意的是：政治铨选论中的才字当头者，回到文艺批评往往换了一副面孔，成为才德兼备思想的守护者。魏晋六朝之际，以文人为反思对象，批评其无行的舆论十分高涨，从曹丕到袁淑，从刘勰到颜之推，从南方到北方，对文人类不护细行的总结全面而深入。这种反思虽然反映了当时文人纵其才华、荡其情性而不拘小节甚至荡检逾闲的集体造象，但在才德关系之中从性情之失论道德，既有着文人于本体阵营表面苛责下的本然自恕，又在这以无足轻重论德的形态中显示了才的分量。

宋代理学流行，儒生们发掘性理，审视人欲，框定道艺之间的规限，德在这个时期被高度重视，尤其以南宋为最。才德关系认知由此出现转型，转型的一个重要标志就是对江总、扬雄评价的变化，尤其扬雄：北宋之际动辄被视为可配圣人，到了南宋却成为背负千古骂名的小人。

在这个演革过程之中，德的内涵讲求发生了微妙的变化，从魏晋六朝之际侧重于性情的风标，逐步被凝定为了节义的尺度。

一

汉魏之际，曹操唯才是举的思想、刘邵《人物志》对才德关系的提炼、玄学才性之辨以及九品中正制度等在一个短暂的时间内集中推出，使得传统的才德关系架构在获得巨大的丰富之余，也面临了空前的挑战。这核心体现于人物品目虽论才德，但其中才的地位逐步抬升。在曹操求贤令发布之前，人才甄选德才分论、各取所需的思想已经渐成气候，王充《论衡·程材》总结道：

今世之将，材高知深，通达众凡，举纲持领，事无不定。其置文吏也，备数满员，足以辅己志。志在修德，务在立化，则夫文吏瓦石，儒生珠玉也。夫文吏能破坚理烦，不能守身，身则亦不能辅将。儒生不习于职，长于匡救，将相倾侧，谏难不惧。案世间能建蹇蹇之节，成三谏之议，令将检身自敕，不敢邪曲者，率多儒生。阿意苟取容幸，将欲放失，低嘿不言者，率多文吏。文吏以事胜，以忠负；儒生以节优，以职劣。二者长短，各有所宜。世之将相，各有所取。取儒生者，必轨德立化者也；取文吏者，必优事理乱者也。①

以上分言儒生、文吏，有长于才能者，有长于道德者，或理事，或立化，各有其功用，官吏也各有其选择。从这段文字看，东汉名教对道德节义的重视，至此已经有了松弛之象，这就为曹操的相关思想奠定了基础。

曹操曾下求贤三令，分别是建安八年（公元 203 年）、建安十五年（公元 210 年）、建安二十二年（公元 217 年），三令皆涉及才与德出现矛盾之际的取舍：

议者或以军吏虽有功能，德行不足堪任郡国之选，所谓可与适道，未可与权。管仲曰："使贤者食于能则上尊，斗士食于功则卒轻于死，二者设于国则天下治。"未闻无能之人，不斗之士，并受禄赏，而可以立功兴国者也。故明君不官无功之臣，不赏不战之士。治平尚德行，有事赏功能。论者之言，一似管窥虎欤？

若必廉士而后可用，则齐桓其何以霸世？今天下得无有披褐怀玉而钓于渭滨者乎？又得无盗嫂受金而未遇无知者乎？二三子其佐我明扬仄陋，唯才是举，吾得而用之。

今天下得无有至德之人放在民间，及果勇不顾，临敌力战；若文俗之吏，高才异质；或堪为将守，负污辱之名，见笑之行；或不仁不孝而有治国用兵之术：其各举所知，勿有所遗。②

_____

① 黄晖：《论衡集释》，第 534 页。
② 《三国志·魏书》卷 1、卷 1 裴松之注引《魏书》，第 1 册，第 24、32、49 页。

其中的"治平尚德行有事赏功能"、明确的"唯才是举"、尚"高才异质"而不计侮辱贪婪之骂名，皆是从才德关系立论，而且标才于首位。其中"文俗之吏高才异质"之论，显然是对王充"文吏以事胜"论断的继承。

正是在这个阶段，汉代才德兼尚的伦理主义逐渐演变为魏晋的个人主义。从陆贾、贾谊、董仲舒到仲长统、王符等人，著书立说反反复复辩难的是贤与不肖的区分，尽管他们有时也谈到才，但又依赖于社会伦理意味显著的贤或不肖，才不是单独的根本尺度，更不是唯一的尺度。汉魏以后则出现了变化："魏晋六朝人尚才，不依赖任何其他因素，甚至取消人的社会性，把自然的才学的高下，作为决定一个人个性的价值的首要因素。也就是说，一个人无论做什么、政治地位如何，都无关紧要，可以不予计较，惟有在其所'做'中表现出来的天赋聪明和学识的博赡，方决定着他的人格声价。因此，在这种意识中，每一个人从精神上都是超越了社会关系，成为在自然意义上的个性存在。"[①] 重才的思潮由此兴起，并形成一系列或明或隐的内在呼应，徐幹的"明哲为先"论便是其代表思想。

徐幹主张才能重于品德，明哲高于志行。有人问："士或明哲穷理，或志行纯笃，二者不可兼，圣人将何取？"徐幹回答："其明哲乎！""明哲"是指人的聪明识见，即才能，"志行"指的是道德操行。徐幹认为，二者如不可兼备，圣人当以明哲为先："夫明哲之为用也，乃能殷民阜利，使万物无不尽其极者也。圣人之可及，非徒空行也，智也。"就是说，圣人之所以为圣人，就在于他有高于凡俗之人的聪明才智："伏羲作八卦，文王增其辞，斯皆穷神知化，岂徒特行善而已乎！"文王之外，《易·离》象辞称大人"继明照于四方"，《书》美唐尧"钦明"，皆为美其才智。与其相反，历史上多有尚德寡才之辈，结果如何呢？如其所论："徐偃王知修仁义而不知用武，终以亡国；鲁隐公怀让心而不知佞伪，终以致杀；宋襄公守节而不知权，终以见执；晋伯宗好直而不知时变，终以殒身；叔孙豹好善而不知择人，终以凶饿：此皆蹈善而少智之谓也。"号称以德自修，却智不能谋身，其所谓德也由此成为后人的笑柄。才智由此成为最值得颂扬的对象：

---

① 张国星：《魏晋六朝文学的才学观》，同前引。

故大雅贵"既明且哲，以保其身"。夫明哲之士者，威而不慑，困而能通，决嫌定疑，辨物居方，禳祸于忽杪，求福于未萌，见变事则达其机，得经事则循其常，巧言不能推，令色不能移，动作可观则，出辞为师表。

有才者神机变化，比诸道德君子，不可同日而语。行之士，不亦谬乎"？为了印证自己这个思想，徐幹甚至提出孔门圣徒也是主张才重于德、智先于善的。《中论·智行》云："仲尼问子贡曰：汝与回也孰愈？对曰：赐也何敢望回？回也闻一以知十，赐也闻一以知二。子贡之行不若颜渊远矣，然而不服其行，服其闻一知十。由此观之，盛才所以服人也，仲尼亦奇颜渊之有盛才也。"意思是说，颜渊之所以居乎七十子之冠，正是由于其才冠绝群伦，此说虽有我注六经的嫌疑，但却为其才重于德的观点寻到了经典支持。[①]

其时名士诸如孔融、刘陶等，皆有重智而轻德的倾向。《金楼子·立言》曾记载如下言论：

昔孔文举有言："三人同行，两人聪隽，一夫底下，饥年无食，谓宜食底下者，譬犹蒸一猩猩，煮一鹦鹉耳。"……祢衡云："荀或强可与语，余人皆酒瓮饭囊。"魏时刘陶语人曰："智者弄愚人，如弄一丸于掌中。"

萧绎于孔融之论评曰："此盖悖道之言也，宁有是乎？"而本段文字之先则称："或说人须才学，不资矜素。"[②] 此处的"才学"就是才智之意，兼先天后天并言；"矜素"即指德性、持守。孔融、刘陶，皆以才智优者可以操控他人命运，是论才而不及德性的极端之例。

才德关系在选举制度、清谈话题中的蔓延，扩大了才德关系体系的理论影响。两晋之际于吏治思想颠覆两汉重德理念的主要代表是葛洪，其"舍

---

① 孙启治：《中论解诂》，第144、156页。另参阅张祥浩《魏晋时期的才德之辨》，《学术月刊》1987年第10期。

② 许逸民：《金楼子校笺》，第863页。按："不资矜素"，四库全书本及本书校笺疑其有误。

仁用明”论延续了唯才是举的时代潮流。《抱朴子外篇·广譬》有云：

> 人才无定珍，器用无常道。进趋者以适世为奇，役御者以合时为妙。故玄冰结则五明捐，隆暑炽则袭、炉退，高鸟聚则良弓发，狡兔多则卢、鹊走，干戈兴则武夫奋，韶、夏作则文儒起。

道德有着一定的稳定性，但治世之才则讲求应世适时，于是才的需要具有一定的时宜性。此外还有其相对性：“琼艘瑶楫无涉川之用，金弧玉弦无激矢之能。是以介洁而无政事者非拨乱之器，儒雅而乏治略者非翼亮之才。”言外之意，关于人才的传统标准，必要的时候是可以做出适当调整的，这与曹操“治平尚德行，有事尚功能”的观点异曲同工。为此葛洪又专门撰写了“仁明”一篇，以德归仁，以才归明，反复辩难，为治才张目：

> 三光垂象者乾也，厚载无穷者坤也，乾有仁而兼明，坤有仁而无明，卑高之数，不以邈乎？夫唯圣人与天合德，故唐尧以钦明冠典，仲尼以明义首篇。明明在上，元首之尊称也；明哲保身，大雅之绝踪也。蜎飞蠕动亦能有仁，故其意爱弘于长育，哀伤著于啁噍。然赴阬阱而无猜，入罦罗而无觉，有仁无明，故并趋祸而佽失。炽潜景以易咀生（组圭），结栋宇以免巢穴，选禾稼以代毒烈，制衣裳以改裸饰，役舟楫以济不通，服牛马以息负步，序等威以镇祸乱，造器械以戒不虞，创书契以治百官，制礼律以肃风教，皆大明之所为，非偏人之所能辩也。夫心不违仁而明不经国，危亡之祸无以杜遏，亦可知矣。夫料盛衰于未兆，探机事于无形，指倚伏于理外，距浸润于根生者，明之功也；垂恻隐于昆虫，虽见犯而不校，睹觳觫而改牲，避行苇而不蹈者，仁之事也。尔则明者才也，仁者行也。杀身成仁之行可力勉而至，鉴玄测幽之明难妄假，精粗之分，居然殊矣。夫体不忍之仁，无臧否之明，则心惑伪真，神乱朱紫，思算不分，邪正不识，不逮安危，则一身之不保，何暇立以济物乎？昔姬公非无友于之爱而涕泣以灭亲，石碏非无天性之慈而割私以奉公，盖明见事体，不溺近情，遂为纯臣。以义断恩，舍仁用明，以计抑仁，仁可时废而明不可无也。汤、武逆取顺守，诚不仁也；

应天革命，以其明也。徐偃修仁以朝同班，外坠城池之险，内无戈甲之备，亡国破家，不明之祸也。

葛洪明确告诉门人：仁可以黾勉以至，但明本天赋，难以假借，仁与明之间当以才明为先。他从天尊地卑而天兼仁明、地有仁而无明入手，从天人哲学确立才明之尊。继以人之贵、物之贱，以及国之经、危之持、祸之杜、险之遏、疑之解、难之释、惑之明、乱之理，等等皆归于有明无明。甚至人类社会的进步，在他看来也是明的功劳。

门人又问："仲尼叹仁为任重而道远，又云人而不仁如礼何？若圣与仁则吾岂敢。孟子曰：仁，宅也，义，路也，人无恻隐之心非仁也，三代得天下以仁，失天下以不仁。此皆圣贤之格言，竹素之显证也。而先生贵明，未见典据。"葛洪回答：孔孟关于仁德的言论是春秋战国动荡之际挽回气数、世风的权宜之策。如孟子所云，人皆有恻隐之心，但并非人皆有明能之才。

门人又质疑："易称立人之道曰仁与义，然则人莫大于仁也。"葛洪回答："所以云尔者，以为仁在于行，行可立为；而明入于神，必须天授之才，非所以训故也。"明能之才出自天授，不能人力取得；为了教化天下之人识得进取而不仅仅安于天命，所以教以仁义之行，但并不代表其地位较之才明更重要。[①]

葛洪关于现实政治中才德关系的论述，是魏晋之际最为详细而坚定的。从曹操、孔融、徐幹到葛洪，其所倡导的重才尺度，在促使一度蛰伏于道德光晕之下的才于人伦识鉴领域大放光彩的同时，也使得才、德关系成为魏晋六朝文学理论界的重要话题。

二

对照徐幹、葛洪的相关论述，我们可以发现一个有趣的现象，那就是这些在政治铨选准入规则制定中呼唤重才而不必偏乎道德的文人们，在论述与文、与文人相关的问题之际，又一本正经地回归于才德相合之论。

---

① 杨明照：《抱朴子外篇校笺》下册，第 332、238、220—236 页。

其一，论艺论文则归于德。才德相合是儒家传统审美思想的延续，即使在个性飞扬、风流相尚的魏晋六朝，也仍是一个基本的调式。徐幹《中论·艺纪》先论艺：

> 艺之兴也，其由民心之有智乎？造艺者，将以有理乎民。生而心知物，知物而欲作，欲作而事繁，事繁而莫之能理也。故圣人因智以造艺，因艺以立事，二者近在乎身，而远在乎物。艺者，所以旌智饰能、统事御群也，圣人之所不能已也。

艺就是技艺，虽不仅仅指向艺术却包纳艺术，本于主体心智，属于才能范围。继论其德：

> 艺者，所以事成德者也；德者，以道率身者也。艺者，德之枝叶也；德者，人之根干也。斯二物者，不偏行，不独立。木无枝叶则不能丰其根干，故谓之瘣；人无艺则不能成其德，故谓之野。若欲为夫君子，必兼之乎？

徐幹德艺论的架构显然有着从道家道艺论演化而来的过渡痕迹，但徐幹的思想与此前儒家才德并论以德为先之论相比较，已经有了一些修正，他将"艺"的意义价值单独论述，这种细微变化代表了才德关系建构的深化。但是，我们不能忽略徐幹完整的思想表达：他在对才的意义有了崭新认知之后，依然以才艺能够回归道德的约束为指归，在才德之间必须做出的以才为先的选择是事变之际的权宜。在他完整的理论设计中，艺为成德手段，但又非仅仅属于技术性工具性的存在，它与德应该如根干枝叶一般一体融合。这种关系可归结为文质彬彬："既修其质，且加其文，文质著然后体全。"又云：

> 君子者，表里称而本末度者也。故言貌称乎心志，艺能度乎德行，美在其中而畅于四肢，纯粹内实，光辉外著。孔子曰："君子耻有其服而无其容，耻有其容而无其辞，耻有其辞而无其行。"故宝玉之山，土木必润；盛德之士，文艺必众。

　　在这样一种才德相兼、相称思想的指引下，徐幹干脆以德直接论艺："故恭恪廉让，艺之情也；中和平直，艺之实也；齐敏不匮，艺之华也；威仪孔时，艺之饰也。"① 艺最终要从修德进入，是道德发散的光辉。

　　葛洪随后则从德行不能离开文章立论。有人以为："德行者，本也；文章者，末也。故四科之序，文不居上。然则著纸者，糟粕之余事；可传者，祭毕之刍狗。卑高之格，是可讥也。"葛洪首先论述了作品虽然都是文字的累积，但才华不同却高下悬殊："若夫翰迹韵略之广逼，属辞比事之妍媸，源流至到之修短，蕴蓄汲引之深浅，其悬绝也，虽天外毫内，不足以喻其辽邈；其相倾也，虽三光熠耀，不足以方其巨细。"那些但见"染毫画纸"便"概以一例"者，黄钟瓦釜不能辨析，只能划入"俗士"之列。有德无才，同样不能实现所思所感的充分表达，因此："斫削者比肩，而班、狄擅绝手之名；援琴者至多，而夔、襄专清声之称；厩马千驷，而骐、骝有邈群之价；美人万计，而威、施有超世之色。"只有才过于众，始能名高于时。才与德行的关系由此便不能仅仅以本末二字了之：

　　　　且文章之与德行，犹十尺之与一丈。谓之余事，未之前闻也。八卦生乎鹰隼之飞，六甲出于灵龟之负。文之所在，虽且贵，本不必便疏，末不必皆薄。譬锦绣之因素地，珠玉之托蚌石，云雨生于肤寸，江河始于咫尺。②

德为本，文为末，这种关系虽然不可改变，但本末一体，二者不可偏失。虽然都是从文艺论述才德相兼，但徐幹、葛洪强调的路径显然不同：徐幹以德为立论的中心，强调艺不可无德；葛洪则以才为言说入手，强调德不可离才。这种差异虽然体现了多维观照下才的决定位更趋清晰，但却远没有了此前志行与明哲、仁与明的辨析中对才能直接标举的快意，而是体现了一种借德的尊贵提升才之地位的攀附策略，其间道德地位是前定的，因此具有了抬升与其相关者地位的效能。

---

① 孙启治：《中论解诂》，第 112、115、126 页。
② 杨明照：《抱朴子外篇校笺》下册，第 445 页。

其二，论文士在才能之外尤重道德，且对文士无德之举大张挞伐。人伦识鉴才德关系传统定位的权重摇摆仅仅是魏晋六朝人才思想的一端，或者说正因为其相对新异故而为历代表出。事实上，突出才的地位并不等同于抵消德的效用，两汉沿袭下来的名教思想其时影响依然巨大，所以才有了才性之辨中的两阵对垒。即使曹魏集团也并非置道德于不顾，曹操强调用才略德本为权宜，至曹丕即位之后，命陈群议定九品官人之法，在尚才之余就一改其父的偏激，提醒世人不能忽略道德。大致与此同时出现的《人物志》本就是人伦识鉴的呼应之作，而其确立的尺度，虽大重才华却同样兼具才德。在这种才德关系的辩难、协调之中，此前收缩在道德评判之下的才德关系被推举到台前，成为一个显性论题并迅速从政治领域扩散至文学艺术范围，对文人道德品行的反思因此也成为一时的焦点。

如曹丕《与吴质书》中首先注意到了"古今文人，类不护细行，鲜能以名节自立"的现象。所谓"鲜能以名节自立"，就是指不能达到名教标准的要求，难以负载起成教化厚人伦的重任，不可为人师法。其他批评很多，集中于历代名士不修体格的"文人轻薄"。

但是，仔细考察其时有关文人道德问题的论述，会发现一个重要的现象：魏晋六朝文学批评关于文人道德的指摘，集中于性情、气质上的瑕累，起初就显示了一定的严苛。我们将韦仲将、袁淑、颜之推等人对历史上一些著名文人的评价汇总一体便一目了然（括号内注观点出处）：

屈原："露才扬己，显暴君过"（出于班固，颜之推曾转述并首肯）。

宋玉："体貌容冶，见遇俳优。"（颜）

贾谊："发愤于湘江。"（袁淑）

东方朔："滑稽不雅。"（颜）

司马相如："涉行无节，但有浮华之辞，不周于用。"（汉明帝诏书中语，班固首肯）"窃资无操。"（颜）

王褒："过章《僮约》。"（颜）

班固："盗窃父史。"（颜）

蔡邕："炫史而求入。"（袁）"同恶受诛。"（颜）

赵壹："抗竦过度。"（颜）

王粲："伤于肥戆。"（韦仲将）"率躁见嫌。"（颜）

孔融："疏诞以殃速。"（袁）"诞傲致殒。"（颜）

繁钦："都无格检。"（韦）"性无检格。"（颜）

阮瑀："病于体弱。"（韦）

刘桢："屈强输作。"（颜）

陈琳："实自粗疏。"（韦）"实号粗疏。"（颜）

杨修："精密而祸及。"（袁）"扇动取毙。"（颜）

路粹："隘狭已甚。"（颜）

曹植："悖慢犯法。"（颜）

阮籍："无礼败俗。"（颜）

嵇康："凌物凶终。"（颜）

傅玄："忿斗免官。"（颜）

孙楚："矜夸凌上。"（颜）

颜延之："负气摧黜。"（颜）

谢灵运："空疏乱纪。"（颜）

谢朓："侮慢见及。"（颜）

以上罗列者为当时几种重要资料所涉及的核心文人，其中诸如倔强、傲慢、空疏、精密、狭隘、粗疏等等，皆属于性情气质；或者与此相关，如伤滑稽、显文饰以及口舌无遮拦等等。如此指摘，虽有特定时代的审美习尚，亦是人伦识鉴之下对文人的吹求与挑剔。凡此诸人，皆属于文士翘秀。此外帝王抑或未免："自昔天子而有才华者，唯汉武、魏太祖、文帝、明帝、宋孝武帝，皆负世议，非懿德之君也。"之所以非懿德之君，只因为负有世议，诸如汉武之求长生、魏武之爱女乐等等，亦是性情所至的独有之处。此间所列举的文士以及帝王诸般病累，以个人性情难以中和、脱略而任其自然为主，甚至宋玉因为体态潇洒而受宠也被视为无德，这与王粲肥憨而见讥一样，已经有些令人进退维谷。其中虽然有"扬雄德败《美新》，李陵降辱夷虏，刘歆反覆莽世"的议论，但节义大德的分量与以上气质性情的偏失热议相比，显然不是主流思想。[①] 其时北魏杨遵彦又著《文德论》，其中以为

---

　　① 参阅班固《典引序》（见《文选》卷48，第2158页）、袁淑《吊古文》、韦仲将论等（见《三国志·魏书》卷21注引，第604页）、颜之推《颜氏家训·文章》（见《颜氏家训集解》，第237页）。

古今辞人，皆负才遗行，浇薄险忌，有德素者唯邢子才、温子升等数人，①
这种论调与南方文人的道德反思正相呼应。所谓"负才遗行"，又被凝聚于
"浇薄险忌"，依然是人格性情修养陶冶的范围。《金楼子·立言》篇也有类
似的讨论，其中举卞彬为例：

> 卞彬为《禽兽决录》，云："羊淫而狠，猪卑而挛，鹅顽而傲，狗
> 险而出。"皆指斥贵势。其《虾蟆科斗赋》云："纡青拖紫，出入苔
> 中。"以比当时令仆也。"科斗唯唯，群浮暗水。唯朝继夕，隶役如
> 鬼。"比令史咨事也。非不才也，然复安用此才乎？②

以才思行其偏私，释其不达之恨，本为文人狡黠，遣愤小智，萧绎以为
亦是无德。

以上批评的对象以魏晋六朝文人为主，自文士至帝王，几乎一网打尽，
得幸免者寥寥无几。评判者的标准也每不相同，或儒、或道，或传统理念或
时尚新标等等，从这个意义上讲，随意度与主观性极强，谈不上公论。所抨
击的行止，大致是不拘小节、荡检逾闲、率性而为、矜才自恃，皆可纳入细
行论之。《尚书·旅獒》有云："不矜细行，终累大德。"在细行与大德之间
预留了一定的空间，可见很早之前人们已经认识到细行别于大德。但魏晋六
朝文人，以一眚即为失大德，他们从细微之处入手，不放过每一个知名文
人。如此态度，表面似乎体现了道德观照在当时的势力，但于文人的家国大
节、道义承担避而不谈，拘泥于个人气质性情雕琢，总有些隔靴搔痒之态。
而这恰是魏晋六朝才德论中道德论的面相。

以上人伦识鉴与文艺批评出现的有关德之地位的游移，以及其时关于道
德的认知定位，实则体现了当时文人们一种微妙的心态：出仕对文人而言不
是坦途，任其才能，减少吹求，用才则我不让乎天下；文艺对他们来说就是
本行，才德兼举，貌似自律，实则不免文人身份的自恃与自高身价；至于以
性情论道德，将道德的讲究归结于如此细行，则恰恰印证了文人自律才德之

---

① 《魏书》卷85《文苑传》，第5册，第1876页。
② 许逸民：《金楼子校笺》，第867页。

余的自恕：德即使有亏，也无非性情之失，无关大节。

对道德的如此认知，直接影响到了魏晋六朝舆论对文人道德问题的宽容。其时一些文人在主张文士应当兼具才德的同时，又给才的施展预留了部分空间。具体表现为：

其一，强调不以小疵损长才。葛洪云："小疵不足以损大器，短疢不足以累长才。日月挟虫鸟之瑕，不妨丽天之景；黄河合泥滓之浊，不害凌山之流。树塞不可以弃夷吾，夺田不可以薄萧何，窃妻不可以废相如，爱金不可以斥陈平。"才能特出，功勋卓著，文章事业照耀千秋，德行上的失误与其相较微不足道，没必要过加指责。又云："琼、珉山积，不能无挟瑕之器；邓林千里，不能无偏枯之木。论珍则不可以细疵弃巨美，语大则不可以少累废其多。故叛主者良、平也，而吐六奇以安上；群盗者彭越也，而建弘勋于佐命。"① 从凡物皆为利病一体而论，圣贤尚且不能无过，何论凡人？因此希望世俗对人才少些苛责。但留心葛洪的用语，其所谓文人德行之玷者，或曰"小疵"，或曰"短疢"，可见其斟酌与用心，德非不讲，而是多有宽谅。此论出自《抱朴子外篇·博喻》，既指向广大士人，也包括司马相如等文人。

北齐《刘子》继承了葛洪这种思想，"妄瑕"一篇也从更为广泛的士人立论，指出历代圣贤能臣皆难免于诽谤，而文士也着实无法摆脱"纤瑕之过"：

> 是以荆岫之玉，必含纤瑕；骊龙之珠，亦有微累。然驰光于千里，飞价于侯王者，以小恶不足以伤其大美者也。今志人之细短，忘人之所长，以此招贤，是书空而寻迹，披水而觅路，不可得也。定国之臣有细短，人主所以不弃之者，不以小妨大也。

刘昼以为，人非圣贤，不能无疵，"以小掩大，非求士之谓也"。为了说明这个道理他又作了如下比喻："牛蹄之洼，不生鲂鲔；巢幕之窠，不容鹄卵；崇山廓泽，不辞污秽；佐世良材，不拘细行。"大才能才如葛洪所说必

---

① 杨明照：《抱朴子外篇校笺》下册，第307、317页。

然利病兼陈，而刘昼不同于葛洪的是，他直接建构了大才与病累之间的理论关系："量小不足以包大形，器大无分小瑕也。"才大则器量兼容，所以才有如此混融的局面。所以最后的结论是："人之情性，皆有细短，若其大略是也，虽有小过，不足以为累；若其大略非也，虽有衡门小操，未足与论大谋。"大才细行与无才小德者对比，前者显然更有价值。

应该提醒的是，刘昼本非不重视道德之人，《刘子》开篇论"清神"、"防欲"、"去情"、"韬光"，论"履信"、"思顺"、"慎独"，兼杂儒道的道德矩矱反复开示。而论文人德行之失，此处却也与葛洪一样，或曰"纤瑕之过"、或曰"小恶"、或曰"细短"、或曰"细行"，总之但言文士道德之失，便极尽文饰淡化之能事，其底里显然有着对道德基本的敬畏，只是事关文人阵营的切身利益，故而又多有回护，并非倡导纵才蔑德。①

其二，不以德为判定文章价值的尺度。所谓不以道德判定文章价值，主要指魏晋六朝甚至隋唐之际，一些学者研讨文人或者研究作品，采取才德相兼却两边立论的态度，即论德归论德，论才归论才，就人论人，就文言文。如《世说新语·品藻》："孙兴公、许玄度皆一时名流，或重许高情则鄙孙秽行，或爱孙才藻而无取于许。"注引宋明帝《文章志》云："（孙）绰博涉经史，长于属文，与许询俱与负俗之谈，询卒不降志，而绰婴纶世务焉。"《续晋阳秋》论孙绰："虽有文才，而诞纵多秽行，时人鄙之。"既恶其秽行，又赞其文才。《世说新语·文学》论郭象："为人薄行，有隽才。"也是两边立论。萧纲则直接声称文学创作之中才德可以分而言之：

立身之道，与文章异；立身先须谨重，文章且须放荡。②

立身是就道德而言，文章与道德在此被彻底剥离。"立身谨重"则言行必然纳入道德约束范围，以合乎伦常、合乎社群规范、合乎主流意识形态的约定为指引。"放荡"则是一个与"谨重"截然相反的姿态：从风格而言，不必恪守儒家温柔敦厚的宗趣，不必压抑主体才思才情才气所鼓荡而出的种种书

① 傅亚庶：《刘子校释》，第259、261页。
② 萧纲：《诫当阳公大心书》，严可均辑《全梁文》卷11，见《全上古三代秦汉三国六朝文》，第3010页。

写冲动；从内容而言，更没有什么表达的禁区与献媚求宠的卑诌，近则心灵意绪，远则自然山川，或歌其事，或抒其忧，或如齐梁宫体缠绵于玉体横陈、深宫狎昵，皆无不可。萧纲这个观点不仅在后世，即使在当时都有着惊世骇俗的意味。这是典型的才德两元之论。

其三，回护文人某些不为世人所谅的行止，对源自现实的道德指责给予批驳。《文心雕龙》辟出《程器》一章专门讨论才德，对一些文人的无行提出了批评：

> 略观文士之疵，相如窃妻而受金，扬雄嗜酒而少算；敬通之不循廉隅，杜笃之请求无厌；班固谄窦以作威，马融党梁而黩货；文举傲诞以速诛，正平狂憨以致戮；仲宣轻脆以躁竞，孔璋偬恫以粗疏；丁仪贪婪以乞货，路粹餔啜而无耻；潘岳诡祷于愍怀，陆机倾仄于贾郭；傅玄刚隘而詈台，孙楚狠愎而讼府。诸有此类，并文士之瑕累。

以上文士之病，同样以性情难以中和、行止不入矜持为主。刘勰宣扬"有懿文德"，诸如《宗经》云："夫文以行立，行以文传，四教所先。符采相济，励德树声，莫不师圣。"《谐讔》云："魏晋滑稽，盛相驱扇，遂乃应瑒之鼻方于盗削卵，张华之形比乎握春杵。曾是莠言，有亏德音。"《时序》云："自宋武爱文，文帝彬雅，秉文之德。"《程器》云："瞻彼前修，有懿文德。"《序志》篇又有"君子处世，树德建言"之论。以上言论皆涉及文章、言辞与道德之间的关系，可见刘勰对道德的重视。但刘勰批评文人之失德并非如颜之推那样吹求甚至站在道德审判台上指画，他的批评之中显然透露出惋惜，是大的舆论环境下的妥协。因此《程器》在批评之后随之又有如下反诘："文既有之，武亦宜然。古之将相，疵咎实多。至如管仲之盗窃，吴起之贪淫，陈平之污点，绛灌之谗嫉，沿兹以下，不可胜数。"失德者何止文士，武臣亦然；何止常士，将相亦然。继而质询："孔光负衡据鼎而仄媚董贤，况班马之贱职、潘岳之下位哉？王戎开国上秩而鬻官嚣俗，况马杜之磬悬、丁路之贫薄哉？"将相显宦位居人臣，本该为道德楷模，却依然失德无操，何以要苛求文人以成圣贤呢？究其根本："盖人禀五材，修短殊用，自非上哲，难以求备。然将相以位隆特达，文士以职卑多诮，此江河所以腾涌，涓流所以寸折者也。"① 从个性发展的角度讲，香花野草应当各得其所，自非上哲便难以求全，所以也就没必要责备了。尤其"将相以位隆特达，文士以职卑多诮"一句，说明所谓的病累缺憾，事实上多是一种个性的自然发挥，世俗对文人们多有责难，并非说明文人们这种个性追求有什么不得了的罪过，而是对地位卑下者的苛求。

总结魏晋六朝的才德思想，其中有着基调高亢的重才声浪，而且历整个六朝而不衰。但文才的尊尚、文士细行的袒护之中并未放弃才德兼备的理想设定，就如同《世说新语》本来搜罗魏晋名士风流，但诸品目中仍然以"德行"为首位。不过对"德"的定位则以主体性的气质、性情修为以及人格陶冶为主，表面似乎苛责，但置乎历史长河而言，实则属于道德执守的偏低门槛。

三

类似葛洪、刘昼、刘勰等在不否定道德约束前提下对才——尤其文才的宽容思想至唐代尚有一定的回响，而至宋代则出现了转型，两汉重德的传统主流意识至此不仅完成了高调回归，而且这个"调"也实现了内涵提升，道义节义成为其重要的内容。

宋代理学、心学、道学尽管名目不一，但从儒家本义出发，求正心诚意修身的出发原点都是一致的，因此宋代文人对才与德之间关系所作的哲学探索也是空前的。司马光《智伯论》假历史人物的品目重新标定道德的地位："才者，德之资也；德者，才之帅也。"② 理学家们则提出："性出于天，才出于气，气清则才清，气浊则才浊。譬犹木焉，曲直者性也，可以为栋梁、可以为榱桷者才也。才则有善与不善，性则无不善。"③ 性出于天、才出乎禀气皆为旧说，但将性天与才气分而言之则与传统的才性一体论渐有出入。性无不善而才有善与不善，如此一来，才的个性化、气质化由此时时与性的规范性形成抵牾。随着辨析的展开，对性德的重视程度愈高，才便愈来愈成为理学思想中备受警惕的对象，而道德在社会舆论、文艺批评中的核心位置

---

① 范文澜：《文心雕龙注》，第 719、23、271、675、720、725、719 页。
② 真德秀：《西山读书记》卷 16 引，影印《文渊阁四库全书》第 705 册，第 478 页。
③ 程颢、程颐：《二程集》卷 19，第 252 页。

获得了空前的强化。

这种道德意识强化在对文人之"行"的判断标准变化中有着深刻表现。所谓"文人无行"之论源自曹丕所提到的"古今文人类不护细行"。起初的"不护细行"侧重于前面所论及的性情气质之偏,这些偏颇与儒家正统人格要求相比欠缺一些陶冶与涵养,但同时又成全了文人神采飞扬的主体面目,二者水乳交融而难以分析。六朝至唐代,这种文人集体精神大致与时代精神吻合,不仅有其市场,也颇具影响。类似王昌龄以"不护细行"而见贬斥的官场规则尚非时代的主流。

"文人无行"的说法随后盛行于宋代。"无行"相比"不护细行"有了显著的变化,持衡渐趋森严,其道德中心论的色彩已经十分鲜明。在"无行"对"不护细行"的置换中,宋人于"行"的认知出现了两个重要变化:

一则"小题大做",站在更高更远更为冠冕堂皇的道德高地,审视往昔文人细行,增加其中的道德砝码,萤火霹雳,瓦釜雷鸣,正所谓道德面前无小事。

一则"大德大讲",即将魏晋六朝甚至隋唐之际都不甚高扬的家国道义、忠孝大防等大话题、大德性纳入行的规范要求,道德的内涵在道学、理学的直接干预下实现了扩容与升级。

于是宋代文艺批评中的道学面目由此确立,对历代才子文人的道德观照甚至挑剔盛行一时。具体而言:

其一,小题大做,将性情道德化。如宋人指责司马相如:"相如文人无行,不与吏事,以赋得幸,与倡优等,无足污简册者,亦无足多责。惟《封禅书》祸汉天下于身后,且祸后世,罪不胜诛。"① 司马相如与卓文君的私情,即使当时也未有太多道德舆论的指摘,后人不乏目为风流之举者。袁淑、颜之推批评他也无非讲"长卿愁悉于园邑"、"窃资无操","愁悉于园邑"言其不得志之际的沉沦;窃资则无非言其与卓文君结合之后以文君当垆迫使卓王孙解囊,二者既合其情又合其理,无足非议。而宋人所谓不与吏事等同倡优之类则实为轻薄古人,汉代权衡多掌于儒生之手,文士不达,命运相近,时势既然如此,实为情非得已。至于菲薄《封禅书》祸乱天下更

---

① 黄震:《黄氏日钞》卷46,影印《文渊阁四库全书》第708册,第286页。

是文人以笔杀人之类。又如宋人论李清照：

> 自少年便有诗名，才力华赡，逼近前辈，在士大夫中已不多得。若本朝妇人，当推词采第一。赵死，再嫁某氏，讼而离之，晚节流荡无归。作长短句能曲尽人意，轻巧尖新，姿态百出，闾巷荒淫之语，肆意落笔，自古缙绅之家能文妇女，未见如此无顾忌也。[①]

依照此论：李清照人既无良，词亦荒淫，如此之人虽有文才也只得入于寡廉鲜耻之列了。而究其实际，无非夫死改嫁以及以词书写落寞心绪而已。

其二，大德大讲，将节义忠孝一类宏大尺度引入。这首先在宋人和此前历代文人对江总、扬雄评价的差异中有着鲜明体现。

梁陈之际的江总文才映带一时，只是与一批文士充当陈后主弄臣，一意浅斟低唱，无计救国安民，但杜甫《晚行口号》却有"远愧梁江总，还家尚黑头"之句，以江总自比。韩愈《韶州留别张端公使君》诗有如下两句："久钦江总文才妙，自叹虞翻骨相屯。"堂而皇之地自道钦慕其文才敏妙，置其耽溺声华于不顾。李商隐《咏杜司勋》也有"前身应是梁江总，名总还应字总持"之句，以江总文才比人，此为殊荣，并非凡俗者所能承受。至宋代则态度大变，如《碧溪诗话》评析韩愈钦仰江总的诗作："江总乃败国奸回，陈主欲以为太子詹事，孔奂奏总文华之人，宜求敦重之才。是诗恐有所讥。"明是歆羡之言，竟被故作解人地释读为意有所讥，无非以为类此所谓小人担不起韩愈这样承续道统之大贤的景仰，反过来也可以说，韩愈这种于前代文士仅重其才而不及其德的表现令宋代文人们难以理解。[②]

最显著的表现就是南宋文人对扬雄的评价迥异于从前。

汉代文人普遍尊尚扬雄，褒奖集中于其才华。刘歆《与扬雄书从取方言》云："子云澹雅之才，沉郁之思。"桓谭《新论·离事》："扬子云大才而不晓音。"《新论·闵友》："扬子云才智开通，能人圣道，卓

---

①　王灼：《碧鸡漫志》卷2，唐圭璋编《词话丛编》，第88页。

②　方世举：《韩昌黎诗集编年笺注》卷11，中华书局2012年版，第617页。

绝于众，汉兴以来，未有此人也。"又云："才通著书以百数，惟太史公广大，其余皆丛残小说，不能比之子云所造《法言》、《太玄经》也。"①

这种推崇至唐代未变。韩愈《读荀》云："孔子之徒没，尊圣人者孟氏而已。晚得扬雄书，益尊信孟氏。因雄书而孟氏益尊，则雄者亦圣人之徒欤？""及得荀氏书，于是又知有荀氏者也。考其辞，时若不粹；要其归，与孔子异者鲜矣。抑犹在轲、雄之间乎？……孟氏醇乎醇者也，荀与扬，大醇而小疵。"②韩愈"轲、雄"并称，且与荀子等价，将扬雄推到了一个无以复加的地位。

北宋依然沿袭此风，众多文人心仪扬雄，动辄也承韩愈以"轲、雄"并论，如司马光、王安石、梅圣俞、晁补之、王禹偁等等皆然，并称其圣其才不在孟子之下——以著述而论，有模拟《周易》的《太玄》，有模拟《论语》的《法言》，有从诗骚中演化而出的辞赋，学富五车，才高八斗。宋祁等著《新唐书》赞韩愈，依然承其自负之语，以为："文章自汉司马相如、太史公、刘向、扬雄后作者不世出"、"其《原道》、《原性》、《师说》等数十篇，皆奥衍闳深，与孟轲、扬雄相表里而佐佑六经"③。施德操记载："荆公论扬子云投阁事：此史臣子妄耳，岂有扬子云而投阁者？又《剧琴美新》，亦后人之诬子云耳，岂肯作此文？"④王安石甚至有扬雄仕新莽合于孔子"无不可"之义的惊人之论，并建议以扬雄从祀孔子。其他褒奖扬雄者：柳开称扬雄《剧秦美新》系讥王莽而非媚之，并以其著作比为圣人；曾巩以为扬雄处王莽新朝之际合于箕子"明夷"之道⑤。

变局出现在南宋，其时对扬雄的褒奖基本被颠覆。略有体谅同情者认为："《美新》不类子云文字。畏死仕莽，不敢去，后人遂以此污之，君子恶居下流。"⑥深恶痛绝者如朱熹则干脆称之为"莽大夫"；邓肃指其为"叛

① 严可均：《全汉文》卷40、《全后汉文》卷15，见《全上古三代秦汉三国六朝文》，第349、549、551页。
② 韩愈：《读荀》，董诰等编《全唐文》卷559，第2505页。
③ 《新唐书》卷176，中华书局1975年版，第17册，第5265页。
④ 施德操：《北窗炙輠录》卷上，影印《文渊阁四库全书》1039册，第367页。
⑤ 陆以湉：《冷庐杂识》卷5，中华书局1984年版，第253页。
⑥ 陈长方：《步里客谈》卷下，影印《文渊阁四库全书》第1039册，第404页。

臣"，不容于天地之间。罗大经也称：

> 至朱文公作《通鉴纲目》，乃始正其附莽之罪，书"莽大夫扬雄死"。莽之行，如狗彘，三尺童子知恶之。雄肯附之乎？《剧秦美新》，不过言逊以免祸耳。然既受其爵禄，则是甘为之臣仆矣。独得辞"莽大夫"之名乎？
>
> 文公此笔，与《春秋》争光，麟当再出也。刘潜夫诗云："执戟浮沉计未疏，无端著论美新都。区区所得能多少，枉被人书'莽大夫'。"①

罗大经虽有体谅，但亦是从贪生畏死直至遗恨无穷论扬雄。后人不乏延续南宋文人思想，以依附王莽的刘歆、扬雄皆为名教罪人。道德的讲求，最终浸润了一定的道学气。

宋代以后，尽管又出现了类似明代卢格《梦游清都记》、《荷亭辨论》极力为扬雄辩冤，且称扬雄独得儒家真源，但也只是风流才子的个人叫板，远非宋代的集体发声。

从汉唐到南宋，但凡崇拜扬雄者，基本上都着眼于其文才，如刘声木所云："扬雄，后世以其能文，极力为之文过。"又云："好其文，并及其人，欲使其弥天罪恶消灭于无形，其颠倒是非，淆乱黑白，居心尚堪问乎？"又云："扬雄文学自足千古，后世之人，因其文学，并欲为之掩饰，何其愦也！"② 而批判者则皆因其德行，尤其因为其仕于新莽。如此看来，围绕扬雄的论争，也恰是美学批评才德关系变异的一个演化史，其中或重才，或重德，往往随着时代思潮的变化而调整，或者随着对史实的了解程度而调整，因此出现了一次次的反复。虽然文才成就的作品有着传世的魅力，但一次次由于道德质疑带来的信誉危机却也令扬雄失去了不少应有的光环。

扬雄、江总之外又如李杜优劣的论析也是如此。这个问题历代文人

---

① 罗大经：《鹤林玉露》卷6，影印《文渊阁四库全书》第865册，第303页。
② 刘声木：《苌楚斋随笔》，第24、72页。

反响强烈，比对的视角与得出的结论也多有不同，但也只是到了宋代，文人们才开始在这个学术话题上超越才情维度，将道德引入了评判。黄彻云：

世俗夸太白赐床调羹为荣，力士脱靴为勇。愚观玄宗渠渠于白，岂真乐道下贤者哉？其意急得艳辞媟语，以悦妇人耳。白之论撰，亦不过"玉楼"、"金殿"、"鸳鸯"、"翡翠"等语，社稷苍生何赖？就使滑稽傲世，然东方生不忘纳谏，况黄屋既为之屈乎？说者以谋谟潜密，历考全集，爱国忧民之心如杜子美语，一何鲜也！力士闺闼腐庸，惟恐不当人主意，挟主势驱之，何所不可，脱靴乃其职也。

自退之为"蚍蜉撼大树"之喻，遂使后学吞声。余窃谓：如论其文章豪逸，真一代伟人；如论其心术事业可施廊庙，李杜齐名，真忝窃也。①

才本无罪，才大也自然可取，但无德或者寡德则才又不足为重。张戒也有类似的评论：

杜子美李太白，才气虽不相上下，而子美独得圣人删诗之本旨，与三百五篇无异，此则太白所无也。元微之论李杜，以为太白"壮浪纵恣，摆去拘束，摹写物象，诚亦差肩于子美；至若铺陈终始，排比声韵，李尚未能历其藩翰，况堂奥乎？"鄙哉，微之之论也。铺陈排比，曷足以为李杜之优劣！子曰：不学诗，无以言。又曰：诗可以兴，可以观，可以群，可以怨，迩之事父，远之事君。《序》曰：先王以是经夫妇，成孝敬，厚人伦，美教化，移风俗。又曰：上以风化下，下以风刺上，主文而谲谏，言之者无罪，闻之者足以戒。子美诗是已。若《乾元中寓居同谷七歌》，真所谓主文而谲谏，可以群，可以怨，迩之事父，远之事君者也。"气劘屈贾垒，目短曹刘墙"，诚哉是言。"乾元元年春，万姓始安宅"，故子美有"长安卿相多少年"之羡，且曰："我

---

① 黄彻：《䂬溪诗话》，汤新祥校注，人民文学出版社1986年版，第18页。

生胡为在穷谷，中夜起坐万感集。"盖自伤也。读者遗其言而求其所以言，三复玩味，则子美之情见矣。①

才气不相上下，但所别者在忧国忧民之情，在先天下之忧而忧、后天下之乐而乐的士人情怀，此德为士人首重，于是醇酒妇人之作偏多的李白便同样被认为没有与杜甫平起平坐的资格。这种道德性的评论自然不是对艺术品审美价值客观的评量，即使人物优劣也有时代背景与个人好恶因素介入，但却是文人批评中的重要内容。

刘禹锡、柳宗元也难逃苛责：

> 观士大夫言行，当于其大节，不专于文艺也。刘禹锡、柳宗元述作雄深，法度严密，发纤秾于简古，寄至味于淡泊，非余子所及，然坐王叔文党，君子惜之。士大夫欲为君子者，苟人不己知，世不吾以，则有致命遂志而已，穷居不损焉。乃若俯仰随时，侥幸得志，虽有才美，不足观也已。②

寄身变法事业，不论后人以为壮举，即使就一般行政平治之道而言也无非是治国方略的相异，宋人将其提高至道德观照，隐见托古道今之意。

宋人于道德论议之上的泛道德主义、道德至上论，一方面造成了以上以笔为刀、刻薄酷烈的批评风气；另一方面，将社会伦理道德要求更为全面地纳入文人以及文学创作的评估，这对文人纵恣起到了明显的敛抑作用。

在与强调文才思想的论战中，以德为本的思想逐步占据舆论制高点，并在宋代之后成为舆论的主导：或曰诗乃德之章心之声、或曰名节为本文艺为末、或曰尚才不如尚品、或曰文章道德之菁英、或曰人高则诗亦高、或曰有德者必有言、或曰诗必洗涤俗肠而后可作等等。这些思想在道学气较浓的宋代如此，主流意识形态逐步失去统摄之力的明代也不例外。屠隆系才子型文人，被清代正统文士剖击为非圣侮法之人，但就是这样的人物，诗文理论同

① 张戒：《岁寒堂诗话》，丁福保辑《历代诗话续编》，第470页。
② 吴愈：《义丰集序》，王阮《义丰集》卷首，影印《文渊阁四库全书》第1154册，第538页。

样高标品格：

> 诗文之道，贵在品格。江都李孝若，德性温美；子卿屈平，节气贞劲；渊明贞白，蝉蜕荣禄；广平曲江，凤鹄人伦；嗣宗太白，逸韵天放；左思右丞，清标霞散；叔夜稚川，大有玄理；景纯子年，宿具道骨。各写性情，不失本来，云凤遗音，林鹤振响，故足贵也。
>
> 若伯喈孟坚，濡迹奸雄；子云茂先，甘心篡夺；譬之熠燿之光，生乎粪秽；蚯蚓之响，发于泥涂：故品不可不重也。

由此又引出沈约："约本齐臣，更事梁武，禅代之诏，出于约手。后病，梦齐和帝引刀断舌，乃上章于天，谓禅代之事不由己出，天欺乎！不惟神怒，武帝亦大恶之。晚年垂涎台司，作书与徐勉，衰老灰陨，乞哀可丑。作为诗文，散缓庸弱，古文人之最滥得名者，此人也。"由此又言及沈约所论声韵之说，以为此论能够流传后世实在匪夷所思。[①]

以屠隆所论汉魏两晋文人与颜之推等所论对比，会发现一个显著变化：魏晋六朝之际被视为不护细行、于德有亏的屈原、阮籍、嵇康、郭璞等在屠隆本文却获得翻身，成为持我性情不失本色的楷模。这实际上体现了道德标准在不同时代、不同类型文人视野下的差异；不过尺度可以有别，但对品德的高张历代却不会改变。一个时代被视为寡廉鲜耻的文士，另一个时代能够成为万人钦仰的神圣，必是社会道德建构的权宜；一个此一宗派嗤之以鼻的角色，被另一个宗派奉若神明，自然也脱不了开宗立派的现实需要。

另外还有一种文人可以不拘小节之论，持这种思想的文人往往以孔子"岂若匹夫匹妇之为谅也"的论断为行为有失检点者回护，如梅式如"著作家如英雄豪杰，立功业之人，自不能护细行拘小节"的说法[②]，便可为其代表。

如此说来，道德这一护法角色的讲求之中并非尽是"公正廉明"，既有

---

① 屠隆：《论诗文》，《鸿苞节录》卷6上，明万历刊本。
② 袁枚：《牍外余言》卷1引，《袁枚全集》第五册，第23页。

思想文化语境宽松严厉变化下的游移，也有文人宽容抑或苛刻带来的意见相左，其主观性权宜性显而易见，这也是历代文士每每于才德关系发难的重要原因。总体而言，中国文学理论建设中道德与文才的尺度，总是处于一种互相制约、互相补充的状态，甚至可以说，道德与文才之间一直葆有一种适度的紧张。

第三节　社会伦理道德对文才的约束：发乎情止乎礼义

《诗大序》是汉代诗学思想的集中体现，其贡献之一就是首次完成了诗歌与教化关系的理论确认。首先，诗与治乱关系密切："情发于声，声成文谓之音。治世之音安以乐，其政和；乱世之音怨以怒，其政乖；亡国之音哀以思，其民困。"政治的兴衰成败与诗歌互动，且皆能征兆于青萍之末。其次，诗歌有着教化重任，在"正得失"之外，"先王以是经夫妇，成孝敬，厚人伦，美教化，移风俗"，诗能抵近世态人心的幽深之处，因此"动天地，感鬼神，莫近乎诗"。这种社会责任担当与诗歌"情动于中而形于言"的自我发抒特性在艺术审美中两相迁就，发情止礼的尺度由此诞生："故变风发乎情止乎礼义，发乎情民之性也，止乎礼义先王之泽也。"现实情感发抒的需要与规范对接，由此锻造为文学审美的准则，其间洋溢着道德与情感对立统一中的张力。

"发乎情止乎礼义"是社会伦理道德对文才做出的最早也是最经典的约束。在这种约束之中，所谓的情是就内心感动而言的，随着文艺理论的成熟完善，在后世则逐步成为才情的代名词。从文学的发生来说，"发乎情"意在强化"修辞立其诚"；从文学功用以及文学教化的目的出发，"止乎礼义"则是对情做出必要的限定，使之能够归于雅正。历来论者往往只关注到"止乎礼义"的约束性，忽略了"发乎情"本身同时也具有规范创作的意图。历史上，为了维护文学之情的这种纯粹，理论界做出了种种努力，形成了历时性的论争。通过这些辩驳，文学之情的内涵、边界在得到进一步深化与充实的同时，社会伦理道德对才情的干预也逐步得到强化。

一

"发乎情止乎礼义"不是一个单向度的审美标尺，它由两个部分构成：首先要"发乎情"，再者还要使所发之情最终能够"止乎礼义"。这二者中，"止乎礼义"的规约性显而易见，而"发乎情"在不少人眼里似乎就是一个功利功用向艺术审美妥协的表述。事实不然，既然是标尺，就绝非仅仅是为阐释文学与情感相关，这在《尚书》"诗言志"的思想中早已成型；更不是体制或者秩序规范颁发给文学创作者以情怀感思为验证的有限通行证，而是对创作主体提出的一个要求：所发者必须是真情。这一要求的另一表达实则比"发乎情"论出现得更早，那就是"修辞立其诚"。于是，"诚"也便成为社会伦理道德对文才最为基本的约束。

在先秦美学理论中，才德关系附丽于文德关系。如果说有德者有言是对主体心灵素养的要求的话，"修辞立其诚"的"诚"则在人格之外兼容了临文的态度。

可以说"诚"是德的重要内涵。文辞而论诚，本于《易传·文言》："子曰：君子进德修业，忠信所以进德也；修辞立其诚，所以居业也。"诚之为德，与早期祭祀之中的心意要求相关，所以儒家将其视为修齐治平陶养系统的源头，一直被高度重视。具体而言：

《论语·为政》孔子总结《诗经》的特点称："诗三百，一言以蔽之，曰：思无邪。"关于"思无邪"历史上有诸多解释：或谓邪为邪念，无邪自是心无私心杂念邪念；或言邪为大路之外的小径，非是康庄大路，喻指心意褊狭；或曰邪即心猿意马的勾连，无邪则宁静庄正且心无旁骛。无论如何理解，"无邪"都是一种心理境界。旧说之中，如朱熹等往往将"思无邪"的行为者具指为读者，当其面对《诗经》中极关性情的作品时能够不为所乱即为无邪。事实上，这个"思无邪"尽管不排斥指向读者的心思，但更多的依然是对作者作品的评价，其核心就是"诚"。罗庸说："思无邪最好就是思无邪，不须旁征博引，更不须增字解经，若必须下一转语的话，那么，思无邪，诚也。"① 关于诚的价值与作用，我们且看古代经典的论述。《荀

---

① 罗庸：《鸭池十讲》，辽宁教育出版社 1997 年版，第 43 页。

子·不苟》：

> 君子养心莫善于诚，致诚则无它事矣。
> 诚心行义则理，理则明，明则能变矣。

《礼记·大学》：

> 古之欲明明德于天下者，先治其国；欲治其国者，先齐其家；欲齐其家者，先修其身；欲修其身者，先正其心；欲正其心者，先诚其意；欲诚其意者，先致其知。

《礼记·中庸》：

> 诚者，天之道也。诚之者，人之道也。诚者，不勉而中，不思而得，从容中道，圣人也。诚之者，择善而固执之者也。
> 自诚明，谓之性；自明诚，谓之教。诚则明矣，明则诚矣。
> 唯天下至诚，为能尽其性。能尽其性，则能尽人之性；能尽人之性，则能尽物之性；能尽物之性，则可以赞天地之化育；可以赞天地之化育，则可以与天地参矣。
> 其次致曲，曲能有诚。诚则形，形则著，著则明，明则动，动则变，变则化。唯天下至诚为能化。
> 至诚之道，可以前知。国家将兴必有祯祥，国家将亡必有妖孽。见乎蓍龟，动乎四体。祸福将至，善必先知之，不善必先知之，故至诚如神。[1]

后世如扬雄《太玄》等对至诚、精诚也有相当多的论述，如所谓"精诚所至金石为开"等，已融入成语系统与行为法式。古代文化对"诚"表

---

[1] 朱彬：《礼记训纂》卷42、卷31，第866、777页。

现了高度的关注，并视其为归元复性抵达明、化境界的唯一手段。于是《中庸》所云"惟天下至诚为能尽其性"的"诚"，便成为当代哲学所论儒家思想中最富有宗教意味的字眼。有学者进一步论称：

> 儒家思想认为，人格之所以为人格，就在于它的自我体悟，而这种体悟的本体则是天，因为天是至中不偏，至诚无欺的。……君子一旦具备了这种至诚无欺的道德境界之后，就可以荡涤胸中杂秽，精神得到升华……自我融入了那无穷的造化之中，人格境界已不分天人、物我，进入了至一的神圣境界，这种境界既是善的境界，也是美的自由境界。就这样，中国古代的美善合一的人格论在儒家思想中得到了统一。①

也就是说，修为到至善之境的同时，便也可以同时获得抵达艺术极境的资本。可见，在中国古代审美理论系统中，"诚"不是一般的道德修养问题，由于它与人性、与气、与情意甚至情兴都有着密切的关系，因此被纳入到了艺术发生的源头，成为与文源相关的重要范畴。

具体到文艺论"诚"，则反对虚矫便成为其必有之意。美学史上的童心之论、真人假人之辨，皆针对虚伪痛下针砭。虚伪即为"赝"品，此疾又有深广的传染力，如"庸而赝，奇浅而赝，深桲而赝，愽佻而赝，庄稚而赝，苍俚而赝，雅躁而赝"②，就是说，有本人庸俗浅薄难成体调的临摹，有故作豪迈庄雅苍俚而成就的没有自我的造作。其创作如同"雇佣"：因财受事，尽力于主人，俳优一般极其苦乐情状，依然令人哭笑不得。没有自我性情，一切皆似为人所操控。以中晚明为例，其时文则赝秦汉，诗则赝盛唐，史则赝左马，论断则赝李温陵，已成入骨陋习，其影响延至清初不衰：

> 天下无之不趋于伪也，吏伪而商，儒伪而乞，武伪而戏，貌伪而

---

① 蔡钟翔、袁济喜：《中国古代文艺学》，人民文学出版社 2011 年版，第 240 页。
② 屠隆：《羼提垒稿叙》，《栖真馆集》卷 10，《续修四库全书》第 1360 册，第 417 页。

牺，言伪而躄，服伪而皮。君子曰：伪之兴也，则文为之阶乎？盖今之文吾知之矣，大约生吞丘索，活剥典坟；涂《诗》《书》则一诰一歌，窜《春秋》则某年某月；割《周礼》则琬琰珪璋，一望如玉；拾《离骚》则蘅兰荪芷，四顾皆草。一尔我也，文之曰朕曰台曰印曰若；一之乎也，变之曰兮曰些曰只曰止。至有呼三皇为公子，赠五帝为美人，屈文武约汉法三章，代孔孟咏唐诗一首者。昔李谔以风云月露为俳词，而今波及虫鱼花鸟。韩熙载以"虬户琼岳"为涩体，而今沦于"札闼鸿休"。①

在尤侗看来，蛾眉皓齿非无真色，饰以脂粉则涴；木兰秋菊非无真味，和以酥酪则膻。因此，必须去其求似者、涂饰者，将其"旁搜稗史，遍摭传奇，全誊类书，半依韵府，近则蝌文鸟篆，重译难名，既非王烈素书，复异扬雄奇字"的作伪伎俩尽行抛弃，如此浓厚的脂粉揭去，则其真面目可显。故而尤侗对症下药，大倡真风，本文之外，另有《戊子真风序》、《乙丑真风序》，皆是从"真"立意，倡导清心净尘、舒广长舌的自我言说。此论虽系救时之弊，却因本于"发乎情"的根基所以具有普遍的美学价值。

　　二

　　"发乎情"是创作的源泉，但发乎情的创作不等同于纵才情而蔑礼法。在后世文艺理论中，"止乎礼义"有相当成分指向对纵才情蔑礼法的规范。

　　具体到个体才情而言，千丝万缕，千头万绪，千形万状，甚至千奇百怪，千回百转，所谓心有千千结也不足以尽其万一。文人才子本身并不乏情，但却经常表现出如下弊端：放而不收、纵而不回、荡而不返。文学需要才情，但不是肆意挥霍、冲荡决伐且无所节制、无所顾忌的叫嚣快意。于是，对于才子文人这些并不缺乏文才的精英而言，中国文艺理论批评中讲得最多的是"性情"，一如才不可易而气养自我，才性不可易而情可以陶冶，从情的总持修为中可以复归性的平和与无邪。

　　因此，论创作先从自我性情修养入手，便成为实现创作"发乎情止乎

① 尤侗：《丁亥真风序》，《西堂杂组一集》卷4，《续修四库全书》第1406册，第230页。

礼义”的根本手段。历代文人多论性情，着眼点便在于此。比如屠隆就曾密集地以性情论诗，诸如："夫诗，由性情生者也。""夫性情有悲有喜，要之乎可喜矣。"①《论诗文》云："造物有元气，亦有元声，钟为性情，畅为音吐，苟不本之性情而欲强作假设，如楚学齐语，燕操南音，梵作华言，鸦为鹊鸣，其何能肖乎？"又认为所谓诗文传世实际上"匪其文传，其性情传也"，以唐诗的万代传诵为例，"匪独谓其犹有风人之遗也，则其生平性情者也"。屠隆是天才论的支持者，其论文篇章中涉及文才天赋的文字繁多且已经形成独到的体系，视之为文学创作的核心素养。在如此立论之余，他却又反复以性情论诗，如何理解这个现象呢？如此持论，并非出于意不自定，更不是才学不济的首鼠两端，《李山人诗集序》中他曾自道缘由："故诗不论才而论性情，亦存乎养已。"② 诗歌论性情，因为性情可以通过人工培养，也能够在作品之中体现这种涵养所得。而以性情之养论文，其根本目的就是在保障"发乎情"这一前提之下，实现"发乎情止乎礼义"的艺术审美与社会效益的双赢。

　　古代文艺理论中的性灵、性情之辨，其中也寓有如此用意。性灵之说，先秦典籍中罕有涉及。齐梁之际，颜延之有"遂使业习移其天识，世服没其性灵"之论③。《文心雕龙》也多处涉及，《原道》："两仪既生矣，惟人参之，性灵所钟，是谓三才。"《宗经》："洞性灵之奥区，极文章之骨髓。""性灵镕匠，文章奥府。"《情采》："若乃综述性灵，敷写器象。"《序志》："岁月飘忽，性灵不居。"④ 刘勰涉及的性灵，就是人的智慧情灵，出于禀赋，《序论》中已经明确其本义实为才性，因此刘勰可视为以性灵论文之祖。也有学者主张以性灵论文肇自钟嵘，《诗品》论阮籍诗："其源出于小雅，无雕虫之功，而咏怀之作可以陶性灵，发幽思，言在耳目之内，情寄八荒之表。"刘熙载就认为"此为以性灵论诗者所本"⑤。萧子显《南齐书·文学传论》也明确提到了性灵："文章者，盖情性之风

---

①　屠隆：《唐诗品汇选释断序》，《由拳集》卷12，《续修四库全书》第1360册，第143页。

②　屠隆：《白榆集》卷3，《续修四库全书》第1359册，第586页。

③　颜延之：《庭诰》，《宋书》卷73《颜延之传》，第7册，第1896页。

④　范文澜：《文心雕龙注》，第1、21、23、537、725页。

⑤　刘熙载：《艺概》，《刘熙载文集》，第119页。

标，神明之律吕也。蕴思含毫，游心内运；放言落纸，气韵天成：莫不禀以生灵，迁乎爱嗜，机见殊门，赏悟纷杂。"① 其中的"生灵"就是"性灵"。明代公安派、竟陵派倡导性灵，及清中叶袁枚标举性灵为诗派，与论格调、论学问肌理者相抗衡，且针对堆砌学问为诗有"抄到钟嵘《诗品》日，该他知道性灵时"之讥讽，成为性灵思想的一脉相承者——当然，袁枚于性灵思想传承的主要是衣钵形骸，主体精神的光芒至此却已经转于黯淡。

性情与性灵在明代以前罕有辨析，多可混而用之。到了清代，一些学者开始关注其区分，以为本同而末异，关乎正邪定位，因此不可一概而论。区分的关注点有二：

其一，主性情而归于温厚中正。这一点是从以性约情的审美效果而言的，如陈仅论称：

> 诗本性情，古无所谓"性灵"之说也。《尚书》："诗言志。"《诗序》："诗发乎情，止乎礼义。"《文赋》："诗缘情而绮靡。"有情然后有诗。其言性情者，源流之谓，而不可谓诗言性也。"性灵"之说，起于近世，苦情之有闲，而创为高论以自便，举一切纪律防维之具而胥溃之，号于众曰："此吾之性灵然也。"无识者亦乐于自便，而靡然从之。呜呼！以此言情，不几于近溪、心隐之心学乎？
>
> 夫圣人之定诗也，将闲其情以反诸性，俾不至荡而无所归。今之言诗者，知情之不可荡而无所归，亦知徒性之不可以说诗也，遂以"灵"字附益之，而后知觉、运动、声色、货利，凡足供其猖狂恣肆者，皆归之于灵，而情亡，而性亦亡。
>
> 是故圣道贵实，自释氏遁而入虚无，遂为吾道之贼。诗人主情，彼荡而言性灵者，亦诗之贼而已矣。②

"性情论"包容着以性的醇美规约情的流荡之意，这就是"闲其情以反诸

---

① 《南齐书》卷52，中华书局1972年版，第3册，第907页。
② 陈仅：《竹林答问》，郭绍虞辑《清诗话续编》，第2222页。

性"，最终可以实现约情反性基础上的温厚中正。"性灵论"则将性从情的规约置换为情灵的动力，"性"与"灵"之间由此形成自然源流，诸般猖狂恣肆、荡乎绳检不仅巧妙地逃避了查验，而且被悉数纳入了合性合情的轨道。异"情"为"灵"，正是鉴于"情"为礼义所持不可率意，因而附丽于"灵"，只为毁弃"纪律防维"，所以陈仅命"性灵"之论为"诗贼"。此论虽然于价值认定上不无偏颇，但追根溯源之功不可抹杀，性灵创作的下乘，牛鬼蛇神、淫亵芜秽，却时时以性灵遮羞，这一点又的确为陈仅所言中。章学诚也曾说，情本于性，才率于气，才情不离乎主体血气。凡人才情乘于血气而入于心知，如果一任阴阳运使则人往往纵其情欲而无所归，"似公而实逞于私，似天而实蔽于人，发为文辞，至于害义而违道，其人犹不自知也"①，如此任心任情者即为纵其性灵。

其二，主性情而归于优雅、雅正。这一点不仅包含以性约情的审美效果，而且尤其强调了以性约情具体人格修养过程中的学养积淀。如鲍鸿起论称：

> 取性情者，发乎情止乎礼义，而泽之以风骚、汉魏、唐宋大家，俾情文相生，辞意兼至，以求其合。若易情为灵，凡天事稍优者，类皆栒腹可办，由是街谈俚语无所不可，粪秽轻薄，流弊将不可胜言矣。②

以性情论诗，则必须将以"性"约"情"的过程落实于"发乎情止乎礼义"的实际要求，这个过程并非仅为作者情理意志的驾驭，也不是操觚之际一边为性情一边为性灵的随机选择，它需要天赋之外的人力坚持，需要经典持之不懈的浸淫与熏陶，如此天人相就的逐步完善是性情渐趋成就的前提。于是，性情的提倡便与深富学养方可具备的优雅密切关联甚至融为一体，并与纵其天事而贱视学力的性灵论者间或难以回避的轻俗形成鲜明对比。比如情、欲的不同，便是性情与性灵区划的具象。《文概·词曲

---

① 叶瑛：《文史通义校注》，第220页。
② 法式善：《梧门诗话》，许征整理，新疆大学出版社2006年版，第88页。

概》云：

> 词家先要辨得情字……所贵于情者，为得其正也。忠臣孝子，义夫节妇，皆世间极有情之人。流俗误以欲为情，欲长情消，患在世道。①

仅以欲望为情，则将情局限在了男女之性上，即无视性的规范，节缩了情的范围，同时也将文学演为欲望情色的展览，雅正荡然，自然不在提倡之列。

"发乎情"虽有背离者却属于不教而能，但能否"止乎礼义"则必有待于造诣，持其情，约其欲，敛其才，归结点都在于德性对才情的调控。当然，所谓调控就要有一定的可把握性，对审美创作而言，尤其要关注其进路或者切入点。文艺创作的可把握性被分为内容与技术两部分，就内容而言，文艺要遵循对孔子所不语者的禁令，不语怪力乱神；宋代之后，有伤风化、狭邪淫靡等等也多纳入申斥范围。就技术而言，文人们一般将《论语·八佾》之"乐而不淫，哀而不伤"、《史记·屈原贾生列传》之"国风好色而不淫，小雅怨悱而不乱"视为其具体的标准。这些要求所显示的是儒家的中和思想，其具体的审美境界便是温柔敦厚。

第四节　儒家人格理想对文才的示范：德才兼备

就中国哲学而言，论才与论德在传统才性思想中是浑然一体的，先秦思想家也是从尽才成性的目的出发，视才为成就德性的手段。因此进入文艺领域，德才兼备一直是一个与治世吏治标准相统一的主要境界期待。

审美理论中才德关系的确立，实际上已经宣示了德在这个关系系统中不可摇撼的主导地位。但凡研讨诗文，从有德则有言出发，论诚信者为言德，论真者为言德，论诗言志、诗缘情、诗出感兴者为言德。德虽然是一个伦常色彩很重的概念，却在文学艺术之中充当了一个不可替代的角色，不仅仅社会意志、统治阶层意志的统一愿望需要这个角色出场，而且它也的确与文学艺术发生的源头有着密切关联：德关乎才气的状态，德关乎才情的真诚，德

---

① 刘熙载：《刘熙载文集》，第150页。

关乎志、关乎意、关乎人与文之间的统一与否。因此，德本才末，德为才帅，逐步成为才德关系中的公论。

才德关系对道德之本的提倡与坚持并不意味着才的作用旁落。历史上才德的关系虽然在不同领域被反复推敲、随机调整，但无才则道德就会成为一种抽象与空洞的精神符号，因此德本才末是建立在德才必须兼备基础之上的论断。就文人才子的创作而言，德才兼备是创作传世的前提；就创作的境界而言，德才兼备是抵达艺术极境的根基。

一

虽然经历了魏晋玄学背景下文才飞扬对道德的冲击，但纳入到文艺理论批评中的才德关系却从没有背离"德本才末"的主要价值取向。

从修为顺序而言，"必先道德而后文学"，即致力于文艺需要道德奠基，此为"操道德为根本"而"文艺成于余力"①。身之不修，而欲修其辞；心之不和，而欲和其声，"是犹击破缶而求合乎宫商，吹折苇而冀同乎有虞氏之箫韶也，决不可致也"②。

这种先后修为顺序并非机械地从时间立论，其本意在于明确文艺修养之中才德的分量与位置。陆九渊云："不言而信存乎德，行有德者必有言。诚有其实，必有其文。实者本也，言者末也。今人之习，所重在末，岂惟丧本，终将并其末而失之矣。"③ 刘克庄亦云："名节，本也；文艺，末也。"④ 其核心意旨皆在于"德本才末"⑤。这一观念不仅是文艺理论有关德才地位的约定，也是审美实践中才华盈溢的内在保证：本末一体，故此德厚而才自光华——德性德行之美最终会激发才的活力，使之表现出应有的光辉，一如优雅的知识修养、高尚的品格会使得平凡女性尽展其女性魅力一样。

德本才末思想贯彻于文艺审美，其核心表现就是：文人或其作品可以依据不同标准划分为诸般类型，而这诸般类型中皆以备德者为上。

---

① 梁肃：《常州刺史独孤及集后序》，董诰等编《全唐文》卷518，第2329页。
② 宋濂：《文说赠王生黼》，《宋文宪公全集》卷29。
③ 陆九渊：《与吴子嗣书》，《象山先生全集》卷十一，四部丛刊初编本。
④ 刘克庄：《跋真仁夫诗卷》，《后村先生大全集》卷99，四部丛刊初编本。
⑤ 明末清初王相之母著有《女范捷录》，其中专设《才德篇》，文中云："夫德以才达，才以成德，故女子有德者固不必有才，而有才者必贵乎有德。德本而才末，固理之宜然，若夫不善，非才之罪也。"

其一，君子小人之文的区分。隋际王通将文人大致分为君子、小人两类，其中小人与狂、狷、纤、夸、鄙、贪、浅等皆为一偏之人，文学作品因此也便分为两大类型：君子"约以则"的创作以及与其相对应的诸般小人的偏诐风体。具体而言：颜延之、王俭、任昉有君子之心，其文谨重典雅。而谢灵运为小人，其文傲；沈休文小人，其文冶。其他众多文人因其偏诐也纳入小人行列，诸如鲍照、江淹为古之狷者，其文急以怨；吴筠、孔稚珪为古之狂者，其文怪以怒；谢庄、王融古之纤人，其文碎；徐陵、庾信古之夸人，其文诞；刘孝绰兄弟鄙人，其文淫；湘东王兄弟贪人，其文繁；谢朓浅人，其文捷。[①] 且不论王通这种君子、小人的划分有多少合理成分，但其首肯的创作便是其所认可的道德醇厚而无偏失者的创作。

宋代李纲也有一样的划分："文以德为主，德以文为辅，德文兼备，与夫无德而有文者，此君子小人之辨也。"而君子小人之文的价值是有天壤之别的：

> 君子之文务本，渊源根柢于道德仁义，粹然一出于正。其高者裨补造化，黼黻大猷，如星辰丽天，而光彩下烛，山川出云，而风雨时至。英茎韶濩之谐神人，菽粟布帛之济人饥寒，此所谓"有德者必有言"也。小人之文务末，雕虫篆刻，缔章绘句，以祈悦人之耳目。其甚者朋奸伪饰，中害善良，如以丹青而被粪土，锦绣而覆陷阱，羊质而虎皮，凤鸣而鹜翰。此所谓"有言者不必有德"也。[②]

君子之文之所以卓绝，一方面归功于其现实的直接功用，另一方面则在于其"渊源根柢于道德仁义，粹然一出于正"的特征，道德内核的揳入实现了艺术价值的跃升。

其二，才人之诗与志士之诗的划分。叶燮云：

> 古今有才人之诗，有志士之诗。事雕绘，工镂刻，以驰骋乎风华月

---

① 张沛：《中说校注》，第79页。
② 李纲：《古灵集序》，祝尚书编《宋集序跋汇编》，第380页。

露之场，必不择人择境而能为之，随乎其人与境而无不可为之，而极乎谐声状物之能事，此才人之诗也。处乎其常，而备天地四时之气，历乎其变，而深古今身世之怀，必其人而后能为之，必遭其境而后能出之，即其片语只字能令人永怀一叹而不能置者，此志士之诗也。①

区分的标准设定在是否出自胸襟，是否言不苟发。志士之作所以高出才子诗一等，正是源于其具备"诗基"，如此作品是道德、性情、才气、胸襟陶铸而成。

其三，君子之文、志士之文、词士之文的区分。尚衡《文道元龟并序》云：

> 文章之阃，大抵不出乎三等，斯乃从人而有焉，工与不工，各区分而有之：君子之文为上等，其德全；志士之文为中等，其义全；词士之文为下等，其思全。其思也可以纲（纪）物，义也；可以动众，德也；可以经化，化人之作，其惟君子乎？君子之作，先乎行，行为之质；后乎言，言为之文。行不出乎言，言不出乎行，质文相半，斯乃化成之道焉。志士之作，介然以立诚，愤然有所述，言必有所讽，志必有所之。词寡而意恳，气高而调苦，斯乃感激之道焉。词士之作，学古以摅情，属词以及物，及物胜则词丽，摅情逸则气高。高者求清，丽者求婉，耻乎质，贵乎情，而忘其志，斯乃颓靡之道焉。②

君子、志士、词士的文章，以德行最高的君子之作最有价值。志士之文实则也备有德义，但涵养不足，意气发露，故此有所折扣。而词士之文由于胸襟之间只有自我的小情小绪，精力投注于形态辞采的布置较量，忘言志之则，入颓靡之路，自然不能如君子有德之文、志士有义之文益于世道。

其四，志士之诗、学人之诗、才人之诗的区分。张际亮曾将汉代以下诗歌区分为以上三类，且论云：

① 叶燮：《密游集序》，《己畦集》卷8，金闻刘承芳刊本。
② 董诰等编：《全唐文》卷394，第1776页。

模范山水，觞咏花月，刻画虫鸟，陶写丝竹，其辞文而其旨未必深也，其意豪而其心未必广也，其情往复而其性未必厚也。此所谓才人之诗也。

其辞未必尽文，而其旨趣远于鄙倍；其意未必尽豪，而其心归于和平；其情未必尽往复，而其性笃于忠爱；其境不越山水、花月、虫鸟、丝竹，而读其诗使人若遇之于物外者，此所谓学人之诗也。

若夫志士思乾坤之变，知古今之宜，观万物之理，备四时之气；其心未尝一日忘天下，而其身不能信于用也；其情未尝一日忤天下，而其遇不能安而处也；其幽忧隐忍，慷慨俯仰，发为咏歌，若自嘲，若自悼，又若自慰，而千百世后读之者亦若在其身，同其遇，而凄然太息、怅然流涕也。盖惟其志不欲为诗人，故其诗独工，而其传也独盛，如曹子建、阮嗣宗、陶渊明、李太白、杜子美、韩退之、苏子瞻，其生平亦尝仕宦，而其不得志于世，固皆然也。此其诗皆志士之类也。

以上三类作者，才人的作品题材闲逸，注重体貌而不甚究性情；学人的作品真朴，不肆意于外饰，讲求情志的真切，以此寻求自我消遣；志士之作有寄托，备才学，有为而为之，作为道德修为极高的儒家用世之士，有拯溺于水火的古道热肠。三者相较："今即不能为志士所为，固当为学人，次亦为才人。"[1]

诸种分类，皆以关乎德者居上。也就是说，艺术评判之中，同样具备雄厚文才的创作主体，其道德水准与作品的道德关怀或人文关怀、现实关怀，是其价值确立甚至是其能否进入艺术评判与传播渠道的关键。

才德关系虽然以德本才末为基，但德必须通过才始可显示自己的存在与价值，才能更好地发挥其应有的意义——无论是人格垂照还是作品教化。因此古人将才德兼备者称为真正的君子，仅仅有德却无才者只名之为"醇士"。君子可以息世济世，而醇士则仅堪自守。才德二者之间不可偏失，不可缺欠，德才兼备由此成为文人最为理想的品格。由于历代文艺范畴的才德之论往往针对有才文士而发，因此所谓德才兼备的理论言说，也多从才子文

---

[1]　张际亮：《答潘彦辅》，《思伯子堂诗文集》文集卷3，第1348页。

人需要修身养德这个维度展开。

二

德才兼备是文人主体修养的要求。但在才德关系中，道德对文才并没有绝对的权威，失控在所难免，文人无行便是道德对文人行事与文才运使失控的产物。作为才德关系理论中的反面教材，历代文人无行之举从相反的方面为文人们敲响了警钟：德之不修，其文难传。文人无行主要包括：

其一，以作品报怨释恨，径行一己之私。如北齐魏收撰《魏书》，"诃齐氏，于魏氏多不平；既党北朝，又厚诬江左；性憎胜己，喜念旧恶。甲门盛德，与之有怨者，莫不被以丑言，没其善事；迁怒所至，毁及高曾。"故被称为"秽史"①。此为文史背公理大义，是文人无行的典型形态。

又如以传奇为木铎，设为文词，并借优人说法，本为词曲常见的形态，一般是善者善终，恶者恶报，意在使人有所趋避，以为"药人寿世之方，救苦弭灾之具"。但却有一类刻薄之流："借此文报仇泄怒，心之所喜者，处以生旦之位，意之所怒者，变以净丑之形；且举千百年未闻之丑行，幻设而加于一人之身。使梨园习而传之，几为定案，虽有孝子慈孙，不能改也。"李渔质疑："岂千古文章止为杀人而设，一生诵读徒备行凶造孽之需乎？"② 文艺创作虽然可以寄托，但不能脱离艺术的规律，颠覆历史现实的是非。如此心存残毒又不顾及艺术要求与社会影响、意在荼毒倾陷的创作便是文人无行。清人王懋昭曾痛斥这种现象：

> 昔之作传奇者，为孝子忠臣扬眉吐气，为义夫节妇播美流芳。其于奸恶之徒，登场指顾而冰消以尽，洵为醒世之金钟，警人之木铎也。何后世轻薄者流，妄弄文墨，举胸中所不满者、抱憾者，假子虚之事迹，为乌有之姓名，比附而丑诋之，岂仅如王四无情，《琵琶》用刺已乎！直将以醒世警人之作，为报仇泄恨之书也。不亦悖哉！③

---

① 浦起龙：《史通通释》卷12，上海书店影印商务印书馆1937年版，第三册，第43页。
② 李渔：《闲情偶寄》卷1《词曲部》，《李渔全集》第三册，第6页。
③ 王懋昭：《三星圆自叙》，蔡毅编《中国古典戏曲序跋汇编》，第2059页。

作者将这种无德的艺术行为直接贬斥为"悖"，即指无行。

其二，文人赤膊上阵，背弃公理道义，丧失节气与人格。如唐代崔湜、郑愔、宋之问三人富有文才，唐中宗之际群臣应制赋诗，三人皆得其名。但为了拥戴武三思，张柬之等皆死于三人之手，时人以为危害社稷罪不容诛。因此王士禛称三人的创作为"鸱枭之音"，虽然涵于风雅，也是"人头畜鸣"①。

更多的类似批判兼及作品、作者的现实行为及其主观心术。毛先舒《诗辨坻》条列了古今文人喜招人过以资输写、小垢宿怨动见抵巇的状貌，具体为文人无行的"十七庆"，很有代表性。诸如：

> 又若愆归往昔，德已更新，咒逝水以求回，吹宿灰而成焰。将令日月一蚀，永绝还辉，使夫人而君子则非以讳贤，使夫人而小人则重之放弃。

当事人已经弃恶从善或者洗心革面，却依然发掘旧日过失，以隐私为新闻，大肆渲染，使人失去自新的空间，此为吹宿灰以成焰，捃摭陈言往迹以定今谳。又如：

> 长者之量，不可概人，此既相加，彼复行甚，纠缠胶结，长滋不解，同心且煎为萁豆，毛颖将惨于莫邪。

所谓度量海涵皆为通套过场之语，律人尚可，待己难行。于是但有皮毛影射、些许口角，或意见相左、赏味相异，便以笔为剑，睚眦必报。彼此之间一来一往，党同伐异，不存恕道。文人自毁形象又毁弃整体形象，以此为甚。又如：

> 《春秋》，圣人之刑书也。犹且善善从长，恶恶从短。恶有舞鼠文于播雅，设虎穴于摛华者，谓之何哉！

---

① 王士禛：《分甘余话》卷1，张世林点校，中华书局1989年版，第11页。

对于这种倾陷良善之举，毛先舒又有进一步的申说：如果是痛深刺骨、不共戴天，有此击刺之举自然别人也可理解。但是，如果"徒以或生情于伊谑，或互揣为名高，或资义类而工文，或缘慷慨而钓直"——或彼此戏谑而恼怒，或忌人声价而倾轧，或是为了向同仁显示自己工文，或是为了在世俗舆论中博得耿直声名，如此则以笔污人，则皆为背理背义。①

以上属于有才无德之中有悖乎公理道义者。至于史不乏书的欺师灭祖、卖国求荣、贪赃枉法、伤天害理、寡廉鲜耻等毫无节操文士及其文才滥施，则不仅为公理道义不容，且大节亏失丧尽天良，作为审美理论的研讨，如此道德底线之下者历代往往置而不论了。②

从传播角度而言，德才兼美是创作传世的重要条件。创作依托于文才，但才高八斗也未必逃脱千秋淹没的厄运，原因诸多，其中道德是文艺创作能否进入主流传播渠道从而获得赏鉴并流传的先决条件。陆游宣称"文章千古事，得失寸心知"，但陈仁锡反问："士不立品，才思索然；文章千古，寸心自知。无人品则寸心安在？"无品无德，才思都会丧失源泉；文章佳恶，寸心可知，但人无德品，如此之人何从有赏识美、品鉴美的情灵？人在前，文在后。更有甚者在于"谁与较失得哉"③？为人所不齿者，其作品如何能入世人法眼？又有谁去为他论定得失呢？

进一步说，才德在文艺作品传播中的作用好比船与舵，其中文才是舟船，德即是舵：

> 人非雨露而自泽者，德也；人非金石而自泽者，名也。心非源泉而流不竭者，才也；心非鉴光而照无偏者，神也。非德无以养其心，非才

---

①　毛先舒：《诗辨坻》卷3，郭绍虞辑《清诗话续编》，第68—70页。

②　相比于中国文学理论对道德的高扬，西方文学理论中对创作主体的道德要求要淡薄得多。法国十九世纪唯美主义的代表戈蒂耶便辛辣攻击过以道德为名批评文学的一些批评家，指出文学与道德不是一回事情，文学不是为功利主义服务的工具，戏称"只有功利主义者才会拔掉花坛上的郁金香改种白菜"。他认为艺术是现实的反映，因而作品中的伤风败俗等内容恰恰是社会的镜像，人们应该反思的不是文学而是时代！当然，戈蒂耶重视的是作品内容的道德问题，与中国传统文学理论关注创作主体修养进而实现文如其人的陶冶之路相差悬殊。参阅戈蒂耶《〈莫班小姐〉序》，赵澧、徐京安主编《唯美主义》，中国人民大学出版社1988年版，第44页。

③　陈仁锡：《明文奇赏序》，《陈太史无梦园集》马集卷四，《续修四库全书》第1382册，第596页。

无以充其气。心犹舸也，德犹舵也。鸣世之具，惟舸载之；立身之要，惟舵主之。士衡、士龙有才而恃，灵运、玄晖有才而露。大抵德不胜才，犹泛舸中流，舵师失其所主，鲜不覆矣。①

才与德不可分，就如同船与舵不可分一样。如果没有舵掌握方向、把控力度，那么船随时都有倾覆的危险，届时船也就丧失了存在的机缘，更何况远行？所作化为乌有，如何得赏？用陈仁锡的话说就是"谁与校得失"呢？

道德如此来说便成为创作的过滤："作诗文须先树品，人品高而诗文能自成家，断然传矣。若其人无品，而欲取重于诗文，则古来名家车载斗量，我辈安所措趾耶？"② 这样说不是自命清高者的高自标置，古来有"人以文传"或者"文以人传"之说，归根结底，文以人传是其主流，因为作品无论成就如何，都必须经过时代、历史、读者从不同层面的辨析、筛选与挑剔，非艺术因素进入艺术评价是极其正常的现象，不仅仅有道义，有时甚至还包括利益，而其中能够一锤定音的便是作者的道德评判。

潘德舆将这个意思具体化了，他鲜明提出："人与诗有宜分别观者。"具体而言："人品小小缪戾，诗固不妨节取耳。若其人犯天下之大恶，则并其诗不得而恕之。"③ 薛雪专门拈出阮籍再作申说："著作以人品为先，文章次之，不可以'不以人废言'为藉口。昔人云：阮步兵《咏怀》，寄愁天上，埋忧地下，其胸次非复人间机轴；而为诸臣作《劝进表》，又不足多矣。"④ 道德、文章不两分，为德不良，再美的作品也要被打入冷宫，自然难以播布。历代当然有大节有亏而诗文得传者，但其未传者更多；即使遗存于后世者，也未必可定为流传，芳名佳篇不在人口，存备文献而已。

三

"诗品出于人品"⑤，德才兼备又是艺术审美的内在需要。文艺作品并非

---

① 谢榛：《四溟诗话》卷3，丁福保辑《历代诗话续编》，第1190页。

② 王嗣奭：《管天笔记外编》卷下，四明丛书本。

③ 潘德舆：《养一斋诗话》卷1，郭绍虞辑《清诗话续编》，第2008页。

④ 薛雪：《一瓢诗话》（与《原诗》等合刊），杜维沫校注，人民文学出版社1979年版，第121页。

⑤ 刘熙载：《艺概》，《刘熙载文集》，第118页。

文艺形式与道德内容的机械叠加，道德不会成为低劣艺术毛坯的点金石，文艺自然更不是道德的传声筒或者道德宣达的教科书。但是，文艺离不开道德，这种需要并非源自体制与社会的强力介入与话语强权，而是鉴于以下的审美效益：它能够通过修身养性、陶冶情操、充扩胸襟，辅助创作主体更好地运使才华；而且道德能够直接影响主体文才发挥的程度以及最终取得的成就。方苞曾云："苟无其材，虽务学不可强而能也；苟无其学，虽有材不能骤而达也。有其材，有其学，而非其人，犹不能以有立焉。"[①] 此处"非其人"即指那些无道德操守难行乎仁义之途者，德之不备，才学虽有亦两失之。

可见对具有文才的文人而言，德立而文明不是一种空洞的说辞，也不是为了减少与现实力量的对抗而编制的自欺欺人的谎言，甚至于也不能称之为提高主体艺能的策略，而是实实在在的艺术臻达顶峰的必由路径——德才兼备则可以实现艺术境界与道德人格的契合，实现真正的文如其人。[②] 具体而言，这种契合核心体现在以下两个维度上：品格与心术。

其一，主体品格与作品的品格契合。所谓品格，主要体现为品位、格调的雅俗醇薄。由于文艺创作的一气贯通性，成熟真诚见乎德品的创作必然负载主体的本然之气，实现其主客统一。这种统一以情性神气与骨骼面目的统一为基础，杨维桢云：

> 评诗之品无异人品也。人有面目骨体，有情性神气，诗之丑好高下亦然。风雅而降为骚，而骚降为十九首，十九首而降为陶、杜，为二李，其情性不野，神气不群，故其骨骼不卑，面目不鄙。……下是为齐梁，为晚唐季宋，其面目日鄙，骨骼日卑，其性情神气可知已。[③]

人有情性神气，出自禀气与时代风气的融会，诗的高下便与其对应，如作者情性不粗野，则其作品骨骼面目便不鄙俗。

---

① 方苞：《答申谦居书》，王运熙、顾易生主编《清代文论选》，人民文学出版 1999 年版，第445 页。
② 徐增《而庵诗话》云："诗乃人之行略，人高则诗亦高，人俗则诗亦俗，一字不可掩饰，见其诗如见其人。"参阅丁福保辑《清诗话》，第 430 页。
③ 杨维桢：《赵氏诗录序》，《东维子文集》卷 7。

继而附着道义，又表现为作品与精神骨髓的统一，如李贽论苏轼云：

> 苏长公何如人，故其文章自然惊天动地。世人不知，只以文章称之，不知文章直彼余事耳。世未有人不能卓立而能文章垂不朽者。……至其真，洪钟大吕，大扣大鸣，小扣小应，俱系精神骨髓所在。①

"精神骨髓"之论在禀气之余接纳了人格涵养、道义坚守，是天人相合的创造物。难以企及这种统一境界的创作，往往源自德行之累。孔尚任曾论天下言诗最盛之处无过京都燕台及扬州，自诩诗人者于此多，附庸风雅者于此多，诗酒流连消遣岁月者于此多，但是他却称"予在燕台维扬实未尝见一诗"。何以得出如此骇人的结论呢？理由很简单："夫所谓诗者，欲得性情之正，一有委曲徇俗之意，其大旨已失。天下之人，稍能言诗，辄思游燕台，游维扬。其意何居？曰近贵也，近富也。"于是委曲者近贵，徇俗者近富，各有趋附，而其诗又会是什么样呢？先看趋附贵人者：

> 燕台之贵人，乘舆拥翠，日殿呵于道，四方之客，能承其颜色，即可致身青云，见者谁不慕而奉之？其为诗也，大抵诵贵之言，而谓有性情之正乎？

再看趋附富人者：

> 维扬之富人，据厚资，居大第，即持筹书算、臧获仆御之辈，亦花冠丽服，以气加人。人苟能仆仆其门，亦可乞余沥以活妻子，见者谁不羡之？羡之则思有以亲之，其为诗也，又多谀富之言，而性情益不可问矣！②

趋附于富贵，谀颂于富贵，无格无品无节无操，不能得其性情本然，更谈不上得性情之正之真，如此何以有诗？

---

① 李贽：《复焦弱侯》，《焚书》卷2，夏剑钦校点，岳麓书社1990年版，第47页。
② 孔尚任：《城东草堂诗序》，《湖海集》卷10，《四库全书存目丛书》第257册，第709页。

其二，主体心术与文章对应。心术就是心的运动趋势，或谓心地、心志、心迹，其本质相同，但也各有细微的差异。

心地与文章统一。金圣叹《与邵兰雪》引出唐人律诗与道德修为的关系："比来细看唐人律诗，见其章章悉从心地流出。所谓心地者，只是忍辱、知足、乐善、改过，四者尽之也。"《与韩贯华》一书细细抽绎：

> 夫人不忍辱、不知足、不乐善、不改过，即断断未有能为律诗者也。律诗一起、一承、一转、一合，只是四句，每句只用七字，视之甚似平平无异，然其中间则有崎岖曲折，苦辣甜酸，其难万状，盖曾不听人提笔濡墨伸腕便书者也。烂醉天真，泼墨淋漓，无如青莲先生。然试观其律诗七章，何章不从崎岖曲折苦辣甜酸之后乃始得成耶？或曰：八叉手便已得。此自是见其临赋之时，殊不知其不赋诗时，固无有一时片刻不心心于忍辱、知足、乐善、改过也者。此所谓心地也。①

金圣叹所谓的"心地"接近于为文之德，是建立在对艺术与美倾心顶礼基础上的态度，当然它与主体人格密不可分。律诗之难处正是诗人心地修为的难处，能破此关，则不仅人格提升，诗也由此有了进境。

心志与文章统一。毛先舒《文论》首引嵇康"人无志非人"之论，且做出以下引申："文无志，非文也。"文章的创作应该遵循以下的信念：义理明则性情正，性情正则道胜，道胜则志立，志立而不移则明见是非，心有所守。而现实之中却恰恰有这样一批文人："中无定论，随物高下"、"一人之说，俄顷参差；一卷之书，时相攻搭"。具体表现如："赠显仕则笑讪寂寞，贻隐者则菲薄轩冕；送客归田便奖恬退，饯人之任又称荣进；誉文章之士则讥朴鲁，赞笃实之子更黜浮华；题退之、元晦之书则推其辟佛功高，作寺碑塔记等文又叹说空王理妙。"总其所为，可谓"茫无定著，东西随靡"。作者质疑，如此创作，虽烂若星华，"岂有文哉"？如若追问东西犹疑、自相攻夺的原因，根本就在于"无志"②。读书知理者应当言行相顾，终始相

---

① 金圣叹：《贯华堂选批唐才子诗》卷3，周锡山编校，万卷出版公司2009年版，第63页。
② 毛先舒：《文论三》，《潠书》卷3，《四库全书存目丛书》第210册，第666页。

谋，如此方能立定脚跟，不愧作者。否则即为心术邪曲、志气委顿，难逃人、文两废的境遇。柳公权曾云："心正则笔正。"另外诸如"人正则书正"、"作字先做人"、"人奇字自古"等说，皆为历代书家的心得。薛雪以此比附而论诗：

> 要知心正则无不正，学诗者尤为吃紧。盖诗以道性情，感发所至，心若不正，岂可含毫觅句乎？昔有人问余曰："谚云'歪诗'，何谓也？"余戏之曰："诗者，心之言，志之声也。心不正则言不正，志不正则声不正；心志不正，则诗亦不正。名之曰'歪'，不亦宜乎？"①

书如此、诗如此，画也是如此。王昱有云："学画者先贵立品。立品之人，笔墨外自有一种正大光明之概。否则画虽可观，却有一种不正之气隐跃毫端。文如其人，画亦有然。"②人无其志或志气狭邪，则主体的颓靡怠惰以及邪淫之气会不自觉地渗透、蔓延，其品位自然难以超俗。

心迹与文章统一。龚自珍《书汤海秋诗集后》云："唐大家若李、杜、韩及昌谷、玉溪；及宋元，眉山、涪陵、遗山，当代吴娄东，皆诗与人为一，人外无诗，诗外无人，其面目也完。"又言汤海秋亦"完"，且阐释其本义："何以谓之完也？海秋心迹尽在是，所欲言者在是，所不欲言而卒不能不言在是，所不欲言而竟不言，于所不言求其言亦在是。要不肯掊扯他人之言以为己言，任举一篇，无论识与不识，曰：此汤益阳之诗。"③"心迹"的包容较"心地"、"心志"要广，如果说"心地"偏于内在德行、"心志"附丽了气概的自守，那么"心迹"则囊括了心思、情意的诸般运动。所谓诗中见心迹，则意味着作者情志行止自始至终的敞亮，无不可以示人，也无刻意的自晦形迹，这就是心迹与诗的统一。

有鉴于此，德才兼备成为文人能够成"大家"的重要标志之一。早在宋代，苏东坡勉励李方叔不可"丰于才而廉于德"④、王应麟批判萧纲"立

---

① 薛雪：《一瓢诗话》（与《原诗》等合刊），第92页。
② 王昱：《东庄论画》，《画学集成》（明—清），第421页。
③ 郭绍虞：《中国历代文论选》第四册，第1页。
④ 苏轼：《与李方叔书》，《东坡文集》卷49，孔凡礼点校，中华书局1986年版，第1420页。

身谨重为文放荡"之说："放荡其文，岂能谨重其行"①？皆是从才德兼美立论。叶适则直接提倡"德艺兼成"。这个标准有两个要求：一则诗文要矩于教而不违背义理："必取中于古，畏其志之流。"此处的"中古"是就儒家规诫而言，谨守此道就属有德。二则诗文要合乎艺术的标准。虽然孔子为了防止心志荡逸提倡诗无用自作，但诗歌发展的现实是："诗必自作，作必奇妙殊众"的状态已经无可抑阻，对艺术性的讲求成为自觉，虽求"中于古"而诗"艺"不可废。既不废其"艺"又可"矩于教"，如此则"德艺兼成，而家益大"②。何绍基亦云：

> 诗文不成家，不如其已也；然家之所以成，非可于诗文求之也，先学为人而已矣。规行矩步，儒言儒行，人其成乎？曰：非也。孝悌谨信，出入有节，不悫于中，亦酬应而已矣！立诚不欺，虽世故周旋，何非笃行！至于刚柔阴阳，禀赋各殊，或狂或狷，就吾性情，充以古籍，阅历事物，真我自立，绝去模拟，大小偏正，不枉厥材，人可成矣。
>
> 于是移其所谓为人者发见于语言文字，不能移之，斯至也。日去其与人共者，渐扩其已所独得者，又刊其词义之美而与吾之为人不相肖者。始则少移焉，继则半至焉，终则全赴焉，是则人与文一，是为人成，是为诗文之家成。③

道德意义的"人"成立之际，就是审美意义的"家"成就之时。或者也可以说，追求艺术审美的历程，从理想的境界来看，正是一个人格修为的过程。这就是文章之极，必要诸德品。有鉴于此，才有文人居世自当以定志立品为第一义的要求，甚至有人断言："古今以来，岂有刻薄小人，幸成诗家，忝入文苑之理！"④ 在经历了数千年的文学实践与理论探索之后，王国维站在古典终结的边缘得出了以下结论：

---

① 王应麟：《困学纪闻》卷17，阎若璩等注，栾保群、田松青校点，上海古籍出版社2015年版，第494页。
② 叶适：《跋刘克逊诗》，《叶适集》卷29，第613页。
③ 何绍基：《使黔草自序》，《东洲草堂文钞》卷3，同治六年长沙刻本。
④ 朱庭珍：《筱园诗话》，郭绍虞辑《清诗话续编》，第2391页。

"纷吾既有此内美兮，又重之以修能。"文字之事，于此二者，不可缺一。然词乃抒情之作，故尤重内美。无内美而但有修能，则白石耳。①

三代以下之诗人，无过于屈子、渊明、子美、子瞻者。此四子者苟无文学之天才，其人格亦自足千古。故无高尚伟大之人格，而有高尚伟大之文学者，殆未之有也。

天才者，或数十年而一出，或数百年而一出，而又须济之以学问，帅之以德性，始能产真正之大文学。此屈子、渊明、子美、子瞻等所以旷世而不一遇也。②

德才兼备、才德相称，于主体锻造出伟大的人格，于创作则可以成就不朽的经典。

第五节　儒家用世思想对文才的规讽：
　　　先器识后文艺

从文才出发讨论德，就必然要涉及才器论。才而论器，是才之效益最大化发挥与避免虚浮无实所引申出的必然命题，也是现实对文人中自我陶醉、耽溺虚幻不可自拔者的棒喝。器进入美学范畴之后，文学艺术与现实功用的关系问题便成为理论界关注的焦点。从魏晋六朝至隋唐，相关思想经历了三个阶段：以《文心雕龙》为代表的六朝时期强调贵器用而兼文采；隋际李谔代表政府发声，继承《诗大序》所宣扬的儒家文艺思想本义，从创作维度论器识，强调崇本抑末；唐代裴行俭则综合六朝与隋际有关才器文艺的思想，提出了对后世影响深远的"先器识而后文艺"说，其重视器用、有为而作、不可使文学流于餔啜干谒工具等讲求，保证了文人与其创作的品格。

作为对某些文人才子华而不实的警示，先器识后文艺的思想虽然不乏功

---

① 王国维：《人间词话未刊稿》，《王国维文学美学论著集》，第383页。
② 王国维：《文学小言》，《王国维文学美学论著集》，第26页。

利主义对文艺的轻视与偏见，但也时时提醒文人不能沉醉于风花雪月的梦幻，要具有济世热肠与现实情怀。

一

首先看器的意蕴拓展与才器论的形成。与才这一范畴渐为世重的时间相近，作为与现实生活息息相关的工具性对象，器也在春秋之际演化为人伦识鉴范畴。

从文字训诂而言，器的本义就是器具器物。许慎《说文》释称："皿也，象器之口，犬所以守之。"段玉裁《说文解字注》云："饭食之用器也。"含味其意：器就是装盛饭食、物品的用具，即如《老子》"大器晚成"之器。既然为用具，自然有其功用，此为器用，戴侗《六书故》即释云："器，用也"①。初民觅食艰难，四口中间有犬以守，正说明所装载者极为重要；凡器物自有其不同的名目度数，既然器主乎容受，自然以容量大者为优，此为器量，器量决定着器用的程度。

春秋之际，器的应用从物质领域延伸至精神视界，成为人才价值评判的标尺，其核心意蕴集中体现于"成务为用"，并以成用为德。如《老子》便不止一次明言成就"器用"："埏埴以为器，当其无，有器之用。"又云："小国寡民，使有什佰人之器而不用。"苏辙疏解："民各安其分，则小有材者，不求用于世。什佰人之器，则材之什夫佰夫之长者也。"② 这里的器用被直接阐释为了才用。《论语·公冶长》有以下对话："子贡问曰：'赐也何如？'子曰：'女器也。'曰：'何器也？'曰：'瑚琏。'"瑚琏本是古代宗庙祭祀用的黍稷盛器，夏曰瑚，商曰琏，周曰簠簋，装饰以玉，属于器物贵重而华美者，故此汉代孔安国解为"汝是器用之人"，宋代朱熹亦云"器者有用之成材"③，以成用才用释器。

与器用对应，另有"不器"之说，《论语·为政》云："子曰：君子不器。"何晏注引："包曰：器者各周其用。至于君子无所不施。"邢昺正义："器者物象之名，形器既成，各周其用，若舟楫以济川，车舆以行陆，反之

---

① 戴侗：《六书故》，第 223 页。
② 苏辙：《老子解》，影印《文渊阁四库全书》，1055 册，第 235 页。
③ 程树德：《论语集释》，第 293 页。

则不能。君子之德则不如器物各守一用，言见机而作，无所不施也。"① 孔子论"不器"，是说君子不当守器之一用，而应当无所不施，因此孔子此处言器，仍然指向其功用。当然，"不器"后世被断章取义，逐步成为无用的代名词。

器的功用并非缘乎他物方可具备，而是自成根苗，如得自然，亦为主体之德的范围，因此春秋之际论器以言功用的同时，也逐步将其用于道德的描述。如《论语·八佾》："管仲之器小哉。"随后列举管仲不俭、无礼等病累，以此言其德器。当然，其时成用、成德往往具有一定的融合迹象，如邢昺疏《论语·为政》"君子不器"云："此章明君子之德也。"显然皆是以器为德，以成大器用为成德。整理先秦文献而形成的《礼记》有专门的《礼器》篇，其核心思想同样是以器用为德，其中云："礼器，是故大备。大备，盛德也。"郑玄注："礼器，言礼使人成器，如耒耜之为用也，'人情以为田'，'修礼以耕之'，此是也。"② 人情如田，礼如耒耜，修礼而行乎人情世界，则如整顿耒耜而耕种农田，如此方有收获，这便是以具礼成用为盛德。东汉之际"德器"连文，既是以器为德的体现，也是以成用为德思想的发展③。当然，要成就器用，所依托者便是器本身材质所具备的"形名度数"。古人论器，"举一器而形名度数皆该其中"④，器有形名度数，则其用便有了具体的指向，也有了落实的规矩。

从材质、器用论器，是才、器理论关联确立的内在根据。西汉陆贾《新语·资质》已经有了材、器的联用："然生于大都之广地，近于大匠之名工，则材器制断，规矩度量。"⑤ 当然，这个"材器"是指木的材质与用度。东汉王充则从器用容量出发，进一步明确了材、器一体的本然特性，《论衡·程材》云："世名材为名器，器大者盈物多，然则儒生所怀，可谓多矣。"这段文字意在对比文吏、儒生优劣。王充以为，文吏专乎吏职，儒

① 邢昺：《论语注疏》卷2，《十三经注疏》，第2462页。
② 朱彬：《礼记训纂》卷10，第357页。
③ 班彪曾上言："及至中宗，亦令刘向、王褒、萧望之、周堪之徒，以文章儒学保训东宫以下，莫不崇简其人，就成德器。"《后汉书》卷40上《班彪传》引，第1328页。
④ 参阅朱彬《礼记训纂》卷10郑玄注、王懋竑注，第357页。
⑤ 王利器：《新语校注》，第102页。

生博通经籍，"吏事易知而经学难见"，事乎易知与习于难见分别表示器量的大小，儒生博通举世少见，因此以器量之大为优；材又称"名器"，才器一体，故而器大盈物者必然材大用广。① 与王充大致同时的班固论屈原"虽非明智之器，可谓妙才者也"，也是才、器对言，以才为器。

　　与此同时，王充将器用思想直接纳入了"文德"考量，提出了于后世影响深远的"文德"论，其"文德"主要的旨趣依然在于现实功用。《论衡·佚文》云：

　　　　文人宜遵五经六艺为文，诸子传书为文，造论著说为文，上书奏记为文，文德之操为文。立五文在世，皆当贤也。

《论衡·书解》云：

　　　　夫人有文质乃成物。有华而不实，有实而不华者。《易》曰：圣人之情见乎辞。出口为言，集札为文，文辞施设，实情敷烈。夫文德，世服也，空书为文，实行为德，著之于衣为服。故曰：德弥盛者文弥缛，德弥彰者人弥明。大人德扩，其文炳；小人德炽，其文斑。官尊而文繁，德高而文积。②

王充所谓的"文德"，即文化之德、文饰之德，包括为人自守之德与为文之德，其中为文之德乃是针对主体所备德行以及彰显于文章之中的德行而言。这一范畴是鉴于"五文"在具体实践中各有其弊而专门提出的：如五经六艺之传文乃述说前人之言，无所发明；诸子之文无歌颂之意，于国家无益无补；上书奏记之文，或为人或为身，繁文丽辞皆为追逐利益；文德之操为文，强调的是一些文士洁身自好，只关心自己的名誉而不计家国之需，事不关己高高挂起，"文德之操"是对这种过行己是、博取声价行为的概括，并非对"文德"的批评。而"文德"的核心意旨便是《书解》所言之"夫文

---

① 黄晖：《论衡校释》，第 545 页。
② 黄晖：《论衡校释》，第 867、1149 页。

德，世服也，空书为文，实行为德"。这里的"实行"包括"颂上恢国"、"有益于国"、"能助于主"等等。

器的认知深化、文德倡导以及器与才统一性特征获得确认的时代，正是才性理论研讨蔚然兴起的时代，作为两个范畴认知融会结出的硕果，"才器"范畴于汉魏之际开始流行于人物品目。班固论汉代名臣就曾言："自（王）吉至（王）崇，世名清廉。然材器名称，稍不能及父。"[①]随后魏晋之际"才器"说迅速风行，诸如《三国志·蜀书》有"才器过人"之目[②]，东晋郭璞注《尔雅》"佌佌琐琐，小也"云："皆才器细陋。"[③]《世说新语·赏誉》注引《中兴书》言谢万"才器隽逸"，其他注引涉及才器者计达6次。

随着才器范畴以及其所附丽意蕴、价值取向的扩散，器的内在涵受一维也深深浸入道德人格考量，才器的内涵由此获得了较为完整的定型。从涵受而不轻易泄露一维论器，引申出了器识范畴。器识论也出现在两晋之际，如《世说新语·方正》注引《晋诸公赞》言山涛之子"雅有器识，仕至左卫将军"，《世说新语·识鉴》注引《晋书》："（杨）朗有器识才量，善能当世，仕至雍州刺史"等。[④]魏收《魏书》卷三十二也有"崔逞文学器识，当年之俊"等品鉴。[⑤]

作为器量内涵向人伦识鉴引申而出的范畴，器识有时可简言为器。沈约《宋书·柳元景传》言其"寡言有器质"[⑥]，不苟于言辞不同于喋喋不休的躁动小人，才具含蕴而不轻显，所以为有"器"。此器既言其有为成用，也兼其能容堪受的器识，富有尽才的德性。

以上器或器识，其意是指器用与识度的综合，包容了心胸的含蓄容纳、尽务成用之志与明辨是非见机而作的识见，包容了能伸能屈、不为苟且的胸襟。所以曾国藩对器识做了如下概括：

① 《汉书》卷72《王贡两龚鲍传》，第10册，第3068页。
② 《三国志·蜀志》卷39，中华书局1959年版，第983页。
③ 邢昺：《尔雅注疏》卷4，《十三经注疏》，第2590页。
④ 余嘉锡：《世说新语笺疏》，上海古籍出版社1993年版，第472、295、396页。
⑤ 《魏书》卷32《崔逞传》，中华书局1974年版，第767页。
⑥ 《宋书》卷77，第7册，第1981页。

古之君子，所以自拔于人人者，岂有他哉？亦其器识有不可量度而已矣。

试之以富贵贫贱，而漫焉不加喜戚；临之以大忧大辱，而不易其常，器之谓也。

智足以析天下之微芒，明足以破一隅之固，识之谓也。[①]

这种解释已然有了后世出于标立模范目的的理想化设定，但合乎器识诞生之际包纳成用有为及其德性保障的内蕴。可见无论内敛涵受的器量还是成务为用的器用，皆为德器的体现，是主体之德的重要组成部分。

综上所述，个人禀赋之才与具其功用且可纳入德性理解的器相融，"才器"由此诞生。它体现了以下含义：

其一，"才器"的本义就是以器物比附于人才。如戴震所言：

二者于材质或质地相比附："以人物譬为器，才则其器之质也；分于阴阳五行而成性各殊，则才质因之而殊。犹金锡之在冶，冶金以为器，则其器金也；冶锡以为器，则其器锡也；品物不同如是矣。"

二者于精粗成色相比附："为金为锡，及其金锡之精良与否，性之喻也。"

二者于彼此赋分命定相比附："其分（指彼此精良与否）于五金之中，而器之所以为器即于是乎限，命之喻也。"[②]

人才相异，就如同器物的区分。由此看来，"才器"范畴的出现，实则就是主体假物以观照自我才性的手段。

其二，《易传·系辞上》云"形而上者谓之道，形而下者谓之器"。才本虚灵，器有形质，因此才器就是才呈示于器用、器量、器识，是形而上与形而下的统一体，是才、器关系的浓缩。

其三，主体所具有的器，可以纳才于其中，它既可衡量才之大小，又能保持才涵蓄有力而不轻易泄露。所以说"器小由于有我，克己庶可扩而大之"，才不可易，但器量可以陶养。就才与器的具体关系而言，正如刘

---

① 曾国藩：《黄仙峤前辈诗序》，《曾国藩诗文集》文集卷2，王澧华校点，上海古籍出版社2005年版，第235页。

② 戴震：《孟子字义疏证》卷下，第39页。

熙载所云："才非器，则无以忍屈伸、超荣辱、公恩怨。而薄物细故得以动之，始虽或幸有所立，非所以适于久大矣。"有器以涵之，则才可以不妄施发，在屈伸、荣辱、恩怨之间维持平和与公正，并因为这种涵养而使得才在该显露之际显露，在应隐忍之际隐忍，如此方可获有才之利而不受多才之害。因此"才各有所能施，器各有所能受"①，器承受的大小，决定了才施为的大小以及个人成就的高下。人伦识鉴论主体才器，就是强调其有才用而能涵养，不为炫耀、不为躁动发露，进而实现才之功用的最大化发挥。

从以上所论器对才的影响而言，器可以理解为"居才之道"："才固难也，居才尤难。士之挟一长而掉头嗔目，侈然谓'莫己若'者，限于器也。"② 器代表了修养的程度，由此决定了才施展的空间。

二

文艺审美范畴的才器思想发展，经历了一个从"贵器用而兼文采"至"先器识而后文艺"的理论演化历程。器进入美学范畴之后，关于文学艺术美学价值与现实功用的取舍问题便成为理论界关注的焦点。从魏晋六朝至隋唐，相关思想经历了三个认识阶段。

阶段一。器被纳入文艺理论探讨始于《文心雕龙·程器》，由于刘勰此前论文皆标榜天才，因此本篇论文与器，其本质就是才与器的关系研讨，核心思想就是"贵器用而兼文采"。

首先，刘勰对文人才器的论述是从文采与器用两方面展开的。这在本文开篇就已鲜明揭橥："《周书》论士，方之梓材，盖贵器用而兼文采也。是以朴斫成而丹�‍艧施，垣墉立而雕杇附。"《尚书·周书》有"梓材"一篇，论人才辨析。依据《尔雅·释木》、许慎《说文》训释，椅即为梓。椅与梓分别甚微，但皆有纹饰，故而郝懿行《尔雅义疏》称："椅木有美文，故庾信赋云'青牛、文梓'。《尸子》云'荆有长松、文梓'。"据此吴林伯按断："则梓材，犹本书《熔裁》所谓有文采之'美材'。"以梓材喻人，正

---

① 刘熙载：《持志塾言》卷下，《刘熙载文集》，第32页。
② 施闰章：《书带园集序》，《施愚山集》文集卷6第1册，第119页。

是论何者为美材，而其标准就在如梓之文采与备其器用，也就是才、器兼容而相称。①

文采、器用兼容论的基础就是儒家提倡的文质彬彬，刘勰尊儒，视此为文人的立身之本。以此为镜鉴，他将汉魏六朝以来的著名文人纳入观照："近代词人，务华弃实，故魏文以为古今文人之类不护细行。韦诞所评，又历诋群才。后人雷同，混之一贯，吁可悲矣。"曹丕、韦诞讥评文士病累已见引于前，刘勰是带着很强的感慨论及这一点的：前贤耳提面命、一一摘斥，却毫无效果，随后之才子们依然不以为戒，与前代失德者雷同，实在令人悲叹！随后便列举了司马相如、扬雄、潘岳、陆机等十六位汉魏的著名文人，一一论其"疵"之所在。刘勰此处以"疵"为不护细行的失德，而对这种行为定性之际，他使用的标准就是"近代词人务华弃实"。"华实"意同于"文质"。本节文字表面论文人瑕疵，着意在德，实则是说以上文人不能成其器用故而一味炫耀文华，生成偏弊，因此刘勰之意正在于摘刺诸公文才文采与器用难以统一。

其次，在文采基础上，格外强调器用的意义。由器用论文人之德，在六朝之际可谓通识，如皇甫谧《三都赋序》："昔之为文者，非苟尚辞而已，将以纽之王教，本乎劝戒也。"② 任昉《王文宪集序》云王俭作品："固以理穷言行，事该军国，岂直雕章缛采而已哉！"③ 刘勰是相关思想的集大成者，《文心雕龙·程器》篇将成用视为文士之本然："盖士之登庸，以成务为用。鲁之敬姜，妇人之聪明耳，然推其机综，以方治国。安有丈夫学文，而不达于政事哉！"即使居家主内不以究理事务见长的妇人尚且能够随时引譬、明晓大义以助成功勋，昂昂丈夫岂能仅仅拘乎刀笔而无所作为？成务为用，由此被明确凝聚到"达于政事"。既明乎文又成其政事之用也便成为真正文人的价值所在。为了进一步说明这个观点，刘勰选取了古代不同的文人类型进行分析：

有文无质，即有文才而寡器用者，如扬雄、司马相如之徒，"所以终乎下位也"。

---

① 吴林伯：《文心雕龙义疏》，第 632 页，下同。
② 萧统：《文选》卷 46，李善注，第 2083 页。
③ 萧统：《文选》卷 45，李善注，第 2038 页。

庾亮等位极人臣政声卓著，文才似乎未见优长，实则不然："昔庾元规才华清英，勋庸有声，故文艺不称，若非台岳，则正以文才也。"位居台岳而无暇文艺而已，非不能也，是不为也。

又有博于诗书的郤縠与熟谙兵法的孙武，二人恰恰皆在其所长之外同样体现了卓越的才华："郤縠敦书，故举为元帅，岂以好文而不练武哉！孙武兵经，辞如珠玉，岂以习武而不晓文也？"这正是"文武之术，左右惟宜"的范例。

以上事典，从不同方面印证了文采文才与器用兼备是真正文士的本色。《文心雕龙》其他篇章同样贯彻了这个思想，诸如《原道》言人文目的在于"彪炳辞义"以"鼓天下之动"；《议对》认为"辞以治宣，不为文作"；《辨骚》认为《离骚》之所以自铸伟辞，正是因为屈原"壮志烟高"、有着治国美政的规划。皆在文才文采的基础之上孜孜劝以济世经济。①

概而言之，刘勰才器论的核心便是文艺才华与政事机能、文章之美与用世之智都应兼备而不可偏废。至于文艺政事如何相辅相成于一身，有待于文人首先才、器兼养，再俟乎机缘时运：

> 是以君子藏器，待时而动，发挥事业，固宜蓄素以弸中，散采以彪外。楩枬其质，豫章其干。摛文必在纬军国，负重必在任栋梁。穷则独善以垂文，达则奉时以骋绩。若此文人，应梓材之士矣。

才情文艺与器用之能兼备，便具有了兼济天下与独善其身的素养，不过这仅仅是先决条件。穷达莫测，时运诡谲，如何能够富贵不淫、威武不屈、见机而作，实现才能既兼乎道义又见乎事功的绽放，最终仍然要看器的涵养。

阶段二。隋际鉴于六朝文艺雕绘满眼、风云月露的状态，从官方发起了反思，李谔代表政府发声，其《上隋高祖革文华书》便是这种反思的代表成果。本文在此前泛论文质彬彬艺术形态的基础上，开始从文艺本位对"华"与"实"两种创作风体及其社会效用作出了区分与辨析："实"即有本有源有益于世，"华"即绮丽浮靡。并以官方立场推广所谓求本求实的

① 吴林伯：《中国古代文论家论作者修养》，《青岛大学师范学院学报》1994 年第 3 期。

写作：

> 古先哲王之化民也，必变其视听，防其嗜欲，塞其邪放之心，示以淳和之路。五教六行，为训民之本；诗书礼易，为道义之门。故能家复孝慈，人知礼让。正俗调风，莫大于此。其有上书献赋，制诔镌铭，皆以褒德序贤，明勋证理。苟非劝惩，义不徒然。

以劝惩为切入点，正俗调风、褒德序贤、明勋证理皆为诗文器用。求末求华的写作恰恰相反：

> 降及后代，风教渐落。魏之三祖，更尚文词，忽君人之大道，好雕虫之小艺。下之从上，有同影响，竞骋文华，遂成风俗。江左齐、梁，其弊弥甚，贵贱贤愚，唯务吟咏。遂复遗理存异，寻虚逐微，竞一韵之奇，争一字之巧。连篇累牍，不出月露之形；积案盈箱，唯是风云之状。世俗以此相高，朝廷据兹擢士。禄利之路既开，爱尚之情愈笃。于是闾里童昏，贵游总䘚，未窥六甲，先制五言。至如羲皇、舜、禹之典，伊、傅、周、孔之说，不复关心，何尝入耳？以傲诞为清虚，以缘情为勋绩，指儒素为古拙，用词赋为君子。故文笔日繁，其政日乱。①

李谔概括当时文字的主要特征包括：体尚轻浮、竞骋文华。文士们倾心于文辞技巧的形式，流连于风云月露的闲逸，驰逐才气以博俗誉，而所谓成教化、厚人伦、美风俗等担当皆荡然捐弃。这一切皆可归结于"弃大圣之轨模，构无用以为用"的"损本逐末"。"用"与"无用"两个范畴的对比，虽然从学理上讲忽略了文艺的美学特征与美学之用，也混淆了艺术创作与应用公文等不同之体的要求，但作为六朝贵族文艺骋才的一个清算，对有为有用的呼唤，也强化了文艺本来就具备的现实功用维度。

　　阶段三。六朝强调文采器用兼具，器用多指向事功；隋际文人开始在文艺本体范围之内论器用，将其从政治事功之作为拓展至文艺功用。两种主流

---

① 《隋书》卷66，中华书局1973年版，第5册，第1544页。

才器思想在唐代实现了融会，裴行俭"士之致远，先器识而后文艺"的论断由此诞生。[①] 这个论断相比此前的思想变化有二：一则原先并言的两个部分，至此被分出了先后，器用器识居先，文才文采居后；一则刘勰所论之"器用"被调整为了"器识"。

就先后次序而言。先器识而后文艺，与先道德后文艺、德弥厚而文弥高、德本文末等论有相近之处，只不过器识在才德关系维度上是德丰富意蕴的具体化形态之一。所谓先后并非是一个时间概念，意味着先从事于政事，随后才可言乎诗文辞赋。其主旨在于区划文艺与器识的地位轻重，警示文士们把握人生价值取向的大势，强化主体道德与经世致用的修养，即：文人要格外修养心胸，陶冶情操，养气致远，使得人格高尚正大，才气含蓄收敛；不仅要具备如此襟怀才能，还要以实现如此襟抱为信念。裴行俭在以"先器识而后文艺"这种思想评判王勃等才子之际，以为正因为才子们没有器识，所以虽有文艺才华，却依然不可能"享爵禄"——这是刘勰所谓的"达于政事"的途径，也是历代文人以为光宗耀祖的首务。这种因果逻辑，显然是将"器识"与兼善天下结合了起来，其中自然包括先务功名，退而游于艺。但更多则表现为：有为而作，以文教世化俗；以济世苏世为终身之志，佩之携之，义无反顾。但凡合乎以上前提，有情怀、有兴会、有闲暇自可怡然命笔。可见"先器识而后文艺"是一种志量的条件，并不存在要不要文艺、何时方可寄情于文艺的规限。

而"器识"对"器用"的代替中，则有着对文人更高的主体素养要求。如前所述，器识之论出现在魏晋之际，其时与有器识相关的几条资料最终皆归结于文人能得显位，与裴行俭有器识方享爵禄的论述相通。不过魏晋六朝之际论器识，在才具器用之外，其识的意义多源自玄学的通明悬览与佛学对阿赖耶识的显扬，集中于明析物理事理。但自汉魏、魏晋更迭至南朝四代的倏忽易姓，文人学士各附势家，不守其节，明乎物理事理却不辨义理，其所谓识在儒家思想的大道观照之下也便显示了其乱世求全的苟且性。即令如此，器识也未成为其时尊奉的圭臬，反而是无为逍遥、越

---

① 《新唐书》卷108《裴行俭传》引，第13册，第4088页。按：这一结论本为王勃等初唐四才子而发，故又有"如勃等虽有才而浮躁炫露，岂享爵禄者哉"的质问。

名教而任自然成了数百年的风尚。唐代国家一统，文士们鉴于魏晋六朝的乱象与文人的无为无节，将器识尊为大德，并在玄学之识、佛学八识心王之识的基础上将明乎义理纳入识中，因此较之魏晋六朝之际论器识又有了极大的提升。

"先器识而后文艺"的思想随后历代都得到了维护，正统文人如此，即使桀骜不驯的才子也很少有人从正面对以上论断进行排击。其承继维度主要包括以下两端：

其一，将器识与文艺视为实行与艺术创作的分野，从器识文艺的主次、本末、前后地位来考量，提倡文人应当以器识器用为先务、首务，文艺则为闲暇消遣之末品。这一思想以宋代文人较为突出，如石介云：

> 天下之所尊莫如德，天下之所贵莫如行。今不学于周公、孔子、孟轲、扬雄、皋陶、伊尹，不修乎德与行，特屑屑致意于数寸枯竹、半握秃笔间，将以取高乎人，何其浅也！①

论德论行，即崇尚德器之用、经济天下之能。宋代道学思想风行，道学家甚至视文人从事诗文创作为玩物丧志。这种意见有其偏执，也与现实境况的焦虑及反思不无关系。宋景德年间，契丹屯兵澶渊城下，当时大臣素不讲习韬略，故而相顾惊骇，时人嘲笑："何不赋一诗退虏？"这桩逸闻便成为后人所谓文人空谈、徒美楮墨而无益胜败之数的罪证。其事其论乃是有所激而为，代表了国家危亡之际时人对器识器用的迫切。及其极端，则有刘挚教子孙"先行实后文艺"，置换裴行俭的"器识"为"行实"，并声称"士当以器识为先，一号为文人，无足观矣"②。如果说论文人当备器识尚属于修为上的标准，兼容着人生不同的求索，且如刘勰所云有待时而动之意，那么"先行实后文艺"则将器识的丰富内蕴坐实凝定于行实。如此置换不仅明确将文艺置于无足轻重的位置，也赋予了施行先后的顺序。即使诗赋文辞不尽废弃，也只关心所谓"言则本乎情性关乎世道"的创作，其"辨篇章之耦

---

① 石介：《答欧阳永叔书》，《石徂徕集》卷上，丛书集成初编本。
② 《宋史》卷340，中华书局1985年版，第31册，第10858页。

奇，较声韵之中否，商骈俪之工拙，审体制之乖合”等于艺术审美的穷探力索，一概纳入“有之固无所益，无之亦无所阙”的范围。[①]

对文艺的不满进而引发了宋代文人对人才选拔制度的反思，科举以及宏词等抡选制度的偏颇由此成为一些文士发难的对象。王禹偁云：“古之君子之为学也，不在乎禄位，而在乎道义而已。用之则从政而惠民，舍之则修身而垂教，死而后已，弗知其他。科举已来，此道甚替，先文学而后政事故也。”[②]科举考试偏重诗文，其遴选人才的目的便被解读为先文学而后政事。王安石变法呼应了这种反思潮流，不仅科举考试废止诗赋，即使平时文人出自性情的闲题漫吟也被纳入违禁。改易力度不可谓不大，但其后人亡政息，诸法多变，科举也渐复其旧貌，不过经义策论却由此流行起来。至南宋末年，叶适对此依然表示不满，其《宏词》首先通过对南宋流行的四六骈体文章的挞伐，抨击了科举词科之弊：

> 若乃四六对偶，铭檄赞颂，循沿汉末以及宋齐，此真两汉刀笔吏能之而不作者，而今世谓之奇文绝技，以此取天下士而用之于朝廷，何哉？自词科之兴，其最贵者四六之文，然其文最为陋而无用。士大夫以对偶亲切、用事精的相夸，至有以一联之工而遂擅终身之官爵者。此风炽而不可遏，七八十年矣。前后居卿相显人、祖父子孙相望于要地者，率词科之人也。其人未尝知义也，其学未尝知方也，其才未尝中器也。操纸援笔以为比偶之词，又未尝取成于心而本其源流于古人也。是何所取？而以卿相显人待之，相承而不能革哉！

进而将矛头专门指向南宋以经义策士而终以宏词选官的矛盾：

> 且又有甚悖戾者。自熙宁之以经术造士也，固患天下之习为词赋之浮华而不适于实用，凡王安石之与神宗往返极论，至于尽摈斥一时之文人，其意晓然矣。绍圣崇宁号为追述熙宁，既禁其求仕者不为词赋，而

---

① 魏了翁：《裴梦得注欧阳公诗集序》，《鹤山先生大全文集》卷54，四部丛刊初编本。
② 王禹偁：《送谭尧叟序》，《小畜集》卷19，四部丛刊初编本。

反以美官诱其已仕者使为宏词，是始以经义开迪之而终以文词蔽陷之也。士何所折衷？故既已为宏词，则其人已自绝于道德性命之本统，而以为天下之所能者尽于区区之曲艺，则其患又不特举朝廷之高爵厚禄以与之而已也，反使人才陷入于不肖而不可救。且昔以罢宏词而置词科，今词赋经义并行久矣，而词科迄未有所更易，是何创法于始而不能考其终？何自为背驰也？盖进士制科，其法犹有可议而损益之者；至宏词，则直罢之而已矣。①

王安石求功用而立实学，罢词赋而试经义，不久便难以维持。其后经义词科并行。至南宋之初，虽然号称追溯熙宁，人才选拔再一次摈斥词赋，但经义进身之后如欲得高官厚禄，又必经宏词考试，最终又归于文艺。所以叶适以为改革不彻底，认为不仅科举词科应当改革，即使宏词也当罢黜。其立论的重要出发点正在于如此选拔出的人才"其才未尝中器"——没有才器。当然，叶适所论的才器有着更高的要求：既要中器，即合实用；又要知义知方，即明乎义理。

宋人之后，这种从本末先后观照器识与文艺的思想在不同时期时时被人祭起，清代郑燮曾将文采富赡的才子们一笔抹杀："凡所谓锦绣才子者，皆天下之废物也！"② 清代文人反思时文八股，也从才子文人之虚浮无用痛下针砭，如左宗棠就称："八股愈作得入格，人才愈见庸下。""古人经济学问，都在萧闲寂寞中练习出来，积之既久，一旦事权到手，随时举而措之，有一二桩大节目事办得妥当，便足名世。目今人称为才子，为名士，为佳公子，皆谀词，不足信。即令真是才子、名士、佳公子，亦极无足取耳！"③ 这其中已经包含大厦将倾之时的焦灼，也有源于自我经历的偏见。

先器识后文艺、先行实后文艺之论中，器识所强调的经世之用独立于文艺之外，因此以上之论可以称之为器识、文艺相离之论。

其二，从强化文艺的功用出发，要求创作要体现出器识道德，此即器

① 叶适：《水心集》卷3，影印《文渊阁四库全书》，第1164册，第933页。
② 郑燮：《与江滨谷江禹久书》，《郑板桥文集》，吴可点校，巴蜀书社1997年版，第127页。
③ 吴庆坻：《蕉廊脞录》卷8引，张文其、刘德麟点校，中华书局1990年版，第234页。

识、文艺相合之说。

于创作而论其先器识后文艺，历来基本没有异议。陆游虽然曾说："唐人曰：士先器识而后文艺，是不得为知文者，天下岂有器识卑陋而文词超然者哉？"仍然是先器识而后文艺论的另一种认定形式，在陆游看来，真正知道文艺为何物的文人，必然是有器识的，否则不可能有作品中的超然之气。明人徐树丕很赞赏这个思想："此言深得文章大旨。古今来非无文章美赡而人多卑污者，然其文必无超拔之气。"① 这实则就是一种器识、文艺的相合之论，也可以视为器识、文艺的因果之论，虽然以器识为根基，但归结点却在于文艺本身。作为唐人之论的折中，这种器识、文艺表里相须的学说也得到很多文人的附应，袁宗道《士先器识而后文艺》便是这种观点的代表。

文章首先论述文人当敛才而养德养器识："夫士戒乎有意耀其才也，有运才之本存焉。有意耀其才，则无论其本拔而神泄于外，而其才亦龊龊趑趑，无纤毫之用于天下。夫惟杜机葆贞，凝定于渊默之中，即自戕其才，卒不得不显。盖其本立，其用自不可秘也。"袁宗道是从如何才能创作出真正佳作这个角度讨论先器识而后文艺的，因此其所谓"本"更多集中于道德与人格的境界，而于经济世用则语焉不详。为了说明自己立文之本在于道德器识这个基本思想，他随后列举了一批因德不立器识不修而遗恨致祸者：

> 晚代文士，未窥厥本，呶呶焉日私其土苴而诧于人。单辞偶合，辄气志凌厉；片语会意，辄傲睨千古。谓左屈以外，别无人品；词章以外，别无学问。是故长卿摛藻于《上林》，而聆窃訾之行者汗颓矣；子云苦心于《太玄》，而诵《美新》者觍颜矣；正平弄笔于《鹦鹉》，而诵江夏之厄者扪舌矣；杨修斗捷于色丝，而悲舐犊之语者惊魄矣；康乐吐奇于春草，而耳其逆叛之谋者秒谭矣。下逮卢、骆、王、杨，亦皆用以负俗而贾祸，此岂其才之不赡哉？本不立也。本不立者，何也？其器诚狭，其识诚卑也。

---

① 徐树丕：《识小录》卷1，涵芬楼秘笈本。

器识卑鄙、狭隘或者心思险侧，会直接影响到一位杰出文人的创作空间与创作心态，影响到其作品在文学史上的地位；当然，严重者也影响到其生存空间。救赎之路就是"口不言文艺而先植其本，凝神而敛志，回光而内鉴"，致力于道德人格的磨砺。

但是，仅仅有德有器识仍然不够："盖昔者咎、禹、尹、旭、召、毕之徒，皆备明圣显懿之德，其器识深沉浑厚，莫可涯涘。而乃今读其训诰谟典诗歌，抑何尔雅闳伟哉！千古而下，端拜颂哦，不敢以文人目之，而亦争推为万世文章之祖。则吾所谓其本立，其用自不可秘者也。譬之麟之仁，凤之德，日为陆离炳焕之文，是为天下瑞。"重视德器并非排斥文才，古代贤哲不仅仅富于器识德性，其文才也同样万世景仰。文才如同麟凤之彩，使得麟凤更加高贵、优雅，有文才同样为国之祥瑞。由此袁宗道得出结论：

> 信乎器识、文艺，表里相须，而器识儇薄者，即文艺并失之矣。

必器识、文艺表里相须，文才始可发挥其最大的创造活力。至于弃其德器耀其才华者，"何异山鸡而凤毛，犬羊而麟趾"？如此文人，文才成为其贾衅的祸根，自身尚不足以自保，"乌睹其文乎"！①

器识、文艺相合又被称之为"道器相合"。即使从比较凿实的文道论观照，要完成以文载道、以文明道、以文贯道的使命，宋儒视文艺为玩物丧志、弃艺能而言道的偏执依然是不可行的。就是说，即使就功利而言功利，也必须实现道、器融合。"道器相合"的"道"接近器识文艺之中的器识，而"道器相合"的"器"则指文艺之术。章学诚假对宋代道学家以文人事乎艺文为玩物丧志等观点的反思，明确表达了"道器相合"的思想：

> 子贡曰："夫子之文章，可得而闻也。夫子之言性与天道，不可得而闻也。"盖夫子所言，无非性与天道，而未尝表而著之曰此性此天道也。故不曰"性与天道不可得闻"，而曰"言性与天道不可得闻"也。所言无非性与天道，而不明著此性与天道者，恐人舍器而求道也。……

---

① 袁宗道：《白苏斋类稿》卷7，钱伯城标点，上海古籍出版社1989年版，第91页。

撰述文辞，欲以阐古圣之心也……宋儒起而争之，以谓是皆溺于器而不知道也。夫溺于器而不知道者，亦即器而示之以道，斯可矣。而其弊也，则欲使人舍器而言道。夫子教人博学于文，而宋儒则曰"玩物丧志"；曾子教人"辞远鄙倍"，而宋儒则曰"工文则害道"。夫宋儒之言，岂非末流良药石哉？然药石所以攻脏腑之疾耳。宋儒之意，似见疾在脏腑，遂欲并脏腑而去之。将求性天，乃薄记诵而厌辞章，何以异乎？

孔子不直接言道，而是将其融入文辞，唯恐世人舍器而求道，其不废文采、反对枯索之意隐乎其中。历代文才的尊尚皆出自文质彬彬不废文采的提倡，依循于孔子尚文之意，因此后世文人本不该数典忘祖，对文才抱有偏见。从传道的角度来讲，道必赋形托体而后可以传布，道的言说阐释与普及也不可能离开文艺才技。实际上，孟子也表达过类似的思想："义理之悦我心，犹刍豢之悦我口"，说明"义理不可空言"，不然难以产生感染力。综合孔孟之论，义理的传播必须要实现其与"博学以实之，文章以达之"的融合。宋儒所谓工文害道之论，如此而言也便如"见疾在脏腑，遂欲并脏腑而去之"一样滑稽了。[1]

当然，器识德器虽然离不开文艺，但倡言器识者一般同样都格外重视文艺的功用。即使主张器识文艺相合，也不会降低对文艺功用、品格应有的要求，诸如"不明经则无本，不论史则无用，不能表扬忠孝节义则不足以垂教，不达世故则类迂儒学究而无补于时事，不审进退出处则文与行违"等，清人便视之为"文可不作"的五条律令。[2] 这些律令要求延续的正是李谔以有用无用论文章的理路，意在为"有关系"的创作张目。[3] 而在现实效用难以实现或者被创作者有意无意忽略，或者与其他经世济世手段相比现实效用来得使人急不可耐之际，文艺便又多了一个恶名：雕虫小技。

---

① 叶瑛：《文史通义校注》，第 139 页。

② 金埴：《不下带编》卷 1，中华书局 1982 年版，第 15 页。

③ 虞集《陈文肃公秋冈诗集序》云："夫大君子所以誉于天下而垂名于方策者，必有及人之政传世之为文。是以骚人胜客，和墨濡翰，以自悦于花竹之间，欣叹怨适，流连光景，非不流传于一时，然于政治无所关系，于名教无所裨补，久而去之，亦遂湮没已，何足算哉！"古人所谓"有关系"，便是有助于教化政治。

三

"先器识而后文艺"论中器识、文艺相合论在古代文艺思想中影响最为深远，文艺创作从此强化了如下诉求：文学当以有为而作发其端，以雅正与文顾行行顾言为境界，以其有本有源有关系为追求，既有益于时，又教化于世。即使遣兴娱情的创作，也要以畅神葆真为本，修辞立诚，为情造文。

对器识、道德、道义、心术、志气、品格以及器用的强调，在指明创作之路的同时，又透视出古代文艺创作的弊病，王国维将其概括为"羔雁的文学"与"餔餟的文学"。

其一，羔雁的文学。"羔雁"本意出自《礼记·曲礼下》："凡挚，天子鬯，诸侯圭，卿羔，大夫雁。"① 二者是古代卿大夫相见时的礼物，引申为人际交游之间以诗文为酬酢，又曰应酬。应酬的创作是日常人生中诸般礼义交往或者风俗仪式等对文艺创作所产生的需求与推动，如婚丧嫁娶、祝寿贺迁，如文人之间的饯送赠投、雅集文会等等。不必有情兴的鼓动与情感的交流，有需要则濡墨挥毫。此类创作古代文学中所占分量极大，自唐中叶以后，其风气已难以收拾。明代李日华是较早痛揭酬应之弊的文人，明末陈子龙则直接批评当时文人以诗为贽："荐绅比之木瓜，山林托为羔雁。"② 清初陆陇其《李先五诗序》云："阛阓之家，人有应、刘投赠之章，词皆曹、陆。岂当世之才人果若是其盛哉？夫亦征逐以为荣名，抑羔雁以资润泽乎？"③ 也以"羔雁"直陈。

顾炎武一生杜绝羔雁应酬文字，自言"所以养其器识而不堕于文人也"④。所谓不堕入文人，即不养就文人习气。全祖望则认为，扬雄的《剧秦美新》，韩愈的《上宰相书》、《潮州谢上表》、《祭裴中丞文》、《京兆李实墓铭》；陆游的《阅古录》、《南园记》、《西山建醮青词》等等，皆为白圭之玷。而叶适应酬文字则半数可删。⑤ 所列举者皆为附应君上官长、以文

---

① 朱彬：《礼记训纂》卷9，第75页。
② 陈子龙：《李舒章仿佛楼诗稿序》，同前。
③ 陆陇其：《三鱼堂文集》卷9，影印《文渊阁四库全书》第1325册，第144页。
④ 顾炎武：《与人书十八》，《亭林诗文集》文集卷4，四部丛刊初编本。
⑤ 全祖望：《文说》，《鲒埼亭集外编》卷四48，四部丛刊初编本。

字为交际的作品。

概而言之，羔雁的文学弊病有二：

文质难副，为文造情，文不似文。一为羔雁之具，达官贵游彼此投桃报李，贫贱下士以之趋炎附势，而诗文则大遭其祸殃。李日华论道："酬以徇俗，有强欢之笑，有不戚之悲。应猝则取办捉刀，填虚则借资祭獭。百丑方丛，一妙何适？此岂复有诗哉？"① 从"岂复有诗"敷衍，陈子龙道其"徒具肤形，竟无神理"；陆陇其揭其"无心"②；包世臣则斥之为徒具"声色"③。

阿谀虚套，假面违心，人不似人。王嗣奭网罗了墓志、考满、入觐、贺寿、送行等被纳入羔雁之具的冗滥之体逐一批判，首标阿谀无行：

> 五柳先生以文章自娱，作诗撰文，乃天地间第一清事，信可娱也。若以应人请乞，则人役而已，何娱之有？古人亦有作于请乞，而寥寥短章，或止叙寻常行事，而不以为怪。今成虚套，必须长篇，必须谀饰，长则捏无实之言，谀则撰违心之语，此有志节之士所必不能堪者。

人事交游，酬应百端，文人们出自交接需要或者考虑到切身利害不能不敷衍于诸般礼俗性写作，而虚套、谀饰甚至违心捏造杜撰由此成为常态。假面违心，的确人不似人。

王国维承前人之论，将以文学为羔雁列入文学衰败的重要原因：

> 诗至唐中叶以后，殆为羔雁之具矣。故五季、北宋之诗（除一二大家外）无可观者，而词则独为其全盛时代。其诗词兼擅如永叔、少游者，皆诗不如词远甚。以其写之于诗者，不若写之于词者之真也。至南宋以后，词亦为羔雁之具，而词亦替矣（除稼轩一人外）。观此足以知文学盛衰之故矣。④

---

① 李日华：《张振凡河蘋草序》，《恬致堂集》卷15，第647页。
② 陆陇其《李先五诗序》云："故予谓近人之诗，虽有可观，而求其不没于心如古人者正少也。"
③ 包世臣《澹菊轩诗初稿序》云："至以诗为羔雁，而声色之外，殆于无诗矣。"
④ 王国维：《人间词话未刊稿》，周锡山编《王国维文学美学论著集》，第369页。

伪饰横出的创作再高产，也无以谈文艺的繁荣！此论洞察到了文艺为功利驰逐、溜须捧盛之具以后的无穷后患。

其二，餔啜的文学。从宋代开始，文人们探讨创作主体品格，已经关注到创作为利所趋、为物所役的累害。如《山水纯全集》论画艺：

> 昔顾恺之夏月登楼，家人罕见其面，风雨晦暝饥寒喜怒皆不操笔。唐有王右丞，杜员外赠歌曰："十日画一水，五日画一石。能事不受相促迫，王宰始肯留真迹。"恺之、王维后世真迹绝少，后来得其仿佛者犹可绝俗。正如唐史论杜甫，谓残膏剩馥，沾渥后人。盖前人用此以为销日养神之术，今人反以之为图利劳心之苦。古之学者为己，今之学者为人。昔人冠冕正士，宴闲余暇，以此为清幽自适之乐。唐张彦远云：书画之术，非闾阎之子可学也。奈何今之学者往往以画高业，以利为图金，自坠九流之风，不修术士之体，岂不为自轻其术者哉！故不精之由，良以此也。①

立顾恺之、王维为模范。艺以养心，不可以之图利，人品高则艺品自可绝俗。这种以创作牟利的现象接近后人所谓的"游"："游则稍缘饰于山川奇丽，凭吊凄迷，惝恍感触之致，意尚近之。然或通以款门，或缄以侑椟，则乞糈之惭，歌龟之陋，伟硕者方涕唾之，其为风雅之辱，又曷胜洗也。"②如果因山川古迹之游而创作另当别论，但这里所谓"游"则是通款曲、投豪门，恬颜向人、奴颜婢膝以求余沥，如此可谓斯文扫地。而餔啜的文学，正是就此类干谒、献纳、求乞而言。

王夫之一生于此类创作剖击甚多。他认为：前有陶潜"饥来驱我去"，误堕其中，杜甫鼓其余波。随之贫贱文人们一发不可收拾，"啼饥号寒，望门求索"成为诗歌创作的重要动力和内容。所谓诗人由此便"有似乡塾师"、"有似游食客"、有似"衲子"、有似"妇人"。而其识量不出针线蔬笋、数米量盐、抽丰告贷。

---

① 王伯敏等：《画学集成》（六朝—元），第619页。
② 李日华：《张振凡河蘋草序》，同前。

还有一类与此近似的"诗佣"："诗佣者，衰腐广文，应上官之征索；望门幕客，受主人之雇托也。彼皆不得已而为之。"这类创作当然不会有什么质量，其套路无非是："姓氏官爵，邑里山川；寒暄庆吊，各以类从；移易故实，就其腔壳；千篇一律，代人悲欢；迎头便喝，结煞无余；一起一伏，一虚一实。"在王夫之看来，此类创作皆以糊口为目的，虽其"自诧全体无瑕"，实不知已"透心全死"。①

为糊口而创作至王国维又将其命名为"餔啜的文学"。他通过对中国文学史上类似创作的研究，对文学创作的职业化提出了深刻反思：

> 吾人谓戏曲小说家为专门之诗人，非谓其以文学为职业也。以文学为职业，餔啜的文学也。职业的文学家，以文学为生活；专门之文学家，为文学而生活。今餔啜的文学之途，盖已开矣。吾宁闻征夫思妇之声，而不屑使此等文学嚣然污吾耳也。②

文学不可为餔啜之文学，一如学术不可为稻粱谋。真与美附着上功利，则伪缘附而出。

对于文艺而言，器识既然如此重要，那么器识从何而来呢？核心在于孟子所谓配道与义的浩然之气的存养。养气依托的主要手段就是学，学与器识的关系是："匪器斯骄，奚取乎受？匪学斯蔽，奚融乎器？"——有器识方能不以些许才华虚矫傲人，而才无从变异，可入乎器识者只有好学不已，器识涵养由此直接影响才华的呈露，这就是"器以学弘"③。而学之真的又为"功夫在诗外"五字概括无遗。如方望溪称："陶潜、李白、杜甫皆不欲以诗人自处，故诗莫盛焉。韩愈、欧阳修不欲以文士自处，故文莫盛焉。"曾文正亦谓："古之善诗古文辞者，其工夫皆在诗古文辞之外。若寻行数墨，求索愈迫，去之愈远。"他以杜甫为例："杜氏文字之蕴于胸而未发者，殆十倍于世之所传。而器识之深远可敬慕，又十倍于文字也。"将"诗外功夫"与"器识"直接打通。张之洞则将这层意思表达为"须人有余于诗文

---

① 王夫之：《姜斋诗话》卷下，丁福保辑《清诗话》，第21页。
② 王国维：《文学小言》，周锡山编《王国维文学美学论著集》，第29页。
③ 丰道生：《芝园集后序》，张时彻《芝园定集》附，《四库全书存目丛书》第82册，第385页。

者始佳，诗文余于人者必不佳"①。人有余于诗文，则器量识度宏阔，非诗文可以全部鉴照，其创作自然与从诗中学诗、在技巧中寻阶梯者大不相同。不堕文人习气，不沉醉于风花雪月的梦幻，济世热肠与人文情怀所熔铸的才是诗文真正的根基。

① 王葆心：《古文辞通义》卷16引，王水照辑《历代文话》，第7894页。

第 三 章

文艺审美对文才的自省：才子气创作批判

才子是一个令人艳羡的称谓，但"才子气"的行事为人及创作都是不被提倡的。中国文人才子气的彰显可以追溯到汉代清流的清真自持，进而魏晋风流也对文人率性恣意的性情展示起到了推波助澜的作用。但汉末清流是以道义信仰为支撑的士人与权贵的对抗，其胸襟情怀是忘我的，其气的展露以才性之气、道义之气为主。魏晋风流虽然没有汉末清流与权贵的激烈碰撞，但其早期也蕴含了现实批判的取向。随着这种早期抗争意识的消解，两晋以及随后形成的六朝风流中，文人个体性情的淋漓释放、现实关怀的疏离、自我感官需求与精神需求的满足、豪门士族间的奢华攀比与文人之间的才情竞逐等等，都将这种风流与文人淡化了现实进取之志前提下的自我文艺才华炫耀结合起来。

文人行事为人的才子气呈现于创作便成就了文学之中的才子气。"才子气"的命名当在六朝之后，具体文献难以考察，对其批判的声音于明清居多。尽管如此，具有才子气特征的创作却在"才子气"命名之前就已经出现，诸如汉大赋荡极不反的创作、西晋模拟的创作、南朝炫耀腹笥的创作以及宫体的创作等等，皆与才子气创作的基本特征吻合。

所谓才子气创作，就是自命才子者为意气、客气、习气所役的创作，其核心特征就是"矜才使气"。具体而言，文学是天人相合的产物，"天"即以才性为核心，情与气包含其中，才性通过情气可以现身，这就是才情、才气；"人"则为后天学力法度识见的累积，主体之才同样可以现身其中，这就是才学、才法、才识。天人相合只是本质的规定，但天人同时还要根据艺术审美的要求实现彼此相称，这才是完美艺术品创生的保障。然而具体创作之中，这种天人相称的尺寸拿捏非常困难，如果说"发情止礼"是符合为人为文"乐而不淫哀而不伤"的宜适格度的话，那么才子气创作则普遍呈现出才不因情兴而发的"不及"、即使因情兴而发又不能自我调抑的"过度"这两种病候。"不及"则矜扬掉弄虚浮造作，"过度"则繁溢冗杂难以凝聚。由于"气"在古代文艺批评中经常用于展露乎外而不收敛的状态描述，诸如蔬笋气、酸馅气、头巾气、书生气等等，因而才子们如此的创作也便被命名为了"才子气"。

才子气的表现形态很多，根据才奔涌现身所集中呈现的维度而见其不同。就主体禀赋而言：才显乎气，气浮溢而不凝，才为气使，如此外显则为发露与客气；才显乎情，情靡而不诚抑或不敛，才为情使，如此外显为矫情与艳情。就后天修为而言，才显乎识，识见浅薄则才无所主，如此外显为藻饰而不循志节；才显乎学，学溺而不化，如此外显为炫博；才显乎法，法弛而不守，如此外显为荡逸无体。

"才易飘扬"，善于运使可为创新陶钧之器，但一入习气意气客气，反成其病。首先是文人溺乎才子虚誉，其次始有才子习气的创作。因此，讨论才子气也好、才子气创作也好，都是兼主体人格与作品体貌而言的，其浸润于人格者，必习染乎文品，二者具有统一性。

第一节　才气不称而气浮

在古代文艺理论中，才情与才气是很相近的一对范畴，二者的关系建构在"情者气之动"这个哲学论断之上，并依托阴阳哲学对气尚乎阳、情偏于阴的认识，在审美演革中逐步形成了一偏于阴柔一偏于阳刚的审美约定。气在古代文艺理论中内蕴丰富，或指天地生化的元气，或指生命本体的血气，或指衍自血气的主体禀气，或指人以及作品呈现于外在的形貌。才气就是才性赋显于气，这个气以主体血气所凝聚的禀赋之气为主，具有力量、性质的融合特性。凡论才子，才气皆为其所必备，但人格涵养与修为不同，其艺术表现便各有差异，一些文人难以实现才气的相称，才彰显于气的同时循遂气之所纵，造成气浮溢而不凝聚，如此则创作既率意透露又难脱客气。

一

"才气"早先是指主体禀赋的气概力量。如《史记·项羽本纪》："籍长八尺余，力能扛鼎，才气过人。"《史记·李将军列传》："李广才气，天下无双，自负其能，数与虏敌战。"① 以上才气都侧重于表现主体豪放不羁之气、刚毅勇猛之气。

"才气"在魏晋时期主要出现在人伦识鉴语境里，以《世说新语》及其注释为例，其中便有着对"才气"相当密集的运用。如《言语》注引《晋阳秋》："（周）顗有风流才气。"注引《中兴书》言谢万："才气高俊，早知名。"《言语》："毛伯成既负有才气。"《文学》："张凭举孝廉，出都，负其才气，谓必参时彦。"《方正》注引邓粲《晋纪》："（周嵩）每以才气陵物。"《贤媛》："彼刚介有才气。"以上"才气"有着较为稳定的独立意义，主要是表达内在丰沛又发挥于外的智能与才华，尤其指向生气盎然真性流露的状态，因此是一个完型的整体范畴。②

就以"才气"论文而言，它当然源自人伦识鉴"才气"范畴的移植，但与此同时，这种移植的内动力则本于汉魏以后以才论文与以气论文的整合。这种整合发端于曹丕"文以气为主"的论述，而以《文心雕龙》兼举才、气观照文艺为其完成的标志。《文心雕龙·体性》篇云："才有庸隽，气有刚柔，学有浅深，习有雅郑，并情性所铄，陶染所凝，是以笔区云谲，文苑波诡者矣。"分别从才、气、学、习四个方面论述了影响作品体性的因素，而才、气、学、习又可以根据"情性所铄，陶染所凝"综为二纲：情性出于先天，所以才和气可以合为一组，所谓"才由天资"；陶染出于后天，所以学和习又可以合为一组，所谓"学慎始习"。不过刘勰明显意识到，尽管"辞理庸隽，莫能翻其才；风趣刚柔，宁或改其气；事义浅深，未闻乖其学；体式雅郑，鲜有反其习"，似乎才气学习各有其直接的影响力，但是，后天的学习与先天才气对体性的影响并不能等量齐

① 《史记》卷7，第1册，第296页；卷109，第9册，第2868页。
② 徐震堮：《世说新语校笺》，第50、76、84、128、174、370页。

观。学习影响者为小节细枝，但才气则关乎作品体性的大观。由此刘勰得出结论："触类以推，表里必符，岂非自然之恒资，才气之大略也？"这是审美理论对才气的性质、效用首次较为全面的阐述，它标志着才气范畴论文的成熟。

吴林伯阐释这个"才气"，将其与《世说新语》中的"才性"、"天才"以及"天分"等一同归结于"异名同实，今人谓之天赋"①。这个理解没有错误，只是稍显笼统，且模糊了"才气"本然的特性。通观《文心雕龙》，对才、气的运用依循了两个维度：体性之气与势能力量。如《体性》在才、气、学、习的总结之外，另有"仲宣躁锐，故颖出而才果；公干气褊，故言壮而情骇"，兼举才、气，侧重于体性之气，偏于个体性情。《明诗》论建安文学"慷慨以任气，磊落以使才"；《乐府》篇论魏之三祖"气爽才丽"，皆并才气为标准，侧重于力量势能之气。钟嵘《诗品序》论玄言诗的动摇："郭景纯用隽上之才，变创其体；刘越石仗清刚之气，赞成厥美。"也是从力量势能这一维度而言的。

如《序编》所论，才气就是才性呈示于主体的体气禀气，这种体用哲学本质决定了"才气"作为审美范畴的一体性，这种一体性体现为两个方面：

其一，才、气在审美批评中并非处处皆以独立范畴的姿态出现，不同语境中，论气或者论才往往同时兼容了另外一方，皆为才气之论。

如言才而包气。《文心雕龙·辨骚》论《渔父》一篇"寄独往之才，故能气往轹古，辞来切今，惊采绝艳，难与并能"。"惊采绝艳"的作品是主体昂扬生命之气的赋形，而刘勰论气之建功是以作者"寄独往之才"为基础的，也就是说，其"独往之才"是随后"故能气往轹古"的根据。刘勰论如此之才的时候，实则已经兼容了与其相融的主体气势。又如元代虞集云："豪于才者放为歌行之肆，长于情者变为伤淫之极。"很显然，这种论断在以阴柔审视情怀的同时，将阳刚赋予了才，将"才"又等同于了富有力度的"才气"②。

---

①　参阅吴林伯《文心雕龙义疏》，第324、93页。
②　参阅虞集《易南甫诗序》，《道园集》不分卷，《四库全书存目丛书》第22册，第54页。

如言气而兼才。曹丕所谓"文以气为主"、《文心雕龙·书记》所谓"辞气纷纭"、"志气盘桓"之气皆兼容了主体才性。韩愈《答李翊书》中"气盛言宜"之论历来都被视为养气盛则文辞自然贴切的依据。事实上，韩愈本文论养气侧重在素养的培育，虽然未涉及才赋，而其立论皆建立在自我文才基础之上。仔细揣摩韩愈与李翊的书信往来就可以找到答案。因为韩愈这一回信没有针对李翊本人的才性特点回答该如何提高诗文水准，所以招来了李翊的质疑，以为韩愈在以通套的养气论搪塞自己求知的恳请，韩愈《重答李翊书》中因此反问："虽然，生之志求知于我耶？求益于我耶？其思广圣人之道耶？其欲善其身而使人不可及耶？其何汲汲于知而求待之殊也。贤不肖固有分矣，生其急乎其所自立而无患乎人不知己。"① 反问之中透露的重要信息就是：李翊强调了人与人之间才性各异，埋怨韩愈不当只论其建立在他自己才赋基础上的养气，而忽略了李翊的特点。而韩愈的回答则是：既然是求增益之道、求修养之道，就不应该急功近利；其所论的养气之路是通用于不同才性的。从尺牍往复的内容综合来看：韩愈、李翊论气，都建立在才性基础之上，因此是论气而兼才。

其二，才气之间互为因果。就审美主体活力而言，才性影响气，尤其影响势能气势之气。如唐代柳冕《答郑使君论文书》云："文之无穷，而人之才有限。苟力不足者，强而为文则蹶，强而为气则竭。"有限之才不可勉强，否则气竭而蹶，二者具有因果关联。又如"才卑则气弱"②；"材少则境迫而气窘"③；"非才无以充其气"④；"才挚而气盈，气取盛而才见奇"⑤，"挚"与"鸷"相通，表示勇猛。以上论断皆表示才力勇猛则气能盛扬。同时气又影响才。宋代黄震论才气关系云：

> 气者人之所得以生，才者足以有为之名。……气养以直，则所发刚大，故人才以气为主。其实成天下之事者才也，遂吾身之才者气也。

① 董诰等编：《全唐文》卷 552，第 2475 页。
② 吕南公：《与王梦锡书》，《灌园集》卷 14，影印《文渊阁四库全书》第 1123 册，第 138 页。
③ 屠隆：《冯咸甫诗草序》，《白榆集》文集卷 1，《续修四库全书》第 1359 册，第 547 页。
④ 谢榛：《四溟诗话》卷 3，丁福保辑《历代诗话续编》，第 1190 页。
⑤ 傅山：《文训》，《霜红龛集》卷 25，宣统三年山阳丁氏刻本。

人需养气而才始激发，创作也必有气为主持而才方有依托。无论才影响气还是气影响才，"二之亦不可"①。由此可见才与气之间的密不可分。但二者在心智结构系统中又有着各自的独特性，所以钱澄之说："气者才为之而非才也。"②

从魏晋开始，"才气"在成为审美批评重要术语的同时，逐步形成了约定俗成的独到审美趋向，核心便是主乎阳刚发越。古代阴阳五行哲学基本认定："情，人之阴气，有欲者，从心。"③ 相反，气则蕴藉含蓄，笼罩无形，无则能生有，具运使、生化、赋形之功，因此为阳气，刚健而纵恣。情与气的阴阳之分很早就影响到了审美批评，唐代皎然《诗式》"辨体有一十九字"中已经鲜明体现了这种分野。皎然论"情"："缘情不尽曰情"；论"气"："风情耿耿曰气"。不尽者缠绵逶迤，耿耿者慷慨不拘。明际《诗家一指》解释"气"："其于条达为清明，滞著为昏浊。情贵乎流通，虚往无碍。盛大等乎空量，熹微蔼如春和。然非果有所自而生之者，愈不可知。"④ 其中概括出了作为美学之气的四个推扬标准：一则要清明，行乎文中见于条达不滞；一则贵于流通无碍；一则盛大充盈；一则如晨光初露，蔼然冲和又生机无限。四个标尺，皆以昂然盎然的力量为核心。气既如此，刚越自然也成为才气的主体特征。文艺批评之中，才气的刚越有着不同的表现形态，其代表性者有两种：

或在同一语境下才与气分言而共同指向阳刚。如权德舆《张公集序》云：

> 夫文之病也，或牵拘而不能骋，或奔放而不自还。公则财成心匠，挥斤细故。英华感慨，卓尔其闳大；析理研几，泊然其精微。全才逸气，与勋力相直，尽在是矣。⑤

---

① 黄震：《黄氏日抄·读文集四》，王水照辑《历代文话》，第709页。
② 钱澄之：《问山堂文集序》，《田间文集》卷13，《续修四库全书》第1401册，第153页。
③ 许慎释文，段玉裁《说文解字注》，第502页。
④ 谢天瑞：《诗法》卷2引，《续修四库全书》第1695册，第339页。
⑤ 权德舆：《权载之文集》卷34，四部丛刊初编本。

"全才逸气"兼才与气，共同成就驰骋奔放之美。汪琬《答陈霭公论文书一》也以同样的方式揭示了才与气的这种内质：

> 仆尝遍读诸子百氏大家名流与夫神仙浮屠之书矣。其文或简练而精丽，或疏畅而明白，或汪洋纵恣，逶迤曲折，沛然四出而不可御，盖莫不有才与气者在焉。惟其才雄而气厚，故其力之所注，能令读之者动心骇魄，改观易听：忧为之解颐，泣为之破涕，行坐为之忘寝与食，斯已奇矣。而及其求之以道，则小者多支离破碎而不合，大者乃敢于披猖磔裂，尽决去圣人之畔岸，而剪拔其藩篱，虽小人无忌惮之言，亦常杂见于中，有能如周张诸书者，固仅仅矣。然后知读者之惊骇改易，类皆震于其才，慑于其气而然也，非为其于道有得也。吾不识足下爱其文，将遂信其道乎？抑以其不合于道，遂并排黜其文而不之录乎？夫文之所以有寄托者，意为之也；其所以有力者，才与气举之也，于道果何与哉？[①]

古人文章之所以流传并感动后人，关键不在于其是否载道明道，道大如天，见在人人眼目，可敬而不可动人；感动人心者恰恰是作品之中激荡抑扬的力量，而这个力量必须凭借才气方能托举，才气因此与力量有了内在的关联。

或于批评中直接以"才气"范畴表现主体的豪逸、不羁与力量。这一点首先从日常批评常见的所谓"才气横溢"、"才气纵横"等说法之中便能体察。诸如权载之《酬穆七侍郎早登使院西楼感怀》："夫君才气雄振，藻何翩翩。"[②] 晁补之《寂默居士晁君墓表》："身虽没，其才气俊伟，犹耀而不亡也。"[③] 黄庭坚《跋雷太简梅圣俞诗》："余闻雷太简才气高迈，观此诗，信如所闻也。"[④] 而楼钥《攻媿集》中涉及才气之论者尤多，卷九《送吴参议》："才气勇无前，人推季子贤。"卷五十二《纸阁诗序》："我家业儒旧矣，曾叔祖承议才气尤俊伟不群。"卷五十二《王文定公内外制序》："苏长

---

① 汪琬：《尧峰文钞》卷32，影印《文渊阁四库全书》第1315册，第533页。
② 权德舆：《权载之文集》卷3。
③ 晁补之：《鸡肋集》卷63，四部丛刊初编本。
④ 黄庭坚：《豫章黄先生文集》卷26，四部丛刊初编本。

公才气迈往。"卷六十一《回宁海汤知县（烈）启》："纵横老笔，叹才气之增雄。"① 又如张戒《岁寒堂诗话》以"才气有余"论韩愈，而韩愈诗作所表现的才气有余状态是："能擒能纵，颠倒崛奇，无施不可。放之则如长江大河，澜翻汹涌，滚滚不穷；收之则藏形匿影，乍出乍没，姿态横生，变怪百出，可喜可愕，可畏可服也。"② 才气如此状态表示的正是一定的力度之美以及开合抑扬的机变之能。其他诸如才气英迈、才气高秀、才气浩瀚、才气绝俗、才气傲睨一世、才气倜傥不羁、才气俊逸、才气杰然、才气横放、才气宏放、才气横骛、才气无双、才气无前、才气坌涌、才气雄奇、才气绝世、才气喷薄、才气无匹、才气飒沓、才气泛滥、才气豪健、才气奇纵等等，都具有一种凌厉而当仁不让的震撼与动感。

二

综合以上所论，"才气"范畴的美学意蕴集刚健、发越于一体，它是源自才性本然的"气势"，侧重于表现主体的豪放不羁，是对主体物质性力量的赞许。而才子正是以个体才气为基础的，才子们过于纵恣如此才气，便难免染就"矜才使气"之病，沉疴所至，则才气不称，浮气盈溢；从人格形态而言，如此发越不羁又气浮于外则必狂傲悖谬。才子气由此形成。基本表现如下：

（一）狂而傲，其鲜明情态之一就是文人相轻。早在魏晋之际，曹丕《典论·论文》就已经从理论上揭示了这个现象，而其论及这个轻狂之症时声称"文人相轻，自古而然"，并举班固藐视才力相近的傅毅为例，可见此类现象的确相沿已久。曹植《与杨德祖书》也批评刘季绪才不逮作者却喜好讥谈他人，又讽刺陈琳自诩与司马相如同风为画虎不成反类狗等等。言辞虽然不甚激烈，但意旨辞气已见轻薄。而"《离骚》正大，不免'露才扬己'之讥；《三都》宏畅，莫道'待覆酱瓿'之诮，吹毛求疵，溺长绠短"之类③，又略见班固、陆云之轻狂。后世为人拈出抨击者，如唐代文人：

---

① 楼钥：《攻媿集》卷9、卷52、卷61，丛书集成初编本。
② 张戒：《岁寒堂诗话》，丁福保辑《历代诗话续编》，第458页。
③ 章如愚：《群书考索续集》卷18，影印《文渊阁四库全书》第938册，第244页。

　　近风教偷薄，进士尤甚，乃至有一谦三十年之说，争为虚张以相高自谩。诗未有刘长卿一句，已呼阮籍为老兵矣；笔语未有骆宾王一字，已骂宋玉为罪人矣；书字未识偏傍，高谈稷契；读书未知句度，下视服郑。此时之大病。①

　　即使李白这样的大诗人，恰恰因为"才气豪迈"而被后人认为率多疏野狂放。以李白与杜甫的交游为例：

　　唐诗大家，并称李杜，盖自韩子已然矣。或疑太白才气豪迈，落笔惊人，子美固已服之。又官翰林清切之地，故每亲附之。杜诗后人始知爱重，在当时若太白盖以寻常目之，故篇章所及，多不酬答。今观二公集中，杜之于李，或赠或寄或忆或怀或梦，为诗颇多。其散见于他作，如"李白斗酒诗百篇"、"近来海内为长句"、"汝与山东李白好"、"南寻禹穴见李白，道甫问询今何如"之类，褒语亲厚之意，不一而足。及观李之于杜，惟沙丘城之寄、鲁郡东石门之送、饭颗山之逢，仅三章而已。况沙丘、石门，略无褒誉亲厚之词；而饭颗山前之作又涉讥谑，此固足起后人之疑也。尝闻乡老沈居竹云："饭颗山，天下本无此名。白以甫穷饿，寓言讥之。"未知然否。②

这则材料未论李杜诗篇优劣，而是对比了二人之间情谊厚薄，虽然所论不无偏见，历史上也不乏文人们为李白解嘲，但依仗才气而狂酣自肆，本来就是李白的人格特征，这也应验了朱熹所说的"世之学者，稍有才气便自不肯低心下意"的论断。刚健中有自立、自觉，也有自负与自用。因而从人伦识鉴论，才气所负是一把双刃剑，既能成就主体的有为与不拘旧轨，又往往容易负其才气而不静重，如此"一味浮躁"易成才子气，且助其不服善之心。③ 又如宋代文人：

　　① 皇甫湜：《答李生第二书》，《皇甫持正集》卷4，影印《文渊阁四库全书》第1078册，第88页。

　　② 陆容：《菽园杂记》卷15，佚之点校，中华书局1985年版，第190页。

　　③ 朱熹：《答陈同甫》、《答吴宜之》，《晦庵先生朱文公文集》卷36、卷54，四部丛刊初编本。

今日士夫……平居聚谈，卑陋秦七黄九；坐于鸡窗雪案，则曰吾文当得屈宋为衔官，吾笔当使王羲之北面。夸于品汇俦伍，则曰吾赋可以蒯贾、马之高垒，吾诗可以攻李、杜之长城。睹"落霞孤鹜"之句则曰袭"孤松撑盖"而作也；读"孤月浪中翻"之句，则曰蹈"孤月浪中生"而作也。文之雄健者，以艰涩议；富赡者，以浮靡议；简古深沉者，以疏陋迂缓议。①

文中记述的宋代文人诗文评议，虽然其中一些品藻不为不工，议论也时而得趣，但师心自用，背弃公是公非者正自不乏。明清之际诗派纷呈，文人间的攻难更是此起彼伏。如贺贻孙所论：

何、李两人，既已矛盾，而应德、遵岩诸公，复与元美、于鳞门户角立。其后公安、竟陵出，扫前贤而空之。虞山继起，欲掩公安、竟陵之胜，弹射诋诃，更无虚日。当其拔帜树帜，辄令学者从风而靡。既而风会递变，议论迭新，人情厌常，各矜创获，彼帜方立，此帜已夺。呜呼！每一诗文人出，必求掩乎前之人，彼董、杨、班、晁、贾、陶、谢、庾、韩、柳、李、杜岂能至今存哉！才非兼长，学无条贯，各以其长，攻人所短。其弹射前人愈巧，其不及前人愈甚。譬之一音成响，难谐众器；一味独赏，遂废八珍。岂知钧天之乐，贲鼓维镛无嫌；大官之庖，甘酸辛碱并滋淳熬也哉！②

以己之长攻人之短，实则相当于以己之长灭人之长。他如元代王彝斥杨维桢为文妖，清代章学诚詈袁枚诗文为驴鸣犬吠等等，皆是此类。究其缘由，或为彼此崇尚有别，殊则不喜；或为自我熟悉已久，习则不爱；或为情味体貌近切，切则相妒。③

（二）狂而谬。狂肆则难以客观，自恃过甚则头昏脑热，唯我独尊。此类才子论文断事，往往自以为字字珠玑、口含天宪，实则本无服善之德，实

①　章如愚：《群书考索续集》卷18，影印《文渊阁四库全书》第938册，第244页。
②　贺贻孙：《与周白山》，《水田居文集》卷5，《四库全书存目丛书》第208册，第175页。
③　尚镕：《书典论论文后》，郭绍虞主编《中国历代文论选》第一册，第169页。

多意气之语，故为狂谬。钱谦益总结明代才子之所为论称："昔学之病，病于狂，今学之病，病于瞀。"所谓的狂，即指其时才子们口无遮拦随兴而发的"快评"、"快言"、"快论"，诸如李梦阳告诫不读唐后书、何景明称文法亡于韩愈、李攀龙断言唐无五言古诗等等。如此"灭裂经术，偭背古学，而横骛其才力，以为前无古人"，其本质就是"强阳债骄，心易而狂走"①。狂者强为人师，故作惊人之语以耸人听闻，且喜人追逐膜拜。其路途之谬，与瞀者本身无所适从而问道于盲没有区别，因此又被标之为"瞀"。虽然钱谦益将其一分为二，二者本质上一致，如同归有光批评王世贞庸妄，王世贞自言妄则有之，庸则无之；归有光断言：凡妄者未有不庸。妄则庸，就如同狂则瞀谬。《文史通义》有《砭异》一篇，在《辨似》、《针名》批判求名逐时、揣人心思不见赤诚之外，专门指斥刻意标新立异者：

> 古人于学求其是，未尝求异于人也。学之至者，人望而不能至，乃觉其异耳，非其自有所异也。夫子曰："俭吾从众。泰也虽违众，吾从下。"圣人方且求同于人也。有时而异于众，圣人不得已也。天下有公是，成于众人之不知其然而然也，圣人莫能异也。贤智之士，深求其故，而信其然；庸愚未尝有知，而亦安于然。而负其才者，耻与庸愚同其然也，则故矫其说，以谓不然。……凡求异于人者，由于内不足也，自知不足，而又不能胜其好名之心，斯欲求异以加人，而人亦卒莫为所加也。内不足不得不矜于外，实不至不得不骛于名，又人情之大抵类然也。以人情之大抵类然而求异者，固亦不免于出此，则求异者何尝异人哉？特异于坦荡之君子尔。②

矫情自饰，属于伪狂伪狷。此类才子于理茫无所是，茫无所从，于是专骛于惊人视听，背离公是公非，表面狂肆而实则诡谬。

（三）狂而悍。狂肆则蔑弃前贤与流辈，视艰苦的创作为等闲，悍然自负，目空古今，勇于自是，胆大气豪而未必才力学识足以相济；或者一意孤

① 钱谦益：《读宋玉叔文集题辞》，《牧斋有学集》卷49，第1588页。
② 叶瑛：《文史通义校注》，第449页。

行，不计世易时移及艺术创作规律，因此又成其狂悍。李渔《闲情偶寄》曾记载当朝贵人命其改编《西厢记》，他婉词谢绝，随之论其缘由："天下已传之书，无论是非可否，悉宜听之，不当奋其死力与较短长。……彼文足以传世，业有明征；我力足以降人，尚无实据。以无据敌有征，其败可立见也。"又有人欲续《水浒传》，李渔依然秉持这一意见："《西厢》非不可改，《水浒》非不可续，然无奈二书已传，万口交赞，其高踞词坛之坐位，业如泰山之稳，磐石之固，欲遽叱之使起而让席于余，此万不可得之数也。"① 李渔并不排除后人有超越前人的可能，但尊重前贤，敬畏经典，更是才子应备的雅量。有如此之识，自然不为续貂、蛇足之事。但古来为之者又不在少数，耗损才思为此不必为、为也无益的创作，违背基本的艺术规律，且指点前贤经典，妄动刀斧，此为狂悍。盘点下来，结局皆被李渔说中，无一能出其右。

三

矜才使气，才、气之间难以协调，于主体人格见其狂傲、悍谬、狂悍，于审美创作则往往呈现为发扬透露与客气。

（一）才与气之间难以协调，虚浮之气无所节制，则作品容易发扬透露。具体而言：

其一，下笔淋漓快意而务求其尽。文学创作过而不已、荡极不反之病首见于汉代大赋的创作。扬雄《法言·吾子》在回答"赋可以讽乎"的问题时说："讽乎！讽则已，不已，吾恐不免于劝也。"依此论定景差、唐勒、宋玉、枚乘之赋为"淫"，并得出"诗人之赋丽以则，辞人之赋丽以淫"的结论。《汉书·扬雄传》载其大赋创作感言："赋者将以风也，必推类而言，极丽靡之辞，闳侈巨衍，竞于使人不能加也，既乃归之于正。"但实际创作与阅读效果恰恰相反，得已不已的闳丽之词形成超越于意旨寄托之外的独立性审美对象，"览者已过"往往成为常态，其著名事例便是汉武帝好神仙，司马相如上《大人赋》以风，"帝反飘飘有凌云之志"。由此可见："赋劝而不止明矣。"②

① 李渔：《闲情偶寄》卷1《词曲部》，《李渔全集》第三册，第29页。
② 《汉书》卷87，第11册，第3575页。

史上大家，凡才气不调称的创作多难逃求尽之弊。比如王夫之论曹植、王粲云："破胸取肺，历历告人，不顾见者之闷顿。"所论未必确当，但将"破胸取肺、历历告人"的倾泻与其"欲标才子之目"耸动俗眼的动机联系起来，却道出了才子气无所节制的根由，所以他极力推举"自然佳致，不欲受才子之名"的创作。而但凡求尽者必然难以含蓄，透露在所难免。至于"露"的具体表现，王夫之多有概括，诸如唯恐心思结余故此笔端无"留势"、唯恐愚蒙不知故而一往无余喋喋不休等等皆是。再具体言之：古诗风仪绰约，温柔敦厚，"可以群者非狎笑也，可怨者非诅咒也"，而任才之人恰恰相反：非笑不欢，非哭不戚。进而流于"饥餐可汗头"、"卷起黄河向身泻"之下流一派，如此皆为透露。①

其二，表达粗率。以李白名义传世的诗歌中有《笑歌行》、《悲歌行》之作，其中"笑矣乎，笑矣乎"、"悲来乎，悲来乎"之类的表达早在宋代就引起了苏轼的怀疑，以为这些粗糙之作皆唐末五代间伪作。又云："予旧在富阳，见国清院太白诗绝凡近；过彭泽唐兴院，又见太白诗，亦非是。"如此宣示李白的伪作并非仅仅为其解嘲，而是引发了如下批评：如此多的伪作鱼目混珠，"良由太白豪俊，语不甚择，集中往往有临时率然之句，故使妄庸辈敢耳。若杜子美，世岂有伪撰者邪！"②才豪而不蓄，动辄轻发，率然者不在少数，故而其浅易熟滑之处不免为浅人效仿。韩愈《赠崔立之评事》云："崔侯文章苦捷敏，高浪驾天输不尽。……才豪气猛易语言，往往蛟螭杂蝼蚓。"褒奖中明示其简易。清人论苏轼在"苦于太尽"之外，尤其斤斤于其"常有才大难降、笔走不守之恨"③，走即宣畅，守即顿挫，走而不守则容易率意。

其三，创作芜杂。如果说暴露、粗率侧重于具体作品的质量，那么芜杂则一般指向下笔不能自休、一韵动辄百篇的量化创作。如朱彝尊言明代李东阳的诗歌：

---

① 王夫之：《古诗评选》卷4评阮瑀《杂诗》，第668页；评刘桢《赠五官中郎将》，第670页；评陶潜《诸人共游周家墓柏下》，第718页；卷1评陆厥《中山孺子妾歌》，第540页。

② 胡仔：《苕溪渔隐丛话》前集卷5，廖德明校点，周本淳重订，人民文学出版社1993年版，第29页。

③ 贺裳：《载酒园诗话》，郭绍虞辑《清诗话续编》，第433页。

　　　其天材颖异，长短丰约，高下疾徐，滔滔莽莽，惟意所如。其自序谓："耳目所接，兴况所寄，左触右激，发乎言而成声。虽欲止之，有不可得而止者。"此自得之言也。昔贤以大谢繁芜为累，大陆才多为患，此翁亦然。①

张华讥陆机才多，意在其"冶"；谢灵运所谓繁芜，是指其诗作如赋铺陈，细细勾勒。而此处李东阳之病则主要在于"量产"，如此作品水准参差不齐，更多有强颜欢笑、故作忸怩的敷衍之作。袁枚也未逃此诘：

　　　"一代正宗才力薄，望溪文集阮亭诗"，此随园自谓公道持论也。湖北张明经本题《小仓山房集》云："奄有众长缘笔妙，未臻高格恨才多。"一嫌才薄，一恨才多，携矛刺盾，此论不可谓非公道。洪北江谓如通天神狐，醉即露尾。则谑而虐矣。②

袁枚叹王士禛、方苞才薄，他人恰恰批评其才多；才多并不为病，不自驾控则必成其病。这里所谓才多之恨，隐指袁枚浪掷才情以至于无时无诗、无地无诗、无事无诗、无人不可入诗的文藻联翩。如此才气不协调的创作，即使作者才高八斗，也不免泥沙俱下。

　　以上透露、粗率、芜杂，但染其一习，即已落入才子之气。

　　（二）才与气之间难以协调，虚浮之气无所节制，则作品必见客气。其间关系理论界已经论定，清代黄培芳即云：

　　　世之诗人，好矜才使气，藻绘为工，惟恐不称才子。不知一落才子窠臼，即诗家次乘，盖语虽工而客气重也。试观陶、谢、李、杜各大家，何尝不是才子？有此种习气否？③

---

　　①　朱彝尊：《静志居诗话》卷8，黄君坦校点，人民文学出版社1998年版，第201页。
　　②　吴仰贤：《小匏庵诗话》卷4，《续修四库全书》第1707册，第31页。
　　③　黄培芳：《粤岳草堂诗话》卷1，《黄培芳诗话三种》，管林标点，广东高等教育出版社1995年版，第71页。

才子矜才使气的创作必染才子习气，客气则缘附而生。客气是相对于主体之气而言的，主客交往，客人缺乏与主人真诚相待的坦诚与实在，过自谦抑，是为客气；正因为不同于主人，缺乏其应有的同情、体认与责任，故此虚矫无实、放而无羁，这也是客气。两种姿态，皆病于不见真面目、真性情。相关文献中，《左传》定公八年有"猛追之，顾而无继，伪颠，虎曰尽客气也"一节文字[①]，此客气就是客方的骄狂之气。《宋书·颜延之传》言其"客气虚张"，此客气指颜延之"心智薄劣而高自比拟"[②]。文艺审美中的客气是与古人所倡导的诚与性灵相对立的，才气不称者才为虚矫之气所役使，自然禀气被屏蔽，客气于是便堂而皇之地充当起主体面目。其具体表现包括：

其一，客气则主体不诚，显为假象。《史通·杂说》论《周书》之弊："文而不实，雅而无检，真迹甚寡，客气尤烦。"就是在批评其不实不真。再以《昭昧詹言》的相关论述为例，方东树在很多批评之中都涉及了这个概念：

卷一："奇伟出之自然乃妙，若有意如此，又入于客气矜张，伪体假象。"又云："谢鲍根柢虽不深，然皆自见真，不作客气假象，此所以能为一大宗。后来如宋代山谷、放翁，时不免客气假象，而放翁尤多。至明代空同辈，则全是客气假象。"

卷二："古人各道其胸臆，今人无其胸臆，而强学其词，所以为客气假象。"

卷三："自汉晋以来诗人，无其实而徒假其面目，以为门面，百家丑趣，乃所谓客气陈言，殊觉无谓。"

卷四评陶渊明诗："言恐失固穷之名，直书胸臆，无一字客气。"

卷六评鲍照《吴兴黄浦亭庾中郎别》收尾二句："此收乃为亲切，不同泛意客气假象。"

以上言客气，皆涉及假象或者假面，说明在方东树的理念中，客气的根本病弊就在于所呈现的是假象。当然，假象并不意味着作者一直以虚情假意

---

① 杨伯峻：《春秋左传注》，第 1565 页。
② 《宋书》卷 73，第 7 册，第 1902 页。

欺骗读者，其中还包含一种"泛意泛情"：即通套而难以确指的情思意旨，可以普遍性地应用挂靠或者组合，没有属于自我的鲜明规定性，此类也是假象。①

其二，客气则创作虚张其气。虚张其气是就小题大做不由自然而言的，尤其见于一味推波助澜的调弄机锋，所以古人有"虚张尽客气"之论②。其诱发之因有二：

或作者情意为气所使而无所控勒。厉志论今人古人作诗差异："今人作诗，气在前，以意尾之。古人作诗，意在前，以气运之。"情意在前为导引，气的运行有轨迹，自然不能泛溢，也无猛戾之病；相反，"气在前，必为气使"③。此类弊病根子在于一个"过求"，如同陆时雍所云："诗之病在过求，过求则真隐而伪行矣。"方东树解释"过求"就是"太着意于一偏"，一己的意旨情味形成自我的封闭与束缚。过求的表现很多，"或为才使，或为气使，或为词使，或为典故使，或为意使"者皆是，而为气所使又是其中尤为重要的一项，一入此道，则创作必然走上"有外藉以为使者"的歧路，于是"有所倚则客气乘而真意夺"。④

或气势的获得不由乎兴会自然而源自"作气"。"作气"之说自元代就有文人论及，如陈绎曾云："气不能养而作之，则昏而不可用，所出之言，皆浮词客气，非文也。"⑤ 明人承之论称，造成虚张其气的根本在于作者未能澄心静虑以待气生气盛，如此兴会不至而勉强操觚则必然流于苦吟，其甚者只有造作："若强作其气，则昏而不可用，所出之言皆浮辞客气，非诗也。"⑥ "作气"者为了应对诗债或酬应世俗，往往为审美习气所拘泥，刻意追摹，如性憎杯勺，喜语拍浮；质本枯癯，竞陈趋艳。于是便有了强笑不乐、强哭不悲的讥讽。

---

① 方东树：《昭昧詹言》，第 23、36、52、95、114、176 页。
② 宋代范浚《杂兴》有云："雄骄有擅泽，鸡雄亦专栖。乖人肆桀骜，未异雄与鸡。虚张尽客气，不知堕危机。"雄与鸡骄傲自雄，是由于它们觉得自己有着其他所有动物不具备的色彩与技能；部分略有才能的人喜欢放肆桀骜，在诗中毫无忌惮，这种虚张声势，与鸡雄炫耀自己的色彩与鸣唱没有区别。
③ 厉志：《白华山人诗说》卷 2，郭绍虞辑《清诗话续编》，第 2283 页。
④ 方东树：《昭昧詹言》，第 476 页。
⑤ 陈绎曾：《文说》，王水照辑《历代文话》，第 1339 页。
⑥ 周履靖：《骚坛秘语》卷中，丛书集成本。

其三，客气则矜夸拘束于激昂之体。声具阴阳，体本多端，尽才性之所宜，成自家之体调，这本是文艺创作的基本规律，但才气不称客气奔涌者不然，其才为习气客气所绑架，不能自持也吝于自省，故此容易形成未必谐乎才性的创作通套，其鲜明表现之一便是对激昂铿锵之体的嗜好。明代前后七子及其追随者实多此间代表，尤其以李攀龙影响最大。如谢肇淛曾论：

> 三齐之地，包险阻原隰，其音傲僻骄志，邻于溱洧。至以其方之声为四声，以故不谐婉于大雅，君子难之。于鳞天造草昧，立汉赤帜，至今执橐鞬者什九北面。然其滥觞也，务气格而寡性情，刻声调而乏神理，顿令本来面目无复觅处。①

李攀龙的创作归结于声气、辞藻、韵调等形式之美，难免于性情神理失其神采。但如此的创作却有着显赫的世俗声誉，因为这种创作集聚了所有便于表面直接感知的艺术符号，最易塑造多才形象，可以炫俗目耀歌楼，也便于竞技文战，故而出现了云行影从、众皆嗜此叫号之习的局面。王夫之对这种叫嚣深恶痛绝，在对左思《咏史》的评论中，他专门拈出了"元气"与"浮气"一对概念对比，其中以温柔敦厚之作为"元气"生化，而以李攀龙等人的激昂之体为"浮气"所成。如论"皓天舒白日"一首："似此方可云之温厚，可云元气。近人以翁妪嗫嚅语为温厚，塞讷莽撞语为元气，名惟其所自命，虽屈抑亦无可如何也。"又评"荆轲饮燕市"一首：

> 咏荆轲诗古今不下百首，屑屑铺张，裹袖揎拳，皆浮气耳。惟此蕴藉春容，偏令生色。余不满太白《经下邳圯桥》诗，正以此故。以赭涂面，挂发为髯，优人之雄，何足矜也！

古人所谓元气生化之作，是包容多种风体的统一，不独矜尚雄放，也不贬抑温厚；温厚中可见雄放，雄放中也可显温厚。但需要其收敛才气之肆，以优柔中和为鹄的，以阴阳二气协调为追求，以"气敛光沉"为风轨，以

---

① 谢肇淛：《刘五云诗序》，《小草斋文集》卷4，《四库全书存目丛书》第175册，第657页。

"炼气归神"为极诣,绝非"仗气"而行的浮躁之气、虚矫之气,更不是以才气激荡而出的莽撞之气。①

明清之际,这种激昂崇尚在一些论议或者小说之中又转型为矜夸欺世甚至大言不惭,如夏敬渠《野叟曝言》因其猥亵夸诞为世人所病,有文人即为其辩解:"夸诞之说,盖作者才气所之,不能自抑。"② 恰在辩解之中透露了夸诞与才子气的关系。如此无所节制、不自检点,任由"才气风发泉涌",虽然声韵琳琅,但往往多为浮响。③

第二节　才情不称而情靡

才情是文学主体素养中具有文人身份辨识意义的范畴,情是维系才的审美之维。就艺术审美原则而言,才性显乎性情,体用统一,才情绮合又当相称。才情不称,情浮靡则才为情使,作品易于滥情,尤其失乎绮艳;才情不称,情不诚则情为才役,作品易于蹈虚,尤其失于为文造情。

(一)才情不称,发乎情未止乎礼,失于绮艳。才情入乎绮靡的流弊与历史文化之中耸动俗眼的才子风流密切相关,其核心表现是轻薄纤佻、声色流连。

文人风流艳逸之风滥觞于六朝世家大族文人的豪奢无为与诗酒流连,其特出且开后世风气者即是狎妓,谢安东山携妓便是后世所谓风流韵事的早期模范。《世说新语·识鉴》云:"谢公在东山畜妓。"注引宋明帝《文章志》:"安纵心事外,疏略常节,每蓄女妓,携持游肆也。"④ 后世文人与歌妓舞姬结下不解之缘,其源头正于在此。又如《宋书·杜骥传》载:"(杜)幼文所莅贪横,家累千金,女伎数十人,丝竹昼夜不绝。"⑤《南史·徐羡之

---

① 王夫之:《古诗评选》卷4,第685页。按:神与气在古代文艺批评中虽然近似,但神的运用有时表示气之华者、气之精者。具体语境中,二者又有以下差异:神内敛,气外露。所以王夫之评岑参《青门歌送东台张判官》云:"情景事合成一片,无不奇丽绝世。嘉州于此体中,即供奉亦当让一席地。供奉不无仗气,嘉州炼气归神矣。"《唐诗评选》卷1,第902页。

② 知不足斋主人:《野叟曝言序》,丁锡根编《中国历代小说序跋集》,第1572页。

③ 参阅洪亮吉《北江诗话》卷2,人民文学出版社1983年版,第37页。

④ 徐震堮:《世说新语校笺》,第223页。

⑤ 《宋书》卷65,第6册,第1722页。

传》："（徐君蒨）有时载伎肆意游行，荆楚山川，靡不毕践。"《南史·王琨传》："大明中，尚书仆射颜师伯豪贵，下省设女乐，琨时为度支尚书，要琨同听，传酒行炙，皆悉内妓。"① 声色犬马之外，这其间还涉及一个很重要的信息，即女性在以上故事里绝非只是一个供贵族玩乐的对象，而是多参与文人的诗酒赏会、山水登临，成为文人风流雅逸人生追求中的重要组成部分，其本身就是一种风华点缀。至萧衍、萧纲以及庾信、徐陵等文人，沉湎于宫闱之中，追欢逐乐，甚至成就了文学史上聚讼纷纭的宫体诗派。而《陈书·张贵妃传》则记载了陈后主等人如下的文学聚会：

> 至德二年……后主自居临春阁，张贵妃居结绮阁，龚、孔二贵嫔居望仙阁，并复道交相往来。又有王、李二美人，张、薛二淑媛，袁昭仪、何婕妤、江修容等七人并有宠，递代以游其上。以宫人有文学者袁大舍等为女学士。后主每引宾客对贵妃等游宴，则使诸贵人及女学士与狎客共赋新诗，互相赠答。采其尤艳丽者以为曲词，被以新声，选宫女有容色者以千百数，令习而歌之。②

君臣雅集，男女杂沓，饮酒赋诗，歌舞升平，是以君王之尊而践行才子风流之举。虽有欧洲十八世纪文艺沙龙的魅力，但在正统观念中，这无疑是浮薄淫靡、荡弃礼义的才子之气。

以上绮艳之风从宫廷传播开来，浸入文人才子的日常生活与人生理想，沉淀为一种风流香艳的况味和旨趣。李白便心仪于此，曾云："谢客正要东山妓，携手林泉处处行。"（《示金陵子》）"闻君携妓访情人，应为尚书不顾身。"（《寄韦南陵冰余江上乘兴之遇寻毅尚书笑有此赠》），或以谢安东山携妓自比，或以之比附友人。而唐宋文人流连于青楼曲巷、寄情于歌伎舞姬者更是大有人在。

及于明末清初，此风盛极一时，浸成习气，甚至演为恶习陋习。袁中道以为："才人必有冶情。"冶则近乎亵。当然，才人必有冶情的原因不尽同

① 《南史》卷15、卷23，第2册，第441、628页。
② 《陈书》卷7，中华书局1972年版，第1册，第132页。

于才人必多情，才人多情源自才盛情深的内在襟怀；而才人必有冶情则未必尽由于此，"丈夫心力强盛时，既无所短长于世，不得已逃之游冶，以消磊块不平之气"，所谓饮酒有出于醉之外者，征妓者也有出于欲之外者，其中不乏这种无可如何的寄托。[①] 但沉溺其中乐不思蜀者同样不乏其人。明末宗派崛起，以复社影响最大，依附者也最多。如果说其开宗立派者尚有家事国事天下事事事关心的抱负，那么依附者中假此以沽才子之名的无聊文人也在在皆是，所以时人嘲讽："头里一顶书橱（谓方巾），手中一串数珠，口里一声天如。"其志趣集中于风流装扮与名士攀附，充满了表演色彩。当时又有"坐乘轿，改个号，刻部稿，讨个小"的谣谚，或曰"做一任教，刻一册稿，娶一个小"，有人将其概括为"一官一集一姬人"。明末冒辟疆、侯方域、方以智、钱谦益、吴伟业等名士以及李香君、柳如是、卞赛、董小婉等名妓的艳逸故事，就是这种风流的写照。及乎清初，"甬东风气，较明末有过之无不及"[②]。而以才子桂冠蜚声四海的袁枚更是此中翘楚，赵翼有戏控袁简斋之文，虽为嘲谑，却属实录。其文云：

> 为妖法太狂，诛殛难缓事：窃有原任上元县袁枚者，前身是怪，括苍山忽漫脱逃；年老成精，阎罗殿失于查点。早入清华之选，遂膺民社之司。既满腰缠，即辞手版。园伦宛委，占来好水好山；乡列温柔，不论是男是女。盛名所至，轶事斯传。藉风雅以售其贪婪，假觞咏以恣其饕餮。有百金之赠，辄登诗话揄扬；尝一斋之甘，必购食单仿造。婚家花烛，使刘郎直入坐筵；妓院笙歌，约杭守无端闯席。占人间之艳福，游海内之名山。人尽称奇，到处总逢迎恐后；贼无空过，出门必满载而归。结交要路公卿，虎将亦称诗伯；引诱良家子女，蛾眉都拜门生。凡所胪陈，概无虚假。虽曰风流班首，实乃名教罪人。[③]

如此所谓风流，包纳了出处之间的游刃有余、园林圈占、饮食男女之大欲以及诗酒流连，无论雅道俗道，物质抑或精神，所有的享受几乎囊括殆尽。才

---

① 袁中道：《殷生当歌集小序》，《珂雪斋集》卷10，第472页。
② 平步青：《霞外捃屑》卷3，上海古籍出版社1982年版，第190页。
③ 梁绍壬：《两般秋雨庵随笔》卷1，庄葳校点，上海古籍出版社2012年版，第2页。

子气的风流潇洒，至此从主体才气的飞扬著象，俨然演化为了一种以优雅包装的尘俗气十足、物质气十足的职业行当。文才在此中已经蜕化为交接引诱、谋色渔利的工具。"虽曰风流班首，实乃名教罪人"，可谓一语中的。更有甚者，清代还出现"名士不如名妓"的感叹。

这种风流自诩习气对创作产生了深刻影响，古代文学中岿然一宗的绮艳体格由此繁盛。才情不称、才为靡丽之情所使的绮艳，主要是指依托绮丽艳冶的文饰，从事于内容轻浮香艳的创作，在背离基本的发情止礼规约之余，行滥情之实。而后世文人中，以咏物善作奇丽语便觉才情烂漫的审美偏嗜者也是大有人在。

其一，先看诗歌。绮艳诗歌创作的第一个高峰出现在南朝。《世说新语·文学》注引《文章传》："（陆）机善属文，司空张华见其文章，篇篇称善，犹讥其作文大冶。"① 张华所谓"冶"，即指文藻艳冶雕琢。六朝之际，这种艳逸已经被视为诗中一体，萧子显《南齐书·文学传论》概括当时文章三体，其中之一即为"发唱惊挺，操调险急，雕藻淫艳，倾炫心魄，亦犹五色之有红紫，八音之有郑卫"。此体的发端者他认为就是鲍照，其相关创作中既备艳藻，又涵情事，如果合以汤惠休的类似作品，可以说绮艳体格在刘宋之际已经成为才子们自觉的创作。而齐梁宫体诗的出现则标志着绮艳体创作集体隆重的亮相。《梁书·简文帝纪》载其七岁诗癖，长而不倦，"然伤于轻艳，当时号曰宫体。"② 宫体首先倾心于藻绘，徐陵《玉台新咏序》描绘宫中才女："清文满箧，非惟芍药之花；新制连篇，宁止蒲萄之树。……其佳丽也如彼，其才情也如此。"此处对宫中才女"才情"的夸诩，侧重在遇物能赋以及其工致华丽上。藻饰之外，艳情与其往往不可离析。宫体文人笔端主要的描述对象有二：女人与细物。写女人则有妖冶之体态、面貌、服饰、神气，如《和徐录事见内人作卧具》、《秋闺夜思》、《咏晚闺》、《春闺情》、《林下妓》等，又有男女私情韵事的关注；写细物，则坐榻、床帐、灯盏、衣着等等尽入其中，且必与美人或狎邪之情关联。《玉台新咏》所收者，即集上述二端作品之大成。

---

① 徐震堮：《世说新语校笺》，第 143 页。
② 《梁书》卷 4，第 1 册，第 109 页。

　　绮艳创作的第二个高峰是唐末咸通、乾符之际的"今体才调歌诗"。唐人此风导源于元稹、白居易，王夫之曾云："迨元、白起，而后将身化作妖冶女子，备述衾裯中丑态。"① 唐末风气日盛，黄滔批判："咸通、乾符之际，斯道隙明，郑卫之声鼎沸，号之曰'今体才调歌诗'。援雅音而听者懵，语正道而对者睡。"② 罗时进认为："宣宗以后情爱诗汇成了一股大潮，在五音繁会的唐音中成为极富新鲜感和刺激力的余响……这股情爱诗湍流在咸通、乾符年间最为汹涌激荡。"如此诗风与当时的士风密切相关，颓然自放以及士妓相倚已形成当时鲜明的都市情境。其与文人才子的关系及影响是："爱好乐舞孕育于狂诞无禁、宴游崇侈的社会风气，而这种社会风气已表明传统人文精神和道德向度的改变，它无疑会消解传统人际伦理和两性共存的生态，同时对长期形成的创作方式、审美习惯也潜含着挑战与改异的力量。在这种环境中，诗正在逐渐脱离吟诵的境界而进入放歌的状态，其功能也更侧重于抒发非常感性的对异性的情感。"所谓的"今体才调歌诗"由此大量涌现。其代表作便是诸如韩偓《香奁集》之类的创作，本集据称上千首，如今所余仅有百余。而其主要内容则是：洞房蛾眉、神仙诡怪、活色生香、淫哇满眼。③

　　从诗歌体式而言，艳情本是诗中一体，或述欢好，或述怨情，三百篇中有所不废，但以达情又不耽溺为前提，这也是公共伦理所能接受的尺度。唐人"荷叶罗裙一色裁"、"昨夜风开露井桃"等皆艳冶却有所止；"闺中少妇不知愁"、"西宫夜静百花香"等，婉娈中自备风轨。但"咸乾今体才调"则较宫体更为赤裸裸地鼓吹香艳与肉欲，中晚明沾染此风者不在少数，王夫之曾云："近则汤义仍屡为泚笔，而固不失雅步。唯谭友夏浑作青楼淫咬，须眉尽丧，潘之恒辈又无论矣。"王夫之持论较为严厉，并晋宋之际的清商诸曲皆视为里巷淫哇，明际流行的《劈破玉》、《银纽丝》等时曲小调更难脱不修廉隅的批判。④ 章学诚《文史通义·妇学》则依据清代宫禁革除女

---

　　① 王夫之：《姜斋诗话》卷下，丁福保辑《清诗话》，第21页。
　　② 黄滔：《答陈磻隐论诗书》，《黄御史集》卷7，影印《文渊阁四库全书》第1084册，第162页。
　　③ 罗时进：《咸乾士风及其才调歌诗》，《文学评论》2003年第2期。
　　④ 王夫之：《姜斋诗话》卷下，丁福保辑《清诗话》，第21页。

乐、官司不设教坊，指当时名流诗作中"或纪红粉丽情，或著青楼唱和，自命风流倜傥"为"以纤佻轻薄为风雅"①。

其二，词曲亦然。"咸、乾今体才调歌诗"唯美任情的书写，已经将诗的创作引向了词。就其流变而论，正如胡应麟所云："齐梁月露之体，矜华角丽，固已兆端。至陈、隋二主，并富才情，俱涵声色，所为长短歌行率宋人词中语也。"② 从词曲源头追溯，则六朝陈隋之际的风华月露之章可谓滥觞，其显著特征在于：论文体而矜华角丽，论内容而沉溺声色，二者相生相伴，号为"才情"旖旎。如五代欧阳炯论词，开篇即道文藻的美艳："镂玉雕琼，拟化工而迥巧；裁花剪叶，夺春艳以争鲜。"继论音声的靡丽："是以唱云谣则金母词清，挹霞体则穆王心醉。名高白雪，声声而自合銮歌；响遏行云，字字而偏谐凤律。"继而描绘其播布风行的领域：

> 杨柳大堤之句，乐府相传；芙蓉曲渚之篇，豪家自制。莫不争高门下，三千玳瑁之簪；竞富樽前，数十珊瑚之树。则有绮筵公子，绣幌佳人，递叶叶之花笺，文抽丽锦；举纤纤之玉指，拍按香檀。不无清绝之辞，用助娇娆之态。自南朝之宫体，扇北里之倡风。何止言之不文，所谓秀而不实。有唐已降，率土之滨，家家之香径春风，宁寻越艳；处处之红楼夜月，自锁嫦娥。③

可拟化工的丽词艳句、响遏行云的銮歌凤律，为高门豪家宴乐佐觞佑欢，为才子佳人期会添助雅兴，可见词一产生便与软玉温香大有关联。至宋代，词在文人眼里的认识并不一致，但以之为诗余、以之为脂粉之物、闺房之习者乃是大宗，而论词之归旨则仍不外乎四个字：丽词艳情。晏叔原乐府被称为"狭邪之大雅，豪士之鼓吹"，比之于《高唐》《洛神》之流，不减《桃叶》《团扇》，落脚点皆在绮艳风流。而黄庭坚以乐府玩世，道人法秀则罪其"以笔墨劝淫"、"于我法中当下犁舌之狱"④！落脚点在一"淫"字。又如

---

① 叶瑛：《文史通义校注》，第536页。
② 胡应麟：《少室山房笔丛》卷25，影印《文渊阁四库全书》第886册，第437页。
③ 欧阳炯：《花间集序》，赵崇祚编《花间集》，杨景龙校注，中华书局2014年版，第1页。
④ 黄庭坚：《小山集序》，《山谷集》内集卷16，影印《文渊阁四库全书》第1113册，第147页。

柳永仕途偃蹇，日与傶薄子游于娼馆酒楼之间，自称"奉圣旨填词柳三变"，其作"非羁旅穷愁之词，则闺门淫媒之语"，被其时道学者视为有文才而无德以将之的典型，悬为士君子之所宜戒。① 其时万俟雅言编辑词集，初集分二体：雅词与侧艳；再编成集分五体：曰应制、曰风月脂粉、曰雪月风花、曰脂粉才情、曰杂类。其志趣一目了然。② 以上作品自然不止文藻，耽于声色则必斟酌于两性之情、流连于儿女之私，一定程度上侧重于狭邪游冶，甚至陶醉于征歌逐妓等声色犬马之场。而宋人论《花间》及宋世数百家词作，于文藻"雕镂组织，牢笼万态"，于内容"恩怨尔汝，于于喁喁"，亦为丽词艳情所牢笼，入乎"才有余，德不足"的行列。③

对词而言，由于其佐觞佑欢、浅斟低唱的性质以及流播于秦楼楚馆的特点，香艳乃是其本色。才子风流，独于此体尤显作为，所以毛奇龄说："唐时温、韦称才子，而韩、柳、李、杜反不与焉，以其独能艳也。"④ 能艳虽为才子手段，但艳冶而至淫亵，流连而忘其返，乐此而不知疲，则已堕入才子气窠臼，既累作者之德，又累作品之格。

其三，艳情小说以及传奇等体。此类作品标名自售的招牌就是"才子佳人"，章学诚曾力斥其非：

> 小说歌曲传奇演义之流，其叙男女也，男必纤佻轻薄，而美其名曰才子风流；女必冶荡多情，美其名曰佳人绝世。世之男子有小慧而无学识，女子解文墨而闇礼教者，皆以传奇之才子佳人为古之人，古之人也！⑤

此类作品，创作者自视为才子，描绘核心为才子佳人，评点者每每视其为才子书，因此在那些不屑为小说传奇的正统文人看来，其艳情绮丽的特征便是才子气的直接产物。历史上所谓"淫书"，在清代往往被标以才子香艳

---

① 严有翼：《艺苑雌黄》，郭绍虞辑《宋诗话辑佚》附录，第579页。

② 王灼：《碧鸡漫志》卷2，唐圭璋《词话丛编》，第84页。

③ 俞德邻：《奥屯提刑乐府序》，《佩韦斋集》卷10，影印《文渊阁四库全书》第1189册，第77页。

④ 聂先、曾王孙：《百名家词钞》"凤车词"引，《续修四库全书》第1722册，第90页。

⑤ 叶瑛：《文史通义校注》，第561页。

之名，而其时挂着才子名头的道地邪淫小说的确亦有横流之势，清廷不得不屡屡严禁。道光十四年（公元 1834 年）上谕即称："近来传奇、演义等书，踵事翻新，词多俚鄙。其始不过市井之徒乐于观览，甚至儿童妇女，莫不饫闻而习见之，以荡佚为风流，以强梁为雄杰，以佻薄为能事，以秽亵为常谈。"同治年间江苏巡抚丁日昌查禁淫词小说，其公文之中即道其"大率少年浮薄，以绮腻为风流"①，其中所谓"浮薄少年"正是就才子而言。而所谓以荡佚绮腻为风流、佻薄为能事、秽亵为常谈，皆为才子气创作中绮艳风习之所曼衍。有鉴于此，本为才子的史震林曾痛定思痛："才子罪孽胜于佞臣，佞臣误国害民数十年耳。才子制淫书传后世，炽情欲，坏风化，不可胜计。"② 身为才子而剖击才子气创作，其言更加切中肯綮。

（二）才情不称而情不诚，失于为文造情的矫情。绮艳滥情之外，"情靡"又表现为情志不诚，从而造成才情不称。"不诚"属于和滥情之"过"相对应的"不及"，它并非说才子们缺乏多情深情的敏锐，而是指向他们发不由衷、情不因兴的应景创作。由于情怀无所感激，只有以才藻文思平地抑扬、造作波澜，摆弄人间喜怒哀乐、离愁别恨以为佐助，如此虚情假意者乃成其矫情。这种创作史不绝书，刘勰《文心雕龙·情采》首次标其名曰"为文造情"：

> 昔诗人篇什，为情而造文；辞人赋颂，为文而造情。何以明其然？盖风雅之兴，志思蓄愤，而吟咏情性，以讽其上，此为情而造文也；诸子之徒，心非郁陶，苟驰夸饰，鬻声钓世，此为文而造情也。故为情者要约而写真，为文者淫丽而烦滥。而后之作者，采滥忽真，远弃风雅，近师辞赋，故体情之制日疏，逐文之篇愈盛。故有志深轩冕，而泛咏皋壤；心缠机务，而虚述人外。真宰弗存，翩其反矣。夫桃李不言而成蹊，有实存也；男子树兰而不芳，无其情也。夫以草木之微，依情待实；况乎文章，述志为本：言与志反，文岂足征？③

---

① 安平秋、章培恒：《中国禁书大观》，上海文化出版社 1990 年版，第 127、537 页。
② 陆以湉：《冷庐杂识》引，中华书局 1984 年版，第 50 页。
③ 范文澜：《文心雕龙注》，第 538 页。

汉魏六朝之际，学术界严辨"诗人"、"辞人"之别，扬雄给辞人之赋的定位便是"丽以淫"，异乎以温柔敦厚训世的诗人之作；刘勰承之，又从诗人、辞人创作动力区分，将辞人这种"心非郁陶，苟驰夸誉"的创作名之曰"为文造情"。全书本来侧重于论述辞人而恰恰明示辞人病态，正是提醒读者：为文造情打造的，恰为辞人"丽以淫"的情貌，或者说，这正是一个外有其文而内无其质的结合体。

既然为文造情，相对于作家之"诚"而言其创作相当于有辞无情。萧子显论及齐梁诗歌，专门拈出如下一体："启心闲绎，托辞华旷，虽存巧绮，终致迂回……疏慢阐缓，膏肓之病；典正可采，酷不入情。"这些创作出于贵族闲情逸致的寄托、百无聊赖的消遣，多刻意于文字经营，迂回阐缓，缺乏生气，因此"宜登公宴，本非准的"——可以在贵族雅集宴会之际唱和文战，但不是真正艺术的典范。①

既然为文造情，其创作便难免虚情假意："处富有而言穷愁，遇承平而言干戈，不老曰老，无病曰病。"② 更有交非苏李，吟非泽畔，且独独喜好凄切之音，动辄模拟，以就合穷愁之言易好。如此只顾耸目动耳、刻意于声韵体式、抟弄于艳词丽句的创作，自然也就无其韵致，因为首先"情者发之乎性"，才能实现"韵者流之于辞"，仅仅依恃行文涂抹，韵自然无从得见。③

无论滥情还是矫情，但凡才子气都有着共同的偏好：其一为"事雕绘，工镂刻"；其二则每每"驰骋乎风花月露之场"；其三则如此谐声状物之能事"必不择人择地而能为之，随乎其人与境而无不可为之"④。夸多斗靡，已成根性。如此作品，其表虽如锦绣，其里则全无心肝。

第三节　才法学识不称　纵逸而炫耀

才子气还表现为创作之中才与学、才与法、才与识关系处理的失当。才

---

① 沈约：《南齐书·文学传论》，同前。
② 谢榛：《四溟诗话》卷2，丁福保辑《历代诗话续编》，第1165页。
③ 林纾：《春觉斋论文》，王水照辑《历代文话》，第6378页。
④ 叶燮：《密游集序》，《己畦集》卷8，金阊刘承芳刊本。

法不称，法弛而不守，如此外显为荡逸失体；才学不称，学溺而不化，如此外显为炫博；才识不称，识见浅薄则才无所主，如此外显为以上才气、才情、才法、才学皆不相称，其基本体征便是有文无质。

一

先看才法不称。如果说有学无学最终可以验证雅俗工拙的话，那么守法破法在古代文学批评中承担的道德评判意义与社会责任就更重一些。才易飘扬，才大难缚，任才则必破法。文学史凡有"逸才"之目者，多呈"排荡破法"之态①，而才子气的创作也因此多有背弃法度的倾向，这就是古人所说的恃才破法。明代文人甚至宣称："文章之士有才，其犹天地之有云霞，草木之有花卉乎？才乃上天之所秘惜，不轻易以与人。士有才者，是得天之物。得天之物，安得不狂乎？"又云："盖文人不必有德，何也？天之所以与我者才耳，而我混混沌沌，是弃天也，弃天之罪，不尤浮于轻薄乎？"② 有才成为背弃道德、法度的通行证与免罪铁券。尽管如此鲜明的叫板甚至叫嚣并不多见，但狂肆放逸则荡检逾闲却的确是才子气的鲜明写照。

才子气排荡破法之法有两个指向：一为社会规范、制度安排及文化传统认同，一为文艺法度体式。

其一，对社会规范、制度安排及文化传统认同的挑战。才子气的创作往往率然操觚，但求尽其心思笔性快意，施其嬉笑诸谑本领，却无所禁忌无所遮拦，故而每每流于狂悖，这一点是就依恃才华悖理违常而言。如明英宗正统七年（公元1442年）李时勉上书请禁《剪灯新话》，其文即云："近年有俗儒，假托怪异之事，饰以无根之言，如《剪灯新话》之类，不惟市井轻浮之徒争相诵习，至于经生儒士，多舍正学不讲，日夜记意（忆），以资谈论。若不严禁，恐邪说异端日新月盛，祸乱人心，实非细故。"③ 加给这部

① 明末清初汤传楹有"逸才"之目，其文为"世俗所谓才子之文"，尤侗道其"纵横若决江河"，而平步青则一针见血地指出，"实不脱天崇时习气"，其病正是发扬蹈厉而"排荡破法"，不求其是但求其快。参阅平步青《霞外捃屑》卷6，第327页。

② 曹臣：《舌华录》引吴苑语，唐富龄主编《历代妙语小品》，湖北辞书出版社1993年版，第465页。

③ 安平秋、章培恒：《中国禁书大观》，第77页。

小说的罪名便是"邪说异端"，违背"正学"，此即为"悖"——当然，这种"悖"的勘定尺度是因时而异的。又如一些随笔小品文字，类似明代胡震亨的《读书杂记》，中有"嫦娥纤阿两雌，与吴刚共处月中"；又谓"生天生地，乃生盘古，应称三郎"。月中嫦娥是中华传统文化中美丽的化身，既属于传说中人，又属于文化认同的符号，深深浸淫于日常民俗与现实审美，语带亵渎当然有失妥当，故此清人刘声木以其调笑于神明、嘲弄及古帝而切齿痛骂："当时何以敢有此思想，又敢形诸笔墨，刊以问世。其狂悖悍谬，不如禽兽。当时人心风俗之败坏，至于极端。明季流寇，盖承其余波，以乱天下也。"① 虽然言过其实，但将明人肆意调弄且颠覆基本秩序的文字斥之为"狂悖悍谬"，也属切中其病。

从宋代开始，众多文人——尤其那些具有理学道学背景的文人们论及才气，都强调道、理与气的体用关系，以孟子"集道与义"而成的道义之气约束"才气"。进入文艺审美范畴，这种约束转化为以法度体式的归依、以涵养实现对才之纵逸的调控。如此倡导的原因就在于他们深谙：才气飞扬踔厉而无所裁制，必然转化为现实之中的不羁。

其二，才子气对文艺法度体式的冲击。从文艺创作的天人相合性质而言，才法之间必须融会而相称，审美历史中但凡被推为极致的作品，虽有表彰其成于天赋而不假人力者，却罕见以成于天赋不合法度体式相推者（详情留待下一编论述），过纵其才而失其法度体式的作品，其品位必然大打折扣。这里我们姑且以毛先舒的"八征"理论略作说明。

所谓"八征"是毛先舒对文人评定的品级，具体包括：一曰神，二曰君子，三曰作者，四曰才子，五曰小人，六曰鄙夫，七曰瘵，八曰鼠。"八征"辨别的标尺之一就是有法无法以及对法运用的境界，其实质即是文人的人格类别，但它并非完全属于当代文学理论的作家论范畴，而是指向创作之中彰显的人格形貌，同时兼容着文学境界。

先看"神"："神者，不设矩矱，卒归于度，任举一物，旁通万象。于物无择，而涉笔成雅；于思无豫，而往必造微。"神者的境界包容了雅、理、象趣，同时又具有合法度性。这种境界旁通万物，是最逍遥的人格，也

---

① 刘声木：《苌楚斋随笔》卷5，第105页。

是最高的艺术境界。再看"君子"："君子者，泽于大雅，通于物轨，陈辞有常，抒情有方。才非芳不揽，志非则不吐，及情而止，使人求之，渊乎其有余，怡然其若可与居。"君子是典型的儒家传人，发情止礼，注重诗歌的教化影响，依循着一定的规则限度，所以叫"陈辞有常"。这是古人之中学有专守的有道之士，其创作便具备了"渊乎其有余，怡然其若可与居"的醇厚意味。继之而言作者、才子、小人：

> 作者，揽群材，通正变，以才裁物，以气命才，以法驭气，以不测用法。其用古人之法，犹我法也。犹假八音以奏曲，钟石之韵往而吾中情毕得达焉。
>
> 才子者，有情有才，亦假法以范之，时有过差，时或不及；殆其当也，则为雅辞，不可为昌言。分有偏至，不能兼也；法有一体，不能合也。
>
> 小人者，法不胜才，才不胜情，注辞而倾，抒愤如盈，务竭而无后虑，其小人之心声乎？

作者、才子和小人有一定的共性，他们都有才（其中小人之才不优），之所以彼此有品位的差别，关键在于才、气、情、法关系的处理不同。作者是兼有才学者，他以不测之法统气，以气驭才，以才裁物，才、情、法关系的处理较为自如。才子略有不同，才法之间的关系往往有过或不及的毛病，其所能者因才的限定而偏至鲜明，于审美体式也因其才性偏宜而各有优长而不能兼综。至于法无以敛才，动辄发动，情变易动鲜明，无所顾及，但情又非才所能承担，于是务图发泄殆尽而后快者，是为小人。

总结以上毛先舒的论述，其显著的特征之一就是：八征之中，反复被强调的艺术尺度就是才与法，能够兼备而且彼此协调者居上，所以"神者"的"不设矩矱，卒归于度"与"涉笔成雅，于思无豫，而往必造微"便是才法兼容，且得天之自然，因而居于首位。"君子"同样才法兼容，不过有人之痕迹，因而居于次位。"作者"达不到神于法的境界，且其运转自如的法往往属于古人已有之法，所以位置又在其次。而才子在才法处理中"时有过差，时或不及"，总之，于"过与不及"之间不能得其中和，因此其创作价值必然又有所抑。及乎"小人"，只谙循规蹈矩，才情本来浅薄，又为法度体式掩蔽，因此品位更低。至于"鄙夫"、"瘝"、"鼠"则不足齿数，可以置而不论。① 以上论述说明，去除不足齿数者，但凡欲使作者有尊严、创作有品位者，则不可无视法度体式，而才子气的创作动辄破法甚至破体，由此便成为一种破坏力量。

才子气的纵横激荡冲击法度体式，由此对创作品格也形成致命伤害，因此历代对任才、骋才、矜才、使才反思的力度极大。明人赵宦光从创作品质论才子气："宋之名人，就其芜才，无天于上，无地于下，漫兴挥洒，可为浩叹！"又云："若恃其才，自为作用，那知好丑！是以才子不乏，终始其才者世不多见，不善用其才耳！自暴自弃，可怜特甚。"② 王嗣奭有鉴于苏轼纵意驰骋的病症，提出了"诗之所贵，在有才而不用其才"的规劝③。刘熙载将"有才而不用其才"又表达为"能用才而不为才所用"，他对于"才而不能敛，不能忘，不能求益"者的评价只有两个字："无能"④。于是文艺理论之中便有了"才力"与"真才力"的区分：

> 真正大作者，才力无敌，不逞才力之悍；神通具足，而不显神通之奇。敛才气于理法之中，出神奇于正大之域，始是真正才力，自在神通也。⑤

孟子论才性一体，以为人有为不善之才，但非出于其性。性为天命天降，禽兽之人行不义既然非出自性，因此其虽有为不善的奸猾小智，依然可以谓之未尝有才——即非具真才。如此在中国思想史上首次出现了类似才与"真才"的剖判。朱庭珍此处继承了孟子这种论辩智慧，将禀赋中有而能敛之于法度的才视为"真才力"。如此而言，那些妄逞其才力、矜骄纵逸其才力、恐人不知其才力恐人不见其才力者，只能视之为"假才力"，一如王夫

① 毛先舒：《诗辨坻》卷1，郭绍虞辑《清诗话续编》，第10页。
② 赵宦光：《弹雅》，《雅伦》卷19引，《续修四库全书》第1697册，第302页。
③ 王嗣奭：《管天笔记外编》卷下。
④ 刘熙载：《持志塾言》卷下，《刘熙载文集》，第32页。
⑤ 朱庭珍：《筱园诗话》卷2，郭绍虞辑《清诗话续编》，第2365页。

之所谓元气与浮薄之气的差异。

二

再看才学不称。对于才子而言，历代推誉的体象便是文思泉涌、挥笔万言与学富五车，因此才与学之间的难以协调不是无学辅才，而是体现为炫耀腹笥。

才学分指禀赋与人事修养。就普泛的才性而言，才可显示为能学善学之性。就文艺素养而言，才学则有其独到的讲究：虽然文艺凭依才华又不可无学，但与才的规定性相较，天人分属，其对于文艺的意义是有区别的，所以《文心雕龙·事类》有"才为盟主，学为辅佐"之论。不从"主佐"考量二者位置，创作之中便难免颠之倒之，炫耀腹笥，以学为文才。此风滥觞于六朝，裴子野《雕虫论》即有"学者以博依为急务，谓章句为专鲁，淫文破典，斐尔为功"的批判。其时隶事之风甚嚣尘上，类书编纂乘势而起，一些创作堆砌事典，《诗品序》"文章殆同书钞"、"拘挛补衲，蠹文已甚"之论正是缘此而发。萧子显论当时文章三体，其一便是："缉事比类，非对不发，博物可嘉，职成拘制。或全借古语，用申今情，崎岖牵引，直为偶说。唯睹事例，顿失清采。"唐代杜甫、韩愈等也有如此嗜好，李商隐之诗更是书册鳞次，后人称之为"獭祭鱼"。此风流入宋代，演为西昆之习，《沧浪诗话·诗辨》总结宋代诗风："近代诸公乃作奇特解会，遂以文字为诗，以才学为诗，以议论为诗。"此处"才学"是一个偏义辞，内涵侧重于"学"。若追究历代一些诗人搬弄学问乐此不疲的缘由，其根本就在于不求其宜而求其炫目惊人的用心。

这种风气至清代中期又蔓延于小说领域，其代表作如《燕山外史》、《野叟曝言》、《镜花缘》、《蟫史》等。一时间小说兼营诸种文体、刻意敷衍华辞丽藻、填塞经史子集百家学问、庋藏诸技杂艺之术，一种昔日下里巴人的文体摇身一变俨然成为百科全书。

如《蟫史》骈散结合，佶屈为文，中间穿插了诗词曲赋，另有歌行、论赞、章奏、诏书、谏文、书札、对联、谜语、童谣、俗歌、祝咒、禅偈、谶语、酒令、织锦回文、集句、联句等诸多古代文艺形式。

如《镜花缘》考论经子，既有论《毛传》郑笺之误，也有论《三礼》

诸注之失，还有《春秋》微言大义；《镜花缘》还展示了酒令、灯谜、书法、绘画、斗草、对花、双陆、马吊、围棋、象棋、射覆、投壶、六壬、四课、垂钓、升官图、蹴鞠、秋千以及琴、箫、笛等等杂艺，皆为优雅传统文化的呈示。另外，此书还涉及了医学、算学、光学、声学等科学内容，被后人称之为"科学小说"。①

如《野叟曝言》，其主人公无论兵、理、诗、医、算，样样精通。全书讲道学、辟邪说、叙侠义、纪武力、描春态、纵谐谑，熔裁经史，皆臻其极。第七十回文素臣批驳"吴季札辞国而乱生"的观点，第七十八回文素臣论陈寿《三国志》"帝蜀不帝魏"的观点，均为长篇大论，与作者的史学专著《纲目举正》相关文字大体一致。其七十九回考证齐桓公与公子纠执兄执弟的内容，第八十七回文素臣与东宫太子讲论《中庸》的内容，与作者的经学著述《读经余论》也相吻合。②

这些小说，都担着"才子书"的名头。《蟫史》作者屠绅被称为"少矜吐凤之才，长擅翰龙之藻"③；石华序《镜花缘》，诋毁历代所谓才子书"即或阐扬盛节，点缀闲情，又类土饭陈羹"，故而目曰"不才子"，意在推扬《镜花缘》为真正的才子书，并以喜读本书者号为"真才子"④。《野叟曝言》则是才子佳人小说的典型。尽管以上作品时人后人也颇多激赏，但王韬关于《镜花缘》的如下之论却在无意之间使其现了原形：

> 人或有诋其食古不化者，要不足病。观其学问之渊博，考据之精详，搜罗之富有，于声韵、训诂、历算、舆图诸书，无不涉历一周，时流露于笔墨间。阅者勿以说部观，作异书观亦无不可。顾宜于雅人者，未必宜于俗人。阅至考古论学，娓娓不倦，恐如听古乐，倦而思睡。⑤

① 参阅赵春辉、孙立权《才学小说的内涵及其美学特征》，《吉林大学社会科学学报》2011 年第 5 期。
② 参阅张蕊青《才学小说炫学方式及其文化根源》，《苏州大学学报》2002 年第 4 期。
③ 杜陵男子：《蟫史序》，丁锡根编《中国历代小说序跋集》，第 1430 页。
④ 石华：《镜花缘序》，丁锡根编《中国历代小说序跋集》，第 1441 页。
⑤ 王韬：《镜花缘图像叙》，丁锡根编《中国历代小说序跋集》，第 1445 页。

学问堆砌，在作者尽情施展才艺的快慰之余，读者却丧失了阅读的乐趣，尤其读至考古论学之处，读者不免要昏昏入睡。而更值得关注的是：如此创作虽说亦无不可，但要付出的代价除了读者的倦怠，还要承担破体甚至小说这种文体自毁的风险——"阅者勿以说部观，作异书观亦无不可"。文体既然已经不伦不类，则与其雅俗共赏的特征也便渐行渐远，所谓"顾宜于雅人者，未必宜于俗人"，在赞许之中，实则也含解嘲。王韬本就《镜花缘》而言，但所论之病却是这些才学小说的共相。

无所节制、虚张声势、花言巧语、卖弄腹笥，其诉求一则自然在于才华炫耀，沽名钓誉；还有一点则较少为人言及，那就是以才惊怖于人，以防他人觊觎或怀疑自己的声望。钱泰吉评陈锡麒诗文为"微有才子自命之概"，当有人问及"才子不可为耶"之际，他回答："使读者畏而爱之，何如敬而爱之之为愈也？"[①] 恃才气浩瀚惊怖于人，可谓诛心之论。当然，惊怖于人者未必皆出于自能，有时也恰恰源于缺乏底气的自馁。

三

才识不称表现于有才无识，如此才子类似有眼无珠，疏于判断，不明就里，难作取舍，尤其于进退是非无所甄别，无知无畏之际也无意甄别。于是才识不称的创作便不论所谓有为无为、有关系无关系、有益于世无益于世、有寄托无寄托，但凡所谓羔雁的创作、干谒献纳的创作甚至伤风败俗的创作，但可炫耀才华，则无不可为。如此说来，才识不称实为才子气的总病根，但凡才气不称、才情不称、才学不称的创作，其本质皆可归结于才识不称。因为"同病相怜"，因此以上皆可归于才识不称的创作有着以下共同的病候：有文无质。

早在先秦，诸子多论及言辞的文质关系，在礼乐崩坏、声色大开的语境下，很多先哲对一味倾心于文辞靡丽有着清醒的警惕与反思。《老子》云："信言不美，美言不信；善者不辩，辩者不善；知者不博，博者不知。"《论语·学而》云："巧言令色鲜矣仁。"《论语·宪问》云："有言者不必有德。"《论语·卫灵公》云："巧言乱德。"明季黄汝亨论其时文坛："文不

---

① 陈锡麒：《甘泉乡人稿跋》，《甘泉乡人稿》附，《续修四库全书》第 1519 册，第 538 页。

明道，不发乎虚灵之源，即镌金石、烂云霞、垂不朽之业，声施后世，亦才子之文耳。"① 不能明道则无实，不发乎虚灵之源则伪，即使号称不朽之盛事，也仅为装点矫饰而已。顾炎武《日知录·巧言》条专论此风：

> 《诗》云："巧言如簧，颜之厚矣。"……夫巧言不但言语，凡今人作诗赋碑状，足以悦人之文，皆巧言之类也。不能不足以为通人，夫惟能之而不为，乃天下之大勇也。②

具体表达上，选声必求其精，摛藻必极其丽，烦称博引，斑驳陆离；而顾炎武所注重的是，诗歌不仅着眼声色动人悦目，关键还要考虑其与内容的搭配，考虑效果，不为无益之言。既然于"质"无所讲求，于是如下作品便大行于天下：

应酬游戏。情之不必至而属对需之，景之所不必有而押韵需之，如此不情或伪情造情的写作却依然兴致勃勃地投入，字斟句酌，雕章琢文，凡此前论及的无器识的创作皆入此类。诗文于是纳入人情酬酢、礼尚往来，或是成为纯粹的消遣，一如今人所谓"码字"。

言不及义。既然文辞是务、文华是务，既然诗文不由真气激之、不自真情感之，所谓的创作便自然表现出对道义与崇高的躲避，风花雪月而言不及义。即使间或兴之所至激扬文字，也只图喜新尚奇自快其臆，家国民生往往成为沽名钓誉的借口。

"雕虫小技"的恶谥因此便自然而然地落在才子创作之上。南朝裴子野曾专门著《雕虫论》批判宋明帝时期的文坛："深心主卉木，远致极风云。其兴浮，其志弱。"文章论述诗坛态势，兴浮志弱便是情感浮溢或者浅薄。以上创作，就其效用而言："若季子聆音，则非兴国；鲤也趋室，必有不教。荀卿有言：乱代之徵，文章匿而彩。而斯其近之乎？"③ 裴子野的文艺思想无疑属于功利主义，而他眼中当时的刘宋诗歌则有着题材上卉木风云的拘泥、风骨上兴浮志浅的萎弱，就如此特征考量，这种功利主义美学批评的

---

① 黄汝亨：《歇庵集序》，《寓林集》卷3，《续修四库全书》第1368册，第647页。
② 顾炎武：《日知录》，黄汝成集释，花山文艺出版社1991年版，第850页。
③ 裴子野：《雕虫论》，郁沅等编《魏晋南北朝文论选》，人民文学出版社1996年版，第325页。

对象显然就是其时文人的才子气，因为文章中明确提示，如此的创作是
"高才逸韵，颇谢前哲"的产物——即过于发扬才气而不重儒家教化传统的
必然结果，因此被纳入"雕虫"的范围。尽管扬雄早就以"雕虫篆刻"论
赋，其中包含重事功轻文辞的意思，但仍可视为侧重对辞赋"雕"、"篆"
审美特征的提炼。裴子野的雕虫论是对扬雄之论的具化与深化，文艺创作不
排斥雕、篆之美，但又决非只求其雕篆之美。由此，他向无所关系的创作发
出了警示。作品既为雕虫，所谓才子之艺也就只能归于雕虫小技，凡此之类
皆可入乎有文艺而无器识。

　　从才子气发生的根源而论，虽然其中有怀才不遇、潦倒落拓文人的不驯
不羁，有言在此而意在彼的寄托，但才识不称、有才无识诱发的媚世媚俗用
心更是其重要根源。王夫之曾云：

　　　　谋篇亟为浅人之所称赏，盖以庸躁之心求之，则彼诸篇者正如软美
　　之酒，令人易下咽耳。……凡才情用事者，皆以阉然媚世为大病。媚浪
　　子，媚山人，媚措大，皆诗之贼也。夫浪子之狂，山人之褊，措大之
　　酸，而尚可与言诗也哉？有才情者，亦尚知所耻焉。①

才情是文人之所以成为文人的根本，但才情用事则是文人自降其品。但凡入
此一途者，王夫之归咎于"媚俗"，可谓刮骨疗毒的诛心之论。媚俗能获得
眼下的浮名虚誉，甚至换来即时的利禄。媚俗的手段便是耽溺声名的文人们
结合时人诸般嗜好，施展柔软身段与百变伎俩，贩卖其所谓车载斗量又可应
世应时之需的才华，世人喜纵恣之风则为纵恣，世人喜山人闲逸则为闲逸，
世人喜学问堆砌则为堆砌，因此炫才是媚俗的主要表现形态，而历代难脱才
子气批判者皆不免炫才嫌疑。王夫之分析曹植、王粲透露之作，便归结于二
人"欲标才子之目"。再以明末清初诗坛为例，钱谦益概之曰："今之名能
诗者，庀材惟恐其不博，取境惟恐其不变，引声度律惟恐其不谐美，骈枝斗
叶惟恐其不妙丽，诗人之能事，可谓尽矣。而诗道顾愈远者，以其诗皆为人
所作，剽耳佣目，追嗜逐好。标新领异之思，侧出于内；哗世炫俗之习，交

───────────────

　　①　王夫之：《古诗评选》卷2，第606页。

攻于外。摛词拈韵，每怵人之我先；累牍连章，犹虑己之或后。虽其申写繁会，铺陈绮雅，而其中之所存者，固已薄而不美，索然而无余味矣。"追溯根源所在："此所谓勇于为人者也。"为己则写心，为人则炫才博誉。① 文艺至此，已经成为一个秀场，才子们的创作便如同秀场上的搔首弄姿，只关心喝彩，却不管观众是谁、是谁喝彩、为什么喝彩，无怪乎郑燮斥之为"门馆才情，游客伎俩"②。

王国维曾说："社会上之习惯，杀许多之善人。文学上之习惯，杀许多之天才。"③ 才本创新陶钧之器，但一入习气意气客气，反成其病，既累其人格完粹，又累其创作境界。因此历代文人对才子气创作多有批判：主体不羁，于创作狂肆放逸；主体不诚，于创作虚矫客气；主体不敬，于创作轻浮绮艳。如果说《诗大序》"发乎情止乎礼义"是对文德的直接建构，那么才子气创作的批评则是从文艺审美维度对文德缺失不良影响的省察与反思。

从社会道德规范衡量，才子气冲决藩篱的势力与道德稳定的钳制性相矛盾，其破规越限的行为及创作在正统社会舆论与审美系统中一次次考验着规范与体制的忍耐力。所以后世从事文学创作的文人最终放弃了"才子"而选择"作家"以自称：既有对文才创造力的自诩，又回避了与规范对立的嫌疑。

古人有言，马有百病，文有百病，诸病虽有轻重缓急，从文艺审美维度而言皆在祛除之列。但历代文人对于才子气的态度却别有意味：德对才的辖制是有限的，除非假借强权的干预，否则一般性舆论压力难以抑制文人纵才的热情；道德清名的贬抑不足以抵消万口交赞惊艳一时的才子桂冠；更何况才的快意挥洒本身就充满了魅惑。于是创作者讳疾忌医、赏鉴者流连忘返便成为一种常态，这是一种矛盾的逻辑，却实实在在地表现于不同时代的文坛。赵翼将苏轼、陆游行墨间多排偶的现象批评为"一则以肆其辨博，一则以侈其藻绘"，本致不满，但却不忘先赞之为"固才人之能事"④，歆许之意难以掩饰，其间态度的暧昧，正是历代评家对才子气诗文又爱又有所保留

① 钱谦益：《族孙遵王诗序》，《牧斋有学集》卷19，第827页。
② 郑燮：《潍县署中与舍弟第五书》，《郑板桥集》第六编，中国书店据扫叶山房1924年版影印。
③ 王国维：《人间词话未刊稿》，周锡山编《王国维文学美学论集》，第372页。
④ 赵翼：《瓯北诗话》卷8，第117页。

心态的真实写照。所以陈廷焯感慨："无论作诗作词，不可有腐儒气，不可有俗人气，不可有才子气。人第知腐儒气、俗人气之不可有，而不知才子气亦不可有也。尖巧新颖，病在轻薄；发扬暴露，病在浅尽。"但可怪的是，"腐儒气、俗人气，人犹望而厌之"，而轻薄浅尽的才子气却"无不望而悦之"，因此"得病最深"，是难以根除之症。①

对才子气如此的态度，体现了传统文艺审美中一些根深蒂固的习性。

---

① 陈廷焯：《白雨斋词话》卷5，人民文学出版社1959年版，第139页。

第二编

主体素养系统建构对文才的要求：天人统一

天 人之际是中国传统文化参究的对象，笼罩万有，包罗万象，所以司马迁有"究天人之际，通古今之变"的说法。古代论述天人关系，有所谓人以助天、人以灭天、人事法天、人定胜天、人心通天、以人入天、敬天法人、动于天参于人、谋之于人成之于天等等说法，最终以天人合一为基本的归趋。

在中国古代文艺理论演革中，以才为核心的主体素养认知经历了三个发展完善阶段，这三个阶段的发展轨迹实则就是文才思想发展变化以及理论展开的规律所在，而文才思想的发展变化以及理论展开的规律所在恰恰就是中国哲学天人关系的展开：

阶段一，人对天的认定阶段：体现于才从哲学范畴、人伦识鉴范畴向文艺理论范畴的演进；

阶段二，以人尚天的天才崇拜阶段：以神助说、才为盟主说为中心；

阶段三，由天及人的展开阶段：以对才学、才法、才识等关系的认知为主。

以上三个阶段又都贯穿着由人到天的归依。三个阶段分别以先秦至汉魏为第一阶段，以魏晋六朝为第二阶段，以唐宋元明清为第三阶段。这个区划是从文艺理论发展的角度说的，着重以原创问题的提出与基本理论展开为依据。事实上，文艺理论发展是层积式的，后一个阶段几乎都要包容上一阶段的学术积累。尤其明清时期，此前所提出的问题，其时都有着集大成式的总结与回应，其中对才学、才法从天到人展开的论述更是汗牛充栋。

古代文才思想视才为天的象征与体现，在审美创作中起着核心作用，才为盟主，天不可易。但是，《尚书·皋陶谟》云"天工人其代之"[1]；《法言·重黎》篇云"天不人不因，人不天不成"[2]：审美创作虽然以禀赋之才为根本依赖，但仅仅依靠禀赋之才又不可能实现完美的创作。纪昀阐释孟子"梓匠轮舆，能与人规矩，不能使人巧"的"巧"字云："夫巧者，心所为；心所以能巧，则非心之自能为。学不正则杂，学不博则陋，学不精则肤，杂而兼以陋且肤，是恶能生巧？"禀赋之中具备"巧"的潜质，但这种潜质发展为性能则不是禀赋心灵可以自为的。[3] 作为禀赋才性的辅助，甚至可以说作为禀赋才性不可或缺的部分，众多其他人工性范畴被引入主体素养体系，并与禀赋才性整合

---

① 孔颖达等：《尚书正义》卷4，《十三经注疏》，第139页。
② 汪荣宝：《法言义疏》，第354页。
③ 纪昀：《香亭文稿序》，《纪晓岚文集》卷9，孙致中、吴恩扬、王沛霖、韩嘉祥校点，河北教育出版社1991年版，第193页。

为一系列的素养依托——不学无以启才，无法不能尽才，寡识难以运才。这种关系，譬之"酒味非秫曲，而酝酿必藉于曲"①。以上学、法、识作为人事的代表，古代基本可归纳于"学"的范围，只有这种禀赋优长与作为后天人力的"学"实现天人的统一，"文才"方能真正焕发生机。

古代文艺理论中的文才思想因此也便依托天人之际展开，人必依赖天方始有所因循，不至于茫然失措；天听自我而听，天视自我而视，天必以人为假借与依托才能成就万事。具体而言：

其一，天有着对人根本性的限定，但又以人为入手处，就如同深造与自得的关系："深造，人之尽也；自得，天之道也"②。以深造入手，以自得归依，而自得的程度又各有局限，人力于其无能为力。

其二，人以天为追求对象，这个过程无限逼近却无法最终重叠，就是说：学、法、识的累积可以高度优化创作，但无法替代禀赋才性对于艺术最终可否制胜的控驭；而偏于依托人力的创作，其品位也终将无以超越天才的创构。

其三，天人合一是艺成的手段，也是审美的目的或终极追求，作为艺术的最高境界，它包括以下内蕴：主体的素养要兼尚天人；文机的涵育要思接天人；创作的过程要贯彻天人；作品的完成要备极天人。

最后有一点需要特别说明：在文艺审美领域，自从刘勰"才为盟主，学为辅佐"之论出，似乎"才"与"学"之间形成一种基本的对应，给人一种在"学"之外存在着独立之"才"的印象。实则不然，刘勰如此分言立论，一则为了明确文学与天赋的关系，防止文人们滋生以学问人力便可妄动刀笔的痴念；一则作为"盟主"强调的"才"就是"才性"（或曰"性"），指向主体心智结构系统的偏长潜质，是性情性质，而其要成为性能才能，便必须以学为其辅佐，我们所研讨的"文才"，也只有在这个过程中才可完美现身。当然，人力人事之学对于主体潜质的影响并不是即叩即应，也未必呈现为大扣大应小扣小应的理想回报，它往往见于真积力久之后的开悟，这就是我们常说的心智成熟。当此之际，性情可以直接转化为文艺才能，我们也可以说这样的文人富有"文才"，但这不能成为他们从此不学的借口。本书所涉及的才、学关系，包容着以上心智开启与心智成熟的两种情态，才与法、才与识的关系亦然。

----

① 陈维崧：《陈迦陵文集》卷4附吴锦雯评语，四部丛刊初编本。
② 刘熙载：《游艺约言》，《刘熙载文集》，第752页。

第　四　章

才与学：天人相须

——诗不由学又不可无学

　　在天人统一思想引领所构成的主体素养范畴中，最受关注的是才与学。文艺审美所谓"学"不是一个抽象概念，而是对"天"以外后天人工努力的统称。它包含"诗内"工夫——通过经典涵泳实现义理启悟、体法详熟以及经典的具体临习、模拟；也包括诗外工夫，诸如读书、沉思、实践、游历、师友切磋等等，这就是陆游所云的"工夫在诗外"①。

　　文艺审美范围的才学关系是中国传统天人哲学的核心展开形态："夫诗之所以难者才与学之难也，才本于天，学系于人。"② 其展开维度有二：一则作为文艺理论命题被诸般诗学论著反复演绎推敲；一则其理论关系的辨析被内化于文艺批评实践，历史上众多的优劣论题，诸如颜延之谢灵运优劣、李白杜甫优劣、苏轼黄庭坚优劣、《西厢记》《琵琶记》优劣等，其本质都

---

　　① 学的手段之中，师友授受切磋经常被今人忽略，事实上它曾经属于"学"的基本形式。从"诗可以群"的思想追溯，文艺伦理本身就有着创作对集群介入的需要与呼唤。费经虞《雅伦》卷十七集纳了很多文人彼此交流切磋以成就佳篇的事例，并将其列入"工力"一门，可见能与人切磋、能与大家硕学交流，本身就是一种工力，类似于后人所常言的"对话"能力。而交流切磋所带来的客观效果又表现为这种工力的提升，表现为作品在众智参赞下的日趋完美。在此之外，古代儒学还经常以学作为修为的一种境界，如张裕钊比较刘大櫆与方苞的风体特征："夫文章之道，绚烂之后，归于老确。望溪老确矣，海峰犹绚烂也。意望溪初必能为海峰之闳肆，其后学愈精，才愈老，而气愈厚，遂成望溪之文；海峰亦欲为望溪之醇厚，然其学不如望溪之粹，其才其气不如望溪之能敛，故遂成海峰之文。"参阅张裕钊《与杨伯衡论方刘二集书》，《刘大櫆集》附录四，第632页。

　　② 薛蕙：《升庵诗序》，《考功集》卷10，影印《文渊阁四库全书》第1272册，第111页。

是才学关系理论在批评实践中的辐射。

在才学关系辨析认知过程中形成了两个重要的指导思想：其一，类似诗有"别才"一样，文学也有"别学"，"别学"的治学之术与效果期待较之学术研究迥然有别；其二，文学论学是置于才学关系框架之下的，才学相须，天人合一，但才作为"盟主"的地位不可动摇，学也必须在才的限定中发挥作用。

第一节　才学关系在文艺理论批评中的确立

在与才相关的主要范畴中，才学问题最早进入文艺理论视野，也是后世最受关注的话题之一，成为人天交争、天人相合的一个人间具象。文艺审美范围的才学关系论，以陆机"程才效伎"说为发端，它实现了对汉大赋繁缛铺陈观念的超越，而刘勰对"博练"的倡导、对"引书助文"的反思、对才学地位的明确设定，则标志着审美意义才学关系论的建构完成。

"学"作为修养积累的代名词，在早期儒家论述成德之教的时候引入，《论语》首章即标示"学而时习之"，其"吾十有五而志于学"、"十室之邑，必有忠信如丘者焉，不如丘之好学也"、"好学，不迁怒，不贰过"等皆落实于主体道德、性情的养成，与"克己复礼"的"克己"之道是一致的——无论手段抑或宗趣。而孔子对学或者"克己"之道孜孜不倦的宣扬正是建立在有关才性如下认知基础上的：他以生而知之、学而知之、困而学之、困而不学区分贤愚，以因材施教分辨性情。而无论孟子尽才成性的"复性"论以及与其同步发展起来的"养气"论，还是荀子治性成"伪"的"缮性"论，都围绕性天与人力展开。因此可以说，才与学的关系在这种性情修为、道德陶铸路径的探索过程中早已具备了初步仪型。

两汉儒者依然延续以上儒家的思想径路。董仲舒以细密的比喻，详辨先天不可脱离后天而独在，如"禾虽出米，而禾未可谓米也。性虽出善，而性未可谓善也。米与善，人之继天而成于外也。"[①] 天赋才性必有待于后天人力方可体现善的性能，这种"性天"与"人外"的关系与才学关系是一

---

① 董仲舒：《春秋繁露·实性》，详论参阅《序编》第二章。

致的。王充《论衡》则以少有的规模以及更为明晰的态度对这个问题进行了详细阐释：该书在《程材》之后又专设《量知》，两章并列，且前后相接。"程材"近似《文心雕龙》中的"才略"；而王充云："《程材》所论，论材能、行操，未言学、知之殊奇也"，可见所谓"量知"就是称量所知，指向学问等后天努力。才不可离开学的才学关系思想，被凝固于《论衡》的架构逻辑之中。

东汉末期，对学的论述往往直接从才学关系的系统中生发，如王符《潜夫论》首卷以"赞学"开篇，并综合儒家以上思想，对才学关系给予了总结性论述：

> 天地之所贵者仁也，圣人之所尚者义也，德义之所成者智也，明智之所求者学问也。虽有至圣，不生而智；虽有至材，不生而能。故《志》曰：黄帝师风后，颛顼师老彭，帝喾师祝融，尧师务成，舜师纪后，禹师墨如，汤师伊尹，文、武师姜尚，周公师庶秀，孔子师老聃。若此言之而信，则人不可以不就师矣。夫此十一君者，皆上圣也，犹待学问，其智乃博，其德乃硕，而况于凡人乎？是故工欲善其事，必先利其器；士欲宣其义，必先读其书。《易》曰：君子以多志前言往行，以蓄其德。是以人之有学也，犹物之有治也。故夏后之璜，楚和之璧，虽有玉璞卜和之资，不琢不错，不离砺石。夫瑚簋之器，朝祭之服，其始也，乃山野之木，蚕茧之丝耳。使巧倕加绳墨而制之以斤斧，女工加五色而制之以机杼，则皆成宗庙之器，黼黻之章，可羞于鬼神，可御于王公，而况君子敦贞之质、敏察之才，摄之以良朋，教之以明师，文之以礼、乐，导之以《诗》、《书》，赞之以《周易》，明之以《春秋》，其不有济乎？

这段文字的核心是"虽有至材，不生而能"。所以先从十一位先圣入手，论其虽为至圣，"犹待学问其智乃博，其德乃硕"，而况凡人呢？凡器物成用，必待于琢炼。随后证之以董仲舒、匡衡等汉代勤学之士，以经年不出户的董仲舒"富佚若彼而能勤精若此"为"材子"；以匡衡自鬻于保徒"贫厄若彼而能进学若此"为"秀士"。苦学之于才性最终归结于如下关联："人之情性未能相百，而其明智有相万也，此非其真性之材也，必有假以致之也。君子之性未必尽照，及学也，聪明无蔽，心智无滞。"在才性并不过为悬殊的前提下，明智者与蒙蔽者之间的差异由此演变为能否勤学。① 以上思想，至诸葛亮则删繁就简，明确概括出了"才须学也"的主题。

从先秦诸儒到董仲舒、王充、王符、诸葛亮，已经建构起了较为完善的才学关系框架，文艺范畴的才学论即由此引申而出。抽绎其美学发生源流，两汉体物大赋苞纳敷衍、博物充满之弊在魏晋之际的省察是才学关系上升为审美理论的重要契机。

具体而言，两汉经学述而不作、碎义逃难已经被历代学者反复揭示，而两汉的文学创作，除了具有一定缘事而发色彩的诗歌之外，多具有类似的繁冗特征，这在当时的体物大赋中被表现得淋漓尽致：事典、字林加以名物展览，林林总总，无不考验着作者的记诵力与阅读量。扬雄称"诗人之赋丽以则"，"辞人之赋丽以淫"，虽有区分，但却保留了赋的基本特征——"丽"，而"丽"的主要所指就是文辞铺展。《法言·吾子》又称："女恶华丹之乱窈窕也，书恶淫辞之汩法度也。……或曰：君子尚辞乎？曰：君子事之为尚。事胜辞则伉，辞胜事则赋，事、辞称则经。"② 辞只要与事相称，丽本无妨。在这种观念的影响下，作品的"文"一度主要体现为两点：一是对文字的掌握和组织润饰；一是事典前言的引用，又称为引书助文。二者都与学问、知识密切相关。

文字的掌握与组织润饰之风与汉代的文化政令有关。《文心雕龙·练字》曾总结："汉初草律，明著厥法。太史学童，教试六体。又吏民上书，字谬辄劾。是以马字缺画，而石建惧死，虽云性慎，亦时重文也。"③ 西汉初年，文字教习极受重视，学童记诵九千字以上者方可为史官，吏民上书如果出现错字就要受到弹劾。在这种背景之下，类似石建因上书马字缺画而惊惧失魂者自然不乏其人，但文字在时代政治文化生活中的地位也假此彰显。在文化并不普及的那个时代，文化也因此被赋予了一定的专制性，掌握文化者、娴熟于文字者有着利禄机缘以及超出凡俗的自豪感。为文之际将这种优

---

① 汪继培：《潜夫论笺校正》，彭铎校正，中华书局1985年版，第1、3页。
② 汪荣宝：《法言义疏》，第49、57页。
③ 范文澜：《文心雕龙注》，第623页。

长显示出来，便成为文化身份的认同与高贵品位的自诩，这是当时文赋如同字林的文化动因。这一点也可从古人对汉大赋的相关评价中略见一斑，如艾南英宣称："《上林》、《子虚》、《两京》、《三都》，读其文，不过如今之学究，据通考、类要之书，分门搜索，相袭为富。求其一言一字，出于其心之所自得，无有也。"袁枚《随园诗话》也曾说："古无类书，无志书，又无字汇，故《三都》、《两京》赋，言木则若干，言鸟则若干，必待搜辑群书，广采风土，然后成文。果能才藻富艳，便倾动一时。洛阳所以纸贵者，直是家置一本，当类书、郡志读耳。故成之亦须十年五年。今类书、字汇无所不备，使左思生于今日，必不作此种赋。即作之，不过翻摘故纸，一二日可成，而钞颂之者，亦无有也。"① 尽管清代就有学者对这种说法提出质疑，但从大赋的文学形态而言，这种评价不无道理。

另外一种行文的手段是"引书助文"。这一点始盛于东汉，于文章表现为经史援引，于诗歌表现为事典运用。《文心雕龙·事类》论两汉制作引事征典云：

> 观夫屈、宋属篇，号依诗人，虽引古事而莫取旧辞。唯贾谊《鵩赋》，始用鹖冠之说；相如《上林》，撮引李斯之书：此万分之一会也。及扬雄《百官箴》，颇酌于诗书；刘歆《遂初赋》，历叙于纪传：渐渐综采矣。至于崔、班、张、蔡，遂据掳经史，华实布濩，因书立功，皆后人之范式也。

风气转变的"风信"正是两汉之交的扬雄等人，故而《文心雕龙·才略》称："卿、渊以前，多役（或曰俊）才而不课学；雄、向以后，颇引书以助文。此取与之大际，其分不可乱者也。"刘知几认为，唐代以前的语言与文学经历了一个由合到分的过程：战国以前言文基本一致；而魏晋以下，言文日渐分离。言文渐分的关节在西汉，刘勰关于西汉末创作出现役才与课学转化的论述，其依据就在于此：西汉之前，创作自然生发、吟咏，以言而

---

① 平步清：《霞外捃屑》卷7下"京都诸赋"条引，并附有章学诚等对袁枚的批驳。参阅该书第551页。

为文，所谓时人"役才"，是指这种不需要假借辅助的自然发抒；而东汉的创作，言文渐离，著文者运用事典，引用前言，自然的成分有了折扣，所以叫作"引书助文"。黄侃《文心雕龙札记》讨论《事类》篇也说："逮及汉魏以下，文士撰述，必本旧言，始则资于训诂，继而引录成言（汉代之文几无一篇不采录成语者，观二《汉书》可见），终则综辑故事。"① 这种现象，既包括体物大赋，也包括一般性的文章以及经史著述。

当然，东汉以后文赋崇尚博引，除了文学规律的自因之外，与印刷术的发展也有必然联系。孙星衍曾说过："古之书籍，未有版本，藏书赐书之家，不过一二名士大夫，如榷酤然，士不至其门则无由借书。故嵇康就太学写经，康成从马融受业，其时好学之士，不登于朝不能有中秘书，盖博引为难。"② 其意正是版本印刷的流行，使得文化专制的局面难以为继，博引从此轻而易举，于是便有了人人习效的潮流。无论文化专制还是文化专制的破局，文化审美却延续了一贯的势力与趣味，"知识特权"与"知识民主"在这一点上又实现了合流。

从虽用典故却究为"万分之一会"，至风尚所及"因书立功"的文字铺演与前言往行征引，都是学深入于文的表现。扬雄所谓"能读千赋则善赋"，明显有别于西汉司马相如的"赋心"之论，他以时谚"伏习象神，巧者不过习者之门"为准的，从文体特征、创作技能以及法度熟悉等方方面面强调谙熟经典之于创作的功用，这是学第一次被明确纳入文学论述，有着汉代文人普遍的崇学心态与典籍依恃情怀。③

观念的转折始于魏晋。其时究论学术著述——特指著书立说的立言之举——往往才学兼举。如曹丕《又与吴质书》："德琏常斐然有述作之意，其才学足以著书。"吴质《答魏太子笺》："陈、徐、应、刘，才学所著。"王昶《家诫》："东平刘公幹，博学有高才。"④ 傅玄《傅子》云："（刘）向才学俗而志忠，（刘）歆才学通而行邪。"⑤ 另如《魏书》言及卫凯、刘劭

---

① 范文澜：《文心雕龙注》，第615、700页；黄侃：《文心雕龙札记》，第188页。
② 孙星衍：《答袁简斋前辈书》，《问字堂集》卷4，骈宇骞点校，中华书局1996年版，第92页。
③ 王天海等：《意林校释》卷3引，第331页。
④ 严可均：《全三国文》卷7、卷30，见《全上古三代秦汉三国六朝文》，第1089、1221页。
⑤ 严可均：《全晋文》卷49，见《全上古三代秦汉三国六朝文》，第1740页。

等俱以有"才学"评价。《世说新语》及其注释之中也以"有才学"称誉萧轮、乔曾伯、缪袭、郭璞等。《序编》中我们已经论述，"才学"是体用统一的范畴，是主体之才于学所呈示的情态，因此才与学之间有着潜通的逻辑，所以《论衡·别通》云："才智高者，能为博矣"、"才不大者，不能博见"①。王昶《家诫》反过来立论："东平刘公幹，博学有高才。"② 不是想学皆能有成，只有禀赋才性偏宜乎学者方可博学，而能够博学即是对高才大才的印证。由此可见，其时之所以往往以"才学"连文赞誉文士，关键即在于学为才的现身所在之一，在才现身的诸般对象之中，学识博洽或者学究天人最容易耸动视听，成为世俗验才的按图索骥对象。而其时品目文士"才学"兼举，虽依然延续了两汉对"学"的热衷，但其着眼点却透过"学"的表面，关注到了影响"学"之形态与程度的"才"。因此，以上"才学"虽然多为偏义，却已经不同于仅仅瞩目于人事学力的重学之论，其中笼括着才学两端。

　　一般性的著述之外，文艺理论已经开始更为明确地将才学二维纳入其中。先看陆机《文赋》。其中"伫中区以玄览，颐情志于典坟"、"倾群言之沥液，漱六艺之芳润；收百世之阙文，采千载之遗韵"，以及"练世情之常尤，识前修之所淑"，都属于对前贤经典的借鉴。但陆机本文开篇即言"余每观才士之所作"，又曰"彼琼敷与玉藻，若中原之有菽"，其中都有对文才天赋的颂扬：可见《文赋》实则也是兼才学立言。但陆机虽然才学并论，却并没有一视同仁，为了适应魏晋玄学乘一总万、以少总多的思想，他最终推出了"辞程才以效伎"的创作原则。"程"就是衡量与标尺，这句话一般理解为：作者操觚，依照其所择定的言辞可以衡量其文才高下，又有人解释为辞凭借才而显示技巧。以上说法皆有些拘泥生涩，实际上，这句话的本意就是：依照各自文才甄选辞藻以成文章。辞、才关系的理论结构，形成对以学为文风尚的矫正，魏晋创作在以博见为馈贫之粮、不废学之丰富的同时，推扬贯一为拯乱之药以及"博而能一"，自然成就了崭新的面目。而其中"能一"的根本便是主体的性灵之才。

---

① 黄晖：《论衡校释》，第592、596页。
② 严可均：《全三国志》卷36，见《全上古三代秦汉三国六朝文》，第1256页。

"辞程才以效伎"的观念普及以后，中国文学的体貌发生了显著变化。以辞赋为例，晋人之作与汉人之作差异巨大：如陆机《文赋》、《豪士赋》，潘岳《秋兴赋》、《闲居赋》等为世所重的辞赋作品，基本上没有延续汉赋的体制，而以言情言志为主，形制上不逞学，事典把控得当，文字清通，虽骈俪却不臃滞，是其才情、学问融合而能博练的产物。

无论才与学之间的关系实际如何处理，在这个历时性的文学发展历程中，由斤斤于学的价值到在学的基础上以才为衡量的尺度，才学之间的关系实际上已经在这种历史的演革中成为文学关注的重要内容。及《文心雕龙》问世，则对文学与学、才学关系作出了完备论述，其主要思想如下：

其一，文不可以无"学"。这从其论"原道"而归结于"宗经"，已见大旨。吴林伯义疏云：

> 盖作者行文，必须原道，而圣人最善原道，所以《原道》之后，继之以《征圣》；圣人往矣，作者将何师？师圣人留下的作品——六经，所以《征圣》之后继之以《宗经》，此之谓"本乎道，师乎圣，体乎经"（《序志》），确有其内在的脉络。则"体"之为言"法"（西汉刘安《淮南子·本经训》东汉高诱注）也。自彦和观之，"圣人"之文为"文章奥府"、"群言之祖"，足为作者之"法"，凡联辞结采，当依仿之。且"宗"训"主"，有"主"便有次，而彦和深知主次的对立统一性，在强调宗经的同时，还主张学习诸子、史传、纬书、汉篇、谚语、笑话。故本书《风骨》要求作者"熔铸经典之范，翔集子、史之术"，说明作者借鉴"成篇"的对象不只经典，另有子史，本书既有《诸子》专论诸子文学，又有《史传》专论史传文学。至于"纬书"，彦和虽然与东汉桓谭、王充、张衡、尹敏、荀悦一样，痛斥其"虚伪"、"僻谬"、"诡诞"，但也承认它"辞富膏腴"，"有助文章"（《正纬》）；放言遣辞，必"酌乎纬"（《序志》）。又怪南齐作者多忽略"汉篇"（《通变》）；肯定历代笑话，有的"会义适时，颇益讽诫"（《谐隐》）。[1]

---

① 吴林伯：《文心雕龙义疏》，第36页。

刘勰推崇因书建功，并立能够在典籍之场挹注自如的文人为模范，因此全书不废前言、因师旧说的言论很多，自圣经以至纬书笑话一网打尽，不以教益论其价值，而以能否撷取文藻事典定其分量，如此"反经背道"的立说，正是学在其文艺理论系统中地位非同一般的切实写照。

其二，就文而言，才学不可偏失。虽然文不可无学，但刘勰论学都是在才学关系框架下展开的，如《文心雕龙·神思》："积学以储宝，酌理以富才。"《体性》："才由有天资，学慎始习。"《事类》："文章由学，能在天资。才自内发，学以外成，有学饱而才馁，有才富而学贫。学贫者迍邅于事义，才馁者劬劳于辞情。"又云："将赡才力，务在博见。"又举扬雄为例："夫以子云之才，而自奏不学，及观书石室，乃成鸿采。表里相资，古今一也。"又云："夫经典沉深，载籍浩瀚，实群言之奥区，而才思之神皋也。扬班以下，莫不取资，任力耕耨，纵意渔猎，操刀能割，必裂膏腴。"才与学，一表一里，一天一人，致力于学则有助于才思，成就了二者不可离析的关系。

其三，才学之中，才为盟主。《事类》云："是以属意立文，心与笔谋，才为盟主，学为辅佐。"[1] 这一论断就是对创作之中才学地位的分辨。所谓"才为盟主"，首先就是曾国藩所说的"文才出于天分，可省学问之半"，它左右着文人之学；其次则如近人王葆甫所申言的，"为古文而非骋才之具，却要以才为主而以学辅之，不可以学为主也"[2]，即这种主次地位不是机宜权变的，决不能异位、颠倒。当然，这种地位分辨又必须建立在才学关系系统之中，"主佐合德，文采必霸；才学偏狭，虽美少功"。

以上系统思想的形成，标志着审美视域的才学关系理论已经成熟。刘勰之外，他如南朝萧子显《南齐书·文学传论》言"委自天机，参之史传"，《颜氏家训·勉学》称"因此天机，倍须训诱"，皆是就才学密切相关而言。

第二节　诗有"别学"：学的自得与气化

才学关系对学的重视，在不同时代都产生了深远影响。六朝出现了

---

① 范文澜：《文心雕龙注》，第 493、506、615 页。

② 王葆心：《古文辞通义》卷 3，王水照辑《历代文话》，第 7162 页。

以学问为诗的局面；宋初承晚唐习气成就了西昆体用事僻涩的余波；随后欧阳修、王安石、苏轼不同程度都受到了影响，江西诗派更是孵化于此，以学为诗成为其显著特征。清代浙诗派兴起，重学也成为其自我标置的招牌。浙江诗坛起初以浙中诗派的唐音为主，源自云间陈子龙，继之吴孟举、吕留良等人专以宋诗为尚，与黄宗羲等人相承，浙派重学由此变本加厉。在重学理论的指引下，以上创作逐步呈现出鲜明的弊端及认识偏差：

其一，过于强调学在创作之中的作用，直接影响到了诗歌的审美品位，使诗歌成为炫耀学问之具；

其二，夸大学问、书本知识在文学创作中的效用，助推了不从文学本体入手研讨文学，而是由学者、文人不同身份描述文学创作的思潮，文人独到才赋的探索重新模糊。

与这种重学的声音相生相伴，历代对文学笼统论学的现象一直有都深刻的反思，明末清初文人则提出了诗有“别学”的命题。而这种深化的探索又与历代文学理论一直关注的学如何能够进入文学的话题相呼应，与文章考据能否相兼、积学妙悟可有抵牾的理论辨析融合，成为才学关系历时性的建设内容。

一

纵观文艺审美的历史，在魏晋六朝高扬文才天赋并组构起成熟的才学关系理论体系之后，古代文艺理论便进入了对学的地位、作用、表现形态等反复的论难辨析之中，其中尤以六朝、宋代与清代为诗学理论重学的巅峰时期。理论倡导与创作实践一唱一和又彼此推动，使得美学图景之中天赋与人力的相合统一之路又时时呈现出彼此博弈的局面。

魏晋六朝之际，战乱频仍，典籍动辄焚弃湮没。加之印刷传播手段落后，因此掌握典籍、阅读典籍与汉代一样，依然是颇为贵族化的特权。尽管玄学的清简之风、美学的程才效伎对两汉繁缛之风具有廓清之风，但却无以根除一些文人如下的冲动：能于交游著述中使人直观感受到自己学富五车总揽天人的造诣。齐梁君臣士友雅集，动辄隶事见奇。士风引领了文化风尚，类书随之兴起，“虽聩聩如高齐，亦有《华林》、《修文》之役”，如此“类书兴而天下之读书者废，读书者废而天下类书愈不可废也"①。

唐代诗人之中，杜甫是将人力发挥到极致的诗人代表，且不论其有出处、有来历并为江西诗派倾倒的学问渊深，即使从诸般艺能兼修兼通来看，已经足以倾动诗坛：杜甫精通骑射、善鉴良马，擅长书法、妙识丹青，采药狩猎、谙熟园艺，闲布棋局、偶参禅道，雅爱乐舞、时抚琴笛。② 这就是多才多艺、博学多识。其"读书破万卷，下笔如有神"的诗学思想正是建立在如此学识经验的基础之上。

宋代诗学形成了重学尚学的理论高潮，其时读书涵养的地位被推到了极端，诗歌之美与读书万卷之间由此建构起了一种充要关联：欲下笔，当从读书开始；欲言诗，则必学通天人："文章以学为车，以气为驭"，而气之所养又必须归结于学；文若为泽，学即其源；文若为木，学即其根。因此，"欲植樱木，必丰其根，欲潴巨泽，必濬其源"③。如果说以上诸论以及吕本中"诗词高深来自学问"等命题已经多有不禁推敲之处，那么费衮"作诗当以学不当以才"的观点已经颠之倒之，近乎痴人说梦了。④

清代诗学重学思潮较宋人有过之无不及。清初结束动荡之后，于康熙十八年开博学鸿辞科延揽人才，为润色鸿业又组织文人修纂《明史》、《佩文韵府》、《古今图书集成》。延及乾嘉时期，从朴学的提倡到博学鸿辞的弘扬，竞言学问、尊奉腹笥已然成为一时风流，由此引发了才学关系判断上学之权重的明显提升。以浙派为例，诗当以学为基础的思想可谓贯穿于诸家。先是作为前驱的黄宗羲等倡导学以济文："学文者，熟读三史八家，将平日一副家当尽行籍没，重新积聚，竹头木屑，家常委事，无不有来历，而后方可下笔。"⑤ 文章如此，诗歌亦然："若只从大家之诗，章参句炼，而不通经史百家，终于僻固而狭陋耳。"⑥ 作为浙东学派影响下的文人，李邺嗣与其同调，且尤其不忘弘扬作为浙东学派根基的经学与史学："吾党之学二：一

① 汤显祖：《刘氏类山序》，《汤显祖诗文集》卷 39，第 1023 页。
② 邓乐群：《杜甫的别类才情及其诗歌表现》，《江海学刊》2011 年第 6 期。
③ 周必大：《东牟集序》，《东牟集》卷首，影印《文渊阁四库全书》第 1147 册；赵汝谠《水心先生文集序》，《水心先生文集》卷首，四部丛刊初编本。
④ 有关宋代重学的论述，参阅《序编》第二章有关"诗有别才"的论述。
⑤ 黄宗羲：《论文管见》，《黄宗羲全集》第二册，第 270 页。
⑥ 黄宗羲：《南雷诗历题辞》，《黄宗羲全集》第十一册，第 204 页。

曰经学，一曰史学。是以学者先之经以得其源，后之史以尽其派，则其于文章之事可以极天地古今之变，波澜四溢，沛然有余，其于诗亦然。"①《上黎州先生书》、《万贞一集序》等也都是一个论调。及浙派规模完备，相关的论述便更加丰富，态度也更加坚定，其著名论断如：

> 天下岂有舍学言诗之理。②
> 书，诗材也。③
> 以立学之一字立诗之干。④

浙派之外，肌理论的秉持者翁方纲提倡"为文必根柢经籍，博综考订"，非以空言为机法。赞其友人能剖判同异快辨横飞以及"屈指唐镂宋椠某书某版"如数家珍的本领，甚至不惜表彰之曰"此则文之心也"⑤。桐城派也是如此，其开山宗师戴名世曾引友人诗论："吾未见夫读书者之不能为诗也，吾未见夫不读书者之能为诗也。世之人不于读书之中求诗，而第于诗中求诗，其诗岂能工哉！"本节文字以文章之道论诗，已入小道，但戴名世作为文章大家不仅首肯此论，而且自己论诗同样取诸文章之道，更有甚者以制义之法为法："余尝闻先辈之论制义者矣，曰：'制义之为道无所用书，然非尽读天下之书，无所由措思也；无所用事，然非尽更天下之事，无由措字也。'吾以为诗之为道亦若是则已矣。"⑥ 这就是所谓聚千古之心思才力而为之。其他著名文人如汪师韩、吴骞、平步清等也莫不如是。

过于强调学在创作之中的作用，直接影响到了艺术品位。六朝类书集纂以及隶事风行之际，创作受到异化，钟嵘《诗品序》论其病其三："文章殆同书抄"、"辞不贵奇，竞须新事"、"句无虚语，语无虚字，拘挛补衲，蠹文已甚"。

---

① 李邺嗣：《万季野诗集序》，《杲堂文续钞》卷1，四明丛书本。
② 朱彝尊：《栋亭诗序》，《曝书亭集》卷39，四部丛刊初编本。
③ 厉鹗：《绿杉野屋集》，《樊榭山房文集》卷3，四部丛刊初编本。
④ 杭世骏：《沈沃田诗序》，《道古堂文集》卷10，《续修四库全书》第1426册，第296页。
⑤ 翁方纲：《蒋春农文集序》，《复初斋文集》卷4，《续修四库全书》第1455册，第381页。
⑥ 戴名世：《方逸巢先生诗序》、《野香亭诗序》，《戴名世集》卷2，第30、37页。

唐代隐承此风者，盛唐为杜甫，以议论为诗；中唐为韩愈，以文章为诗。及晚唐而流风荡逸，如杜牧的创作不乏清通之调，但宋人仍以为"好用故事"，其"虞卿双璧截肪鲜"一句曾被指为"于事中复使事"①。其时更著名的代表是李商隐，后人称其诗书册鳞次，号称"獭祭鱼"。

诗中过显其学在唐代多为个案，而宋代则成为时代的美学征象。宋初西昆体已经呈现"历览遗编，研味前作，挹其芳润"的创作趋向②。其后西昆体虽然受到一定程度的批判，但宋人诗歌创作对学的嗜好却从此更加根深蒂固，江西诗派点铁成金、脱胎换骨的八字真言皆从书卷入手。中国诗学评判尺度，诸如无一字无来历、无一事无出处，用事又不见事、富于学又不显学等等，皆于此时确立。流弊所及，以文字为诗、以议论为诗之风甚嚣尘上。

清代诗坛的崇学思潮滋生了同样的病累。类似翁方纲被时人封为"纯乎以学为诗者"，所谓"纯"又"纯"到什么程度呢？陆廷枢称："自诸经传疏以及史传之考订、金石文字之爬梳，皆贯彻洋溢于其诗。"③ 诗既如此，词也未能幸免，李渔曾言："吾观近日之词，禅和子气绝无，道学气亦少，所不能尽除者，惟书本气耳。每见有一首长调中，用古事以百纪，填古人姓名以十纪者。即中调小令，亦未尝肯放过古事，饶过古人。"④ 词本尚乎本色清空、才情绮丽，如此文体也堕入学究面目，可见风气蚀人。这种审美情趣同样波及了小说领域，并在清代被演绎得风生水起，小说不仅出现了炫耀学问的热潮，也由此被后人贴上了"百科全书"的标签。⑤

学问堆砌、出处来历的倡导，在作者尽情施展才艺的快慰之余，读者却丧失了阅读的乐趣，由此混淆了性情与学问、经籍与性灵。

① 此诗为其《怀钟陵旧游四首》之一，"虞卿"一句使两典：一出于《史记·平原君虞卿列传》，言虞卿说赵孝成王，一见而赐黄金百镒、白璧一双；一出于曹丕《与钟大理书》："窃见玉书，称美玉白如截肪，黑譬纯漆。"由于言玉如截肪是从虞卿所赐玉璧引出，所以称为"事中复使事"。参阅魏泰《临汉隐居诗话》，何文焕辑《历代诗话》，第 325 页。

② 杨亿：《西昆酬唱集序》，《西昆酬唱集》卷首，四部丛刊初编本。

③ 陆廷枢：《复初斋诗集序》，翁方纲《复初斋诗集》卷首，《续修四库全书》第 1454 册，第 361 页。

④ 李渔：《窥词管见》，唐圭璋《词话丛编》，第 553 页。

⑤ 这种创作关乎才子气问题，相关论述参阅第一编第三章。

二

夸大学问、书本知识在文学创作中的效用，其弊端已经使得诗不像诗，而在这种直观的"蒇体"任性之外，更为潜在的流弊则是：它助推了不从文学本体研讨创作，而是由学者、文人不同身份辨析创作的思潮，其间夹杂了学者与文人之间的优劣竞逐以及所谓诗人之诗、学人之诗难易的伪命题，从而混淆了六朝文笔辨析对艺术审美、应用性写作之间所作出的基本界定，使得曾经混融于文史哲之下的"文"重新陷入了身份危机。

从六朝开始，文学理论界已经开始辨析文笔，文体的区分使得文学本体的特征逐步清晰，与其对应的文人、学者身份也由此明朗。但宋、清以学为诗之风的盛行，使得此前的辨析成果渐被冷落。出于社会地位、俗世声誉等功利需要，文学创作素养中的才学关系辨析在清代一度偏离了学术的公正与知识的真谛，并非美学判断的文人创作与学人创作难易等问题由此成为清代学术界的热点。

其一，强调学于文学的效用，促成了由学者、文人不同身份辨析创作的思潮。以身份论创作在宋代就已经出现，集中体现为理学家在贱视文人的同时又艳羡于文人的才华，因此每有竞逐之意。如有人以诗集呈于张南轩雅正，于是便有了以下对话：

> 先生曰："诗人之诗也，可惜不禁咀嚼。"或问其故，曰："非学者之诗，学者之诗，读著似质，却有无限滋味，涵泳愈久，愈觉深长。"①

其潜台词是：学者同样能诗，而且其滋味历久弥长。清代以学者、文人身份论诗起初的关注点近似，即学者不当被摈斥于文坛之外。其核心意旨包涵含下两点：

一则就"文章"而论，"作家"群体包纳着文人与学者。如魏禧分读书作文者为儒者、才人、文人、学者，并认为："儒者之文沉以缓，才人之文扬以急，文人之文文胜其质，学者之文质胜其文。"又合并文人与学者为

---

① 盛如梓：《庶斋老学丛谈》，中华书局1985年版，第31页。

"作家"，以上被四分的读书作文之人由此简化为作家、才士、儒者三分，且云："简劲明切，作家之文也；波澜激荡，才士之文也；纡徐敦厚，儒者之文也。"[1] 有趣的是，魏禧所称的"作家"由"文人"、"学者"合并而成，这既表达了其才学兼备方可成家的思想，还明确宣示：作家之中是包括以治学为主之学者的。不仅如此，作家、才士、儒者虽然写作风体各异，但皆以能文等视。魏禧此处是从"文章"这一具象出发展开的讨论，言其体貌之异，不存在能与不能。于是"文"独到性的主体素养依赖被取消，代之而起的是所从事的术业甚至职业的差异性。

一则就"诗歌"而论，诗人之中同样不能忽略学者。有人沿袭宋代道学家故技，视诗为小道，不关经史，这本属于器用思想观照下的诗歌价值重估，可以理解为就诗言诗，但身为浙东学派骨干的李邺嗣却从中解读出了发言人也许根本就不曾动过丝毫念头的身份偏见："夫诗列五经之一，皇皇焉如日月丽天，斯其道大矣；第自唐以后，置诗不用，徒使闲曹荐绅、不读书山人为之，此诗格所以不尊耳。岂遂谓诗可轻耶？"他又以司马相如等乐府创作为例云："余尝读《史记》，谓司马相如诸人撰乐府十九章，其文尔雅，通一经之士不能独知其词；即杜公号为诗史，非其博极群书，网罗当世见闻，亦岂能作？由是知士不通经史之学，即于文章诸体俱不应漫然下笔，而何独可易言诗耶？"[2] 表面是论诗品本尊，其话外音则是：诗如何可以仅仅成为闲曹荐绅、不读书山人的事业，而令博贯经史的学者置身其外呢？

乾嘉时期，这种以身份区划论文逐步凝聚于文人与学人。如程晋芳声称："海内文人、学人可二十余，学人以辛楣先生为第一，文人则足下（袁枚）高据一席。"[3] 这尚属于分庭抗礼之论，另有不少文字则刻意于二者之间的轩轾，郑板桥论其价值："世间出一学人易，得一奇才难。……夫奇才为天地山川灵秀所钟毓，百年难得一人。世有奇才，则江山生色，邦国增辉，可谓异宝。"[4] 更多的文人着眼于诗歌与学问的难以兼能："诗有别才，不关于学，春华秋实，理不得兼。贾、孔无韵语，温、李非经师"，所以

---

① 魏禧：《张无择文集叙》、《甘建斋轴园稿叙》，《魏叔子文集外编》卷 8，第 403、434 页。

② 李邺嗣：《万季野诗集序》，《杲堂文续钞》卷 1。

③ 程晋芳：《上简斋前辈》，《袁枚全集》第六册，第 301 页。

④ 郑板桥：《潍县署中答程羽宸》，《郑板桥文集》，第 85 页。

"从事于诗而兼好经术"则难免"两失"。这种分析大体客观，一般文士虽未明确首肯也罕见利口相辩者，但学者们的反应却明显过激，此呼彼应，置辩不休。很显然，文人不以疏于经史学术为意，而学者却以不能诗文为耻。如钱大昕便如此看待诗学与经学：

> 诗固与经异趣耶？未有经先有诗，诗三百篇皆贤士大夫咏歌性情之作，自古有贤士大夫而不说学者乎？即其间有羁人思妇之词，而圣人取而列之以为经，则皆不诡于经者也。经有六而诗居其一，舍经即无以为学。诗与学果有二道乎哉？先正朱检讨之言曰："诗篇虽小技，其源本经史，别才非关学，严叟不晓事。"斯可谓先得我心者矣。古人诗即为经，自唐以后乃以小技名之，非技之小也，诗人自小之耳。①

其核心意思是说：诗与经无异趣，诗与学无二道，由此而言，诗人学者何必划定鸿沟？其中含有学者对文人所能可以兼容的自诩，也有学者为难而文人为易的价值比量。在这种思想的浸染下，一些文学理论批评便明确将文人、学者之所能打通，只是在修行陶冶的顺序上提出一些要求，如近代陈衍就说："不先为诗人之诗，而径为学人之诗，往往终于学人，不到真诗人境界。盖学问有余，性情不足也。"② 诗人、学人可以纳入一个修行轨迹，只是在学习锻炼阶段要先以诗人之诗为切入点，再辅助以学人之诗，这样可以得诗人之诗的性情，兼备学人之诗的学问，性情学问融会则可以跻身真正的诗人。此论初看头头是道，实则扭曲了问题的本质：包容才具的性情不是求之于主体禀赋，而是可以通过诗歌类型的习练获得，已属于缘木求鱼、本末倒置之论了。

其二，夸大学之于文学的效用，形成了学人之诗难、诗人之诗易的难易较量。钱大昕以诗配经，他要申明的立场即是：诗非是小有才气者即可承应。所谓诗人们自命诗为小技，正是轻易视之的必然，也是随意涂抹皆可为诗的写照，如此作品，岂能与学者本于经史的制作相提并论呢？

---

① 钱大昕：《拜经楼诗集序》，吴骞《拜经楼诗集》卷首，《续修四库全书》第1454册，第2页。
② 陈衍：《石遗室诗话》卷14，张寅彭主编《民国诗话丛编》一，第200页。

　　杭世骏则将这种思想大张旗鼓地昭彰于世人：学人之诗难，诗人之诗易。其论定难易的依据在于以下先验性的观点：诗易工而学难假借。作者在此规避了诗人、学人优劣这一较为尖锐又意气用事的话题，但难易论历代都是文人标格立品的手段，作者虽然没有明示答案，其间价值天平倾斜所向却是显而易见。杭世骏论称："诗缘情而易工，学征实而难假。今天下称诗者什九，俯首而孜孜于学者什不得一焉，习俗移人，转相仿效，即推之千百万人而犹不得一焉。岂非蹈虚者易为力，征实者难为功乎？"难易是阳春白雪与下里巴人的试金石，诗要脱离低俗，就不应该动辄以缘情示人，而是应该由征实之学入手。以缘情与征实之学的难易为基础，杭世骏分诗为两类：诗人之诗与学人之诗。两相比较，学人诗难于诗人之诗。杭世骏认为，从《诗经》之中就已经有诗人之诗与学人之诗的分野，诗人之诗为一家之诗，在《诗经》中近似风体，贩夫走卒、嫠妇氓隶皆可为之；而学人之诗能彰显现实事务的夑理与经验，在《诗经》中属于大雅，已非任人可为。就诗体正大堂皇而言，大雅自然高于国风。从创作而论，学人之诗需要"学裕于己"然后适逢其会，如此成诗，可以"经纬万端，和会邦国"；而勇于为诗惮于为学的诗人创作则洞然廓然，虚无缥缈，稗贩剽窃于往代经典，甚至"甫脱口而即寓不可终日之势，散为飘风鬼火者众矣"。

　　体格高下、世用有无、创作难易，其底里实则依然影射诗人与学者的优劣。有人发难："鸿儒硕学，代不乏人，汉之服、郑，唐之贾、孔，未闻有名章秀句，流播儒林。度其初亦必执管而为之，塞拙不悦于口耳，遂辍而不为，则学适足为诗之累，诗人不尽由于学审矣。"杭世骏由此进一步为学辩护：

　　　　自沧浪有诗有别才不关学问之说，江西之派盛于南渡，而宋弱；永嘉四灵之派行于宋末而宋社随屋。然则诗非一人一家之事，识微之士，善持其敝，担斯责者，固非空疏不悦学之徒所能任矣。

"诗非一人一家之事"，其中有了担当的意味，也就是道义责任等内容被植入了诗歌的价值考量，并以具体的诗歌审美追求抵消了诗歌审美理论——尤其主体素养依托的本然规定。学问之中有着道德持守的意蕴，于是更加不可等闲视之。有鉴于此，杭世骏所言以学而"立诗之干"便通过道义附加值的意义增容，俨然具有了"正天下言诗者之趋"的醒世意义。由此发展，他甚至抛出了诗为学中之一事、学之所至诗亦至焉的论调。①

这种以身份认定诗文价值而忽略诗文本体规定性的做法，造成了近千年文体辨析成果的失效以及"作家"、"诗人"身份面目的模糊。无门槛、无限定的"被敞开"，反而使得相当一批自恃颇高的学者看不清文学门堂之内的真正风景。

三

在以上学者、诗人优劣辨析而学者兼能之论外，文学理论界同时也一直回荡着另一个批判的强音。这种批判源自以下两点：一是文学创作实践的审美反思，一是文学本体性质认知的日渐成熟深刻。也可以说，文学本体认知的成熟，将文学实践的审美反思进一步引向了深入，反思的核心就是：学不是创作的根本依托。用宋人萧德藻的话说就是："诗不读书不可为，然以书为诗不可也。"② 毫无文才或者文才浅薄者不论，即使富有文才者，从创作主体致力于学到文学创作炫耀学，从体及用的两端过行其是必然皆成其累。具体而言：

学极者文思反钝拙。这是历代文士从创作实践中发现的规律，其中有旁观者清的鉴照，也有如鱼饮水冷暖自知的自省。如谭元春评晋际张华的诗歌："古今极博人，下笔出口多不能快。人谓司马迁高才，恨其不博，予谓使其极博，恐胸中腕中反不能如此。试观张茂先诗，有何首高妙动人处？《答何劭诗》、《杂诗》已选而复汰之，味不足也。"③ 张华当时被许为博学之士，曾著《博物志》传世，正因为其博学，诗歌牵扯攀援反而不能畅达。从创作体验出发，名入胜流的余故山曾坦然自呈："考订数日，觉笔下无灵气。"袁枚追溯其病根称："有所著作，惟捃摭是务，无能运深湛之思。"④ 针对部分学者动辄攻讦文人卷轴太少读书不多，袁枚回应："以欧、曾为空

---

① 杭世骏：《沈沃田诗序》，《道古堂集》文集卷10，《续修四库全书》第1426册，第296页。
② 范晞文：《对床夜语》引，丁福保辑《历代诗话续编》，第415页。
③ 钟惺、谭元春：《诗归》卷8，第146页。
④ 袁枚：《随园随笔序》，《袁枚全集》第二册，第497页。

疏，即刘贡父笑欧九不读书之说，然公是先生全集具在，散漫平芜，不及欧公远甚！且吾又不知作二典、三谟者，胸中有何史学，作国风雅颂者胸中有何韵学也。我辈下笔所以不如欧、曾者，正为胸中卷轴太多之故。"① 虽然略见矫枉过正，但学问富、书卷多文思反而不利的警示却发人深省。何以会有这种现象呢？袁枚继之又有深湛的论析：

> 近见海内所推博雅大儒，作为文章，非序事嘈呫，即用笔平衍；于剪裁、提挈、烹炼、顿挫诸法，大都懵然。是何故哉？盖其平素神气沾滞于丛杂琐碎中，翻撷多而思功小；譬如人足不良，终日循墙扶杖以行，一旦失所依傍，便怅怅然卧地而蛇趋，亦势之不得不然者也。且胸多卷轴者，往往腹实而心不虚，藐视词章，以为不过尔尔，无能深探而细味之。②

一则循依学问以为撑持，将治学的范式复制于创作，思想情感理致处处凭依，自我的神思反而很少开发，不足以自运，"人足不良，终日循墙扶杖以行"的比喻确当而形象；一则学术的凿实与文学的虚灵难以协调，学者又以学傲人，以为诗文简易，所以浅尝辄止，反而更加无益于灵思。③

填塞多反碍灵动。学问是文才成就过程中的滋养，但学问不是诗材，以学为诗在文学史上的历次风行，均成为文坛的反面教材。六朝之际沈约、任昉并称为"沈诗任笔"，任昉之诗多遭诟病，被讥为"才尽"，其主要原因即为"用事过多，属词不得流便"④。清初以诗歌、学问兼能而著称者中，顾炎武与朱彝尊为其翘楚，但顾氏不以诗人自居，所作也不多；朱彝尊则"求工而务为富"，其诗"成处多而自得者少"，因袭成法旧轨，如此则难见

---

① 袁枚：《覆家实堂》，《袁枚全集》第五册《小仓山房尺牍》，第67页。

② 袁枚：《与程蕺园书》，《袁枚全集》第二册，第525页。

③ 当代作家王蒙有《谈学问之累》一文，以作家独有的艺术感觉，分析了学问与创作之间的关系："学问也能成为鉴赏与创作的阻隔。已读过的书可能成为未读过的书的阅读领略阻隔。……经验与学问的积累、牵累、累赘，使他们终于丧失了直接去感觉、判断外在的物质世界的能力，甚至丧失了这方面的兴致。"所继承的正是袁枚等学深妨才的思想。参阅王蒙《王蒙说艺文味道》，中国青年出版社2007年版。

④ 《南史》卷59《任昉传》，第5册，第1455页。

灵动。究其原因，亦被认为"未必非其学为之累也"①。

学者们恃为傲人之具的学既然于具体创作每成阻滞，那学者们的诗文创作成绩也自然约略可见，关于这一点，学术界自有客观的省察。邱炜蒌就曾对清代知名学者的诗文创作有一个较为全面的点评。他首先宣称："治考据者一沉酣其中，卒复无能自脱，正谓其非纤靡庸陋之八股可比，可以听其两存。"就是说：经学家多有酷嗜为诗者，且沉酣陶醉，难以自拔。就其创作的实际而言，由于尚属言之有物，非同于八股时文的鄙陋，自然可视为文类一种，听其自存。这种客套背后的本意是说：这是一般意义价值的量度，不作严格的精于艺的要求。那么，如果非要用这个标准衡量又当如何呢？回答很干脆："亦既两存，必难专一"。随后他对清代诸学者分别作出了论析：

康熙间李光地，本为经学大家，偶而作诗却招来如下戏谑："公之绩在辅世，公之学在宗经，顾不必与诗人争此一席也！"

康熙进士王懋竑，"考据之学甚精晰淹贯"，公议以为其"平生诗文非所专长"，所以林昌彝称其兼长诗文"为本朝不数觏作家"，邱炜蒌明确质疑"实不可解"。

洪亮吉、孙诒让，二人皆为乾嘉时代著名的学者，且为既精于考据又能为词章之士，文名甚至颇为隆盛。但洪亮吉曾评鉴孙诒让的诗歌："独许其少日未治考据以前制作"。其言如此，并非仅仅讽乎他人，"盖亦自喻之微"——也是对自我深刻的反思。而那些动辄言其兼长精诣者，便只能属于"无事悠悠者进谀"了。

嘉庆闽县陈恭尹名重当时，其全集以经训为要，所著《绛跗草堂诗》"瑕瑜参半，终带几分考据习气"，而张际亮以李杜比之，邱炜蒌称："此不过门弟子之私谕。"②

综上所论，可以说面对诗文、学问是否各有其道是否可以兼能的疑惑，学者与文人们所得出的结论每每相左。如身为大学者的姚鼐也承认"矜考据者，每窒于文词；美才藻者，或疏于稽古"③，但他最后的解决方案却是

---

① 梅曾亮：《刘梦桢诗序》，《柏枧山房诗文集》文集卷7，彭国忠、胡晓明校点，上海古籍出版社2005年版，第153页。

② 邱炜蒌：《五百石洞天挥麈》卷4、卷5，《续修四库全书》第1708册，第128—153页。

③ 姚鼐：《谢蕴山诗集序》，《惜抱轩全集》文集卷4，第40页。

融会义理、考据、词章为一体。突破学者的局限，意味着对兼能充满信心，这种信心确立的依据便是"学术可以兼文章，文章不能兼学术"的自负。[①]

身为诗人的邱炜萲则继承了此前袁枚等文士的自矜："自来经师不工著作，勉强斗胜，索索然死气满纸，有如横陈嚼蜡。盖词章与著述一直一横，本分两路也。"甚至得出了"考据家与诗之格格不入"的结论。[②] 而对清代学者创作的检阅似乎也印证了以上推论——尽管其中确有部分学者文才同样卓著，其不精诣者只是学问与诗文之间的顾此失彼，但多数学者均不幸被如此评骘言中。

如此而言，有清一代学者与才子文人的相关论争的确十分激烈，论争表面来看有着二者争夺世俗光环的诉求，其根本则在于彼此对学与文学关系认知的差异：学者往往视学为文学创作的根本，以主体有学问、作品显学问的博奥深衍为能事，为衡文矩矱。文人才子从文学的独到性出发维系文学边界的反诘并非毫无道理，但一些文人以此为借口，为自己不学、浅学辩护，甚至有袁枚式的公然为自己于经史子集的错误理解与运使张目。就学者而言，虽然其中大家的确可以才学兼能，且对其理论认知深湛，也不否认文才于文学主体素养的不可替代性，如钱大昕的"才情学识"素养论便是如此。但是，视学问之学与文学之学为一，动辄以学问之学的考据义理之术对文学中的使事运典以及对历史地理等其他诸学所涉及之处横加排议，显然将文学引向了歧路。

既然学问、书本、知识的过分宣扬已经引发偏弊，既然学问、书本、知识对文学创作并非皆是灵丹妙药，且诗人与学者、性灵与考据又难以兼能、考据家经学家之学问也并不能直接转化为诗文之能，那么才学关系之中的学到底该如何定位呢？学到底在什么样的状态下才能有助于才智系统的发挥、有助于性灵的挥洒进而形成富有实践意义的"文才"呢？一方面，在对这些弊病的警醒中，学如何进入文学、学如何能够助才智系统发挥的相关路径手段一直属于文艺界研讨的热点；另一方面，早在明清之际，在对学问之于文学弊病的反思中，文艺理论中独具新意的诗有"别学"说已经诞生了。

---

① 邓绎：《藻川堂谈艺》，王水照辑《历代文话》，第 6099 页。
② 邱炜萲：《五百石洞天挥麈》卷 4，《续修四库全书》第 1708 册，第 125 页。

四

无论书里还是书外，静谧还是运动，豁然顿悟还是思而有得，所有的"学"必须纳入到主体的心智结构系统之中，内化为情志观照的对象，方可有助乎创作，诗有别学的思想正是就此而言的。此论出自明末清初文人钱澄之，其诗说云：

> 诗有其才焉，有其学焉。有才人之才，声光是也；有诗人之才，气韵是也；有学人之才，淹雅是也。有诗人之学，神悟是也。故诗人者，不惟有别才，抑有别学焉。①

所谓诗人之学的"别学"，钱澄之即归结为学而能神悟。神悟强调了别学之所追求与学术之所追求的相异：学术之路以求真为目的，诗人别学以启发灵思为归趋。如此取向的不同，决定了别学之术与治学之术的差异，虽未必大相径庭，却有其格格不入之处：学问之术在苦读、精研、累积、考证而反思；诗人别学在多求其同情共感、广求其拓展心胸，最终落实于融会文思、启迪灵感、成就意象，于是类似陶渊明式的"不求甚解"不仅不是浅薄寡陋的代表，而且属于诗人治学需要认真拿捏把握的境界。钱锺书将这种与学者求淹雅迥然不同的学问也称之为"诗人之学"，并以清代诗人钱载（箨石）为代表，对其美学意蕴有详细的论述：

> 箨石处通经好古、弃虚崇实之世，而未尝学问，又不自安于空疏寡陋。宜其见屈于戴东原，虽友私如翁覃溪，亦不能曲为之讳也。然其诗每使不经见语，自注出处，如《焦氏易林》、《春秋元命苞》、《孔丛子》等，取材古奥，非寻常词人所解征用。原本经籍，润饰诗篇，与"同光体"所称"学人之诗"，操术相同，故大被推挹。夫以箨石之学，为学人则不足，而以为学人之诗，则绰有余裕。此中关捩，煞耐寻味。……杜少陵自道诗学曰："读书破万卷，下笔如有神"；信斯言也，

---

① 刘声木：《苌楚斋随笔》卷 10 引，第 220 页。

则分其腹笥，足了当世数学人。山谷亦称杜诗"无字无来历"。然自唐迄今，有敢以"学人之诗"题目《草堂》一集者乎？同光而还，所谓"学人之诗"，风格都步趋昌黎；顾昌黎掉文而不掉书袋，虽有奇字硬语，初非以僻典隐事骄人。其《答李翊书》曰："非三代两汉之书不观"，学而自画，已异于博览方闻。《进学解》曰："口不绝吟于六艺之文，手不停披于百家之编。贪多务得，细大不捐"，又一若河汉无涯涘，足以为学人者。然读《答侯继书》，则昌黎用意自晓。《书》曰："仆少好学问，自五经之外，百氏之书，未有闻而不求，得而不观者。然所志惟在其意义，至礼乐之名数，阴阳土地星辰方药之书，未尝一得门户"云云，则亦如孔明之"仅观大略"，渊明之"不求甚解"。舍名数而求意义，又显与戴东原《答是仲明书》背道以趣，盖诗人之学而已。①

诗人文人当然不能不读书、不治学，但其读书治学非是究其所以然、名其名数之本然。别学是诗人既不粗俗又不堕入学术之径路的保障。那么如何获得别学从而使学问以建设者的姿态进入文学创作呢？在诗有别学的理论总结出现之前，关于学与文学的关系以及什么样的学既不影响才情的自由发挥、又有助于才思灵动的思考早就是文人研讨的重点话题。具体而言，历代文人或现身说法，或寻绎求索，相关论述集中于以下两点：

（一）就从经典之中抽绎艺文之道而言诗人别学，则学贵自得、妙悟。学论自得、妙悟始于唐代，其侧重点在于从经典之中体悟诗文之道。其时以韩愈、柳宗元为代表，结合自我的创作学习经历，分别从两个方面做出了论述。

首先，如何获得经典之神。这一点侧重说明师法过程中学与习并重。韩愈自称：

> 学之二十余年矣。始者，非三代两汉之书不敢观，非圣人之志不敢存。处若忘，行若遗，俨乎其若思，茫乎其若迷。当其取于心而注于手

---

① 钱锺书：《谈艺录》，第177页。

也，惟陈言之务去，戛戛乎其难哉！其观于人，不知其非笑之为非笑也。如是者亦有年，犹不改，然后识古书之正伪与虽正而不至焉者，昭昭然白黑分矣而务去之，乃徐有得也。①

此论涉及读写两方面，观者思者为经典，注于手者为创作。读书于作文有益的开端就在于"有得"，其所得从去陈言到辨正伪、明义理是一个主体高度自觉的过程。韩愈没有以经典为圣经，言从步趋，而是以自我的创作实践比量斟酌自我从经典中的体悟，求其神而不模其似，在陈言务去的不懈追求中反复研炼而不顾及世俗评判。在经典学习与自我创作的互相印证之中，经典的神终于现身了。

其次，从经典之中应该获取什么神。经典给予后学的启迪方方面面，欲求其有助于文思，文人内心要有所"属意"。柳宗元的经验是：

　　本之《书》以求其质，本之《诗》以求其恒，本之《礼》以求其宜，本之《春秋》以求其断，本之《易》以求其动。此吾所以取道之原也。参之穀梁氏以厉其气，参之《孟》、《荀》以畅其支，参之《庄》、《老》以肆其端，参之《国语》以博其趣，参之《离骚》以致其幽，参之太史公以著其洁。此吾所以旁推交通而以为之文也。②

其旁推交通是说阅读广泛，但于《尚书》、《诗经》、《周礼》、《春秋》、《周易》不求其微言而求其"质"、"恒"、"宜"、"断"、"动"；于《孟子》、《荀子》、《老子》、《庄子》不求其义理而求其"畅"、"肆"以及"幽"；于《国语》、《史记》等不求其事理是非而求"博其趣"、"著其洁"等等。着眼点皆在审美范畴，都是经典寻常关注之外的内容，属于柳宗元的自得。

宋代文学理论之中，于经典的师法学习被推为渡人金针，自得之论又假禅学参悟等流行。时人于诗歌创作言妙悟，并非佛禅言语道断中的心斋坐

① 韩愈：《答李翊书》，同前。
② 柳宗元：《答韦中立论师道书》，《柳河东集》卷34，第543页。

忘，其核心源泉仍是读书。且看诸家之论。吕居仁《与曾吉甫论诗第一帖》主张遍考精取："楚词、杜、黄固法度所在，然不若遍考精取，悉为吾用，则姿态横出，不窘一律矣。"他自道博览大家之益，"东坡、太白诗虽规摹广大，学者难依，然读之使人敢道，澡雪膈滞思，无穷苦艰难之状，亦一助也。"由此得出结论："要之，此事须令有所悟入，则自然越度诸子；悟入之理，正在工夫勤惰间耳。"① 《漫斋语录》也有类似文字："学诗须是熟看古人诗，求其用心处，盖一语一字不苟作也。如此看了，须是自家下笔要追及之。不问追及与不及，但只是当如此学，久之自有个道理。若今人不学，不看古人作诗样子，便要与古人齐肩，恐无此道理。"② 其中虽然没有明确提到妙悟之类，但所谓"求其用心处"实与妙悟别无二致。影响最大者首推《沧浪诗话》，严羽所论妙悟，同样是从读书中得来：

> 论诗如论禅：汉魏晋与盛唐之诗，则第一义也。大历以还之诗，则小乘禅也，已落第二义矣。晚唐之诗，则声闻辟支果也。学汉魏晋与盛唐诗者，临济下也。学大历以还之诗者，曹洞下也。大抵禅道惟在妙悟……惟悟乃为当行，乃为本色。……试取汉魏之诗而熟参之，次取晋宋之诗而熟参之，次取南北朝之诗而熟参之，次取沈、宋、王、杨、卢、骆、陈拾遗之诗而熟参之，次取开元天宝诸家之诗而熟参之，次独取李、杜二公之诗而熟参之，又取大历十才子之诗而熟参之，又取元和之诗而熟参之，又尽取晚唐诸家之诗而熟参之，又取本朝苏、黄以下诸家之诗而熟参之，其真是非自有不能隐者。倘犹于此而无见焉，则是野狐外道，蒙蔽其真识，不可救药，终不悟也。③

于汉魏六朝、唐宋诸大家之作熟参酝酿，则可路头不差，于此之外再参以《诗经》《楚辞》等，便可悟第一义。虽然妙悟非尽关乎学，但宋代以后的文人多奉此为圭臬。

《孟子·离娄下》有云："君子深造之以道，欲其自得之也。自得之

---

① 胡仔：《苕溪渔隐丛话》前集卷49，第343页。
② 魏庆之：《诗人玉屑》卷5，第152页。
③ 郭绍虞：《沧浪诗话校释》，第11页。

则居之安，居之安则资之深，资之深则取之左右逢其原，故君子欲其自得之也。"王昶以为："此非为学诗言，然学诗而蕲底于精与深者，无以易此。"①

（二）就从经史子集泛化阅读之中的自我涵养而言，诗人别学贵乎能够融化为气。中国古代儒道两家的修身养生之论皆可归于养气，气是一个全方位的囊括性范畴，古代文人将涵养所得者即称之为气，故有"养存之身谓之气，见之于事谓之节"的说法②。就审美而言的学问积累，在这种心智启迪、神思蕴蓄、道德培育阶段，就属于"养存之身"的养气阶段。于是求学的过程从气动力美学解释，就是气的弥漫与渗透过程，也就是说：学所包容的知识、名数、法度、思想等等从书本或者现实遭际经验中向主体的才情、才思转移，转移过程中能与之合二为一又不成为新意的阻绝、兴味的壁障，其中两种异质物能够相合，按照古人的理解，这种境界只有在气的状态下才能完成，正如龚自珍称道李白："庄、屈实二，不可以并，并之以为心，自白始；儒、仙、侠实三，不可以合，合之以为气，又自白始也。"③学而能融化，便标志着书本的知识、感受、印象以及社会人生的经验已经从林林总总、纷繁复杂的状态融会为洋溢于主体心智的浑然之气，它不再破碎、断片，不再僵化无序，不再彼此没有机缘，不再与主体生命悬隔不通，它内化为了才情神思的内容与补给的源泉。

因此历代论学能助于诗文而无碍于才情、才思者，多从学能融会且助乎气之陶养含蓄而言，其养成状态正是苏轼所云的"腹有诗书气自华"。另如程子也说过："读三百篇可令人气厚。"继而畏庐先生附和："读骚亦然。"④"气厚"何谓？即指读之又读，将一种回环往复之情含蕴胸中，到作文时自然喷薄而出。六籍并非以文相称，但历代言文者动辄溯源至此，正是传统观念里以经典著述为"统绪之端、气脉之元"思想的直接体现。六籍以及其他经典的研阅，何时能够实现对其气脉的接续，便是涵养有成的标志，所以楼钥论诗体大篇之难称："（大篇）非积学不可为，而又非

---

① 王昶：《与陈绚斋书》，《春融堂集》卷31，《续修四库全书》第1438册，第10页。
② 赵夔：《苏轼文集序》，《经进东坡文集事略》卷首，四部丛刊初编本。
③ 龚自珍：《最录李白集》，《龚定庵全集类编》卷11，第291页。
④ 章廷华：《论文琐言》，王水照辑《历代文话》，第8404页。

积学所能到，必其胸中浩浩，包括千载，笔力宏放，间见层出，如淮阴用兵，多多益办，变化舒卷，不可端倪，而后为不可及。"① 学至"变化舒卷，不可端倪"便为气养已盛，境界已成，如此就可以既积乎学又不溺乎学。所论者虽然是诗歌大篇，却可概之于所有文艺创作。但凡能够"天地之物象，阴符之生杀，古今之文心名理，陶冶笼挫，归乎一气"，则熔铸变化、纯以神行，"玄黄金碧，入其炉韝，皆成神丹"、"么弦孤韵，经其杼轴，皆为活句"②。

别学所能达到的浑然一气之态经常被称为"空"。袁枚曾云："善作文者，平素宜与书合，落笔时宜与书离；又须揭取精华，扫糟粕而空之。云之舒卷，鸟之飞翔，皆在于空。铜厚则钟哑矣，膏盛则灯灭矣！"③ "空"不是一无所有，而是融化为气，能"空"方能于学囊括所有，而感于才情、显于才思又可以避免拖泥带水，所以张际亮在"诗人不可以无学"之论后格外提醒："然方其为诗也，必置其心于空远浩荡"，只有这样，诗人才会得学之助而不会为学所累。④

第三节　以　学　济　才

诗有别学是对文学之学独到美学性质的概括，别学对主体及其创作都有着直接的影响，这种影响就是以学济才。⑤ 不过，正如屠隆所云："以精工存乎力学，而其所以工者非学"，"以超妙存乎苦思，而其所以妙者非思"⑥。

---

①　楼钥：《雪巢诗集序》，《攻媿集》卷 52。

②　钱谦益：《梅村先生诗集序》，《牧斋有学集》卷 17，第 756 页。

③　袁枚：《与韩绍真》，《袁枚全集》第五册《小仓山房尺牍》，第 113 页。

④　梅曾亮：《刘梦桢诗序》，《柏枧山房诗文集文集》卷 7，第 153 页。

⑤　英国托马斯·艾略特在论及学问与诗的关系时说："我为诗歌工作所拟的程序的明细的部分，往往会遭到反对。反对的是认为我的学说之苛求学识（卖弄学问）竟至于荒唐可笑，认为这是一种即使告到众神殿的诗人的传记里去都会遭到驳回的要求。于是，甚至肯定地认为学识渊博会减弱或者打乱诗人的感情。但是我们却又坚信，只要不侵蚀诗人的必需的感受性和必需的懒惰性，诗人应该见多识广。" 有条件地认可学在诗歌创作中的作用，这与中国古代文学理论对学之效用的认知有近似之处。参阅〔英〕托马斯·艾略特《传统与个人才能》，伍蠡甫、胡经之主编《西方文艺理论名著选编》下卷，北京大学出版社 1987 年版，第 42 页。

⑥　屠隆：《范太仆集序》，同前。

从才学关系的肌理而言，文学之所以不可无学，之所以呼唤诗有别学，不是说学有类型的区划，更不是说凭依学可以纵横驰骋于文学的阔野，而是意在警醒才子文人，其学要与自我才情实现融会。人力之学要发挥效用，必须经过禀赋才情这个枢机。这个关系从先秦子思就曾将其明确为"学所以益才也"①，汉代诸葛亮又衍之为"非学无以广才"②。

但是"学以益才"、"以学广才"等说法从诞生之日起就有着一定的模糊性，类似于《文心雕龙·事类》讲"是以将赡才力，务在博见"，《神思》又言"积学以储宝，酌理以富才"，都有通过积累学习可富赡才力的意思。唐代柳冕针对"文之无穷，而人之才有限"的宿命，提出了"养才"说："天地养才，而万物生焉；圣人养才，而文章生焉。"③ 所谓"养才"，表面理解也是存在禀赋之才可以培养而出这样一个前提的。后世关于这种学习实践对才的影响常常被泛言为"以学广才"，如李东阳云"博学以聚乎理，取物以广夫才"④。邱振芳云："尝思诗不关学，厥言最妄，非学无以长识，非学无以广才。"⑤ 刘熙载论赋也由此入手："才弱者往往能为诗，不能为赋，积学以广才，可不豫乎?"⑥ 其意旨似乎同样笼统表达了才可由学而得的思想。

事实上，中国古代无论哲学还是美学，其在才（才性或性）的禀赋性认知上没有什么异议。才（才性或性）出于天赋，有着前定的心智结构系统，其中性情所宜与分量都因心智结构系统的生理性、遗传性赋形而具有彼此差异的恒态，不可能由学改变。但对芸芸众生而言，主体恒态的心智结构系统能够获得存量完全释放或者说可以尽才者少之又少，原因恰恰在于人力的不充分与难以为继。在这种情态下，常人可以示人的才华只能属于略见一

---

① 向宗鲁：《说苑校证》卷3，中华书局1987年版，第67页。

② 诸葛亮：《诫子书》，段熙仲、闻旭初编校《诸葛亮集》文集卷2，中华书局1960年版，第28页。

③ 柳冕：《答杨中丞论文书》，同前。

④ 李东阳：《镜川先生诗集序》，《怀麓堂集》卷28，影印《文渊阁四库全书》1250册，第299页。

⑤ 邱振芳：《龙性堂诗话序》，郭绍虞辑《清诗话续编》，第927页。

⑥ 刘熙载：《艺概》，《刘熙载文集》，第133页。刘熙载又云："邵康节诗曰：'此器养来年岁久。'可知才出于学，器出于养。"这里的"才出于学"同样是"以学广才"之意。参阅《持志塾言》卷下，《刘熙载文集》，第32页

斑，更全面的展露则需要学力更深广持续的陶染。由此可见，所谓的学以广才、益才，实则就是主体心智结构系统在后天启迪浇灌下进一步的自显自呈，显示的是本然本量的本来面貌，并非因为学力而可以消长。因为才学本为体用关系，一体呈现，学在直接影响到才性所长的激活、性情向性能的转化的同时，其有为的程度又被才性所限定。

就文艺理论而言，以学济才或以学广才的主要表现就是《序编》所论才对学具有内在需求思想的美学延伸。概而言之，学可以弥补主体才性的偏诣，此谓救以功候；学可以激活并保持创作主体的才情，使之既可成能，又可尽才；学可以奠定才气捭阖的基础，文学创作的诸多入手工夫由学而得。

在历代批评文献中，学对才辅助作用的表述方式还有很多，诸如以学助才、以学见才、以学充才等等皆是，但其内涵基本没有大的出入，本节统称为"以学济才"。

一

以学济才首先体现为以学可以救助才性本然的不足。从文学创作的实际来考察，一般文人多安于循其才性，如非有大魄力大胸襟，很多人于其偏短之处的救济并无动力。所谓极才尽性、偏才而行等论虽然貌似成为性灵思想的鼓吹，但其中隐蔽了畏难慵懒的潜在意图。事实上，才性的补济并非仅仅是一个主体能否好学不倦的形象问题，它还直接关乎艺术创作的境界高下。从这个意义而言，创作主体不可违背中国文学主体素养天人合一的要义，其人力所为者当然包括文艺审美法度的领悟、经史子集的博涉氤氲、才性偏宜的经典文艺作品的沉吟师法，但同时还包括于自我偏宜才性短绌一极要强化学习，这就是建立在才性所宜基础上的救以功候。如此的人力就主体修养而言是弥补才性的不足，就具体创作而言则有助于作品实现阴阳谐和对立统一。

（一）从气化赋形到体涵二极。万物源于气化，文学艺术同样可以说是主体之气的托寄赋形，这个气既包含决定才性特质的性气，也包含决定生命情态的血气，同时兼容后天学习陶冶所成就的道德之气。

文学创作既为气化，其所成就的作品便应该是本体上可以和本然之气相沟通、相统一的气的寄托形态。它以气的完型呈现为极致，追求整全把握、自然天成与一气贯通，追求"胸有成竹"的境界、"与造化生物之机缄盖无以异"的创生①。作品应当如郑燮所云"一块元气团结而成"②，如李重华所云"一块生气浩然从肝腑流出"③。这就是哲学意义个体之气对元气的归依思想在文艺审美中的呼应。中国诗学是生命诗学，作为生命诗学最显著的表现就是以生命最基本的气作为其发生的源泉，并以能够回复到这种生命本源为目的。主体修养——即养气的目的，就在于最大限度地接近元气。个体之气只有与元气接近甚至回归，才能获得创作的最佳机缘与生命活力，突破体性的局限。因此，是否接近、回归元气，是个体之气价值衡量与效用发挥的关键。

文艺作品能够达到元气所化，便进入了最高审美境界。而要回复元气淋漓的状态，关键在于促使作品的内在生命机轴复活，这个机轴就是阴阳二气的融结摩荡。美学意义的"体涵二极"之论也便由此衍生。④

关于"体涵二极"的美学理论研究首见于《文心雕龙》。《文心雕龙·体性》提出了文之八体：典雅、远奥、精约、显附、繁缛、壮丽、新奇、轻靡。但这八体的区分并不随意，又是"雅与奇反，奥与显殊，繁与约舛，壮与轻乖"，实为四组对立之体。一方面四组对立之体"文辞根叶，苑囿其中"——主体禀气阴阳各有偏长，故而可成四组对立之体，且基本涵括了各种文学之体不同的类型；另一方面，"八体虽殊，会通合数，得其环中，则辐辏相成"——八体虽然不同，但在一定的条件或者规律下可以实现彼此融会贯通，而对立者之间相反相成，这就是体涵二极。

相关论述又见于《文心雕龙·定势》，正面说来："渊乎文者，并总群势。奇正虽反，必兼解以俱通；刚柔虽殊，必随时而适用。"反面而言："若爱典而恶华，则兼通之理偏，似夏人争弓矢，执一不可以独射也。"提倡奇正、刚柔"兼解以俱通"、"随时而适用"也是体兼二极之论。后世泛论体涵二极，一般从以下两个方面展开：

首先，就主体整体的风格创构而言，其中包容着具体经典的风格与名家

---

① 参阅成复旺《文境与哲理》，中华书局 2003 年版，第 14—15 页。
② 郑燮：《题兰竹石二十七则》，《郑板桥文集》，第 214 页。
③ 李重华：《贞一斋诗说》，丁福保辑《清诗话》，第 933 页。
④ 关于气化的相关论述，可参阅拙著《气与中国文学理论体系构建》，人民出版社 2012 年版。

整体的风格。韩愈《进学解》有"《易》奇而法，《诗》正而葩"的品目，以相反相成论体。宋人又阐释道：

> 奇而法，正而葩，《易》、《诗》之体尽在是矣。文体亦不过是，然文贵乎奇，过于奇则艳，故济之以法；文贵乎正，过于正则朴，故济之以葩。奇而有法度，正而有葩华，两两相济，不至偏胜，则古作者不难到，况今文乎？①

经典的体格特征，于此被升华为艺术风体塑造的法式。苏轼论陶渊明云："其诗质而实绮，癯而实腴，自曹、刘、鲍、谢、李、杜诸人皆莫及也。"②其中"质而实绮"、"癯而实腴"已经成为评陶的经典结论。而苏轼自己的风格也有类似的张力："神奇出之浅易，纤秾寓于淡泊。"③他如奇崛而气静、险兀而安顿、雅而能运俗、质而可趋文等等，皆相反对待因素统一于作品之中，和合协调，不至有扶醉人之诮——非东倒则西歪，难成厚蕴。

再者，不同文体创作都贯穿着同样的要求。其中叙事文学的体涵二极更多体现于对立、矛盾的和谐统一。明际孙鑛论审曲十法，其七即云："要善敷衍，淡处做得浓，闲处做得热闹。"④清道光间但明伦评《聊斋志异》卷十《瑞云》一篇："文之妙，当于抑扬对待中求之……忽扬忽抑，忽盛忽衰，以人之妍媸，作文之开合；倩化工之颠倒，为笔阵之纵横。"⑤此外类似金圣叹论《水浒》之"正犯"——江州劫法场后有大名府劫法场、潘金莲偷奸后潘巧云偷奸、武松打虎后之李逵杀虎等——实则也是体涵二极的一种具体形式。就诗文等体而言，皆有着体涵二极的内在审美要求，如姚鼐《复鲁絜非书》云："天地之道，阴阳刚柔而已。文者，天地之精英，而阴阳刚柔之发也。惟圣人之言，统二气之会而弗偏，然而《易》、《诗》《书》、《论语》所载，亦间有可以刚柔分矣。……自诸子而降，其为文无弗

---

① 孙奕：《示儿编》卷8，影印《文渊阁四库全书》第864册，第466页。
② 苏辙：《子瞻和陶渊明诗引》，《栾城集》，曾枣庄、马德富校点，上海古籍出版社2009年版，第1402页。
③ 焦竑：《苏长公集序》，祝尚书编《宋集序跋汇编》，第587页。
④ 吕天成：《曲品》卷下引，《中国古典戏曲论著集成》第六册，第223页。
⑤ 《聊斋志异》卷10，张友鹤会校会注会评，上海古籍出版社1986年版，第1390页。

有偏者。"其意是说：阴阳本是气的两种表现形式，由元气而至于阴阳，由阴阳而至于主体才性之气，由才性之气而发之于文章——作为气化赋形的作品便自然会展示与其才性之气相近的阳刚或阴柔风格。尽管阴阳各有所偏，但姚鼐随之强调："糅而偏胜可也，偏胜之极，一有一绝无，与夫刚不足为刚、柔不足为柔者，皆不可以言文。"① 这一思想在《海愚诗钞序》中又再次申说："阴阳刚柔并行而不容偏废，有其一端而绝亡其一，刚者至于偾强而拂戾，柔者至于颓废而阉幽，则必无与于文者矣。"② 从文章到诗歌，两相贯彻。管同发挥其旨，同样以为："偏焉而入于阳，与偏焉而入于阴，皆不可以为文章之至境。"③ 他如"痛快中有含蓄方是大雅"、"绮丽中有骨力所以耐咀"等论④，皆就诗文而发。

由此推衍至诗文小说戏曲的诸般文法，诸如：粘（辞意断处，略粘缀之）送（辞意未断，送之即止）；歇（词意少歇，以养文力）过（词源浩瀚，过而后激）；顿（顿而高之，升入青天）挫（挫而下之，入于黄泉）；起（忽然而起，词意响拔）伏（倏然而伏，词意沉降）；呼（设词于前，以呼后意）应（前语既远，后必照应）；抑（抑而下之）扬（扬而高之）；开（分为两段）合（合为一意）；收（撮而敛之）纵（放而肆之）等等，皆为对待两极有机融合于作品之中的保障策略。⑤

从艺术品质塑造而言，只有具备体涵二极特点的作品，才能创造出悠远的神韵。神韵（或曰气韵、韵）被学术界视为中国古典文艺美学境界论的最高范畴。它表示在具体的审美对象之中显示出来的、萦绕于基本意旨之外更丰沛更细微而且具有衍生性的审美感受。关于这种审美特质，从六朝的文外之致、唐代司空图蓝田日暖良玉生烟等描述之中可以笼统感受，宋代范温《诗眼》则对其有了最早的理论阐释，他直呼韵为"尽美"，并释之为"有余"。为了说明这个特点，作者先后破除了以不俗为韵、以潇洒为韵、以生动为韵，继而提出了"有余意之谓韵"的伟论。何谓"有余意"呢？范温

① 姚鼐：《惜抱轩全集》文集卷6，第71页。
② 姚鼐：《惜抱轩全集》文集卷4，第35页。
③ 管同：《与友人论文书》，舒芜、陈迩冬、周绍良、王利器选编《近代文论选》，人民文学出版社1999年版，第27页。
④ 张谦宜：《絸斋诗谈》卷7，郭绍虞辑《清诗话续编》，第892、896页。
⑤ 陈绎曾：《文章欧冶》，王水照辑《历代文话》，第1245—1247页。

通过音乐来说明："盖尝闻之撞钟，大声已去，余音复来，悠然宛转，声外之音，其是之谓也。"可见他所说的韵就是象外之景、味外之味、言外之意。而要做到象外、言外、味外有景有味有言，关键是要使得象、味、言"有余"，所谓"有余"，范温又表达为"凡事既尽其美"的"尽"。这个"尽"字有其独到含义："尽"是从和"有余"的关系上讲的，凡象、味、言或者事物对象，作为艺术表现的客体，能够被表现得无以复加，达到充分穷尽了其形质的限量——这当然是以心理感受为标准的——美的摹绘才能表现出充实漫溢的状态，表现出有余；不能穷尽限量，就是不足，不足则缺失，有余便无从谈起。因此，"尽"和"有余"二者实际上是一体的。这种统一核心的表现形态便是：在自我的风体中和谐融会了其对立对待风体。范温认为，即使是"一长有余，亦足以为韵"，意思是说，哪怕仅仅是单独一种风范，只要其能"有余"便可成韵："故巧丽者发之于平淡，奇伟有余者行之于简易"，一如陶渊明诗："质而实绮，癯而实腴，初若散缓不收，反复观之，乃得其奇处。夫绮而腴与其奇处，韵之所从生；行乎质与癯而又若散缓不收者，韵于是乎成……是以古今诗人，惟渊明最高，所谓出于有余者如此。"① 正是兼容对待二极之意。韩经太先生解释这种神韵观云："实质上都有涵盖、包容、兼言审美判断之对立一极的意思。且就巧丽者而言，只有那种巧丽中缚不住的巧丽美，才是巧丽而有余者。"② 神韵由此显现。近人唐文治亦敷衍此论，其论"神"的创造："文依形而达于气，毗于阴而发于阳，气阳而形于阴也。阴阳阖辟，形气变化，于焉生神。"③ 虽然是阴柔的，却表现出力度；虽然是阳刚的，却不乏柔美。如此体涵二极，则神由此而生，这个神就是神韵。

文学创作对体涵二极的内在需求与推扬、神韵如此的创生路径，使得文学风体塑造中才性的秉持与功候的投入建立起了必然联系，文学境界的创造，最终落实于养才。

（二）禀于才性，救以功候。体涵二极，其一极为才性所近者，其一为才性所短者。对于创作主体而言，首先要做的是就其才性所近者学而习之，

---

① 郭绍虞：《宋诗话辑佚》，第 372 页，下同。
② 韩经太：《徜徉两端》，河南人民出版社 2000 年版，第 298 页。
③ 唐文治：《国文大义》下卷，王水照辑《历代文话》，第 8226 页。

此为禀乎才性以成其本然之体。如钱振锽所云：

> 夫诗体古、近，各由于性之所便，断无学一家似一家，舍一家再学一家之理。四灵、后村之似贾、姚，亦性相近也，非尽出于学也。舍贾、姚而学古，真能作古诗乎？譬之唱戏，唱生唱旦，亦各就其喉音之近而学之。今以二八女郎，必欲为关西大汉，徒自劳苦，必不自然。①

学习必然要受到禀赋才性的限制，能学什么、学到什么程度，仅靠后天努力是不够的。才性这种决定性使得才体关系具有了深层的关联。

尽管创作首先必须禀于才性，但既然体涵二极，就意味着要成就生动、鲜活、韵味悠长的作品，必须还要有与才性所长相对的另一极融入。就气化而言，此为一阴一阳相辅相成；从传统的和同理论而言便是周旋而相济，和而不同；从儒家的中庸理论看，就是直而不倨、曲而不屈、迩而不逼、远而不携、迁而不淫、复而不厌、哀而不愁、乐而不荒的有度有序有节；就佛家所言即为中道。仅仅依托才性所长极易背离体涵二极的要求，则会造成以下弊端：

一则出于偏嗜偏长的过行其是必然带来失节失度。才性各有偏长为人事本态，且人皆具循性而为的特征。《抱朴子外篇·辞义》论文人于文辞的好恶云："近人之情，爱同憎异，贵乎合己，贱于殊途。"② 人同此情，情同此理。但凡有偏，必然生闇，蔽于一曲者往往闇于大理。及《文心雕龙·诠赋》已经将对才性偏执的纵容作为文赋之病论定，刘勰称宋玉不能"执正以御奇"，以致纵其"奇"以成偏胜，故而失体，文辞淫丽，这种弊病的根源就是"弃学而循性"。

一则即使并非过行其是，因依其才性所偏而无相对待一维的辅助，也同样孤行寡诣，从一家总体的创作态势而言，拘乎一体会使风格单调；从作品境界而言，缺乏对立一维则难以形成作品富有张力的意义衍生系统和艺术空间。

---

① 钱振锽：《谪星说诗》卷1，张寅彭主编《民国诗话丛编》二，第582页。
② 杨明照：《抱朴子外篇校笺》下册，第395页。

就整体艺术风貌而言，极其一格而风格单调，面目单一。张戒《岁寒堂诗话》云：

> 王介甫只知巧语之为诗，而不知拙语亦诗也；山谷只知奇语之为诗，而不知常语亦诗也；欧阳公诗专以快意为主，苏端明诗专以刻意为工，李义山诗只知有金玉龙凤，杜牧之诗只知有绮罗脂粉，李长吉诗只知有花草蜂蝶，而不知世间一切皆诗也。

又如孟郊之寒，贾岛之穷苦，皆为诗人之作而流于一偏者，诗人为自我面目所围，难以变化。因此杜甫的体度——"在山林则山林，在廊庙则廊庙；遇巧则巧，遇拙则拙，遇奇则奇，遇俗则俗；或放或收，或新或旧，一切物，一切事，一切意，无非诗者"[1]，便成为文人们应当体法的楷模。

就艺术境界而论，作品备一极而缺乏对待一极辅助则各有偏失难成完璧。这是从反面的警示，诸如：

> 运奇于斧凿者，少从容之态；受成于材具者，希汲取之功；豪逸者欠隽永，惨淡者乏脍炙。取妍耳目者，兴未必高远；寄吟性情者，词多至流宕。[2]
>
> 夫好赡丽者远冲雅之风，工峭厉者寡浑融之度，尚枯寂者少隽永之裁，媚纤缛者乖中正之则，务涉猎者惭闳博之规，逞矫壮者昧婉约之旨。[3]

谭元春将这种"朴者无味，灵者有痕"的偏乎一极创作纳入诗文之"大患"[4]。于是权衡于二极之间、发扬其长又补救其短便成为文才涵养的题中应有之义。归结历代文人创作类似的偏颇，其根本即在于先天后天往往各有倾向，重先天者因才性，重后天者因习性，"一偏性质，一偏功候"[5]。疗

---

① 张戒：《岁寒堂诗话》卷上，丁福保辑《历代诗话续编》，第464页。
② 赵汝腾：《石屏诗序》，《石屏诗集》卷首，四部丛刊续编本。
③ 张时彻：《嵩渚集叙》，《芝园定集》卷27，《四库全书存目丛书》第82册，第129页。
④ 谭元春：《题简远堂诗》，《谭元春集》卷30，第815页。
⑤ 王葆心：《古文辞通义》卷3，王水照辑《历代文话》，第7159页。

救策略只有一个：敏妙出自灵府，而沉酣资于学力，既禀于才性，又救以功候。

救以功候可以获得审美的"圆该"。偏嗜一体，容易对其他风格体调产生偏见，这就是《文心雕龙·知音》所说的"篇章杂沓，质文交加，知多偏好，人莫圆该"，其表现如下："慷慨者逆声而击节，蕴藉者见密而高蹈，浮慧者观绮而跃心，爱奇者闻诡而惊听。"于是便经常出现这样的局面："会己则嗟讽，异我则沮丧，各执一隅之解，欲拟万端之变，所谓东向而西望，不见面墙也。"各从其好，形成审美情趣的故步自封。破解如此偏弊的方法就是学习："凡操千曲而后晓声，观千剑而后识器。故圆照之象，务先博观。阅乔岳以形培塿，酌沧波以喻畎浍。无私于轻重，不偏于憎爱，然后能平理若衡，照辞如镜矣。"无论"圆该"还是"圆照"，无论鉴赏还是创作，都指向对不同风格体调的包容与磨炼。刘勰此处是对审美赏鉴中的偏嗜一体而言的，它是具体创作中能够实现体涵二极、阴阳协调的基础。

救以功候可以约束才性的偏颇。许学夷将其方法论化："如己不能驰骋，当尽力学古人驰骋；己不能浑涵，当尽力学古人浑涵；以至古雅、高华、和平、闲逸，莫不皆然。今之学诗者，己不能驰骋，遂谓诗不必驰骋；己不能浑涵，遂谓诗不必浑涵，则自护其短，终不能上达古人矣。"① 所论有着具体的可操作性。而章学诚则从哲学之道再作发明："人秉中和之气以生，则为聪明睿智。毗阴毗阳，是宜刚克柔克，所以贵学问也。"② 此类"毗阴毗阳"就是"骄阳沴阴"，皆为"中于气质"者，即循其才性而无所敛束，或病其过阳，或病其过阴。欲有所抑制，必赖于学问陶冶。

需要强调的是，救以功候必须从禀乎才性入手。姚鼐以音乐论述文章中阴阳二极一有一绝无之不可，随后又称："今夫野人孺子，闻乐以为声歌弦管之会尔，苟善乐者闻之，则五音十二律，必有一当，接于耳而分矣。夫论文者，岂异于是乎？宋朝欧阳、曾公之文，其才皆偏于柔之美者也。欧公能取异己者之长而时济之，曾公能避所短而不犯。"③ 以"必有一当"为基础，始可言"取异己者之长而时济之"。张谦谊亦言："凡人才力学识，无有不

①　许学夷：《诗源辨体》卷 34，第 325 页。
②　叶瑛：《文史通义校注》，第 418 页。
③　姚鼐：《复鲁絜非书》，《惜抱轩全集》文集卷 6，第 71 页。

偏者，要须早自觉悟，时为补救。设若喜壮丽一路，久之必有粗厉底病，当以温雅济之；喜澹远一路，久之必有枯瘦底病，当以英华济之。然须按类增益，不得向鳆鱼锅内煮狗肉。"[①] 张谦谊格外提出补救之际要切忌"向鳆鱼锅内煮狗肉"——要根据才性所需确定学习的内容，庞杂贪多，反而成事不足败事有余。

总而言之，天之生材，虽各有其美而不能无所偏，最合审美规律的做法是："尽其天之所与之量，而不以才自蔽。"[②] 尽我才性之分，在自我才性充分的实现过程中，又要争取不为其所束缚。这就是禀乎才性、救以功候。

二

以学济才可以激活心智结构系统。具体表现有二：

其一，学力可以启发天赋之才现身，唤醒本然之才的创造力，使性情赋显为性能，赋显为具有实践品格的"文才"。孟子尽才成性、荀子缮性而"伪"的思想中，皆蕴含了学对于天赋才性这种唤醒功用的关注，古代文艺理论道艺关系论中由艺而及道的过程，其本质也在于此。宋代董逌在其艺术论著中屡屡道及这个问题。《广川画跋》卷一《书吴生画地狱变相后》云："工技所得，虽以艺自列，必致一者，然后能造其微。至于妙解投机，精潜应感，则械用不存而神者受之，其有辙迹而可求哉？"卷五《书伯时雷山图》："伯时于画，天得也。尝以笔墨为游戏，不立寸度，放情荡意，遇物则画，初不计其妍媸得失，至其成功，则无毫发遗恨。此殆进技于道，而天机自张者耶。"卷六《书李成画后》："由一艺已往，其至有合于道者，此古之所谓进乎技也。"以上所论皆涉及由技而入、技进而合于道。但《广川画跋》卷六《书王氏所藏燕仲穆画》又言："盖天然第一，其得胜解者，非积学所致也。"《广川书跋》卷六《答庚元规帖》也有同论："羲之书法正自然功胜，岂待积学而至哉。议者不知书有天机，自是性中一事，而学习特求就法度规矩耳。"卷十《书锦堂记》也称："然书法虽一技，须得天然，至积学所及，终不过其本分。"一言技进而合道，一言艺术之极致非积学可

---

① 张谦宜：《絸斋诗谈》卷7，郭绍虞辑《清诗话续编》，第796页
② 姚鼐：《述庵文钞序》卷4，《惜抱轩全集》文集卷4，第46页。

到，如何理解这种对立的说法呢？朱良志先生根据其"书有天机，自是性中一事"阐释道：

> 由技进乎道，进入到妙悟的境界，则是全其天性，天机自放。为什么广川屡屡致意于"天机自放"之境？则是因为广川认为，这是技之所以能进乎道的根本，进入到创作的自由境界，原就是对人的天性创造力的解放，启动人心灵中的"势"，使其天机自张，所谓"天机开阖，自我而入"。天机是形容其不可预测的力量，这并非是强调这股力量的神秘，来自于天，不是本之于心，而是强调天机就是根源于人的生命的一种力量，是人心灵解脱一切束缚获得自由之后的一种状态。天机的到来，是以天合天的结果，以自己心灵之天，合自然之天。①

所谓以天合天，正是以心灵之中自由无缚的解放，合于自然之天赋——即禀赋之才，学力涵育创造的只是这种以天合天、自我才赋获得解放的机缘。这个过程经常被比喻为以活水浇灌灵根："要在漱书史之润，益其灵根，岁月至，才华吐为天芬。"②灵根是文才众多虚灵称谓的一种，诗书滋润，即可启沃方寸灵源，这与"诗有别才，非关学也，然不学，何以见才"的意旨是一致的。③获岸散人假其小说《平山冷燕》主人公冷绛雪论文才的特征："此种才，谓出之性，性诚有之，而非性之所能尽该。谓出之学，学诚有之，而又非学之所能必至。盖学以引其端，而性以成其灵。苟学足性生，则有渐引渐长，愈出愈奇，倒峡泻河，而不能自止者矣。"④才本乎性，启发于学，"学以引其端而性以成其灵"不仅成为关于文才最为精确的概括，而且其中也格外提示：学所启发引申者，正是作为性中之灵的才华。

其二，只有持续的学力始能"尽才"，也可以说，力学是绚烂才华的

① 朱良志：《大音稀声》下卷，第78页。
② 郑思肖：《心史序》引其父之论，《郑思肖集》卷首，陈福康校点，上海古籍出版社1991年版，第4页。
③ 赵士喆：《石室谈诗序》，吴文治主编《明诗话全编》，第10543页。
④ 获岸散人：《平山冷燕》，第76页。

"保鲜"之道。才出禀赋，但却未必能够尽行施展。影响才华发挥的因素很多，频繁的消耗或者长期的搁置都有可能使其日渐钝拙，而能否学而不倦则是保持文才活力的关键。这一思想的美学关注始于魏晋之际，《世说新语·文学》记载："殷仲文天才宏赡，而读书不甚广博。（庾）亮叹曰：若使殷仲文读书半袁豹，才不减班固。"具备天才而寡学，则才之施为最终受到局限。①类似说法在唐人对李白的评论中也曾出现，苏颋就说："此子天才英丽，下笔不休，虽风力未成，且见专车之骨。若广之以学，可以相如比肩也。"②苏颋用意和庾亮相同，所论确当与否姑且不论，他想要表达的意旨同样是学以尽发其才，则成就更加不可限量。作为正面事典，皎然曾论谢灵运："康乐公早岁能文，性颖神澈。及通内典，心地更精。故所作诗，发皆造极。得非空王之道助邪？"③"性颖神澈"是就才性而言的，有此灵根，益以佛家典籍，故有心地灵澈、发旨造极的境界。

以上讨论文才的造诣，最终皆归结于学，其基本的信念即是学以尽才。与其相反："有其才矣，非笃于学，则亦不尽其才也"④。学以尽才的思想进入文艺审美领域之后，形成不同维度的观照：

首先是并非文学之士的天机偶发与真正文学之士的比较。如姚鼐就曾论及《诗经》中的作品多成于无足称述之人，语言微妙，后世能文者都很难企及，如此艺能绝类天才。但是，"野人女子，偶然而言中，虽见录于圣人，然使更益为之，则无可观已"。真正的古诗人则不然，属于"兼雅颂，备正变，一人之作，屡出而愈美者"。这种情形后世屡见不鲜，"小才崛士，天机间发，片言一章之工亦有之，而衰然成集，连牍殊体，累见诡出，闳丽谲变，则非巨才而深于其法者不能"⑤。究察缘由，正在于学力的有无与深浅，凭借先天聪明可成其一，难有其二，能有其始，难见其终。批评史上间或有一些猎奇之论，诸如以民间时调贬抑精英文士的无能等等。文才优劣，不能凭借一两篇作品便妄下结论，学而不倦、持之以恒的尽才文士，自然不

---

① 杨慎就将本则资料解读为"盖惜其有才而寡学也"。《升庵诗话》卷3，丁福保辑《历代诗话续编》，第679页。

② 李白：《上安州裴长史书》，王琦注《李太白全集》，第1247页。

③ 皎然：《诗式》，何文焕辑《历代诗话》，第29页。

④ 薛蕙：《升庵集序》，同前。

⑤ 姚鼐：《敦拙堂诗集序》，《惜抱轩全集》文集卷4，第36页。

是一两篇作品即可了结。

其次则普遍聚焦于文艺创作中的"小时了了，大未必佳"现象。如在王安石感慨仲永之后，宋代文坛的"少时文名大著，久而不振者"又引起了一些学者的关注，他们以"其咎安在"发问，陵阳回答：

> 无他，止学耳。初无悟解，无益也；如人操舟入蜀，穷极艰阻，则曰吾至矣，于中流弃去篙榜，不施维缆，不特其退甚速，则将倾覆矣。如人之诗，止学也。[①]

不学，起初所凭借者是一点聪明，可以有为而可为者有限；其巨弊在于天赋聪明施展到一定程度，无学以济益，不仅不会进步，反而不进则退，就如同舟船于中流不尽人力，不仅要急速后退，甚则有倾覆之危！

清代的浙西浙东，一文学繁荣一学术昌盛，吕留良曾请教于黄宗羲："浙以西，人称多慧，而学者每出南岸，何也？"黄宗羲这样回答："浙西之材，未十岁许，便能操觚，文与年进，至三十许而止。自是以后，则与年俱退亦如进，故日就销落。吾地人差朴，然三十后正读书始耳。"黄宗羲为浙东名宿，其中虽有矜夸，但所道天赋必待力学不息方可尽施的思想还是震撼了作为浙西学人代表的吕留良，他在这段文字之后感慨道："人之知识，如果核之有仁，而草木之有荄也。枝干花叶，形色臭味，天性具足，虽妍丑万态，莫不各有其生趣在焉。泽之以水露，治之以器铁，厚之以垢壤，葑壅不拂其性，光华烂然；反是，虽天性具焉，而生趣萎瘁矣。"[②] 其中泽之治之厚之葑之壅之，皆就人力勤苦与一丝不苟而言，如此方能保障天性本然的生趣。另如其他文人也对这种现象有过如下分析：

> 只是一点才气，兼之初学正锐，故有可观。积以岁月，家事日多，工夫渐懒，所得原浅，化为乌有，众人不服矣。皆未尝实获指授，究心一番。譬如学弈，只是聪明，并未传国手诸谱着，如何得好。吾常谓亲

① 魏庆之：《诗人玉屑》卷5，第157页。
② 吕留良：《古处斋集序》，《吕留良诗文集》卷5，徐正等校点，浙江古籍出版社2010年版，第111页。

友：千里寻师，闭户诵读，除此二法，即天才绝人走到正路，亦头破足
穿矣。①

"千里寻师，闭户诵读"，就是要行万里路，读万卷书。依仗聪明，即使天
才绝人也未免昙花一现的命运。

以上将早慧之人"大未必佳"多归咎于未能苦学，而未能苦学的因由
则往往与"旁人交誉，遂侈然自足"相关②。就这个意义而言，明人所谓
"天下岂有寡学之才"的结论是颇有见地的。

三

学可以奠定才气捭阖的基础，文学创作的诸多入手工夫皆是由学而得，
才情不优者假此可以成就"古雅"之美。

审美创作依托文才，生机、灵气、变化、异想天开等等是其必然的审美
高度，作品因此可分优劣，人才可见高下。但作为创作起点的诸多基本技
能——即入手工夫的获得却皆属于人力范畴，它没有才性的门槛，无论大家
小辈，但凡致力者多可以有所造诣。而且作为入手工夫（法度且待下一章
讨论），习熟之余这种造诣即转化为功力，每每关联着创作的诸般审美境
界，这是以学济才更为常见的表现形态。

学能致工切。工即造语精约而不杂冗，"出语有章而鲜艰深僻涩之嫌"，
要实现如此清通，则"一字一句又无不从读书创获者也"③。所谓读书之中
的创获，就是指经典的浸淫、揣摩与模拟，因此彭端淑云："六籍，文之经
也；史汉，文之纬也。一经一纬，而文出其中矣。不通六籍史汉百代，而求
工于文，譬之却行而求前也。"④ 纪晓岚也称："诗之工拙，全在根柢之浅
深，诣力之高下。"⑤ 古人将"性灵"与"根柢"、"诣力（又称造诣）"对

①　费经虞、费密：《雅伦》卷24引，《续修四库全书》第1697册，第448页。
②　郭麐：《灵芬馆诗话》卷1，张寅彭选辑《清诗话三编》，第3282页。
③　吴骞：《周松霭黄发集序》，《愚谷文存》卷2，《续修四库全书》第1454册，第199页。
④　彭端淑：《论文》，李朝正、徐敦忠《彭端淑诗文注》，巴蜀书社1995年版，第452页。
⑤　纪昀评陈子昂《晚次乐乡县》，李庆甲《瀛奎律髓汇评》卷29，上海古籍出版社2005年版，第
1256页。

举，分表天人，"根柢"、"诣力"就是学问功力。后人疏解以上意旨为：诗道本宽，凡有性情者皆可染指，当然不必定为夙学之士；但是，若非夙学之士，则不能保障其皆工。

切即准确到位能刻画入微，是在工的基础上进一步的表达要求，它需要在对经典耳濡目染、心营意度之余广搜博览、照察精审，既避免文字中的常识性错误，又能精于用事、有助于比兴。如王夫之平生厌恶诗文饾饤，但从未反对文人读书，且以为"天下书皆有益而无损"。其评张正见《陇头水》云："梁陈以来，所尚者使事，而拙者不能多读书，虽读亦复不解，迨其愈下，则有纂集类书以供填人之恶习。故序古则乱汉为秦，移张作李；纪地则燕与秦连，闽与粤混。求如此作以'远入隗嚣营，傍侵酒泉路'记陇头水者，鲜矣。"① 所赞赏张正见的成就，正在于工切而不虚泛。近人陈衍也曾声言："夫作诗固不贵掉书袋，而博物则恶可已？不知雎鸠之挚而有别，何以作《关雎》？不知鹿之得食相呼，何以作《鹿鸣》？不知鹡鸰之为水鸟，在原则失所，何以作《常棣》？不知椒之善蕃衍，何以作《椒聊》？不知冬月之日次营室，何以作《定之方中》？"所以诗与学的关系应该如同养兵："可百年不用，不可一日不备。"② 作为文学入手功夫的工切，便是在"不可一日不备"的读书学问之中获得。

学能致醇雅。醇厚即不浅薄，优雅则不俚俗，二者同样依赖于学这一人文化成的根本形式。唐宋诗人之中，类似许浑、九僧以及江湖诗派之所以被讥为空疏清浅，其根本原因就在于他们寡学——"未有以溉其本根"③。钟惺论诗主乎"灵"、"厚"，虽然"灵"对"厚"有着限定，但有"灵"并非能"厚"的前提，这个境界必待于书卷浇注。④ 梁佩兰引申钟惺之论，将"厚"与读书直接建立了关联："诗家论神骨，论气味，然神骨之清，气味之厚，在用意深浑，非读书融贯者不能。"⑤ 这里的"气味之厚"，便是从读者耐于咀嚼而言的，若要具备这种义理、情理抉发不尽的品质，必须读书并

① 王夫之：《古诗评选》卷1，第556页。

② 陈衍：《石遗室诗话续编》卷1，《民国诗话丛编》一，第477页。

③ 杨慎：《升庵诗话》卷9，丁福保辑《历代诗话续编》，第812页。

④ 钟惺：《与高孩之观察》，《翠娱阁评选钟伯敬先生合集》卷7，《续修四库全书》第1371册，第433页。

⑤ 梁佩兰：《六莹堂集》附录"评词"，吕永光校点，中山大学出版社1992年版，第116页。

能够融会贯通。

如果说醇厚在依赖博学之外尚需要一定的通会之能，那么优雅则属于由学可以直接通达的境界。黄庭坚早就将诗中没有尘俗气归功于胸有万卷，目的正在于明雅俗之辨，杨慎将其敷衍为："读书虽不为作诗设，然胸中有万卷书，则笔下自无一点尘矣。"① 决定雅俗的根本就在于有学无学、学力深湛抑或学识浅薄：

> 天下惟雅须学，而俗不必学；惟典则须学，而鄙与弇不必学。②
> 诗难其雅也，有学问而后雅，否则俚鄙率意矣。③

由此可见，凡病可医、唯俗不可医的旧论并非至理，破解之道尽人皆知，正如袁朴村所论："予谓医俗有良药，人特不肯服耳。良药者何？书是也。"书卷气盘结，一切尘氛俗垢如何有存留余地？④

作为下手工夫，文人们经过长久的磨炼，普遍可以实现对经典体式的仿效，甚至熟能生巧。对于长才大才而言，这种积累越雄厚，其勃发于创作便越得心应手且具有品格；即使主体没有超群的才情，进入不了天才或才子的行列，做不到才人气采飞扬、情灵逸荡，但他们同样可以凭借对体式规范的熟稔形成艺术创作，并且体现出由学可致的工切与醇雅，从而为其创作赢得品味与尊重。王国维的"古雅"论由此诞生。其所谓"古雅"便源自他对才学关系维度下学于艺术独到效用的理解——当然，这种艺术特质的认同不同于历史上学者与文人反复抗辩中出现的以学为主的偏激立场，部分学者突破学者之才的适用范围，以獭祭饾饤为诗文，其于文学创作之中消解文才的思想与学能致雅等论不可等而视之。

"古雅"说见于王国维1907年完成的《古雅之在美学上之位置》一文，是作者将康德天才论、一切美皆形式之美的学说与中国文学传统经验结合的

---

① 杨慎：《升庵诗话》卷14，丁福保辑《历代诗话续编》，第932页。
② 毛奇龄：《东阳李紫翔诗集序》，《西河集》卷57，影印《文渊阁四库全书》第1320册，第500页。
③ 袁枚：《随园诗话》卷7，《袁枚全集》第三册，第227页。
④ 林昌彝：《射鹰楼诗话》卷21引，王镇远、林虞生标校，上海古籍出版社1988年版，第493页。

产物。文中说：

> 美术者，天才之制作也。此自汗德（即康德）以来百余年间学者之定论也。然天下之物，有决非真正之美术品，而又决非利用品者。又其制作之人，决非必为天才，而吾人之视之也，若与天才所制作之美术无异者。无以名之，名之曰"古雅"。[①]

"古雅"说是建立在第一形式、第二形式区分基础上的结论。所谓第一形式就是人的自然情感于审美对象的生理表现及其性质，[②] 它泛化、统括而不聚拢，表见于自然情态，也表见于艺术内容。第二形式是指情感内在的表现通过外在形式转移物化，也就是艺术表现。第二形式作为艺术之所以为艺术的标志，一旦形成便具有了意义增值，所以王国维说："即形式之无优美与宏壮之属性者，亦因此第二形式故，而得一种独立之价值，故古雅者，可谓之形式之美之形式之美也。""古雅"因此属于一种具有独立审美价值的范畴。其所谓"古雅"包含以下特点：

一则"古雅"是相对于"优美"、"宏壮"而言的，依据主体审美的感受力度，可以置于"优美"与"宏壮"之间："优美之形式使人心和平；古雅之形式使人心休息，故亦可谓之低度之优美。宏壮之形式常以不可抵抗之势力唤起人钦仰之情，古雅之形式则以不习于世俗之耳目故而唤起一种之惊讶，惊讶者，钦仰之情之初步，故虽谓古雅为低度之宏壮，亦无不可也。故古雅之位置，可谓在优美与宏壮之间，而兼有此二者之性质也。"当然，兼具二者性质并非意味着"古雅"在自然美的观照上超越了二者，而是就其教育庶众的效果与"优美"、"宏壮"相同而言的。从审美的层次或等级上区划，"古雅"不及天才所创造的"优美"与"宏壮"，但是，"优美及宏壮必与古雅合，然后得显其固有之价值"；与其相反，"古雅"虽为两种审

---

① 王国维：《古雅之在美学上之位置》，周锡山编《王国维文学美学论著集》，第37—41页，下引皆同。

② 有学者认为："第一形式近于艺术种类，乃至体裁；第二形式则表示每一艺术家在具体表现时的不同特点在作品中的呈现。"按：这一理解与王国维本义略有偏失。参阅黄霖《近代文学批评史》，第821页。

美形态"不可缺之原质"，但它却得"离优美宏壮而有独立之价值"。

二则"古雅"是对"古"而言的，古则非今："时之不同而人之判断也各异。吾人所断为古雅者，实以吾人今日之位置断之。古代之遗物无不雅于近世之制作，古代之文学虽至拙劣，自吾人读之无不古雅者。若自古人之眼观之，殆不然矣。"如此厚古嗜古，追溯根源，"此由古代表出第一形式之道与近世大异，故吾人睹其遗迹，不觉有遗世之感随之"。也就是说，古今悬隔，古代作品之中文人们介入、体察、感受人生事态以及自然的情志趣味、规则法度与今人迥然有别，这种世道相殊带来的疑惑、好奇、追怀既引发后人思古幽情，又抚慰其因诸般迫压争逐而躁动焦灼的心灵，因而赋予了昔人创作以特有的价值，如同情人眼里出西施一般。事实上，主体心灵才是这些创作意义与价值生成的策源地。

三则"古雅"必然要"雅"，雅则非俗："即同一形式也，其表之也各不同。同一曲也，而奏之者各异；同一雕刻绘画也，而真本与摹本大殊；诗歌亦然。'夜阑更秉烛，相对如梦寐'之于'今宵剩把银釭照，犹恐相逢是梦中'，'愿言思伯，甘心首疾'之于'衣带渐宽终不悔，为伊消得人憔悴'，其第一形式同，而前者温厚，后者刻露者，其第二形式异也。一切艺术无不皆然，于是有所谓雅俗之区别起。"这种"雅"是一个所有艺术皆不可超越的尺度，艺术不同风体、趣味、境界的开拓，在王国维看来都必须以"雅"为起点，"古雅"当然如此，"优美"、"宏壮"也概莫能外。

四则"古雅"的创作不必天才，虽才华不优者凭借人力也可以窥其藩篱。王国维依据康德的审美"判断力"对"优美"、"宏壮"与"古雅"做出如下的区划，前者为"先天的判断"，是"必然的"，具有普遍认同；后者则属于"后天的"、"经验的"、"特别的"、"偶然的"，是情感色彩的、随机性的认同。鉴于审美判断力的相异，二者的创作素养依托也便有了不同："优美及宏壮，则非天才殆不能捕攫之而表出之"；"艺术中古雅之部分，不必尽俟天才，而亦得以人力致之。苟其人格诚高，学问诚博，则虽无艺术上之天才者，其制作亦不失为古雅。""古雅"可凭修养获得，而且"非藉修养之力不可"；"优美"、"宏壮"则"固非修养之所能为力也"。为了更为清晰地说明"古雅"相比"优美"、"宏壮"的独到特征，王国维又专门将其实践意义定位于"美育普及"："至论其实践之方面，则以古雅之能力能由修养得之，故可为美育普及之津梁。虽中智以下之人，不能创造优美及宏壮之物者，亦得由修养而有古雅之创造力；又虽不能喻优美及宏壮之价值者，亦得于优美宏壮中之古雅原质，或于古雅之制作物中得其直接之慰藉。"对于"中智以下"他还有一个具体的标定："今古第三流以下之艺术家，大抵能雅而不能美且壮也。"以"中智以下"以及"第三流"之才华论"古雅"，虽然近似于才赋限度的完全敞开，但又不能将其视为艺术殿堂的免费入场券，它属于对文学爱好者以及勤勉力学者的回馈，具有向风雅文雅传统致敬的意味，同时又将这种人力的所得做出了不能越雷池半步的规定。

"古雅"说是王国维以西方美学天才论为参照，结合我国文学传统经验、理论资源进行的理论创造，他没有照搬康德等人的模式，而是在其天才论观照的范围之外，敏锐地注意到中国古代文学之中，类似诗词等体裁有着巨大的创作队伍，作为生活艺术化的手段与艺术生活化的普及，它们并非天才的专利；对于如此庞大的创作队伍和汗牛充栋的创作，不应该忽视。天才创作境界之外尚有力学苦吟可及的境界，其于美育普及功德无量，这是王国维的美学贡献。其得力处在谙熟传统创作情态、了解西方美学前沿之外，关键还在于他对传统文艺美学思想中的才学关系理论——尤其以学助才思想有着全面的关注与深刻的理解。因此我们也可以说，"古雅"论的确立虽然嫁接在西方天才论体系之下，但理论本身却由传统文艺思想的才学论中接引而出，可以视为西方美学思想与民族美学思想成功融合的范例。

不过王国维的"古雅"论也有其鉴察不周之处：他全盘吸收康德天才论的思想，将"优美与宏壮"的创作尽数归于超凡逸世的大作家、大诗人、大文豪，其他文人的创作则命之曰"决非真正美术品，而又决非利用品"。如此衡文，几近于将类似屈原、李白、杜甫等天才之外文人的杰作统统从艺术殿堂中扫地出门。

除此之外，"雅"作为入手工夫力学可致，而且如此的入手工夫之"雅"也是王国维所论定"古雅"艺术品格的根基。但是，仅凭力学却不可企及"古雅"。王国维反复申言天才，天才之外又涉及文才的"第三流"以及"中智之下"等概念，显然并未因"古雅"创造的普适性而放弃关于文才的要求，甚至可以说，虽然所谓"第三流"等措辞显得有些不屑一顾，但实际上其关于"古雅"的要求却很高。从所举实例来看："西汉之匡、

刘，东京之崔、蔡，其文之优美、宏壮，远在贾、马、班、张之下。"又如
"南丰之于文不必工于苏、王"，"姜夔之于词且远逊于欧、秦"，这些被其
纳入"古雅"创作的文人，其实创作水准在古人眼里多入大家，后世于其
作品也每每爱不释手。前文有关"愿言思伯，甘心首疾"之于"衣带渐宽
终不悔，为伊消得人憔悴"等雅俗比较，更不是一般层面的村俚鄙陋与否
的问题，而是以"敛抑"还是"透露"为准的，因此晏几道、欧阳修等被
后世传诵的名句在此却成为"俗"，被视为反面典型。如此立论，他所谓古
今第三流以下的艺术家皆能成其"古雅"的说法便很难成立，因为这种不
透不露又能达情显意的创作，就如同他在《人间词话》中提到的"不隔"，
需要高超的才情思力，非是入手工夫的学通过孜孜以为就可厕身其中。

第四节　才学相须　才为盟主

诗有"别学"、学以济才，从不同维度规诫文人不可无学。不过历代关
于才学关系的讨论又始终贯穿了如下共识：才学相须。在这个关系体系里，
无论强调其中任何一方，都不意味着对另一方的否定；文艺创作——尤其成
功而可持续的创作，必须以才学为共同基础才能完成。但是，无论主体素养
还是具体创作中的地位，二者皆非相等，而是"才为盟主，学为辅佐"。不
过历史上众多的文艺理论著述在论述上往往呈现出一边倒的局面：论学多而
言才少。究其原因，主要在于才不可究亦不可易，更不可幸得，而学为凡事
起点与唯一可以施为人力的入手，如此论文，有无奈之情，也含劝世之意。

一

以学济才之论的本质就在于宣示才与学之间的不可离析性，无论先秦儒
家所论尽才成性，还是诸葛亮所言的"才须学也"，皆具有这种涵融两端的
意义。西晋时期，葛洪已开始分别由才必须学、学不可无才两个维度明确论
述才学相须。《抱朴子外篇·博喻》云："虽天才隽朗，而实须坟、诰以广
智"；《钧世》篇在提倡博学之余则又做出如下警示："譬如东瓯之木、长洲
之林，梓豫虽多而未可谓之为大厦之壮观、华屋之弘丽也；云梦之泽、孟诸
之薮，鱼肉之虽饶而未可谓之为煎熬之盛膳、俞狄之嘉味也。"意思是说，

在材料之外，还需要组织材料表现材料的禀赋，就如《辞义》所云："梓豫山积，非班匠不能成机巧；众书无限，非英才不能收膏腴。"①

如果说葛洪所言尚属于泛论著述，随后文艺界则开始于书法艺术广论才学相须。王羲之有云："生而知之发愤，学而悟者忘餐"，所谓"生而知之发愤"就是即使天才也不可无学力之意。宋文帝以书法自诩，时人却这样评判："天然胜羊欣，功夫不及欣。"② 源自才性的天趣超逸，但功力尚浅。其时"天然"与"功力"便是才、学的代名词，以南朝梁庾肩吾论历代书家为例：

张芝："张工夫第一，天然次之，衣帛先书，称为草圣。"

钟繇："钟天然第一，工夫次之，妙尽许昌之碑，穷极邺下之牍。"

王羲之："王之工夫不及张，天然过之；天然不及钟，工夫过之。"

王献之："早验天骨，兼以掣笔，复识人工。"③

以上只有王献之天人相谐，其他人天然与人工彼此各有高下，恰是才学尚未完全融合之意，否则诸家的造诣绝不止此。

及乎《文心雕龙》，文学理论中的才学相须思想已经成其系统。《事类》有云："是以属意立文，心与笔谋。才为盟主，学为辅佐。主佐合德，文采必霸；才学褊狭，虽美少功。"不仅明确了才和学的地位，而且指出，只有作为"主"的才与作为"佐"的学"合德"，方能实现"文采必霸"。《神思》篇比较"骏发之士"与"覃思之人"："难易虽殊，并资博练；若学浅而空迟，才疏而徒速，以斯成器，未之前闻。"或以敏捷而应机立断，或因疑惑而研虑方定。二者尽管存在因体制大小不同而产生的难易差异，并因才分不同而有迟速之别，但都需要作者既备此才华，又富有广博之学。

唐宋以后，文艺批评论及文人素养，基本上以才学兼备为主。以唐代书论为例，张怀瓘论其《书议》所选诸家："玄猷冥运，妙用天资。追虚捕微，鬼神不容其潜匿；通微应变，言象不测其存亡。奇宝盈乎东山，明珠溢乎南海。其道有贵而称圣，其迹有秘而莫传。理不可尽之于词，妙不可穷之

---

① 杨明照：《抱朴子外篇校笺》下册，第 261、73、393 页。

② 王羲之：《笔势论》、王僧虔：《论书》，王伯敏等编《书学集成》（汉—宋），第 32、51 页。

③ 庾肩吾：《书品》，王伯敏等编《书学集成》（汉—宋），第 87、88 页。

于笔。"如此资质，"非夫通玄达微，何可至于此乎"！但张怀瓘随之又云："今虽录其品格，岂独称其材能。皆先其天性，后其习学。"① 天才之美当然要表彰，但习学之道概不可废。孙过庭则从对于艺术界两种弊病的批判入手论述这个道理。他将书家之病分为两类："或有鄙其所作，或乃矜其所运"，鄙其所作者自卑，矜其所运者自恃。"自鄙者尚屈情涯，必有可通之理"——自卑的根源是对自我本然的禀赋才情尚未有正确的发现与理解，有其学而未能通其才，但学而极之，果有才情者必有可通之时；"自矜者将穷性域"——自恃者则由于对自我的天赋充满信心，因此"坐吃山空"，拒绝后天人力，故而有途穷之忧。二者相较："盖有学而不能，未有不学而能者也。"② 同样是才学相须之论。

才学相须在宋代出现了很多著名的阐述。如周必大云："文章有天分，有人力，而诗为甚。才高者语新，气和者韵胜，此天分也；学广则理畅，时习则句熟，此人力也。……二者全则工，偏则不工。"③《沧浪诗话·诗辨》的论述最为后世流行："诗有别材，非关书也；诗有别趣，非关理也；然非多读书多穷理，则不能极其至。"非常辩证地表达了才学不可离弃不可偏失的思想。许顗则提出了"苦学副其才情"说，论中云饶德操："作诗有句法，苦学副其才情，不愧前辈。"④ 诗歌创作不能悖离主体才情，但不悖并非意味着空腹高心、操笔即可与才情相称，必须苦学苦吟，如此其才情学力兼融，创作方始称得上才情的赋形。

在以上理论的演绎之外，明代文人于这一思想又表现出了相当别致的论述策略。其一为经典的重新解读。明代诗学著作《独鉴录》通过对严羽名言的索解，提出了"天下岂有寡学之才"的新论："非书何以广才，非理何以成趣？天下岂有寡学之才、无理之趣哉？盖非关书者，才之放也，书所未载也，非外书也；非关理者，趣之妙者，理所未著也，非外理也。"那些表面上看来不见书不见理的作品，"盖有非寻常之蹊径可以揣摩之者"，人们所熟知的"羚羊挂角，无迹可求"，正是就此而言，它只是将学问知识融化

---

① 张怀瓘：《书议》，王伯敏等编《书学集成》（汉—宋），第 192、193 页。
② 孙过庭：《书谱》，王伯敏等编《书学集成》（汉—宋），第 136 页。
③ 周必大：《杨谨仲诗集序》，《文忠集》卷 52，影印《文渊阁四库全书》第 1147 册，第 554 页。
④ 许顗：《彦周诗话》，何文焕辑《历代诗话》，第 397 页。

于无迹可求，或者说这些识理尚没有被书卷概括或者尚没有被他人揭示，并非意味着没有书卷与理趣的支撑。① 其二则结合"才"的训诂发明才学相须的必然性。谭浚在道文体用关系的基础上论才学关系：

> 述其道者由乎学，著其文者由乎才。学者博也，博于闻见而述之也。才者裁也，裁其合宜而著之也。以才为主，以学为辅。才自内发，学本外成。学优而才短者劬劳于词情，才长而学劣者迤遭于事义。桓宽曰："内无学而外为文，若画脂镂冰，费日捐功。"

其论述接纳了部分《文心雕龙·事类》的观点，但以才为"裁"的论述则是明清之际的创见，李日华、金圣叹等皆有近似之论。文章必由才学之合方能见道：以才裁学、以内发裁外成、以裁布"博于闻见"的内容为文章，才、学的一体化由此成为审美的必然。②

就此而言，才学相须实为文艺审美的公理，更是诗家的圭臬。诗之工者，"非学所能至，而非空疏不学者所能幸也"③，这就是诗不由学又不可无学的本意。既然相须，则无论突出"诗非力学可致"还是坚守"诗以工苦得之"便皆为谬见："无天资而全用学力，道也只道得八分；若恃天资而不本学问，误却大半。""八分"、"大半"之说不是确指，本意在于说明偏失者彼此半斤八两。这一审美理则的方法论化则直接落实为诗歌创作的救偏接引之术："沉涵典籍要他洗濯"，洗濯需要总揽之才；"高材敏切要他淹博"，淹博需要读书问学。④ 当然，这种相须是随机、历时的统一，才既难以尽施，学亦难言其涯，二者之间的融会更没有比例，这才有清人"我道诗本才学兼，几分人事几分天"的论断。⑤

当然，也有部分自负才情的文人片面揭起严羽"诗有别才，非关学也；诗有别趣，非关理也"的大旗，放言诗才无关乎学问。且不论其置严羽最

---

① 觳斋主人：《独鉴录》，吴文治主编《明诗话全编》，第10985页。
② 谭浚：《言文》卷上，王水照辑《历代文话》，第2349页。
③ 施闰章：《顾赤方诗集》，《施愚山集》文集卷4，第1册，第84页。
④ 费经虞、费密：《雅伦》卷24，《续修四库全书》第1697册，第443页。
⑤ 邱炜菱：《五百石洞天挥麈》卷6引清人张景阳诗，第1708册，第158页。

后"非多读书多穷理则不能极其至"于不顾的断章取义，即使所论成立，张实居也曾明确相告：此"为读书者言之，非为不读书者言之也"。其间关系正如以下比喻："有才而无学，是绝代佳人唱莲花落也；有学而无才，是长安乞儿著宫锦袍也。"①才与学只有相合相须才能成就"绝代佳人著宫锦袍"的大雅美境。在历代文艺理论批评之中，除了上文所涉及的"自然与人工"，才学的相须关系又有以下不同的表达：

性情与学问相须。钱谦益云："夫诗之为道，性情学问参会者也。性情者，学问之精神也。学问者，性情之孚尹也。"②

性灵与学问相须。清人有论云："学问性灵缺一不可。本学问以发抒其性灵，由性灵以熔冶其学问，而后可以言诗。"③

根柢与兴会相须。王士禛论诗云：

> 夫诗之道，有根柢焉，有兴会焉，二者率不可得兼。镜中之像，水中之月，相中之色，羚羊挂角，无迹可求，此兴会也。本之风雅以导其源，溯之楚骚、汉魏乐府诗以达其流，博之九经、三史、诸子以穷其变，此根柢也。根柢源于学问，兴会发于性情。于斯二者兼之，又斡以风骨，润以丹青，谐以金石，故能衔华佩实，大放厥词，自名一家。④

根柢兴会最终与学问性情一致。其后惠栋《古香堂集序》首肯并照搬了这段文字，且将其归结到性情与学问的相须。⑤

师承与妙悟相须。徐增《而庵诗话》云："夫作诗必须师承；若无师承，必须妙悟。虽然，即有师承，亦须妙悟：盖妙悟师承，不可偏举者也。"师承即学，妙悟即才。又以师承为外王，妙悟性灵为内圣："作诗而无关于内圣，勿作也；作诗而无关于外王，亦勿作也。"⑥

---

①　郎廷槐问，张实居答：《诗问》卷3；郎廷槐问，张笃庆答，《诗问》卷2，周维德辑《诗问四种》，齐鲁书社1985年版，第48、28页。

②　钱谦益：《尊拙斋诗集序》，《牧斋杂著》，第411页。

③　刘声木：《苌楚斋随笔》卷5引太仓唐孙华论诗，第93页。

④　王士禛：《带经堂诗话》卷3，张宗柟纂辑，戴鸿森校点，人民文学出版社1963年版，第78页。

⑤　参阅惠栋《松崖文钞》卷2，《续修四库全书》第1427册。

⑥　徐增：《而庵诗话》，丁福保辑《清诗话》，第426页。

以上说法，皆是由才学关系演化而出的，是具体语境下的发挥，且各有侧重，虽然未必精确，但都本于才学相须的基本理义。

文艺理论批评之中的才学相须，兼主体素养与作品境界而言，在具体语境之中并非二者时时共同表彰，而是有着诸多不同的体现形态：

其一，从不同人对同一个对象不同审美关注的整合中体现。比如苏轼，历代均以之为才华绝世，学究天人，《闻见后录》择取了两则对他的评价材料，其关注点恰恰不同。先是"世称苏氏之文出于《檀弓》，不诬矣"，其着眼点在于苏轼之学，为时人共识。而苏辙则感慨："公之于文得之于天也。"①二者统观，才能反映苏轼诗文得于才学融合的本来面目。再如袁枚标榜性灵为当时公论，但郭麐称袁枚主张性灵却从未教人废书，并自道闻见："余见其插架之书无不丹黄一过，《文选》、《唐文粹》尤所服习，朱墨围无虑数十遍。"故云当日从之者未必有其性灵，而非之者又恰恰未必有其学术。②

其二，艺术品目中论学或不及才，品目对象之才或为世人公认。历代文学大家，无一人无学，如宋代潘枋曾历数古今大家之苦学情状：

> 司马子长、班孟坚、韩退之、柳子厚诸人及我朝苏明允夫子，皆古今号能文辞者。至其自述学业之艰，辛苦万状：或三年成一赋，或足迹遍天下；或谓不敢以轻心掉之，以矜气作之；或谓含英咀华，佶屈聱牙，手不停于六艺之文；或谓吾年二十有七，始克务学，以经历几载，而后学成。……李太白最号豪隽，犹横经籍史，著作不倦，三十成文章。长吉至呕出心肝乃止。前辈虽大手笔，要不可以无心而得，率尔而成也。③

施愚山也曾论杜甫："后汉魏而雄于诗者，莫如子美，其自叙曰：'读书破万卷，下笔如有神。'故乐府、五言诸体不为拟古之作，即事命篇，意主独造，而学集其大成，以是为不可及。"④ 以上诸论所及者，如司马迁、班固、李白、杜甫、苏轼、李贺等等无一不是以才名世者，而如此"善作者"又

---

① 邵博：《闻见后录》卷14，影印《文渊阁四库全书》第1039册，第280、281页。
② 郭麐：《灵芬馆诗话》卷8，张寅彭选辑《清诗话三编》，第3368页。
③ 潘枋：《海琼白玉蟾先生文集序》，祝尚书编《宋集序跋汇编》，第1798页。
④ 施愚山：《诗原序》，《施愚山集》文集卷3，第55页。

恰恰是"善述"善学者。

其三，综合学习不同大家之际的才学兼收。对李杜而言，"太白以天才胜"，"子美以人力胜"，历代皆受推崇。如何师法？许学夷就认为必须"李杜兼法，乃能相济"[1]。胡应麟也称，诗歌最典范的法式是能将李杜各自才学之长"总统为一"，这种全盛之举被誉为"宇宙之极观"[2]。

才学天人相合，这是中国古代文艺主体素养论的主要内容。学不仅仅是人接近天的手段，也是启示本体所具有之天才现身的手段、是将本然的性情偏宜熔铸为文才的根本手段。

二

才学虽然相须，但毕竟天人分野，即使单就对于文艺审美的影响而言，学与才依然有着巨大的差异：学问相对重视理性思维与积累的循序渐进，重视以公认的标准检验并由此形成其颠扑不破的可验证性；才则更重视性情、直觉、灵感，重视突破超越，重视横空出世的个人风范及其不可重复性与无定法性。[3] 才学对于文艺审美影响力的如此差异，事实上相当于对以学济才所能实现的程度、所适应的范围提出了限制，也对才学关系之中彼此的地位有了约定。由此形成了二者之间如下的关系：

就文艺审美素养的培补而言，具备才情者言学力方可如虎添翼，学力必然要受到才赋的控引；

就文艺创作的文思运掉而言，作为艺术内容进入作品的卷籍知识，必须归于才情的统驭，实现以才运学。

建立在如此基础之上的才学关系，便是才学相须而才为盟主，这种明确的定位源自《文心雕龙·事类》，刘勰概之为"才为盟主，学为辅佐"。

（一）就文艺审美素养的培补而言，才为盟主核心体现于具备才情者言学力方可如虎添翼，学必然要受到才赋的控引与限定。成体调有品位的创作，其主体必须具有禀赋才情，这是铁门槛，学的补益超越不了其划定的空间。不是但凡致力于学即可以普遍转化为才性活力或者充分绽放才性活力，

---

[1]　许学夷：《诗源辨体》卷18，第195页。

[2]　胡应麟：《诗薮》内编卷3，第50页。

[3]　王蒙：《谈学问之累》，见《王蒙说艺文味道》。

要实现学的效益最大化，首先必须具备如此才赋，否则学力所能成全者仅仅局限于下手工夫的工切与醇雅——而这种基本的艺能限度也并非毫无才具者可以觊觎。这种学为才限的思想在东汉已经有了清晰表达，王充《论衡·别通》篇云："夫德不优者，不能怀远；才不大者，不能博见。"[1] 此论是由才学体用的逻辑展开的，学的成效受制于才性，就意味着学以济才的相济能力同样受制于才性。具体到审美素养的涵蓄而言，学必须依据自我才性所宜方可有所作为，而其作为的大小又决定于才赋的器量。

其一，学应当循依才性之所宜。《文心雕龙·体性》云：

> 夫才有天资，学慎始习。斫梓染丝，功在初化。器成彩定，难可翻移。故童子雕琢，必先雅制。沿根讨叶，思转自圆。八体虽殊，会通合数。得其环中，则辐辏相成。故宜摹体以定习，因性以练才。文之司南，用此道也。[2]

作者模拟八种基本风格（八体）是创作的初阶，但八体难以兼能，因此要根据自己的天赋才性有选择地学习。这个过程十分重要，它直接影响到一个文人体格的雅俗与随后的成就，刘勰将其称之为"摹体以定习，因性以练才"：根据天赋才性择定学习对象。前面已经论述了禀于才性救以功候，从以功候济助才性偏长而论则其意侧重于以学济才，从必须凭依才性施以功候而言则其意便指向才为盟主。又如杜甫被誉为集大成者，后学深入其中如入宝山，虽然灿烂夺目，也容易目迷五色，所以邵长蘅以为，真正有所得的学习方法是："必尽焚杜注，然后取杜诗读之，随其人之性情所近与其才分之偏全、浅深、工拙而皆可以有得。"[3] 他以为韩愈、白居易、孟郊、张籍、许浑、李商隐、陆龟蒙等皆为师承杜甫"而各得其性之所近"的成功者[4]。

其二，才赋的有无是学能否助乎文的关键，学益助功效的大小又决定于

---

① 黄晖：《论衡校释》，第 596 页。
② 范文澜：《文心雕龙注》，第 506 页。
③ 邵长蘅：《杜诗臆评序》，《青门簏稿》卷 7，《四库全书存目丛书》第 247 册，第 744 页。
④ 邵长蘅：《渐细斋集序》，《青门簏稿》卷 7，《四库全书存目丛书》第 247 册，第 744 页。

各自才赋的器量。这一文艺思想大约成熟于东汉末期，面对其时书法蔚兴的局面，赵壹就针对苦学者发出了如下警示："凡人各殊气血，异筋骨，心有疏密，手有巧拙，书之好丑，在心与手，可强为哉？"其中疏密之"心"与巧拙之"手"就是天赋，它是人力可以见效的根基，这就如同美女的曼妙容颜，"岂可学以相若耶"？一味东施效颦反而自益其丑。进而赵壹描述了是否具有天才者学习书法的效果。天才者："夫杜、崔、张子，皆有超俗绝世之才，博学余暇，游乎于斯。"有超世之才者既富博学，又可于博学余暇游乎艺苑，虽然并非刻意钻研，但如鱼得水，游刃有余。而缺乏天才者则恰恰相反："后世慕焉，专用为务：钻坚仰高，忘其罢劳，夕惕不息，戍不暇食；十日一笔，月数丸墨，领袖如皂，唇齿常黑；虽处众坐，不遑谈戏，展指画地，引草刿壁；臂穿皮刮，指爪摧折。"如此可谓功苦力至、殚精竭虑，但结果竟是："然其为字，无益于工拙，亦如效颦者之增丑，学步者之失节也。"①

书道如此，诗歌亦然。宋末元初戴表元曾以学诗比附为求丹，他将世人意见分为三类：一者"以为无丹，不必学"，如此者自馁；一者"以丹为自成，不待学"，如此者自恃。以上二者皆否定学的效用。另有第三类人迷信人事学力的能量，以为无论是谁，但凡勤苦寻觅，必然满载而归。戴表元就此反诘："若必待学而成，则当捐纷华豢养，草衣木食，轻寒暑，忘饥渴，以求于深山大泽之中。"果真如此的话，即使富贵豪华者，也早就捐弃安逸舍命相求了，相比于长生久视的丹药，这种舍弃显然微不足道。但事实并非如此，就如同仙有仙风道有道骨，"亦必其受道之质，去常人远甚，然后可得"②。天资丰厚，性情相宜，是修炼能有希望的前提条件。从学的效果具有规定性论述主体素养，与从"别材"论主体素养的切入点虽然不同，却是一个问题的两个方面。这种思想的普及，标志着关于文艺主体素养禀赋性这一问题的认知至此又获得了深化。其著名的论述又如：

诗至于灵厚而无余事矣。然从古未有无灵心而能为诗者，厚出于

---

① 赵壹：《非草书》，王伯敏等编《书学集成》（汉—宋），第5页。
② 戴表元：《董彦醇诗后》，《剡源集》卷18。

灵，而灵者不即能厚。……然必保此灵气，方可读书养气，以求
其厚。①

　　读书而后能诗文，世莫不谓然。抑知惟能诗文而后可读书，则读书
又乌可轻言乎哉！②

　　必备此才情方可倡言力学，不是从下手工夫立论，也不是就文艺的普及
立论，而是从审美境界的本然需要、从主体是要成为真正的诗人作家还是一
个"文学爱好者"的高度下此针砭。由于这一思想对学力限定性的洞悉，
对相当一批游走于文学艺术以及学术边缘的文人、对相当一批本无才情却于
文学艺术殿堂跃跃欲试的文人形成了棒喝。

　　不过，由于才学之间的体用关系，由于以学济才作为创作可施以人力的
唯一依托，仍有部分文人对才为盟主的思想不甚理解。他们以为，既然学力
可激活才华、救才之偏，那么显然就是说："才之生也，由于诵读，是诗书
即其根也。"鉴于这种模糊认识，李渔从才性的生成说起："才则特然而生，
一无所假。"才性因性而成，其诞生无假于外力，这个才性明定了文人的性
情，也并非学力可以改易。他通过禾苗与粪壤关系的比喻进一步穿透喧扰迷
雾指点迷津：

　　才犹禾苗，读书犹粪壤，粪其田而使熟者，读书也，才之种子不与
焉。无才而诵读，读之既成，亦不过章句儒生而已矣。古今岂少读书之
人哉？边孝先经笥其腹，齐陆澄书橱其胸，究不得与屈宋班马、韩柳欧
苏诸人并有千古者，才不足耳。③

禾苗是根本，无此根本则粪壤无其用武之地。有了如此前提，学对于文学创
作而言便不再是一种前因后果的必然对接。现实之中，深于学、苦于学、好
于学者正自不乏，而疏于卷籍不求甚解者也大有人在，纵览文学创作历史，
环视中外文坛情貌，学于文学创作所能实现的效果也因人而异：有稍学即能

①　钟惺：《与高孩之观察》，同前。
②　廖燕：《题籁鸣集》，《二十七松堂文集》卷5，第105页。
③　李渔：《吴念庵采芝像赞》，《李渔全集》第一册，第109页。

者，有学而不能者；有学而愈能者，有愈学愈不能者。是为有天工、有人事而天工不可度越。

（二）就文艺创作的文思运掉而言，才为盟主又体现于作为艺术内容进入作品的卷籍知识，必须归于才情的统驭，实现以才运学。这个结论与文才本身所具有的虚灵性质密不可分，文才在虚与实之间为虚，在有与无之间为无，灵动机变，具有无中生有的潜质与斡旋运转的潜能。正如"琴不鸣而二十五弦各以其声应，轴不运而三十辐各以其力旋。故曰使有声者乃无声者也，能致千里者乃不动者也"，这就是"用规矩准绳者亦有规矩准绳"①。具体到才学关系而言，所谓内在力量的斡旋或者规矩准绳的驾驭便落实于"书亦何可废，但当以才情驾驭之"②。具体包括三个方面：

其一，具体创作中事典掉弄的灵动有致。在东汉引书助文之风兴起之后，诗歌创作中言学通常指向事典。黄彻《䂬溪诗话》云：

> 传称任昉用事过多，属词不得流便。余谓昉诗所以不能倾沈约者，乃才有限，非事多之过。坡集有全篇用事者，如《贺人生子》，自"郁葱佳气夜充闾，喜见徐卿第二雏"至"我亦从来识英物，试教啼看定何如"；《戏张子野买妾》，自"锦里先生自笑狂，身长九尺鬒眉苍"至"平生谬作安昌客，略遣彭宜到后堂"：句句用事，何尝不流便哉？③

诗歌不反对用事，用事多少也没有标准，但有一个前提，一定要具备以才运事的能力，使事典灵动活跃，如诗体的一部分，而并非赘疣。任昉用事之所以被历代讥讽，正是因为其才不足以运掉。

其二，具体创作中事类、材料的经纬有序。学之于文学关涉庞杂，但能融会于才情者，无不可入乎诗文，因而名物、事典、天文、地理、自然、人伦等等皆在其范围之中。如此丰硕繁复的材料，如何能够井然有序地实现艺术重组便是才的担当。陈祚明曾论称：

---

① 吴国伦：《王行甫集序》，《甔甀洞续稿》卷7，《续修四库全书》第1350册，第910页。
② 邓云霄：《冷邸小言》，吴文治主编《明诗话全编》，第6421页。
③ 黄彻：《䂬溪诗话》卷10，第182页。

且夫纂绣组织，非其多之为贵。五色之丝，锦绮之具也，散陈而未合，不足为华。经纬而织之矣，条理错彩，色不匀称，九章紊乱，颠倒天吴，可谓之华乎？宫商和而成音，丹碧错而成锦。前沉则后扬，外缛而中朗。有条递之绪以引之，则不棼；有清越之语以间之，则不沓；有超旷之旨以运之，则不滞；有宛转之笔以回翔播荡之，则不板。

故绣以能纂为文，组以善织为美。多识博览，顾所用之何如，如才子之所以异于恒人也。夫笙簧犹是器，而合曲各成；牲牢犹是物，而和味互异。才不才之分以此！

才并非排斥学，但"以纂绣组织者为才，此非古人所谓才也"；以"多识古今，博于故实"为才，这种境界恰恰"尽人可以及之"，与"得之于天，不可强也"的才禀又有天人之别。才不是一般的文辞事典排布，而是纂绣组织、丹碧成锦的篇章经纬、宫商调和，体现为不棼不沓、不板不滞的运用自如。[1]

其三，具体创作中能够实现学的含蓄无迹，这是以才运学所能实现的最高境界。作为以才运学的标志，博览万卷又运用得毫无痕迹一直为文人标为鹄的。六朝齐梁之际，邢劭称誉沈约："用事不使人觉，若胸臆语"[2]，所谓"胸臆语"即话如己出，水乳交融。楼钥评人诗文："详味其辞，经史百家之言，盘屈于笔下，若自己出。"[3] 刘辰翁评陈后山之诗："其陈言妙语，乃可称破万卷者，然外示枯槁，又如息夫人，绝世一笑自难。"[4] 息夫人一笑自难，也在讲诗文中贯注书卷之气，却无明显学问痕迹。这一点上宋人诗话论之极多：

> 人莫不用事，能会事如己出，天然浑厚乃可言诗。
> 用事要如禅家语，水中着盐，饮水乃知盐味，方妙。
> 用事要破觚为圆，挫刚为柔，始为有功。昔人所谓缚虎手也。

---

① 陈祚明：《采菽堂古诗选》卷6，第155页。
② 王利器：《颜氏家训集解》卷4，第272页。
③ 楼钥：《清真先生文集序》，《攻媿集》卷51。
④ 刘辰翁：《简斋诗笺序》，《增广笺注简斋诗集》卷首，四部丛刊初编本。

使事要自我使，不可为事所使。

凡诸人作语，要令事在语中而人不知。①

以上之论所追求者正是"读破万卷书不著一字"。以才运学又不露痕迹是文人大显身手之处，能否既见才情才思又显学富五车是大文豪与小家数的分水岭，因此这个问题得到历代文人热切的关注，明清文人结合创作体验，对此更有精彩的譬喻：

或以良将、懦将为喻。邓云霄提倡以才情驭学，有才者胸中之书如"淮阴将兵，多多益善"；无才者则为"懦将"："彼懦将者，千军万马拥入帐中，主人且无著足处。"即满腹仅有他人知识，自己却被淹没其中。②

或以佛家的"无米粥"为喻。谢榛云："客游五台山访禅侣，厨下见一胡僧执爨，但以清泉注釜，不用粒米，沸则自成饘粥。此无中生有，暗合古人出处。"但这种无中生有并非是顽空之中的幻化，而是说："此不专于学问，又非无学问者所能到也。"③

或以措大与富家设宴为喻。谢肇淛云：

要之，天下岂有无理之文章，又岂有不学之诗人哉？但当亭毒酝酿，融其渣滓，化而出之，使人共知，又使人不知。如富家翁设宴，屋宇奴仆，饮馔声色，事事精办，不必堆金列玉而后知其富也。若穷措大勉强假贷，铺张遮掩，虽有一二鲑菜可口，终席之间未免周章，翌日有不速之客，厨下洗然矣。④

能够事事精办又游刃有余不显堆垛仓促，既书卷充溢胸有古人又自出机杼精神自运。这种尺度不仅体现于诗文，曲文戏文亦然。元曲之所以雄踞历代之巅，后人以为其能折服作家之处就在于本色自然，而本色自然来自何处

---

① 费经虞、费密：《雅伦》卷15、卷16"用事"引《中山诗话》、《西清诗话》、《室中语》、《竹坡诗话》，《续修四库全书》第1697册，第233、234页。

② 邓云霄：《冷邸小言》，吴文治主编《明诗话全编》，第6421页。

③ 谢榛：《四溟诗话》卷2，丁福保辑《历代诗话续编》，第1201页。

④ 谢肇淛：《小草斋诗话》卷1，吴文治主编《明诗话全编》，第6667页。

呢?"元人非不读书,而所制之曲,绝无一毫书本气,以其有书而不用,非当用而无书也。"由此而言,李渔所论"能于浅处见才方是文章高手"确为透彻之悟。①

三

文艺理论有关天人关系的研讨基本是依照才学框架展开的。但是,梳理历代文献却会发现一个有趣的现象:文才虽然受到尊奉,而众多理论著述反而多以论学为主。《文心雕龙·事类》提供了鲜明的示范。刘勰反复强调才为盟主、以学为辅,《事类》篇也称:"夫以子云之才,而自奏不学,及观书石室,乃成鸿采,表里相资,古今一也。"其中的"表里相资"他又称为"内外相资"。既然从才学相资立意,论述就应该兼顾两端,但刘勰随后云:"故魏武称张子之文为拙,然学问肤浅,所见不博,专拾掇崔、杜小文,所作不可悉难,难便不知所出,斯则寡闻之病也。"此节文字竟然全篇论学而不及才,原因何在呢?这个问题董其昌论南朝谢赫的六法时实则已经有了答案,他曾说:"画家六法,一曰气韵生动。气韵不可学,此生而知之,自然天授。然亦有学得处,读万卷书,行万里路,胸中脱去尘浊,自然丘壑内营,成立郛郭,随手写出,皆为山水传神。"②天授自然者无以变化,因此可着以人力之处便成为切入点,这就是"学得处"。刘勰论创作表里相资而最终落实于学即有类于此,所以纪昀评断:"才禀天授,非人力所能为,故以下专论博学。"③就"学"而论素养由此成为古代审美理论的共象。这种文化现象之中包含着以下深意:一则从人力可以施为之处入手,寓有"天赋大始,人作成物"之意;一则警示文人不可徒恃聪明,此为苏世劝人。

这种文艺思想进一步落实于创作的学习,便形成了以下较为统一的师法策略:尽管从创作而言,其价值评判是天才独尊,但回到具体的学习启蒙阶段,理论界又基本赞同要由可梯接可师法者入手学习。李白与杜甫等诗人在学术界阐释得多寡、在民间传播的程度便是一个鲜明例证。李白被视为天才诗人,杜甫则是人力之极的代表,二人可以说才学天人各有侧重。但后世师

---

① 李渔:《闲情偶寄》,《李渔全集》第三册,第18页。
② 董其昌:《画旨》卷上,王伯敏等编《画学集成》(明—清),第213页。
③ 刘勰《文心雕龙》,纪昀评,江苏广陵古籍刻印社1997年影印本,第318页。

法者在认可各自价值的同时，多强调从杜甫入手。这种观点宋代就已经出现，陈师道《后山诗话》以杜甫与韩愈、陶渊明对比："学诗当以子美为师，有规矩故可学。退之于诗，本无解处，以才高而好尔。渊明不为诗，写胸中之妙尔。学杜不成，不失为工。无韩之才与陶之妙而学其诗，终为乐天尔。"① 子美可学在有规矩，韩愈等则因为成于才趣，难以踪迹。明清文人盛赞李白天仙之才，批评杜甫不免刻苦，但诗人们却多学杜甫而鲜师太白，杜甫诗集几乎家置一编，原因正在于太白才高难及，纯乎妙悟，绝无迹象可即。才如太白无从学起，因而从有门径的杜甫入手成为大众的共由之路。从侧重于人工者入手，不是对天才见长诗人的价值贬抑，既是一种无奈选择，也是最为扎实的进益策略。②

第五节　才学关系论在批评实践中的展开
——以李杜优劣论为观照

优劣批评起源于汉魏才性理论兴起之际，由于主体性的强化、人才月旦品目的风气与政治铨选中品级的鉴定，形成了不同主体比较优劣的基本氛围。起初主要是针对个体作出优劣的判定，随后所谓的优劣便集中于不同文人以及不同作品之间的比较，如《世说新语》以及《诗品》中涉及的潘岳陆机比较，陆才如海，潘才如江，一个绮丽如锦，一个披沙拣金，虽然没有明确优劣定品，但也表现了一定的倾向性。六朝之际最有名的公案是有关颜谢优劣的争论。其时，颜延之与谢灵运多以并驾齐驱的姿态出现在史传或者理论著述之中，如《南史·谢灵运传》："（谢灵运）文章之美，与颜延之为江左第一，纵横俊发，过于延之，深密则不如也。"《宋书·谢灵运传论》："爰逮宋氏，颜、谢腾声。灵运之兴会标举，延年之体裁明密。并方轨前秀，垂范后昆。"③《文心雕龙·时序》则云"王、袁联宗以龙章，谢、颜重

---

① 陈师道：《后山诗话》，何文焕辑《历代诗话》，第304页。
② 任何人的创作都不可能超越这种规定性，这当然不只是理论的认识，也是历代文人创作实践的体悟。作家徐坤曾将文学创作与足球相比，明确提出："先有技术，后有艺术。锐意进取，勉励而为，方能赢得尊敬和成就。"参阅《千秋大业一场球》，《文艺报》2014年6月25日第1版。
③《南史》卷19，第2册，第538页；《宋书》卷67，第6册，第1778页。

叶以风采”，以之为“缙绅之林，霞蔚而飚起”的瑞兆。除了《宋书·谢灵运传》提到“深密”谢不如颜之外，其他都是联名而书，不作优劣；即使所谓深密不如，也是颜、谢之间各有优劣，没有深论高下。因此二人当时的品目便是俱以辞采齐名，“江左称颜、谢焉”①。颜、谢优劣的评判首见于汤惠休之论，《诗品》云：

> 其（颜延之）源出于陆机，尚巧似。体裁绮密，情喻渊深。动无虚散，一句一字，皆致意焉。又喜用古事，弥见拘束，虽乖秀逸，是经纶文雅才。雅才减若人，则蹈于困踬矣。汤惠休曰：“谢诗如芙蓉出水，颜如错彩镂金。”颜终身病之。②

《南史》论此事，则记载了鲍照对颜、谢同样的评价：“谢五言如初发芙蓉，自然可爱；君（颜延之）诗若铺锦列绣，亦雕绘满眼。”不过该书随后则云：“延之每薄汤惠休诗，谓人曰：‘惠休制作，委巷中歌谣耳，方当误后生。”③ 二者置于一处较为唐突。鲍照极有可能是在转述汤惠休之论；而汤之所以如此置评，乃出自对颜延之讥讽其创作的报复。

关于汤之评语，《诗品》只是客观的记述，但从颜延之“终身病之”来看，这个评语不是一般不同风格的表述，其间通过时代审美倾向与认同已经蕴含了优劣评价；《南史》则将颜延之的问语直接定位在了“己与灵运优劣”。宋代文人开始对这则故事中隐喻的优劣给予了更多关注，《砦溪诗话》引述《诗品》与《南史》中相关文字，又引苏轼评辨才与参寥诗歌云：“辨才诗，如风吹水，自成文理。吾辈与参寥，如巧妇织锦耳！”④ 黄彻认为苏轼以织锦为凡常、以辨才一如芙蓉出水的自然成理者为高，就是从颜、谢优劣这个典故受到启发而取类比附。《彦周诗话》则明确认为：“此明远对面褒贬，而人不觉，善论诗也。”⑤ 所谓“对面褒贬”，大致以推扬谢灵运之芙

① 《南史》卷34，第3册，第881页。
② 陈延杰：《诗品注》引，第43页。
③ 《南史》卷34，第3册，第881页。
④ 黄彻：《砦溪诗话》卷5，第83页。
⑤ 许顗：《彦周诗话》，何文焕辑《历代诗话》，第390页。

蓉出水者居多。

至唐宋之际，李杜、苏黄优劣成为优劣批评的经典范式。其他诸如王维孟浩然优劣、杨万里陆游优劣、王士禛气氛朱彝尊优劣，以及《琵琶记》《西厢记》优劣、《史记》《汉书》优劣等皆纳入了文学批评视野，并皆影响巨大，而其主要理论内蕴就是才与学的分析、价值的比量以及诗人们天人归属的判断。王葆心曾论述"才学分数"，正是根据文人创作，将其分为偏于才与偏于学两类：以苏轼为文家而偏于才者，以桐城诸家论文以学为主，其才较弱，所以为偏于学者。① 文人创作甚至文人本身分出才、学，已经超出了才学本然的具体所指，是从以下三个方面对文人及其创作家数的区划：

其一，从文人个体之才的大小区分，长于才者入才类；禀赋不优凭借后天努力而成功者不入此类；

其二，从文人个体所主持的文学思想区分，强调自然、率性且创作能基本与之呼应者为才，主张由学而成且创作能与理论相当者为学；

其三，从作品所呈现的形态区分：能兴会流转、不受羁束、意彩飞动者为才；苦吟锻炼、以力结构者为学。

由家数上区划而成的才、学，实际上代表着天、人在具体创作主体及创作成果中的分量。

优劣批评肇始的年代恰是文才崇拜鼎盛的时期，在高标文才之际，将作为人工人力代表的学纳入思考，这种文学批评天人之际维度的全面展开，意味着文学本质探寻的深入。才学关系确立与研讨的意义不仅在于为天寻到了入手之处，而且在这个论争过程中，才的本质逐步得到更为明确的体认，启发尽才的路径、弥补才性不足的手段也由此得到普遍关注。

文人优劣批评最为经典的形态就是李白杜甫优劣。关于李杜优劣这一经典命题，现当代学术界关注者不在少数，多侧重于政治倾向、生活理想、文学思想、创作方法、艺术风格、表现手段等方面的比较研究。② 也有学者绕

---

① 王葆心：《古文辞通义》卷3，王水照辑《历代文话》，第7160页。

② 李杜优劣论的研讨可参阅胡适、郭沫若、胡小石以及陈贻焮、袁行霈、罗宗强、金启华、王运熙、肖瑞峰、葛景春、萧华荣、胡可先等的相关著述。

到话题背后，关注到了李杜优劣论是两种诗学流派、诗学观念的差异与竞争。①

　　尽管如此，李杜优劣论争的一个根本问题多年来却一直乏人问津，那就是相关评价的文学理论标准问题。李杜优劣的相关论争虽然众口喧嚣，间或也有意气用事，但总体而言，古代文人品目诗仙诗圣多有其显在或者隐在的评价标准，这个标准又多可归属于天人之际，即先天与后天。从天人之际或者先天与后天入手确定作家身价、创作品位，是古代文学批评的核心手段。关于这一点，葛晓音先生在讨论历代诗话中的唐诗研究之际曾有涉及。她认为：明清时期，标榜盛唐者便是以天人作为区分其与中晚唐诗、宋诗的主要美学标准。②

　　事实上，李杜优劣的论争中，这种天人分析同样是其重要的美学标准。不仅如此，作为论争深入的表现，天人之分又被具化为才与学的区划。"才本于天，学系于人"③。历代文人优劣的讨论，决定彼此高下的核心理论依据就是彼此天与人的不同倾向与分量，此即《文心雕龙·序志》所称的"褒贬于才略"。而这一点恰恰被当代学术界的相关研究所忽略。

一

　　李杜优劣话题肇始于元稹的《唐检校工部员外郎杜君墓系铭并序》：

　　　　至于子美，盖谓上薄风雅，下该沈宋，古夺苏、李，气吞曹、刘，掩颜、谢之孤高，杂徐、庾之流丽，尽得古今之体势，而兼文人之所独专矣。……苟以为能所不能，无可不可，则诗人以来，未有如子美者。是时山东人李白，亦以奇文取称，时人谓之"李杜"。余观其壮浪纵恣，摆去拘束，模写物象及乐府歌诗，诚亦差肩于子美矣。至若铺陈终始，排比声韵，大或千言，次犹数百，辞气豪迈而风调清深，属对律切而脱弃凡近，则李尚不能历其藩翰，况堂奥乎？④

①　谢思炜：《李杜优劣论争的背后》，《北京大学学报》2009年第2期。
②　葛晓音：《从历代诗话看唐诗研究与天分学力之争》，《文艺理论研究》1984年第4期。
③　薛蕙：《升庵诗序》，同前。
④　元稹：《元稹集》卷56，冀勤点校，中华书局2010年版，第690页。

　　这是李杜优劣论的首次亮相，宋人就直接称元稹这篇文章为"李杜优劣论"。与元稹同时，白居易也称："诗之豪者，世称'李杜'。李之作，才矣奇矣，人不逮矣。索其风雅比兴，十无一焉。杜诗最多，可传者千余首……尽工尽善，又过于李。"① 虽于风雅比兴之作李杜并抑，但也表达了杜诗工善过于李白的态度。从此之后，李杜优劣的问题便成为一个负载了丰富文学思想内涵的重要学术话题，其大致的倾向包括：宗李、宗杜、李杜不可优劣。不同的时代，由于文学思潮不同，体现出比较鲜明的差异性，而且也具有一定的规律：宋人宗杜为主，明人宗李较多。

　　（一）宗李之论。宋代尊李的声浪不是很强，西昆体主要的代表诗人杨亿在李杜之间青睐李白，以杜甫为"村夫子"。欧阳修也是如此，曾宣称李白天才高放，非甫所能到也"②。黄庭坚虽然崇杜，也表达了对李白的尊崇："余评李白诗，如黄帝张乐洞庭之野，无首无尾，不主故常，非墨工椠人所可拟议。吾友黄介读'李杜优劣论'曰：'论文正不当如此。'余以为知言。"③

　　尊李的高峰出现在明代。明代对李白明确表示宗尚的多是才子型文人，如田艺蘅从两个方面盛赞太白："宁放弃而不作眷恋之态"，"宁狂荡而不作规矩之语"，一者为人格之洒脱，一者为不受束缚的艺术精神，而子美不能不让此两着。④ 祝允明尊太白为唐代诗人之冠而力斥子美，谓其"以村野为苍古，椎鲁为典雅，粗狂为豪雄"，总评之为"外道"⑤。杨慎则从李杜关于巫峡江陵的诗歌比较中论二人优劣：

　　　　盛弘之《荆州记》巫峡江水之迅云："朝发白帝，暮到江陵，其间千二百里，虽乘奔御风，不以疾也。"杜子美诗："朝发白帝暮江陵，顷来目击信有徵。"李太白："朝辞白帝彩云间，千里江陵一日还。两岸猿声啼不住，轻舟已过万重山。"虽同用盛弘之语而优劣自别。今人

---

① 白居易：《与元九书》，朱金城《白居易集笺校》，上海古籍出版社1988年版，第2791页。
② 蔡绦：《西清诗话》卷下，吴文治主编《宋诗话全编》，凤凰出版社1998年版，第2517页。
③ 黄庭坚：《题李白诗草后》，《豫章黄先生文集》卷26。
④ 田艺蘅：《诗谈初编》，吴文治主编《明诗话全编》，第3951页。
⑤ 王士禛：《带经堂诗话》卷2，第60页。

谓李杜不可以优劣论，此语亦太愤愤。白帝至江陵，春水盛时行舟，朝发夕至，云飞鸟逝不是（当为足）过也。太白述之为韵语，惊风雨而泣鬼神矣。①

以一诗而论优劣，有明显的偏颇。陆时雍的方法要客观些，《诗镜总论》中他分别从五古、七古、审美特征等入手，对二人作了详细对比。具体而言：五言古诗，李白"意远寄而不迫，体安雅而不烦，言简要而有归，局卷舒而自得"，李优于杜。七言古诗，李白"气骏而逸，法老而奇，音越而长，调高而卓"、"想落意外，局自变生"，李优于杜。更为显著的差异是，李诗近乎"首首皆情"，杜诗则"以意胜"，而情意是不同的："夫一往而至者，情也；苦摹而出者，意也。若有若无者，情也；必然必不然者，意也。意死而情活，意迹而情神，意近而情远，意伪而情真。"如此区分情、意，则诗人优劣自不言而明了。此外又直接批评少陵好奇尚异："远想以撰之，杂事以罗之，长韵以属之，諔诡以炫之。"此类骈枝，皆认为是"少陵误世"。②

以上优劣之论，多建立在认可李杜诗仙诗圣地位的基础上，但宗李还有另外较为激烈的形式——通过对杜甫的贬抑来体现对李白的推崇。历代不喜杜者以明代居多，诸如王慎中、郑继之、郭子章、杨慎、祝允明、谭元春等皆是。清代王士禛也不喜杜，对其诗歌中冗杂、钝滞而乏剪裁等病多有指责，但并未由此表示对李白的过分推扬。近代钱振锽承其遗绪，力斥杜诗"支离"，并引王世贞"老杜不成语者多"及王世懋"杜有拙句累句"为证。而李白则不同："李天性爽朗，故言无支离，其格调去古不远，故一切细事琐言，即事即景，不入其笔端。"甚至于对杜甫集大成者的评价他也认为"此真污蔑少陵诗"，原因是："人中之集大成者圣人也；诗中之集大成者不过袭众人之余唾耳。"③虽有纠讹之意，却无崇杜之实。

（二）宗杜之论。宗杜起自唐代元稹，至宋代成为风尚。宋人宗杜，原因之一在于道学家所提倡者于杜诗多能验证；再者宋代江西诗派盛行，以杜

---

① 杨慎：《升庵诗话》卷4，丁福保辑《历代诗话续编》，第716页。

② 陆时雍：《诗镜总论》，丁福保辑《历代诗话续编》，第1413、1414页。

③ 钱振锽：《谪星说诗》卷2、卷1，张寅彭主编《民国诗话丛编》二，第610、595页。

甫为祖，直接影响到了李杜优劣的批评。宋代出现了有关杜甫诗歌的专门诗话，如蔡梦弼《杜工部草堂诗话》；黄彻《碧溪诗话》共计214条，其中87条引用了杜诗，而引用李白诗歌者仅仅14条。王安石选"四家诗"，杜甫第一，李白第四。究其原因，他宣称：

> 白之歌诗，豪放飘逸，人固莫及，然其格止于此而已，不知变也。至于甫，则悲欢穷泰，发敛抑扬，疾徐纵横，无施不可，故其诗有平淡简易者，有绵丽精确者，有严重威武若三军之帅者，有奋迅驰骤若夔驾之马者，有淡泊闲静若山谷隐士者，有风流蕴藉若贵介公子者。盖其诗绪密而思深，观者苟不能臻其阃奥，未易识其妙处。夫岂浅近者所能窥哉？此甫所以光掩前人而后来无继也。①

论李白只有豪放飘逸一格，而杜甫则兼六种审美风范。葛立方云："杜甫诗，唐朝以来一人而已，岂白所能望耶？"② 更有甚者，认为"老杜诗当是诗中六经，他人诗乃诸子之流也"③。

明代宗杜者也很多，孙鑛以为杜甫"精义入神"，而太白虽然仙才却"乏深厚"，"十首以后易厌"④。朱舜水明确提出李不如杜，原因是："李秀而杜老，李奇险而杜平淡；李用成仙等语更不经，炼丹等殊不雅，不若杜家常茶饭有味也。"⑤

在概论之外，很多学者从具体的成就入手表达对杜甫的宗尚。如楼钥就曾总结杜甫诗歌的四个审美特征：从艺术造诣而言，参及造化，"别是一种肺肝"；从文学体式而言，"兼备众体，间见层出，不可端倪"；从道义境界而言，"忠义感慨，忧世愤激，一饭不忘君"；从作品所体现的体格情态而言，可谓"奔逸绝尘"。⑥

王世贞也从五言、选体、七言歌行以及乐府诗等具体方面入手比较李杜

---

① 胡仔：《苕溪渔隐丛话》前集卷6引《遁斋闲览》，第37页。
② 葛立方：《韵语阳秋》卷1，何文焕辑《历代诗话》，第486页。
③ 蔡梦弼：《杜工部草堂诗话》卷1引《打诗新话》，丁福保辑《历代诗话续编》，第204页。
④ 孙鑛：《唐诗品》，吴文治主编《明诗话全编》，第4702页。
⑤ 朱舜水：《答安东守约问》，《朱舜水集》卷11，中华书局1981年版，第399页。
⑥ 楼钥：《答杜仲高书》，《攻媿集》卷6。

创作，以为二人各有千秋。但从阅读感受而言："十首以前，少陵较难入；百首以后，青莲较易厌。"所以最终的结论是："扬之则高华，抑之则沉实，有声有色，有气有骨，有味有态，浓淡深浅，奇正开合，各极其则，吾不能不服膺少陵。"①

对杜甫诗歌最高的评价是"集大成"说。集大成说始于元稹"尽得古人体势，而兼人人之所独专"的品目。韩愈《题杜工部坟》云："独有工部称全美，当时诗人无拟伦。笔追清风洗俗耳，心夺造化回阳春。"以"全美"称杜，自然也是集大成。集大成之论宋代开始流行，《新唐书·杜甫传》赞云："浑涵汪茫，千汇万状，兼古今而有之。"秦观则明确论称：

> 杜子美之于诗，实集众家之长，适当其时而已。昔苏武、李陵之诗，长于高妙；曹植、刘公幹之诗，长于豪逸；陶潜、阮籍之诗，长于冲澹；谢灵运、鲍照之诗，长于峻洁；徐陵、庾信之诗，长于藻丽。子美者，穷高妙之格，极豪逸之气，包冲澹之趣，兼峻洁之姿，备藻丽之态，而诸家之作所不及焉。然不集诸子之长，子美亦不能独至于斯也，岂非适当其时故耶？孟子曰：伯夷圣之清者也；伊尹，圣之任者也；柳下惠，圣之和者也；孔子，圣之时者也。孔子之谓集大成。呜呼，子美亦集诗之大成者欤！②

这是首次以"集大成"三字评杜甫，随即成为论杜的极评。其主要内涵是：杜甫能集前贤风体及审美风貌、能集家学师友诸般诗法、具备"正中有变，大而能化"的境界。③ 如此而言：李白正如春草秋波，无不可爱，然注目易尽；至如老杜，则长河巨海、纤草秾华、怪松古柏无所不有。比量

---

① 王世贞：《艺苑卮言》卷4，丁福保辑《历代诗话续编》，第1005页。

② 魏庆之：《诗人玉屑》卷14，第434页。按：《苕溪渔隐丛话》前集卷18引《后山诗话》："子瞻谓：杜诗韩文颜书左史，皆集大成者也。"苕溪渔隐曰："少游集中进卷有《韩愈论》云：韩氏杜氏，其集诗文大成者欤？非子瞻有此语也。"

③ 杜甫"集大成"之论，可参阅何良俊《四友斋丛话》卷24，中华书局1959年版，第215页；胡应麟《诗薮》内篇卷4，第70、71页；蔡梦弼《杜工部草堂诗话》卷1，丁福保辑《历代诗话续编》，第194页；胡应麟《诗薮》内篇卷5，第90页。

的结果，沈嘉则坦言："吾当李则颜行，当杜则北面。"① 视李则颜回，视杜为圣人，其优劣尊卑已经显见。

明清之际，杜甫诗歌的集大成之论已经成为文学批评界的共识，所以王士禛曾说："少陵集古今大成，自唐元微之、韩退之以来，千秋定论，不敢轻议。"②

（三）李杜不论优劣。在尊李尊杜的偏嗜之外，很多学者对李杜优劣的回答都是互有抑扬，以为二人未可轻易论优劣。韩愈的"李杜文章在，光焰万丈长"便是最早的李杜不可优劣说。韩愈并尊李杜，于其诗中屡见，如《石鼓歌》："少陵无人谪仙死，才薄将奈石鼓何？"《酬卢云夫》："高揖群公谢名誉，远追甫白感至诚。"《荐士》："勃兴得李杜，万类困凌暴。"《醉留东野》："昔年因读李白杜甫诗，长恨二人不相从。"《感春》："近邻李杜无检束，烂漫长醉多文辞。"韩愈的李杜并尊到了宋代文人那里被明确表达为不可优劣，如郑景韦就以李白为"诗中龙也，矫矫不受约束"；而以杜甫为"麟游灵囿，凤鸣朝阳，自是人间瑞物"：二人"殆不可以优劣论"③。张戒称李杜"尤不可轻议"④。严羽说得更为平易："李杜二公，正不当优劣。太白有一二妙处，子美不能道；子美有一二妙处，太白不能作。"⑤ 李杜一如飞行绝迹垂云驭风之仙，一如万象不同化工肖物之圣，皆为人文观止。考察历代有关李杜不可轻易论优劣的论述，其研讨维度大致如下：

从审美风体论。严羽云："子美不能为太白之飘逸，太白不能为子美之沉郁。"李白之飘逸者如《梦游天姥吟留别》，杜甫之沉郁者如《北征》、《兵车行》等。两种体格与各自体性关系密切，难以兼能，因而也无从论优劣。

从诗法论。严羽云："少陵诗法如孙吴，太白诗法如李广，少陵如节制之师。""少陵诗，宪章汉魏而取材于六朝。至其自得之妙，则前辈所谓集大成者也。"⑥ 法如孙吴李广，系指成法与变法，李白不以法称，而少陵之法乃是

---

① 屠隆：《沈嘉则先生诗选序》，《由拳集》卷12，《四库全书存目丛书》第523册，第180页。

② 郎廷槐问，王士禛答：《诗问续》卷1，《诗问四种》，第142页。

③ 蔡梦弼：《杜工部草堂诗话》卷2，丁福保辑《历代诗话续编》，第212页。

④ 张戒：《岁寒堂诗话》上，丁福保辑《历代诗话续编》，第451页。

⑤ 郭绍虞：《沧浪诗话校释》，第166页。

⑥ 郭绍虞：《沧浪诗话校释》，第170、171页。

以汉魏六朝为渊薮。明代有学者以为，从诗法看，"杜深于赋，而李独长于兴。"屠隆辨析："赋之与兴，六义所该，诗人何可不有。而杜深于赋，李独长于兴，且以此置雌黄焉何居？杜如《垂老》、《新婚》、《潼关》、《石壕》、《兵车》、《出塞》、《悲陈陶》、《哀江头》，赋也；纪行怀古、赤霄朱凤、秋风佳人，何谓无兴也？李如飞龙、怀仙、天姥、太白，兴也；大雅蟾蜍、南箕北斗，兴也，何非赋也？"作为六义中的二义，赋兴常常融为一体，李杜既各有偏重，但同时又兼备赋兴，法不具备个体的归属性，因此也无从分优劣。

从虚实论。明代有文人论李杜，以为杜之字句皆凿凿有据，李则"凌空驾语，务言言潇洒，都不切事情"，故此"杜万景皆实，而李万景皆虚"，且以实为贵。屠隆反驳称："顾诗有虚有实，有虚虚，有实实，有虚而实，有实而虚，并行错出，何可端倪？乃右实而左虚，而谓李杜优劣在虚实之辨，何欤？"虚实本身无非是诗歌的一种外在审美感觉，又表现为技术形式，但二者很少单独存在，往往呈为一体：或虚中有实，或实中有虚，或以虚衬实，或以实映虚，既不能随意拆分，更没有什么价值差异。对于诗歌而言，"品格既高，风韵自远，凌空驾语，何害大雅"？权衡李杜的创作："杜若《秋兴》诸篇，托意深远；《画马行》诸作，神情横逸，直将播弄三才，鼓铸群品，安在其万景皆实？而李如《古风》数十首，感时托物，慷慨沉著，安在其万景皆虚。"李不独虚也有实，杜不独实也有虚。在赞誉杜诗诗史之实以外，屠隆又着重强调了虚同样是诗歌之美："今夫登阆风，坐天姥，傍日月，挟飞仙，即不能至，言以快心，思之神王，岂必据寸壤，处蓬茨……然后为实景可贵哉？"①

从体裁论。王世贞云："五言律、七言歌行，子美神矣，七言律圣矣。五七言绝，太白神矣，七言歌行圣矣，五言次之。太白之七言律，子美之七言绝，皆变体，间为之可耳，不足多法也。"② 既然各有所长又各有所短，同样不可以优劣而论。

从具体篇章论。杨慎曾通过李杜下江陵之诗的对比得出杜不如李的结论，胡应麟认为这种比较纯粹属于"寸木岑楼"以偏概全之说。③ 许印芳则

---

① 屠隆：《与友人论诗文》，《由拳集》卷23，《四库全书存目丛书》第180册，第667页。
② 王世贞：《艺苑卮言》卷4，丁福保辑《历代诗话续编》，第1005页。
③ 胡应麟：《诗薮》外篇卷4，第190页。

以为诗家用典各有兴会，盛弘之记峡江之迅流，杜甫目睹其事"兴会不佳"，故而其诗只能挨抄原文；太白身历其境，兴会标举，故能熔化其文又自铸伟词。兴会只论机缘，不可以此确定全部创作的优劣。[1]

从诗中折射的才性气象特征论。贺贻孙云："诗亦有英分雄分之别。英分常轻，轻者不在骨而在腕，腕轻故宕，宕故逸，逸故灵，灵故变，变故化，至于化而英之分始全，太白是也。雄分常重，重者不在肉而在骨，骨重故沉，沉故浑，浑故老，老故变，变故化，至于化而雄之分始全，少陵是也。"[2] 李杜才性在作品中的体现为一英一雄，仅仅是气象之别，没有优劣之分。

从道德境界论。李杜比较，历史上多以杜甫流离造次不忘君王为上；李白醇酒妇人，且参与永王起事而遭人诟病。但阮葵生认为："李云'受气有本性，不为外物迁'；又云'我志在删述，垂辉映千春'；又云'天地皆得一，澹然四海清'。此其胸襟，与自许稷契者何以异？"又道李白其始见赏许公，后见奇贺监；居山东为竹溪六逸，游长安为醉中八仙；识郭汾阳于行间，折高力士于殿上。轻富贵，乐逍遥，如此人物，其德如何后于杜甫？[3]

从法论，各有所宜；从体论，互有短长；从道德气象论，各具面目；从具体篇章论，互有胜负。如此来看，那些纠结于所谓谁优谁劣的讨论就如同两儿辩日，"虽有圣者，莫能定其是非"。最后结论只有一个：李杜未可以优劣论！[4]

二

历代文人优劣的讨论，决定彼此优劣的核心依据之一就是彼此才、学的不同倾向。颜延之、谢灵运优劣即是如此。陆时雍评颜延之："延之雕绘满肠，荆棘满手，以故意致虽密，神韵不生，语多蒙气。汤惠休谓谢灵运似芙蓉出水，颜延之似错彩镂金，此盖谓其人力虽劳，天趣不具耳。"以"人

---

① 许印芳：《附录明人诗话跋》，张国庆辑《云南古代诗文论著辑要》，第219页。
② 贺贻孙：《诗筏》，郭绍虞辑《清诗话续编》，第135页。
③ 阮葵生：《李太白诗注序》，《七录斋文钞》卷4，《续修四库全书》第1446册，第92页。
④ 许印芳：《附录明人诗话跋》，张国庆辑《云南古代诗文论著辑要》，第219页。

力"定位颜延之。又论谢灵运："谢康乐灵襟秀色，挺自天成，清贵之气抗出尘表，大抵性灵芜秽、诗之美恶辨于此矣。"① 其中的灵襟、性灵，是才的又一表达，而以谢灵运具此质地。刘熙载则直言"谢才颜学，谢奇颜法"②，方东树评颜延之"功力有余，天才不足"③，都是从才学论颜谢二人优劣。后人以为，李白自道"清水出芙蓉，天人去雕饰"，杜甫声言"平生性癖耽佳句，语不惊人死不休"，显然是颜谢清水芙蓉、错金镂彩美学取向的余脉，因此李杜优劣就是颜谢优劣的继承，同样属于才学天人批评的经典的范式。历代论者分别从以下几方面作出了论述：

其一，无论李杜优劣如何定案，二人皆非无才者。理论界对李白才优早有定论，如唐代孟棨《本事诗》："李白才逸气高。"唐代苏颋为益州长史，见李白而异之："是子天才英特。"宋人单独表彰李白之才者也大有人在，如宋祁云："太白仙才。"《海录碎事》云："唐人以李白为天才绝。"④《沧浪诗话》称"太白天才豪逸"等等。但对李白天才的表彰并非意味着否定杜甫之才，宋人《迂斋诗话》云："世传杜甫诗，天才也。"⑤徐增云："诗总不离乎才也。有天才，有地才，有人才。吾于天才得李太白，于地才得杜子美，于人才得王摩诘。"⑥邱炜菱也云："李公才高，杜公才大，仙圣所造，各有独尊。"⑦李杜皆有才，只是才之所能及运才的形式不同。

其二，无论李杜优劣如何定案，二人也皆非无学者。于慎行《穀山笔麈》云：

　　　　李诗放而实谨严，不失矩矱；杜诗似严而实跌宕，不拘绳尺，细读之可知也。然皆从学问中来：杜出六经、班汉、《文选》而能变化，不露斧痕；李出《离骚》、古乐府而未免依傍耳。⑧

① 陆时雍：《古诗镜》卷12、卷13，影印《文渊阁四库全书》第1411册，第106、110页。
② 刘熙载：《诗概》，郭绍虞辑《清诗话续编》，第2422页。
③ 方东树：《昭昧詹言》卷5，第159页。
④ 《李太白全集》卷34附录，王琦注，第1524页。
⑤ 叶廷珪：《海录碎事》卷19引《迂斋诗话》，影印《文渊阁四库全书》第921册，第796页。
⑥ 徐增：《尔庵诗话》，丁福保辑《清诗话》，第427页。
⑦ 邱炜菱：《五百石洞天挥麈》卷11，《续修四库全书》第1708册，第254页。
⑧ 于慎行：《穀山笔麈》卷8，吕景琳点校，中华书局1984年版，第87页。

虽然认为李白学习《离骚》、古乐府略有依傍——当指其拟古之作较多，但仍然强调了李白并非皆是天马行空的一味陶泄性灵。正因为如此，论李杜者不乏对二人才学的同时标榜："开元天宝之际，笃生李杜二公，集数百年之大成。太白天才绝世，而古风乐府，循循守古人规矩；子美学穷奥窔，而感时触事，忧伤念乱之作，极力独开生面。"① 李既具才学，杜也在学深之余具创新之才具。

其三，尽管李杜皆备才学，但从其才学于创作中的体现等因素衡量，二人还是各有所偏：其中李白倾向于才，杜甫更倾向于学。欧阳修较早从才学所偏关注李杜优劣："杜甫于白得其一节，而精强过之。至于天才自放，非甫可到也。"② "精强"源自学习磨炼，与天才自然相对，说明其出于后天。这里天才、精强对言，已经是才学之辨了。吴沆则直接名之曰才学："杜甫长于学，故以字见功；李白长于才，故以篇见功。"③ 这样李白杜甫一主天才、一主人功学力的思想便在宋代定型了。明清之际，李杜优劣的论争尤为热烈，讨论的标尺基本定位在了才学问题上。这种才学之论有诸多异称，如曰"人工"与"气化"，屠隆云：

　　　　杜甫之才大而实，李白之才高而虚。杜是造建章宫殿千门万户手，李是造清微天上五城十二楼手。杜极人工，李纯气化。④

郎瑛则称杜甫"勉然"，李白"自然"：

　　　　李豪隽而才敏，杜质朴而才钝。相会若有低昂也，然则底于成也，同归于极焉。细而论之，则有一勉然一自然之分耳。⑤

又曰"天机"与"人力"。《类编》引明人论云：

---

① 鲁九皋：《诗学源流考》，郭绍虞辑《清诗话续编》，第1356页。
② 欧阳修《笔说》，《文忠集》卷129，影印《文渊阁四库全书》第1103册，第309页。
③ 吴沆：《环溪诗话》，学海类编本。
④ 屠隆：《鸿苞节录》卷6。
⑤ 郎瑛：《七修类稿》卷38，安越点校，文化艺术出版社1998年版，第470页。

　　唐诗有以天机胜，有以人力胜，有机力各半。"海风吹不断，江月照还空"，天机也；"径转回银烛，林疏散玉珂"，人力也……李太白多以天机胜，杜子美多以人力胜。①

又曰"天资"与"学力"。黄子云称：

　　太白以天资胜，下笔敏速，时有神来之句，而粗略浅率处亦在此。少陵以学力胜，下笔精详，无非情挚之词。②

　　"天资"、"学力"又或表述为"天分"、"学力"。相关论述还有很多，体现了文学批评史上相当的一致性，因而"李才杜学"便成了才学相对又双峰并立的经典代表。

　　其四，天人才学的区分中，以才为优。李杜优劣的才学区分是具有价值倾向的，一方面批评中不否认学或者人工一路所取得的成就，以为李杜尽管所由路径不同，但所达到的成就则同归于极。另一方面，又在这种天人才学的不同中引出以下三个论断：

　　论断之一，天才是不可学的，此学即效仿之意。成于天成于才者不可学而能是从天人尊卑等差审视文学所得出的一个普遍结论。胡应麟《诗薮》外编卷四从可学不可学讨论李杜："工部体裁明密，有法可寻；青莲兴会标举，非学可至。"③ 王百毂亦云："李诗仙，杜诗圣；圣可学，仙不可学矣。"④

　　清代文人从普泛意义上对天才不可学多有论述："诗有看去极省力，又极自在流出，却不许人捉笔追踪者，天才人力之别也。"⑤ 凡才可拟、尘步可跂，天才则不然，无此天才而妄拟之终将徒费精神，李白之作便是成于天才故而不可临摹的代表："读者但觉杜可学而李不敢学，则天才不

　　① 费经虞、费密：《雅伦》卷16引明王昌会《诗话类编》，《续修四库全书》第1697册，第275页。
　　② 黄子云：《野鸿诗的》，丁福保辑《清诗话》，第863页。
　　③ 胡应麟：《诗薮》外编卷4，第190页。
　　④ 潘德舆：《养一斋李杜诗话》卷1引，郭绍虞辑《清诗话续编》，第2169页。
　　⑤ 延君寿：《老生常谈》，郭绍虞辑《清诗话续编》，第1839页。

可及也。"① 梁章钜以为李白之诗不可不读，但不可遽学，因引李文贞论李白云："他天才妙，一般用事用字，都飘飘在云霄之上。此人学不得，无其才断不能到。"②

杜甫则不同，从宋代诗歌致力于新创，便从杜甫作品中描神画影。明代复古派言诗动辄盛唐，而盛唐诸名家中虽高标李白，但若论师法，又只能以杜甫为准的。之所以选择杜甫，原因在于其上一等之陶渊明、谢灵运"意语自成"、"势气传运"不易学；再高一等建安黄初诸人"其才杰出，一笔写就"，无梯阶可近身。杜甫则从其铺叙、博览、用意、使事、下字等皆可示人以法。③ 故而王夫之讥讽"学究、幕客案头胸中皆有杜诗一部，向政事堂上料理馒头徼子"④。

论断之二，从天人才学维度比较李杜者往往以才胜者为优。李杜优劣的具体比较中尽管有着李优、杜优或者李杜不可分优劣的不同说法，而一旦将二人优劣归结到才学天人范围内进行讨论时便有了戏剧性的转变：不同时代的文人们较为一致地将才胜的李白奉于尊位。诸如：

杨慎论李白之文能神："庄周、李白，神于文者也，非工于文者所及也。文非至工，则不可为神，然神非工之所可至也。"工出自人力锻炼，神必待天赋。所以孜孜不倦尽其人事也未必及乎神之境界。

顾璘论李白之文能奇："文至庄，诗至太白，草书至怀素，皆兵法所谓奇也。正有法可循，奇则非神解不能及。"正循乎法度，本于常情常理，尽乎人力，即可得之；但奇必待神解之人，此为天赋所有，非人人可以妄拟。⑤

王穉登则毫不掩饰对李白的偏爱："予平生敬慕青莲，愿为执鞭而不可得。窃谓李能兼杜，杜不能兼李，李盖天授，杜由人力，轨辙合迹，鞅辔异趋，如禅宗之有顿有渐，难与耳食之士言也。"⑥ 偏爱的依据仍在天人之分。

---

① 赵翼：《瓯北诗话》卷2，人民文学出版社1998年版，第20页。

② 梁章钜：《退斋随笔》，郭绍虞辑《清诗话续编》，第1974页。

③ 朱权：《西江诗法》，吴文治主编《明诗话全编》，第573页。

④ 王夫之：《唐诗评选》卷1，第915页。

⑤ 《李太白全集》卷34附录，王琦注，第1525页。

⑥ 王穉登：《李翰林分体全集序》，王琦注《李太白全集》卷33附录，第1516页。

王夫之酷不喜杜甫，但凡涉及李杜之处，多褒扬李白天才，如评鲍照《拟行路难》为"天才天韵吹荡而成"，太白得其一桃，虽不及鲍照，亦大者仙，小者豪。但"杜陵以下，字缕（当为镂）句刻，人工绝伦，已不相浃洽"。杜甫歌行等作则被其纳入"散圣、庵主家风"，是"不登宗乘"的。且其"老夫清晨梳白头"之类，正令人人可诗，人人可杜。而评李白《拟西北有高楼》开篇"高楼入青天，下有白玉堂。明月看欲堕，当窗悬清光"则云："'明月看欲堕'二句，从高楼、玉堂生出。虽转势趋下，而相承不更作意。少陵从中生语，便有拖带。"于是得出结论："杜得古韵，李得古神。神、韵之分，亦李杜之品次也。"评杜甫《前出塞》也敷衍此说："全于韵得古，乃其得韵又在开合详略之间。"①得古之神，以我为主，申才而见；得古之韵，以古为主，以学而得。王夫之认为，韵可以由文字之中生发，其品次低于神。

陈星斋则以乌获举白斛之鼎若鸿毛、楚王效之绝脰而亡为例说明李杜天赋判然悬殊，所以"李白睥睨杜甫如富人之悯贫儿，虽似太过，顾亦其克自树立者"②。其所自树立者也就是秉自天赋的才华，话虽偏激而刻薄，但代表了一定的价值倾向。

论断之三，李杜虽然一诗仙一诗圣，体象不同风姿各异，皆垂不朽，但如果纳入才学维度考量，则侧重于天才的作品往往被认为更具有艺术品格。厉志说：

> 太白姿禀超妙，全得乎天，其至佳处，非其学力心力所能到。若天为引其心力，助其学力，千载而下，读其诗只得归之无可思议。即其自为之时，恐未必一准要好到如此地位。

> 少陵则不然，要好到如此地位，直好到如此地位，惟不能于无意中增益一分，亦不欲于无意中增益一分。③

① 王夫之：《古诗评选》卷1，第534页；《唐诗评选》卷1，第915页；《唐诗评选》卷2，第951、956页。
② 陈星斋：《柳文选序》，王葆心《古文辞通义》卷2引，王水照辑《历代文话》，第7152页。
③ 厉志：《白华山人诗说》卷1，郭绍虞辑《清诗话续编》，第2279页。

赵翼论李白云：

> （白）诗之不可及处，在乎神识超迈，飘然而来，忽然而去，不屑
> 屑于雕章琢句，亦不劳劳于镂心刻骨，自有天马行空，不可羁勒之
> 势。……以杜、韩与之（李白）比较，一则用力而不免痕迹，一则不
> 用力而触手生春：此仙与人之别也。①

厉志从是否具有超越了思议之外的审美空间比较李杜，赵翼从是否具备自由
心灵的激荡比较李杜，作为一才一学的代表，最终一个不可思议，一个只到
如此；一个仙，一个凡：都已经表达了鲜明的才优于学的审美态度。

受李杜优劣论的影响，类似的优劣讨论历史上比比皆是，它们无一例外
地延续了李杜优劣论所采取的研讨范式、价值取向，是才与学相关理论更为
广泛地落实与运用。涉及唐代的如王维、孟浩然优劣，王世贞言"摩诘才
胜，孟襄阳由工入"②。关乎宋代者如陆游、杨万里优劣，刘后村以为"放
翁学力也，似杜甫；诚斋天分也，似李白"③。及于清代又有朱彝尊王士禛
优劣，朱彝尊雄而秀，王士禛具有神韵，一偏于才，一偏于学。赵执信称为
"朱贪多，王爱好"，贪多者耀学，爱好者申才。其中最具代表性的当属苏
黄优劣。

苏黄优劣与李杜优劣异曲同工，杨万里早就说过：诗人之诗，"唐云
'李杜'，宋言'苏黄'"，"苏似李，黄似杜。"苏、李之作，"子列子之御
风"，无待乎舟车，此为"神于诗"；杜、黄之作，"灵均之乘桂舟、驾玉
车"，此为"圣于诗"④。神者无待于假物依循，是才的激扬；有待者需要涂
饰，更需要学的辅助。宋元之际方回明确以才学分论苏黄："坡诗天才高
妙，谷诗学力精严。"⑤ 后世论者基本上沿此路径，以才品苏，以学目黄。

从颜谢优劣到李杜优劣、苏黄优劣，以及陆续衍生出的《西厢记》、

---

① 赵翼：《瓯北诗话》卷1，第3页。
② 王世贞：《新刻增补艺苑卮言》卷3，《续修四库全书》第1695册，第466页。
③ 刘克庄：《后村诗话前集》卷2，适园丛书本。
④ 杨万里：《江西宗派诗序》，辛更儒《杨万里集笺校》卷79，中华书局2007年版，第3231页。
⑤ 李庆甲：《瀛奎律髓汇评》卷21，第887页。

《琵琶记》优劣等，才学关系范畴在文学批评实践中得到全方位的观照。这些论题，尤其李杜优劣，以才学关系为基本依托，在不同语境下反反复复被重新论定、重新判断、重新解释，成为重要的理论思想载体与观念推广形式。因此，这个论争可以说是一个以诗人品评、优劣区分、天人判定的形式由历代学者共同参与的历时性的理论建设活动，中国文学理论中有关文才的思想，便在这个辨析过程中日渐精密。

第　五　章

才与法：天人相成

——文成于法其妙不在于法

文艺之法是文艺实践规律的总结。《诗经》中的赋比兴风雅颂起初属于前法度性的自然表现，至汉代方被总结为六义；汉代乐府大曲在音乐变化中分"解"以及前"艳"后"趋"的格式，也在逐步模仿中演化为法式。汉魏之际文人们模拟古乐府创作，其中隐含了对前代法式的默认与继承。

以上所谓法都是研究视野下的事后追认，就当时的创作而言，皆属于一种非自觉状态。而且越接近源头，所谓法度更非刻意的援取，正如曾国藩所说：

> 古之文，初无所谓法也。《易》、《书》、《诗》、《仪礼》、《春秋》诸经，其体势声色，曾无一字相袭；即周秦诸子，亦各自成体。持此衡彼，画然若金玉与卉木之不同类，是乌有所谓法者？后人本不能文，强取古人所造而摹拟之，于是有"合""离"，而"法""不法"名焉。①

有关文艺法度理论的自觉建构是魏晋之际开始的。才法关系是中国传统天人哲学的核心展开形态之一，作为审美理论的重要问题，在魏晋以后，尤

---

① 曾国藩：《湖南文征序》，《曾国藩诗文集》文集卷4，第411页。

其是宋代以后的文学理论著述中被高强度地演绎推敲,①并在才法相须的基本共识上,形成了敛才入法、申才抑法、以才运法等主要思想。著名的李杜优劣、苏黄优劣、《史记》《汉书》优劣,以及明代李梦阳何景明筱岸之争、吴江派临川派才律之争,这些重要的论争实际上都与才法问题相关,是才法关系在文学批评与实践中的具体表现和落实。

法的形态十分丰富,文艺理论批评史涉及的式、制、体、格、方、术、律、则、句图等等皆是,不过其价值有别。诸般法式之中,"格"有着艺术规则与社会规约双重的要求,因而具有俯视意义。对文艺审美而言,法度是天理人情之极的美学面相,它的师承因此就在于礼之敬之的拟议以成变化;而才法关系与才学关系有着一致的天人逻辑,彼此相参相成,难以分离。但是,由于法度体格的严正与示范意义,由于才的纵逸破缚性质,在不羁束文才灵动精神的前提下,文艺理论批评对于居文有体、敛才入法、敛才就格的创作有着格外的尊仰与提倡。

需要说明的是,法的获得途径与学相通,甚至可以说,法的获得也是学的收获之一。我们所探讨的才法关系之法,更多地指向对这种既得学习成果的运用及态度;而获得这种法度的相关学习过程则属于才学研讨范围。

第一节 才法关系在文艺理论批评中的确立

佛家论法,名世界为万法世界,因此法与文自然不可切分。如果说自然世界、人类社会的法是自然与社会变化规律的体现,那么文艺法度并没有悖理这种规律,更不是破空的生化,它无非是自然与社会情理极变所表现出的本然规则在艺术中的映射。如此看来,古人所谓天理本乎人情的说法,并非简单的天人关系捏合,其中实则蕴含了文艺之法出自天理以及人情之极这样一个重大命题。

中国古代文艺理论对法如此隆重的定位,体现了儒家思想统摄下一定的

---

① 田同之《西圃诗话》云:"唐人不言诗法,诗法多出宋。而宋人所谓法者,不过一字一句,对偶雕琢之工,而天真兴致,则未可与道。"见《清诗话续编》,第762页。

神思才情内敛，但更多的是对天人关系之中由人及天路径的遵守与对天的敬畏。对创作者而言，无论文才优绌，第一步必然要通过经典学习去掌握基本的法度。

一

先秦法度之论，以儒道法三家为多，其早期指向集中于社会传统秩序的设定与自然规律的描述，所以汪涌豪先生说："法不仅作为纯粹的创作技法，而且也因为包含了深厚的人文传统与强烈的伦理诉求，而成为观念史范畴，分别具有自然属性与社会属性，前者以天地自然为法，后者以礼为法。"其理论关注的源头来自先民对宇宙自然以及社会人事的根本思考。①

道家论法。《老子》云"人法地地法天天法道道法自然"，这个法意在"师法"，也可以理解为人以地、天、道、自然的规则为法度，突出的是法的自然属性。《老子》另有"知我者希，则我者贵"的说法，"则"的运用与师法同义。庄子一方面继承了老子对自然的崇尚，坚持"无以人灭天"，另一方面，其有关法度的论述多体现于道艺关系中"艺"的展示，其中承蜩、斫轮、蹈水等论，皆含有熟能生巧而法在巧中的意思。《庄子·天道》称斫轮工匠于其技术之"数"得心应手，只是口不能言，不可传授，这个"数"便是熟巧之中所具有的本然法度。

法家论法可谓名副其实，《管子》就有"法法"一章，其中说："虽有巧目利手，不如拙规矩之正方圜也。故巧者能生规矩，不能废规矩而正方圜。虽圣人能生法，不能废法而治国。"又道"规矩"："规矩者，方圜之正也。"又立"心术"一章，以术为行法的手段。

儒家言法度自孔子发端，其"学而时习之"当中的"学"，本身就含有师法效法之意。又以孟子所论最为集中。《孟子·告子上》云："大匠诲人必以规矩，学者亦必以规矩"；《离娄上》云"不以规矩不能成方圆"；《尽心下》则云"梓匠轮舆能与人规矩不能使人巧"。其中规矩即为法度，而儒家这些规矩之说，与礼义的规范内涵是融为一体的。至《易传》则法度之论在在皆是，如《系辞》云，"古者包牺氏之王天下也，仰则观象于天，俯

---

① 汪涌豪：《法：中国古代文论形式批评的重要范畴》，《学术月刊》2008 年第 7 期。

则观法于地，观鸟兽之文与地之宜。近取诸身，远取诸物。于是始作八卦以通神明之德，以类万物之情。"又云："天生神物，圣人则之"、"天地变化，圣人效之"、"类万物之情"等等，其中则、效、类等皆为效法之意。不仅如此，《易传》还专门为"法"下了定义："制而用之谓之法。"深谙物理变化，可以凭借此道成器有为就是法。

从以上简述可见，儒法道三家于法度皆不敢有丝毫懈怠，因为法为大道，充溢着人类生存的智慧，是利用厚生的准依。于是凡事论法也就成为文明起源之际遗留下的认知规范。

文艺法度的理论观照是以文辞语言的法度研讨为发端的，这在春秋时期已经蔚然成风。如《墨子·非命下》提出"言有三法"；《非命中》又论"凡出言谈由文学之为道也，则不可而不先立义法"，这个"文学"是孔门四科所言的"文学"。《庄子·寓言》也有"言当有法"之论，而《韩非子·说难》更是言辞法度的集大成之论。如此言辞法则议论的升温，与春秋聘问之际的行人言辞、战国纵横交辩中的策士言辞大行于世有着直接的关联。

以先秦诸般法度论为铺垫，尤其文辞语言法度探讨的深入，促使文艺法度一步步登上审美舞台，这在文学、艺术领域皆有表征。

西汉已经出现了文法的总结。《诗大序》于《诗经》提炼出了赋比兴风雅颂"六义"，仇兆鳌就认为："诗有六义，三百篇为诗法之祖，嗣后作者继起，文以代新，而诸体各出，莫不有法存焉。"[1] 两汉相交之际，辞赋的法度论也出现了，扬雄《法言·吾子》云："诗人之赋丽以则，辞人之赋丽以淫。"其中的"则"即为法度。又云："女恶华丹之乱窈窕也，书恶淫辞之淈法度也。"明确提出了"法度"，且以为言辞当有其"则"，不应该祸乱法度。扬雄心目中的法度就是："事胜辞则伉，辞胜事则赋，事辞称则经，足言足容，德之藻矣。"在此前提之下，针对"公孙龙诡辞数万以为法"是否值得师法的疑问，扬雄回答："断木为棋，梡革为鞠，亦皆有法焉。不合先王之法者，君子不法也。"[2] 法规林林总总，但也要有所甄别，凡不合先

---

① 仇兆鳌：《杜诗详注》卷 3《寄高三十五书记》，中华书局 1979 年版，第 195 页。
② 汪荣宝：《法言义疏》，第 49—63 页。按：《法言》的命名本身就包含扬雄我言可悬立为法的自诩。

王之法者，便不必从之。法度因此也具有了意识形态归属。

东汉书法之道渐兴，书艺著述言必称法。崔瑗《草书势》云："观其法象，俯仰有仪，方不中矩，圆不副规，抑左扬右，望之若敬。"赵壹《非草书》云："今之草书者，不思其简易之旨，直以为杜、崔之法，龟龙所见也。"其间"仪"、"矩"等皆为法度，或指向书法艺术的基本审美原则，或指向个体的艺术风格。魏晋时期书艺法度之论更加繁荣，卫恒《四体书传并书势》中便频繁地以法论艺，如篆书："汉末又有蔡邕，采斯、喜之法为古今杂形。"隶书："今八分皆（毛）弘法也。""魏初有钟、胡二家为行书法。"草书："河间张超亦有名，然虽与崔氏同州，不如伯英之得其法也。"①至此，诗赋论法、书艺论法与文辞论法在魏晋之际已经基本常态化，美学理论对法度较为系统的梳理，也在这个时期逐步发轫。

首先值得注意的是杜预的《春秋左氏传序》。该文详论自己对《左传》"书法"的心得："其发凡以言例，皆经国之常制，周公之垂法，史书之旧章，仲尼从而修之，以成一经之通体。"杜预认为，《左传》发凡起例的形制，寄托了作者"建制垂法"的宏愿。他将这种体例概括为"三体"："其微显阐幽，裁成义类者，皆据旧例而发义，指行事以正褒贬"，此体一；"诸称书、不书、先书、故书、不言、不称、书曰之类，皆所以起新旧、发大义，谓之变例"，此体二；"然亦有史所不书，即以为义者，此盖《春秋》新意，故传不言'凡'，曲而畅之也"，此体三。"三体"之外，又有"五情"，也称"五体"：一曰微而显，二曰志而晦，三曰婉而成章，四曰尽而不污，五曰惩恶而劝善。杜预以上所论是就史著而言的，但史著在当时皆为"文"的范畴，因此对后世文章体法影响深远，尤其古文义法。②

继而为陆机的《文赋》。其开篇自述创构理由："因论作文之利害所由，他日殆可谓曲尽其妙"，且以此为"操斧伐柯，取则不远"，意思是说：他的诗文法式之论并非纸上谈兵，而是结合自己与他人创作实践的产物。其中从"伫中区而玄览"至"辞程才以效伎"，再到为文当规避的九种弊病，皆是法式之论。又云法度为"律"、"条"："普辞条与文律，良余膺之所服"，

---

① 王伯敏等：《书学集成》（汉—宋），第 2、5、16 页。

② 萧统：《文选》卷 45，李善注，第 2033 页。

其中"律"出于"六律"，本就是规范；《说文》释"条"为"小枝"，枝叶生长成其架构，有架构则成条理，因此"条"也含律法之意。又云法度为"契"："意司契而为匠。""司契"出于《老子》"有德司契"，"契"为"契信"，相当于"科条"，那么"司契"也就是掌管法规之意。[①] 晋际臧荣绪评陆机"妙解情理，心识文体，故作《文赋》"[②]，"体"字古训为"法"[③]。吴林伯由此论道：

> 综观《文赋》，诚为言"体"之作，曰："盖所能言者，具于此云。"凡能用语言讲的"体"，《文赋》都讲了；曰："若夫随手之变，良难以辞逮。"不能用语言讲的"数"，则存而不论，李善以庄周谈"数"的寓言作注是也。[④]

可见《文赋》的核心就是探讨文学创作法度。

两晋之际，文学法度之论不仅已经流行，而且相关审视已经达到相当的理论高度，比如当时理论界就出现了有关"法度"与"自然"关系的论辩，这在《抱朴子外篇·辞义》中有明确记载。当时文人面对文辞过循律条僵化写作发出了质疑，并将"至真贵乎自然"推为范式。面对如此的疑惑，葛洪并未全盘否定，作为道家思想的传人，他同样首肯"自然"的价值，但与此同时他又将问题深入一步，追问"自然"从何而来："清音贵于雅韵克谐，著作珍乎判微析理。故八音形器异而钟律同，黼黻文物殊而五色均。徒闲涩有主宾，妍媸有步骤。是则总章无常曲，大庖无定味。"[⑤] 清音可贵、著作足珍，是与其"雅韵克谐"的声韵谐和、"判微析理"的文意条理密不可分的。无论金石丝竹还是黼黻文物，其形其制各不相同，而且也能够展示出音声、款式的不同风采，但是其源自律吕、成于五色的本质不可变异。就音乐而言，其如同大庖滋味千变万化的曲度，可谓得乎自然，而这种境界又

---

① 吴林伯先生：《文心雕龙义证》，第988页。
② 萧统：《文选》卷17引，李善注，第761页。
③ 高诱注《淮南子·本经训》即云："体，法也。"
④ 吴林伯：《中国古代文论家论作者修养》，《青岛大学师范学院学报》1994年第3期。
⑤ 杨明照：《抱朴子外篇校笺》下册，第393页。

恰恰从"闲涩有主宾，妍媸有步骤"的法度中锻造而来。因此，法度不是自然的天敌，而是自然的保障。

六朝法度论述的集大成者是《文心雕龙》，全书分上下篇，下篇除《序志》以外都可列入法式论。祖保泉论《总术》的地位："此篇乃总会《神思》以至《附会》之旨而叮咛郑重言之，非别有所谓总术。"[1] 吴林伯亦论：

> 刘勰鉴于当世（南齐末年）作者"多欲练辞，莫肯研术"、"弃术任心"（《总术》），"体"虽有"明者"，而"学者弗师"，"明者"亦遂"弗授"（《风骨》），于是作者"术不素定，而委心逐辞，异端丛至，骈赘已多"（《熔裁》）。他为救弊，不得已而"撰《文心雕龙》五十篇，论古今文体"（《梁书》本传），希望作者重视"文体"或"文术"的修养。[2]

可见其用意正在于宣扬文学法度。《文心雕龙》对法地位的确定，与其"原道—征圣—宗经"的论述路径密切相关：文出于道，道衍乎圣，圣垂乎文。圣人承道，是诸法的继承者与文学之法的直接缔造者，《征圣》言其"鉴同日月，妙极机神，文成规矩，思合符契"，道的担当赋予圣人文成法立的异禀，此法一经圣人"验明正身"便成为后世创作依循的法则，能够圆熟表现圣人这些法度的文章，便是后世尊奉的诸般经典。由于学习经典可以在获得思想启迪的同时获得为文大法，所以《宗经》便成为刘勰眼中文学创作的首务："故文能宗经，体有六义：一则情深而不诡，二则风清而不杂，三则事倍而不诞，四则义直而不回，五则体约而不芜，六则文丽而不淫。"所谓"六体"，实为六种圣人经典的体例，也即文学体法。其他直接关涉法度之处比比皆是，诸如《风骨》言"熔铸经典之范，翔集子史之术"，《神思》言"含章司契，不必劳情"，《养气》言"思无定契，理有恒存"等等，其中"范"、"术"、"契"、"理"等皆指法度。

但值得注意的是，汉魏六朝的文艺法度论中，直接命之曰"法"者很

---

① 祖保泉：《对〈文心雕龙〉文学理论体系的思考》，《文心雕龙解说》附，安徽教育出版社 1994 年版，第 1026 页。

② 吴林伯：《中国古代文论家论作者修养》，同前。

少。类似江淹《杂体诗序》有云："关西邺下，既已罕同；河外江南，颇为异法。"① 此处以法论五言创作，在六朝之际较为稀见。而稀见的原因大约有三：

其一，其时文人对"法"的刑责罚罪含义有一定的敬畏。作为法家代表的管子对"法"的直接定义充满威慑色彩："杀戮禁诛谓之法。"② 从训诂而言，法字《说文》写作"灋"，释云："刑也。平之如水，从水。廌所以触不直者去之，从廌去。"《说文》释"廌"："兽也，似牛，一角。古者决讼，令触不直者。"如此则"灋"的本义就与刑相关，因类似廌触抵违法者，所以段玉裁便释之为"罚罪"，后世引申为"模范"，取水之公平为喻。流行版本的《说文》中又有"法，今文省"几个字，意思是说：今日常用的"法"字，是"灋"的省文。但段玉裁注云："许书无言今文者，此盖隶省之字，许书本无，或增之也。"也就是说，《说文》之中本没有"法"字，或许此为后人增益，今日的"法"字可能为隶书的省写。汉代典籍《周礼》之中的"法"均写作"灋"。"法"字从东汉刘熙《释名》卷六开始收录，释云："法，逼也。莫不欲从其志，逼正，使有所限也。"同样侧重于以力威服，使人从个体自由进入社会规范。

与"法"相应的"律"、"术"等字的含义分别如下。《说文》释"律"："均布也。"刘熙《释名》："律，累也，累人心使不得放肆也。"这两个解释并不矛盾，从均布言律本于律吕，防范的对象便是因不均布造成的纠结、矛盾或阻滞，侧重于其施设所要达到的效果；从束缚而言则侧重于手段，其诉求也在于通过敛束放肆的人心实现祥和。因此《文心雕龙·书记》便将以上两个解释综合于一体："律者，中也，黄钟调起，五音以正。法律驭民，八刑克平。以律为名，其中正也。"律释为"中"，正是就其"均布"而言。以"中"为准，言于音乐则五音可正，指涉现实则诸刑可平。再看"术"字，许慎释"術"（术）为"邑中道也"。《文心雕龙·书记》曰："术者，路也。算历极数，见路乃明。"本义就是道路，引申为具有一定规律性的长技，可以为他人沿依。三者比较，法的

---

① 萧统：《文选》卷31，李善注，第1452页。
② 黎翔凤：《管子校注》，梁运华整理，中华书局2004年版，第759页。

威赫含义较为鲜明。

另外在汉魏六朝文化思想中，法出乎理，为自然人伦的大道，乃成乎先王，[①] 因此它并非寻常名义可以随意假借。《文心雕龙·书记》解释属于"书记"体类之一的"法"："法者，象也。兵谋无方，而奇正有象，故曰法也。"其时家法、艺法、技法等论并不少见，而刘勰却独独以《孙子兵法》、《孙膑兵法》、《尉缭子兵法》等"兵法"为证，且称这些兵法为"象"，有言其因气而成、自然成理之意，意在表彰其为大谋略而非小伎俩。因而如此言法，其间也有推尊之意。

可见汉魏六朝之际，所谓法的内涵中，刑、罚的意味较为浓厚，且有尊大之意。而律、术虽然也表限制，却淡化了这种强迫性。北齐《刘子》有专章讨论"法术"，且云："法术者，人主之所执，为治之枢机也。术藏于内，随务应变；法设于外，适时御人。人用其道而不知其数者，术也；悬教设令以示人者，法也。"[②] 既言法术于政治教化之用，又专门区分了术的切近与法的森严。因此，魏晋六朝文艺理论言法度，更多选择了淡化法之冷峻、束缚甚至强迫意味的语码，如律、契、术等，而罕见直接用法。

其二，文学创作尚未形成严格的规范。汉魏六朝文学，以《文心雕龙》等所论的诗赋以及实用性文体为主，虽然各有文体的规定，但其学习传承并没有非常严格的排他性规范。对诗歌而言，在声病说产生之前，古体的创作更加属于文成法立、声韵自然的范围。它不同于经学研究，自其发生之日起便严立家法，违背者便成欺师灭祖。另外书画创作具有技能性，操觚、笔画、布置、用墨等等皆有较为鲜明的套路，虽绝世天才也无法背弃；即使形成自我风骨，于操觚、笔画、布置、用墨等等自成一格，也往往具有鲜明的可临摹体征，所以书画言法极多。书论前已见引，另如画论，南齐谢赫《画品》言江僧宝"用笔骨梗，甚有师法"，吴暕"体法雅媚"；又如陈姚最《续画品》言陆肃："虽复所得不多，犹有名家之法。"[③] 其中涉及"体

---

① 班固《汉书·律历志》云："虞书曰：乃同律度量衡，所以齐远近，立民信也。自伏羲画八卦由数起，至黄帝尧舜而大备，三代稽古，法度章焉。"颜师古注曰："三代，夏殷周也。稽，考也。考于古事而法度益明。"可证古人法出先王之论。

② 傅亚庶：《刘子校释》，第 141 页。

③ 王伯敏等：《画学集成》（六朝—元），第 20、30 页。

法"、"师法"、"名家之法"分别代表了基本法度、师承法度与博采所得的法度。

其三，佛学尚言乎"法"，而魏晋六朝文人于此尚未刻意附会。佛学在东晋以后获得空前的发展，其基本思想之中就有"法性"之说，又称为"法界"、"真如"、"法身"等，代表着永恒与常住。法性是法的本体，法是一个至大无外的概念，宇宙间一切有形之相或无形之理都可称为法或者法相。但一切有形之相和无形之理都根源自法性，法性不灭，法相随缘流转。又有心法、色法之分，又有佛、法、僧三宝之说。所谓法无定相、无法之法、不立一法、不著一法等皆是佛家中语，其用意在于破除"执法"，无论大乘小乘，法皆是要被超越的对象，从"执法"之中实现彻悟，如此可以获得法性。① 以上属于基本佛学思想，在魏晋六朝与后世佛教中有着相对的稳定。但类似心仪三宝甚至最终出家的刘勰论文，最终也没有拈出"法"以代替他所使用的"术"、"范"，可见魏晋六朝文人虽然深受佛学影响，但明晰佛教之"法"的本义，尚无附会。

在法度论受到审美理论高度关注之际，才法关系的理论建构也开始了。这种建构沿循了两条径路：

其一，文艺理论的直接建构。陆机较早将才与法的关系纳入了文学理论研讨，如他自道《文赋》的创作："至于操斧伐柯，虽取则不远，若夫随手之变，良难以辞逮。"操斧伐柯言法则，而随手之变则是应变的才能。又如在论述了枯寂、繁杂、空虚、不雅、过质等弊病之后，陆机又有这样一段补充论述："若夫丰约之裁，俯仰之形，因宜适变，曲有微情：或言拙而喻巧，或理朴而词轻，或袭故而弥新，或沿浊而更清，或览之而必察，或研之而后精。譬犹舞者赴节以投袂，歌者应弦而遣声。是盖轮扁所不得言，故亦非华说之所能精。"显然此处陆机已经意识到，在一般的法式之外，文学创作中存在着一种境界，其实现并非凭依一般法式，甚至可以说超越于法式，其通达之道可以意会难以言传，这就是绽放于个人才思的灵悟。以上论述中显然具有才法关系的隐性辨析。至《文心雕龙》，才法关系系统实现了理论定型，除了众多篇章直接讨论具体法式，其揭示文学理论的《总术》篇又

---

① 朱良志：《大音稀声》上卷第40页，下卷第2页。

称："夫不截盘根，无以验利器；不剖文奥，无以辨通才。"可见对通才的瞩望。但随即又郑重申明："才之能通，以资晓术。"通才最终落实于对法式的掌握与运用上。

其二，文人行事以及文学创作实践的反思。文学批评倡导法术，在魏晋六朝之际还有一个重要的现实背景，这就是文人过申才情。《第一编》才德论中我们曾论述文人道德、个性、气质上的瑕累问题成为魏晋六朝理论界探讨的热点，韦诞、曹丕、刘勰、颜之推等都有相关文字，尤其颜之推的《颜氏家训·勉学》与《颜氏家训·文章》、刘勰的《文心雕龙·程器》，不仅涉及个人德行气质，也涉及这种德行气质对创作的影响。我们由此反观当时文坛，可以得出才性提倡引发了个性解放与创作个性化的结论。但从这些批评的正题研究，我们同时可以发现：恰恰是才性发扬的无所节制，创作之中兴会淋漓、矫激率意的性情挥洒，才引发了以上的反思，才有了颜之推"文章之体，标举兴会，发引性灵，使人矜持，故忽于操持，果于进取"一类对"今世文士，此患弥切"的警醒，这种警醒的目的就在于平抑文才与法度之间的失衡关系。

如果说以上垂诫侧重于文士人格，那么就创作而言，我们从六朝诗人对谢灵运体诗歌学习的相关心得中也体现出这种反思。《南齐书·高帝十二王传》载昭王萧晔诗歌仿效谢灵运体，齐高祖则规劝道："见汝二十字，诸儿作中最为优者。但康乐放荡，作体不辨有首尾，安仁、士衡深可宗尚，颜延之抑其次也。"[①] 萧纲《与湘东王书》论谢灵运："时有效谢康乐、裴鸿胪文者，亦颇有惑焉。何者？谢客吐言天拔，出于自然；时有不拘，是其糟粕。"[②] 谢灵运的诗歌被《宋书·谢灵运传论》誉为"志动于中则歌咏外发"，属于"兴会标举"之作[③]，而当时一些批评家却认为，这种标举兴会、发引性灵的纵才而为，有着破体的弊端，呼吁回归于法式。又如《颜氏家训·文章》云：

凡为文章，犹人乘骐骥，虽有逸气，当以衔勒制之，勿使流乱轨

---

① 《南齐书》卷35，第2册，第624页。
② 《梁书》卷49《文学传》，第3册，第691页。
③ 《宋书》卷67，第6册，第1778页。

躅，放意填坑岸也。文章当以理致为心肾，气调为筋骨，事义为皮肤，华丽为冠冕。今世相承，趋末弃本，率多浮艳。辞与理竞，辞胜而理伏；事与才争，事繁而才损。放逸者流宕而忘归，穿凿者补缀而不足。时俗如此，安能独违？但务去泰去甚耳。

　　吾家世文章，甚为典正，不从流俗。梁孝元在蕃邸时，撰《西府新文》，讫无一篇见录者，亦以不偶于世，无郑卫之音故也。①

作者所列举的"以理致为心肾"等义，正是守本弃末之法的提倡。古今文章对比、其家文章不为皇家文选收录，皆体现了坚守经典体制的信念与代价。不弃文才之际，时时提醒不忘其本其制，同样属于才法兼论。

　　法式尤其诗法论说也兴起于六朝。沈约总结前人创作经验推出的平头、上尾、蜂腰、鹤膝等声病之论，即为此间代表。唐代开始，诗法、文法等论逐步盛行。杜甫《偶题》就有"法自儒家有，心从弱岁疲"的概括，这个所谓儒家之法就是诗中所云"文章千古事"的文章之法。② 皎然称沈约八病之论为"沈生弊法"。其时诗歌论法多为诗格、诗式、吟谱、句图等，虽然多历年岁，宋代陈应行编辑的《吟窗杂录》所收 28 种著作中，涉及唐代的仍有 9 种。宋代法式之论更是盛况空前，诗法之外，文章之法首次明确亮相，苏洵《史论》云："大凡文之用四：事以实之，词以章之，道以通之，法以检之。"罗根泽即认为："在古文家中，我们不能不指出这是苏洵的新说，过去是没有的。他所提出的事、词、道、法四用（具体要求），只有道是古文家的传统见解，事是欧阳修曾经说过，词与法则都是他所新创。"③法度不仅从此繁荣，而且地位也显著飙升，甚至出现了诸如"守法度曰诗"这种与"诗言志"大相径庭的定义。④

　　综合历代文艺的法度之论，可知法的包容十分广泛，从创作关涉者而言，有如文法、诗法、字法、局法、律法、篇法、对法、章法、笔法；从规范形态而论，法示人以进路之大端，律约人之所必由，而病忌则从相反方向

① 王利器：《颜氏家训集解》，第 266、269 页。
② 参阅韩经太《论儒家"风骨"的清虚化》，《中国社会科学》1996 年第 4 期。
③ 罗根泽：《中国文学批评史》，古典文学出版社 1957 年版，第 104 页。
④ 姜夔：《白石道人诗说》，何文焕辑《历代诗话》，第 181 页。

警醒，明此三者，可谓明法。当然，文艺诸体的法度虽然有着审美层面的共性，但也因体格相异往往不可兼容。如果一概而论，如金圣叹以时文八股的起承转合之法论律诗，便有些方枘圆凿，时见扞格了。

二

文艺法度为什么被历代文人反复强调？从其直接价值而言，法是文学启蒙的晋身之阶。而从其产生的根源来看，法出于天理人情之极，也就是说，情理之极所昭示的必然性，乃是法的由来，这也是哲学言法推及道、理的原因。在中国古代哲学思想中，"法"、"则"与"常"同意，《诗·大雅·烝民》云："天生烝民，有物有则；民之秉彝，好是懿德。"毛传郑玄注即曰"则，法；彝，常"。诗的意思是说，天地有民有物的同时，便诞生了与其相应的法则伦常。《管子·形势》也称："天不变其常，地不易其则"；《庄子·山木》已经出现直接的法、则连文，有"此神农黄帝之法则"的说法。张岱年先生概括以上文献认为，"法则"、"准则"即孟子所言之义理，为民物之常经大道，因此备受尊仰。① 法既然属于情理世界运行规律的总结，那么自然与人伦世界当然就是其产生的活源。

所有审美的法式，起初都是从自然与人情事理的演变中提炼出来的，有的源自主体的经验，有的源自人的情理之常。创作对这些形式的模拟与凝练，促使其从自然规则人伦实践进入理论范式，进而成就其可操作性与可传承性，这一点从古代众多文艺经典法式的运用中多可得到验证。我们姑且以"温柔敦厚"这一古典文学基本审美法则为例，阐释如下。

从《礼记·经解》引孔子之语"其为人也，温柔敦厚，诗教也"之后，这个人伦情感修养、性情陶冶的准则便开始向文艺理论转移，分别指向审美态度与艺术表现的形式，沈德潜《说诗晬语》更是将其提升为诗歌的最高艺术境界与法则。无论文学史还是理论批评的历史，其间为个性、为自我性情张目，主张诗可以怨而且可以面折廷争、率意宣泄者不乏其人；但主张燮理性情、温柔敦厚的却仍然是主体。因为在中国传统的语境下，这种蕴藉含蓄、主文而谲谏的艺术手段不仅更符合普遍的审美心理，也更符合艺术创作

---

① 参阅张岱年《中国古典哲学概念范畴要论》，《张岱年全集》第四卷，第491、499页。

者与描述对象的基本生态。这一点在汉魏之际的作品中体现得尤为鲜明。如乐府古辞《上邪》一篇：

> 上邪！我欲与君相知，长命无绝衰。山无陵，江水为竭，冬雷阵阵，夏雨雪，天地合，乃敢与君绝！

后世赏鉴本诗，关注点集中在诗中女子为爱情献身的大胆与奇幻的想象上，但其中"乃敢与君绝"一句却很少被重视。爱在今人看来应是平等的，誓言在警示自我的同时，本来也应是对另一方潜在的提醒。但汉代女子却在自己的誓言中用了"乃敢"这样一个充满自卑自谦自抑的词语，没有对另一方的犹豫，没有对另一方的怀疑，更没有向对方透露些许的担忧，只是一力表白自己的卑微、自己对所得之情感的珍惜与受宠若惊。"非敢"、"岂敢"之类的用法在先秦很常见，多于言辞之中表敬，其形式的意义虽远高于实际内容，但却作为一个象征性语码深度参与了后世的礼仪文化建设，并在特定语境下具备了超越虚浮的沉甸甸质感，汉代爱情诗歌中的"乃敢"自陈正可作如是推想。这种艺术形象完全符合汉代儒家文化塑造出的温柔敦厚性情，所以钟惺专门拈出"乃敢"批评："'乃敢'二字，发情止义俱在内，便是古乐府身份。"[1] 于人之情感表白发情止义，于诗之体格又合乎乐府要求，如此含蓄优柔的艺术手段，正出自特定时代女性对自我身份、情感合乎角色定位的自省。这种情感表白不是诗人创造的，而是其将现实人情中的这种含蓄优柔实现了一种存在形式的转移而已。

曹丕继承了这种艺术原则，成就了其《燕歌行》倾城倾色、古今无两的美誉：

> 秋风萧瑟天气凉，草木摇落露为霜，群燕辞归雁南翔。念君客游思断肠，慊慊思归恋故乡，何为淹留寄他方？贱妾茕茕守空房，忧来思君不敢忘，不觉泪下沾衣裳。援琴鸣弦发清商，短歌微吟不能长。明月皎皎照我床，星汉西流夜未央。牵牛织女遥相望，尔独何辜限河梁？

---

[1] 钟惺、谭元春：《诗归》卷5，第92页。

　　本诗有三个诗眼：其一是我想你被转化为你想我；其二是"不敢"所体现的女性复杂情绪；其三是将怨分离表述为对牛郎织女无辜限于河梁的责备。其中"忧来思君不敢忘"的"不敢"，与《上邪》中的"乃敢"异曲同工。《燕歌行》是无条件的"不敢"，《上邪》是设定了众多绝无可能之条件后的"乃敢"，都是一种温柔敦厚性情的展露。作者对这个语辞的准确把握，当然有炼字陶冶的功劳，有生活语言的拈取，但又绝非仅仅是一个字的用法问题。"不敢忘"后面含蓄了极为丰富的信息，体现了主人公复杂的心绪：夫妻情深恩重而不能忘；位贱而不敢言忘；长时间的分离情感淡薄的现实又使其担心自己真的淡忘；无所寄托之际思念成为其支撑岁月的信念，一旦遗忘意味着生活坚持的勇气丧失、未来的希望一并荡然等等。如此众多难以释怀的情绪纠缠在一起，却以"不敢忘"三字委婉摇曳出之，与另外两个诗眼一起，表达了其哀怨又无奈的一种心境。这也是温柔敦厚艺术手段的运用，而这种艺术手段，同样出自如此文化氛围之下一种女性生态的艺术再现，它是人情之极——尤其哀怨之情蓄积之极却又无以表出之际怨妇情怀的艺术凝练与写照，并非作者呕心沥血的塑造。

　　又如晋代苏伯玉妻《盘中诗》云：

　　　　君有行，妾念之。出有日，还无期。结巾带，长相思！君忘妾，未知之。妾忘君，罪当治。[①]

　　此诗最为耸人心目的是在对待夫妻忘却对方这一问题上，作者给定双方的惩戒手段不对等：对男方而言，忘还是不忘，是一个不确定性疑问；对女方而言，忘怀自己的心上人则要明确治罪。诗中这种惩戒的权利给定者不是作者，而是以女性自言的口吻道出，其自责自励而恰恰不怨怼于爱人，正是其性情的温柔敦厚；诗能如此来写，又是作者述情能够温柔敦厚。《诗归》谭元春评"未知之"："婉甚，柔甚。"其中明明有哀怨与担心，却丝毫不露。钟惺评"罪当治"："语语自反，无一字责人，使负心男子读之无地自

_____

　　① 本诗《诗归》置于"汉诗"。诗出《玉台新咏》卷九，作者列于傅玄、张载之间，因此后人推测当为晋人。

容。"又进一步指出："诗奇，盘中事奇。想奇。高文妙技，横绝千古。相如、伯玉不作负心事，不能发二妇之奇。"又云："妇人感动君子，得其怜悔，全在柔婉，不在怨怼。以是知悍妇皆愚妇也。"不怨而恰能怨，对诗歌而言，不显怨正可起到埋怨的效果。

再如《采菽堂古诗选》评《古诗十九首》的两个主题：得志于功名富贵与别离。这是人人同有之情，但人人同有之情却非人人能言，或能言之又未必能尽，十九首正因其可尽人之常情故而被推为极致。进而作者又结合汉诗有关弃妇的描写论道：

> 言情能尽者，非尽言之之为尽也，尽言之则一览无遗。惟含蓄不尽，故反言之，乃使人足思。盖人情本曲，思心至不能自已之处，徘徊度量，常作万万不然之想。今若决绝，一言则已矣，不必再思矣！故彼弃予矣，必曰"亮不弃"也；见无期矣，必曰"终相见"也。有此不自决绝之念，所以有思，所以不能已于言也。

> 十九首善言情，惟是不使情为径直之物，而必取其宛曲者以写之。故言不尽，而情则无不尽。①

陈祚明不仅确认了温柔敦厚这种艺术手法所能达到的"尽情"效果，而且还揭示了古诗十九首中弃妇之所以婉曲展示性情的原因："含蓄不尽，故反言之，乃使人足思。"通篇不直言、旁敲侧击的原因在于决绝言之则情感毫无余地，自我率意的同时也断送了挽回旧情的空间。因而摇曳优柔既是人情世理，也由此成为艺术表现手段。陈祚明对于温柔敦厚法式的认识很深刻，因此不仅仅具体作品执此以为镜鉴，其《采菽堂古诗选》在"凡例"内对诗歌如此的情感表现形式还做出了专门总结：

> 夫诗所取乎情者，非曰吾有悲有喜而吾能言之，人亦孰无悲喜者？人不能已于情而有言，即悲喜孰不能自言者？吾言吾之悲，使闻者怆乎其亦悲；吾言吾之喜，使闻者畅乎如同吾之喜。

---

① 陈祚明：《采菽堂古诗选》卷3，第80页。

盖有以言言者矣，有以不言言者矣！以言言者，言尚其尽；以不言言者，言尚其不尽。夫言尚其不尽，非不欲尽也，臣子而或不得于君父，怀抱志义，而遇或非其时，有所欲期得之，不言则不可已，言之则近于贪。见人之不善，而思规之，规之召怨，不规非道，于是反覆低佪，故谬其辞，反其旨。故古之求仕者，恒为思归之篇也；怨离者，恒为且合之望也。谦己之不善者，使人思也；陈古之善不善者，所以讽也。托诸夫妇者，君臣朋友之故也；广之山川、时序、鸟兽、草木者，各有取尔也。①

　　唯有不尽己情又谦恭自抑，才能使人回思、使人记挂、使人眷恋惋惜。如此之人情事理，成就了诗歌创作中温柔敦厚这种艺术表现手段。这种法式不仅在古诗中有多种体现，在其他艺术形式中也有渗透，如明传奇的代表《琵琶记》。

　　戏曲作为舞台艺术，其动人的关键在于摹绘逼真。徐渭云："人生堕地，便为情使，聚沙作戏，拈叶止啼，情防此矣。迨终身涉境触事，夷拂悲愉，发为诗文骚赋，璀璨伟丽，令人读之喜而颐解，愤而眦裂，哀而鼻酸，恍若与其人即席挥麈，嬉笑悼唁于数千百载之上者，无他，摹情弥真则动人弥易，传世亦弥远，而南北剧为甚。"② 他将南北剧动人的根由归结于"摹情弥真"，就是说，诸般人生况味模写真切，是与观众发生共鸣的前提。徐渭对《琵琶记》的评点，便是对这一艺术理念的印证。《琵琶记》第三出为《南浦嘱别》，写蔡公子为了双亲之愿，新婚不久即进京，父母妻子及邻居长亭相送：

　　【前腔】〔生〕双亲衰倦，娘子，你扶持看他老年。饥时劝他加餐饭，寒时频与衣穿。〔旦〕官人，我做媳妇事舅姑，不待你言。你做孩儿离父母，何日返？〔合前〕
　　【川拨棹】〔外〕孩儿，归休晚，莫教人凝望眼。〔生〕但有日回

① 陈祚明：《采菽堂古诗选》凡例，第4页。
② 徐渭：《选古今南北剧序》，《徐渭集》补编，中华书局1983年版，第1296页。

到家园，怕回来双亲老年。〔合〕怎教人心放宽？不由人不珠泪涟。

【前腔】〔旦〕官人，我的埋冤怎尽言？〔生〕你埋冤我如何？〔旦〕我的一身难上难。〔生〕娘子，你宁可将我来埋冤，莫将我爹娘冷眼看。〔合前〕

【余文】〔合〕生离远别何足叹，但愿得你名登高选，衣锦还乡，教人作话传。

此行勉强赴春闱，专望明年衣锦归。

世上万般哀苦事，无过远别共生离。

〔外、净、末下。旦〕官人，你如何割舍得便去了？〔生〕咳，卑人如何舍得？

【尾犯引】〔旦〕懊恨别离轻，悲岂断弦，愁非分镜。只虑高堂，风烛不定。〔生〕肠已断，欲离未忍，泪难收，无言自零。〔合〕空留恋，天涯海角，只在须臾顷。

【尾犯序】〔旦〕无限别离情，两月夫妻，一旦孤零。官人，你此去经年，望迢迢玉京思省。〔生〕娘子，莫不是虑着山遥水远么？〔旦〕奴不虑山遥水远。〔生〕莫不是虑着衾寒枕冷么？〔旦〕奴不虑衾寒枕冷，奴只虑公婆没主一旦冷清清。

【前腔换头】〔生〕我何曾想着那功名？〔旦〕官人，你不想着功名，如今又去怎的？〔生〕欲尽子情，难拒亲命。娘子，年老爹娘，望伊家看承。毕竟，你休怨朝云暮雨，且为我冬温夏清。思量起，如何教我割舍得眼睁睁。

【前腔】〔旦〕官人，你襕衣才换青，快着归鞭，早办回程。十里红楼，休恋着娉婷。叮咛，不念我芙蓉帐冷，也思亲桑榆暮景。咳，我频嘱付，知他记否？空自语惺惺。

【前腔】〔生〕娘子，你宽心须待等，我肯恋花柳，甘为萍梗？只怕万里关山，那更音信难凭。须听，我没奈何分情破爱，谁下得亏心短行？从今后，相思两处，一样泪盈盈。〔旦〕官人此去，千万早早回程。〔生〕卑人有父母在堂，岂敢久恋他乡？〔旦〕须是

早寄个音信回来。〔生〕音信不妨，只怕关山阻隔。〔拜别介〕

【鹧鸪天】〔生〕万里关山万里愁。〔旦〕一般心事一般忧。〔生〕

桑榆暮景应难保，客馆风光怎久留？〔生下。旦〕他那里，谩凝眸，正是马行十步九回头。归家只恐伤亲意，阁泪汪汪不敢流。①

本节文字极为蕴藉，赵五娘与新婚两月的丈夫分别，无可奈何，唯有口口声声以双亲无主为辞，希望丈夫切莫贪恋浮华，得功名后能够速归；实则话外余音都在写自己的牵挂、留恋。漫不经心实则处处精心，明说他人实则句句诠表自己的心曲。如此委婉含蓄，正是温柔敦厚艺术手段的运用，而这种手段同样是传统文化语境下女性自我情感表达形态的缩影。这一点徐渭早就勘破，所以评云：

> 黯然销魂者，唯别而已矣。唐人多朋友送别之诗，元人多夫妇惜别之曲。然写朋友送别，慷慨悲壮，能令人增长意气。若写到夫妇惜别，纵使极情尽致，不过男女缱绻之私已耳。《琵琶》高人一头处，妙在将妻恋夫、夫恋妻，都写作子恋父母、妇恋舅姑。如"南浦"一篇，始之以"亲在游怎远"，而终之以"归家只恐伤亲意"，此其不淫不伤，发乎情，止乎礼义者也。不然，为男子者，出门惘惘有离别可怜之色，叮咛顾妇子，语刺刺不休，便不成丈夫；为女子者，全不注意功名，为良人劝驾，只念衾寒枕冷，牵衣涕泣，便不成贤媛。

在发情止礼的诗教精神浸淫下，中国人夫妇之情的表达非常含蓄，其平淡往往被人认为不近人情。事实上，这种高度含蓄与礼教传塑下的情感非常强烈，是对所有试图进行表达者的挑战。高则诚显然是高手，他明了这一切，没有违背这种语境刻意去虚构缱绻的场景，而是把发情止礼这个伦理规条进行了艺术的改造，使之成为摹情的方法：既然情态如此，那么就将有情人是如何发情止礼的情态描绘出来，那种细微、含蓄、欲言又止、欲罢不能的心思，正在这种细腻的温柔敦厚情态刻画里得到复原。唯其真而忍，所以更加动人。②

---

① 王季思：《中国十大古典悲剧集》，上海文艺出版社 1982 年版，第 123 页。
② 蔡毅：《中国古典戏曲序跋汇编》第二册卷 5 引天隐阁丛书本《琵琶记》前贤评语，第 600 页。

　　法的尊贵，在法出于人情事理之极以外，还源自它与气的关系。古人认为，万物为气所化，是气的赋形，艺术亦然。能够实现气化而赋形的创作，其气浑然整一、前后贯通，气完密则法度自然体现于其中。因此，一气浑然、前后一气贯通的创作中，实则都包孕着法，法是这种自然状态的自然体现，并非任人随意可以拟造。就是说，法属于文学创作神明变化规律的总结，是创作者神气运动在作品之中的显形。法度以显示神气的变化为旨归，因此它是创作之中神气实现赋形的依托。"气完法密"由此经常被组合于一处，表达一种高水平的创作。①

　　法之尊贵，还在于它可以体现艺术作品的"神理"。王夫之论诗讲求"神理"，而不是单纯的"神"，之所以要附以"理"字，正是为了收束神之玄虚散逸，使之有所依归。所以他论诗主张有自然定质，如评古乐府《秋胡行》云：

　　　　当其始唱，不谋其中；言之已中，不知所毕；已毕之余，波澜合一；然后知始以此始，中以此中：此古人天文斐蔚、夭矫引申之妙。盖意伏象外，随所至而与俱流，虽今寻行墨者不测其绪，要非如苏子瞻所云行云流水，初无定质也。维有定质，故可无定文。质既无定，则不得不以钩锁映带、起伏间架为画定之牢矣。②

　　作品一气敷衍，其"始"其"中"，皆各有其位置，一气之下也能够各得其位置，说明自然运行之中实则有规律可循，意由此贯，情由此通。有此定质，则法必不可缺。法非画地为牢的格套，而是因地制宜、因情得势、因体相机的成质之道，这就是创作之中的神理。

　　法既然出于天理人情之极，因此文学创作在作者具备文才的基础上，首先要考虑的是情与理，然后论法。但现实创作中经常有众多文人与此相左，"循章演句，讨取虚神语气"，依靠这种虚神语气的基本形貌，摹写他人声

---

　　①　张谦宜《絸斋诗谈》卷4论杜甫《观曹将军画马图》，既云其"气完"，又言其"先叙二马，次叙七马，兼及画中厮养，落落历历，甚有章法"，故总论之曰"气完法密"。参阅《清诗话续编》，第831页。

　　②　王夫之：《古诗评选》卷1，第499页。

调、章法、句法、字法，成就一副圆熟活套。这类创作，法在前，情理居后，甚至无情无理，因而吕留良嘲笑："即有成辞者，亦不可谓之达；即有能达者，亦止可谓之达辞，不可谓之辞达。"①

三

就文艺理论的才法关系而言，才、法关涉两端，而历代理论著述却以论法为大宗。原因何在呢？龚鹏程认为：

> 以才性论发端的文学批评，本因论才性之异而说文体之分，后乃逐渐着重于文体法式部分，去讲如何摹体、如何雕琢。客观化的体制规范、写作方法，越讲越多，所谓"文学"之"学"，也以此为主。才气不可学习，只能嗟赏，文评自然渐渐便以法度规范为祈向了。②

这一点，与才学关系论中历代学者于才无所着手而一意论学是一个道理。当然，不仅仅因为是否有言说的空间，法同样是才法这一天人关系的切入点，所以有"哲匠鸿才，固由内颖；中人承学，必自迹求"的说法③。不过，即使所谓"哲匠鸿才"，也并非依靠"内颖"就能成功，如同婴儿无所依附必然颠覆，天才也绕不过起初临摹经典法式的鹦鹉学舌阶段，只是或师法精妙而难睹痕迹，或盛名之下刻意回避而已。

历代法度之论，除了特定语境下强调其对才气放逸奔肆的纠偏、意出俗表的创构之道的激赏，此外多着眼于其利于初阶的效用。所谓利于初阶包含以下两个维度：

其一，从学习者而言，学习创作必由熟悉法度开始，此为下手工夫。宋代文坛重视师法，已经形成了精研法度不同于优孟衣冠的思想，如陈骙就说："学文须韩、柳、欧、苏，先见文字体式，然后更考古人用意下句处；

---

① 吕留良：《吕晚村先生论文汇钞》，《吕留良诗文集》上册，第462页。
② 龚鹏程：《中国文学批评术语丛刊：才》，第118页。
③ 徐桢卿：《谈艺录》，何文焕辑《历代诗话》，第769页。

学诗须熟看老、杜、苏、黄，亦先见体式，然后遍考他诗，自然工夫度越过人。"① 其时文人对这种文有所祖现象习以为常，甚至得出结论："自古诗人文士，大抵皆祖述前人作语。"② 摹拟是创作的初基，并无羞于见人之处。

文艺创作有一个常态，即刘勰所说的气倍辞前而半折心始，起初激荡的豪情逸兴不能卓发于笔端，未必才情不美，恰是法度不足。这为谈文论艺的文士们又从反面提供了镜鉴。如元代吴镇论画竹，盛赞文与可的作品"挺天纵之才……驰骋于法度之中，逍遥于尘垢之外"。这种创作对意图学习的吴镇提出了挑战："予心识其所以然而手不能然者，内外不一，心手不相应耳。"也想如文与可一样胸有成竹，但又出现这种心知其然手不能然的现象，原因何在？吴镇坦承，此为"不学之过"。这里的"不学"正是指绘画技法没有得到充分训练与掌握。也就是说，恃才而无法度，同样难措手足：

> 人能知画竹者不在节节而为，叶叶而累，却不思胸中成竹何自而来。慕远觅高，逾级躐等，放驰性情，东抹西涂，自谓脱去翰墨蹊径，得乎自然，原非上智，何能有此？故当一节一叶，措意法度之中，时习不息。真积力久，因信胸中真有成竹，而后可以振笔直遂，以追其所见。

最终的结论是："故学者必自法度中来始得。"③ 在才难以直接现身的困局之中又回到了法，这可以视为补课，说明作为成长的一个阶段，法度的熟稔学习不可或缺，这就是"师旷之聪，不废六律"。

诗歌创作发抒性灵、追美神韵皆无不可，但就创作的学习而言，二者往往误人不浅。翁方纲揭出"肌理说"，其中不无学究陋习，但其针对神韵等虚泛，论肌理则有法可入立论，的确不无道理。如《仿同学一首为乐生别》云：

> 遗山之论诗曰："鸳鸯绣出从君看，不把金针度于人"，此不欲明

---

① 陈鹄：《西塘集·耆旧续闻》卷3，上海古籍出版社1993年版，第12页。
② 周紫芝：《竹坡诗话》，何文焕辑《历代诗话》，第346页。
③ 吴镇：《梅花道人遗墨》卷下，四部丛刊初编本。

言针线也。少陵则曰："美人细意熨帖平，裁缝减尽针线迹"，善哉乎究言之长言之，又何尝不明言针线欤？白香山曰："劚石破山，先观镵迹；发矢中的，兼听弦声。"而昌黎曰："将军欲以巧服人，盘马关弓故不发。"然则巧力之外，条理寓焉矣。昔何、李之徒空言格调，至渔洋乃言神韵。格调神韵皆无可著手也，予故不得不近而指之曰肌理。①

翁方纲《杜诗"精熟文选理"理字说》以及《韩诗"雅丽理训诂"理字说》反复开示，"理"的意义相当于法，因而其论肌理就是要使诗文有法，使说诗文者可以教人以筌蹄。

不仅一般文人创作必须如此，很多前辈大家的创作中都被发现了以经典为法的模仿。如扬雄：《太玄》摹《周易》，《法言》摹《论语》，《方言》摹《尔雅》，《十二箴》摹《虞箴》，《长杨赋》摹《难蜀父老》，《解嘲》摹《封禅文》，《谏不许单于朝书》摹《战国策》"信陵君谏伐韩"，几乎篇篇皆摹。唐代余知古《与欧阳生论文书》历举韩愈文章出处：《原道》则崔豹《答牛享书》，《讳辩》则张昭《论旧名》，《毛颖传》则袁淑《大兰王九锡文》，《送穷文》则扬子云《逐贫赋》，其名篇几乎皆有所出。梁章钜论王渔洋最喜吴渊颖诗，"初时句摹字仿，到后来自成片段，便全不似他"；王渔洋集中有和吴之作，两相对勘，相合者甚多，此即少年用功迹象。② 胡天游的墓志文章，几乎句句逼肖韩愈；朱仕琇的书序，也句句有类韩愈。所以后人在袭古与学古之间折中，指出："文章不落古人窠臼，断不能脱古人窠臼。何为窠臼？即法也。"③ 从法入，再谋求脱开旧法；先由规矩，方可见天巧。所有以上人工、规矩，都被视为"下手工夫"，是积累过程的必由之路。所以说，"此道必有源流，不讳因袭，徒欲倔强自雄，应是尉佗未见陆生耳。"④ 古之大才，往往降心折服于前辈名家，如此身教，胜过言传。

其二，从传播者而言，以熟悉经典法式为下手工夫教人，并不以成家者

① 翁方纲：《复初斋文集》卷 15，《续修四库全书》第 1445 册，第 496 页。
② 梁章钜：《退庵随笔》，郭绍虞辑《清诗话续编》，第 1954 页。
③ 章廷华：《论文琐言》，王水照辑《历代文话》，第 8394 页。
④ 胡念贻：《词洁辑评》，唐圭璋辑《词话丛编》，第 1369 页。

为主，而是教化初学，以利启蒙。法如规矩绳尺，工师藉以集事；而文章一道不同，"其妙处不可以教人，可以教人者惟法而已"①。从宋代开始，文人们已经反复申明这个思想，欧阳修曾说过"文欲开广，勿用造语及毋模拟前人"之类劝人自我作祖的话，包恢赞其为"至哉言乎，真文法也"！但同时又格外强调："然此为能文者设。"②潜台词是：不能文者，即初学者则必须从教其模拟前人开始。姜夔《白石道人诗说》申明其书作义："《诗说》之作，非为能诗者作也，为不能诗者作，而使之能诗。"③归有光取《史记》五色标识，以为义法，胶柱鼓瑟，不乏一叶障目之处；赵执信辑《声调谱》，执古诗而定音节，通人讥之。但《文史通义·文理》分别称其"为不知法度之人言，未尝不可资其领会"、"为不知音节之人言，未尝不可生其启悟"④。这就是便于初学⑤。

初学与成学之间，对于法之效用的认知以及运用截然不同，所以教育者应该通晓以下折中：以脱胎之法教初学，以不蹈袭教成学。如此则为无懈可击之论。

第二节　法的获得：拟议以成变化

文艺范畴的法有两个意义：一为普遍的具有可操作性的法，一为师法宗法。启蒙阶段言法，多强调对前人已经明定的各种行文规范的遵循。对于成熟文人来说，应当终身持之不懈的主要是对大家的师法，在经典的学习涵泳中，获得独到的法度技巧、参悟神秘的机杼行移，并在创作之中实现夺魂摄魄。

法度的学习是入门的阶梯，也是维护文体基本边界及其精神传承的手段，因此有来历有宗法与蹈袭不同，这就好比"古人子孙"与"古人奴婢"的差异。

---

① 吴曾祺：《涵芬楼文谈》，王水照辑《历代文话》，第6578页。
② 包恢：《敝帚稿略自识》，《敝帚稿略》卷末，影印《文渊阁四库全书》第1178册，第803页。
③ 何文焕：《历代诗话》，第683页。
④ 叶瑛：《文史通义校注》，第288页。
⑤ 明代宋孟清论《诗学提要》之作的意义，便归结于"便于初学"。参阅宋孟清《编辑诗学体要序》，《诗学体要类编》卷首，续修四库全书影印本。

虽然如此，法度总是以约束规范的姿态出现，对前人师法得逼似与创作造诣并非正比关系，有时恰恰因法成弊。那么如何师法前人方可既伸张才气又不作茧自缚呢？解决的方案是：在学习前人过程中将其逐步融入自我才性，使法为我用而非我为法使，古人称此道为"拟议以成变化"。能及乎此，也就成就了宋人所倡导的"活法"境界。①

一

审视古代文人经典研读的形态，大致可将其获得法度的路径概括为以下六种：师授、标抹、阅读揣摩、点次论定、于修改中理悟、于针线迹见法。六种法式里，师授最为直接，如唐代孙樵论自己得文章之真诀于来无择，来无择得之于皇甫湜，皇甫湜得之于韩愈。为文须有讲贯师授方不误于邪径，但"师"的形式也并非仅仅限于口耳相传、机宜面授，而是与其他法式并行。

标抹。宋代楼钥著有《崇文古诀》，本书依照文法、字法、句法，用朱笔等涂抹圈点，以为阅读心得，并揭示作品的伏脉。后世批点肇发于此。

阅读揣摩。王正德《余师录》引曾子固轶事："陈后山初携文卷见南丰先生。先生览之，问曰：'曾读《史记》否？'后山对曰：'自幼年即读之矣。'南丰曰：'不然，要当且置他书，熟读《史记》三两年尔。'如南丰之言读之。后再以文卷见南丰，南丰曰：'如是足也。'"抓住经典，细加阅读，反复揣摩，如此求悟。

点次论定。即为评点批评，唐人已肇其始，宋代以后渐趋流行。

于修改中理悟。从大家下手涂改处悟得文法。

于针线迹见法。从大家评选的诗文选本参悟其选择法度。

以上诸法，核心都没有离开经典作品的熏陶，所区分的也仅仅是阅读手段的差异。苏轼诵《左传》申包胥哭秦廷一章而得文法，黄山谷睹宋子京

---

①　在如何对待传统问题上，英国托马斯·艾略特的观点与我国传统文艺理论重视法度的思想近似。其《传统与个人才能》专门探讨这个问题。他说："如果我们不抱这种偏见来研究一个诗人，我们将往往可以发现，在他的作品中，不仅其最优秀的部分，而且其最独特的部分，都可能是已故的诗人、他的先辈们所强烈显示出其永垂不朽的部分。我指的不是易受影响的青年时期，而是指完全成熟的时期。"参阅《西方文艺理论名著选编》下卷，第39页。

旧稿文章日进，宋景文教学者手抄《文选》三过即见其进益，曾国藩温习《尚书》篇章而若有所会等等，同样的经典，或诵、或读、或抄，最终皆有收获。①

既然法度的获得以研读经典为主，文人主体涵养的提升自然离不开经典。但学习过程当中要注意三个问题，古代文艺理论于此反复提及：

其一，取法要法乎上游。在中国传统观念里，古盛于今是普遍认同，但凡一种艺术形态，创生之际的成就皆非后世敷演成局者所可比拟，因此文则先秦两汉，诗则盛唐，词必宋，曲则元。体各有源，源出时代即成其胜，学者自然应该以此为首选。沈德潜论云：

> 近人无诗，非无诗也，沿于末流而不能上穷其源，所以举目皆诗而其实无诗也。盖诗之有源如河流然，源出西域昆仑，潆洄奔折，历塞垣，经雍、豫、徐、扬，万里而后汇于溟渤，盖其源远者其流长也。乐府始于汉，唐山夫人有房中歌，李延年、司马相如作十九章歌，自后奇绝变幻，体制不一，是为乐府之源。古诗十九首诗之正则，苏、李以降，陈思、嵇、阮、陶、谢之徒相继迭出，是为五言之源。近体昉于唐代，景龙、开宝诸公，亦律体绝句之源，其较然也。窃怪近人以诗鸣者，绮靡庸琐，追逐时趋，石湖、渭南，终身墨守；而昭明所编，郭茂倩所辑，陈、杜、沈、宋暨开宝、贞元诸大家之诗如刺目焉，而不愿寓目。犹观水者置身沟浍之旁，傲然自睨，而谓江河在是，亦见其立涸焉而已矣。②

法上游则可以避免追逐时趋；学能穷源，则明乎正变，可以包罗众有。

其二，基础培养阶段要博览兼采。宗有万万，派有千千，师法古人尤忌画地为牢。"其取材也，无非材；其取法也，无非法"，如此方可兼备众体：

---

① 王葆心：《古文辞通义》卷4，王水照辑《历代文话》，第7198页。按：王葆心此外还列"体会法度"一目，引严若璩云："古人文多口诀，未尝笔诸书，故卒难晓。要在读者善体会耳。"但本条与读文悟法区别不大。

② 沈德潜：《大谷山堂集》序，梦麟《大谷山堂集》卷首，《续修四库全书》第1438册，第361页。

"能阖能辟，能玄能黄，能雎盱能萌芽，能倏忽能混沌，能雕能朴，能纯能常，能正能奇，能变能合，能王能伯，能侠能儒。左右无不有，无不宜。"[1]但是，博览兼采并非杂采，也要讲究先由一家入手，自一家拓开："要学某一家，此即我之家常饭，每日要吃。然亦须佐以五味菜肴茶汤之类，如参看他家诗是也。"从某一家入手之后，随之"莫吃一家饭"，以防"久之便被豢养得惯了"。前言要有家常饭，后云莫吃一家饭，看似矛盾，实则是不同师法境界上提出的不同要求。最终要做到师法不以自我"脾味"为限，即不为才性所泥：无论清高、矜贵、苍朴、潇洒、隽冷，还是绮丽、典赡、壮采、组绣，不分私房珍馐还是官厨法酿，皆可综采。[2]

其三，师法由博最终要返约。博采是为了夯实基础、确认才性，一旦这种培育达到一定的阶段，又需要学习者由博而返约。如王昶论学诗：从《古诗纪》至《明诗综》等皆宜浏览，最终当"以一家为宗"。学古文亦然：八大家之外，从《两晋文纪》至《明文授读》等皆宜博观，但最终也当"约取以一家为宗"[3]。其《困学编题词》首先要求博览："吾学文以道为体，然法不可不傚也。于韩取其雄，于柳取其峭，于苏取其大，于欧取其醇懿而往复。……铭颂取诸《易》与《诗》矣，《太玄》及《易林》辅之。赋取诸屈原下逮宋玉、贾谊、扬雄之徒，纪事莫工于《史记》、《五代史》。其继别者，旁推交通，兼综条贯，如是而吾学为文者始全。"但博览不是目的，而是过程，是手段，博览之后又要归于专门："凡学要于博观而约取。不约则不专，不专则不精。专乃能熟，熟乃能养。"[4] 至于约取的标准，便是主体的才性所宜。

得法的路径明确了，并不意味着创作从此走上阳光大道：谙熟于历代大家风体以及诸般规矩禁忌的饱学之士，却往往创作不出优秀作品。是什么原因造成了这种法度于人为利于我为弊的现象呢？原来法被演为习套，效颦学步；法如津渡之筏，能上不难下，离筏则溺；法如循依之杖，释杖则颠。其根本在于师法之中缺乏自得，有拟议而无变化。

① 汪道昆：《少室山房四稿序》，《太函集》卷26，《续修四库全书》第1347册，第114页。
② 张谦宜：《絸斋诗谈》卷3，郭绍虞辑《清诗话续编》，第814页。
③ 王昶：《示戴生》，《春融堂集》卷68，《续修四库全书》第1438册，第330页。
④ 王昶：《困学编题词》，《春融堂集》卷44，《续修四库全书》第1438册，第121页。

二

法有两个层次，一为"法之迹"，即起承转合等可直接呈示的形态；二为"法之神"，此为"所以法"者，即运法如此的内在引领，属于文思运行的气脉神理。由"法之迹"而会悟"法之神"才是师法的最高境界。①

如何获得法之神呢？在于能够实现孟子所云的"深造自得"。宋儒谢显道解释此言："自然而得者乃为自得"；杨龟山云："得之于己者乃为自得"；朱熹兼二人之意训之："自得者，自然而得之于己也。"唯其自然，不强加于己，乃可得之于己。因此就学习者而言，必须从容涵泳，真积潜思，如此方可抵达恍然有得的妙境。② 即以宋代大家师法唐人为例：

> 涪翁力追少陵生僻之境，盖欲自立门户，与坡翁为劲敌，不肯作苏门君子也。若当世无坡翁，涪翁或不若此。后山虽瓣香南丰，然亦自辟门径。仆谓两家皆非正轨，固由性之所近，亦因有所畏避而别寻途辙也。庐陵学昌黎而不为所掩，舜俞、子美与庐陵鼎立，一则豪放，一则幽淡，与庐陵迥不相同，而各得其性情，斯为能自立者也。半山亦学唐人而自成局面者也。吾尝谓善学唐人者莫若北宋诸大家，南宋以后，能自成一家者皆取法北宋追踪唐人者也。……要之，大家必有真性情以植其本原，故读诗必当读大家全集，观其自少至老，虽体格屡变，而其真性情则数十年如一辙。③

师法古人，一则在对大家经典的习染中得其性情所在；一则在师法瓣香古人之际不掩自我性情，能够自立，勇于自立。两相融合，自成一家，方为自得。

可见，深造自得就是能接引经典大家精神而非循摹其迹。这个过程自然

① 焦竑《题词林人物考》云："论人之著作如相家观人，得其神而后形色气骨可得而知也。古之摛词者不在形体结构，在未有形体之先。其见于言者托耳，若索诸裁文匠笔，声应律合，即尽叶于古，皆法之迹也，安知其所以法哉？"见《焦氏澹园集》卷22。
② 袁黄：《游艺塾文规》卷1，《续修四库全书》第1718册，第9页。
③ 钱泰吉：《与蒋寅昉论诗书》，《甘泉乡人稿余稿》卷1，《续修四库全书》第1519册，第541页。

依靠主体不俗的才华与当家作主的豪气，但同时师法的深入、缜密又至关重要。相关探索至清代桐城派有了巨大收获，他们继承宋代理学家经书阅读提倡涵泳的传统，结合文艺创作的流程与成型后的形态，将涵泳具体化方法论化，提出了获得神气的一个重要路径：因声求气。发端者为刘大櫆，其《论文偶记》云：

> 神气者，文之最精处也；音节者，文之稍粗处也；字句者，文之最粗处也。然论文而至于字句，则文之能事尽矣。盖音节者，神气之迹也；字句者，音节之矩也。神气不可见，于音节见之；音节无可准，以字句准之。①

从最粗之处而见最精微处，字句是基础，通过"字句—音节—神气"，最终把握其创作的神理。桐城派后学对这个思想多有开拓深化，如张际亮从古文本来就是一气立论：作品完型，首尾不可断；上衣下裳，前后本相成。因而学习者必须从一体之气出发才能窥透作品精神，而不是肤词与间架：

> 欲得其气，必求之于古人，周秦汉及唐宋人文，其佳者皆成诵乃可。夫观书者，用目之一官而已；诵之而入于耳，益一官矣。且出于口，成于声，而畅于气。夫气者，吾身之至精者也。以吾身之至精，御古人之至精，是故浑合而无有间也。②

目睹之，口诵之，由语辞而至气之条畅，以我之至精寻觅经典之至精，气畅行无阻的运动形式，便是古人法度运用的规律所在。张裕钊再申之：

> 古之论文者曰："文以意为主，而辞欲能副其意，气欲能举其辞。"

---

① 刘大櫆：《论文偶记》（与《春觉斋论文》等合刊），第6页。
② 梅曾亮：《与孙芝房书》，《柏枧山房诗文集》卷2，第42页。

譬之车然，意为之御，辞为之载，而气则所以行也。欲学古人之文，其始在因声以求气。得其气，则意与辞往往因之而并显。而法不外是矣。①

能够因声求气的因由，在于真正经典的作品其意、辞、法数者并非判然自为一事，乃是乘乎其机而混同凝一，因此单独从意、辞、法等入手学习皆会偏颇。必须讽诵既深且久，使自己与古人声口妙合无间，和其声气若相符契，此时才能发现其文思运掉的规律所在。我们不排除这种揣摩中有着时文八股逼肖圣贤口吻的余习，但如此师法又的确是接引经典之神入我之体，并实现与自我神气融会、创生新面目的重要途径。能达此境的创作因此便被称为得古人神气。以张裕钊评点《古文辞类纂》为例：

评韩愈《张中丞传后序》："拗折见笔力，此等盖从《孟子》化出。"

评柳宗元《辨列子》："史公论赞，用意反侧荡漾，尺幅具寻丈之势。惟孙吴、白起、魏其传另是一体。子厚辨诸子文从此出。"

评欧阳修《五代宦者传论》："学韩公得其削刻。"评其《五代史·伶官传叙》："叙事华严处得自《史记》。"

评韩愈《答吕𦊟山人书》："此文生杀出入，擒纵抑扬，奇变不可方物，可谓极文章之能事矣。笔力似《孟子》，机趣似《国策》。"

评韩愈《答李翊书》："学《庄子》而得其沉着精刻者，惟退之此书而已。"

评韩愈《平淮西碑并序》："此文自秦后殆无能为之者。窃谓此文可追《尚书》，《原道》可追《孟子》，《画记》可追《考工》。"

评欧阳修《胡先生墓表》："从《史记》李广、程不识一段化出。"

评欧阳修《尚书职方郎中分司南京欧阳公墓志铭》："此篇从退之出。"

评王安石《王平甫墓铭》："此文颇脱胎《李元宾墓铭》。"

评王安石《建安章君墓志铭》："意格从史迁《淮南王安传》首及韩退之《郑群墓铭》中段融化而出。"②

---

① 张裕钊：《答吴至甫书》，《张裕钊诗文集文集》卷4，王达敏校点，上海古籍出版社2007年版，第84页。

② 张裕钊：《张裕钊诗文集》附录，第515、516、519、524、525、526页。

　　精者、佳者皆来有所自，本有所宗。或段落、或全篇、或得一人一篇启迪、或撷众人之神采。以我生命之气的运动规律，从作品文词至声调涵泳揣摩，二者适然融会之际，便是得其神气之时。因此，得古人之神的时刻，也便是自我之神被启发并得以与古人之神接通之时，这既是把握经典神气运动轨迹的过程，也是自发心光的过程。

　　从经典师法习练至自得、得神的过程，就是"拟议以成变化"的过程。这个思想出自《易传·系辞》，其文曰："拟之而后言，议之而后动，拟议以成其变化。"它被视为从经典的学习模拟到实现法为我运的必由之路。学者们称"此便是学文样子"，既是"样子"，则即为模式，必须严格遵循：其始必拟议乎古人，"始不拟议则邪魔野径，驱斥为难"；其终必经过变化，"终不变化，则邯郸之步，龊态可怜"。所以始于拟议，终于变化，不可或缺，学者凝神深造又求之于牝牡骊黄之外，如此才能真正有所造就。①

　　拟议以成变化的基本思想，古代文艺理论批评又多将其纳入"学古"与"袭古"范畴的比量。学古是对拟议以成变化的整体认知，只有在拟议以成变化的基础上对古人的学习才是学古。否则，不入蔑裂古道，便陷蹈袭覆辙。在这个问题的理解上古代文人根据语境的不同而各有侧重。

　　其一，拟议必以能变为归依。学古、袭古两个范畴的差异在宋代即有了明确辨析，学者们辨析二者的目的即在于突出自我做主：

　　世之人见方叔出入东坡先生之门，则遂以为学其文且似之者，是大不然也。东坡公之文雄峻高简，而优游自得；方叔之文纡余委备，详缓而典雅。断然各为一家之文，初不相同也。岂唯方叔，古之人皆然。孟轲学子思者也，其为文则不类子思；宋玉学屈原者也，其为文则不类屈原；太史公学丘明者也，其为文则不类丘明；李习之学退之者也，其为文则不类退之。唐之诗人非无李白、杜甫也，薰陶乎气韵，踵接其步武，非异代相望也，然而王维、孟浩然、高适、韦应物、杜牧、李贺、白居易……温庭筠之徒，及其他诗人以百数，各自成一家，未尝肯规矩蹈袭甫、白。曰岂以甫、白为不足法哉？非唯不相蹈袭，亦人才性有

①　袁黄：《游艺塾文规》卷1，《续修四库全书》第1718册，第9页。

殊，文之成也自不相同耳。

学而仅得其似便是蹈袭，为袭古。学古者融会先辈名家精神又依循于自我才性，"唯其不相蹈袭，然后见其于文有得且有成也"。①

　　这一思想又称之为循迹而生迹。此论首发于《庄子·天运》："迹，履之所出，而迹岂履哉！"《淮南子·说文训》进一步阐发为"故循迹者也，非能生迹者也"。袁枚将其引入诗学批评，其《高文良公〈味和堂诗〉序》一文对学习模拟的不同层次作出了分析。一种是不善学之学："学皋、夔者，衣以其衣，冠以其冠，夏击而拜扬焉，其皋、夔乎？学唐音者，习其趋慢，声其句读，终日管弦铿锵，其唐音乎？"溺乎形迹，照猫画虎。一种是善学之学："善学皋、夔者，莫如周、召，然其诗无'喜'、'起'、'明'、'良'一字也。善学周、召者，莫如吉甫、奚斯，然其诗无《卷阿》、《东山》一字也。"② 超越仅为形迹的履，师法前人龙行虎步的精神，才可以迈出属于自己坚实的脚步。以此为准绳，他将批判的矛头指向了洪亮吉的学杜学韩：

　　　　足下前年学杜，今年又复学韩；鄙意以洪子之心思学力，何不为洪子之诗，而必为韩子、杜子之诗哉？无论仪神袭貌，终嫌似是而非。就令是韩是杜矣，恐千百世后人，仍读韩、杜之诗，必不读类韩类杜之诗。使韩、杜生于今日，亦必别有一番境界，而断不肯为从前韩、杜之诗。得人之得而不自得其得，落笔时不甚愉快。萧子显曰："若无新变，不能代雄。"庄子曰："迹，履之所出，而迹非履也。"此数语，愿足下诵之而有所进焉。③

袁枚提倡新变，并没有否认循迹，但认为在此基础上需要生迹，将自己的足迹拓印入诗坛的沃土之中。善学的标志不在能与古人处处吻合，而在于见我元神、见我才情。

---

① 陈恬：《李方叔遗稿序》，祝尚书辑《宋集序跋汇编》，第896页。
② 袁枚：《袁枚全集》第二册，第179页。
③ 袁枚：《与稚存论诗书》，《袁枚全集》第二册，565页。

其二，拟议之中求变化又不能背古。学古论的精髓在于以"成变化"作为"拟议"的归依。作为补充，后人在喋喋于古不可袭的同时，又反复叮咛古亦绝不可背。

从诗道之不易而论："诗之所以为诗，情景事理，自古迄今，故无二道。惟才识之士，拟议以成变化，臭腐可为神奇，安能离去古人别造一坛宇耶？离古人而自为之，譬之易四肢五官以为人，则妖孽而已矣！"话虽如此，又不能拾古人牙慧，时时靠吮吸前人残膏余沫生活。因此，最佳的道路只有"不必反古，何必袭古"。①

从诗学之路径而论，严羽论悟，李梦阳论法，一逸于古外，一滞于古中。但是，"法而不悟，如庸僧缚律；悟不由法，外道野狐耳。"由此延伸，便成就了明人从体格声调至兴象风神的学诗诀窍："作诗大要不过二端，体格声调、兴象风神而已。体格声调有则可循，兴象风神无方可执。故作者但求体正格高，声雄调畅，积习之久，矜持尽化，形迹俱融，兴象风神自然超迈。"②

如此一来，"善弓者，师弓不师羿；善舟者，师舟不师奡；善心者，师心不师圣；善诗者，师诗不师古"便成为两全其美之策，法不可无，却不能死于古人脚下。但是有一个前提："不师古者，不袭古耳，不摹古耳，不泥古耳，非戾古也。"③"古"是法、道之所出，统摄着了文艺审美的基本原质，后世学者可以仰其一理而分殊，却不可离经叛道。

"拟议"与"变化"二端，很难从学理上区分优劣正误，它们是文艺批评史上即时调节平易的对象，因时代需求，因思潮推涌，因习久而求化，皆可能择其一而执之佩之。大致而言，不言拟议者必离不开拟议，倚重拟议者往往难以自立；尚言拟议者多为复古流派的代表，侈言变化者则不乏反复古的翘楚。

历代诗文学习之论，究乎其极往往归于道艺或者天人之说，尽人则抵近天，由乎艺而接于道。其表面是以人工法度来弥补天或者自然的不足，进而实现完备，实则这个由拟议以成就变化的路径，恰恰是天之自补。钱锺书举

---

① 李维祯：《朱修能诗跋》附评语，陆云龙辑《翠娱阁评选皇明小品十六家》，第394页。

② 胡应麟：《诗薮》内编卷5，第100页。

③ 林昌彝：《射鹰楼诗话》卷4，第76页。

李贺"笔补造化天无功"论称：

> 此不特长吉精神心眼之所在，而于道术之大原，艺事之极本，亦一言道著矣。夫天理流行，天工造化，无所谓道术学艺也。学与术者，人事之法天，人定之胜天，人心之通天者也。《书·皋陶谟》曰："天工，人其代之。"《法言·问道》篇曰："或问雕刻众形，非天欤？曰：以其不雕刻也。"百凡道艺之发生，皆天与人之凑合耳。……综而论之，得两大宗，一则师法造化，以模写自然为主。……二则主润饰自然，功夺造化……此派论者不特以为艺术中造境之美，非天然境界所及；至谓自然界无现成之美，只有资料，经艺术驱遣陶熔，方得佳观。此所以"天无功"而有待于"补"也。窃以为二说若反而实相成，貌异而心则同。夫模写自然，而曰"选择"，则有陶甄矫改之意。自出心裁，而曰"修补"，顺其性而扩充之曰"补"，删削之而不伤其性曰"修"，亦何尝能尽离自然哉？师造化之法，亦正如师古人，不外"拟议变化"耳。……莎士比亚尝曰：人艺足补天工，然而人艺即天工也。圆通妙澈，圣哉言乎。人出于天，故人之补天，即天之假手自补，天之自补，则人巧能泯。[1]

天之自补，其本质实为人工对主体禀赋、天才的全面激发。能够从模拟而超越，实现拟议以成其变化，既熟法式之名，又谙法度之用，且能够不拘一格，不拘习套，文思至此可以灵动飞舞。在文学理论批评史上，这种状态被统称为"活法"，师法前人得其神者便谓成就"活法"。

三

"活法"之说出自佛禅思想。佛法视世界由法性、法相构成，宇宙间一切有形之相或者无形之理都可称之为法，法性不灭而法相迁易不居。所以佛家提倡破"法执"，不斤斤于当下、眼前与假象。于是法无定法、万法一心、一心万法、法无定相、诸法无常、优游于无法有法之间等思想皆由此孵

---

① 钱锺书：《谈艺录》，第60页。

化而出。如《金刚经》第七品云："如来所说法，皆不可取，不可说。非法，非非法。"第十七品："所言一切法者，即非一切法，是故名一切法。"《坛经》第四品云："念念之中，不思前境。若前念今念后念，念念相续不断，名为系缚。于诸法上，念念不住，即无缚也。"①"住"为静止、稳定，属于粘滞范围，"不住"即强调不粘不滞，此系活络。"活法"也便是这种内蕴的概括。这种思想在唐及五代之际被融入了文艺理论，如唐代张怀瓘《评书药石论》云："圣人不凝滞于物，万法无定，殊途同归，神智无方而妙有，用得其法而不著，至于无法，可谓得矣。"②"无法"与"妙有"对应，"得其法"又与"不著"对应，皆有灵活之意。五代荆浩《画山水赋》论法度："学者初入艰难，必要先知体用之理，方有规矩。具体者，乃描写形势骨格之法也。"继而又云："虽然定法，不可胶柱鼓瑟，要在量山察树，忖马度人，可谓不尽之法。学者宜熟味之。"③ 其中与定法不同的"不尽之法"，也是活法所涵盖的范围。宋代禅学兴盛，禅宗有参死句、参活句的说法，影响文人甚巨，即使理学家也多沿用，朱熹、真德秀等论学皆用到过"活法"一语。不粘不滞不住的佛学思想，加以活句死句的区分，为"活法"论诗铺平了道路。

以"活法"论诗首发于吕本中，杨万里继承其说，并有突出的实践成果，方回就称道张功父"得活法于诚斋"；又题诗云："端能活法参诚叟，更觉豪才类放翁。"方回本人也以"活法"论诗，如评杜甫《忆梅》"幸不折来伤岁暮，若为看去乱乡愁"："此诗不丽不工，瘦硬枯劲，一字万钧，惟山谷、后山、简斋得此活法。"④ 吕本中对"活法"的理论贡献最大，其《序江西宗派诗》就称"惟意所出，万变不穷，是名活法"⑤；《别后寄舍弟三十韵》："笔头传活法，胸次即圆成。"⑥《夏均父集序》又详作阐发：

> 学诗当识活法，所谓活法者，规矩备而能出于规矩之外，变化不测

① 赖永海主编：《佛教十三经·金刚经、心经、坛经》，中华书局 2013 年版，第 38、80 页
② 陈思：《书苑菁华》卷 12，同前。
③ 王伯敏等：《画学集成》（六朝—元），第 196 页。
④ 方回：《读张功父南湖集并序》，祝尚书辑《宋集序跋汇编》，第 1768 页。
⑤ 陶宗仪：《说郛》卷 15 引，影印《文渊阁四库全书》第 876 册，第 744 页。
⑥ 吕本中：《东莱先生诗集》卷 6。

而亦不背于规矩也。是道也，盖有定法而无定法，无定法而有定法。知
是者，则可以与语活法矣。谢玄晖有言"好诗流转圆美如弹丸"，此真
活法也。①

宋人论"活法"者另如姜夔《白石道人诗说》："乍叙事而间以理言，
得活法者也。"② 张孝祥《题杨梦锡客亭类稿后》："为文有活法，拘泥者窒
之则能今而不能古。"③ 俞成《萤雪丛书》专设有"文章活法"一节，分活
法为纸上之活法与胸中之活法。具体来说，活法之"活"包含两个内涵：

其一，纸上的灵活，能熟练地运用法式，或者指向不拘格套，圆通灵
活。就以上所引宋人之论而言，诸如吕本中的入于规矩出于规矩，姜夔的乍
叙事而间之以理，方回的可以传承的活法等，皆是就法的灵活运用而言。又
如韩驹论下字之法云："正如弈棋，三百六十路都有好着，顾临时如何
耳。"④ 有学者将这种"临时如何"与张戒《岁寒堂诗话》所言"诗人之
工，特在一时情味"并论，皆注意到了活法之中随机性的特征。钱锺书详
引宋代文献之后分析，宋人的活法，于作品之中所呈现的就是圆通：

　　夫诗至于圆，如学道证圆通，非轻滑也。赵章泉以东莱与涪翁并
称，屡道圆活，如《淳熙稿》卷十七《与琛卿论诗》一绝曰："活法端
须自结融，可知琢刻见玲珑。涪翁不作东莱死，安得斯文日再中。"
"琢刻见玲珑"五字，可以释放翁之惑矣。《艇斋诗话》记东莱论诗尝
引孙子兵语："始如处女，终如脱兔。"陈起《前贤小集拾遗》卷四载
曾茶山《读吕居仁旧诗有怀其人作诗寄之》五古，今本《茶山集》漏
收，有云："……居仁说活法，大意欲人悟，岂惟如是说，实亦造佳
处；其圆如金弹，所向如脱兔。""脱兔"正与"金弹"同归，而"活
法"复与"圆"一致。圆言其体，譬如金弹；活言其用，譬如脱兔。⑤

① 吕本中：《夏均父集序》，《后村先生大全集》卷95《江西诗派》引。
② 姜夔：《白石道人诗说》，何文焕辑《历代诗话》，第681页。
③ 张孝祥：《题杨梦锡客亭类稿后》，《于湖居士文集》卷28，四部丛刊初编本。
④ 魏庆之：《诗人玉屑》卷6，第189页。
⑤ 钱锺书：《旧文四篇》，舒芜编《钱钟书论学文选》第五卷，花城出版社1990年版，第162页。

其二，胸中的生活，为主体心灵圆融，与物徘徊，主客相合自然而然，法式由其中涌现，此为灵机下的创生，侧重于"法法者"——心灵活泛而机变。心灵鲜活是宋代理学提倡的境界，《鹤林玉露》有如下一条：

> 古人观理每于活处看，故《诗》曰："鸢飞戾天，鱼跃于渊。"夫子曰："逝者如斯夫，不舍昼夜。"又曰："山梁雌雉，时哉时哉。"孟子曰："观水有术，必观其澜。"又曰："源泉混混，不舍昼夜。"明道不除窗前草，欲观其意思与自家一般。又养小鱼，欲观其自得意，皆是于活处看，故曰："观我生，观其生。"又曰："复其见天地之心。"学者能如是观理，胸襟不患不开阔，气象不患不和平。[①]

罗大经此说属于从兴象论"活"字。宋人其他所谓源头活水、万紫千红、活泼泼地等，都是就此而言。又如徐师川（俯）论诗云："即此席间杯桮果蔬，使令以至，目力所及，皆诗也。君但以意剪裁之，驰骤约束，触类而长，皆当如人意，切不可闭门合目作镂空妄实之想也。"[②] 有学者认为，以上之论："充分显示出了活法所'活'的内容便在于从情、意、景几方面着力，而撇开预设、苦思与雕琢。"[③] 也就是说，"活"是一种主体境界，也是主客遇合的产物。

而具有一定品位的创作皆是以上二境的兼融。宋代俞成《萤雪丛书》论活法即是如此。他首先从作品之活描述："文章一技，要自有活法，若胶古人之陈迹而不能点化其句语，此乃谓之死法。死法专相蹈袭，则不能生于吾言之外。活法夺胎换骨，则不能毙于吾言之内。毙吾言者，生吾言也，故为活法。"从江西诗派的点化入手论活法，用意自然在运思的圆融，是其所谓笔下的活法。但要实现这种纸上活法，就必须追溯到灵心一点。作者继而举出了如下事例，程伊川说《中庸》："鸢飞戾天，须知天上者更有天；鱼跃于渊，须知渊中更有地。会得这个道理，便活泼泼地。"吴处厚作《剪刀赋》，第五联对为："去爪为牺，救汤王之旱岁；断须烧药，活唐帝之功

---

① 罗大经：《鹤林玉露》卷9，影印《文渊阁四库全书》第865册，第329页。
② 曾敏行：《独醒杂志》卷4，影印《文渊阁四库全书》第1039页，第545页。
③ 胡健次：《中国古代文论中的活法论》，《云南大学学报》2008年第5期。

臣。"操笔之际屡经窜易，"唐帝"上一字总是不妥帖，"因看游鳞，顿悟
'活'字，不觉手舞足蹈"。此处对程伊川鸢飞鱼跃境界的赞赏，以及吴处
厚因流连于游鳞而顿悟"活"字的举证，显然是在提醒读者：纸上活法要
建立在胸中圆活的基础之上。继而云：

> 吕居仁尝序江西宗派诗，若言灵均自得之，忽然有入，然后惟意所
> 出，万变不穷，是名活法。杨万里又从而序之，若曰学者属文，当悟活
> 法，所谓活法者要当优游厌饫：是皆有得于活法也如此。吁，有胸中之
> 活法，蒙于伊川之说得之；有纸上之活法，蒙于处厚、居仁、万里之说
> 得之。①

吕居仁所论活法核心在于"自得"；杨万里序江西宗派，没有明确提到"活
法"二字，故而俞成称为"若曰"，而他所悟杨万里的命意，则似在传达
"优游"二字——同样是兼纸上之功与胸中之境而言。

综上所论，宋人所谓活法，其主体机理为生机自得，其外在形态即为圆
通。这种浸透了主体生命活力的法有两个源头：或源于自我生命激情与文思
的融会；或源自深造自得、拟议以成其变化。

源头之一，自我生命激情与文思的融会。活泼泼的主体昂扬着生命激
情，这种力量势能与文思结合，便形成具有主体生命运动的节奏与规律。
古人论文思才思，其目的便在于将散漫无度的情意信息秩序化，承担此责
者便是这种流动着生命节奏的规律法度。以《文心雕龙》关于文思的论
述为例：

《总术》篇云："才之能通，必资晓术。自非圆鉴区域，大判条例，岂
能控引情源，制胜文苑哉?"其中"控引情源"的本义就是"以术驾驭情志
文思"②。《情采》有云："夫能设模以位理，拟地以置心，心定而后结音，
理正而后摛藻。"这个过程与《熔裁》之中"情理设位，文采行乎其中"以

---

① 陶宗仪：《说郛》卷 15 引，影印《文渊阁四库全书》第 876 册，第 744 页。按："毙吾言者，
生吾言也，故为活法"一句费解，当是省略所致。所谓"毙吾言者"是对"活法夺胎换骨，则不能毙于
吾言之内"的概言。
② 罗宗强：《魏晋南北朝文学思想史》，中华书局 1996 年版，第 364 页。

及"履端于始，则设情以位体"等论意义相同，核心都在于将生命激情与文思融结，从而凝定主体情志运动的轨迹，使无序的蔓延浓缩于合乎生命节奏的规律，然后可裁其章，可丽其词，可申其意。这个规律本质上就是灵动之法。但凡创作，凡是总文理、统首尾、定与夺、合涯际等等皆不可缺，但真正有品位的创作在确立体制之后，必首先"以情志为神明"，继而以"事义为骨髓，辞采为肌肤，宫商为声气"，斯乃"缀思之恒数"。其中历代学者对刘勰将"以情志为神明"归结于"缀思之恒数"的理解多流于泛泛。刘勰的本意实则在于提醒读者：情志为文思的动力，文思则是情志的聚拢，情志与文思相融，在摆脱文思纷纭之余便可变化神异。这种主体情志与文思的结合之道与宋人所言的活法本无二致。

源头之二，深造自得、拟议以成其变化。焦竑引扬雄"断木为棋，挽革为鞠，莫不有法"强调诗必有法，但学法自有其术："善学者不师其同而师其所以同，同者法也，所以同者法法者也。"蒲且子善弋，詹同师之，以其术钓名于楚；吴道子师从张颠书道，而其画为天下妙。学弋得名，学书得画，二者看似悬绝，却互相关通，正在于其各自参悟到了"法法者"，于是"一法不立而众伎随之"，不落世检而天度自全。[1]"法法者"或者"所以法者"，就是前面所论的古人之神，如王应奎所说："作诗学古则窒心，骋心则违古，惟是学古人用心之路，则有入处"[2]，"用心之路"，即为神诣所在，即为活法。

"活法"论后世有很多变相，虽然论者往往规避其与"活法"的联系，但本质上没有大的区别。如魏禧论"变法"：

> 言古文者，曰伏，曰应，曰断，曰续，人知所谓伏应，而不知无所谓伏应者，伏应之至也；人知所谓断续，而不知无所谓断续者，断续之至也。今夫入坛壝，履鬼神之室，明神肃森，拱挺异列，若生人之可怖。按以人经之法，颊胲广狭……皆不差尺寸，然卒以为不若人者，俯仰拱挺，终日累年，不能自变化故也。……今夫文，何独不然？故曰：

---

[1]　焦竑：《陈石亭翰讲古律手抄序》，《焦氏澹园集》卷15，《续修四库全书》第1364册，第150页。

[2]　王应奎：《柳南随笔》卷6，中华书局1983年版，第108页。

变者，法之至者也。此文之法也。①

变合乎化机，是生命得以生存、物态得以延续的根本依据，文章也是如此。"变"本是规矩法度的本性，比如规矩被诠释为"方圆之至也"，但何谓方圆之至很多人却一头雾水。事实上，"至也者，能为方圆，能不为方圆，能为不方圆者也"，遵循不易是守法，以此法为鉴照而逆向以行、侧翼以行等等皆为法的启迪与运用。

又如石涛论"了法"。石涛有一个著名的"一画"论："太古无法，太朴不散，太朴一散而法立矣。法于何立？立于一画。一画者，众有之本，万象之根，见用于神，藏用于人。而世人不知所以一画之法乃自我立。立一画之法者，盖以无法生有法，以有法贯众法也。"一画发于元气，"收尽鸿濛之外，即亿万万笔墨未有不始于此而终于此"，所以为无中生有。可能是担心"一画"之说过于玄虚，恐人误解，所以石涛又对"一画"的内涵作了进一步的简约说明，将其意蕴集中于"了法"之上：

> 规矩者，方圆之极则也；天地者，规矩之运行也。世知有规矩，而不知夫乾旋坤转之义，此天地之缚人于法，人之役法于蒙，虽攘先天后天之法，终不得其理之所存。所以有是法不能了者，反为法障之也。②

以天地为例，二者皆依照规矩生化运动，但人们言及天地之道则往往觑准"死理"而忽略天地缤纷多彩的神变。所谓"了法"正是明其体又谙其用，于创作而言便是运法自如又触处皆法之意。如此则能贯彻一画之旨，是为"了法"。这一思理的关键在于：不能以既有成法阻障灵思神趣。

至叶燮则提出以气为法，我们可名之为"气法"。他认为，作为客观世界，"理"、"事"、"情"三者就可以彻底概括，三者又共同有一个"总而持之，条而贯之"的支配者，这就是"气"，而"法"正在其中：

---

① 魏禧：《陆悬圃文叙》，《魏叔子文集外篇》卷8，第428页。
② 石涛：《苦瓜和尚画语录》，王伯敏等编《画学集成》（明—清），第298页。

三者藉气而行者也。得是三者，而气鼓行于其间，氤氲磅礴，随其自然，所至即为法，此天地万象之至文也。岂先有法以驭是气者哉！不然，天地之生万物，舍其自然流行之气，一切以法绳之，夭矫飞走，纷纷于形体之万殊，不敢过于法，不敢不及于法，将不胜其劳，乾坤亦几乎息矣。[1]

死法为"定位"，本不可靠；活法为"虚名"，又不易言说。因此以气完法密教人，得于自然即是诗道。

虽然作为"虚名"的"活法"不易言说，但以上所谓"变法"、"了法"、"气法"论的本质仍难以脱其环中，所以沈德潜云："所谓法者，行所不得不行，止所不得不止，而起伏照应，承接转换，自神明变化于其中。若泥定此处应如何，彼处应如何，不以意运法，转以意从法，则死法矣。试看天地间水流云在，月到风来，何处著得死法？"[2] 排摈死法，其本质仍然归依于"活法"。

四

在完成了对"拟议以成变化"以及"活法"的基本阐释之后，我们可以对中国文学批评史上著名的"筏岸"之争做一个观照。

所谓"筏岸"之争是指明代何景明与李梦阳关于如何学习古人引发的学术辩论。明初高棅纂《唐诗品汇》，承宋人之论细分初、盛、中、晚四唐，严格辨体，以此为诗学之基，体格之说由此蔓延。前七子的复古思想从高棅那里获得一定的启迪，但在具体的如何师法前人经典的问题上其思想并不统一。李梦阳认为创作应当依照古人留下的、于诗而言为其不可移易的法式，不可舍筏而登岸。何景明则主张诗当天机自流，于前人法度要实现神情领会，达岸则舍筏，反对过于依傍形迹。就现存资料来看，何景明有《与李空同论诗书》，李梦阳有《驳何氏论文书》及《再与何氏书》。从书信中的文辞推断，李梦阳先有《赠景明书》，二人也反复论难，直至何景明不再

---

① 叶燮：《原诗》（与《说诗晬语》等合刊），第21页。
② 沈德潜：《说诗晬语》（与《原诗》等合刊）卷上，第188页。

答辩。

何景明《与李空同论诗书》并不否认模范古人，但主张拟议以成其变化，"富于材积，领会神情，临景结构，不仿形迹"。含蓄养气不能摆脱对古人的学习，资料积累、领会神情皆有赖于此，但创作阶段则另当别论，不应该依傍。历代圣贤大家，凡成一家之言者皆"体物杂撰，言辞各殊，君子不例而同之"。历史上曹、刘、阮、陆，下及李、杜，异曲同工，各擅其时，究其原因皆在于"拟议以成其变化"。如果必取同体、循同法，则曹、刘、阮、陆之后，"李、杜即不得更登诗坛"了。

在何景明看来，面目不同的提倡并不意味着否认诗文确有不可移易之法，此即历代名家谆谆告诫不可"悖古"、"戾古"的缘由，但这不是纳文学创作为一格的借口，古代有重要贡献的大家皆属于各呈其体而不溺古者："文靡于隋，韩力振之，然古文之法亡于韩；诗弱于陶，谢力振之，然古诗之法，亦亡于谢。"其中"亡于韩"、"亡于谢"的提法当然值得推敲，但何景明的本意主要在于：有所造就者恰恰突破了旧法。进而他将矛头指向李梦阳赞誉的两位所谓守法的诗人陆机与谢灵运身上："陆诗语俳，体不俳也；谢则体语俱俳矣。未可以其语似，遂得并例也。"此又所谓"法同则语不必同"——即使二人守相同之法，也并未成就同一个体格。而回到李梦阳自己的创作，其自诩的"意象应曰合，意象乖曰离"的"衡法"并没有问题，但其规行矩步的运法、持法之道却造就了自己作品如下的病弊："空同丙寅间诗为合，江西以后诗为离。譬如乐，众响赴会，条理乃贯；一音独奏，成章则难。故丝竹之音要眇，木革之音杀直。若独取杀直，而并弃要眇之声，何以穷极至妙，感精饰听也？"如此一音独奏，自然难以曰"文"，其病根正在于空同贬抑清俊响亮，而嗜好柔澹、沉着、含蓄、典厚，好之而务求一致一律。于己则拟议古人宗法其体而务求类之，于人而务求其同乎己之所尚。因此他最终的结论是：

> 仆观尧、舜、周、孔、子思、孟氏之书，皆不相沿袭，而相发明，是故德日新而道广，此实神圣传授之心也。后世俗儒，专守训诂，执其一说，终身弗解，相传之意背矣。今为诗不推类极变，开其未发，泯其拟议之迹，以成神圣之功，徒叙其已陈，修饰成文，稍离旧本，便自机

陉，如小儿倚物能行，独趋颠仆。虽由此即曹、刘，即阮、陆，即李、杜，且何以益于道化也？佛有筏喻，言舍筏则达岸矣，达岸则舍筏矣。[①]

以乘筏为比，仅仅置身筏上则永远只能行于水中，不可抵达彼岸。从古人入手，拟议以成变化，可"自创一堂室，开一户牖，成一家之言"，而沿袭古人则只会俯伏于古人脚下。何景明所论的拟议及变化，其通古今、摄众妙至最终出万有虽然在同一个路径上，却是两个不同阶段的不同境界。拟议可以得古人神气，激活自我激情才赋，最终通过彼此的灵动文思呈示出不同的面目。凡文学论变化，追溯源头便必然要归于才情。

"法度师古"是李梦阳论辩中的核心思想，且于此坚守不易。《驳何氏论文书》引何景明批评他"刻意古范，铸形宿镆，而独守尺寸"、"子高处是古人影子耳，其下者已落近代之口"等。而李梦阳于此大不以为然，首先他主张以古法言我之情。《驳何氏论文书》云："古之工如倕如班，堂非不殊，户非同也，至其为方也圆也，弗能舍规矩，何也？规矩者，法也，仆之尺尺而寸寸者，固法也。假令仆窃古之意，盗古形，剪裁古辞以为文，谓之影子诚可；若以我之情，述今之事，尺寸古法，罔袭其辞，犹班圆倕之圆，倕方班之方，而倕之木非班之木也。此奚不可也？"既称为法，就该遵守；以我情依旧法述今事算不上摹袭。从这个意义而言，李梦阳之论除了没有开拓气度之外似乎并无大错，但如此作诗已经类乎蒙童描红、填空，视之为"古人影子"恰恰名副其实。

其次，李梦阳也讲拟议以成变化，但不是何景明所谓通过拟议领会古人神情并含蓄自我真气，乃是掌握古人不变大法之后在其基础上的自运：

　　阿房之巨，灵光之肖，临春、结绮之侈丽，扬亭、葛庐之幽之寂，未必皆倕与班为之也，乃其为之也，大小鲜不中方圆也。何也？有必同

---

① 何景明书见赐策堂本《何大复先生全集》卷 32，李梦阳书见影印《文渊阁四库全书》第 1262 册，《空同集》卷 52，第 565—568 页，不另注。

者也。获所必同，寂可也，幽可也，侈以丽可也，肖可也，巨可也。守之不易，久而推移，因质顺势，融镕而不自知。于是为曹为刘为阮为陆为李为杜，即令为何大复何不可哉！此变化之要也。

故不泥法而法尝由，不求异而其言人人殊。易曰：同归而殊途，一致而百虑。谓此也。非自筑一堂奥、自开一户牖而后为道也。故予尝曰：作文如作字，欧、虞、颜、柳，字不同而同笔，笔不同非字矣。不同者何也？肥也，瘦也，长也，短也，疏也，密也。故六者势也，字之体也，非笔之精也。精者何也？应诸心而本诸法者也。

法有其必不可移易者，就如尧舜之道，虽并行仁政，但不碍其同，因为不以仁政不能平治天下。如果仅仅就此而言，所论者也是不能"悖古"、"戾古"的常道，未尝不可。以此为基础而言体格诸变，本来已经接近才情创新，即其文中已有了"应诸心"的提法，但李梦阳碍于声望，倔强自负，恰恰将这种变化的动力仍要归功于大法习熟。《再与何氏书》中，他进一步将这些所谓不易常法具体化，大抵包括前疏者后必密，半阔者半必细，一实者必一虚，叠景者意必二等等。如此一来，拟议这种经典进入的方式被界定为了固定法度的领悟，不仅经典活络灿溢、主体生命激情与文思交融所铸就的活法生机了然不见，使得经典蜕变为某些不易大法的演示载体，即使法度本身也丧失了其本然的多样性。而更大的问题出在：摈弃了审美主体的才性才情而言拟议与创作，经典由此被视为类似医学解剖的僵尸，创作也成为从不易之法到"不泥法"的形式孵化。

再次，执守规矩不可离，就如筏之不可弃。《驳何氏论文书》驳斥何景明筏岸之喻："夫筏、我二也，犹兔之蹄、鱼之筌也，舍之可也；规矩者方圆之自也，即令舍之，乌乎舍！子试筑一室开一户，措规矩而能之乎？措规矩而能之，必并方圆而遗之可矣。"《再与何氏书》联系何景明的神情说又云："君诗徒知神情会处下笔成章为高，而不知高而不法，其势如持巨蛇、驾风螭，步骤即奇，不足训也。"《答吴谨书》中又云："文自有格，不祖其格，终不足以知文。"[1] 或言法，此又言格，法、格在李梦阳的诗学思想中

---

[1] 李梦阳：《空同集》卷52，影印《文渊阁四库全书》第1262册，第568页。

基本上是统一的。《答周子书》再申其旧见：

> 文必有法式，然后中谐音度，如方圆之于规矩，古人用之非自作之，实天生之也。今人法式古人，非法式古人也，实物之自则也。当是时，笃行之士翕然臻向。弘治之间，古学遂兴，而一二轻俊，恃其才辩，假舍筏登岸之说扇破前美，稍稍闻见便横肆讥评，高下今古，谓文章家必自开一户牖，自筑一堂室；谓法古者为蹈袭，式往者为影子，信口落笔者为泯其比拟之迹。①

本书显见其仍携余怒，故而在与后学论文之际仍然于何景明旧论不依不饶。何景明从未否定规矩，但李梦阳却假定其视规矩如敝屣，颇有自雄其论，欲加之罪的意味。虽然坚守己见，但其中有两个值得注意的地方：一是将法纳入天生自化的高度，于是法古遵式便成为万物自我的完善之道；一是李梦阳将自己对古法的遵守与何景明等神情兴会的提倡自觉纳入到才法论争的范畴。

这场争论不仅造成了七子内部的裂痕，也在明清诗学领域产生了很大影响。时人后人论之，或曰并不可废，胡应麟便明确表示："仲默此论，直指真源，最为吃紧。舍筏之云，亦以献吉多拟则前人陈句进规耳，非欲人废法也。李何二氏之旨，故当并参。"② 或各有抑扬，明末杨承鲲是李梦阳思想的支持者，《答永嘉刘忠甫书》云："笃而论之，信阳为偏。夫舍筏登岸，期在得岸，不在执筏；岸不必登，虽而宝筏，终筏中人，非彼岸也。诗之为道，至圆不能加规，至方不能加矩，则方圆之至也。规矩在手，必至于是，乃为方圆。李有不自出伟词者乎？何以言古人影子也？何有不画一先哲者乎？何以言自开堂奥也？"意思是说："舍筏登岸"是讲现实之中的乘筏以登岸为目的，登上岸则自然可以不再执泥于筏。但诗歌创作根本不是为了达到什么彼岸，而是一个过程，就如同行于旅程之中，这个过程是不能舍弃规矩的。诗要达到至圆至方的境界，则必须有不可增损的规矩，这就是诗的法

---

① 李梦阳：《空同集》卷52，影印《文渊阁四库全书》第1262册，第569页。
② 胡震亨：《唐音癸签》卷2引，《续修四库全书》第1620册，第529页。

式。所以说："盖先民彀率备至，不入其彀，即当穷万卷，敏发万函，侈则侈矣，何谓诗哉？匪徒彀也，藉令二三作者为唐人口吻而不禀沈韵，于心快乎？韵犹若此，何论尺度！"[1] 古人诗学法式备至，不由之以行，即使穷究书卷，下笔千言，也不算是诗。近人钱振锽将二人之论争归结为空同主模仿，大复主创造，论其是非，则"自然以何为是"[2]。

平心而论，李梦阳关于法度的认知是具有一定理论高度的。这首先体现在他对文学本质的理悟，即文学以其法度的形式体现。在他看来，那些不可移易的法度，是文学之所以成为文学的根本所在，自然要秉持、要坚守、要模拟，而不可号曰舍筏登岸。再者李梦阳对文学法度本身性质的理解具有直透真源的美学价值，《答周子书》说："古人用之非自作之，实天生之也。今人法式古人，非法式古人也，实物之自则也。"法之可尊正在其源自天理人情的自然性，所以称天生之；文艺创作对法式的仿效由此便成为对自然本身的学习，同时也是艺术审美对象实现自我完善的手段。钱锺书先生对于笔补造化实为天假人而自补的论述，应当受到了李梦阳的影响。

当然，李梦阳所论的法式，除了以上所言多倾向于不易大法之外，还有着以盛唐等经典范式为法的意义，这就加深了其拟议理论的复杂性，也使其不可避免地坠入复古的漩流。即使但就拟议以成变化而论，李梦阳视拟议与变化为一个不可分解的整体，不过这个过程不是何景明所言的富于材积、神情领会的涵养真气，而是通过拟议熟悉不可移易之法度，以我之情运此法度。于是起初的拟议与随后的变化便在沿袭古人之法度上成为一个连贯的体系，差异是从他人之法转化为我可熟练运用之法。这种纯粹从法度形式入手论诗的策略，陷入了死法的死胡同，忽略的恰是主体生命激情与才思融会所形成的"活法"，可目之为见法不见人的理论。

第三节　居文有体、敛才入法与敛才就格

就才与法而言，二者的性质截然相反。才主乎发扬，而法意在敛束，矛

---

[1]　杨承鲲：《碣石编》卷下，四明丛书本。
[2]　钱振锽：《谪星说诗》卷1，张寅彭主编《民国诗话丛编》二，第594页。

盾便不可避免：纵才则伤品格，守法则损气骨。正如汪涌豪先生所云：

> 鉴于进入具体创作层面，法的作用往往相对于才的存在，不免经常受到后者的挑战。而一般文人，依其惯于自是的天性，通常都不甘心随人作计，以为一学古人，通身受缚，不是闷杀才人，就是困死豪杰，因而每每以积法成弊、离法大好而勇于自创，以至纵横开阖，不受羁勒，而内容上往往失了矩矱，在形式上经常流于疏野。而稍微谨重些的，也不免时时"巧运规外"，逸出法禁。所以，如何避免"使才碍法"，适当控驭，勿使逾矩，在古人也是一个热门话题。①

正因为才法矛盾，故而为历代文人关注，且形成了以下两个对立的思想：申才抑法与敛才入法。如六朝之际沈约等发明声病，属于敛才入法的实践；至皎然《诗式》却说："沈休文酷裁八病，碎用四声，故风雅殆尽。后之才子，天机不高，为沈生弊法所媚，懵然随流，溺而不返。"②便已经出现了抑法申才的呼声。明清之际，围绕这对关系范畴的讨论在批评界形成了几次著名的论争：明代何景明李梦阳的"筏岸"之论、曲界汤显祖沈璟的才律之争以及清代以袁枚沈德潜为代表的格调性灵之争等，这些论争是才法关系理论在批评实践中的延伸，也是才法关系理论的丰富与深化。在这些论争之中，才大则易逸乎法外者虽然不免成为关注的焦点，但总体而论，文艺创作对法度有着本然的敬畏，因而文艺理论批评之中鲜见公然的纵才破法叫嚣，并且在以下思想上形成了共识：就文体意义言法度，提倡居文有体；就审美价值言法度，提倡敛才入法；就文学品位言法度，提倡敛才就格。

一

从体对才的规范出发讨论创作，即可归于"居文有体"思想。此处的体以文体为核心，但指向文体基本规范的同时更侧重于一种文体诞生之初便

---

① 汪涌豪：《法：中国古代文论形式批评的重要范畴》，《学术月刊》2008 年第 7 期。
② 李壮鹰：《诗式校注》，人民文学出版社 2003 年版，第 14 页。

被赋予的、在创作中沉淀而成的美学特质，还包括具有了独到风格形貌而得以传承的体类。

文体研讨是中国古代文学理论的核心构成，汉魏六朝之际辨体风靡一时，成果丰硕。体类也在这个时期随着诸如谢灵运体、宫体的命名而出现，从宋代开始，其研讨核心被集中于唐体、宋体。关于体的坚守，基本上以这两个维度为主，如胡应麟云："文章自有体裁，凡为某体，务须寻其本色，庶几当行"①，侧重于文类意义的体裁；又如王世懋云："作古诗先须辨体，无论两汉难至，苦心摹仿，时隔一尘，即为建安，不可堕落六朝一语；为三谢，纵极排丽，不可杂入唐音。小诗欲作王、韦，长篇欲作老杜，便应全用其体，第不可羊质虎皮，虎头蛇尾。"② 即属于从古体、建安体、六朝体、唐体、王韦体、杜体等体类入手。但虽有彼此侧重，却无不兼容着对方的体征，并熔铸而统一，因此概言之为"体"。

从体的本位而言，它的确认目的就在于垂范；从对体的敬奉而言，体就是体法师法，意在保障审美共识与美学规范的延续。"文之有体，即犹人之有体"，无论"巨人、修人、平等人、长不满六尺人、婵娟丽人、澹宕人、肥硕人、山泽癯人、魁梧奇伟人、不堪绮罗人、紫石稜人、岩电人、凝脂点漆人"，形貌性情可以千奇百怪，但是其眉横发竖，齿坚舌柔，没有不似人者，这种寻常而不易的恒定就是体，因此说"体之于人，寻常焉而已"。如果有人殚精竭虑、搜奇抉异，定要背道反常，其结果不言而喻："一不寻常，而遂有盲人、躄人、挛拳支离之人，是所谓废人也，不可训也。再不寻常，而遂有反踬穿胸之人、飞头招足之人、男人孕妇女髭之人，是所谓怪人也、幻人也、妖人也，益不可训也。"③ 能安人性命之情的，必以这种本然之体为核心。诗文尊体循体，与此别无二致。

从文体论基本成熟开始，诸如曹丕《典论·论文》在"文非一体"的基础上提炼出"奏议宜雅，书论宜理"，《文赋》由"体有万殊"而分论"诗缘情而绮靡，赋体物而浏亮"，在对不同体裁审美约定的同时也便完成了体式约定与创作约定，陆云阅读陆机《扇赋》，于"乌云龙见"一语判曰

---

① 胡应麟：《诗薮》内编卷1，第21页。
② 王世懋：《艺圃撷余》，何文焕辑《历代诗话》，第775页。
③ 沈君烈：《文体》，阿英编《晚明小品二十家》，第403页。

"如有不体"①，正是就其以诗语为词赋而言，可见魏晋之际文体大防严守的程度。但明代中后期，文坛率意流荡，反体破体蔚然成风，即如沈君烈所云：

> 至于今高曾规矩之不习，山鬼伎俩之欲尽，而体杂出而不知归，半如左太冲效潘安仁，半如杨内史作高丽舞，半如荀文若止可借面吊丧。其上者，如王子敬多矜咳，殊损自然；而其卑者，如老婢声。其胸多宿物者，如陆余庆啄长三尺，手重五斤；而其小儿强作解事者，如猿狙服周公之衣，必啮挖尽去之后而快。其争妍者，如愁眉啼妆，堕马髻，龋齿笑，折腰步；而其丑异者，如刻画无盐。

如此诡怪百出，已令作者深恶痛绝："夫文章天下灵气也，人之灵心也。其风尚以世变，其气骨以年变，其色泽精华以日月不同变，固无足怪。而骎骎乎并其体而变之，使足反居上，头反居下，肩高于项，颐隐于脐，以是言奇，何足奇之？"② 而王夫之正是目睹了晚明才子气的泛滥，对其时风蝉雨蚓、败壁蔓草的聒噪与无序无度感同身受，因而直接提出了"居文有体"。其评鲍照《登黄鹤矶》云："鲍乐府故以骀荡动人，五言深秀如静女。古人居文有体，不恃才所有余，终不似近世人只一付本领，逢处即卖也。"③ 王夫之的意思是说：文体不同，其美学体格各自相异，对才性的接纳也因此各有差别，主体要保持对文体及其体格美学要求的敬畏，不可过恃其才。这个思想在其对庾信五言诗的评论中有充分的诠释：

> 子山五言有两种：早年在梁，所得仅与徐陵方驾，亦为宫体所染，其才不伸；入关以后，则杜子美所称"暮年诗赋动乡关"，又云"庾信文章老更成"者是已。杜以为功之首，余以为咎之魁，非相河汉，源流固不可诬也。……子山则情较深，才较大，晚岁经历变故，感激发越，遂弃偷弱之习，变为汗漫之章，偶尔狂吟，抒其悲愤，初

---

① 陆云：《与平原书》，同前。
② 沈君烈：《文体》，同前。
③ 王夫之：《古诗评选》卷5，第753页。

不自立一宗，以开凉法。乃无端为子美所推，题曰"清新"，曰"健笔纵横"，拥戴宗盟，乐相仿效。凡杜之所为趋新而僻、尚健而野、过清而寒、务纵横而莽者，皆在此出；至于"只是走踆踆"、"朱门酒肉臭"、"老大清晨梳白头"、"贤者是兄愚者弟"，一切枯菅败荻之音，公然为政于骚坛，而诗亡尽矣。清新已甚之蔽，必伤古雅，犹其轻者也；健之为病，"壮于頄"，作色于父，无所不至。故闻温柔之为诗教，未闻其以健也。健笔者，酷吏以之成爰书而杀人。艺苑有健讼之言，不足为人心忧乎？况乎纵横云者，小人之技，初非雅士之所问津。古人以如江如海之才，岂不能然？顾知其不可而自闲耳。如可穷六合，亘万汇而一之于诗，则言天不必《易》，言王不必《书》，权衡王道不必《春秋》，旁通不必《尔雅》，断狱不必律，敷陈不必笺奏，传经不必注疏，弹劾不必章案，问罪不必符檄，称述不必记序，但一诗而已足。既已有彼数者，则又何用夫诗？又况其离经破轨，率尔之谈，调笑之说，咒诅之恶口，率以供其纵横之用哉！于是而为杜、为苏，为陆务观、辛幼安，为徐文长、袁六休，泛滥杂沓，屈诗以供其玩弄，但小有才，即堪与"四始"、"六义"之宗。其尤下者，则有杜默之《古风》、罗隐杜荀鹤之近体、胡曾之小诗，举里姁野巫之言，酸鼻螫舌者，一皆诗，一皆所谓"健笔纵横"者也。呜呼！凡今之人，其不中此毒者鲜矣！①

庾信自负大才，健笔纵横，一任淋漓，经过杜甫品目，遂成诗中准的。但王夫之认为，这种所谓健体的出现，却给五言诗甚至所有的诗歌都带来了负面的冲击，那就是诗本然的柔厚体格荡然无存。王夫之此论虽然略有偏颇，但却有着极为深刻的洞察力。

再看词曲。律度的严格是可以吟唱的首要条件，也是曲之所以为曲的根本。临川、吴江之争，虽然汤显祖极力扬才抑律，也仅仅是唱词用字不甚合乎经典律法或者通用音韵的规范，于部分方言区的伶人而言吟唱之际难免拗口，但并非有意废律度于不顾。诸家于临川才情屡屡致意，但更无一人公开

① 王夫之：《古诗评选》卷5，第820页。

表示格律可以不遵。因此可以说汤显祖等仅仅是斤斤于律度不可过于羁绊才情，于居文有体之道并未形成挑战。而与汤显祖格格不入的吴江派代表沈璟则更是严守曲体。吕天成称其“妙解音律”，目为“乐府之匠石”、“词部之庖丁”，其主要贡献即在于“表音韵以立防”、“订全谱以辟路”。沈璟尊体非常固执，曾云：“宁律协而词不工，读之不成句，而讴之始协，是为曲中之巧。”其关注的关键就在于词曲无使人挠喉捩嗓。如此细讲音律，甚至已经忘记了变通，忘记了无论任何文体都有着正体变体的伸缩变化。这种矫枉过正式的坚守，虽未必如吕天成所云保障了“此道赖以中兴”[①]，但于维护曲体的形制本色居功甚伟。

从李清照词“别是一家”论开始，词之尊体也以“必须合律”为本[②]，张炎如此倡导，随后的历代词家也莫不如是：

> 词之所以为词者，以有律也。词之有律，与人之有五官无异。五官之位次一定不易，若移目为口，置耳于鼻，鲜不骇为怪物者，词之于律亦然。人必五官端正而后论妍媸，词必四声和协而后论工拙，不则长短句之诗耳，何云词哉！[③]

苏轼等人开拓词坛新的天地，虽易艳情为豪情，却从未置音律而不论，如果说有所迁变的话，无非是关于音律的宽严标准不同以往而已。当然，词曲的音韵由于涉及吟唱之际声气的平仄、清浊、顺滞、亮哑、疾徐等诸多因素，必然要有比一般诗歌基本的平仄要求复杂的规范与条件。这种“严于律词”虽然有学者以为自寻绝路，但恰恰是法度的森严与从未轻易妥协，激发出了文人们蚁穴盘马的功力，使得词曲在文学之中透显了更为精致优雅的品质。

任何一种文体或体类，都是在与其他不同文体、体类的区分辨析之中逐步确立的，都有其独到的体貌特征、美学内涵与创作边界。自从六朝文体论、才调论成熟，一个文人的创作，于文体能够合乎其内在要求，自我才华

① 吕天成：《曲品》引，《中国古典戏曲论著集成》第六册，第212、213页。
② 张炎：《词源》，唐圭璋辑《词话丛编》，第265页。
③ 刘声木：《苌楚斋随笔五笔》卷4引朱昌燕论，第962页。

能够于诸体之中发扬为属于自我的风调，二者融合，便相当于成就了自我的"体调"，意味着一个文人创作的成熟，这是"居文有体"的另一个重要审美内涵。"居文有体"因此就成为赋有"别才"的文人进入文学殿堂后的另一道门槛，它可以对通行者做出造诣的验证，能够得体有体者方有进一步登堂入室的资格；无体、不入体者则尚属于及门而叹的阶段；那些天才大家可以在"居文有体"的基础上施展才华，甚至开拓新变，在文体与主体才调的融合之中形成超越，这就是体类之中的别开天地。其次，"居文有体"又对文人才子有着警示意义：不遵守这种必要的约定，肆意纵才而破体，最终会带来文学艺术的自毁面目。①

二

才法之间，才的飞扬与法的矜束必然形成对立。二者之间关系的协调并非仅仅是一个美学话题，它要受到政治体制、文化政策、时代兴衰等综合因素的影响。比如抑制才华的纵横、回归法式的统辖在清初便有一定的非艺术企图。究其缘由，清初文坛承续了晚明较为多元的理论格局，大一统的形势又需要对背离法式的艺术完成调整，以便达成意识形态领域的统一，在这个背景之下，"反正"成为这一阶段的主题，法式论因此实现了在文艺理论之中的高调回归，并成为主流话语。

单就审美理论而言，以敛才入法论诗出现在宋代，其时朱熹已经有了如下文字："人有才性者，不可令读东坡等文。有才性人，便须取入规矩，不然荡将去。"② 有才故要取入规矩，正是敛才入法之意，后人也有称之为

---

① 在居文有体问题上也有偏执之见，如清代王晸《烟霞万古楼结集自序》云："《太玄》之草成，而刘歆欲覆酱瓿；《三都》之赋出，而士衡欲盖酒瓮；同是时也，桓谭以为绝伦，张华为之纸贵。"同样一篇作品，何以会有如此巨大的反差？"岂文无定体，嗜痂者有异癖，嫠眇者多一目欤"？在他看来，核心原因在于文无定体之论甚尘上，创作者纵机杼而为，鉴赏者因嗜好而品，于是各有偏颇，难得持中。因此他开出了明古人法式以通今的药方："读刘勰之《雕龙》，不如通挚虞之《流别》；读钟嵘之《诗品》，不如追韩婴之传说。见其委，海若天吴；见其原，岷嶓积石。统四千年之文如一文观，合四千年之诗为一诗释，而古今诗与文之正变洞然胸中矣。"明正变通古今才能知法度："法律一新，如曹参守萧何之文；旌旗一变，如光弼为子仪之军。"正不必动辄如"师涓奏乐，必造新声；徐摛作文，不拘旧体"。将诗文创作皆纳入规范之体，摈弃新变，以避免见仁见智的评赏差异，化遵守为拘守，这种思想显然是受到了八股衡文、体式一统局面的影响。参阅《烟霞万古楼文集》卷首。

② 黎靖德：《朱子语类》，第3322页。

"融法使才"者①。这种思想由礼法文化思想延伸而出，以中和之美为追求，它符合儒家文才敛抑思想的要求。当然，如此归依并非仅仅出于道德教化、人格熔铸的需要，事实上它同时就是一个美学尺度。也就是说，从审美价值考量，真正的杰出创作，必然是敛才入法之作。

敛才入法的本质，就是对才、法对立统一的尊仰。晚明冯复京论称："总论诗道，格律、才情二者而已。非制之以格律，则如樵歌牧唱，可谐里耳，而惭大雅之奏。"格律即是法度。但是，论格律而无才情以运之，"则如禺马俑人，仅肖枯骼，而绝生动之机。"既然各偏一隅皆有纰漏，因此有了以下全面而圆活的结论："精于格律者，熔裁本体，而离方遁圆，则才情之秀逸也；富于才情者，孚甲新意，而谢华启秀，则格律之神变也。"② 格律熔裁变化之极便是才情秀逸的表现，才情变化创新便是格律神变的必然结果，归入大雅富有生机的创作，必然是二者的有机融合。这是对敛才入法内涵极富新意的阐释，也是针对明代诗坛风蝉雨蚓风尚的反思。

从艺术创作难易以及其能否传世衡量，"学者之以古文词鸣世也，非骋其才力之为难，乃审其法度之为难"，万斯同得出这样的结论是以对明代文学的创作实践分析为前提的：

> 有明之为古文词者，何止百家，其初固出于一派也。自北地、信阳出，藉口先秦、两汉，而古文之派始分。迨太仓、历下鼓其党以抵排前人，绍述何、李，于是七才子暨后五子、末五才子、继五才子之流，群奉王、李为俎豆，而古文之派竟截然分为两途矣。彼其时志矜意满，藐韩、柳而陋欧、曾，非不人人自以为秦汉矣也，乃殁未百年，而好古之士至有不能举其姓氏者，岂才力之有不足哉？亦不能审其法度以至于此也。③

①　谭献《复堂词话》："南宋人词，情语不如景语，而融法使才，高者亦有合于柔厚之旨。"参阅《词话丛编》，第3997页。

②　冯复京：《说诗补遗》卷1，吴文治主编《明诗话全编》，第7177页。按：本文标点有误，已校改。

③　万斯同：《李杲堂先生五十寿序》，《石园文集》卷7，四明丛书本。

　　明代林林总总的复古流派，其兴也倏然衰也忽然，不是七子、五子等无才，原因恰恰在于"不能审其法度"。当然，以上所列诸才子并非没有师法，而是以王世贞、李攀龙为模范。号称文必秦汉的王、李，实则假秦汉文章汪洋恣肆的貌相逞其才气，而秦汉文章内在的神律则被忽略，偏见所及，精于法度的唐宋古文更是为其所藐视。不能审定法度，一任才力狂肆，其最终结果就是，未至百年已被文坛遗忘。

　　再看纪昀对苏轼《郊祀庆成诗》的评价："字字老重，不减唐人应制诗，而气脉生动则过之。此东坡敛才就法之作。"① 苏轼本属于纵才而行的诗人，后人多有诟病，其敛才就法之作则可以和作为古人诗歌标尺的唐人媲美，可见敛才就法对于才子诗人尤为重要。只是本性难驯，合者寥寥，同样印证了此道不易。

　　敛才入法之所以如此为世所重，关键在于以下几个原因：

　　其一，敛才入法则可以避免才气滥溢，进而融结才气。从道德的规约到才子气的防范，无论社会伦理还是艺术伦理，都对才气的放纵泛滥不以为然。严格来讲，金钱、情感也好，才具也罢，肆意挥霍都是相对容易的，它合乎性之所欲。相比之下，能够动心忍性的艺术节制定然源自人格的醇雅，同时又见出创作品质的卓然。如毛先舒曾提出："诗须博洽，然必敛才就格，始可言诗。"此处敛才就格就是敛才入法。其目的何在呢？"亡论词采，即情与气，亦弗可溢"。就是说，它可以防止才情才气的泛滥无羁。一往倾泻的露、透与堆垛是诗文大病，为纵才的必然病累，它不可能凭借才气的进一步纵逸来解决，必须回归法度的控驭，这正是"胸贮几许，一往倾泻，无关才多，良由法少"②。

　　由此可见，敛蓄才华，目的就是使才气蕴藉而不张扬。"敛"不是姿态，而是实现才气蓄积有力的手段。当然，收敛到什么程度才符合规范，就要看作品最终显示的社会与艺术价值实现程度，也要看作者以及读者的

---

　　① 《苏文忠公诗集》卷36，纪昀评，清末刊本。

　　② 毛先舒：《诗辨坻》卷1，郭绍虞辑《清诗话续编》，第8页。按："格"与"体"、"法"等在一般语境下基本都是法度之意，此处毛先舒即为泛言。古代文论中对"格"的重品质、重品位等独到内涵有所强调之际，往往将其与"体"、"法"等相提并论，下一节所论"敛才就格"之"格"即为后意。

主观意志。翁振翼论书之道云："无才气不可学书，使才气更不可学书。到得敛才归法时，一笔一画精神团结，墨气横溢，谨严中纯是才气。"① 敛才归法不是扼杀才气，乃是将其团结蕴藉于笔墨之间，如此反而可以令人更深刻地感觉到它的精神与光芒。从审美内蕴而论，敛才入法是才的发扬与法度敛束对立统一之间形成的妥协，才力图突破法度的势能与法度意欲归笼才的力量博弈，形成一种内蕴丰富的张力，作品的艺术容量由此获得凝聚。

其二，敛才入法则性灵始畅。率意操觚、放肆而言的文人往往认为，这样的写作就是在发抒性灵挥洒才情。但实际上，如此脱略与轻易，并没有实现其才思灵气的饱满伸张。有的时候，法度的获得恰恰是性灵大畅的机键。关于这一点毛先舒也有精微的论述。他先引所谓"鄙人之论"称："诗以写发性灵耳，值忧喜悲愉，宜纵怀吐辞，薪快吾意，真诗乃见。若模拟标格，拘忌声调，则为古所域，性灵斯掩，几亡诗矣。"这显然是晚明公安竟陵文人的腔调，意在鼓吹性灵才情的快意。毛先舒于此不以为然，且做出了如下论述：

> 是说非也。标格声调，古人以写性灵之具也。由之斯中隐毕达，废之则辞理自乖。夫古人之传者，精于立言为多，取彼之精，以遇吾心，法由彼立，柯自我成，柯则不远，彼我奚间？此如唱歌，又如音乐，高下疾徐，豫有定律；案节而奏，自足怡神。闻其音者，歌哭忭舞，有不知其然者，政以声律节奏之妙耳。……离朱之察，不废玑衡；夔、旷之聪，不斥琯律。虽法度为借资，实聪明之由人。藉物见智，神明逾新，标格声调，何以异此？②

所谓"是说非也"不是说诗论性灵错误，而是指对方将写其性灵与师法经典之格度对立起来的认识不正确。在他看来，才情性灵无所规矩的张扬，这种表面畅快并不意味着才情抒发得尽情入微，也不代表审美对象获得了准确

---

① 翁振翼：《论书近言》，崔尔平选编点校《明清书论集》，上海辞书出版社 2012 年版。

② 毛先舒：《诗辨坻》卷 1，郭绍虞辑《清诗话续编》，第 12 页。

全面的书写。他在性灵、格调的矛盾之中寻到了彼此本质的相通之处:"标格声调"是发抒性灵的工具,只有依托格调法度,才能中隐毕达,见我性灵;如果弃法纵意,则往往辞理相乖。既不能束于法而遗弃自我,又要通过作用、酝酿使得前人法度化为自我之法,所以称"法由彼立,杼自我成",格调法度与性灵之间由此可以实现"法格融深"。

很显然,毛先舒此论有对李梦阳"规矩师古"思想的继承,但李梦阳在与何景明的论战之中,更多强调的是从拟议之中获得这些法度而为我活用;毛先舒的不同之处在于:他并未反对文学畅达性灵的诉求,但他更关注规矩法度在畅达性灵中的审美效用,"法由彼立,杼自我成"也非李梦阳的借取古人不易之法,而是鲜明提示要将其与我之性灵融合。而关于这一点的论述,毛先舒当初具有纠偏的意愿,不过即使今天看来依然是经典之论。这种思想又称之为"法以极才",如姚鼐《与张阮林》云:

> 文章之事,能运其法者才也,而极其才者法也。古人文有一定之法,有无定之法。有定者,所以为严整也;无定者,所以为纵横变化也。二者相济而不相妨,故善用法者,非以窘吾才,乃所以达吾才也。①

才虽然可以运法,但只有法才能显示才,只有法才能展示才的纵横变化之态,这就是"极其才者法也"。在此基础之上,才与法之间的关系便获得了以下的定位:"诗须到十分,近人尽有妙到九分,独有一分不到;此一分不到,则九分终不到也。一分者,法是也。"②

其三,从驰骋才华到敛才入法符合一个优秀作家成长的基本历程。以上敛才入法之论多是就具体创作而言的。事实上,在中国古代审美理论中,这种思想还体现为历时性的衔接变动状态,即:法度是文才成熟之际主体的内在需求。侯朝宗《倪涵谷文序》自述早年受教于倪文正的心得:

---

① 姚鼐:《惜抱轩尺牍》卷3,清咸丰间刻本。
② 徐增:《而庵诗话》,丁福保辑《清诗话》,第430页。

公教余为文，必先驰骋纵横，务尽其才，而后轨于法。然所谓驰骋纵横者，如海水天风，涣然相遭，喷薄吹荡，渺无涯际；日丽空而忽黯，龙近夜以一吟……文至此非独无才不尽，且欲舍吾才而从者，此所以卒与法合，而非仅雕镂组练，极众人之炫耀为也。

文章描绘了文才洋溢纵横时的情态。他认为，法是在对自我禀赋之中艺术联想与兴会能力深度挖掘之后形成的自然需要，这一点与冯复京"富于才情者，孚甲新意，而谢华启秀，则格律之神变"之论有着隐在继承，可以说是对其才情为格律神变观点的具体演绎。其中包融着以下意蕴：首先，法度是与艺术联想兴会的微妙呼应，极其才者在情思纷纭之中往往能够形成其内在而隐蔽的运动轨迹，从而暗合于法。其次，任才之极则弊端杂出，此时回归法度就成为高明文人的必然选择："能扶质而御气者，才也；而气之达于理而无杂糅之病，质之任乎自然而无缘饰之迹者，法也。"这同样属于极才轨法。先纵横而后敛束，由此成为文人成长的必由之路，因此侯朝宗又云："天下之真才，未有肯畔于法者，凡法之亡，由于其才之伪也。"①

王苎孙也有类似之论，他认为古文学习起初"当极才尽致为之"，不必求律，言律则无以极才。以上论述与侯方域一致，源自苏轼年轻之际当任其藻彩、不可过于收束的思想。继而云："然才境既极而无驭之者，必将为七百里之连营，必将为八骏之游寄瑶池而不知返，故授之文律焉。"没有敛束，则尽成才子气的宣扬，气既不敛则必散，生气散而无机神，也就难成大器。②

有鉴于此，那些"能使其才而不溢于法度之外"的创作便成为敛才入法倡导者创作的标尺。而学者们则更加坚信："真正大作者，才力无敌，而不逞才力之悍；神通具足，而不显神通之奇。敛才气于理法之中，出神奇于正大之域，始是真正才力，自在神通也。"③真正的才力，必须是蕴蓄于理法之中的，否则呼啸淋漓，徒有其奋发之貌，难聚其有为之力。

---

①　侯方域：《壮悔堂文集》卷 1，《续修四库全书》第 1405 册，第 625 页。
②　参阅王葆心《古文辞通义》卷 12，王水照辑《历代文话》第八册，第 7616 页。
③　朱庭珍：《筱园诗话》卷 2，郭绍虞辑《清诗话续编》，第 2365 页。

三

敛才就格是较一般性敛才入法更高的要求。对于格的念念不忘表面上似乎出于复古文人对传统体式的依依不舍，但细加考究，古代文人对格的尊崇之中有着超越于一般间架之外的"实质"讲求。先看格的本义。《说文》释"格"为"木长皃"，曾国藩《笔记》有详细阐释：

> 凡木之两枝相交而午错者，谓之格，以其枝条交互，故有相交之义焉；以其两枝禁架，故有相拒之义焉；以其长条直畅疏密成理，故又有规制整齐之义焉。是三者皆从本义引申之者也。凡经史中训"格"为"至"为"来"者，皆相交之义；其曰"格斗"曰"扞格"曰"废格"曰"沮格"之类，皆相拒之义。至于枝格相交，长短合度，疏密停匀，俨然若有规矩，木工为窗格，即取象于此，曰"体格"曰"风格"曰"格律"曰"格式"，皆从此引而申之，故《家语》、《礼记注》并训格为法。①

因为木相交而形成的架构具有一定的空间规定，于是不变的意义衍生其中，不变之中又追求规制整齐和谐，不可随意触犯，故此训格为法为律，有所谓"格法""格律""格式"之说。

文艺言格本源于此。如王骥德论曲，便同样比附于木工格度："作曲，犹造宫室者然。工师之作室也，必先定规式……前后左右'高低远近'尺寸无不了然胸中，而后可施斤斫。"具体而言："必先分段数，以何意起，何意接，何意作中段敷衍，何意作后段收煞，整整在目，而后可施结撰。"就其操作的遵循而言，此即格式格法；就其摆脱漫然凑泊而言，此即"成格局"，格具而规模完备。②

文艺审美意义的格包含两个指向：其一是文体之格，即不同体裁通过格式格度规范完成的自我确认；其二为风体之格，属于个人、群体、时代

---

① 姚永朴：《文学研究法》引，黄山书社1989年版，第123页。
② 王骥德：《曲律》，《中国古典戏曲论著集成》第四册，第123页。

创作的审美抽象。体是凭借格法自显的，因此以上二者皆可谓之"体格"，前者就是"居文有体"的"体"所涉及的内容，后者才是本节所要探讨的重点。

体格属于法度，但同时更是一种审美体象。明际《诗家一指》释"格"即云："所以条达神气，吹嘘兴趣，非音非响，能诵而得之。犹清风徘徊于幽林，遇之可爱；微径萦纡于遥翠，求之愈深。"① 格不由字句声调的表象而见，而是浸淫其中，是其所蕴含的主体品质及审美取向的全息外显，虽有变化，但总体一致。从以上意义而言的体格，文艺批评经常名之曰"格调"。《弹雅》云："礼乐不在玉帛钟鼓，然玉帛钟鼓之外求礼乐不得。何谓格，至处可转，至处可粘，粘断不移是也。何谓调？声初成喜，声出成悲，悲喜自生是也。"② 格就如同礼乐文化之中玉帛钟鼓等具体形式的节制，礼乐的精神当然不在玉帛钟鼓，但就其外求之又必不可得。就诗文而言，格在文字的断续粘连之中维系其整体性与变化，它不是文字又离不开文字；调则是生命情思的自然勃发及其抑扬。综合而论，所谓"格调"就是指节律、辞采、情感变化的规律性，以及由此铸造的生发读者情思的审美格式。凡是成功的创作，必备其格调，所以翁方纲宣称："诗岂有不具格调者哉？"③

对格的重视始于魏晋，其时受玄学影响，主体的风标格度广受关注，所以《抱朴子外编》云"风格端严"、《颜氏家训》云"体度风格"④。至宋代严羽论诗，尤其斤斤于体格、家数的辨析，《沧浪诗话·诗辨》云："诗之法有五：曰体制，曰格力，曰气象，曰兴趣，曰音节。"其中体制、格力便接近体格。论李白诗歌伪作之伪，正在于"其家数在大历正元间"。又云："作诗正须辨尽诸家体制，然后不为旁门所惑。今人作诗，差入门户者正以体制莫辨也。世之技艺犹各有家数，市缣帛者必分道地，然后知优劣，况文章乎？"家数就是前人通过经典作品传递出的经典体格。及乎明代，格调论风行，"格"成为明代复古文学思潮中被广为推崇的范畴，敛才就格的思想也前所未有地流行开来。

---

① 谢天瑞：《诗法》卷2引，《续修四库全书》第1695册，第340页。

② 费经虞、费密：《雅伦》卷16引，《续修四库全书》第1697册，第265页。

③ 翁方纲：《格调论上》，《复初斋文集》卷8，《续修四库全书》第1455册，第421页。

④ 参阅《抱朴子外编·嘉遁》、《颜氏家训·文章》论古人之文。

明代万历之前文人论诗，每每将"格"或"格调"单独标举。如李梦阳论其理想创作："格古，调逸，气舒，句浑，音圆，思冲，情以发之。"①尽管突出了情最终的归拢作用，但诗歌的发端却是源自前人的"格"，"格调"之论由此敷衍开来。王廷相提出了"以法入者有四务"，即运意、定格、结篇、炼句，这是具体的法式步骤，不能违背："工师之巧，不离规矩；画手迈伦，必先拟摹。"②王世贞《艺苑卮言》云："才生思，思生调，调生格。思即才之用，调即才之境，格即调之界。"③将才思调格视为艺术创作从头至尾的流程。《邹彦吉䥻提斋稿序》又以定格、精思、积学、触机论创作，且定格被置于首位。④再如赵宧光《弹雅》云："辞不尽事，诗之体也；意不尽辞，诗之格也；声不尽意，诗之调也。调可夺格，格可夺体，反是则俚耳。"⑤赵宧光的意思是说：声、意、辞三者与调、格、体三者基本对应；调侧重于声上事，格侧重于意上事，体侧重于辞上事；但三者同属于一个创作的完整流程。声不尽显于意，则必赖调之弥合；意不尽显于篇章语辞，则必赖格之补充；辞不尽显于具体章句典事，则必赖体之支撑。调、格、体三者从审美而言都是声、意、辞创作要素"不尽"之际的体现，也是对声、意、辞创作要素"难尽"的援助。赵宧光此论尽管有些生硬牵扯，但同样体现了明代文人对于才思、体格、声调及其关系的关注。至于明代诗学著述，诸如前引之《诗家一指》，另如《艺苑玄机》、《骚坛秘语》等多有涉及，难以枚举。

敛才就格的思想便在尊格重格循依格调的理论氛围中日渐丰满。王世贞《沈嘉则诗选序》论其诗：

> 夫格者，才之御也；调者，气之规也。子之向者，遇境而必触，蓄意而必达。夫是以格不能御才，而气恒溢于调之外……今子能抑才以就

---

① 李梦阳：《潜虹山人记》，《空同集》卷48，影印《文渊阁四库全书》第1262册，第446页。
② 王廷相：《与郭价夫学士论诗书》，《王氏家藏稿》卷28，《四库全书存目丛书》第53册，第164页。
③ 王世贞：《艺苑卮言》卷1，丁福保辑《历代诗话续编》，第964页。
④ 王世贞：《弇州山人四部稿续稿》卷54，影印《文渊阁四库全书》第1282册，第704页。
⑤ 费经虞、费密：《雅伦》卷16引，《续修四库全书》第1697册，第265页。

格，完气以成调，几与纯矣。①

《与周元孚》亦云："足下能抑才以保格，舍象以先意，去色泽而完风骨，大难大难！"② 抑才就格是其对沈嘉则、周元孚诗歌的赞赏，也是他诗歌审美的标尺。屠隆从反面立论："以材溢格"为"情伤于气"的浮溢，"以格掩材"为"体局于资"的畏葸，制胜之道便是"法度师古，神采匠心"。此处的"法度"并非一般技术性的文术，乃是其所谓"格以代降"等论中浓缩了古人特定审美规范的"格调"，尽管对于才气的伸张略有属意，但又对才气的浮溢施以戒备，两全其美的办法便是取法乎中，敛才就格。③ 陈仁锡则专门从防止才情跅驰入手论敛才就格："不为古人意中之人，其人必陋；不为今人格内之文，其文必俗。夫今人之格，正不出于古人之意，故文无溢格而后奇情双亮。心欲素，言欲抗，文欲奇。总之不离体要者近是，否则荒途无归人。天下事究竟未有不以才情跅驰败者，奚疑于文章之道！"④ 其论视才情为高度警惕的对象，因而于体格表现了更为强烈的归属意识。也许是鉴于敛才就格之论具体理解中过于依附格调造成的弊端，明末陈子龙又承续屠隆法度、匠心两相观照之说，提出了"盛其才情，不必废此简格"⑤。明代文学理论批评之所以对于敛才就格不能置怀，核心原因有二：

其一，"格以代降"的认同是其时文人之所以将目光聚焦于前代之格并以之敛其才气的主因。王廷相论诗有今不逮古者三条，其中两条涉及格或格调，一是格为古人道尽："宇宙间事情景物，万古无殊，诗人以来，言之略尽。后世借曰变易局格，终归謦咳耳。"一是古人格调本为神诣，得之不易："有高才矣，复不能刻力古往，任情漫道，畔于尺榘，以其洒翰美丽，应情仓猝可也，求诸古人格调，西施东邻之子，颦笑意度决不至相仿佛矣。"⑥ 再以王世贞为例，他所推许的格同样多为前代成格。《沈嘉则诗选

① 王世贞：《弇州山人四部稿续稿》卷40，影印《文渊阁四库全书》第1282册，第527页。
② 王世贞：《弇州山人四部稿续稿》卷191，影印《文渊阁四库全书》第1284册，第723页。
③ 屠隆：《贝叶斋稿序》，《白榆集》卷1，《四库全书存目丛书》第180册，第137页。
④ 陈仁锡：《香象集序》，《无梦园集》马集卷3，《续修四库全书》第1382册，第544页。
⑤ 陈子龙：《李舒章仿佛楼诗稿序》，《安雅堂稿》卷3，第34页。
⑥ 王廷相：《寄孟望之》，《王氏家藏集》卷27，《四库全书存目丛书》第53册，第146页。

序》言其所就之格包括："其合者追建安武开元凌厉乎贞元、长庆诸君而无愧色。"《徙倚轩稿序》称作者"才剂于格"，成就了"纵之可歌而抑之可讽"的境界，此处格的具象为："承北地、信阳之创，而秉觚者于近体畴不开元与少陵之是趣？……公首尾与之偕六十余年，不少染指于变迁之调，而时守其所诣。"[1] 道方鸿胪诗歌"出之自才，止之自格"，至于其格则"人不得以大历而后名之"[2]。可见王世贞所论之格，多定位于盛唐。盛唐以外，尤其盛唐以还的宋诗则难入其法眼，究其原因正在于他夫子自道的"余所以抑宋者为惜格也"——所谓"惜格"，就是说宋诗不具备盛唐之格，尽管平心而论，"代不能废人，人不能废篇，篇不能废句"，宋诗也有不可小觑之处，但这已经是"语于格之外者也"[3]。可以说，王世贞等人所规模的盛唐格调，并非只是一个时代体调，而是其审美精神的最高抽象，属于他们眼中的正格。与其背离的创作当然间或也有其机趣，但只能从格外论之，类似于未入流品。

其二，格涵蕴着品位品格品质，是超越于一般审美尺度之上的高标。古代文艺言格，在格式格律等具化内容之外，往往有着与道德、社会责任、人文关怀更为密切的关联。如果说"体""调"与主体才情更为接近的话，"格"则附丽上了社会、历史、文化共性审美取向的烙印。它可悬而为式，故被视为"常"，汤显祖曾言"真有才者，原理以定常……常不定不可以定品"[4]。中国文化之中有一种对稳定、恒长、不易对象的尊崇，常行不易安如泰山方为有品。通过接近经典体格，就主体而言可以完善人格的陶养，就创作而言能够防止纷杂无品。比如王世贞《陈子吉诗选序》赞其诗即云："格恒足以规情，质足以御华。"《真逸集序》又云："余所谓诗之格者，若器之有格也，又止也，言物至此而止也。"其中格调的引入，正是强化了对于主体才调的监控，又助成了作品境界的提升。因此廖可斌先生总结明际格调论的意义所在说：

① 王世贞：《弇州山人四部稿续稿》卷41，影印《文渊阁四库全书》第1282册，第545页。
② 王世贞：《方鸿胪息机堂诗集序》，《弇州山人四部稿续稿》卷45，影印《文渊阁四库全书》第1282册，第592页。
③ 王世贞：《宋诗选序》，《弇州山人四部稿续稿》卷41，影印《文渊阁四库全书》第1282册，第549页。
④ 汤显祖：《揽秀楼文选序》，《汤显祖诗文集》卷32，第1077页。

形成了调，作品就成其为文学了。但这种文学作品的品质之高卑，则主要由其中所包含的思、意、义等决定。正像整个格都不脱离调而存在一样，思、意、义等也不脱离作品的情、气等而存在，实际上也就是情、气本身的思、意、义。情始终是文学作品特别是诗歌的主要描写对象，要求作品的思、意、义要高尚、精深，也就是要求作品中所表达的情感应该与社会现实生活密切相关，具有较大的普遍性，包含高尚深刻的思想意义，而不只是个人狭隘的日常生活情绪，不只是一些庸俗的感官欲念。这样的作品格才能高。①

格不仅为古之"经"，也是今之"常"，具有超艺术的品质。关于这一点，我们还可以举毛先舒《与友论诗文书》为例佐证。本书开篇即道："辨士先辨品，辨文章亦先辨品，辨品者先论定其为君子小人而已。"继而论曰：

> 足下今疑嘉隆以前人诗文似方似笨，读之殊厌；万历以后则轻活有致，使人之情可娱。此政仆所谓君子小人之分也。夫方笨非方笨也，敛气于学，故不流；藏态于法，故不露。有体有理，正情而入于古，故觉然也。严者惟高故不易攀，即如人之为君子者，其容不改，出言有章，则使人严惮之耳。所谓轻活而有致，使人可娱者反是。政如小人侧媚其态，而熟滑其谈，可为狎昵也。今观万历以后，其诗文倍于古，滥于情，了无风格，只以韵趣尖冷语作好，而使人欣快，其将为君子耶？抑将为小人耶？②

文中虽然体现了对晚明文学的偏见，但其以"了无风格"论之，并与创作主体之"品"对应，则正是明代文学格调论的本义：以格所具有的高、贵、雅、重，警醒后人要保持对尖新纤巧、侧媚其态之创作的戒备。虽然无论明代文人的倡导还是后世的附和，其论格多不免最终流入对既成体格的怀想，

---

① 参阅廖可斌《明代文学复古运动研究》，商务印书馆 2008 年版，第 323、119、120 页。
② 毛先舒：《潠书》卷6，《四库全书存目丛书》第 210 册，第 728 页。

真正从思想内容、现实观照入手希图改造风气者寥寥，但论格之初衷的确有着质而后文的诉求。①

综上所论：文艺创作之中，居文有体、敛才入法、敛才就格，在才法矛盾的协调之中，以格高调逸为前提，有才而不显才、有法而不显法的才法相融相济状态，自然与法度的完美统一状态，便被公认为艺术创作的最高境界。

第四节　才法相参与不以法挠才

才有限量，法与学一样，是以人济天的手段，审美世界对法的寻觅与研讨，最终必然转化为弥补才之限量的艺术形式。才不排斥法，也离不开法，才法之间相参相成。才法关系落实于具体的文学批评，贯彻了以下基本理论取向：

颜谢优劣、李杜优劣、苏黄优劣等论，虽然一般皆从各有优长难分高下评价，但在一天一人、一才一法的关系系统内，其价值认定中往往寓有对才的褒扬，这一点与才学关系是一致的。不过，律诗的评判，驰骋才情者招致的非议明显增多，这与此体严于律法相关；即使推崇才之飘逸，也并非主张破法，这又体现出法与礼之间密切的社会关系映射。于是以太白之才气参以子美之法度，才情融美，格意朗畅，如此天人相成乃被视为人文极观。

但在才法诸般可以理论归拢的关系中，无论敛才入法就格，还是才法相参融贯，都有一个重要的前提：不以法挠才。也就是说，就文艺审美而言，无论有多少法度，无论法度如何进入创作，无论法度本身承载了什么样的立场、责任，都不能压抑才情的活力、阻塞才气宣畅的管道、阻滞主体尽才的

---

① 之所以说"其论格多不免最终流入对既成体格的怀想，真正从思想内容、现实观照入手希图改造风气者了了"，可于后世抨击者多从格调论设立间架着眼领会。明末清初周亮工曾坦言："吾非不能为何、李格调以悦世也，但多一分格调，必损一分性情，故不为也。"袁枚则延续了公安竟陵派的相关思想，成为申才抑法的代表。他贬抑遵依格调的创作："夫诗宁有定格哉？国风之格，不同乎雅颂；皋禹之歌，不同乎三百篇；汉魏六朝之诗，不同乎三唐。谈格者，将奚从？善乎杨诚斋之言曰：'格调是空间架，拙人最易藉口。'"又云："体格是后天空架子，可仿而能；神韵是先天真性情，不可强而至。木马泥龙，皆有体格，其如灰矣，无所用何？"参阅袁枚《赵云松〈瓯北集〉序》，《袁枚全集》第 2 册，第 489 页；袁枚《再答李少鹤》，《袁枚全集》第 5 册《小仓山房尺牍》，第 208 页。

热情。

一

无论申才还是敛才，对任何一方的态度，都源自与另一方实现协调的诉求，二者本是不可离析的。才法之间这种基本的关系就是才法参合——二者缺一不可，这种关系在先秦两汉的哲学思索以及六朝之际的文艺批评实践中都已经得到确认。

（一）法赖乎才。《孟子·尽心下》早就说过："梓匠轮舆，能与人规矩，不能使人巧。"大致的意思是：规矩法度可以凭借传授，但"巧"则在乎其人，虽大匠亦未如之何。桓谭《新论·启寤》云："画水镂冰，与时消释。"用桓宽《盐铁论·殊路》中的话说："内无其质而外学其文，虽有贤师良友，若画脂镂冰，费日损功。"① 其意是说，虽有雕龙描凤之术，但无运使此术的灵思也是枉费工夫。具体到文艺创作素养论中的才法关系而言：才作为盟主的身份没有动摇。

这种思想在《文赋》、《文心雕龙》中都有论述，主要见于有"数"始可驭"术"。陆机《文赋》从法式论文，自道只是将孟子所谓的规矩总结概括后做了论述，以指导一般性的创作。至于如何运用法术以传达创作的巧妙，或者能否运用这些技术以成就佳篇，则犹"舞者赴节以投袂，歌者应弦而遣声"，属于"轮扁所不得言，固亦非华说之所能精"。陆机在规矩之"术"外，留下一个不可言说的内容，而这个内容或者对象才是创作中灵活运用法度而游刃有余的"无形之手"。

刘勰继承了陆机的思想，《文心雕龙》在颂扬天才、不废旧法之间有诸多论述，如《征圣》言"文成规矩"，《风骨》言"旧规"，《定势》言"旧式"；而《定势》中批评近代辞人"厌黩旧式"，《风骨》中反对"跨略旧规"等，皆属于明确的为法度张目。但他同时提醒：法虽能建功，而文外曲致却非法所能得；或者说"术"可循依，而"数"则必需自我之才。这一思想在《神思》篇有着具体阐释："若情数诡杂，体变迁贸，拙辞或孕于巧义，庸事或萌于新意，视布于麻，虽云未费，杼轴献功，焕然

① 王天海等：《意林校释》卷3，第326页。

乃珍。"情理法术本来就多有不同，文辞本身也变化无常，就如同巧妙之意义却生出拙辞，新颖的旨趣却引发出庸常事典。言外之意，这种文辞现象需要经过修饰锤炼，就如同麻与布之间，经过加工所费的工夫虽然并不很大，但加工之后则焕然一新。刘勰用麻与布的转化说明杼轴——运用一定的手段进行加工的效用。尽管如此："至于思表纤旨，文外曲致，言所不追，笔固知止；至精而后阐其妙，至变而后通其数。伊挚不能言鼎，轮扁不能语斤，其微矣乎！"这里的"数"与前面"情数诡杂"的"数"，都表示运用法术的灵机。在刘勰看来，法术技巧是创作实践的结晶，后人应当遵守；但具体运用这些"术"以达到"思表纤旨，文外曲致"的"数"则源自思考之外，非文辞努力可以达到。就如同伊尹运用鼎煮美食却不能言如何运用鼎，轮扁以斧斤斫轮却不能讲清如何运用斧斤一样。轮扁斫轮的典故出自《庄子·天道》，其中称斫轮之道，疾则苦而不入，徐则甘而不固，而轮扁能做到不疾不徐，恰到好处，其原因在于他可以"得之于心，应之于手"，然而"不能言焉"。"得之于心"是充分必要的条件，而"心"在古人的意识里是才智所出的地方。因此，刘勰此处虽然有熟能生巧的意思，但核心是在讲"术"外之"数"与天资相关，这是超越法术以外的微妙之功。

　　这种以"数"御"术"的观点刘勰屡有涉及，《文心雕龙·辨骚》言骚体影响："枚、贾追风以入丽，马、扬沿波而得奇，其衣被辞人，非一代也。"不过尽管其叙情怨、述离居、论山水、言节候皆极其造诣，但后人对骚体学习的成效却并不一致："才高者菀其鸿裁，中巧者猎其艳辞，吟讽者衔其山川，童蒙者拾其香草。"历来学习屈原作品的文人由此被分为三个等级：上等者才力高超，能够获得屈原统筹大体裁的神趣；中等的具备一定的巧思，可是只能猎取屈原艳丽的辞采；再者有两类属于较低层次，或引用讽诵篇章，拾取其山川描绘，或是童蒙初学，只能采择其芳草美人的意象。由这个层级变化可以看出，要获得师法对象的法度以及其所以法的神思，必须具备高才者方可。而《文心雕龙·总术》所云也含有术对才的需要："夫骥足虽骏，缰牵忌长，以万分一累，且废千里，况文体多术，共相弥纶，一物携贰，莫不解体。所以列在一篇，备总情变，譬三十之辐，共成一毂，虽未足观，亦鄙夫之见也。"就具体作品而言，法是一个体系，互相关联，必须运转自如、协调配合，用之不失方能得体恰当。如此必有运法之才始能运众法如一体。"术"不可能无"数"以驾驭，就是讲法不能脱离才而独运。

就明确的才法关系而言，正如李维桢所论："文章之道，有才有法。无法何文？无才何法？"具体分说，"法者，前人作之，后人述焉，犹射之彀率，工之规矩准绳也。知巧，则存乎才矣。""所贵乎才者，作于法之前，法必可述。述于法之后，法若始作。游于法之中，法不病我。轶于法之外，我不病法。拟议以成其变化，若有法，若无法，而后无遗憾。"① 作者所强调的就是法必须与才形成一种高度的协调：才发之者，有法能阐述之；阐述完成之后，其法又影迹不显；才无论入乎法中还是法外，皆不为法所羁勒，自由无碍。如此才能有创作的"知巧"，法不单行，法必循才。

论法必须言才，才的这种核心地位，通过才法偏失所造成的危害程度也能见其大旨。才法两端，无论哪一方的缺憾皆成其弊："才胜者用才，法胜者尚法。或以才掩法，或以法掩才。才赢而法诎则不羁，才诎而法赢则不振。"但这些弊端的危害并不等同："不振则终靡靡耳，不羁者犹或可以范驰驱，此长短大小之辨也。"② 也就是说：有才而少法者尚可通过规范实现弥补，但备法无才或者少才者不论，即使具备才华而俯首于法度者，也终究会因其胆力不至而才思抑塞，难免靡靡不振的命运。两相对照，便有了所谓长才短才、大才小才的分辨。

这种法赖乎才、才为核心的思想影响深远，还体现于理论著述之中具体篇目的位置摆布。以李渔《闲情偶寄》为例，其"词曲部"计含结构、词采、音律、宾白、科诨、格局六部分，演习部单列于后。从曲学思想的传承看，李渔吸纳了王骥德、吕天成、徐渭等人的曲论精华，又多自我开拓，形成了一个系统完密的曲学理论体系。从体制设定来看，他以结构为第一，辞采、音律居其后。

"结构"居词曲部第一，包括戒讽刺、立主脑、脱窠臼、密针线、减头绪、戒荒唐、审虚实诸部分，如此结构体现的是一种曲学思想的新变

---

① 李维桢：《太函集序》，《大泌山房集》卷11，《四库全书存目丛书》第150册，第526页。
② 汪道昆：《玉岘集序》，《太函集》卷24，《续修四库全书》，第1347册，第92页。

化。以往曲论多首论音律，李渔则将音律置于第三，称其原因是："音律有书可考。"虽然音律也有着独到的神妙之处，但毕竟是"由勉强而臻自然"，是属于"守成法之化境"，全凭人工可得。而结构、故事、情节、人物则是文才的创造性产物，没有法式依傍，属于化工，有着更高的艺术层次。

再者，词采也置于音律之前。李渔解释称，词采与音律相比，二者有着"才、技之分"：文辞胜者号为"才人"，而音律再精也无非"艺士"。二者之所以要详辨细微，恰在于才可创化，而艺则依赖法度传习。曲本是高度讲究律法的艺术，李渔将主要依赖文才的结构、文辞置于词曲部之首，正是其法不可脱离文才运使思想的体现。①

（二）法不可缺。从孟子开始，"不以规矩不成方圆"已经成为名训；背法而无归者被斥之为无法无天。就文艺创作而言，天理人情之所极，就是法之所必由；法是一气相生、一气运行中气化必然的运动轨迹，是艺术品的内在神理，文艺创作自然不可能离开法。

从《文心雕龙》开始，古代文艺理论对才的认知便包含着这样的思想：才对法有着本质的需求，文学之才的内涵中兼容着对法式的熟谙以及灵活运用的能力，甚至可以说，法度运使的能力本身就是文才的意蕴之一。《文心雕龙·总术》篇于此论述非常鲜明：

> 夫不截盘根，无以验利器；不剖文奥，无以辨通才。才之能通，必资晓术，自非圆鉴区域，岂能控引情源，制胜文苑哉！是以执术驭篇，似善弈之穷数；弃术任心，如博塞之邀遇。故博塞之文，借巧傥来，虽前驱有功，而后援难继。少既无以相接，多亦不知所删，乃多少之并感，何妍媸之能制乎！②

在刘勰看来，要实现才力通达，必须依靠明晓法式。借助才气当然可以有所

---

① 才法关系中才的绝对主导性，西方文学理论中也有论述，法国布丰《论风格》云："你们又告诉我，规则不能代替天才；如果没有天才，规则是无用的。……风格必须有全部智力机能的配合与活动……然而，模仿从来也不能创造出什么。"参阅《西方文艺理论名著选编》上册，第219页。

② 范文澜：《文心雕龙注》，第655、656页。

作为，但是仅凭灵机一动、神思发越，往往有其始而难有其终，是为"前驱有功而后援难至"；更不能引导文情之源，制胜于文苑。才与法的关系因此被他归纳为"情"与"数"的关系，情会而机动，也必须有数逢其极致，二者结合方能建功。备乎法术者左右逢源："若夫善弈之文，则术有恒数，按部整伍，以待情会，因时顺机，动不失正。数逢其极，机入其巧，则义味腾跃而生，辞气丛杂而至。视之则锦绘，听之则丝簧，味之则甘腴，佩之则芬芳：断章之功，于斯盛矣。"如果凭借聪明而"各竞新丽，多欲练辞，莫肯研术"，就很容易因小缺陷而酿大遗憾，刘勰将其比喻为"骥足虽骏，纆牵忌长，以万分一累，且废千里"。具体表现如："落落之玉，或乱乎石；碌碌之石，时似乎玉。精者要约，匮者亦鲜；博者该赡，芜者亦繁；辨者昭晰，浅者亦露；奥者复隐，诡者亦典。"即不辨文辞疑似，多呈似是而非。又则不肯究研法术，则辞、义、声、调难得调和："或义华而声悴，或理拙而文泽。"

即使讨论神思，刘勰也没有忽略法度，而是将机敏与法度并言。《文心雕龙·神思》云："若夫骏发之士，心总要术，敏在虑前，应机立断。"欲驰骋才华，首先要明法。《明诗》篇又有申说："然诗有恒裁，思无定位，随性适分，鲜能通圆。""恒裁"乃言诗歌有一定的体式，其修饰裁度也有一定的法度，但诗人运用这种法度的思考却没有一定的规律。言外之意是：仅凭才思有时难以与这种具有内在规律性的"恒裁"吻合。诗人如果不重视这种法度的存在，一味顺应天赋去修辞构造，便很难实现作品的圆满。此处提出的才所不能忽略的"恒裁"，属于《文心雕龙》反复强调的不可跨略的"旧规"。

才的运用中包含着对法度的需要，这种思想至唐代被提炼为"才得律而清"。殷璠首发其论："昔伶伦造律，盖为文章之本也。是以气因律而生，节假律而明，才得律而清焉。预于词场，不可不知音律焉。"[1] 律是保障才运用清通有节的条件。传白居易《金针诗格》曾论诗中有魔，此魔有二："好吟而无功者才卑也，好奇而不纯者格卑也。"[2] 所谓"不纯"，同乎殷璠

---

① 殷璠：《河岳英灵集序》同前。
② 陈应行：《吟窗杂录》卷18，第553页。

所论之"不清",正是无法收束,随意漫衍,反而湮没诗人才华之意。或有人干脆名之曰"芜才":"有才人作诗无调是芜才,有学人而作诗无格是粗学也。"① 格调为诗之法度,恃才者无格调,则粗制滥造率尔成章,所以为芜才。如此之才难有大的作为:"才矣,不有法以御之,其于冲突、排纂、刺取、阖辟变化无古人贯穿出没其中,师心之智,用之有涯,李将军野战遇匈奴,未免败北。"② 因此,艺之成败虽然系乎文才,但大匠之巧,岂能不出于规矩?

二

综上所论,就具体作品而言,尽管才华横溢者、法密思严者都能成为赏誉的理由,但文艺本于天人相成,对彼此任何一方的肯定,都不意味着另一方地位旁落,一如才学关系的相须相济,这就是才法参合。敛才入法更多侧重于审美创作的境界,其中寓有敦劝,具有对法度权威的仰视与对文化思想主流的妥协,一如美的尺码离不开权力、利益的平衡妥协。而才法相参则主要以才法关系为基础,强调在这个关系系统中二者的不可偏废,它所涵括的范围远大于敛才入法。在这一点上,历代几乎没有异议,以明代文坛为例:格调论的提倡者与性灵论的服膺者皆概莫能外;而临川吴江之才律论争,无论各自的支持者还是反对者,最终也归于才律兼美,这当然有中庸文化的投射,但更多的还是文艺审美有着难以私心丈量的公是公非。

(一)格调论者的才格兼美思想。我们仍以格调论倡导最为人所知的后七子为例。王世贞对格调的论述前面已经涉及,当然其相关言论远不止这些,但如果以其对格调的推扬断定其反对主体才华的申张则大错特错。事实上,王世贞在后七子中有关文才的思想体系是最为系统的,其论格调之余从未放弃才华。如其《邹黄州鷦鷯集序》云:"此曹子方寸间先有他人,而后有我,是用于格者也,非能用格者也。"又云:"盖有真我,而后有真诗。"由此反思钟嵘、严羽等"谓某诗某格某代某人,某诗出某人

_____

① 费经虞、费密:《雅伦》卷 19 引,《续修四库全书》第 1697 册,第 302 页。
② 彭躬望:《独漉堂诗集序》,陈恭尹《独漉堂诗集》卷首,《续修四库全书》第 1413 册,第 2 页。

法"等言皆"不尽然"①。又如《陈于韶先生卧雪楼摘稿序》论墨守格调的困境："护格者虞藻，护藻者虞格，当心者倍耳，谐耳者恶心，信乎其难兼矣。虽然，非诗之难，所以兼之者难，其所以难，盖才难也。"② 以上之论虽然都因格调而发，但能否发挥格调的美韵又不为格调所桎梏，最终还要归结于才华。

王世贞在才与格之间这种权衡斟酌，既体现了他随着阅历增加以及进一步思索带来的思想变化；又体现了他对才格关系的一种态度，即他更倾向于才格的融会与相辅相成。其《艺苑卮言》论诗往往协调于才法之间："法不累气，才不累法"，"由才者俳而浅于法"；论明初宋濂、杨士奇、李东阳、王守仁："李源出虞道园，秾于杨而法不如，简于宋而学不足，岂非天才固优，惮于结撰耶"？"王稍知慕昌黎，有体要，惜才短耳"；论崔子锺则云"才力绵浅，而能以法胜之"③。才法作为神情格调的代言，此失则必救之以彼。所以有学者论称：

> 王世贞最满意的审美态势是才情与格调能够"双赢"，如"才情融美，格意朗畅"、"才情颇裕，体格亦存"，二者皆入佳境，相得益彰。为实现这种"双赢"，他提出的策略是："剂"。其《叶雪樵诗集序》谓："夫天下不难乎才，难乎才无以剂之"，才固然重要，而"剂"更重于才。由"才难"到"剂难"，表明王世贞由对才情的突出强调，进展到就才情与格调的关系作全面思考。"剂"，意为调剂、协调。才情与格调能调剂到最佳契合点，就能实现理想的格调。
>
> 王世贞就格调与才情而说的"剂"，主要是从两方面阐述。就才与格调而言，主张"出之自才，止之自格"："才生思，思生调，调生格"，格调出自才思，但"调"是作为"思之境"、"格"是作为"调之界"而"生"的，是才思之所"止"，因此，格调又规范着才思。"才骋则御之以格，格定则通之以变"，既保证了才的自主性，又维护

① 王世贞：《弇州山人四部稿续稿》卷51，影印《文渊阁四库全书》第1282册，第663页。
② 王世贞：《弇州山人四部稿续稿》卷44，影印《文渊阁四库全书》第1282册，第582页。
③ 王世贞：《艺苑卮言》，丁福保辑《历代诗话续编》，第1069、986、1024、1025页。

了"格"的权威性。①

王世贞相关文章中所树立的标杆也正是这种才格兼胜、才格相成的创作。

再比如吴国伦，同样有着较浓的复古情结，曾言《诗经》温厚醇庞，《离骚》讽咏合度，六朝仳离，近体自唐代始振而大历以后又不足采，故有风运递迁之叹。而其心仪者同样是盛唐之音。既然汲汲乎此道，"非往古而捐体裁"的"师心"与"纵才情而蔑礼法"的"负奇"便成为他眼中的显疾。② 这种诗学趣味自然容易使人得出格调持守者的结论，时人评论吴国伦的创作也的确特地强调其如下形象："湛精覃思，造极精雅，匪先民不程，若诎其材以伸准的者"③。但吴国伦却曾公开表白自己的审美嗜好，其于他人文章，时取"其才不受约而气不就驭者"④。我们当然可以认为这种矛盾出于岁月迁变中个体思想的调整，但如果尽作如此理解的话，就难以解释其文论中众多才法兼举以定文章的现象。从这个事实理解，吴国伦在才法之间的游移，不是文德不修的首鼠两端，而是语境相异之际的立场表达，而二者整合体现的才法相参才是他完整的创作思想，即"学足以广才而不为才纵，情足以赴法而不为法束。"⑤ 又如《吹剑集序》云：

> 诗也者，珍人唾核、锦人敝袴者也。痹痹无论矣，即人自能诗，亦少有辨焉。惊凌厉则驾风鞭霆而失其驭，驰迅疾则越山超海而失其居，恣诡异则屠龙鬃虎技成而无所用。故夫不善用才与不得其门而入者，其究同也。彼方高自矜许，旁若无人，而去风人之旨益远，岂复可与言诗哉？

---

① 查清华：《明代七子派对才情与格调关系的思考》，《学术月刊》2000 年第 9 期。
② 吴国伦：《胡祭酒集序》，《甔甀洞稿》卷 39，《四库全书存目丛书》第 1350 册，第 461 页。
③ 张鸣凤：《甔甀洞稿序》，《甔甀洞稿》卷首，《四库全书存目丛书》第 1350 册，第 5 页。
④ 吴国伦：《多云馆稿序》，《甔甀洞续稿》文编卷 7，《四库全书存目丛书》第 1350 册，第 917 页。
⑤ 吴国伦：《大隐山人稿序》，《甔甀洞续稿》卷 7，《四库全书存目丛书》第 1350 册，第 916 页。

不善用才与不得门径是吴国伦批评的主要弊病，因此其所倡导者就在于既善用才又得法度，这个法度在此处被定格为"风人之旨"。所以他假为王生诗歌作序发其心中所蕴："王生诗取裁于古而自莹其精，才有所不尽骋而约以法，法有所不尽程而辅以气，气有所不尽奋而和以情。以故诸体错陈而不乱，众音相传而不淫，无疾徐如运斤，无俯仰如执玉。"最终落实于"得其门而又善用其才"①。

（二）性灵思想的服膺者同样归之于才法相参。性灵派及其追随者倡言才情的快意，似乎与法度为仇，实则不然。仔细梳理其主将的相关论述会发现，性灵思想的倡率者虽然反对泥古不化，却罕见公开以破法"教唆"。如黄汝亨就称："文之必以法，犹匠氏之必以规矩。"法本无辜，但世人往往"庸音局之，所法非法，薰习成俗"，视陈词滥调为稀世之珍，循守成法，锢人性灵，其弊"犹婆之人见甕牖不见天地"，自然要改弦更张逸出才情。但随即矛头又指向纵才之弊："高才之士，又破法而逃之狂象逸猿骇不存之地，去面目而索其人，人亡有也。"② 既不守非法之法，也不守破法之法，其出路便是"以跌宕之才绾结于法"③，实现才法相参。

陈仁锡提出如下一种创作心法："法之所不得已而神生，神之所不得已而法生。"④ 神为神思，是才思灵动的表现。一般情况下：神不碍法，法易拘神，此为"法凝则神拙"，为了防止这种拘滞，等到法无所作为而不得已之际用神，则神、法相融；神思才情易于流荡，此为"神旷则法轶"，在神思放逸不得已之际用法，也可以规避放纵。

汪道昆也反对才法之偏，提出"合之则以才用法，抑或以法用才，善之善者也"。且云："不蕲法而法，不蕲才而才；语才则为韩淮阴，语法则为霍去病，能事具矣。"⑤ 韩信谙熟阵法，其才恰恰表现在法度运用得心应手；霍去病行军打仗不立章程，本自天才，其法正表现于才的倜傥风流不拘一格。这正是所谓"由规矩者，熟于规矩，能生变化；不由规矩者，巧力

① 吴国伦：《吹剑集序》，《甔甀洞续稿》卷6，《四库全书存目丛书》第1350册，第902页。
② 黄汝亨：《孙子崙稿序》，《寓林集》卷6，《续修四库全书》第1369册，第62页。
③ 黄汝亨：《重刊茅鹿门先生史记抄序》，《寓林集》卷1，《续修四库全书》第1368册，第621页。
④ 陈仁锡：《宛陵游草序》，《无梦园初集》马集卷3，《续修四库全书》第1382册，第552页。
⑤ 汪道昆：《吹剑集序》，《太函集》卷25，《续修四库全书》第1347册，第97页。

所到，亦生变化，既有变化，自合规矩"①。由法而至变化，由变化而合规矩，皆是才法相参相接之意。

谢肇淛则将其明确表达为才法相参："夫诗之道，法度与才情参焉者也。而今之为诗者率喜率意而惮精深，任靡薄而寡锤炼，托于香山老妪之言而故作钉铰打油之语。譬之适国者薄宫阙都会为寻常，而即榛莽丘墟，沾沾自喜，以为未始有也。无论才情，即古人法度亦灭裂以至于尽!"②佟言性灵者自诩才高八斗，"往往惊外而枵中，如李广行师不设刁斗，可袭也"；善使其才者恰恰相反，"如驭骏马，虽越山蓦涧而衔辔不失"③。

（三）临川吴江才律之争最终也多归结于才律兼美。沈璟恪守词家三尺，"斤斤力持不少假借"，汤显祖则"才情自足不朽"④，二者交讯，实则楚失而齐亦未全得。或"审于律而短于才"，或"才足以逞而律实未谐"⑤；短于才者"具词法而让词致"，失于律者"妙词情而越词检"⑥。于是，各有优绌的前提必然推演出相兼为美的结论："二公譬如狂狷，天壤间应有此两项人物。不有光禄，词硎不新；不有奉常，词髓孰执？倘能守词隐先生之矩矱，而运以清远道人之才情，岂非合之双美者乎？"⑦

这个问题论述最全面的是王骥德。其《曲律》之所以名之为"律"，说明他对律法的重视，所以"杂论"中称沈璟"斤斤返古，力障狂澜，中兴之功，良不可没"，并批评高明所云"也不寻宫数调"，批评汤显祖之曲"置法字无论，尽是案头异书"。他还仔细挑剔汤显祖作品，指出《紫箫》、《紫钗》等作"第修藻艳，语多琐屑，不成篇章"，而《邯郸记》等作则仍需要"约束和鸾"——即通过对词采的约束，达到音声便利，如鸾鸣唱。但在法度之外，王骥德又并未摈弃辞采，针对沈璟"宁声叶而辞不工，无宁辞工而声不叶"的矫枉过正，他反驳道："夫不工，奚以辞为也!"并进一步论称："曲之尚法固矣，若仅如下算子、画格眼、垛死尸，则赵括之读

① 魏禧：《伯子文集叙》，《魏叔子文集外篇》卷8，第390页。
② 谢肇淛：《王澹翁墙东集序》，《小草斋文集》卷5，《四库全书存目丛书》第175册，第679页。
③ 谢肇淛：《小草斋诗话》，吴文治主编《明诗话全编》，第6668页。
④ 沈德符：《顾曲杂言》，《中国古典戏曲论著集成》第四集，第206页。
⑤ 凌濛初：《谈曲杂札》，《中国古典戏曲论著集成》第四集，第254页。
⑥ 吕天成：《曲品》引，《中国古典戏曲论著集成》第六集，第213页。
⑦ 吕天成：《曲品》，《中国古典戏曲论著集成》第六集，第213页。

父书，故不如飞将军之横行匈奴也。"由此盛赞汤显祖《邯郸记》等作品：
"布格既新，遣辞复俊，其掇拾本色，参错丽语，境往神来，巧凑妙合，又
视元人别一蹊径。技出天纵，匪由人造。"为"二百年来，一人而已"。对
法度和辞采的共同重视，使得王骥德的理论呈现为纠偏的中和："第尚达者
或跳浪而寡驯，守法者或局蹐而不化。若夫不废绳检，兼妙神情，甘苦匠
心，丹腹应度，剂众长于一冶，成五色之斐然者，则李于麟有言：亦惟天实
生才，不尽后之君子。"① 吕天成《曲品》以"上之上"属沈璟、汤显祖，
王骥德认为："二君既属偏长，不能合一，则'上之上'尚当虚位。"其本
意仍然是追求"法与辞两擅其极"。而明末祁彪佳论曲，揭出的标尺也是
"赏音律而兼词华"。②

吴国伦等七子文人多论复古合法而亦重才法相参，黄汝亨等公安以致竟
陵流脉文人多言性情才情而同样归之于才法相参。诗文既如此，词曲亦然。
因此可以说，才法的参合在表面的折中意味之外，实则有着审美之道的最终
约取。

三

才法相参是二者关系的基础，但对法度的敬意不能成为阻滞才情的借
口，不以法挠才、保持主体才情充沛的活力永远都是才法关系协调的
首务。

不以法挠才的主张属于传统所谓的"伸才论"。伸才论主要受道家师法
自然思想的影响，主张引气为法，反对依附各种规矩。经过宋明心学、禅学
的洗礼，伸张个体性情才气的创作思潮至明末盛极一时。纵览历代文学创作
实践，的确可以得出以下结论：才大者多易与既有程式形成矛盾，这是一个
不争的事实。但是，如果我们仔细分析历代才子的相关言论，会发现一个有
趣的现象，即无论如何呼唤伸张才气，偶尔的"屈法申才"之举在所难免，
公然叫嚣纵才破法者却极为罕见。

综括相关文献，历代才子们创作之中所形成的文才与各种既有程式的紧

① 王骥德：《曲律》，《中国古典戏曲论著集成》第四册，第 151—166 页。
② 祁彪佳：《曲品序》，《远山堂文稿》不分卷，《续修四库全书》第 1385 册，第 265 页。

张关系集中于两个方面：一是作为艺术重要审美对象的音律，一是被奉为金科玉律的固有传统规范，经常以复古之"古"的姿态出现。① 不以法挠才的"法"，以此两端为主。

（一）具备天才者往往"不拘常律"。我们可以史上早有天才定评的李白苏轼的诗词、汤显祖的传奇创作为例做一个考察。

其一，先看李白。历代李杜优劣论争，在确认二人皆赋盛才的基础上，于李白着重其才，于杜甫往往更认可其深于法度。白居易《与元九书》论李白"才矣奇矣，人不逮矣"，论杜甫则曰："贯穿古今，觋缕格律"。严羽《沧浪诗话·诗评》则称："少陵诗法如孙吴，太白诗法如李广，少陵如节制之师。"李白神龙见首不见尾，是为才；杜甫巡行有规矩，是为法。《雪浪斋日记》云"欲法度备足当看杜子美"②。清代乔亿继承了这一论断，侈言之为"诗之法度，至杜乃大备"③，就是说，杜甫的集大成之评，其中包括法度的完备。

天才雄深的李白其创作自唐代就有"不拘常律"的评鉴，但唐人任华《杂言寄李白》描述这种"不拘常律"的特征是："振摆超腾，既俊且逸。或醉中操纸，或兴来走笔。手下忽然片云飞，眼前划见孤峰出。"此间常律既包含格律声韵的组织运动形态——尤其指向一些格律声韵组织运动之中习以为常的风气，也指向而且主要指向既有的程式，它既是法度的表现，又对法度的丰富性形成遮蔽，才大者不拘之，反而有助于唤醒法度的灵动。所谓不拘常律，在此正是就其律度在常律之外而言，所以清人评曰："太白……才为天纵，往往笔落如疾雷之破山，去来无迹，将法于何执之？"④ "将法于何执之"不是批判其逸于旧法度之外，而是激赏其"去来无迹"的神通。

在唐代那个中国古典诗歌有着郁郁葱葱鲜活生命的时代，李白的才情飞扬获得的是盛誉，批评则多来自文法渐密的后代。但是，当学者们沉吟于

---

① 这里有一点需要辨识清楚：既有的程式与法度并不完全等同，既有程式当然属于法度，但不是法度的全部。一般所论的法度，还包括文坛非常态的习气或潮流的示范。

② 胡仔：《苕溪渔隐丛话》前集卷 2 引，第 11 页。

③ 乔亿：《剑溪说诗又编》，郭绍虞辑《清诗话续编》，第 1118 页。

④ 乔亿《剑溪说诗又编》，郭绍虞辑《清诗话续编》，第 1118 页。

"李若飞将军用兵，不按古法，士卒逐水草自便；杜则肃部伍、严刁斗，西宫卫尉之师"的辨析之际①，却往往忽视了以下事实：不按古法还有今法，不依他法还有我法，不拘常律还有奇法变律。李白能够傲视群才，也恰恰体现于此。

还有一点也往往被人忽略：李白的所谓"不按古法"、"不拘常律"，并非以破除古法常律自快，而是为了更好地伸张才华采取的扬长避短的办法，这主要表现在他有意规避那些对于才气快意发抒有一定束缚的文体。学者们考察李白诗集发现：其律诗寥寥无几，传世作品多是长短不齐自由舒展的古体。究其缘由：古诗足以驰骋才情②。关于这一点李白不乏知音，如江盈科论曰："李太白诗，清虚缥缈，如飞天真仙，了无行迹，下八洞仙人，欲逐其后尘，已无可得，况凡人乎？若七言律诗，彼自逃束缚，不肯从事，非才不逮杜也。"③ 又如许印芳云："太白天才豪放，不奈拘束，于此体（按：指七律）不甚留意，目睹少陵诸作，敛才就范，而能舒卷自如，无拘束态，吾知其帖然心服，叹赏不置，乌有是非颠倒，反讥其拘束者乎？"④ 既不欲缚其才气，又深知此体三昧，因而非不能之而不为也可为其定案。至于其偶有染指而遗人以口实，更是其才气淋漓不耐乎矜束的显证。⑤

至于李白律诗之外的创作，则被视为神于法的典范。朱子曾论其诗看似如无法度，实乃从容于法度之中。有人质疑："今观太白歌行，大小短长，错综无定，其法度安在？"许学夷回答："太白天纵绝世，其歌行虽漫衍纵

<hr>

① 《李太白全集》卷32附录《李翰林分体全集序》，王琦注，第1515页。
② 赵翼《瓯北诗话》卷1，第4页。按：《柳亭诗话》载清人徐子龙阐释杜甫《春日忆李白》"白也诗无敌，飘然思不群"云："李白天材，甫虽称其敏捷，而于法律上有所未安，其视白，如老先生见少年门生，恐其不肯进，故赞他极有分寸。"其于杜甫之诗有误读成分，但也反映出在李白杜甫的相关批评中，一些学者对李白纵才而不拘乎律是有一定意见的。参阅《李太白全集》卷32附录，第1484页。
③ 江盈科：《雪涛诗评》，《江盈科集》，第801页。
④ 许印芳：《附录唐人杂说跋》，张国庆辑《云南古代诗文论著辑要》，第167页。
⑤ 陆时雍严划古诗、律诗界限，强调律诗法度的必要："良马之妙，在折旋蚁封；豪士之奇，在规矩妙应。"若"恃才一往，非善之善也"。以此为依据，衡量李白的《对酒忆贺监》等五言律"非律体之所宜"。清初李邺嗣赞赏李白的"逸才奔放"、"每有风流浮于句韵之间"；但论及律诗，则以李白为"疏"，虽然也时有纵横驰骋之态，但"终于法不合"。近人陈衍由严羽所谓少陵诗法如孙吴、太白诗法如李广引申，称"孙吴有实在工夫，李广全靠天分，不可恃也"。皆就律诗而言。参阅陆时雍《唐诗镜》卷20；李邺嗣《杜工部诗选序》，《杲堂文钞》卷1；陈衍《石遗室诗话》卷14，《民国诗话丛编》一，第140页。

横，错综无定，靡不合于天成，所谓'从心所欲，不逾矩'是也。若必求其法度所在而学之，则捕风捉影，反为虚诞矣。"① 如此神于法者于是便成为法度最为严密者，② 学诗者因此必从太白入手，方可长才识发心思。③

其二，再看苏轼的词作。从才法维度论苏、黄，宋人林光朝之语可为二人分界："苏黄之别，犹丈夫女子之应接。丈夫见宾客，信步出将去；如女子，则非涂抹不可。"大踏步者为运才而行，装裹者则为法所拘。作者论苏、黄之前，还引入了唐代韩愈、柳宗元的差异比勘以为铺垫："韩柳之别则犹作室。子厚则先量自家四至所到，不敢略侵别人田地。退之则惟意之所指，横斜曲直，只要自家屋子饱满，不问田地四至，或在我与别人也。"④韩愈、苏轼扩张、破界的特质被描绘得一览无余。

从诗歌创作的学习师法而言，一如李、杜之间后学多由杜甫入手，从宋代开始学者们也形成了由黄进阶的意见：

> 后之学者因生分别，师坡者萃于浙右，师谷者萃于江左。以余观之，大是云门盛于吴，临济盛于楚。云门老婆心切，接人易与，人人自得，以为得法，而于众中求脚根点地者百无二三焉。临济棒喝分明，勘辩极峻，虽得法者少，往往崭然见头角，如徐师川、余荀龙、洪玉父昆弟、欧阳元老，皆黄门登堂入室者，实自足以名家。⑤

东坡以随物赋形教人，虽得妙谛，但基础薄弱与才思低劣者难以追随，所以入门易而成就难。山谷讲究法度布置，入门需要一个学习积累的过程，但有

---

① 许学夷：《诗源辨体》卷18，第200页。

② 明代《弹雅》引周伯弼云："谪仙号为雄俊，而法度最为森严。"王琦注《李太白全集》卷33附录，第1528页。

③ 李调元论称："唐诗首推李杜，前人论之详矣。顾多以杜律为师，而于李则云仙才不能学。何其自画之甚也？大约太白工于乐府，读之奇才绝艳，飘飘如列子御风，使人目眩心惊；而细按之，无不有段落脉理可寻，所以能被之管弦也。若以天马行空，不可控勒，岂五音六律亦可杂以不中度之乐章乎？故余以为学诗者，必从太白入手，方能长人才识，发人心思。王渔洋曾有声调谱，而李诗居其半，可谓知音矣。"李调元是从乐府论李白法度的，言人所未言，他所声称的李白乐府之脉理，应该属于文成法立、暗合规矩的范围，正是其才思运动的创造。参阅《雨村诗话》卷下，《清诗话续编》，第1525页。

④ 林光朝：《读韩柳苏黄集》，《艾轩集》卷5，影印《文渊阁四库全书》第1142册，第607页。

⑤ 吴坰：《五总志》，影印《文渊阁四库全书》第863册，第817页。

梯阶可循，虽未必皆有大成，也能避免颠覆。但入手也好，启蒙也罢，是就学习利于初阶而言，并非艺术成就的评判。对于苏轼而言，其不屑于程式，勇于开拓轨辙，恰恰于词创造出一片崭新的天地。

在很多文人看来，维护词这种文体纯粹性的手段，首当其冲者就是遵守词的律调，词学界概之为格于倚声，有叠有拍有换且咀宫嚼商。但是，当李清照揭橥"词别是一家"之道的时候，晏殊、欧阳修、苏轼等以诗为词已经大成气候，南北宋词学风尚的转关也已经形成，于是词从红粉佳人之玩物一变成为陶咏性灵、尽才而为、指称时事的块垒寄托对象，其中最为杰出的代表就是苏轼。陈师道说："东坡以诗为词，如雷大使之舞，虽极天下之工，要非本色。"皇甫牧云："子瞻之词虽工，而多不入腔，盖以不能唱曲故耳。"与此对应，苏词又恰恰因其常常逸乎律法之外而受到推崇，如晁补之云："东坡居士之词，人谓多不谐音律，然横放杰出，自是曲子中缚不住者。"[1] 明清文人于此多有附和，且在苏轼破法之中寻出了雄才自放的美感，如毛稚黄云：

> 东坡《大江东去》词"故垒西边，人道是三国周郎赤壁"，论调则当于"是"字读断，论意则当于"边"字读断。"小乔初嫁了，雄姿英发"，论调则"了"字当属下句，论意则"了"字当属上句。"多情应笑我，早生华发"，"我"字亦然。又《水龙吟》"细看来不是杨花，点点是离人泪"，调则当是"点"字断句，意则当是"花"字断句。文自为文，歌自为歌，然歌不碍文，文不碍歌，是坡公雄才自放处。[2]

突破词的格律，抖擞才的活力，反而获得了不同的笔墨精神。客观而论，李清照讲词别是一家，从艳科、平仄、五声、六律、清浊等入手尊体，严守儿女旖旎传递出的底蕴与乐部精严，但同时画地为牢，既封堵了文体交融、情怀拓展，也阻滞了词体发展的余地。苏轼自道其创作，虽不同于柳七

---

① 王弈清等：《历代词话》卷5引，唐圭璋辑《词话丛编》，第1175页。
② 王又华：《古今词论》引，唐圭璋辑《词话丛编》，第608页。

等人却仍"自是一家","自是一家"并不是对"别是一家"的挑战，而是对填词法则在规矩之内的"解困"。①

其三，汤显祖的传奇创作。中国文学史上，才子伸才与既有程式矛盾最为激烈的表现是明代曲学界的才律对立。曲本自乐府，融词、乐为一体，是为救词之不可歌而诞生的文体，后世兴盛于民间。但精英文人的加盟使之在唱念做打之外开始格外关注文辞，并逐步形成一种可搬演又合乎案头欣赏的审美需求，音声之中一些独到的要求由此成为才情驰骋的障碍，临川、吴江之争便是这种矛盾的缩影。

针对沈璟"宁律协而词不工"的观点，汤显祖甚至宣称："彼乌知曲意哉？予意所至，不妨拗折天下人嗓。"② 又称："大雅之亡，祟于工律。南方之曲，刬北调而齐之律象也，曾不如中原长调……得畅其才情。"③ 以工乎律度为大雅之亡的罪魁，如此袒护才情，法度自然不在细细考量范围了。冯梦龙曾有一个揣测："夫曲以悦性达情，其抑扬清浊，音律本于自然。若士亦岂真以拗嗓为奇，盖求其所以不拗嗓者而未遑讨，强半为才情所役使耳。"④ 音律本乎自然者可以实现清浊抑扬，并在如此协律的基础上悦性达情，才律之间没有必要对立到如此剑拔弩张的地步。汤显祖的叫板只是与沈璟论争之际的偏激意气，究其底里，无非是才情激扬冲荡，于其可以不拗嗓的情律兼得者尚无暇搜求而已。此论得其部分情理，却未尽汤显祖心曲。如此斤斤于才情畅达，虽有在与吴江派论争中积蓄的意气，但也有其艺术审美的坚守与洞见——不仅"律多累气"是文艺创作中的常见病累，而且在声影传播严重受限的时代，戏曲若要超越其舞台亮相后随即踪迹渺然的尴尬，就必然要在案头化上做文章，也可以说，案头化是实现戏曲作品多渠道传播、文字与舞台审美价值叠加、影响力扩散的阳关大道。

正因为如此，汤显祖以其才情赢得了众多喝彩。其中有他一贯的支持者，如茅元仪《批点牡丹亭序》中称誉《牡丹亭》："其播词也，铿锵足以应节，诡丽足以应情，幻特足以应态。自可以变词人抑扬俯仰之常局，而冥

① 苏轼：《与鲜于子骏》书云："近却颇作小词，虽无柳七郎风味，亦自是一家。"
② 吕天成：《曲品》引，《中国古典戏曲论著集成》第六册，第213页。
③ 汤显祖：《徐司空诗草叙》，《汤显祖诗文集》卷32，第1085页。
④ 冯梦龙：《风流梦》小引，《冯梦龙集》，高洪钧辑，河北人民出版社1992年版，第191页。

符于创源命派之手。"他讥讽臧懋循以诛罚案头书名义对《牡丹亭》的改窜
是为了"合于庸工俗耳"，并对改窜之后的作品给予了激烈的批评："读其
言，苦其事怪而词平，词怪而调平，调怪而音节平。"另如茅暎《题〈牡丹
亭记〉》也给予高度评价："传奇者，事不奇幻不传，辞不奇艳不传。其间
情之所在，自有而无，自无而有，不魂奇愕眙者亦不传。而斯记有焉。梦而
死也，能雪有情之涕；死而生也，顿破沉痛之颜。雅丽幽艳，灿如霞之披而
花之旖旎矣。"至于论者指责汤显祖未窥音律，他说，且不论"有音即有
律"，即使偶有欠缺也不必锻炼成案，因为"兼才难而作者之精神难昧"①，
能够透达作者之精神者就是佳作。

　　支持者外，即使曾经批评汤显祖有憾于法的学者，也多对其表达了景
仰，且激赏的核心聚焦于其可以为案头添彩的文藻才情。孟称舜虽然说
"沈宁庵专尚谐律，而汤义仍专尚工辞，二者俱为偏见"，但具体价值评判
中却认为："工辞者，不失才人之胜；而专尚谐律者，则与伶人教师登场演
唱者何异？"② 王骥德《曲律·杂论》对比沈、汤二人说："词隐之持法也，
可学可知也；临川之修辞也，不可勉而能也。大匠能与人规矩，不能使人
巧。"显然是说，沈璟之律可学而能，但汤之才情却只能凭借天赋，非积学
可至。又云："天之生一曲才，与生一曲喉，一也。天苟不赋，即毕世拈
弄，终日呻呀，拙者仍拙，求一语之似，不可几而及也。然曲喉易得，而曲
才不易得，则德成而上与艺成而下之殊科也。"③ 德艺之分的本质在于形而
上与形而下的差异，强调了文才对艺术创作的绝对作用。又如吕天成，他虽
然批评临川荡越词检，但于其天才创造却表达了高度的叹服：

　　汤奉常绝代奇才，冠世博学。周旋狂社，坎坷仕途。雷阳之谪初
还，彭泽之腰乍折。情痴一种，固属天生；才思万端，似挟灵气。搜奇
八索，字抽鬼泣之文；摘艳六朝，句叠花翻之韵。红泉秘馆，春风檀板
敲声；玉茗华堂，夜月湘帘飘馥。丽藻凭巧肠而潜发，幽情逐彩笔以
纷飞。

① 蔡毅编：《中国古典戏曲序跋汇编》第二册，第1223、1224页。
② 孟称舜：《古今名剧合选序》，蔡毅编《中国古典戏曲序跋汇编》第一册，第443页。
③ 王骥德：《曲律》，《中国古典戏曲论著集成》第四册，第166、178页。

又称其作琢调妍俏、赋景新奇,合以如此丽藻幽情,有如天花乱坠,"原非学力所及,洵是天资不凡"①。如此看来,才法不济虽然皆为缺失,但备乎才人之胜者似乎有着天生的免责铁券,这种艺术特权源自文才高贵的"出身",故而其时又有"乃才情自足不朽"的快论。②

（二）具备天才者往往不屑于依循被封为金科玉律的固有规范,这尤其体现于对复古思想的抵制。当然,抵制传统并非目的,而是为了释放性灵,实现袁宏道所倡导的"不以法挠其才"③,不以法挠才则始见"真我"。袁宏道如此提倡,其批判矛头就是以复古为招牌而行剿袭之实的伪复古——"有才者诎于法而不敢自伸其才"④。而其于明代文学的贡献则恰恰表现于:以"文准秦汉,诗则盛唐"、"徒取形似,无关神骨"的剽窃雷同创作为镜鉴,倡导"以意役法",点染诗的精光。⑤

王夫之对七子"文准秦汉,诗则盛唐"的门户宗派习气更是深恶痛疾,他将这种现象比喻为"悬牌开肆充风雅牙行",以其招揽附庸为"赚人升堂",以其门户交争为"争市易之场"。他认为,这种思想最大的积弊便是"标成一法",而门庭一开,则"但有其局格,更无性情,更无兴会,更无思致",既自缚,又缚人。然而,"扇动庸才旦仿而夕效者原不足以羁络骐骥",于是发出了"天才骏发"者不逐队而行的感慨。⑥

从文才的本体性质考量,文才融会于主体的性情气质,凡其所能之中尽皆附丽着这些性之所有的独到光彩。泥古之法度至于亦步亦趋,才情蜷缩萎靡,其形影越似,距离自我就会愈来愈遥远,这就是袁枚将文才的激扬落实于"千古文章传真不传伪"的缘由所在。⑦他没有抛弃法度,"不学古人,法无一可",但是,"竟似古人,何处著我"⑧?"有人无我",于物为"傀儡";于创作也无非是"诗中乡愿"。

① 吕天成:《曲品》引,《中国古典戏曲论著集成》第六集,第212、213页。
② 沈德符:《顾曲杂言》,《中国古典戏曲论著集成》第四集,第206页。
③ 袁宏道:《叙曾太史集》,《袁中郎全集》文钞,第13页。
④ 袁宏道:《雪涛阁集序》,《袁中郎全集文钞》,第8页。
⑤ 袁中道:《中郎先生全集序》,《珂雪斋集》卷11,第521页。
⑥ 王夫之:《姜斋诗话》,丁福保辑《清诗话》,第15页—20页。
⑦ 袁枚:《钱玙沙先生诗序》,《袁枚全集》第二册,第487页。
⑧ 袁枚:《续诗品》,第177页。

作为"古"的核心内容之一，体式格法本是后学进取有为的阶梯，并非才华奋发的枷锁。但如果步趋周旋全无振作，则其自然灵气也就只能归乎枯木死灰了。不以法挠才的呐喊，便是这种僵尸文学以及僵尸文人的还魂大丹，也是创新的起点。

从词的才律之争到曲的才律之争，论辩的焦点集中于词曲的音乐性质如何维护上。重律者严其大防，筑其藩篱，字斟句酌，唯恐失范的同时又有划定苑囿恐人阑入的戒心；重才者则未溃文体的基本节度，在入耳与入眼入心之间时有游移，虽于声律小有出入，却为才的伸展争取到更大的空间。中国文学的音乐性是其极富民族性与本源性的特征，但由于音乐性质传播的实际困境，形成文学历程的如下大势：文学创作的历史便是一个去音乐化的历程，也是一个探索音乐性如何实现审美转移的历程。这个问题从诗的音乐化至诗的案头化，词的音乐化至词的案头化，进而曲的音乐化至曲的案头化，反反复复之中有着固定的循环。保护文学音乐性质的努力，从文字形态的探索开始，凭依文人才子卓越的才华，却往往又以固有法度的守护为终结，文才创造的体式最终成为文才的自我规范，而新体式的诞生正是文才突破既有体式的过程。就古典所容纳的文学形态而言，无一不是如此。

由此而言，才律之争虽然应当因其语境定其是非，但从艺术美学的本质考量，以得于才者为"德成而上"——此"德"即得之于天之意——得于一般技艺者为"艺成而下"，显然已经划出了才法的层级。

再回到复古与反复古这个经典命题，它实际上就是《易传》通变关系的艺术维度观照，《文心雕龙·通变》之论已经诠释其理，透彻精辟，几乎毫无剩义。通不是目的，变也不是目的，但在积之既久不可维系之际，通就是变的中介与准备。通古明法需要才，创新逸法不仅同样需要才，而且需要通才大才。因此，就审美视域的才法关系而言，虽然敛才入法有着历世不易的坚守，但无以撼动才的"盟主"地位。关乎文学的公案，才为盟主有着不可替代的"终审权力"。如钱振锽云："天下事，能者在其法简，不能者其法必多。乱世多刑法，俗吏多仪节，假道学多规矩，不善书者多考校执笔磨墨，不能文者多考校反正曲折，不能诗者多考校格调体制。"又云："从来一切笨人论诗，主合古，都为不能诗者言也，能诗者不必言也。袁中郎、江进之、袁子才论诗主离古，为天下能诗者言也。若不能诗者，终身求合古之万一不可得，此等人安能与之言离古?"① 其言虽矫激，但伏俯于古人法度、格调之下者，必不是优秀的诗人；诗人一概垂手于法度的权杖之下，则诗人虽未必成为诗的掘墓人，却终将成为诗歌僵尸的守灵者。

---

① 钱振鍠：《谪星说诗》卷 1，张寅彭主编《民国诗话丛编》二，第 587、589 页。

第　六　章

才与识：天人相济

——以才为"主"以识为"先"

识成为文艺审美观照的范畴，先后受到了道家玄览、玄学神解以及佛教识论尤其唯识学的深刻影响。魏晋之际，识已经被纳入了文人主体素养的考察。此后就主体素养而言，形成了"才学识"、"才胆识"两个主要的建构形态。而就才识的关系而言：尽管对审美素养之识的作用在清代有着极高的估量，但其时对识的推扬不乏矫枉过正之处，属于纠风气偏颇之际的权宜，最终无法也无意改变才在创作素养中的核心地位。就识的本质而言，它虽然在某些阐释中被赋予了部分先天的个性，造成其天人"身份"辨析的困惑，但也主要是一种内涵理解放大，形成识与才性内涵的重叠。佛教唯识论以因果循环论识，其内涵之中"性"的特征突出，只是明言为"识"而已，佛家如此之论给识披上了神秘的外衣，是造成其理解模糊的诱因。事实上，现实之中作为理性判断力的识源自后天经验、磨砺、参究的特征无法改变，审美范畴的识正是由此接引而出。

按照林纾的说法，艺术审美之识分为两类，其一为"学文入手工夫"，其二为"以文推事工夫"。关于"以文推事工夫"他解释称："叶水心曰：'为文不关世故，虽工奚益？'须知关世故绝不在临文时。有远识、有闳度，虽闲闲出之，而世局已一瞭无余。如陆宣公疏中语，不惟深中德宗之病，而后来恢复事，皆一一不出料量之中，则识胜也。"[1] 以文推事，由文章中能

---

① 林纾：《春觉斋论文》，王水照辑《历代文话》，第6368页。

见人识度，尤其可观作者的胸襟气魄，以及对时事的熟悉与对前景的预见，对当下局面所持的态度及应对危机的策略等等，皆关乎时用。而"学文入手工夫"则纯就如何学习文艺创作而言识，其中包括对文体文法的了解以及师法对象优劣的判断甄别等。

以上识的两种形态虽然各有侧重——策略表疏等应用文章与"以文推事工夫"关系较大，诗词歌赋的学习与创作则主要指"学文入手工夫"。但这只是论其大体，事实上，这两种内涵在诸多语境之下往往是融为一体的。

第一节　才识关系在文艺理论批评中的确立

从先秦道家推崇玄览到魏晋人伦识鉴重视识度、魏晋玄学剖判幽微发扬理趣，识成为当时重要的主体素养，并与当时文人动辄言及的"赏"逐步融为一体，情理兼重，由此奠定了审美之识的基本内涵。六朝至唐宋之际，识的本然意蕴与佛禅、心学思想又实现了充分互动，在识的本质得到深化的同时，作为文艺范畴之识的内涵也获得了极大丰富。

兼"才、识"论文发端于东汉，至《文心雕龙》已经具备了才识审美关系的基本框架，而唐代"才学识"三长之论的揭示则成为才识论文日益普及的重要推手。

一

"识"在先秦文献中多为动词，表示认识、知道。又表心思，所以《说文》仍释"识"为"意"，段玉裁注云："意者志也；志者，心之所之也。意与志、志与识古皆通用。"① 将识以及与识相关者视为主体素养源自道家，其普及扩散则得益于人伦识鉴、魏晋玄学及佛学。道家、玄学的明通之尚、玄学影响下魏晋人伦识鉴的识度考察、佛学识性思想的宣扬为其成熟的三个关键。

（一）道家、玄学的明通之尚。道家最基本的思想就是虚无、玄远，如此的审美取向必然引发主体与如此境界不能形成隔膜的内在要求。就

---

① 许慎《说文》曰："识，常也。"段玉裁《说文解字注》已辨之："常当为意字之误也。"

主体素养而言，要实现如此境界就需具备一种富有穿透、把握能力的心智，《老子》将其首先名之曰"识"，但却置于一个否定性的语境之中："前识者，道之华，而愚之始。"所谓的先见是道的浮华，为愚蠢的肇始发端。因此，老子虽然推出了"识"，却并未赋予识超凡的意义，而是将洞彻之意更多地交付于了"明"。《老子》云："明白四达，能无知乎？""明"即为"知"；而"复命为常，知常曰明"，能够洞察生命本质以及自我命运本质者就是"明"。"涤除玄览"属于"明"的具体概括，实则就是后世"识"作为主体重要素养内涵的最早凝练。王弼解释"涤除玄览"云："物之极也，言能涤除邪饰，至于极览。"[1] 没有障碍，没有阻挠，可以用心透视到幽微之处。与道家思想有一定关联的《管子》也宣扬这种状态，《内业》篇曰"定心在中，耳目聪明"；《法法》篇言心于体中为君位，"洁其宫，开其门，去私毋言，神明若存"；又曰："独则明，明则神矣"。皆是虚静则生发内心智慧之意，并一概标之为"明"。

至《庄子》问世，虽然因其绝圣弃智的理念而对"识"有着一如老子的警惕——如《庄子·达生》云："既雕既琢，复归于朴，侗乎其无识"，"无识"才能不去雕琢，任其纯朴——但是，庄子所警惕的是攫取功名利禄与背离返璞归真的机心，并不反对勘破迷雾的心识，所以《庄子·刻意》云："德固不小识，小识伤德，小行伤道"，识不通达而窘缩，则有碍德行之明。很明显，庄子笔下的"识"已经范畴化，被视为一种他所期许敬仰的有道者的人格境界呈现。

两汉之际，道家这种思想与人才察举逐步融合，明、知、识以及在此基础上流行起来的"通"皆成为士人素养的重要组成。《淮南子·修务训》云："诚得清明之士，执玄鉴于心，照物明白，不为古今易意。摅书明指以示之，虽阖棺亦不恨矣。"这几句话意在宣扬求贤之心，所谓的贤者，便是集清明、玄鉴、明白于一体的俊杰。凡能识物识理识事如辨清浊者就是"通"，通者能够超越认知偏蔽，一如伯乐相马，不为"骅骝绿耳"外表的漂亮威武遮掩；通者能够辨析毫厘："李子之相似者，唯其母

---

① 楼宇烈：《王弼集校释》，中华书局 1980 年版，第 23 页。

能知之；玉石之相类者，唯良工能识之；书传之微者，惟圣人能论之。"当然，"通士"并非只有圣人才能胜任，能明即通，能识能知能明者即为通士。[1]

汉魏时期名理辨析盛行，"识"所指向的辨析之能广为重视，因此王充《论衡·超奇》云"好学勤力，博闻强识，世间多有"[2]，于学识着力标尚；徐幹著《中论》，于"核辨"专设一章。玄学思潮随之兴起，文士以及玄学之士崇尚深、幽、远、微，钦仰烛照、洞彻的素养，识的哲学品位迅速提升，曹植《玄俗颂》便已有了"玄俗妙识"之论，以"妙"壮"识"之声色，既有道家"众妙之门"的"妙"，也可能已经附着上佛家所谓妙法的痕迹。

（二）玄学影响下魏晋人伦识鉴识度考察的推助。经过先秦两汉的演革，魏晋之际，识逐步熔铸为玄学观照下的一种能力，并成为其时人才察举的重要关注对象。这种关注所指有二：其一是指举荐者所具有的察照玄识；其二为品评察举的对象是否有"识"。

其一，举荐者要具有人伦识鉴的玄识。就人才选举者而言，具备识人的眼光是基本前提，但破除自我识度的偏嗜并不容易。刘邵《人物志·接识》云："夫人初甚难知，而士无众寡，皆自以为知人。故以己观人，则以为可知也；观人之察人，则以为不识也。夫何哉？是故，能识同体之善，而或失异量之美。"刘邵这节文字实则表达了两个内涵：识就是知了、不隔膜；识的最高境界是"能识同体之善"而不失"异量之美"。至如以下人等："清节之人，以正直为度，故其历众材也，能识性行之常，而或疑法术之诡。法制之人，以分数为度，故能识较方直之量，而不贵变化之术。术谋之人，以思谟为度，故能成策略之奇，而不识遵法之良。器能之人，以辨护为度，故能识方略之规，而不知制度之原。"[3] 如此之类，以性相近者为限，便皆属于偏识。只有兼容并包方可兼顾群才，不拘一格。选人不易，必备此德方为"识"。

就待选之人才而言，其本身表里乖违，形迹隐显，欲识之也实为不易。

---

① 刘文典：《淮南鸿烈集解》，第 657 页。
② 黄晖：《论衡校释》，第 606 页。
③ 刘邵：《人物志》，第 105 页。

《抱朴子外篇》立《清鉴》一篇，专门讨论鉴拔之识。有人从"瞻形得神"四字入手，以为识鉴无甚高明，因为凡物皆有形迹，"在天者垂象，在地者有形，故望山度水，则高深可推；风起云飞，则吉凶可步"。所以宣称，鉴必有得："必能简精钝于符表，详舒急乎声气，料明暗于举措，察清浊于财色，观取与于宜适，谓虚实于言行，考操业于闺阃，校始终于信效"——通过外在所显者推知内在所有者。由此而言，"善否之验，不其易乎"？但葛洪对此予以了批驳。首先人难以貌相："夫貌望丰伟者不必贤，而形器尪瘁者不必愚；咆哮者不必勇，淳淡者不必怯。"其次人之情性复杂，变出百端，并非凭借形体呈现就能一目了然："物亦故有远而易知，近而难料，譬犹眼能察天衢，而不能周项领之间；耳能闻雷霆，而不能识蚁虻之音也。"尤其"情性之宽克，志行之洿隆"的了察，古代精于此道的圣明都视为畏途，何况凡俗之人呢？以上尚属于常态分辨，就其变者而论："且夫所贵，贵乎见俊才于无名之中，料逸足乎吴坂之间，掇怀珠之蚌于九渊之底，指含光之珍于积石之中，若伯喈识绝音之器于烟烬之余，平子剔逸响之竹于未用之前。"[1] 识人于微贱之际，如此见微知著则更难。

鉴裁既然如此复杂、繁难，清识之能自然不是人皆堪当，鉴识素养因此更加备受推崇。而烛照幽微、判定纷杂等内涵也在这种别识实践中逐步附丽于识的意蕴。

其二，以是否有"识"品评察举对象成为普遍现象。以《世说新语》为例，其中便有《识鉴》一目，察考的对象为汉魏文士。又如：

> 李元礼尝叹荀淑、钟皓曰："荀君清识难尚，钟君至德可师。"（《德行》）
>
> 嵇中散语赵景真："卿瞳子白黑分明，有白起之风，恨量小狭。"赵云："尺表能审玑衡之度，寸管能测往复之气，何必在大？但问识如何耳。"（《言语》）
>
> 会稽贺生，体识清远，言行以礼，不徒东南之美，实为海内之秀。（《言语》）

---

① 杨明照：《抱朴子外篇校笺》上册，第512—530页。

又有"识度"之论，《德行》："王朗每以识度推华歆。"又有"识能"，《识鉴》："刘越石云：华彦夏识能不足，强果有余。"又有"识量"，《品藻》注引《续晋阳秋》："坦之雅贵有识量。"①

其他如晋宋之交颜延之《庭诰》云："道者识之公，情者德之私。"又云："可以远识夺，难用近欲从。"又云："非廉深识远者，何能不移其植。"又云："自崇恒辈，罔顾高识。"又云："喜怒者有性所不能无，常起于褊量而止于弘识。"又云："此盖臧获之为，岂识量之为事哉！"又云："遂使业习移其天识，世服没其性灵。"② 一篇家训式的作品，竟然不厌其烦地谈及"识"，可见其时文人的风尚。

其时文献言识，几乎囊括了诸般习惯用法，既包括运用的范围，也包括现实审美对识的修饰，诸如博、远、深、弘、高、清、神、天等等，都集中于超渺难测之上。

（三）佛学识性思想的宣扬。道家思想、玄学以及人伦识鉴之外，识逐步演化为各个领域普遍关注的范畴，并获得内涵的深化，另有很重要的一点就是佛学对"识"的传播。

佛教有五阴说。早在东汉末期，安世高所译小乘体系的《阴持入经》就有了"阴"（后译作蕴）的概念。五阴后称"五蕴"，包括：色、受、想、行、识，其中"识蕴"指具备精神作用的主体。《阴持入经》另有眼、耳、鼻、舌、身、心"六识"说，东晋道安注云："识，知也，至睹所行，心即知之。"即眼、耳、鼻、舌、身、心对色、声、香、味、触、法的识别，又言六识为"识物识事，是为识相"。

值得注意的是，佛学之识的引入，并非仅仅延续我国传统之识的名语及含义，而是强化了以下三个内蕴：

其一，识的过程有着情感取向。东晋名僧道安认为："识生分别事物。"这个"识"的本义即是"知"。具体而言："魂灵受身，即知好恶而有憎爱之心。"所以研究者意识到："这里的识，既有分别事物的作用，又有感受好恶爱憎的作用。"③

---

① 徐震堮：《世说新语校笺》，第5、39、52、217、295页。
② 《宋书》卷73《颜延之传》，第7册，第1894—1900页。
③ 参阅任继愈主编《中国佛教史》，中国社会科学出版社1981年版，第231、249页。

其二，识具有神秘巨大的能量。在早期小乘佛教的"十二因缘"（又称十二支）说中，对识就有着极高推重：

> 每一支与其前一支构成果与因的关系，与后一支构成因与果的关系。识的因支为"行"，"行"是指过去诸业和推动诸业趋向因果报的过程或力量。识是由过去的业行所决定和引发的。故识为投生一刹那间的精神体。识的现在果支为"名色"。"名色"一般泛指一切精神现象和物质现象的总称，但作为十二因缘之一，则为身心结合体，是人生命体的精神与肉体的合一，是托识而成的。因此识在人生的因果轮回中起着极为神秘的重要作用。故早期汉译佛典将其译为神秘无穷的力量。①

概而言之："识不仅是新的认识作用，而且作为十二缘起的一个环节，前连潜在的意志活动（行），后生认识对象（名色）的主体精神活动，具有心主体的意义。"②

其三，识在早期佛学之中具有"了别"、"分别"的意义，这就是道安所指出的"识生分别事物"，其中有认知，也有辨析，佛家早期将这种了别、分别的特性统归于阿赖耶识。③从语源上看，"识在梵文中就包括以知识去分析、了别和由对外在对象的了别分析而达到认知两层意思。这两层意思成了后来佛学识观的重要基础。"④

南朝刘宋时期出现印度佛学《楞伽经》译本，此经统一了如来藏与阿赖耶识（又译识藏）。印度佛学对识有着进一步探讨的瑜伽学派相关典籍随后也分别传入中国。北路由陆路传入北魏者，奉《十地经论》立八识说，以第八识为第一义谛常住不变之清净心。南路由海路入陈，奉真谛译《摄大乘论》立九识说，第九为阿摩罗识，第八为阿梨耶识。⑤

结合佛籍所论，识是佛教最为根本的心、性两个范畴的普及性阐释范

---

① 普慧：《论刘勰及其〈文心雕龙〉的佛教神学思想》，《文艺研究》2006年第10期。
② 参阅方立天《中国佛教哲学要义》，中国人民大学出版社2002年版，第230页。
③ 参阅丁福保《佛学大辞典》"识"、"二识"条，中国书店2011年版，第2857页。
④ 参阅朱良志《大音稀声》下卷，第33页。
⑤ 参阅方立天《中国佛教哲学要义》，第262页；刘保金《中国佛典通论》，河北教育出版社1997年版，第155页。

畴。佛教论心离不开识，心的结构由"心王"与"心所"构成，"心所"从属于"心王"的复杂作用；而"心王"就是六识或八识的识体。佛教言物也离不开识，大乘佛教以万物"唯识所变"。如此而言，则"识之体曰性，状而名之曰如……识之用曰相，状而名之曰变"。①

佛教以如此之识教化，逐步便将这个诠释宇宙大法的概念借用为自我素养的代言之一，因此在自身对事物参研境界的描绘之中，便时时体现出有识、备识等讲究。如六朝之际，释僧叡《大品经序第二》云："天魔干而不能迴，渊识难而不能屈。"所谓"渊识"便是对识之境界的直接揄扬。而支敏度《合首楞严经记第十》言支谶："其博学渊妙，才思测微。"言支越："才学深澈，内外备通。"② 其中"测微"、"渊妙"、"深澈"、"备通"等，实则皆为识的情状。刘勰在《灭惑论》中就接纳了佛教的这种思想，并有"神识无穷，再抚六合之外"的说法，认为识可以提供无穷而神秘的力量。

佛教论识强化了识的作用、扩大了识的影响、促进了理论界对识的内涵辨析，甚至提升了识的理论地位。这种理论氛围，成为文艺范畴之识成熟的重要土壤。

二

"识"作为主体素养进入审美领域并成为广受关注的重要范畴，还经历了与魏晋六朝之际审美之"赏"的融合。这个融合，使得理性意味浓厚的"识"从此获得了情理兼得的美学内质。赏作为当时一个普泛化的美学范畴，其主要含义有二：一是因喜欢而品味，一是因品味而心怡。前者一般动用，后者则名词性强，二者实际上是一个审美过程的起点与终点，皆与识相关。

关于起点：因喜欢而品味。此意于六朝诗文中颇为常见，如陶渊明《移居诗》："奇文共欣赏，疑义相与析。"江淹《杂体诗》："一时排冥筌，泠然空中赏。"《世说新语·任诞》："刘尹云：孙承公狂士，每至一处，赏玩累日。"关于这个"赏"字，《刘子》有专门的《正赏》篇分析其大旨：

---

① 参阅欧阳渐《成唯识论研究次第》，《中国现代学术经典·欧阳渐卷》，河北教育出版社1996年版，第408页。

② 释僧祐：《出三藏记集》，中华书局1995年版，第270、292页。

赏者所以辨情也，评者所以绳理也。赏而不正，则情乱于实；评而不均，则理失其真。理之失也，由于贵古而贱今；情之乱也，在乎信耳而弃目。[①]

其意思是：赏与评同是一种价值评判，但评偏于理，赏更重情的感受。赏乃是情感与理性一体的知性活动，其要旨在心耳、心目并用，既要由外获得参照的信息，又要向内形成属于自我的感受，如此才是真赏。所以赏往往表现为一种态度、情感与价值趋向，这实则与美学的"观照"已非常相近。

作为终点：因品味而心怡。赏的近于名词性的用法，正是在赏识的行为中抽象出来的。谢灵运《从斤竹涧越岭溪行》："情用赏为美。"沈约赞誉王筠："知音者希，真赏殆绝。"[②] 谢灵运、沈约所言之赏已经非常鲜明地由动词性的情感选择演变为一种主观性的、动态化把握外物的情感状态与标准。而且谢灵运通过诗篇对"赏"也作出了美学意味浓厚的回答：什么样的情感是美妙的呢？可使心获得赏适、欣悦的情感。如此之赏，是文人雅士所当具备的一种体现修养与风采的能力和艺术性感受，得于情理融合对万物幽微之处的识取。

识与赏一重理智、一重情意的区分由此彰明。这种区分是玄学辨析与审美探索融合的必然成果，但在二者分流之余，彼此又实现了内涵互补，互补的契机在于：赏是关乎心解的，具有主观情感的介入性；而我们前面论及佛学之识的时候已经明确提到，佛家之识是在分别事物之际可以感受好恶爱憎的。二者在情这一点上的接通，为其融合提供了基础。因此自魏晋以后，一般语境下赏与识别无二致，也可以说赏是识的一种具化形态：

如《抱朴子外篇·嘉遁》有"太平遗冠世之才者，赏真之责"的说法，以赏论拔人之责，言其当备识人之具。《抱朴子外篇·喻蔽》云："音为知者珍，书为识者传。瞽旷之调钟，未必求解于同世；格言高文，岂患莫赏而减之哉？"[③] 赏与知、识、解等基本同义。如《世说新语·文学》云："不赏者，作后出相遗；深识者，亦以高奇见贵。"又《识鉴》："武昌孟嘉作庾太

---

① 傅亚庶：《刘子校释》，第485页。
② 《梁书》卷33《王筠传》引，第2册，第484页。
③ 杨明照：《抱朴子外篇校笺》上册，第6页；下册，第434页。

尉州从事，已知名。褚太傅有知人鉴，罢豫章，还过武昌，问庾曰：'闻孟从事佳，今在此不？'庾云：'试自求之。'褚昕睐良久，指嘉曰：'此君小异，得无是乎？'庾大笑曰：'然。'于时既叹褚之默识，又欣嘉之见赏。"①默识与见赏也是一体。又如范晔论文颇为自负，《狱中与诸甥侄书》云："常谓情志所托，故当以意为主，以文传意。以意为主，则其旨必见；以文传意，则其词不流。然后抽其芬芳，振其金石耳。此证情性旨趣，千条百品，屈曲有成理。"如此娓娓道来，"自谓颇识其数"，然而每对人言，结果却是"多不能赏"，令其大失所望。此间之赏，同样与识相对。

综上所言，赏、识二者关系密切，赏就是深深识别之意。不过这种识别靠的不仅是理论辨析与逻辑推演，还要依赖情感的认同、启发、共鸣。妙赏与理识如此关系密切，因此便有了"赏识"之论。

"赏识"所追求的是玄学推崇的"神解"，佛学谓之"神悟"。《世说新语·术解》云："荀勖善解音声，时论谓之'暗解'……阮咸妙赏，时谓神解。"②此处将善解音声命之为"暗解"，而将阮咸之妙赏谓为"神解"。解的结果相同，都表达一种放松豁然的感受，但实现路径不同，所达到的境界不同。暗者，匠人熟能生巧；神者，天机运行，与物相融，凭技巧以外的情感赏会对其他对象做出高妙又切合其理的分别与判断，并体现为情感的皈依与融合。所谓神解，实际上就是心解，《文心雕龙·指瑕》有"赏训锡赉，岂关心解"的问难，从另一面说明了晋后文人将赏理解为心解之途的事实。对"心解"作一个说明，它就是玄悟与会通，中古士人因为崇尚玄学，重情理之辨，以为情感之变可得于理之会通，心开悟于理才能使心中没有郁结，获得情感的欣悦；而这种开悟未必能凭依理性彻底实现，主体情性的真诚投入就成了一种选择，由此悬领要旨——以一种情感的沟通能力意会，以此摆脱情感因理的困惑带来的淤滞，实现情感宣畅与豁通。

赏不仅是识的具化形态，而且赏又通过其情感性的传达，淡化了一般纯理性判断之识的僵硬，使之在情理之间可以融通，是识进入文艺美学领域的重要津梁或者催化剂。其关键在于，赏的加入，使得以公正、客观、理性辨

①　徐震堮：《世说新语校笺》，第 148、220 页。
②　徐震堮：《世说新语校笺》，第 379 页。

识审美对象沦为一种理论标榜，事实则是识与赏不得不融为"赏识"，情感的纳入虽然加深了审美偏嗜，但又在其日益普遍化的进程中昭示了此为"自然之理"的性质。如葛洪论文：

> 百家之言，虽有步起，皆出硕儒之思，成才士之手，方之古人，不必悉减也。或有汪濊玄旷，合契作者，内辟不测之深源，外播不匮之远流，其所祖宗也高，其所绅绎也妙。变化不系滞于规矩之方圆，旁通不凝阂于一途之逼促。是以偏嗜酸碱者，莫能知其味；用思有限者，不能得其神也。夫应龙徐举，顾眄凌云；汗血缓步，呼吸千里。而蝼蚁怪其无阶而高致，驽蹇患其过己之不渐也。若夫驰骤于诗论之中，周旋于传记之间，而以常情览巨异，以褊量测无涯，以至粗求至精，以甚浅揣甚深，虽始自髫龀，讫于振素，犹不得也。夫赏其快者必誉之以好，而不得晓者必毁之以恶。自然之理也。[1]

其中之"知"、"赏"，皆为识义，皆与个人之嗜好相关，哪怕是所谓"变化不系"、"旁通不凝"的通观圆览之作，也难逃这种审美的偏见，即使葛洪深恶痛绝，却也无力回天。赏识虽然与偏尚同步，但"赏识"本身也恰恰因为与情感并轨而明确了审美范畴的身份。魏晋之后，"赏"、"识"范畴的运用基本呈现为这种一体化形态。北齐刘昼针对世人"正可以为邪，美可以称恶，名实颠倒"的谬赏而论"正赏"，提出了"知音君子，聪达亮于前闻，明鉴出于意表，不以名实眩惑，不为古今易情，采其制意之本，略其文外之华，不没纤芥之善，不掩萤烛之光"的鉴裁原则[2]，将正赏与"知音"贯通。虽然批判偏谬，但偏谬源自才识薄劣、私心杂念与文德不修，不等同于本乎才性之宜的审美偏尚，因此刘昼此论并未否认赏鉴之中情感的凝注，依然可归于赏识统一之论。《文心雕龙·知音》篇与"正赏"论呼应，以为能赏的知音，必是"深识鉴奥"之人，有真正的爱美爱才的德性与情感。

就审美视界而言，情感的浸入虽然貌似多了主观成分，实则是识鉴抵达

---

① 杨明照：《抱朴子外篇校笺》下册，第116页。
② 傅亚庶：《刘子校释》，第486页。

幽微的不二法门，天理本来就在人情之中。赏以其情感特性完成了对理性之识的提升，赏与识因此消弭了分别，作为文艺审美范畴的识也便在这个时代成熟，文艺论识也从此获得普及。

早在东汉之际，以识论文艺已经初现端倪。如王逸《楚辞章句序》就有"智弥盛者其言博，才益多者其识远"的论断，只是其中仍有很浓的人伦识鉴意味。陆云品目汤仲"自是识者"，依据是他能够较自己更早地意识到《九歌》"清绝滔滔"①。《世说新语·文学》载："或问顾长康：'君《筝赋》何如嵇康《琴赋》？'顾曰：'不赏者作后出相遗，深识者亦以高奇见贵。'"以深识作品高奇论文人识鉴之精，其中识与文学鉴赏能力融会为一。随后《文心雕龙》以识论文可谓规模大备，诸如《才略》言马融"思洽识高"，言王逸"博识有功"，言陆云"以识检乱"。《熔裁》论《文赋》"其识非不鉴，乃情苦芟繁"。又如《养气》谓"凡童少鉴浅而志盛，长艾识坚而气衰"，《序志》云"言不尽意，圣人所难，识在瓶管，何能矩矱"？另如《神思》之"思理"以及《熔裁》所依托，皆有对识的表彰。

在识向文艺范畴转移的过程之中，由于皆是玄学崇尚的素养，因此其与才密不可分的关系在各个领域得到共同重视。魏晋之际，以才、识衡量文士已经成为社会的普遍性话语，概而言之：

有才性研讨之际的分而言之等而视之。刘邵《人物志》分别有"材能"、"材理"与"接识"等篇；《世说新语》列"夙慧"、"捷悟"诸篇标才华，"识鉴"论识度。

有才性研讨之际的才、识并论。如孙登诫嵇康："用光在乎得薪，所以保其耀；用才在乎识真，所以全其年。今子才多识寡，难乎免于今之世矣！"②欧阳建《言尽意论》云："世之论者，以为言不尽意，由来尚矣，至乎通才达识，咸以为然。"③再如司马炎赞张华："才综万代，博识无伦。远冠羲皇，近次夫子。"而傅咸目潘尼："识通才高"、"文学博雅"④。又有直接的"才识"并言，如《世说新语·德行》注引《海内先贤传》言陈谌：

① 陆云：《与平原书》，同前。
② 《晋书》卷94《隐逸传》，第 8 册，第 2426 页。
③ 欧阳询：《艺文类聚》卷 19，第 348 页。
④ 王嘉：《拾遗记》卷 9，汉魏丛书本。

"才识博达。"《政事》注引《晋诸公赞》言贾充"有才识，明达治体"。《识鉴》注引《晋阳秋》言潘滔"有文学才识"。"才识"于此已经具有了概念形态。而文士品鉴之外，《文心雕龙》已经开始不止一次在同一语境中兼才、识论文：

《明诗》："然诗有恒裁，思无定位，随性适分，鲜能通圆。若妙识所难，其易也将至；忽之为易，其难也方来。"于依托才性之余又要备识见，如此创作才不至于成为一件苦差事。

《声律》："练才洞鉴，剖字钻响，识疏阔略，随音所遇，若长风之过籁，南郭之吹竽耳。"于声律之用，也需要才、识兼备。

《才略》："马融鸿儒，思洽识高，吐纳经范，华实相扶；王逸博识有功，而绚彩无力。"又曰："士龙朗练，以识检乱，故能布采鲜净，敏于短篇。"在专论文才的篇目中又推扬识见，是明显的才识不可或缺之论。[①]

到了隋唐之际，以才、识论文艺渐成常态。如张怀瓘《书断》以为书艺难成，"不可恃才曜识"；《书议》论王献之"才高识远"[②]。杜牧激赏李贺之才，又曰"少加以理，奴仆命骚可也"[③]，理即为识，故而也是才识论文之例。另如《文镜秘府论》南卷《论文意》引唐代文论："文章关乎本性，识高才劣者，理同而文窒。才多识微者，句佳而味少。"[④] 而刘知几其时提出了著名的"三长"说："史有'三长'，才学识，世罕兼之。""才识"从此被完整地纳入了主体素养系统理论。由于古代文史一体的特征，因而这个史学尺度很快被借鉴为文艺尺度。

才识关系论的建构在唐宋时期迎来一个跨越的契机，这就是佛教唯识宗的译介传播与禅宗的发展。唯识宗以为外境非有，内境非无，只有识（心）才是认识世界的根本，并立有"八识心王"之目。这个系统依托佛学识性理论，建构起六根涉事成念、心中成执、种因隐藏进而见乎业报进入轮回的理论链条，识因此受到高度重视。日常用语中所谓心识、意识、认识、感识、熟识等皆与此相关。加之从汉代就流行的相关学说，识在文艺领域受到

① 范文澜：《文心雕龙注》，第68、554、699、701页。
② 王伯敏等：《书学集成》（汉—宋），第141、195页。
③ 杜牧：《李贺集序》，《樊川文集》卷7，陈允吉校点，上海古籍出版社2007年版，第148页。
④ 王利器：《文镜秘府论校注》，中国社会科学出版社1983年版，第327页。

了更为广泛的关注。宋代文人嗜禅，承唐人余绪，参究之余，相关思想及概念与识实现了更为深广的融会。因此从唐宋开始，与"识"关系密切的"悟"或"妙悟"也广泛融入文艺批评，如李之仪云："得句如得仙，悟笔如悟禅。"（《兼江祥英上人能书……为赋一首勉之使进于道云》）韩驹云："学诗当如初学禅，未悟且遍参诸方。一朝悟罢正法眼，信手拈出皆成章。"（《赠赵伯鱼》）严羽《沧浪诗话·诗辨》："大抵禅道惟在妙悟，诗道亦在妙悟……惟悟乃为当行，乃为本色。"论悟的同时严羽又专门提到识："学诗者以识为主，入门须正，立志须高。"禅悟与识一体，要获得妙悟，必须具备清识，故又有"诗无他技，一才学，二妙悟尔，学要力，悟要识"的诠说[1]。

另外，宋代出现的"诗眼"论也富有识的意味。以"眼"说法本为禅家本领，如禅家有金刚眼睛、天开眼、正法眼之说。宋代惠洪《冷斋杂识》即有"诗眼"之论，范温的诗学著述《诗眼》更是明确以"眼"表示自己对诗歌独到的识度。《沧浪诗话·诗辨》云："禅家者流，乘有小大，宗有南北，道有邪正，学者须从最上乘具正法眼，悟第一义。"又曰："近世赵紫芝、翁灵舒辈独喜贾岛、姚合之诗，稍稍复就清苦之风，江湖诗人多效其体，一时自谓之唐宗，不知止入声闻辟支之果，岂盛唐诸公大乘正法眼者哉！"又曰："看诗须着金刚眼睛，庶不眩于旁门小法。"后人于论文赏诗品目杂艺，凡能明就里知高低者往往名之为"具眼先觉"、"别具只眼"，正是承佛禅衣钵、沿宋人之脉而以眼论识。

佛学开拓出了识的崭新境界，并由此将才识关系置于更为普泛的观照视野，随着才、识各自认知的拓展，才识关系理论获得了前所未有的深化与完善。

第二节　文艺之识的天人身份辨析

综上所述，才学识三者，才为禀赋，学为后天人力，然而其获得的途径、效率、融化的程度、达到的境界则受制于才，于此学术界皆没有

---

[1]　朱权：《西江诗法》，吴文治主编《明诗话全编》，第568页。

什么异议。但识的本质、识的来源在哲学史和文艺理论史上却存在模糊说法，或者说，在识的来源问题上的异议引发了文艺范畴之识本质认知的混淆。

观点一，就本土文化而言，传统思想本身就存在识关乎才性的认知。东汉王充《论衡·本性篇》云："人禀天地之性，怀五常之气，或仁或义，性术乖也；动作趋翔，或重或轻，性识诡也。"其中"性识"连文，即有识关乎性的意思。嵇康《明胆论》云："夫元气陶铄，众生禀焉，赋受有多少，故才性有昏明。唯至人特钟纯美，兼周外内，无不毕备，降此以往，盖阙如也。或明于见物，或勇于决断。人情贪廉，各有所止。譬诸草木，区以别矣。"这里的"明"首先是才性清浊之清的范围，但"或明于见物"一句提醒我们："明"更侧重于辨识物理，它出自天赋才性，人各不同，就如同草木各自有别，可见嵇康之论也有才性、识具必然相关之意。

以上文献多哲学研辨，对于识的解释虽有趋向也略显模糊，相比之下东汉王逸《楚辞章句序》以才识论文却说得甚为直接："才益多者其识远"，才识之间呈示为因果关系。清代学者邓绎概括得更为自信："识生于才"[1]。即使不从才识关系着眼，也有学者宣称识出于天赋，如清人计东就说："法可学而至耳。才调之广狭，识见之小大，思力之浅深，则狭者不能使之广，小者不能使之大，浅者不能使之深，此殆有天焉，非学可至也。"[2] 才调、识见、思力在此皆被列入并非人事可成的性中之事。

观点之二，识出于后天培养。更多的学者倾向于无论一般识具还是文艺范畴的识均属于后天培养的范围，可以通过学习获得提高。如唐人就以"知者博于闻见或能知"论书法[3]，即从学习阅历经验之中可以提炼识度。明人则曰"有一派学问，则酿出一种意见"[4]，所以才有"以学开识"之论。清人魏禧又称识可以"练"："所谓练识者，博学于文而知理之要；练于物务，识时之所宜。理得其要，则言不烦而躬行可践，识时宜则不为高论，见

①　邓绎：《藻川堂谈艺》，王水照辑《历代文话》，第6105页。
②　计东：《徐健庵集序》，《改亭集》卷1，《续修四库全书》第1408册，第95页。
③　张怀瓘：《文字论》，王伯敏等编《书学集成》（汉—宋），第199页。
④　袁宗道：《论文》，《白苏斋类集》卷20，第285页。

诸行事而有功。"练识离不开博学与经事，且非一蹴而就，故而"练识如炼金，金百炼则杂气尽而精光发"①。石涛从绘画理论对才识关系的研讨则更具有艺术家的心灵悟彻，他将创作主体的才华名曰"受"，将后天的参研解悟名曰"识"，二者相较，其《苦瓜和尚画语录》专立"尊受"一章：

> 受与识，先受而后识也。识然后受，非受也。古今至明之士，藉其识而发其所受，知其受而发其所识，不过一事之能，其小受小识也，未能识一画之权扩而大之也。夫一画含万物于中。画受墨，墨受笔，笔受腕，腕受心，如天之造生，地之造成，此其所以受也。然贵乎人能尊，得其受而不尊，自弃也；得其画而不化，自缚也。夫受画者，必尊而守之，强而用之，无间于外，无息于内。易曰：天行健，君子以自强不息。此乃所以尊受之也。②

"受"得自天，是先天才华先天性情，本自元气。创作如元气生化，无中生有，乃成赋形，故而应当尊"受"，"识"则要服务于"受"、依赖于"受"。创作主体必须先具"受"而后方可言识，那些通过"识然后受"形成的与先天相对应的稳定情态与先天无关。由此可见。石涛以"识"出于后天学习的思想是很明显的。

如何理解以上两种观点的矛盾？文艺范畴的识到底是否具有禀赋的性质？从本质而言，以上的矛盾实则并不存在，那不过是古代文艺理论对识这一范畴不同特性的分别说明，二者整合，实则更能体现文艺范畴之识的本来面目。

我们首先从"识"的本义考索。许慎《说文》云："识，常也，一曰知也。"宋代戴侗《六书故》释有二义，"闻言而志之不忘也"与"识见也"，而"识见"乃是"知之次也"——识见是知的表现手段。段玉裁《说文解字注》首先辨析了许慎释"识"为"常"之"常"属于后世讹误，本字当为"意"，随后云："意者，志也；志者，心之所之也。意与志、志与识古

---

① 魏禧：《答施愚山侍读书》，《魏叔子文集外篇》卷6，第288页。
② 王伯敏等：《画学集成》（明—清），第300页。

皆通用。心之所存谓之意，所谓知识者此也。"综合以上文字训诂，所谓识，从本义而言如同意、志，志又通乎情，皆为人所具有的官能。识关乎性，或者所谓"性识"之说，其最基本的意义指向应当是就这种官能的自然属性而言的。不过，识或者知识是在基本官能所获得信息基础上进一步的综合判断，层次较一般的感觉要高。

再者，如《序编》所论，才具有虚灵的特征，即性中具有的禀赋通过情、思、学、识等显示自身的普遍存在，并在这种普遍存在之中体现有所偏优：有才情就是才显示为情怀敏发，有才学就是才显示为能学而善学，有才思就是才显示为神思灵澈文思翩翩，由此敷衍，有才识就是才显示为主体分析鉴裁深刻透彻、思想敏锐而鲜活。所有情、思、学、识的程度形态，必然受到禀赋才性的制约。从这个意义看所谓识关乎才性的论述，实则是对才性于识具有一定制约性的肯定，是以"才识"的本来涵蕴论"识"。如王逸言才多识远、嵇康言才性有昏明赋受有多少，皆是从"才识"立论。邓绎称"识生于才"，评价《史记》成就又云："司马迁为《史记》，所取材者七八种书而已，而其为《五帝本纪赞》则曰：'非好学深思，心知其意，殆难为浅见寡闻道也。'盖迁之自负者，才识耳。问学者，众人之所同；才识者，通儒之所独。而郑樵区区以学不足为迁病，不亦陋乎？"[1] 通儒独有、不与众人同面同量的依然是"才识"。

如此将才性与识紧密联系在一起，表达的正是"识"这样一种主体素养的确是与各自心智结构系统相关的，它是才性之体的外在之用，人人皆有其根苗，只不过潜力各异。就文人而言，或才情才思优越之余兼优识度，或敏于才情才思而拙于识度。但不论敏拙，皆不可废弃学力，所以邓绎有言："识非学不明"而"学非识不精"，所谓识乃是"天事半，人事亦半"[2]；吴雷发亦云："作诗须多读书，书所以长我才识"，但又格外提醒："然必有才识者方善读书。"[3] 皆是循天人两端而言，仅从先天或后天论识，若非具体语境下的强调，便是思想上的囿于一隅。

问题是，除了以上主流思想，哲学或文艺美学中还有一种观点，赋予识

① 邓绎：《藻川堂谈艺》，王水照辑《历代文话》，第 6120 页。

② 邓绎：《藻川堂谈艺》，王水照辑《历代文话》，第 6103 页。

③ 吴雷发：《说诗菅蒯》，丁福保辑《清诗话》，第 899 页。

纯粹的禀赋特征，时而可以与性或才性等同，时而则凌驾其上。在才性之外出现如此一个与其性质近似甚至更具有统摄力的范畴（如叶燮的才胆识力之识），几乎造成我们已有的关于文才知识系统的失效。如何理解这一思想呢？结合识的认知演化历程，可以说这一思想是佛教性识论的直接产物。

　　佛教有六识、八识、九识等说，汉代以后即逐步获得传播，其中眼识、耳识、鼻识、舌识、身识、意识、末那识、阿赖耶识等所构成的"八识心王"在世俗界影响巨大。八识之中，眼、耳、鼻、舌、身任何一方于大千世界的熏染都会引发意识，意识生爱憎，末那识将意识综合形为自我的偏执分辨，进而形成阿赖耶识中不灭的种因，并见于业报，进入轮回。种因即为"种性"，本义即种子或性，是生长万物的因种，言其为"性"，便有体性、不改、常在之意。① 正因为如此，唯识学中阿赖耶识又被称为"异熟识"——即所谓异世而熟，类似《红楼梦》贾宝玉初见林黛玉而自觉似曾相识。如此一来，进入轮回因果的识便与主体之性融为一体，"识性"（或性识）之说由此而来，也可以说，"识性"（或性识）是识兼包其来龙去脉更为准确的表述。概而言之，佛家论识体现了以下两个要点：

　　其一，从五官之识、意识至末那识、阿赖耶识，是一个从现实人生投入至神秘势能形成的升华过程；

　　其二，佛家论识，不言先天后天，而是讲其在因果轮回中的存在、作用，立足于其不灭而常存。②

　　由此而言，所谓性识、识性之论或视识为禀赋的思想，有相当一部分正是佛家因果论识的理论翻版，或者说从佛教这种性识论述中获得了理论支撑。王充是较早以"性识"论人资质者，但其时佛教初兴，尚难确定他的这个概念是否与佛家有缘，而晋宋之后文人言之则处处流露出佛家识论的痕迹，并往往以这个概念取代本土文化中念念不忘的才性。如《魏书·李彪传》云："彪虽宿非清第，本缺华资，然识性严聪，学博坟籍，刚辩之才，颇堪时用。"③ 这个"识性"是就李彪具备博学材质而言的，本属才性论的内容而以识性言说，正是佛学话语的随手拈来。又如刘宋范晔自道"性别

---

① 参阅方立天《中国佛教哲学要义》，第253页。
② 关于佛家论识的相关思想，得益于宁海香岩山广德禅寺住持释有圆法师的指点，谨表谢忱。
③ 《魏书》卷62，第4册，第1389页。

宫商"、"识清浊"，且云"斯自然也"，其他文人虽偶有会心却"不必从根本中来"，是为其"分"①——"性"、"自然"、"分"最终以识宫商清浊的性能表出，也是佛学识关因果的表达路数。沈约所言"性识"则直接出自佛俗论战，其《神不灭论》云："愚者则不辨菽麦，悖者则不知爱敬，自斯以上，性识渐弘。"② 其意是说：愚者无分辨能力因此性蒙蔽而识不具，悖者能辨识而心性不和，只有性、识合一方可弘道。北魏李概甚至对性做出了如下定义："性也者，所受于天，神识是也，故为形骸之主。"③ 性就是神识，属于天赋品质。唐宋文人承继此论者更为普遍：张怀瓘论书有言"诸子于草，各有性识，精魂超然，精彩射人"④，显然是以性识代替了才性。李轨注《后汉书·马融传》所谓"识能匡欲者鲜矣"云："识，性也"，以流行的佛学观念解释佛学尚未有效传播时期的古代典籍，将分辨洞彻之意误读为识性，则是佛学识论与才性思想交融更为鲜明的体现。宋代理学家以儒家思想的理论系统化为己任，融佛入儒，所以也时时搬弄"性识"："夫与天地生者性也，与性生者诚也，与诚生者识也。性厚则诚明矣，诚明则识粹矣，识粹则文典以正矣。"⑤ 诚为儒家涵养的基石，明为道家所尚，而在诚明基础上论性识，的确属于假借于佛禅，其本然指向依然是孟子所阐发的才性。

　　以上"性"、"识"、"诚"的一体化与各自皆可指向超逸才性等内涵的揭出，都鲜明传达了如下理念：在佛学性识理论的辐射中，识与性或才性不仅有着内在紧密的关联性，甚至在禀赋所有这一意义上识与才性形成了重叠。虽然说古代文艺理论界对佛教有关识的思想并未照单全收，其核心价值因此主要体现于对识在文艺主体素养论中地位的强力抬升，但佛学之识统乎前生来世的囊括包纳性意蕴还是对一些文人产生了深刻影响，于是形成了文艺领域论识的如下一种格局：将佛学识与心意体性关系密切的论述纳入到本土才性思想系统，才性与主体性识之间建构起一定的因果关系，这个关系又

---

① 范晔：《狱中与诸甥侄书》，同前。
② 释道宣：《广弘明集》卷22，影印《文渊阁四库全书》第1048册，第574页。
③ 李概：《达生丈人集序》，《北史》卷33，中华书局1974年版，第4册，第1212页。
④ 张怀瓘：《书议》，王伯敏等编《书学集成》（汉一宋），第194页。
⑤ 石介：《送龚鼎臣序》，《徂徕集》卷18，影印《文渊阁四库全书》第1090册，第312页。

以性识实现全覆盖。如宋代黄裳论文："识性为之根蒂，才性为之文饰，记性为之佐证，合是三性而本于心，禀其可否，著为群言。"其中性的地位是在与情的关系逻辑中确认的："以性为体，以情为用。"① "识性为根蒂"也就是"识性"为体，二者不可拆分，而相应的诸般能力潜质则以此为依据，才性也成为它的附庸。清代叶燮论诗也是如此。他表面建构起了以识为核心的才胆识力诗学素养系统，且云"识为体而才为用"、"内得之于识而出之而为才"②，较乎传统的"才识"体用思想，其于才识之间的因果顺序认知是颠倒的，这是其全盘接纳佛学性识理论并将其未经消化直接引入诗学阐释的必然结果。叶燮接纳佛学识性具有统摄性的观念，带来了其对美学意义之"才"理解的偏颇：《原诗》之中的"才"，基本上被具化或者缩减为文藻变化之能，才的性之所宜等内涵则被生生肢解，纳入到审美之识的肌理，用以维护识在其体系建构中的地位。这是其论述结构每每遭到质疑甚至诟病十分重要的原因。又如吴雷发论诗："笔墨之事，俱尚有才，而诗为甚。然无识不能有才，才与识实相表里。"③ 将识才关系纳入体用、表里，内里的识为体，外表的才为用。其理路同样是佛家识性理论的敷衍。

　　这种与才性形成叠合甚至超越其上的佛学识论，虽然有力助推了识的究察、才识关系辨析的升温，但由于淆乱了本土文化中才性的知识逻辑，其于"才识关系"的美学建构本身实则不乏"解构"的力量。

　　事实上，即使认可识与才性关系密切甚至意蕴重叠，也并不意味着识对人力的绝对排斥。回到佛教性识之论：末那识对意识的综合是一个重要的中介，善恶诸因皆由此而起。既然是就轮回而言，八识也便因此又有了如下运动的路径：从阿赖耶识蕴藏的种子，形成末那识类似主体潜意识的思想情感动力，并通过意识的输送，见于七识之中，在眼、耳、鼻、舌、身的攀援依附之中彰显种子的暗示，形成现行——现行是识的落实。将以上历程置于因果轮回观照，则从五官之识至意识、末那识，这七识都立足于现实，离不开熏染，并在现实熏染之中成就新的种子，进入因果轮回，同时本体也因此获得修正、凝定。那本自阿赖耶识的种子，就是这种果转化为因之后的命名。

① 黄裳：《言意文集序》，《演山集》卷19，影印《文渊阁四库全书》第1120册，第143页。
② 叶燮：《原诗》（与《说诗晬语》等合刊），第24、28页。
③ 吴雷发：《说诗菅蒯》，丁福保辑《清诗话》，第899页。

因此，即使是种子，如果追溯根源也与熏习不可脱离，故而又称之为"习气"，包括名言熏习、色识熏习与烦恼熏习。[①]

综上所述，才识关系体系下的识，离不开宿根的作用，也依赖人力的经验。但回到文艺审美领域，我们所讨论的识不是与才性比肩的佛学之识，它与学的性质一样，虽然受制于才性分量偏宜，但对于文才这一审美创作的根本素养而言，它本然的利钝构不成对审美主体身份的威胁，因为它与才情相异。当然，一个文人后天识度通过学习弥补的程度，或许会影响其艺术成就与品位。

作为文艺范畴的识可以从以下几个方面大致把握：

其一，识为审择至精。审美识度的本义确如林纾所言，有"审择至精"的意思："见远而晰其大凡，于至中正处立之论说，而事势所极，咸莫能外"[②]，即主体具有高度敏锐的审察、甄别、洞悉能力，所确立的思想、所表达的观点细致入微，与情事大势吻合，所谓切中肯綮，得其物宜，其中渗透了济世之略、见机之能、品德修养。如宋天圣年间，进士考试文章务以言语声偶相夸尚，而苏舜钦等能鄙弃时文习气，为时人所不为。后来朝廷患时文之弊，专门讽勉学者近古，此后文风一变。众人趋附于时尚，独有苏舜钦等于举世不为之时标其异帜，其始终自守，欧阳修誉之为"特立之士"。宋犖便将苏舜钦"独崛兴于举世不为之时，挽杨、刘之颓波，导欧、苏之前驱"归之为"其才识尤有过人者"[③]。

戴名世将识的这一方面内涵名之为"贵独知"。所谓文章"莫贵于独知"，具体指向如下造诣："用其想于空旷之间，游其神于文字之外，如是而后能不为世人之言，不为世人之言，斯无以取世人之好。"[④] 独知就是有识，能独知则不耳剽目窃，追风逐浪，无论众人之好还是君子之好。当然，"见不到处便不说，亦不能谓之无识"[⑤]，有自知之明也属于独知。

其二，识包括理性判断与审美判断两方面的核心能力。叶燮《原诗》

① 参阅韩廷杰《成唯识论校释》序言，中华书局1998年版。
② 林纾：《春觉斋论文》（与《论文偶记》等合刊），第75页。
③ 宋犖：《苏子美文集序》，祝尚书辑《宋集序跋汇编》，第267页。
④ 戴名世：《与刘言洁书》，《戴名世集》卷1，第5页。
⑤ 林纾：《春觉斋论文》（与《论文偶记》等合刊），第75页。

云："人惟中藏无识，则理事情错陈于前，而浑然茫然，是非可否，妍媸黑白，悉眩惑而不能辨，安望其敷而出之为才乎？"于情事理中分辨黑白是非，所言即是识的理性判断力。又云："今夫诗，彼无识者，既不能知古来作者之意，并不知其何所兴感触发而为诗。或亦闻古今诗家之论，所谓体裁、格力、声调、兴会等语，不过影响于耳，含糊于心，附会于口，而眼光从无着处，腕力从无措处。"① 所谓敏锐地感知兴会体裁、格力、声调，即就审美判断力而言。在叶燮的论述中，二者是应当兼备的。方东树分辨才、学、法、识在创作中的效用认为："有文通而理不通者，是学上事；有理通而文不通者，是才上事。文与理俱清通而平滞，无奇妙高古惊人，是法上事。然徒讲义法而不解精神气脉，则于古人之妙，终未有领会悟入处，是识上事。"② 识主乎创作之前能够得古人义法，是理性判断力；从义法之中能发现并把握古人的精神气脉，便超越基本的理性认知，必须具备审美情怀的审美判断力方可，也是二者兼论。

其三，识有其度。皎然《诗式》论谢灵运之作："识度高明，盖诗中之日月也。"③ 度为识的称量，但不为度所拘执的通融之识方为通识、宏识、大识。度可对识形成限定，所以林纾云："度者范围不越之谓。"所谓限定是一个兼容主客的双向标准：一则是说主体辨析甄择等能力的根柢存在差异，本于才性的制约，加以人力裨补的不齐，于是各有其料量所及的范围与定式，此为识度；一则是说甄择决断能够合乎情事物理的范围，且能有理有节，可入步骤，而非悬臆无端，阔而无当，此为识合其度。焦竑论李杜云："昔李白有诗人之材而无其识，杜甫有诗人之识而无其度，故言非世法，动忤于时。"④ 虽然未为笃论，但吹求之下正可见兼此双重意蕴的识度之难。曾国藩以气势、识度、情韵、趣味为古文四象，且云"有气则有势，有识则有度，有情则有韵，有趣则有味"，古人绝好文字四者必长其一。⑤ 识度在四者之中更倾向于审美意味之外的现实功用，识有其源

---

① 叶燮：《原诗》（与《说诗晬语》等合刊），第 24 页。
② 方东树：《昭昧詹言》卷 1，第 9 页。
③ 何文焕：《历代诗话》，第 30 页。
④ 焦竑：《弗告堂诗集序》，《焦氏澹园集》卷 16，《续修四库全书》第 1364 册，第 154 页。
⑤ 钟叔河：《曾国藩家书》，北岳文艺出版社 1994 年版，第 58 页。

自性情与经验的局限，因此贵乎能够超越于度而达于通融。正如林纾所论云"明袁衰曰：'识难乎通融。''通融'二字，若在常解，便作'诡随'说。实则，通者，通于世故也；融者，不曾拘执也。一拘，便无宏远之识；一执，便成委巷小家子之识。"① 通融之中有随机应变之意，识不拘执于成见，方可入乎宏通。

其四，诗文于行文入手之处及文思敷衍之间皆需要识，叙事、论事皆需要识。如林纾论称：

> 且识度二字，不特专为论事而言。谢叠山曰："作史评，须设吾以身生其人之时，居其人之位，遇其人之事，当如何处置，必有一段万世不可磨灭之语。"此但指论事之识，不知叙事亦自有识。凡人于人不留意处大有过人之处，而为之传者恒忽略不道，或亦闲闲叙过，此便失文中一大关键。试观《史记》中列传，一入手便作全盘打算：有宜重言者，有宜简言者，有宜繁言者，经所位置，靡不井井。此惟知得传中人之利病，但前后提挈，出之以轻重，而其人生平，尽为所摄，无复遁隐之迹。此非有定识高识，乌能烛照而不遗？

林纾之论侧重于文章，故此于叙事、论事多有致意。相比之下，诗歌论识则更侧重于指学诗、赏诗、作诗之中能不袭不拟，即严羽所谓入门须正而能悟第一义。

其五，赏在后世虽然基本承接了识在审美鉴赏这一领域所起的功用，但以识论鉴赏依然是识的分内之事。明人王重有批评此前诸选："若芮氏生于唐初，所编不及中晚，李氏专尚唐词，所集尽遗古逸。高、姚则意见偏枯，韦、王则成书未备。洪与赵选拘一体，毛与方尚博未纯。刘应几太任私衷，郭茂情独崇乐府。"选者好尚各异，取舍不齐，尽皆一斑之见，"岂通才之识哉"②？虽然对诸选的批评有不得要领之处，但从众多作品中选出佳作、选出符合某一审美龟鉴的佳作，同样需要审美识力，这种识力就是欣赏

---

① 林纾：《春觉斋论文》（与《论文偶记》等合刊），第76页，下同。
② 王重有：《诗归序》，钟惺、谭元春《诗归》，第1页。

之能。

而具备审美赏鉴所需素养，对审美对象明其人、明其事、明其经历，并由此能够准确定位与评价艺术作品，则往往被称为"知深赏至"。"知深"是"赏至"的前提条件，"知深"就是"识微"。《文史通义·知难》云：

> 为之难乎哉？知之难乎哉？夫人之所以谓知者，非知其姓与名也，亦非知其声容之与笑貌也，读其书，知其言，知其所以为言而已矣。读其书者，天下比比矣；知其言者，千不得百焉。知其言者，天下寥寥矣；知其所以为言者，百不得一焉。然而天下皆曰：我能读其书，知其所以为言矣。此知之难也。人知《易》为卜筮之书矣；夫子读之，而知作者有忧患，是圣人之知圣人也。人知《离骚》为词赋之祖矣；司马迁读之，而悲其志，是贤人之知贤人也。夫不具司马迁之志，而欲知屈原之志，不具夫子之忧，而欲知文王之忧，则几乎罔矣。①

知圣人、屈原、司马迁之志之忧者，便是与其同情共感之人；识得机微、情志相接方可论世知人，并由此获得对作品更深刻的体察赏鉴。

第三节　才学识：才识相济　学识相助

影响识的核心因素有二：才与学。才学识各自的肇始发端前面都已经论述，作为主体素养，三者又分别被称为才性、记性、识性；才又称为"作性"，识性又称为"悟性"。

从《文心雕龙》开始，已经将才学识视为了文学素养的重要组成部分。如《才略》篇言马融"思洽识高"，认为汉代之前创作多"俊才而不课学"，东汉以后"颇引书以助文"，才学识三者便兼备于同一个理论语境，但没有综合的整体考察。江淹《伤友人赋序》言其友袁炳："有逸才，有妙赏，博学多闻，明敏而识奇异，仆以为天下绝伦。"这是批评史上才学识第

---

① 叶瑛：《文史通义校注》，第 366 页。

一次被纳入一体表彰。当然，江淹这种批评尚属于品目之中的兼举，同样没有进一步的说明。隋末王通论王隐为"敏人"："其器明，其才富，其学赡。"① 其中的"器明"即指器识明鉴，才、学、识论至此已经呼之欲出。在此基础上，唐代刘知几的"三长"说诞生了：

> 史有"三长"，才学识，世罕兼之，故史者少。夫有学无才，犹愚贾操金，不能殖货；有才无学，犹巧匠无楩楠斧斤，弗能成室；善恶必书，使骄君贼臣知惧，此为无可加者。②

"三长"之中才学识分列其用，才主其能文，学主材料，识主乎既明善恶又能善恶必书的决断。概而言之："非识无以断其义，非才无以善其文，非学无以练其事。"③ "三长"说虽立足史著，但鉴于文史一家的传统观念，它对文艺素养论也产生了深远的影响，到了宋代，便被完整移地植到了诗文批评。谢枋得论《文章轨范》所选篇目即称："此集才学识三高，议论关世教，古之立言不朽者如是夫。"④ 宋末方回又称："作诗不具此三长，可乎？"⑤ 前言文章，后论诗歌，可见其时史学"三长"说已经成为衡量诗文创作的普遍尺度。

从"才识"关系确立到"才学识"论的出现，再到后世文艺理论在此基础上的反复阐释，都表明无论才、识还是学、识都有着彼此密切的关联，这是三者最终被整合为文人重要素养的内因。三者之间，才识相济，学识相助。

　　一

先看才识相济。

（一）从审美意义而言，才识并可尊奉而以才识相称为极诣，诗道赖之以成。从唐代开始，文人们已经屡屡从才识入手讨论诗歌，如言"文章宗

---

① 张沛：《中说校注》，第62页。
② 《新唐书》卷132《刘子玄传》，第15册，第4522页。
③ 叶瑛：《文史通义校注》，第219页。
④ 谢枋得：《文章轨范》，王水照辑《历代文话》，第1042页。
⑤ 方回：《杨初庵诗卷序》，同前。

旨"："意有盘礴者，谓一篇之中，虽词归一旨而兴乃多端。用识与才，蹂践理窟。"① 又云："文章关其本性，识高才劣者，理周而文窒；才多识微者，句佳而味少。"② 才识或兼言或针对同一对象并举。另如刘禹锡《董氏武陵集纪》的"才""明"之论："片言可以明百意，坐驰可以役万景，工于诗者能之；风雅体变而兴同，古今调殊而理冥，达于诗者能之。工生于才，达生于明，二者还相为用，而后诗道备矣。"此处所论的"工"与"达"指向各自有别：工生于才，意味着诗文工致工丽与才相关，体现为"片言可以明百意，坐驰可以役万景"的明意绘景能力；达生于明，体现为对"风雅体变而兴同，古今调殊而理冥"的领悟③，是为创作的一种重要素养。这个"明"有数重含义：作者要识文体正变，识古今声律格调大要；但在此基础上更要明了，文体虽有正变却皆出于兴会，调不同而成调之理同，此为万变不离其宗。很显然，这个"明"就是后人所谓"识"④。可见此间的工与明，正是才与识的另一种表达形式。在刘禹锡看来，只有才识还相为用诗道方始大备。归有光也曾论称："文章非识不足以厚其本，非才不足以利其用。"而本与用一内一外，二者不能离析，所以"才识俱备，文字自尔高人"⑤。其意与刘禹锡大体相近。

既然才识相须，则二者不可偏废。从宋代开始，很多文人在直接提倡才识兼通之余，多由此发论。如张辅以用字多少论《史记》《汉书》优劣，吴子良对此的评价是："此言止论才，未论识也。"⑥ 明代王世懋说："才难。岂惟才难，识亦不易。"识之不易表现于："作诗道一浅字不得，改道一深字又不得，其妙正在不深不浅，有意无意之间。"⑦

---

① 李壮鹰：《诗式校注》，第 153 页。
② 王利器：《文镜秘府论校注》南卷"论文意"引，中国社会科学出版社 1983 年版，第 327 页。
③ 刘禹锡：《刘宾客文集》卷 19，影印《文渊阁四库全书》第 1077 册，第 442 页。按：人民文学出版社 1999 年版《隋唐五代文论选》依据上海人民出版社排印本《刘禹锡集》卷 19 收录此文，"风雅体变而兴同，古今调殊而理冥"一句作"风雅体变而兴同，古今调殊而理异"。上海古籍出版社 1989 年版瞿蜕园《刘禹锡集笺证》与此相同。刘禹锡这句话核心是要表达诗歌万变不离其宗之意，体变而兴同、调殊而理合，本为古人熟论，因而"理异"为误。相比之下，四库本更为准确。
④ 此论叶燮《原诗·外篇》曾化用，其文字即改造为"工生于才，达生于识"。
⑤ 归有光：《归震川先生论文章体则》，王水照辑《历代文话》，第 1717 页。
⑥ 吴子良：《荆溪林下偶谈》卷 4，影印《文渊阁四库全书》第 1481 册，第 511 页。
⑦ 王世懋：《艺圃撷余》，何文焕辑《历代诗话》，第 783 页。

才识不仅并不可缺，还要彼此相称，否则创作必然前支后绌捉襟见肘，难成完璧。然而，二者兼备且相称实非易事。早在曹魏时期，曹植就通过对刘季绪才不逮作者而好诋诃文章的嘲讽，表达了才识应该相称的思想。唐代李华也说过："论及后世，力足者不能知之，知之者力或不足，则文义寖以微矣"[①]。文采卓著而不明义理已足以为病，识可到而临文不逮其所见则同样未免纸上谈兵之讥。这是创作与认知过程中屡屡呈现的矛盾，有此矛盾，也便容易形成如下创作的困境：

> 识得十分，只做得八九分，其一二分乃拘于才力，其沧浪之谓乎？[②]

> 朱子言："山谷好说文章，临当作文又气馁了；老苏不曾说，到下笔时却雄健。"何也？天下事知得分数到者未必能尽作得，能作得者知盖不足言也。山谷之作不逮所知，此则其所谓越鸡之不能为鹄，材不足故也。[③]

恽敬在此基础上再作发挥："天下有能之而言不能尽者矣，未有未能之而言能尽者也。"[④] 对能言而不能作者的所言提出了有限度的质疑。因此对于文艺审美而言，才能需要称其所识。

（二）识对才具有引导作用。以识引才包含以下四个具体的价值指向：

其一，以识度指导才气，防止失范，类似于道德对文才的警惕。这种作用源自识可定是非的通明，这个是非侧重于道义的是非。识关合于道义的思想出现在宋代，由于理学的浸淫，其时文学论识便增加了器度甚至道义的含义。学者们认为，只有具备如此持守的识方是真识，它是整个文机涵育过程的归结点，联系着作者的道德人格，影响着作品成型后的审美价值与现实效力。

---

① 李华：《赠礼部尚书孝公崔沔集序》，《李遐叔文集》卷1，影印《文渊阁四库全书》第1072册，第354。
② 李东阳：《麓堂诗话》，丁福保辑《历代诗话续编》，第1371页。
③ 何孟春：《冬余叙录》，王葆心《古文辞通义》卷12引，王水照辑《历代文话》，第7669页。
④ 恽敬：《与纫之论文》，《大云山房文稿》卷3，四部丛刊初编本。

宋代文人时时借李杜优劣这个话题阐发这一思想。王安石曾编辑四家诗，于其次第则李白最下，时人疑惑不解，王安石这样解释："白诗近俗，人易悦故也。白识见污下，十首九说妇人与酒，然其材豪俊，亦可取也。"识见由诗歌内容体现，李白多言妇人与酒，在王安石看来便是缺乏阔达的胸襟识度，豪俊之才由此也无所取。苏辙与王安石同调，推出"不知义理之所在"排击李白"无识度"，其《诗病五事》云：

> 李白诗类其为人，骏发豪放，华而不实，好事喜名，而不知义理之所在也。语用兵则先登陷阵不以为难，语游侠则白昼杀人不以为非，此岂其诚能也哉？白始以诗酒奉事明皇，遇谗而去，所至不改其旧。永王将窃踞江淮，白起而从之不疑，遂以放死。今观其诗，固然。唐诗人李杜称首，今其诗皆在，杜甫有好义之心，白所不及也。汉高祖归丰、沛，作歌曰："大风起兮云飞扬，威加海内兮归故乡，安得猛士兮守四方。"高帝岂以文字高世者哉！帝王之度，固然发于其中而不自知也。白诗反之曰："但歌大风云飞扬，安用猛士兮守四方？"其不达理如此。老杜赠白诗，有"细论文"之句，谓此类也哉！

罗大经《鹤林玉露》承续王安石、苏辙的认知，立苏轼评杜甫"识君臣大体"、具"忠义之气"为标准，继续贬抑李白"无识度"：

> 李太白当王室多难、海宇横溃之日，作为歌诗，不过豪侠使气、狂醉于花月之间耳。社稷苍生，曾不系其心膂。其视杜少陵之忧国忧民，岂可同年语哉！唐人每以李、杜并称，韩退之识见高迈，亦惟曰"李、杜文章在，光焰万丈长"，无所优劣也。至宋朝诸公，始知推尊少陵。东坡云："古今诗人多矣，而惟称杜子美为首，岂非以其饥寒流落，而一饭未尝忘君也欤？"又曰："《北征》诗识君臣大体，忠义之气，与秋色争高，可贵也。"朱文公曰："李白见永王璘反，便从臾之，诗人没头脑至于如此。杜子美以稷、契自许，未知做得与否？然子美却高，其救房琯亦正。"

　　陆游也首肯王安石的论断，只是辨析了李白诗歌言酒者固多，而言妇人者除了乐府之作其余并不多见，而乐府言妇人乃其本色。《老学庵笔记》从另一个角度论定李白识度浅显：

> 　　盖白识度甚浅，观其诗中如"中宵出饮三百杯，明朝归揖二千石"，"谕扬九重万乘主，谑浪赤墀青琐贤"，"王公大人借颜色，金章紫绶来相趋"，"一别蹉跎朝市间，青云之交不可攀"，"归来入咸阳，谈笑皆王公"，"高冠佩雄剑，长揖韩荆州"之类，浅陋有索客之风，集中此等语至多，世但以其辞豪俊动人，故不深考耳。又如以布衣得一翰林供奉，此何足道，遂云"当时笑我微贱者，却来请谒为交欢"，宜其终身坎壈也。

　　严格讲来，这里所谓的识度更接近器度，以攀附交接权贵为豪，以乌纱自诩等等，这种解读虽然有断章取义之嫌，但也的确抓住了李白性情心思之中的一些幽微之处。①

　　以上王安石、苏辙等诸论，包容了识度、器识，更多的是从人伦识鉴着眼论识，接近因文见志。就人格论识则意在道德修为，是对灵悟之识的重要补充，其对文才的导引更近乎规约。及至《文史通义·妇学》论才识，识对才已经具有了"一票否决权"。章学诚首先命名"才而不学"者为"小慧"，随之断言："小慧无识，是为不才。"无识之人由此便丧失了才子的资格，道理很简单："不才小慧之人，无所不至，以纤佻轻薄为风雅。"② 识的引领是保障主体人格修为进而不入轻薄的核心力量。

　　其二，以识提升文才创作的品质。其表现有二：品位与境界。

---

　　① 《李太白全集》卷 34 附录，王琦注，第 1534、1535、1538 页。按：道德道义评判依托诗句展开，总难免皮附，所以从宋代就有文人不尽以为然。《扪虱新话》便将矛头直指王安石的李白识见污下论："予谓诗者妙思逸想，所寓而已，太白之神气当游戏万物之表，其于诗寓意焉耳，岂以妇人与酒败其志乎？不然，则渊明篇篇有酒，谢安石每游山必携妓，亦可谓之其识不高耶？欧阳公文字寓兴高远，多喜为风月闲适之语，盖效太白为之。故东坡作《欧公集序》亦云'诗赋似李白'，此未可以优劣论也。"因文论志、以文观人，不从辞气、体调所蕴含的主体特征入手，而斤斤于道德大义，极容易混淆审美创作与历史的界限，抹杀诗歌独到的表现特征。

　　② 叶瑛：《文史通义校注》，第 536 页。

品位。识对艺术品位的影响，集中体现于其在艺术审美层面的重要作用。文学理论涉及识的效用，起初侧重于表彰主体明了如何拣择材料，在纷繁之中实现秩序。《文心雕龙·才略》论陆云"以识检乱，故能布采鲜净"，显然是说陆云具有规整凝练的识力，因此与其兄的繁缛形成对比。宋代《文章百段锦》评苏轼《范文正公集序》的文字表现："韩信与高帝语，罗五百字，今但以'论刘项短长画取三秦'九个字包含；孔明与先主语有三百字，今只用'论曹操至争天下'七字包尽，其善于省文如此。盖东坡笔雄识高而然。"① 能够从繁杂资料中凝练出核心思想，这就是"卓识"，将其再充分形象地形之于文辞，在当时文人看来就是"雄笔卓识"。

繁简之外，识又往往决定创作的雅俗。文艺界动辄以"漱六艺之芳润"教人，朱熹却指出："此诚极至之论，然亦恐须先识得古今体制雅俗向背，仍更洗涤得尽肠胃间夙生荤血脂膏，然后此语方有所措。"识得雅俗后可论师法，否则认错路头，只恐"秽浊为主，芳润不得入也"②。

及至识的意义全面成熟普及，其效用论由此贯穿于创作的方方面面。章学诚《文史通义·说林》论文辞与志识的关系，便是这种效用的集中体现：

> 文辞，犹三军也；志识，其将帅也。李广入程不识之军，而旌旗壁垒一新焉，固未尝物物而变，事事而更之也。知此意者，可以袭用成文，而不必己出者矣。
>
> 文辞，犹舟车也；志识，其乘者也。轮欲其固，帆欲其捷，凡用舟车，莫不然也。东西南北，存乎其乘者矣。知此义者，可以以我用文，而不致以文役我者矣。
>
> 文辞，犹品物也；志识，其工师也。橙橘楂梅，庖人得之，选甘脆以供笾实也；医师取之，备药毒以疗疾疢也。知此义者，可以同文异取，同取异用，而不滞其迹者矣。
>
> 文辞，犹金石也；志识，其炉锤也。神奇可化臭腐，臭腐可化神奇。知此义者，可以不执一成之说矣。

---

① 方颐孙：《文章百段锦》卷下，《续修四库全书》第1717册，第688页。
② 魏庆之：《诗人玉屑》卷1，第7页。

> 文辞，犹财货也；志识，其良贾也。人弃我取，人取我与，则贾术通于神明。知此义者，可以斟酌风尚而立言矣。[1]

识可以掌控方向与速度，无识则如舟车从流飘荡，一任东西，人不仅难得其利，反受其害。有识者可以袭用成文而不成蹈袭，可以文饰装点而不为繁文役使，可以在腐朽之中发现神奇，可以通权达变而不执一成之说，可以斟酌风尚而不从人屈己，可以权衡利弊而得乎中行。有识的支持，文才方可游刃有余。

境界。识为意志思想中事，见于是非、真伪、疑似、美丑的辨析，因此与主体的人格呈为一体，并直接影响到创作的境界。杜牧与王维各有《息夫人》诗，杜牧云："细腰宫里露桃新，脉脉无言几度春。至竟息亡缘底事，可怜金谷堕楼人。"王维云："莫吟今朝宠，能忘旧日恩。看花满眼泪，不共楚王言。"张表臣《珊瑚钩诗话》论二人之作，以为杜牧诗较王维之作"语意远矣"，即意蕴以及理致更为高远。王维诗从女性因旧爱无以面对新欢写其尴尬，杜牧则由家国兴衰写女性的命运，境界眼光的确不同。而究其原因，"盖学有浅深，识有高下，故形于言者不同也"[2]。此处之学不是一般的学问，是宋人理学以节操持守、识度深湛且行事坚忍为学的延伸，与识度是一体的。另如刘熙载将识落实于"认题立意"，以为"非识之高卓精审，无以中要"[3]。识度决定立意的高度，诗文境界自然不同。

其三，以智识调控才气的纵恣，这也是引领。宋代张咏与杨亿书云：

> 世之才豪，须藉智识主之，则豪气不暴纵。不与伊、吕并辔，正合著名，垂范不朽，屑屑罹祸者，自古何限？盖智不及气耳。大率负绝世之才，遇好文之主，迹系中禁，声驰四方，苟加颐气于和，啬精于漠，了然独到，邈与道俱，必臻长世之期，足为瑞时之表。[4]

---

① 叶瑛：《文史通义校注》，第 350 页。
② 何文焕：《历代诗话》，第 471 页。
③ 刘熙载：《艺概》，王水照辑《历代文话》，第 5570 页。
④ 田况：《儒林公议》，影印《文渊阁四库全书》第 1036 册，第 288 页。

杨亿文辞侈博，落笔即成，且皆声韵偶属、编组事实之作，运才气逞文藻有余而缺乏真识主持，故而流入西昆俗调。张咏之意，本在讽其自省，而陶冶之道便是以智识控引才气，使之达于颐和、含蓄。

诗文纵恣除了具体创作之中才气把握的失衡以外，还表现为从整体创作兴致而言无所节制，炫才技痒。近人钱振锽云："识难。以韩孟之才而不能罢其联句之兴，以东坡之达而不能藏其和韵之丑，以放翁能为'文章本天成，妙手偶得之'之语，而作诗往往拈古人诗两句为韵，一作十首。皆无识之故也。"[1] 诗不能有为而作、有感而发则皆为无识调控。

单就艺术层面的才气引领而言，识之所以能够引领才气，防其放逸，关键在于识能生法。

所谓识能生法，是指识能明其然而运法。吕留良称："法生于识，巧生于理，其不可方物处，正不可移易处。若离理识而别寻巧法，即走入拙工死路。"[2] 由识生法，也就是识度可于自我创作的经验教训与经典的垂教之中获得法度并升华其运用的心智。魏禧也曾云："好古者株守古人之法，而中一无所有，其弊为优孟之衣冠。天资卓荦者师心自用，其弊为野战无纪之师，动而取败。蹈是二者，而主以自满假之心，辅以流俗谀言，天资学力所至，适足以助其背驰。"何以收束放心振作馁气呢？他提出养气可以集义。如何养气？"文章之能事，在于积理"[3]。清初毛先舒、叶燮、毛奇龄以及后来张际亮等皆论积理，而积理所得者正是识："理明则识高，识高则气壮，气壮则法度无往而不具。"[4]

所谓识能生法，又指识能明其不然而规避。大致包括两端：

明了常见的病累病忌。诸如沈约所论平头、上尾、蜂腰、鹤膝等八病；如《沧浪诗话·诗法》所列俗体、俗意、俗句、俗字、俗韵之"五俗"；如章学诚所论之"古文十弊"等等。能于创作中自觉规避诸病这本就是法，

---

① 钱振锽：《谪星说诗》卷二，张寅彭主编《民国诗话丛编》二，第611页。
② 吕留良：《论文汇钞》，《吕留良诗文集》上册，第497页。
③ 魏禧：《宗子发文集序》，《魏叔子文集》卷8，第411页。
④ 计东：《曹颂嘉文集序》引曹颂嘉语，《改亭文集》卷1，《续修四库全书》第1408册，第96页。

而能深明此法就是识度。

师法古人而能知其病又能规避其病。此论最早见于宋代吕本中《童蒙诗训》，其中言杜甫诗有质野处、苏轼诗有汗漫处、黄庭坚诗有尖新处，皆是其病，不可不知，不可不防，知之即为有识。魏禧补充说："学古人，必知古人之病，而力湔涤之。不然，吾自有其病，而又益以古人之病，则天下之病皆萃于吾之一身。"林纾以为，此语至为切当，"学文入手工夫，亦正须济之以识"，而魏禧所论，正是提醒学者当"沉酣于古，博涉诸家，定其去取"：有所取之外必有所去，取是识，去亦为识。①

其四，以识的引领维持才的独立面目，避免泯没才的创造力。《诗源辨体》对此有一段论述：

> 学者以识为主，造诣日深，则识见益广矣。今或有为古人所恐者，有为盛名所恐者，有为豪纵所恐者，有为诡诞所恐者，皆造诣不深，而识见不广故也。如初、盛唐诸公，已自妍媸不同；大历而后，益多庸劣，今例以古人之诗而不敢议，此为古人所恐也。如李献吉律诗，入选者诚足上配古人，其余鲁莽，多不足观，今但以献吉之诗而不敢议，此为盛名所恐也。至若才力豪纵者，顷刻千言，漫无纪律；资性诡诞者，怪险蹶起，而蹊径转纡，初学观之，震心炫目，俯首受屈，此为豪纵诡诞所恐也。苟造诣日深，识见益广，则精粗自分，好丑自别。即李杜全集，瑕疵莫掩，况他人乎？②

有识见则创作不为古人、名人盛名以及诡诞豪纵的体貌所迷惑，辨析妍媸一以自我才情，如此方能立定脚跟，敢于见才。金堡也曾云："有天下之士，有国士，有一乡之士，盖分于识量。识如山，量如水。山至于妙高，水至于大瀛海，然后足以发其才。识者卑，才虽高，仅成部娄。"③ 文才虽高，但文才的造就在很大程度上却决定于识量的高下。

---

① 林纾：《春觉斋论文》（与《论文偶记》等合刊），第75页。
② 许学夷：《诗源辨体》卷34，第319页。
③ 金堡：《吴孟举诗集序》，《遍行堂集》卷3，宣统三年国学扶轮社刊本。

二

在才学识素养体系的框架之下，学识之间同样彼此相济，具体体现为以学开识、以识引学。

其一，以学开识。以学开识之论可以追溯到《沧浪诗话·诗辨》，严羽所论诗道在于妙悟，而妙悟之道有二，或为孟浩然式，虽乏学力但才情洋溢，此为顿悟之途；但更多的则属于积学而入："工夫须从上做下，不可从下做上。先须熟读《楚辞》，朝夕讽咏以为之本；及读古诗十九首、乐府四篇，李陵、苏武汉魏五言皆须熟读。即以李杜二集枕藉观之，如今人之治经，然后博取盛唐名家，酝酿胸中，久之自然悟入。"此类门径即为佛家渐悟，所以敏泽先生总结严羽的禅悟之道称："严羽所说的悟实际上也就是学。如他在'诗辨'开宗明义所说的'夫学诗以识为主……'"① 由学而悟，则能成识，这里的识即指从经典作品学习所获得的领悟。由学而渐渐抵达识悟之说，形成了后来的以学开识论："读书只可开识见，助笔阵。"其中的"只"是就学有济于才思识见却不能以学为诗材而言的。② 又如许学夷云："学诗者识贵高，见贵广。不上薄三百篇、楚骚、汉魏则识不高；不遍观元和、晚唐、宋人则见不广。"③ 识见皆得于穷搜博览之学。

元代陈绎曾在前人论理论识的基础上着重探讨了"清识"范畴，而在其理论系统里，"清识"是文机涵育文气积蓄过程中重要的内容。欲使识清，就当究天理物理事理，这个过程依赖的就是读书、穷理、揣度、养气。天理为自然与社会的基本规律，以得其"妙"为真识。物理是具体的格物，但格物不能"专倚书籍"，只有究书中之理与究眼前之理结合方为真识。对事理的解释尤其体现了陈绎曾论识具有很强的实践诉求：

> 今事须于自家自心历练处体验人情事理，十分切实老成，即以此心去量度他家事理，虽不中，不远矣。古事只要看来踪去迹言行著实处，

---

① 敏泽：《中国文学理论批评史》，第596页。
② 邓云霄《冷邸小言》云："余尝谓读书只可开识见、助笔阵，如食参术丹砂，自能返老还童。若取参术丹砂挂在脸上，何补于颜？反益老丑。"
③ 许学夷：《诗源辨体》卷24，第249页。

休听他古人议论，休据古人字样，怀洗千古冤抑、照万代奸欺之心以临
之。自家的见识定，然后看古人议论以商榷之，可也。如此则为真识。

对识的领会重视自我体验、自身历练，不偏信古人议论，一路破除诸般迷
信，而且提倡疑古，以确立自我见识为主。更为别有新意的是，陈绎曾没有
忘记主体对自我的认知同样是识："自家先澄吾神，明明白白，见此主宰妙
理。则其他天神地祇人鬼物怪，有者无者，是者非者，可得而照矣。自家不
识自神，而欲妄意窥测，政恐魑魅魍魉辈窃笑耳。识自家神以照彼神一也，
方是真识。"以天理、物理、事理与自我反视为基础，陈绎曾将识的内容大
致概括为以下几条：一曰明其然，究目可见耳可闻之实理；二曰明当然，究
心可知身可行之正理；三曰明所以然，究口不可言心不可思而理势自然之所
必至者；四曰明不然，知晓正理之外所当防戒的种种邪僻者。以上诸般，无
一不由书籍与实践获得。①

可见对于历代文人而言，最基本的养识之术就是读书苦学，文不可以强
为，而识可以炼成，不仅"儒者识见，系乎学问之浅深"②，而且"诗须识
高，而非读书则识不高"③。

识由学得又往往被称之为养气得识。养气得识是一个包容性极广的说
法，凡可以陶冶主体性情、德行、心境、意志的修为都是养气范围。不过相
关内容可以浓缩为儒家、道家、佛家三个养气体式。儒家养浩然盛气，不屈
小利，不守卑节，能明大势见大道，此为得识。道家养气主生命的宁静，心
神的安然，即陈绎曾于静默中体察之意：

欲识见高，何法而可？曰此心之灵，与神明通。默而识之，游于造
化之祖，天机出入，陟降左右，则妙与神明通矣。神虑周密，照物精

---

①　陈绎曾：《文章欧冶》（本名《文筌》），《历代文话》，第 1235 页。按：魏禧《魏叔子日录》
论析了以学开识的三个路径："识可造乎？曰可。造识之道有三：曰见闻，曰揣摩，曰阅历。"于此皆
有具体阐述。但平心而论，见闻近乎陈绎曾所论读书，揣摩即陈所谓揣度，阅历最被魏禧推重，
视亲历亲行为获得识最重要的路径，实则也包容在陈绎曾的事理究察及养气中。参阅《魏叔子文集》，第
1064 页。

②　纪昀：《张为主客图序》，《纪晓岚文集》卷 9，第 181 页。

③　李沂：《秋星阁诗话》，丁福保辑《清诗话》，第 915 页。

巧，纤毫曲折，必尽其情，则与神明通矣。清圆妙用，与造化者为一，然而识见不高者，吾未之见也。[1]

息心、坐忘、心斋，实现精神的快意升腾，心灵由此圆活，神明由此贯通，识见便在这个过程中渐趋圆融。佛家养气首重简缘，于清心寡欲、神明湛然之中窥见真识。张问陶曾以读佛书回答客人诗法之问，人皆不解，张问陶解释道："读佛书则识解自超，天下未有识解不超而能以诗鸣者。"[2] 而读佛书识解之所以能超，关键在于明佛理而"简缘"，世缘简、五情不热则可以超越乎人情事理之上，没有利害牵绊故而识解明澈。以上过程同样依靠读书，但又并非仅仅局限于读书，是心神的投入、情怀的投入，因此属于养气得识。

其二，以识引学。在佛禅广论性识种因之际，识的前导特质便孕育其中。范温《诗眼》引黄山谷之论："故学者先以识为主，禅家所谓正法眼，直须具此眼目，方可入道。"严羽称"学诗者以识为主"承续于此，本意就在于以识引导文人们学习前人经典，防止依附攀扯而沦于流俗。可以说，以识引学之论并非针对不学者而言，也罕用于初学启蒙，乃是文人们上进工夫中引出的话题。

识居乎先则学有径路。许学夷称："学者以识为主，则有阶级可循，而无颠踬之患。"[3] 一些学者，或先平正而后诡诞，或先藻丽而庸劣，其学习对象不定，工夫付出却事倍功半；一些学者背弃自我才性所宜，妄自附庸，追摹潮流，更是一着不慎，满盘皆输。以上皆是学而无识之过。吴乔有一个形象的比喻："识为目，学为足。有目无足，如老而策杖，不失为明眼人；有足无目，则为瞽者之行道也。"[4] 目所起到的就是判断引领作用，这样双足才能有所措置，明晓趋向，这就是以识引学。

有识则不随波逐流。黄庭坚云："学者若不见古人用意处，但得其皮

---

① 陈绎曾：《文章欧冶》，王水照辑《历代文话》，第 1291 页。
② 石韫玉：《彭瑶圃侍御诗序》，《独学庐四稿文集》卷 3，《续修四库全书》第 1466 册，第 698 页。
③ 许学夷：《诗源辨体》卷 34，第 318 页。
④ 吴乔：《围炉诗话》卷 4，郭绍虞辑《清诗话续编》，第 592 页。

毛，所以去之更远。"《诗眼》于此颇为赞许，因举李白"风吹柳花满店香，吴姬压酒劝客尝"为例，以为首句尚无奇异，然次句则"压"字非人所能及。又道"金陵子弟来相送，欲行不行各尽觞"虽飘逸然不算奇特，至"请君试问东流水，别意与之谁短长"，则"此乃真太白妙处，当潜心焉"。由此论道："故学者先以识为主，禅家所谓正法眼，直须具此眼目，方可入道。"① 学习师法当先择其妙处，不能人云亦云，而妙处的发现必须依托赏识之力。又如清初文坛延续了晚明之摹袭：凡所谓诗人，无一人不为乐府，乐府必为汉《铙歌》；无一人不为《文选》体，《文选》体则必为十九首、公宴，非此不屑。于是引发了王士禛如下议论：

> 予窃惑之，是何能为汉魏者之多也？历六朝而唐宋，千有余岁，以诗名其家者甚众，岂其才尽不今若耶？是必不然。故尝著论，以为唐有诗，不必建安黄初也；元和以后有诗，不必神龙开元也；北宋有诗，不必李杜高岑也。二十年来，海内贤知之流，矫枉过正，或乃欲祖宋而祧唐，至于汉魏乐府、古选之遗音，荡然无复存者，江河日下，滔滔不返。有识者惧焉。②

文坛所尚等乎市井热点，逐时而变，文人们则亦步亦趋。王士禛将这种流行风气的追捧者皆归之于无识，其言外之意实则是说：学有所主，文才始可自主。

第四节　才胆识：才胆相援　胆识相辅

明清之交，文人们延续王学及禅宗的风气，论文多言胆识、胆力，这种风气与此前流行的主体素养论逐步实现了融会。叶燮以此为基础，于"才学识"论吸纳才、识，于晚明文论中吸纳胆、力，最终整合为了"才胆识力"这一文学主体论体系。由于力是才胆识三者综合所呈现的可量化的称

---

① 胡仔：《苕溪渔隐丛话》前集卷 5 引，第 27 页。
② 王士禛：《禹津草堂诗集序》，《带经堂集》卷 65，《续修四库全书》第 1414 册，第 612 页。

量，因此这个体系的核心实则就是才胆识。三者的关系如下：才胆相援，胆识相辅。

一

就理论影响力而言，在"才学识"之外，以才识为基础建构的素养论体系中还有一个"才胆识力"说。才胆识力最早属于汉魏人伦识鉴标准，《人物志·英雄》第一次将这四项因素置于一个语境论述，刘劭在解释"聪明秀出谓之英，胆力过人谓之雄"时说："夫聪明者英之分也，不得雄之胆，则说不行；胆力者雄之分也，不得英之智，则事不立。是故英以其聪谋始，以其明见机，待雄之胆行之；雄以其力服众，以其勇排难，待英之智成之。"其中的"聪明"各有其意，"聪"谋其始，属于人物素养的核心，实际上就是才能；"明"见其机，可以洞见幽微，与"识"已经颇为接近。附以"胆力"的明确揭示，刘劭此处已经有了以"才识胆力"论人的雏形。魏晋之交，嵇康《明胆论》融才胆识于一体，做出了更为细致的理论辨说：

> 有吕子者，精义味道，研核是非。以为人有胆可无明，有明便有胆矣。嵇先生以为：明、胆殊用，不能相生。论曰：夫元气陶铄，众生禀焉，赋受有多少，故才性有昏明。唯至人特钟纯美，兼周外内，无不毕备。降此以往，盖阙如也。或明于见物，或勇于决断。人情贪廉，各有所止。譬诸草木，区以别矣。兼之者博于物，偏受者守其分。故吾谓明胆异气，不能相生。明以见物，胆以决断。专明无胆，则虽见不断；专胆无明，违理失机。①

理解这篇文章必须注意，《明胆论》之"明"与文中所谓"才性有昏明"的"明"不是同一个内涵："才性有昏明"的"昏明"是对才性特质优绌的整体性描述，"明"无非是就其才性卓著者而言；而"明胆论"之"明"是才性"明"（即优）这一前提下所彰显的非同一般的特征之一，这里尤其

---

① 嵇康：《明胆论》。按：本节文字，戴明扬认为"人有胆可无明"当作"人有胆（不）可无明"。增字似为不妥。本节文字是讲明、胆相生的，"有胆可无明"与"有明便有胆"正是相生的两种不同表达。参阅《嵇康集校注》。

指主体擅长于辨识；"胆"也并非才性之外的因素，而是同为才性优异这一前提之下的偏能呈示。因此"明胆"之意近似于个体才性具化于其识力与胆力。

有人以为，"人有胆可无明，有明便有胆矣"。有胆可无明，意味着胆能生明；有明便有胆，也即明可生胆，二者具有相生关系。嵇康批评道："明胆殊用，不能相生。"如果人世间的确存在有胆无明之人且能偏守不失，便意味着胆大妄为可以替代智慧成为最大的生存法则，而且还标志着一种"专胆之人"的存在。从气论哲学的抽象而论，这就相当于昭示了"胆特自一气矣"——即胆或明各自独立为一气而可以不相关联。事实上，"五才（案即五行）存体，各有所生。明以阳曜，胆以阴凝，岂可为有阳而生，阴可无阳耶？"明、胆各自主乎阴阳二气，是元气的赋予，主体禀赋便是这种阴阳二气在特定规律下的融聚赋形，人与人之间在二气的分布存量上各有不同，即明、胆之间必然互有出入。而阴阳之间相互吸引，这就意味着具有阴阳性质的胆、明必然相须方可成人全智，二者不能相生，更不可专独无偶。

如此看来，"明胆"之论基本继承了《人物志》的胆识论，又以"明"涵盖才性，其中有着对才胆识更为细致的分辨。因此可以说，魏晋之初，才胆识力的论述已经在人伦识鉴领域初成规模。

才识论文前面已经论述，大约成熟于魏晋六朝，以胆论文大致也可以追溯到这个时期。陆机《文赋》云："辞程才以效伎，意司契而为匠。在有无而黾勉，当浅深而不让。虽离方而遁圆，期穷形而尽相。"方圆就是规矩，指文章的法式条规；所谓"离"与"遁"，钱锺书以为即指不守成法："四句皆状文胆。黾勉不让即勇于尝试，勉为其难。"[1] 唐代皎然《诗式》论"取境"："夫不入虎穴，焉得虎子？取境之时，须至难至险。"也是就文胆而言。不过以上之论皆为隐言，韩愈则开始直接于诗文论胆，其《送无本师归范阳》云：

> 无本于为文，身大不及胆。吾尝示之难，勇往无不敢。蛟龙弄角牙，造次欲手揽。众鬼囚大幽，下觑袭玄窞。天阳熙四海，注视首不

---

[1]　张少康：《文赋集释》引钱锺书书语，第 104 页。

颔。鲸鹏相摩宰，两举快一啖。

其间所绘写者，皆为放逸不羁、无所留难，是其所谓"身大不及胆"——与其说作者身高马大而如此，不如说是因为其胆力惊人！① 至唐诗人刘叉《自问》中则有"酒肠宽似海，诗胆大于天"两句，第一次提出了"诗胆"说。明代文人受禅学与王学影响，对胆的关注明显增加，李贽、钟惺、王思任等皆论述过创作之"胆"，且往往与识、才相关：

李贽《二十分识》云："识也，才也，胆也，非但学道为然，举凡出世处世，治国治家，以至于平治天下，总不能舍此矣。"自论其文有二十分才，二十分识，二十分胆。②

袁中道评其兄袁中郎："其才高胆大，无心于世之毁誉。"③

钟惺论苏轼："气达乎外，胆与识，谡谡然于笔墨之下。"④

王思任云："文眼不高，则境界浅熟；文胆不瓠，则落笔疑缩；文记不强，则证佐驱使不来听令。"⑤

江盈科则重点阐释"诗胆"：

夫诗人者，有诗才，亦有诗胆。胆有大有小，每于诗中见之。刘禹锡《九日》诗欲用"糕"字，乃谓六经原无"糕"字，遂不敢用。后人作诗嘲之曰："刘郎不敢题糕字，空负诗中一世豪。"此其诗胆小也。六经原无"椀"字，而卢玉川《茶歌》连用七个"椀"字，此其诗胆大也。⑥

明末清初文人言胆、识之风依然很盛，以时人对廖燕《二十七松堂文集》的评论为例：

---

① 方世举：《韩昌黎诗集编年笺注》卷7，第420页。

② 李贽：《二十分识》，《焚书》卷4，第154页。

③ 袁中道：《中郎先生全集序》，《珂雪斋集》卷11，第521页。

④ 钟惺：《东坡文选序》，《翠娱阁评选钟伯敬先生全集》文集卷1，《续修四库全书》第1371册，第280页。

⑤ 王思任：《朱宗远时义叙》，陆云龙辑《翠娱阁评选皇明小品十六家》，第676页。

⑥ 江盈科：《雪涛诗评》，《江盈科集》，第808页。

卷二《王霸辨》李非庵评："后贤敢于论古，是非明透，胆识兼该，自苏长公以后，具如此才者，未易多见。"

卷三《春秋厄言序》张泰亭评："谈经之文，最难下笔。此文独见《春秋》之大，字字扼要。至云天地实作六经，此开辟未有之谈，非奇胆包天，安能作此等文字！"

卷三《范雪村诗集序》毛会侯评："作五经以配五岳五湖，作四书以配四渎四海，岂非千古奇谈？柴舟议论多发前贤所未发，此尤为未经人道语。自非奇胆奇识安能道得只字。"①

又如清初学者谈迁论文，主张不因时好，不因人以定品；主张不袭不拟，析骨还父，析肉还母。进而论道："古人善压，今人善跂，为其压而跂之，不如腐七尺于蝼蚁。蝼蚁穴人胸腹，并神魂而噬之。文人神魂，非浓非淡，非正非奇之内。为文而不以神魂供人，则虫蠹之啮草木也。"其宗趣在于"不与物共贵"。如何践行呢？只有"浴血于楮，破胆于墨"。②

无论识论、胆论还是才学识论、才识论、学识论，都在明清之际呈现出不同以往的繁荣，并出现了以主体素养体系建构为目的对以上素养范畴的集中讨论。其中最知名者如下：李贽"识、才、胆"论；袁中道"识、才、学、胆、趣"论；张大复"胆、识、力"论；黄汝亨"学、才、识、力"论；江盈科"胆、识、才"论；谭元春"才、识、力"论；金堡"才、学、识、胆"论等。③以上明人所论素养范畴，依据出现频率可以初步确定：识、才、胆为当时批评重点关注的对象，尤其才、识，几乎逢人必谈。在这种理论氛围之下，自明代中晚期开始，已经出现了"才、胆、识、力"较为明确的概括，其核心代表如，袁中道论李贽："龙湖先生，今之子瞻也，才与趣不及子瞻，而胆力识力不啻过之。"④钟惺论其师文章："其识力卓而突，能超世；其才力大而沉鸷，能维世；其胆力坚忍而神，能持世；其骨力

① 廖燕：《二十七松堂文集》附，第49、58、60页。
② 谈迁：《石天堂稿序》，《谈迁诗文集》卷2，第133页。
③ 本处七条素养论所涉及的具体内容，第一编第一章讨论才情之际已经援引，此处举其观点，引文从略。
④ 袁中道：《龙湖先生遗墨小序》，《珂雪斋集》卷10，第474页。

重而不软媚，能振世。"① 分别从识力、才力、胆力、骨力入手，已经兼包了才、胆、识、力。

清初学者叶燮正是在这样一个学术潮流与批评语境下，通过对明代主体素养理论的继承，将这些范畴重新整合，推出了对后人影响深远的"才胆识力"素养论。这个体系是叶燮《原诗》主客兼具的完整理论系统的一部分，《原诗·内篇》下篇开篇即云："大凡人无才，则心思不出；无胆，则笔墨畏缩；无识，则不能取舍；无力，则不能自成一家。"② 主体素养为才胆识力，外在世界为理事情，诗文便产生于才胆识力与理事情的互动。

二

在才胆识主体素养体系中，彼此密不可分。叶燮于此有其论述："大约才识胆力，四者交相为济，苟一有所歉，则不可登作家之坛。"③ 其中的力源于多方，出自才之禀赋者为才力，出自学之所积者为学力，出自识之所能者为识力，出之思之所极者为思力，出之于胆之所敢者为胆力，出之气之所运者为气力等等。也就是说，在对力的论述上，叶燮是有着很大理论漏洞的，因为力不是单独能够生成的因素，它需要依托于才学胆识等源泉，因此这个主体素养系统我们可集中概括为"才胆识"。尽管于力的论述有些模糊，但叶燮关于才胆识等交相为济的思想还是符合理论实际的，这种交相为济主要表现为两端：才胆相援，胆识相辅。

（一）才胆相援。所谓相援，其核心表现就是胆有助于才情的发挥。从魏晋开始，文士风流中已经透显出放胆而为的魄力，继陆机之后，文艺思想中也渐有胆魄的唱率。如张融《门律》即称："夫文岂有常体，但以有体为常，政当使常有其体。丈夫当删诗书、制礼乐，何至因循寄人篱下。"④《建康实录》又引其名言："不恨我不见古人，恨古人不见我。"⑤ 同样思想又在

---

① 钟惺：《先师雷何思太史集序》，《翠娱阁评选钟伯敬先生合集》卷1，《续修四库全书》第1371册，第292页。
② 叶燮：《原诗》（与《说诗晬语》等合刊），第16页。
③ 叶燮：《原诗》（与《说诗晬语》等合刊），第29页。
④《南齐书》卷41，第3册，第729页。
⑤ 许嵩：《建康实录》卷16，影印《文渊阁四库全书》第370册，第520页。

书法论中被他表述为："不恨己无二王法，乃恨二王无己法。"① 依托其胆，不循权威常度，言外之意就是纵才而为。随后历代以明人论胆最多，其着眼点多在于以胆助才。沈君烈云："立身无傲骨者，笔下必无飞才。"② 有其胆则才不馁弱，自可放飞自我的艺术神思。袁中道论明代中期文学变革何以从身为楚人的公安派发端云："变之必自楚人始。季周之诗，变于屈子；三唐之诗，变于杜陵。皆楚人也。夫楚人者，才情未必胜于吴越，而胆胜之。"何以不先言才而首论胆呢？袁中道回答："当其变也，相沿已久，而忽自我鼎革，非世间毁誉是非所不能震撼者，乌能胜之？"③ 无胆的支撑，求变者难以承担变革之后的喧嚣众口及是非毁誉，因而也就无法保证才情的持续性发挥。叶燮《原诗》论胆，最终的落脚点也是伸张其才："无胆则笔墨畏缩。胆既诎矣，才何由而得伸乎？惟胆能生才，但知才受于天，而抑知必待扩充于胆邪？"无胆支撑，则才"囿于物而反有所不得于我心"，"心思不灵，而才销铄矣"④。为了说明这种现象，清人曾举过一个汉代故事为比：

> 汉郭玉善医，遇贫贱厮养，应手立愈；然治贵人，或不验。和帝问之，对曰："贵者处尊高以临臣，臣怀怖以承之。况针有分寸，时有破漏，重以恐惧之心，臣意且未尽，何有于病哉！"⑤

医心医道如此，文心文道亦然。临文无胆，畏葸气馁，就连基本的才能都难以发挥。清代王昶则结合自己的创作经历再作阐述。他从历代山水作品入手，发现汗牛充栋的篇籍之中，唯独描写云南山川者寥寥无几，原因何在？他这样解释：

> 考滇于汉元封间置吏，其取道大抵从邛都走灵关、孙水以达牂牁。及唐宋为南诏诸蛮所有，迄元始属都督府，至明乃隶于直隶布政司。故

---

① 陶宗仪：《书史会要》卷4，影印《文渊阁四库全书》第814册，第679页。
② 程序伯：《沈君烈传》引，阿英编《晚明小品二十家》，第394页。
③ 袁中道：《花雪赋引》，《珂雪斋集》卷10，第459页。
④ 叶燮：《原诗》（与《说诗晬语》等合刊），第26页。
⑤ 叶元垲：《睿吾楼文话》卷11引，王水照辑《历代文话》，第5472页。

唐宋诗人罕涉其境者。而自明以来，由辰沅而黔，由黔而滇，取道亦异于昔矣。然山水峭险荒怪，行者眩掉震骇，虽欲出其才力，规摹刻画，往往为境所胁而不能。

既罕与中原沟通交流，又高山邃谷荒怪险恶，人事之穷与自然之神秘叠加，诗人不仅罕履其迹，至其境者又心魂惊恐，无以运其才华。而其友宋瑞屏襆被往还数千里，如适堂途，有其雄胆，所以"出其才力，雕奇骋怪"；山水之胜，抑塞千古，正由此待其而发。相比之下，王昶自云也曾由云南楚雄而往西南，历经达三千里，山水皆为佳胜，所得者远不如其友跌宕淋漓，非是才有不及，正在于胆未得申。①

因此，要发挥自我才华——哪怕不是大才异才天才奇才，首先要有胆，而有胆关键需从以下两点入手，一不可畏难："作文不可畏难，即未能佳，且做去，多做自通；越缩越生疏矣。"二不怕人笑："凡人何可量，只是自画，便了却一生耳。怕人笑，便终受人笑；不怕人笑，便何人笑得我也？"②

当然，才与胆之间具有一定的互动关系，才又是胆的保障。正如李贽所云："天下又有因才而生胆者，有因胆而发才者，未可以一概也。"③ 即胆可以保证才的发抒，同时有才者又能壮胆，此正是俗语所谓艺高人胆大，这一点为世俗常理，兹不赘言。

（二）胆识相辅。嵇康《明胆论》早已涵盖了一定的胆识关系思考："明以见物，胆以决断。专明无胆，则虽见不断；专胆无明，达理失机。"有识无胆，明其然也无所作为；有胆无识，则"胡作非为"。其中已经包含了胆识相辅之意。

具体而言，首先，无胆则识不得显。《刘子·正赏》曾言："郢人为赋，托以灵均，举世诵之；后知其非，皆缄口而捐之。"④ 此类现象文学史上屡见不鲜：汉代长安有文士善赋却不为人知，作《清思赋》托名司马相如，于是大显于世。左思作《三都赋》，人人讥訾，陆云甚至称有伧父欲作《三

---

① 王昶：《宋瑞屏滇游集序》，《春融堂集》卷40，《续修四库全书》第1438册，第79页。
② 吕留良：《家训》三，《吕留良诗文集》下册，第110页。
③ 李贽：《二十分识》，同前。
④ 傅亚庶：《刘子校释》，第486页。

都赋》，准备以之覆瓿；及皇甫谧为序，遂至洛城纸贵，先前非议者皆敛衽赞服。梁代张率具有文才，十六岁时已经有诗两千余首，虞讷览后诋毁，张率一旦而尽焚其作；更为诗作以就正虞讷，托名沈约，虞讷便句句嗟叹。这正是古人反复叹息的诗文为之难而知之更难。不过知难并非仅仅因为识见拙劣，类似以上事例，都有贵古贱今、贵远贱近的偏颇，还有贵名轻实、以耳为目、依人俯仰的习气。而此类文人未必不识文义，之所以随声附和、不见自我，就在于其无以"自立"，缺乏亮明自己识见的胆量。

其次，从识对胆的影响而言，无识则胆不知所奋。如袁宏道精通禅理，自言诗文一字不通，唯禅宗一事不敢多让；其论文便云："文章新奇，无定格式，只要发人所不能发，句法字法调法一一从自己胸中流出，此真新奇也。"[1] 如此特立独行的胆力，便是禅学中的"得广长舌纵横无碍"，而如此胆力则恰与禅宗所强调的"世外眼"呼应——有此眼故有此胆。又如谭元春将这种识又解读为一种新变趋势把握，他论袁中郎识力便从其"看定天下所必趋之窾"入手，当众人沉溺之际，他却可以"暗割从来所自快之情"。谭元春因而生发了如下感慨：

> 予因思古今真文人何处不自信，亦何尝不自悔。当众波同泻，万家一习之时，而我独有所见，虽雄裁辨口，摇之不能夺其所信。至于众为我转，我更觉进，举世方竞写喧传，而真文人灵机自检，已遁之悔中矣。此不可与钝根浮器人言也。

这段文字是对"我能转法华而不为法华转"的禅宗识力的演绎，得此识者着眼于变，不守陈法。谭元春总结袁宏道之才变，归结为一个善"悔"："夫公之妙于悔，何待公言哉！细心读《破砚集》，又似悔《潇碧》矣；细心读《嵩华游稿》，又似悔《破砚》矣。今察公续稿，其文章中卓大坚实者，又似为古今人下一悔脚也。"《破砚集》、《潇碧集》、《嵩华游稿》等都是袁宏道的诗文别集，其新作之中往往寓有对前作的不满，谭元春便从善悔中悟出袁中郎不安于一体，不拘乎一法，因此赞誉："予益以此叹公之根器

---

① 袁宏道：《答李元善》，《袁中郎全集·尺牍》，第66页。

识力，有大过乎人者焉。"① 善悔的识力最终转化为新变的胆力。所以说："惟有识，则能知所从、知所奋、知所决，而后才与胆力，皆确然有以自信，举世非之，举世誉之，而不为其所动摇。"② 无识者中心茫茫，心神恍惚，本就不知所措，如何奋然而行我意呢？

在胆与才识之外，胆和气的关系也受到文人的重视。从基本的中医学理解，胆作为人体器官，本身有其功能之气，这就是胆气。胆承接禀赋，无可选择，也无可变异，江盈科论诗胆后也有一段说明文字："胆之大小，不可强为，世有见猛虎而不动，见蜂虿而却走者。盖所禀固然，矫而效人，终丧本色。"③ 也是对胆天赋特征的认同。胆虽如此，但气却可以通过不同的手段得到培养，并由此强化胆的效用，于是，气又是胆的依托。贺贻孙于此有详细论述：

> 古今侠烈之士，所以大过人者，则存乎胆与气矣。虽然，胆恃气而后克，义气所鼓，胆即赴之。孟、庄两贤之书，其言养气者皆谆谆矣，而独无一语及胆者。胆周一身而有相，气塞两间而无形。孟、庄惟能养其无形以及其有相，故能藐大人卑万乘而无挠。藉令气不足以克其胆，则虽以十三岁杀人之秦舞阳，以其气夺于秦王，即震恐色变。④

既然胆为气所持，因此文人必须善于养气，这就是养气"壮胆"。

第五节　以才为"主"　以识为"先"

才识相援、胆识相辅，历来有着理论共识。但是回归于叶燮"才胆识力"的主体素养系统之中，在何者为文学素养主导的问题上却出现了分歧。从刘勰开始就强调能自天成、才为盟主；但叶燮《原诗》的核心思想却在

① 谭元春：《袁中郎先生续集序》，《谭元春集》卷22，第599页。
② 叶燮：《原诗》（与《说诗晬语》等合刊），第29页。
③ 江盈科：《雪涛诗评》，《江盈科集》，第808页。
④ 贺贻孙：《皆园集序》，胡经之主编《中国古典文艺学丛编》第一册，第239页。

于"识居其首"，学术界对此也基本没有异议。①

从识居才胆识力四者之首的角度阐释《原诗》，并没有违背《原诗》的论述，也就是说，从文本自呈与其多次的表白中，叶燮确实表达了"识居其首"的思想。如何理解这个论断呢？仔细分析叶燮论述中所流露的理论倾向，我们会发现，就《原诗》内部学理的逻辑指向而言，支撑才胆识力主体理论体系的核心不是识，而是才；识被提到很高的地位，其一与叶燮以佛禅富有统摄性的识置换美学之识有关，其二则是纠偏需要的一种论述策略。

回到文艺理论批评的本体考察，才胆识力四要素的核心也是才。古代文艺批评文献中很多文人时而以才为主，时而以识为先，看似自相矛盾，实则针对的主体语境各不相同，大致表现为：论学诗则以识为先；一般文学研讨以诗人为对象，已经默证了其具备文才，因而也时有强调以识为先的情态。如果从严密的文艺理论研讨出发，将才学识置于主体素养论系统考察，那么其彼此的地位应是：以才为"主"，地位无可动摇；以识为"先"②，备文才者，其学习、创作又必须先有识见。

一

自宋代以来，论识往往与"学诗"关系密切，并没有视之为文才创造性的核心依托。宋代《诗眼》云："学者要先以识为主，如禅家所谓'正法眼'者，直须具得此眼目，方可以入道也。"③ 严羽讨论识以及和它相关的悟，主要目的也在于解决如何"学诗"问题。《沧浪诗话·诗辨》云："夫学诗者以识为主：入门须正，立志须高，以汉、魏、晋、盛唐为师，不作开元、天宝以下人物。"这几句话开宗明义，以识为主是指入门者如何学习。所以随后论述者都是学习的法度问题："学其上，仅得其中；学其中，斯为下矣。"又云："工夫须从上做下，不可从下做上。"具体而言，先熟读楚

---

① 如成复旺等先生所著《中国文学理论史》第四册、邬国平等先生所著《中国文学批评通史》清代卷、张少康先生主编《中国历代文论精选》、赵宪章先生主编《美学精论》第十七卷、萧华荣先生所著《中国古典诗学理论史》等，基本都是如此。

② 朱庭珍《筱园诗话》卷 1 有云："作史者以才学识为三长，缺一不可，诗家亦然。三者并重，而识为尤先，非识则才与学恐或误用，适以成其背驰也。"所说的也正是"识"居其先而非"主"的意思，论识是在具备文才基础上讨论的话题。参阅《清诗话续编》，第 2337 页。

③ 蔡正孙：《诗林广记》卷 3，影印《文渊阁四库全书》第 1482 册，第 28 页。

辞、古诗十九首等汉魏五言；随之以李杜二集枕藉观之，如今人之治经；然后博取盛唐名家，酝酿胸中，"久之自然悟入，虽学之不至，亦不失正路"。从识而论学，由学论悟，所获得的悟主要是指诗歌法门。①

而以识论学诗实则就是识为学之引领意义的具体呈现，因此宋代之后，凡论学诗往往要从是否有识发端。如明代许学夷著《诗源辨体》，其析源流、辨体制的目的就在于为学诗者提供门径。他也论以识为主，而教诫的对象正是"学者"，有识可以得循序的阶梯、可以广自我心眼，同时还可以弥补"有学力而识不高远，亦不能见古人用心处"的缺陷②。

叶燮论"识"也概莫能外。③ 尽管《原诗》批评严羽由汉魏入手、以汉魏晋唐为学诗路径没有新意，以为是"如康庄之路，众所群趋，即瞽者亦能相随而行，何待有识而方知"，但"何待有识而方知"的诘难，以及批评诸如他人学唐则学唐、他人宗宋则宗宋的现象，并将其名为"无识"，恰是他也将"识"归于"学诗"范围考察的明证。因此叶燮不辍于口的识，有着创作之前修养涵育的特征。《原诗》中有"以识充才"、"若不足于才当先研精推求乎其识"、天赋之缺憾"要无不可以人力充之"等论，皆非就识与才的地位发言，而是提醒学者才不足则需要以识来弥补：

> 人安能尽生而具绝人之姿，何得易言有识。其道宜如《大学》之始于"格物"，诵读古人诗书，一一以理事情格之，则前后、中边、左右、向背，形形色色，殊类万态，无不可得，不使有毫发之罅，而物得以乘我焉。

《原诗》之中没有单独列出历史上讨论热烈的才学关系，而是将其分别融进了识与力等相关论述。这里讲的实际上是作为修养的学识如何获得，有学识

---

① 清代文人朱庭珍比较准确地理解了严羽的用意，他化用严羽相关文字称："学诗入门须正，立志须高，若入门一误，即有下劣诗魔中之，不可救矣。古人谓取法乎上，仅得其中，亦言宗法之不可不正也。"从入门学诗理解严羽论识，随后举例，以为学诗能从五七言入者即为"有识"。参阅朱庭珍《筱园诗话》卷1，《清诗话续编》，第2334页。

② 吴乔：《围炉诗话》卷4，郭绍虞辑《清诗话续编》，第592页。

③ 本节有关叶燮才胆识力的文献皆出于《原诗》（与《说诗晬语》等合刊），第16—29页，不另细注。

的涵养就可以部分弥补才的缺憾。

关于才识的关系问题，从论"学诗"、论涵养而言以识为主，与从论创作而言以才为主，事实上没有什么本质的矛盾，只是言说维度的不同或者侧重点有异。后来袁枚也表达了类似初看有些矛盾的观点：

其一是以才为先。论云："作诗如作史也，才学识三者宜兼，而才为尤先。造化无才不能造万物，古圣无才不能制器尚家，诗人无才不能役典籍运心灵：才之不可已也如是夫。"①

其二是以识为先。论云："作史三长：才学识，缺一不可。余谓诗亦如之，而识最为先。非识，则才与学俱误用矣。"② 又云："作史者，才学识缺一不可，而识为尤。其道如射然：弓矢，学也；运弓矢者，才也；有以领之使至乎当中之鹄而不病于旁穿侧出者，识也。作诗有识，则不徇人，不矜己，不受古欺，不为习囿。"③《续诗品》专设《尚识》一节，又沿用这个比喻："学如弓弩，才如箭镞；识以领之，方能中鹄。善学邯郸，莫失故步；善求仙方，不为药误。"④ 无学不成规矩，无以构建基础；无才不能发力，不能穿透，不能创新突破；无识则施力无方，甚至引入歧路。

如何看待袁枚整个性灵理论建构之中对才的推崇和部分论述里对识的尊奉呢？事实上，从具体语境看，论以才为先，是从作诗的根本而言的，所以后面着眼点在有才无才。以识为先，则是建立在才学俱足的基础上，为防止二者误用说的，所以或曰"非识，则才与学俱误用矣"；或曰"运弓矢者，才也；有以领之使至乎当中之鹄而不病于旁穿侧出"，皆强调了才的先期确定性，识的论述是建立在这个基础之上的。

有鉴于以上论识语境造成的才之位置的变化，从文学创作的本体而言，关于才学识之间关系的定位，彭端淑之论可为定案：

> 作文之道有三：日学，日识，日才。才所以辅吾之学识以达于文者也。有学有识，而才不至，则无以达其所见，以行于自然之途，使天下

---

① 袁枚：《蒋心余藏园诗序》，《袁枚全集》第二册，第489页。
② 袁枚：《随园诗话》卷3，《袁枚全集》第三册，第84页。
③ 袁枚：《答兰垞第二书》，《袁枚全集》第二册，第288页。
④ 刘衍文、刘永翔：《续诗品详注》，上海书店1993年版，第68页。

后世厌心而悦目。

（司马）迁之后，若刘向、班固，祖迁者也；（韩）愈之时，若李翱、皇甫湜，师韩愈者也。四子之才，迥不易及，而气格力量，终不能与迁与愈并者，岂惟学识之有殊，实由才之大小异也。呜呼！学可充之而富也，识可引之而高也，惟才不可强，才固授于天者也。[1]

此处不是论学习文章、学习诗歌，开篇明确表示是"作文之道"，因此才学识三者之中，才是其不可动摇的盟主。

二

回到叶燮《原诗》的才胆识力论，从这个主体素养体系的论述分析，不管叶燮本人如何标榜识的作用与地位，事实上这个系统本质上依然是围绕才展开的。[2]

在论及如何获得诗之质的时候，叶燮说了这样一番话："吾故告善学诗者，必先从事于'格物'，而以识充其才，则质具而骨立；而以诸家之论优游以文之，则无不得，而免于皮相之讥矣。"通过格物——接物、待物，与外在世界联系，认知感知外在世界，可以得"识"。关于这个理论，多数学者认为是叶燮强调"识"在诗歌创作之中的地位，但恰恰忽视了叶燮论识的落脚点在于"才"，其中至少表达了两个内在的信息。首先，识是偏于理性的学术范畴，对识的需要虽然普遍，但识落实于主体的最终指向不同，起码存在着以格物的路径在求识之中走向非艺术的可能；其次，也正是从理论上规避这种走向非艺术的可能，叶燮格外提到识最终要落实到"才"上，识的获得不是为了理性的反思，而是要"以识充才"，能够使得文才得"充"，则诗文就可以做到"质具骨立"，主体就有了创作的资本与能力。

---

① 彭端淑：《文论》，李朝正、徐敦忠《彭端淑诗文注》，巴蜀书社 1995 年版，第 450 页。

② 蔡钟翔、袁济喜先生在探讨叶燮才胆识力之论时，也认为叶燮说了过头话："叶燮强调识乃为学诗和作诗之本，甚至提出没有才也可以向识中取。这就有点过突出了作为理性判断在审美感受中的作用也。"又云："叶燮的过分强调识见的看法，与他深受传统'温柔敦厚'说与理学影响有关。……他论才胆识力四者关系中，拼命突出识的作用，甚至有惟识论之嫌。这不是偶然的，而是他将识的内涵充实进了儒家的温柔敦厚之说，明显地针对明代公安派的性灵说。他害怕人们以性灵才气排斥儒家格调，故而力倡以识为主。"参阅《中国古代文艺学》，人民文学出版社 2011 年版，第 282 页。

"质具"，也就是"性情、才调、胸襟、见解"通过文才的充实而显露。也可以说，文才对性情、才调、胸怀、见解有着统摄性；才胆识力之中，才为核心。

具体而言，才之所以称为才胆识力的核心，不仅仅因为四者论述的顺序全书都是以才居首位，也不仅仅是以上识必落实于才所透露的倾向，更主要的是在整个理论体系之中，处处体现了这种意识。

其一，叶燮认为，四者之中，只有才是诗歌创作中可以发见于外而赋形于作品的，即它与艺术作品形成的关系最为密切、最为直接。艺术创作首先要依赖才："其优于天者，四者具足，而才独外见，则群称其才。"才是具有艺术显象功能的，艺术本身也无非是一个本体情志外化为情感形式的过程，离不开具有显象特征的文才，因此："内得之于识而出之为才，惟胆以张其才，惟力以克荷之。得全者其才见全，得半者其才见半。"艺术最终显象依赖的是才，胆、力与识最终必须通过文才方能表达，艺术评赏也因此关注才的圆满和缺欠。

其二，才胆识力之中的胆、识、力都是围绕才引申而出并由才展开论述的。

胆："无胆则笔墨畏缩，胆既诎矣，才何由而得伸乎？惟胆能生才，但知才受于天，而抑知必待扩充于胆邪？"

识："识为体而才为用。"

力："惟力大而才能坚，故至坚而不可摧也。"

可见对胆、识、力的论述，都是为才服务的，胆识力是保障才、激发才的必要条件。这种保障与服务的功能具体体现为以下方面：

首先说胆，对胆的论述，最终的落脚点是敢于"以才御法"。叶燮先称有识则有胆，无识者终日勤学，成就两脚书橱；创作之际"胸如乱丝，头绪既纷，无从割择"，此时的状态便是"中且馁而胆愈怯，欲言而不能言"或者"能言而不敢言"，矜持于铢两尺黍，游移于今人古人；有的眼前立定文章法度，不敢越雷池一步，本来言尚未尽，正堪抒写，却唯恐有失矩度而束手。他说，"文章一道本抒写挥洒乐事，反若有物焉以桎梏之，无处非碍矣。"其根本原因就是："因无识，故无胆。"总结以上畏葸现象，无胆表现在创作上主要体现为对法的依附，所以叶燮说：

　　吾见世有称人之才，而归美之曰"能敛才就法"。斯言也，非能知才之所由然者也。夫才者，诸法之蕴隆发现处也。若有所敛而为就，则未敛未就以前之才，尚未有法也。……夫于人之所不能知，而惟我有才能知之；于人之所不能言，而惟我有才能言之；纵其心思之氤氲磅礴，上下纵横，凡六合以内外，皆不得而囿之：以是措而为文辞，而至理存焉，万事准焉，神情托焉，是之谓有才。若欲其敛以就法，彼固掉臂游行于法中久矣。不知其所就者，又何物也？必将曰："所就者，乃一定不迁之规矩。"此千万庸众人皆可共趋之而由之，又何待于才之敛耶？故文章家止有以才御法而驱使之，绝无就法而为法之所役，而犹欲诩其才者也。

　　这段文字论述胆为诗文创作的重要保障，然而胆不可以直接见之于作品，其所依附者就是才，有胆则才伸。而才表现胆也有较为具体的形式，叶燮认为这就是才与法之间关系的处理。一般对才与法的认识为"敛才就法"，他认为这个说法本身就与才的本质抵牾，因为才是"诸法之蕴隆发现处"，即所有法式自由自在的运用就是才；而那种需要收敛的所谓"才"，则是不从情事理而得的纵恣，所以他说那是"拂道悖德之言，与才之义相背而驰"。真正的才是能知能言的一种能力，动辄合法而无所束缚，尤其不为一般的文章规矩所束缚。因此所谓创作之中有胆，就成为了能够"以才御法"的能力与魄力，胆的问题回到了才的问题上。

　　从才与法的关系论胆，叶燮随后又专门提出"心思"为才之源头："无心思则才不出。"这个心思的本质就是才思。而所谓的法或者规矩，则是"心思之肆应各当之所为"，即心思在表现于具体文字等形式的时候所依照的"本当如此"的一个尺度。尺度规矩不是一开始就确立在那里等待着规范才或者心思的一种存在，而是说，心思或者才的表现能够达到一种得当的形态，法或者规矩便融会其中。可见法度规矩也是对才而言的，是心思灵活运用的随机体现，所以叶燮说："盖言心思，则主乎内以言才；言法，则主乎外以言才。"心思与法度也落实到了文才之上。

　　其次为力。《原诗·内篇》论力，也基本上是围绕着才展开："吾尝观古之才人，合诗与文而论之，如左丘明、司马迁、贾谊、李白、杜甫、韩愈、苏轼之徒，天地万物皆递开辟于其笔端，无有不可举，无有不能胜，前不必有所承，后不必有所继，而各有其愉快。如是之才，必有其力以载之，惟力大而才能坚，故至坚而不可摧也。"所谓以力载才，只是一种形象的说法，本意就是其才大而显示出自立的力量，这样可以避免对古人、对派系的盲从："立言者，无力则不能自成一家。夫家者，吾固有之家也。人各自有家，在己力而成之耳；岂有依傍想象他人之家以为我之家乎？是犹不能自求家珍，穿窬邻人之物以为己有，即使尽窃其连城之璧，终是邻人之宝，不可为我家珍。"可见对力的提倡，有着对才自立的要求，这应当是鉴于清初体派林立的有为而发。又云："力有大小，家有巨细。吾又观古之才人，力足以盖一乡，则为一乡之才；力足以盖一国，则为一国之才；力足以盖天下，则为天下之才。"也是才力兼举，且寓有力即有才之意。最后则称：识出为才、胆以张才、力以荷才，三者全则才全见，不全则见才之半。而论及于此，叶燮又专门提到："非可矫揉蹴至之者也，盖有自然之候。"就力而言，所谓自然之候，是指经验修养的积累，这些包括学与识的蓄积，它不是才，但依靠对才所激发涵养的程度显示出它的大小强弱。

再次看识。对识的论述，是从以其弥补才之不足立论的。《原诗·内篇》云："在我者虽有天分之不齐，要无不可以人力充之。其优于天者，四者具足，而才独外见，则群称其才；而不知其才之不能无所凭依而独见也。其歉于天者，才见不足，人皆曰才之歉也，不可勉强也；不知有识以居乎才之先，识为体而才为用，若不足于才，当先研精推求乎其识。"叶燮将文人分为了两类，一类是"优于天者"，一类是"歉于天者"，他所谓的"在我者虽有天分之不齐，要无不可以人力充之"并非是面向两类文人说的，而是直指"歉于天者"。

天分高者，才胆识力俱全，由于才具有显象的特征，因此鉴赏者仅仅称道其才，实则才不是无所凭依的。此处的所谓凭依，是指才要有胆方能伸张，才要有力才可负荷，才要有识方能明辨：因此胆、识、力三者实则是才之所"凭依"，于是就天分高者而言，"才胆识力"主体素养最终必然要聚焦于才。

天资不全者，才胆识力四者难会，或虽备却不丰沛，由于才被认为是最容易显像的范畴，因而人们很容易以为这种缺陷是才的欠缺，禀赋如此，不可勉强，也难以改变。而叶燮认为识在才之先，"识为体而才为用"：识、才之间是体用关系，即才也可因识而见，如果才欠缺，并非不可勉强，而是可以通过研精而求识的途径来弥补。这是叶燮最为人诟病或者说最含糊其词的一个论断，这种结果显然是他将佛学具有统摄性的"识"直接置换为审美范畴之"识"而造成的。尽管如此，叶燮又明确宣称：研求识最终的目标依然是"望其敷而出之为才"。事实上，叶燮对歉于天者可养之以识的论述，也是一种鉴于才分不可动摇变异而寻找的人工奋争之路，有识毕竟在古代文艺批评中属于可以超离庸俗的一条路径。叶燮对"歉于天者"的定位是"才见不足"，而"才见"实则就是"才识"：显示于才性之中的辨识潜质。依照佛学思想理解，这个识已经进入种性，无可变异；但就审美之识而言，学能开识，即使先天不足，也可由此弥补。言说至此，叶燮又将"识"从佛学范畴拉回了审美范畴，而从这个维度讨论，乏"才见"济之以识的滋养因此便具有了理论上的合理性，同时也成为主体在无法获得优越才见条件下的一种自励。如此立论，更加没有动摇才作为文学主体素养核心的地位。

对于无识者，叶燮认为："人惟中藏无识，则理事情错陈于前，而浑然茫然，是非可否，妍媸黑白，悉眩惑而不能辨；安望其敷而出之为才乎？"另有一类随世人影响而附会的创作，叶燮质疑："其为才耶？为不才耶？"二者作为无识的代表，最终都表现为无才。

综合以上论述不难看出，《原诗》在结构其文艺主体论的过程中是以才为核心的，整个论述的重点也落实在对才的保障和完善上，"才胆识力"的顺序不是随口而发，也不是相习而成，而是文艺内在本质性"权威"的潜意识默从。

三

既然《原诗》是以才为核心展开的文艺本体论述，我们说其理论建构以才为核心也就没有什么疑义了。但是，叶燮偏偏在《原诗》中多次表示，才胆识力四者应该以识为先，颇有为建构理论系统而"绑架"识的嫌疑。如《原诗·内篇》云：

大约才识胆力四者交相为济，苟一有所歉，则不可登作者之坛。四者无缓急，而要在先之以识，使无识，则三者俱无所托。无识而有胆，则为妄、为鲁莽、为无知，其言悖理、叛道，蔑如也。无识而有才，虽议论纵横，思致挥霍，而是非淆乱，黑白颠倒，才反为累矣。无识而有力，则坚僻、妄诞之辞，足以误人而惑世，为害甚烈。若在骚坛，均为风雅之罪人。惟有识，则能知所从、知所奋、知所决，而后才与胆力，皆确然有以自信；举世非之，举世誉之，而不为其所摇。

明明以才为核心展开其理论框架，却在才的前面加上一个对才具有引领意义的识，又论述其在才识胆力之中的先导作用，如何理解这个矛盾现象呢？

事实上，所谓的这个矛盾，首先源自佛禅统摄性之识的深刻影响。

佛禅将识纳入轮回系统，赋予其不灭、前在的根性，这种认知假佛禅在士大夫中的风靡而影响深远。比如明代中后期以主体素养体系建构为目的讨论中，对三长说或改造或拓展，胆识之论迅速增加，其中放言不羁较早的一位就是曾与僧徒为伍的李贽。他说：

> 有二十分识，便能成就得十分才。盖有此见识，则虽有五六分材料，便成十分矣。有二十分见识，便能使发得十分胆。盖识见既大，虽只有四五分胆，亦成十分去矣。是才与胆皆因识见而后充者也。空有其才而无其胆，则有所怯而不敢；空有其胆而无其才，则不过冥行妄作之人耳。盖才胆实由识而济，故天下唯识为难。有其识，则虽四五分才与胆，皆可建立而成事也。

因此得出结论："然则识也、才也、胆也，非但学道为然，举凡出世处世，治国治家，以至于平治天下，总不能舍此矣。"又云："我有五分胆，三分才，二十分识，故处世仅仅得免于祸。若在参禅学道之辈，我有二十分胆，十分才，五分识，不敢比于释迦老子明矣。若出词为经，落笔惊人，我有二十分识，二十分才，二十分胆。"[1] 尽管于诸般素养作用的理解互有参差，

---

[1] 李贽：《二十分识》，同前。

但仍然落实于"才胆实由识而济"。同时代的金堡继承了李贽、袁中道以才学识胆论文的思想，其《李赤茂集序》说："夫天下不患无才学，而贵识与胆。胆者识之所生，而能成识。识如眼，胆如四肢。"又曰："才与学能成胆，无识不能成才学。"又曰"识能生胆，能成才学"。四者之中，独贵于识。不可忽视的是，金堡也是佛教中人。

二人皆将识置于诸般素养之首，其立论正是佛禅以识具有绝对统摄性思想深刻影响的体现。叶燮的诗学理论建构也秉承此道，甚至更为鲜明而彻底。而以佛禅思想为依托确立识的地位的论述方式，与中国文艺理论历来重视天地人三才之道的源头作用，每论诗文动辄追溯的道理是一致的。

其次，这种矛盾是作者建构的理论体系本身所体现的重才倾向与作者对识格外关注所引发的表达上的抵牾，由此也带来了读者的错觉。叶燮因为意识到识的重要，或者干脆说他意识到时代对识的需要，因此极力要赋予它相应的内涵，并赋予其相应的地位。但他的这种努力，是由特殊的背景与功利目的促成的，再加上道德批评标准的纳入，所以只起到一种为识摇旗呐喊的作用，但未能动摇作为完整体系且已深入人心的以才为核心的诗学理论。之所以如此评价《原诗》对"识"的论述与定位，从以下几点可以较为清晰地说明：

其一，叶燮的诗学理论重识，容杂了人伦识鉴重"识"的思想。人伦识鉴中，识是其主要关注品质之一，唐代设有"才识兼茂"的征辟科目，元稹便是以此进身；白居易对策中也有《才识兼茂明于体用策》一道。因文可以见志，诗文论才识，有时着眼的不仅是文才文识，还寄托了抡才者的用世之道。王思任就曾论述儒童试卷的评判，首拔者才识兼备："凤彩下射，虎气腾上，不守父师成说而独写灵心者。"凤彩虎气下射上腾为才气，不守成说为识具。次拔者必有才，再次者备法，最后可以入选的属于丈瑕尺瑜、小疵大腐的文士，虽然目下未必超拔，但将来有提升的空间。四个层次的儒童选拔，其中备才识者层次最高。① 因此，在人才素质之中，识有着重要的地位，往往被置于才学之上。魏禧提出做大事者要有"三资"：识、

---

① 王思任：《青溪儒童小试序》，《谑庵文饭小品》卷3，《续修四库全书》第1368册，第226页。

力、才，"无识不足以料变，无力不足持久，无才不足御纷"①，三资之中识居其首。章学诚认同此说，且尤重识可以持世："义理存乎识，辞章存乎才，征实存乎学。"诗文创作主要依托才，学问义理则借助学识，但是："学问文章、聪明才辨，不足以持世，所以持世者，存乎识也。"②刘熙载提出了以识量为才之主："有识量斯可有才，才贵能浑之不露，发之不误，非识量何以主之？"③真正的才应该含蓄内敛，要达到这一点，必须有识的指引与调控。

人才理论的重识思想被叶燮接引入了诗学系统，人才与识具的现实关系评量便与才识之间的美学关系混同，二者时时通而论之，其难以周圆便在所难免。

其二，叶燮对识的强调，有着清初文人们宗唐宗宋等不能自立的背景，以及他意在纠偏的功利目的。《原诗·内篇》称当时的文坛：

> 今夫诗……即历代之诗陈于前，何所抉择？何所适从？人言是，则是之；人言非，则非之。夫非必谓人言之不可凭也；而彼先不能得我心之是非而是非之，又安能知人言之是非而是非之也？有人曰："诗必学汉魏，学盛唐。"彼亦曰："学汉魏，学盛唐。"从而然之，而学汉魏与盛唐所以然之故，彼不能知，不能言也。即能效而言之，而终不能知也。又有人曰："诗当学晚唐，学宋学元。"彼亦曰："学晚唐，学宋学元。"又从而然之，而学晚唐与宋元所以然之故，彼又终不能知也。或闻诗家有宗刘长卿者矣，于是群然而称刘随州矣。又或闻有崇尚陆游者矣，于是人人案头无不有《剑南集》以为秘本，而遂不敢他及矣。

面对这样一个人云亦云的文坛，叶燮认为病根在于无识，因而专门推出识以矫世风："惟有识，则是非明；是非明，则取舍定。不但不随世人脚跟，亦并不随古人脚跟。"这样做并非是菲薄古人，而是为了依循自然："天地有自然之文章，随我之所触而发宣之，必有克肖其自然者，为至文以立极。"

---

① 魏禧：《魏叔子日录》卷1，《魏叔子文集》，第1063页。
② 叶瑛：《文史通义校注》，第355页。
③ 刘熙载：《持志塾言》卷下，《刘熙载文集》，第31页。

以上的论述，是针对已经具备了文才的诗人而发的，严格讲，这不是探讨文学依托什么发生的本体问题，而是对文学思潮的态度。这个话题只是在未否定才与创作主体本质关系以及才在创作中核心地位的情况下，强调具体创作要依照不同时代不同审美要求与审美思潮作出必要的审美抉择，因而这个识的提出具有矫正潮流的时宜性。

从理论源头与关注的问题考察，叶燮才胆识力的论述与明末清初金堡的论述明显近似。金堡在其《李赤茂集序》、《吴孟举诗集序》中提出了才学胆识的问题，而其论识正以提倡"贱同贵创"为主旨，这些都是针对明末清初复古摹袭风气的有的放矢。叶燮与金堡生活在一个时代，面临着共同的文学背景，因而对识的重视有着贵独创的共同意愿。①

其三，识的强调不是要动摇或者改变才在主体素养体系之中的核心位置，而是要对才有所限定，识因此又以一种道德尺度进入了《原诗》。在论述胆的问题时叶燮曾说："夫才者，诸法之蕴隆发现处也。若有所敛而为就，则未敛未就以前之才，尚未有法也，其所为才，皆不从理、事、情而得，为拂道悖德之言，与才之义相背而驰者，尚得谓之才乎？"意思是，才与人本自一体，那种需要收敛的所谓"才"，不从情事理而得，实则是一种才子式的纵恣狂肆，没有规范，荡检逾闲，他认为这不能算是才。又云：

> 大凡物之踵事增华，以渐而进，以至于极。故人之智慧心思，在人始用之，又渐出之，而未穷未尽者，得后人精求之，而益用之出之。乾坤一日不息，则人之智慧心思必无穷与尽之日。惟叛于道、戾于经、乖于事理，则为古之愚贱耳。

叶燮曾说过，"盖言心思，则主乎内以言才"，心思就是才思。本节文字说，踵事增华是文学的规律，因此后来者可以在诗歌创作上尽其心思，即尽展其才思。但同时又为才设定了一个前提：不能离经叛道，能把控文才而不至于

---

①　左东岭先生论李贽"二十分识"说也认为，所谓才胆识力的论述存在缺陷，其中于才的论述明显薄弱。而究其原因："从时代背景观，似与其时的一些作家缺乏识见有关。"而这些文人作家便以当时的复古派为主，李贽论识的思想由此也具有了纠偏的目的。参阅《李贽与晚明文学思想》，人民文学出版社2010年版，第198页。

流入这种所谓恶境界的关键，也在于有识。因此，叶燮于此论识，只是要为才增加一些避免纵恣的限制，一些学者也因此发现了叶燮诗学的儒家思想倾向。识的介入，类似于伦理标准介入了诗学，意在规范，没有从美学层面动摇整个以才为核心的理论体系。

这种规范的声音历代都有，多出于某种具体的功利性诉求，是儒家以性节情、发情止礼思想的一个延伸。尤其清代，在经历了晚明才子放纵的时代以后，大一统的格局不可避免地要影响到文学，作为这种政治文化格局的呼应，文艺理论与儒家正统思想有意无意的接轨成为当时一个重要现象，在这样的背景下重提对才的引领也因此成为一个权宜性的政治话题，也是集体的发声。清代前期学者文人论及才学识的很多，也多主张以识为主，如章学诚《文史通义·妇德》云："小慧而无识，是为不才。"刘熙载云："文以识为主。……才学识三者，识为尤重，岂独作史然耶？"[1] 朱庭珍云："识为诗中先天，理法才气为诗之后天。"[2] 乔亿也说："增一分才气，不若增一分识见。"[3] 当然，以上重识之论，是以所论者必须有才为前提的，在才的基础上论识，就如同张实居称"诗有别才非关学也"是就有才者而论学一样。

对识的强调不仅仅是一种政治文化语境的需要，还有文学社会价值的倡导，这一点从中国文艺理论发端之际就是主要内容。但恰恰是才的崇尚，提升了这种功利主义创作的审美层次。清代文艺批评界重提这个理论话题，并将其转化为才识何者为创作主导的新问题，可以视为功利主义理论服务于王化统治的一种手段。

其四，尽管才识兼备于创作功德无量，但就清代以前所积累的学术经验而言，识的提出往往与理论能力、批评能力对接，多难兼容创作之能，难以承担文艺主体核心素养的重任。论道侃侃，自运惨淡，早就成为古代文艺理论批评自身所关注的话题。唐代张怀瓘著《文字论》便招来如下质疑："看公于书道无所不通，自运笔固合穷于精妙，何为与钟、王顿尔辽阔？"[4] 既然通晓理论，头头是道，自己的书法创作就应该穷极奥妙，何以与钟繇、王

---

① 刘熙载：《艺概》，王水照辑《历代文话》，第 5570 页。
② 朱庭珍：《筱园诗话》卷 1，郭绍虞辑《清诗话续编》，第 2336 页。
③ 乔亿：《剑溪说诗》卷下，郭绍虞辑《清诗话续编》，第 1099 页。
④ 王伯敏等：《书学集成》（汉—宋），第 198 页。

羲之等天壤之隔呢？又如胡应麟推扬严羽、高棅："宋以来，评诗不下数十家，皆咻呓语耳。划除荆棘，独探上乘者一人，严仪卿氏。唐以来，选诗不下数十家，皆管蠡窥测。刊落麤芜，独存大雅者一人，高廷礼氏。"其赞高廷礼选诗"超越千古识"、"词坛伟识"；称《唐音》与《唐诗正声》之选：杨伯谦"颇具只眼"。继而综论称："严羽卿之诗品，独探玄珠；刘会孟之诗评，深会理窟；高廷礼之诗选，精极权衡。三君皆具大力量，大识见。"论选家、评家，其嘉言美誉最终皆落实于"识"。但是，这种理论之识于创作却并不能构成无可替代的支撑，因此胡应麟随之概论以上诸人："识俱有余，才并未足，故其自运，不啻天壤。"① 明代卓珂月也是此间代表，其《词统》一书搜采鉴别，识力不凡，大有廓清之功，然而及其自运，则"神韵、兴象，都未梦见"②。识高者文才未必超俗，何以自解呢？早在唐代，张怀瓘就对这种才难兼长有了辩解：

> 天地无全功，万物无全用，妙理何可备该？常叹书不尽言，仆虽知之于言，古人得之于书。且知者博于闻见或能知，得者非假以天资必不能得。是以知之与得，又书之比言，俱有云尘之悬。③

先是事难求全，全知全能不是人间所应有的衡量尺度。更为主要的是：知之识之，于艺道有其识度，是可以从博闻广阅中获得的，但艺术创作本身则必须具备天赋之中的创作才华。明代张爱宾也有一段深刻分析：

> 惟王羲之能为一笔书，陆探微能为一笔画。宋严羽卿论诗，姜尧章论书，皆精刻深至，具有卓见，及所自运，顾远出诸名家后。大抵议论与实诣确然两事。议论者识也，实诣者力也。力旺者能蔑识，识到者又能消力。语云：识法者惧。每多拘缩，天趣不能泛滥也。观白石书，咏沧浪诗，自当得之。④

① 胡应麟：《诗薮》外篇卷4，第190、191页。
② 王士禛：《花草蒙拾》，唐圭璋辑《词话丛编》，第685页。
③ 张怀瓘：《文字论》，王伯敏等编《书学集成》（汉—宋），第198页。
④ 汪珂玉：《珊瑚网》卷24引，影印《文渊阁四库全书》第818册，第495页。

文中正是以议论为识，以才力主乎创作。识虽然容纳赏会等感性因素，仍然属于理性能力，虽可与文才相济，但有识者自运却往往难佳：一或缺乏文才，一则虽有文才但其于诸般文学法式病忌过于熟稔，动笔瞻顾，才思畏葸。

既然如此，才胆识力系统中以识为先，尚可归于有才者的自省，但若放言创作之中以识为主，在审美理论中替代才的位置，便与创作的基本经验出现一定的龃龉，极似隔靴搔痒之论。

其五，叶燮所论之识包纳了才性的内涵，是对"才识"的总结，强调了才性与识的关系，忽略了二者的区别，虽然造成认识上的混淆，却使其才胆识力的主体素养体系归结于才的证据更加明确。

从佛禅论识，识属于根性、种子，因果循环之中，潜在前在于主体根柢，这与我们本土所研讨的才性实则没有区分。如宋元之交的方回论作诗当具才学识，且格外强调识，以为"识至"即使"才虽有未至"，其情就如同才"亦至"，因为识的本意就在于"善于有为"，且就"识"的本质而言："识之极，才之余也"① ——识达其极则才有其余，这是对才识相涵的明确说明，是佛识论的文艺理论转译。

从才的本义而言，在这个范畴建构之初便包融着透视幽微的内涵，如汪涌豪先生所论："才与人思维能力的关系早为人论及，东汉王充作《论衡》，其《超奇》篇称：'阳城子长作《乐经》，扬子云作《太玄经》，造于妙思，极窅冥之深，非庶几之才，不能成也。'说明才与人深刻而深入的思维活动有密切的关系，惟才情高卓，才能造此深思。"② 早期文艺批评所说的"才思"、"才辨"、"才悟"，主要是对才具有知性能力而言的；后世批评引入"才识"，虽受到佛禅的影响，实则也可以说是才这一范畴理性内涵的必然产物。

一些文学批评中的所谓识更是突破了一般学术意义的内涵，直接依托佛识，将才的审美内容尽行包纳。如金圣叹《读第五才子书法》论《水浒传》，盛赞作者有识：

---

① 方回：《杨初庵诗卷序》，同前。
② 汪涌豪：《范畴论》，复旦大学出版社 1999 年版，第 555 页。

　　作《水浒》者，真是识力过人。某看他一部书，要写一百单八个强盗，却为头推出一个孝子来做门面，一也；三十六员天罡，七十二座地煞，却倒是三座地煞先做强盗，显见逆天而行，二也；盗魁是宋江了，却偏不许他出头，另又幻一晁盖盖住在上，三也；天罡地煞，都置第二，不使出现，四也；临了收到天下太平四字作结，五也。三个石碣字，是一部《水浒传》大段落。①

以结构布局、故事安排以及深思熟虑其中变化之理为识，以能够舒卷变化摆布胸中之志为识，这个识显而易见就是文才，才与识，在此是一而二、二而一的关系，叶燮《原诗》称"有识则有才"，也是这个意思。二者之间如此隐性的融合，恰恰说明了在古代文学批评界，佛识论引发的才识一体思想具有深远的影响。有的学者甚至将"才识"径直作一体性运用：

　　作诗须多读书，书所以长我才识也。然必有才识者方善读书，不然，万卷之书，都化尘壒矣。诗须多作，作多则渐生才识也，然必有才识者方许多作，不然如不识路者，愈走愈远矣。诗须多讲究，讲究多所以远其识、高其才也，然必有才识者方能讲究，不然齐语楚咻，茫然莫辨故也。故知才识尚居三者之先。②

作者从读书、创作、研究三个方面论述"才识"与诗歌的关系，将"才识"视为一个完型的范畴，从其对后天人力的控引力量考察，这个才识的本质就是才性。之所以如此措辞命意，显然是作者在接纳了佛识意蕴之余，又将其与本土的才性论实现了撮合。

　　鉴于以上诸说，因此可以说，叶燮所谓"识为体而才为用"、"内得之于识，而出之而为才"的论调，即杂糅了以上诸般思想。既然如此，其识的论述中兼容部分才性内蕴也便顺理成章。

　　叶燮拆分才的内涵以构建理论系统的努力，有学者已经道破其微，龚鹏

---

①　朱一玄、刘毓忱：《水浒传资料汇编》，第219页。
②　吴雷发：《说诗菅蒯》，丁福保辑《清诗话》，第899页。

程就说："这才胆识力四者，其实乃是将才分解开来说。"① 尽管这种识对才之内涵的离析缩减了才的丰富性，但以才的内涵建构识，更加说明识的强调其底里无非还是论才，对以才为核心的主体理论体系不会产生影响。

不过应该指出的是："才识"，是主体才性之中具有了别样潜质，经过学力陶冶又可成就料变持世的偏长。叶燮等人简而言之，以"识"代指"才识"，也便以"识"径直标为才能，这便形成了其论述之中才与识动辄身份不易辨识的局面。事实上二者本末一体，一如才可现身学、才可现身情等等，但末源自本的统一性不能径直表达为末就是本，能出自性也同样不能径直以性能表达为性，这种思想在董仲舒《春秋繁露》等著述中早就有详细论述，如此言说带来的便是概念范畴内涵外延的混乱。

其六，文学论识，是后人在前人巨大光环面前寻求超越的必然归依，关乎后人当乎创作之际面临的困境，并非主体素养论改换门庭的机缘。才胆识力论自明末清初大行其是，清初对识的强调又格外突出，与叶燮的思想形成呼应。而格外重识的文学大背景恰是复古，明末清初在性灵论之外，无论讲求神韵还是格调、肌理，无论是浙西词派还是宋诗派，多以古为准的。秉持此道者一个重要理由就是：诗词文赋，古人高居巅峰。文变已尽，后人自恃才华有所作为已经极难，因而只有学习古人，拟议以成变化。而学习古人最需要的就是路头正，识见由此被推至理论的前沿。魏禧论文曾多次道及，其《答蔡生书》云："文章之变，于今已尽，无能离古人而自创一格者。独识力卓著，庶足与古人相增益。是故言不关于世道，识不越于庸众，则虽有奇文，可以无作。"《与诸子世杰论文书》云："吾每谓文字古人格调已尽，无复更有。唐宋大家，率皆割取甘腴，特出意煎烹，登俎成味，譬犹蜂采百花为蜜，娄生聚五侯之馔为鲭。"《宗子发文集序》又云：

> 今夫文章，六经四书而下，周秦诸子、两汉百家之书，于体无所不备。后之作者，不之此则之彼。而唐宋大家，则又取其书之精者，参和杂糅，熔铸古人以自成，其势必不可以更加。故自诸大家后，数百年间

---

① 龚鹏程：《中国文学批评史论》，北京大学出版社 2008 年版，第 287 页。

未有一人独创格调出古人之外者。然文章格调有尽，天下事理日出而不穷，识不高于庸众，事理不足关系天下国家之故，则虽有奇文与左、史、韩、欧阳并立无二，亦可无作。

以体格之变已尽为前提，通过学习古人获得进益便成为不可回避的抉择，而如何学、学什么，便要通过识来实现。于是，《答施愚山侍读书》中他又积极倡导"积理练识"，欲使文章卓然自立于天下，只有通过积理练识。①

魏禧论识的重要，所言多为文章，实则诗歌亦然。毛先舒论诗便提出了"稽古日新"说：收敛自我之才而深入古人窟宅。这个观点是通过诘难完成的，有人说："诗必自辟门户，以成一家，倘蹈前辙，何由特立？"毛先舒回答，古来文学沿革，"体既屡变，备极范围"，后来者所谓创造已经相当困难，"何由创发"？他举万历以后的文风之变："文尚隽韵者，则苏、黄小品；谈真率者，近施、罗演义；诗之佻亵者，效吴歌之昵昵；龊龊者，拾学究之余沈。"几乎都是古人风范的回放，何曾有什么创新？正所谓："嗤笑轩冕，甘侧舆台；未餐烟霞，已饫粪壤。旁蹊踯躅，曾何出奇？"这些话体现的是毛先舒对明末以来各种风气宗派反常反古刻意为新的反感。他认为，与其从事这种神头鬼脸的所谓新创，"岂若思古训以自淑，求高曾之规矩耶"？他最后总结道："若乃借旨酿蜜，取喻熔金，因变成化，理自非诬。"就是说，通过学习古人实现创新，达到日久自化，这才是光明大道。但是："采取炊冶，功必先之，自然之效，罕能坐获。"这个过程需要长久的工夫，需要在稽古之中日积月累，"要亦始于稽古，终于日新"，没有凭借自我之才就能超越古人的，创新只有源自对似是而非的鉴识与对前贤经典的神识。②

以上重识之论，皆是对前人文学创作仰视的必然结果，因为对于讲求复古或者虽然不言复古却以为前人之变已尽的文人们来说，后人凭借文才已经不可能实现突破，识被高度重视恰是自以为才已经无可奈何之际的自救。

综上所论，就《原诗》而言，论主体素养开列才胆识力，而胆识力三

---

① 魏禧：《魏叔子文集外篇》卷6、卷8，第265、283、411、289页。
② 毛先舒：《诗辨坻》卷1，郭绍虞辑《清诗话续编》，第12页。

者为才之所"凭依"；讲文学表现对象论情事理，而情事理只有才方能表现，也只有"至理存焉，万事备焉，深情托焉"方为"有才"。无论主客，都必须依托于才，因此张晶先生分析叶燮相关论述说："才是识的外显，没有才，识是无以表现的。叶燮以才胆识力来概括诗人的创造力，他不是把才孤立起来讨论，而是把才识胆力作为诗人的综合能力结构。"① 这个诗人的综合能力结构，本质上讲无非就是叶燮将才与才所凭依的胆、识、力综合而成的素养系统，它贯穿内在禀赋与外在表现形态，而核心正是才。从刘勰就确立了"才为盟主"的地位，后世于此从无异议，讲才为"盟主"，乃是论文学的本体特质；讲以识为"先"，则既有不同语境下的侧重言说，又含功利主义的权宜，同时也兼容了学习与涵养。②

---

① 　张晶：《神思：艺术的精灵》，百花洲文艺出版社 2009 年第二版，第 198 页。

② 　西方美学理论中虽然没有与我国古代才识关系直接对应的范畴，但叔本华的天才与纯粹认识、康德与柯勒律治所讨论的天才与鉴赏力（taste）的关系与此是很接近的。叔本华不否认天才对创造的作用，但他强调的天才更倾向于一种认识能力，一种能否将认知推向一定深度的能力。其关于天才的论述包含以下几个主要观点：天才是一种不依据规律的认识，天才是一种弃绝了欲望的认识，天才是对永恒理念的认识。他心目中的天才是"纯粹的认识主体"，是"明澈的世界之眼"。康德以为，天才与鉴赏力有着本质区别，鉴赏力是后天的，可以通过学习修养而不断得到加强；而天才是先天的，后天的努力无以改变。艺术创作中天才与鉴赏力是不可或缺的，其中天才为美提供丰富的材料，而鉴赏力则可以为这些材料提供合适的、可以传达的形式。康德认为美的艺术应该二者兼顾，但实际创作中往往顾此失彼，如果要作选择的话，他提出首先应该牺牲天才。柯勒律治则反对将天才与鉴赏力在创作中截然二分，尽管二者有先天后天的不同，但艺术之中二者是统一于一体的。他认为，真正的天才作品不缺乏合适的形式。当然，不缺乏形式并不是说天才直接产生形式，而是鉴赏力经过修养已经渗入本能习惯，看起来似乎具备了与天才融而为一的特性。参阅李鹏程、王柯平、周国平《西方美学史》第三卷，第 567、764 页。

第三编

文才活力的葆有策略：
发抒与涵养统一

作为本然的禀赋，才具有发散特性，并通过及物、应世体现其存在的价值与意义，因此"尽才"是历代士人梦寐以求的理想。儒家早有"尽性"之说，《礼记·中庸》云："唯天下至诚，为能尽其性。能尽其性，则能尽人之性。能尽人之性，则能尽物之性。能尽物之性，则可以赞天地之化育。可以赞天地之化育，则可以与天地参矣。"也早有尽才之论，《孟子·告子上》论仁义礼智四端人皆有之，"若夫为不善，非才之罪也"，乃是"不能尽其才也"。才、性所指都容纳了道德成分，而且从接通路径而言，"能尽其才则能尽其性"①，儒家尽才成性之论由此成为后世文艺"尽才"论的先声。

文艺"尽才"则必有寄托，文艺创作便是文才寄托的核心形式。汤显祖云：

> 万物当气厚材猛之时，奇迫怪窘，不获急与时会，则必溃而有所出，遁而有所之，常务以快其蓄结。过当而后止，久而徐以平，其势然也。是故冲孔动楗而有厉风，破隘蹈决而有潼河。已而其音泠泠，其流纤纤。气往而旋，才距而安。亦人情之大致也。②

"旋"为反转，"距"有行迈到达之意。"气往而旋，才距而安"的意思是说：才气沉郁蓄积到一定程度必然要寻求发抒，只有因循所寄托者获得挥洒的机缘与空间，才气始能不再躁动。焦竑也有才当有寄之论："人之挟才必有以用之，才不用于世与用于世而不究其才，则必有所寓焉以自鸣。"文才亦然："诗非他，人之性灵之所寄。"③ 其他诸如孔尚任所谓"诗之所在，即才之所在也"④、杭世骏"文者，用才之具"等论，其本意也在于此。

从文艺创作的程序而言，才华直接以才思的形式发抒。一个成熟文人才思的显象赋形必然体现出基本的统一性，这就是才调；审美主体具备才调则可成家数，可成体格。从才思、才调到作品风格、体调、气象的形成，其间强调的就是极才尽变，才思不极则难尽本性，甚至会在悬置、畏葸之中渐渐

① 黄汝成：《日知录集释》卷7，栾保群、吕宗力校点，花山文艺出版社1991年版，第334页。
② 汤显祖：《调象庵集序》，《汤显祖诗文集》卷30，第1038页。
③ 焦竑：《雅娱阁集序》，《焦氏澹园集》卷15，《续修四库全书》第1364册，第143页。
④ 孔尚任：《官梅堂诗集序》，《湖海集》卷9，《四库全书存目丛书》第257册，第699页。

钝滞。

但是，才易飘扬、才易破缚，无论运才方式还是用才态度，如果缺乏对才适当的控驭，则才气驰骤，会形成一种具有破坏力的势能，既逾越法度滋生弊病，又会因一味使才逞才神思俱疲而有"才尽"之忧。

于是，能够尽我才之所能又不显才尽技穷的窘迫，由此成为重要的规诫。柳冕曾说："文之无穷，而人之才有限。苟力不足者，强而为文则蹶，强而为气则竭，强而成智则拙。"[①] 这种自省直接影响到了黄庭坚，他所谓的"诗意无穷，而人之才有限，以有限之才，追无穷之意，虽渊明、少陵不得工也"[②]，也是由此演化。二人之说皆属别有所指，但又共同将矛头指向不知所止、无所敬畏的创作。[③]

挽救之途就是文才涵养：只有葆才养才敛抑峥嵘，才气才情绾聚凝注而不流乱逸荡，文才方能精芒四射，作品始能光彩照人。

---

① 柳冕：《答衢州郑使君论文书》，董诰等编《全唐文》卷 527，第 2373 页。

② 释惠洪：《冷斋夜话》卷 1，吴文治主编《宋诗话全编》，第 2429 页。

③ 冯友兰《新原人》论云："人于它的才的极至的界限之内，努力使之发展完成，此之谓尽才。于他的才的极至的界限之外，他虽努力亦不能有进益，此之谓才尽。"其中"尽才"之论确得其是，但"才尽"之说显然考究不明，与历史上论"才尽"的范例所言不合。参阅《中国现代学术经典·冯友兰卷》，第 639 页。

第　七　章

由才至思：文才的发抒路径

　　创作之中天向人的落实过程就是"才思"酝酿及其在创作实践中展开的过程。文才最终必然要裁成文思始可转化为作品，所以《文心雕龙》论创作，前后涉及十九篇而首论《神思》。

　　才思论的形成以思维特征认知的深化与文学创作实践的拓展为铺垫，以晋际道教"存思"论为理论资源，至刘勰详论神思则标志着才思论的完善。

　　一如有才学、有才情、有才识为主体于学、情、识具有性中优长，有才思就是说审美主体才性之中具有善于想象、善于联想的潜质，才思的这一内涵后来被表达为"才生思"。由此可见，王世贞"才生思"的论断实则就是中国文才思想的固有结论。

　　才思依托于审美主体的禀赋潜质，具体落实于文思，具有基本路径取向、意象熔铸与法术归拢功能，它融会意思情思，对具体创作有着引领作用。它是文才见于创作的路径，是文才发抒的路径，也是文才创化特性的落实与呈现。诸如审美联想、文藻孳乳、篇章的裁布等等，都是文才创化特性经过文思的呈现。

　　从运行的通滞而言，文思包括兴会神通之前的苦思、兴会神通之际的神思。苦思是文艺创作必需的思考，它与天机骏利的神思发动不同，是持续不辍、孜孜以求的人力工夫作用，这种苦思又称为覃思、深思或锻思，具有超越了感兴状态的理性深度，本书统之为"覃思"。覃思对文思有着重要影响，与文艺才性恰成天人之合，因此成为以人济天的重要形式。①

文艺创作之中，那种兴会不至之际通过覃思深思与锻炼，于人工努力不辍、孜孜以求的创作状态往往被名之为"苦吟"。古代审美批评中的"苦吟"，既指以覃思锻炼等人力为主的创作，又将其视为艺术手段与不得不经验的创作历程。苦吟以工苦力至而才思得以激发为诉求，以诗文实现自然审美形态为目的，宋人称之为"苦吟破的"。

另外需要说明一点：古代文学批评时常将"文思"名之为"才思"。审美批评中的才思、文思、神思一般语境下意义相当，都以才思为本，本书论述中不作刻意区分。

第一节　才思论的形成与才思内蕴

才思论的形成建立在以下基础之上：思维特征认知的深化、文学创作实践的拓展与反思。就思维特征的认知而言，先秦两汉诸子对思之内涵——诸如思能至远通幽，在纵深广阔不同的层面都具有自由的伸缩余地等——已经有了深刻的洞察。王充《论衡》对一般著述与思及才的关系也做出了初步论述。汉魏两晋道教思想流行，其"存思"的法式以及相关理论获得推广，对文学神思之论有着一定的启示意义。

就文学创作而言，汉魏两晋之际文人雅集文会，既敷衍礼仪用诗传统，又张扬公宴消遣绪脉，且逞才炫学、较量优劣成为一时风尚。思有敏迟的才性认知由此成为批评界关注的重点话题，创作苦累现象的反思及文才锋颖崇尚的潮流，从不同维度促使理论界向文思畅达的路径与状态聚焦。"耽思"论在这样的

---

① 冯友兰《新理学》有"才人"一节，其中认为："才人既明一种艺术题材之本然，则本然办法、本然命题、本然样子等，既均是本然底，均非感官所可及，所以创作者于创作时，皆以神遇而不以目视，官知止而神欲行。创作之工作，既是将本然底成为实际底。……一人之学问，可经数年或数十年始成，但其真正创作，则只有一个或几个俄顷之间，其前乎此时间所用之工夫，可以说是一种预备工夫；其后乎此时间所用之工夫，可以说是一种修补或证明工夫；俱不是创作。"作者意在说明才的创造性、工夫积累或修补的区分，有判析天人的意味。就文艺而言，才人就是那种具有明乎艺术本然以及命题本然并可将其成就的人。虽然其中工夫之说忽略了其不可游离于才性调控之外的本质，但这段话于文学才思之论的理解仍有一定的帮助。文学创作之中，存在着发于天资、见乎兴会的自足圆满境界；但这种境界诞生之前的文机酝酿，艺术创作结束之后的润饰修补，却往往是理性的苦思冥想占据着主要地位。本书才生思之文思与覃思苦吟等的区分，参考了冯友兰的相关思想。参阅《中国现代学术经典·冯友兰卷》，第193—195页。

背景下诞生，而刘勰系统研讨"神思"，则意味着才思论的完整确立。

一

（一）从先秦诸子对思的内涵揭示至东汉以思论文的滥觞。先秦文献对思有着较为广泛而深刻的关注，如《尚书·尧典》云："放勋钦明文思安安。"孔安国传："言尧放上世之功化，而以敬、明、文、思之四德，安天下之当安者。"孔颖达疏云："此帝尧能放效上世之功，而施其教化甚明，发举则有文谋，思虑则能通敏。"① 可见早在上古之际，"思虑通敏"已经成为与钦敬、明达、文谋并列的德性。

他如《尚书·洪范》引箕子："思曰睿。"孔安国传："必通于微。"《管子·内业》："思之思之，又重思之，思之而不通，鬼神将通之。"《论语·为政》："学而不思则罔，思而不学则殆。"《孟子·告子上》："耳目之观，不思而蔽于物，物交物，则引之而已矣。心之官则思，思则得之，不思则不得也。"总结以上文献，会发现先秦之际论思的两个意义指向：

其一，以思为睿，睿则必通于微。箕子、管子之言皆涵此意。《老子》的"涤除玄览"、《庄子》的"用志不分，乃凝于神"实则也是指向这种可以通幽的思维状态。所不同的是，道家达到这种状态的路径不是深思苦虑，而是反思虑的虚静与澄怀。

其二，以思而引，引而能广。孟子所谓"物交物，则引之而已"，正是思能解蔽之意。《春秋繁露》又释箕子言思为"思曰容，容者言无不容"，即是就其包容性、涵盖性而言。②

东汉之际，班彪开始以"一人之精，文重思烦"论《史记》③。及《论衡》论著述又屡屡涉及"眇思"，如《超奇》篇："孔子得史记以作《春秋》，及其立义创意，褒贬赏诛，不复因史记者，眇思自出于胸中也。"又云："杨子云作《太玄经》，造于眇（误作助）思。"而《书解》篇则已经将著述与思虑、才能的关系纳入了较为系统的理论考察。为了阐释自我的观点，王充首先列举了其时存在的一种似是而非的论调——只要具备闲思就可

---

① 孔颖达等：《尚书正义》卷2，《十三经注疏》，第118页。
② 以上内容参阅刘勉《神思：神的下降与思的上升》，《文艺研究》2013年第2期。
③ 《后汉书》卷30，第5册，第1327页。

以从事著述：

> 或曰："著作者，思虑间（闲）也，未必材知出异人也。居不幽，思不至。使著作之人，总众事之凡，典国境之职，汲汲忙忙，或暇著作？试使庸人积闲暇之思，亦能成篇八十数。文王日昃不暇食，周公一沐三握发，何暇优游为丽美之文于笔札？孔子作《春秋》，不用于周也；司马长卿不预公卿之事，故能作《子虚》之赋。杨子云存中郎之官，故能成《太玄经》，就《法言》。使孔子得王，《春秋》不作；长卿、子云为相，《赋》、《玄》不工籍。"

所论著作包括子部著述与文赋创作，二者并需"闲思"。这种思想实则说明当时理论界已经开始关注思与才的关系，只是出于鄙视文士的目的，一些人否认才智的地位，假此将文人们自诩的才华凝铸贬抑为凡人有闲思即能的雕虫小技。王充对这种观念给予了驳斥，其理论核心集中于：闲思自然不可缺乏，但根本的依托则是才：

> 文王日昃不暇食，此谓演《易》而益卦。周公一沐三握发，为周改法而制。周道不弊，孔子不作……夫禀天地之文，发于胸臆，岂为间（闲）作不暇日哉？……长卿、子云，二子之伦也，俱感，故才并；才同，故业钧。皆士而各著，不以思虑间（闲）也……嚚顽之人有幽室之思，虽无忧，不能著一字。盖人材有能，无有不暇。有无材而不能思，无有知而不能著。有鸿材欲作而无起，（无）细知以问，（闲）而能记。盖奇有无所因，无有不能言；两有无所睹，无不暇造作。

尽管"居不幽则思不至，思不至则笔不利"并非妄谈，但闲与不闲并非决定能否著述的关键；著述需要幽思闲思，但"无材而不能思"。当然，有其才者也可能存在"欲作而无起"的感发机缘问题，不过一旦兴发感动，则必然能有深思熟虑。[①]

---

① 黄晖：《论衡校释》，第606、608、1152页。

以上论难将著述分别与才、思建立关联，开启了思与创作关系探索的历程，但尚未鲜明地褒扬才思。而且其所谓"思"依然只是基本思虑之思，还没有提升为审美意义的文思；其所关注的著述，也是子史辞赋的杂陈。

"思"的进一步审美提升得益于"神"的襄助。如果说东汉前期涉及神思关系尚有些类似医家、术士的"行话"——如《论衡·卜筮》云："夫人用神思虑……一身之神，在胸中为思虑。"——那么汉魏文人论思则常常与"神"联用，思在获得了"神"飘逸幽微、神秘贯通的体征之余实现了彼此意义的沟通。诸如孔融《荐祢衡表》："性与道合，思若有神。"曹植《宝刀赋》："规圆景以定环，摅神思而造象。"《三国志·杜琼传》引谯周云："神思独至之异。"华峤《乞赦楼玄疏》："宜得闲静，以展神思。"韦昭《鼓吹曲》："建号创皇基，聪睿协神思。"《三国志·陈思王传》注引鱼豢："余每览植之华采，思若有神。"① 以上所引的神思，已经具有了审美范畴的基本特征。

从先秦两汉论思，至汉魏之际神思并言，不仅意味着思之所及在其幽深、广阔两个维度上得到进一步强化，也预示着思从人事忧苦的缠绕中获得了意蕴的超越，正一步步迈向审美的王国。

（二）道教"存思"论诞生对审美之思的影响。道教"存思"论也正是在以上神、思融会的语境下流行并被纳入了艺术法度的。存思又称作"存想"，简称为"存"，存思之专精则称为"精思"。早在东汉之际，也就是道教发轫之初，存思就成为与吐纳、胎息、辟谷、炼丹等并列的常用修行方法，产生于东汉的道教经典《太平经》已有了存想的描述。如《太平经钞》戊部称："入室存思，五官转移，随阴阳孟仲季为兄弟，应气而动，顺四时五行天道变化以为常矣。"存想既是其最具特色的思维方法，又是道教沟通神人的精神通道。②

曹魏之际，曹植就颇受道教影响，故而《任城王诔》即有"目想官墀，心存平素，仿佛魂神，驰情陵墓"之语。葛洪《抱朴子内篇》虽然成书于

---

① 参阅詹锳《文心雕龙义证》，第 973 页。
② 参阅刘仲宇《存思简论——道教思维神秘性的初步探讨》，《中国哲学史》1995 年第 5 期。

东晋，但其中的道教神仙思想则是东晋之前相关思想的全面总结，是魏晋之际道教形态的近切反映。本书于当时的存思有详细描绘，如《抱朴子内篇·杂应》云：

> 仙人入瘟疫秘禁法，思其身为五玉。五玉者，随四时之色，春色青，夏赤，四季月黄，秋白，冬黑。又思冠金巾，思心如炎火，大如斗，则无所畏也。又一法，思其发散以被身，一发端，辄有一大星缀之。又思作七星北斗，以魁覆其头，以罡指前。又思五脏之气，从两目出。

文中浮想联翩、栩栩如生、宛然如在的述说皆为神思游走的境界。"存思从形态而言是由心及物的漫衍，从本质而论则是道教的内视之道。"① 从汉魏之际便衍生而出的神思论在道教存思之中强化了神思的灵动鲜活、无远弗界与无微不至，其自足而不自闭的特征虽然与讲究主客遇合的神思兴会稍别，但彼此包纳的审美情态却有着惊人的重合性。文思理论在这样的背景下诞生了。

其发端就是陆机的《文赋》。陆机在文中首次描摹了文思的体貌："其始也，皆收视反听，耽思傍讯，精骛八极，心游万仞。"继而多次论及文思："然后选义按部，考辞就班……馨澄心以凝思，眇众虑而为言。"又曰："言恢恢而弥广，思按之而愈深。"直接论述之外，类似"若夫应感之会，通塞之纪，来不可遏，去不可止"之类的描述，其本质也是对文思通塞状态而言的。尤其"耽思"之说，表达创作主体凝神静心的审美联想，既言精骛八极之广阔，又论心游万仞之幽远，有思的落实，也有神的驰骋，是对先秦两汉思论、道教存思论的超越，哲学之思至此完成了文艺审美范畴的转型。西晋之后，文艺审美论思迅速呈现出普及的态势：

如成公绥论赋："赋者贵能分赋物理，敷演无方，天地之盛，可以致思矣。"②

---

① 参阅吴崇明《道教存思法与文心雕龙神思论的生成》，《江西社会科学》2009 年第 2 期。
② 《晋书》卷 92，第 8 册，第 2371 页。

如王羲之论书，《题卫夫人笔阵图后》云："夫欲书者，先乾研磨，凝神静思，预想字形大小偃仰平直振动，令筋骨相连，意在笔前，然后作字。"《笔阵图》云："夫书者，玄妙之伎也，自非通人君子，不可得而述之。大抵书须存思。"又云："凡书贵乎沉静，令意在笔前，字居心后，未作之始，结思成矣。"①

如宗炳论画，《画山水记》云："圣贤映于绝代，万趣融其神思。"

因为形象性的原因，书画论思有着道家存想论更为直接的影响。但很显然，以上文献所论之思皆与俗常人事无关，而是指向文字或图像的形态、情势的沉吟涵泳，说明思在当时已经转化为成熟的审美范畴。

（三）文学创作实践的拓展与才思关系理论的成型。从汉代开始，辞赋创作已经逐步走向繁荣，且在讽谏之外多有遣兴娱情的创作，如梁孝王集司马相如、枚乘等梁园雅会，汉宣帝数令文士王褒、张子侨等从猎，所幸公馆辄为歌颂等。曹魏之际，西园雅集，饮酒赋诗，已成后世艳羡的绝唱。随后这种风气逐步弥漫，创作不仅是消遣，也是礼仪、尊严与荣誉，文思由此成为审美的焦点。我们以陆云《与平原书》所提供的信息为例略作分析。陆云与其兄陆机书札往还，现存者数十篇，其核心内容便是论文。这些文字之中，透露出以下两个重要的创作倾向：

倾向之一：无论公宴还是践送，文学于现实应酬交际之中运用日益广泛，因此作者的才性分量便无可隐蔽。如其中记载：

> 一日会，公大钦，欣命坐者皆赋诸诗。了不作备，此日又病。极得思，惟立草，复不为。乃仓促退还，犹复多少有所定，犹不副意。
> 弘远去，当祖道，似当复作诗。构作此一篇，至极思，复欲不如前仓促时，不知为可存录否？

前者为宴会雅集之际命赋，没有准备，因此冥想苦思。后者为践送作诗，虽然提前有所构想，却又不甚满意。这就是当时文学创作与现实人生密切交融的写照。当然，践送作诗是凡与其事者都要参与的，所以陆云评曰："送弘

---

① 王伯敏等：《书学集成》（汉—宋），第26、28页。

远诗极佳，中静作亦佳，张魏郡作《急就诗》，公甚笑。燕王亦似不复祖道弘远，已作为存耳。"即使不亲自送别者，也已经作诗相送。无论雅会抑或践送，明定题目创作，且即时即兴，参与祖道者又或即景即情，如此已经十分考验作者的才情才气，同时也使其才性分量无可隐蔽，并且其中已经寓有较胜之意。

倾向之二：逞才斗富，明确与古今名家名篇较量优劣。学术研究中，诸多学者注意到了晋宋诗歌创作中存在的模拟现象。对于这种现象，一般的解释是文学思想的因循以及临摹以定体的需要。这个解释忽略了以下事实：因循创作之所以如此丰富，还体现了晋宋文人与古代大家名篇较量优劣的豪情。这在陆云与兄书札中表现得十分鲜明：

> 蔡氏所长，惟铭颂耳。铭之善者，亦复数篇，其余平平耳。兄诗赋自与绝域不？当稍与比校。张公昔亦云，兄新声多之，不同也典、当，故为未及。彦藏亦云尔。又古今兄文所未得校者，亦惟兄所道数都赋耳。其余虽有小胜负，大都自皆为雄耳。张公父子亦语云，兄文过子安。子安诸赋，兄复不皆过，其便可可，不与供论。云谓兄作《二京》，必得传无疑，久劝兄，兄为耳。又思《三都》，世人已作，是语触类长之，能事可见。《幽通》《宾戏》之徒自难作，《宾戏》客语可为耳，答之甚未易。东方士所不得全其高名，颇为答极。

书中先道陆机可与蔡邕争雄，且以诗赋典雅允当为世所难及。继言陆机诗文等多已经与名家较量，尚未一搏高下者只有诸如《三都赋》、《二京赋》、《幽通赋》等大赋。但陆云又坚信：其兄虽在大赋创作上与汉代诸贤互有胜负，但如放手一搏，其高文大策未必输于古人！这种挑战性的语言在书信中随处可见，又如："令送君苗登台赋，为佳手笔，云复更定，复胜此不？知能愈之不？""颂兄意乃以为佳，甚以自慰。今易上韵，不知差前不？不佳者愿兄小为损益。令定下云'灵旆电挥'。因兄见许，意遂不恪，不知可作蔡氏《祖德颂》比不？"他人辞赋，以我意更定，以较其能；自己佳篇，精益求精，意在与古人决其雌雄。

文学实践的热点，就是理论省察的焦点。雅会文战、唱和应酬的贵游文艺高潮，促使理论界对破解文思奥秘的兴趣愈来愈浓厚，而不同维度研核、反思的结果，最终汇聚于文才。先是魏晋之际，已经出现了直接的才思论文，如陆机《荐畅表》言张畅："才思清敏。"《世说新语·品藻》注引《晋安帝纪》："仲文有器貌才思。"及至东晋，葛洪《抱朴子外篇·辞义》首次从文艺审美入手，道破了才与文思之间的因果逻辑：

夫才有清浊，思有修短，虽并属文，参差万品。①

才有清浊则思有短长，由此影响到文章的面目。葛洪这一发现是文才思想发展中的一个重要理论收获，是"才思"范畴在魏晋六朝得以确立的基础。这一理论贡献提示我们：所谓文才赋形于创作，必须通过"思"这个终极环节，才通过思的现身就是"才思"。②作为具体的反证，南齐谢赫在《画品》中评述了刘绍祖的创作："善于传写，不闲其思。至于雀鼠，笔迹历落，往往出群。时人为之语，号为'移画'。然述而不作，非画所先。"③画师善于传写，故而于雀鼠等物可以笔迹历落出群，所谓"移画"，即有栩栩如生之意。但是在标定其品位之际谢赫认为这种画作属于"述而不作"，此前我们已经在不同章节反复强调文才重要的特征之一便是具有创造的潜质，才子之所以得到推崇关键在于其能够从临摹、拟议之中超越，有属于自己的创造，这里讲"述而不作"，显然是针对刘绍祖艺术之才的匮乏而言，有师匠之术，无禀赋异胎。而这种禀赋才情的缺乏，直接导致了画师本身"不闲其思"。

经过以上多方的铺垫，《文心雕龙·神思》的出现也便水到渠成。《神思》与才思实则有着深刻的关联。正如汪涌豪先生云："文学创作赖'神思'和想象活动而展开，但它最后落实为文字，须赖作者具体而巧妙的结撰功夫。古人以为不但艺术思维赖'才'，这具体巧妙的结撰，也须赖

① 杨明照：《抱朴子外篇校笺》下册，第394页。
② 詹锳先生就是从葛洪这段话出发，论述了刘勰有关才思的思想。参阅詹锳《〈文心雕龙〉论才思与风格的关系》，《河北大学学报》1980年第2期。
③ 王伯敏等：《画学集成》（六朝—元），第22页。

'才'才能完成。刘勰《文心雕龙·神思》在讨论神思的过程中，屡言才字……即从此意义出发的。"① 从本义而论，神思就是文思，故此刘勰开篇即道"文之思也，其神远矣"，又道"陶钧文思，贵在虚静"②。神思就是心思，所以《法言·问神》云："或问神，曰：'心'。"③ 刘勰又道"神居胸臆，而志气统其关键"。从内涵而言，神思包纳了艺术想象与构思，包纳了创作思维过程与创作主体心态。④ 而若论神思的源泉，则不能脱离文才。

结合《神思》本文具体来说，其中首先论称："积学以储宝，酌理以富才，研阅以穷照，驯致以绎辞。"通过对学、理的积累，丰富自己的才力；以此为基础，深察细究的运思，与顺其思致、理致、情致进行的文辞演绎，就可使"玄解之宰，寻声律而定墨；独照之匠，窥意象而运斤"，达到神思自如的境界。其论述理路就是必由乎才而始有神思。

又云："夫神思方运，万途竞萌。规矩虚位，刻镂无形。登山则情满于山，观海则意溢于海。"此言神思飞扬的状态，随之则满怀豪情地宣称"我才之多少，将与风云并驱矣"——神思的飞扬本质上就是自我之才气的飞扬。

又云："人之秉才，迟速异分，文之制体，大小殊功。"随后证以司马相如、扬雄、桓谭等人的创作："虽有巨文，亦思之缓也"；证以枚皋、曹植、祢衡的创作："虽有短篇，亦思之速也"。才有其分，因此直接影响到文思疾缓。尽管体制大小对创作速度同样会造成影响，但速度与文思之间的关系主要还是取决于才的性质。

概而言之，"神思"篇讨论了"陶钧文思，贵在虚静"的涵养，瞬间激发的兴会，讨论了神思对时空界限的颠覆、对物我隔阂的穿透以及神与物游境界的成就，但就才思关系而言其解决的主要问题之一则是：文才的性质决定着文思的敏迟。才思，就是才通过文思所呈现的创作态势。

综上所述，神思论的本质就是才思论。《文心雕龙》神思论系统的建

---

① 汪涌豪：《范畴论》，第 555 页。

② 本章《文心雕龙》引文，见范文澜《文心雕龙注》，第 494—495 页，不另注。

③ 汪荣宝：《法言义疏》，第 137 页。

④ 参阅张晶《神思：艺术的精灵》第一章第三节。作者列举王元化、李泽厚、叶朗、罗宗强、牟世金、张少康、詹福瑞、刘伟林、王运熙、吴功正等学者解说概括为以上意见。

构，意味着才思论体系在文艺理论中的确立。当然，审美历史中才思除了神思又有着诸多美称，诸如壮思、雅思、清思、逸思、艳思等等。①

二

审美理论中的才思主要包含意思与情思。

（一）先看意思。意思即为心思之所凝聚、心意之所沉吟。如《西京杂记》卷二言司马相如创作："意思萧散，不复与外事相关。"此处从道家无为虚静而言，所以其"意思萧散"正是神思明澈无所牵系之意。南齐谢赫论画："意思横逸，动笔新奇。"② 这个"意思横逸"不是指向司马相如那种创作之前的精神空明，而是指命意用思的纵横，并最终展示于笔路。《文心雕龙·神思》有"意授于思"之说，本意为"思中之意"，仍属于文思沉吟之所得。

到了宋代，这个具有主体关联性的范畴也衍化为了直接的审美对象。《温公诗话》言王绅："效王建作宫词百首献之，颇有意思。"并举其《太皇太后生日诗》为例："太皇生日最尊荣，献寿宫中未五更。天子捧觞仍再拜，宝慈侍立到天明。"③ 自注"宝慈"为皇太后宫名。太后寿辰，皇帝百官祝贺，就连宫殿也欣悦侍立，陪伴直至天明。写宫殿欢乐忙碌，影射君臣的一夜未眠，诗中"意思"主要针对其文思意旨的可玩味性而言。这一审美过程是由主客在相向而行中共同完成的：对作品而言，需要其达到高度的凝聚沉吟而不封闭；对赏阅者而言则需要其具备对涵蓄客体的解蔽能力。

一般情况下，意思往往又以思融会于意的形式表现，即称意实则包含文思。如宋代郭若虚论用笔之中的一笔画："自始及终，笔有朝揖，连绵相属，气脉不断。所以意在笔先，笔周意内，画尽意在，象应神全。"④ 其中之意，即为意与文思的融合。

从运用习惯而言，意思之中包容了更为浓重的理性色彩。古代诗学著述

---

① 南朝梁刘孝绰《昭明太子集序》："壮思英词，随岁月而增广。"南朝梁萧子范《求撰昭明太子集表》："纵横艳思，笼盖辞林。"南朝陈徐陵《玉台新咏序》："逸思雕华，妙解文章。"

② 王伯敏等：《画学集成》（六朝—元），第21页。

③ 司马光：《温公续诗话》，何文焕辑《历代诗话》，第279页。

④ 郭若虚：《图画见闻志》，王伯敏等编《画学集成》（六朝—元），第317页。

往往立"诗思"为一目，具体阐释即有这种理性偏向。如邵经邦《艺苑玄机》释"诗之思"云：

> "诗有别思，非关理也。"可为知者道乎？夫《清庙》、《缉熙》，莫非至理所寓，未可不谓之诗，此外别无所谓理也。人唯狃于习俗，谓与经生不同，故往往黏皮带骨，不免有馊酸脂粉、头巾村俗之病矣。①

作者将严羽"诗有别趣，非关理也"有意改造为"诗有别思，非关理也"。这种改篡造成原先内涵取向存在一定对立的"趣"与"理"，被置换为内涵统一性较浓的"思"与"理"。就此作者所要阐发的主要观点就是：诗歌创作需要思理。诗之思不可能脱离理性思维，也不可能脱离现实人生及自然之间普遍寄寓的道理。

意思见于创作需要如下过程，用《文心雕龙·神思》中的话说："意授于思，言授于意。"从思至意至言是一个完整过程。当然，刘勰这里所谓的由思而得之"意"既包括作品的立意，也包括这种立意的落实手段。思转化为具体意义即成"意思"。

（二）再看情思。就情思、意思的实际而言，二者难以拆分，情中有意，意中含情，所以又有"情意"之说，这种融合体现了才思艺术思维与理性思维相综合的特征。因此古代文艺理论除了少数论辩体文章往往多言意思意理之外，其他语境极少关注二者的区分，并且呈现出以情思研讨为其主流的态势。所谓以情思研讨为主流，并不仅仅是说理论批评中多论情思，其主要表现则是：常见的才思或者神思论中多洋溢着一定的情感特征。

这种思想从汉代较早的《乐纬》之中已经有了基本的概括："诗人感而后思，思而后积，积而后满，满而后作。"② 思出于物感之后，其性质便有了感情色彩。《文赋》则以诗化的语言描述了这种特征，陆机以为古之才士创作的大致情态一致，都是"遵四时以叹逝，瞻万物而思纷；悲落叶于劲秋，喜柔条于芳春"。所谓的叹逝、悲秋、喜春，实则皆是"思纷"的范

---

① 吴文治：《明诗话全编》，第 2943 页。按：本文断句有误，已订正。
② 王褒：《四子讲德论》引《乐动声仪》，李善注《文选》卷51，第2251页。

围。再看谢惠连《雪赋》的创作，本赋开篇假托梁王与司马相如等文士闲游：

> 岁将暮，时既昏，寒风积，愁云繁。梁王不悦，游于兔园。乃置旨酒，命宾友，召邹生，延枚叟，相如末至，居客之右。俄而微霰零，密雪下。王乃歌北风于卫诗，咏南山于周雅，授简于司马大夫曰："抽子秘思，骋子妍辞，侔色揣称，为寡人赋之。"①

岁暮本来就是一个易生伤感的季节，又加以寒风愁云，梁王自然心中郁闷，于是梁园置酒以遣忧郁。而恰在此时，瑞雪飘零，梁王胸臆豁然，引吭高歌，可见其兴会的降临。也就是在这种兴会之下，才有了如下的希望："抽子秘思，骋子妍辞，侔色揣称，为寡人赋之。"所谓"抽子秘思"之"思"就是指的才思，才思于此又具体落实于"骋子妍辞，侔色揣称"：驰骋其文藻，体物而想象。梁王之兴虽然不能代表所有在场者之兴，但因兴会而延及才思，同样说明了才思的情感特征，或者说这就是情思，是情感之所流连。李白后来作《淮海对雪赠傅霭》，中云"兴从剡溪起，思绕梁园发"，便是由这个典故引申，且从兴起至思绕，正是才思因情而起的写照。

就《文心雕龙·神思》篇的本旨而言，詹锳先生结合郭绍虞关于刘勰论思多与神并言、多指兴到神来的解读，认为刘勰所论神思之神，就是"兴到神来的神，那就是感兴，类似于现代所说的类感"②，因此神思便是感兴之下才思的飞动，自然是情思。张晶先生综合黄侃等人对于"神思"的论述，先强调了神思与感兴的关系："神思虽是千变万化，微妙难言，但它的发生机制并不是主观臆想，而是审美感兴的产物。刘勰以'思理之妙，神与物游'的命题，颇为准确地揭示了神思是在外物的感发下所产生的这样一种意思。"进而得出了"神思"与情感密切相关的结论，并进一步论述道：

---

① 萧统：《文选》卷13，李善注，第591页。
② 詹锳：《文心雕龙义证》，第975页。

神思这个美学范畴是与创作主体的情感密切联系在一起的，或者说，它具有浓厚的情感内涵。这种情感的力量，是神思运化的自始至终的动力因素。所谓"思接千载"也好、"视通万里"也好；所谓"吐纳珠玉之声"也好、"卷舒风云之色"也好，都是在情感的推动下呈现的。审美意象的创作与物化，也是在与主体情感的融合中产生的。《神思》篇中说的"登山则情满于山，观海则意溢于海，我才之多少，将与风云而并驱矣"，就是说在审美意象的形成过程中，一直是有情感因素伴随其中的。《神思》的赞语中又云："神用象通，情变所孕。物以貌求，心以理应。刻镂声律，萌芽比兴。结虑司契，垂帷制胜。"……"情变所孕"是指审美意象的创造是由情感变化所孕育的，情感就成了神思运化的基础性因素。①

正由于才思、神思之中孕育着浓厚的情感意味，所以情感对才思有着直接的影响。这种影响可以体现为以下五点：

其一，总而论之，情变则才思变。文学创作本就是"语与兴驱，势逐情起"②，创作主体的情感发生变化，其才思以及才思的创造必然有其不同的表现。《金针诗格》论诗有四得：有喜而得之者，有怒而得之者，有哀而得之者，有乐而得之者。如此则创作便有四失："一曰失之太喜其思放，二曰失之太怒其思躁，三曰失之太哀其思伤，四曰失之太乐其思荡。"③情感的变化，于创作最先投射者便是才思。

其二，分而言之，情得其遇则能兴发才思。张戒《岁寒堂诗话》有如下一段文字："诗人之工，将在一时情味，固不可预设法式也。"这是一种源自创作感受的经验，所谓"一时情味"，即创作主体在一定时空内所形成的对外在事物属于自己的、与众不同的审美感受。④这里有一点很值得关注，张戒将这种与众不同当下独有的情怀感受与创作法式建立了关联：他说

---

① 张晶：《神思：艺术创作思维的核心范畴》，《解放军艺术学院学报》2006 年第 1 期。
② 皎然：《诗式》，何文焕辑《历代诗话》，第 29 页。
③ 陈应行：《吟窗杂录》卷 18，第 551 页。
④ 辛国刚等：《诗有别材：中国古代文学创作中的才性论》，《青岛大学师范学院学报》2003 年第 2 期。

不可预设法式，并非讲创作之中没有其运思径路；而是说当这种一时情味、这种独有的情思发生之际，法式如何已经蕴涵其中了。其所论者实则就是情兴至而才思发越。宋代魏庆之《诗人玉屑》卷十专列有"诗思"一目，论称："诗之有思，猝然遇之而莫遏。"同样从物我交融、神与物游的随机性论述了情得其遇则兴发才思。

其三，情志得涵养则能生发才思。就情志涵养与文思的关系而言，《文心雕龙·神思》所论"陶钧文思，贵在虚静"已经有了明确表达。《文心雕龙·养气》所谓"人兴贵闲"、"弄闲于才锋"等皆有此意，其他道家色彩较重的养气之论也多发其余蕴。《诗人玉屑》亦云："前辈论诗思，多生于杳冥寂寞之境，而志意所如，往往出乎埃溢之外。苟能如是，于诗亦庶几矣。"也是从涵养论才思孕育。

其四，情受挠乱，则才思易败。魏庆之论诗思有猝然可遇者，但是"遇物败之，则失之矣"。《诗人玉屑》因举如下事例："谢无逸问潘大临近作诗否。潘云：秋来日日是诗思。昨日捉笔，得'满城风雨近重阳'之句，忽催租人至，令人意败。辄以此一句奉寄。亦可见思难而易败也。"事例之外，魏庆之又作发挥："故昔人言覃思、垂思、抒思之类，皆欲其思之来，而所谓乱思、荡思者，言败之者易也。"这个典故所道者正是常言之中的败兴、扫兴，就文学创作而言，即指败其才思。

其五，情的磨砺经验愈丰富深刻，其才思则愈远大不拘。《诗人玉屑》又列举唐人关于诗思的资料："郑棨诗思，在灞桥风雪中驴子上；唐求诗，所游历不出二百里。则所谓思者，岂寻常咫尺之间所能发哉！"欲求才思壮阔，必须跳出寻常咫尺的阅历见闻，投入现实与自然，此间"工夫在诗外"以及才思在诗外的意思已经很明显。①

就情思之间的关系而言，才思必由情方可启动，此为"因情命思"，情对思的控引不可僭越，否则将荡弃审美的根基；情必待思而有为，所谓"情实幻渺，必因思以穷其奥"②，否则创作将丧失基本的边界。文学创作由此成为情感、才思的融结，而由此观照情思，显然属于才情的具象。

---

① 以上引文见魏庆之《诗人玉屑》，第 295 页。
② 徐桢卿：《谈艺录》，何文焕辑《历代诗话》，第 765 页。

三

假借意思与情思运行的才思有着利钝差异。所谓思有利钝，就文士彼此的考较而言指向其才思优劣。如陆云《与平原书》有云："方当积思，思有利钝，如兄所赋，恐不可须。"将自己与陆机对比，自道其兄之作自己待之无日，原因即为二人"思有利钝"。这种才思之能时人又称之为"思力"，一旦归结于力，便又归入了文才分量。沈约品目王筠："会昌昭发，兰挥玉振；克谐之义，宁比笙簧？思力所该，一至乎此！"① 便是以思力雄健、动辄中节颂扬王筠才思之"利"。而如果就文士自我的创作而言，所谓利钝则主要指向才思的通塞，如《文心雕龙·养气》所谓"思有利钝，时有通塞，沐则心覆，且或反常"。

利钝之外，假意思与情思运行的才思又有着敏迟差异。对才思捷缓的关注从西汉之际就凸显出来，《汉书·枚皋传》云："（皋）为文疾，受诏辄成，故所赋者多。司马相如善为文而迟，故所作少而善于皋。"② 这是中国文学史第一次明确描述创作速度问题。《西京杂记》记载枚皋、司马相如同一事典云：

> 枚皋文章敏疾，长卿制作淹迟，皆尽一时之誉。而长卿首尾温丽，枚皋时有累句，故知疾行无善迹矣。扬子云曰：军旅之际，戎马之间，飞书驰檄用枚皋；廊庙之下，朝廷之中，高文典册用相如。③

其中对于敏迟体现的态度颇具代表性：首先，"疾行无善迹"，为文并不刻意推扬迅捷；其次，敏迟各有其宜，难可优劣。前者是就具体作品的艺术价值而言，后者是就整体的艺术作为而论。

从汉魏开始，思有敏迟的才性认识进一步深化，并在文学实践、公众审美中逐步形成了两个对立统一的文化焦点：创作苦累的反思与文才锋颖的崇尚。

---

① 《梁书》卷33《王筠传》引，第2册，第485页。
② 《汉书》卷51，第8册，第2367页。
③ 刘歆等：《西京杂记》卷3，第29页。

其一，创作苦累的反思日渐增多。有关创作苦累的记载从东汉开始增多起来，桓谭《新论》记载扬雄的自述："成帝时，赵昭仪方大幸。每上甘泉，诏令作赋，为之卒暴。思精苦，赋成，遂困倦小卧。梦其五脏出在地，以手收而内之。及觉，病喘悸大少气，病一岁。"又描述自己的创作经历："余少时见扬子云之丽文高论，不自量年少新进，而猥欲逮及，尝激一事而作小赋，用精思太剧，而立感动发病，弥日瘳。"自我经历与他人镜鉴引发的思考是："由此言之，尽思虑，伤精神也。"[1]

王充亦然。《后汉书·王充传》记载："充好论说……乃闭门潜思，绝庆吊之礼，户牖墙壁，各置刀笔，著《论衡》八十五篇，二十余万言。年七十，志力衰耗。"《论衡·对作》也自言著述之苦累："愁精神而忧魂魄，动胸中之静气，贼年损寿，无益于性，祸重于颜回，违负黄老之教。"《文心雕龙·养气》所谓"至如仲任置砚以综述……暨暄之以岁序，又煎之以日时"正是就此而言。

陆云《与平原书》在雄心勃勃地畅谈与古人争锋之外，有相当一部分篇幅是向其兄倾诉创作的苦思：

> 云久绝意于文章，由前日见教之后，而作文解愁。……而体中殊不可，以思虑，腹立满，背便热，亦诚（误为试）可悲。
>
> 兄文章已自行天下，多少无所在。且用思困人，亦不事复及，以此自劳役。
>
> 小思虑，便大顿极，不知何以乃尔。前登城门，意有怀，作《登台赋》，极未能成。而崔君苗作之，聊复成前意，不能令佳，而羸瘁累日。

尽管气机是否畅通、积累是否充盈、血气是否健旺以及体制大小等直接影响到创作的速度，但才赋敏迟的本质依然对创作的过程有着重要影响。创作苦累的反思之中自然有客观条件的检视，但其中仍然不乏才赋敏迟的自省，主体才分的运动形态也由此获得了更为全面的认知。

---

[1]　严可均：《全后汉文》卷14，见《全上古三代秦汉三国六朝文》，第544页。

其二，文才锋颖崇尚潮流的形成。如果说早期枚皋、司马相如创作的比较中尚无明显轩轾，那么至汉末魏晋时期，这种迟速两可不分优劣的局面被审美批评的主流舆论打破，其时以才品文多包含对文思敏捷的称扬与推崇。诸如祢衡当案立成、王粲举笔如宿构、子建援牍类口诵、阮瑀据鞍而制书等等，早就成为文坛佳话。其中曹植言出为论，下笔成章，无论是赋铜爵台还是作七步诗，在民间更是广为传颂，故有子建思捷而才隽、才高八斗之目。而曹植评论文士，亦钦仰于"文若春华，思若泉涌；发言可咏，下笔成篇"①。及乎《世说新语》问世，则专门列有《捷悟》一目，皆是对才思敏捷的宣扬。而"倚马可待"这个成语也在此际出现，《世说新语·文学》云："桓玄武北征，袁虎时从，被责免官。会须露布文，唤袁倚马前作，手不辍笔，俄得七纸，殊可观。东亭在侧，极叹其才。"至六朝之际，这种风尚更为流行，如裴子野《雕虫论》称誉宋明帝："聪博好文史，才思朗捷。"而"才思朗捷"的具体表现是："每国有祯祥及行幸宴集，辄陈诗展义。"史书评论文人也往往取其诗文敏达。《南齐书·王融传》称其博涉而有文才，武帝使为《曲水诗序》，当时艳称，而耸动俗眼的不仅仅是丽藻，共关键在于："文辞辩捷，尤善仓猝属缀，有所造作，援笔可待"②。《南史》载梁武帝集文士作诗文均限晷刻；齐竟陵王集学士为诗，刻烛一寸；还有徐勉下笔不休，朱异不暂停笔等等，都是才思贵乎敏速的写照。

这种辞贵敏捷的态度从"才锋"一词极富渲染色彩的运用中也能得到确认。《文心雕龙·碑诔》云："自后汉以来，碑碣云起。才锋所断，莫高蔡邕：观杨赐之碑，骨鲠训典；陈郭二文，词无择言；周胡众碑，莫非清允。"关于这个"才锋"，有学者解释为蔡邕叙事赅要，缀采雅泽，有如锋刃斩斫，未有枝蔓，视才锋为叙事润泽、运辞简约的表达能力。这个说法大致准确，但有欠明晰。从本义理解，才锋尤其强调了笔锋快利，所向披靡，其间没有滞碍与拙涩，正是才思敏锐天机骏利的明证。

创作实践的反思与舆论的推扬，使得才有敏迟这一现象最终成为审美理论的研究对象，其系统的关注来自《文心雕龙·神思》，刘勰将其作为本篇

---

① 曹植：《王仲宣诔》，李善注《文选》卷56，第2435页。
② 《南齐书》卷47，第3册，第823页。

论述的逻辑起点：

> 人之秉才，迟速异分；文之制体，大小殊功。相如含笔而腐毫，扬雄辍翰而惊梦，桓谭疾感于苦思，王充气竭于思虑，张衡研京以十年，左思练都以一纪：虽有巨文，亦思之缓也。淮南崇朝而赋骚，枚皋应诏而成赋，子建援牍如口诵，仲宣举笔似宿构，阮瑀据案而制书，祢衡当食而草奏：虽有短篇，亦思之速也。

刘勰将迟速的不同最终归于"人之秉才"，为这种困扰众多文士的现象寻到了根源之所在。尽管刘勰认识到了文学体制大小有别，会影响到创作速度，但他还是认为：那些动辄十载的创作，虽为鸿篇巨制，其才思也难逃迟缓之讥；而才子文人，文不加点，悬河倒泄，即使是小制短篇，其才思的敏捷也值得赞赏。

当然，刘勰理论的绵密之处在于，他在强调才具有如此特征的同时还提醒读者："若学浅而空迟，才疏而徒速，以斯成器，未之前闻。"也就是说，才疏学浅之辈不是其理论所涉及的创作主体。如果没有必要的学习储备而迟缓，没有基本的才华而快利，便仅仅属于一种迟速假象，可谓浮气之貌，而非主体气象，是才思敏迟问题研讨底限以下的不入流现象。

值得注意的是，刘勰并没有局限于以才分讨论创作迟速，"神思"篇对才思问题的研讨又涉及了以下两个要素：

其一为体制。"文之制体，大小殊功"，扬雄、张衡、左思之迟是由于所著为体物大赋，规模弘阔，包罗万象；曹植赋诗、祢衡草奏、阮瑀制书之速则包含所作体制难以和大赋相比的因素。

其二为机键。对于创作而言："枢机方通，则物无隐貌；关键将塞，则神有遁心。"神之通塞，古代气论文化又表达为机键的通塞，而于文艺理论则主要是指兴会的有无。陆厥《与沈约书》云："王粲《初征》，他文未能称是；杨修敏捷，《暑赋》弥日不献。率意寡尤，则事促乎一日；翳翳愈伏，而理赊于七步。一人之思，迟速天悬；一家之文，工拙壤隔。"同是一人，时敏时迟；并非尽皆归因于才分、体制，而是文机滞塞。詹锳先生即由此解读，并引《易斋佔毕丛谈》之说："夫一人载笔为文，而有迟速工拙之不同者，何也？机为之耳。机畅则文敏而工，机塞则文滞而拙。"①

　　在才分、体制、机键之外，刘勰又通过骏发之士与覃思之士的创作价值评量，将这个话题引向了深入：

　　　　若夫骏发之士，心总要术；敏在虑前，应机立断。覃思之人，情饶歧路，鉴在疑后，研虑方定。机敏故造次而成功，虑疑故愈久而致绩。

"骏发"与"覃思"的不同，不仅仅体现于才的运作迟速，还体现于创作情态的有别：骏发之士心中于描写对象如有神解，笔锋能够导其罅隙而入，循其脉络而行，了然于胸亦了然于笔。覃思之士则无此先见之明，每每精思苦虑，但思定而功成，一样可以创作出佳篇。

　　后世相近的迟速异能传说还有很多，如潘纬十年吟成古镜，苏涓一夕乃赋潇湘，薛道衡蹋壁而卧被，苏颋口授而腕脱，刘敞一挥九制，文琰击钵成诗，秦少游对客挥毫，陈无己闭门觅句，等等。《不下带编》辑录了以下两个故事：李德裕镇浙西，一日命刘三复草《谢御书表》，且要求"立成之"，刘回答："文理贵中不贵速。"与此相反，李铉文思敏捷，有欲从求其文者临事即来而执笔立就。金埴因此评道："一不贵速而一嫌迟，人故各有能也。"② 但是，作品的优劣却不以创作的速度衡量，皇甫汸说："才有迟速，而文之优劣固不系焉。"③ 袁枚甚至说"作诗能速不能迟，亦是才人一病"，并声称"诗到能迟转是才"④。这当然是针对创作中泥沙俱下、率意而为习气下的针砭，但同样具有一定的启示意义。

第二节　才生文思与如有神助

　　才思论的形成实则也明确了才与思之间的体用统一关系，这种关系又被

---

① 参阅詹锳《文心雕龙义证》，第 990 页。
② 金埴：《不下带编》卷 4，第 70 页。
③ 徐师曾：《文体明辨序说》（与《文章辨体序论》合刊）引，罗根泽校点，人民文学出版社 1998 年版，第 82 页。
④ 袁枚：《随园诗话》卷 14，《袁枚全集》第三册，第 468 页。

称为"才生思"。如上所论，文思当然关乎诸多因素，如学的积累、情志的涵养、兴会的激发、体制的要求等等，但一个文人文思的巧拙、敏迟最终还是要取决于禀赋之才。

就创作情态而言，凭依一时兴会纵其才思的快意书写是备受追捧的，也被视为顺其天机，其甚者便有了"神助"之目。

一

文思必依赖于文才，而且彼此之间具有一定的对称性，这就是才生文思。这种思想在东汉之际已经隐见端倪。如王充《论衡·效力篇》在讨论文人何以"多力"之际，便推出谷子云、唐子高，表彰其"章奏百上，笔有余力，极言不讳，文不折乏，非夫才智之人不能为"。将滔滔不绝的书写同样归功于禀赋，即所谓"出文多者才智茂"。而才茂之所以著作等身，其关键又在于大才者可"涌胸中之思"。《佚文篇》中王充所推崇的张霸也是如此典型："能推精思，作经百篇，才高卓逴，稀有人也。"才高卓逴与能推精思有着必然的因果。与此相反："少文之人，与董仲舒等涌胸中之思，必将不任，有绝脉之变。"才具不足，难以激发澎湃的文思，承担大儒一样的著述自然力不从心，其甚者危及性命。王莽时博士弟子郭路夜定旧说，由于当时为五经章句动辄万言，郭路孜孜以效，结果亡命烛下，究其原因就是"精思不任"——自身的才学难以负荷如此的精苦之思。于此可见，在王充的论述中，才与文思之间的体用关系已经有了基本的认知。

继而晋宋文人于此便有了确凿的论定，如葛洪《抱朴子外篇·酒诫》云："才高思远，英赡之富，禀之自天，岂藉外物，以助著述？"《钧世》云："古之著书者，才大思深，故其文隐而难晓；今人意浅力近，故露而易见。"《自叙》又云："他人文成，便呼快意，余才钝思迟，实不能尔。"[①]又如范晔《狱中与诸甥侄书》论文，自道"文章转进，但才少思难，所以每于操笔，其所成篇，殆无全称者"；而于史著则自诩"体大思精"，且云："吾思乃无定方，特能济难，适轻重，所禀之分犹当未尽。""所禀之分"即为才分，有其不易穷尽之才分，故而绮思不竭，不可测度。

----

① 杨明照：《抱朴子外篇校笺》上册，第599页；下册，第65、695页。

又如萧子显《南齐书·文学传论》云："文章者，盖性情之风标，神明之律吕也。蕴思含毫，游心内运，放言落纸，气韵天成。莫不禀以生灵，迁乎爱嗜，机见殊门，赏悟纷杂。……属文之道，事出神思，感召无象，变化不穷。俱五声之音响，而出言异句；等万物之情状，而下笔殊形。"其中"神明"、"性灵"概括先天禀赋，主要为才性。论文章从情性而入，具体创作之中则需要落实到"蕴思"。先有此"游心内运"，继而则有"放言落纸"。如此之道，即神思之事，即才思之事。又如沈约《怀旧诗》追忆谢朓："吏部信才杰，文锋振奇响。调与金石谐，思逐风云上。"因系"才杰"，故能思逐风云之上。也是申言才与思的体用、源流关系。

以上资料，但凡论才则必有其思，论及文才高下，随后的"思"又皆与之相契：才高才大者思远，才钝才少者思难思迟，彼此之间的体用、源流关系清晰。其中范晔之论略有模糊之处，论文才少思难，论史才深思远，实则是就其禀赋优长而言，才思在此被分别纳入对文才史才的考量，故有其略有区分的夫子自道，但其体用关系却是一致的。

在这种基本的理论氛围下，《文心雕龙·神思》实现了才思关系的系统理论提升。值得注意的是，刘勰没有沿依葛洪等人从才之大小论思，才大思优、才小思钝这在当时已经是一个广为人知的基本规律。刘勰选择同样赋有才华的文士入手讨论才思关系，又引入"人之秉才，迟速异分"之说，实则是将才思关系的研讨引向了深入：不仅才的大小影响文思，同样具有文才者才分不同，也同样影响着文思，骏发与覃思两种类型的文思便是代表。而源自文才的文思就是文才落实于具体创作的津梁，所以刘勰赞誉："文之思也，其神远矣。故寂然凝虑，思接千载；悄焉动容，视通万里。吟咏之间，吐纳珠玉之声；眉睫之前，卷舒风云之色。其思理之致乎！"文思没有时空界限，当乎吟咏之际，其所感受到的奇妙音声与联想到的风云变幻，创作中的形声情色，皆由文思运动得来。刘勰这种才思体用关系认识，贯穿于《文心雕龙》全书。如《才略》篇论历代文人才略，而各自才略的核心表现之一就是文思，具体而言：

　　　子云属意，辞人最深，观其涯度幽远，搜选诡丽，而竭才以钻思，故能理赡而辞坚矣。

左思奇才，业深覃思，尽锐于三都，拔萃于咏史，无遗力矣。

子建思捷而才隽，诗丽而表逸。

仲宣溢才，捷而能密。（按：捷、密皆就思而言）

马融鸿儒，思洽识高，吐纳经范，华实相扶。

祢衡思锐于为文，有偏美焉。

陆机才欲窥深，辞务索广，故思能入巧而不制繁。

孙楚缀思，每直置以疏通。

论才略而言其文思，无非是从文思论文人之才的大略。之所以要归于文思，就在于后来者评量前人才略，所依据的只有其作品，寻绎推敲各自的文思展布，就可感知其运思的形态、优劣，进而彰显才略。

此外，《文心雕龙》涉及的"定势"、"情采"、"熔裁"、"声律"、"章句"、"比兴"、"事类"、"练字"、"附会"、"总术"等都关乎文思。文思不排斥规律性的传承，如《附会》论称："凡大体文章，类多枝派，整派者依源，理枝者循干。是以附辞会义，务总纲领，驱万途于同归，贞百虑于一致；使众理虽繁，而无倒置之乖；群言虽多，而无棼丝之乱。扶阳而出条，顺阴而藏迹，首尾周密，表里一体，此附会之术也。"如此以"术"论附会，说明此术可凭借习练而得；但刘勰又明确提醒："才分不同，思绪各异，或制首以通尾，或尺接以寸附，然通制者盖寡，接附者甚众。"才性不同，文思各异：或则词义的安排能够首尾贯通，或则任意拼凑不成整体，且前者寡而后者多。其根本的差异不纯是术的谙熟与否，而是取决于其才分是否具有生发出飞扬融通"思绪"的本性。

总结以上所论，我们可以说，六朝之际，才思之间这种体用、源流关系已经获得普遍揭示。到了明代，王世贞《艺苑卮言》更为明确地将才思之间这种关系直接定位为："才生思，思生调，调生格，思即才之用。"才为禀赋所有，为体；思则将其显象于外，并对格调的产生有着重要的影响，故为用。体用一体，所以说"才生思"。叶燮对才思之间这种体用一体性也有深刻认知："无才则心思不出，亦可曰：无心思则才不出。……盖言心思，则主乎内以言才……心思不灵，而才销铄矣。"无才心思不出与无心思则才不出可以置换而言，显然属于才思一体的必然结果。论诗当论心思，心思本源自文才，所以他又说："纵其心思之氤氲磅礴，上下纵横，凡六合以内外，皆不得而囿之，以是措而为文辞，而至理存焉，万事准焉，深情托焉，是之谓有才。"① 如此可谓正说反说，皆在表达文才文思一体、文才生文思这样一个道理。

"才生思"道出了思之所由；后来清人徐增提出"思者，才之路径，入于缥缈"②，又道出了才之所依；袁枚"诗文自须学力，然用笔构思全凭天分"则道出了"才思"的禀赋本质③。如此观照，才思之间的关系便更为丰满。

二

才生文思，而文思降临的契机核心在于兴会、感激。灵机忽然降临，积蓄或阻滞的才思瞬间飞扬，创作由此波涛澜翻，畅快淋漓，如此境界，古人往往称之为"如有神助"。

魏晋之际，《文赋》中开始有"虽兹物之在我，非余力之所戮"的描写，暗示了一种不可测度力量的辅助，是"神助"现象在理论著述中的隐约表达。随后谢灵运"池塘生春草"这一名联的传说中开始出现了明确的"神助"品目。这个传说原见于钟嵘《诗品》引《谢氏家录》，其中言谢灵运因梦谢惠连而成诗，自称："此语有神助，非我语也。"齐梁时期刘孝绰赞昭明太子："握牍持笔，思若有神；曾不斯须，风飞雷起"④；《文心雕龙·物色》颂屈原"洞监风骚之情"，抑"江山之助"：二人所论，皆有神助之意。

唐人论诗歌神助，先有杨炯赞王勃"神机若助"⑤。继而最著名者当属钱起《湘灵鼓瑟》诗成考官以为必有神助的故事。又有白居易推崇刘禹锡"雪里高山头白早，海中仙果子生迟"以及"沉舟侧畔千帆过，病树前头万木春"之句："在在处处应当有灵物护之。"⑥ 所谓"灵物护之"，属于神助

① 叶燮：《原诗》，第26页。
② 徐增：《尔庵诗话》，丁福保辑《清诗话》，第427页。
③ 袁枚：《随园诗话》卷15，《袁枚全集》第三册，第509页。
④ 俞绍初：《昭明太子集校注》附录，中州古籍出版社2001年版，第244页。
⑤ 杨炯：《王勃集序》，董诰等编《全唐文》卷191，第851页。
⑥ 白居易：《刘白唱和集解》，朱金城《白居易集笺校》卷69，第3711页。

神佑的另一种表达。

唐宋之后，文人们常常把自己最得意的作品或佳句称为"神助"；或者将自己心仪赏爱且又模拟无方难以企及的他人作品或者佳句也称为"神助"，如王安石赏爱郭祥正的"明月随人渡流水"，称"此言如有神助"①。黄庭坚评论"岳麓寺诗碑"云：

> 沈传师字画皆遒劲，真楷笔势可学；唯道林岳麓诗殊不相类，似有神助。其间架纵夺偏正，肥瘦长短各有体。忽若龙起沧溟，凤翔青汉；又如花开秀谷，松偃幽岑；或似枯木倒悬，怪石高坠。千变万态，冥发天机，与其诗之气焰，往往劲敌。②

既言字之风流，又道诗之气焰，诗事与艺事相得益彰，二者专其一道已经难能可贵，如此兼善也就更被视为"神助"了。而有"神助"者与其他佳作相比，关键都在于是否"可学"上：可学者出乎人力，虽然秀出，然而积研练之功可得其仿佛，但"神助"者却无可模拟。

古来有关文人才子的神助传说大致包括两类：或曰神遇、或曰神梦，其本质就是文思灵感的猝然兴发。

（一）神遇。神遇一类的传说从古就有，诸如张良遇黄石公便是，而神遇关乎文学艺术则是中古以后才逐步出现的，其中最著名者就是唐代钱起有关《湘灵鼓瑟》与宋之问遇骆宾王的传说。《唐才子传》记载钱起之遇：

> 初从计吏，至京口客舍，月夜闲步，闻户外有行吟声，哦曰："曲终人不见，江上数峰青。"凡再三往来。起遽从之，无所见矣。尝怪之，及就试粉闱，诗题乃《湘灵鼓瑟》，起辍就（四库本作"缀就"——作者），即以鬼谣十字为落句。主文李晞深嘉美，击节吟味久之，曰："是必有神助之耳。"③

---

① 佚名：《诗事》，郭绍虞辑《宋诗话辑佚》，第 528 页。
② 郭绍虞：《宋诗话辑佚》卷下引《诗事》，第 528 页。
③ 傅璇琮：《唐才子传校笺》卷 4，中华书局 1989 年版，第 2 册，第 38 页。

　　所谓"鬼谣"即是月夜户外的行吟之声，《唐诗纪事》记载钱起应试用此句亦称"人以为鬼语"①。此处鬼谣助成佳篇，得来之道神秘莫测。《唐才子传》又记载宋之问的遭遇：

　　　　宋之问贬还，道出钱塘，游灵隐寺。夜月，行吟长廊下，曰："鹫岭郁岧峣，龙宫隐寂寥。"未得下联。有老僧燃灯坐禅，问曰："少年不寐，而吟讽甚苦，何耶？"之问曰："欲题此寺而思不属。"僧笑曰："何不道'楼观沧海日，门对浙江潮'？"之问终篇曰："桂子月中落，天香云外飘。扪萝登塔远，刳木取泉遥。云薄霜初下，冰轻叶未凋。待入天台寺，看余度石桥。"僧一联，篇中警策也。迟明访之，已不见。老僧即骆宾王也。②

　　与钱起不同，这个传说中灵思的源泉是一位神僧。据前人多方考证，宋之问与骆宾王根本不存在这种谋面的机缘与可能，而将诗与这样一位名列初唐四杰的才子关联，也便同样有了一种超常艺术表现之能忽然而来的神秘。

　　（二）神梦。众多与文学著述相关的异梦，其效用首先集中在文思兴会的保持与秀语佳篇的创生上。谢灵运自道"池塘生春草"为"神助"的传说，便与其梦相关。元代韦居安《梅磵诗话》记载："历阳李士达，肄业郡庠，斋舍与尊经阁相近，每夕梦一青衣童吟诗登梯而上，仿佛仅记四句云：'带白双双鹭，拖青点点鸦。晚风吹不去，留与伴芦花。'嘉定丙子乡举省诗，出'凉叶照沙屿'诗，思颈联结句未就，忽忆旧梦，以所记四句足成之，有司称赏，以为神语，遂领荐。"韦居安认为："兹事与唐人钱起《湘灵鼓瑟》诗颇相类。"③

　　再者异梦还能助成文章命意与架构。如《唐诗纪事》记载林藻等人试《珠还合浦赋》："藻赋成，梦人谓曰：何不叙珠来去之意？既寤，改之。（杜）黄裳谓藻曰：'叙珠来去，如有神助。'"④题为"珠还"，则必有曾经

---

① 计有功：《唐诗纪事》卷30，第470页。
② 傅璇琮：《唐才子传校笺》卷1，第1册，第62页。
③ 韦居安：《梅磵诗话》卷下，丁福保辑《历代诗话续编》，第576页。
④ 计有功：《唐诗纪事》卷42，第644页。

离去的经历，赋由离合之中叙述明珠归来，不仅有了波澜起伏，也更加动人情思。

异梦除了与创作相关，还表现于鉴赏之中。如《绀珠集》引《幙府燕闲录》载："盛文肃梦朝上帝，殿上扇题诗云：'夜阑更秉烛，相对如梦寐。'意谓天人诗，乃记是杜诗尔。"[1] 本诗写乱后生还，惊喜猜疑，情景如见，所以天上之人方如此赏誉。这实际上是以一种神异又高不可攀的权威来确定诗的价值，同时表达对不识真美的庸俗批评者的嘲讽。如此一来，文学批评成了代天立言，其间也有着自我文学思想的推销策略。

由此而言，所谓神助，无论神遇还是神梦，就是才思的兴会感激。古人假天立言，不是强调兴会的神异，而是强调兴会感激而出的本然才思无与伦比。我们可以通过谢灵运梦谢惠连而得佳句与后世其他相关传说分别研究说明。先看有关谢灵运的传说，钟嵘《诗品》中品谢惠连条云：

> 小谢才思富捷，恨其兰玉夙凋，故长辔未骋。《秋怀》、《捣衣》之作，虽复灵运锐思，亦何以加焉。又工为绮丽歌谣，风人第一。

评价谢惠连核心在其"才思"。又引《谢氏家录》云：

> 康乐每对惠连，辄得佳语。后在永嘉西堂，思诗竟日不就，寤寐间，忽见惠连，即成"池塘生春草"。故尝曰："此语有神助，非我语也。"[2]

这个传说从此成为文学理论批评界的一个公案，学者们对谢灵运何以梦谢惠连即能吟出佳句做了多角度的探讨，以《漳南诗话》所概括者而言，已经可以说是众说纷纭了。诸如叶梦得云："世多不解此语为工，盖欲以奇求之耳。此语之工，正在无所用意，猝然与景相遇，借以成章，故非常情所

---

[1]　朱胜非：《绀珠集》卷12，影印《文渊阁四库全书》第872册，第523页。

[2]　陈延杰：《诗品注》，第46页。

能到。"张九成云："灵运平日好雕镌，此句得之自然，故以为奇。"田承君云："盖是病起忽然见此为可喜而能道之，所以为贵。"① 后世研讨基本承续了以上观点，大致观点有二：

其一，从作品的审美价值而论，诗句出于自然，不露人工痕迹，犹如神助。如胡应麟沿张九成之论云："'池塘生春草'，不必苦谓佳，亦不必谓不佳。灵运诸佳句，多出深思苦索，如'清晖能娱人'之类，虽非锻炼而成，要皆真积所致。此却率然信口，故自谓奇。"② 清代周容《春酒堂诗话》也云："俞次寅一日语余曰：'谢客诗篇颇多，何以独得意惠连入梦之句？'余曰：'可知此君苦心在求自然。'"③ 这里的自然，更多强调了艺术手段上对雕琢造作的回避。

其二，从主体创作的机缘而论，诗句因梦而得，出于一时感兴，源自生命力的振作。一如叶梦得、田承君所云：诗人病起，忽见满目苍翠，又闻禽鸟吟唱，生命的激情被自然勃勃的生机点燃；而诗人恰因梦见自己赏爱的兄弟而心意欢畅，物我之间的遇合，随即激发为诗情，这就是情兴的神奇。杨维桢也将本诗定位于"三百篇后词人以兴趣言诗者"④。明代安磐赏味相近："意在言外，神交物表，偶然得之，有天然之趣，所以可贵。"⑤ 其中"神交物表"就是物我交感之意，生命的活力在对自然的沉醉之中被唤醒。

以上两种解读并不矛盾，只是主客各偏乎一端，综而言之便是：郁结的才情才思在物我猝然相遇中激发，作品于是实现了对雕琢生涩习气的超越。

关于谢灵运这种发自梦寐的意兴，明代文人夏时通过自己具体的创作经历作了进一步说明。作者自称见流传的《西湖百咏》后欲和之又觉"才疏学浅"，于是隐几就寝：

> 忽梦往书肆，易《江文通集》，恍然中闻对者曰"有"。予欣然，即以自得。即而复寤，日在卓午，桂子飘香，坐思转清。书几间，墨池

---

① 王若虚：《滹南诗话》卷1，丁福保辑《历代诗话续编》，第507页。
② 胡应麟：《诗薮》外编卷2，第149页。
③ 周容：《春酒堂诗话》，四明丛书本。
④ 杨维桢：《春草轩记》，《东维子文集》卷14。
⑤ 安磐：《颐山诗话》，吴文治主编《明诗话全编》，第2121页。

适具，遂挥毫落纸，得十数绝句。日晡暂息。明旦起，尤爽，得数复加。三日四日五日六日，若泉之达而溪之流也。七日就数，复得《湖山胜概》一记。通浃旬而毕稿，不假雕刳，似觉有神助之。

随后夏时反思"平生操觚，未尝得成之速也如此"，因为契机同是一梦，所以认为谢灵运梦谢惠连等事"为不诬"。由此感慨："事虽有感兴偶而得、因而成者，盖莫不有定数焉！"① 这个感慨恰是对异梦的美学解读，其核心意旨有二：诗歌创作关乎兴会；兴会又关乎定数。定数又指什么呢？结合定数合则兴会至且诗思连绵不绝的描绘，可以确定，所谓定数：首先是指创作的机缘，机缘恰到，则机开神通；再者，定数由于和梦的启迪相关，它所强调的是被启迪而出的源自禀赋的才思，即对自己才思壅滞状态的出离。

由此可见，在"神助"这件绚丽的外衣之下，谢灵运这个传说其实既隐蔽着一种对天赋文才能够尽情发挥、有机缘发挥的期待；也散发着我备禀赋、我具才华故而与神相通能得其襄助的豪情。是灵感之"灵"的非凡形象表达。

另一个神助的著名传说是唐代的"时来风送滕王阁"。《樵书》记载：

> 唐都督阎公伯屿重修滕王阁，因九日宴僚属于阁，欲夸其婿吴子章能文，令宿构为序。时王勃省父，次马当，去南昌七百余里。水神告其故，且助风，天明而至。与宴，果请诸宾为叙，皆辞之。至勃，不辞，阎不乐。命吏得句即报，至"落霞与孤鹜齐飞，秋水共长天一色"，矍然曰："此天才也。"其婿惭而退。世所传"时来风送滕王阁"者是也。②

五代王定保《唐摭言》是这个故事较早的记载者，也较为详细，但尚无水神传说。《芸窗琐录》又将其演义为了脍炙人口的小说。近代学者瞿兑之论王勃豪兴下创作的《滕王阁序》说："细读这篇文字，的确能显出一种

---

① 夏时：《钱塘湖山胜概后序》，吴文治主编《明诗话全编》，第 1373 页。
② 郑方坤：《全闽诗话》卷 2 引《樵书》，影印《文渊阁四库全书》第 1486 册，第 53 页。

纯任自然一气奔放的境界。令人仿佛想见这位少年公子，援笔立成，旁若无人的情景。这一种的文学作品，的确是纯粹天才的表现，而且是一种神来的遇合。不是第二个人在第二个机会所能模仿得出的。"又称："王勃的文章流利，是由于精熟的训练，固不必说。其天才异常敏捷，也是一个重要的成因。敏捷的天才，本来不算很难得，他的敏捷，不仅是词令上的敏捷，而且是气机上的敏捷。"① 神助，在此被解读为了敏捷的天才以及这种天才的敏捷发动、酣畅表达。而传说中又有水神护持，则实为才得之于天、尊贵通神故而灵思飞动的寓言。

　　这种审美理识在宋代以后已经出现。先是"神助"与禀赋之间的这种关系被陈师道以审美的理性褪去了"神"的法衣，将其泛化为"万物"：

　　　　万物者，才之助。有助而无才，虽久且近，不能得其情状；使才者遇之，则幽奇伟丽，无不为用者。才而无助，则不能尽其才。②

从对天地万物感受与表现的敏锐入手，突出的依然是文才以及文才灵机的不可替代性。有才是先决条件，而有万物之助，兴起情怀神思，始能摹绘万物情状，始能尽才。"神助"之以神助人、"万物助"之以万物助才在这个论述中是一体的。陈师道提醒我们：无论以什么相助，最终的归结点都是"才"的唤醒。

　　继而王夫之将神助直接还原为才思的自然。宋之问《灵隐寺诗》"楼观沧海日，门对浙江潮"一联因附会上骆宾王而成为神助说的代表。但王夫之却通过对本诗细致的评赏反驳说："取景宏多而神情一致，以纯净成其迂回，于此体中当为禘祖。'龙宫锁寂寥'五字已成绝唱，非'楼观'一联不足嗣响，故来好事者之传讹。"③ 意思是说：本诗至"龙宫锁寂寥"已经成为绝唱，随后若要成就全诗，实为绝难之事，因此能赓续绝唱者定属才思神异。对奇才奇思如此的叹服，所以就引发了后来人的传奇性演绎。

　　继而清代贺贻孙又将神助与自我之神联系起来，诠表才思兴发的本质：

---

①　瞿兑之：《中国骈文概论》，广西师范大学出版社 2007 年版，第 147、149 页。
②　陈师道：《颜长道诗序》，《后山集》卷 11，影印《文渊阁四库全书》第 1114 册，第 620 页。
③　王夫之：《唐诗评选》卷 3，第 1046 页。

　　诗文有神，方可行远。神者，吾身之生气也。老杜云："读书破万卷，下笔如有神。"吾身之神，与神相通，吾神既来，如有神助，岂必湘灵鼓瑟，乃为神助乎？老杜之诗所以传者，其神传也。[1]

神就是气，依照古人的理解，它是气之精者、华者，为气之主、为气之中最鲜活生动者，此处的"神"代表的就是主体自我的精神。所谓神助，不是别有仙灵相助，无非是自我才赋生气在机键开启之际的鼓动与赋形，是自我神思的现身。

　　钱锺书先生根据古代相关文献所体现的精神，将通过异梦获得文思的审美现象又具化为了定慧关系。他首先引录《奥义书》屡以"睡眠"为超识入智之门，随后从中国典籍中拈取了大批事例，诸如《庄子·天道》："虚则静，静则动，动则得矣。"《管子·心术》："静则精，精则独，独则明，明则神。"《吕氏春秋·博志》："精而熟之，鬼将告之"等等。据此得出结论，所谓创作关乎梦，无非是定中生慧的具象表达。积之既久、豁然洞开，如此神助也的确属于文艺创作中时有的情态，但人力的付出与这种佑助并不一定成正比，因为它还关涉到主体文才的高下。文才以及才思本于天资，具此禀赋者孜孜以求的收获，就如同天与自然的赋予，此为力出于人而若非人力所能及。一如叶书山所云："人功未极，则天籁亦无因而至；虽云天籁，亦须从人功求之"[2]。

　　"神助"不仅仅和具体的神异传说融为一体，后世又演化为一个评赏术语，那些异想天开、出神入化、兴会颖异的佳篇佳句，往往被冠以"神助"及同质性评断。早在唐代，皎然《诗式》就将那种"先积精思，因神王而得"的佳句称为"若不可遏，宛如神助"[3]。宋代《诗学规范》引《续金针

----

① 贺贻孙：《诗筏》，郭绍虞辑《清诗话续编》，第136页。
② 袁枚：《随园诗话》卷5引，《袁枚全集》第三册，第144页。案：钱锺书先生在定慧关系基础上对神助的理解是："及夫求治有得，合人心之同然，发物理之必然；虽由我见，而非徒己见，虽由我获，而非可自私。放诸四海，俟诸百世。譬如凿井及泉，钻石取火；钻与凿，我力也，而泉与火，非我力也：斯有我而无我也。故每曰'神助'，庄子所谓鬼神将来舍，盖虽出于己，而若非己力所及。"所谓的"神助"从"合人心之同然，发物理之必然"二句来看，显然被解读为了"自然之道"的自我现身，主体通过努力获得此道只是表象，实际上它本来就已经存在。它的现身，就相当于对主体才思的辅助。这个理解未必符合古代文艺理论所言"神助"的原意。参阅《谈艺录》，第280页。
③ 李壮鹰：《诗式校注》，第39页。

格》，将诗句分为"自然句"与"神助句"①。以王夫之为例，由于他本身重视才情才思，因而格外喜好以此类语言评诗。先看《古诗评选》：

卷四曹丕《杂诗二首》"漫漫秋夜长"一首："扬子云所谓不似从人间得者也。"

卷四曹植《七哀诗》："情乍近而终远，词在苦而如甘。……'明月照高楼，流光正徘徊'，可谓物外传心，空中造色，结尾语居然在人意中，而如从天陨，匪可识寻，当由智得。"

卷四阮籍《咏怀》："'湛湛长江水'，写景写情，不谓从人间得来。"

卷四张华《拟古》："具此深远之才，方堪拟古。杂之十九首中不辨矣，自是西晋第一首诗。'安得草木心，不怨寒暑移'，命情造句，不似从人间得也。"

卷四张协《杂诗》"述职投边城"一首："诗中透脱语自景阳开先，前无倚，后无待，不资思致，不入刻画，居然为天地间说出，而景中宾主，意中触合，无不尽者。'蝴蝶飞南园'，真不似人间得矣。谢客'池塘生春草'，盖继起者，差足旗鼓相当。笔授心传之际，殆天巧之偶发，岂数觏哉？"

再看《唐诗评选》：

卷一李白《乌栖曲》："'青山'句，天授，非人力。"

卷二杜甫《渼陂西南台》："'乘凌借俄顷'下，但冥探彼己之际，如神者授之。抑拟发起下文，为嘿化之自运。想当五字吟成，心魂尽作人语。"②

以上"不似从人间来"以及神之授、天之授等，或言灵笔思致，或言秀句文机，或言常人难以企及的意味与旨趣，皆指向才思非同一般，神异卓著，就如从天而降。③

第四节　覃思济才

才思有着通与滞两种境界，创作有着储备涵泳与水到渠成两个阶段，在

---

① 郭绍虞：《宋诗话辑佚》，第608页。

② 王夫之：《古诗评选》第661、665、680、691、706页；《唐诗评选》第904、962页。

③ "神助"说在古希腊也有表现，荷马史诗开篇便呼唤诗神的启示，古希腊人便把这种从神那里获得的神谕称之为"神助"、"灵启"。在"神"对文学的佑助上古希腊与我们的传说是相同的。只不过，古希腊确认有神灵高高在上，有诗神左右着诗人的灵机，而中国古代有关神助的传说则更富于象征意味，是对才之禀赋、才思颖异的形象化传释。

兴会生发之前与储备涵泳阶段，普遍且持续存在着这样一种创作必须面对的状态：这就是覃思。《广韵》曰："覃，延也。"故而吴林伯释为"延长思考"①。范文澜《文心雕龙注》云："覃思，犹言静思。"叶长青《文心雕龙杂记》云："覃思乃深思。"詹锳先生采之。② 深思、静思、锻炼而思，其意义近似。覃思与天机骏利如有神助的自然书写不同，是持续的人力工夫作用，具有超越了感兴状态的理性特征，是天赋文艺才性之外代表"人工"介入创作的形式。

这种作为人工介入创作的覃思，就是孔子"学而不思则罔"的思；管子"思之思之又重思之，思之而不通鬼神将通之"的思；孟子"思则得之不思则不得"的思。这个思既为"人"的范围，自然可以通过后天的学习增益涵养，所以自古先哲都提倡学而能思，可见"思亦学者之事也"，学与思之所以分言，意在强调学有知行合一的诉求。③

虽然才能生思，但文思的源泉并非仅有才，这是文学主体素养中文才必须实现天人统一方能建功的本质决定的。文艺创作既然不可能仅仅凭借天资完善，对人力的需求便成为分内之义。于是覃思即可视为人力可持续介入、文思获得广益不可或缺的途径。后世审美理论之中作为法式反复推衍的"思"多为覃思。如《诗格》首次对思进行的类型概括，皆可谓覃思的具体形式：

> 生思。久用精思，未契意象，力疲智竭。放安神思，心偶照境，率然而生。
> 感思。寻味前言，吟讽古制，感而生思。
> 取思。搜求于象，心入于境，神会于物，问心而得。④

仔细研读三思会发现，虽然区分鲜明却皆为人力求索，以神思锢蔽之际的有意投入为前提。而三种形式涵养至极，其文思降临的效果是一致的：

---

① 吴林伯：《文心雕龙义疏》，第 307 页。
② 詹锳：《文心雕龙义证》，第 998 页。
③ 叶瑛：《文史通义校注》，第 150 页。
④ 陈应行：《吟窗杂录》卷 4，第 207 页。

生思。精思苦累力疲智竭无所获得，干脆放弃思虑，安定心神，闲适无为之中，心与境如电光石火般遭遇，物我的这种陡然遇合，便意味着此前"未契意象"此间获得了融洽，文思由此率然而生。

感思。通过古代经典的阅读、吟味，日积月累，在前言往行、字里行间获得同情共感，文思受到前人经典的启迪而忽然开启。

取思。流连光景之中，沉醉融化于外境，有意无意之间神与物游，文思从心而得。这个过程看似闲适，却有着访寻思致的诉求，因此同样近于覃思。

当然，以上概括并不准确，生思与感思、感思与取思或者三者之间有时是难以区分离析的。具体而言，覃思对才思的济助主要表现为以下三个方面：

其一，出于才性限量，才思必有局限，覃思能够弥补这种主体缺陷进而广益文思；

其二，才思与文学表达之间普遍存在心手难以完全对应的局面，才思不得完全落实于文笔，这并非才思的病弊，而是创作的常态，这不到之处同样是需要覃思人力的补助之处；

其三，收敛才思的放逸。尽由天质则易于驰骋，所以"好学深思"、"深思明辨"一直为治学圭臬，对文学创作而言，覃思正可节制过于快利浮躁的才思。

一

泛而言之，才有分量，才思必有局限，覃思能够弥补这种缺陷并广益文思。上面已经说过，思在古代语境下实则也是学的内容，只是出于对知行合一的提倡，为了防止空想无为、坐而论道，所以古人往往分而言之。既然如此，覃思实则就是"好学深思"。文艺审美论学，从本质上说同样兼容着"好学"与"深思"。

这种启发、丰富文思不仅仅依靠文才的思想早在六朝已经出现。《文心雕龙·神思》云："是以陶钧文思，贵在虚静，疏瀹五藏，澡雪精神。积学以储宝，酌理以富才，研阅以穷照，驯致以绎辞。"虚静是创作之前的精神状态，具有随机性，且必须建立在主体才学兼优的基础上方有效果；而储学积理，则需要长久的坚持。也就是说：在积学基础之上虚静闲逸，则可以启发、丰富文思，继而沿着思致或思理创作。随之刘勰将文士依据才性分为两类：骏发之士，覃思之人。由于刘勰专门指出"机敏故造次而成功，虑疑故愈久而致绩"，因此二者俱为赋有天才者，只是才分不同因而文才表现情态相异。① 虽然两类文士皆可致绩，但刘勰特别提醒："难易虽殊，并资博练。"敏是相对的，有时如果没有必要的学的储备，即使才思敏捷者也会文思滞涩，"并资博练"因此在文才之外成为才思涵养、文思畅达的重要形式。而《文心雕龙·事类》的相关论述则更具体地阐明了学助于才思的思想。刘勰首先论述了才必待学之理：

> 学贫者迍遭于事义，才馁者劬劳于辞情，此内外之殊分也。是以属意立文，心与笔谋，才为盟主，学为辅佐，主佐合德，文采必霸；才学褊狭，虽美少功。

继而列举扬雄、班固为证："夫以子云之才，而自奏不学，及观书石室，乃成鸿采。表里相资，古今一也。故魏武称张子之文为拙，然学问肤浅，所见不博，专拾掇崔杜小文，所作不可悉难，难便不知所出。斯则寡闻之病也。……操刀能割，必裂膏腴。是以将赡才力，务在博见。狐腋非一皮能温，鸡蹠必数千而饱矣。"由此得出结论：

> 夫经典沉深，载籍浩瀚，实群言之奥区，而才思之神皋也。②

学能获得经典的浸淫，在师法领悟之中，从法至理，由体制至文辞，皆可为我所用。更为主要的是，学可以恢阔心胸，增益闻见，促使文人从自我狭小的经验空间中破围，主体才思由此获得拓展，并最终会在创作文思之中得以体现。

行文至此似乎已经志得意足。但刘勰的高明之处在于，在表彰积学有功

---

① 吴林伯先生以为刘勰是"以骏发之士为天才高的作者，覃思之士为天才低的作者"，解释有误。参阅《文心雕龙义疏》，第308页。

② 本章《文心雕龙·事类》引文，见范文澜《文心雕龙注》，第615—617页。下同，不另注。

之后，他又将问题推进一步：学虽然有助乎才思，但好学而不深思则往往适得其反。即以用事为例，缺乏深思者创作之中便经常出现以下两个问题：或有脚书橱，或用事乖谬。于是覃思成为文艺审美的关键，不仅仅要好学之以助才思，而且还要深思之以助文思。

为了避免成为有脚书橱，刘勰专门确立了创作之中事类运用的如下最佳境界："是以综学在博，取事贵约；校练务精，捃理须核；众美辐辏，表里发挥。"从博返约，通过辨析、梳理得其精核之处，而且事典的运使不能各自为政，其整体又要达到"众美辐辏、表里发挥"的效果。如此则必须要经过深思熟虑，其所言的"取"、"校练"、"捃理"，皆属于覃思的范围。刘勰这种思想在《神思》篇中有着同样的论述："是以临篇缀虑，必有二患：理郁者苦贫，辞溺者伤乱。然则博见为馈贫之粮，贯一为拯乱之药。博而能一，亦有助乎心力矣。"苦贫者须学，伤乱者则需要"能一"，要助乎文思就必须"博而能一"。黄侃先生论此四字："不博，则苦其空疏；不一，则忧其凌杂。于此致意，庶思、学不致偏废，而罔殆之患可以免。"[1] 所谓"思学不废"，正是既要博学，又要覃思。

为了使读者更为详明地理解这个道理，《文心雕龙·事类》又举刘劭《赵都赋》为例："公子之客，叱劲楚令歃盟；管库隶臣，呵强秦使鼓缶。"在他看来，这段话"用事如斯，可谓理得而义要矣"。这就是覃思的效果："事得其要，虽小成绩，譬寸辖制轮，尺枢运关也。"运事恰如其分，得力于覃思。虽然投入有限，却成为作品备其神采的关键。与此相反，往往有一些创作"或微言美事，置于闲散"，就如同"缀金翠于足胫，靓粉黛于胸臆"般不得要领。思与不思、深思与浅思，其结果相去悬殊。

另外，运用事典之中涉及一些熟典旧典熟语套语，多数文人存在"凡用旧合机，不睥自其口出"的现象，不假思索，随手用之。但问题也往往由此滋生，那便是"引事乖谬，虽千载而为瑕"。刘勰列举曹植《报孔璋书》"葛天氏之乐，千人唱万人和"等文字为例，本来唱和三人的乐歌，却因为千人唱万人和是熟套之语，故而随口即用，由此造成引事乖谬。可见仅仅好学还不够，必须经过覃思。

---

① 黄侃：《文心雕龙札记》，第95页。

后世凡论才思者皆不废博学覃思。诸如："思有窒碍，涵养未至也"，欲文思畅发，"当益以学"①。又如："老杜诗全是学力，所以不乏险阻艰难，愈见精到。他一生把做事业看处惟在诗而已，要像如来，雪山九年，忍饥受冻，雀巢于顶，草穿于膝，向此处得来的，自然迥别也。"② 此以深造而自得、拟议以成变化为论，宗旨在于最终的会悟，"精到"的灵思在如此的积学、覃思之中磨砺而出。此即"人功不竭，天巧不传"之理③。

二

具体创作之际，才思与文学表达之间普遍存在心手难以完全对应的局面，才思不得完全落实于文笔，这并非才思的病弊，而是创作的常态，其手所不到之处同样就是需要覃思之处，这一点尤其指向创作之后的锻炼、修改。

兴会之下，主体胸襟才思激荡，联翩所及者往往难以与实际创作中的文辞完全对接，这一点《文心雕龙·神思》篇同样有了关注："方其搦翰，气倍辞前；暨乎成篇，半折心始。何则？意翻空而易奇，言征实而难巧也。"要正确理解这段文字，核心是弄清"规矩虚位，刻镂无形"之所指。詹锳先生认为："规矩指赋予事物以一定的形态。此谓在内容还未成形，还是虚位的时候，也就是在内容的酝酿过程中，就需要加以规矩、刻画。"④ 此说略有不察，本节文字从"夫神思方运"至"风云并驱"都在描述才思充溢、兴会淋漓之际文思的驰骋与胸襟的酣畅，因此"规矩虚位，刻镂无形"无非是强调一切在形成文字之前、仅仅停留在文思想象之际的无所滞碍与轻而易举。⑤ 其间核心的观点便是心手难

① 姜夔：《白石说道道人诗说》，何文焕辑《历代诗话》，第682页。
② 费经虞、费密：《雅伦》卷17引，《续修四库全书》第1697册，第270页。
③ 袁枚：《续诗品》，第170页。
④ 詹锳：《文心雕龙义证》，第984页。
⑤ 缪俊杰先生的理解更得其实："对于一个作家来说，在刚拿起笔的时候，气势非常旺盛，等到文章写成，比开始时大大地打了折扣。为什么呢？因为想象比较容易，但落实到语言上就困难了。想到的和写出的，往往是有距离的。"参阅《文心雕龙美学》一书"刘勰神思论浅探"一章，文化艺术出版社1987年版。

以完全对应。为什么会出现这种情势呢？刘勰继而将论述重点从联想与创作的关系又具体化于才思至立意、立意至文辞的顺滞："是以意授于思，言授于意，密则无际，疏则千里。或理在方寸，而求之域表；或义在咫尺，而思隔山河。"由思至意再至文辞，不能时时刻刻舒畅而行，这便是心手难以全应的具体原因。刘勰关于"意翻空而易奇，言征实而难巧"的总结，不仅是理论的演绎，更是创作实践的经验之谈。这个结论有力揭示了才思与具体创作、心与手之间的落差。源自才思的文思最终难以和文辞创作实现严丝合缝的对接，他要表明的便是创作不可能仅仅凭借才思。刘勰如此立论，显然为人力的施展留下了余地。所以他随之开出的医治之方就是："是以秉心养术，无务苦虑；含章司契，不必劳情也。"这其中当然着重在以虚静、清和教人，以便重新涵养，避免苦思苦虑；但所谓"养术"，便又回归到博学而深思之道上。天有不足，救之以人，创作最终回归于天人合一，所以刘勰又称："若情数诡杂，体变迁贸。拙辞或孕于巧义，庸事或萌于新意。视布于麻，虽云未费。杼轴献功，焕然乃珍。"心手难以完全对应，如果仅仅凭依才思兴会之际的本然，就会出现巧义引出拙劣文辞、新意却牵连出庸俗事典的舛误。黄侃释"杼轴献功"云：

> 此言文贵修饰润色。拙辞孕巧义，修饰则巧义显；庸事萌新意，润色则新意出。凡言文不加点，文如宿构者，其刊改之功，已用之平日，练术既熟，斯疵累渐除，非生而能然者也。[①]

天资必待人力。貌似神助、神思酣畅的创作，事实上并未跨越心灵涵泳沉吟的阶段，只是罕为人见而已。刘勰对心手难以全应的论述，为人力为覃思进入文学尤其为创作完成之后的润色修改确立了理论依据。

明代何良俊继承了刘勰气倍辞前、半始心折之论，证以"对客谈谐，俱能暇豫；临文议拟，鲜不诪张"。不过他较刘勰更进一步：格外是关注到了审美创作"虽假名言而必欲言寻象外，固非诠理而实须理契环中"的特

---

① 黄侃：《文心雕龙札记》，第95页。

征，即诗歌不仅仅是以一般言辞达意，还要锻造意象，以见言在此而意在彼的审美效果，其难度更大。而达之之术有两端：其一"铺张篇什全在体裁"，其二"润色辞条莫先菁藻"①。"体裁"为构体、裁布，与布局运思相近，此言创作之前；而"润色"则又系刘勰"杼轴献功"之意，最终也归乎覃思锻炼。

综上所述，以覃思助才思是天人统一的必由之路：养之以学以求雅，养之以法以明术，养之以气以蓄其力，养之以情以浚其源，养之以识以求脱俗，养之以体以求不悖，养之以德而尽乎己才。以上过程，归根结底都会裨补于才思，凝聚为文思。

三

覃思对才思第三个影响为：有助于收敛才思的浮躁，这种影响主要表现为平抑与约束。

如上所述，自汉魏六朝之际始，文学界便存在着历久不衰的文才敏捷崇尚，诸如倚马可待、文不加点、笔下生风、出口成章等等，一直以来都是褒赞文人才思的习语。但凡要表彰某个文人的才华，从其才思敏捷入手已经成为品目的通套。比如：

> 野堂有美才敏思，遇有所感，则诗若词应口而出，无俟点窜；俏意俊句，层见叠出。挥洒示人，四座称羡，以为难能。②
>
> 其（朱有燉）诗不事呕心，颇能合格。梅花、牡丹、玉堂春，一题动成百咏。才思不穷，诚宗藩之隽矣。
>
> （朱弥钳）下笔不能自休，一韵每至百篇。
>
> 其（李东阳）天才颖异，长短丰约，高下疾徐，滔滔莽莽，惟意所如。其自序谓："耳目所接，兴况所寄，左触右激，发乎言而成声。虽欲止之，有不可得而止者。"此自得之言也。③

---

① 何良俊：《剪彩集序》，《何翰林集》卷9，《四库全书存目丛书》第142集，第80页。
② 康海：《林泉清漱集序》，《对山集》卷14，《四库全书存目丛书》第52册，第439页。
③ 朱彝尊：《静志居诗话》卷1、卷8，第10、12、201页。

世俗舆论、应酬交际之中于文思虽极力推扬其敏，但回到具体的创作，才思过于快利却每每带来病累，是为"才气豪杰，失于少思"①：

枚皋敏疾胜过司马相如，但《西京杂记》已经直言其"时有累句"，并由此得出了"疾行无善迹"的结论。李白天才盖世，古今无两，但关于其才气横溢而时有疏漏之论也是不绝于耳。杜甫有"李白斗酒诗百篇"、"何时一樽酒，重与细论文"之作，而这些作品甚至于"清新庾开府，俊逸鲍参军"之类都被宋代一些文人解读为"讥其（李白）太俊快"，"细之一字，讥其（李白）欠缜密"②。李白之外，另一个因为才思纵逸以致后人每有微词的便是苏轼。李东阳论云：

> 苏子瞻才甚高，子由称之曰："自有文章，未有如子瞻者。"其辞虽夸，然论其才气，实未有过之者也。独其诗伤于快直，少委曲沉著之意，以此有不逮古人之诮。③

文思舒畅之际，如无沉吟涵泳，很容易一泻而出，造成作品一览无余。这是苏轼之病，也是宋诗通病，所以后人批评："唐诗主情，故多蕴藉；宋诗主气，故多径露。"④

朱彝尊称道朱弥钳下笔不休，动辄百篇，但随之目曰"不免率易"；赞李东阳滔滔不绝，但又坦言："昔贤以大谢繁芜为累，大陆才多为患，此翁亦然。"⑤

有鉴于此，在才思任情发抒之际，适当着以人工，以覃思弥补才思迅捷带来的疏漏、浮躁，一直以来就是文艺理论演述的重点。尤其唐代之后，覃思以平抑敛束才思的思想愈来愈成为审美的主流。唐代皎然《诗式·辨体有一十九字》专列"思"于其中，且释之为"气多含蓄"，有学者探究其

---

① 宋代蔡君谟论范仲淹《采茶歌》云："公歌脍炙人口，有少未完，盖公才气豪杰，失于少思。"文中所言"少思"包括：因才气纵逸而不及深思熟虑于事理、情理，进而未能于命意运词琢字上下功夫。参阅阮阅《诗话总龟》前集卷8引《清琐集》，第93页。

② 参阅葛立方《韵语阳秋》卷1、罗大经《鹤林玉露》卷16。

③ 李东阳：《麓堂诗话》，丁福保辑《历代诗话续编》，第1389页。

④ 袁枚：《诗学全书》卷1引，《袁枚全集》第八册，第4页。

⑤ 朱彝尊：《静志居诗话》卷1、卷8，第12、201页。

旨："感情气势飞扬流动的诗歌易流于杀直或漂浮，缺乏深沉厚重的内涵和凝聚力，而思则是对气的一种节制，它更有赖于理性的力量。"① 将思——尤其具有理性意蕴的覃思视为对飘扬才思的收敛，视之为才思的沉郁之道，应该说抓住了皎然论"思"的核心。

对审美主体才思的平抑敛束不是唯一的目的，最终要落实于创作。而在众多文人看来，覃思，便是保障作品工拙的关键。明代谭浚即持此论，他认为："文之巨细系乎才，词之工拙由乎思。"这个思就是覃思。尽管"图功造次者应机而断，凝绩悠久者研虑而得"，但类似历代止马制书、刻烛限韵、搦管如流、挥毫如飞者的创作，虽得千古虚名，却是"徒闻其速，未永其传也"。与此相反，纵观文学史之伟人，不以敏捷见称者却不乏传世鸿篇："长卿含笔腐毫，子云辄（疑误）翰惊梦，子云二都之赋十年乃成，太冲三都之赋十载始就。然扬雄谓相如入室，桓谭谓子云绝伦，刘瓛谓子平宏拔，陆机服左思莫加。"迟不是可笑的理由，因为传世与否只论其工拙，所谓"见其工不计其迟也"。不仅如此，谭浚又引卢思道之论："自是编苦疾，知他织锦迟。"由长卿、枚皋之差异，"是知疾行无善迹"；由编苦、织锦的区分，"则知密察有文理"。不废覃思的迟由此成为工的必要条件。②

明清之际，这种倡导深思覃思的舆论明显超过往代，其时有文人专门标举古人"好学深思"四字为教，以为立身成业、学问到家无不由之，而于诗文尤为不可或缺。方弘静则从李白《白头吟》初稿与定稿"颇有优劣"的现象发挥："天仙之才，不废讨润，何必不加点？今人落笔便刊布，纵云挥珠，无怪多累耳。"③ 在这种背景之下，针对传统理念中"巧迟"、"拙速"之论的反思出现了。

"拙速"本出自《孙子兵法·作战》："兵闻拙速，未睹巧之久也。"④意为兵贵神速，此后其意旨屡屡见用于兵法、政事。如张协《杂诗》云："此乡非吾地，此郭非吾城。折冲樽俎间，制胜在两楹。巧迟不足称，拙速

---

① 孙学堂：《王世贞才思格调说辨析》，《聊城师范学院学报》2000 年第 1 期。
② 谭浚：《言文》卷上，王水照辑《历代文话》，第 2348 页。
③ 《李太白全集》卷 34 附录引《千一录》，王琦注，第 1559 页。
④ 杨丙安：《十一家注孙子校理》，中华书局 1999 年版，第 31 页。

乃垂名。"意指方域理治。《宋书·王懿传》曰:"应机务速,不在巧迟。"①
也是就政务而言。魏晋六朝之际,这种贵速的观念融入了文艺创作,不仅体
现于个体,也渗入了文会雅集、唱和酬答,所以王世贞云:"齐梁之君臣既
务为组织雕绘,不能运独至之意,而一时风靡者大致有二:应制则巧迟败于
拙速,征事则伸多胜于屈寡。"②

宋代以后,这一批评尺度较为普遍地进入了文艺批评,但在拙速、巧迟
何者为胜问题上各持其见。《冷斋夜话》即引黄庭坚意见:"集句诗,山谷
谓之'百家衣'体,其法,贵拙速而不贵巧迟。"③ 李弥逊也有"定无戛玉
酬人句,拙速犹胜隔岁还"之说④。周必大则反其道而行之,声言"拙速那
能斗巧迟"⑤。

真正理论上的反思出现在明代。李东阳云:

> 巧迟不如拙速,此但为副急者道。若为后世计,则惟工拙好恶是
> 论,卷帙中岂复有迟速之迹可指摘哉?对客挥毫之作,固闭门觅句者之
> 不若也。尝有人言:"作诗不必忙,忙得一首后,剩有工夫,不过亦是
> 作诗耳,更有何事?"此语最切。⑥

以作诗不忙之言深得我心,显然是对敏速下的针砭。但其意并非要标举迟
缓,而是为了提倡覃思。

艺术的审美价值不体现于创作的迟速,因此"文战"的捷疾也不代表
着作品的传世与否。巧迟不如拙速的说法一直是舆论的主流,归其缘由在于
雅集文会、应酬赠答属于古人常课,文人们每以此际的竞逐为"文战",因
此对才思敏捷有着共同的期待。有人问魏禧:"六朝以来名士,有文章甚不
足观,而当时惊服,传于后世者,何也?"魏禧回答:

　　① 《宋书》卷46,第5册,第1391页。
　　② 王世贞:《弇隽序》,《弇州山人四部稿》卷68,影印《文渊阁四库全书》第1280册,第179页。
　　③ 释惠洪:《冷斋夜话》卷3,吴文治主编《宋诗话全编》,第2437页。
　　④ 李弥逊:《和舍弟简公序》,《筠溪集》卷15,影印《文渊阁四库全书》第1130册,第734页。
　　⑤ 周必大:《次韵丁维皋粮料牡丹未开》,《文忠集》卷1,影印《文渊阁四库全书》第1147册,第32页。
　　⑥ 李东阳:《麓堂诗话》,丁福保辑《历代诗话续编》,第1398页。

未有不由敏且博者。集坐高会，或举一物，言一事，他人瞪目噤口，而此应声辄答，原委历历；或即席应诏，军旅旁午，他人垂头苦思，而此挥笔立成，琳琅可听，当时安得不惊？传至后世，则敏博二者皆不可见，惟据成文评论工拙。《论衡》、《三都》，动经十年，后人但许其工，不讥其钝，而援笔立就者，或反出其下。①

魏禧分析了敏博之所以耸动一时、后世却未必觉其如何出色的原因，可谓切中肯綮。能在万人惊艳、技压四座的虚荣之中警醒，深思肆力，方可与古人抗衡。如果一任豪兴而无覃思，兴感之中即使有绮思，也同样会为陈词滥调所裹挟。袁枚曾引其友人的经验之论："凡人作诗，一题到手，必有一种供给应付之语，老生常谈，不召自来。若作家，必如谢绝泛交，尽行麾去，然后心精独运，自出新裁。"诗文兴情游思，当其初始，并非尽皆新颖，往往是通套习熟者首先映入，如果没有深思精审，则只能浮泛应了。② 因此，真正才大如海者无不从心细如发中来，如此的对立统一恰是不可违逆的艺术规律。③

第五节　从苦吟到"苦吟破的"

文艺创作之中的覃思与锻炼状态往往被名为"苦吟"。苦吟是泛化之称，具体语境下可以分别由以下维度理会：就文才禀赋优劣而言，苦吟往往指向天资不优者；就文机涵育而言，苦吟往往指向兴会不至者；就艺术审美而言，苦吟往往指向人力过重者。三者时常融为一体，难以离析，尤其兴会与人力之间更是时时纠缠，根本不存在判然二分的情态。但总体而言，苦吟

---

　　① 魏禧：《魏叔子日录》卷3，《魏叔子文集》，第1136页。另参阅张伯伟《汉学史上的1764年》，《文学遗产》2008年第4期。

　　② 袁枚：《随园诗话》卷7，《袁枚全集》第三册，第236页。

　　③ 在创作敏迟问题上，覃思是天人之合中"人"的致力之处，不仅敏捷者，迟缓者同样不可背离。此外有关敏迟问题还有一些意见，诸如谢榛提出"处于迟速之间"，赵清藜倡导"敏者多轻，必迟以固其重；迟者多滞，必敏以流其机"。二人所论者皆为敏迟之间的辩证，将天人关系的大关节技术化、技法化了，从本质而言，没有脱离以覃思补救天质之偏，谈不上是对才思研讨的深化。参考谢榛《四溟诗话》卷3，《历代诗话续编》第1194页；王葆心《古文辞通义》卷17引《漱芳居文钞二集》，《历代文话》第7924页。

侧重于艰苦力索的人力形式与人力参究，具有相当成分的理性斟酌，它依然属于覃思，可以视为覃思的具象。苦吟以工苦力至而才思得以激发得以完善为诉求，以诗文实现自然审美形态为目的，宋人称之为"苦吟破的"。

一

汉代文人已经注意到运思中的苦吟现象。桓谭、王充之夫子自道，《后汉书》、《文心雕龙》对于扬雄及左思精思附会的记载，皆为史上人人熟谙的事典。由以上创作苦累引申，《文心雕龙·养气》承王充养性思想，力主为文养生："夫学业在勤，功庸弗怠，故有锥股自厉，和熊以苦之人。志于文也，则申写郁滞。故宜从容率情，优柔适会。若销铄精胆，蹙迫和气，秉牍以驱龄，洒翰以伐性，岂圣贤之素心，会文之直理哉？"尽管如此，刘勰还是不得不承认以文养生养性的践行极为不易，苦吟在创作中难以规避，究其原因：

其一，"率志委和，则理融而情畅；钻砺过分，则神疲而气衰。此性情之数也。"心神清和之际文思或可大畅，而疲惫之余神思不仅衰杀，心神也同样煎熬。

其二，"夫三皇辞质，心绝于道华；帝世始文，言贵于敷奏。三代春秋，虽沿世弥缛，并适分胸臆，非牵课才外也。战代枝诈，攻奇饰说，汉世迄今，辞务日新，争光鬻采，虑亦竭矣。故淳言以比浇辞，文质悬乎千载。率志以方竭情，劳逸差于万里，古人所以余裕，后进所以莫遑也。"踵事增华已经成为风气甚至潮流，后人无可违避，随波逐流争奇斗艳，必然殚精竭思。

其三，"凡童少鉴浅而志盛，长艾识坚而气衰。志盛者思锐以胜劳，气衰者虑密以伤神。斯实中人之常资，岁时之大较也。"人生之精气，由盛而衰，及乎盛年一过，难以意气风发，其思虑虽周，却不能不伤其精神。

其四，"若夫器分有限，智用无涯。或惭凫企鹤，沥辞镌思。于是精气内销，有似尾闾之波；神志外伤，同乎牛山之木。怛惕之盛疾，亦可推矣。至如仲任置砚以综述，叔通怀笔以专业，既暄之以岁序，又煎之以日时，是以曹公惧为文之伤命，陆云叹用思之困神。"名利角逐，务求胜人，不由乎才性之所宜，必然求助于精思，伤生困神在所难免。

其五，"思有利钝，时有通塞，沐则心覆，且或反常，神之方昏，再三愈黩。"即使心神清和，但兴会有无又直接影响到文思利钝，当其拙钝之际，神昏气闷也在情理之中。①

其中虚声竞逐、牵课才外自然可以修身以免，但岁月迁延、才分有限、兴会无端之类则无可回避。更重要的是：文辞的锻炼必赖乎反复的精思苦吟。能否融情意为篇章构架，能否将心中所思转移至笔端，在辞能达意基础上创作出篇中独拔、句有重旨的秀句，且保障整体的贯通生活，这一体化的创作过程由于受到禀赋迟速、体制大小以及心境是否虚静、腹笥是否足供驱遣等等因素的影响，注定其皆非一挥而就、一蹴而成，无一不是反反复复的吟哦、揣摩，故有"呕心吐胆"、"锻岁炼年"之叹。金圣叹论古人创构面如死灰实为深明创作甘苦之言。因此具体创作往往表现出殚精竭虑、呕心沥血的"苦吟"——当然，这种苦吟皆是建立在主体具备才思这一前提之下的。如果覃思苦吟仍无法创造出隐秀篇章，那便只能反省：自己是否具备从事文艺创作所必不可少的才思？

六朝之后，唐代诗人首先以其创作实践塑造了苦吟的时代群像。其时众多的诗人才子不仅尽一生心力为诗，而且诗中多有甘苦坦承。如"吟安一个字，拈断数茎须"；"句向夜深得，心从天外归"；"尽日觅不得，有时还自来"；"两句三年得，一吟双泪流"；"欲识吟诗苦，秋霜若在心"；"吟成五字句，用破一生心"；"才吟五字句，又白几茎须"；"蟾蜍影里清吟苦，舴艋舟中白发生"；"为人性僻耽佳句，语不惊人死不休"；"夜吟晓不休，苦吟鬼神愁"；"如何不自闲，心与身为仇"；"莫怪苦吟迟，诗成鬓亦丝"；"苦吟僧入定，得句将成功"等等。又如李贺之狂搜险觅直至"欲呕心肝于纸上"、孟浩然眉毛脱尽、王维误入醋瓮、裴祐袖手袖穿等等不胜枚举。②所以刘攽评价："唐人为诗，量力致功，精思数十年，然后名家。"③唐后诗人苦吟亦为常态，明人罗圯至有如下过情之举——每有撰述必栖于乔木之巅或闭于空室之中，容色憔悴，有类死人。④

---

① 以上引文见范文澜《文心雕龙注》，第646—647页。
② 综合《霏雪录》及《雅伦》卷17"工力"一门。
③ 刘攽：《中山诗话》，何文焕辑《历代诗话》，第289页。
④ 王葆心：《古文辞通义》卷4引，王水照辑《历代文话》，第7181页。

　　就理论关注而言，刘勰的"神思"、"养气"等论之后，皎然的"作用"论则开始明确推举苦吟。按照皎然的解释：作用就是作者用识与才"蹂践理窟"，即反复思量、酝酿，其过程"如卞子采玉，徘徊荆岑，恐有遗璞"[1]，精心、专注、坚守而一丝不苟。如此"作用"很明显就是苦吟。《诗议》则直接推出"苦思"："或曰诗不要苦思，苦思则丧于天真。此甚不然。固当绎虑于险中，采奇于象外，状飞动之句，写冥奥之思。夫稀世之珠，必出骊龙之颔。"[2] 他又将这个苦吟的过程概之曰"不入虎穴，焉得虎子"。其时齐己《风骚旨格》总结诗歌"二十四式"，其六即命名为"艰难"，举例云："觅句如探虎，逢知似得仙。"与贾岛之论两相印合。刘昭禹则推出一个非常别致的"玉盒子"论："觅句者若掘得玉盒子底，必有盖在，但精心求之，自获其宝。"[3] 所谓"掘得玉盒子底"，当指已经成就了作品的初步规模，甚至有了雏形，而求取其盖的过程就是指于精求苦吟之中寻觅最佳的艺术表现。

　　苦吟的隆兴早在六朝就引发了反思，刘勰的"入兴贵闲"等论皆含有对苦吟的矫正。六朝之后，这种思想演化为对自然、天然的崇尚，向内与主体禀赋相应，向外与主客相融的情兴相和，从而形成了中国审美理论批评中的天、人对决局面。其表现有二：

　　其一，以人工、天籁品目苦吟与非苦吟之作，在价值判断中见其抑扬。这种思想在唐代已经出现，随后被不同的言说形式反复渲染。

　　或以天人之分见高下。刘禹锡以"天之所与，有物来相"对比人力突出的创作，以才赋为衡度，则彼此有生死之殊，相关论述已见引于前。刘将孙亦云："盖尝窃观于古今斯文之作，惟得于天者不可及。得于天者不矫厉而高，不浚凿而深，不斫削而奇，不锻炼而精。若人之所为，高者虚，深者芜，奇者怪，精者苦。"以此为标准，韩愈、欧阳修、苏轼等人之外，其他众多文人虽称雄一时而无可传世，皆可归结于"天分浅而人力胜也"[4]。

　　或以兴会有无、人力多寡定优劣。诸如自然与杼轴之别，李德裕云：

①　李壮鹰：《诗式校注》，第 153 页。
②　陈应行：《吟窗杂录》卷 7，第 272 页。
③　计有功：《唐诗纪事》，第 702 页。
④　刘将孙：《须溪先生集序》，《养吾斋集》卷 11，影印《文渊阁四库全书》第 1199 册，第 99 页。

"文之为物，自然灵气恍惚而来，不思而至。杼轴得之，淡而无味。琢刻藻绘，珍不足贵。"① 杼轴琢刻之作并非不美，但并不贵重。又如妙与工之别，谢榛以为，天然者为妙，人力者为工。妙者乃是"走笔成诗，兴也"；工者乃是"琢句入神，力也"。二者比较："自然妙者为上，精工者次之。"而如此区分所体现的正是"着力不着力之分。"②

孔尚任将谢榛"妙"、"工"二境置换为"佳"、"工"，意蕴一致："诗有二道，曰工曰佳。工者多出苦吟，佳者多由快咏。"在他看来，"诗穷而后工特为工者言"；而佳诗必待"风流文采，翩翩豪迈，能发庙朝太平之音"者为之。佳较之于工"有风雅正变之殊"③，二者不在一个层次。如此一来，"佳作"便成为贵族的专利。"快咏"与"苦吟"的区分之中，隐然有了高高在上的豪贵与贫贱文人的分野。

其二，明确提倡自然与性情，反对苦吟。对苦吟的反思初盛于宋代，尤其南宋后期形成了一个声势不小的潮流。这种潮流在此前的文艺批评中没有如此规模，随后除了中晚明性灵文学的提倡之外，也罕见更大规模的回应。这里的苦吟，其内蕴侧重于不待兴会与过为刻凿。先是北宋蔡居厚《诗话》排诋苦吟，而其排诋文字的题目就是"诗重自然"：

> 天下事有意为之，辄不能尽妙。而文章尤然。文章之间，诗尤然。世乃有日锻月炼之说，此所以用功者虽多，而名家者终少也。晚唐诸人，议论虽浅俚，然亦有暗合者，但不能守之耳。所谓"尽日觅不得，有时还自来"者，使所见果到此，则"采菊东篱下，悠然见南山"之句，有何不可为？惟徒能言之，此禅家所谓语到而实无见处也。往往有好句当面蹉过，若"吟成一个字，捻断数茎须"，不知何处合费许（多）辛苦？正恐虽捻尽须，不过能作"药杵声中捣残梦，茶铛影里煮孤灯"句耳。人之相去，固不远哉！

"杜诗优劣"一条再申此意：

---

① 李德裕《文章论》，《李卫公集》卷3，影印《文渊阁四库全书》第1079册，第320页。
② 谢榛：《四溟诗话》，丁福保辑《历代诗话续编》，第1186、1193、1229页。
③ 孔尚任：《山涛诗集序》，《湖海集》卷9，《四库全书存目丛书》第257册，第700页。

诗语大忌用工太过，盖炼句胜则意必不足，语工而意不足，则格力必弱，此自然之理也。"红稻啄余鹦鹉粒，碧梧栖老凤凰枝"，可谓精切，而在其集中，本非佳处，不若"暂止飞鸟将数子，频来语燕定新巢"为天然自在。其用事若"宓子弹琴邑宰日，终军弃繻英妙年"，虽字字皆本出处，然比"今日朝廷须汲黯，中原将帅忆廉颇"，虽无出处一字，而语意自到。[①]

以上文字核心表达了以下三条意见：有意为之的苦吟在艺术实践中已经证明难觅佳什；自然而然的创作就是偶然兴会无劳过求；苦吟反而抑制才思，不仅造成好句当面蹉跎而过，即使工丽也必然格力暗弱。

及乎南宋，这种反对苦吟的理论主要体现为诗写"性情"。论及这一点首先要提到严羽，有学者认为《沧浪诗话》专以妙悟言诗，违背了诗教本于自然与诗道性情的本旨。潘德舆曾专门辨析："沧浪谓汉魏不假妙悟，夫不假妙悟，性情之中声也；汉魏尚不假妙悟，况三百篇乎？"严羽论妙悟，意在经典参究中求取上乘，而作为诗歌巅峰的作品恰恰不假妙悟，乃是因情而动、因兴生发。从这个意义而言，"知诗之本者，非沧浪其谁"[②]？因此可以说，严羽论妙悟不仅不是贬抑性情，而且是性情论的功臣。

倡导性情虽未必与苦吟论定成对立，但往往以"吟咏情性，浑然天成"[③]的自然发抒为崇尚。因此针对雕镂之风，赵孟坚提出的便是诗"写吾心"，其《诗谈》云：

吾嗤彼云士，努力事诗妍。竟日搜枯肠，抽黄对白间。尔何无达观，局促自缚缠。不见渊明陶，有诗累百篇。要以写吾心，出语如流泉。

诗中所论之"心"有三种情态：或如陶渊明物我相得，偶然兴会；或如杜甫忠肝义胆，感激奋发；或如闲云野鹤闲淡安和。我心如此，我诗在此：可

---

① 郭绍虞：《宋诗话辑佚》，第 383、385 页。
② 潘德舆：《养一斋诗话》卷 1，郭绍虞辑《清诗话续编》，第 2010 页。
③ 袁燮：《题魏丞相诗》，《絜斋集》卷 8，四明丛书本。

有"纤纤白云闲，无心游日边"之静，可有"风石激而奇，奔迸生云烟"之动，一切皆本于自然。而这种提倡与对苦吟的批评是交织一体的，或者说自然性情的价值与书写快慰正是在与缠缚艰涩创作的对比中呈现的，结论于是不言而喻："讵以天然态，而事斧凿镌"？[①]

如果说以上苦吟批评多从诗艺讲论，那么南宋末期一些文人则又将其进一步引申：他们不仅提出诗要发自兴会，而且同时还要以兴、适等闲情雅致为内容，从诗艺不主苦吟拓展至内容不必艰苦。如毛珝《中年》："适意舞雩时一咏，区区何用苦吟为？"释文珦《袞集诗稿》："兴到即有言，长短信所施。尽忘工与拙，往往不修饰。"《放吟》："老吟亦不记声律：乱写孟郊沙井头。"其间有适意之吟、兴到之吟，有随性之放吟，内容冲适；如此之吟，或何用苦吟、或尽忘工拙、或不记声律：皆是不为锻炼之论。牟巘则将以上的审美创作进一步定格为"娱心"论：

> 诗，直耳目玩耳。自昔诗人往往以之钺心掐肾，甚至欲呕其心，而少陵亦有"良工心独苦"之语。夫愁劳其心以娱耳目，如膏自煎，盖可叹！而世且竟为之，悲鸿两吻不肯止，岂所苦未易夺其乐耶？

诗即陶冶性情之术，所以有取于俞好问"吾将以是娱吾心"的思想，立以为劝世之言。[②] 此论推而至极，便出现了宋末元初张观光《论诗》"籁鸣机动何容力，才涉推敲不是诗"的耸人之论。[③]

南宋末期反苦吟声浪如此高涨，当与禅宗传播广泛、语录体浸染文学有关，其时理学家提倡平易文风对此也不无影响。宋代士大夫普遍醉心于禅理，交名僧、参话头、阅佛经是其常课，文学于其直截了当的心法、口语化的语录等皆有借鉴。其时理学为了普及，极力将自己的文章与被称为"玩物丧志"的诗文区分，更加刻意于其朴素直白的风格。这一切汇成了主乎自然的风尚，直接影响到诗歌创作。何梦桂便说过："平易者，诗之正声也。心形于声，心正而后声正，故知声可以观心。"故此反对"镌心镂肝以

---

① 赵孟坚：《诗谈》，《彝斋文编》卷1，影印《文渊阁四库全书》第1181册，第310页。
② 牟巘：《俞好问诗稿序》，《陵阳集》卷12，影印《文渊阁四库全书》第1188册，第109页。
③ 张观光：《屏岩小稿》，影印《文渊阁四库全书》第1196册，第612页。

为艰深刻苦之语"的创作。作为理论声援，他专门引用邵雍之论："吟自在诗。"并阐释其意为"自在者，平易之谓也"①。其反对苦吟思想的出处从其假以为证者的身份即可知晓。

另外，宋代诗歌创作至杨万里而一变，诚斋体平易诙谐，影响深远。其继承者视其为"浩气拍天，吞吐溟渤，足以推倒一世之豪杰"，从创作格调到文学思想同样有所继承，故而沿袭此派者也便与"聱牙屈曲，波谲涛诡，艰深蹇涩，思苦形枯"的苦吟为仇雠了。②

后世批评之中，即使明代公安派提倡性灵，于写心写手之论多有致意，但针对苦吟的鲜明激烈言辞并不多见。而且至竟陵派为诗，虽然不与复古派同流，但"幽虫鬼语"等评论皆指向其雕琢奇字、磨砺异思，也就是说，其本身已经落入苦吟窠臼。

三折肱始为良医，尽管诗学重悟，但如胡应麟所云，禅道与诗道不同，禅道能悟则已经脱胎换骨，但"诗虽悟后，仍须深造"。历代奇瑰之士往往"识窥上乘，业阻半途"，原因即在于没有力学不懈、苦吟而求。③ 由此而言，从文才局限以及现实之中难以回避的困境，到具体创作必然的取资，都使得苦吟力索成为文艺创作的常态，并与特寡思功须其自来、不以力构并列为天籁、人工两个创作形态。当然，这两种形态并非仅仅是文艺群体之中各有偏诣的存在，就创作实际而言："即一人之身，亦有此两种诗境：有时伫兴而成，不假思索；有时千辟万灌，力追无朕。迨其成也，同归自然。"④ 至于理论主张各有侧重，究其底里，无非是假此对立申张各自文学信念的手段：强调自然主乎天籁者宗于才情，准乎兴会；强调苦吟者往往推高后天人力在艺术境界营造中的效用。但二者皆非背弃才思兴会而论文学，也皆非否定覃思锻炼而言创作。

二

作为艺术手段与不得不经验的历程，苦吟以才思得以激发完善为诉求，

---

① 何梦桂：《钱肯堂诗序》，《潜斋集》卷7，影印《文渊阁四库全书》第1188册，第470页。
② 方逢辰：《诚斋文脍集序》，《蛟峰文集》卷4，影印《文渊阁四库全书》第1187册，第533页。
③ 胡应麟：《诗薮》内编卷2，第25页。
④ 陈仅：《竹林答问》，《诗问四种》，第296页。

以诗文实现自然审美形态为目的，宋人称之为"苦吟破的"①。

苦吟见之于"思前想后"，"苦吟破的"的表现也见之于思前想后。思于下笔之前而得文机开悟、思路畅通；想于创作之后则陶铸精工、融化用力的痕迹而归于自然。

（一）思于下笔之前而得文机开悟、思路畅通。从宋代开始，文人们经常借助禅悟论诗，而悟入处必自工夫得来。此即积学成悟之论，这个过程不仅仅指向文人们长期的涵养，也包括创作之际精思覃思，不期然间打通阻塞思路的状态。

有人以为创作之中"意静神王，佳句纵横，若不可遏"的状态"宛若神助"，皎然早就有了矫正："盖先积精思，因神王而得乎？"②——不是什么神助，无非是创作之前作者凝神致思，诸般信息从纷杂而渐明晰，机键贯通神王气盛，其功当归之于覃思。宋人"学诗如学仙，时至骨自换"的说法，用意同样在此。即使性灵的提倡者，其创作实则也概莫能外。以竟陵派为例，其"锤炼、刳剔、推敲皆备良工之苦心"。在修辞、运笔之外，尤其要求"苦于锻局"，追求"宁简无繁、宁新无袭，宁厚无佻，宁灵无痴"的境界③。魏学洢分诗文创作为两类，一类如渔人扁舟向桃源，择夷易之径徜徉，虽然能至桃花深处，然而再入则失其故道：此为天籁自然不主苦思一路；另有一类则是苦吟："地崩山摧壮士死，而后稍稍通猿鸟之路，此路险怪。"④ 于是需要五丁开拓、车马探索，所论也是就思路开辟而言，而这一路径，又恰是行文中的常态。又如金圣叹宣扬灵机，自题"人本无心作诗，诗来逼人作耳"，但论及具体创作，他则收敛起所谓"灵眼"，念念不忘于艰思力索：

　　尝观古学剑之家，其师必取弟子先置之断崖绝壁之上，迫之疾驰。经月而后，授以竹枝，追刺猿猱，无不中者。夫而后归之室

---

① 宋人《清琐集》云："永叔言苦吟句云'一句坐中得，片心天外来'，兹所谓苦吟破的之句。"参阅阮阅《诗话总龟》前集卷11，第131页。

② 皎然：《诗式》，何文焕辑《历代诗话》，第31页。

③ 陆云龙：《钟伯敬先生小品序》，陆云龙辑《翠娱阁评选皇明小品十六家》，第275页。

④ 魏学洢：《劝影斋集序》，《茅檐集》卷4，影印《文渊阁四库全书》第1297册，第556页。

中，教以剑术，三月技成，称天下妙也。圣叹叹曰：嗟乎！行文亦犹是矣。夫天下险能生妙，非天下妙能生险也。险故妙，险绝故妙绝，不险不能妙，不险绝不能妙绝也。游山亦犹是矣。不梯而上，不缒而下，未见其能穷山川之窈窕，洞壑之隐秘也。梯而上，缒而下，而吾之所至乃在飞鸟徘徊、蛇虎踯躅之处，而吾之力绝，而吾之气尽，而吾之神色索然犹如死人，而吾之耳目乃一变换，而吾之胸襟乃一荡涤，而吾之识略乃得高者愈高，深者愈深。奋而为文笔，亦得愈极高深之变也。

行文亦犹是也。不阁笔，不卷纸，不停墨，未见其有穷奇尽变，出妙入神之文也。笔欲下而仍阁，纸欲舒而仍卷，墨欲磨而仍停，而吾之才尽，而吾之臂断，而吾之目瞳，而吾之腹痛，而鬼神来助，而风云忽通，而后奇则真奇，变则真变，妙则真妙，神则真神也。①

其大意就在于必先经艰苦、历险恶方能逼出灵机胆识，凡事皆如此。文学创作当然没有必要视其为畏途，但也决不可掉以轻心。下笔之前的苦思、冥想、深思、熟虑，思索之中的反复沉吟、指画揣摩，皆为作品诞育前的阵痛，非如此则思路不出。

（二）想于创作之后则锻炼陶铸，融化用力的痕迹而归于工致、自然。

其一，苦吟可得工致。《文心雕龙·练字》云："夫义训古今，兴废殊用，字形单复，妍媸异体。心既托胜于言，言亦寄形于字，讽诵则绩在宫商，临文则能归字形矣。是以缀字属篇，必须练择：一避诡异，二省联边，三权重出，四调单复。"无论才思如何，最终必须落实到文字及其声韵的运用之上，在避诡异、省联边、权重出、调单复之间权衡斟酌。这个过程便是苦吟的过程，有时"善为文者富于万篇贫于一字"，此中煎熬，只有置身其中的创作之士才能真正体会。

唐代以后的苦吟论，于炼字、炼句的文辞斟酌为一大宗。有人以为："诗不假修饰，任其丑朴，但风韵正，天真全，即名上等。"皎然以为不然，他反问："无盐缺容而有德，曷若文王太姒有容而有德乎？""月锻季炼"者

---

① 金圣叹：《水浒传》第四十一回总评，朱一玄、刘毓忱编《水浒传资料汇编》，第268页。

由此成为后人钦仰的楷模。①

宋代文人于苦吟求工较之唐人可谓有过之而无不及。阮阅《诗话总龟》专设"苦吟门"，列举宋人苦吟范例，诸如潘阆"发任茎茎白，诗须字字清"等以为垂教。② 而欧、苏等大家"虽大手笔不以一时笔快为定而惮屡改"的苦吟精神更是在当时就已传为文坛佳话。③ 又如唐子西《语录》自道作诗甘苦：

> 诗最难事也。吾于它文不至寒涩，惟作诗甚苦，悲吟累日，仅能成篇。初读时未见可羞处，姑置之，明日取读，瑕疵百出。辄复悲吟累日，反复改正，比之前时，稍稍有加焉。复数日，取出读之，疵病复出。凡如此数四，方敢示人，然终不能奇。李贺母责贺曰是儿必欲呕出心乃已，非过论也。今之君子动辄千百言，略不经意，真可愧哉！④

这种经验之谈对所有文人而言实则皆是"于我心有戚戚焉"。宋人于此不苟，甚至出现了诗成寄人累月之后，千里追取而更定，以求无毫发遗憾的奇闻。

从创作的经验而言，"兴会所至，容易成篇"，但所谓字字珠玑只是誉人通套，瑕瑜互见才是兴会之作的常态，润饰锻炼由此必不可少。然而修改之际面临的局面则是："改诗，则兴会已过，大局已定，有一二字于心不安，千力万气，求易不得。"⑤ 果真明了其中甘苦，如何可以贱视苦吟？

其二，苦吟融化用力的痕迹而归于自然。就文学实际而言，纯粹因兴而发，以意引之，以气衍之，意到文到心到文生的创作是一种理想状态，并非

---

① 欧阳修《六一诗话》：晚唐诗人虽无李杜豪放，但精意相高，如周朴"构思尤艰，每有所得，必极其雕琢，故时人称朴诗'月锻季炼。'"参阅《历代诗话》，第267页。

② 阮阅：《诗话总龟》前集卷11，第129页。

③ 何薳云："自昔词人琢磨之苦，至有一字穷岁月，十年成一赋者。……欧阳文忠公作文既毕，贴之墙壁，坐卧观之，改正尽善，方出以示人。薳尝于文忠公诸孙望之处得东坡先生数诗稿，其和欧叔弼诗云：'渊明为小邑'，继圈去'为'字，改作'求'字，又连涂'小邑'二字作'县令'字，凡二改乃成今句。至'胡椒铢两多，安用八百斛'，初云'胡椒亦安用，乃贮八百斛'。若如初语未免后人訾议。"参阅《春渚纪闻》卷7。

④ 胡仔：《苕溪渔隐丛话》前集卷8，第51页。

⑤ 袁枚：《随园诗话》卷2，《袁枚全集》第三册，第38页。

虚构，但确为罕见。萧子显所谓"须其自来，不以力构"以及陆游"文章本天成，妙手偶得之"乃是就待兴而作说的，更多地倾向于文机发动的自然，不是说具体创作之中排斥深思。而深思、作用的重要目的与效力，便是使作品归于自然。

皎然论作用，无论情事，都有一个最终衡量效果的尺度，这就是自然，由作用而达于自然是他重要的理论观点。《诗式序》云："其作用也，放意须险，定句须难。虽取由我衷，而得若神授。"又云："成篇之后，观其气貌，有似等闲，不思而得，此高手也。"① 诗歌本系作者呕心沥血而得，但看起来却如同天造地设，这就是从作用之中得自然，这个过程是一个地道的由人而及天的过程。它表面有如弹指而现楼台，实则皆经过了化裁陶养，千锤百炼。

从创作实践考量。很多人视陶渊明为自然的代表，王世贞回应："渊明托旨冲淡，其造语有极工者，乃大入思来，琢之使无痕迹耳。后人苦一切深沉，取其形似，谓为自然，谬以千里。"谢灵运早就有"东海扬帆，风日流丽"的品目，意在说明其诗风行水上的境界，但王世贞云："三谢固自琢磨而得，然琢磨之极，妙亦自然。"② 沈德潜继承了这种认识，以为谢灵运的创作，恰为"匠心独造，少规往则，钩深极微，而渐近自然"，或者说"谢诗经营而反于自然"③。

江西诗派同样致力于此，他们继承发扬的正是杜甫的"雕琢入化"④。黄庭坚《与王观复书》云："所寄诗多佳句，犹恨雕琢功多耳。但熟观杜子美到夔州后古律诗，便得句法简易，而大巧出焉，平淡而山高水深，似欲不可及。"尽管黄庭坚认为王观复所寄诗犹恨雕琢功多，这并不表明他反对雕琢，他所遗憾的恰恰是其雕琢太露痕迹。朱熹对山谷这个特点认识十分深刻："苏才豪，然一滚说尽无余意；黄费安排。"⑤ 后人也称"西江名家好处，在锻炼而归于自然"⑥。

① 李壮鹰：《诗式校注》，第1页、第39页。
② 王世贞：《艺苑卮言》卷3、卷1，丁福保辑《历代诗话续编》，第994、960页。
③ 沈德潜：《说诗晬语》（与《原诗》等合刊）卷上，第203页。
④ 王夫之：《唐诗评选》卷3 评杜甫《秦州杂诗》，第1018页。
⑤ 黎靖德：《朱子语类》卷140，第3324页。
⑥ 刘熙载：《艺概》，《刘熙载文集》，第108页。

其他文人也可以说每每如此，即使袁枚这样自诩性灵耸动一时的诗人，其时也有学者认为："随园诗写性灵处，俱从呕心镂骨而出。"①

锻炼而至自然，苦吟以求破的，并非仅仅是由人至天的追求使然，也是审美价值最大化的基本路径。吴雷发就从诗艺角度分析了这种由人及天审美寻绎形式建构的内部缘由：

> 诗须镵入，尤贵自然。但讲镵入而不求自然，恐雕琢易于伤气；但讲自然而不求镵入，恐流入于空腔熟调，且便于枵腹者流。宜先从事于镵入，然后求其自然，则得矣。②

诗须"镵入"，是论诗当有人工的培育、涵养与锻炼，具有开凿的意义，这个说法兼容着学问、识见与润饰的技术法度；自然则是一种油然而生、因兴而为的状态。讲"镵入"不讲自然伤于本色，讲自然而不讲"镵入"又容易率意而浅薄。最好的手段应该是从"镵入"入手，最终归于自然。彭孙遹论词亦然："词以自然为宗，但自然不从追琢中来，便率易无味。如所云绚烂之极乃造平澹耳。若使语意澹远者，稍加刻画，镂金错绣者，渐近天然，则骎骎乎绝唱矣。"③ 同样的旨趣，况周颐则又归纳为由"经意"而至"不经意"④。"镵入"或琢磨，就主体修为而言，可以企望真积力久的造诣；就具体创作而言，有助于形成作品之中对立、阴阳要素的平衡，创造出富有神韵的作品。

由此而言，"苦吟破的"之中实则体现了天籁、人巧"不执一而求"的艺术智慧：诗必兴会而发，但文辞达意之际离不开覃思苦吟，此为一个创作流程之中天籁、人工二者并用，不可执一以求；一人不同的创作，时而兴会奔放，时而郁思冥想，此为天籁、人工二者分用，不可执一而求；此人多由自然生发，彼人偏于人力掘取，此为不同人之创作天籁、人工各因其才分有

---

① 蒋寅：《清诗话考》引俞俨《生香诗话》，中华书局 2005 年版，第 497 页。
② 吴雷发：《说诗菅蒯》，丁福保辑《清诗话》，第 897 页。
③ 彭孙遹：《金粟词话》，唐圭璋辑《词话丛编》，第 721 页。
④ 况周颐云："词过经意，其蔽也斧琢。过不经意，其蔽也襁褓。不经意而经意，易；经意而不经意，难。"参阅《蕙风词话》卷 1，第 6 页。

所偏宜，不可执一而求。

当然，有一点值得注意，不可执一而求的权衡之中还有着苦思程度把握的问题。这种思想在宋代已经出现，《蔡宽夫诗话》所谓"诗语大忌用工太过"（见前引）即是这个意思。袁枚亦云："诗不可不改，不可多改。不改则心浮，多改则机窒。"[1] 此为"痛改乃至手滑，苦思渐入魔道，求工反拙"之病。[2]

三

"苦吟破的"是对艺术哲学中天人哲学——尤其道艺关系的一个具体阐释，而由艺至道的过程，其本质就是主体才思被激发、释放、完善的过程。

天人合一是中国传统艺术理论的核心精神，通过天人之合完成作品的构建，从而实现天事人事、天资学力的融合也便成为文学创作的理想境界。如屈大均曰：

> 是必以天之才而范围以人之学，使人与天相等，斯其音中和应节，浸淫上古。[3]

邵长蘅曰：

> 夫诗，艺也，然要其至则天人兼焉。有人而无天，终身为之未必其至也；有天而无人，率然至之，未必其皆至也。[4]

姚鼐曰：

---

[1]　袁枚：《随园诗话》卷3，《袁枚全集》第三册，第79页。

[2]　参阅舒展选编《钱锺书论学文选》，第224、225页。按：吴乔早有类似的关注。他本来提倡偶然兴会，不得已而苦吟，则当弃其头层通套，第二层也要注意是否有新意，此际冥冥构思，方有出人意料之句。但是，苦吟当以此为限度，若"更进不已"，则"将至'焚却坐禅身'矣"！参阅吴乔《围炉诗话》卷4，《清诗话续编》，第591页。

[3]　屈大均：《六莹堂诗集序》，《翁山文外》卷2，《续修四库全书》第1412册，第70页。

[4]　吴仰贤：《小匏庵诗话》卷1引，《续修四库全书》第1707册，第2页。

夫文者，艺也，道与艺合，天与人一，则为文之至。①

天不可变，也不可为，于是文学艺术的努力便必须落实在"人"上。人处三才之中，并非天地之外的独立之物，而是天地的组成部分，因此通过对自我的开发、通过后天的努力以抵近我本然，使天之所赋焕发最大的活力，这就是由人及天、天人合一。而从主体人巧之所极至天赋的焕发、由人之艺至自然之道是有一个临界点的，古代文艺理论往往称这个临界点为"悟"。就诗学而言，妙悟也非玄虚不切之物："妙悟非他，即儒家所谓左右逢源也，禅家所谓头头是道也。诗不至此，虽博极群书，终非自得之境，其能有句皆活乎？其能无机不灵乎？"②

"悟"作为审美术语出现于东晋之际，虽然六朝佛典中常见，但据学者考证不是舶来之语，乃是我们民族本有。南朝陈隋之际，智者大师已经论及"妙悟"，隋际吉藏等僧人也多论妙悟。有学者论及其时"妙悟"本义云：妙悟是无分别的，它是和知解相对的认识方式；妙悟非由学而能成；妙悟是达到天地与我并生、万物与我为一境界的唯一通道；及吉藏等人论妙悟，又强调了其在生知以及可以契合于道方面的特征。③

宋代以禅论诗之风盛行，及《沧浪诗话·诗辨》而集其大成，严羽先是明确提出"大抵禅道惟在妙悟，诗道亦在妙悟"、"惟悟乃为当行，乃为本色"、"有透彻之悟，有但得一知半解之悟"等等。而所论妙悟的实现路径便是"工夫须从上做下"的经典参究，所开列的研修目录从楚辞至乐府再到盛唐名家无不包罗。如此论悟，其相关理会应该集中在佛禅渐悟之路上。而以后天学习、人力投入作为悟的实现路径，并将这个过程视为"如今人之治经"，显然已经与六朝陈隋之际以生知论妙悟有了区分。又如贺贻孙《复艾千子》论文章之悟：

　　文章贵有妙悟，而能悟者必于古人文集之外，别有自得。譬之书家，惟唐怀素能超二王而自立法门。然怀素初年，于邬兵曹家闻张长

① 姚鼐：《敦拙堂诗集序》，《惜抱轩全集》文集卷4，第36页。
② 王应奎：《柳南随笔续笔》卷3，第182页。
③ 参阅朱良志《大音稀声——妙悟的审美考察》上卷，第1—3页。

史"孤篷惊沙"语有省，厥后以邬公古钗脚，奉为家珍，举似颜鲁公，鲁公弗许；示以屋漏痕，不觉抱脚叫绝，洒然大悟。鲁公随问所见，则又不在屋漏痕，而在夏云奇峰因风变化也。自有夏云一语，而从前所悟之孤篷惊沙、钗脚、漏痕皆筌蹄皆妙义矣。惟文亦然。其奇矫则孤蓬惊沙也，雅健而自然浑老则屋漏痕也。至其神变莫测，则夏云从风，卷舒摇曳，谲诡幻怪，不主故常也。虽然，夏云一语，孰不闻之，而怀素之后无复怀素，有师承而无自得也。故夫言夏云而止求之夏云，言漏痕而止求之漏痕，言钗脚而止求之钗脚，皆非自得而鲁公之所不许也。①

"屋漏痕"等为书法术语，指作品如屋壁的雨水漏痕，其形苍古自然；"古钗脚"系指笔画圆活姿媚而有力。从"孤篷惊沙"之语诱发的想象至"古钗脚"的圆活有力，又至"屋漏痕"的自然拙朴，继而至夏云奇变无常、舒卷联翩，怀素学书的历程是一个学习之中领悟的过程：这个学习、创作之中领悟的过程不是一个因果完备自足封闭的系统，而是不断灵悟的组合，境界在一次次的超越之中获得升扬。

贺贻孙最后将文章用意指向了"教人为文与学为文者"，其间所谓"悟"他又称为"自得"，并非仅仅就读书而言，还包括了学而为文之际的具体创作心法的领会。其《示儿一》中也表达了同样的意思："盖作诗贵有悟门，悟门不在他求，日取三百篇及汉唐人佳诗，反覆吟咏，自能悟入。"没有悟门只于古诗或者汉魏晋唐人诗内声容字句、模拟描画，他认为这就"如在琉璃屏外拍美人肩"。②

但是，由学而至悟、由艺而近道只是天无可为之际的人工努力路径，是抵达妙悟的方式，并非决定能否妙悟以及妙悟程度的最终根本。留心严羽的妙悟之论，在对渐进之序反复开示之余，他又专门提出了"悟有浅深，有分限；有透彻之悟，有但得一知半解之悟"：悟最终的差异不尽决定于自我的努力，天赋才是决定因素，"分限"就是天分之所限定之意。张维屏《论

---

① 贺贻孙：《水田居文集》卷5，《四库全书存目丛书》第208册，第173页。
② 贺贻孙：《水田居文集》卷5，《四库全书存目丛书》第208册，第170页。

诗绝句》也云："性灵未许空疏托，气味岂凭声貌为。愈苦愈吟诗愈病，几时良药遇良医。"[①] 未有性灵，一味苦吟覃思，便会愈吟愈病；苦吟本为天赋的济助良药，但所施对象失误，便如同助盲人以良马，不惟无益，反为有害。

这种限定的本质在于：无论如何学习、积累、苦思，其最终之悟并非是这些人力因素本身的叠加，它受制于本然的禀赋。这就提醒我们：所谓的悟，就是对本然天机禀赋的启发完善；悟的深浅，便是对本然天机禀赋激发完善程度的描述。只有获得悟、获得妙悟，作为主体素养的天人系统方能进入"天机骏利"的状态。宋代张怀邦《山水纯全集序》云：

> 人为万物之最灵者也，故合于画造乎理者能画物之妙，昧乎理则失物之真，何哉？盖天性之机也。性者，天所赋之体；机者，人神之用。机之发，万变生焉。惟画造其理者，能因性之自然，究物之微妙。心会神融，默契动静于一毫；投乎万象，则形质动荡，气韵飘然矣。[②]

天机本义就是"天性之机"，决定于才性这一"天所赋之体"。细究万物之理的勤苦，最终实现的是在才性之自然中发现所"因"，由此才会有心会神融物我一体的意象，形质动荡、气韵飘然的境界。董逌《广川画跋》也有如此的阐发，《书伯时县雷山图》云：

> 伯时于画天得也。尝以笔墨为游戏，不立寸度，放情荡意，遇物则画。初不计其妍媸得失，至其成功，则无毫发遗恨。此殆进技于道而天机自张者邪？[③]

起初不立寸度、不计妍媸得失的反复揣摩研练，最终达到的便是"天机自张"，天机张而自我才性中相因相契者便与所思所研者贯通，创作由此无毫发遗憾。

---

① 邱炜萲：《五百石洞天挥麈》卷 10，《续修四库全书》第 1708 册，第 235 页。
② 韩拙：《山水纯全集》附，影印《文渊阁四库全书》第 813 册，第 327 页。
③ 董逌：《广川画跋》，同前。

由于积学、覃思之于妙悟实现的是自我天机的开放，所以陈隋之际佛学才有吉藏"生知妙悟"的论断。后人论画云"必俟天机所到"，但"天机由中而出，非外来者"①；论词云"天分高超，握笔神来"，但其"当有悟入处，非积学所到也"②。其所谓由中而来、非学所到并非否认人力覃思，而是说主体天机开启与否的钥匙在主体本身。这就是人力的功用，也是人力的限度，所以学者们所谓"人事极则天机自来相应"也便成为一个缺乏前提的判断，如果补充齐备的话应该这样表达：具备其天者，人事极则天机可与之相应。

综上诸论，所谓苦吟破的、所谓积学而悟、所谓艺而至道或者艺与道合等等，最终必须回归自我的文才禀赋。对于文艺神殿而言，苦吟是通达的津梁、是朝圣的敬畏、是虔诚的顶礼，但龙宫寂寥，毫无承诺。因为文艺之神并未高踞圣坛之上，而是蛰伏于真正才子的宿根仙骨之中。

---

① 布颜图：《画学心法问答》，王伯敏等《画学集成》（明—清），第496页。
② 查礼：《铜鼓书堂词话》，唐圭璋辑《词话丛编》，第1481页。

第　八　章

由才思至体调：文才的显象

　　文艺范畴的才体关系论是以体裁辨析为基础发展起来的。汉魏两晋之际的文体论主要围绕这一维度，附丽着得体、合体基础上主体才性基本特征的呈现。

　　从六朝的文笔之辨、唐代的诗笔之分，到宋元的诗文、诗词以及词曲本色当行的研讨，再到明清之际诗文区划的论述；从文须流连哀思、情灵摇荡，到诗道唯在妙悟、不涉理路、不落言筌的定位，再到吴乔的诗文酒饭之喻，文体愈辨愈精。这种辨析，明确了各体裁的独到特征，明确了不同体裁的表现手段，对不同体裁语言表现、所对应的格调有了更为详细准确的把握。

　　齐梁之后文人继承曹丕禀气论文的传统，在此前侧重才性向体裁、体制归依的理论基础上，开始将超越于体裁之上的文才创造视为核心的审美追求，文艺论体由此向风格、气象、风调拓展升华。才体论、才调论皆于此时建构完成，定体、定调意味着一个文人的创作进入了"文"的序列，一个文人"作者"身份的资格审查宣告通过，因此体调就是文才的显象。

　　对才与体、调各自深入的理解使得二者的关系也更加鲜明：才体之间的对应是以各自才调为基础的，有如此才调，便成就如此体格。从才之所能而言，偏长偏宜则必有偏短；从精力投入而言，执着于此必然窘迫于彼。所谓的兼能通才往往只停留在文人们相互扬诩的错觉之中，文学创作主体无论其选择什么文体、心仪什么风体，必须从自我的才性所宜出发，必须合乎自我的才调。

　　既然文才与文体具有一定的对应性，文才对体格气象有着核心的影响力，文人们于极我之才、铸我体格有着巨大的期待，其主体魄力由此获得激发：文学创作进入了"自然之恒姿，才气之大略"与"谐情合体、仿性纾才"的时代。

第一节　才体关系论的形成

　　就审美创作而言，文才发抒最基本的要求就是发而成体，以辨析文体源流、提炼文体特征、标举各体名篇为主要内容的文体论由此成为中国古代文艺理论的主要组成部分。才体关系建构的意义和目的就在于规划才思运行的基本方向，收拢文思的泛溢，凝定并落实情思意思，进而使作品如初生婴儿般成就其形体气象。才体关系论是依托文体论逐步完善起来的，其建构主要依循了以下两个维度：

　　其一是体裁辨析。汉魏六朝时期，在文才认知深化的同时，与其对应、相关的文学诸体辨析也逐步成为理论焦点。尽管文体辨析有着自己本于现实需要而发展的内在路径，但对禀赋才性认知的深化则使这种辨析得以日渐精微。

　　其二是风体的辨析。这方面的研讨发端于曹丕文气论，至《文心雕龙》论"体性"研"风骨"而完备。

　　以上两个维度，体裁的辨析是根本，风体的辨析是在体裁辨析基础上发展起来的，而且古代文艺理论言体，往往是风体附丽于体裁，二者难以离析。体裁之体是共性的要求，如同人体的骨骼架构；风体是个性的闪耀，类似人的风貌精神。古人对于审美之体一般的要求是：既能得乎体裁，又见自我面目。创作能符合相应体裁的内在规定，此为"得体"；自我才性于体裁之中能够充分呈现即标志着"成体"，这是一个文人之所以成为文人、作品之所以成为文学的基准性要求。至于才华横溢的文人纵其天赋，以求风度气采的激扬，就成鲜明而独到的风格体调，属于更高层次的标准，这一内容将在第三节讨论。

　　才体关系的成熟与魏晋六朝之际对文才的重视同步，其主观意图正是为了帮助作者更加正确地运用才、更加充分地发挥才的潜力。对各体裁特征的概括，近乎对其性之所在的认定，文人们由此可以结合自我才性确定所能与所宜。

一

"体"古作"體"，许慎《说文解字》云："总十二属也。""十二属"为何并未明言，段玉裁注云："今以人体及许书核之，首之属有三：曰顶，曰面，曰颐；身之属三：曰肩，曰脊，曰尻；手之属三：曰厷，曰臂，曰手；足之属三：曰股，曰胫，曰足。合说文全书求之，以十二者统之，皆此十二者所分属也。"① 也就是说，体的本义就是由首、身、手、足等十二部分所构成的总和，虽不属于生命的复原，但也可以得其大要。是人之为人、个体之所以为自我并与其他人又能互相区分的完整形态。这个体包融着主体的完整形质、气血性质。先民依据远取诸物、近取诸身的理念将其纳入哲学研思，审美理论言体便由此引申而来，《雅道机要》即云："体者，诗之象，如人之体象"②。后世体裁之体，即指对诸文类可以做出身份辨识的独到形质、特征的映像。

普泛意义的文体论肇始于体裁辨析。依据现存文献及学术研究成果，《尚书》"诗言志"可以视为体裁辨析的发端，至两汉已经初具规模。起初的辨析形式主要是对诗、赋二体单独的内涵认定，如《诗大序》论诗："诗者，志之所之也，在心为志，发言为诗。"如扬雄《法言·吾子》言赋："诗人之赋丽以则，辞人之赋丽以淫。"随后开始出现不同体裁的集中讨论，相关成果以蔡邕《独断》为代表，其主要贡献是对体裁做出了归纳总结，如出于皇帝者有制书、策书、诏书；出于臣下者有章、奏、表与驳议等等，继而概括了所论体裁的行文格式与传递体制。③

曹魏之际，曹丕《典论·论文》开始直接以"体"概括体裁，文章前有"文非一体，鲜能备善"之论，继而则论："夫文本同而末异，盖奏议宜雅，书论宜理，铭诔尚实，诗赋欲丽，此四科不同，故能之者偏也。唯通才

---

① 段玉裁：《说文解字注》，第166页。
② 陈应行：《吟窗杂录》卷17，第522页。
③ 参阅刘跃进《〈独断〉与秦汉文学研究》，《文学遗产》2002年第5期。

能备其体。"其中"体"即体裁的意思显而易见。曹丕既继承了蔡邕总论体裁，又进一步拓展了始于《尚书》、《诗大序》以及扬雄的体裁美学特征把握，展示了体裁研究的新格局。

"体"论至魏晋时代，其话语体系已经成熟，认知也更为系统清晰。以《文赋》为例，该文屡屡涉及文体，且所论之体较单独的体裁论已经有了新变，蕴含着建立在体裁基础上的基本美学风貌，但在"体有万殊"之后，即论"诗缘情而绮靡，赋体物而浏亮，碑披文以相质，诔缠绵而凄怆，铭博约而温润，箴顿挫而清壮，颂优游以彬蔚，论精微而朗畅，奏平彻以闲雅，说炜烨而谲诳"，十种常用体裁的罗列与其美学特征的凝练，说明陆机的论说基础依然离不开体裁。陆云《与平原书》以体论文也多是如此：

> 有作文惟尚多，而家多猪羊之徒，作《蝉赋》二千言，《隐士赋》三千余言，既无藻伟，体都自不似事。……兄往日文虽多瑰铄，至于文体，实不如今日。
>
> 《文赋》甚有辞，绮语颇多。文适多，体便欲不清。

以上主要研讨赋体，所谓"体都自似事"、"不体"等等，皆就言辞形式、表现体制与规模是否合乎赋这种体裁的审美要求而言。又曰："《九愍》如兄所诲，亦殊过望。云意自谓当不如三赋。情难，非体中所长，欲遍周流，云意亦为谓佳耳。"此"体"是就体裁之中专门言情一类而言的。又自道公宴赋诗苦思难得，"仓促退还，犹多少有所定，犹不副意。与颂虽同体，然佳不如颂。"《诗经》之中包含颂，因此这里称诗与颂同体，也是就体裁而言。陆云言体较陆机的深化之处是：他将不同的题材也纳入了体。

可见从魏晋开始，以体裁为主的文体关注成为文学批评的主流。其研讨呈现为三种形态：

形态一，概括体征。如从桓范《世要论》、陆机《文赋》至李充《翰林论》等，归纳了赞、表、论、铭、诗等诸多体裁，标定其基本内涵与特征，且所涉及的体裁也逐步拓展。

形态二，梳理源流、归纳演变。这种探讨以挚虞《文章流别论》为始，该书对诗、赋、七体、箴、铭、颂、哀辞、诔、碑等作了辨析，其中有着体裁特征更富理论意蕴和审美高度的凝练。如论诗："夫诗虽以情志为本，而以成声为节。"从声情并茂言诗。在凝练体征之余，又重在梳理体裁的源流以及体征衍革，如论赋："古诗之赋，以情义为主，以事类为佐；今之赋，以事形为本，以义正为助。情义为主，则言省而文有例矣；事形为本，则言当而辞无常矣。……夫假象过大，则与类相远；逸辞过壮，则与事相违；辨言过理，则与义相失；丽靡过美，则与情相悖。此四过者，所以悖大体而害政教，是以司马迁割相如之浮说，扬雄疾'辞人之赋丽以淫'。"①在今赋与古赋的对比中，提出赋当规避四过，实为赋这一体裁的标准所在，也具有一定的文体流变史意义。传为任昉著述的《文章缘起》也是此类作品，不仅标示每一种体裁的缘起，而且综录体裁的数量更为庞大。

形态三，兼综而论。及于《文心雕龙》，则以二十篇专门讨论各种体裁。其中各篇又包含了相应的具体分类，仅仅《书记》之中便包括书、记、笺、启以及谱、籍、簿、录、方、术、占、式、律、令、法、制、符、契、券、疏、关、刺、解、牒、状、列、辞、谚等等。其对各种体裁的辨析采用了统一的规则，即其《序志》篇所云之"原始以表末，释名以章义，选文以定篇，敷理以举统"。具体说来，即梳理体裁的流变，阐释各种体裁的名称及命名所包含的意义，以相关体裁的名篇来说明这种体裁所具有的核心特征，提炼各种体裁的基本特征及写作要求。较之此前对体征、源流的简单概括梳理，这种体裁研究自可谓之兼综。

在具体体裁研究之外，六朝文学理论界重视文体论还有一个显著标志：即文笔之辨的兴起。文笔之辨是早期体裁辨析的一个升华，它从简单的体裁区分、体裁审美特征总结延伸到了体类审美规律的深究。萧绎《金楼子·立言》如此定位文笔："不便为诗如阎纂，善为章奏如伯松，若此之流，泛谓之笔。吟咏风谣，流连哀思者谓之文。""笔退则非谓成篇，进则不云取义，神其巧惠，笔端而已。至如文者，维须绮縠纷披，宫徵靡曼，唇吻遒（适）会，情灵摇荡。"②萧绎继承了王充对经生文士的区划，但较之更深入一步，对文士之中从事艺术审美性创作者与擅长实用写作者进行了分辨，而

---

① 严可均：《全晋文》卷77，见《全上古三代秦汉三国六朝文》，第1905页。
② 许逸民：《金楼子校笺》，第966页。

分辨的依据集中于二者关涉体裁的审美特征不同：文源自情感，讲究声情并茂，文辞优美；笔则取明事明理却非理义著作，仅仅从文辞之上表现一些藻饰，但不求成篇尽皆如此。从单独的体裁至体裁的类型，体裁基础上的文体辨析至此可以说已经达到了相当高度。

从动因考察，文学体裁的辨析不仅仅是为学术而学术的立言之举，更多的是呼应文学实践提出的要求，呼应文艺思潮之中的一些焦点问题。因此，始于汉魏的文学辨体，并非局限于体裁的归类以及特征的把握，而是逐步将关注视野扩大到了主体才性与体裁的关系上。早期最突出的代表就是曹丕的《典论·论文》。

曹丕是从"文人相轻"现象引出相关讨论的。他首先推出"文人相轻，自古而然"的论断，随之举班固蔑视同样多能的傅毅，讥其"下笔不能自休"；又举建安七子，道其"于学无所遗，于辞无所假，咸以自骋骥騄于千里，仰齐足而并驰"，彼此难以相服。为什么班固轻视伯仲之间的傅毅？为什么建安七子难以彼此相服？曹丕发现了原因所在："夫人善于自见，而文非一体，鲜能备善。是以各以所长相轻所短，里语曰：'家有敝帚，享之千金'，斯不自见之患也。"文体众多，要求不一，才性各有局限的主体无法兼能本是显见的道理，但文人们以其所长讥人所短，"文人相轻"便由此产生。追溯这种现象更深层的原因，曹丕将其归结于未能真实客观地审视自己。他认为："盖君子审己以度人，故能免于斯累。"其中"审己度人"之"己"与"人"不是随意的指称，结合随后的论述，二者鲜明地指向创作主体彼此的个人才性。明了个体的才性所偏、才之所能所宜，明了众多文体有着各自不同的要求与规范，才可以客观看待自己，公平认识他人。因此我们可以说，才体关系，至此已经有了初步的建构。

曹丕有关才体关系的理论大致包括两个方面：其一即上面涉及的才性对体裁的限定；其二表现为主体才性的敏迟、清浊通过艺术手段可以实现在这个体裁之中的基本现身，此为风体。二者是一个融合的系统，不可析分。所以在"文非一体，鲜能备善"等体裁之论以后，曹丕便把论述视点转移至才性与风体的关系：

　　文以气为主，气之清浊有体，不可力强而致。譬诸音乐，曲度虽均，节奏同检，至于引气不齐，巧拙有素，虽在父兄，不能以移子弟。①

"气"是创作主体的"气质"，出于禀赋，有其分量，不可更易，不可传习，实则就是才性，是早期典型的以禀气论才性思想的体现。禀气如此的规定性成就各自之"体"，这个主体之"体"对应着不同的文学体裁的审美需求，进入作品便能够赋形为不同的与本然之气对应的风体，禀气之体、体裁之体、风体之体三者在审美意义上有着统一性。

在才体关系建构中，《文赋》同样也是以体裁论兼容着风体之论。陆机全文共计论述了十种体裁，但在论述之前，作者首先状写了文才所能、才性所偏："体有万殊，物无一量，纷纭挥霍，形难为状。辞程才以效伎，意司契而为匠。在有无而黾勉，当浅深而不让。虽离方而遁照，期穷形而尽相。"其中"辞程才以效伎，意司契而为匠"的"才"、"意"，即为主体的才性、心意，二者之间最终以才性为根本依托，经由才思具化为意思。本节文字的阐释以钱谦益最得其实：

> 古今论文者，取则于陆平原之《文赋》，其所谓"体有万殊，物无一量，辞程才以效伎，意司契而为匠"者，已苞举文章之能事。而后区分其体，自诗赋以迄于铭说，列为十科。其意曰：文以万变为极，意以寸心为匠。用以为诗，则为缘情绮靡；用以为赋，则为体物浏亮云耳。故申言之曰：其为物也多姿，其为体也屡迁。譬音声之递代，若五色之相宣。此文章之准的，所谓造车合辙也。②

所论包含了以下意思：文章能事决定于创作者的文才，或者体现于对一种体裁的优长；或也可体现为文才在不同体裁中的贯彻：为诗而尽绮靡之能，得诗之体裁，呈绮靡之风体；为赋尽浏亮之能，得赋之体裁，呈浏亮之风体。且要做到"当其为赋也，不知有诗；当其为诗也，不知有文；当其为记论

---

① 曹丕：《典论·论文》，严可均辑《全三国文》卷8，见《全上古三代秦汉三国六朝文》，第1098页。下同，不另注。

② 钱谦益：《四照堂文集序》，《牧斋杂著》，第517页。

诸文也,不知有诗赋"。如此不融杂,文才不仅能够见乎不同体裁,同时可以于各体裁之中发见自我的风貌,这是"辞程才以效伎,意司契而为匠"所实现的境界。才与体裁关系的论述之中,因此涵盖着主体风貌的基本呈现。

综上可见,以才与体裁关系为基础的才体关系在魏晋之际已经完成了建构。而才体之间的关系建构,是以把控主体才思运动、创作出如生命体般成型的作品为目的的。体裁的规范、风体的透显统一于一个完整的创作过程,最终凝聚为"体":作品切合体裁规范便为"得体"或"不失体";如此其中再能够浸染出主体本然体性色彩便是"有体"或"成体"。创作抵达如此境地,其作品方可称为具有审美品质的文学,其作者方可称为文人、才士或作家。正如《颜氏家训·文章》云:"自古执笔为文者,何可胜言。然至于宏丽精华,不过数十篇耳。但使不失体裁,辞意可观,便称才士。要须动俗盖世,亦俟河之清乎!"执笔为文之人不可胜数,但未可皆以"才士"命之,只有达到"不失体裁,辞意可观"标准者方可享此殊荣。如此的标准当然也仅仅是一个基准,与"宏丽精华"者尚有霄壤之别,但已非一般文士可以企及。这个"体裁"保持了后世体类意义定型之前的本义:经过裁制而能合乎度数,是对体裁与其所兼主体风貌的概言。①

二

魏晋六朝之后,从体裁维度对"体"的辨析日益深化,出现了宋与明清三个理论高峰。而这种辨析,最终都归结于才体关系的认知。

(一)宋代,体裁辨析的高峰之一。宋代对诗文、诗词差异性的讨论是以唐代理论界的探索为基础的。唐代文人从广泛的文、笔差异究察进一步聚焦于同属"文"这个范畴之内的诗歌、文章两种体裁,诗文相异的命题由此诞生。柳宗元《杨评事文集后序》云:

> 作于圣故曰经,述于才故曰文。文有二道:辞令褒贬本乎著述者
> 也,导扬讽喻本乎比兴者也。著述者流,盖出于书之谟训,易之象系,

---

① 王利器:《颜氏家训集解》,第257、267页。

春秋之笔削，其要在于高壮广厚，词正而理备，谓宜藏于简策也。比兴者流，盖出于虞夏之咏歌，殷周之风雅，其要在于丽则清越，言畅而意美，谓宜流于谣诵也。①

诗文二者：其源不同，其用有异，其美学特征有别。宋代文人对"诗文相异"这个命题重新反思，形成以下两个基本观点：诗文合一与各有本色。

其一，强调诗文合一。所谓诗文合一是指诗歌、文章皆为"文"，其本质特性没有太大区别。如沈括批评韩愈诗歌为押韵之文，吕惠卿反驳道："诗正当如是，我谓诗人以来未有如退之者。"② 林景熙明确提倡诗文如一："盖诗如其文，文如其人也。近世剽窃声响，窃蚓争喧，自谓能诗而不本于吾文，以文其所不能，至裂诗文为二途，而不知归一也。岂有拙于文而工于诗哉？"③ 这当然不是权宜之论，其《郑中隐诗集序》也表达了同样的观点。宋末方凤更是将诗文能否一体视为诗歌创作成功与否的关键："唐人之诗，以诗为文，故寄兴深，裁语婉；宋朝之诗，以文为诗，故气浑雄，事精实。四灵而后，以诗为诗，故月露之清浮，烟云之纤丽。"④ 在这些文人眼中，诗能如文，不仅是大家之所以成为大家的关键，也是成就一代文学盛业的主因。

其二，强调本色当行。诗文而论本色当行始于陈后山，《后山诗话》云："退之以文为诗，子瞻以诗为词，如教坊雷大使之舞，虽极天下之工，要非本色。"⑤《五总志》又载其"少陵不合以文章似吟诗样吟，退之不合以诗句似做文样做"的快评⑥，折服了当时为少陵拙于文、退之窘于诗而莫衷一是的众文人。宋人对诗文当守本色当行的论述分别从正反两方面展开，先看正面的探讨：

从诗歌之"道"言之。如严羽所云，"禅道在妙悟，诗道亦然。惟悟乃

① 柳宗元：《柳河东集》卷21，第371页。
② 魏泰：《临汉隐居诗话》，何文焕辑《历代诗话》，第323页。
③ 林景熙：《顾近仁诗集序》，《霁山文集》卷5，影印《文渊阁四库全书》第1188册，第752页。
④ 方凤：《仇仁父诗序》，《存雅堂遗稿》卷3，影印《文渊阁四库全书》第1189册，第543页。
⑤ 陈师道：《后山诗话》，何文焕辑《历代诗话》，第309页。
⑥ 吴坰：《五总志》，影印《文渊阁四库全书》第863册，第809页。

为当行，乃为本色"。从诗歌的审美意味言之，"凡为诗当使挹之而源不穷，咀之而味愈长。至如永叔之诗，才力敏迈，句亦健美，但恨其少余味耳"①。从创作主体的规定性言之，诗必诗人方可为：

> 诗非文比也，必诗人为之。如攻玉者必得玉工焉，使攻金之工代之琢，则窳矣。而或者挟其深博之学，雄隽之文，于是欔其伟辞以为诗，五七其句读，而平上其音节，夫岂非（疑衍文——作者注）诗哉！②

诗有诗道，有着独到的审美追求，这种审美追求既成就诗歌的面目，也规定着作者的才性。所谓本色当行，就是从正面为诗、文正名，落实属于其各自本体的法、理及审美要求。

再看从反面对混淆文体甚至破体者的批驳。黄庭坚云："诗者人之情性也，非强谏争、廷、怨忿诟于道、怒邻骂座之为也。"③《沧浪诗话·诗辨》云："近代诸公乃作奇特解会，遂以文字为诗，以才学为诗，以议论为诗。夫岂不工，终非古人之诗也。"此论承其禅悟及本色之论以后，是对宋代文坛背弃诗体本然者的批判。刘克庄则从诗文不同又引申出文人、诗人不同的论断，其论述正是从宋诗之弊引发的：

> 唐文人皆能诗，柳尤高，韩尚非本色。迨本朝则文人多，诗人少。三百年间，虽人各有集，集各有诗，诗各自为体，或尚理致，或负材力，或逞辨博，少者千篇，多者万首，要皆经义策论之有韵者尔，非诗也。自二三巨儒及十数大作家俱未免此病。④

文中与"诗人"对立的"文人"侧重于文笔之"笔者"，其诗歌融经义策论体式于其中，以为分行设韵、激昂音节即可，违背了诗的本色。诗、文二

---

① 胡仔：《苕溪渔隐丛话》前集卷18引《隐居诗话》，第119页。
② 杨万里：《黄御史集序》，辛更儒《杨万里集笺注》卷79，第3209页。
③ 黄庭坚：《书王知载朐山杂咏后》，《山谷集》内集卷26，影印《文渊阁四库全书》第1113册，第277页。
④ 刘克庄：《竹溪诗序》，《后村先生大全集》卷94。

体本质的不同提醒世人："文人"与"诗人"的主体素养需求有别，如同玉工与金匠，虽各极其能却不可更替。

以上讨论集中在诗文二体。诗文之外，宋代最引人瞩目的辨体还有诗词之辨，相关理论以李清照的《词论》最具代表性，她依据"诗文分平侧，而歌词分五音，又分五声，又分六律，又分清浊轻重"，批评苏轼等大家所作歌词"皆句读不葺之诗尔"，并以词"别是一家"相警示。① 尽管胡仔以为李清照自负词学，如群儿撼树、不自量力，但对诗词差异性的关注，实则维护了体裁的纯洁。

（二）明代于文学体裁辨析的回潮。其时体裁辨析仍以诗文为主，且析别日益完密细致。其核心观点集中于以下论述：

其一，诗文之间，诗要依托意象，文则不然，此为核心差异。李梦阳云："夫诗，比兴错杂，假物以神变者也。"② 其比兴假物正是就意象或兴象而言。

其二，诗文之间，诗发乎情，文源乎事。张佳胤从诗文的依托资源入手分析：

> 乃至歧诗与文而对称之，则未有兼出媲美者，何也？诗文之用异而气不完备也。诗依情，情发而葩，约之以韵；文依事，事述而核，衍之以篇。葩不易约，而核不易衍也，于其体固难之。葩与核左而不相为用也，则又工言者之所不易兼也。③

诗要凝聚，文需曼衍，各自皆不易为。如果以艳发之笔为详核之文，或者以事理之质为风韵之诗，笔性恰恰相反，因而更难有成。

其三，诗文之间，气象、风貌、体格不同。许学夷云："诗与文章不同，文显而直，诗曲而隐。"④ 胡应麟云："诗与文体迥不类：文尚典实，诗

---

① 胡仔：《苕溪渔隐丛话》后集卷33，第267页。
② 李梦阳：《缶音序》，《空同集》卷51。
③ 张佳胤：《李沧溟先生集序》，《沧溟先生集》附，包敬第标校，上海古籍出版社2014年版，第840页。
④ 许学夷：《诗源辨体》卷1，第4页。

贵清空；诗主风神，文先理道。"① 文章诗歌直、隐与实、空的区分在今天看来并不切当，但当时论文多指向实用性较强的文体，其与诗歌对比，大致存在这种差异。谭元春则云："文如万斛泉，不择地而出；诗如泉源焉，出择地矣。文行乎不得不行，止乎不得不止；诗则行之时即止，虽止矣，其行未已也。文了然于心，又了然于手口；诗则了然于心犹不敢了然于口，了然于口犹不敢了然于手者也。"② 文有文道，诗有诗法，诗为行与不行、尽与不尽的统一，而文则能行则行，能尽则尽。

其四，诗文之间，文是言之成章者，诗在成章之余还是声情的产物。李东阳云：

> 夫文者言之成章，而诗又其成声者也。章之为用，贵乎纪述铺叙，发挥而藻饰；操纵开阖，为所欲为，而必有一定之准。若歌吟咏叹，流通动荡之用，则存乎身（一作声），而高下长短之节，亦截乎不可乱。③

《麓堂诗话》将诗歌这种与文迥异的特征提炼为"诗在六经中别是一教，盖六艺中之乐"的卓越论断。④ 诗文依据音乐性质被判然二分。

其五，诗文之间，文字要求不同。江盈科《雪涛诗评》有"当行"一条，专论诗文文字不得混淆：

> 诗自有诗料，着个文章字不得。试看唐人诗句，何一句一字非诗？近时文人用文笔为诗，敷畅曼衍，譬如缙绅先生剽窃雅致，纶巾深衣，打扮高士装束，终有轩冕意思在。深于诗者，自能辨之。⑤

诗歌对语言的讲究明显要复杂于文章，意旨以外，清浊、飞沉、抑扬、平仄

---

① 胡应麟：《诗薮》外编卷 1，第 125 页。
② 谭元春：《东坡诗选序》，《谭元春集》卷 22，第 597 页。
③ 李东阳《春雨堂稿序》，《怀麓堂集》卷 63，影印《文渊阁四库全书》第 1250 册，第 653 页。
④ 李东阳：《麓堂诗话》，丁福保辑《历代诗话续编》，第 1369 页。
⑤ 江盈科：《雪涛诗评》，《江盈科集》，第 822 页。

等等皆在考量范围之内。

（三）清代体裁辨析的深入与"文体互妨"论的阐发。清代体裁辨析继承了明代文体论雄厚的研究基础，具有一定的集大成性质，诗文、曲词等皆有涉及，尤其明代文学批评涉及较少的诗词之辨明显增多。

首先是诗文领域的辨析得到进一步深化，尤其王夫之的五言之论，阐幽发微，具有极强的艺术哲学品位。王夫之曾痛诋庾信五言非体，又承杨慎批评宋人诗史之论，其着眼点同样在于诗文相异，而诗史论正是以文为诗的代表形态之一。《古诗评选》中借表彰周弘正诗讽谏婉约，指出唐宋之诗"以章疏入讽咏，殊无诗理"；假赞誉徐陵排律高朗冲秀，批评大历以下排律疏宕，"多郎当敷衍，密者如启如赞，疏者如论如说，风雅之道，坠失无遗"。其结论由此便落实于五言诗不当等同于文章之道：

> 文章之道，各自有宜。典册檄命，固不得不以爽厉动人于俄顷，若夫絜音使圆，引声为永者，自藉和远幽微，动人欣戚之性。况在五言，尤以密节送数叠之思；矧于近体，益以简篇约无穷之致。而如建瓴泻水，迅雷破山，则一径无余，迫人于口耳，其余波回嶂，岂复有可观者哉？[①]

典册檄命等可以慷慨抑扬，施其亢爽气格；但五言诗歌旨在幽微动人，以柔厚婉约为长技，建瓴泻水、迅雷破山、一径无余皆非其体。

清代体裁辨析的重要贡献之一就是"文体相妨"论的提出。这个命题从基本的诗文辨析推衍至更为广泛的体裁，关注点由体裁切入，但却更多落实于主体才性的所宜所能。"文体相妨"从李杜韵文长而散文不显、曾巩能文不能诗等现象中概括而出，其理论总结当发端于江盈科："从古以来，诗有诗人，文有文人。譬如斫琴者不能制笛，刻玉者不能镂金，专擅则独诣，双骛则两废。"[②] 汪琬于此有细致的申说：

---

① 王夫之：《古诗评选》卷6，第853、856页；《唐诗评选》卷3评高适五律，第1008页。
② 江盈科：《雪涛诗评》，《江盈科集》，第804页。

学至于辞章，疑若稍易，而世之文士终其身惫精竭神于中，卒未有造其全者。杜子美之诗，举世宗之，号为集大成矣，而无韵之言辄不可读。苏明允、曾子固皆不长于诗，子瞻之于诗若文，雄迈放逸，其天才殆未易几及，而倚声为小词则不如周、秦远甚，觉犹轮人不能造弓，圬人不能操斧斤以斫栌橡也。惟其惫精竭神于一艺，夫然后可以尽其变而入于神且化，所谓艺之至者不两能。①

汪琬强调了兼能之难，肯定了艺不独则不善的事实。袁枚随后畅此意旨，以为"人必有所不能也，而后有所能。世之无所不能者，世之一无所能者也"②。其中文体之间的此长彼短便被视为"相妨"。后人在这种内涵上再作生发，以为诸体之间，尤其文与诗更为相妨。

从魏晋至明清的文体论析，在具体的体裁内涵界定、体裁及体类美学特征的提炼之余，都不约而同地将文体论的探究与文学创作主体的才性建立了关系。

言体而论及才性，主要是就才情气禀各有其偏而言的。但以文艺之才为论，即有"口才"、"笔才"③，又有"书性过人"者④、"性别商宫"者⑤。《世说新语·排调》又载："魏长齐雅有体量，而才学非所经。初宦当出，虞存嘲之曰：'与卿约法三章：谈死，文笔刑，商略抵罪。'魏怡然而笑，无忤于色。""谈"为清谈，"文笔"是诗文创作，"商略"一般认为属于品鉴评议范围。⑥ 魏长齐之才偏于以上三端，近乎艺文而疏于学术。虞存意存讥讽，并以此炫耀自己于学术的偏能，但同时又显然从反面对文士们发出了如下警醒：性分无其偏宜，则难以于文艺殿堂中登堂

① 汪琬：《愿息斋集序》，《尧峰文钞》卷 29，影印《文渊阁四库全书》第 1315 册，第 495 页。
② 袁枚：《答友人某论文书》，《袁枚全集》第二册，第 318 页。
③ 《世说新语·文学》注引挚虞、太叔广："广长口才，虞长笔才，俱少政事。众坐，广谈，虞不能对；广退，笔难广，广不能答。"按：言辞能力是古代文士修养的重要构成，先秦诸子多有论及"说"者，韩非子《说难》为其代表。东汉处士清议、魏晋玄学清谈，皆为其推衍。言辞能力与文学关系密切，早先言文一体，口说与笔录大体一致；玄学清谈之口义，见诸笔端即文章。当然，后世言文分离，言辞与文笔之间逐步出现隔膜，但其于创作的影响依然巨大。所以这里将口才之论纳入艺文理论研讨。
④ 王羲之：《笔势论》，王伯敏等编《书学集成》（汉—宋），第 30 页。
⑤ 《宋书》卷 69《范晔传》，第 6 册，第 1830 页。
⑥ 张万起、刘尚慈：《世说新语译注》，中华书局 1998 年版，第 815 页。

入室。

具体到历代体裁之论。《文心雕龙·体性》集以"体"论文之大成。其"体性"之"体"即为文章形貌，"性"即个体才性。[①] 这个形貌是由客观的体裁特征与主体才性所宜共同铸就的，"体"因"性"成。前文所论及的刘克庄诗人文人不同论、李清照词别是一家论等最终皆与主体的才性精神达成了默契。

明清文人的文体论于此认知与表达则更为清晰直接。李东阳《沧洲诗集序》称"诗之体与文异"，继而从体裁的相异追溯及主体才性："故有长于记述，短于吟讽，终其身而不能变者。"以诗歌为例："盖其所谓有异于文者，以其有声律风韵，能使人反覆讽咏，以畅达情思，感发志气，取类于鸟兽草木之微，而有益于名教政事之大。必识足以知其深奥，而才足以发之，然后为得，及天机物理之相感触，则有不烦绳墨而合者。"论诗不同于文，最终体现于创作主体能否"识足以知其深奥，而才足以发之"[②]。邓云霄《冷邸小言》中有以下问答：

> 问：能文者多不能诗，何也？曰：打铁手那堪绣花？
> 问：能小词者诗反稚弱，何也？曰：婢那可作夫人？[③]

同样从体裁之异追溯到主体才性的偏长。黄廷鹄也是如此：

> 诗与文异体，不可相兼。匪独其体殊也，即其人亦殊焉。诗人自有个中一种气韵。其笑言神态、饮食梦寐，无非是诗者。甚者为驲（原文为"怡"，疑误——著者）为畸而不可为俗子，为轻为狂而不可为学究，为穷为悴而不可为至宝丹。如松泉之吻与烟火之肠，盖别矣。[④]

---

① 詹福瑞先生综合黄侃、陆侃如、牟世金、王元化、郭晋稀、张少康、郭绍虞、周振甫、钟子翱、黄安祯、王运熙、杨明、詹锳等先生的论述，将体的解释最终认同作"体貌"——以体裁为基础，由个体才气学习所呈示的创作风貌。参阅《中古文学理论范畴》，河北大学出版社1997年版，第183页；黄侃《文心雕龙札记》，第96页。

② 李东阳：《怀麓堂集》卷25，影印《文渊阁四库全书》第1250册，第268页。

③ 邓云霄：《冷邸小言》，吴文治主编《明诗话全编》，第6431页。

④ 黄廷鹄：《诗冶序》，吴文治主编《明诗话全编》，第7699页。

由诗文之别，推衍至诗人才性之"别"。江盈科《雪涛诗评》列有单独的"诗文才别"一条，首言"诗有诗人，文有文人"。由诗人文人才别，作者随之论述的恰是"诗有诗体，文有文体，两不相入"。这已经是鲜明的才体关系逻辑。作者随之再演其义，从诗文不同而言："为诗者，专用诗料；为文者，专用文料。如制朝衣，须用锦绮；如制衲衣，须用布帛，各无假借。"而这种体裁之异并非文人们随便调整一下文思、换一副笔墨就可以了结的，因为"笔力一定，更难改易"①。体裁之论最终同样落实于禀赋文才。

论文学体裁、文学体类最终皆归结于才之所能所宜，这种内在的对应是才体关系理论的核心内涵。对应之中，体裁对应是基本规约，进而主体才情气质又必然渗透其中。

才思抒发以成体为目的。但是，并非任何一个文人随意的附庸风雅皆可成体，成体对于创作主体而言有一个审美前提，那就是具备才调。

第二节　才调关系论的形成及调在
六朝以后的美学意义定型

才虽本于自然，各有其分量偏长，但却并非是一种超然的独立能量，它沉潜于情思、气质、学识之中，内化于本然的生命活力，并外显为一种统一的生命韵调，这就是才调。美学意义的才调在核心指向主体依托其才、能够成就统一风调的同时，也兼指主体富有具才成象的禀赋。才调说发皇于魏晋六朝，本源自中国审美传统对"和"的追求，是礼乐文化以及音乐艺术影响的产物，玄学思想引领下的魏晋风度、六朝风流崇尚是其成熟的关键。

一

"和"的审美理想与调的音读、意蕴拓展。音乐自其肇始之际，乐调便客观存在。就中国古代音乐而言，这个历史可以追溯到《尚书》记录的久远时代。但是，两汉之前的文献涉及乐调却几乎不以今日之"调式"或

---

①　江盈科：《雪涛诗评》，《江盈科集》，第804页。按：《雪涛诗评》早见于明代潘之恒等刊《四小书》，其中诗评已有标题。参阅《江盈科集》附录。

"调"相称，而是以宫、商、角、徵、羽五声及其与十二律吕的关系代称（黄钟、大吕、太簇、夹钟、姑洗、仲吕、蕤宾、林钟、夷则、南吕、无射、应钟，其中单数为阳称律，双数为阴称吕，故称"十二律"，也称"十二律吕"，相当于后世的十二个基准音）。如《孟子·梁惠王下》云："'为我作君臣相说之乐'，盖徵招、角招是也。"《史记·刺客列传》载高渐离击筑荆轲和歌，为"变徵之声"。以上三者，即徵调式、角调式与变徵调式。他如《周礼·春官·大司乐》"黄钟为宫、大吕为角、太簇为徵、应钟为羽"等，实则是指黄钟宫调、大吕角调等。① "调"的本义为"和"，即后世之"调和"。早期文献对"调"的运用，从音到意，无论饮食还是天时、人事、音乐，基本都是对"调和"之调（徒辽切，二声）的贯彻落实。调式之调音（徒钓切，四声）肇发的具体时间无法确定，大致战国时期应当有了易动的征兆，其基本普及在西汉之后，与"调动"之调的音读扩散相关，是调和之调（徒辽切，二声）的音意发展。因此，探究才调论的衍生历程，必须从调和之调说起。②

许慎《说文》释"调"为"徒辽切"，其意为："调，龢也。从言，周声。"段玉裁《说文解字注》："龢各本作和，今正。龠部曰：龢，调也。与此互训。和本系唱和字，故许云相应也。今则概用和而龢废矣。"调之音为调节之调，其意为和，故而调、和互训，《说文》训和为"相应"，因此调亦有相应之意。《说文》作于东汉中后期，可见其时关于"调"字理解的主流趋向。考以东汉之前的文献，也印证了以上结论。

就现存文献而言，《诗经·小雅·车攻》中的"决拾既饮，弓矢既调"是较早的有关调的运用，朱熹集传云："调读如同，与同叶。""调谓弓强弱与矢轻重相得也。"③ 其意正是适合、相和。及乎春秋战国之际，调的运用

---

① 参阅王力主编《古代汉语》，中华书局 1963 年版，第 854—860 页。

② 关于调"徒钓切"的音读，依照切音的基本规则，取第一个字的声母、第二个字的韵母拼合，则为"tiao"（四声），这与今天音调的"diao"（四声）似乎仍然不同。实则这里关系到一个古代反切的基本规律：由于中古的平声现在分化为了阴平与阳平，由此引发了一些汉字音读的变异，如"徒"是中古的浊声字，它切出的仄声字应是不送气的，于是所切出的声母也便是"d"。其他诸如"惰"（徒卧切）、"淡"（徒敢切）、"独"（徒古切）皆是如此。参阅高永安《兼顾学术性与通俗性——〈反切〉评价》，《中国社会科学报》第 7 版；谢纪锋《反切》，商务印书馆 2012 年版。

③ 朱熹：《诗集传》卷 5，《四书五经》，第 566 页。

大幅度增加，其意义主要集中于调和，这从以下几个方面可以充分体现：

起初之调为饮食调和。如《国语·郑语》："是以和五味以调口，刚四支以卫体，和六律以聪耳。"①《墨子·节用》："不极五味之调，芬芳之和。"②

以饮食调和为基点，进而推衍引申至天地调和。如《墨子·天志》："四时调，阴阳雨露也时。"③《庄子·在宥》："六气不调，四时不节。"《天运》："一清一浊，阴阳调和。"④

进而引申至政治人事调和。如《管子·五辅》："中正然后和调，和调乃能处安。"⑤《墨子·兼爱》："父子不慈孝，兄弟不和调。"《节葬》："上下调和"⑥。

又有生命之气的调和。成书于战国晚期的《黄帝内经·素问》，其论题之中就包括《四气调神大论》、《逆调论》、《调经论》。全书以阴阳二气调和为基础，涉及内外调和、脉络调和、气血调和、形气调和等等，以调和为医道根本。

音乐而论调和，是中华传统如此"和合"文化的具体演绎，也是传统礼乐文化的精神归趋，这在春秋时期已经普及。诸如《墨子·非乐》："惟勿撞击，将必不使老与迟者……声不和调。"⑦《管子·宙和》："夫五音不同声而能调。"《五行》："五声既调，然后作立五行。"⑧ 以上论乐皆以调和为美，鼓琴、鼓瑟之所以在其时被称为"调琴"、"调瑟"，其根源便在于以调和调适为追求，因此荀子又有"调竽"之说。战国诸子之中，荀子于天道、人事、政治皆以"调而不流"为至美，且已经将和调视为了礼乐文化的命脉，所以说："恭敬，礼也；调和，乐也"⑨。可见随着以调论乐的普及，关

---

① 徐元诰：《国语集解》，第 470 页。
② 孙诒让：《墨子间诂》卷 6，孙启治点校，中华书局 2001 年版，第 164 页。
③ 孙诒让：《墨子间诂》卷 7，第 201 页。
④ 郭庆藩：《庄子集释》，第 386、502 页。
⑤ 黎翔凤：《管子校注》卷 3，第 198 页。
⑥ 孙诒让：《墨子间诂》卷 4，第 101 页；卷 6，第 179 页。
⑦ 孙诒让：《墨子间诂》卷 8，第 254 页。
⑧ 黎翔凤：《管子校注》卷 4，第 211 页；卷 14，第 865 页。
⑨ "调竽"之说见于《荀子·正名》："声音清浊、调竽奇声以耳异。"又：《荀子》一书于政治人事用"调"尤为密集，如《儒效》："大儒者善调一天下者也。"《王制》："和解调通"及"兼覆而调一"。《富国》之"忠信调和"、"和调累解"、"轻其任以调齐之"、"其卿相调议，是治国已"等等。

于调的审美认知也得到了同步的提升。

在以上调和意蕴的建构过程中，"调"的音读也孕育着变化。《庄子·徐无鬼》所谓"改调一弦"，唐人陆德明《经典释文》以"改调"之"调"为"徒吊反"，且云"注皆同"①。这是从音读上较早对才调之调的认定。但是，作为唐代文人评估战国文献，这个结论有些事后追认的意味，可靠性因此值得怀疑。如《淮南鸿烈·泛论训》云："故圣人所由曰道，所为曰事。道犹金石，一调不更；事犹琴瑟，每弦改调。"高诱注云："金石，钟磬也，故曰调而不更。琴瑟，弦有数急，柱有前却，故调事亦如之也。"② 钟磬主音凝定，不必改易，而琴瑟其弦有急缓，其柱有后前，必须因其所宜所需而随机调事方得其和。同是"改调"，东汉文人便解作"调事"，依然延续了调和的音意。但此处的"一调不更"、《说林训》中之"趋舍相合，犹金石之一调"、"譬若黄钟之比宫、太簇之比商，无更调焉"等处，其"调"皆近才调之调的音读，而黄钟比合宫即黄钟宫、太簇比合商即太簇商，皆为调式之意。他如司马相如《长门赋》之"援雅琴之变调兮，奏愁思之不可长"，六臣翰亦注为"变常调以奏愁思之曲"；且"可长"之"长"为平声，从赋的基本规律而言，上一句相对应的"变调"当为仄声，因此这个"调"更接近读为才调之调。可见战国秦汉之际，有关调的音读变化尚处于一个游移两可并不明晰的阶段。

而其时乐理向政事人道的浸淫，推动了两汉之际礼乐传统本然的政教、音乐深层互动，调和之"调"在音乐领域长期运使涵蓄所积累的势能，促进了以调和为目的的乐器调试、改弦更张等具体的乐理意义向政治人事的扩散，于是"调"开始介入官员迁转的描述。以此为契机，其音读也在调和之调（徒辽反）的基础上，实现了出才调之调（徒钓反）更为明确而日渐普及的运用，才、调也分别于乐内乐外开启了关系建构的历程。

这种转移在《史记》中已见其端倪。如言物质人员的调敛，《秦始皇本纪》有"当食者多，度不足，下调郡县转输"之说，唐代张守节正义曰："调，田吊反，谓下令调敛也。"《平准书》中"关中不足，乃调旁近郡"

---

① 黄焯：《经典释文汇校》卷28，中华书局2006年版，第804页。
② 刘文典：《淮南鸿烈集解》，第429页。

的"调"与其一致，虽然意义音读皆有了变异，但未脱离调整彼此有无以求其平和的本义。而《袁盎晁错列传》则开始出现了后世人员调动、调度的用法："盎亦以数直谏，不得久居中，调为陇西都尉。"集解引如淳曰："调，选。"① 此间之"调"，同于《汉书·张冯汲郑传》张释之"事文帝，十年不得调"之"调"，唐人颜师古曰："调，选也，音徒钓反。"② 即官职的调选。顾炎武对如淳"选"的训释提出了商榷："此今日调官字所本。调有更易之意，犹琴瑟之更张，乃调也。如淳训为选，未尽。"钱大昕又对顾炎武的商榷提出了批判："调字当从如淳训。唐人初任皆云调，见于史传，不胜枚举。宋时尚有'常调官好做'之谚。'常调'犹言常选此，明人始有改调之例，里俗相沿，不可以解《汉书》。"③ 钱大昕从古今官制的历史考究，细辨举、荐、调、选的差异，并由此否认顾炎武的结论。事实上，顾炎武之意并不在此，他以"更易"言调首先是建立在对本节文字内容准确把握上的，正因为意义的准确把握，颜师古等唐人的音读也使人祛除了以后解先的疑虑：

首先，袁盎本来就任职于朝中，勤勉有为，如此人才不仅未得擢拔反而因直言进谏遭至边远之地，如此与标榜拔乎其萃的"选"自然略有不同。

其次，顾炎武这个结论又有着文字训诂以及语意源流考究的支撑。调从调和而至言官之迁转，其关键在于琴瑟调试改弦更张之理的普及化运用。改弦更张之理在先秦就有了明确的文献描述，如《庄子·徐无鬼》就有"改调一弦"之说。董仲舒亦曾言："窃譬之琴瑟不调，甚者必解而更张之，乃可鼓也。"④ 又如东汉马融《长笛赋》云："若纽瑟促柱，号钟高调（徒辽反）。"⑤ 通过更张或改弦，其调（徒钓反）则变于起初，其乐则和，此即后世所谓改弦易调之理。弦之改易、调事过程实为以和为目标的遴选确认过程，"调"由此深化了"选"的意义，南朝顾野王《玉篇》亦以"选调"训"调"，颜师古注《汉书》每每以"选"释"调"，其根源在此，这不过

---

① 《史记》卷 6，第 1 册，第 269 页；卷 30，第 4 册，第 1425 页；卷 101，第 8 册，第 2741 页。
② 《汉书》卷 50，第 8 册，第 2307 页。
③ 黄汝成：《日知录集释》，第 1193 页。按：本文校对有误，已更正。
④ 《汉书》卷 56，第 8 册，第 2504 页。
⑤ 萧统：《文选》卷 18，李善注，第 810 页。

是选吏用人的泛言。故而顾炎武沿袭泛用之，并未云如淳以"选"释"调"为"误"，而只曰"未尽"。由此来看，钱大昕的辩驳不足为据，反而是顾炎武的考核对调的意义意蕴拓展援据提供了有力的佐证。

才、调之间的关系建构，当以此音读的转变为重要契机。从乐理而言，弦的材质以及缓急、精粗等特性皆关乎琴瑟是否能够和调，此为才、调的内在的关联。从官吏迁转选拔而论，汉代鉴于世袭等制的弊端，实行选贤与能的察举制度，其举荐的核心尺度便是才德，如荐举科目中的贤良方正、孝廉、贤良文学等皆为才德兼备，或曰具德行道艺。袁盎调官虽未尽其才，但个案操作的不公并不能代替对一种选举制度的理解。察举制中官员选调的本义就是因循个人才赋以尽其器用，如此才、用应和，就如同琴瑟因其弦的改易更张，在其得以确定之后而获得音声的谐和调利，就相当于以乐之调和而见弦能才尽其用。如此而言，乐理之外，才与调同样也有了隐在的对应。关于这一点宋人戴侗《六书故》的解释颇为切中肌理：

> 调，徒辽切，谐和众口也。……又去声，律吕相谐为一调。……今通言调度，盖由此。选吏用人，属役赋事因谓之调。汉"匡衡调补平原文学"、"张释之十年不得调"、"又调关东轻车锐卒"、"大农以均输调盐铁助赋"，皆谓均度其才能轻重也。[①]

调度源自音乐之律吕相谐的不同体式，作为人事意义的调度用法，便是由音乐"调度"等说中发展而来，其核心意旨便是均度才能轻重以为适当的安排。

音乐艺术的深刻影响，促成了政治人事遣调、选调意义的出现；而政治人事遣调、选调意义的拓展，又固化并推广了音乐艺术中调和之调在战国之际渐显端倪的音读转化与意义增容。在这种乐事、人事的深刻互动基础上，这个具有一定行为意义的词语逐步实现了概念化，其于音乐诞生之初便奠定的相关内涵与审美意蕴从此更为明确地以才调之调（徒钓反）这一概念体现出来。东汉之后，明确的声调、曲调之调的运用开始增加，扬雄《法

---

① 戴侗：《六书故》卷11，第237页。

言·寡见》云："或曰：因秦之法，清而行之，亦可以致平乎？曰：譬诸琴瑟郑卫调，俾夔因之，亦不可以致箫韶矣。"唐代李轨注此"调"为"韵"，就是从声调训释；司马光即直接注为"徒调切。"① 但总体而言，这个"调"在文艺语境的普及率不高，甚至于学术界的认知或认同率也不高，不然许慎《说文解字》便不会仅仅释调为"和"，读为"徒辽反"。

这种局面至汉末魏晋之际有了转变，其时读"调"为"徒吊反"的诗赋日益增多，诸如边让《章华赋》："长夜向半，琴瑟易调，繁手改弹。"繁钦《与魏文帝笺》："寓目阶庭，与听斯调。"嵇康《琴赋》："改韵易调，奇弄乃发。"左思《魏都赋》："金石丝竹之恒韵，匏土革木之常调。"② 其中嵇康与左思皆是韵、调对言，显示了魏晋文人对调之内涵把握的新动向。之所以出现这种认知与运用的扩展局面，与魏晋之际对乐律的审定相关。汉末天下大乱，乐工散亡，器法湮灭，魏武帝曹操使杜夔"定乐器声调"，虽尚属"依当时尺度，权备典章"，但已经有万象更新之意，乐府中常见的平调、清调、瑟调此时大致创立，《晋书·乐志》卷23及《宋书·乐志》卷19皆提及了"魏世三调歌辞"。其后晋武帝又命荀勖"奏造新度，更铸律吕"，乐府之中即有承续，如于清商三调荀勖皆撰词施用；又有增益，如当代音乐界颇为关注的笛上三调等等。至此，作为艺术审美概念的调走向了成熟。③

二

调作为审美概念的成熟。调式之调的音读虽然至两汉之后方始逐步普及，但其意蕴内涵及实践运用却与音乐艺术的肇发同步。那么这个音乐领域以和为追求的"调"其本义何在呢？弄清这个问题，是我们理解才调内涵的关键。考究秦汉之际的相关文献，我们会得出一个颇有意味的结论：调是音乐之所以和的保障。抑或可以说，调即音声能够形成有机体系的灵魂，音、乐因为调而和，故此被称作音调、乐调。

① 汪荣宝：《法言义疏》，第243页；另参阅文渊阁四库全书本《法言》司马光注。

② 《后汉书》卷80，第9册，第2642页。《文选》卷40，第1821页；卷18，第843页；卷6，第284页。

③ 参阅《晋书》卷16《律历志》、卷23《乐志》以及《宋书》卷19《乐志》。

先秦两汉乐论对调和的追求本身就是"调"的审美意义展开。在名词化概念化的"调"定型之前，乐论之中一般涉及的常用概念是声、音、律吕、乐、数、度、节。依照现代音乐原理，以上元素彼此的关系是：人心感于物而动，则形于宫、商、角、徵、羽五声，五声作为一个音阶，其中第一级音的音高一旦确定，便成为整个乐曲旋律中的核心主音，其余音级随之相和相应而得以固定，现代音乐所讲的"调式"就指向这个基本的乐曲旋律规定。作为音阶的起点不同，调式各异。在调式规范下，五声依照一定秩序排比，先凝定为具有文采和一定表现力的短小旋律，以此为基础，再附以相应的重复回环、缓急轻重的法式，音乐艺术作品由此形成。以上过程古人即称之为"声相应，故生变，变成方，谓之音"①，方即规律。

但是，五声只有相对音高，其游移跨度极大，不从第一级音就凝定其域值则无从确立五声的秩序。也就是说，以上相应、成方之说只具有理论意义，不具备实践品质。何以凝定第一级音具体的域值呢？其关键在于律的引进。依据古代的基本共识，律为定音的竹管，《蔡邕·月令章句》即有"截竹为管谓之律"的记载，不同的律可以吹奏出从黄钟到应钟十二种不同的标准音，由于被视为音高确定的依据，如同法律，所以称为十二律，其中阴吕阳律各半，所以又合称律吕，古人讲六律，实则即兼十二律吕而言。有关律能定声的原理早就为先民熟知，《吕氏春秋·察传》以为从传说中尧的时代夔就已经从事着正六律和五声的工作。《国语·周语下》则有"律以平声"的总结。《孟子·离娄上》讲得更为清晰："师旷之聪，不以六律，不能正五声。"律对五声音高的定位，就意味着后世所谓音调、乐调、曲调之"调"的诞生。②

具体而言，这个以律定音的过程古代相关论述往往视为声律的相交。《礼记·礼运》中有"五声六律十二管，还相为宫"的记载③。"还相为宫"就是五声十二律旋相为宫，每一律皆可为宫，宫即古人所谓主音、今人所谓第一级音，以律为经以声为纬而相乘，每律得五种配合方式，十二

---

① 参阅《史记》卷24《乐书》及郑玄注。古人言"声"，在强调其与"音"的区分之际指向五声，但其他泛言，声与音往往不做细致的分辨，声即声音。

② 以上参阅王力主编《古代汉语》，第853—857页。

③ 朱彬：《礼记训纂》，第346页。

律计六十种；如果加上五声之外的变宫变徵，则增加二十四种搭配，总数可达八十四。这是在现代所谓"调式"基础上对音高的锁定，主音与律的搭配既定，其余各音所合之律也随之确认，如以黄钟为宫，则太簇为商，姑洗为角，蕤宾为变徵，林钟为徵，南吕为羽，应钟为变宫。这种旋相为宫所得的每一种声律相交形式当时仅以声律名称的结合代称，实则就是后人所谓的一调。如贾谊《新书·六术》云："声音之道，以六为首，以阴阳之节为度。是故一岁十二月，分而为阴阳，阴阳各六月。是以声音之器十二钟，钟当一月，其六钟阴声，六钟阳声。声之术，律是而出，故谓之六律。六律和五声之调，以发阴阳天地人之清声，而内合六法之道。是故五声宫、商、角、徵、羽，唱和相应而调和，调和而成理谓之音。声五也，必六而备，故曰声与音六。"① 六律六吕的发明本自四时阴阳的变化，声音发布之术则依此为法，即是说五声必交合六律才能摆脱五声泛溢，实现阴阳调和，他所说的"六律和五声之调"已经有了声律相和为调的基本意蕴。戴侗《六书故》则指出："律吕相谐为一调。"所谓"律吕相谐"就是贾谊所描述的声律相交而得阴阳和谐之意，因此随后其作为例证提出的恰是"五声十二律旋相为宫，为六十调，后人又益五声为七，为八十四调"的声律相交之道②，所以"律吕相谐为一调"本义就是声律相谐为一调。

调之所以能够维系音乐之和在于十二律以阴阳变化节制，律的这种节制功能源自律有其度，而律度由于进入了调的生成机制，又可以视为调有其节度。《国语·周语下》伶州鸠论律："律，所以立均出度也。""均"为"均钟木，长七尺，有弦系之"，后世即指音阶中各音的位置；度即丈量长短的单位。③《左传》襄公二十九年吴公子札论颂乐之盛德："五声和，八风平，节有度，守有序。"④《吕氏春秋·大乐》则明言："音乐之所由来者远矣，生于度量。"⑤《说文》释"度"曰"法制"，故此有节度即为有法度。音乐

---

①　阎振益、钟夏：《新书校注》，中华书局 2000 年版，第 317 页。

②　戴侗：《六书故》卷 11，第 237 页。

③　徐元诰：《国语集解》，第 113 页。

④　杨伯峻：《春秋左传注》，第 1164 页。

⑤　许维遹：《吕氏春秋集释》，第 108 页。

言度，实有其数，古人定律采用的是古老的候气说，此法湮没之后则"数以正其度"①，度数由此衍生。这个度数可以具体化为各律振动体（如律管）的长度，依照《蔡邕·月令章句》的记载，十二律管的长短形成有规律的递增递减，长短不同则其发音不同。作为范围与规定，它既促使音声进入秩序，又实现了变化与区分。

律有其度数，音乐由此被纳入了统一的归拢，其相应的变化皆在度数控制范围之内，俨然音乐诸般元素的运动有了一位潜在的指挥。至魏晋之际，阮籍《乐论》于音乐度数有了更为详明的论述：

> 故八音（指八种乐器）有本体，五声有自然。其同物者，以大小相君。有自然，故不可相乱；大小相君，故可得而平也。若夫空桑之琴，云和之瑟，孤竹之管，泗滨之磬，其物皆调和淳均者，声相宜也，故必有常处。以大小相君，应黄钟之气，故必有常数。有常处，故其器贵重；有常数，故其制不妄。贵重故可得以事神，不妄顾可得以化人。其物系天地之象，故不可妄造；其凡似远物之音，故不可妄易。雅颂有分，故人神不杂；节会有数，故曲折不乱；周旋有度，故俯仰不惑；歌咏有主，故言语不悖。尊之以善，绥之以和，守之以衷，持之以久。②

阮籍已经将律吕的玄虚性言说纳入了音乐艺术审美考量，声有其常处、律有其常数是乐之为乐的核心，其中的自然、常处、常数，皆指律度。有律度则可以组构大小前后的秩序，可以约定体制风格，不淆杂甚至不可变易，和的境界由此诞生。明代刘濂的解释更为形象：

> 五音不可以为调，至六律始有调。一律为主，而众律从之，如听调然，故谓之调。如以黄钟为宫，则太簇、姑洗、林钟、南吕以次相从，此宫音黄钟调也。观一调余调可知矣。③

---

① 朱彬：《礼记训纂》卷6引蔡氏《章句》，第216页。
② 郁沅、张明高：《魏晋南北朝文论选》，第78页。
③ 朱载堉：《乐律全书》卷13引，影印《文渊阁四库全书》第213册，第418页。

调必待律和五声而出。主音律定则众音之律随之而安，如同将军调兵遣将。调的音读衍化，与官吏迁转调动之调关系密切，因此其意旨中也依然保持了二者内在的沟通性。它是音乐之声、音、节、律整体协和运动的依托，可以见乎声为声调、见乎音为音调、见乎节为节调，但以上诸调最终必然又要统于一体，形成乐调。声律相交、调有其度由此成为乐能和调的根源。古人所谓"调度"，便是本此而来。度是调的规约，也助成调彰显乎外的轮廓与形制。"调度"的用法在东汉已经出现，①《汉书·佞幸传》："太皇太后召大司马贤，引见东厢，问以丧事调度。"《王莽传》："东巡狩，具礼仪调度。"颜师古注称："调，音徒钓反。"② 两个"调度"都属于音乐术语向人事的拓展，宋人戴侗已于《六书故》论述过其本源自音乐的调有其度，它表示具有可操作性的、明示于公众彰显于天下的事体运作法度，依此而行则诸事尽得其宜而不紊乱，一如乐章循其律度而成调。当然，一般语境下，即使不言"调度"而仅言其"调"，也都兼容着本然的度数规定。可以说，无度数的存在，凡幽微事理便无以显其本状，这也是中国古代术数哲学出现的依据。

至此，我们可以对艺术之调的审美内涵做一个概括：

其一，调的本义就是调和。古代乐论所论及的和、适，从根本而言属于调的意义所在。如《吕氏春秋·大乐》云："乐出于和，和出于适。和适，先王定乐，由此而生。""凡乐，天地之和，阴阳之调也。"《适音》云："乐之务在于和心，和心在于行适。夫乐有适，心亦有适。"欲求其和必有其适，什么音属于适的范围呢？其论称：

> 太巨则志荡，以荡听巨则耳不容，不容则横塞，横塞则振；太小则志嫌，以嫌听小，则耳不充，不充则不詹，不詹则窕；太清则志危，以

① 屈原《离骚》云："和调度以自娱兮，聊浮游而求女"。其中"调度"二字古今注者意见分为两类：其一，以调为调和，如此则和、调连言，以东汉王逸、宋人洪兴祖、明人陈第为代表，"和调度"大致表示调和自我行度。其二，以宋代朱熹、明人汪瑗、钱澄之、清人蒋骥等为代表，虽然其理解有细微的区别，但皆以调度连言，或曰格调与器度，或曰佩玉之声容与自我之形容。结合本文的论述，先秦之调以调和之意为核心。王逸为东汉人，以之为调和之调，与同时代的许慎意见一致。当以汉人解释为准，不应轻易以今疑古。参阅金开诚等《屈原集校注》，中华书局1996年版；汪瑗《楚辞集解》，北京古籍出版社1994年版。

② 《汉书》卷93，第11册，第3739页；卷99，第12册，第4131页。

危听清则耳谿极，谿极则不鉴，不鉴则竭；太浊则志下，以下听浊则耳不收，不收则不抟，不抟则怒。故太巨、太小、太清、太浊皆非适也。

适以不过度为本，不适以过度为主要表现形态，即超越了律的度数节制，调失其度则有失中和，即为"淫靡"，故有"侈乐"之龟鉴："夏桀殷纣作为侈乐，大鼓钟磬管箫之音，以巨为美，以众为观，俶诡殊瑰，耳所未尝闻，目所未尝见。"这种音乐尽属衰世亡国之音，其弊正在于"务以相过，不用度量"。[1]

其二，调可以保障诸声相应。有调则意味着主音的清晰——不仅仅指调式，而且也指声律相交对第一级音高的认定，以此为主而他声相从，并由此相应产生一组有关的音列，[2] 这就是老子所云的"音声相和，前后相随"[3]。至于为什么前后相随，前文已经阐述。又如《吕氏春秋·圜道》的解释："今五音之无不应也，其分审也。宫、徵、商、羽、角各处其处，音皆调均，不可以相违，此所以无不受也。"[4] 五音之所以相应和，是由于彼此各据其位，声律相交而音高调称，互不相乱。因此一主音显形则他声据此各自调整，井然有序，如兵听调。古人称："故音者，宫立而五音形矣"[5]，就是这个道理。

诸声相应和的过程，就是变与不变的统一、一与多的统一。《庄子·徐无鬼》云："鼓宫宫动，鼓角角动，音律同矣！夫或改调一弦，于五音无当也，鼓之，二十五弦皆动，未始异于声，而音之君已！"[6]《淮南鸿烈·览冥训》继承此意，部分照录之外，改"音律同矣"为"此同声相和者也"；将"未始异于声而音之君已"明确表达为"此未始异于声而音之君已形也"。高诱释云："一弦，宫音也，音之君也，故二十五弦皆和也"[7]，"改调一弦"意为调弦而定宫音，即第一音级的音高，古人将其视为诸音的君主，其君临

① 许维遹：《吕氏春秋集释》，第109—114页。
② 参阅石应宽《简论"旋相为宫"》，《中国音乐》1982年第3期。
③ 朱谦之：《老子集释》，中华书局1984年版，第10页。
④ 许维遹：《吕氏春秋集释》，第82页。
⑤ 刘安：《淮南鸿烈·原道训》，刘文典《淮南鸿烈集解》，第30页。
⑥ 郭庆藩：《庄子集释》，第839页。
⑦ 刘文典：《淮南鸿烈集解》，第200页。

下而众弦所以相和。作为引领的主音一旦确定即不再变易，此为一、为不变，而二十五弦以不同的音声实现着与主音的呼应，此为多、为变，这种一多统一、变与不变的统一是调更为核心的审美意蕴。

三

玄意风流与才调说的发皇。随着悠远中国艺术历史的涵蓄沉吟以及魏晋乐律审定的推动，作为审美概念的调不仅内涵已经丰满，而且其审美范畴化的运用也从此获得普及。但魏晋之前，这个已经融会了韵度、情貌、体象、形制含蕴的调依然以音乐、政治、人事等作为主要描绘对象，罕见其与作为性灵主体的人建立直接关联。魏晋之际，士人阶层经历了一个前所未有的人性觉醒阶段，玄学成为此时的文化主旋律，由玄学生活化演绎而成的玄意风流更是引领了时代的风尚，主体的自觉、主体的升扬不仅锻造了魏晋六朝文人独到的精神面目，也成为才调论成熟的重要契机。

玄学对魏晋六朝文士核心的影响就是崇尚玄远。玄远落实于生活，使得魏晋名士与南朝名士们获得了玄意人生的逍遥。所谓玄意人生，意味着玄学向人生寄托、归投、沉潜的过程，它以文人实现对普通官能性消遣的超越及消遣之上的审美获得为标志，具体表现为艺术化生命状态的追求。它是渗透于文士性情之中的志趣，是积极、主动又假偶然而激发的生命情调，是文士主体性得到极大升扬后才可能具备的品格。其时文士如此的追求，一则是对凡扰庸俗生活常态的抵制，一则更是对自我人格的陶塑与修为。以上二者之间存在着因果效应：现实人生愈不染尘垢，其人格风神便愈显脱俗；人格风神发扬得愈幽、微、深、远、超、逸，则愈合乎玄学的精神本旨。于是便有了如下玄意人生的展演：

其一为言行容止、日常人生尚乎优雅。魏晋文士，或行步顾影，或龙章凤姿，皆以修饰仪范为能事；或捉麈尾而清谈，音韵详雅，风仪华润。时人品目，称为意制甚多、风韵弥高。而就日常人生的娱情而言，魏晋文士于日常人生艺术化有着全方位的实践：诗酒风流、清谈卜居、名士雅集、园林筑赏、琴棋书画等等，皆已成为泽被后世的人生范式。

其二为宅心物外的寄托。大体包括二途：在求闲逸审美之中获得玄的境界；在求玄的境界中归依至闲逸的情怀。前者的代表人物是陶渊明。后人多惊异于他在平凡、朴素的田园与日常人生中能挖掘出诗意，实则这就是其艺术化生命追求的具体体现，艺术人生、田园投入所获得的艺术赏会，其间亦沉淀着超逸俗常的玄理会悟。后者的代表是谢灵运。谢灵运出于世家大族，倾情于山水登临，其山水诗的开拓性贡献历代公认，但其创作程式却每遭微词，尤其最后归于理悟，即被视为玄言尾巴。实则这是山水参玄的一种形态，在参悟的过程里，作者最终所获得的是玄理，更是情理，这种情理丛生着心胸豁然开彻后的愉悦，它与山水直接激发的兴会浑然一体。

玄意人生是对美学之"真"的倾心践行，属于人格的最高体现，它由道家无为、自然一路落实于现实，在玄学各派对道家的继承、改造中，这一自然的内容一直是稳定的核心，并以"得意"、"独化"、"逍遥"等命题，将其与心灵生机贯通，在言与行、内与外、观念与人生之间，这种生机周行无碍，达成统一。本体的、主体的美，在这种生机的呈现里被同时呈现，生命的自信与创造力同时焕发。既是本然由内而外的挥洒，又是生命本源的光芒与艺术化生命外观的对应，"真"由此被宗白华先生提炼为了"清洁透亮"。他以晋人为代表论称："晋人以虚灵的胸襟、玄学的意味体会自然，乃能表里澄澈，一片空明，建立最高的晶莹的美的意境！"[1] 清洁、透亮、空明，代表了玄意人生所能达到的高度：这个高度的意义不仅仅在于一种中国文人风流范式的确立，更主要的是，它以清洁、透亮、空明这些具备烛照意蕴的美辞提醒后人，风流面目的"表"不是粉墨优伶之技，呼之即来，呵之即去，它是"里"——晋人虚灵的胸襟创造的。事实上，魏晋之际名士们多标榜越名教而任自然，能否超越名教难以一概而论，但他们对自然的诠释应该说已经淋漓尽致。自然就是自自然然，就是以"自"为蓝本而成就其"然"、以我为本源而快意释放本然，"自"与"我"所依仗者，便是宗白华所说的"虚灵的胸襟"。

名士这种人格塑造系魏晋六朝美学的重要内容之一，其时人物品目对这种时代性的文人标格给予了充分关注，而关注的核心便是如何品目这种源出于胸襟、轩逸于俗表的精神气韵。

事实上，骨相裁鉴在术数之学中早已开始流行，《周礼·文王官人》之

---

[1]　宗白华：《艺境》，北京大学出版社 1998 年版，第 136 页。

中便包含着如此内容。两汉之际，随着人物月旦风气的兴起而益加繁荣，诸如马融美而有俊才、赵壹美须豪眉、李固胡粉饰貌等等。但自王充《论衡》已经感觉到形体观人的不足，故《骨相》篇云："相或在内，或在外，或在形体，或在声气。察外者遗其内，在形体者亡其声气。"内在肌理、外部形貌每相舛错或彼此失落。因此刘劭《人物志·九徵篇》提出："物生有形，形有神情；能知精神，则穷理尽性。"① 更加明确地将"知精神"作为人物品目的首要任务，其中已经具有了对随后名士风流韵致的包容，对传统的骨相论而言，其形神逻辑的僵化、血气命相的功利性目的指向，显然难以满足如此审美要求。

因此我们说，魏晋风度、六朝风流的演绎在将主体精神发挥到极致的同时，不仅为人伦识鉴提供了更为丰富的资源，也对其理论升华提出了更为热切的呼唤。解铃系铃，存乎一体，玄学勃兴既促成了名士风流的习尚、审美潮流的转型，同时也成为其时人物品目超越形体之辨甚至一般能力、道德评议向主体精神层面延伸的理论武器。这种理论升华与审美延伸体现在两个方面：如此精神气韵如何命名；如此精神气韵的发生本体在哪里。

其一，如此精神气韵的命名。玄学的兴起为裁断人物提供了崭新的尺度。自汉魏开始，侧重于描述不易测度的韵致、侧重于体现由内向外发扬性质的品评范畴大量涌现，诸如风姿、神情、风仪、闲畅、神隽、神采、气韵等，《世说新语》之中几乎触手即是。"调"作为一个艺术范畴，有着无形有象、难以言诠的特征，在魏晋六朝名士标音仪、准声度、理言辞的习尚之中，自然也成为品目撷取的语词资源。更为主要的是：这种艺术化生命情态表现的"自然"真美，其"自然"就是由"自"生发其"然"，各个不同的"自"特有的主体特征便是其固有的度数，其"然"之成由此也便与具有度数的"虚灵的胸襟"形成因果。魏晋文人自言的"风流"，后人追赠的"风度"，其着眼点皆在于这个因果：就风流而言，"风"本是胸襟之气，"流"为生命力创造力依照自我度数的洋溢；就风度而言，"风"亦是胸襟之气，度则是胸襟之气依照自我度数有规模体制、有板有眼的律动。如此之艺术人生，就如同一个乐章，因为有了调的

---

① 参阅余英时《士与中国文化》，上海人民出版社 1987 年版，第 322 页。

引领而实现了整体的统一，创生出属于自我而彼此不背的面目。调与风流、风度由此而言具有内在的沟通性，这个音乐作品中具有灵魂意味的概念由此顺理成章地在魏晋之际进入了人物品目，并成为名士艺术化人生风采与创造极为形象的摹写范畴。诸如陆云《与平原书》云："云今意视文，乃好清省。然无以尚意至此，乃出自然。张公在者，必罢必复，以此见调。"谢灵运《七里濑》："谁谓古今殊，异代可同调。"《南齐书·文学传论》言鲍照"操调险急"。又如《文心雕龙·体性》云"嗣宗俶傥，故响逸而调远"，《才略》云"刘向之奏议，旨切而调缓"、《章句》云"若乃改韵从调，所以节文辞气"等皆是。与调相关的批评话语也在六朝之后日渐丰富：依调所寓托之体而言，有声调、音调、曲调、乐调等；依其缓急而言有促调、渊调；依其所感与感人效果而言则有苦调、悲调等等。另有品鉴之风盛行时代应运而生的依照主体不同审美旨趣耦合而成的话语，如：

或曰世调，《南齐书》卷37《刘悛传》："悛强济，有世调，善于流俗。"世调即谐世和俗之调，善于流俗，自不在雅逸之列。或曰俗调，陶渊明《答庞参军》："谈谐无俗调，所说圣人篇。"或曰流调，《文心雕龙·明诗》："五言流调，清丽居宗。"此流调意指流行之调，与作为正体的四言相对而论。至于《才略》篇言鲍照"颇伤清雅之调"，则指其言险俗者多，不避危仄，且贵尚巧似。

尤可关注的是，调的审美批评不是简单的超越于形体批评的神情写照。受玄学内及本体外及自然、目击道存思想的影响，作为对魏晋六朝名士风流的评判解释，名士风流本身其由虚灵胸襟向外呈现这一特征始终是观照的中心，因而其时有关调的审美批评始终贯彻了由内至外、由里及表、由本而末的玄学思路，呼应着六朝风流玄逸人格的内在结构模态，并以汉魏六朝以来关于内、里、本的诸般研讨成果为依托，从调发生的动力源泉展开主体不同之调的批评。而论及调的动力源泉，虽然皆本乎一体一心一气，但由于其动力释放的路径不同，其呈示效应的维度有别，故而在调也便有了不同的类别，就六朝前后出现的相关范畴而言：

从气势生机的力量支撑而言则曰气调。如《文心雕龙·才略》云："观此五子，文虽不多，气调警拔。"《颜氏家训·文章》云："文章当以理致为心肾，气调为筋骨，事义为皮肤，华丽为冠冕。"① "气调"外显为"警拔"、承担"筋骨"之任，皆可见其于力量的承载。《隋书》多次言气调，如隋高祖诏云："（豆卢）勣器识优长，气调英远"；"（元）谐性豪侠，有气调"；"（于仲文）倜傥有大志，气调英拔"②，皆有雄健意蕴。

从主体人格性情的凝定而言则曰风调。风古释为气，因此气调与风调有近似之处，但风往往在力量显扬之外，更侧重于一种平缓、稳态的个体能量显象，因而风调有别于气调。如张融自言："以吾平生风调，何至使妇人行哭失声？"《魏书》亦有"神采俨然，风调如一"之论（评卢景裕语）。

从主体器度精神超然的气象而论则曰神调。神调的基本内涵同于风调，但它侧重于风度含蓄又生气勃勃的超俗风调。晋际崔岳之品鉴刘曜："刘生姿宇神调，命世之才也。"刘曜最后称帝，如此神调，则如同言其帝王气象。③

其二，如此精神气韵的发生本体。玄学于人物品目最为重要的贡献在于，它不仅提供了"调"这个裁断人物的崭新尺度，而且承接两汉察举制度的才德标准与传统的才性哲学，重新激活了才性话题，并赋予其时代的内容。才性之辨由此展开，它属于理论热点，"才性四本论"各执一端，争端虽然没有达成最终的学术默契，却成就了一个具有高度辐射力的方法论系统，诸多政治的、哲学的、美学的困惑，皆可由此寻根探源。在这个理论系统之中，主体的性能、性情、德性皆依据于内在的才性，呈现为体用的统一。刘邵所谓"知精神"的"精神"、以上名士风流的气韵，凡此纳入"调"赏评的对象皆属于这种才性体用关系中"用"的范畴，自用追溯其体，作为本源隐于"幕后"的才性由此展露身形，调与才性这一虚灵本体的关系由此而明朗。

三国两晋之际，主体才性向外发挥所形成的调已经引起理论关注，其时

　① 王利器：《颜氏家训集解》，第267页。

　② 《隋书》卷39《豆卢勣传》，中华书局1973年版，第4册，第1156页；卷40《元谐传》，第4册，第1170页；卷60《于仲文传》，第5册，第1450页。

　③ 《南齐书》卷41《张融传》，第3册，第729页；《魏书》卷84《儒林传》，第5册，第1859页；《晋书》卷103《刘曜载记》，第9册，第2688页。

称之为"智调"。如西蜀孟光云："如君所道，皆家户所有耳。吾今所问，欲知其权略智调何如也。"郤正云："且智调藏于胸怀，权略应时而发。"①《世说新语·雅量》也以"少有智调"论阮孚。但"智调"只能属于"才调"的雏形：从玄学的精神观照，"智"虽然关乎心灵才能，但仍然属于才外显于谋略运筹之用的层面，因此有"才智"的本末组合。从这个意义上说，其与作为根本动力的玄学意义的心源——无中生有的无、崇本息末的本尚有距离。就其运使范围而言，智调说产生于三国军阀混战之际，很明显是战代争逐、权霸迭兴情势的产物。揣摩孟光、郤正之言，其中之能以攻伐、政教、经济为主，适应的是乱世平治需要。

经过魏晋六朝玄风的洗礼，名士的风流与文采在无为中勃兴与挥洒，侧重于应事的"智调"范畴难以承担这种文采横溢之"无为"风度的准确描述。而就在齐梁之际，关于才性的研究达到了前所未有的高度，《文心雕龙》便是其杰出代表。书中关于文才所建构的细密完整的理论体系，至今难以超越；而文才以及才性等范畴在其时也达到了空前的普及。在如此背景之下，调的批评展开超越了智调，直接指向了才性——尤其那种并非燮理俗务的文艺才性。南朝梁萧子显论到扬云："扬资籍豪富，厚自奉养。宅宇山池，京师第一。妓妾姿艺，皆穷上品。才调流赡，善纳交游。庖厨丰腆，多致宾客。"② 这是古代文献中第一次明确涉及"才调"，它没有指向到扬的经济能为，而是兼容了他善于奉养与穿筑、声色游玩有品味妙赏以及文采风流等等，这诸般优长皆本源自到扬的才性。以如此才性为动力为引领，方始有其虽领域有别却皆可有为且韵致取向统一，由于他的言行举止宛然有隐在衡稳之调的规引，故此概之曰"才调流赡"：流为风流韵动，赡则丰沛不匮。六朝之际有关才调的另一重要文献是陈隋之交著名文人徐陵对许善心的品目：

（善心）幼聪明，有思理，所闻辄能诵记，多闻默识，为当世所

① 《三国志》卷42《蜀书·孟光传》，第4册，第1024页。
② 《南齐书》卷37，第2册，第647页。按：《晋书》卷51《王接传》有曰："王接才调秀出，见赏知音。"这一表述明确标为"史臣曰"，并非见于时人对话。《晋书》出自唐人之手，才调论至唐代大兴，因此这一文献不足以作为"才调"最早的出处。

称。家有旧书万余卷，皆遍通涉。十五解属文，笺上父友徐陵，陵大奇之，谓人曰："才调极高，此神童也。"①

此处才调论的才，已经完全指向文才。至此，调经由调和之美的坚持，经由乐论之调和及乐器调试更张与官吏迁转调选的互动，经由调有其度对调之内涵的深度标示及魏晋乐律审定对调的范畴化推动，以魏晋玄学为契机，在名士玄逸风度的本源追溯之中，作为文艺审美重要范畴的才调说最终走向成熟。

四

综合所论及相关文献，我们现在可以对文艺范畴的"才调"做出如下的概括：

艺术之调是维系声音运动、变化统一的保障。声音能够循依着规律统一运动，则乐成其体，是为有调、在调、合调、成调；否则便是走调、跑调、无调、不在调。其向人事扩散，民间便称那种行事不稳妥、无常性，所谓东一拳西一脚、东一榔头西一棒槌者为"不着调"。

作为具有高度修养的审美主体，其言谈举止、为人行事、待物达情以及创作等等外在呈示引人瞩目，这些外显者绝非杂乱无章、随意无度，而是有着潜在的格式、规则带动和引领。如此则这些外在呈现者随之而动，应之而行，因之而见，表现出统一的运动规律。就如同将帅旗帜所指，虽千军万马步骑错列却纪律严明。而以上引领带动的格式、规制不是外在给定的，它源自审美主体独到的禀性、气质、才华，也就是宗白华所言的"虚灵的胸襟"。这种由才性"内美"——屈原即自道"吾既有此内美"——作为力量源泉且引领主体诸般外显实现统一、和谐的审美现象，与声音因调的命定而依照一定法度诸音相应进而成乐是一个道理。或者说，以才性为前引，诸行止如听调而动，兼包内美与成象，甚至涵摄着彼此的逻辑关节，这就是才调。当然，才调的形成在才性之外是离不开学习涵养的，但相对于艺术审美而言，刘勰所言"才为盟主，学为辅佐"依然是定律，这就是所谓习以性

---

① 《隋书》卷58《许善心传》，第5册，第1424页。

成。无此才性，虽学究天人也无以成其才调。

具体到文艺审美而言，主体的独立才性彰显于外便成就不同的艺术创作，但这些创作又有着禀赋才性引领而表现出的个性化魅力，具有较为完整且伸缩变化而不失其度的个性化旨趣，这便是作品与主体才性息息相关、不可移易的艺术统一性。但凡具备如此境界者，我们可以说其创作已经有了属于自我的调或调度，而就其禀赋而言便可称之为有才调。

概括而言，文艺审美范畴的才调具有四个重要特征：

其一，才调就是才有其调度，这个度数，属于文人天资是否可以进入艺术王国的验证，具有引导创作的作用，且与作品表里一体，即才发其始，调演其终。就如李贽以音调为例所作的说明："性格清澈者音调自然宣畅，性格舒徐者音调自然舒缓，旷达者自然浩荡，雄迈者自然壮烈，沉郁者自然悲酸，古怪者自然奇绝：有是格便有是调，皆情性自然之谓也。"① 因此凡论才调就是在强调创作的"自然"发抒，与人工刻意的锻炼、苦吟破的之类的讲求大异其趣。

其二，所谓创作主体有才调，是指文艺才性作为本源的力量对主体创作持续且全方位的支撑，不仅仅指向偶然、率意的灵光发现。

其三，才调的本义是因才性显象而见主体内美，实现审美范畴化之后，它便直指主体具备成调或具备成就统一之体的禀赋，被纳入主体素养范畴。如此前涉及的到㧑才调流赡、许善心才调极高皆是。又如杜甫《奉酬薛十二丈判官见赠》："相如才调异，银汉会双星。"岑参《青山峡口泊舟怀狄侍御》："狄生新相知，才调凌云霄。"李商隐《贾生》："宣室求贤访逐臣，贾生才调更无伦。"《读任彦昇碑》："任昉当年有美名，可怜才调最纵横。"其他知名的品鉴诸如武后言宋之问："吾非不知之问有才调，以其有口过。"刘全白赞李白"才调豪迈"等皆属素养范畴。②

其四，才调是诸如气调、风调、神调、情调、韵调、格调审美的基础。气、情、风、神、韵、格等皆出自主体才性禀气——这当然是就理之本然立论，标古人神韵风格为自我神韵风格者不在考察之列——其不同的呈现，但

---

① 李贽：《读律肤说》，《焚书》卷3，第132页。

② 孟棨：《本事诗》怨愤第四，丁福保辑《历代诗话续编》，第16页；刘全白：《唐故翰林学士李君碣记》，《李太白集》卷31附，第1460页。

凡能够显示出一法牵引而其余内质随之规律运动，且持续稳定自成体制，即各自成调，因此有诸如风调、气调、神调、情调、韵调、格调之说，而其中都根植着才性的基因。如此来说，才调在以上关于调的诸般话语系统中是具有一定兼涉意义的，是诸调的基础。古人赞誉一个文人具有才调，事实上相当于说其创作具有了呈示风调、气调、神调、情调、韵调、格调的实力，或仅此一端，或数端兼备，诸调正是才调赖以显身的所在。

才调说发皇于六朝，至唐代则形成了一个才调论高峰。其主要表现有三：第一点，即如上所言，唐代文人常以才调题品。第二点，唐末咸通、乾符年间形成了"今体才调歌诗"的创作潮流，黄涛《答陈磻隐论诗书》即云："咸通、乾符之际，斯道隙明，郑卫之声鼎沸，号之曰今体才调歌诗。"第三点，五代十国之际，后蜀韦縠又辑唐人诗歌，煌煌十卷千首，成为唐人唐诗选集中规模最大的一部，其名正是《才调集》。该集十卷之中，分别以白居易、温庭筠、韦庄、杜牧、元稹、李白、罗隐等压卷。仅以此而言，冠之以才调的确名副其实。但是，如何理解《才调集》之"才调"，学者们却莫衷一是。查初白认识到了"其编次各有深意，大抵以'才调'二字为主，只看每卷第一人，其用意处自见"①，然而让读者观乎每卷第一人而自会"才调"，属于不解之解。四库馆臣、清代冯武以及当代傅璇琮、王运熙先生等先生皆以韦縠《才调集序》中"韵高而桂魄争光，词丽而春色斗美"一语为本概括才调，韵指声调，词指辞采；王运熙先生则拟之为"才情才气"，以才调的同质范畴解之。② 以上意见：以才情才气解之，依然难以厘清韦縠才调之所指；归纳于辞采、声调，则有以才指辞采、以调为声调的嫌疑，尽管《才调集》每集下皆强调了所选作品系"古律杂歌诗"——即可歌咏，但才调之调仅仅指向声调，则等同于将调从音乐概念向意蕴丰富的文艺美学范畴深化的实际演化历程基本抵消，又将其发送回了原形时代。

根据以上研究，笔者认为，韦縠命名的"才调"系从才调的本末一体

---

① 查初白批点明刻本《才调集》，藏国家图书馆，转引自刘浏《才调集研究》，北京：对外经济贸易大学出版社 2008 年版，第 26 页。

② 傅璇琮：《唐人选唐诗与〈河岳英灵集〉》，《当代学者自选文库·傅璇琮卷》，第 506 页；王运熙：《韦縠〈才调集〉的文学观》，《当代学者自选文库·王运熙卷》，西安：陕西人民教育出版社 1999 年版，第 535 页。

而论，其核心指向就是诗人依据自我才性自然的发抒。所谓"依据自我才性自然的发抒"包含以下意旨：

其一，强调创作主体的才子身份。以其每卷开篇首列者为例，其中李白、白居易被宋人分别命曰天才绝与人才绝；韦庄曰"秦妇吟秀才"；杜牧号为小杜；元稹宫中直呼为"元才子"；罗隐首冠江东三罗。以才为源泉的创作，则以兴寄为指归，自然天然为境界，不屑于炉冶而后成。王士禛《分甘余话》论其门人宗元鼎："其诗本《才调集》，风华婉媚，自成一家。"① 从《才调集》所学者，核心在于"风华婉媚"：感受清情纤细，不做作，不尚事典累积。这种重视自然才性的思想在韦縠《才调集序》中有着明确的表白："余少博群言，常所得志，虽秋萤之照不远，而雕虫之见自佳。古人云：自听之谓聪，内视之谓明也。又安可受诮于愚鲁，取讥于书厨者哉？"其自佳与自听、得志与聪明的说明之中，盈溢着才气自恃的不羁，这恰是其蔑视"书橱"的根源所在。这与钟嵘《诗品序》提倡"天才"的"即目直寻"、讥讽堆垛卷轴者的创作为"词既失高，且加事义；虽谢天才，且表学问"一脉相承。

其二，偏嗜风流绮情的书写。才性关乎主体性情，文才富艳者多情且深情，而魏晋六朝的名士风流又使发生于此间的才调从一开始就沾染上了风流的底色。唐人言才调，时有与风流并举者，如刘得仁："风流才子调，好尚古人心。"（《题从伯舍人道正里南园》）韩翃："风流才调爱君偏。"（《赠别上元主簿张著》）蒋防《霍小玉传》有"素闻十郎才调风流"之说。韦縠序中也有赏乎诸家"风流挺特"的自白。所以自然书写之中有着偏嗜艳情风怀的青春不羁，选者尚之，亦是追逐此风，王运熙先生即云此编"使人感受到一种浓重的脂粉气"。此外篇中还收录不少与女伎相关的作品。且不论所选元稹此类作品为多，即使李白入选的 28 首，也未见其豪逸的歌行，而"着重选其《长干行》、《长相思》、《白头吟》、《捣衣篇》、《大堤曲》、《江夏行》等表现妇女怨情的篇章"。另外，韦縠如此的命名，显然是受到了咸乾"今体才调歌诗"的影响，而此类诗歌黄滔已明确定位为"郑卫之声"，韦縠延续这种命名的同时，也继承了其审美情趣。

---

① 王士禛：《分甘余话》卷 2，第 41 页。

其三，强调才性自然发抒的同时，其所录的才子及所选的作品实则又有着以下大体的共性：这种发抒所呈现的艺术情态并非无所节制的纵恣，冯武认为所选作品皆有三百篇之旨又不失风人之义。但共性之外，诸家又皆以其才性本然之度为归依，形成与人相异的体调。具体而言：白居易取其昌明博大，有关风教诸篇，而不取闲适小篇，此为后世所谓新乐府；温庭筠取其"比兴深邃"；元稹取其"语发乎情，风人之义"；杜牧取其"才情横放，有符风雅"；韦庄取其"气宇高旷，辞调整赡"，等等。①

如此而言，韦縠以"才调"名集，其命意已经豁然：所选才子之作，以其天才的自然勃发为主，以其青春不羁之情的真诚流淌为主。当然，诸才子的创作又并非皆属荡而不反，究其缘由，是风人之教实现了与天才的融会，从而形成创作之中一种引领的度数，使得其诸般题材不同、文体各异的创作，能够实现比兴渊寄与韵高辞丽的整体统一。能够成就如此气象，所恃者便是富有才调与人格涵养。宋代徐寅论"诗有十一不"，在"不时态"、"不繁杂"等病弊之外，还有一条便是"不才调"。这个才调没有具体解释，但既属于贬斥之列，则其意旨正与唐人"诗有五忌"中的"忌才浮"相类，将才调的意旨明显指向风流快意的发抒。② 明初高棅《唐诗品汇》于"体调"中分列"才调诗"，明言本自《才调集》，招致四库馆臣的驳斥，以为立体不伦，为其别撰。③ 但费经虞等随之著《雅伦》，于诗歌体类中也专门列出一个"才调体"，以韦縠所选元、白、温、李之作为代表，这种文学眼光实则恰恰体现了高棅、费经虞等对"才调集"所言才调的正确理解。这一点并非臆断，费经虞于律诗、绝句创作曾有如下论断："律诗见人工夫，绝句见人才调。"④ 绝句论才调是在与律诗论工夫琢炼的对比中体现的，才调指向自然发抒正是其题中之义。以上宋明文人对才调的理解，皆合乎韦縠本意。

另外，有一点一直乏人提及，韦縠本人就是一个白白才调的才调尊仰者，因此才有其序言中略带倨傲色彩的自白：他选诗不言教化，不立招牌，

---

① 刘浏：《才调集研究》附录冯武《二冯先生评阅才调集凡例》。
② 陈应行：《吟窗杂录》卷 17《雅道机要》，第 531 页；卷 18 传白居易《金针诗格》，第 550 页。
③ 参阅《四库全书总目》卷 197《唐诗品汇提要》。
④ 费经虞、费密：《雅伦》卷 24，《续修四库全书》第 1697 册，第 446 页。

只是声称"但贵自乐所好"，即依据自我才性之所近者选录。为了防止他人摘斥挑剔，他又专门提醒后来者"不谓多言"——不要说自己多嘴多舌；"无嗤薄鉴"——不要耻笑自己见识不高。如此的有言在先，貌似谦恭，实为自矜。有其尊尚才调，故有选诗论其才调，也是从"古今可同调"中寻觅知音。

唐代以后以才调论文日渐普及，声调论之外，[①] 其核心便落实于"格调"。格调说肇始于唐，郑覃进言："陛下改诗赋格调，以正颓俗。"[②] 秦韬玉以"谁爱风流高格调，共怜时事简梳妆"言人物，又有韦庄《送李秀才归荆溪》"人言格调胜元度，我爱篇章敌浪仙"的人文兼论。至明代复古文学思潮流行，格调论由此大行于世。如王世贞《艺苑卮言》云："才生思，思生调，调生格。思即才之用，调即思之境，格即调之界。"又云："调者，气之规也。子之向者，遇境而必触，蓄意而必达。夫是以……而气恒溢于调之外。"[③] 调本乎才性生于才思，形成自我的规定性，这个规定性既是对个体才思的描述，也是对自我才气的凝聚，由是而成格度，进而可以超越泛溢而显示体象。茅元仪对此有着更为全面的论述：

> 诗之高下，定于调矣。自调弱而诗靡，自恶调弱而诗亡。夫黄初大历，调之至也，然其所以黄初、大历者，非有格而拟之如今之拟黄初大历者也。盖标意于意外，故辞不尽意；表辞于辞先，故篇不尽辞。意辞常在先与外，故其调自高。而后之拟者，徒刻画缀拾欲使之肖，肖则肖矣，乃我之意终不能自著于篇，而古之辞又终不可为我之意，故其致易尽，而其事易厌。是以今之言诗者以雄伟壮丽不足道，率而趋恬淡疏宕，以为陶、韦再生，王、孟复作，而真诗在矣。不知苟得其故，则雄伟壮丽亦真诗也。徒以形而求之，何异西家之女炫黄横黛以增其陋，而东家之丑妇徒欲以毁妆胜之乎？故吾党作而曰深曰秀。不深则不秀，离

---

① 声调同样可归之于才调，如上文所引李贽的论断，不同的才性情性，有着彼此对应的音声，不可变易。又如费经虞《雅论》专列"入调"一节，自道以格律声调为主，分调为四：高调、缓调、清调、平调。并举"川原迷旧国"、"星垂平野阔"、"月涌大江流"以及"九天阊阖开宫殿"等为例。显然这个声调论中浸入了才调的意义。参阅《雅论》卷16"合论"、卷15"制作"。

② 《旧唐书》卷168《高锴传》引，第13册，第4388页。

③ 王世贞：《沈嘉则诗序》，同前。

深而言秀，则今之聪明男子所自号为性情之言者也。盖其说离调与意而
二之，以学古者学其调耳。故古人不足论，而自出其意任情率致，或直
而似野语，或烦而似芜牍，或理而似偈赞，或俚而似讴谣，泰然曰吾可
以作古。夫调生于意，故意至调形。今欲于声音口吻者当之，则调亡而
意亡，意亡而诗亡。①

作者承继了《文心雕龙·神思》由才性—文思—情思意思—创作而见体调
的体调创生机制。调包含韵律声口，但韵律声口仅仅是调的表象。调出于才
思，凝聚为情思意思，继而见于辞，无情意则无所谓调。调可恬淡，也可雄
健，关键看其是出于情意所有还是出自临摹袭取。调的高下由此决定了诗之
高下。茅元仪此论，继承了明代文学批评界的格调论，确立规法模范的同时
又格外强调了"意"对调的决定作用，意即情思意思，是才思的产物。如
果说明代文人论格调有承续盛唐风调的雄心，并假此改变唐宋"才调"论
中对清倩纤细绮丽的沉溺。那么茅元仪此论，则对其时宗盛唐之雄健与宗
陶、韦、王、孟之恬淡者同时提出了批判，将调从声口规模回归到与才思、
才气、才情相关的本然意旨中来，由此格便从循取古人转化为自生自创。茅
元仪本来强调情意对诗的绝对作用，却恰恰不言情意而说诗决定于"调"，
关键就在于调具有对声韵、情思、意旨全面的总括性。以调言诗，增加了情
的包容范围、扩大了对体格的接受空间。

但对于明代复古思想较为浓重的一些文人而言，他们关于调的态度往往
陷入自相矛盾：既明乎调本于才性，又守住盛唐大历等经典的标格。调本于
才性，自我之调的稳定统一便是自我之格，"格就是调之格，它并不脱离调
而单独存在，每一种调都有它自己的或高或卑的格"②；而从古人经典之中
摹取其调，立为标格，则会引发才调分离的悖论。于是，其时一些诗人定位
于经典的"格调"之论隐然具有了以格节制才调的诉求，这是明代具有复
古意味格调论流行的一个合理解释。

尽管如此，言声调而兼才调内质，论才思有才生思、思生调的伟论，明

---

① 茅元仪：《范东生诗集序》，《石民四十集》卷15，第1386册，第206页。
② 廖可斌：《明代文学复古运动研究》，第119页。

代文人论格调，已将才调之间的因果关系辨析详明，这是明代复古派文人的重要贡献，也是复古派文人——尤其后七子以王世贞为代表的诸文人逐步反思复古继而引发文学新潮的重要内动因。廖可斌先生总结明代复古派有关格调的论述，对其所论格调之"调"有如下定义："调就是指诗歌作品中情与理、意与象、诗与乐相结合所构成的具有动态特征的总体形态，或者说混合流。"结合此前的考论，在很多关于明人格调之调的论述中，这个解释接近才调之调的本质。古人论文之所以如此重视"定调"，根本原因在于：

> 达到了情与理、意与象、诗与乐的一定程度的统一，具备了情、气、音、味、词藻、文采等，就具备了文学的基本特征，这就形成了调，作品就成其为文学了。①

成调、定调，一如创作之中的成体，是主体境界与艺术境界成就的标志。对于审美主体而言，才调确立，使得才思归向于体调由此具备了鲜明的抒发路径与充沛的内在动力。

第三节　体调：才气大略　表里相符

体调就是体裁、风调的综合。② 六朝齐梁之际，文艺言体虽然依然保持着对文类意义之体裁的高度关注，但与此同时，作为超越某种具体体裁的"全文体"或"超文体"意义的体格风格观照逐步也形成潮流。如果说具体体裁呼唤着才思的寄托归依与敛束，那么"全文体"或"超文体"意义的体格风格则着力宣扬主体才思的创造激扬，追求孕育于体裁之中、洋溢于作品之外的气象、风调。这就是体调，是才气抒发创造的审美情貌。古代文艺

① 明代复古思潮之所以讲求"格"，廖可斌先生认为还有一个重要的原因：中国诗歌发展到明代，源自唐人的传统诗学已经告一段落；明代诗人多为显宦，他们的诗学理论中，担当以及超越一己闲适寄托的思想较为突出，以情意情志之"质"矫过于自我化之"文"，于是形成了以"格"节"调"的理念。参阅《明代文学复古运动研究》，第119、120页。

② 严羽《沧浪诗话》论诗有五法："曰体制，曰格力，曰气象，曰兴趣，曰音节。"五法皆备则既有其体裁格度，又具其兴象风神。廖可斌先生即认为：其中前二方面相当于明人所言之格，后三方面相当于明人所言之调。参阅《明代文学复古运动研究》，第122页。

所论体、调，虽然总体上存在着接近形质层面的体制与接近精神层面的兴象风神的微妙区分，但理论实践中二者的运用比较笼统，时分时合，并不统一。本节所强调的是：在遵循体裁规范基础之上，作品中那种鲜明的主体性精神追求与创造便是"体调"。古人于这种追求或曰体，或曰调，或曰体调，但旨趣是一致的。

文艺才性与体调之间有着基本的对应，这就是《文心雕龙·体性》所云的"才气大略"、"表里相符"。罗宗强先生也概括其旨说："刘勰论文章体貌的一个重要特点，便是强调体貌与才性之关系。即'因内而符外'，'各师成心，其异如面'。"①刘勰不仅准确揭示了这一思想，还详明论述了文艺才性与体调之间对应的美学机制。概括而言，所谓体调系"才气大略、表里相符"这一论题主要包含以下三部分内容：才性气质与体调对应美学机制的建构、才性气质与体调对应关系的深层形态、才性体调关系与文如其人说的统一。

一

才性气质与体调对应美学机制的建构。主体所具备的文艺才性是形成文艺作品体调风格的根本，这种关系在六朝之际已经得到完整的理论阐释。

才性与体调关系最早的论述仍是《典论·论文》。曹丕首先通过"清浊有体"的主体差异性论述"文非一体，鲜能备善"。但他没有为体裁偏长的表面现象所局限，继而又以主体禀气之异推演出体调不同："应场和而不壮，刘祯壮而不密，孔融体气高妙。"受到才性偏适的影响，不仅体裁，体调也有着内在的偏宜。陆机《文赋》所谓"夸目者尚奢"、"惬心者贵当"、"言穷者无隘"、"论达者唯旷"，也部分包含如此才性特征对应如此审美面目的内容。陆云将这种能够因我才性见我风貌称为"文体成"②，文体成则如孩子骨骼完备，自有其态，这就是体调。但其时相关的论述裹挟在体裁论述之中，对才思向体裁循依、禀气对体裁之无奈的强调远超过对主体才性才思创构体象的颂扬。

---

① 罗宗强：《魏晋南北朝文学思想史》，第347页。
② 陆云《与平原书》："屡视诸故时文，皆有恨文体成耳。然新声故自难复过。"

　　齐梁之际，刘孝绰将曹丕"文非一体，鲜能备善"转译为"属文之体，鲜能周备"，且对这个论题的阐释与曹丕迥异其趣。他首先同样肯定了体的多端：其中有"孔璋词赋，曹祖劝其修令；伯喈答赠，挚虞知其颇古；孟坚之颂，尚有似赞之讥；士衡之碑，犹闻类赋之贬"等体裁之体。有"子渊淫靡，若女工之蠹；子云侈靡，异诗人之则"的风格之体。有"长卿徒善，既累为迟；少孺虽疾，俳优而已"的性质敏迟之体。随之刘孝绰并没有沿着"文非一体，鲜能备善"申说，而是忽下转语："深于文者，兼而善之，能使典而不野，远而不放，丽而不淫，约而不俭，独擅众美，斯文在斯。假使王朗报笺、卞兰献赋，犹不足以揄扬著述，称赞才章。况在庸才，曾何仿佛？"① 在曹魏之际被视为无可奈何并以之警醒文人不必相轻的体裁难以周备、体貌各有其偏之论，在这里被超越，作者将视野主要投射到苗生于体裁之上的风格体调，并且更为豪迈地立体调的"兼而善之"、"独擅众美"为高标。当然，这种境界依托于远非"庸才"所可仿佛的卓越才气。且不论这种集大成式体调成就的可行性，其对才性才思创构之体调的咏赞，实则预示了才体关系论由才与体裁为主向才思与体调关系为主的转型。其时《颜氏家训·文章》论宏才创造，通过古今的融通，又鲜明地将体调纳入艺术审美的更高境界：

　　　　古人之文，宏材逸气，体度风格，去今实远；但缉缀疏朴，未为密致耳。今世音律谐靡，章句偶对，讳避精详，贤于往昔多矣。宜以古之制裁为本，今之辞调为末，并须两存，不可偏弃也。②

古之"制裁"即古人在体裁基础上所创造的"体度风格"；今之"辞调"，则兼容着音律、章句、文字缉缀所形成的风采。将二者视为一本一末，就是体度风格为本，辞调形式为末，但表里本末之间必须融会。如此体调，是宏材创造的理想形态，也是最高形态。

　　依照才性研磨、创作，最终必然能够体现出与其呼应的风体，至《文

---

　　① 刘孝绰：《昭明太子集序》，同前。
　　② 王利器：《颜氏家训集解》，第 268 页。

心雕龙》，很多篇章都涉及了这一思想。

《明诗》云："若夫四言正体，则雅润为本；五言流调，则清丽居宗。"这是四言五言的体裁特征，而当体裁与主体关联之际，最终作品所呈现的体貌决定于才性，所以刘勰又说"华实异用，唯才所安"，于是"平子得其雅，叔夜含其润，茂先凝其清，景阳振其丽"：不同诗人雅、润、清、丽等不同风体的形成，最终归结于各自才性的不同。

《熔裁》云："精论要语，极略之体；游心窜句，极繁之体；谓繁与略，随分所好。"又云："士衡才优，而缀辞尤繁；士龙思劣，而雅好清省。"对于繁、略两种不同的审美风貌，表面上嗜好相左，根源则在于各有其才分。

《才略》总结前代名家成就，以为皆是尽自我之才成自我之体："魏文之才，洋洋清绮，旧谈抑之，谓去植千里。然子建思捷而才俊，诗丽而表逸；子桓虑详而力缓，故不竞于先鸣……仲宣溢才，捷而能密。"又曰："张华短章，奕奕清畅……左思奇才，业深覃思……潘岳敏给，辞自和畅……孙楚缀思，每直置以疏通；挚虞述怀，必循规以温雅，其品藻流别，有条理焉。傅玄篇章，义多规镜；长虞笔奏，世执刚中。"由此延伸，就文笔之"文"而言："成公子安选赋而时美，夏侯孝若具体而皆微……刘琨雅壮而多风，卢谌情发而理昭，亦遇之于时势也；景纯艳逸，足冠中兴"。就文笔之"笔"而言："庾元规之表奏，靡密以闲畅；温太真之笔记，循理而清通，亦笔端之良工也"。概而言之，有其才者，皆有其风格体调之美，此所谓"殊声而合响，异翮而同飞"。

《才略》篇赞语又云："才难然乎？性各异禀。一朝综文，千年凝锦。余采徘徊，遗风籍甚。无曰纷杂，皎然可品。"古人创作之所以皎然可品，原因就在于其成乎文才。文才以彼此卓然自异的才性为根基，呈现在作品中则形成与其相应的风格体貌，这是一个类似"夺魂摄魄"的创造，一朝成文，就如锦绣织就，风采难以隐匿。①

而《文心雕龙·体性》对才性体调关系，尤其才性如何影响于体调风体则作出了全面而深入的阐释。本文刘勰提出了"摹体以定习，因性以练

———————

① 范文澜：《文心雕龙注》，第67、543、544、700、701、702页。

才"，詹锳先生以为："因性以练才"就是顺着自己的性情，学习和自己的个性比较接近的风格，这样来锻炼自己的才能。① 文人各具才性，其所能的限度由此确认，但并非每个文人对自己的这种定性都有客观的把握和体认，于是经常有人勉强从事于和自己才性限量不相合的创作，追求与自己才性距离较远甚至不相能的风格等等。这时，确定自我才性所宜就显得尤为重要，在此基础上再选择符合自我才能的风体模拟、锻炼，方有成体成调的可能。在具体的论述上，刘勰远远超越了曹丕个体才性与文体风格的简单对应之论，建立起了才性与风体的系统关系理论。

从审美创作的流程而言，"情动而言形，理发而文见，盖沿隐以至显，因内而符外"。而向外显象的能力决定于才、气、学、习："才有庸隽，气有刚柔，学有浅深，习有雅郑，并情性所铄，陶染所凝，是以笔区云谲，文苑波诡者矣。故辞理庸隽，莫能翻其才；风趣刚柔，宁或改其气；事义浅深，未闻乖其学；体式雅郑，鲜有反其习。"主体才气学习的综合便形成了典雅、远奥、精约、显附、繁缛、壮丽、新奇、轻靡八种风格体式。尽管八体成就于才气学习，关乎天人，但无论人力如何，它不能背离才气性情的本然：

> 夫八体屡迁，功以学成；才力居中，肇自血气。气以实志，志以定言，吐纳英华，莫非情性。是以贾生俊发，故文洁而体清；长卿傲诞，故理侈而辞溢；子云沉寂，故志隐而味深；子政简易，故趣昭而事博；孟坚雅懿，故裁密而思靡；平子淹通，故虑周而藻密；仲宣躁锐，故颖出而才果；公干气褊，故言壮而情骇；嗣宗俶傥，故响逸而调远；叔夜隽侠，故兴高而采烈；安仁轻敏，故锋发而韵流；士衡矜重，故情繁而辞隐。触类以推，表里必符，岂非自然之恒资，才气之大略哉。

八体形成的核心力量来源于学、习、才、气，但四者对作品风貌的影响不是一致的：体式由于具有规范性特征，因此可以通过学习基本掌握；但才力源自血气，它浸入情志显为文辞且最终不会背离这种禀赋情性的约定，因此

---

① 詹锳：《文心雕龙义证》，第 1037 页。

"才气"（即才性）方是对主体到底能够创造何种体格起决定性作用的因素。所以说才气与风体之间这种对应是"自然之恒资，才气之大略"。刘勰不同于曹丕的是：曹丕仅仅关注到了文学创作之中存在着因彼此才性不同带来的风格规定性，而刘勰不仅认同这种创见，承认其产生的合理性，而且有意提倡这种异彩纷呈，内在的主体活力与外在的艺术生命由此贯通。

如果说《体性》表达的是风体与才性之间大略对应的基本规律，那么具体创作之际如何实现这种基本对应呢？或者说才性如何贯彻于作品之中呢？这就必须结合《体性》与《风骨》共同研讨。《体性》与《风骨》二篇相邻，可以说，这种位次关系的设置是建立在一定思想系统指导之下的，并非随意的安排。《体性》居前，探讨了创作主体以才性为核心素养的锻炼与积累，以及其可能对应的作品八体；《风骨》随后，则主要论述如何将才、气、学、习融会，并将其植入作品，以创生建立在八体基础之上的个人体调。

具体而言，才气与八体之间的对应是建立在一种高超艺术素养前提下的审美境界，并非人皆可为。它需要才气学习的融会，那么才气学习如何融会方可实现这种对应呢？《风骨》篇集中解决这个问题。

从气论文艺思想而言，文本于气，感于气，由气而至文，一气相贯。故云："诗总六义，风冠其首，斯乃化感之本源，志气之符契也。"风即为气，《诗经》六义以风起始，便具有宣示以上思想的意义。而气的显形必赖乎文辞，故"怊怅述情"之后继有"沉吟铺辞"。一气一辞，文章由此而成。气与辞如何结合才能成就鲜活的文章呢？刘勰认为：

> 怊怅述情，必始乎风；沉吟铺辞，莫先于骨。故辞之待骨，如体之树骸；情之含风，犹形之包气。结言端直，则文骨成焉；意气骏爽，则文风清焉。若丰藻克赡，风骨不飞，则振采失鲜，负声无力。是以缀虑裁篇，务盈守气；刚健既实，辉光乃新。其为文用，譬征鸟之使翼也。

这段文字的核心是：要完成述情铺辞的任务则必先"立骨"，气骨关乎作品体格架构的充盈鲜活与否。要锻炼气骨则又必然回归于气，这个气就是古代禀气论的气，是主体生命质地与其活力的象征：

故魏文称文以气为主，气之清浊有体，不可力强而致。故其论孔融则云体气高妙，论徐幹则云时有齐气，论刘祯则云时有逸气。公幹亦云：孔氏卓卓，信含异气，笔墨之性，殆不可胜。并重气之旨也。夫翬翟备色，翾翥百步，肌丰而力沉也；鹰隼乏采，而翰飞戾天，骨劲而气猛也。文章才力，有似于此。若风骨乏采，则鸷集翰林；采乏风骨，则雉窜文囿。惟藻耀而高翔，固文笔之鸣凤也。

文中所谓的气，从本质而言实为才性，刘勰所谓"文中才力，有似于此"即是以气力情态比附才力之意。养气清醇厚盛也便是养才炼才，如此则风骨成立，然而又不能乏采，因为气关乎文骨坚劲与否，辞采则影响表象的藻饰。由此引申出对"学习"的讲求："镕铸经典之范，翔集子史之术，洞晓情变，曲昭文体。"学习经典的格式、法度，明了情志变化的轨迹，通达文体流变及规定。

内外兼修，内有生机，外有光泽，如此才、气、学、习融会，作品才能"风清骨峻、篇体光华"：既有间架，又充溢着生气，作品就如同一个鲜活的生命体一样诞生了，而且最终实现的是"情与气偕，辞共体并"，即主体之性情、气势与文辞风体皆能统一。其中"情与气偕"得之于"蔚彼风力"的涵养；"辞共体并"的表达源自"严此骨鲠"、析辞必精的学习磨砺。以上性情涵养、学习磨炼所成就的便是"才锋峻立"，偏能之才性获得如此的锤炼，也便有了"符采克炳"的风体与之相称。刘勰关于才性气质与体调关系的论述可为精思极备，后世相关论述多由此引申发挥。[①]

① 范文澜：《文心雕龙注》，第513、514页。按：才性与风体的对应是艺术规律，但要实现这种对应必须贯彻刘勰所论的"才气学习"融会，如邵长蘅云："夫诗，艺也。然要其至则天人兼焉。汉唐以来诗虽逊古，顾其间能卓乎名家者，大抵或为沉郁，或为豪放，或为绮丽澹逸幽奇，各习焉而得其性情之所近。而其学之勤也，必本之三百篇、离骚以浚其源，叩之六艺子史百家以博其识，傍及山经地志佛老方伎之说以尽其变。其思之专也，必刿心钵肝，憔悴诚一，一切荣枯得失悲乐之感莫不发之于此。夫其体之沉郁、豪放、绮丽、澹远、幽奇不可强而同者，从乎天者也；其学之勤而思之专，尽乎人者也。是故有人而无天，终身为之未必其至也；有天而无人，率然至之未必皆至也。呜呼，不其难哉！"（参阅邵长蘅《吴退诒诗序》，《清门簏稿》卷7）刘勰论体性，以为通过后天之学，一些经典体格是可以模仿的，但体格迁变之中的波澜意度存乎个人才性，由此形成个体风骨；邵长蘅从其反向立论：体格虽然与不同文人的才性呼应，且率然操觚也偶有其建树，但要形成稳定的体调风格，见诸艺术品位，则天赋之外，必须依靠人事之黾勉。

才性影响之下体调的形成是主体才性全面观照的一面镜子：

首先，体调的形成是文艺之士于艺术殿堂登堂入室的象征。主体才性禀气的艺术赋形，是才思的发散归趋，又是文学之士造诣身价的认证——只有成就卓著、成名成家者方备此殊荣。《沧浪诗话》即专列"诗体"一节，其中所列诸如陶体、谢体、少陵体、太白体、李长吉体、白乐天体等，皆是自成体调的代表。

其次，体调确立之日便是其才性之偏大白于天下之时。如司空图《与李生论诗书》论贾岛："贾阆仙诚有警句，视其全篇，意思殊馁，大抵附于蹇涩，方可致才，亦为体之不备也。"贾岛只有在致力于蹇涩之体的时候，其文才方能得到最大的发挥，言外之意，贾岛之才性最适宜创造一种蹇涩的风格。又如李、杜："少陵太白，当险阻艰难，流离困踬，意欲卑而语未尝不高；至于罗隐、贯休，得意偏霸，夸雄逞奇，语欲高而意未尝不卑。"这便是如此才性只能有如此的体调。再看白居易，尤长于平易之体，《观林诗话》曾论之：

> 乐天云："近世韦苏州歌行，才丽而外，颇近兴讽。其五言诗文，又高雅闲淡，自成一家之体，今之秉笔者，谁能及之？"故东坡有"乐天长短三千首，却爱韦郎五字诗"之句。然乐天既知韦应物之诗，而乃自甘心于浅俗，何耶？岂才有所限乎？[1]

心好之而身不能之，根源就在于才之所偏，于此不宜。这又属无此才性必不能有如此的体调。其他诸如"韦、柳隽逸，不宜长篇；苏、黄瘦硬，短于言情。悱恻芬芳，非温、李、冬郎不可；属词比事，非元、白、梅村不可"，也都是"才力笔性，各有所宜"[2]，不可勉强。"谐情合体、仿性纾才"[3]——根据自己的才性情志，选择适当相应的体调以表现自我的才华，由此成为一种深明我性的艺术智慧。

---

① 丁福保：《历代诗话续编》，第 131 页。
② 袁枚：《随园诗话》卷 5，《袁枚全集》第三册，第 144 页。
③ 黄汝亨：《南太史饮酒集杜小序》，陆云龙辑《翠娱阁评选皇明小品十六家》，第 414 页。

二

才性气质与体调对应关系的深层形态。才性与体调在以上鲜明的关系之外，还有一些较为深层、隐蔽且易被人忽略的形态，分说如下。

其一，就个体而言，师法前人、时人风体必循乎才分才性所宜。《文心雕龙·风骨》云："文术多门，各适所好。"刘勰的本意虽然在于批评那些只顾自我嗜好，而"明者弗授，学者弗师"的现象，但却提出了一个重要的观点：法度的学习一般要符合才分所宜。古人于诗文每有其偏好，如杜甫不喜陶诗，欧阳修不喜杜诗，苏洵不喜扬雄，苏轼不喜《史记》等等，而这恰恰体现了酸咸之嗜，各有所趋。① 明代皇甫汸也说："作诗须量力度才，就其近似者而模仿之，久则成家矣。"② 王士禛论四唐之学习："初盛有初盛之真精神真面目，中晚有中晚之真精神真面目。学者从其性之所近，伐毛洗髓，务得其神，而不袭其貌，则无论初盛中晚，皆可名家。"③ "量力度才"、"从其性之所近"，都是讲因才分而选择师法对象。

对初学者而言，首先需要明确自我才分所宜。明确之术有二：

或得自先知指示。《文史通义·原学》云："人生禀气不齐，固有不能自知适当其可之准者，则先知先觉之人，从而指示之，所谓教也。教也者，教人自知适当其可之准，非教之舍己而从我也。"④ 曾国藩教育弟、子便是如此。其家书中教曾纪泽："尔之才思，能古雅而不能雄骏"，因此阅读需要着重于古诗、汉魏六朝之作，因其性质相近。又教其四弟学袁枚、九弟学元好问，皆因其"笔情"与之相近。⑤

或在名家作品的揣摩习练中逐步确定。台阁之作要光明正大，山林之作要古淡闲雅，江湖之作要浩放沉着，风月之作要蕴藉秀丽，方外之作要夷旷清楚，怀古之作要慷慨悲惋，宫壼闺房之作要不淫不怨。以上体格，历代大家皆是各随资禀高下而发，学者于其中也可以发现性情所好，由此"随其

---

① 朱菊如等：《齐东野语校注》卷16，华东师范大学出版社1987年版，第328页。
② 徐师曾：《文体明辨序说》，王水照辑《历代文话》，第2057页。
③ 渔洋夫子口授、何世璂述：《然灯记闻》，丁福保辑《清诗话》，第122页。
④ 叶瑛：《文史通义校注》，第147页。
⑤ 钟叔河编订：《曾国藩家书》，第57、204页。

所宜"而师法，方能臻乎高明。如王昶论称：

> 古文字茅氏八家而外，如唐之独孤文公、李文公、皮子，宋之李泰
> 伯、苏门六君子、朱子、周益公、陆务观、叶石林，皆自成一家言。至
> 如元之吴（澄）、吴（莱）、揭、黄、柳、戴，明之宋、王（守仁）、王
> （慎中）、归、唐均可师法。若既本经纬史，又于诸家中择一性所嗜者，
> 熟复而深思之，久之，深造自得，旁推交通，自尔升堂入室。①

名家皆有其美，但难以完全师法，只能从中择取性之所嗜者重点突破——
"嗜好"，也就是兴趣，便是验证自我才性的标尺。才性偏长在具体创作中
表现为"笔性"，才性与笔性呼应，今人能够感知自我与古人才性是否接
近，皆得于笔性上的斟酌，所以张实居云："盛唐诗或高或古或深或厚或
长，或雄浑或飘逸或悲壮或凄婉，皆可师法。当就笔性所近学之，方易于见
长。"② 如果性质恬旷而务求华艳，才情绮丽而强拟沉郁，终究会行歧路者
不至，怀二心者无成。③

　　师法古人而就其才分所宜，不仅是学习能够见效的基础，也是从浩如烟
海的前人积累以及林林总总之法度规矩里破围而出的明智之举。有人动言不
受古人牢笼，但谈何容易！所以曾国藩辑录《经史百家杂钞》，于诗歌一目
自魏晋至清代共遴选出十九家，在解释如此选择的原因时他说："盖诗之为
道广矣，嗜好趋向，各视其性之所近，犹庶羞百味，罗列鼎俎，但取适吾口
者。"如果必穷尽天下佳肴遍尝而后供一馔，是大惑大愚。即使这十九家，
他最终仍然表示自己仅笃守其中李杜苏黄四人。④

　　但值得注意的是，即使学由其性，法循其才，如果与心仪的对象才量大

<hr>

① 王昶：《示长沙弟子唐业敬》，《春融堂集》卷68，《续修四库全书》第1438册，第331页。

② 郎廷槐问，张笃庆答：《诗问》，周维德笺注《诗问四种》，第54页。

③ 顾随《驼庵诗话》云："每人心灵上都蕴藏有天才，不过没开发而已。开发矿藏是别人的力，
而自己天才的开发是自己的事。受影响是引起开发的动机。"又云："所谓影响是引起人的自觉，感到与
古人某点相似，喜欢某处，喜欢是自觉的先兆，开发的先声。假如不受古人影响，引不起自觉来，始终
不知自己有什么天才。我们读古人的作品，并非要模仿，是要从此引起我们的感觉。"可为此论一证。
参阅《顾随全集》第三册，河北教育出版社2001年版，第67页。

④ 曾国藩：《圣哲画像记》，《曾国藩文集》卷3，第290页。

小迥异，也难以师法并创制其体。古人常言李杜不可学，原因之一在于：一般名家一丘一壑，各擅其长，但李杜洋洋大观，才分浅弱者置身其中难以辨认合性的途径，力量不到反成枯槁。

其二，体派的产生，是共同气象、体调学习的产物，也是才分所偏、才性相近者共同选择渔的结果。具备才华，情性相近，沐浴着共同时代潮流或者近似审美风尚的文人所创作出的作品，往往具有近似的风格，参与如此创作的文人集合便被称为体派。其追随者也往往具有相近或者互补的才性，他们以体派之中的大家风格为榜样，由此又壮大了体派的力量。如西昆体、香奁体、宫体、江西体、公安体等皆是。体派出于文学思想近似者的刻意追求，更是源自才分接近因而呈现出的审美趋同。以清代康乾诗坛为例，当时主要的状态就是宗派体派林立：有王士禛以神韵为宗，为学王孟韦柳之派；宋荦、查慎行主条畅，为学苏陆之派；朱彝尊先学初唐后推北宋；赵执信准的常熟二冯，以唐代温李为极则；沈德潜又专以盛唐开元天宝为宗。不及百年，诗凡数变。那么为什么整个诗坛都是如此呢？洪亮吉的答案是：

> 才分独有所到，则嗜好各有所偏，欲合之无可合也。[1]

体派正是这种独到才分、独到嗜好的产物。才分嗜好之间并非分立，乃是《文心雕龙·熔裁》所谓的"随分所好"，有此性分，则有此偏嗜。相近者、相依附者、相游者便彼此熏染，渐成一体之貌。

但体派的近似并非体调的统一，如《文心雕龙·明诗》在称正始体诗歌具有"正始明道，诗杂仙心"的共性之外，又格外强调了"何晏之徒，率多浮浅，唯嵇志清峻，阮旨遥深"的特征。这就是统一中的个性，如同屠隆对"仙才"的论述："人但知李青莲仙才，而不知王右丞、李长吉、白香山皆仙才也。青莲仙才而俊秀，右丞仙才而玄冲，长吉仙才而奇丽，香山仙才而闲澹。"[2] 同一体派中虽有大体近似的面目，但彼此不同的才分又塑造了各自独到的体调。

---

① 洪亮吉：《西溪渔隐诗序》，《卷施阁集文甲集》卷10，《续修四库全书》第1467册，第339页。
② 屠隆：《鸿苞节录》卷6。

其三，时代体格的形成也被归结于才分。一个时代，由于运会相近，风气相熟，具有才华却性情不同者也往往能创造出较为近似的时代艺术风貌，此为时代体格，如建安体、黄初体、唐体、宋体等，明代文人即归此入格调。

时代体格的根源在于"时代之才"。王世贞就认为存在时代之才："六朝而前，材不能高……材不能高，故其格下也。"① 其中便将一个时代文人之才能统而言之。胡应麟也持这种观点，他认为：一代有一代之才，因而也就一代有一代之格调。《诗薮》有云：宋诗调驳杂，但材具纵横，气格浩瀚，胜过元人；元诗调纯正，但材具局促，气格卑劣于宋人。② 毛稚黄也有类似之论："宋人词才，若天纵之，诗才若天绌之。宋人作词多绵婉，作诗便硬；作词多蕴藉，作诗便露；作词颇能用虚，作诗便实；作词颇能尽变，作诗便板。"③ 如此整齐划一，非是就个体而论，自是时代之才。时代之才并非一个时代文人文才的总汇，而是说一个时代赋有才华的文人，受到共同的时代精神、文化风尚、文学传统积累以及政治潮流、家国命运等作用，形成某种共性的审美追求。如明代出现的对盛唐格调的讲求，并非仅仅是复古文人们重温旧梦或者走不出古人巨大身影的作茧自缚，它实则具有对中国古典诗歌高峰审美体格的礼敬意义。这种敬古情怀沉淀于文人心灵，便凝聚为明代文人时代性的才情志趣。这些审美追求依托各自文才以万紫千红的姿态分殊，月映万川而天悬一月，虽各具风骨但有其共同之体性，成就如此时代风体者便被笼统概括为"时代之才"。

时代风体因时代而形成，但发展过程中，时代风体往往超越其时代局限，成为一种文学风体的代表样式，如同唐音在明代的复活、宋调在清初的高张，都已经被视为一种审美风范在追求。如钱锺书先生承姜宸英"四唐不可以作诗者之年月论"说阐发云："诗自有初盛中晚，非世之初盛中晚。……唐诗宋诗，亦非仅朝代之别，乃体格性分之殊。天下有两种人，斯分两种诗。唐诗多以丰神情韵擅长，宋诗多以筋骨思想见胜。严仪卿首倡断代言诗，《沧浪诗话》即谓'本朝人尚理，唐人尚意兴'云云。曰唐曰宋，

---

① 王世贞：《艺苑卮言》卷1，丁福保辑《历代诗话续编》，第967页。
② 胡应麟：《诗薮》外编卷6，第229页。
③ 王又华：《古今词话》引，唐圭璋辑《词话丛编》，第609页。

特举大概而言，为称谓之便。非曰唐诗必出唐人，宋诗必出宋人也。故唐之少陵、昌黎、香山、东野，实唐人之开宋调者；宋之柯山、白石、九僧、四灵，则宋人之有唐音者。"① 时代的斑痕被剥落，唐体、宋体等曾经的时代体格便可以因才分之相近而复活了。

在以上艺术表现之外，还有一种现象，一些文人在模仿他人创作之际能够准确把握并细致表现出对方的审美体貌。《林下偶谈》论叶适创作："水心为诸人墓志，廊庙者赫矣，州县者艰勤，经行者粹醇，辞华者秀颖，驰骋者奇崛，隐遁者幽深，抑郁者悲怆，随其资质与之形貌，可以见文章之妙。"② 又如《冷庐杂识》云：五经之中，《诗经》皆用韵，《周易》、《尚书》、《礼记》、《左传》也时有韵语。子部之中《荀子·成相篇》则全部用韵。于是有了后人的模拟："罗鄂州作《尔雅翼序》用韵；王伯厚、宋景濂序亦皆用韵"。由此得出结论："惟才力足以相敌，故即能用其体也。"③ 再如以下几条为人熟知的资料，欧阳修云："退之为樊宗师志便似樊文"，"司马子长为《长卿传》如其文"④。另如人称苏洵《上欧阳内翰第一书》行文曲折似摹欧阳修，欧阳修作《尹师鲁墓志》即似尹师鲁等等。这种才力相敌则肖其体的现象，表面看来没有脱离文才与体调的关系，但这个体调只是文才创化的产物，也可以视为文人炫技的"玩物"，未必与作为其文才根基的才性契合。

风体之论就如同成家之说，不是每个文人都能成家，当然也不是每一个文人都最终可以创造其独到的风格体调。

三

才性体调关系与文如其人说的统一。才性直接影响作品体调的思想，文气说中情性气质与作品体貌统一的思想，二者在六朝之后逐步融合为一体，经常以主体与作品风格、气象关系的形态出现。也就是说，很多品目虽然所论是文人与作品风格，其本质实则指向文人才性、才气与风格体调的关系。

---

① 钱锺书：《谈艺录》，第 2 页。
② 吴子良：《荆溪林下偶谈》卷 3，影印《文渊阁四库全书》第 1481 册，第 503 页。
③ 陆以湉：《冷庐杂识》卷 1、卷 2，第 48、107 页。
④ 陈师道：《后山诗话》，何文焕辑《历代诗话》，第 309 页。

这种才性对体貌、风格、气象的影响就是"艺以才成","文如其人"是这种才体关系的别样表达,《文心雕龙·才略》则是这一思想最早的系统提炼。

文如其人思想的源头是"诗言志"、"修辞立其诚",源自生命意志的释放与道德的自律。按照传统气论文学思想的理解,人与文的统一是主体之气通过种种艺术形式贯彻于作品之中,在维持气前后一体的基础上,人与文实现统一。《文心雕龙·体性》以论主体才性为主,并初步得出了作品为"才气之大略"的结论,这种关系在《文心雕龙·才略》篇中便基本被表达为"才略"与作品风体的相称关系,并得到系统的论述。《体性》中有"贾生俊发,故文洁而体清"等论,涉及十二位著名文人,采取的表述方式一致,上句斥其才性,下句证以文体。有学者逐条对比《体性》篇与《才略》篇对这同一内容的论述,发现了其内在的一致性。略而言之:

《体性》:贾生俊发,故文洁而体清。

《才略》:贾谊才颖,陵轶飞兔,议惬而赋清。

《体性》:长卿傲诞,故理侈而辞溢。

《才略》:相如好书,师范屈宋,洞入夸艳,致名辞宗。然覆取精意,理不胜辞,故扬子以为"文丽用寡者长卿",诚哉是言也!

《体性》:子云沉寂,故志隐而味深。

《才略》:子云属意,辞义最深,观其涯度幽远,搜选诡丽,而竭才以钻思,故能理赡而辞坚矣。

《体性》:仲宣躁锐,故颖出而才果。

《才略》:仲宣溢才,捷而能密,文多兼善,辞少瑕累,摘其诗赋,则七子之冠冕乎!

《体性》称刘桢"气褊,故言壮而情骇",以个性解释刘桢的文学风格,而《才略》说"刘桢情高以会采",其义与《体性》大体一致。《体性》称阮籍"俶傥,故响逸而调远",《才略》称"阮籍使气而命诗"。《体性》称嵇康"俊侠,故兴高而采烈",《才略》称"嵇康师心以造论",都是一称个性与风格,一称作诗方式,也是指个性与风格。……《才略》在具体叙说了潘岳的文学成就后,情不自禁地将其文学成就与个性联系起来。《体性》所称陆机作品"情繁而辞隐"，与《才略》所称"陆机才欲窥深，辞务索广，故思能入巧，而不制繁"是概括与具体的区别，且后者也点出个性与风格的关系。

　　以上叙述可见，《体性》所述较为整齐与规范，明确地以个性阐述风格，强调的是其间的关系；《才略》所述是突出特点，有赞赏，有举例，有扩展，总之是详细的解说。而二者的基本评价是相同的。①

才略直接影响着作品体貌，审美主体之"性"也也直接影响着作品的体貌，而且论才略、作品体貌关系与论"性"、作品体貌关系意蕴基本一致。也可以说，《才略》篇与《体性》篇有着理论上的近似性，只不过体性论其大概，才略言其具体。为什么会出现这种理论吻合呢？究其原因在于刘勰"才略"的观念蕴含着"才性"本义，任何主体之才的性能言说，都不可能脱离滋生这种性能的个性气质。由于二者难以彻底切分，所以魏晋之后才性说尽管呈现为以才能论才的趋势，但文化开辟之际形成的以性言才的内涵一直融会其中，并未被忽略，也不可能被忽略。我们往往于深刻的文学研讨之中，时时能够在"能"之外，见到"性"的身影，"能"为"性"中之能，刘勰言"才略"实则侧重于论"才能"，但为防止读者于文才理解的偏颇，因而频频致意于"情性"。如此，则所谓才略之论，实则兼容着以上两个意旨：必有才能方可言创作；才能创造的对象映射着性情所有。

　　而在这种内外呼应之中，还有一点尤其值得注意，那就是《体性》篇概括文之形貌为八体，而与此同时论及贾谊、司马相如等十二位文人的创作却概括出十二种姿致，其体之概括与八体并不对等。② 原因何在？八体为文类意义的审美体貌，而才能、情性所对应的，恰恰是在此类的统一性基础上充满个性化意味、主体性精神的体调。而这就更加提示我们：依托主体才略对主体风格的创造就是对主体性情气质的显形，这就是"文如其人"。

　　从隋唐开始，由主体才性气质论其作品体貌气象，从而建构起人、文关系，已经成为一个重要的文艺批评范式。王通《文中子·事君》论魏晋六

---

① 胡大雷：《刘勰论作家个性与风格》，《常德师范学院学报》2002 年第 5 期。
② 关于这种不对等，罗宗强先生已经有了关注。参阅《魏晋南北朝文学思想史》，第 347 页。

朝文人，诸如"谢灵运小人哉，其文傲"、"沈休文小人哉，其文冶"、"鲍照、江淹，古之狷者也，其文急以怨；吴筠、孔稚珪，古之狂人也，其文怪以怒；谢庄、王融，古之纤人也，其文碎；徐陵、庾信，古之夸人也，其文淫"等论，是《文心雕龙》"体性"与"才略"论之后首次系统的才性风体关系论。当然，其中附着有道德论的内容。至唐代殷璠则将这种创生于审美主体文艺才性的风体概之曰"体调"①。个体的性情气质，通过其独有的才能传递出来，在自我独到的艺术信息编组系统中，呈现出个性化的气质映像与本色。一般情势下，在具有才略的前提下，"性情褊隘者其词躁，宽裕者其词平，端清者其词雅，疏旷者其词逸，雄伟者其词壮，蕴藉者其词婉"。从"涵养性情"至"发于气"再至"形于言"，整体具有一定的统一性。中国文人非常重视这种统一，将其确立为"诗之本源"②。这就是"人类文章"。《清箱杂记》记载："本朝杨大年、宋宣献、宋莒公、胡武平所撰制诏，皆婉美淳厚，过于前世燕、许、韦、杨远甚。而其为人亦各类其文章。"③ 或明言"文如其人"。冯时可《雨航杂录》云：

> 永叔侃然而文温，穆子固介然而文典则，苏长公达而文遒畅，次公恬而文澄蓄，介甫矫厉而文简劲，文如其人哉。④

这是对富有性情、才能或者说具有文才者的艺术概括，而且不是一般性的随意涂抹、往来酬应，它是对高品位作品的礼赞。因此，要想获得"一读其诗，而其人性情入眼便见"的效验，先要"诗本性情"，再者所作必系"真诗"⑤，这其间既有修辞立诚的要求，也兼容了才学技艺的考量。

一般说来，从情志到诗一路而来，创作应该能够维持这种人格的统一。但情有伪情、虚情，气有真气、矫气、客气，文学创作中言行不一、人文悬殊者在在皆是，所以有人质疑："夫邪也不端言乎？弱不健言乎？躁不冲言

①　殷璠《河岳英灵集》评李白："白性嗜酒，志不拘检，常林栖十数载，故其为文章，率皆纵意。至如《蜀道难》等篇，可谓奇之又奇。然自骚人以还，鲜有此体调也。"
②　范梈：《木天禁语》引储咏语，何文焕辑《历代诗话》，第751页。
③　吴处厚：《清箱杂记》卷5，影印《文渊阁四库全书》第1036册，第628页。
④　冯时可：《雨航杂录》卷上，影印《文渊阁四库全书》第867册，第329页。
⑤　江盈科：《雪涛诗评》，《江盈科集》，第806页。

乎？怨不平言乎？显不隐言乎？"① 面对这样的作品，如何观其人文统一之所在？钱锺书先生《谈艺录》辨析：

> 心画心声，本为成事之说，实鲜先见之明。然所言之物可以饰伪，巨奸为忧国语，热中人作冰雪文是也。其言之格调，则往往流露本相。狷疾人之作风，不能尽变为澄淡；豪迈人之笔性，不能尽变为谨严。文如其人，在此不在彼也。

不从道德与诗品立论，也不从选择的题材立论，而是从才性气质、才分偏长与语言形式、笔性之气的关系立论。也就是说，所谓文如其人，归根结底要回到才性才分与体调的关系上来，要究其才调之所在。因举阮大铖为例："阮圆海欲作山水清音，而其诗格矜涩纤仄，望可知为深心密虑，非真闲适人寄意于诗者。"对其《咏怀堂诗》的评价也大致如此："钩棘其词，清羸其貌，隐情踬理，鼠入牛角，车走羊肠。其法则叶石林所谓'减字换字'，其格则皇甫持正所谓'可惋在碎'。万历后诗有此饾心饤肝、拗嗓刺目之苦趣恶道。"皆以词气断其人才性，或由其才性断其词气，所见者正是人与文最细微也是最根本的关系。②

综上所论，能够充分展现作者才性的作品，既能择定与其相称之文体、体类，作品中又往往彰显与其相称的体调气象，这是能够实现"文如其人"这个艺术境界的前提。而诸多未抵此境的创作，文才不足或者未能尽才往往是最为主要的原因。至于"得丧不能齐而自讳其真"等，则属于偶然的影响因素。

第四节　体缘才限与极才尽变

才气大略与体调基本统一的思想在说明才气体调因果关联的同时，实际上又宣示了如下的限定：文艺主体对于体——无论体裁抑或体格的创造不是

---

① 李梦阳：《林公诗序》，《空同集》卷51。
② 钱锺书：《谈艺录》，第163页。

无限的。这一点早在汉魏之际已经为人关注，后世称之为"体缘才限"。但是，才华的限定性不仅没有束缚历代优秀文人的手脚，反而激发了他们极才尽变的动力，既然才与体裁、体调之间有着如此密切又不可移易的关系，在自我优长的体裁之中创造并呈现自我体调便成为历代才子们的共同追求。对体调的追求依托自我文才的创化灵动，在破除传统以及宗派等固有格调的束缚之余促成了明代极才尽变思想的诞生。这种思想中有着人尽其才的渴望，是文学才思实现贯通运动的内动力，也是文学才思快意书写、纵情挥洒的存照。这种思想发展的到极致，陶望龄"偏师必捷"之论便应运而生。

一

从曹丕《典论》到《文心雕龙》的《才略》、《体性》，从钟嵘《诗品》判定流品、辨析源流再到司空图以一家有一家之风骨确立二十四品，都体现出理论界对主体偏长之才与文学之"体"关系的密切关注。其呈现的基本情态是：尽管历代不乏对通才全才的讴歌，曹丕"文非一体，鲜能备善"实则更近常态。

（一）就文类意义的体裁而言，长于此体未必长于彼体。早在汉魏之际，曹丕《典论·论文》已对这种体裁偏能现象有了论述："王粲长于辞赋，徐幹时有齐气，然粲之匹也。如粲之《初征》、《登楼》、《槐赋》、《征思》，幹之《玄猿》、《漏卮》、《圆扇》、《橘赋》，虽张、蔡不过也，然于他文未能称是。琳、瑀之章表书记，今之隽也。"王粲、徐幹有辞赋之能，陈琳、阮瑀则优于章表书记。

在曹丕看来，受到体裁各自特征的限定，创作主体的才能与文体之间形成的关系基本上是一一对应的，真正的兼能全能实为罕见，故云："常人贵远贱近，向声背实，又患暗于自见，谓己为贤。夫文本同而末异，盖奏议宜雅，书论宜理，铭诔尚实，诗赋欲丽。此四科不同，故能之者偏也，唯通才能备其体。"就文学史的历程考量，真正的"通才"只是一种文学畅想，所以继而又云："文以气为主，气之清浊有体，不可力强而致。"人之体气才性不同因而影响到其对体裁、体调的选择。之所以会这样，关键在于文体作为一个"主体"，也具有自己的"性"，恰是这种体性或体气，决定了不同才性的文人们到底适合哪种文体。限定便由此而来，一己之才与多体的相称也便难以成立。这个论断关注的起点在于是否精于此道，并非从是否染指立论。

及《文心雕龙·才略》论才体关系，其核心思想基本承续了曹丕的论述：不同主体的不同才略，都有着各自所擅长的体裁：贾谊"议惬而赋清"，桓谭长于"著论"，潘勖"觉群公于锡命"，王朗"致美于序铭"。又如："仲宣溢才，捷而能密，文多兼善，辞少瑕累，摘其诗赋，则七子之冠冕乎！琳、瑀以符檄擅声；徐幹以赋论标美……路粹、杨修，颇怀笔记之工；丁仪、邯郸，亦含论述之美。"又云："刘向之奏议，旨切而调缓；赵壹之辞赋，意繁而体疏；孔融气盛于为笔；祢衡思锐于为文：有偏美焉。"六朝文学实践之中，"沈诗任笔"的热议也印证了这种偏美思想。《诗品》称："彦升少年为诗不工，故世称'沈诗任笔'。"《南史·沈约传》亦有"谢玄晖善为诗，任彦升工于笔"之论。另如萧纲《与湘东王书》、萧绎《金楼子·立言》各有"近世谢朓、沈约之诗，任昉、陆倕之笔，斯实文章之冠冕，述作之楷模"、"任彦升甲部阙如，才长笔翰"之说。

宋代的才有偏能论集中于诗文偏长研讨，并形成几个讨论的热点：

其一是对唐代杜甫、皇甫湜、李翱的评论。先是杜甫优于诗而不长于文说。孙觌论云："杜子美诗格力自天，雄跨百代，为古今诗人之冠，至他文不辄工。荀卿所谓艺之至者不能两，信矣！"[①] 仇兆鳌《杜诗凡例》亦附和之："少陵诗名独擅，而文笔未见采于宋人，则无韵之文，或非其所长。"[②]

再者为对韩愈两个弟子李翱与皇甫湜能文不能诗的关注。刘攽《中山诗话》先称李翱不能诗，又云古人读皇甫湜之诗"讥其掎摭粪壤"；叶梦得《石林诗话》卷下也云："人之材力，信自有限，李翱、皇甫湜皆韩退之高弟，而二人独不传其诗。"[③] 二人以文章名世，未似韩愈诗、文皆传。《韩昌黎诗集》有韩愈、孟郊、李翱《远游联句》，共计四十韵，孟郊二十韵，韩愈十九韵，李翱仅有一韵。所以清人感慨："习之之诗见于世者，此而已，大率诗非其所长也。"[④]

---

① 孙觌：《浮溪集序》，《鸿庆居士集》卷30，影印《文渊阁四库全书》第1135册，第299页。
② 仇兆鳌：《杜诗详注》，第25页。
③ 何文焕：《历代诗话》，第292、432页。
④ 方世举：《韩昌黎诗集编年笺注》卷6引，第345页。

其二是对宋代部分知名文人的评论。梅圣俞曾称尹师鲁"以古文名而不能诗"①，这是宋代较早的文人偏长批评。《世语》云："苏明允不能诗，欧阳永叔不能赋，曾子固短于韵语，黄鲁直短于散语。苏子瞻词如诗，秦少游诗如词。"②北宋诸大名家以及诗、赋、文、词诸般题材皆被一网打尽。又有苏门四客偏能之论：

> 四客各有所长，鲁直长于诗辞，秦、晁长于议论。鲁直《与秦观书》曰："庭坚心醉于诗与楚辞，似若有得，至于议论文字，今日乃当付之少游及晁、张、无己……"乃知人才各有所长，虽苏门不能兼全也。③

在对时人的讨论中，曾巩是宋人焦点中的焦点。秦少游曾说："人才各有分限，杜子美诗冠古今，而无韵者殆不可读；曾子固以文名天下，而有韵者辄不工。此未易以理推之也。"当时甚至出现了与此相关的笑话，《冷斋夜话》引其时文人自言平生"五恨"："第一恨鲥鱼多骨，二恨金橘太酸，三恨莼菜性冷，四恨海棠无香，五恨曾子固不能作诗。"④

从体裁偏长再具体一步，即如诗歌一目，其下又包容着四言、五言、七言，包容着古体今体等等细类。才有偏能，更明确地讲应当指向各种体裁的细类之能：

或长于五言不长于七言。刘攽《中山诗话》："张籍乐府词，清丽深婉，五言律诗亦平淡可爱，至七言诗，则质多文少。材各有宜，不可强饰。"⑤

或长于巨观而小诗（多指绝句）不工。吴可《藏海诗话》："有大才，作小诗辄不工，退之是也。子苍然之。刘禹锡、柳子厚小诗极妙，子美不甚留意绝句。"⑥

---

① 刘攽：《中山诗话》引，何文焕辑《历代诗话》，第293页。
② 陈师道：《后山诗话》，何文焕辑《历代诗话》，第312页。
③ 吴曾：《能改斋漫录》卷11，影印《文渊阁四库全书》第850册，第707页。
④ 胡仔：《苕溪渔隐丛话》前集卷9、卷15，第55、391页。
⑤ 刘攽：《中山诗话》，何文焕辑《历代诗话》，第288页。
⑥ 吴可：《藏海诗话》，丁福保辑《历代诗话续编》，第337页。

或长于绝句而短于歌行。《诗薮》："杨（载）七言绝……本学梦得、致光，而笔端高爽处，往往逼李供奉。漫兴学杜，亦略近之。其才情实出赵、揭诸家上。至歌行则太溺绮靡，古诗大著议论，五七近体句格平平，殊无足采。才各有近，不可强也。"①

或长于歌行而汗漫于五言。王夫之论庾信："子山性正情深，在齐梁以降，为经天之星，将与日月争光，以之发为长歌，雅称至极。乃于五言一宗，余虽不敏，不能曲护贤者，而谓非破坏诗体之咎府也。"他认为庾信以汪洋大才，所适之体裁为长歌而非五言，所以即使其为后人推崇的《拟咏怀诗》二十七首，王夫之也仅仅举"日色临平乐"一首为最完美，"余皆非无好思理，要皆汗漫，不可以诗论也"。②

（二）就创作风体而言也有偏长。风体接近风格体调，它是才气、才情的外显赋形，同时又涵蓄于不同体裁或者题材之中，如此彰显的是作品的完型性以及生命混融体征。

从体格融于体裁而言。如元曲的创作，虽同为名手，但对不同体格类型的把握各有偏长：马致远的《黄粱梦》、《岳阳楼》具种种妙绝，但"一遇丽情，便伤雄劲"；王实甫的《西厢记》、《芙蓉亭》绮丽妖冶，但"作他剧多草草不称"。马致远偏于雄劲，王实甫偏于妙丽，如此偏能有时甚至会形成一种风体无意识地扩张，在形成自我体调大概之外，又造成于其他审美体调的隔膜。这就是"人之赋才，各有所近"的鲜明体现③。又如曾国藩有气势、识度、情韵、趣味古文四象之论。其子曾问："有一专长，是否须兼三者，乃为合作？"曾国藩回答："此断断不能。韩无阴柔之美，欧无阳刚之美，况于他人而能兼之？凡言兼众长者，皆其一无所长者也。"④古文之体，因乎己性能得其宜者已经是巨大的成就，兼长并不现实。

从风格融于题材类型而言。袁枚《与梅衷源》论才当循其题材所宜，其本质便落实于风体的选择当合其性分之宜："诗中之题目甚多，而古人之

① 胡应麟：《诗薮》外编卷6，第238页。
② 王夫之：《古诗评选》卷5，第820页。
③ 王骥德：《曲律》，《中国古典戏曲论著集成》第四册，第147页。
④ 钟叔河：《曾国藩家书》，第90页。

擅长不一。如庙堂宜沈、宋，风月宜王、孟，登临宜李、杜，言情宜温、李，属辞比事宜元、白，岩栖谷饮宜陶、韦，咏古器物宜昌黎。"①《再与沈大宗伯书》又申此意：

> 且夫古人成名，各就其诣之所极，原不必兼众体。而论诗者，则不可不兼收之，以相题之所宜。即以唐论：庙堂典重，沈、宋所宜也，使郊、岛为之则陋也。山水闲适，王、孟所宜也，使温、李为之则靡矣。边风塞云，名山古迹，李、杜所宜也，使王、孟为之则薄矣。撞万石之钟，斗百韵之险，韩、孟所宜也，使韦、柳为之则弱矣。伤往悼来，感时记事，张、王、元、白所宜也，使钱、刘为之则仄矣。题香襟，当舞所，弦工吹师，低徊容与，温、李、冬郎所宜也，使韩、孟为之则亢矣。

袁枚以为，从作者而言，各有造诣之所极，其才气才情与此造诣所极者相称，难以兼能所有题材类型；就学习者而言，求其才性所近者："天地间不能一日无诗题，则古往今来不可一日无诸诗。人学焉而各得其性之所近，要在用其所长而藏己之所短则可，护其所短而毁人之所长则不可。"② 文中涉及的庙堂、山林、风月、登临、岩栖谷饮、香艳等是一般所云的题材，古代诗学经常将其纳入诗文之"体类"，称之为庙堂体、山林体、香艳体等等。以上各体皆有着与其不可离析的基本风格限定，只有这种类的限定与主体才性之偏宜吻合，作者始能于其间驰骋才情，并通过主体性情面目的贯注，与此体类题材、与此体类题材风格的基本限定融为一体，最后的风体由此诞生。

知乎文体不可兼、精力不可散、才有其分限，因此要因体制宜，因人而异，因才而行其才，不骛自我之所短绌，如此方为善用其长。

二

才与文体之间不可能具有全方位的对应，这是历代才体关系论的主流思

---

① 袁枚：《小仓山房尺牍》卷5，《袁枚全集》第五册，第100页。
② 袁枚：《小仓山房文集》卷17，《袁枚全集》第二册，第285页。

想，其间有着对主体才华限度与偏长的默认。间有优于多体者，也必然是其才性所偏宜的覆盖范围，即使如此，也难以保障数体之间艺术水准的相当。至于动辄以通才许人，于诸体无所不能的论调，本乎应酬之间的浮夸虚誉，既多偏颇也招致多方诘难。

不可否认，对于古今大才而言，在其才性偏宜覆盖范围之内兼涉数体是合乎情理的——兼"涉"是就涉及而言，未论其精通。对于一些大家创作中存在文体的差异，古代文学理论为我们认识这个问题提供了以下视野：

其一，其才能可为多体，但碍于命数，未能极乎精思。司空图《题柳柳州集后》云：

> 金之精粗，效其声皆可辨也，岂清于磬而浑于钟哉？然则作者为文为诗，格亦可见，岂当善于彼而不善于此耶！思观文人之为诗，诗人之为文，始皆系其所尚，既专则搜研愈至，故能炫其工于不朽，亦犹力巨而斗者，所持之器各异，而皆能济胜以为勍敌也。愚尝览韩吏部歌诗数百首，其驱驾气势，若掀雷抉电，撑抉于天地之间，物状奇怪，不得不鼓舞而徇其呼吸也。其次皇甫祠部文集，所作亦为遒逸，非无意于渊密，盖或未遑耳。今于华下方得柳诗，味其深搜之致，亦深远矣。俾其穷而克寿，玩精极思，则固非琐琐者轻可拟议其优劣。又尝观杜子美祭太尉房公文，李太白佛寺碑赞，宏拔清厉，乃其歌诗也。张曲江五言沉郁，亦其文笔也。岂相伤哉？①

司空图列举数例，意在说明能诗者未必不能文，能文者未必不能诗。历史上因诗文偏能问题而饱受争议的几位大家——韩愈、皇甫湜、杜甫、李白等在此出现了讨回公道的辩护，理由是命数妨碍，才华未尽，未能投入足够的精力以玩精极思。

其二，能否兼能不当以染指的作品数量来判定。宋代谢谔《卢溪先生文集序》云：

---

① 祖保泉、陶礼天：《司空表圣文集笺校》卷2，安徽大学出版社2002年版，第196页。

　　李、杜诗多于文，韩、柳文多于诗。世之不知者，便谓多者为所长，少者为所短，此殆拘牵之论，而非圆机之士。夫贤哲之于世，学以为主，用之则行。其发而为言，有所谓不得已者，其将激于中而发于外者乎？即是而为诗，即是而为文，文即无韵之诗，诗即有韵之文。所以三百篇之美刺，即十二公之褒贬，盖本一致。如此，则李、杜可名长于文，韩、柳可名长于诗，又奚可以一偏观邪？①

　　诗文之本一致，能此者必能乎彼。李杜韩柳的创作无非因其不得已于心者而即时泼墨，或诗或文并无刻意，因此创作数量各有等差，以量少即断其不能，实为一偏之见。创作数量的多寡，既不是衡量一个文人成就的根本尺度，也不是鉴别一个文人之文才是否适合某种体裁的标尺。后人敬仰前贤，为其文学创作之中的偏行一隅辩护，殊不知这并非是什么病弊，恰恰是这种不多染指以炫多能的识力成全了以上诸家在各自领域的杰出成就。

　　以上诸论，多是对一些大家误解式批评的辨正，其中有着一定限度之内才可兼能的立场。此外还有直接对兼能的推举表彰。

　　从体裁而言。如尤侗论吴梅村：

　　先生文章，仿佛班史，然犹谦让未遑，尝语予曰："若文则吾岂敢，于诗或庶几焉。"今读其七言古律诸体，流连光景，哀乐缠绵，使人一唱三叹，有不堪为怀者。及所谱《通天台》、《临春阁》、《秣陵春》诸曲，亦于兴亡盛衰之感三致意焉，盖先生之遇为之也。词在季孟之间，虽不多作，要皆合于国风好色、小雅怨诽之致。故予尝谓先生之诗可谓词，词可为曲，然而诗之格不坠，词曲之格不抗者，则下笔之妙，非古人所及也。

　　在如此溢美之前，作者还专门列举了大批偏能的事例：李杜齐名，李白能以《忆秦娥》、《菩萨蛮》为词开山，而杜甫无之；温李齐名，温庭筠能为《玉楼春》、《更漏子》擅场词坛，而义山无之。明际才人莫过于杨用修、汤若

――――――――

　　①　祝尚书：《宋集序跋汇编》，第1062页。

士，"用修亲抱琵琶，度北曲，而词顾寥寥；若士四梦为南曲野狐精，而填词自宾白外无闻焉"。前言唐人为诗词不能相兼，后论明贤为词曲不能相兼。至如与吴梅村同时的钱谦益本号为"诗文宗匠"，其词则仅见《永遇乐》数首，"颓唐殊极"①。如此而论，更显出梅村之兼通惊世。

从风体而言。其最显著的代表当为杜甫集大成之论，较早如此持论者是秦观，苏轼衍之。所谓集大成，便包容了前辈的风范、格调。刘克庄虽未被冠之以集大成，却同样是宋人兼备众体的典范，林希逸云："以余观于后村，自非天禀迥殊，学力深到，何其多能哉！诗虽会众作而自为一宗，文不主一家而兼备众体。"具体表现为：

> 其错综也严，其兴寄也远。或舂容而多态，或峭拔以为奇。融贯古今，自入炉韝，有《穀梁》之洁，而寓《离骚》之幽；有相如之丽，而得退之之正。霜明玉莹，虎跃龙骧，闳肆瑰奇，超迈特立。千载而下，必与欧梅六子并行，当为中兴一大家数也。②

又如龚蘅圃论梁佩兰诗：

> 读其诗，如长江秋注，千里一道，极汪洋之观，则其才之浩瀚也；如危峰绝壁，穿倚河汉，径路俱绝，则其才之雄特也；如空山月明，遥天鹤唳，清旷无尘，则其才之超轶也；如蒲团入定，炉烟细袅，能资人静悟，则其才之沉穆也；如铁骑疾驰，笳鼓竞作，时增悲壮，则其才之雄迈也；如疏怜午风，雅琴徐抚，有和平之乐，则其才之幽静也。才无不备，而有学以充之，故独拔南天之萃。③

所谓"才无不备"，便体现在其才可以创生不同的风体，甚至是互相矛盾对立的风体。

---

① 尤侗：《梅村词序》，《西堂杂俎三集》卷3，《续修四库全书》第1406册，第410页。
② 林希逸：《后村居士集序》，刘克庄《后村集》卷首，影印《文渊阁四库全书》第1180册，第3页。
③ 梁佩兰：《六莹堂集》附录评语，第115页。

但是，兼涉诸体不是兼能诸体，文学史记录下众多文人兼涉诸体的创作，历史沉淀的结果却往往只是其独能者方可流芳百世——无论体裁还是风体。这就是所谓"艺之至者不两能"、"兼人之才，博而不精"的道理。因此才兼诸体的过誉遭到了普遍的诘难与质疑，尤其体裁的兼能，更是历代文人反思的核心。

其一，从艺术高度而言，能其一体已非轻而易举，兼之则实难。柳宗元论诗歌与文章："兹二者，考其旨义，乖离不合。故秉笔之士恒偏胜独得，而罕有兼者焉。厥有能而专美，命之曰艺成。虽古文雅之盛世不能并肩而生，唐兴以来称是选而不作者，梓潼陈拾遗，其后燕文贞，以著述之余攻比兴而莫能极；张曲江以比兴之隙穷著述而不克备其余。各探一隅，相与背驰于道者，其去弥远。文之难兼，斯亦甚矣。"[1] 专美之得，已经可以标目为"艺成"，为文坛盛举；唐人之中虽陈子昂、张说、张九龄等也仅仅臻乎此境，何敢奢言兼能？

宋代师璟也申发此意，他先论文体之繁："文章之在天下，其用至不一，而其体亦各不同。盖施于朝廷者为制诰、为章表，施于仕途者为书疏、为笺启，被之金石则为记为铭，协于音韵则为诗为赋为楚人之词，以致立言则为著书，纪事则为史笔。"这用途不同的诸般文体又有着"或严或肆，或质或华，短长之殊度，广狭之异制，奇耦之不齐，千汇万状，不可穷极"的独到审美要求与规范体制。文变如此，以一己之才力如何担荷？因此才力与各体的对应空间是有限的："昔之文人，其才力声名固自有大小，然求其兼是数者而能之，或寡矣。故诗如杜少陵，而无韵者遂以无传；文如曾南丰，而有韵者殆亦不复著也。"[2] 明鉴于此，则所谓巨制鸿篇汗牛充栋，无非是"文附诗传，诗附文传，备一家之著作而已"[3]。也就是说：一些著名文人总集诸体兼陈，实则也是偏优一体，其他无非是依附而传，读者自不必受其蛊惑。

其二，就力图成为通才者的实际后果而言，双鹜甚至多鹜则俱废。早在西晋之际，葛洪就已经针对文人不顾自我才性清浊、文思修短而强欲兼为的

---

①　柳宗元：《杨评事文集后序》，同前。

②　师璟：《嵩山集序》，晁公遡《嵩山集》卷首，影印《文渊阁四库全书》第1139册，第2页。

③　纪昀：《耳溪文集序》，《纪晓岚文集》卷9，第214页。

行为作出了批判。他认为，既然才有"偏长"，其"闇于自料，强欲兼之"便是"违才易务"——既违背才性所偏宜，又轻视文学创作，如此的结果便是"不免嗤也"①。更何况诗人、文人又有着本然的差异？江盈科论称：

> 专擅则独诣，双骛则两废。有唐一代诗人，如李如杜，皆不能为文章。李即为文数篇，然皆俳偶之词，不脱诗料。求其兼诣并至……殆不多见。韩昌黎文起八代，而诗笔未免质木，所乏俊声秀色，终难脍炙人口。……李于鳞之文，初读之，令人作苦，久而思索得出，令人欠伸思睡；若其诗，大都以盛气雄词，凌厉傲睨，数十年来，但留"中原"、"紫气"、"我辈"、"起色"等语，为后生作恶道。若此公者，几乎并文与诗两失者也。

时间精力的投入难以专一，诗文于才性的要求并不等同，诗人、文人两项桂冠因此难以同时左撷右取，这是一个即使李杜也不得不接受的现实；但李杜等大家的可贵之处在于，他们恰恰能够因其偏而成其大。李攀龙则不然，既不能明确自己才之所偏宜，又强欲兼霸诗坛文坛，其结果只能诗文并失。②

其三，只有从合乎自我才性所偏者用力方为"真才"。才各有长短，善用才者扬其所长而不强炫其短。明代汪道昆将这种性中所出之才名之曰"真才"，用以区分争强好胜、追名逐利所激发出的虚浮之气。他说："司马将将而辨官材，材则人人殊矣。余独持论当世不患无全材，而患无真材。文武具足之谓全，讨平战克则其真也。概诸华实之辨，与其全也宁真。真者未必全，犹足赖也。猥云得全而失真矣，奚赖邪？"③ 真材就是真功夫，不是照猫画虎的花拳绣腿，是能够将自我与他人之所长区分的精神所在，而非应酬逶迤之际所彰显的全能。如同武人各有所习，或刀或枪，精其一自可无敌，不必五兵兼执自炫全能。武侠小说之中动辄十八般武艺样样精通的剑客在现实中往往缺乏一剑封喉一招制敌的真本领。因此袁枚将这种所谓的创作全能者一概贬曰"一无所能者"：

① 杨明照：《抱朴子外编校笺》下册，第394页。
② 江盈科：《雪涛诗评》，《江盈科集》，第804页。
③ 汪道昆：《止止堂集序》，《太函集》卷24，《续修四库全书》第1347册，第90页。

　　和之弓，垂之矢，非古之能者乎？垂非不能为弓，和非不能为矢也。然而可传者，一人一物而已也。伯夷典礼则弃乐，孔子学射则舍御。分为四科，判为六艺，不以其所能者傲人，不以其所不能者病己。秦学不兼方，汉亦然。宋以后人心不古，喜多为之，沿其流而不溯其源。夫是故虽能之，而与夫不能者，亦无以异也。仆不敢自知天性所长，而颇自知天性所短。若笺注，若历律，若星经、地志，若词曲家言，非吾能者，决意绝之；犹恨其多爱而少弃也。学杜、韩，亦为元、白；好韩、柳，亦为徐、庾；汲汲顾影，如恐不及。①

　　无所不能仅仅是一个虚华的名头，全能便意味着无能。因此强调人必有所不能而后有所能，此能方为真才之所在。他以自己为例，称文体之中词曲之类决意不为，因为这与笺注、地志等学问皆为其才之所短。不止如此，师法前人体调仍有贪多务得的嫌疑，因此自恨其割舍者依然不快意。

　　在以上质疑诘难之外，还有一部分兼善兼能的评价出自哀祭之文，如黄汝亨赞王世贞："马迁无诗，公诗罕俦。上溯风雅，下摄曹刘。初中盛唐，溯为支流。李白无文，公文鲜伦。凌轹百代，先秦西京。溃沫泻润，南阳庐陵。"② 文字出于祭文，自然不乏粉饰与溢美，不可引为确论。

　　从天赋的本然而论，"维天生材，予齿去角"，这种现实表达了有限之才与体有万殊之间无可破解的矛盾。于是兼能的反思凝练为文人的自省，那就是极我偏诣之才，尽其可能之变。

三

　　才思虚灵而多变，是实现体格与主体才性相称的关键，此为"非有才不足以济变"③。而要发挥自我才能，在洞悉自我才性偏宜之外，首先就要破除传统、宗派等固有体格的束缚。

　　其一，破除传统的束缚，破拟古复古。对于拟古复古的破除建立在正确的文学史观基础上，以明际文坛为例，其时关键词之一就是模拟："自

---

① 袁枚：《答友人某论文书》，《袁枚全集》第二册，第318页。
② 黄汝亨：《祭王元美大司寇文》，陆云龙辑《翠娱阁评选皇明小品十六家》，第435页。
③ 许学夷：《诗源辨体》卷30，第283页。

前明正德、嘉靖间，李空同诸人始以模拟秦汉为倡，于是人人皆秦汉，而人人之秦汉，实同一音；茅鹿门诸人以模拟八家为倡，于是人人皆八家，而人人之八家又同一音。模造面目，其斯之谓欤？"① 因此，要有所创新，必须突破这种理论上的作茧自缚，而其所依仗者便是自我之才。屠隆《论诗文》云：

> 文莫古于左、国、秦、汉，而韩、柳、大苏之得意者，亦自不可废。莫质于西京，而丽如六朝者亦自不可废。莫峭于左、史，而平雅如二班者，亦自不可废。莫简于《道德》，而宏肆如《南华》、《鸿烈》者，亦自不可废。诗莫温厚于三百篇，而怨悱如《离骚》者，亦自不可废。赋莫庄于扬、马，而绮艳如江、鲍者，亦自不可废。诗莫天然于十九首，而雕饰如三谢者，亦自不可废；莫雄大于李、杜，而幽适如韦、储者，亦自不可废。唐七言绝莫妙于初、盛，而妍媚如晚唐者，亦自不可废。至于不可废而轩轾，难论矣。人亦求其不可废，而何以袭为也？②

历代相沿，其经典皆不可废：不同文体、不同时代、不同文人、不同体调皆有使其流传的"不可废"者。学习古人若要出离那种"尺尺寸寸，求之句模字仿，唯恐弗肖，循墙而走，局踏不得展步"的"是古卑今"局面，就必须依赖其"一代总统之才"而自出机杼。

至性灵思想流行，文人们批驳复古论调较之屠隆干脆利落了很多："诗何必唐？何必初与盛？要以出自性灵者为真诗尔。"③

其二，破除宗派的束缚，破除媚俗、依附。对宗派的破除是就审美主体的自得、自由精神而言的。但凡一种文学思想呈现为群体性的运动，群体本身有主其事而张其帜者，有辅其右者，又有及门而拜服者。他们理论上彼此之间有呼应，有补充，有推扬流播，甚至有互相的夸助与扬诩，这个群体也便成了宗派。宗派必有开门立户的思想，而且各自还要秉持、强化甚至采取

---

① 纪昀：《香亭文稿序》，《纪晓岚文集》卷9，第193页。
② 屠隆：《鸿苞》卷17，明万历刊本。
③ 江盈科：《敝箧集引》，《江盈科集》，第398页。

种种手段维护这种带有自我符号性质的思想。就拟古、复古思想而言，至明清之际成为风尚，各宗派往往以此为口号与纲领，如文必两汉、诗则盛唐之于前后七子，如文当由唐宋循阶而上之于唐宋派，如标榜宋诗传统之于浙派等等。

宗派不乏主观思想的偏执，信徒们又变本加厉以强化舍我其谁的局面，其排他性由此形成。必须破除宗派依附方可成就自我风体，其所依靠的同样是才的灵变创新。

南宋之际，姜夔自道早先专门师法黄山谷，但数年后竟然一语不敢吐，皆为其背离了自得之道。又引尤袤之论："近世人士喜宗江西。温润有如范致能者乎？痛快有如杨廷秀者乎？高古如萧东夫、俊逸如陆务观，是皆自出机轴，岂有可观者，又奚以江西为？"有鉴于此，姜夔自悟：

> 余之诗，余之诗耳。穷居而野处，用是陶写寂寞则可，必欲其步武作者，以钓能诗声，不惟不可，亦不敢。①

这是宋人之中较早对宗派发难的文字。再看宋末诗坛："宗江西流派者则难听四灵之音调；读'日高花影重'之句，其视'青青河边草'即路旁苦李"；更有甚者，"裂眦怒争，必欲字字阆仙、篇篇荀鹤"。鉴于这种局面，宋伯仁揭示了以下文学主张："古人以诗陶写性情，随其所长而已，安能一天下之心如一人之心？"②

还以复古与革新思想矛盾较为激烈的明清之际为例：矜格调者守历下、琅琊为金科，凿性灵者尊公安、竟陵为玉尺，这是中晚明文坛追风逐浪的实景，排揶之声也由此兴起。

如批判诗格独尊"雄深奇古"现象，破后七子禁锢。屠隆云：

> 今夫天有扬沙走石，则有和风惠日；今夫地有危峰峭壁，则有平原旷野；今夫江海有浊浪崩云，则有平波展镜；今夫人物有戈矛叱咤，则

---

① 姜夔：《白石道人诗集自叙》，祝尚书辑《宋集序跋汇编》，第1792页。
② 宋伯仁：《雪岩吟草乙卷马塍稿自序》，《雪岩吟草》卷首，读画斋南宋群贤小集本。

有俎豆晏笑：斯物之固然也。藉使天一于扬沙走石，地一于危峰峭壁，江海一于浊浪崩云，人物一于戈矛叱咤：好奇不太过乎？将习见者厌矣。文章大观，奇正离合，瑰丽尔雅，险壮温夷，何所不有？①

诗道至宽，风格应该无所不有，一于雄深，则违背了诗作为艺术的开放原则。

如以我自为我精神破对公安派的趋奉。钟惺《问山亭诗序》论当时宗派习气："今称诗，不排击李于鳞，则人争异之，犹之嘉隆间，不步趋于鳞者人争异之也。或以为著论驳之者自袁石公始，与李氏首难者楚人也。夫于鳞前无为于鳞者，则人宜步趋之；后于鳞者人人于鳞也，世岂复有于鳞哉？势有穷而必变，物有孤而为奇。石公恶世之群为于鳞者，使于鳞之精神光焰不复见于世，李氏功臣，孰有如石公者？今称诗者，遍满世界，化而为石公矣，岂石公意哉！"但成宗派则其各领风骚之日必然不多，前有其盛，倏然而衰，后起之秀成为新的崇拜对象，之前的尊神则黯然隐退，还要饱受昔日膜拜者的讥讽。由此钟惺赞赏其友王季木的诗作："要以自成其为季木而已，初不肯如近世效石公一语。使季木舍其为季木者而以为石公，斯皎然所以初不见许于韦苏州者也。"② 只有我自为我，方可摆脱对公安派的依附，这里的"我"正是自我才情。

又如以风神气骨论对闽派的破除。孙枝蔚论宗派之弊：

诗为六经之一，而今人恒易为之。何也？且其失复不在易也。自钟记室作《诗品》，谓某诗源出于某后，乃又有江西诗派曰源曰派，皆不过论其门户耳。夫门户犹之面貌也，人不各有其风神气骨与夫性情之大小不同者乎？奈何舍其内者而第求之于其外者，以为诗如是遂足自豪也？故有信《诗品》之说者，其失也，巧者为优孟之衣冠，拙者为东施之捧心矣。有信诗派之说者，其失也，善者太伯逃荆蛮之乡，不善者公孙作井底之蛙矣。

① 屠隆：《与王元美先生》，《由拳集》卷24，《四库全书存目丛书》第180册，第559页。
② 钟惺：《翠娱阁评选钟伯敬先生合集》卷2，《续修四库全书》第1371册，第302页。

以此论为铺垫，其矛头指向以高棅为代表的闽派，理论支撑即是：诗当"各有其风神气骨与夫性情"。①

当然，任何宗派都有时人或后人有意树立的宗师与谱系，虽然从源流承续而言确有其实，但也不乏通过谱系的编制而自张门面者。因而欲发扬文才的创造，在宗派批判之中又包含不因缩于宗师笼罩的胆识。

综上所论，无论是对传统的破除还是对宗派的破除，抑或是对宗派主将个人崇拜的破除，要从文坛趋之若鹜的固定审美格调之中搴旗立帜，自开户牖，最终必须依赖主体才华。这种自信担当之源在于这样的信念："文章之道以变化为能，以日新为贵。天之生才无穷，物之变态无穷，以才人之心思与事变相遭，而情景生焉，而真诗出焉。"有此支撑，论诗自然"不可以格调拘，不可以时代限"了。② 而"极才尽变"以成我体的思想也只有在这样的语境下才能诞生。

这种倡导首先产生于具有一定复古背景的明代文人阵营。如作为前七子之一的王廷相，便在效古的舆论中开始考察主体才华与所效法对象之间的关系。《刘梅国诗集序》中，他关注到那些被视为膜拜对象的古人，其创作可以名垂青史的主因恰是他们各有体调："古人之作莫不有体，风雅颂逊矣，变而为《离骚》、为十九首，为邺中七子、为阮嗣宗、为三谢，质尽而文极矣。又变而为陈子昂、为沈宋、为李杜、为盛唐诸名家，大历以后弗论也。据其辞调风旨，人殊家异，各竞所长，以相凌跨，若不可括而齐之矣。"不同文人、不同时代的体调不可统而齐之。但有人却这样论称："诗贵辨体，效风雅，类风雅；效《离骚》、十九首，类《离骚》、十九首；效诸子，类诸子。无爽也，始可以与言诗已矣。"意思是说，只有模拟得毫厘不爽才可以算真诗人！王廷相由此发难："嗟乎，斯亦艰哉！神情才慧，赋分允别，综括群灵，圣亦难事。吾闻其语，未见其人！"③ 这个驳诘角度非常罕见，他没有直接否定拟效为诗，而是从凡人才分各有限定出发，通过古人格调人殊家异，兼备兼能虽圣贤亦非易事，最终落实于"综括群灵"的荒谬，即一人不可能囊括所有古今才子的性灵才情而体法所有的体调，创作因此回归

---

① 孙枝蔚：《叶思庵龙性堂诗序》，《溉堂文集》卷1，《续修四库全书》第1407册，第602页。
② 徐乾学：《宋金元诗选序》，《憺园集》卷19，《续修四库全书》第1412册，第558页。
③ 王廷相：《王氏家藏集》卷22，《四库全书存目丛书》第53册，第104页。

主体才情。这正是从旧的营垒之中发出的新意。随后，从性情才思出发强调作品彰显体调的思想逐步成为主流。其确立的主旨有二：

主旨之一，因其性情才思见其体调。作为诗歌经典范式的唐诗便是如此：比物连类、伐毛洗髓、外无乏境、内无乏思，此为唐诗共性，是其作为诗歌巅峰巍然耸立的基石。但在这种共性之外，屠隆认为诗人们皆因其才情各具体调："即如四杰佻放，其诗硁宏；沈宋俊轻，其诗清绮；审言简贵，其诗沉拔；无功朗散，其诗闲远；燕公流播，其诗凄惋；曲江方伟，其诗峭岩；少陵思深，其诗雄大；青莲疏逸，其诗流畅；右丞精禅，其诗玄诣；襄阳高隐，其诗冲和；东野苦心，其诗枯瘠；长吉耽奇，其诗谲宕。"他将这种局面譬为参佛豫流，就见解而言不无小大，但"及其印可证果则同尔"[1]。明代亦然，明初"诸君子禀材不同，好嗜靡一"，故其为词亦肆深绮峭，各具体度，虽然从其所能而言"譬如鹤膝凫胫，乌黔鹄白，殆弗可强"，但从其造诣而论："就其材质之所近，而极其神情之所趋，莫不各有可观。"[2]

主旨之二，成于主体性情才思的体调没有高下优劣之分。体调没有高下优劣，不以时论，也不以地论，更不以人而论，此即"天之生材也不齐，故为诗之体裁亦各不齐，是故五材犹五味也"。五味不同而各有其美，仅备偏长之才者便对应着不同的意味风调："故其发而为声诗，能使人甘听忘倦，如饮醇酒，一唱而三叹，能使人酸心出涕，使人长相思，使人起舞，使人泠然敛衽正色而坐，其味不同。"以上诸端是诗之五彩斑斓的风貌体格及效用，其生成的动力："皆才之美使然不齐也。"[3]

正是这种"西施骊姬殊色而共美，空青水碧异质而同珍"的个体才思性情绽放与包容，成就了唐代、明初文学体格林立的繁荣。既然体调因才铸就，唐有唐之美，明有明之艳，不以古今论优劣，那么代有其胜便成为文学发展的必然：

> 楚气雄慓，则屈、宋擅其菁英；汉道昭明，则扬、马吐其巨丽；魏

---

① 屠隆：《唐诗类苑序》，《栖真馆集》卷10，《续修四库全书》第1360册，第422页。
② 屠隆：《皇明名公翰藻序》，《白榆集》文集卷1，《四库全书存目丛书》第180册，第136页。
③ 郎瑛：《七修类稿续稿》卷3引明代冯少洲《汉魏诗纪序》，安越点校，文化艺术出版社1998年版，第657页。

骋鹄爽，则曹、刘之步绝工；晋尚风标，则潘、陆之声特俊。六朝绮靡，诗道随之，江鲍徐庚，则其雄杰。雕绘满眼，论者或置瑕瑜；然声华烂然，而神骨自具。①

即使备受唾弃的六朝文学，在屠隆眼里也同样"譬之蕣英芍药，何尝无质？骊姬南威，何尝无情？固与剪彩貌影者异矣"。茅坤批评七子以时代论文，难免厚古薄今，但他修正的药方是以文统论文，虽然走出了以时代论文的机械，却又陷入道统对文统的辖制。屠隆从性情才思入手论文，点到了复古派忽略创作主体、不尽其才这一要害。既示其病根，又给出疗救之策，其中"尽才"的呼唤，不仅对症，而且可视为疗疾猛药。

至此，明代文人们直接推出了"极才尽变"的美学思想。汤显祖云："真有才者……变不极不可以尽才"②。陈继儒评董其昌文章："行文以古铸今，以我铸古，极其才情神识之所如而曲尽文人之变化。"③ 陶望龄提出了同样的观点："古之为文者各极其才而尽其变。"④ 他和陈继儒都是从极才方能尽变立论，与汤显祖所论路径似乎有别，但意旨一致。如果说明际一般意义的才思、性灵、性情提倡，其着眼点在于寻求如何从拟古泥沼中超越的话，所谓"极才尽变"则着重强调自我性情才思如何能够建构与其相称的体调。

这种反复其言的论断，反映了极才与尽变之间以下逻辑关系：极才是可以尽变的动力源泉，尽变是极才追寻的最终效果，而与此同时，极其变化又是促使才气发挥的根本手段。就极才而言，又包含以下思想意蕴：

意蕴一，就创作主体历时性的成长而言，极才是一个历程，不可一蹴而就。如陈继儒云："始焉闳深伟丽，逸宕汪洋，信手自成绝调，而不可拘以绳约；已乃日就洗练，玄悟上乘，寥廓数言，收摄无尽，恢之弥广；今则天动机流，融象会出，有而入无，殆由神工鬼斧而运造化于笔端者。"⑤ 前后

① 屠隆：《冯咸甫诗草序》，《白榆集》文集卷 1，《四库全书存目丛书》第 180 册，第 139 页。
② 汤显祖：《揽秀楼文选序》，《汤显祖诗文集》卷 32，第 1077 页。
③ 陈继儒：《代门生跋董太史文抄》，同上。
④ 陶望龄：《徐文长三集序》，《歇庵集》卷 4，《续修四库全书》第 1365 册，第 239 页。
⑤ 陈继儒：《代门生跋董太史文抄》，《陈眉公集》卷 6，《续修四库全书》第 1380 册，第 81 页。

是一个精进的过程，以极才为目的的过程依赖的是后天人事。

意蕴二，就具体临文而言，极才是主体创新精神与胆识的综合体现。中国文学理论从《文心雕龙》开始就明确倡导"通变"，文家拘于绳墨，按步武以追往踪，此为不通变化，不通变化则作者容易神思淤滞。于是有了晚明茅元仪如下之论："诗不异乌得而称诗？人有性灵，非关授受，心具曲折，岂得准符？凡其所谓同者，皆取象于肤，写形于影，北海所谓学之者俗，似之者死。"[①] 求异恶同的提倡，是对通变的接续，更是对极才创新的褒扬。欲论极才创新，则必以胆识为前提，自馁者与自拘者由此成为反面典型——

自馁者："怵于昔人久定之名，动于今人易售之路"，不敢"争奇人魁士所不能致"，又不能"自理其喧寂歌哭以挽神鬼人天之所不能夺"。屈膝于古人，"不暇自伸其才力精魄"。

拘守者："拾取于先辈，庄守其故物而不思一变，且以变为非"。这类人表面傲慢，究其原因："中实有所愧恨，但才不能变。以为吾既不能变，而示人以欲变之意不可，多人以善变之能又不可，不得已而安其旧，以笑天下之变者也。"意思是说，这些人才不足以济变、通变、应变，故而以不变遮羞。[②]

意蕴三，就极才之才而言，它在指向主体完整的心智结构系统，兼容着主体性情的利弊，有着鹤膝凫胫、乌黔鹄白而不相歆羡的主体自信。谭元春即从才志之"分数"论之：

> 人各有才与志耳，才才有分，志志有数。字千写而必肖其初之肥瘦，思万变而必依其初之高凡，是岂无分数耶？人一切枉之，而舍平趋奇，舍奇趋平，希一旦之合者，造物之所必怒也。有道于此，尽其才，笃其志，勿逢造物之怒，是其人也。[③]

如何运思、如何变化，自我才志之分数皆不可逾越，其所能够彰显于外的风体也不是自我可以任意变换选择的，因此，模拟前人便是触怒造物的忤逆之

① 茅元仪：《莆田四子诗序》，《石民四十集》卷16，《续修四库全书》第1386册，第219页。
② 谭元春：《金正希文稿序》、《潘景升戊己新集序》，《谭元春集》卷23，第630、617页。
③ 谭元春：《自订制艺序》，《谭元春集》卷23，第636页。

举。明末何白沿依由才分论极才，概之为"尽吾赋予之分"：

> 时有古今，而境物色象无古今。目之所触，心之所感，古今同也。苟能极吾情境之所指诣，尽吾赋予之所分，短不引之使长，长不促之使短，若凫胫鹤胫，各全其天，不以拟议牵合损吾性灵，直抒胸臆，我去古人何必有间？①

这种表述较之极才尽变更为具体切实，也更为自信：他不仅主张要尽我之才，更明确宣示自我所有为天之所赋，无论短长皆为自然。才有其分便意味着创作中难以实现左右逢源，《文心雕龙·明诗》早就说过："随性适分，鲜能通圆。"既然利病存乎一体，就没有必要牵合扭捏，损害性灵。具体创作之中，"能此体正不必兼彼体；工我法正不必用他法"，"名家各擅，何必具体大成哉"！冯复京以此为"达才"②！可以说，"达才"以就其所擅的思想，其本质就是"极才尽变"，是对体缘才限的超越。

这种思想发挥到极致，便出现了晚明的"偏师必捷"论。这个理论的开拓者陶望龄与公安派领袖袁宏道交往密切，也是公安派的领军人物，在反对复古思潮的过程中，他以才为核心构建了一个反复古理论体系，体现了很高的理论价值。这个理论在《马曹稿序》中他自己称为"偏师必捷"。

陶望龄认为，从才性论出发，凡人皆性分有所蔽，其才必有所短。就历代文人及其作品而言，皆属于偏至之器。然而才性偏蔽并非意味着无所作为，只要偏至之士穷究于此，而后就可以"修而通"，甚至"极于彼"：即通过对自己才性的穷究发扬，可以达到一定的极致。其方法就是："如火炎则弥扬之，水下则弥濬之，醴盈其甘，醯究其酸。不独无以揉之也，而且为之极焉。故其势充，其量满，其理神所至，自足以轶往古垂将来。"火炎热则使之更烈，水就下则使之更幽，甜者更甜，酸者更酸，在各自性分才分所偏的方向努力，便能够别开天地。这就是"务自致于所通，而不求全于所短"。唐代诗歌的繁荣恰恰印证了这一点：

---

① 何白：《答林孺苞》，吴文治主编《明诗话全编》，第 7772 页。
② 冯复京：《说诗补遗》卷 1，吴文治主编《明诗话全编》，第 7174 页。

　　吾观唐之诗，至开元盛矣。李、杜、高、岑、王、孟之徒，其飞沉疏促浓淡悲愉，固已若苍素之殊色，而其流也，抑又甚焉：元、白之浅也，患其入也，而郊、岛则惟患其不入也；韦、柳之冲也，患其尽也，而籍、建则惟患其不尽也；温、许之冶也，患其椎也，而卢、刘则惟患其不椎也；韩退之氏抗之以为诘崛，李长吉氏探之以为幽险。

唐代凭借人人不同的才性，将其推至极致，创造出了不同的诗歌面貌，又共同铸就了唐诗的辉煌，恰是"惟人就其偏，而后诗之大全出焉"。陶望龄由此得出结论："偏师必捷，偏嗜必奇。"任何时代文学的繁荣都是在对才的差异性的尊重与培养基础上造就的："众偏之所凑，夫是之谓富有；独至之所造，夫是之谓日新。"以个体之才的偏至而求之不已为日新；以不同个体偏至之才与日新之功的集合为富有，这就是百花齐放。假如"以群众易己以摹古，疗偏以造完"——不满意自己和他人的差异而想办法弥合、以己之短易人之长而模拟他人或者古人，那么只能自困而无成。

　　陶望龄对自己的"偏才必胜"论十分自信，当然也明白其中偏颇，友人从复古派积学模拟而至兴象风神的可行性质疑："子不见学书者乎？其始按古帖而师之，点摹画拟，若有律令绳墨焉，而不敢逾越；至其合而忘也，而妙解出焉，以成其为一家之书。夫语斗蛇争担之悟于未始操笔之先，不亦远乎？然则子之论固未尽矣。"尽管这种说法无懈可击、四平八稳，但却于当时济世之溺、纠文之弊并无大益，所以陶望龄说："然。吾之言，偏辞也，待子而完。虽然，使予操故说求完理以序子诗，惧其为子辱也。"[①] 他采取的恰是文中偏师的策略。因为他知道，理论也如才性，必有所偏，但如果依照复古派的拟效入手论诗，其偏颇给创作带来的危害会更大。

　　与偏师必捷论相呼应的还有陈仁锡的"才情不极为赝才"之论。陈仁锡于"极才"尤重在一个"极"字：文心日新，"借先民旧织之锦，裁多士方烂之霞"难以服众，所以应当"各极其才情格法，不必局局故步"。进而宣称："尝怪论文者曰：才情不可极。夫才情不极，皆赝才也。"[②] 这里的

---

①　陶望龄：《马曹稿序》，同前。
②　陈仁锡：《康弱孟草序》，同前。

"极才"既强调了将个体性情才思发挥到极致，不是从一般意义的恰如其分、文质彬彬论文；也强调了才情涉猎的广泛，不事收敛。所以不是陈继儒等人充分发挥自我才华之意义的"极才"，有纵才不羁的轻狂。其中有与陶望龄尽我偏才思想的共鸣，也有偏行我志的矫激。

晚明极才尽变而求偏胜的思想风靡，甚至从诗学浸入时文理论。倪元璐《祁止祥稿序》云，天下文章不治的根源在于"才堕而体升"，天下趋奉一体，没有自我才思的升扬。而才堕体升者则"诡羹酒于太玄，逃灯剑曰帷匣"，即以羹酒、帷匣自比，为自己无余味无力度的文章辩护。欲破此弊，倪元璐开出的药方是："吾之意欲使羹人穷羹，酒人穷酒，灯者犹灯，剑者犹剑，则天下之才出。天下之才出则文章之道大治矣。"[①] 意思是说：将羹做得尽羹之美，酒酿得尽酒之醇，使灯显出于帷幕，剑闪烁于匣外，各自得其实际得其真实。如此则自我才思性情尽出，自我的体调由此而成，不必依循他人之体，天下文章由此可以大治。

以上相关资料多出于明代，可见尽管于才之偏长的认识是历代一致的，但对偏长的利用以及讴歌，往往于个性解放、思想活跃、性情得到充分关注的时代才会出现。清代一统之后，学、法以及敛才入法的理论甚嚣尘上，才学识之间的关系也被纳入到稳妥的理论体系，思量越来越周全，类似"偏师必捷"那种对偏才、偏能、偏执刻意的推崇则在清代浓厚的理性精神中逐步被淡化。但是，极才尽变依然是文才思想的主流，在诸多文人以不同形式对此所表达的礼敬之中，实则寄寓了无论人生抑或艺术皆能够尽才的热切期待。

---

① 倪元璐：《祁止祥稿序》，《倪文贞集》卷7。

第 九 章

文才的涵养

从才思发抒到极才尽变都在强调文才的运使，或畅之、或尽之、或极之，皆是撷取陶泄，皆为耗费凿求。从中国文化的张弛之道而论，文才的涵养由此成为文才思想的题中应有之义：

从才与年寿的关系而言，禀赋才性一生之内始终未变，但人的血气会变化，由此对才思便会产生重要影响。尽管年寿对能否尽才、如何尽才有着绝对的控驭，但是人力的付出、好学不已则可以葆有本然的创造活力，从而弥补年力衰微带来的血气不振。

从临文态度而言，要秉持才性贵重的思想：于文德倡导敬慎，创作敛蓄才华，对恃才、骋才保持高度警惕。如此不轻易施发，方可蓄养充沛，发而能中。

从以上文才涵养最终落实的机制而言，所谓"养才"的过程可以统归于"养气"。养气与主体之间的关系是：养气而盛的过程恰是通过养气激活主体心智结构系统的过程，古人概之曰"气全才放"。

第一节　文才与年寿："才尽"之忧与才思的保鲜

文才的崇尚以有才为才子、为天才，而才能衰退、文思迟钝、佳作难觅或数量锐减者自六朝之际就被名之为"才尽"，"江郎才尽"便是其时最著名的典故。这个典故首见于《诗品》，其中云："于时谢朓未遒，江淹才尽。"这个传说引发了历代的关注，学者们见仁见智，论说纷纭，而其主旨最后集中在江淹之才到底尽还是未尽上。

论才未尽者致力于为江淹开脱。

一曰遭逢梁武，不敢以文陵主，并非才尽。张溥《江醴陵集题辞》云："晚际江左，驰逐华采，卓尔不群，诚有未尽。世犹传文通暮年才退，张载问锦，郭璞索笔，则几妒口矣。"《鲍参军集题辞》又云："江文通遭逢梁武，年华望暮，不敢以文陵主，意同明远，而蒙讥才尽，史臣无表而出之者，沈休文窃笑后人矣。"① 将江淹与自晦其才的鲍照相提并论。

二曰文通不屑尽其才，并非才尽。王夫之评江淹《陆东海谯山集》极赞其能："文通当齐、梁之际，良不为时所移，心理之寄，且从陟晋、宋而上之。古今迢迢，俱不欲涉其藩圃，文质之间，别有玄托。裁成首尾，一以汉制为则；着景命词，则出入屈宋，时复取资谢客。其或巧心已灵，微伤雕刻，要以斧凿之痕，不施于神理。通章讽咏，雅音静好，居然不杂，千古以下，遂无和者。唯许我似古人，不许后人似我。呜呼，严矣！"如此来看，江淹具有独诣之才，且风骨高标，不随俗流，所以王夫之评其《卧疾怨别刘长史》一诗便为其才尽说解嘲："文通于时，乃至不欲取好景，亦不欲得好句，脉脉自持，一如处女，惟循意以为尺幅耳。此其以作者自命何如也。前有任笔沈诗之俗誉，后有宫体之陋习，故或谓之才尽，彼自不屑尽其才，才岂尽哉？"② 于此前的沈约等诗体不愿附其流脉，于随后的宫体又不屑与其部伍，所以韬光养晦，何曾才尽？

三曰文通遇隆官显，无暇顾及诗文，并非才尽。王世贞《艺苑卮言》卷八曰："文通裂锦还笔入梦以来，便无佳句，人谓才尽，殆非也。昔人夜闻歌渭城甚佳，质明迹之，乃一小民傭酒馆者。捐百缣，予使酽酒，久之，不复能歌渭城矣。近一江右贵人，强仕之始，诗颇清淡，既涉贵显，虽篇什日繁，而恶道垒出，人怪其故，予曰：'此不能歌渭城也。'"姚鼐于此论深以为然："江诗之佳，实在宋、齐之间，仕宦未盛之时。及名位益登，尘务

---

① 殷孟伦：《汉魏六朝百三家集题辞注》，人民文学出版社 1960 年版，第 218、176 页。

② 王夫之：《古诗评选》卷 5，第 778、780 页。

经心，清思旋乏，岂才尽之过哉？后世词人受此病者，亦多有之。'匆匆不暇唱渭城'，文通、休文，固皆不免尔耳。"[1]

这三种说法意在为江淹辩解：或是效鲍照以自抑求韬晦；或者在入齐之后身居高位，致力于官场事务，未能专心创作，故而少佳作；或有人说江淹为人传诵的篇章多书写牢骚，一旦得志，反而无可下笔，此为欢乐之言难工而穷愁之言易好。且其作品富有古气，与后来流行的讲究声律主张"三易"的永明诗风不谐，与宫体陋习不合，所以不为人重，而言其才尽。这些辩护，核心只有一个，相对于江淹而言，才并未尽，只是启发才思的契机环境发生了改变。

论才尽者有两种观点。

一曰文通才本浅弱，天分不优，所以渐呈才尽之象。钟嵘《诗品》对江淹的评价就不甚高，有"诗本总杂，善于模拟；筋力于王微，成就于谢朓"之说，并直接以"君子贵自立，不可随流俗"为戒。陈祚明也持此观点，且更甚一步：

> 文通于诗颇加刻画，天分不优，而人工偏至。规古力笃，尤爱嗣宗。偶得苍秀之句，颇亦邃诣。但意乏圆融，调非宏亮。……文通诗则褚河南书，当其得意，亦复遒媚，然不脱临摹之迹。
>
> 文通拟古诸篇，可以描摹，分途异轨，六季文家，似斯兼擅者，诚不易得。但规仿百氏，仅得皮肤。至其神旨攸归，曾未细心体味。譬之刍灵象人，略得其貌而已。不足与言优孟衣冠也。[2]

此论沿袭了钟嵘论其模拟的观点，但又有抑制，称其仅得其貌，尚不到优孟衣冠的地步。

二曰文通固已才尽，梦为其兆。刘克庄云："自昔文人，鲜不以壮老为锐惰，江文通晚有景纯索笔、景阳取锦之梦，余非谓二景果有灵也，乃文通气索才尽之兆尔。"[3] 胡应麟说法近似："人之才固有尽时，精力疲，志意

---

① 姚鼐：《惜抱轩笔记》卷8，《惜抱轩全集》，第611页。

② 陈祚明：《采菽堂古诗选》卷24，第752、759页。

③ 刘克庄：《竹溪集序》，《后村先生大全集》卷94。

怠，而梦征焉。其梦，衰也；其衰，非梦也。彦升与沈竞名，亦曰才尽，岂张、郭为祟耶？"① 陈祚明意在才浅则容易见罄；胡应麟则侧重于阐述才确有其尽时。

以上讨论，从江郎才尽典故敷衍开来，无论持何种观点，参与者都将目光集中于到底有无"才尽"这个论题上，并且最终从江淹的个案上升为一个文艺美学论题，文才老而弥笃与文才随年而衰也由此成为讨论之中的两个主要观点。但无论主张如何，年老体弱、年老气衰都是无可回避的现实。从根本上说，作为禀赋，才实则始终未变，但人的血气会变化，后天的学养也会变化，由此对才思活力便产生了决定性的影响。因此，如何葆有文才本然的活力并激发于才思，便成为历代文人关注的重要话题。

一

先看文才无尽老而弥笃论。文才老而弥笃的思想，与《老子》"大方无隅，大器晚成"的观念，《孟子》"天将降大任于斯人"必将苦其心志、空乏其身等人生必经磨砺之论有着一定的关联。文艺理论批评中，此论的肇发可上溯至杜甫，其《戏为六绝句》论庾信羁留北方后的创作："庾信文章老更成，凌云健笔意纵横。今人嗤点流传赋，不觉前贤畏后生。"《四库全书总目·庾开府集笺注》对比庾信南北的创作云：

其立身本不足重，其骈偶之文则集六朝之大成，而导四杰之先路，自古迄今，屹然为四六宗匠。初在南朝，与徐陵齐名，故李延寿《北史·文苑传》序称：徐陵、庾信，其意浅而繁，其文匿而采。词尚轻险，情多哀思。王通《中说》亦曰："徐陵、庾信，古之夸人也，其文诞。"令狐德棻作《周书》，至诋其夸目侈于红紫，荡心逾于郑卫，斥为词赋之罪人。然此自指台城应教之日，二人以宫体相高耳。至信北迁以后，阅历既久，学问弥深，所作皆华实相扶，情文兼至，抽黄对白之中，灏气舒卷，变化自如，则非陵之所能及矣。张说诗曰："兰成追宋

---

① 胡应麟：《诗数》外编卷 2，第 153 页。以上部分论述参阅曹旭《诗品集注》，第 310 页。

玉，旧宅偶词人。笔涌江山气，文骄云雨神。"其推挹甚至。杜甫诗曰："庾信文章老更成……"则诸家之论，甫固不以为然矣。①

从张说到杜甫再到《总目》，都格外强调了南北分离、岁月流逝造就的庾信人格与艺术境界的迥异。宋人对于杜甫之论颇为赞赏，并于此敷衍，所以其时论文才老而弥笃、文人大器晚成者尤多。韩淲《涧泉日记》从创作历程上对宋代几位大文人的创作有一个梳理：

> 欧阳公自《醉翁亭》后，文字极老；苏子瞻自《雪堂》后，文字殊无制科气象。介甫之罢相归半山也，笔力极高古矣。如曾子固见欧阳公后，自是迥然出诸人之上。老苏文字，篇篇无斧凿痕，盖少作皆已焚之矣。②

以上欧阳修、王安石、苏轼皆功随年长，文字较之青年时代不同。孙奕《示儿编》也有一条类似论述：

> 客有曰：诗人之工于诗，初不必以少壮老成较优劣。余曰：殆不然也。醉翁在夷陵后诸诗，涪翁到黔南后诗，比兴益明，用事益精，短章雅而伟，大篇豪而古，如少陵到夔州后诗，昌黎在潮阳后诗，愈见光焰也。不然少游何以谓元和圣德诗于韩文为下，与淮西碑如出两手，盖其少作也。③

作者专门命名此条为"老而诗工"。又如高似孙也称："客共艰难尽，诗随老大深。"（《答李才翁》）楼钥论杜甫、韩愈、柳宗元、欧阳修、苏轼、黄庭坚等人"晚而诗文益高"④。刘克庄也曾由从江郎才尽之论引申出对"才

---

①　永瑢、纪昀等：《四库全书总目》，第1275页。

②　韩淲：《涧泉日记》卷下，第34页。

③　孙奕：《示儿编》卷10，影印《文渊阁四库全书》第864册，第487页。

④　楼钥：《跋旧答李希岳启》，《攻媿集》卷75。

尽"的异议:"世谓鲍照、江淹晚节才尽,予独以气力有惰而才无尽。"① 才无尽,意味着才随着年岁的增长并不会稀释、萎缩甚至消失。

"年高功深"的艺术哲学命题就是以这种认知为基础升华而出的。明代乌斯道结合诸名家老未才尽的案例论称:

> 天下艺之工者,虽出于性聪,亦历岁滋久然也。何独艺哉,至于诗亦然。诗之工,非直体裁、声律开阖起伏无可疵焉而已。年益高,功益深,则苍苍如乔松劲柏、老雕健鹘,使萎苶披靡之气摒绝于万里之外,读之神自张而气自王也。岂惟然哉!意远而词畅,趣深而景融,神变化而莫之测识,向之工人见其工,至是而工之迹泯焉。如扁氏之斫轮,郢人之斫垩,服炼之仙骨,蜕而形化,然后为诗之工也。诗之工固矣。②

诗之进益与年寿相谐而行,年高功深则诗工,痕迹泯除,自然天成。如此持论的文人,多将文艺创作视为一个一生修为的历程,循阶而进、锱积寸累是其必然的经验,因此"中岁所为,或风格未成,波澜欠老,皆它日遗恨"也便被视为常态。③ 所谓"它日遗恨"就是指历代文人多悔少作的现象,这实则是文才老而弥笃的一个自证。扬雄曾悔少年所作辞赋,自云雕虫篆刻,壮夫不为。有人问宋代王十朋自我今昔文章优劣,王十朋云:"新文之进予则不知也,但每阅旧文背必汗焉耳。"客人激赏:"见旧文而汗背,进莫验于斯也。使天假子之年,将不一进,而以他日见今之文,汗又浃背矣。"④ 潜台词就是:才随年而精进,故能见今是而昨非。悔其少作集中表现于一些著名文人成名之后,大量焚其少作。吴熊和先生曾著文关注这个现象:

> 黄庭坚的诗集初名《焦尾集》,就表明它是焚余的剩稿。叶梦得《避暑录话》说,黄庭坚"旧有诗千余篇,中岁焚且三之二,存者无

---

① 刘克庄:《刘忻父诗序》,《后村先生大全集》卷94。
② 乌斯道:《刘职方诗集序》,《明文海》卷256,影印《文渊阁四库全书》第1456册,第11页。
③ 黄淳耀:《答张子灏书》,《陶庵全集》卷1,影印《文渊阁四库全书》第1297册,第630页。
④ 王十朋:《论文说》,《梅溪前集》卷19,影印《文渊阁四库全书》第1151册,第286页。

几。"与黄庭坚齐名的陈师道，在他见到苏轼、黄庭坚之前，已颇负诗名。但魏衍于陈师道死后得其遗稿，其自编诗始于元丰六年，都是三十一岁以后的作品，没有三十岁以前的。《宋史》本传说他喜作诗，"然小不中意，辄焚去，今存者才十一"。陈师道自己则在《与秦观书》中说，他作诗本无师法，所作以千计，"及一见豫章，尽焚其稿而学焉"。黄、陈的少作，后来搜集到一些，但他们早予否定了。陆游于淳熙十四年任上，刊定他的《剑南诗稿》二十卷，把自己四十六岁入蜀以前的诗，删存了仅一百余首。他后来自跋诗稿说："此予丙戌（乾道二年，陆游四十二岁）以前诗二十之一也。及在严州再编，又去十之九。"二十分之一，再去十之九，尚有百余首，由此推断其原有的创作数量，该是多么可观，少说也是四位数。再举一个例子，是与陆游同是中兴四大诗人之一的杨万里。他在《江湖集自序》中说到："余少作有千余篇，至绍兴壬午，皆焚之，大概江西体也。"绍兴壬午，即绍兴三十二年，杨万里三十九岁。在这之前的千余篇诗，都被他付之一炬了。[①]

据考证，陆游一些于文学史有着重要意义的诗篇也在焚弃之列。这种悔少作焚旧稿的现象，不同于清代周亮工等因变节而焚稿明志或免祸，多如陈师道等造诣提升后的价值重估，其中便体现了才长而弥工之意。

有鉴于此，"迟之、深之"以待"将来火候至足"便成为古人师友规训的座右铭。[②] 这种境界就是"天老其才"，诸如顾起纶论徐昌榖："假天老其才，而追述大雅，则有唐大家，不当北面耶？"[③] 钱谦益鼓励李梦沙："自今以往，学益殖，才益老，愿自信其珠，而无为群儿之雹论所聒噪，斯道有兴乎！"[④] 皆是此意。它是中国文人修身以待、孜孜以求的主体境界。如同陈年佳酿，必须经过岁月的沉浸、存养，方可具备醇厚馥郁的芬芳。

所谓天老其才，本质就是虚灵的心智结构系统逐步成熟的过程。成熟的标准当然兼括诸端，诸如才学的富赡、才情的深幽、才思感发的灵动圆活等

---

① 吴熊和：《宏观的中介》，《吴熊和词学论集》，杭州大学出版社 1999 年版，第 366 页。

② 黄淳耀：《答张子灏书》，同前。

③ 顾起纶：《国雅品》，丁福保辑《历代诗话续编》，第 1100 页。

④ 钱谦益：《李梦沙望古斋集序》，《牧斋杂著》，第 441 页。

等，同时还包含一种心平气和的才气把控能力。钟惺就认为："人之为诗，所入不同，而其所成亦异。从名入才入兴入者，心躁而气浮。躁之就平，浮之就实，待年而成者也。"① 随着岁月的沉积，创作能够从追名、炫才、技痒等状态超越则其才可成。一些学者认为如此过程是不可跨越的，可以视为岁月沉深对长者的馈赠与惠赐，故云"诗要老成，却须以年纪涵养为浕次，必不得做作妆点，似小儿之学老人"②。

如此"文老"有待于"才老"的认知，促成了中国古典审美对"平淡舒缓"作为"老境"体格代表的审美认同。陆龟蒙自述："少攻歌诗，欲与造物者争柄，遇事辄变化不一，其体裁始则凌轹波涛，穿穴险固，囚锁怪异，破碎阵敌，卒造平澹而后已。"③ 从青春年少之际与造化角逐，到暮年敛手而平淡。苏轼受此说影响，在与其侄书中写下了以下一段著名文字："大凡为文，当使气象峥嵘，五色绚烂，渐老渐熟，乃造平澹。"而周紫芝在概言苏轼之论后又作推衍："余以为不但为文，作诗者尤当取法于此。"④从文章到诗歌，平淡的审美疆域扩大了。

由于被定位于老境所成，系才老的产物，于是从宋代开始，"平淡"便被视为一种巅峰状态，不易臻达。梅圣俞曾云："因今适性情，稍欲到平淡。苦词未圆熟，刺口剧菱芡。"又有"作诗无古今，欲造平淡难"之句，皆感慨于平淡境界的艰难。也正因为如此，陶潜等在宋代获得了前所未有的地位，葛立方即云："陶潜、谢朓诗皆平淡有思致，非后来诗人钵心刿目雕琢者所为也。"⑤ 从手段而言，平淡的获得遵循着以下两个原则：

其一，平淡必须从青春鹦鹉杨柳楼台的组丽中超越而来，如此方为真正的平淡。如葛立方所云："大抵欲造平淡，当自组丽中来，落其华芬，然后可造平淡之境。如此则陶、谢不足进矣。今之人多作拙易语而自以为平淡，识者未尝不绝倒也。……李白云'清水出芙蓉，天然去雕饰'，平淡而到天然处，则善矣。"⑥ 又如吴子良论陈止斋："止斋之文，初则工巧绮丽，后则

① 钟惺：《孙昌生诗序》，《钟伯敬全集》卷2，《续修四库全书》第1371册，第306页。
② 张谦宜：《絸斋诗谈》卷1，郭绍虞辑《清诗话续编》，第793页。
③ 陆龟蒙：《甫里先生传》，《笠泽丛书》卷1，影印《文渊阁四库全书》第1083册，第233页。
④ 周紫芝：《竹坡诗话》，何文焕辑《历代诗话》，第348页。
⑤ 葛立方：《韵语阳秋》卷1，何文焕辑《历代诗话》，第483页。
⑥ 葛立方：《韵语阳秋》卷1，何文焕辑《历代诗话》，第484页。

平淡优游，委蛇宛转，无一毫少作之态"①。又如魏禧之论称：

> 昔杜子美称李太白诗曰："白也诗无敌，飘然思不群。"故少年作文，当使才气怒发，奇思绎络，如入梓泽，如观杳潮，如骏马驰坂，健鹘摩空，要令横绝一时，然后和以大雅，洒以平淡，归于至醇，而犹有隐然不可驯之气，不可掩抑之光：斯为至尔。②

成熟的平淡不是生命力的蒸发与枯竭，恰恰是少年豪气的含蕴。如果未从烂漫华丽之中取次瞻顾，便无从传递这隐隐生机。

其二，平淡离不开岁月一步步的沉淀，少年、壮年、老年是人生的阶段，也是审美成熟的必由阶段。所以周紫芝以为："作诗到平淡处，要似非力所能。"③ 又如明人论云："少年初学诗，宜工整华丽，如唐人应制体，有富贵福泽之气，但不可涉淫奔浮艳耳。中年为诗，须慷慨激昂，发扬蹈厉，以见才学，不可不学李、杜。晚年为诗，则平稳冲淡，或如陆放翁之闲雅，或如陶、白之陶写性情，可也。"④ 华丽、激昂、平淡，构成了人生以及文学创作的三部曲，就如同"草木之性，先有春华，方有秋实"。跨越这种秩序，"未博于文，先思约礼"，其作品便会呈现如下景光："气不能充其体，笔不能宣其意，字字卧于纸上。"⑤ 如此未老先衰的平淡，其文字如病入膏肓的老朽，气息奄奄、面目模糊，只有僵卧于床待其大限。

无论是锁定平淡醇和的收获，还是念念不忘首先要有绚丽烂漫的绽放，二者之间的因果关系、先后关系基本上没有人质疑。当然，对于超越了年少风华之后的平淡审美，难免以下的疑惑甚至误解：

年少才放，暮年才收，平淡与醇和是文人抵近终点之际的生命境界，将其作为文学的追求，在美学理想上属于个人审美情趣的偏执之论，在创作情怀上则是一种无可奈何的暮年自我艺术标榜。司空图《诗品》胪列诗歌二

---

① 吴子良：《荆溪林下偶谈》卷4，影印《文渊阁四库全书》第1481册，第516页。
② 魏禧：《与友人》，《魏叔子文集外篇》卷7，第323页。
③ 周紫芝：《竹坡诗话》，何文焕辑《历代诗话》，第348页。
④ 陈瑚：《诗因年进》，胡经之主编《中国古典文艺学丛编》三，第72页。
⑤ 袁枚：《答孙俌之》，《袁枚全集》第五册《小仓山房尺牍》，第206页。

十四体格，虽然分类在今天看来略有标准不一，但其所论诗歌的风体却的确已经十分丰富，而平淡仅仅是诸种风体之中的一种。诗之体格风调既然林林总总，但进入暮年的才子却没有展示与创造的激情，在诸般无可选择之际，平淡，虽被标榜站在了了无须左顾右盼的巅峰，却又明显将艺术置于单调而寡味的境地。变化、丰富、色彩与可选择性是生命的活力所在，艺术亦然；当一切归乎无可选择之际，生命用流逝所塑造的艺术境界，实则充满了情何以堪的无奈。

以上质疑不无道理，但也有误解。实际上，就文学境界而言的"平淡"与作为单一审美风体的"平淡"所指迥异。作为文学境界而言的平淡，包容着创作主体在成熟阶段以其独有的形式对不同审美风格作出的诠释。雄浑、冲淡、纤秾、沉着、高古、典雅、洗练、劲健、绮丽、自然、含蓄、豪放、精神、缜密、疏野、清奇、委曲、实境、悲慨、形容、超诣、飘逸、旷达、流动的风格依然存在，只是表现这些风格的形态迥异乎青春时代：它明智又透达，深沉又清澈，含蓄之中盈溢着激情澎湃。就如同美学之中的阴阳二气，阳者发散，阴者收敛，但二者为气的基本存在形式，皆是力量的呈现，只是呈现的姿态不同而已。①

既然才为禀赋，无论青春的绚烂还是桑榆的浑厚静雅，都有其各自醉人的光芒。清代杭世骏基于以上认识明确提出：才无所谓变与不变、老与不老，文学创作是用才之地而非竭才之具，但凡所谓才之尽者，实则不是真有才者：

> 人之生也，有性有情有才，性与情，生人所同，而才则所独也。

---

① 关于作家、艺术家的晚年风格问题，西方学者近代始有关注。先是德国哲学家西奥多·阿多诺曾著《晚年的贝多芬》，其间提及晚年风格问题。作为东方学创始人的萨义德则在晚年专门创作了《论晚期风格》一书，他通过对二十世纪多位艺术家晚期作品的考察，结合自己对死亡的思索，建构起了其身体状况与美学风格关系研究的学术路径。其核心观点是：晚期作品可分为"适时"、"晚期"两类，纳入"适时"者往往表现出宁静而和谐的精神，但他认为这不属于真正的晚期风格。在萨义德看来，只有那些不存在为了现实而放弃自身权利的情势下产生的作品才显示出"晚期"风格。这种风格是不和谐、不安宁的，是蓄意的、非创造性的创造。如此的现实抵牾情绪源自倒行逆施的老年心态，面对最终的裁判，作家表现出自我刻意的放逐，并由此形成对伟大时代的厌倦。可以说，这种焦躁而心烦意乱的晚期风格呈现以及相关思想，与中国文人对明静淡泊普遍的皈依恰好相反。参阅《论晚期风格——反本质的音乐与文学》，阎嘉译，生活·读书·新知三联书店2009年版。

乾坤有清气，山水有清音，融结而为精灵，胚胎而为人物，衷之性情，根之气骨，散之心脾，造化实钟美于是，而幸而得之，则才之说也。……至若端居寡事，取求而不予禁，郁勃而无所试，雕镂肝肾，涵泳飞跃，率臆肆口，颠倒反覆而用之，而诗之道以兴。诗也者，用才之地，而非竭才之具也。无才者往往好为之，且为之至于穷悴老病以死而不知厌，或责之或愍且笑之而犹不自悔。曰：吾将以尽其才也。夫才至于铢铢积之，寸寸累之，则其为才也，亦仅矣！蛣蜣之丸不可以充珠琲，瓦釜之响不可以叶韶咸。器有良楛，质有坚脆，禀之于天，不可强也。①

此中略有不为世用的愤懑，但核心依然在于：诗本是用才之地，只有"雕镂肝肾，涵泳飞跃，率意肆口，颠倒反覆而用之"者方为诗，方为文才。其中从"雕镂"、"涵泳"至率意肆口而发，继而"颠倒反覆而用"，正是描述文才的不竭不尽。所谓呕心沥血穷尽其才者，实为才情浅薄者的写照，在作者看来根本不配立足才子之林。

二

另一种意见为才随年衰，即才思随着精神血气的衰微而逐渐颓靡，不过这里的颓靡不是《文心雕龙·养气》所谓"钻砺过分"而造成的暂时的神疲气衰，而是随着年寿增加出现的必然状态。这是才尽论的基本思想。欧阳修《题青州山斋》讲述了自己如下创作经历：

吾尝喜诵常建诗云："竹径通幽处，禅房花木深。"欲效其语作一联，久不可得，乃知造意者为难工也。晚来青州，始得山斋宴息，因谓不意平生想见而不能道以言者乃为己有。于是益欲希其仿佛，竟尔莫获一言。夫前人为开其端，而物景又在其目，然不得自称其怀，岂人才有限而不可强？将吾老矣，文思之衰邪？兹为终身之恨尔。②

---

① 杭世骏：《何报之诗序》，《道古堂文集》卷11，《续修四库全书》第1426册，第304页。
② 欧阳修：《题青州山斋》，《欧阳文忠公文集》外卷23，四部丛刊初编本。

欧阳修遗憾自己难以追摹常建之作，分析原因有两个：才有其偏限而不能勉强；年老才思衰退。朱熹也持此论，他曾自言"人老气衰文亦衰"；又称晚年作文，如秃笔写字，全无锋锐可观；又云："然而人之文章，也只是三十岁以前气格都定，但有精与未精耳。然而掉了底便荒疏，只管用功底又较精。"三十岁在朱熹看来血气已定，则文才也基本成熟，此后无大进境，因为"人到五十岁不是理会文章时节，前面事多，日子少了"① ——晚年没有精力与闲情及于文字。魏了翁继承了朱熹的观点，他针对江淹梦笔文藻日颓之类的传说，阐发了自己的意见：

> 灵均以来，文词之士兴，已有虚骄恃气之习。魏晋而后，则直以纤文丽藻为学问之极致。方其年盛气强，位亨志得，往往时以所能哗世眩俗。岁悒月迈，血气随之，则不惟形诸文词，衰飒不振，虽建功立事，蓄缩顾畏，亦非复盛年之比。此无他，非有志以基之，有学以成之，徒以天资之美、口耳之知、才驱气驾而为之耳。如史所书任彦升、丘灵鞠、江文通诸人皆有才尽之叹，而史于文通末年至谓梦张景阳夺锦、郭景纯征笔，才不逮前。②

出现才尽之叹的原因在于这些作者才驱气驾以为文，而才气依仗精神血气，一旦血气衰飒，文辞便畏葸不振。这是就恃才文人而言，虽然意带讥讽，但其中包含了历来文词之士对文学的基本认知：首先，才气驱驾、恃我而为、依靠灵机的创作，尤其依赖盛年之多盛气、有功业、有感慨、思绪敏锐甚至绮情沉溺。其次，老境渐深，血气归于平静，情怀渐趋宁定，加以勘透世情，兴感无由，所以才思难免钝化。另如周必大云"及其老也，血气既衰，聪明随之，虽有著述，鲜克名家"③、钱谦益称"人生读书学问，与时而衰者，才力也"等④，皆是才随年衰之意。可注意的是，钱谦益的措辞很费了

---

① 黎靖德：《朱子语类》卷 139，第 3301 页。

② 魏了翁：《浦城梦笔山房记》，《鹤山集》卷 49，影印《文渊阁四库全书》第 1172 册，第 555 页。

③ 周必大：《鸿庆居士集序》，《鸿庆居士集》卷首，常州先哲遗书本。

④ 钱谦益：《答山阴徐伯调书》，《牧斋有学集》卷 39，第 1348 页。

斟酌，他说的是"才力"，血气既衰，才可负荷的分量定然大不如昔。至于李邺嗣则讲得更为直截了当，他以倾倒固有之物比喻人一生对才华的运使："文人自用其才，亦如用物然，倾其所积而止。"① 类似鲍照才尽、江淹思退等现象，正是倾倒则必有尽时的写照。大家尚且如此，碌碌者也就更加概莫能外了。

近人依据朱熹文才三十以前已定的论断，认为："人在三十以前，其才与年而俱进；在三十以后，其才与年而俱退。"② 立论以血气盛衰为准，将虚灵精神尽皆等同于生理演革，略有机械之病。

以上是理论的评断，从历代文人具体创作的实际来看，也与这种论断多有符契——当然，这其中不乏主观情绪化的意见。还是从江淹的创作说起，即如上引胡应麟所云："其梦，衰也；其衰，非梦也。"江淹随着年纪的增长，老而气衰，才随之衰微，梦仅仅是这种衰微的一个征兆，所以说："文通梦张景阳索锦而文踬，郭景纯取笔而诗下。世以才尽，似也；以梦故，非也。"③ 胡应麟不是就事论事，而是从江淹气衰才尽之说得出一个具有普遍性的结论：才随着精神血气的衰微而逐渐式微，创作于此都有显现。梁章钜认为，江淹相关传说自非子虚乌有，稽以《文选》所载，皆可以才尽例之。再以其他著名文人为例，很多曾被视为老而弥笃者在另一部分评家看来恰恰相反：

先看欧阳修。朱子云："欧阳公作古文，力变旧习。老来照管不到，为某诗序，又四六对偶，依旧是五代文习。"

再看苏轼。朱子云："东坡晚年文虽健，不衰，然亦疏鲁，如《南安军学记》，海外归作，而有'弟子扬觯序点者三'之语，'序点'是人姓名，其疏如此。"④ 纪昀评点《苏文忠公诗集》，至以海南北归后之作为主的卷四十五，总论多命以浅、粗、冗漫、剽、腐、不成句法、重出、偈咒、凡近等恶评。又评本卷具体创作：于《赠诗僧道通》开篇之"雄豪而妙苦而腴"一句，直斥为"是何言语"；于《刘壮舆长官是是堂》评曰"太涉理路"；

---

① 李邺嗣：《耕石近草序》，《杲堂文钞》卷2。
② 唐文治：《国文大义》上卷，王水照辑《历代文话》，第8202页。
③ 胡应麟：《诗薮》外编卷2，第153页。
④ 黎靖德：《朱子语类》卷139，第3311页。

于《曹溪夜观传灯录灯花落一僧字上口占》评云"此岂是诗";于《睡起闻米元章冒热到东园送麦门冬饮子》评云"竟是药店榜子"。故于本卷总评云:"此一卷皆冗漫浅易之作,盖至是而菁华竭矣。"① 海南北归之际,苏轼已经进入生命的最后历程,长年颠沛,虽然乐观,也难以消解命运舛错对心气的摧抑与折磨,尽管纪昀有一定的偏见,但有心无力、意荣文悴,正所谓老手颓唐,无可回护。

张岱、王世贞、王思任亦然。张岱《雁字诗小序》赞其友人之诗"大长",因而诠释"长"字之不易:"余少而学诗,迫壮迫老,三十以前,下笔千言,集如风雨;逾数年,而才气无所用之;逾数年,而学问无所用之;再逾数年,而性情亦无所用之。目下意色沮丧,终日不成一字。"自况之中有些许自谦,但道出了才思、才力因年衰退之状。又由自己论及王世贞、王思任:"弇州曰:'李沧溟死,予诗文未免信笔。'而王谑庵少刻《及幼草》,后作《痒言》,而人谓之不及《幼草》。则是弇州、谑庵两先生才名如许,一至晚年,后人论定,决不肯以'长'之一字以媚之也。"②

又如曾国藩。其《日记》曾自言思作《江宁府学宫记》,苦探力索,竟不成一字,枯竭至此,自道为衰惫之象。又曾言乙未作文,文笔平衍,无复昔年傲岸劲折之气,也认为系老境日臻之故。王葆心就称此属随年力衰耗而"随时呈露涸竭之境",不同于偶尔出现的琐事烦渎、神智昏搅。③

三

才既然为禀赋,无所谓尽与不尽。如果我们仔细分析才老弥笃说与才随年尽说的内涵,除了部分个体批评的主观,会发现以下特征:在批评者眼中,很多优秀文人之所以才未随年而尽,是由于其老不废学;另外一些文人之所以被视为才随年尽,恰恰因为恃才而不学,其老境颓然,不是才性本身的变化,而是才性发挥作用的生态系统之中维护其生机的后天努力迟滞甚至停滞了,由此造成本自天人统一的文才丧失了焕发活力的源泉。

---

① 《苏文忠公诗集》卷45,纪昀评。
② 张岱:《雁字诗小序》,《琅嬛文集》卷1,《张岱诗文集》增订本,夏咸淳校点,上海古籍出版社1991年版,第212页。
③ 王葆心:《古文辞通义》卷12,王水照辑《历代文话》,第7664页。

（一）从才不可尽说而言。才性既然不可变，文才的老而弥笃实则源自创作主体持之不懈的钻研、学习，使主体一直激荡着生命活力。楼钥少年时问从兄杜、韩、苏、黄等诗文何以晚而益高，其兄回到："文章，精神之发也。学问既充，精神有养，故老而日进。"① 有人问崔德符作诗大要，崔答道："但多读而勿使，斯为善。"② 所谓"勿使"便是不能随意发泄，要精心涵养积累之意，其中皆寓有以人力济先天的用心。

人力坚持之所以可保障才力的老而弥笃，是由文才的天人统一特性决定的，与学而助于文才的路径也一致。再概括一下的话，可以体现为以下数端：

或成就创作者的功力。王十朋自道惭其旧作，其友赞誉附和，先举王勃所谓粗豪之句成于少年："子不见君家名勃者乎？《滕王阁序》最脍炙人口，'落霞与孤鹜齐飞，秋水共长天一色'之句，当时以为神，殊不知此乃少年粗豪之气，俳优之雄者。以勃之天才英秀，不使早死，其文之进殆未可量，他日见所谓神句者宁不汗背耶？"又赞韩愈能悔少作："韩退之文章之古者，后世莫得而疵之，然《感二鸟赋》乃少年所作，学识未逮，故有二鸟不如之叹。"③ 待学有进益，则对文学的认识、表现能力同时会获得提升。

或锻炼作者识力。阅世久而事理明，读书多而义理熟，如此则心意专一、识力精湛，不轻易为物所惑，此为识力深厚。

或日积月累而法度明。柳宗元《与杨京兆凭书》自道："宗元自小学为文章，中间幸联得甲乙科第，至尚书郎，专百官奏章，然未能究知为文之道。自贬官来无事，读百家书，上下驰骋，乃少得知文章利病。"④ 以上"利病"即为法度。

或以陶冶而养其血气。刘克庄《刘圻父诗序》云：

> 文以气为主，少锐老惰，人莫不然。世谓鲍昭、江淹晚节才尽，余

---

① 楼钥：《跋旧答李希岳启》，《攻媿集》卷75。
② 王应麟：《困学纪闻》卷18，第524页。
③ 王十朋：《论文说》，《梅溪前集》卷19，影印《文渊阁四库全书》第1151册，第286页。
④ 柳宗元：《柳河东集》卷30，第488页。

独以为气有惰而才无尽。子美夔州、介甫钟山以后所作，岂以老而惰哉？余幼亦酷嗜，岁月几何，颜发益苍，事物夺其外，忧患攻其内，耗亡销铄，不复有一字矣。圻父幸在世故胶扰之外，为事物忧患之所恕。养气益充，下语益妙，它日余将求续集而观老笔焉。①

气老必堕，但其中有如杜甫、王安石者能够遒劲如初，关键在于修养。这里的修养有道家的养生，但从手段上又强调了儒家道义的滋润。心有盈虚浩然之气，则生机磅礴，创作自然不会有困顿之象。

或遍经阅历而神知心灵。郭麐《灵芬馆诗话》引杜甫"老去渐于诗律细"阐发："非独学问之功久而益进，即人世悲忧愉乐之境亦必遍尝而后神知心灵，炼而愈出。"浮心渐渐平复，则可"敛气归神"。②

或陶养性情而不恃才。乔亿云："诗学根于性情，则识与年进，愈老愈妙。不然，精力向衰，才思顿减，遇英锐后生，皆当避席也。"③才思会因为精力衰歇而钝拙，所以需要修养性情，与年少才俊可以相竞者，惟有性情之美与识见之高，二者皆由学而得。

才之所以存在老而弥笃的状态，在于学、识、气、法等要素皆待于修为涵养而后得。也就是说，才的成熟如同一株花草的生长，不是一颗优良的种子就能决定鲜花能否绽放，它的生长需要一个生态：种子是不变的，但水分、空气、肥料、土壤以及对周边杂草的清除等等，都对其生长有着重要影响。或者说，这些要素形成一个良好的生态系统，此时种子才能发芽、破土、萌蘖。才也是如此，必须情、气、学、法、识等熔铸为一个场，此时文才始能成就并葆有其灵动、圆活的创生活力。而以上要素，每一项的成熟都要付出岁月的代价。

（二）就才随年尽之论来说，很多文人涉及这个问题时也都预留了一个疗救的策略。朱子即非一味悲观预丧，他感慨过人老气衰，但又提出了挽回补救之策，这就是"学"。所以有人问他"人之晚年知识却会长进"时，他称："也是后生时都定，便长进也不会多；然而能用心于学问底，便会长

---

① 刘克庄：《刘圻父诗序》，《后村先生大全集》卷94。
② 郭麐：《灵芬馆诗话》卷6，张寅彭选辑《清诗话三编》，第3339页。
③ 乔亿：《剑溪说诗》卷下，郭绍虞辑《清诗话续编》，第1098页。

进；若不学问，只纵其客气底，亦如何会长进，日见昏了。"① 不长进，也就难免出现小时了了大未必佳的状态，故此往往有人生出"今人有少时文名大著，久而不振者，其咎安在"的疑惑。针对这个普遍性的问题，宋代陈子苍有一个著名的比喻：

> 无他，止学耳。初无悟解，无益也。如人操舟入蜀，穷极艰阻，则曰吾至矣。于中流弃去篙榜，不施维缆。不特其退甚速，则将倾覆矣。如人之诗，止学也。②

激流行船而至中流，这是一个形象非常恰当的比喻。如果仗其禀赋而不坚持力学，则只有从流漂荡，前功尽弃。魏了翁认为，才气志学是一体的，从学而立志，由志而蓄气，由气而运才，如此的话，就不会有才尽之叹：

> 夫才命于气，气禀于志，志立于学者也。此岂一梦之间他人所得而予乎？穷当益坚，老当益壮，而他人亦可以夺之乎？为此言者不惟昧先王梦禖之义，亦未知先民志气之学，由是梦笔之事如王元琳、纪少瑜、李巨山、李太白诸人，史不绝书。而杜子美、欧阳永叔、陈履常庶几知道者，亦曰老去才尽，曰诗随年老，曰才随年尽，虽深自抑损，亦习焉言之，不知二汉时犹未有是说也。③

由学向才追溯，以学养才，这是魏了翁的重要思想，被后人称为"学文合一"，他自己表述为"志以基之"、"学以成之"。《鹤山集》卷五十一《坐忘居士房公文集序》也申明此旨，只有志于学而不止的文人，才可以保持创造力的老而不衰，保证文才不尽。罗根泽先生分析魏了翁这一思想说：

> 魏了翁从此点演绎，鲜明地分别文不根于学的文章，才尽文弱；学

---

① 黎靖德：《朱子语类》卷139，第3301页。
② 魏庆之：《诗人玉屑》卷5，第157页。
③ 魏了翁：《浦城梦笔山房记》，《鹤山集》卷49，影印《文渊阁四库全书》第1172册，第555页。

文合一的文章，至老不衰。他的弟子吴咏在给他的书里说："异时选人逐客，踬于忧患，伤于感慨，耗于血气，既衰困而无精采，而侍郎养熟道凝，动全志壹，作为文章，天力自到。"并且特别指出梦笔山记拈起老去才尽一段，知此不仅是他的新说，也是他的体验得力处。①

将由江淹引发的才尽与否的讨论集中在以学富才上，即通过学而养天力，避免才尽。罗根泽以为这是魏了翁的新意，略有不察，但其在当时与后世的确具有代表性，"舍学而用才，其才易匮"因此成为向才人劝学的金玉良言。②近代学者况周颐也称："书卷不负人也。中年以后，天分便不可恃。苟无学力，日见其衰退而已。江淹才尽，岂真梦中人索还囊锦耶？"③由才尽论引发的才性本质观照，最终转化为文才葆有策略的探讨。

才力不衰老当益壮的经验与老态龙钟力不从心的教训，同时指向了作为文学素养天人系统之中的"人事"——也就是后天的学习。天赋才性在人生风华正茂之后并没有被天收回，才尽与不尽的关键在于自我于青春激扬的年代过后能否自强不息、学而不倦。

综上所论，既然才为禀赋，不增不减，无所谓去留，那么因学而兴、不学而废、动辄被批评者称为"尽"或"不尽"的，严格讲来不能说是文才，而是"才思"——即出自个体文才禀赋的文思，这一点无论才不尽说还是才尽说皆有论述。先看才不尽论。早在唐代，孙过庭《书谱》就有如下文字："若思通楷则，少不如老；学成规矩，老不如少。思则老而愈妙，学乃少而可勉。勉之不已，抑有三时，时然一变，极其分矣。"作者将老而弥笃者明确定位于"思"——即才思愈老愈贯通。以王羲之为例，其书法晚年神妙，究其原因，"当缘思虑通审，志气和平，不激不厉，而风规自远。"从对法度的谙熟活用到艺术运思的通达审慎详明，往往是老年之际艺术巅峰状态的主要体现。④再看才尽之说。前引欧阳修《题青州山斋》所言欲模拟常建之诗久而不得，即自道"将吾老矣，文思之衰邪"。前引姚鼐论江淹名

---

① 罗根泽：《中国文学批评史》，上海古籍出版社 1984 年版，第 202 页。
② 吴国伦：《王行甫集序》，《甔甀洞续稿》卷 7，《续修四库全书》第 1350 册，第 910 页。
③ 况周颐：《蕙风词话》（与《人间词话》合刊）卷 1，第 8 页。
④ 王伯敏等：《书学集成》（汉—宋），第 135 页。

位隆盛之后，尘务经心，无复仕宦未盛之际，其所受到的主要影响也在于
"清思旋乏"①。其有顺滞、有通塞、有敏迟之变者，皆在此文思。

第二节 临文之道：才华蓄养

文为用才之具，极我之才以见我体调、尽我之才以传我风流而不留下人
未尽才的遗憾，是历代文人的共同追求。但是，文才不是一个抽象的存在，
作为一种禀赋，它内化为心智结构，融会于情思、志气、学力、识度等方方
面面，形成一个完足又互相关联的生态系统。彼此支应，相互为援，从这个
意义而言，它并非不竭的源泉。钱谦益曾曰："生生不息者，灵心也，过用
之则耗。"② 有文人将才比喻成大树之根，而以积学涵蓄为雨露，如果自恃
才华攫取不已，日积月累，则无牛山之美。张际亮也论称：气先蓄积后发泄
则盛而不尽其用，才先收敛而后伸展则舒卷自如。如果不问所能，终日拈
笔，则"徒挠乱其真气，蹶僵其美才，扰塞其深思而已"③。如此而言，文
人们不论得已不得已、兴会不兴会地一味应酬投赠、争胜竞技、挥霍陶泄必
有才尽之忧。才华蓄养的思想由此出现。

有关才气蓄养的思想很早就已经出现。它首先确立于德行坚守基础上的
自我检束，诸如有德者有言、发乎情止乎礼义、先器识后文艺等，这是儒家
才德关系中的应有内容。其次为道家的养生思想在文艺理论中的沉淀，至
《文心雕龙·养气》已经形成美学体系。文学创作与养生之间利害相通，趋
之避之皆存乎一己，这其间文才获得蓄养，仅仅是养生主观目的之外的客观
效果，并非完全建立在文学审美境界追求之上的反省。

而无论出于养生卫气还是道德修为，都强调收敛言不由衷、情非得已的
创作。唐代之后，众多文人从文术研讨的维度，将这种文才敛蓄、不轻发露
的思想归纳为不同的文艺规范：

如创作当以"难"立品，不可"轻易"视之。创作追求中、和、醇、
雅，其境界本非常人所能及，因此实非易事。以皎然《诗式》为例，其中

① 姚鼐：《笔记》，《惜抱轩全集》卷8，第611页。
② 钱谦益：《族孙遵王诗序》，《牧斋有学集》卷19，第827页。
③ 张际亮：《答朱秦洲书》，《思伯子堂诗文集》文集卷1，第1293页。

列"诗有四不"说："气高而不怒，怒则失于风流；力劲而不露，露则伤于斤斧；情多而不暗，暗则蹶于拙钝；才赡而不疏，疏则损于筋脉。"又如诗有二要："要力全而不苦涩，要气足而不怒张。"才情气力，都要拿捏稳称。从创作的整个历程而言要如狮子搏兔，毫无懈怠，并非一蹴可就。以杜甫为例，他虽有"下笔如有神"的功夫，但未忘其得自"读书破万卷"，自定其诗品为"毫发无遗憾，波澜独老成"，其如此境界自然与"老去渐于诗律细"、"新诗改罢自长吟"、"语不惊人死未休"等敬慎态度关系密切。"庾信文章老更成"虽是品目他人，却也不乏自勉。而"下手第一子"又尽在"别裁伪体亲风雅，转益多师是汝师"二语，则精、雅之至，有所来自。"何时一尊酒，重与细论文"，又可见不曾有丝毫懈怠自负。①

如"取精多用之少"。魏禧云：

> 夫后世之不能为三百篇也有故，非特才不逮古人也。物之取精多而用之少者，其发必醇；取精少而用之多者，其发必薄。三百篇人不尽作，作不过一二，皆自言其胸中之所有。胸中所无有者，不强道也。

黄仙裳评此文此论："叔子'取多用少'一语，可以救今日风雅之衰。"② 正是首肯其针砭下笔澜翻、不能自休的命意。

如慎入而慎出。所谓慎入，是从学习涵养之际论其品位："空同自谓不读唐后书，此言不尽是，要是得力。凡阅文高者难入，俗下者易入。清暇庄坐而展卷，始得晤对古人。平常时卑俗文字触处都是，入于目即染于心，染于心即布于笔。向来所习高古典雅，忽为黯移，政所云一傅众咻，求齐不得耳。"入手之处、师法之时不慎，则俗卑习染，不可挽回，如此文才为之所误，自然难以有为。慎入之外必须慎出：

> 慎出者何？应酬文也。大凡文根性情而发，有沛然莫遏之势，出之自佳。若得已不已，勉强为之，便自有应付供给语尘集楮墨。久之手

① 邱炜萲：《五百石洞天挥麈》卷10，《续修四库全书》第1708册，第222—223页。
② 魏禧：《初蓉阁诗序》附评语，《魏叔子文集外篇》卷9，第466页。

滑，便不耐沉思。又人之才情精神亦复有数，多应酬以分其力，后遇大好题，作之反无力，不得精彩。①

养之精，创作同样不轻易，必性情发动、兴会莫遏之际方可为之，如此即非妄作。因而是否属于慎出并非仅仅看其创作数量的多寡。施愚山有《湖上草》集，毛先舒即以为作者"诗虽多未尝妄作"，何以然呢？他解释道："必有慨于心而后形之于辞。西湖自南宋以来可以凭吊而抒啸久矣，先生俯仰之余，志思盘薄，有感而发，缘情自来，譬诸日光风气，得隙辄入，而无所于待者，不可以先后追及名之也。"② 正是因兴而作，虽多亦为慎出。

慎入慎出所能达到的或者说所要追求的创作品质，就是不屑以才锋示人的名贵"精醇"。"醇"是思想合道而不芜杂之意，"精"则是一个偏乎艺术的尺度：

> 精之为技难矣。铸金者黑浊之气竭而黄白次之，青又次之，然后金可得而铸也。采玉之工，秋水涸而后捞玉于河海，人挂网于海底，积以岁年，犯蛟鼍以出之。其为珊瑚者几何，琅玕者几何，不必尽玉也。荆山之璞多矣，而和氏之所献止得一璧。欧冶之铸剑也，市三乡之金而干将莫邪止成两剑。精之难大略如是！

以醇精为养，则其所造就便与才小气薄而不养者恰成对比："才小故无以供其择，气薄故不能待其凝。不择则难与言精，不凝则难与言洁。"③ 精与洁是一个文章尺度，也代表着文才敛蓄创作的境界。而要践行以上创作规范，其入手之处有二：

一则要知所止。邱炜萲以曹植、祢衡为例："曹植七步成章，祢衡文不加点，人言藉藉，千古艳称。宜二公一生所积，不难方驾五车，比隆二酉。

---

① 毛先舒：《与方渭仁论文书》，《思古堂集二》卷2，《四库全书存目丛书》第210册，第805页。
② 毛先舒：《湖上草序》，《潠书》卷1，《四库全书存目丛书》第210册，第633页。
③ 张尚瑗：《会侯先生文钞序》，《会侯先生文钞》卷首，《四库全书存目丛书》第229册，第712页。

乃观后人为之编搜，寥寥而止，诗于其千百而不获什一之存，所谓精也。二公何等造诣，尚要如此，后人为学，自问于二公何如？还要藏拙些为妙。"①知所止，则不必动辄涂抹，夸多斗靡；车载斗量而无所传世，虽多无益。其间对二人作品入集之少的因由概括并不准确，但用意显而易见。

二要知所畏。清人周积贤被陈维崧称为奇才，《倚声初集》选其《春雨词》，评语中引其与弟书曰："十五岁作赋，又一年作骚，亡去，遂不复作。直以所长在此，故慎自爱。见闻不足，恐小用之耳。"② 评者以为此论深谙词赋甘苦，启迪人者恰在其学有所止，为有所畏。从曹丕开始就懂得文具多体，鲜能善备；更何况才体相称，勉为其难也不会有什么成就，因此知所畏也便能够有所止。

这种创作实践的反思与文才抒发经验的传布，在清代熔铸为"才性贵重"、"文德敬慎"思想。钱谦益云：

> 能诗之士所谓节缩者，川岳之英灵；所閟惜者，天地之章光。非以为能事，故自贵重，虽欲菲薄而不可得也。钟记室论十九首"惊心动魄，一字千金"。……唐人之诗，或数篇而见古，或只韵而孤起，不惟自贵重也，兼以贵他人之诗。不自贵则诗之胎性贱，不自重则诗之骨气轻，不交相贵重则胥天下以浮华相诱说，伪体相覆盖，风气浸淫，而江河不可以复挽。故至于不自贵重，而为人之流弊极矣。③

文才性情本自天赋，其贵本源乎此。只有自贵重、相贵重，才能避免膏唇拭舌、描眉画眼、补凑割剥的量化复制。如此"诗为主而我为奴"的现象，恰成文坛浊乱之象。

就主体的文才价值理念而言，必须认识到才性的尊贵，才能对文学创作保持足够的敬畏。创作而言敬，从刘勰入兴贵闲以及古人所谓文字通神的种种思想中已经有所涉及：艺术创作之前，古人不厌其烦地要求净室焚香、闲居理气，皆与此有关。这种临文而敬的理念与才性贵重的思想融合，便形成

---

① 邱炜菱：《五百石洞天挥麈》卷10，《续修四库全书》第1708册，第223页。
② 邹祇谟、王士禛：《倚声初集》卷8，《续修四库全书》第1729册，第298页。
③ 钱谦益：《族孙遵王诗序》，同前。

了章学诚的"文德敬慎"之论。

《文史通义·史德》中特地拈出"德"这一概念："德者何？谓著书者之心术也。"既然是心术，就不是史书写作中"魏收之矫诬，沈约之阴恶"之类，这是道德范畴的内容，他所谓"德"是对"谓其有君子之心，而所养未底于粹"者确立的学术规范①。如果说"史德"之"德"所讲心术侧重于减少史书的主观色彩，至《文德》章学诚又全面叙述了自己讨论文德的用心所在。他首先从学术源流上分析了之前的文学研究状态："凡言义理，有前人疏而后人加密者，不可不致其思也。古人论文，惟论文辞而已矣。刘勰氏出，本陆机氏说而昌论文心；苏辙氏出，本韩愈氏说而昌论文气；可谓愈推而愈精矣。未见有论文德者，学者所宜深省也。"审阅先贤文献，涉及"文德"二字者自然不少，但王充之外皆非论文，如《尚书·大禹谟》"帝乃诞敷文德"，《易·大畜》象传"君子以懿文德"，《论语·季氏》"故远人不服则修文德以来之"等，都是文教、德化的简称。由德单独论言辞者也不少，如孔子"有德者必有言"，"修辞立其诚"；孟子论"知言"、"养气"，本乎集义；韩愈所谓"仁义之途"、"诗书之源"，皆言道德，但又皆是兼论主体人格与作品，并非单独讨论创作本身。所以章学诚说："今云未见论文德者，以古人之所言，皆兼本末，包内外，犹合道德文章而一之；未尝就文辞之中言其有才有学有识，又有文之德也。"随后阐释了文辞创作中文德的根本内涵：

> 凡为古文辞者，必敬以恕。临文而敬，非修养之谓也。论古必恕，非宽容之谓也。敬非修德之谓者，气摄而不纵，纵必不能中节也。恕非宽容之谓者，能为古人设身而处地也。嗟乎！知德者鲜，知临文之不可无敬恕，则知文德矣。②

"恕"为史学原则，姑且搁置。"敬"不论道德修养，而是讲气能统摄驾驭而不放纵恣肆。此间的纵肆，即是才气、才情的不羁，包纳着诸多才子气十

---

① 叶瑛：《文史通义校注》，第219页。
② 叶瑛：《文史通义校注》，第278页。

足的应酬、无聊以及哗众取宠的炫才、恃才创作。从不纵肆论德，恰恰是通过才气、才情的调控，于"气安而静"中方可见"材敛而开"①。由此而言，临文敬慎的文才蓄养不仅仅是一种创作态度，实则也是创作成功的保障。

第三节　文才涵养的机制：气盛化神　气全才放

无论以学济血气之衰，还是才性贵重文德敬慎，皆就文才涵养敛蓄而言，可统言之曰"养才"。养才不仅是文德敬慎、才性贵重的要求与体现，也是文艺创作的自身戒律。而若论及养才，则最终要归之于养气，这种归结的根本缘由在于：

其一，从道家论养气意在培养生机活力一维而言，古代文艺理论视文艺创作为一个养气而盛、气感而通、气化赋形的过程。而这个过程又恰是通过养气而盛激活主体之才、使才思运动获得动力的过程。气盛化神，所以需要养气；气御才而行，所以需要养气；气全才放——陶钧文思，贵在虚静，所以需要养气。

其二，从儒家论养气集道与义一维而言，养气可实现主体人格、心志、情性的升华，既鲜活健康又弛张有度，进而实现才气相称、才情相称。

才为禀赋不可移易，气则可尽人后天努力使之不懈不已，因此养气也成为天不可为之际的人功着力点，是文才涵养的机制。养才与养气由此而言实则就是一体。

一

在古代文艺理论建构中，文机涵养是创作的开端，而涵养的核心就是"养气"。从文艺的发生而言，历代论述者出于尊体的需要都会追溯文艺源头与气的关系。《论衡·书解》篇较早对"文"的起源进行了分析："上天多文，而后土多理，二气协和，圣贤禀受，法象本类，故多文彩。"文成于圣贤，圣贤禀受天地协和之气，文即由此衍生。《文心雕龙·原道》篇延续了王充的思想，又在此基础上丰富发展，强调文学之道就是自然之道，天

---

① 陆时雍：《诗镜总论》，丁福保辑《历代诗话续编》，第 1421 页。

道、地道、人道三位一体，日月、山川、文章三位一体，形声、文彩、心灵三位一体。表明宇宙自然、社会人生、文学艺术本来就是一个浑然有机的整体。所谓浑然有机，是说三者统一于大化流行之中，而"人文之元"由此必然"肇自太极"——化生天地万物的元气。[①]

文艺的源泉在于宇宙的本体力量，这种天人合一的思想为文学艺术的内在生命精神寻到了不竭的滋养。古代哲学将这种气的化生命名为"气化"，有时也称作"赋形"，这是气论对文艺发生的阐释。

文艺从本源而言既然如此发生，具体的文艺创作当然也是"气化"的过程，只不过此时是创作主体之气与作品之间的对应，所谓："人禀五行之秀，秀备七情之动，必有咏叹以通性灵。故阴惨阳舒，其途不一；安乐哀思，厥源数千。"[②]用阴惨阳舒这一气的运行法则为艺术手段，接引主体之气，以通达性灵，艺术创作便是此气之所寓、所托、所化。

文艺既然为气化而成，每个主体禀自元气的个体之气又各有限量缺陷以及发动的障碍，因此养气也便成为中国文艺理论中创作流程的开端。文艺理论所关涉的养气论主要有儒家与道家两个系统。

其一，儒家系统的养气相当于广义的才学之"学"所包纳的所有内容：它是创作之前创作主体全方位、历时性的涵养积累，具体包括人生的历练、经典的浸淫、艺术手段的参研、表达能力的训练、道德境界的提升、审美感觉的磨砺、常识的贮藏、体式的熟稔等等。其先必由积学而入，学的累积一如古人所论铸剑之道：

> 客有学铸剑之术于欧冶子者，欧冶子曰：取赤堇之锡十而炼一焉，购若耶之铜百而炼一焉。积之以岁月，助之以雷公雨师，毋急近功，毋羡小利，其可乎？客曰诺，技无进于此者乎？欧冶子曰：清水淬其锋，越砥厉其锷，拭之以西山之泥，重之以华阴之土，精其洗削，洁其夫社区祓，其可乎？客曰诺，技无进于此者乎？欧冶子曰：聚天地之精，合阴阳之灵，厚硕为质，忠信为经，荡涤氛秽，诚通神明，其可乎？客曰

---

① 参阅鲁枢元《百年疏漏——中国文学史书写的生态视阈》，《文学评论》2007年第1期。
② 李商隐：《献相国京兆公启》，董诰等编《全唐文》卷778，第3597页。

诺。归而肄为之，凡十年而剑成。陆刲犀象，水斩蛟鲸，照人如水，切玉如泥，阖闾不能专其美，勾践不能擅其奇。而欧冶子之术益章于天下。

　　夫文亦若是而已矣。往圣遗经，固赤堇之锡而若耶之铜也；庄荀屈宋则越之砥石与华阴之土也；子史百家则洗削夫锈之类也。其取材贵博，其养德贵深，其凝神贵定，其构思贵密。能是而为文之道尽矣。①

圣贤之书、诸子之书、辞赋之作、史家之作，博览广取，如此经籍的熏陶可以使文人在材料、德性、神思等方方面面获益。这种德性、神思的涵养所得古人统称之为气，也是一种含蓄其中的精神。清代文人金埴曾说："人之精神，乃一身之卫。凡对越神明，建树勋业，肩撑道义，手著文章，何一非精神所集？若精神不克，则力量难副，事事不足观矣。即如先儒论祭祀，亦要人集自家精神。自家要有便有，自家要无便无。祖宗精神即是自家精神。"②作为一种仪式，祭祀含蓄传递的原来就是祖先的气脉精神。可见"养气"之说包罗广泛，有含蓄而成者，有继承而得者，有激发而就者。而名之曰"养气"，不仅在于以气的包容性囊括这些难以计数的内涵；更主要的是，这些前期的准备积累在古人观念里最终要融会为具有发抒动力、与主体生命贯通的气，才能真正有助于创作。比如从宋代张炎《词说》就以"清空"为词的最高境界；清代田同之又说"诗之妙处无他，清空而已"。何谓"清空"？《西圃诗说》所论甚为精微：

　　诗之妙处无他，清空而已。然不读万卷，岂易言清？不读破万卷，又岂易言空哉！杜诗云："读书破万卷，下笔如有神。""神"者，"清空"之谓也。③

"清空"正是经籍融化之后才子方敢奢望的境界，它是"神"，本质为气而已。毛先舒论诗也有一个关于"空际"的理论，他引时人论文曰："文当使

---

①　张时彻：《环溪集叙》，《芝园定集》卷27，《四库全书存目丛书》第82册，第136页。

②　金埴：《不下带编》卷2，第35页。

③　郭绍虞：《清诗话续编》，第757页。

三分在楮墨，七分在空际"，而他对"空际"的解释是"空际者性情之所积也"。这是他"夫文也亦积而已矣"之论的延伸，且积之步骤、顺序不同，其最终境界也相区别，大致"其善积者积学积才，最上者积性情焉"。性情无他奥秘，指向才学融会于人格而已。对此毛先舒又有一个比喻：

> 今夫蛛之有丝至微也，吐而荡于空际，随所之而著于物则经纬生焉。心气之微犹蛛丝也，时摇摇靡所薄，忽与物遭，胶结不解。而著为文，是故微而微虫，大而日月，皆是物也；不朽而能大，皆视其所积已矣。①

空为气之所积，相对于呈现在作品之中的文字而言，这空中之气似乎毫无所用，但实际上文字的附丽、篇体的编构、情意的贯穿正是由于这空中之气的胶结；文字本身的鲜活与否，是立于纸上还卧于其间，同样要看空中之气的支撑。而这种气皆得于积养。

其二，道家系统的养气则集中于创作之前的虚静，这种思想本源自老子"涤除玄览"以及"含德之厚，比于赤子"的淡泊无为思想；庄子所论之心斋、坐忘、物化以及《庄子·刻意》所谓"虚无恬淡，乃合天德"等皆与其相通。这一点历代所论极为繁复，无须赘言。

以上分别只是就其思想源头而论，现实人生之中养气的性质属于儒家还是道家有时并不容易析分，它往往以一种综合的形态出现。

通过养气而抵达艺术创作，这种转换关系最早的论述出自《庄子·田子方》。在心斋、坐忘等道家自修手段的论述基础上，庄子描述了一个解衣槃礴的画师，画师的行为集约喻示了气养而醇和与创作有着密切关系。《礼记·乐记》所云的"气盛而化神"则道出了养气于创作的理论意义，养气盛而气化神，由此便"与天地同功"——与天地化育之功相同。意思是说：因气盛至化神就能生变化，是为气化，为赋形。

陆机《文赋》衍化此意，较早从养气论述了诗文创作："伫中区以玄览，颐情志于典坟。遵四时以叹逝，瞻万物而思纷。悲落叶于劲秋，喜柔条

---

① 毛先舒：《愚山诗序》，《潠书》卷1，《四库全书存目丛书》第210册，第619页。

于芳春。心懔懔以怀霜，志眇眇而临云。咏世德之骏烈，诵先人之清芬。游文章之林府，嘉丽藻之彬彬。"其中的玄览、读书、诵诗文、观风物等等，皆是养气之道，同样是兼儒道两种养气形态。必备此养与此感，随后才可以"慨投篇而援笔，聊宣之乎斯文"。

至刘勰开始了"养气"问题的系统研讨。《文心雕龙·养气》论述的重点属于文机涵育，由此延及文学和养生之间的关系，意在说明文学创作应该是卫生的佳术，而不能成为戕害健康的工具。及至《物色》一篇，刘勰将养气与创作的关系定位于"入兴贵闲"。"闲"属于气的醇和无扰状态，"兴"则是文思开启才气运行的机键，只有气的陶冶达到醇和无扰、闲适清雅，其蕴含的力量进入饱满充盈，创作兴会才能如约而至。至此，中国文学理论正式确立了从养气至创作的关系机制。

随后韩愈又对这个关系机制进行了补充。《答李翊书》中，他继承孟子有关志、气、体关系的思想，提出了"气盛言宜"的观点："气盛则言之短长与声之高下者皆宜。"宋代张耒将韩愈这个思想又作了形象性的发挥："文以意为车，意以文为马。理强意乃胜，气盛文如驾。理当文即止，妄说即虚假。气如决江河，势顺乃倾写。"①其中"气如决江河，势顺乃倾写"即是就气盛言宜而言的。

从审美形貌而言，养气而盛的创作自然就会充盈着源自主体的鲜活之气，呈现为"生"的生命征象。文学对生气的崇尚从六朝就开始了，钟嵘《诗品》记载袁嘏曾云："我诗有生气，须人捉着，不尔，便飞去。"《四溟诗话》评王维《登辨觉寺》"窗中三楚尽，林上九江平"一联为"旷阔有气"②。"有气"，就如同围棋中的布子讲有气，需要空间舒活，展露生机。又如邓云霄论诗："如八句整齐丰满而首尾不贯，神情不属，与挂八块板何异？此死诗也。句虽佳甚，终是绘土木而人之非人矣。"此类诗"气断而神枯"，被他称为"屋漏"③。无论诗文，"英气自是生物"④；人无气则死，文无气难生。

---

① 张耒：《论文诗》，王应麟《困学纪闻》卷17引，第500页。
② 谢榛：《四溟诗话》卷4，丁福保辑《历代诗话续编》，第1214页。
③ 邓云霄：《冷邸小言》，吴文治主编《明诗话全编》，第6430页。
④ 王夫之：《古诗评选》卷4，第648页。

具生气的作品便可"灵、动"。黄汝亨云："天地间善万物之用者，莫妙于动；文，动物也，至应世之文，灵机耦变，出奇无穷，令作者神跃，览者心开，动实为之。"又云："意之所命，势与俱至，板者能活，有者能无。如古之舞剑弄丸者，流抟万象而擘远空，斯亦妙文章之用而致其动者。"①

创作之中生气的呈露又被命之为"歌舞"。明际方百川云："文之为道，须有魂焉以行乎其中，文而无魂焉，不可作也。"戴名世敷衍其意："凡有形者谓之魄，无形者谓之魂。有魄而无魂者，则天下之物皆僵且腐，而无复有所为物矣。今夫文之为道，行墨字句，其魄也；而所谓魂也者，出之而不觉，视之而无迹者也。"文章因此应该超越形迹而演绎其精魂，对于这样的创作，他概括为当时的一句常语："魂者出歌，气亦欲舞。"②

后人于此反复申论："诗以气为主，有气则生，无气则死，亦与人同。"③"诗文家俱有三足，言理足、意足、气足也。……气足则生动……有气即生，无气则死。"④"观于人身及万物动植，皆全是气所鼓荡。气才绝，即腐败臭恶不可近"、"诗文者，生气也"⑤。归结点在于有气可"生"。

当然，尽管养气有着当下性与历时性的差异，但即使即时性、当下性的陶冶也不可能凭借当下之功一蹴而就，同样是以持久历时的修养为基础。每个人个体之气的情态不同，如何涵养才具有最佳创生活力也是有差异的，近人胡怀琛曾专门论述：

> 文贵有气……顾气有不同，而养气之功亦异。一曰气清，气清者，如溪涧流泉，清可见底。二曰气盛，气盛者，如悬崖飞瀑，半空泻下。三曰气舒，气舒者，如长江大河，一泻千里。四曰气静，气静者，如寒潭无波，而其深正不可测。五曰气浑，气浑者，如茫茫沧海，包含广大。是故心思高洁者，其为文也气清；胸怀勃郁者，其为文也气盛；胸

① 黄汝亨：《丘毛伯制义小序》，《寓林集》卷7，《续修四库全书》第1369册，第56页。
② 戴名世：《程偕柳稿序》，《戴名世集》卷3，第70页
③ 朱庭珍：《筱园诗话》卷1，郭绍虞辑《清诗话续编》，第2332页。
④ 钱泳：《履园丛话》卷8，张伟点校，中华书局1979年版，第204页。
⑤ 方东树：《昭昧詹言》卷1，第25页。

无滞机者，其为文也气舒；神思闲远者，其为文也气静；见闻渊博者，其为文也气浑。此则养气之功也。①

养气有着共同的路径，但又有着不同效果诉求与具体的养成标志，清、盛、舒、静、浑五种境界，依据各自气质所近，成其一种便为养气有得。当然，其中清、舒、静、浑的培养过程事实上依然离不开对气盛状态的依赖，或者说这些状态本身实际上也是各自表达气盛的独到形式：清则澄澈无滓，如此可以贯通有力；舒则摆脱拘缚，如此可以伸缩自如；静则醇和凝聚，阴阳达到协调，如此可以气势沉潜；浑则厚重博大，如此可以天含地覆。

二

从道家论养气侧重生命活力一维而言，养气助乎文机涵育，而这个过程又恰是通过养气激活主体情怀、使才思运动获得动力的过程。《礼记·乐记》所谓"情深而文明，气盛而化神"就是这个意思。具体而言：气可以御才而行，所以需要养气；气全才放——陶钧文思，贵在虚静，所以需要养气。当然，作为养气论而言的气并不抽象，它就是主体的血气与气质的浑融，这一点在《序编》已经有了基本的说明。

第一点，就才与气的关系而言：气为才的动力，才为气的依循。从文艺范畴考察，这种思想的滥觞当属于曹丕的"文以气为主"，此间之气为"禀气"，既言天赋又兼血气，既然以气为主，则其他因素必然要为其所左右。唐代柳冕在《答杨中丞书》中明示二者的因果所在："无病则气生，气生则才勇，才勇则文壮。"气生才勇蕴含的就是气可以鼓舞才的运掉。陆游概之曰以气御才："才得之天，而气者我之自养。有才矣，气不足以御之，淫于富贵，移于贫贱，得不偿失，荣不盖愧，诗由此出，而欲追古人之逸驾，讵可得哉？"②陆游所说的御才之气侧重于孟子所说的浩然之气，是配义与道又融合了生命之气的产物。明际王祎也

---

① 胡怀琛：《文则》，王水照辑《历代文话》，第9614页。

② 陆游：《方德亨诗集序》，《陆放翁全集》卷15，中国书店1986年据世界书局1936年版影印，第82页。

称："用之以才，主之以气；才以为之先驱，气以为之内卫。"① 同是气动力鼓舞文才前行之意。清人又命之曰"以才裁物，以气命才"②。当然，才气之间由于历史上存在才性、禀气内蕴一致性的哲学概括，气又有着自然元气、生命功能之气、道义之气、文气等繁多名目，二者在文艺理论中的差异实为辨乎毫芒之间，因此有学者称："才于气为尤近，能知乎才与气（者）之为异者，则知文矣。"③ 就其本质而言，"气者才为之而非才也，所以行吾之才者是也"④。意思是说：所谓文中之气即源自主体的文才，本乎才性气质，彰显学力胆识，才不大则气狭隘，但源于文才它又不是文才，而是一旦成其气势可以运才而行的内在主体力量。在"其动也挟才以行"之外，所谓以气御才还有一个含义：才为气的依附，即如魏禧所云："才与理者，气之所凭。"⑤ 气的运动必须有所攀援，否则散漫殚缓，无以赋形。

第二点，气养而至清、盛、舒、静、浑，在使文才的斡旋获得动力与方向的同时，还能够促使才思焕发活力。陆机《文赋》首先详细描绘了这种文思畅滞之际的情态："若夫应感之会，通塞之纪。来不可遏，去不可止。藏若景灭，行犹响起。方天机之骏利，夫何纷而不理。思风发于胸臆，言泉流于唇齿。纷威蕤以馺遝，唯毫素之所拟。文徽徽以溢目，音泠泠而盈耳。及其六情底滞，志往神留。兀若枯木，豁若涸流。揽营魂以探赜，顿精爽于自求。理翳翳而愈伏，思乙乙其若抽。是以或竭情而多悔，或率意而寡尤。虽兹物之在我，非余力之所戮。故时抚空怀而自惋，吾未识夫开塞之所由。"其中天机、思、神等皆为文思之意，陆机精确细微地把握住了文学创作之中文思运动的不同状态，但又坦言对于其"开塞之所由"却不明就里。

南朝宗炳则从理论上将养气与神思通塞结合起来。《画山水序》云："于是闲居理气，拂觞鸣琴，披图幽对，坐究四荒。不违天励之丛，独应无

① 王祎：《文训》，《皇明文衡》卷 22，四部丛刊初编本。
② 毛先舒：《诗辨坻》卷 1，郭绍虞辑《清诗话续编》，第 10 页。
③ 魏禧：《论世堂文集叙》，《魏叔子文集外篇》卷 8，第 396 页。
④ 钱澄之：《问山堂文集序》，《田间文集》卷 13，《续修四库全书》第 1401 册，第 153 页。
⑤ 魏禧：《论世堂文集叙》，《魏叔子文集外篇》卷 8，第 396 页。

人之野。峰岫峣嶷，云林森眇，圣贤映于绝代，万趣融其神思，余复何为哉？畅神而已。"① 闲居理气以及所列举的鸣琴、赏画、凝神等等，皆为道家虚静其心的表现，如此养气之所得者，在于"万趣融其神思"——文思境界大开。《文心雕龙·物色》将这个过程名之为"入兴贵闲"，《文心雕龙·养气》又加以申述：

> 且夫思有利钝，时有通塞。沐则心覆，且或反常。神之方昏，再三愈黩。是以吐纳文艺，务在节宣，清和其心，调畅其气，烦而即舍，勿使壅滞。意得则舒怀以命笔，理伏则投笔以卷怀。逍遥以针劳，谈笑以药倦。常弄闲于才锋，贾余于文勇。②

"思有利钝"在《神思》篇中被表述为"枢机方通，则物无隐貌；关键将塞，则神有遁心"。随后的"清和其心、调畅其气"以及"弄闲于才锋"等在《神思》之中表述为"陶钧文思，贵在虚静，疏瀹五藏，澡雪精神"。二篇文字所表达的意义近似，但其主要论题一为养气，一为神思：于养生而论，文学为颐养性情之具，其创作应该从容率情，优柔适会，如此则神气不致损伤；于创作而言，如此养气便能促使文思现身。由此《养气》篇便与《神思》篇形成了因果逻辑。这层关系在宋代被明确提炼为"神定者天驰，气全者材放"。董逌论"张长史草书"云：

> 百技原于道，惟致一则精复神化，此进乎道也。世既以道与技分矣，则一涉技能便不复知其要妙，此岂托于事游泳乎道者耶？张旭于书则进乎技者也，可以语此矣。故凡于书一寓之酒，当时沉酣，不入死生忧惧，时振笔大呼，以发其郁怒不平之气，至头抵墨中，淋漓墙壁，至于云烟出没，忽乎满前。醒后自视，以为神异，初不知也。今考其笔迹所寄，殆真得是哉！夫神定者天驰，气全者材放，致一于中而化形自出

---

① 王伯敏等：《画学集成》（六朝—元），第 13 页。
② 范文澜：《文心雕龙注》，第 647 页。本节所引《文心雕龙·养气》，皆见于本书 646—647 页，不另注。

者，此天机所开而不得留者也。①

文中论及了张旭因酒兴会，神气舒张而一寄于书的豪放。"神定者天驰，气全者材放"，董逌在《广川书跋》"张长史别本"一条中又命之为"假于物者神动，应于内者天驰"，意义基本相近：神气经过含蓄或者因为兴会能够丰满、盛盈、清醇、浑厚，这是气的最佳状态，被名之为"神定"、"神盛"，浑然凝定之中蕴蓄着生命的力量；"气全"侧重于阴阳的协调、刚柔的兼济、势能饱满。神气修养达到如此的状态，则自我之"天"、"材"——即禀赋便可自由翔驰，也就是说，自我之才便可以自由奔放。这其中蕴含着一个灵思解蔽的过程，"人之元神无不活泼，有弗然者，或梏之也"。梏梏元神者有二："尘俗之虑，入焉而梏"；"义理之见，入焉而梏"②。二者一为循众，一为偏执，于影响主体活泼的元神是一致的。只有气全气盛使自我灵智元神复活，梏梏脱卸，自我之才始可破围而出。明代焦竑继承了宋人这一思想，并将其直接引入了文学批评："古之艺一道也，神定者天驰，气全者调逸，致一于中而化形自出，此天机所开，不可得而留也。"③虽然略有改造，但主旨一致。

"气全者才放"或称"气充才达"。方孝孺云：

> 古之育才者，不求其多才，而惟养其气。增之以道德，而使之纯；厉之以行义，而使之高；节之以礼，而使之不乱；薰之以乐，而使之成化。及其气充而才达，惟其所用而无不能。④

以增益道德、磨砺行义、节守礼仪、陶冶艺术等养气，最终气充则才可以"达"——"达"的意思表达非常准确：它并非没有，而是当时未必在场，只有气盛了，给它铺就了从隐身到现身的通途，它方始能够到达。

或曰"虚灵者才之篇"。黄汝亨《歇庵集序》讨论了虚灵与才之间的关

---

① 董逌：《广川书跋》卷7，影印《文渊阁四库全书》第813册，第415页。
② 江盈科：《白苏斋册子引》，《江盈科集》，第420页。
③ 焦竑：《刘元定诗集序》，《焦氏澹园集》卷16，《续修四库全书》第1364册，第156页。
④ 方孝孺：《送李生序》，《逊志斋集》卷14，徐光大校点，宁波出版社2000年版，第483页。

系："夫人具天地之心，虚而已。虚跃而为灵，灵通而为道，道演而为经，经散而为文，而诗赋传记序述之篇溢矣。故文者道之器，而虚灵者才之籥也。"①"籥"为古代风箱上鼓气的吹管，因此所谓"虚灵者才之籥"，就是指虚灵为才的源泉与动力。灵之本源在于"虚"，虚不是空无一物，而是融化为气，不露痕迹又生命力氤氲。气充实而盎然，才则可由沉抑之中崭露头角。

或曰"气一则灵有专门"。王思任以李广习射为例论称：

> 李广之军，苦不能射，屏居南山下，抟沙为左贤王，置五十步，以黄肩拟之。三日得其腹，十日得其目，一月而得其喉。得腹者共饮食，得目者貂，得喉者与金，则与之矢十金。俄而贤王之喉矢无集地矣。金愈进，步愈舒。右北平之役，（空）以此逃去。人知志一可以动气，而不知气一可以静志。志至于静则思无二格，灵有专门。天下至巧至妙之事，皆气以先之也。②

气养而凝则心志安静，此时便达到苏轼《送参寥师》描绘的"静故了群动，空故纳万境"的状态，于是文思专一而无芜杂之病，性灵专一而运掉灵动。

或曰气盛而才奇。傅山论曰："文者，情之动也；情者，文之机也。文乃性情之华，情动于中而发于外。是故情深而文精，气盛而化神，才挚而气盈，气取盛而才见奇。"③情气一体，情深则气盛，气盛最终的效用在于"才见奇"——文才可以发挥出其神奇的灵效。

或曰"三光返照而全才出"。清代唐彪继承道家养气思想，他征引古人对虚静养气的倡导："《易》云：君子以洗心退藏于密。又曰：收敛归藏，乃见性情之实。《诗》云：夙夜基命宥密。诸葛武侯曰：宁静以致远。司马迁曰：内视之谓明，反听之谓聪。诚以静坐，不视，则目光内照；不听，则耳灵内彻；不言，则舌华内蕴。"随后得出结论："三光返照于内，则万化

---

① 黄汝亨：《歇庵集序》，同前。
② 王思任：《来香社草序》，《谑庵文饭小品》卷5，《续修四库全书》第1368册，第229页。
③ 傅山：《文训》，《霜红龛集》卷25，宣统三年山阳丁氏刻本。

生焉，全才出焉。"① 所有的内照、内视、宁静等皆指向养气。其独到之处在于，唐彪认识到一般情况下才或者隐身，但未必全部隐匿不见；而养气的效果在于使得"全才"得以被激活。

气充才达、养气才见的局面在具体创作之中往往呈现为兴会的出现，古代文学批评中便直呼为"养兴"或者"助兴"。

对于入兴贵闲、气全才放而言，如果要更为准确地定位的话，应该表达为养气而获得文思，古代文学批评经常将这种由文才生发的文思笼统称之为文气或者才气。如《文心雕龙·明诗》言建安诗歌："观其时文，雅好慷慨，良由世积乱离，风衰俗怨，并志深而笔长，故梗概而多气。"刘勰分析当时创作雅好慷慨、梗概而多气的原因：一是世道动乱风俗衰败以至于民众怨怒，一是情志深刻抑郁充盈，还有一点便是"笔长"。依照吴林伯的解释，"笔长"即是"情志动于中，而形于言辞，势如泉涌，不能自休"②。这实则就是文思浩瀚之意，因此文气论中兼容着文思。苏轼论文有以下著名文字："吾文如万斛泉源，不择地皆可出。在平地滔滔汩汩，虽一日千里无难；及其与石山曲折，随物赋形而不可知也。所可知者，常行于所当行，常止于不可不止，如是而已矣。"取水伸缩变化之自然论文，与取气舒卷自如的自然一致，因此魏禧《论世堂文集序》引这段文字便直称为以水"言气"③。其名虽为气，其实则为以气比喻文思。这种表达上的模糊并非是认识的偏失，而是具体创作之中所谓"才气"，实则就是才思运动的状态性描摹，二者本来一体，所以林云铭在解释"文为气之所形"之际将其分解为"取于心而注于手"④。才思才气或者思与气之间既然有着如此的关系，气的涵养与才思的涵养也便融为一体。

三

从儒家论养气集道与义一维而言，养气可实现主体人格、心志、情性的升华，既鲜活健康又弛张有度，进而实现才气相称、才情相称。

---

① 唐彪：《读书作文谱》卷1，王水照辑《历代文话》，第3398页。
② 吴林伯：《文心雕龙义疏》，第551页。
③ 参阅陈果安《中国古代文论中的文气论》，《江汉论坛》1984年第2期。
④ 林云铭：《南沙文集序》，《挹奎楼选稿》卷3，《四库全书存目丛书》第230册，第35页。

（一）气只有涵养方能敛才，进而才气相称。为了防止主体的纵逸，先秦儒家早就提出了以志帅气的思想。《孟子·公孙丑上》有云："夫志，气之帅也；气，体之充也。夫志至焉，气次焉，故曰持其志无暴其气。既曰志至焉，气次焉，又曰持其志无暴其气者，何也？曰：志壹则动气，气壹则动志也。"涵养意气，使之纳入志的统率，如此避免"暴其气"所造成的颠蹶。才气一体而行，既然凝定了动力系统，则才的运动便不至于不可向焉。

由此而言，养气既有含蓄力量、清和其志之意，也有防逸的诉求。如此修养，实现志以持气，由气动力驾驭周旋的才便无以泛溢，从而凝聚融蓄，如此则时时能够见其锋芒，这就是才气相称。才气相称是一种创作的理想状态，创作之中对才、气的激扬要维系彼此的自然平衡，尤其强调可以荡逸而起的气要因才分而动，刻意而为必成累病。最初刘勰将这种关系纳入到文学理论研讨的时候，着眼点在于文学创作如何能够与养生卫气实现协调统一，但其中衡量创作是否合乎养生的标准就是气是否循才而行。气能够循才而行，便不属于骋才、矜才、耀才的范围。《文心雕龙·养气》从以下方面分别论述了主体之才与情感志气的关系。

首先，创作须循乎其志气冲融。刘勰说："夫耳目鼻口，生之役也；心虑言辞，神之用也。率志委和，则理融而情畅；钻砺过分，则神疲而气衰：此性情之数也。"本段文字的核心在于"率志委和"：即称情（情的本质为气之所动）而作，以保持血气平和、旺盛为目的。

其次，创作须称乎其才分。刘勰云："夫三皇辞质，心绝于道华；帝世始文，言贵于敷奏；三代春秋，虽沿世弥缛，并适分胸臆，非牵课才外也。……凡童少鉴浅而志盛，长艾识坚而气衰。志盛者思锐以胜劳，气衰者虑密以伤神。斯实中人之常资，岁时之大较也。"本段核心在于"适分"：禀赋才性就是性分才分。自我创作要适应自己的才分，不可强求于才分之外。

再次，创作循乎其志气之冲融，称乎其才之分量，二者又是不可分的。故云：

> 若夫器分有限，智用无涯。或惭凫企鹤，沥辞镌思，于是精气内销，有似尾闾之波；神志外伤，同乎牛山之木，怛惕之盛疾，亦可推

矣。……故宜从容率情，优柔适会。若销铄精胆，戚迫和气，秉牍以驱龄，洒翰以伐性，岂圣贤之素心，会文之直理哉？

不顾才分而企羡他人之能，强鼓意气，会呕心沥血而伤及和气；不顾气之盈亏仗其才华而一味导泄，最终戕害性命之余，其才也难以尽发。才气不能相称，气不循才而运行，才不仅难以建功，气反而成为自戕的利器。这就是才气相称之论。由此引出后世才气相称理论中的两个主要内涵：

其一，气无论如何自养，都最终要受制于才性的局限，主体很难做到超越才性限定而纵恣其气，如果不明了这一点而一味在有限才具之上铺张，就不是养才之道。方苞以理、辞、气三者论文："依于理以达乎其词也，则存乎气。气也者，各称其资材而视所学之浅深以为充歉者也。"[1] 要想词达理明，关键在于气；气是才性禀赋又经过学养而培育出的一种生命能量，但气的运动是和其主体天资相协和相对应的。

其二，才气相称还表现为必须以自我才性为基点铺展自我才气，成就作品面目，而非追风赶浪。历史上不少文人局于一种格调崇拜，忽略自我才性的分量与特征，这也是一种才气不称，所体现的便是气不循才。如《唐诗归》由张谓《西亭子言怀》论称："七言律，诗家所难。初盛唐以庄严雄浑为长，至其痴重处，亦不得强为之佳。耳食之夫，一概追逐，滔滔可笑。张谓变而流丽清老，可谓善自出脱。刘长卿与之同调。俗人泥长卿为中唐，此君，盛唐也。犹不足服其口耶？且初唐七言律，尽有如此风致者。"意思是说：七言律诗，无论初盛，庄严雄浑以气格胜者为其总体审美取向，但也未必尽佳。张谓变而出流丽清老，刘长卿与之同调，二人之作皆不以气格取胜，却并不影响其美。论者由此得出结论："因思'气格'二字，蔽却多少人心眼，阻却多少人才情。"[2] 专门推重盛气之格，不顾及个体才性之所偏长以及时代运会变化的影响，反而规限了文才发挥，使七律创作成为一个气格类型的填空，真才真性情由此被阻滞了。

既守其才分，又坚其心志，不摇曳于技痒，亦不诱惑于浮名。如此辅之

---

① 方苞：《进四书文选表》附，《方望溪全集》集外文卷2，第288页。
② 钟惺、谭元春：《唐诗归》卷16，第335页。

以学，则真才自见。而真才自见并非才气宣露，如吴汝纶曾论文章的两个类型："夫文章以气为主，才由气见者也；而要必由其学之浅深以觇其才之厚薄。学邃者其气深静，使人餍饫之久，如与中正有德者处，故其文常醇以厚而学掩才。学之未至，至其气亦稍自矜纵，骤而见之，即如珍馐好色罗列目前，故其文常闳以肆而才掩学。"① 作者根据学的至与不至，将文人分为两类："学掩才"者与"才掩学"者。其中之学不是一般意义的学问，而是主体人格、情志等后天修养的综合。学之至与不至根据作品中呈示的气的厚薄衡量，这个气就是学的具化，兼容了主体之体气以及后天陶冶钻研所养之气。吴汝纶认为，此气深邃则才掩蔽其中，浑厚蕴蓄而不张扬，此气浅薄则才显露驰骤于外。在他看来，文学创作的最高境界源自那种沉雄内敛、深静醇厚之才，而这种摒弃了驰骤任情习气的运才境界，离不开以学养气，这是才气相称的核心内容。

（二）气只有涵养方能情深，进而才情相称。才情是文学创作的根本素养，文学创作必待才情称合，才情的称合在融合之意以外，还有一个和谐、相称的要求，否则皆成其病。即如元代朱晞颜所称：

> 余谓才、情、韵三事，惟长短之制尤费称停，大抵才胜者失于矜持，情胜者失于刻薄，韵胜者失于虚浮。故前辈有曲中缚不住之诮。信哉言乎，杜子美诗云："美人细意熨贴平，裁缝减尽针线迹。"②

有才无情乃是为文造情，有情乏才难符文质彬彬，才胜于情者矫饰，情胜于才者体验细密却显尖刻琐碎。才情偏胜皆为诗文之累，所以要如杜甫所云之"细意熨帖"，才情韵致各得其适，不至于偏失。王世贞批评岑参"才甚丽而情不足"③。黄汝亨盛赞屈原"郁结于气，宣畅于声，皆化工也"，随后称："宋玉而下，有其才而非其情，贾谊有其情而非其才。"④ 以上岑参、宋

---

① 吴汝纶：《与杨伯衡论方刘二集书》，舒芜等编《近代文论选》，人民文学出版社 1999 年版，第 301 页。
② 朱晞颜：《跋周氏埙篪乐府引》，《瓢泉吟稿》卷 5，影印《文渊阁四库全书》第 1213 册，第 425 页。
③ 王世贞：《艺苑卮言》卷 4，丁福保辑《历代诗话续编》，第 1007 页。
④ 黄汝亨：《楚辞序》，《寓林集》卷 1，《续修四库全书》第 1368 册，第 622 页。

玉、贾谊三人于才或情上的欠缺，凸显出以屈原为代表的才情兼备又相称合创作的艺术高度。

对文才风流的文人才子而言，才情不协的主要表现形态往往是文不胜质、为文造情的才子习气。因此所谓才情相称，其核心意旨就是通过养气实现才依循乎情。

有才者有情是就本体特征而言的，情是否现身、是否浓厚深挚、是否与物徘徊，则受到其他与创作相关的很多要素的影响，更受到境遇、涵养的制约。才情作为文学主体的根本素养，在天赋不可变异的前提下，情的涵养便成为协调才情关系、使之相称相合的基本手段。屠隆于《李山人诗集序》就曾专门提出"诗不论才而论性情"的诗学思想。一个以文才反复纵论创新且成果累累的文人忽然提出如此一个自相矛盾的结论，原因何在呢？屠隆自述其立论的缘由是：

> 故诗不论才而论性情，亦存乎养已。

意思是说：尽管才属于文学的决定性要素，但对诗人而言，论诗歌则必须归之于性情，因为性情可以通过人工培养，也能够在作品中体现这种涵养之所得。为此屠隆专门列举了历代能够切实做到文如其人的一批文人：仲长统、梁鸿、郑子真、陶渊明、王绩、孟浩然等，认为历代文人如过江之鲫，而后人却对以上文人情有独钟，其根本原因在于他们能够"抱幽贞之操，达柔澹之趣，寥廓散朗，以气韵胜"。所谓"气韵胜"之"气韵"即得益于养。又称道李山人："所居有林皋之胜，灌园垂钓，与禽鱼亲。发为诗歌，力去雕饰，天然冲夷，语必与情冥，意必与境会，音必与格调，文必与质比。"能够达到这样的境界，"非独其材过人，盖根之性情者深哉，则其得于丘壑之助不小也"[1]。也就是说，在其过人之才以外，丘壑的滋养又培育了其冲夷的性情。有这种本然的禀赋，通过性情的陶治，作者便能够获得非同一般的艺术成就。诗不论才而论性情，使得不可变易的才因为养气说的引入而具有了调控的着力点。又如清人厉志论其时文坛："今人情之所至，笔即随

---

① 屠隆：《李山人诗集序》，《白榆集》卷3，《四库全书存目丛书》第180册，第160页。

之，如平地注水，任势奔放，毫无收束。"情之所至未必就是深情所至，如此有感即发且滔滔不绝，往往只是浅尝辄止，作品也只能近乎漓薄之酒，难成陈酿。而归结其根源即为"其所学未深而并不知养耳"[①]。养气的核心目的在于：逐离伪情、平抑矫情、培补深情，从而酝酿出沉挚厚重的真性情；如此深厚之才与如此刻骨铭心深情的结合，才是诗歌之道。

　　才气相称、才情相称，既是养气养才的依循，又是养气养才的审美收获。

---

　　① 厉志：《白华山人诗说》卷1，郭绍虞辑《清诗话续编》，第2274页。

余　编

文人才士对现实际遇的
感慨：天人多违

文才自然可以成全主体的自足，但深受儒家思想浸润的中国文人更多选择的是将其作为名利场的入场券。命运与才华的关系由此成为中国古代文人现实碰撞、人生反思之际绕不开的话题。而才命论研讨的也不仅仅是文学创作，还包括文人的际遇。在古代语境中，才依然以文才为主，命则在历代文人的痛苦挣扎中凝定于现实对文人才能的认可程度，并以能为世所用、身份显达为共同趋奉。二者之中，文才依然是天，是禀赋，不可移易。命就本义而言同样是天，但历代文人命运的挫败感却多源自人事：就其所能而言，依仗才华对未来预期轻易；就其性情而言，艺术气质浓厚的心志不可避免地形成与俗常的隔膜；就外部社会而言，腐败吏制、功利主义甚至倡优蓄之的卑劣心态形成了对文人一定程度的偏见。因此，"才命论"所言文人之"命"并非纯粹哲学之中天命之命，在后人论述中实则也是人事的内容。可见才命论仍然被统辖于天人关系体系之中，而且就大势而言，天人多违是众多历代优秀文人大致共同的感慨。

天人相合，成就了历代优秀文人卓越的主体文艺素养；天人多违，又记录了历代优秀文人试图跨越文艺走向世用之际的局躇跟跎。这，就是中国古代文人曾经的生态。

第　十　章

文才与命运

有了禀赋文才，经过了情的孕育、学的累积、识的磨砺、法的熟悉、体的研习、气的含蓄、德的锻炼，具备了文学创作的丰厚素养，是否就意味着文才能够顺利转化为艺术成就、赢得必要的声誉？或者即使赢得了崇高声誉，是否意味着文人实现兼善的理想就一路坦途呢？答案是不确定的。"受命"决定了文人一生的遭逢与际会，这个抽象的"命"又具象为知音有无、时运顺逆，二者无一不影响着一个文人的世俗名利。而儒家精神濡染下的文人们在践行孔子用世教诲之际，其仕途的穷达又与创作才华形成一种强烈的反差："诗穷而后工"论由此诞生。

文艺思想中的才命论如同中国文人的一个魔咒：文才的富赡往往与命运的多舛相伴。如果不放弃兼善之志，则寻找文才风流之外的缮世之路便时成空幻，命运也会对其形成出乎意外的阻击。这种人生的困境梦魇般困扰了中国数千年众多的优秀文人，也成为中国文艺理论关注的重要话题。

第一节　才命论在文艺理论批评中的确立

"命"在古代哲学中是与"天"、"性"、"理"意义相近的概念，自然为天，不易为命，天命为性，循性为理。才命论在文艺理论批评中的确立经历了三个基本阶段：个人与命运关系的关注，个人才华与命运关系的关注，个人文才与命运关系的关注。三个阶段分别肇始于先秦、两汉与六朝时期。

而就才命论最为基本的形态而言，"命"决定着主体的寿数，于文人能否"尽才"有着绝对的把控；就遇合与否而论，古代文艺理论中的才命论表面虽然可以指向个体创作的现实认同或权威认同，但深层的意旨则多在于文人用世之志的成败。

一

（一）个人与命运。个人与命运这个话题在先秦哲人那里已经开始了苦苦思索。早期的命与性、理一样是上天赋予之意，又曰天命、天数，就是天在自我运动之中表现出的规律秩序所在。天、命、数一体，为命之本义，所以孔子论天即是论命，如《论语·宪问》："不怨天，不尤人，下学而上达，知我者其天乎？"孔子论命即是论天，如《论语·季氏》云君子有三畏，其首为"畏天命"；《论语·为政》自言"五十而知天命"；《论语·宪问》又曰："道之将行也与，命也；道之将废也与，命也。"孔子由于无法跳出天命的掌控，因而有"凤鸟不至，河不出图，吾已矣夫"的悲叹。《论语·尧曰》甚至提出了"不知命，无以为君子"的论断；《论语·颜渊》引子夏云："死生有命，富贵在天。"其所言天、命皆是一体，可以通释。

其时《墨子》持"非命"立场，是天命思想流行中的另类声音："天下之治也，汤武之力也；天下之乱也，桀纣之罪也。若以此观之，夫安危治乱存乎上之为政也，则夫岂可谓有命哉？"[①] 他的理论中与命对抗者被称为"力"。

战国之际延续了这种天命思想。《庄子·大宗师》子桑解释自己若歌若哭的原因："父母岂欲吾贫哉？天无私覆，地无私载，天地岂私贫我哉！求其为之者而不得也。然而至此极者，命也夫！"也是天、命并言。此外《天运》、《秋水》、《缮性》等又言"时命"，已经将命运与现实境遇挂钩，而其思想也依然是《达生》所谓的"达命之情者不务知之所无奈何"，即于无可如何之天命只能听之由之。

---

① 孙诒让：《墨子间诂》，第279页。按：魏晋之际《列子》因此亦设《力命》篇，但结论从力、命对立归结于自然而然。

孟子刚健，传续了墨子力命对立的勇气，提出了"立命"学说。《孟子·万章上》首先明确命的性质："莫之为而为者，天也；莫之致而至者，命也。"意思是说命中的确有着人力难以掌控的因素。但《尽心上》则云："尽其心者，知其性也。知其性，则知天矣。存其心，养其性，所以事天也。殀寿不贰，修身以俟之，所以立命也。"性、天、命三者一体，都强调了其"给定性"，但论"给定"并不意味着人即无所作为，所谓修身以俟，则有知其不可为而为之的魄力。及《荀子·天论》专言"制命"，所谓"从天而颂之，孰与制天命而用之"，其间人定胜天的豪情较之孟子的不屈更进一步。[①]

儒道二家对天命思想的理解基本一致，这种观念与初民在于自然面前力不从心的共同感受关系密切。

到了汉代，出现了所谓正命、随命、遭命"命有三科"之说。先是《春秋繁露·重政》篇云："人始生有大命，是其体也；有变命存其间者，其政也。"[②] 其大命即正命，总体无可变异；变命即随遭际为变者。《白虎通义·寿命》篇则详言三命：

> 命有三科，以记验。有寿命以保度，有遭命以遇暴，有随命以应行。寿命者，上命也，若言文王受命唯中身，享国五十年。随命者，随行为命，若言息弃三正，天用剿绝其命矣。又欲使民务仁立义，无滔天，滔天则司命举过言，则用以弊之。遭命者，逢世残贼，若上逢乱君，下必灾变暴至，殀绝人命，沙鹿崩于受邑是也。冉伯牛危行正言，而遭恶疾，孔子曰：命矣夫，斯人也而有斯疾也，斯人也而有斯疾也！[③]

以寿命（又曰受命，即正命）、遭命、随命为三命。《孝经援神契》、《春秋元命苞》、《论衡·命义篇》等皆有申说。如《论衡·命义篇》总结云：

---

① 参阅张岱年《中国古典哲学概念范畴要论》，《张岱年全集》四，第 577 页。
② 苏舆：《春秋繁露义证》，第 149 页。
③ 陈立：《白虎通义疏》卷 8，中华书局 1994 年版，第 391 页。

传曰：说命有三，一曰正命，二曰随命，三曰遭命。正命，谓本禀
之自得吉也。性然骨善，故不假操行以求福而吉自至，故曰正命。随命
者，戮力操行而吉福至，纵情施欲而凶祸到，故曰随命。遭命者，行善
得恶，非所冀望，逢遭于外而得凶祸，故曰遭命。凡人受命，在父母施
气之时，已得吉凶矣。

命之三科，按照以上传统的说法，自父母孕育之际便已经禀受。尽管三科属
于天命所赋予，但天赋人命之际却是分而施之的，即不同人获得的命有异。
正命又曰寿命，为上命。随命则因施而得报，有因有果。而遭命则是颠倒舛
错，违逆人意，《论衡·累害》阐发其意："修身正行，不能来福；战栗戒
慎，不能避祸。祸福之至，幸不幸也。故曰：得非己力，故谓之福；来不由
我，故谓之祸"。王充认为并不存在随命，所以《论衡·气寿》篇云"凡人
禀命有二品"，一为"所当触值之命"，一为"强弱寿夭之命"，前者为遭
命，后者为正命。①

以上论命，可统称为"定命"，关注点在祸福寿夭与天命的关系。佛学
之中有"定业"之说，以为善恶贤愚为前定，与此相类。但历代文人在探
讨自身命运之际，有意忽略了现实中所谓"正命"、"随命"的普遍存在，
而聚焦于有才不遇的"遭命"。②

当然，命与运二者内涵上略有区分。从气数之数论：命数乃是自我命中
当不当有，运数是即使当有而天这一无上的主宰愿不愿给。二者合则为命
运，后人一般简称为"命"。其最为核心的特征即如《法言·明问》所论，
包括以下三点：一则不是自给自有，故曰"命者，天之命也"；一则不是人
力所成就，故曰"非人为也，人为不为命"；一则不是侥幸可以脱离，故曰
"命不可避也"。③

（二）个人才华与命运。个人才华与命运关系是个人与命运关系的深
化，个人与命运关系关注作为"生命体"的个体为命数播弄宰割的卑微
无助，个人才华与命运关系侧重于关注作为"社会存在的个体"欲通过

---

① 黄晖：《论衡校释》，第 49、50、10、28 页。
② 参阅龚鹏程《才》，第 66 页。
③ 汪荣宝：《法言义疏》，第 189 页。

自我的完善服务社会之际，与命运形成的复杂关系。这种关系的关注始于秦汉之际，起初集中体现于个人才华能否得到君主认可进而有所作为的"遇"与"不遇"这个话题。屈原《离骚》以披发行吟者与"时"、"世"的冲突书写了文人才命相碍的悲愤。西汉董仲舒有《士不遇赋》、司马迁有《悲士不遇赋》、严忌有《哀时命》。在士人们多将遇不遇归之于时的同时，《淮南子·缪称训》将不遇明确归结了了才命关系："性者，所受于天也；命者，所遭于时也。有其材不遇其世，天也。"① 天命一体，归于天即是归于命。西汉后期一些失意文士延续了这种思想，《汉书·扬雄传》就记载了他"遇不遇命也"的慨叹。东汉之际，王充《论衡》专设《逢遇》篇，将这个两汉文人普遍关注的话题系统化了。王充首先论述才与时的关系：

> 操行有常贤，仕宦无常遇。贤不贤，才也；遇不遇，时也。才高行洁，不可保以必尊贵；能薄操浊，不可保以必卑贱。或高才洁行，不遇，退在下流；薄能浊操，遇，在众上。世各自有以取士，士亦各自得以进。进在遇，退在不遇。处尊居显，未必贤，遇也；位卑在下，未必愚，不遇也。故遇，或抱浊行，尊于桀之朝；不遇，或持洁节，卑于尧之廷。所以遇不遇非一也：或时贤而辅恶，或以大才从于小才；或俱大才，道有清浊；或无道德，而以技合；或无技能，而以色幸。

遇不遇的问题，在王充的理论中被明确定位于个人才华是否得到认可的问题；而才华是否被认可，又与时运密切相关。王充在论述才与时关系的基础上，还仔细分辨了"遇"与"揣"的分别。遇："且夫遇也，能不预设，说不宿具，邂逅逢喜，遭触上意，故谓之遇。"揣："如准主调说，是名为揣，不名曰遇。""遇"是不期而然的，揣摩逢迎而获得青睐为"揣"，其他诸如自然而然如春种秋收者也不为遇。遇就是"不求自至，不作自成"。《论衡·命禄》篇又申此意，由此遇不遇与生死寿夭皆纳入了命的笼盖，所谓"时"者，依然为命：

① 刘文典：《淮南鸿烈集解》卷10，第333页。

　　自王公逮庶人，圣贤及下愚，凡有首目之类，含血之属，莫不有命。命当贫贱，虽富贵之，犹涉祸患，（失其富贵）矣；命当富贵，虽贫贱之，犹逢福善，（离其贫贱）矣。故命贵从贱地自达，命贱从富位自危。故夫富贵若有神助，贫贱若有鬼祸。命贵之人，俱学独达，并仕独迁；命富之人，俱求独得，并为独成。贫贱反此，难达，难迁，难得，难成；获过受罪，疾病亡遗，失其富贵，贫贱矣。是故才高行厚，未必保其必富贵；智寡德薄，未可信其必贫贱。或时才高行厚，命恶，废而不进；知寡德薄，命善，兴而超逾。故夫临事知愚，操行清浊，性与才也；仕宦贵贱，治产贫富，命与时也。

　　《论衡·幸偶》篇又申言"凡人操行，有贤有愚，及遭祸福，有幸有不幸"，而且这种幸与不幸是不分贤圣与凡庸的：虞舜与孔子俱为圣人，虞舜父顽母嚚，弟象敖狂，"无过见憎，不恶而得罪"；孔子则生无尺土，周流应聘，削迹绝粮。以圣人之才，犹难幸偶，庸人凡众就无须多说了。[1]

　　命之所以言命，核心在于其不可为、不可测、不可背，及其处于幸不幸之间的偶然，生死寿夭如此，富贵贫贱如此，才能是否能够获得认可同样如此。《定贤》篇则将以上论述更为明确地纳入了才命关系系统："以仕宦得高官身富贵为贤乎？则富贵者天命也。命富贵不为贤，命贫贱不为不肖。必以富贵效贤不肖，是则仕宦以才不以命也。"[2] 其意是说，如果以是否做高官衡量有无才能，必然会陷入下面的认知矛盾：富贵的获得是依赖天命的，命中有而得者不足以定其贤能，命中没有而不得者不足以定其不肖。因此如果一定要以是否富贵论定贤能与不肖，则仕宦的考核甄选就应该严格依照以才而论的标准。

　　命运否泰最终影响着人的屈伸，且无论才高才低、德优德劣，因此经常会出现庸者扬眉智者俯首的怪象。魏晋六朝之际，理论界于才命不协有了更为深刻剖析，遇不遇之外又强调知不知。对文士而言，首先是知不知其能，随后始有遇不遇的机缘，这显然较此前仅论遇不遇又细化一步，也体现了文

---

① 黄晖：《论衡校释》，第1、8、20、37、42页。
② 黄晖：《论衡校释》，第1103页。

士们更为迫切的闻达与期待"知遇"心态。葛洪以为，才之不伸有外因也有内因，外因的核心就是"不知"。《抱朴子外篇·擢才》总结称：

外因之一，周围缺乏具有赏识能力的伯乐："华章藻蔚，非矇瞍所玩；英逸之才，非浅短所识。夫瞻视不能接物，则衮龙与素褐同价矣；聪鉴不足相涉，则俊民与庸夫一概矣。"

外因之二，世易时移，爱憎不同，标准不一："且夫爱憎好恶，古今不均，时移俗易，物同价异。譬之夏后之璜，曩直连城，鬻之于今，贱于铜铁。故昔以隐居求志为高士，今以山林之儒为不肖。"

外因之三，与我异趣而不喜："弘伟之士，履道之生，其崇信匪徒重仞之墙，其渊泽不唯吕梁之深也，故短近不能赏，而浅促不能测焉。因以异乎己而薄之矣，以不求我而疾之矣，不贵不用，何足言乎？"

内因主要在于有才者自视甚高，不肯降节："然耀灵、光夜之珍，不为莫求而亏其质，以苟且于贱贾；洪钟、周鼎，不为沦而轻其体，取见举于侏儒。峄阳、云和，不为不御而息唱，以竞显于淫哇；冠群之德，不以沉抑而履径，而刓节于流俗。是以和璧变为滞货，柔木废于勿用。"①

心性如此与世俗相迕，加之外界诸般成见偏见与无识，才之不为世用便成为常态，他将这种现象或归结于时运："明闇者才也，自然而不可饰焉；穷达者时也，有会而不可力焉"，"否泰系乎运，穷达不足以论士；得失在乎适偶，营辱不可才量。"② 无论言时还是论运，皆强调了其不可力求不可智违的特征，因此时运就是命运。葛洪于《擢才》篇后随之讨论者便是《任命》，其意正是要表现才能用世之际的宿命结论。

（三）文才与命运关系的关注。文才与命运的关系在以上个体与命运、才华与命运关系建构的基础上逐步确立，二者往往对立的结论也是一致的。其具体理论关注始于《文心雕龙》。刘勰分别从两个方面分析了命运与文才之间的关系。

其一，知音难觅，是命运对文才最主要的影响之一。《文心雕龙·知音》云："知音其难哉！音实难知，知实难逢，逢其知音，千载其一乎！"

---

① 杨明照：《抱朴子外篇校笺》上册，第 456、465 页。
② 杨明照：《抱朴子外篇校笺》下册，第 377、312 页。

而知音难觅表现有三，或"多贱同而思古，所谓日进前而不御，遥闻声而相思"，故有司马相如《子虚赋》成而汉武帝恨不同时，及其识面并不重用的现象；或"文情难鉴"故而不易区分，珠玉砾石、鱼目混珠也便成为常态；或"知多偏好，人莫圆该"，人情爱嗜各有不同，才分所偏各自相异，而创作实际恰恰"篇章杂沓，质文交加"，从嗜好而抉择，也往往成为真正妙识文理的障碍。

其二，现实社会的偏见，对文才的认知也带来诸多障蔽。《文心雕龙·程器》在列举了历代干臣武将、文人才士皆有其瑕疵之后又专门指出："盖人禀五材，修短殊用，自非上哲，难以求备。然将相以位隆特达，文士以职卑多诮。"既然人非圣贤，就无必要求全责备，但世俗舆论恰恰在谅解他人之际，唯独喜欢于文人吹毛求疵。①

严格而言，刘勰所讨论的范围，多为人事，但当人事成为常态、人力又难以挽回之际，其背后的无形力量也便凸显而出。

刘勰对命运与文才关系的关注，既包括文学创作现实认可的内容，也包括文人用世价值能否实现的忧虑。钟嵘《诗品》怜惜鲍照"才秀人微"，则是将文才与现实际遇直接结合起来讨论。北齐魏收总结其时文人命运，发出了较南朝文人更为哀痛的感叹：

> 古之人所贵名不朽者，盖重言之尚存，又加之以才名，其为贵显，固其宜也。自余或位下人微，居常亦何能自达。及其灵蛇可握，天网俱顿，并编湘素，咸贯儒林，虽其位可下，其身可杀，千载之后，贵贱一焉。非此道也，孰云能致。凡百士子，可不务乎？②

文人可以傲人者唯有才名与立言，虽然其地位不能显赫，但名垂青史、学贯古今、文章珠玑便是其最大的安慰。虽身可杀、位可下，但千年后，王公贵族与才子俱为一抔尘土之际，文人的芳名却可以绵延不绝。其间显然有着现实不遇的愤激，文才、命运的冲突性对立性已经凸显出来。

---

① 范文澜：《文心雕龙注》，第713、714、719页。
② 《魏书》卷85，第5册，第1877页。

文才与命运的对立，制造出了浓重的文人悲情。唐代文人此类感慨极盛，据称张燕公就曾作有专门的《才命论》。① 其时众多杰出文人往往多有如此浩叹：

李白如此。其《暮春江夏送张祖监丞之东都序》云："误学书剑，薄游人间。紫微九重，碧山万里。有才无命，甘于后时。"《答王十二寒夜独酌有怀》云："吟诗作赋北窗里，万言不及一杯水。"后人同样解读为"叹乎有其时而无其位"。《为宋中丞自荐表》言"一命不沾，四海称屈"，本是代笔，也被视为自怨自怜，"得非命与"？②

杜甫如此。《天末怀李白》："文章憎命达，魑魅喜人过。"《旅夜书怀》："名岂文章著，官应老病休。飘飘何所似，天地一沙鸥。"《奉赠韦左丞丈二十二韵》在自道"读书破万卷，下笔如有神"且具"致君尧舜上，再使风俗淳"之志后，继言其命曰："此意竟萧条，行歌非隐沦。骑驴十三载，旅食京华春。朝扣富儿门，暮随肥马尘。残杯与冷炙，到处潜悲辛。主上顷见征，欻然欲求伸。青冥却垂翅，蹭蹬无纵鳞。"仇注云："此慨历年不遇，申明误身之故。萧条八句，前因贡举不第；见征四句，后以应诏退下。"又引黄生评曰："骑驴六句，极言困厄之状，略不自讳，隐然见抱负如彼而厄穷乃如此，俗眼无一知己矣。"③

韩愈如此。韩愈有《驽骥》一诗，据方世举考证作于早年未达之际，极富象征意味：

> 驽骀诚龌龊，市者何其稠？力小苦易制，价微良易酬。渴饮一斗水，饥食一束刍。嘶鸣当大路，志气若有余。骐骥生绝域，自矜无匹俦。牵驱入市门，行者不为留。借问价几何？黄金比嵩丘。借问行几何，咫尺视九州。饥食玉山禾，渴饮醴泉流。问谁能为御，旷世不可求。惟昔穆天子，乘之极遐游。王良执其辔，造父挟其辀。因言天外事，茫惚使人愁。驽骀谓骐骥，饿死余尔羞。有能必见用，有德必见收。孰云时与命，通塞皆自由。骐骥不敢言，低徊但垂头。人皆劣骐

---

① 宋人曾辨《才命论》系唐人伪托张燕公之作。见《绀珠集》卷5。
② 乐史：《李翰林别集序》，王琦注《李太白全集》卷31附录，第1458页。
③ 仇兆鳌：《杜诗详注》卷1，第75页。

骥，共以驽骀优。喟余独兴叹，才命不同谋。寄诗同心子，为我商
声讴。①

诗中设计了驽骀与骐骥的两种不同命运：驽骀易于驾驭，价钱低廉，容易成
交；骐骥自恃脚力，目空九州，却无人见爱。现实成全了小才小量，其扬扬
自得之际畅谈着得遇伯乐的自豪。而真正的良马奇才则陷入"才命不同谋"
的窘境。马本来在中国古代多与人才比附，因此本诗所拟定的意象、所描绘
的情节以及驽骀骐骥颠错的命运，便具有了极强的现实概括力。面对"当
今贤俊皆周行"的假象，便只有"破除万事无过酒"了（《赠郑兵曹》）。

其传世名篇《进学解》的作因，《新唐书》以为同样是其自视才高而屡
被摈黜的写照。文中韩愈以道学自命，承圣贤之缀绪，孜孜求索，勤苦补
苴；好学深思，著述等身。如此大才大德，依然是"命与仇谋"：命运如同
与其相仇。"跋前疐后，动辄得咎。暂为御史，遂窜南夷。三年博士，冗不
见治。命与仇谋，取败几时。冬暖而儿号寒，年丰而妻啼饥"——如此境
况虽然有解嘲夸张的成分，却同样郁结着沉于下僚、命运不达的牢骚。

他如白居易《醉赠刘二十八使君》："为我引杯添酒饮，与君把箸击盘
歌。诗称国手徒为尔，命压人头不奈何。举眼风光长寂寞，满朝官职独蹉
跎。亦知合被才名折，二十三年折太多。"李商隐《有感》："中路因循我所
长，古来才命两相妨。"林宽《下第寄欧阳瓒》："诗人道僻命多奇"等，皆
是直接的呐喊。回到真实的际遇，才不才存乎人，遇不遇系乎命，但才命相
违，才福相折，成了众多文人绕不开的宿命。唐代诗人之中，李白杜甫——
尤其李白的文才与仕途之龃龉多艰，是才命话题的一个核心聚象。

李白的命运在唐代已经成为舆论关注的焦点，时人怜惜英才，提出了
"诗人多薄命"的命题。韩愈《调张籍》称："惟此两夫子，家居率荒凉。
帝欲长吟哦，故遣起且僵。"因为上天希望李杜能够永远吟哦不废，所以才
使得其命运颠沛荒凉。白居易《李白墓》云："可怜荒陇穷泉骨，曾有惊天
动地文。但是诗人多薄命，就中沦落不过君。""诗人多薄命"，才命关系被
定位在了如此的不谐之上。所谓"就中沦落不过君"，同乎其《与元微之

---

① 参阅方世举：《韩昌黎诗集编年笺注》卷1，第48页。

书》所云："诗人多蹇，陈子昂、杜甫名受一拾遗，而迍剥至死；李白、孟浩然辈不及一命，穷悴终身。"虽然诗人多如此，但他以为李白乃是其中沦落至极者。唐代刘全白《唐故翰林学士李君碣记》概括李白一生行止：

> 天宝初，玄宗辟翰林待诏，因为和蕃书，并上《宣唐鸿猷》一篇。上重之，欲以纶诰之任委之；同列者所谤，诏令归山。遂浪迹天下，以诗酒自适。又志尚道术，谓神仙可致，不求小官，以当世之务自负，流离辗坷，竟无所成名……代宗登极，广拔淹瘁，时君亦拜拾遗，闻命之后，君亦逝矣。呜呼！与其才不与其命，悲夫！

唐代范传正《唐左拾遗翰林学士李公新墓碑并序》也云：

> 公以为千钧之弩，一发不中，则当摧槦折牙，而永息机用，安能效碌碌者苏而复上哉！脱屣轩冕，释羁缰锁，因肆情性，大放宇宙间。饮酒非嗜其酣乐，取其昏以自富；作诗非事于文律，取其吟以自适；好神仙非慕其轻举，将不可求之事求之，欲耗其壮心，遣其余年也……偶乘扁舟，一日千里，或遇胜境，终年不移。长江远山，一泉一石，无往而不自得也。晚岁，渡牛渚矶，至姑熟，悦谢家青山，有终焉之志。盘桓利居，竟卒于此。其生也，圣朝之高士；其往也，当涂之旅人。代宗之初，搜罗俊逸，拜公左拾遗，制下于彤庭，礼降于玄壤，生不及禄，没而称官，呜呼命与！[①]

文才惊乎海内，终身废然漂泊。时人碑碣，一同将结论定格于才命不偶。

二

才命关系之中，命裹挟气数，最终决定着个体的年寿。才与寿命的关系应该说是才命关系之中最为基本又无可回避的内容，在二者之间，能否

---

① 《李太白全集》卷31附录，王琦注，第1460、1464页。

"尽才"个体无力主宰。

如前所论，无论才随年壮大器晚成，还是才随年衰晚境凋零，二者都与后天人力关系密切。于是对才是否随年寿而尽问题的讨论，最终转化为了能否"尽才"的忧患以及如何"尽才"的策略寻觅。而能够尽才，也成为历代文人期待的福分。但由命运左右的尽才，不同于作为创作境界的"尽才"。就创作境界而言："临以生平之魄力，收古人之精英，久而出之，古人与我郁勃而不可已，心醒而咀，迫而吐之，其声乃流，至于泣风雨，惊鬼神，歌舞愤涕，不形于外而洋溢于毫端。如是者谓之能尽其才。"① 生平之魄力、古人之精英，就是禀赋与书卷，二者郁勃蕴藉，蓄养既久，心悟神开，触景写兴，从而使得满腹才华不至于委弃尘埃，这便是令文人可以踌躇满志的"尽才"，它指向创作之间能尽情展示自我之才华。而命运左右的尽才则指向自我才华能否依照生命成长的历程依次绽放，而依次绽放的过程之中则兼容着即时性的才华尽情挥洒。

"尽才"是从才为性的赋显引出的话题。人具其性，发而为才，其最理想的状态就是才尽其性，"尽才"的本意在此。论才而言尽，实则包含了以下意义：从性到才，也即从禀赋到体质之间，由于主观客观的因缘，存在着能量耗散与流失的可能或巨大风险。因此，人能尽才，便成为历代士人梦寐以求的理想。

"尽才"之论首发于孟子。《孟子·尽心上》论人皆备恻隐、羞恶、恭敬、是非之心，性既相近，但最终的作为却或相倍蓰，甚至难以道里计。究其原因，"非才之罪也"，乃是当事之人"不能尽其才也"。从个体涵养而论，不能尽才的原因有二：一为私，一为蔽。依照戴震的解释："私也者，生于其心为溺，发于政为党，成于行为慝，见于事为悖、为欺。""蔽也者，其生于心也为惑，发于政为偏，成于行为谬，见于事为凿、为愚。"② 私者自暴，蔽者自弃，从而严重阻滞了才华的施展。不过这种分析主体反思的成分重，而于外在势力的影响几乎避而不谈，因此算不得确论。

刘勰《文心雕龙·时序》则开始将尽才论引入文艺批评。他论晋代文

① 方以智：《文章薪火》，王水照辑《历代文话》，第3217页。
② 戴震：《孟子字义疏证》卷下，第72页。

人称："然晋虽不文，人才实盛：茂先摇笔而散珠，太冲动墨而横锦。岳、湛曜联璧之华，机、云标二俊之采。应、傅、三张之徒，孙挚、成公之属，并结藻清英，流韵绮靡。前史以为运涉季世，人未尽才。"晋际文人，丁逢乱世，张华、左思、潘岳、陆机、陆云等等皆死于非命，故言人未尽才。这种严酷的现实提醒历代文人，即使人力的付出可以保持文才本然的创造活力，从而弥补年力衰微带来的血气不振，然而年寿对能否尽才、如何尽才依然有着绝对的控驭。其核心就是要看年寿给定的施为限度，古人名之曰是否有"福"。戴表元云："天之多与人以才，常少与之福。故自古名能文人，十有八九穷困坎坷。"① 在福禄寿的世俗理想之中，福寿关合最切。对于文人而言，既然不遇已经如宿命般缠身，那么放弃利禄而求在延年益寿中书写美丽诗篇、铺展锦绣才华便被视为一种福气，明人为此还创造了一个专门的术语："诗福"。钟惺《明茂才魏长公太易墓志铭》云：

> 君卒戊申某月日，距其生甲戌某月日年三十四耳。人惜太易年，不能展其才，才不能展于用。余以为天假太易年，其所失职于世者必不能减于三十四年以前。而无诸生累，差独闲，即所得志于诗者，不能遽有加于三十四年以前。而得壹意为诗，差独富闲，即享"诗福"，富即专诗名。是区区者而竟亦夺之造化，亦太啬哉！钟子曰：天生异才，不有奇福，必有奇穷。②

能够有充足的时间不为利禄搅扰，尽情流连于诗文雅兴，且可以随着素养的积蓄、情怀的陶冶、年岁的增加而逐步有所成就，实为人生快事，所以名之为"诗福"。魏太易虽然短寿，但能享人所不能享之"诗福"，虽死而无憾！谭元春也论"诗福"："诗之成也，有诗才，有诗情，又有诗福。使非有诗福，则在人即为厌倦，而在天即为消沉。君苗之砚，以福少而焚；应、刘之友，以福尽而亡。求才与情之无所不畅，亦不可得也。"诸事易得，恰恰"诗福"难求，或自我于文事忽生厌倦，或天不假其寿命，故而才子欲求畅

---

① 戴表元：《赵君理遗文序》，《剡源集》卷 8。
② 贺复徵：《文章辨体汇选》卷 722，影印《文渊阁四库全书》第 1410 册，第 449 页。

其才情有时竟然如此可遇不可求！此外还有"文有余，用质救之；慧有余，用福救之"的说法①。以福救慧，意为如此诗才当有年寿以尽其能。但事实上享受"诗福"者寥寥，倒是年寿不丰而"诗福"浅薄者不乏其人：

如徐昌榖。顾起纶曰："余独悲夫长榖既骤，穷途忽蹶，顾未尽肆力耳。假天老其才，而追述大雅，则有唐大家，不当北面耶？"②蹶于穷途，正是英年早逝，所以未及尽其才力以成大雅。

如明弘治、正德、嘉靖年间部分诗人。《艺苑玄机》云："诗与文，不可分古今，而其运有古今……故骏惠之基厚，则宣朗之运昌；光岳之气完，则鸣盛之言至，无惑乎。弘（治）、（正）德、嘉靖以来，盛于国初也，而诸子之擅名者，乃或奄然捐弃。余安能已于喟然叹耶？夫运长而气短，身薄而才富，所遭之偶然也。若谓卫武公之九十有五，召康公之福禄尔康，而谓天能去其角乎？"③运长气短，即时运正盛，却命数不偶；身薄才富，即才华富赡，却命薄如纸。

如归有光。《柳南随笔》引焦广期论称："太仆集外尚有无数好文章，恨未见耳。"归集早已为人搜罗完备，此说令人费解，其言外之意实则是说："盖谓太仆惜以下寿卒，假使再延数年，给事馆阁，应更有高文典册垂于后世。如《乞致仕疏》所云'作唐一经，成汉二史'者，必不付之空言也。"④仅享下寿，胸中之才未能尽为施展，所以误却无数好文章。

凡此诸端，印证的恰是"有才无命，振古如兹"⑤。当然，命运之毒尚不止啬于寿数，又要困之以奔走、疾病、忧患、饥寒。有限的人生，未见"福"，更难见"诗福"。以上感慨，涉及才子，也涉及佳人，所道尽的正是古人所谓"才子气短，红颜薄命"。才子之才具、红颜之姿容，在惺惺相惜之中，强化了其自怜自叹的性情。

三

才命不相谋或者才命相仇，其中的才因"不遇"的所指不同而指向有

---

① 谭元春：《南北游草序》、《特丘文稿序》，《谭元春集》卷23，第632、631页。
② 顾起纶：《国雅品》，丁福保辑《历代诗话续编》，第1100页。
③ 邵经邦：《艺苑玄机》，吴文治主编《明诗话全编》，第2943页。
④ 王应奎：《柳南随笔续笔》，第9页。
⑤ 郭麐：《灵芬馆词话》卷2，唐圭璋辑《词话丛编》，第1538页。

异。论创作不为人知、论"诗福"分薄，此言文才；论仕宦之路崚嶒崎岖，此言治才。而就文人论才命，则往往是既含文才又兼治才。那么文人是否能够兼备以上二才呢？相关讨论从汉代就开始了。《论衡·书解》篇引当时一般的舆论认为：

> 通奇，其材已极，其知已罢。……辅倾宁危，非著作之人所能为也。夫有所逼，有所泥，则有所自，篇章数百。吕不韦作《春秋》，举家徙蜀；淮南王作道书，祸至灭族；韩非著治术，身下秦狱。身且不全，安能辅国？夫有长于彼，安能不短于此？深于作文，安能不浅于政治？

长于著述的文士用才已极，智力疲惫，不是可以治理天下的人才。言外之意，文章著述之才不等同于治才，长于此者必短于彼。但王充驳斥道：

> 人有所优，固有所劣；人有所工，固有所拙。非劣也，志意不为也；非拙也，精诚不加也。志有所存，顾不见泰山；思有所至，有身不暇徇也。称干将之利，刺则不能击，击则不能刺，非刃不利，不能一旦（且）二也。蛅弹雀则失鸧，射鹊则失雁，方员画不俱成，左右视不并见，人材有两为，不能成一。使干将寡刺而更击，蛅舍鹊而射雁，则下射无失矣。人委其篇章，专为政治，则子产、子贱之迹不足侔也。

随论管仲、晏婴，功、书并作；商鞅、虞卿，篇、治俱为。因此"材知无不能，在所遭遇，遇乱则知立功，有起则以其材著书者也"。王充以为，人才有所短长是情理之中的。但是，具备文章著述之才者同样可以具备治才。现实之中时见文人书疏著作，立言传世，无治国安邦的实践，这仅仅是其一心未尝二用的体现，由此断定其无政治之才，只是一个假象或者偏见。一旦聚精会神于此道，未必就比所谓的治才逊色。[①] 当然，王充这里有一个疏

---

① 黄晖：《论衡校释》，第1154—1156页。

忽，或者说有一个才性认知的局限：著述才与政治之才在他看来没有明确的区分。

　　刘勰在探讨创作能否为人认同之际，其由知音论引申出的才命之才当然属于"文才"。而《文心雕龙·程器》论及"将相以位隆特达，文士以职卑多诮"，在影射文士多被抑阻、难为世用之际，所涉及的才华便兼容了经济之能。刘勰的绵密之处在于，他将从事文学创作的才与经济之术是做了区分的：士人以能够治事为录用尺度，文人以文采华章为功。在他看来，现实之中存在两类文人：一类如扬雄、司马相如，"有文无质"，所以终乎下位；一类如庾亮："才华清英，勋庸有声，故文艺不称；若非台岳，则正以文才也。"——其政声卓著，掩盖了文学之能，实则二者并优。这两类文人，一为纯粹的文才，一为文才之外兼具治国安邦之术。虽然刘勰明确区分了这两种才能，但并没有认为二者互相排斥，在他看来，真正的大丈夫正当兼之："安有丈夫学文，而不达于政事哉？""文武之术，左右惟宜。"二者可以兼能，但不可将文学之才直接视为经济之才。

　　但唐代文人往往有意模糊了这个界限。其时论及才命更多的情态是：偏向经济之才的仕宦之途，其磕磕绊绊所彰显的不公，经常被文人们举出文才的斐然来相证，文才治才统为一体。如杜甫《奉赠韦左丞丈二十二韵》便是如此，其先言文才："甫昔少年日，早充观国宾。读书破万卷，下笔如有神。赋料扬雄敌，诗看子建亲。李邕求识面，王翰颇为邻。"随之即言："自谓颇挺出，立登要路津。致君尧舜上，再使风俗淳。"从自道文才直接转入可以治国安天下的畅想，所以仇兆鳌注曰："此叙少年自负，申言儒冠之事。甫昔八句，言学优才敏，足以驰骋古今。自谓四句，欲正君善俗，不但文辞见长也。此乃备陈学问本领，言大而非夸。"虽然注意到了其"不但文辞见长"，但也是讲其从才学文辞而生正君善俗之志，其中文辞之能实为核心内容。[①]

　　再看韩愈《荐士》：

---

　　① 仇兆鳌：《杜诗详注》卷1，第74页。

周诗三百篇，雅丽理训诰。曾经圣人手，议论安敢到。五言出汉时，苏李首更号。东都渐弥漫，派别百川导。建安能者七，卓荦变风操。逶迤抵晋宋，气象日凋耗。中间数鲍谢，比近最清奥。齐梁及陈隋，众作等蝉噪。搜春摘花卉，沿袭伤剽盗。国朝盛文章，子昂始高蹈。勃兴得李杜，万类困陵暴。后来相继生，亦各臻闳奥。有穷者孟郊，受材实雄骜。冥观洞古今，象外逐幽好。横空盘硬语，妥帖力排奡。敷柔肆纤余，奋猛卷海潦。荣华肖天秀，捷疾愈响报。行身践规矩，甘辱耻媚灶。孟轲分邪正，眸子看瞭眊。杳然粹而清，可以镇浮躁。酸寒溧阳尉，五十几何耄！孜孜营甘旨，辛苦久所冒。俗流知者谁，指注竞嘲傲。①

此诗为韩愈荐孟郊于郑余庆而作。开篇从诗三百敷衍至唐，皆论诗文盛衰；及乎孟郊，则着力赞誉其雄骜之诗才，其中"横空盘硬语，妥帖力排奡"等已经成为孟郊诗歌创作的千古的评。全诗同样是文才治才混而言之。

就实际而言，正如王充所论，有文才者未必即无吏才；但作为文人的共相，往往以文才等同于吏才。元代虞集甚至有如下议论：

士大夫学于家，业成则国家取而用之，古之道也。然业成而未用于世，有其志而无其行事，则以其性情才思寓诸吟咏见诸议论而已。及出而见用，则凡行事者即前日之吟咏议论者也。说诗者引古人之语谓可以为大夫者，凡事山川能说、登高能赋其二也。非其胸次素定，一旦起而行之，其何以哉？②

其本义当然在于以诗言志，故在昔之言有可见乎事后之用者。从先秦"登高能赋可以为大夫"的"九能"之论，至科举制度以文辞取士，人才的选拔多以"文"为主，视登科入仕所依赖者为进身之资当然没有

① 方世举：《韩昌黎诗集编年笺注》，第62页。
② 虞集：《杨贤可诗序》，《道园集》不分卷，《四库全书存目丛书》第22册，第64页。

什么逻辑上的错误，但直接将文才视为治才吏才则必然带来判断上的意气用事。

就才命论的本义而言，其表面虽然可以指向个体创作的现实认同、权威认同，但深层的意旨则多在于文人用世之志的成败。回到文学史具体的语境之中，但凡论及才命者往往沉淀着生不逢时、怀才不遇的浓重悲凉，真正指向诗文不为人所知的倒格外罕见。不过，兼善天下的热情往往源自文才卓越所赢得的声誉，经世的艰难被神思激荡诗化，现实的关节规范甚至传统吏制文化中的黑洞又在兴会中忽略，诗情由此灼热了豪情，理想设定置换了现实逻辑。于是，文人最容易受伤、最容易碰壁。文学艺术最终又成为寄托的首选，以文学艺术之才欲走出文学艺术的王国，最终又宿命般地回归。才与命之间如此的纠缠，使得文艺理论面对如下问题总是显得有些束手无策：文人们的理论生发，是论文？论人？还是论命运？事实上，以论文论命运，以创作消遣命运不公带来的满腔悲愤，这就是中国古代才命论的本然状态，没有必要刻意离析。

才与命如此纠缠，必然引来文人们的抗争，"发愤著书"说是这种抗争的理论发端。司马迁从情感转化或转移的角度揳入，开始了对才能摆脱命运依附路径的探索。宋人"诗穷而后工"论的出现，不仅实现了才命论数千年宿命的脱胎，也可以说实现了才命论的美学升华：尽管关注的重点从本质而言依然是人生的价值，但言说的对象却从关于人生命运的呼叹，转移为通过文才的激发实现生命的自足——"谪仙窜夜郎，子美耕东屯。造物岂不惜，要令工语言"（苏轼《次韵和王巩》）；"清愁自是诗中料。向使无愁可得诗？……天恐文人未尽才，常教零落在蓬莱"（陆游《读唐人愁诗戏作》）。这种价值置换虽然有自我解嘲的味道，却塑造了文艺理论中主体精神的沉郁和脱俗。

第二节　文才与知音论

命运的具象之一体现于知音有无。才命多违，对于才华横溢的文人们而言，首先面临的困境是知音难觅：无论自己情兴豪逸的创作，还是呕心沥血的耕耘，抑或皓首不弃的坚守，在茫茫人海中却久无回声。以才命论文，从创作理论延伸，必然要引申出属于鉴赏论范围的知音论。①

文学知音论系统全面的总结完成于刘勰，在他之前，葛洪对此也有较多的关注。刘勰知音论的命名来源于《荀子·劝学》中"伯牙鼓琴而六马仰秣"的典故，《吕氏春秋·本味》篇对这个故事有具体叙述：

> 伯牙鼓琴，钟子期听之。方鼓琴而志在太山，钟子期曰："善哉乎鼓琴，巍巍乎若太山。"少选之间，而志在流水，钟子期又曰："善哉乎鼓琴，汤汤乎若流水。"钟子期死，伯牙破琴绝弦，终身不复鼓琴，以为世无足复为鼓琴者。②

汉代《古诗》有"不惜歌者苦，但伤知音稀"之句；刘向《雅琴赋》也有"末世锁才兮知音寡"的叹息。可见"知音"从音乐传说中萌生，后世沿用集中于知音难觅的感慨。

创作以才性为出发点，作品由此体现不同文人的性情气质，形成各自不同的风格体式。这种对自我个性气质的重视在魏晋以后成为潮流，而文学欣赏与批评也同时表现出了一定的重视个体情趣嗜好的倾向，当时如《抱朴子外篇》、《文心雕龙》等对文辞著述赏鉴中的偏嗜现象便有集中论述。

在这种氛围下，逐步形成了鉴赏者接纳审美对象的两个条件：其一，鉴赏者是否具备批评欣赏的卓越才华；其二，具备才华的赏鉴者之才性与作者的才性是否切近。前者为其所能，后者为其所尚。相对于传统的文学传播架构而言，这是两个难度极高的门槛，但又仅仅是一个理论化的前提。二者能否因缘际会？即使二者兼备，赏鉴者人格又是否值得信赖？换句话说，有没有曹丕所批判的善于自见且文人相轻的心态？获遇知音是所有文人的希望，但其所遭逢的阻滞、艰难却异乎寻常。更突出的尴尬是，对一种风体的认

---

① 于民认为：才在汉魏之际普遍应用于人伦识鉴，对政治人才而言，伯乐难遇；对文人而言，能够欣赏其作品、能够明了作品婉曲的读者同样难觅。所以政治家们的那种知人难遇，于文人便表现为知音难遇。参阅《气化谐和——中国古典审美意识的独特发展》，长春：东北师范大学出版社 1990 年版，第 237 页。

② 许维遹：《吕氏春秋集释》，第 312 页。

同，往往又成为拒斥其他众多风体的理由，也就是说，具备相当的才力，具有相近的才性与情趣，可以赏同体之美，却难以接纳异量之善。事实上，无论葛洪还是刘勰，他们所呼唤的知音，恰恰是需要排除这种审美偏见之后的周圆之赏、兼容之赏。这才是文学史上不绝于耳的知音难觅呐喊中"知音"的本义。

一

知音最基本的要求是要具备批评欣赏的才能。卖花人不惜花，樵夫不谙山水之美，其难以入赏的原因在于才赋的缺失。古代审美理论于欣赏批评才能具体强调了以下两点：其才力与被鉴赏对象相当；不仅明乎理论又应是创作中人。

（一）鉴赏者的才力与被鉴赏者相当。这个思想王充最早揭示，《论衡·超奇》云："王公子问于桓君山以扬子云。君山对曰：'汉兴以来，未有此人。'君山差才，可谓得高下之实矣。采玉者心羡于玉，钻龟者知神于龟。能差众儒之才，累其高下，贤于所累。"所谓"差才"意为才能大致相当，桓君山有如此之才所以可评定才能近似的扬雄。不仅如此，那些能够评量诸贤的文士，其才能甚至当在诸贤之上。①

曹植对此也有明确发挥，且更为直接地指向文学批评："有南威之容，乃可以论于（其）淑媛；有龙渊之利，乃可以议其断割。"类似刘季绪才不如人却好诋诃文章掎摭利病是他很反对的，他推辞友人订正文章的请求，理由正是"自以才不过若人"②。

魏晋六朝之际，批评界多通过对无才者于文学妄加评议的批判强化这个理论思想。葛洪便将那些他认为不具备批评素养的人称之为"俗士"。《抱朴子外篇·尚博》先论创作悬绝迥异："若夫翰迹韵略之宏促，属辞比事之疏密，源流至到之修短，蕴藉汲引之深浅，其悬绝也，虽天外、毫内，不足以喻其辽邈；其相倾也，虽三光、熠耀，不足以方其巨细；龙渊、铅铤，未足譬其锐钝；鸿羽、积金，未足比其情志。"而如此水准悬殊的根子在"清

---

① 黄晖：《论衡校释》，第608页。
② 曹植：《与杨德祖书》，李善注《文选》卷42，第1901页。

浊参差,所禀有主,朗昧不同科,强弱各殊气"的禀赋优劣。面对如此不可划一难归一例的创作,从赏鉴而言,才赋浅薄的"俗士"则"驰骤于诗论之中,周旋于传记之间",但见染毫画纸者,便"概之一例",而"以常情览巨异,以偏量测无涯,以至粗求至精,以甚浅揣甚深"便成为其一贯的伎俩。① 有远过众人之才能,始有欣赏鸿篇的资格。"常情"、"偏量",皆为平俗之才,如此识见,自然瑕瑜莫辨、鱼目混珠。

萧纲称此类无赏会之能者为"拙目"。《与湘东王书》云:"故王微金铣,反为拙目所嗤;巴人下里,更合郢中之听。阳春高而不和,妙声绝而不寻。竟不精讨锱铢,核量文质,有异巧心,终惭妍手。"才不相当,便不堪评量佳制,勉强为之,如同群蝇而入幽兰之圃,难免视朱成碧。诗既如此,笔又如之,"徒以烟墨不言,受其驱染;纸札无情,任其摇襞"。有此横流之象,所以握瑜怀玉之士瞻望而返。②

刘勰则直指一些无鉴赏才能者的肆意评论为"妄谈"。《文心雕龙·知音》云:"至如君卿唇舌,而谬欲论文,乃称'史迁著书,谘东方朔'。于是桓谭之徒,相顾嗤笑,彼实博徒,轻言负诮,况乎文士,可妄谈哉?"楼护(君卿)不是文士,却好议文章,信口而谈,随之便有桓谭等人以讹传讹。才不相当则必然有此信口雌黄。又云:"夫麟凤与麇雉悬绝,珠玉与砾石超殊。白日垂其照,青眸写其形。然鲁臣以麟为麇,楚人以雉为凤,魏氏以夜光为怪石,宋客以燕砾为宝珠。形器易征,谬乃若是;文情难鉴,谁曰易分?"③ 文学作品的文辞、情理、体式本来就不易辨析,如果不具备相应的才华,自然便会出现黄钟毁弃、瓦釜雷鸣的颠倒与混淆。

这种观念后代多有继承。或曰"惟己之高则足以窥人之高"④;或曰

---

① 杨明照:《抱朴子外篇校笺》,第109、117页。

② 萧纲:《与湘东王书》,《梁书》卷49,第3册,第691页。按:萧纲本文非止论述赏析,还涉及创作习尚。

③ 范文澜:《文心雕龙注》,第714页,下同。

④ 宋代张牧《方是闲居士小稿跋》云:"'白也诗无敌,飘然思不群',此少陵诗也。'李杜文章在,光焰万丈长',此昌黎诗也。元微之、白乐天互相推明,欧阳公、梅圣俞之递相许可,岂有他哉?盖惟己之高,则足以窥人之高。使我胸中之造化不足,焉能发人之巧耶?"见《方是闲居士小稿》卷首。

"能言萧何所以识韩信，则天趣可言"①。以上所言类似于常言所谓"惟真能好色者方可别色"。当然，这种识量在识其美之外，又体现为能见其病；如此具有识量的知音并非一定见存于当世，还可能异代方生。吕留良云：

> 惟作者而后能知作者，自古为然。而作者之出也，或骈肩而生，或数百年、一二千年而生。吾同时无其人，则必待之数百年、一二千年而后生焉，足以竭吾之长而攻吾之短，此真吾之所慭畏而托命者也。②

无论出现在何时何地，知我者皆为知音；具备知音的才力，并非仅仅是赏识赞誉，还包括这种一针见血的批评。

总括以上所论：文艺批评对批评主体是有素养要求的，这就是才。"才有大有小，有正有偏，有精有粗，有坚有脆。若己为小才，则不能知人之大才"③，只有才力相当者，最终才能与作者形成"共赏"的境界。当然，这里所论的相当的才力，实际上源于以下情境：早期文艺批评与文艺创作者没有鲜明的职业区分，二者的角色是即时且可以随时互换的，因此所谓才力相当的具体所指较为笼统，但基本上侧重于才识一维。④

（二）若要能赏，不仅需明乎理论，又当是创作中人。中国古代文艺理论往往出自创作者的经验总结，而理论家批评家也从未对创作过于隔阂。不仅如此，他们还有意识提倡论文者应该明晓创作，如《文心雕龙·知音》云："凡操千曲而后晓声，观千剑而后识器。故圆照之象，务先博观。阅乔岳以形培塿，酌沧波以喻畎浍。无私于轻重，不偏于憎爱，然后能平理若

---

① 惠洪《冷斋夜话》卷4引其弟超然之论曰："陈叔宝绝无肺肠，然诗语有警绝者，如曰：'午醉醒来晚，无人梦自惊。夕阳如有意，偏傍小窗明。'王维摩诘《山中》诗曰：'溪清白石出，天寒红叶稀。山路元无雨，空翠湿人衣。'舒王《百家夜休》曰：'相看不忍发，惨澹暮潮平。欲别更携手，月明洲渚生。'此皆得于天趣。予问之曰：'句法固佳，然何以识其天趣。'超然曰：'能言萧何所以识韩信，则天趣可言。'予竟不能诘，叹曰：'微超然，谁知之。'"

② 吕留良：《寻畅楼诗稿序》，《吕留良诗文集》卷5，第114页。

③ 刘熙载：《持志塾言》卷下，《刘熙载文集》，第32页。

④ 王维《山中与裴秀才迪书》约裴迪游辋川，自道"非子天机清妙者，岂能以此不急之务相邀，然是中有深趣矣。"识得裴秀才"天机清妙"，与自己才情相近，故而约其共赏美景，这一文坛佳话便是对才力相当则可共赏这样一个美学命题的形象说明。参阅李亮伟《论王维的资质禀赋与文艺才情》，《中国古代近代文学研究》2000年第11期。

衡，照辞如镜矣。"其中提到的观千剑、操千曲，虽然从博览入手，但都有规讽批评者要通晓创作之意。

尽管古代文人在创作与理论批评上的分野并不悬隔，但后世各有侧重依然带来了身份上的基本区分，而作家对评论家也逐步形成了根深蒂固的成见。从曹丕以刘季绪才不如人而好评论为反面典型开始，这种成见已经形成。钱锺书先生以为，曹丕之意正是"能作文者方许评文"，又引唐人卢照邻《南阳公集序》："近日刘勰《文心》、钟嵘《诗评》，异议蜂起，高谈不息。人惭西氏，空论拾翠之容；质谢南金，徒辩荆蓬之妙。"以为隐承曹植之意。故论称："作者鄙夷评者，以为无诗文之才，那得具诗文之识，其月旦臧否，模糊影响，即免于生盲之扪象、鉴古，亦隔帘之听琵琶、隔花之搔痒疥尔。"① 这种推论当然不是臆测揣称，历史上不仅很多文人于此深以为然，更有部分文人成见极深，如宋人刘君澜请方蒙仲序其诗，方蒙仲本为理学中人，当时不以能诗见长，因此刘克庄闻此极为不屑："诗当与诗人评之，蒙仲文人，非诗人，安能评诗？"② 这其中当然有意气成分，但也代表了一派很值得关注的意见。

二

知音另一个重要条件是才性相近，如此则可以实现基本的同声相应、同气相求。欣赏批评有着个性化特征，这在曹魏时期的识人理论中已经有了深刻总结，刘邵《人物志·接识》有云：

> 夫人初甚难知，而士无众寡皆自以为知人，故以己观人则以为可知也，观人之察人则以为不识也，夫何哉？是故能识同体之善，而或失异量之美。何以论其然？夫清节之人以正直为度，故其历众材也，能识性行之常而或疑法术之诡；法制之人以分数为度，故能识较方直之量，而不贵变化之术；术谋之人以思谟为度，故能成策略之奇，而不识遵法之良；器能之人以辨护为度，故能识方略之规而不知制度之原；智意之人

---

① 舒展：《钱锺书论学文选》第三册，第220页。
② 刘克庄：《题刘澜乐府》，《后村先生大全集》卷105。

以原意为度，故能识韬谞之权而不贵法教之常；伎俩之人以邀功为度，故能识进趣之功而不通道德之化；臧否之人以伺察为度，故能识诃砭之明而不畅倜傥之异；言语之人以辨析为度，故能识捷给之惠而不知含章之美。是以互相非驳，莫肯相是。①

清节、法制、伎俩、臧否、言语、器能、智意等目，是依照性能划分的才能类别。才性近者被视为同体，人们一般对同体有切身的感受，而对与自我性情嗜好相左者往往嗤之以鼻，因此能识同体之善或失异量之美便成为识人论人过程中的一个共性现象。文艺批评也是如此，曹植早就指出，在文章欣赏上"人各有好尚"："兰茞、荪蕙之芳，众人所好，而海畔有逐臭之夫；咸池、六茎之发，众人所共乐，而墨翟有非之之论，岂可同哉？"② 魏晋六朝之际众多的批评文献都提到当时文学鉴赏中存在着偏嗜现象：

《抱朴子外篇》分别在《尚博》、《百家》两篇连续提到"偏嗜酸咸者"或者"偏嗜酸甜者"③。《抱朴子外篇·广譬》又云："观听殊好，爱憎难同。飞鸟睹西施而惊逝，鱼鳖闻九韶而深沉。故衮藻之粲焕，不能悦裸乡之目；采菱之清音，不能快楚隶之耳；古公之仁，不能喻欲地之狄；端木之辩，不能释系马之庸。"④ "观听殊好，爱憎难同"，不是其所偏好者往往形成欣赏的直接隔膜。葛洪通过众多比喻论述了这种现象的普遍，文艺审美当然也入此范中。

刘勰《文心雕龙·知音》没有强化这种赏味不同引发的情感抵牾，不过也同样关注到了这种偏于一隅的欣赏习惯：

> 夫篇章杂沓，质文交加，知多偏好，人莫圆该。慷慨者逆声而击节，蕴藉者见密而高蹈，浮慧者观绮而跃心，爱奇者闻诡而惊听。⑤

---

① 刘邵：《人物志》，第105—109页。
② 曹植：《与杨德祖书》，李善注《文选》卷42，第1903页。
③ 杨明照：《抱朴子外篇校笺》下册，第116、442页。
④ 杨明照：《抱朴子外篇校笺》下册，第388页。
⑤ 范文澜：《文心雕龙注》，第714页。

以上魏晋六朝之际有关鉴赏的讨论，是在对偏嗜的反思中展开的。问题在于：尽管这种形式在具体审美批评中有着种种偏颇、不圆满，但却人人皆然。可见，鉴赏者与创作者之间心灵层次的相近是文艺审美能够发生的重要基础。因此就中国文艺批评的实践而言，虽然不乏反思批判的声音，但知音论中并不完全排斥也难以排斥依据个体才性进行的鉴赏。性近则能解其妙谛，性远则不谙其造诣，所以"苏（端明）诗稠塞，故不解苏（武）李（陵）之工；钟（惺）谭（友夏）清约，故笃称其妙：两家亦各知其所近耳。"① 这种艺术规律，从历代文人皆有独到的欣赏趣味、历代著名诗文选本多有选择偏好的现象中皆可以得到印证。

其一，历代文人皆有独到的欣赏趣味。如欧阳修不喜杜甫诗歌，苏轼不好《史记》，宋人刘攽对这种现象深为不解，自称"余每与黄鲁直怪叹，以为异事"②。人人皆知其美者而名家所见却如此不同，时人即将其归结于"性情之癖"。又如祝允明作《罪知录》，历诋唐宋诸家诗文，王士禛概之云：

> 谓韩伤易而近儇，形粗而情霸，其气轻，其口夸，其发疏躁。欧阳如人毕生持丧，终身不被衮绣；东坡更作儇浮的，为利口哗犷之气，肆溢舌表，使人奔迸狂颠而不息；曾、王既脱衣裳，并除爪发，譬之兽齿腊骨；至于老泉、颍滨，秦、黄、晁、张，则谓不足尽及。……论唐诗人则尊太白为冠而力斥子美，谓其以村野为苍古，椎鲁为典雅，粗狂为豪雄，而总评之曰外道。李则凤凰台一篇亦推绝唱。狂悖至于如此，醉人骂坐，令人掩耳不欲闻。③

发言虽然不羁，实则也是祝允明自我欣赏趣味的激烈表达：于文章主乎比偶故实，于诗则尚乎飘逸灵心。

又如李攀龙、王世贞"于韦、柳多不相契"，原因则在于李、王二人偏于矫急，不合于韦应物、柳宗元的萧然冲容。④

---

① 毛先舒：《诗辨坻》卷 4，郭绍虞辑《清诗话续编》，第 84 页。
② 刘攽：《中山诗话》，何文焕辑《历代诗话》，第 292 页。
③ 王士禛：《香祖笔记》卷 1，影印《文渊阁四库全书》第 870 册，第 394 页。
④ 许学夷：《诗源辨体》卷 23，240 页。

其二，历代著名诗文选本多有选择的偏好。唐人选唐诗中，《国秀集》入选者为盛唐见在的90位诗人，除了十余位名家之外，其余多乏声誉，且李白、杜甫、岑参皆不录；《河岳英灵集》选盛唐诗人24位，其中以五言古诗为主，而盛唐李白、杜甫、岑参五言古诗皆为大宗，但集中却仅选李白1首，岑参2首，杜甫则不选；《箧中集》选7人之作，皆不甚知名者，且所选者皆五言古诗，唐代具有代表性的律诗则一无所取。何以会有如此取舍呢？《国秀集》的编辑肇发于朝中显贵，他们的选编宗旨之一即是："作者务以声折为宏壮，势奔为清逸，此蒿视者之目，聒听者之耳。"许学夷认为，这显然是在隐讥李白、杜甫。芮挺章言听计从，故此盛唐之选中，李、杜等大家却付诸阙如。《河岳英灵集》的编者殷璠虽似以河岳为限，实则隐尊王昌龄、储光羲，"盖亦羊枣之嗜"。《箧中集》的编者元结于序中称："近世作者，更相沿袭，拘限声病，喜尚形似，且以流易为词，不知丧于雅正。"显然是不满律诗体制。如此看来，这些诗选皆是选者所好各有差异，因而取舍因资，便以自我才性所近为主了。

又如王安石选《唐百家诗》不录李杜韩柳，自云以家有其集之故，但有学者却认为："百家选偏得晚唐刻削为奇，盛唐冲融浑灏之风，在选者寥寥焉无几。"王安石历史上流传下的形象是执拗刻削，因此他所欣赏的作品也以此类为主。①

李攀龙《唐诗删》只取唐人铿锵之作，初盛中晚，尽入一个路数，所以屠隆《论诗文》论之曰"一家货，何其狭也"！

清代王士禛辑录《唐贤三昧集》也不录李白杜甫，自云王安石撰《唐百家诗》不选李杜韩三家已有先例，因其作品多有单行。但翁方纲则以为这番话纯是托词："先生平日极不喜介甫《百家诗选》，以为好恶拂人之性，焉有仿其例之理？以愚窃窥之，盖先生之意，有难以语人者，故不得已为此托词云尔。"难以语人的是什么呢？"先生于唐贤独推右丞、少伯以下诸家得三昧之旨。盖专以冲和淡远为主，不欲以雄鸷博奥为宗。"② 即王士禛喜

---

① 以上参阅许学夷《诗源辨体》卷36，第355、356、359页。

② 翁方纲：《七言诗三昧举隅》，丁福保辑《清诗话》，第290页。

好淡远冲和，大气磅礴的李杜因此便被排斥在外。不取李杜，正是他以自我才性所近为尺度的结果。

以上现象，便是对能识同体之善的具体诠释。尽管识同体之善者能具独得之见、不随人为步趋，但忘异量之美，便为所见有偏，不是平心察理。偏喜与偏恶由此同步产生。程晋芳也曾总结清代文坛偏尚现象，如"辛楣先生（钱大昕）不喜方文（苞），犹之心余（蒋士铨）先生不喜厉（鹗）诗"，以为"于方、厉无损，于钱、蒋亦无损"，原因在于"是非有一定，嗜好无一定也"①。不过"嗜好无一定"，往往最终左右是非、价值的评判，批评鉴赏演绎为偏见因此也在所难免。

三

知音第三个条件，或者说最高境界的知音就是超越审美偏嗜。

诗文如女色，好恶系于人。依照从魏晋以后逐步形成的文学鉴赏习尚，有才华者偏其所好，便可以被视为知文，甚至可以视为其所偏尚者的知音。但是，对一种风体、题材的欣赏却同时成为欣赏其他风体、题材的障蔽；知一人一类人、一作一类作品之音者也由此转化为不知众人众作之音的偏颇之子。因此，从魏晋开始，批评界在关注审美偏嗜现象的同时也将批判的矛头丛聚于审美偏嗜，前面所引有关审美偏嗜的文字无一不对其隐约表达了不满。直接的批判也很密集，如《抱朴子外篇·尚博》：

> 或有汪涉玄旷，合契作者，内辟不测之深源，外播不匮之远流，其所祖宗也高，其所绅绎也妙。变化不系滞于规矩之方圆，旁通不凝阂于一涂之逼促。是以偏嗜酸咸者，莫能知其味；用思有限者，不能得其神也。夫应龙徐举，顾眄凌云；汗血缓步，呼吸千里。而蝼蚁怪其无阶而高致，驽骞患其过己之不渐也。

本节文字的核心意旨在《抱朴子外篇·百家》中又重作申述，概而言之即是："风格高严，重仞难尽。是偏嗜酸甜者，莫能赏其味也；用思有限者，

---

① 程晋芳：《上简斋前辈》，《袁枚全集》第六册《续同人集》，第 301 页。

不得辩其神也。"① 葛洪是从兼容面很广的"文"来论述偏嗜在鉴赏批评中之表现的，他关注的焦点在于鉴赏主体的偏嗜与作品本旨的错位，以及由此造成的对作品审美价值评判的肢解。依照这种理解，在当时偏嗜不似后来文艺理论的认定，被视为审美伦理问题，而是往往归结于才识有限。而《抱朴子外篇·广譬》又从价值判断偏失论及了赏鉴之中情感的抵牾：

> 般旋之仪，见憎于裸踞之乡。绳墨之匠，获忌于曲木之肆。贪婪饕餮者，疾素丝之皎洁；比周实繁者，仇高操之孤立。②

此处专门指出："见憎"与"忌"、"疾"、"仇"等情绪也是审美偏嗜所附带而出的——仅仅是嗜好不同还则罢了，现实中因所好不同而敌视其他情趣者也时有其人；或者说，正是这种情感的先入为主，带来了审美上的有失公允。他如刘勰《文心雕龙·知音》"会己则嗟讽，异我则沮弃"的"嗟讽"、"沮弃"，江淹所谓"世之诸贤，各滞所迷，莫不论甘而忌辛，好丹而非素"的"忌"、"好"，同样皆是情感态度介入，并直接影响审美判断。有此横绝，则何从言其"通方广恕，好远兼爱"？③ 如此看来，具有一定审美自主性的文人，尽管可以超越一般道听途说之徒的追风逐浪，但又恰恰因为过于迁就自我才性的偏嗜而偏离客观，且以一种固定的审美批评标尺去衡量千姿百态的文学体貌，又禁锢了自我审美情怀的开放特性，加以才识各有其限，正是所谓"东向之望，不见西墙"。具体而言，所谓审美偏尚大致体现为以下三点：

第一点，长期审美习惯所形成的审美偏见。戴名世曾以南北风物崇尚不同为比论文：

> 君亦知夫燕人之贾于闽者乎？燕、齐之间饶枣栗，常以之夸示于四方。而闽之南有离支（荔枝）者，丹囊绛膜，有皱玉星毬之称，剖而

---

① 杨明照：《抱朴子外篇校笺》下册，第 116、442 页。

② 杨明照：《抱朴子外篇校笺》下册，第 390 页。

③ 江淹：《杂体三十首序》，胡之骥《江文通集汇注》卷 4，李长路、赵威点校，中华书局 1984 年版，第 136 页。

食之，其甘芬浸齿，举山海之珍皆莫之能敌也。燕人贾于闽，闽人饷之以离支，燕人食之，唇敝舌裂，咯咯然吐之于地，瞠目熟视而叹曰："嗟乎！是安能及吾乡之枣栗乎？"他日，见苦李之弃于道，酸枣之垂于庭，撷而拾之以归，遍示宾客曰："此闽之所产也。"闽之人皆笑之。

　　文虎之文乃闽之离支也，不幸而遇燕人之唾弃，彼且摇手相戒，以为鸩毒莫过于是，宜乎南中之苦李、酸枣充满罗列于燕市也。①

审美偏见以才性之好为本，但并非尽出才性，也包括特定语境下的习气或者风气，类似不同地域之人的饮食风尚，浸淫于基因之内，生成则根深蒂固，最易形成排他性的价值认定。

　　第二点，爱深赏极之际的暂时屏蔽，是审美思维方式问题，没有形成长期的自我封闭。《诗筏》论阅读大家作品的感受：

　　　　余亦谓终日看太白诗、子瞻文，每至极佳处，辄不信世间复有子美、退之；及读子美诗、退之文，每至极佳处，又不信世间复有太白、子瞻……譬如人食西施乳时，不复知肉味中有熊蹯；饱熊蹯时，亦不复知鱼味中有西施乳。②

虽然作者有以此"见四人身份"之意，也的确代表了一种审美类型，就如同情人眼里出西施；但一朝情有他属，则貂蝉、杨贵妃也便入其法眼。

　　第三点，建立在一定审美情趣之上的所谓见仁见智。陈后山有《雪中寄魏衍》诗云："薄薄初经眼，辉辉已映空。融泥还结冰，落木更沾丛。意在千年表，情生一念中。遥知吟榻上，不道絮因风。"纪昀甚为赏识："前四纯用禁体，工于写照。五六确是雪天独坐神理，其故可思。结到寄魏，仍不脱雪，用法亦密。"但朱庭珍却认为："前四句直是小儿学语，浅而且拙，粘滞已甚。五六又太寥落，何以见是雪天，未免空而不切。一结尤凡俚。通首了无可观，虽幸见赏于河间，不敢附和。"③ 一首作品，此人言佳，彼人

<hr>

① 戴名世：《徐文虎稿序》，《戴名世集》卷3，第50页。
② 贺贻孙：《诗筏》，郭绍虞辑《清诗话续编》，第143页。
③ 朱庭珍：《筱园诗话》卷4，郭绍虞辑《清诗话续编》，第2394页。

视为一无是处；虽然可以见仁见智为辞，但其中不能不说有着各自偏嗜的影子。

在审美的偏嗜之外，文学欣赏之中实则还有源自文人本身的道德狭隘与非审美的偏执，其中最为突出的是文人相轻与贵古贱今。

其一是文人相轻。曹丕《典论·论文》首论文人相轻，从文非一体、鲜能备善论述了才有偏长，而以己之长轻人所短却是文人常态，这还属于艺术层面的自以为是。后世不少文人因嫉妒作祟、敝帚自珍而贱视他人创作，已经属于道德不修。更有甚者，各有殊好，则入主出奴，党同伐异；各有竞心，则名利纠缠，妒忌诋毁。这一点才德论中已经多有论述，兹不赘言。

其二是贵古贱今。古今问题是中国哲学关注的重要内容，先民法古敬古，至战国之际开始"察今"，东汉王充已经从著述价值上鲜明提出今人未必输于古人。魏晋时期个人主义精神激扬，审美价值称量之中今人、自我的分量日渐其重，并与贵古贱今者形成了激烈论辩。如《抱朴子外篇·尚博》记载，当时很多著述义深玄渊，辞赡波涛，但部分俗士却桎梏于浅隘之中，不仅轻奇贱异，而且形成三种意见：或谓"不急"，或云"小道"，或云"广博乱人思"。"不急"就是不急之务，虚而无实之意；"小道"当谓立言无卓见；"广博乱思"则更近似于刻意吹求。葛洪眼中的佳作他人却如此不屑，并非其心有定识，而是源自贵古贱今的错误观念："世俗率神贵古昔而黩贱同时，虽有追风之骏，犹谓之不及造父之所御也；虽有连城之珍，犹谓之不及楚人之所泣也。"《广譬》之中再申言之："贵远而贱近者，常人之用情也。信耳而疑目者，古今之所患也。"① 这种观念又往往被称之为信耳疑目：重所闻，轻所见。

如果说葛洪的论述尚且兼论文辞著述，《文心雕龙·知音》则沿依葛洪的论题，假借其发论的事例，而论述的对象则转移为文学："夫古来知音，多贱同而思古，所谓'日进前而不御，遥闻声而相思'也。昔《储说》始出，《子虚》初成，秦皇、汉武，恨不同时；既同时矣，则韩囚而马轻，岂不明鉴同时之贱哉！"至于江淹《杂体三十首序》，更是将这种现象归结为"人之常情"、"俗之恒蔽"。

---

① 杨明照：《抱朴子外篇校笺》下册，第103、118、348页。

在这种文人内部因素之外，还有诸多外部的社会因素、个人因素，或偶然，或必然，文人们置身其中，往往也是出脱乏力。以《文史通义·感遇》篇所论为例：

首先，时有显晦，命有穷通，才学之用与一代风尚所趋不相适合。如年方少而主好用老、人既老而主好用少之类皆属此类。

其次，持衡鉴者知其然而不知所以然，因而貌似好之实则美玉在前却又熟视无睹。类似"孝文拊髀而思颇、牧，而魏尚不免于罚作；理宗端拱而表程、朱，而真、魏不免于疏远"。章学诚认为，这种现象说明，"非学术之为难，而所以用其学术之学术，良哉其难也"，即基本的理会较为容易，知晓如此立言良苦用心所在者便寥寥无几。

又次，于一人之文、行爱憎有别，于一人之才、貌去取相异。文中说："人固有爱其人而不知其学者，亦有爱其文而不知其人者。唐有牛、李之党，恶白居易者，缄置白氏之作，以谓见则使人生爱，恐变其初心。是于一人之文、行殊爱憎也。郑畋之女，讽咏罗隐之诗，至欲委身事之；后见罗隐貌寝，因之绝口不道。是于一人之才、貌分去取也。"在章学诚看来，"文行殊爱憎，自出于私党；才貌分去取，则是妇人女子之见也。"

以上诸论皆影响到个人的遇与不遇、作品的赏与难赏。即使所谓相知，也有汉文帝召对贾谊，不问苍生而问鬼神，"所谓迹似相知而心不知"；又有李斯畏忌韩非，出乎势之不得已，"所谓迹似不知而心相知"。心不知自然难以见用，而心实知者又有韩非、司马相如之遭际，知不知、遇不遇、赏不赏之间有着一言难尽之处，所以章学诚又概之为《知难》。[1]

客观公正的赏鉴极为不易，知音之难也因此被广大文人深深体会，用《文心雕龙·知音》开篇之语说："知音其难哉！音实难知，知实难逢，逢其知音，千载其一乎？"刘勰结构《文心雕龙》，于《才略》之后安排的就是《知音》，其于才需知音之意灼然可见。他如钟嵘《诗品》之作也是缘于当时文人论诗"随其嗜欲，商榷不同"，由此带来的是"淄渑并泛，朱紫相夺，喧议竞起，准的无依"；萧纲《与湘东王书》历数文坛横流之象，希望真正有才能者出来收拾残局，使朱丹可定，雌黄有别，则皆从文学本位出发

_____

① 叶瑛：《文史通义校注》，第327、366页。

对知音发出了呼唤。知音的素养条件因此成为文艺理论关注的重要内容，综而论之：

一为"识照"之能。《文心雕龙·知音》云："夫缀文者情动而辞发，观文者披文以入情，沿波讨源，虽幽必显。世远莫见其面，觇文辄见其心。岂成篇之足深？患识照之自浅耳。"所谓识照他又言之为"深识鉴奥"，实则就是才识，表现于洞悉幽微的穿透与敏锐。这一点《刘子·正赏》也有同论："君子聪达亮于前闻，明鉴出于意表。不以名实眩惑，不为古今易情。采其制意之本，略其文外之华，不没纤芥之善，不掩萤烛（本作爝）之光，可谓千载一遇也。"① 聪达为才，明鉴即识，备此二者可以"正赏"。

一为无私兼爱之德。扬雄曾自称心好沉博绝丽之文，刘勰以为如此好尚便是肤浅，只有超越审美偏执方为知音，所以称"见异唯知音耳"。是真正知音则能践行"无私于轻重，不偏于憎爱"，实现江淹提倡的"蛾眉讵同貌，而俱动于魄；芳草宁共气，而皆悦于魂"的"通方广恕，好远兼爱"②。

一为情志相契。《文史通义·知难》云：

> 人知《易》为卜筮之书矣；夫子读之，而知作者有忧患，是圣人之知圣人也。人知《离骚》为词赋之祖矣；司马迁读之，而悲其志，是贤人之知贤人也。夫人不具司马迁之志，而欲知屈原之志，不具夫子之忧，而欲知文王之忧，则几乎罔矣。③

情志相通，方可声息相通，实现真正意义的知人论世。这里的情志，与情性有着一定的区别。

综上所述，要真正知音，不仅需要才学博贯，而且要识见卓著、德性醇厚、情志相接。

需要格外指出的是，知音的呼唤并非仅仅属于艺术待赏的希冀，其中还交融着创作主体出于道义的某种坚守意识。由于如此担当与坚守的孤独与忍耐，由于在当下无人呼应的清冷，于是对遥远知音的期待以及坚信遥远知音

① 傅亚庶：《刘子校释》，第487页。
② 江淹：《杂体三十首序》，同前。
③ 叶瑛：《文史通义校注》，第366页。

终将到来的信念，便成就了创作主体非功利的艺术探索，这就是司马迁著《史记》而"著之名山，传之其人"的原因，是其所谓"可为知者道，难为俗人言"的本义。三国之际虞翻自云"天下有一人知己，足以不憾"；钟惺对这句话的解读是："此非致慨于天下之莫己知，而姑求知于一人以自慰也，盖古信心独行之士有轻于取天下之名而重于得一人之知者。夫知己而求之天下则亦乌有知己哉？"[1] 将这个解读与前引吕留良待知音于千年之后的信念对照，其间明显寓托着悲壮与苍凉。[2]

才性切近者是知音，超越了才性局限而审视作品者更是知音；由才性切近论知音是由才性偏长而论，超越才性局限的审视则源自通才大德。文人之才的隐显系乎知音垂顾，而真正知音如此难觅，多愁善感的文士们叹其才命不偶也便是情理之中的事了。

第三节 文才与时运：人天交争与从乎时运

命运的另一具象就是"时运"顺逆。"时运"对个体之才有着神秘而巨大的影响，它是现实世界周行变化的形态与规律，与"气运"融为一体，关乎刘勰"文变染乎世情，兴废系乎时序"的"时序"或"世情"之大端。

严格讲来，在古代语境中，时运与气运并不完全等同，气运是高悬在时运、国运之上的主宰，又时时假国运、时运显身。不过气、气运、气数、时运、国运、时、运等等虽然特定语境下有其区分，但在表达社会变革的历史大势之际往往意蕴近似。因此本节于基本描述统一为"时运"，具体文献则

---

① 钟惺：《种雪园诗选序》，《翠娱阁评选钟伯敬先生合集》文集卷 2，《续修四库全书》第 1371 册，第 303 页。

② 关于才性与知音论之间的这一层关系，在西方美学中也有涉及，如叔本华《论天才》中便称："……生存意志的本能将驱策天才去创造完成自己的作品，而丝毫不考虑回报、喝彩或同情之类的事情；并将他个人的私心私利置之度外，苦其心志，劳其筋骨，安于寂寞，发挥其全部才干而到生命的极致。这样天才思想中考虑更多的是后世而非今世，因为迎合今世只会将他引入迷途，唯有后世是人类的未来和希望；随着时光流逝，未来会逐步产生那些具备辨别能力的少数人，只有他们才能慧眼独具，认出天才。"天才的创作融入了自己的情思才性，而能够辨别它的少数人便是独具慧眼的人，他们只有具备与天才相近的才性与情思，才能深入到天才的心灵世界。而对未来知音的笃信，也激励了历代文人超越世俗毁誉的艺术创作。参阅《叔本华论说文集》，第 394—411 页。

依据其本然，于必要之处则对其内涵差异适当辨析。

从才与时运的关系而论，个体在与时运的较量中往往无能为力。其表现有三：

其一，个体之才统摄于时运，其有所成乃随乎运，其无所就也由乎运。

其二，虽然才缘质殊、体缘才限，但最终决定创作趋势与体裁格调的，除了个体文才，还有时运。

其三，时运所至，代有其胜，个人才力于其成毁无能为力，后人欲超越这种成就同样无能为力。

一

才在时运面前的无奈之一是：个体之才统摄于时运，其有所成乃随乎运，其无所就也由乎运。虽然有才力健硕者力图补救时运，但所能者也只能是"补救"，却无力"挽回"。

（一）个体之才的发挥往往决定于时运。

其一，时运对个人的影响首先表现为时运对个体的限定。将创作置于"运"的系统中研究，应当肇始于晋代，《抱朴子外篇·尚博》征引时人的观点："今世所为，多不及古。文章著述，又亦如之。岂气运衰杀，自然之理乎？"① 至《文心雕龙》则专设《时序》，"时"既包含朝代更迭、岁月迁变，也有文化思潮、时代风气以及社会大势等内涵，故而又名之为"时运"。本篇涉及的重要思想之一就是："运涉季世，人未尽才"——个体之才的发挥程度最终决定于时运，时运丁逢末世，则虽有才华，也有难以尽才之忧。

刘勰本身就有不遇的遭际，因此《文心雕龙》不仅论才略、论时运，而且更值得注意的是相关文字位置的设定：先列《时序》、《物色》，随后就是《才略》、《知音》，其中有着个体之才不得不归于时运、自然统摄的省察与警示。而这种统摄最终被聚焦于知音的有无，天命假着人事遇合播弄群才。明代邵经邦《艺苑玄机》继承了刘勰才与时运之间的研究结构，其诗学体系共包括三方面的内容：

---

①　杨明照：《抱朴子外篇校笺》下册，第 116 页。

总论：诗教、诗体、诗运；

作家论：才、思；

作品论：格、律、病、意、情、景、谶、义、调、趣。

其中论"诗运"称："诗与文不可分古今，而其运有古今。"又总结一般情况下诗文之运的规律："骏惠之基厚，则宣朗之运昌；光岳之气完，则鸣盛之言至。"① 大致是说：国运昌盛则文运昌盛。但又认为也存在特例，正德嘉靖以来，国势盛于明初，但当时名士声名却"奄然捐弃"，其原因在于"运长而气短，身薄而才富"，属于个体命运的偶然。由此可见，其诗运理论探讨的就是诗歌创作与时代的关系。

从"诗运"的位置摆布看，"诗运"论恰在作为作家论的"诗之才"、"诗之思"两条之前，这种摆布也绝非偶然，它表达了社会时代大势对个体才思的决定性作用。邵经邦继承了刘勰的思想，将时代与文人才思的发挥程度联系起来探讨文学的兴衰，不仅有着思想的深刻性，也具有一定的现实性。

黄汝亨也有同论。他赞美文才："人之灵通神明，类万物，函虚蹑实，参两天地而称三才"，但其面临的困境之一则是："世人往往桎梏束之，波流汩之，故子舆氏有不能尽其才之叹。"② 这就是"工拙由禀而污隆乘时"，个体能否尽才便不得不屈从于时运的威慑系统。

这种时运对文才的辖制，可证之以历代名家的创作实际。以中唐诗人为例："元和如刘禹锡，大中如杜牧之，才皆不下盛唐，而其诗迥别。故知气运使然，虽韩之雄奇，柳之古雅，不能挽也。"③ 虽然也有变创，但其成就也由此受到局限。以宋代文人为例，苏轼之诗："出世入世，粗言细语，总归玄奥，恍惚变怪，无非情实。盖其才力既高，而学问识见，又迥出二公（李白、杜甫）之上，故宜卓绝千古。"但是"其遒不如杜，逸不如李"，这种缺憾，乃是"气运使然，非才之过也"④。陆游也为中兴大家，有杜甫之心志、苏轼之才分，但创作却时有平熟之径，归其缘由，虽有作者不自检束

① 参阅吴文治主编《明诗话全编》，第 2942—2954 页。

② 黄汝亨：《鸿苞序》，《寓林集》卷 2，《续修四库全书》第 1368 册，第 632 页。

③ 胡应麟：《诗薮》内编卷 5，第 82 页。

④ 袁宏道：《答梅客生开府》，《袁中郎全集·袁中郎尺牍》，第 43 页。

之过，但追溯如此作为的根源，同样是"气运使然，豪杰亦无如何耳"①！到了元代，元遗山、姚牧庵学韩愈而不得其意，虞道园学欧不得其神，原因毫无例外，"此固气运为之，虽豪杰之士，不能强也。"②

其二，时运限制着个体之才，不仅仅影响其发挥程度，也往往决定着其发挥形式。胡震亨通过与魏晋六朝古诗的对比，指出李白古诗与之源流相接，但其变已生：阮籍《咏怀》寄托规讽，诗旨渊放。随后陈子昂的古诗，依然有浑穆之象。但李白《古风》数十篇："非指时事，即感伤已遭；循环而窥，又觉易尽。"对比往制"未免言表系外，尚有可议"，即在不落言筌、寄托幽微上不如古诗。何以天才诗人会有如此之病呢？胡震亨概括为："此则役于风气之递盛，不得不以才情相胜，宣泄见长。"诗道益广，诗人益盛，创作之际动辄角逐才情，自不免恃才使才，因此"亦时会使然，非后贤果不如前哲也"。③

个体之才的发挥为时运所左右，得其时者则其文可倾胸中块垒；不得其时者则其文或拘谨不舒。这也属于时运不同造成的文才发抒形态迥异，以《春秋》、《孟子》的风格为例：

> （《春秋》）其文微而显，其志约而晦，婉而成章，曲从义训……令信之者则泥于纬候图谶，疑之者则指为断烂朝报，此亦非后儒之过也。夫使徒有《春秋》之经，而无公羊、穀梁、左氏三家为之作传，则几于句读不知，文义难解。我闻为公羊家言者曰："《春秋》之书，微行言逊，似避当世之患。故微其文，隐其义。"司马子长亦曰："孔子论次《春秋》，七十子之徒口授其言旨，有刺讥褒讳之文，不可以书见。"班孟坚又曰："《春秋》所贬损大人当世君臣，有威权势力，其事实皆形于传，是以隐其书而不宣，所以免时难也。"呜呼！孔子之《春秋》，亦适因其时之变而不得不然。
>
> 若夫战国之世，列强竞峙，兵戈骈藉，而诸侯王又争以得士为荣，

---

① 翁方纲：《石洲诗话》（与《谈龙录》合刊）卷4，陈迩冬校点，人民文学出版社1981年版，第141页。

② 李慈铭：《越缦堂读书记》，贾文昭编《中国近代文论类编》，第419页。

③ 《李太白全集》卷3《古风五十九首》引，王琦注，第156页。

于是士之崛起于其间者，遂得以抑扬反覆，言尽意随。观诸子百家之学说，战国之文章，与春秋时人相比较，无不加详而且显，才情卓越，精采逼人，万马之冲，河流之决，大言炎炎，小儒咋舌。非战国之人达于春秋之人，战国之文雄于春秋之文，皆当时之风气使然也。孟子生平愿学孔子，孟子之才必亚于孔子，而孟子之书，气力雄健，光芒万丈，崇山大海，孕育灵怪。视《论语》之书，隐蔚深文，矜贵简重，太羹玄酒，平淡寡味，而远过之。呜呼！在孟子不自知其言之何若是之辨且激也。时无拘避，遂乃汪洋恣肆，不能自已。呜呼！文章之于时不可强而致也。[1]

春秋之际，社会秩序尚健全，时运亦未颓堕不堪，礼法之限仍然严厉，《春秋》所记载者与现实多有龃龉，影射诸多，主笔者当时便不得不多了一些禁忌。才思内敛，谨言慎行，成就了这种类似断烂朝报的文章。而孟子当于战国之世，时代正发生着深刻的巨变，旧的宗法规范受到新思想猛烈的冲击，经世济世对人才之渴求焕发了士人的激情，也为他们提供了进身施展的舞台，意气风发、才气横溢的自我展示成为时代的鲜明镜像，于是当时文字从拘束谨小中破茧而出，出现了《孟子》那样才情卓越光彩照人的作品。

（二）时运以主体才情为中介影响创作，创作又对时运有着预示与显微的作用，且直接影响于时运。这里依然延续了兴观群怨中"观"的功能，汉代《诗大序》讲"治世之音安以乐，其政和；乱世之音怨以怒，其政乖；亡国之音哀以思，其民困"，其宣言的正是文学之中能够隐约透露时运的痕迹。《文心雕龙·时序》也称"时运交移，质文代变"，时运的变化影响到不同时期对质朴、文采的崇尚差异。从创作一端理解，这便是"文变染乎世情，兴废系乎时序"，以文观时的基础便在于此。但凡变化，不止文质，从题材到内容，都与时运相关，并通过主体才情这一中介而最终凝定于作品。这种文章与时运盛衰相关的论述就是所谓"诗系国体"。其中文学对时运的影响在一些论述之中被夸大，且锁定彼此的因果。宋代崔敦诗论曰：

---

① 陈怀孟：《辛白论文》，王水照辑《历代文话》，第 9695 页。

"六朝之文破碎，遂有土地分裂之象；五代之文粗悍，遂有草茅崛起之象。"① 贺裳论宋末诗坛约有三变："一变为伧父，再变为魑魅，三变为群丐乞食之声。"贺裳由此感慨："吾尝读《中州集》，高者雅秀，卑者亦不至鄙俚。一时恶气，独聚于南，岂国之将亡，衰乱先形于笔墨耶！"② 虽然"吊文伐罪"有些欲加之罪，但声气不振，由文学传递于世风，加快了时代没落的步伐。一人之文，观一人之气，显一时之风；一世之文，见一世之气，显时代盛衰。

后人概括个人之才与时运的这种关系，得出三个结论：运盛则文盛；运衰则文衰；运乱则文乱。诗文由此又不仅成为时代的镜鉴，而且"言论之和平噍厉，迎机互引，和平引和平，噍厉引噍厉"③ ——即诗文之所呈现的气貌，直接会影响到现实社会的回应，引发民意的效尤与附会，不论美丑，都会由此放大、扩散。于是诗文在特定时运下所形成的面目，其影响远远超越了艺术本身。

（三）积弊为患之际，总有补救时运的呼声出现，但习尚可救一时而时运难以挽回，个体终究要从乎时运大势。当于风俗积坏之余而力倡补救，自孔子"克己复礼"之论已然发端，其不甘颓堕、知其不可为而为之的精神，后世文人但凡论自立、论振作者皆由此承续。如宋代王质以运之代降为前提，论后人之作为：

> 世之风俗与天地之气俱为消息盈虚，而吾之心未尝有所亏盈也。自三代而降，中庸大学之旨不传，而危微精一之学遂废。世徒以智力与万物相抗，而夺其情状为吾之文章，不知吾自智力、精神与气运风俗同流，而我弗能制也。若是，何怪道愈降文益衰？
>
> 夫惟至诚不息之功全而克己复礼之力厚，自为主宰，不为气运风俗所迁，吾之智力精神返而与泰定之光明相合，不随古今之变而常新无穷，则三代之文章居然可致也。④

---

① 陶宗仪：《说郛》卷 73 下。
② 贺裳：《载酒园诗话》，郭绍虞《清诗话续编》，第 443 页。
③ 王葆心：《古文辞通义》卷 14，王水照辑《历代文话》，第 7752 页。
④ 王质：《于湖集序》，《雪山集》卷 5，影印《文渊阁四库全书》第 1149 册，第 383 页。

王质的代降论是从气运论引发的，古人以为气运一气而贯穿古今，自然从源头至其流脉，愈往后而气愈薄，所以气运代降。就诗歌而言，古诗浑然不露，元气淋漓；后世之作虽有句可摘，但元气渐泄。以上从浑然到可句摘的变化是一个必然的趋势，它所体现的正是气运之降。在这种情势之下，如果随气运之变而一味雕章琢句、涂抹山川，则只能堕入其下降之大势。因此王质提出要养气克己，自为主宰，不为气运风俗所变，以复原大学中庸所提倡的温柔敦厚为追求，如此方可救文章，振衰世。应该注意的是：王质希望后人努力的是恢复文章旧观，揣摩其意，并无摇撼气运以成新变的奢望。

又如钱谦益论明万历至清初诗坛之弊："以清深奥僻为致者，如鸣蚓窍，如入鼠穴，凄声寒魄，此鬼趣也。以尖新割剥为能者，如戴假面，如作胡语，嘲音促节，此兵象也。鬼气幽，兵气杀，著见于文章，而气运从之。有识者审声歌风，炭炭乎有衰晚之惧焉。"诗风直接关系到国运，故而使人惊惧。于是有力图救弊者应运而生："先生之诗，不骋奇于篇什，不求工于字句，春容而妙丽，铿锵而镗鎝，如四时之有春也，如五音之有宫也。天地元声，具在于是。先生之诗出，而宇内幽阴鬼杀之气，盖已荡为和风，而化为清尘矣。其关于气运，顾不大欤？"[1] 所纠者为习尚，并非气运，钱谦益如此说，自然有献谀成分。其《施愚山诗集序》也提到类似现象："兵兴以来，海内之诗弥盛，要皆角声多，宫声寡；阴律多，阳律寡；嘲杀恚怒之音多，顺成啴缓之音寡。繁音入破，君子有余忧焉。"他眼中施愚山之诗则"铿然而金和，温然而玉诎，柎抟升歌，诸弦清泛"，推扬此类作品，其所希望者也是"能以其诗回斡元气"[2]。此处致力修正的也是诗歌风气，诗人希望由此而进一步可以转移时运。

杭世骏从诗与国家兴衰的角度论宋诗："自沧浪有诗有别才不关学问之说，江西之派盛于南渡而宋弱，永嘉四灵之派行于宋末而宋社遂屋。"诗既然与国家命运息息相关，所以"诗非一人一家之事"；只有"识微之士善持其弊"且能"担斯责者"方可为之，不然如江西如四灵只能成为弱宗亡国

---

[1] 钱谦益：《徐司寇画溪诗集序》，《初学集》卷30，第903页。

[2] 钱谦益：《施愚山诗集序》，《牧斋有学集》卷17，第760页。

的前兆。对诗"固非空疏不悦学之徒所能任"的坚持中，便具有了家国担当的味道。①

与"诗非一人一家之事"相呼应，古代文学批评界有针对性地提出了"补苴气运"的思想，夏力恕总结说：

> 前辈论文，大率以补苴气运为心。当平浅淡漠之时，有精劲新颖者赏心矣。及乎人争好异，渐以背注为高，有能遵注者，不必其文之高古，极力表彰之矣。此皆一时之药，初不为本无是病者概作针砭也，初不以是为止境为定式也。②

这段文字是论时文八股的，其中意思是说：论文不是仅仅以文章本身作为评判，要考量到世风。当风习平浅淡漠而过甚之时，当对精劲新颖者给予褒扬；当文坛诡异，离经叛道或者不守经注之际，又当以遵守规矩者为崇尚。这种手段就是防止一种风气过于流行，最终至于熟滥而影响时运世风。因此说它仅仅是一时之药，是通过批评的平抑，实现文学风气的雍容和平而不乖戾，但不是针对没有这种弊病者下的针砭，更不是以此为准为止境。"补苴气运"，正是为了抵御气运一气贯注于文学史之际不可避免的偏执以及由此带来的世道人心的沉溺，其中有着强烈的社会担当。

当然，气运补救更多体现的是广大文人的一种道义立场或姿态，可以改变的实则为诗文一时的风尚，甚至仅仅是一时一地的风尚。至于时运大势则无力染指，因而最终多数文人皆融入时运之中，从流漂荡而已。

二

才于时运面前的无奈之二表现为：虽然才缘质殊、体缘才限，才对文学的趋势、体裁格调有着决定性的影响，但文学趋势与风体格调的最终形成，仍然要受制于时运。

（一）时运对体裁演变的影响。一种体裁的发生都有其"由来者渐"的

---

① 杭世骏：《沈沃田诗序》，同前。
② 夏力恕：《菜根堂论文》，王水照辑《历代文话》，第 4069 页。

衍生脉络。以律诗而言，陈隋当于古诗末端与近体肇始的时代，表面上承上启下，但钟惺却说："陈、隋五言不足为律诗之始，而只觉其为古诗之终，由其工整后忽带衰响。气运所关，心手不知。"[①]　而启唐之变者在王夫之看来自晋宋已经开始，且云："晋、宋之不能不变而唐，势也。宣城即不坠素业，而已堕风会中矣。"[②]晋宋人物中，首见迁变端倪者他认为是张华，评其《情诗》"清风动帘帷"一首称："茂先处三国之余，托体华亮，前不欲为陈思之烦重，后不肯同孙楚、夏侯湛之卤莽"；"然寄意荣丽，而萧氏父子不得侔其清；结句遒劲，而盛唐诸人不能学其缓；谋篇简俊，而吴均、柳恽不能步其平。上俪汉人则有惭德，下方来者初不授以口实也。"因此得出结论："近体渊源，莫此为甚"；"开宋、齐之先，作唐人之祖"。又评其"明月耀清景"一首"君居北海阳，妾在江南阴"一联为"近体之佳赏，非古诗之雅度"。又评其《荷花》一诗云："咏物诗步步有情，而风味不刻露，殆为绝唱。茂先绝技，尤在短章，净而不促，舒而不溢，开先唐音，亦一禘祖矣。"能够首开风气，自然离不开独到的才情，但除此之外，"风会所趋，盖自是而一变"，时运所开，才亦能至。[③]

又如词体滥觞于唐代，至于西蜀南唐而作者日盛，往往情至文生，缠绵流露，"不独为苏、黄、秦、柳之开山，即宣和、绍兴之盛，皆兆于此"。西蜀、南唐皆为偏安，国运不昌，却呈现出如此艺术生机，于是"论者乃有世代升降之感"，即以时代盛衰论文学盛衰者大惑不解。汤显祖则以为这正是时运之所必然："不知天地之运日开，山川之秀不尽，有不知其然而然者，非可胶柱而鼓瑟也。"[④]　时运影响文学，但时运不等同于时代，时代盛衰也不等同于文学的盛衰，其内在肌理深隐微妙：方其未变，不知其变者已至；及其已变，又不知其变"变者"也已经来临。

（二）时运对文学体调的影响。如胡应麟论唐诗云：

盛唐句，如"海日生残夜，江春入旧年"；中唐句，如"风兼残雪

---

①　钟惺、谭元春：《诗归》卷 15，第 285 页。

②　王夫之：《古诗评选》卷 5 评谢朓，第 774 页。

③　王夫之：《古诗评选》卷 4，第 688、689、691 页。

④　王弈清：《历代词话》卷 3 引《玉茗堂集》，唐圭璋辑《词话丛编》，第 1138 页。

起，河带断水流"；晚唐句，如"鸡声茅店月，人迹板桥霜"，皆形容
景物，妙绝千古。而盛、中、晚界限斩然。固知文章关气运，非
人力。①

其中三唐划分的依据就是诗句中显现的格调或者风骨，这种精神内质的变异
显示的是时代面相，出自气运投射。以上时运对体调的影响实则以诗歌的规
模气象彰显，二者之间往往有着盛衰的依循，品味胡应麟所列举的诗句，即
体现了如下的规模气象变迁："初唐之诗，去六朝未久，余风旧习犹或似
之；盛唐之诗，当唐运之盛隆，气象雄浑；中唐之诗，历唐家文治日久，感
习既深，发于言者，意思容缓；晚唐之诗，丁唐祚衰歇之际，王风颓圮之
时，诗人染其余气，沦于萎靡萧索矣。"② 以唐诗证之：
岑参《九日使君席奉饯卫中丞赴长水》云："节使横行西出师，鸣弓摵
甲羽林儿。台上霜威凌草木，军中杀气傍旌旗。预知汉将宣威日，正是风尘
欲净时。为报使君多泛菊，更将弦管醉东篱。"金圣叹论曰：

> 此诗前后二解，一低一昂，备极笔墨之势。读前解，更不谓其后解
> 却如此去；读后解，亦不谓其前解乃如此来。然无前解，则无以破敌胆
> 于万里之外；无后解，又无以尊庙算于匕箸之间。真为前解恰应在前，
> 后解恰应在后。此是唐初人大开大阖文字，后来韩昌黎、杜樊川便极力
> 欲学而终不得，可见此事真关气运也。③

气运方开，草创挞伐，无所畏葸；而后世文法日周，文律日密，文人们置身
矮檐之下，反而伸缩难以自如。这也是作品所呈现的规模气象，或为恢廓，
或为窘缩，非人力可为。
又如昔人编辑唐诗，往往置刘长卿于中唐。长卿为开元至德间人，论时
当入盛唐，所以有人表示质疑。贺贻孙起初亦然，但细阅其诗集恍然大悟：
"刘有古调，有新声。盛唐人无不高凝整浑，随州短律，始收敛气力，归于

① 胡应麟：《诗薮》内编卷 4，第 59 页。
② 周叙：《诗学梯航》，吴文治主编《明诗话全编》，第 969 页。
③ 金圣叹：《贯华堂选批唐才子诗》卷 4，第 156 页。

自然，首尾一气，宛若面语。其后遂流为张籍一派，益事流走，景不越于目前，情不逾于人我，无复高足阔步，包括宇宙，综揽人物之意。虽孟襄阳诗，亦有因语真而意近，以机圆而体轻者，然不佻不纤，随州始有作态之意。实溽暑中之一叶落也。"① 从气象恢阔而至精致收敛，盛唐向中唐过渡，先有此声气从刘长卿开始转移，随后风气大开，不是一人之力，也是时运使然。

体调见于气势，因此时运对体调的影响又可以通过气势考察。如以下晚唐二诗，郑谷《登慈恩寺塔》："往事悠悠成浩叹，浮生扰扰竟何能。故山岁晚不归去，高塔天晴独自登。"金圣叹评云：

> 不着边际，斗然发唱，真是登塔神理。一，"成浩叹"，妙，便摄尽过去。二，"竟何能"，妙，便摄尽未来。三、四承之，不惟不是高兴，兼亦不是遣兴；不惟无胜可揽，兼亦无涕可挥。此唐人气尽之作也。②

又如李商隐《乐游原》："向晚意不适，驱车登古原。夕阳无限好，只是近黄昏。"《小匏庵诗话》将其与宋程伯子之"未须愁日暮，天际是轻阴"对比：

> 两人身世所遭不同，故其咏怀寄托亦异。义山以会昌二年释褐，在甘露之变后历武、宣二主，仅称小康，而大势已去矣。伯子生神宗全盛之日，使无荆舒之蒙蔽，则政教昌明，未可量也。寥寥十字，两朝兴废之迹寓焉。③

或为气尽、或为气馁，晚唐之作即如大唐的晚钟，由其声气可以使人感知走势。但这一切不是个人才力蹇塞，而是运会所至，无可挽回，因此一叶落而知天下秋，一虫吟而众唱起。

---

① 贺裳：《载酒园诗话又编》，郭绍虞辑《清诗话续编》，第 331 页。
② 金圣叹：《贯华堂选批唐才子诗》卷 8，第 433 页。
③ 吴仰贤：《小匏庵诗话》卷 1，《续修四库全书》第 1707 册，第 9 页。

再看韩愈与谢翱乐府之制：

> 昔者有唐之文，莫盛于韩、柳，而皆出元和之世。圣德之颂、淮西之雅，铿锵其音，浩瀚其气，晔然与三代同风。
>
> 若宋之谢翱，当祥兴之后，作铙歌鼓吹之曲，一再吟咏，幽幽然如鹎啼鬼语，虫吟促而猿啸哀。甚矣哉！
>
> 文章之衰，有物使然，虽有才人志士，不能抗之使高，激之使壮也。①

当乎盛而未衰之际，多有隆盛之气与昂扬之意；但国家衰亡之秋，虽如谢翱这种愤然而起敢于直面的斗士，其文字也难免衰杀。

气运与诗歌体调之间的关系至明清文人体认日渐深入，他们在将"格调协之运会"、"运会一流，音响随易"编织为一个完整的运动秩序之外，②又认识到以下规律：一则气运所关涉者不独是盛或者衰，更体现于盛衰转变的关头，是两边的维系，即如《岘佣说诗》云："七律至中唐而极秀，亦至中唐而渐薄。盛唐之浑厚，至中唐日散；晚唐之纤小，自中唐日开。故大历十子七律，在盛衰关头，气运使然也。"③ 二则为气运所转移者并非显于某个时间节点，而是蕴含于深微难测的内在运化过程，如《葚原诗说》称，唐代二百八十九年，分初盛中晚，"然诗格虽随气运变迁，其间转移之处，亦非可以年岁限定。"④ 所谓不可以年限定，实则指气运影响的潜移默化。

三

才面对时运的无奈表现之三是：时运所至，代有其胜，个人才力于其成、毁无能为力，后人欲超越各代之胜所达到的成就同样无能为力。

代胜论是指每一个时代都有其与历代不同且影响深远、可以作为本时代标志的文学体裁。在这个问题上，后人逐步形成的观点是：唐诗、宋词、元

---

① 钱谦益：《彭达生晦农草序》，《牧斋有学集》卷19，第811页。
② 叶矫然：《龙性堂诗话初集》引王象晋语，郭绍虞辑《清诗话续编》，第948页。
③ 施补华：《岘佣说诗》，丁福保辑《清诗话》，第993页。
④ 冒春荣：《葚原诗说》卷3，郭绍虞辑《清诗话续编》，第1607页。

曲、明清小说可视为各自时代的典型文体代表。此论较早的发挥者是元代虞集，他曾说："一代之兴，必有一代之绝艺，足称于后世者：汉之文章，唐之律诗，宋之道学，国朝之今乐府，亦关于气数。"[1] 明人钱允治云："有一代之兴必有一代之制，而我朝监于二代郁郁之文，炳焕宇内，即填词小技遂出宋元而上，兹非国家文运之隆，人才之盛，何以致是哉？"[2] 不仅言代有其胜，且将其与运会直接挂钩。江盈科为了论述厚古薄今之非，更详细地阐明了代胜的合理性：

> 要之代各有文，文各有至，可互存，不可偏废。盍观百卉乎？春则桃李，夏则芙蕖，秋则菊，冬则梅，或以艳盛，或以雅胜，或以清澹胜，总之造化之精气，按时比节，泄之草木，各有自然之华。人心之精，泄而为文，无代无之。彼嘐嘐然尊古卑今者，有所独推，有所独抑，亦未达于四时之序与草木之变之理矣。乌可与论文？[3]

至近代，王国维于《宋元戏曲史序》再度发明此意："凡一代有一代之文学：楚之骚，汉之赋，六代之骈语，唐之诗，宋之词，元之曲，皆所谓一代之文学，而后世莫能继焉者也。"[4] 代胜论由此得以广泛传播。

时运对代有其胜的重要影响之一是：任何时代文学之所胜者，皆是对前代所胜的超越，当文学体式一兴一衰之际，个体之才无力左右。

代有其胜，各代所胜之体是各代文人才华的创造，又是气运所开、时运所至的必然产物。明人论历代之胜的内力云：

> 周东迁，三百篇音节始废，至汉而乐府出。乐府不能代民风，而歌谣出。六朝至唐，乐府又不胜佶屈，而近体出。五代至宋，近体又不胜方板，而诗余出。唐之诗，宋之词，甫脱颖而已遍传歌工之口，元世犹然，今则尽废矣。观唐以后诗之腐涩，反不如词之清新，使人怡然适

---

① 孔齐：《至正直记》卷 3 引，转引于钱锺书《谈艺录》，第 352 页。
② 钱允治：《国朝诗余序》，《明文海》卷 271，影印《文渊阁四库全书》第 1456 册，第 149 页。
③ 江盈科：《重刻唐文粹引》，黄仁生辑《江盈科集》，第 446 页。
④ 王国维：《宋元戏曲史》，华东师范大学出版社 1995 年版，第 1 页。

性。是不独天资之高下，学力之浅深各殊，要亦气运人心有日新而不能已者。①

旧体之衰，新体之生，皆为时运人心共同的力量：时运不离其变，人心取向于新。不可留者高才无力，当其时者应运而生。又如李渔论历代之胜，同样将其衍生的内力聚焦于时运：

> 文章者，心之花也。花之种类不一，而其盛也各以其时，时即运也。……文之为运也亦然。经莫盛于上古，是上古为六经之运；史莫盛于汉，是汉为史之运；诗莫盛于唐，是唐为诗之运；曲莫盛于元，是元为曲之运。运行至斯，而斯文遂盛；为君相者遂起而乘之，有若或使之者在，非能强不当盛者而使之盛也。②

六经、史书、唐诗、元曲，皆一代之胜，正是"文运之气数验于此"的结果。为了进一步印证自己的观点，李渔又举清词为例：词在士人靡事可为之际成为寄情之具，清词俨然中兴，这种趋奉同元曲六经一样，"非有科名诱之于前，夏楚督之于后，莫知其然而尽然"，其根本动力"非运为之，谁为之乎"？当然，这并非仅仅是李渔的看法，徐世溥所谓"其势有不得不为诗余者，斯岂时尚使然，抑亦有势数存焉"③，也是从时运而论清词的。

不仅体裁应运而生，而且自三百篇而至乐府、自近体而至词曲，这种体制一旦完成，"必有一种机局，一定音节，增之一分则太长，减之一分则太短"，如此完善的体制，又"不得不以此事归诸天籁之自然"。④

体制的完善之余，一种代胜之体核心审美特征的形成也与时运相关。如清初王岱从表达手段之透露与否论诗与词：

---

① 王弈清等：《历代词话》卷10引《词统序略》，唐圭璋编《词话丛编》，第1323页。

② 李渔：《名词选胜序》，《李渔全集》第一册，第35页。

③ 徐世溥：《悦安轩诗余序》，邹祗谟、王士禛辑《倚声初集》词话序卷2，《续修四库全书》第1729册，第180页。

④ 邱炜萲：《五百石洞天挥麈》卷11，《续修四库全书》第1708册，第244页。

> 诗以温厚和平、含蓄不尽、怨不怒、哀不伤、乐不淫为旨；词则欲其极伤、极怒、极淫而后已。元气至此尽矣。……今观唐以后之诗，芜蔓酸涩不可读，反不如词之清新俊伟，使人移情适性，快口宕胸。不惟不欲留元气，若以不留元气而妙者。岂朝代升降，尺寸长短各殊，实气运至此，不容不变；人心灵巧，至此不容不剖露。即作者亦不自知其故也。①

中国文化不推崇发露，以温柔敦厚、主文而谲谏、中庸含蓄为艺术审美之极。但词却在摇曳生姿之余，一唱三叹，务期倾尽心绪情意。这种体裁特征，在王岱看来就是气运所至的必然选择，尤其是在诗的传统形态日益颓废之际的艺术反拨。

时运对代有其胜的重要影响之二是：代胜之体形成之后，时运所开，此体必然呈现为一种巅峰状态，后世文人凭依才华也难以超越。袁中道云："诗莫盛于唐，一出唐人之手，则览之有色，扣之有声，而嗅之若有香。相去千余年之久，常如发硎之刃，新披之萼。后来宋元诸君子，其才情之所独至，为词为曲，使唐人降格为之，未必能过，而至于诗，则不能无让。"唐诗、宋词、元曲，各自有着其他时代难以企及的成就，是当时文人全付才情的寄托。欧阳修模拟常建"曲径通幽处，禅房花木深"，自谓终身拟之而不能肖，这种不可企及性不只因乎才情才力的相异，也关乎气运时运，所以袁中道说："文章关乎气运，如此等语，非谓才不如、学不如，直为气运所限，不能强同。故夫汉魏之不三百篇也，唐之不汉魏也，与宋元之不唐也，岂人力也哉！"②

这种时运所开的影响，使得一种代胜之体甚至被后人认为一切门径、一切家数、一切体格皆于此际完成，盛极则难继。钱允治云：

> 窃意汉人之文，晋人之字，唐人之诗，宋人之词，元人之曲，各擅所长，各造其极，不相为用，纵学窥二酉，才擅三长，不能兼盛。词至

---

① 王岱：《诗余自序》，邹祗谟、王士禛辑《倚声初集》词话序卷 2，《续修四库全书》第 1729 册，第 181 页。

② 袁中道：《宋元诗序》，《珂雪斋集》卷 11，第 497 页。

于宋，无论欧、晁、苏、黄，即方外闺阁闾阃不消魂惊魄，流丽动人。如唐人七岁女子，亦复成篇，何哉？时有所限，势有所至，天地元声，不发于此则发于彼，政使曹、刘降格，必不能为。时乎势乎？不可勉强者也。

明代制义被视为其时之代胜，文人沉溺其中，无暇旁通，因此于词建树甚微，尽管间有奇士沉浸于此，同样可以秀出于林，但却无力扭转运会为明代文人设定的宿命：即难以于其成就上超越宋人。①

代胜便意味着不能兼胜，而不能兼胜实则又成全了代胜，所以安磐称："造化人事，有有则有无，有全则有偏，有盛则有衰。一时风声气习，例足以振起，亦足以颓堕。汉以文盛，唐以诗盛，宋以道学盛。以声律论之，则不能兼焉。汉无骚，唐无选，宋无律。"不过一枝独秀的代胜是在比较中获得的，安磐对"汉无骚，唐无选，宋无律"有进一步说明："所谓无者，非真无也，或有矣，而不纯；或纯矣，而不多：虽谓之无，亦可矣。"②"无"不是从是否已经滥觞发轫而言的，而是以创作规模、创作成就为标准。

个体文才在时运面前的无奈，勾画出的是"人"相对于"天"的局限莫测：乘乎时运、应运而出则能尽才，而生不逢时、与时违逆则难免被湮没在众声喧嚣之中。

第四节　文才宿命论：诗穷而后工

从知音寥落到时运未开，所有文人的不遇、不幸、不堪最终沉淀为"诗穷而后工"的美学结晶。自从欧阳修完整地提出这一命题，便引来了历代文人强烈的共鸣与呼应。尽管其间出现过一些贵族文人"诗贵而能工"的论调，还有一些文人出于自慰炮制出"诗能贵人"的谎言甚至穷困文人死后成仙得道的谱系，但最终都无法撼动"诗穷而后工"的现实影响力与群体认同。当穷与文人身份建立关联、工与穷形成奇怪因果的时候，文才在

---

① 钱允治：《国朝诗余序》，同前。
② 安磐：《颐山诗话》，吴文治主编《明诗话全编》，第2119页。按：原文标点有误，已订正。

文学创作之外的荣世之路便更加宿命般的荆棘丛生。

"诗穷而后工"的"穷"在欧阳修那里侧重于仕途不达，承继了孟子"达则兼善天下，穷则独善其身"之"穷"的本义，[①] 但经过历代文人演绎，它已经具有了对所有文人不幸的集纳包容特性。诸如仕宦不达、得罪迁谪、遭乱奔踣、饥寒交迫、病魔缠身、寄人篱下等等，甚至有人将父母双亡、膝下荒凉等皆纳入"穷"的范围。当代有学者认为：穷就是主体的一种缺失感和缺失性体验。[②] 从"穷"作为生命意义或价值的非本真判定命名而言，这个"缺失"之论有其准确之处；但从古代文人敏锐而富同情的诸般感受而言，如此定位"穷"，也造成了其包容意蕴的缩减。

诗穷而后工，从人生不遇之穷的咏叹悲慨，到孵化文学艺术的超凡，幽郁胸怀与冰雪聪明之间寻觅到了打通的路径，而文学艺术成就的显赫由此也成为不遇文人人生价值的补偿。古人暗伤之为"自寿"[③]；又自嘲之为：穷于身而不穷于名，穷于生前而不穷于身后。[④]

由此而言，命系乎天，才自我运，"工"由才达，望之天命不能得者求于自我尽可得，昔日黯然神伤的穷途之行于是不仅稀释了末路的荒凉，甚至散发出驿路芬芳。穷而致力于不平之鸣，由此成为以创作印证自我价值的自显手段，其间激荡着人格的坚守及其与命运的抗争。廖燕以下文字道出的正是历代文人如此蕴结的心声：

> 非诗之能穷人，殆穷者而后工，世莫不以为然。然天下穷人，多不

---

① 这个思想出自《梅圣俞诗集序》，"穷"是对梅的仕宦而言。据考证，梅圣俞始为大臣所知，屡得荐举，授国子监直讲，累官至都官员外郎，命修唐书。并非连蹇颠踬，见羞当世。因此王昶认为这个"穷"不是无位，而是指仕宦处于在下位。参阅王昶《金二雅播琴堂诗集序》，《春融堂集》卷 39。

② 童庆炳：《中国古代心理诗学与美学》，中华书局 1992 年版，第 30 页。

③ 明人韩鲁驹云："士苟灵蛇在握，荆璞在怀，而人嫉之，天妒之，则必托其磊砢慷慨之气于诗，成一家言以自寿。"生命如电光石火，倏忽而已，当生气极盛之际倘不能建功立业，则微虫萤火，聊以自照。"自寿"一词，酸而倔强。参阅韩鲁驹《静啸斋诗序》，董斯张《静啸斋存草》卷首，《续修四库全书》第 1381 册。

④ 针对历代文人于屈原放逐、左丘失明及其著述关系的机械解读，王昶反驳云："放逐乃赋《离骚》，失明厥有《国语》，然则穷而后工，非工而后穷也。古来放逐失明者何限，类皆草亡木卒；其不放逐、不失明而草亡木卒，更不可胜计。惟数君子者，不敝天壤，穷乃益工，工卒不穷。"由此论断："今者穷君身不穷君之名，穷君之生前不能穷君身后。"参阅王昶《高秋士七峰草堂诗集序》，《春融堂集》卷 38。

能诗，今能诗者，或未必皆穷人，又果何谓哉？语云：天上无顽钝仙人。神仙莫不能诗，况古来圣贤，能诗者尤多。三百篇岂皆穷人所为邪？使人能于箪瓢陋巷中寻一出路，则此四声六义，便可为吾辈脱胎换骨之资，不特不能穷人，且可因之傲王侯，轻富贵，为圣贤仙佛而无难。故凡以穷为言者，犹未为知诗者也。然则吾人固宜别有所以为诗也哉！

有人评曰：表面虽似翻案，"然特地为吾辈苦吟人指出一条活路"；功名富贵，此路不通，何必白头不悔？面墙而立能够转身回头，皆为智者，因此人称所论不减换骨金丹。①

当然，既为救心之术，必然充满与现实角逐之际的不甘。虽然穷间或的确有益于工，也由此提升了文人确立自我价值的豪情，纾解了不为世用的愤激，但诗工者与穷却又果真有着扯不断理还乱的孽缘。

一

"诗穷而后工"论见于欧阳修《梅圣俞诗集序》。其文云：

> 予闻世谓诗人少达而多穷。夫岂然哉？盖世所传诗者多出于古穷人之辞也。凡士之蕴其所有而不得施于世者，多喜自放于山巅水涯，外见虫鱼草木风云鸟兽之状类，往往探其奇怪。内有忧思感愤之郁积，其兴于怨刺，以道羁臣寡妇之所叹，而写人情之难言。盖愈穷则愈工，然则非诗之能穷人，殆穷者而后工也。②

这个论断与早期诗歌理论中的"诗可以怨"、屈原的抒写"孤愤"、司马迁的"发愤著书"、韩愈的"不平则鸣"等都有着一脉相承的联系。只不过此前的论述集中于创作动力，"诗穷而后工"则更关注在如此幽怨动力之下所形成创作的艺术价值。这一点与陆龟蒙"始不幸而终幸"的理论也有

① 廖燕：《书梅圣俞诗集序后》，《二十七松堂文集》卷12，第315页。
② 欧阳修：《欧阳文忠公文集》居士集卷42。

一定的渊源。陆龟蒙《怪松图赞》云：

> 天下之赋才之盛者，早不得用于世，则伏而不舒，熏蒸沉酣，日进其道，摧挤势夺，卒不胜其扼。号呼欨挛，发越赴诉，然后大奇，出文彩，天下指之为怪民。呜呼，木病而后怪，不怪不能图其真；文病而后奇，不奇不能骇于俗。非始不幸而终幸者耶？[①]

病后之"奇"之"骇俗"，皆为起初之病孕育的客观效果，这个理路的确与"诗穷而后工"有相近之处。而韩愈《荆潭唱和诗序》中的"夫和平之音淡薄而愁思之声要妙，欢愉之辞难工而穷苦之言易好也，是故文章之作恒发于羁旅草野"之说，是欧阳修这个论断更为直接的源头：韩愈所称之"穷"首先是境遇困顿，其次这种穷愁见于心绪、形于文字，又是文学表现的内容之一。欧阳修之外，宋代文人对穷与文之间的关系多有探讨，张耒《评郊岛诗》云："唐之晚年，诗人类多穷士，如孟东野、贾阆仙之徒，皆以刻琢穷苦之言为工。"所谓刻琢穷苦，并非仅仅指向苦吟，还包括以穷困的生活景象及其感受作为诗歌描写的内容。陈郁则提出"非多历贫愁者决不入圣处"：

> 作诗作文，非多历贫愁者决不入圣处。三闾厄而骚独步，杜少陵愁而诗冠古今，退之欲人辍一饮费以活己而文起八代上窥至闻。孟郊斫山耕水，贾岛薪米俱无，穷尤甚焉，其诗清绝高远，非常人可到，良有以也。白石道人姜尧章气貌若不胜衣，而笔力足以扛百斛之鼎；家无立锥而一饭未尝无食客，图史翰墨之藏充栋汗牛；襟期洒落，如晋宋间人；意到语工，不期于高远而自高远。黄景说谓造物者不以富贵浼尧章，而使之声名焜耀于无穷，正合前意。[②]

当然，陈郁之论与欧阳修的影响不无关系，二人皆在人生的穷愁遭际与艺术

---

①　陆龟蒙：《甫里集》卷18，影印《文渊阁四库全书》第1083册，第396页。
②　陈郁：《藏一话腴》内编卷下，影印《文渊阁四库全书》第865册，第548页。

创作的品位之间架起了津梁。理论阐释之外，其时事类编辑也渗透了这种思想，如宋人祝穆《古今事文类聚》便专门辑有"诗能穷人"、"诗能达人"二类资料。

综而论之，后世理论界对于欧阳修这个观点形成了截然相反的意见：或共鸣呼应而略有修正，或以为诗穷则难工。

（一）后世文人在对欧阳修此论表现了强烈共鸣之余，也对这个论断提出了一系列的修正，在未动摇其基本思想的前提下，使其内涵更为丰富，表达也更为确切。

或曰穷则"易"工。袁中道云："修辞之道，古以为必穷而后工。非穷而后工，以穷则易工也。"① 从穷作为工的必要条件，转化为穷乃是工的可能性条件。

或曰诗非穷人之具，诗亦非仅仅穷愁者可工，但愈穷愁则文益奇。尤侗批驳诗能穷人之说，因为世间不工于诗而同样穷困者不可限量。他以为工的条件并非仅为穷愁，但是尤侗却不能不承认以下事实："顾有不可解者，天地间水火刀兵、刑狱窜谪、饥寒疾痛、呼号涕泪之事，往往毕命于文人之身，而其人生平嵚崎历落之气，飞扬沉郁之思，亦若与之相遭焉，矾而愈出。或者无所归咎，遂谓造物忌才。"以宋琬为例，文采风流却频遭天灾人祸，"数为细人媒孽，再系西台，经年对吏，南奔北走，寄命网罗"。每当车骑雍容、琴樽俯仰之际则往往祸从天降，世人多为其不平，"遂谓奇才必有奇厄"；而宋琬自己也丧失了起码的人生自信，"即先生亦自疑此中有鬼"。如此偃蹇，其诗文反而"日益奇亦日益富"。对于宋琬而言，当然还有一种选择，焚砚瘗笔，不为此穷酸以待禄至，但结果不外"文亦不工，穷亦不通"，两无所得而两悔之。此即为境愈穷而文愈工。②

或曰穷而后作但必温柔敦厚方为工。这个观点是纪昀提出的，他不反对诗穷而后工之说，但主张剔除韩愈的"欢愉之辞难工，愁苦之音易好"以及"不平则鸣"等矫激情绪。纪昀认为，以上诸论虽然已成诗家习语，但是："以龌龊之胸，贮穷愁之气，上者不过寒瘦之词；下而至于琐屑寒乞，

① 袁中道：《西清集序》，《珂雪斋集》卷11，第515页。
② 尤侗：《宋荔裳文集序》，《西堂杂俎二集》卷2，《续修四库全书》第1406册，第302页。

无所不至，其为好也亦仅。甚至激忿牢骚，怼及君父，裂名教之防者有矣。"如此发愤，并非属于真正的"兴观群怨"。为此他表彰《俭重堂诗集》的创作，虽困顿感激却不乖温柔敦厚，故赞云"穷而后工，斯其人哉"①！至于如此境界如何创造，他又专门提出了"不累于穷，不以酸恻激烈为工"的标准，意思是说，穷而后工，并非与"寄怀夷旷"、"别有自得"彻底绝缘。②

或曰穷达皆能工，贵在发于天性自然。钱大昕云：

> 韩子之言曰：物不得其平则鸣。吾谓鸣者出于天性之自然，金、石、丝、竹、匏、土、革、木鸣之善者，非有所不平也。鸟何不平于春？鸟何不平于秋？世之悻悻然怒，戚戚然忧者，未必其能鸣也。欧阳子之言曰：诗非能穷人，殆穷者而后工。吾谓诗之最工者周文公、召康公、尹吉甫、卫武公，皆未尝穷。晋之陶渊明穷矣，而诗不常自言其穷，乃其所以愈工也。若乃前导八驺而称放废，家累巨万而叹窭贫，舍己之富贵不言，翻托于穷者之词，无论工与不工，虽工奚益？③

不独贵者诗能工，而且穷者不言穷反而更工，倒是不穷而自怨自艾者最使人鄙弃。

此外还有一些文人认为，穷而后工于诗可行，但不适用于词，因为词燕怡闲适，无取于愁苦。还有一些文人将穷而后工之"穷"的内涵又附加上古人所谓"良工心苦"之"苦"，即苦吟苦心，如此由乎愁苦而可即夫欢愉之境，已经明显属于误读性的阐释了。④

（二）与诗穷而后工的主流声音对立，还有一种穷而难工之说。吴兆骞与友人尺牍便持此见。他认为古人本自能文，非以穷而后工，而言穷的原因在于强调自己不遇，与文是否工关系不大。事实上开口闭口言穷者很多人尚未真正感受到什么是"穷"，如杜甫之播迁、孟浩然之沉沦、苏轼之远窜海

---

① 纪昀：《俭重堂诗序》，《纪晓岚文集》卷9，第186页。
② 纪昀：《月山诗集序》，《纪晓岚文集》卷9，第195页。
③ 钱大昕：《李南涧诗集序》，《潜研堂文集》卷26，《续修四库全书》第1438册，第681页。
④ 参阅吴骞《莲子居词钞序》，《愚谷文存》卷2。

外、李太白之长流夜郎，看似古人困厄之尤者，但吴兆骞却以为与自己相比，一在九州之内，一在九州之外，虽然同乎覆载，其穷却相差悬殊如隔夜泉。自己奇穷，诗文恰恰难工：

> ……文莫工于古人，而穷莫甚于仆。惟其工故不穷而能言穷，惟其穷故当工而不能工也。万里冰天，极目惨沮，无舆图记载以发其怀，无花鸟亭榭以寄其兴。直以幽忧惋郁，无可告语，退托笔墨以自陈写。然迁谪日久，失其天性，虽积有篇什，亦已潦倒溃乱，不知其所云矣。①

古人所谓穷者，能津津有味地将穷情穷态摹绘而出，吴兆骞认为这不是穷。真正穷如自己者，万里冰天，生趣全无，更何谈书籍娱情、花鸟亭榭寄兴？如此惨淡心怀，皆非文学创作的佳境，诗文不易工因而也并非愤激之言。

李调元与吴兆骞为同调，他声言诗必富者而后工，虽然这里的富指向富于学、富于材，所谓多文为富，有着比喻的性质，但随后举富于诗之袁枚为例：其才学富而落笔如风，其力富而筑室江陵，悠闲随园。而与这一切相匹的是"家本富豪，少掇巍科，遂入词馆"，是其一切饮食起居无不丰赡，其诗能富能工也便水到渠成。至如荜门圭窦、藜藿不充者，何可相及？② 学之富、诗材积蓄之富、闲暇之富，皆有待物质的丰饶生活的富足安宁而后能定。没有如此的条件，饥寒困踬，米盐凌杂，这一切皆足以汩乱神明而摧沮志气，空言穷而后工或者超越底限的奢谈穷而后工，如此也便近似于大言欺人，实不足信。俞樾干脆推出"福能生慧"之说。其论孙莲叔之创作云：

> 镂金错彩，无江山以活之则塞矣；范水模山，无笙歌以韵之则枯矣。君呼青翰之舟，试黄芝之马。西陵松柏，从苏小而盟；南部烟花，补唐人之记。小家碧玉，偏能留人；大道青楼，尽容系马。……夫吾人埋头颏舍之中，疲目丛编之内。头未翁而先白，面非佛而亦黄。虽复东抹西涂，猛搜险觅，未免气含蔬笋，味杂荠盐。而君清不兼寒，福能生

---

① 吴兆骞：《秋笳集》卷首，《续修四库全书》第1412册，第222页。
② 李调元：《袁诗选序》，《童山文集》卷5，《续修四库全书》第1456册，第526页。

慧。南金北毳，烂其文章；语鸟名花，助其歌舞。在我辈穷愁之著述，固嫌岛瘦郊寒；即此乡山水之瑰奇，亦觉青顽碧钝矣。①

可玩味的是，达、富能工论都非穷愁中人的论断，或如俞樾此处纯作友人推许之虚语，或为曾国藩代笔师长之际的夸饰："达者之气盈矣，而志能敛而之内，则其声可以薄无际而感鬼神；穷者之气既歉，而志不克划然而自申，则瓮牖穷老而不得一篇之工亦常有之。"② 另外即是旁观者比量的清见。因此这一类言论虽然从理论上对穷而后工有一定的补充，从现实而言也有一定的合理性，但一直未被普遍接受。

二

那么诗穷而后能工或者穷而后易工这个结论是如何得出的呢？古代文士从以下方面给予了阐发。

（一）穷之境遇，在古代部分文人看来易于激发才思、才力、才志、才情。

其一，发人才思。唐人郑綮有"诗思在灞桥风雪中驴子上"之说，后人讥讽其诗思凡近，游历不外二百里。但这个典故却道出了才思激发于行途的道理，韩愈《荆潭唱和诗序》中的"是故文章之作恒发于羁旅草野"也是这个意思；后来陆游论诗，每每念及风雨中、路途上。灞桥风雪虽然不能视为困顿的具象，但也的确包含了才思与过于安逸不相能的道理。③唐人之中，韦应物学诗于憔悴之余、柳宗元精思于窜谪之后，其成就恰恰得益于如此之憔悴与窜谪，最为直接的影响是：世虑消散。"世虑消散"才思方可凝聚，正所谓"志士之不平，而达人之开导智虑者也"。再以明人为例，李梦阳三下吏，卢柟抵罪，徐渭械系，三人皆因此"粲然以文章自表暴"，有若"天之启其衷"。所成之作，局天蹐地，彷徨悲吟；及其

① 俞樾：《孙莲叔红叶读书楼诗集序》，《宾萌集外集》卷3，《续修四库全书》第1550册，第117页。

② 曾国藩：《云浆山人诗序（代季师作）》，《曾国藩诗文集》文集卷4，第434页。

③ 宋人姜特立自言备数宫属之后，"入则番直，出则应酬，无复灞桥风雪间思。"将安逸对文学创作的影响即凝定于缺乏文思。参阅姜特立《梅善续稿自序》，《梅山续稿》卷首，《文渊阁四库全书》本。

事后晏处之日痛定思痛，虽欲慷慨大啸、且歌且泣反而不能。可见耽豢逸豫，不免"蔽聪塞虑"；而"愁苦其心思"反而成为"天之所以启诗人"的财富。①

这个道理后人又概之曰"逼出性灵"，又或曰"僻涩求才"。这本是清人布颜图概括的绘画之法，尤其适用于山水之作，他这样解释这种方法的理论内涵："宇宙之物，隆冬闭藏也不固，则其发生也不茂。山川之气，盘旋绾结者不密，则其发灵也不秀。故士夫因劳瘁弗逆而后通，诗家因穷愁困苦而后工，利器因盘根错节而后见。信哉，而画亦然。所谓僻涩求才之才字，于画家最为关键。才者，长也，通也，理也。"② 劳瘁穷困所获得者就是主体才性所宜的现身，是神思的贯通，是神理的领悟。

其二，健人才力。陈绎曾《文章欧冶》专列有"历世深则材力健"一条：

> 文所以记事业。自家涉历世故不深，则于人情事理不谙练，发之笔则浅近陈腐，不足以警世动物。文人杰作，往往出于幽忧患难之余，文王之《易》，孔子之《春秋》，屈原之《楚辞》，司马迁之《史记》，皆是历练艰难，深造事情，所以高出万古也。不曾深涉世故，而欲为古文，有是理乎？③

要健人才力，就必须经营乎天下，担笈万里，能够茹荼如饴，而不可偷安于一室，畏苦畏难。其中周文王、孔子等圣人养气于困厄拂郁之际的事例被众多文人反复征引，陈绎曾言其健人才力，项煜则云其可"洗其心而老其才"④，二者意思相近。钱谦益也称日月逾迈、祸乱侵寻下的屡栖憔悴可以使"才益老神益王"，其原因则在于"天运人事，盘互参错，皆足以磨砺其深心而剉削其客气"⑤，才华志意由此归于平实而不浮华，于是便更见才力，

---

① 施闰章：《宋荔裳北寺草序》、《阳坡草堂诗序》，《施愚山集》文集卷4、卷7，第73、147页。

② 布颜图：《画学心法问答》，王伯敏等主编《画学集成》（明—清），第504页。

③ 王水照：《历代文话》，第1292页。

④ 项煜：《文盛堂本东坡先生文集叙》，祝尚书编《宋集序跋汇编》，第584页。

⑤ 钱谦益：《李缃仲诗序》，《牧斋有学集》卷30，第838页。

增人"骨力"[①]。

其三，灵动人之才识。戴表元《吴僧崇古师诗序》云：

> 人之能以翰墨辞艺行名于当时者，未尝不成于艰穷而败于逸乐，何者？材，动物也；诗人之材，其于翰墨辞艺动之尤近而切者也。彼其营度于心思，绵历于耳目，讽咏于口吻，辛苦锻炼，百折而后以其成言，裁决而出之，而诗传焉。其得之也勤，其发之也精，使有一毫昏愈眩惑之气干之，则百骸九窍将皆不为吾用，而何清言之有乎？今夫世俗膏粱声色富贵豪华豢养之物，固昏愈眩惑之所由出也。[②]

苦其心志肌体，经历人生悲酸与世情反复，而"清能灵识"始出。才为动物，富贵逸乐声色犬马容易使人精神昏愈；而艰难困苦反而促使其从物欲裹挟中脱身。清能灵识，实则包含了属于才华的灵能与属于识见的清识。又如张时彻云："夫文穷而后工，君子非乐乎穷也，穷则道诎，道诎则志苦，志苦则思深，思深则识辨，识辨则机宣，是故文斯工矣。"[③] 从道至志至思至识至机，穷所能成就者就包括摆脱诸般纠缠计较之后的灵识，有灵识则文思有去处，文机得启动。谢肇淛也有类似之论，他以"情识具而后言生"立论，以为诗穷而后工之说，非是穷本身直接导致文工，而在于"穷则可以忍情，可以炼识"[④]。

其四，深沉人之情感。欧阳修《梅圣俞诗集序》提出诗穷而后工之际就已经表示，那些古之"穷人"都有如下情态："喜自放于山巅水涯，外见虫鱼草木、风云鸟兽之状类，往往探其奇怪。内有忧思感愤之郁积，其兴于怨刺，以道羁臣寡妇之所叹，而写人情之难言。"就是说：穷则情深易感，古人也称之为人到苦处情自深，且对人情之难言者体味幽微，尤其对凄苦愁

---

① 清初林云铭云："余谓穷而工者，以骨力胜耳，若脂韦随俗，丧其所守，虽穷弗得工也。"穷而能坚守固贫，不随俗浮沉，其骨力刚健，才力自然不萎靡。参阅《素香堂诗序》，《挹奎楼选稿》卷4。

② 戴表元：《剡源集》卷9。

③ 张时彻：《八厓集叙》，《芝园定集》卷27，《四库全书存目丛书》第82册，第131页。

④ 谢肇淛：《杨愿之秀野堂诗序》，《小草斋文集》卷5，《四库全书存目丛书》第175册，第678页。

怨之情，因其体验深刻，也更适合艺术表达，就如同王思任所云："心司火，其味苦，声亦自苦发之。"① 从五行立言，心之所发，本就适于忧苦。另如茅元仪云：

> 喜怒哀乐，人之情也。怨者，居哀怒之间者也。夫子之言诗曰：兴观群怨。若于怨独有取焉，何也？人之情惟怨为独至，故其吐于辞也，能曲写其不平之怀，象物物会，临幽幽发，靡不肖其衷而止。其于欢欣和畅之事，虽形之极丽、铺之极恢，而所入者浅，则所绎者浮。②

诗文写怨情，可得其兴幽微；而欢欣和畅者虽融洽于心却难以深入于诗文。这与两种类型的情感特征直接相关：欢情发散而不易敛，有着众多的表现形态，主体可以随意释放，而且在传递这种情绪时由于环境易于接纳而扩散迅速，不集中，也难以深刻。愁苦之情则相反，它内敛含蓄，不易宣发，因为不快情绪的传递要受到环境的制约甚至拒绝。难以稀释便层层叠加，禁锢于心灵幽微之处，于是这类情感沉深浓重，眉头心上，时时流连，时时沉浸，形成了锥心刺骨的体察与认知。"怨悱"由此被视为"情之渊府"③。

从先秦孕育而出的以隐逸为高、以贫贱骄富贵的士人自负，经过东汉清流的推波助澜以及魏晋六朝崇尚自我、越名教而任自然思潮的洗礼，使得中国文人在价值认定之中，对与富贵对立的穷的生命境界给予了舆论上的高度认可。即使是功名的信徒，也极少有人对功名富贵公开而明确地揄扬。在这种语境之下，被褒扬的穷所经验的境界，由于缺乏物质上与富贵境遇的抗衡，因而值得期许值得夸耀的便是这种境界与超越物质挥霍的精神自由、心灵阔达的贴近，穷则与诗境接通因此便成为审美的某种代价，所以张际亮云："诗之境宜于嵯峨萧瑟，不涉凡近。若声华焱弈之地，固所谓欢愉之词难工者也。"④

---

① 王思任：《海嵲杂咏小引》，《谑庵文饭小品》卷1，《续修四库全书》第1368册，第38页。
② 茅元仪：《钱时将诗草序》，《石民四十集》卷16，《续修四库全书》第1386册，第216页。
③ 钱谦益：《季沧苇诗序》，《牧斋有学集》卷17，第758页。
④ 梅曾亮：《法可庵诗序》，《柏枧山房诗文集》文集卷7，第152页。

（二）在穷可启发才思、才力、才识、才情等文学内部影响之外，穷还为文人们提供了专门从事创作的客观条件，一为心无旁骛，一为时间宽闲，所谓"精神入处文章在"。

其一，心无旁骛，严格讲应该叫做在没有旁骛机缘下的不能旁骛。张耒《投知己书》便刻画了自己创作如何走上不能旁骛之路，其间几多酸楚。他首先提出"用志不分"是通乎艺能的根本，但自己"用志不分"机缘的获得却与谋宦之路的艰辛相关：既仕而困于州县十二年，为穷寒所迫就食于人，往来奔走，西抵巴蜀，南尽吴会。依照他自己的描述：

> 陆困于周秦而水穷于江淮，江湖波涛鱼龙之惊荡，重山复岭猿猩猱貁貒貐之出入，大夏炎暑流金裂石与夫雷电雨潦之震恐，积阴大寒烈风霜雪龟手刮肌之凄怆，皆已习见而安行。昼则接于起居，夜则见于梦寐。计其安居饱暖，脱忧危而解逼仄，扬眉开口无事一笑者，百分之中不占其一。又观一世之情，其所矜尚可以自振于贫贱厄穷者，某素于其身无有其一。故出仕四方，修身治官，庶几于有闻，而门单族薄，气焰寒冷，执版趋拜以见大吏，大则骂辱诟责，小则诘问凌侮。得其漠然不问，弃置其谁何，则过而欣然，辄自庆喜。其穷愁困塞有不可胜言者，又岂独此哉！

穷而至此，可以消遣者唯有诗文；而一穷如此，所不乏者又恰恰是郁结的感发与专心一意：

> 如某之穷者亦可以谓之极矣！其平生之区区，既尝自致其工于此，而又遭会穷厄，投其所便。故朝夕所接，事物百态，长歌恸哭，诟骂怨怒，可喜可骇，可爱可恶，出驰而入息，阳厉而阴肃，沛然于文，若有所得。某之于文虽不可谓之工，然其用心亦已专矣。①

---

① 张耒：《投知己书》，《张耒集》卷 55，李逸安、孙通海、傅信点校，中华书局 1990 年版，第 830 页。

屡屡干谒，屡屡挫败；汲汲于功名，而名利场与其却往往无缘。于是转而一意于诗文自遣，由此其心不得不专，这里的专是相对于富贵中人的难以专而言的。

其二，时间宽闲。早在唐代，韩愈《荆潭唱和诗序》就称："至若王公贵人，气满志得，非性能而好之，则不暇以为。"意味着贵族王公少有时间沉浸在诗文之中。明代曹学佺在解释何以言诗者多为布衣之际提出了布衣有"四便"："穷而易苦心，便一；无轩冕束缚，便二；无俗客繁礼，便三；无典要期会，便四。"① "易苦心"即无所用世者为求寄托往往倾心于诗文研磨。而无轩冕束缚、无俗客繁礼、无典要期会等，则可以保障布衣有充足的时间从事创作与品评。诗本身就宜乎宽闲寂寞：

> 盖诗之为教，在研求乎经籍艺文之精，揽取乎山水烟月之胜，涵泳乎前贤风雅之旨。修此三者，故全也。然专其力乃能博于学，静其心乃能会于物。使身劳于国而虑尽于事，自非上智，必遑遽而不得宁，且遗忘茫昧，以失所学。惟放于宽闲寂寞，图书足以自恣，景物足以自怡。当其发于诗也，或刻烛而得，或腐毫而求，或壁墙厕溷置笔砚以书之，迫促胶扰之习无足以动于中，其于工也，讵不宜哉？②

文人得乎宽闲寂寞，则图书自恣，风光自怡；即使创作，无论速求还是迟待，皆无迫促追逼。不似公卿大夫奔走无暇，也不似商贾农工一般诛求无忌。

当然，以上成为文学创作条件的"穷"，其表彰中不乏自解、自慰或者矜夸伪饰，而且这个穷皆为治生不成问题的沉于下僚之类。一旦将日常生活的艰辛统统纳入，诗文吟哦之中交响着啼饥号寒之声，那就不再是清境，而是人间地狱。

三

"诗穷而后工"之外，与其相生的另一个命题更如梦魇一般纠缠着历代

---

① 曹学佺：《闽中二子诗序》，陆云龙辑《翠娱阁评皇明小品十六家》，第709页。
② 王昶：《金二雅播琴堂诗集序》，《春融堂集》卷39，《续修四库全书》第1438册，第70页。

文人，那就是"诗能穷人"。尽管从欧阳修开始就耳提面命地提醒：非是诗能穷人，而是诗穷而后工，但工是创作要实现的境界，既然穷而后工、穷而易工，尽管存在着贵而亦工的可能，但穷与诗撕扯不断的关联明显地在各种理论阐释甚至理论解嘲中被凸显出来。

白居易《读邓鲂诗》中云："诗人多蹇厄，近日诚有之。京兆杜子美，犹得一拾遗。襄阳孟浩然，亦闻鬓成丝。嗟君两不如，三十在布衣。擢第禄不及，新婚妻未归。少年无疾患，溘死于路歧。天不与爵寿，唯与好文词。"《与元九书》又格外提出陈子昂仅授一拾遗、"孟郊六十终试协律，张籍五十未离一太祝"，由此再申此意："诗人多蹇。"以上可为诗能穷人的先声之论。宋代继欧阳修首论"诗穷而后工"之后，苏轼第一个偏解其论，他在如此鲜明的意旨之中，独独断章取其"诗能穷人"之义："诗能穷人，所以从来尚矣，而于轼特甚。今足下独不信，建言诗不能穷人，为之益力，其诗日已工，其穷殆未可量。"[1] 虽然其中有诙谐成分，但无可奈何之意居多。诗能穷人，用在苏轼身上可谓颠扑不破之论。宋元之际，戴表元则发出了"诗宜穷老"之叹：

> 人尝言作诗惟宜老与穷。彼老也穷也，事之尝其心者多矣，故其诗工。人孰不顾其诗工，而甚无乐乎老与穷，则夫诗之必至此而工者，人之见之，宜相吊以悲，而顾好之，何哉？曰：天固以是慰之，则凡人之得工于诗者，命也，非其性能也。[2]

戴表元自道属于"好老与穷者"，当然，这种喜好有着避世目的，故又云"然亦适遭之也"。不是说其才性仅仅适合诗文，但命运遭逢，难以施展，没有舞台，也只好以诗为慰藉，幽独而无闷、穷老而不废，所以叫诗宜穷老。

游潜《梦蕉诗话》引有明代一文人的自题："貌拙惭君仔细看，镜中我自觉神寒。试从李杜编排起，几个吟人做大官？"王世贞搜罗历代著名文人

---

① 苏轼：《答陈师仲主簿书》，《苏轼文集》，第 1428 页。

② 戴表元：《周公谨弁阳诗序》，《剡源集》卷 8。

命运的资料，著《文章九命》，其中"知遇"者有知音赏识、"传诵"者可流芳千古，"证仙"者为来世的补偿，除了这三个命运类型差强人意——也多未改变今世的落魄，其他诸如"贫困"、"偃蹇"、"嫌忌"、"刑辱"、"夭折"、"无后"等，皆可命之曰"惨绝"①。袁宏道略带着诙谐讲过一个故事：

> 宋有词客，貌奇陋，客遇之辄得不吉。久而人争避匿，无敢与游者，客益困，欲死不得。一缙绅怜之曰："是子虽数奇，岂能祟人耶？"因筵招之，一坐尽骇愕，走者半。数日后，主人罢官，筵中人非病即殒，无一免者。嗟夫，世之谓诗人穷耳，乃有穷至此极者耶？②

故事真假参半，没必要考证细究，它是文人命运自我解嘲的一个具象。袁宏道又在首肯此论的基础上提出了诗与富贵的三不合："管城亲而牙筹疏，一不合也；气高语率，令之自远，二不合也；富者恶其厉缯，仇之若敌，贵者忌其厉官，避之若祟，三不合也。有一于此，皆足以穷，而况并之！"既然创作为如此致穷之途，何以文人们趋之若鹜、嗜之如命？袁宏道无法理解别人，也同样无法理解自己，于是慨然："是中始有鬼，非命也！"③清初林云铭干脆称从事文章一道者为"天之弃人"：

> 嗟乎，丈夫生当斯世，何事不可为，顾乃矻矻穷年，刳心擢肝，以听命于幸不幸之数，侥幸于不可知之待。岂非挟术之至疏？然而不能自已者天也，故古今文人，其始皆天之弃人。方其弃也，颠踬困厄中无可措意，往往有疑而问天，急而呼天，穷而怨天，甚至无可如何，反强颜自解，以为天之所以与我者非偶然。大约从不堪告人之处，抒其无聊不平之思，为歌为哭，如鬼神变幻，风雨飘忽，莫可端倪。因而揣摩日久，掩抑停蓄，刻画自然，各体无不臻极。其所以荣当身而垂后世者，

---

① 王世贞：《文章九命》，王水照辑《历代文话》，第2198页。
② 袁宏道：《吴长统行卷引》，《袁中郎全集》文钞，第16页。
③ 袁宏道：《谢于楚历山草引》，《袁中郎全集》文钞，第17页。

天即以弃之者收之矣。①

当世无人知晓，自我倾心其中；既以之为弃人，又自视为弃人，于是为非功名利禄之事，极镂空雕虚之才，遗却荣身耀世惠及家人之实，所以天便只有以弃人收之了。

历代诗文，言穷之作不胜枚举，虽然其中难免有为赋新诗而强说之愁，但诗人多穷却为史上常态。为什么诗能穷人呢？古代沉于泥途的文人们给出了丰富的答案：

其一，文章憎命达。此论首发于杜甫《天末怀李白》："文章憎命达，魑魅喜人过。"唐人刘蜕曾作《梓州兜率寺文冢铭》，于此义阐发尤为翔实。刘蜕从事创作十五年，身未得世用，遂将所作二千一百八十纸诗文尽埋于寺庙，名之为"文冢"，并创作了这篇铭文。文章写其爱文，写其倾心投入孜孜不倦敬事不懈，写其文章珠玉无价，也写其不仅备藻饰之文且具化裁经济之文，但最终皆是得助于天而不助于人。于是愤而将平生所作，或涂者、或抹者、或圈者、或删者等等带有作者生命体温的作品尽付之黄土与秽草。其铭云："文乎文乎，有鬼神乎？风水惟贞，将利其子孙乎？"② 文章与命达相憎，就是才命相仇之意，不过这个论断之中文章成为了命所以不达的条件，如此其宿命色彩更为浓重。

其二，诗人的才性易于沉溺艺境而忘得失、荣辱、礼法，与世俗多有抵牾。《颜氏家训·文章》早就发现了文人这一特性："文章之体，标举兴会，发引性灵，使人矜伐，故忽于持操，果于进取。今世文士，此患弥切。一事惬当，一句清巧，神厉九霄，志凌千载，自吟自赏，不觉更有傍人。"创作者溺于艺术联想所营造的氛围之中，刀斧不畏，九死无悔。艺术与人生、现实与畅想之间的迷乱与颠倒，使其于荣辱、礼法往往心不在焉，甚至等同儿戏，现实报施之残酷于是也便动辄出乎其意料之外。

杨万里更是认为："才者，憎之媒也；文者，忌之胎也。"③ 二者皆纠缠着恶缘，谨慎维持，尚因憎、忌动辄得咎；更何况造次肆意，无所顾惜？所

---

① 林云铭：《荆南墨农全集序》，《挹奎楼选稿》卷3，《四库全书存目丛书》第230册，第36页。
② 刘蜕：《文泉子集》卷3，影印《文渊阁四库全书》第1032册，第631页。
③ 杨万里：《应斋杂著序》，辛更儒《杨万里集笺校》卷83，第3340页。

以穷便成了分内应有之事。

清代周容也曾究诗能穷人之理，以为诗能穷人的根源在于："诗道进一分，辄于世俗人情退几许。"① 艺境愈深，与世俗人情礼法愈格格不入，如何有所谓虚与委蛇、虚情假意、心口不一、溜须捧盛？世人躬身俯首为奴为婢为乡愿尚未必遂其富贵，更何况如此嚣张自是？

有鉴于以上之论，梅曾亮就曾为诗翻案：诗能穷人是对诗的误解，穷的境遇应当追溯到创作主体身上：

> 然就其工者论之，其情纵，其理疏，其志亢，其音悲。其情纵，故孤往而深寄；其理疏，故怪迂而多奇；其志亢而音悲也，故多诋诃怒骂，不得如古圣贤之一于优柔和平。由是观之，意其人必迈俗，少可持方枘纳圆凿，以己之不合而欲人皆然，虽其遇之多穷，亦其势然也。其故岂诗之为哉？②

诗文成为抑郁、牢骚、愤激发泄的工具而不顾及温柔敦厚；愈不敦厚、不谦抑，则愈会加剧自我与主流社会、主流俗尚的对抗。是为诗人自惹其祸，与诗何干？

其三，诗人泄露造化而致天罚。这是一种颇具诗人浪漫色彩的揣度，其论首发于唐人。陆龟蒙云："吾闻淫畋渔者谓之暴天物，天物既不可暴，又可抉擿刻削露其情状乎？使自萌卵至于槁死不得隐伏，天能不致罚耶？长吉夭，东野穷，玉溪生官不挂朝籍而死，正坐是哉，正坐是哉！"③ 孙樵也是同调：

> 物之精华，天地所秘惜，故蒙金以砂，锢玉以璞，珊瑚之丛必茂重溟，夜光之珠必含骊龙。抉而不已，樱而不知止，不穷则祸，天地仇也。文章亦然。所取者廉，其得必多；取者深，其身必穷！④

---

① 周容：《春酒堂诗话》，郭绍虞辑《清诗话续编》，第 113 页。
② 梅曾亮：《浦君锡诗序》，《柏枧山房诗文集》文集卷 4，第 90 页。
③ 陆龟蒙：《书李贺小传后》，《甫里集》卷 18，影印《文渊阁四库全书》第 1083 册，第 398 页。
④ 孙樵：《与贾希逸书》，《孙可之集》卷 2，影印《文渊阁四库全书》第 1083 册，第 69 页。

"暴天物"就是镂刻山川，雕绘物色，露天地之精华。诗人描摹无隐，而天地昔日的神秘荡然无存，如此以文章泄真宰之秘，如何不为之黯然见仇？

其四，穷愁体验被放大。所谓放大，就是指群体共有的际遇被文人发酵为独有的不公，个人的局部经验感受动辄发酵为群体的命运共相。张潮为王晫《更定文章九命》作引，首先诛文人屡弱之心："语有之：'天不满西北，地不满东南。'大雄氏谓：'阎浮提为缺陷世界。'然则人生世间，亦安能长乐无忧耶？而文章之士，往往以穷困自伤，似天之有意厄之，俾不获与舁鄙者流同其受享，则何也？"忧愁缺陷，人生常态，文士如此，士农工商皆然，为什么文人们往往自觉艰难独重，似乎苍天无眼，有意欺凌？张潮敏锐地体察到：对"穷"这样一个共同的现实经验，文人们由于感受敏锐，其心灵波澜往往非同一般。不仅仅感受不同，还有生花之笔的点染："唯工于文者，形容尽致，甚且溢于其实。读之者往往代为扼腕而咨嗟叹息之，遂若天之果有意于厄之也。"[1] 不识字者宣之于口，转眼而逝；文笔拙劣者虽可笔之于书，却言不及义，流行不远。独有那些具备卓越文才以及细腻心灵感受的文人，其艺术本领在这种特定情势下被升扬为穷愁宣达的优势。这就是所谓的"诗人多喜说穷"[2]，似乎于愁叹与怨刺每每不能忘情。个人暂时的不遇通过文辞凝定为群体永久的不幸，现实在艺术之中由此被放大。

四

当然，在诗能穷人的浓重哀音之外，还有一种乐观的"诗能达人"说。此论出现在宋代，但所谓"诗能达人"之论基本上就是不成于身而成于名之意。

陈师道云王平甫穷极，然则"人闻其声，家有其书，旁行于一时而下达于千世，虽其怨敌不敢议也"，因此说"诗能达人矣，未见其穷也"[3]。不得当世富贵，而传当世文章声价，留千秋美名，此为诗能达人，实则是慰藉失意之人的客套。宋末元初李继本也云："余意诗能达人则有之，未见其穷

---

① 张潮：《更定文章九命小引》，王水照辑《历代文话》，第3851页。

② 郭麐：《灵芬馆诗话》卷3，张寅彭选辑《清诗话三编》，第3301页。

③ 陈师道：《王平甫文集后序》，《后山集》卷11，影印《文渊阁四库全书》第1114册，第615页。

也。不有达于今当有达于后。从古以来，富贵磨灭与草木同朽腐者不可胜纪，而诗人若孟郊、贾岛之流往往有传于后，岂非所谓达人者耶?"① 穷而工是获得达的必由之路，至于何者为达，则在人自定。达未必仅仅指向富贵，通过艺术创作所获得的声名，是对文人最高的礼遇、最好的回馈。这种价值置换于当事者也许满腹悲怆，但如果并此也无，则文人枯草僵虫、冷焰死灰之念将激荡为难以抑制的冲决之力。

而检点史册，的确有少数文人因文才而平步青云，这也激励起部分文人难以磨灭的豪情壮志。北宋宣和中，诗人陈与义的墨梅诗得到徽宗皇帝青睐，亟命召对，登于册府。宋人葛胜仲记载了这段恩遇，同样得出了"诗非惟不能穷人且能达人"的结论。② 宋人胡次焱《赠从弟东宇东行序》搜集了众多相关事典：有类似徐凝赋白练青山诗而擢科第者，有类似范文正因近水楼台诗而得荐举转官者，有类似杨大年因赋蓬莱咫尺诗而蒙皇帝宠赉者。作者最终认为："诗能穷人，亦能达人。世率谓诗人多穷，一偏之论也。"并由此将穷达的根源也引向文人之命："人生穷达，在命不在诗，命穷则诗与穷，命达则诗与达。穷而归咎于诗，达而归功于诗，非知命者。"③ 归咎与归功的区分，颇能点到文人痛处。

不过诗能达人之论并没有什么说服力，细心人都会发现：这些所谓的成功者都是作品被帝王将相所青睐，才偶然成为一时知音。人们完全有理由质疑：帝王将相看不到、听不见、不喜欢的文人又该如何呢?

与诗能达人说相应，清代王晫为了反驳王世贞《文章九命》中对文人凄凉悲惨命运的设定，专门撰写了《更定文章九命》，列举九类文人可圈可点的佳命：

一曰通显，或以经、或以史、或以诗文词赋而显贵，"富贵皆所自有，正不必搔首问青天耳"。

二曰荐引，如张九龄遇张说，张籍遇韩愈等，或才名见重，或词藻倾心，"丈夫会应有知己"。

三曰纯全，如宋璟风度凝远，司马光平生所为无不可对人言，"浑金璞

① 李继本：《冰雪先生哀辞》，《一山文集》卷7，影印《文渊阁四库全书》第1217册，第772页。
② 葛胜仲：《陈去非诗集序》，《丹阳集》卷8，影印《文渊阁四库全书》第1127册，第486页。
③ 胡次焱：《梅涯文集》卷3，影印《文渊阁四库全书》第1188册，第550页。

玉，世犹见其宝，何可以轻薄概文人耶"？

四曰宠遇，李白进诗贵妃捧砚，苏轼举进金莲炬送归，文藻承人主赏识，礼遇尤荣。

五曰安乐，陶弘景山中宰相，白居易觞咏徜徉。

六曰荣名，左思《三都》一出，洛城纸贵；李峤吟诗，明皇叹为才子。

七曰寿考，苏轼六十六，王维八十二，等等。

八曰神仙，即李白奎星杜甫文星典史之类传说。

九曰昌后，王羲之曾、玄二十余系，韩愈子皆擢高第，芝兰玉树，自生阶庭。①

由于王晫意在驳斥王世贞有关文人命运的悲观论调，所以九桩快事，虽然并未失实，但撷其一点不及其余者居多，如李白有贵妃捧砚一事，便忽略其一生的白发明镜之叹、崎岖行路之难；苏轼六十六为寿考，不言其一生颠沛流离；左思成赋而纸贵，何改其一生沉于下僚死于乱世的不幸？且其中还列举了大批人物，并非属于以诗文名世者。

在以上诗能达人的类型之外，在历史上又有着为数不少的文人神异传说，即王晫所列之"神仙"。较早的著名传说是李贺被召为玉帝白玉楼写记，出自李商隐《李贺小传》：

> 长吉将死时，忽昼见一绯衣人，驾赤虬，持一版，书若太古篆或霹雳石文者，云当召长吉。长吉了不能读，欻下榻叩头，言阿奶老且病，贺不愿去。绯衣人笑曰："帝成白玉楼，立召君为记。天上差乐，不苦也。"长吉独泣，边人尽见之。少之，长吉气绝，尝所居窗中勃勃有烟气，闻行车嘒管之声。太夫人急止人哭，待之如炊五斗黍许时，长吉竟死。

李商隐随后发出了这样的感慨：

> 呜呼！天苍苍而高也，上果有帝耶？帝果有苑囿宫室观阁之玩耶？

---

① 　王晫：《更定文章九命》，王水照辑《历代文话》，第3852页。

苟信然，则天之高邈帝之尊严亦宜有人物文彩愈此世者，何独眷眷于长吉而使其不寿耶？噫，又岂世所谓才而奇者不独地上少，即天上亦不多耶？长吉生二十四年，位不过奉礼太常，中当世人亦多排摈毁斥之，又岂才而奇者帝独重之而人反不重耶？①

李贺被召上天，目的在于撰写文章，上帝所重者是他的文才。宋代也有一个与文才相关的著名传说，南宋曾敏行《独醒杂志》记载："徽宗初，建宝箓宫，设醮，车驾尝临幸。迄事之夕，道士以章疏俯伏奏之，逾时不起。其徒与旁观者皆怪而不敢近，又久之，方起。上宣问其故，对曰：'臣章疏未上时，偶值奎宿星官入奏，故稍候其退。'上曰：'奎星官何人？'对曰：'掌文章之星，今乃本朝从臣苏轼为之。'上默然。"② 魁星自然是天下文章才子之主，如此奇才在人间受尽颠沛流离之苦，难怪皇帝默然。另外宋代还有石曼卿为芙蓉城主的传说，也是生前不偶身后显赫，其时这些事迹的传录者对此传闻的态度是："天才逸发，则其精神所寓，必有异者。"③

综合以上文人异闻，虽然和上天建立关系的途径各有不同，但都有着以下的共性：所涉及的文人各自有着杰出的文才；而这些人间的才子被召至的地方却是天仙神殿。《宾退录》云："大抵名人才士，间钟异禀，世不多得，使无神仙则已，设或有之，非斯人之徒，其孰能当之？"④ 这实则就是将"天才""天赋"具象地演绎为来自天上，并通过成仙得道，慰其平生寂寞。王世贞虽然概述了文章九命，为文人哀叹，但也曾根据《真诰》等道家著述，总结了历代文人逝世以后成仙的传说，对文人来世之仙迹，王世贞的解释是："自古文章之士称以仙去者，理或有之。盖天地冲美秀特之气见予独多，生有所自，出有所为，则去有所归，固其宜耳。"⑤ 其意是说：禀天地灵气的文人，由天而生，由天收回，有此神异归宿与传闻，都是意内之事。不能显达于今生，仍可托之于来世；凡俗之地无所侧足，自有仙班道境可以

---

① 李商隐：《李贺小传》，董诰等编《全唐文》卷780，第3612页。
② 曾敏行：《独醒杂志》卷1，影印《文渊阁四库全书》第1039册，第531页。
③ 佚名：《纪诗》，郭绍虞《宋诗话辑佚》，第515页。
④ 赵与时：《宾退录》卷6（与《却扫编》合刊），傅成校点，上海古籍出版社2012年版，第61页。
⑤ 王世贞：《新刻增补艺苑卮言》卷6，《续修四库全书》第1695册，第505页。

容身。此类传说的本意也无非如此，其中寄托了世俗中的理想化价值认定逻辑。

诗能穷人，承载了中国文人在艺术与人生、现实与理想、个人与世界、才能与命运、公平与偏见等诸多命题上的复杂思考。以上诸种论述实则都抓住了文人某些独到的、可以影响命运的特征，或多或少地记录下了文人们的心灵图景。当然，"诗能穷人"的直接呐喊中有偶然性遭际的感慨、个体性经验的群体化放大。如李渔在诗能穷人的基础上甚至对才的价值提出了质疑："盖才者非他，穷人、夭人之具也。男子而才，求为富贵利达也难矣；妇人而才，求为得良配居正室，免于摧残困厄，得遂其中怀也难矣。如其偶得，则不数年而夭。"① 如此无论男女一网打尽，愤激之意远过于理性的反思，几乎等同于诅咒了。

与其相反的"诗能达人"同样难以成为普世性的思考：对机缘的依赖、对高高在上者一朝知遇的渴求，基本抵消了其垂范价值。穷于富贵而达于诗文的穷此达彼说，用价值的置换实现了文人愤激情怀的转移，其中穷于今生而达于来世，是这种愤激情怀更为荡气回肠的表现形态。诗能穷人以生，不能穷人以死，如此诗能达人，与其说是荣耀，不如说是抗争或者讥讽，它使得这种事后追认型的圆满中弥漫了一股悲凉之气，使得"诗能穷人"、"诗穷而后工"这个魔咒不是被开释了，而是更加沉重地压在历代文人心灵深处，难以释怀。

---

① 李渔：《〈琴楼合稿〉序》，《李渔全集》第一册，第41页。

主要参考文献

基本文献（以经史子集为序）

经　　部

孔颖达等疏：《十三经注疏》，中华书局 1980 年影印阮元刻本。

惠栋等注：《清人注疏十三经》，中华书局 1998 年版。

朱熹等注：《四书五经》，北京古籍出版社 1995 年版。

王聘珍撰：《大戴礼记解诂》，王文锦点校，中华书局 1983 年版。

朱彬撰：《礼记训纂》，饶钦农点校，中华书局 1996 年版。

钟谦钧辑：《古经解汇函》，广陵书社 2012 年版。

王应麟辑：《周易郑康成注》，文渊阁四库全书本。

余琰辑：《周易集说》，文渊阁四库全书本。

高攀龙著：《周易易简说》，文渊阁四库全书本。

王夫之著：《周易稗疏》，岳麓书社 2011 年版。

李道平撰：《周易集解纂疏》，潘雨廷点校，中华书局 1994 年版。

王夫之著：《周易内传》，岳麓书社 2011 年版。

黄宗炎著：《周易象辞》，文渊阁四库全书本。

陈孟雷著：《周易浅述》，文渊阁四库全书本。

刁包著：《易酌》，文渊阁四库全书本。

纳兰性德辑：《合订删补大易集义粹言》，文渊阁四库全书本。

张惠言著：《周易虞氏义》，刘大钧校点，北京大学出版社 2012 年版。

杨树达著：《周易古义》（与《老子古义》合刊），上海古籍出版社 2006 年版。

佚名著：《周易乾凿度》，文渊阁四库全书本。

孙星衍著：《尚书今古文注疏》，陈抗、盛冬铃点校，中华书局 1986 年版。

杨伯峻编著：《春秋左传注》，中华书局 1990 年版。

程树德撰：《论语集释》，程俊英、蒋见元点校，中华书局 1999 年版。

焦循撰：《孟子正义》，沈文倬点校，中华书局 1987 年版。

许慎著：《说文解字注》，段玉裁注，上海古籍出版社 1988 年影印经韵楼藏版本。

徐锴撰：《说文系传》，文渊阁四库全书本。

陆德明撰：《经典释文汇校》，黄焯汇校，中华书局 2006 年版。

戴侗撰：《六书故》，党怀兴、刘斌点校，中华书局 2012 年版。

史　　部

徐元诰撰：《国语集解》，王树民、沈长云点校，中华书局 2002 年版。

司马迁著：《史记》，中华书局 1959 年版。

班固著：《汉书》，中华书局 1962 年版。

陈寿著：《三国志》，陈乃乾点校，中华书局 1959 年版。

范晔著：《后汉书》，中华书局 1965 年版。

房玄龄等著：《晋书》，中华书局 1974 年版。

沈约著：《宋书》，中华书局 1974 年版。

萧子显著：《南齐书》，中华书局 1972 年版。

姚思廉著：《梁书》，中华书局 1973 年版。

李延寿著：《南史》，中华书局 1975 年版。

李延寿著：《北史》，中华书局 1974 年版。

李百药著：《北齐书》，中华书局 1972 年版。

魏收著：《魏书》，中华书局 1974 年版。

姚思廉著：《陈书》，中华书局 1972 年版。

魏征等著：《隋书》，中华书局 1973 年版。

刘昫等著：《旧唐书》，中华书局 1975 年版。

欧阳修、宋祁著：《新唐书》，中华书局 1975 年版。

脱脱等著：《宋史》，中华书局 1985 年版。

慧皎著：《高僧传》，汤用彤校点，《汤用彤全集》第六卷，河北人民出版社 1999 年版。

杨士奇等辑：《历代名臣奏议》，文渊阁四库全书本。

子　部

《老子校释》，朱谦之校释，中华书局 1984 年版。

《管子校注》，黎翔凤校注，梁运华整理，中华书局 2004 年版。

《墨子》，毕沅校注，吴旭民标点，上海古籍出版社 1995 年版。

《庄子集释》，郭庆藩集释，王孝鱼校点，中华书局 1961 年版。

《庄子注译》，陈鼓应注译，中华书局 1983 年版。

《荀子》，杨倞注，耿芸标校，上海古籍出版社 1996 年版。

《荀子集解》，王先谦集解，沈啸寰、王星贤点校，中华书局 1988 年版。

《韩非子集解》，王先慎集解，钟哲点校，中华书局 1998 年版。

《吕氏春秋集释》，许维遹集释，梁运华整理，中华书局 2009 年版。

陆贾著：《新语校注》，王利器校注，中华书局 1986 年版。

刘安等著：《淮南鸿烈集解》，刘文典集解，冯逸、乔华点校，中华书局 1989 年版。

刘歆等著：《西京杂记》，王根林校点，上海古籍出版社 2012 年版。

董仲舒著：《春秋繁露义证》，苏舆义证，钟哲点校，中华书局 1992 年版。

桓宽辑：《盐铁论校注》（定本），王利器校注，中华书局 1992 年版。

贾谊著：《新书校注》，阎振益、钟夏校注，中华书局 2000 年版。

扬雄著：《法言义疏》，汪荣宝义疏，陈仲夫点校，中华书局 1987 年版。

《白虎通疏证》，班固整理，陈立疏证，吴则虞点校，中华书局 1994 年版。

王充著：《论衡校释》，黄晖校释，中华书局1990年版。

王符著：《潜夫论笺校正》，汪继培笺，彭铎校正，中华书局1985年版。

刘向辑：《说苑校证》，向宗鲁校证，中华书局1987年版。

蔡邕著：《独断》，文渊阁四库全书本。

刘邵著：《人物志》，刘昺注，长春出版社2001年版。

刘邵著：《人物志》，刘昺注，梁满仓译注，中华书局2014年版。

徐幹著：《中论解诂》，孙启治解诂，中华书局2014年版。

葛洪著：《抱朴子内篇校释》，王明校释，中华书局1985年版。

葛洪著：《抱朴子外篇校笺》，杨明照校笺，中华书局1991年版。

《列子集释》，张湛注，杨伯峻集释，中华书局1979年版。

王通等著：《中说校注》，张沛校注，中华书局2013年版。

刘义庆著：《世说新语笺疏》，余嘉锡笺疏，上海古籍出版社1995年版。

刘义庆著：《世说新语校笺》，徐震堮校笺，中华书局1999年版。

颜之推著：《颜氏家训集解》，王利器集解，中华书局1993年版。

刘昼著：《刘子校释》，傅亚庶校释，中华书局1998年版。

萧绎著：《金楼子校笺》，许逸民校笺，中华书局2011年版。

刘知几著：《史通》，浦起龙通释，上海书店影印商务印书馆1937年版。

刘知几著：《史通评注》，刘占召集评，中国编译出版社2010年版。

马总辑：《意林校释》，王天海、王韧校释，中华书局2014年版。

王仁裕著：《开元天宝遗事》，曾贻芬点校，中华书局2006年版。

王谠著：《唐语林校证》，周勋初校证，中华书局1987年版。

黎靖德编：《朱子语类》，王星贤点校，中华书局1994年版。

赵与时著：《宾退录》（与《却扫编》合刊），傅成校点，上海古籍出版社2012年版。

黄震著：《黄氏日钞》，文渊阁四库全书本。

周密撰：《齐东野语校注》，朱菊如、段飖、潘雨廷、李德清校注，华东师范大学出版社1987年版。

周密著：《浩然斋雅谈》，文渊阁四库全书本。

韩淲著：《涧泉日记》，孙菊园点校，上海古籍出版社 1993 年版。

王应麟著：《困学纪闻》，阎若璩等注，栾保群、田松青校点，上海古籍出版社 2015 年版。

陶宗仪著：《南村辍耕录》，李梦生校点，上海古籍出版社 2012 年版。

陶宗仪著：《说郛》，文渊阁四库全书本。

李治著：《敬斋古今黈》，刘德权点校，中华书局 1995 年版。

刘壎著：《隐居通议》，文渊阁四库全书本。

何良俊著：《四友斋丛话》，中华书局 1959 年版。

于慎行著：《穀山笔麈》，吕景琳点校，中华书局 1984 年版。

杨慎著：《丹铅余录》，文渊阁四库全书本。

陆容著：《菽园杂记》，佚之点校，中华书局 1985 年版。

胡应麟著：《少室山房笔丛》，文渊阁四库全书本。

汪砢玉辑：《珊瑚网》，文渊阁四库全书本。

郎瑛著：《七修类稿七修续稿》，安越点校，文化艺术出版社 1998 年版。

王弘撰著：《山志》，何本方点校，中华书局 199 年版。

王嗣奭著：《管天笔记外编》，四明丛书本。

张潮著：《幽梦影》，许福明校注，黄山书社 1991 年版。

顾炎武著：《日知录》，黄汝成集释，栾保群、吕宗力校点，花山文艺出版社 1991 年版。

戴震著：《孟子字义疏证》，何文光整理，中华书局 1961 年版。

王士禛著：《分甘余话》，张世林点校，中华书局 1989 年版。

王应奎著：《柳南随笔续笔》，王彬、严英俊点校，中华书局 1983 年版。

刘声木著：《苌楚斋随笔续笔三笔四笔五笔》，中华书局 1998 年版。

方濬师著：《蕉轩随录续录》，盛东铃点校，中华书局 1995 年版。

钱泳著：《履园丛话》，张伟点校，中华书局 1979 年版。

平步清著：《霞外捃屑》，上海古籍出版社 1982 年版。

龚炜著：《巢林笔谈》，钱炳寰点校，中华书局 1981 年版。

金埴著：《不下带编》，王湜华点校，中华书局 1982 年版。

陆以湉著：《冷庐杂识》，崔凡芝点校，中华书局 1984 年版。

梁绍壬著：《两般秋雨庵随笔》，庄葳校点，上海古籍出版社 2012 年版。

普济辑：《五灯会元》，苏渊雷校点，中华书局 1984 年版。

赖永海主编：《佛教十三经》，中华书局 2013 年版。

佚名著：《黄帝内经》，姚春鹏译注，中华书局 2010 年版。

集　　部

《王弼集校释》，楼宇烈校释，中华书局 1980 年版。

《诸葛亮集》，段熙仲、闻旭初编校，中华书局 1960 年版。

嵇康著：《嵇中散集》，四部丛刊初编本。

《嵇康集校注》，戴明扬校注，中华书局 2015 年版。

江淹著：《江文通集》，胡之骥汇注，李长路、赵威点校，中华书局 1984 年版。

萧统著：《昭明太子集》，俞绍初校注，中州古籍出版社 2001 年版。

李华著：《李遐叔文集》，文渊阁四库全书本。

《李太白全集》，王琦注，中华书局 1977 年版。

《钱注杜诗》，钱谦益注，上海古籍出版社 1958 年版。

《杜诗详注》，仇兆鳌辑注，中华书局 1979 年版

韩愈著：《韩昌黎诗集编年笺注》，方世举编年笺注，中华书局 2012 年版。

韩愈著：《朱文公校昌黎先生文集》，四部丛刊初编本。

柳宗元著：《柳河东集》，上海古籍出版社 2008 年版。

《刘禹锡集笺证》，瞿蜕园笺证，上海古籍出版社 1989 年版。

《元稹集》，冀勤点校，中华书局 2010 年版。

《白居易集笺校》，朱金城笺校，上海古籍出版社 1988 年版。

皇甫湜著：《皇甫持正集》，文渊阁四库全书本。

孙樵著：《孙可之集》，文渊阁四库全书本。

杜牧著：《樊川文集》，陈允吉校点，上海古籍出版社 2007 年版。

李商隐著：《李义山文集笺注》，徐树毂笺，徐炯注，文渊阁四库全书本。

李商隐著：《李义山文集》，四部丛刊初编本。

陆龟蒙著：《笠泽丛书》，文渊阁四库全书本。

陆龟蒙著：《甫里集》，文渊阁四库全书本。

刘蜕著：《文泉子集》，文渊阁四库全书本。

《司空表胜文集笺校》，祖保泉、陶礼天笺校，安徽大学出版社 2002 年版。

赵崇祚编：《花间集》，杨景龙校注，中华书局 2014 年版。

石介著：《石徂徕集》，丛书集成初编本。

王禹偁著：《小畜集》，四部丛刊初编本。

苏轼著：《东坡文集》，孔凡礼点校，中华书局 1986 年版。

苏辙著：《栾城集》，曾枣庄、马德富校点，上海古籍出版社 2009 年版。

黄庭坚著：《豫章黄先生文集》，四部丛刊初编本。

《山谷集》，文渊阁四库全书本。

晁补之著：《鸡肋集》，四部丛刊初编本。

《张耒集》，李逸安、孙通海、傅信点校，中华书局 1990 年版。

陈师道著：《后山集》，文渊阁四库全书本。

李之仪著：《姑溪居士前集》，文渊阁四库全书本。

朱熹著：《晦庵先生朱文公文集》，四部丛刊初编本。

程颢、程颐著：《二程集》，王孝鱼校点，中华书局 1981 年版。

叶适著：《水心先生文集》，文渊阁四库全书本。

《叶适集》，刘公纯、王孝鱼、李哲夫点校，中华书局 1961 年版。

陆游著：《陆放翁全集》，中国书店影印 1936 年世界书局版。

陆九渊著：《象山先生全集》，四部丛刊初编本。

吕本中著：《东莱先生诗集》，四部丛刊续编本。

《杨万里集笺校》，辛更儒笺校，中华书局 2007 年版。

楼钥著：《攻媿集》，丛书集成初编本。

魏了翁著：《鹤山集》，文渊阁四库全书本。

《张载集》，章锡琛点校，中华书局 1978 年版。

黄裳著：《演山集》，文渊阁四库全书本。

王十朋著：《梅溪前集》，文渊阁四库全书本。

王十朋著：《梅溪王先生文集后集》，四部丛刊初编本。

包恢著：《敝帚稿略》，文渊阁四库全书本。

王柏著：《鲁斋王文宪公文集》，续金华丛书本。

葛胜仲著：《丹阳集》，文渊阁四库全书本。

刘克庄著：《后村先生大全集》，四部丛刊初编本。

《郑思肖集》，陈福康校点，上海古籍出版社 1991 年版。

戴表元著：《剡源集》，丛书集成初编本。

虞集著：《道园集》，四库全书存目丛书影印本。

杨维桢著：《东维子文集》，四部丛刊初编本。

朱晞颜著：《瓢泉吟稿》，文渊阁四库全书本。

袁桷著：《清容居士集》，四明丛书本。

方回著：《桐江集》，续修四库全书影印本。

吴澄著：《吴文正集》，文渊阁四库全书本。

宋濂著：《宋文宪公全集》，四部备要本。

方孝孺著：《逊志斋集》，徐光大校点，宁波出版社 2000 年版。

李东阳著：《怀麓堂集》，文渊阁四库全书本。

李梦阳著：《空同集》，文渊阁四库全书本。

康海著：《对山集》，四库全书存目丛书影印本。

魏校著：《庄渠遗书》，文渊阁四库全书。

薛蕙著：《考功集》，文渊阁四库全书本。

王廷相著：《王氏家藏集》，四库全书存目丛书影印本。

何良俊著：《何翰林集》，四库全书存目丛书影印本。

王九思著：《渼陂集》，四库全书存目丛书影印本。

吴国伦著：《甔甀洞续稿》，四库全书存目丛书影印本。

陆深著：《陆文裕公行远集》，四库全书存目丛书影印本。

王世贞著：《弇州山人四部稿》、《续稿》，文渊阁四库全书本。

李维桢著：《大泌山房集》，四库全书存目丛书影印本。

《茅坤集》，张大芝、张梦新校点，浙江古籍出版社 1993 年版。

李贽著：《焚书续焚书》，夏剑钦校点，岳麓书社 1990 年版。

屠隆著：《由拳集》，续修四库全书影印本。

屠隆著：《白榆集》，续修四库全书影印本。

屠隆著：《栖真馆集》，续修四库全书影印本。

《徐渭集》，中华书局 1983 年版。

焦竑著：《澹园续集》，续修四库全书影印本。

张时彻著：《芝园定集》，四库全书存目丛书影印本。

陈仁锡著：《陈太史无梦园初集》，续修四库全书影印本。

黄汝亨著：《寓林集》，续修四库全书影印本。

《冯梦龙集》，高洪钧辑，河北人民出版社 1992 年版。

臧懋循著：《负苞堂文选》，续修四库全书影印本。

胡应麟著：《少室山房集》，文渊阁四库全书本。

《汤显祖诗文集》，徐朔方笺校，上海古籍出版社 1982 年版。

袁宗道著：《白苏斋类集》，钱伯城标点，上海古籍出版社 1989 年版。

袁宏道著：《袁中郎全集》，中国图书馆出版部 1935 年版。

袁中道著：《珂雪斋集》，钱伯城点校，上海古籍出版社 1989 年版。

《江盈科集》，黄仁生辑，岳麓书社 1997 年版。

汪道昆著：《太函集》，续修四库全书影印本。

陶望龄著：《歇庵集》，续修四库全书影印本。

董其昌著：《容台集》，邵海清点校，西泠印社 2012 年版。

沈德符著：《清权堂集》，续修四库全书影印本。

钟惺著：《翠娱阁评选钟伯敬先生合集》，陆云龙评选，续修四库全书影印本。

《谭元春集》，陈杏珍标校，上海古籍出版社 1998 年版。

张大复著：《梅花草堂集》，续修四库全书影印本。

陈子龙著：《安雅堂稿》，孙启治校点，辽宁教育出版社 2003 年版。

宋懋澄著：《九籥集》，续修四库全书影印本。

谢肇淛著：《小草斋集》，四库全书存目丛书影印本。

李日华著：《恬致堂集》，赵杏根整理，上海古籍出版社 2012 年版。

魏学洢著：《茅庵集》，文渊阁四库全书本。

茅元仪著：《石民四十集》，续修四库全书影印本。

《张岱诗文集》，夏咸淳校点，上海古籍出版社1991年版。

黄淳耀著：《陶庵全集》，文渊阁四库全书本。

倪元璐著：《倪文贞集》，文渊阁四库全书本。

王思任著：《谑庵文饭小品》，续修四库全书影印本。

祁彪佳著：《远山堂文稿》，续修四库全书影印本。

《朱舜水集》，中华书局1981年版。

金堡著：《徧行堂集》，宣统三年国学扶轮社本。

杨承鲲著：《碣石编》，四明丛书本。

钱澄之著：《田间文集》，续修四库全书影印本。

《黄宗羲全集》，沈善洪主编，浙江古籍出版社2005年版。

钱谦益著：《牧斋初学集》，钱仲联标校，上海古籍出版社1985年版。

钱谦益著：《牧斋有学集》，钱仲联标校，上海古籍出版社1996年版。

钱谦益著：《牧斋杂著》，钱仲联标校，上海古籍出版社2007年版。

顾炎武著：《亭林诗文集》，四部丛刊初编本。

王夫之著：《王船山诗文集》，中华书局1962年版。

傅山著：《霜红龛集》，宣统三年山阳丁氏刻本。

廖燕著：《二十七松堂文集》，屠友祥校注，上海远东出版社1999年版。

吴伟业著：《吴梅村全集》，李学颖集评标校，上海古籍出版社1990年版。

《吕留良诗文集》，徐正等点校，浙江古籍出版社2011年版。

顾景星著：《白茅堂集》，四库全书存目丛书影印本。

林云铭著：《挹奎楼选稿》，四库全书存目丛书影印本。

陈祚明著：《稽留山人集》，四库全书存目丛书影印本。

冯班著：《冯定远集》，四库全书存目丛书影印本。

柴绍炳著：《柴省轩文钞》，四库全书存目丛书影印本。

万斯同著：《石园文集》，四明丛书本。

龚鼎孳著：《定山堂集》，续修四库全书影印本。

全祖望著:《鲒埼亭集外编》,四部丛刊初编本。

魏禧著:《魏叔子文集》,胡守仁、姚品文、王能宪校点,中华书局2003年版。

《李渔全集》,萧欣桥等点校,浙江古籍出版社1992年版。

屈大均著:《翁山文外》,续修四库全书影印本。

周齐曾著:《囊云文集补遗》,四明丛书本。

李邺嗣著:《杲堂文钞》,四明丛书本。

李邺嗣著:《杲堂文续钞》,四明丛书本。

王士禛著:《渔洋山人文略》,四库全书存目丛书影印本。

王士禛著:《带经堂集》,续修四库全书影印本。

汪琬著:《尧峰文钞》,文渊阁四库全书本。

陈恭尹著:《独漉堂集》,续修四库全书影印本。

计东著:《改亭文集》,续修四库全书影印本。

尤侗著:《西堂文集西堂杂俎》,续修四库全书影印本。

吴骞著:《愚谷文存》,续修四库全书影印本。

吴骞著:《愚谷文存续编》,续修四库全书影印本。

孙枝蔚著:《溉堂文集》,续修四库全书影印本。

徐乾学著:《憺园集》,续修四库全书影印本。

《戴名世集》,王树民编校,中华书局1986年版。

刘大櫆著:《海峰文集》,同治甲戌冬月刘继重刊本。

《刘大櫆集》,吴孟复标点,上海古籍出版社1990年版。

毛际可著:《会侯先生文钞一集》,四库全书存目丛书影印本。

毛际可著:《安序堂文钞》,四库全书存目丛书影印本。

毛先舒著:《潠书》,四库全书存目丛书影印本。

毛奇龄著:《西河集》,文渊阁四库全书本。

邵长蘅著:《青门簏稿》,四库全书存目丛书影印本。

贺贻孙著:《水田居文集》,四库全书存目丛书影印本。

梁佩兰著:《六莹堂集》,吕永光校点,中山大学出版社1992年版。

《谈迁诗文集》,罗仲辉校点,辽宁教育出版社1998年版。

孔尚任著:《湖海集》,四库全书存目丛书影印本。

厉鹗著：《樊榭山房文集》，四部丛刊初编本。

朱彝尊著：《曝书亭集》，四部丛刊初编本。

陆陇其著：《三鱼堂文集》，文渊阁四库全书本。

宋徵舆著：《林屋文稿》，四库全书存目丛书影印本。

郑燮著：《郑板桥集》，中国书店据扫叶山房 1924 年版影印。

郑燮著：《郑板桥文集》，吴可校点，巴蜀书社 1997 年版。

钱大昕著：《潜研堂文集》，续修四库全书影印本。

翁方纲著：《复初斋文集》，续修四库全书影印本。

杭世骏著：《道古堂文集》，续修四库全书影印本。

李调元著：《童山文集》，续修四库全书影印本。

《袁枚全集》，江苏古籍出版社 1993 年版。

吴兆骞著：《秋笳集》，续修四库全书影印本。

汪师韩著：《上湖文编补钞》，续修四库全书影印本。

孙星衍著：《问字堂集》，骈宇骞点校，中华书局 1996 年版。

《彭端淑诗文注》，李朝正、徐敦忠注，巴蜀书社 1995 年版。

方苞著：《方望溪全集》，中国书店 1991 年版。

姚鼐著：《惜抱轩全集》，中国书店 1991 年版。

姚鼐著：《惜抱轩尺牍》，清咸丰间刻本。

《刘熙载文集》，薛正兴点校，江苏古籍出版社 2000 年版。

陈维崧著：《陈迦陵文集》，四部丛刊初编本。

施闰章著：《施愚山集》，何庆善、杨应芹点校，黄山书社 1992 年版。

苏轼著：《苏文忠公诗集》，纪昀评，清末刊本。

纪昀著：《纪晓岚文集》，孙致中、吴恩扬、王沛霖、韩嘉祥校点，河北教育出版社 1991 年版。

惠栋著：《松崖文钞》，续修四库全书影印本。

王昶著：《春融堂集》，续修四库全书影印本。

钱泰吉著：《甘泉乡人稿余稿》，续修四库全书影印本。

龚自珍著：《龚定庵全集类编》，夏田蓝编，中华书局据世界书局 1937 年版影印本。

石韫玉著：《独学庐四稿文集》，续修四库全书影印本。

王昙著：《烟霞万古楼文集》，续修四库全书影印本。

刘开著：《孟涂文集》，续修四库全书影印本。

《曾国藩诗文集》，王澧华校点，上海古籍出版社 2005 年版。

梅曾亮著：《栢梘山房诗文集》，彭国忠、胡晓明校点，上海古籍出版社 2005 年版。

张际亮著：《思伯子堂诗文集》，王飚校点，上海古籍出版社 2007 年版。

恽敬著：《大云山房文稿》，四部丛刊初编本。

阮葵生著：《七录斋文钞》，续修四库全书影印本。

俞樾著：《宾萌集外集》，续修四库全书影印本。

《张裕钊诗文集》，王达敏校点，上海古籍出版社 2007 年版。

施补华著：《泽雅堂文集》，续修四库全书影印本。

王逸著：《楚辞章句》，夏祖尧标点，岳麓书社 1994 年版。

萧统编：《文选》，李善注，上海古籍出版社 1994 年版。

欧阳询主编：《艺文类聚》，汪绍楹校点，上海古籍出版社 1999 年版。

姚铉辑：《唐文粹》，四部丛刊初编本。

陈仁锡辑：《明文奇赏》，续修四库全书影印本。

陆云龙等辑评：《翠娱阁评选皇明小品十六家》，蒋金德点校，浙江古籍出版社 1996 年版。

卓人月、徐士俊辑：《古今词统》，续修四库全书影印本。

黄宗羲辑：《明文海》，文渊阁四库全书本。

严可均辑：《全上古三代秦汉三国六朝文》，中华书局 1958 年影印本。

董诰辑：《全唐文》，上海古籍出版社 1990 年影印本。

蒋景祁辑：《刻瑶华集》，续修四库全书影印本。

陈祚明选：《采菽堂古诗选》，李金松点校，中华书局 2008 年版。

聂先、曾王孙辑：《百名家词钞》，续修四库全书影印本。

邹祗谟、王士禛辑：《倚声初集》，续修四库全书影印本。

阿英编：《晚明小品二十家》，河北人民出版社 1989 年版。

傅璇琮编撰：《唐人选唐诗新编》，陕西人民教育出版社 1996 年版。

集部诗文评

陆机著：《文赋集释》，张少康集释，人民文学出版社 2002 年版。

刘勰著：《文心雕龙》，纪昀评点，江苏广陵古籍刻印社 1997 年影印本。

刘勰著：《增订文心雕龙校注》，黄叔琳注、李详补注、杨明照校注拾遗，中华书局 2000 年版。

刘勰著：《文心雕龙注》，范文澜注，人民文学出版社 1958 年版。

刘勰著：《文心雕龙义证》，詹锳义证，上海古籍出版社 1989 年版。

刘勰著：《文心雕龙义疏》，吴林伯义疏，武汉大学出版社 2002 年版。

钟嵘：《诗品注》，陈延杰注，人民文学出版社 1961 年版。

钟嵘著：《诗品集注》，曹旭集注，上海古籍出版社 1994 年版。

皎然著：《诗式校注》，李壮鹰校注，人民文学出版社 2002 年版。

〔日〕遍照金刚著：《文镜秘府论校注》，王利器校注，中国社会科学出版社 1983 年版。

计有功著：《唐诗纪事》，上海古籍出版社 2008 年版。

陈应行辑：《吟窗杂录》，王秀梅整理，中华书局 1997 年影印明钞本。

阮阅辑：《诗话总龟》，周本淳校点，人民文学出版社 1987 年版。

魏庆之辑著：《诗人玉屑》，王仲闻点校，中华书局 2007 年版。

陈郁著：《藏一话腴》，文渊阁四库全书本。

方岳著：《深雪偶谈》，文渊阁四库全书本。

蔡正孙辑：《诗林广记》，文渊阁四库全书本。

胡仔辑著：《苕溪渔隐丛话》，廖德明校点，周本淳重订，人民文学出版社 1993 年版。

严羽著：《沧浪诗话校释》，郭绍虞校释，人民文学出版社 1998 年版。

黄彻著：《（上巩下石，请造字）溪诗话》，汤新祥校注，人民文学出版社 1986 年版。

方颐孙辑评：《文章百段锦》，续修四库全书影印本。

方回辑：《瀛奎律髓汇评》，李庆甲集评校点，上海古籍出版社 2005

年版。

辛文房著：《唐才子传校笺》，傅璇琮等校笺，中华书局 1989 年版。

王世贞著：《新刻增补艺苑卮言》，续修四库全书影印本。

徐师曾著：《文体明辨序说》，罗根泽校点，人民文学出版社 1962 年版。

许学夷著：《诗源辨体》，杜维沫校点，人民文学出版社 1987 年版。

谢天瑞著：《诗法》，续修四库全书影印本。

屠隆著：《鸿苞节录》，咸丰七年屠继烈刊本。

胡应麟著：《诗薮》，上海古籍出版社 1979 年版。

钟惺、谭元春著：《诗归》，张国光、张业茂、曾大兴点校，湖北人民出版社 1985 年版。

张溥著：《汉魏六朝百三家集题辞注》，殷孟伦注，人民文学出版社 1960 年版。

陈霆著：《渚山堂词话》，王幼安校点，人民文学出版社 1960 年版。

胡震亨著：《唐音癸签》，续修四库全书影印本。

费经虞著：《雅伦》，费密增补，续修四库全书影印本。

陆时雍著：《古诗镜》，文渊阁四库全书本。

陆时雍著：《唐诗镜》，文渊阁四库全书本。

王夫之著：《古诗评选》，岳麓书社 2011 年版。

王夫之著：《唐诗评选》，岳麓书社 2011 年版。

金圣叹著：《贯华堂选批唐才子诗》，周锡山编校，万卷出版公司 2009 年版。

赵翼著：《瓯北诗话》，霍松林、胡主佑校点，人民文学出版社 1998 年版。

朱彝尊著：《静志居诗话》，姚祖恩编，黄君坦校点，人民文学出版社 1998 年版。

王士禛著：《带经堂诗话》，张宗柟纂辑，戴鸿森校点，人民文学出版社 1963 年版。

叶燮著：《原诗》（与《一瓢诗话》、《说诗晬语》合刊），霍松林点校，人民文学出版社 1979 年版。

刘大櫆著：《论文偶记》，舒芜校点，人民文学出版社 1959 年版。

永瑢、纪昀等主编：《四库全书总目》，中华书局 1965 年影印杭州版。

施愚山著：《蠖斋诗话》，《施愚山集》第四册，何庆善、杨应芹点校，黄山书社 1993 年版。

《春酒堂诗话》，周容著，四明丛书本。

何文焕辑：《历代诗话》，中华书局 1981 年版。

章学诚著：《文史通义》，叶瑛校注，中华书局 1994 年版。

袁枚著：《续诗品》，刘衍文、刘永翔详注，上海书店 1993 年版。

翁方纲著：《石洲诗话》，陈迩冬校点，人民文学出版社 1981 年版。

洪亮吉著：《北江诗话》，陈迩冬校点，人民文学出版社 1983 年版。

吴仰贤著：《小匏庵诗话》，续修四库全书影印本。

陈廷焯著：《白雨斋词话》，杜维沫校点，人民文学出版社 1959 年版。

《黄培芳诗话三种》，管林标点，广东高等教育出版社 1995 年版。

邱炜萲著：《五百石洞天挥麈》，续修四库全书影印本。

法式善著：《梧门诗话》，续修四库全书影印稿本。

方东树著：《昭昧詹言》，汪绍楹校点，人民文学出版社 1961 年版。

林昌彝著：《射鹰楼诗话》，王镇远、林虞生标点，上海古籍出版社 1988 年版。

周济著：《介存斋论词杂著》，顾学颉校点，人民文学出版社 1959 年版。

林纾著：《春觉斋论文》，舒芜点校，人民文学出版社 1959 年版。

丁福保辑：《历代诗话续编》，中华书局 1983 年版。

丁福保辑：《清诗话》，上海古籍出版社 1963 年版。

况周颐著：《蕙风词话》（与《人间词话》合刊），王幼安校订，人民文学出版社 1998 年版。

中国戏曲研究院编：《中国古典戏曲论著集成》，中国戏剧出版社 1959 年版。

郭绍虞辑：《宋诗话辑佚》，中华书局 1980 年版。

郭绍虞辑：《清诗话续编》，富寿荪校点，上海古籍出版社 1983 年版。

周维德笺注：《诗问四种》，齐鲁书社 1985 年版。

唐圭璋辑:《词话丛编》,中华书局 1986 年版。

蔡毅编著:《中国古典戏曲序跋汇编》,齐鲁书社 1989 年版。

贾文昭编:《中国近代文论类编》,黄山书社 1991 年版。

夏樗主编:《品书四绝》,湖北辞书出版社 1995 年版。

丁锡根编:《中国历代小说序跋集》,人民文学出版社 1996 年版。

吴文治主编:《明诗话全编》,江苏古籍出版社 1997 年版。

吴文治主编:《宋诗话全编》,凤凰出版社 1998 年版。

张少康、卢永璘选编:《先秦两汉文论选》,人民文学出版社 1999 年版。

郁沅、张明高选编:《魏晋南北朝文论选》,人民文学出版社 1999 年版。

周祖譔选编:《隋唐五代文论选》,人民文学出版社 1999 年版。

陶秋英编选:《宋金元文论选》,人民文学出版社 1999 年版。

蔡景康选编:《明代文论选》,人民文学出版社 1999 年版。

王运熙、顾易生选编:《清代文论选》,人民文学出版 1999 年版。

舒芜、陈迩冬、周绍良、王利器选编:《近代文论选》,人民文学出版社 1999 年版。

郭绍虞主编:《中国历代文论选》,上海古籍出版社 2001 年版

胡经之主编:《中国古典文艺学丛编》,北京大学出版社 2001 年版。

张国庆辑:《云南古代诗文论著辑要》,中华书局 2001 年版。

王伯敏、任道斌、胡小伟主编:《书学集成》,河北美术出版社 2002 年版。

王伯敏、任道斌主编:《画学集成》,河北美术出版社 2002 年版。

张寅彭主编:《民国诗话丛编》,上海书店出版社 2002 年版。

朱一玄、刘毓忱编:《水浒传资料汇编》,南开大学出版社 2002 年版。

王水照主编:《历代文话》,复旦大学出版社 2008 年版。

祝尚书编:《宋集序跋汇编》,中华书局 2010 年版。

张寅彭选辑:《清诗话三编》,吴忱、杨焄点校,上海古籍出版社 2014 年版。

论著（以出版时间为序）

罗根泽著：《中国文学批评史》，古典文学出版社 1957 年版。

杨荣国著：《中国古代思想史》，中国人民解放军战士出版社翻印 1973 年版。

钱锺书著：《管锥编》，中华书局 1979 年版。

郭绍虞著：《中国文学批评史》，上海古籍出版社 1982 年版。

敏泽著：《中国文学理论批评史》，人民文学出版社 1982 年版。

郭绍虞著：《照隅室古典文学论集》，上海古籍出版社 1983 年版。

冯友兰著：《三松堂学术文集》，北京大学出版社 1984 年版。

钱锺书著：《谈艺录》，中华书局 1984 年版。

陆侃如著：《中古文学系年》，人民文学出版社 1985 年版。

《朱光潜全集》，安徽教育出版社 1987 年版。

周锡山编：《王国维文学美学论著集》，北岳文艺出版社 1987 年版。

成复旺、蔡钟翔、黄保真著：《中国文学理论史》，北京出版社 1987 年版。

舒芜编：《钱锺书论学文选》，花城出版社 1990 年版。

于民著：《气化谐和——中国古典审美意识的独特发展》，东北师范大学出版社 1990 年版。

王国维著：《宋元戏曲史》，华东师范大学出版社 1995 年版。

蒲震元著：《中国艺术艺境论》，北京大学出版社 1995 年版。

《张岱年全集》，河北人民出版社 1996 年版。

刘梦溪主编：《中国现代学术经典·章太炎卷》，河北教育出版社 1996 年版。

刘梦溪主编：《中国现代学术经典·傅斯年卷》，河北教育出版社 1996 年版。

刘梦溪主编：《中国现代学术经典·马一浮卷》，河北教育出版社 1996 年版。

刘梦溪主编：《中国现代学术经典·冯友兰卷》，河北教育出版社 1996

年版。

刘梦溪主编：《中国现代学术经典·欧阳渐卷》，河北教育出版社 1996 年版。

王运熙、顾易生主编：《中国文学批评通史》，上海古籍出版社 1996 年版。

罗宗强著：《魏晋南北朝文学思想史》，中华书局 1996 年版。

刘保金著：《中国佛典通论》，河北教育出版社 1997 年版。

傅杰编校：《章太炎学术史论集》，中国社会科学出版社 1997 年版。

章炳麟著：《国故论衡》，中国社会科学出版社 1997 年版。

罗庸著：《鸭池十讲》，辽宁教育出版社 1997 年版。

陈引驰编校：《刘师培中古文学论集》，中国社会科学出版社 1997 年版。

冯友兰著：《中国哲学史新编》，人民出版社 1998 年版。

刘大杰著：《魏晋思想论》，上海古籍出版社 1998 年版。

《中国当代学者自选集·周汝昌卷》，安徽教育出版社 1999 年版。

《中国当代学者自选集·傅璇琮卷》，安徽教育出版社 1999 年版。

《中国当代学者自选集·王运熙卷》，安徽教育出版社 1999 年版。

李泽厚、刘纲纪著：《中国美学史魏晋南北朝编》，安徽文艺出版社 1999 年版。

《吴熊和词学论集》，杭州大学出版社 1999 年版。

汪涌豪著：《范畴论》，复旦大学出版社 1999 年版。

黄侃著：《文心雕龙札记》，上海古籍出版社 2000 年版。

《汤用彤全集》，河北人民出版社 2000 年版。

韩经太著：《徜徉两端》，河南人民出版社 2000 年版。

赵宪章主编：《美学精论》，中国青年出版社 2000 年版。

《顾随全集》，河北教育出版社 2001 年版。

陈寅恪著：《金明馆丛稿初编》，三联书店 2001 年版。

朱东润著：《中国文学批评史大纲》，上海古籍出版社 2001 年版。

徐复观著：《中国人性论史》（先秦篇），上海三联书店 2001 年版。

詹福瑞著：《汉魏六朝文学论集》，河北大学出版社 2001 年版。

闻一多、罗庸著：《笳吹弦颂传薪录》，郑临川记录，上海古籍出版社2002年版。

方立天著：《中国佛教哲学要义》，中国人民大学出版社2002年版。

童庆炳著：《中国古代文论的现代意义》，北京师范大学出版社2003年版。

彭立勋、邱紫华、吴予敏著：《西方美学史》第二卷，中国社会科学出版社2005年版。

《清诗话考》，蒋寅著，中华书局2005年版。

谭帆、陆炜著：《中国古典戏剧理论史》，华东师范大学出版社2005年版。

复旦大学哲学系编，《中国古代哲学史》，上海古籍出版社2006年版。

瞿兑之著：《中国骈文概论》，广西师范大学出版社2007年版。

刘麟生著：《中国诗词概论》，广西师范大学出版社2007年版。

龚鹏程著：《中国文学批评史论》，北京大学出版社2008年版。

刘浏著：《才调集研究》，对外经济贸易大学出版社2008年版。

李鹏程、王柯平、周国平著：《西方美学史》第三卷，中国社会科学出版社2008年版。

廖可斌著：《明代文学复古运动研究》，商务印书馆2008年版。

朱良志著：《大音希声》，百花洲文艺出版社2009年版。

张晶著：《神思：艺术的精灵》，百花洲文艺出版社2009年版。

宋闻兵著：《宋书词语研究》，中华书局2009年版。

左东岭著：《李贽与晚明文学思想》，人民文学出版社2010年版。

汪涌豪著：《中国文学批评范畴十五讲》，华东师范大学出版社2010年版。

蔡钟翔、袁济喜著：《中国古代文艺学》，人民文学出版社2011年版。

夏静著：《文气话语形态研究》，商务印书馆2014年版。

《柏拉图文艺对话集》，朱光潜译，人民文学出版社1959年版。

〔古希腊〕亚里士多德著：《诗学·诗艺》，罗念生译，人民文学出版社1962年版。

伍蠡甫、胡经之主编：《西方文艺理论名著选编》，北京大学出版社

1985 年版。

《叔本华论说文集》，范进等译，商务印书馆 1999 年版。

《狄德罗美学论文选》，张冠尧、陆裕芳等译，人民文学出版社 2008 年版。

〔美〕萨义德著：《论晚期风格——反本质的音乐与文学》，阎嘉译，三联书店 2009 年版。

后　记

　　有关文才的思考大约始于 2008 年。当时在浙江大学人文学院从事博士后研究，因为需要提交选题，我便将当时已经略有积累的两个题目一并交给了导师廖可斌先生。廖先生很看重其中与才相关的一个题目，并帮助定名为《古代文学理论批评中的才论研究》。

　　出站之后，围绕文才的思考一直未曾中断。原本想在出站报告的基础上，以与才相关的范畴体系为主要考察对象，拉大研究的框架，但经过三年多的劳作之后，面对六七十万字的书稿，自己却一点也兴奋不起来：著述结构犹如辞典的条目罗列，整体缺乏灵魂；每一个范畴都必须从才性的本然讲起，时时面临着重复；看似不同表达的范畴，诸如才性、才情，实则内蕴中有着诸多相通之处，这种单独的考察恰恰割裂了彼此的内在关联。随着文献涉猎的拓展，相关认识的深化，起初较为清晰的线索日益模糊复杂起来，千头万绪，急需一个贯穿又可以纲举目张的思路。

　　2013 年的深秋，在一次学术会议上，我与中国社会科学院王兆胜先生邂逅，他听到有关文才的研究之后很感兴趣，并专门提醒：中国人对待才的态度很可玩味，一方面宣扬才子文人的妙笔生花，但同时又每每致意于敛才。也许是相关文献的揣摩综合已经较为熟稔，或者此前的有关思索已经做出了铺垫，应验了所谓"念念不忘，必有回响"吧，王先生的话由此成为了我打通任督二脉的契机：对立统一、天人合一，那些分裂的断片由此实现了整合。本书整体的架构至此得以确立。

　　当然，全书写作的难度远远出乎预料之外。才本身的天人体用综合性质，其与性、气、情等等范畴关系的辨析，才与文学创作之间的运作机制，人力与天赋互动的逻辑，等等等等，举不胜举。于是，在获得大结构的明晰之后，面对成堆的资料，动辄陷入这些具体问题的苦思冥想便成为常态。至乎其极者，久思不得其解的"才调"意蕴的疏通，竟然凭借一个梦的提示而豁然。精思入梦的神异，让我深感管子所谓思之思之，思而不得"神将通之"的说法所言不虚。

成书之后，最想得到的不是肯定，恰恰是专家的意见。但六七十万字的书稿，在当下人人都忙忙碌碌不得安闲的境况下，无论如何也不敢如此去耗费人家的宝贵时光。我因此采取了一个自以为聪明的迂回形式，将书中大致完整独立的一些章节整理成了文章，以此在对相关内容作出大致验证的同时，希望能够得到专家们的意见反馈。两年间，部分成果获得了《文艺研究》、《文学遗产》、《文艺理论研究》、《北京大学学报》、《复旦学报》、《安徽大学学报》、《美育学刊》等专家的认可，发表在《宁波大学学报》的文章被人大复印资料《中国古代近代文学研究》转载。在文章的审读过程中，不少编辑部的师友都提出了独到的意见，成为我裁鉴相关研究的重要参照。对以上先生，我内心充满了感激。

还要感谢专家评委的认可与非常专业的修改意见。尤其对"才"与"文才"需各有必要界定的提示，不仅完善了著述的肌理，画龙得以点睛，也使得研究实现了进一步深化。

感谢詹福瑞先生、廖可斌先生赐赠序言与热情鼓励。老师的严格甚至严厉，保障了这一研究的学术品格。早在 2012 年前后，我拿着洋洋洒洒整整齐齐的提纲请詹先生过目，他当时便对过于整齐的花哨提出了批评。在文才的研究过程中，我出版了一本有关古代文学批评范式研究的小书，詹先生知道后又明确表示：要集中精力，出精品。正是由于老师的督促，使我最近几年全身心投入本书，不敢稍有旁骛。随着持续的人功投入，研究本身就如同一面镜子，在照见自己进步的同时，更照见了此前应付量化考核之际的虚浮甚至浅薄。这部书从初稿至今，能够记清的完整修订就有 26 次，如此谨重，就算是自己对曾经浮躁的忏悔吧。

感谢责任编辑、人民出版社崔继新主任。对于这项研究，他不仅热情推荐申报，而且不厌其烦反复沟通、细致弥补，力求事事周全。尤其进入出版阶段以后，由于时间紧，书稿规模较大，涉及文献繁多，我这里从完整电子稿的提交到清样校对，再到后期所需诸项，几乎样样拖沓，他都能在制度允许的范围内精心布置斡旋，将时间放大到了所能的极限。

还要感谢宁波大学。这所地处较浓商业氛围的学校，从 2013 年出台了一项人才培养计划，超越了急功近利的短期行为，我成为这项计划的第一批受益者，从而有了拿出一定时间做一件事的资本。

2015 年，疾病缠身五年之久的母亲离开了。千里回归故乡的那一刻，我的内心充溢着悲怆与负罪感。为了追求自己所谓江南梦，我十几年前便来到宁波，其间虽然多是一年两次回去探望，但不足二十面后等待的就是永别。我经常刻意去回想与母亲相处的情景，但往往成为空白，反而是几种声音不时地在耳边浮现：早间我们还睡意未消之际厨房里锅碗瓢盆的轻轻触碰；深秋初冬的夜里，我们将入梦乡的时候，那长长的细麻线从鞋底穿过时的断续摩擦。母亲是一位普通的女性，进城三十年，依然一口家乡土语，但她有文化。她默默关注着儿女们的成长，为我们的进步高兴，但言谈中从不涉及人生、事业、成败这样的大话题。她的心目中只有家——那个一家人团聚在一起，虽然清贫，却其乐融融的家。我没有和母亲谈起过自己所从事的学术研究，在我的意识里，她根本不懂。如今想来，天下母亲那种踩在土地上的生命哲学，恰恰是我们这些所谓学者研究望尘莫及的地方。

赵树功

2016 年 3 月 4 日

责任编辑:崔继新
封面设计:肖　辉　孙文君
版式设计:肖　辉　周方亚
责任校对:吕　飞

图书在版编目(CIP)数据

中国古代文才思想论/赵树功 著. -北京:人民出版社,2016.4
(国家哲学社会科学成果文库)
ISBN 978－7－01－015932－4

Ⅰ.①中… Ⅱ.①赵… Ⅲ.①古代文论-中国 Ⅳ.①I206.2

中国版本图书馆 CIP 数据核字(2016)第 048884 号

中国古代文才思想论
ZHONGGUO GUDAI WENCAI SIXIANG LUN

赵树功　著

人民出版社 出版发行
(100706　北京市东城区隆福寺街 99 号)

北京中科印刷有限公司印刷　新华书店经销

2016 年 4 月第 1 版　2016 年 4 月北京第 1 次印刷
开本:710 毫米×1000 毫米 1/16　印张:56
字数:884 千字

ISBN 978－7－01－015932－4　定价:138.00 元

邮购地址 100706　北京市东城区隆福寺街 99 号
人民东方图书销售中心　电话 (010)65250042　65289539